清桐城馬氏本毛詩傳箋通釋

清 馬瑞辰撰

天津圖書館藏清道光十五年桐城馬氏學古堂刻本

第一册

山東人民出版社·濟南

圖書在版編目（CIP）數據

清桐城馬氏本毛詩傳箋通釋 /（清）馬瑞辰撰 .— 濟南：山東人民出版社，2024.3

（儒典）

ISBN 978-7-209-14283-0

Ⅰ．①清… Ⅱ．①馬… Ⅲ．①《詩經》－詩歌研究 Ⅳ．① I207.222

中國國家版本館 CIP 數據核字（2024）第 039065 號

項目統籌：胡長青

責任編輯：劉一星

裝幀設計：武　斌

項目完成：文化藝術編輯室

清桐城馬氏本毛詩傳箋通釋

〔清〕馬瑞辰撰

主管單位　山東出版傳媒股份有限公司

出版發行　山東人民出版社

出 版 人　胡長青

社　　址　濟南市市中區舜耕路517號

郵　　編　250003

電　　話　總編室（0531）82098914

　　　　　市場部（0531）82098027

網　　址　http://www.sd-book.com.cn

印　　裝　山東華立印務有限公司

經　　銷　新華書店

規　　格　16開（160mm×240mm）

印　　張　135

字　　數　1080千字

版　　次　2024年3月第1版

印　　次　2024年3月第1次

ISBN 978-7-209-14283-0

定　　價　322.00圓（全七册）

《儒典》選刊工作團隊

學術顧問　杜澤遜　李振聚　徐　泳

項目統籌　胡長青

責任編輯　劉　晨　劉嬌嬌　張艷艷

　　　　　吕士遠　趙　菲　劉一星

前言

中國是一個文明古國、文化大國，中華文化源遠流長，博大精深。在中國歷史上影響較大的是孔子創立的儒家思想，因此整理儒家經典、注解儒家經典，爲儒家經典的現代化闡釋提供权威、典范、精粹的典籍文本，是推進中華優秀傳統文化創造性轉化、創新性發展的奠基性工作和重要任務。

中國經學史是中國學術史的核心，歷史上創造的文本方面和經解方面的輝煌成果，大量失傳了。西漢是經學的第一個興盛期，除了當時非主流的《詩經》毛傳以外，其他經師的注釋後來全部失傳了。東漢的經解衹有鄭玄、何休等少數人的著作留存下來，其餘也大都失傳了。南北朝至隋朝興盛的義疏之學，其成果僅有皇侃《論語疏》幸存於日本。五代時期精心校刻的《九經》、北宋時期國子監重刻的《九經》以及校刻的單疏本，也全部失傳。南宋國子監刻的單疏本，我國僅存《周易正義》、《爾雅疏》、《春秋公羊疏》（三十卷殘存七卷）、《春秋穀梁疏》（十二卷殘存七卷），日本保存了《尚書正義》、《毛詩正義》、《禮記正義》（七十卷殘存八卷）、《周禮疏》（日本傳抄本）、《春秋公羊疏》（日本傳抄本）、《春秋正義》（日本傳抄本）。南宋兩浙東路茶鹽司刻八行本，我國保存下來的有《周禮疏》、《禮記正義》、《春秋左傳正義》（紹興府刻）、《論語注疏解經》（二十卷殘存十卷）、《孟子注疏解經》（存臺北『故宫』），日本保存有《周易注疏》《尚書正義》（凡兩部，其中一部被清楊守敬購歸）。南宋福建刻十行本，我國僅存《春秋穀梁注疏》、《春秋左傳注疏》（六十卷，一半在大陸，一半在臺灣），日本保存有《毛詩注疏》《春秋左傳注疏》。從這些情況可以看出，經書代表性的早期注釋和早期版本國内失傳嚴重，有的僅保存在東鄰日本。

鑒於這樣的現實，一百多年來我國學術界、出版界努力搜集影印了多種珍貴版本，但是在系統性、全面性和準確性方面都還存在一定的差距。例如唐代開成石經共十二部經典，石碑在明代嘉靖年間地震中受到損害，明代萬曆初年西安府學等學校師生曾把損失的文字補刻在另外的小石上，立於唐碑之旁。近年影印出版唐石經拓本多次，都是以唐代石刻與明代補刻割裂配補的裱本爲底本。由於明代補刻采用的是唐碑的字形，這種配補本難以區分唐刻與明代補刻，不便使用，亟需單獨影印唐碑拓本。

爲把幸存於世的、具有代表性的早期經解成果以及早期經典文本收集起來，系統地影印出版，我們規劃了《儒典》編纂出版項目。

《儒典》出版後受到文化學術界廣泛關注和好評，爲了滿足廣大讀者的需求，現陸續出版平裝單行本。共收録一百十一種元典，共計三百九十七册，收録底本大體可分爲八個系列：經注本（以開成石經、宋刊本爲主。開成石經僅有經文，無注，但它是用經注本删去注文形成的）、經注附釋文本、纂圖互注本、單疏本、八行本、十行本、宋元人經注系列、明清人經注系列。

《儒典》是王志民、杜澤遜先生主編的。本次出版單行本，特請杜澤遜、李振聚、徐泳先生幫助酌定選目。特此説明。

二〇二四年二月二十八日

目録

第一册

第二册

第三册

第四册

第五册

第六册

第七册

道光乙未中夏

毛詩傳箋通釋

學古堂藏版

毛詩傳箋通釋自序

昔周官六詩並教比興賦義久不分迨漢世四家疊興齊魯韓說多早逸毛學顯自河間實詞微而旨遠鄭箋傳由棘下亦派異而源同余幼稟義方性躭箸述愧羣經僅能涉獵喜葩詞別有會通五際潛研幾忘流麥一疑偶析如獲珠船然第藏諸篋笥未敢懸之國門迨年逾弱冠遊宦春明獲問奇於子雲快咨事於伯始轍有出門之合戈無入室之操志存譯聖冀兼綜乎諸家論戒鑿空希折衷於至當然始則兼攻帖括未獲專精繼復沉迷簿書無暇博覽四十以後乞身歸養旣絶意於仕途乃殫心於經術爰取少壯所采獲及於孔疏陸義

有未能洞澈於胸者重加研究以三家辨其異同以全經明其義例以古音古義證其譌互以雙聲疊韵别其通借意有省會復加點竄歷時十有六年成書三十二卷將偏質之通人遂妄付諸剞劂初名毛詩翼注嗣改傳箋通釋述鄭兼以述毛規孔有同規杜勿敢黨同伐異勿敢務博矜奇實事求是祇期三復乎斯言窮愁著書用誌一經之世守道光十有五年四月既望桐城馬瑞辰識

毛詩傳箋通釋例言

一詩自齊魯韓三家旣亡說詩者以毛鄭爲最古據鄭志答張逸云注詩宗毛爲主毛義隱畧則更表明是鄭君大恉本以述毛其箋詩改讀非盡易傳而正義或誤以爲毛鄭異義又鄭君先从張恭祖受韓詩凡箋訓異毛者多本韓說其答張逸亦云如有不同卽下己意而正義又或誤合傳箋爲一瑞辰粗擘二學有確見其分合異致爲義疏所未剖析者各分疏之故以傳箋通釋爲名

一毛詩用古文其經字多叚借類皆本於雙聲疊韵而正義或有未達有可證之經傳者均各考其原

流不敢妄憑肊見

一三家詩與毛詩各有家法實爲異流同原凡三家遺說有可與傳箋互相證明者均各廣爲引證剖判是非以歸一致

一毛詩經字流傳不無焉魯有可即傳箋注釋以辨經文譌誤者鄙見所及均各分條疏釋

一考證之學首在以經證經實事求是顧取證既同其說遂有出門之合瑞辰昔治是經與郝蘭皋戶部胡墨莊觀察有針芥之投說多不謀而合非彼此或有襲取也

一說經最戒雷同凡涉獵諸家有先我得者半皆隨

時刪削間有義歸一是而取證不同或引據未周而說可加證必先著其爲何家之說再以己說附之又有積疑既久偶得一說昭若發矇而其書或尚未廣布遂兼取而詳載之亦許叔重博采通人之意也

一是書先列毛鄭說於前而唐宋元明諸儒及國初以來各經師之說有較勝漢儒者亦皆采取以闢門戶之見

毛詩傳箋通釋目次

右所列目次首列雜考各說餘皆依毛詩次序惟蕩之什卷帙較繁遂分爲二此亦猶邶鄘衛詩三家舊皆合爲一卷獨毛詩析而爲三者徒以篇卷較多非别有義意也

毛詩傳箋通釋卷一

桐城馬瑞辰學

詩入樂說

詩三百篇未有不可入樂者虞書曰詩言志歌永言聲依永律和聲歌聲律皆承詩遞言之毛詩序曰在心爲志發言爲詩又曰言之不足故嗟嘆之嗟嘆之不足故永歌之此言詩所由作卽虞書所謂詩言志歌永言也又曰情發於聲聲成文謂之音此言詩播爲樂卽虞書所謂聲依永律和聲也若非詩皆入樂何以被之聲歌且協諸音律乎周官大師敎六詩而云以六德爲之本以六律爲之音是六詩皆可調以六律己墨子公孟篇

曰誦詩三百弦詩三百歌詩三百舞詩三百鄭風青衿詩毛傳云古者教以詩樂誦之歌之弦之舞之其說正本墨子是三百篇皆可誦歌弦舞已若非詩皆入樂則何以六詩皆以六律爲音又何以同是三百篇而可誦者卽可弦可歌可舞乎左傳吳季札請觀周樂使工爲之歌周南召南並及於十二國若非入樂則十四國之詩不得統之以周樂也史記言詩三百五篇孔子皆弦歌之以求合於韶武雅頌若非入樂則詩三百五篇不得皆求合於韶武雅頌也六藝論云詩弦歌諷諭之聲也鄭志答張逸云國史采衆詩時明其好惡令瞽矇歌之其無所主皆國史主之令可歌據此則鄭君亦謂詩

皆可入樂矣程大昌謂南雅頌爲樂詩自邶至豳皆不入樂爲徒詩其說非也或疑詩皆入樂則詩卽爲樂何以孔子有刪詩訂樂之殊不知詩者載其貞淫正變之詞樂者訂其清濁高下之節古詩入樂類皆有散聲疊字以協於音律卽後世漢魏詩入樂其字數亦與本詩不同則古詩之入樂未必卽今人誦讀之文一無增損葢可知也古樂失傳故詩有可歌有不可歌大戴禮投壺篇曰凡雅二十六篇其八篇可歌歌鹿鳴貍首鵲巢采蘩采蘋伐檀白駒騶虞八篇廢不可歌其七篇商齊可歌也三篇間歌所謂可歌者謂其聲律猶存不可歌者僅存其詞而聲律已不傳也若但以其詞言之則三

百五篇俱在豈獨鹿鳴鵲巢諸篇爲可歌哉

魯詩無傳辨

漢書儒林傳曰申公獨以詩經爲訓故以教無傳疑者則闕弗傳顏師古以無傳爲不爲解說之傳其說誤也漢書楚元王傳言申公始爲詩傳號魯詩太平御覽二百三十二卷引魯國先賢傳曰漢文帝時聞申公爲詩最精以爲博士申公爲詩傳號爲魯詩何休公羊傳註班固白虎通義文選李善註皆引魯詩傳是魯詩有傳之證考史記儒林傳曰申公獨以詩經爲訓故以教無傳疑疑者則闕弗傳當讀無傳疑爲句下云疑者則闕弗傳乃釋上無傳疑三字也傳讀如傳授之傳非傳註

之傳漢書說本史記而誤脫一疑字顏師古遂讀無傳爲句而以無觧說之傳釋之誤矣陸德明經典序錄言魯人申公受詩於浮邱伯以詩經爲訓故以教無傳疑者則闕弗傳無傳下亦少一疑字葢承漢書儒林傳之誤史記索隱亦謂申公不作詩傳則誤以史記無傳疑疑字爲衍文耳

毛詩詁訓傳名義考

漢藝文志載詩凡六家有以故名者魯故韓故齊后氏故孫氏故是也有以傳名者齊后氏傳孫氏傳韓內傳外傳是也惟毛詩兼名詁訓傳正義謂其依爾雅訓詁爲詩立傳又引一說謂其依故昔典訓而爲傳其說非

也漢儒說經莫不先通詁訓漢書揚雄傳言雄少而好學不爲章句訓故通而已儒林傳言丁寬作易說三萬言訓故舉大義而已而後漢書桓譚傳亦言譚徧通五經皆詁訓大義不爲章句則知詁訓與章句有辨章句者離章辨句委曲支派而語多傳會繁而不殺蔡邕所謂前儒特爲章句者皆用其意傳非其本旨劉勰所謂秦延君之注堯典十餘萬字朱普之解尚書三十萬言所以通人惡煩羞學章句也詁訓則博習古文通其轉注假借不煩章解句釋而奥義自闢班固所謂古文讀應爾雅故解古今語而可知也史漢儒林傳漢藝文志皆言魯申公爲詩訓故而漢書楚元王傳及魯國先賢

傳皆言申公始爲詩傳則知漢志所載魯故魯說者即魯傳也何休公羊傳註亦言傳謂詁訓似故訓與傳初無甚異而漢志既載齊后氏故孫氏故韓故又載齊后氏傳孫氏傳韓內外傳則訓故與傳又自不同葢散言則故訓傳俱可通稱對言則故訓與傳異連言故訓與分言故訓者又異故訓即古訓蒸民詩古訓是式毛傳古故也鄭箋古訓先王之遺典也又作詁訓說文詁訓故言也至於傳則釋名訓爲傳示之傳正義以爲傳通其義葢詁訓第就經文所言者而詮釋之傳則並經文所未言者而引伸之此詁訓與傳之別也古有倉頡訓故又有三倉訓詁此連言故訓也爾雅廣雅俱以釋詁

釋訓名篇張揖雜字曰詁者古今之異語也訓者謂字有意義也詩正義曰詁者古也古今異語通之使人知也訓者道也道物之貌以告人也又引爾雅序曰釋詁通古今之字與古今異言也釋訓言形貌也趙宧光曰通古今曰釋詁以今合古曰釋言釋其所釋曰釋訓此分言詁訓也蓋詁訓本爲故言由今通古皆曰詁訓亦曰訓詁而單詞則爲詁重語則爲訓詁第就其字之義旨而證明之訓則兼其言之比興而訓導之此詁與訓之辨也毛公傳詩多古文其釋詩實兼詁訓傳三體故名其書爲詁訓傳嘗卽關雎一詩言之如窈窕幽閒也淑善逑匹也之類詁之體也關關和聲也之類訓之體也若夫婦有別則父子親父

子親則君臣敬君臣敬則朝廷正朝廷正則王化成則傳之體也而餘可類推矣訓故不可以該傳而傳可以統訓故故標其總目爲詁訓傳而分篇則但言傳而已

詩譜次序考

毛詩次序當以詩譜爲正今世所傳詩譜與注疏本先後次序異者二一以檜鄭爲一譜一以王風居豳後今案檜滅於鄭而居鄭前以合爲一譜與邶鄘之先衛無異此可據鄭譜以正注疏本之誤者也至以王居豳後孔疏謂其退就雅頌並言王世故耳但考鄭志答張逸云以周公專爲一國主上冠先王之業亦爲優矣所以在風下次於雅前是鄭君亦以豳居風末未嘗以王退

雅前此可據鄭志以證詩譜之亖者也

詩譜逸文考

後漢書鄭康成傳敘所著有毛詩譜釋文序錄載鄭元詩譜二卷徐整暢太叔求隱蓋康成作詩譜徐整遵暢厥旨太叔求又表其微意而謂之隱猶漢志春秋家有左氏微鐸氏微也而隋經籍志載毛詩譜三卷云吳太常卿徐整撰又載毛詩譜二卷云太叔求及劉炫注撰蓋撰述之義非謂詩譜爲徐整作也注卽隱之類耳孔疏以二劉爲本今詩譜正義當卽採劉炫之注而引伸之鄭譜原本至宋已亡歐陽永叔得其殘本於絳州取孔氏正義所載詩譜補之然考諸書所引尙有在今本

詩譜外者如釋文序錄克傳魯人孟仲子注引詩譜云子思之弟子長卿授解延年注引詩譜云齊人關雎釋文引沈重云按鄭詩譜意大序是子夏作小序是子夏毛公合作卜商意有不足毛更足成之皆正義本所無而國風正義引詩譜云魯人大毛公爲詁訓傳於其家河間獻王得而獻之以小毛公爲博士維天之命正義引譜云孟仲子者子思弟子又引譜云子思論詩於穆不已孟仲子曰於穆不似今正義本詩譜亦無之竊意鄭君詩譜別有諸家傳授次序一篇而正義失載因逸之耳後漢書郡國志右扶風栒邑有豳鄉注引詩譜又有劉邑潁川郡有嵩山注引詩譜云外方之山即嵩也

皆在正義本詩譜之外至大序正義引詩譜云師摯之始關雎之亂早失風聲矣周南召南譜正義引譜云天子納變雅諸侯納變風其禮同又引譜下文云路寢之常樂風之正經也天子歌周南諸侯歌召南皆當爲周南召南譜之逸文又擊鼓正義引譜曰刺怨相尋由儀正義引鄭譜言辭義皆亡者對六篇有義無辭新宫并義亦無鴻雁正義引譜曰文王巡守述職文王正義引譜云以秝校之文王受命十三年辛未之歲殷正月六日殺紂天作正義引譜云叅訂時驗是今本詩譜所無而正義引之者甚夥似孔氏亦嘗見詩譜全文而今本實有闕逸也徐整詩譜暢今亦不傳釋文序錄引徐整

云子夏授高行子高行子授薛倉子薛倉子授帛妙子帛妙子授河間人大毛公大毛公爲故訓傳於其家以授趙人小毛公小毛公爲河間獻王博士以不在漢朝故不列學宫又引漢書儒林傳授同國貫長卿注云徐整作長公葢皆徐整詩譜暢逸文之僅存者是亦斷璧殘圭之可寶貴已若後漢書郡國志河東郡曲沃注云曲沃在縣東北數里與晉相去六七百里見毛詩譜注所謂注者未知其爲太叔求之隱抑爲劉炫之注歐陽公詩譜補亡後序謂絳州所得詩譜殘本其文有注而不見名氏則固已無可考矣

十五國風次序論

孔疏云自衛以下十有餘國編次先後舊無明說去聖久遠難得而知欲以先後爲次則齊哀先於衛頃鄭武後於檜國而衛在齊先檜處鄭後是不由作之先後也欲以國地爲序則鄭小於齊魏狹於晉而齊後於鄭魏先於唐是不由國之大小也欲以采得爲次則雞鳴之作遠在緇衣之前鄭國之風必處檜詩之後何當後作先采先采後作乎是不由采得先後也歐陽永叔詩譜補亡後序曰凡詩雅頌兼列商魯其正變之風十有四國而其次比莫詳其義惟封國變風之先後不可以不知周召王豳同出於周邶鄘并於衛檜魏無世家其可考者陳齊衛晉曹鄭秦此封國之先後也豳齊衛檜陳

唐秦鄭魏曹此變風之先後也周南召南邶鄘衛王鄭齊豳秦魏唐陳檜曹此孔子未删詩以前周太師樂歌之次第也周召邶鄘衛檜鄭齊魏唐秦陳曹豳王此鄭氏詩譜次第也黜檜後陳此今詩次第也今按歐陽公所言周太師樂歌之次第蓋據左傳季札觀樂而言而鄭譜次第誤以王列豳後竊謂國風次序當以所訂鄭譜爲正周召邶鄘衛王檜鄭齊魏唐秦陳曹豳也其先後次第非無意義但不得以一例求之蓋於二南邶鄘衛王可以見殷周之盛衰焉二南周王業所起也邶鄘衛紂舊都也王東遷以後地也首二南見周之所以盛次邶鄘衛見殷之所以亡次王見周之所以始盛而終

衰也於檜鄭齊魏唐秦可以覘春秋之國勢焉春秋之初鄭最稱强檜則滅於鄭者也故檜鄭爲先鄭衰而齊桓創霸故齊次之齊衰而晉文繼霸魏則滅於晉者也故魏唐次之晉霸之後秦穆繼霸故秦又次之若夫陳曹豳則又詩之廢興所關焉陳滅於淫曹滅於奢而豳則起於勤儉者也以陳曹居變風之末見詩之所以息以豳風居周雅之先見詩之所以興至豳之後於陳曹則又有反本復古之思焉大抵十五國之風其先後皆以國論不得以一詩之先後爲定也邶鄘滅於衛檜滅於鄭魏滅於唐皆附乎衛鄭唐以見又以見一國之廢興焉不得以國之小大爲定也而采得之先後載籍無

徵其不足以定次序更無論矣

風雅正變說

風雅正變之說出於大序卽以序說推之而自明序云風風也教也又云上以風化下蓋君子之德風故風專以化下爲正至云下以風刺上風沈重音福鳳反讀如諷云自下刺上感動之名變風也蓋變化下之名爲刺上之什變乎風之正體是謂變風序云雅者正也言王政之所廢興也此兼雅之正變言之蓋雅以述其政之美者爲正以刺其政之惡者爲變也文武之世不得有變風變雅夷厲宣幽之世有變風未嘗無正風有變雅未嘗無正雅也蓋其時天子雖無道而一國之君有能

以風化下如淇奥緇衣之類不得謂非正風也宣王中興雖不得爲聖主而有一政之善足述如車攻吉日之類不得謂非正雅也風雅之正變惟以政教之得失爲分政教誠失雖作於盛時非正也政教誠得雖作於衰時非變也論詩者但卽詩之美刺觀之而不必計其時焉可也

周南召南考

詩譜周召者禹貢雍州岐山之陽地名今屬右扶風美陽縣考帝王世紀岐山南有周原括地志召亭在岐山縣西南十里此周召采邑之分地也周召分陝以今陝州之陜原爲斷括地志陝原在陝州陝縣西南二十五里周公主陝東召公

主陝西乃詩不繫以陝東陝西而各繫以南者南葢商世諸侯之國名也水經江水注引韓詩序曰二南其地在南郡南陽之閒（楚地記漢江之北爲南陽漢江之南爲南郡吾鄉胡徵士虔曰案漢南郡今湖北荆州府荆門州及襄陽施南宜昌三府之境南陽今河南南陽府汝州之境周南之詩曰汝墳者其東北境至汝也曰漢廣江永者其西至漢南至江也召南之詩曰江沱者其西北至蜀東南至南郡也大約周南有南郡之東而東至南陽召南有南郡之西而西至巴蜀）是韓詩以二南爲古國名矣史記夏本紀夏之後有男氏世本作南氏潛夫論亦作南男南古同音假借通用（左傳鄭伯男也外傳作伯南）南氏卽男氏耳逸周書史記解昔南氏有二臣貴寵力鈞勢敵競進爭權下爭朋黨君弗能禁南氏以分（路史有南以二臣勢均爭權而分後有南仲說本周書）是爲古二南分國之由周召二公分陝葢

分理古二南國之地故周召各繫以南竊疑樂記四成而南國是疆五成而分陝周公左召公右今本樂記無陝字此從詩正義引及史記樂書文正相連所謂南國當卽二南之國謂疆理南國使二公分治之其屬周公者爲周南屬召公者爲召南故下卽繼以左周右召周召皆爲采邑不得名爲國風故編詩必繫以南國之舊名也呂氏春秋音初篇塗山女歌曰候人兮猗實始作爲南音周公召公取風焉以爲周南召南高誘註南音南方南國之音葢以南爲古國名故於南方下更繫以南國也云南音者葢猶商人識之謂之商齊人識之謂之齊皆繫以國名也云周召取風者葢二公分治南國之地因取南國之音以

爲風猶衛之兼有邶鄘因取邶鄘之音以爲風也又按小雅以東有西有南有北有對言惟周南獨言南有樛木南有喬木者皆指南國而言與論語言周有八士相同又論語南人有言曰孔注南人南國之人不言南方而言南國揚子方言衆信曰諒周南召南衛之語也以二南與衛並稱皆南爲南國之證毛傳泛指南土南方竝失之四書釋地序引商邱宋犖以南爲國名與予說畧同

二南后妃夫人說

周南序言后妃召南序言夫人孔疏謂一人而二名各隨其事立稱其說非也周南王者之風故稱后妃召南

諸侯之風故稱夫人皆泛論后妃夫人之德故周南關雎序云所以風天下而正夫婦葛覃序云則可以歸安父母卷耳序云又當輔佐君子求賢審官召南鵲巢序云德如鳲鳩乃可以配焉采蘩序云夫人可以奉祭祀則不失職矣皆泛言其德必如此而後可未嘗言及大姒也即鄭君詩譜歷舉大姜大任大姒之德言周歷世有賢妃之助以致其治故二南之詩以后妃夫人之德爲首亦第言周家世有婦德未嘗專美大姒也詩譜又云終以麟趾騶虞言后妃夫人有斯德興助其君子皆可以成功至於獲嘉瑞正是泛指后妃夫人言之后妃夫人皆泛言故召南序又由夫人而言及大夫妻亦謂

大夫妻之以禮自防能循法度者皆當如詩草蟲采蘋之所歌耳若以后妃夫人爲指大姒則所謂大夫妻者又將何指乎周南漢廣汝墳序始言文王之化召南甘棠行露以下序始言召伯之教文王之政至序言后妃夫人則並未言及文王何得謂其專美大姒乎讀詩者惟以爲后妃夫人之詩不必實指后妃夫人爲何人可也

豳雅豳頌說

周官籥章掌土鼓豳籥又言中春吹豳詩逆暑中秋迎寒亦如之凡國祈年於田祖吹豳雅國祭蜡則吹豳頌豳雅豳頌之名始見於此後鄭註以豳雅豳頌皆指七

月詩於凡國祈年於田祖吹豳雅註云七月又有于耜舉趾饁彼南畝之事是亦歌其類謂之雅者以其言男女之正於國祭蜡則吹豳頌註云七月又有獲稻作酒躋彼公堂稱彼兕觥萬壽無疆之事是亦歌其類也謂之頌者以其言歲終人功之成至七月詩箋於女心傷悲殆及公子同歸箋云女感事苦而生此志是謂豳風於十月穫稻三句箋云既以鬱薁及棗助男功又穫稻而釀酒以助其養老之具是謂豳雅於躋彼公堂三句箋云飲酒既樂欲大壽無竟是謂豳頌與籥章註小異諸詩未有一篇之內備有風雅頌者而鄭君獨謂七月一詩兼備三體先儒嘗駁之矣謹案籥章以掌籥爲專

司故首言豳籥先鄭謂豳籥豳國之地竹其說非也禮記明堂位土鼓葦籥伊耆氏之樂也蓋籥後世始用竹伊耆氏止以葦爲之豳籥卽葦籥也郊特牲正義謂伊耆卽神農籥章祈年於田祖鄭注田祖始教耕者神農也又言祭蜡據史記小司馬續三皇紀神農始作蜡與郊特牲伊耆氏始爲蜡合是伊耆卽神農之證祈年所以祭神農祭蜡亦行神農之禮故仍其舊樂祭以土鼓葦籥籥章既言土鼓則知豳籥卽葦籥不曰葦而曰豳蓋豳人習之因曰豳籥猶商人識之謂之商齊人識之謂之齊也籥章專主吹籥則統下豳詩豳雅豳頌三者皆吹以豳籥也古者風雅頌皆可吹以籥籥章以豳籥

吹豳詩及雅頌故首以豳籥冠之耳觀言逆寒暑吹豳詩足證惟迎寒暑方以豳籥吹豳詩外此則不吹豳詩豳詩指七月之詩籥章特言豳詩以别之將以明乎豳雅豳頌之不爲七月詩也祈年吹豳雅祭蜡吹豳頌蓋祈年用雅以豳籥吹之因曰豳雅祭蜡用頌以豳籥吹之因曰豳頌總之觀籥章言祭田祖言祭蜡言土鼓則知豳籥即葦籥矣觀籥章首言豳籥而後言吹豳詩吹豳雅吹豳頌則知三者皆吹以豳籥而雅頌所以稱豳在是矣觀迎寒暑吹豳詩則知豳雅豳頌之不用豳詩正不必强分七月一詩以備三體矣

豳非變風說

豳風周公述祖德之詩也太史因述周人頌公之詩以附其後意主於美周公不得以爲變風也以詩序證之序云王道衰禮義廢政教失國異政家殊俗而變風變雅作矣豳豈作於王道衰政教失之時乎以鄭譜言之譜云孔子錄懿王夷王時詩訖於陳靈公謂之變風變雅豳豈作於懿夷及陳靈之世乎據鄭志張逸問豳七月專詠周公之德宜在雅今在風何答曰以周公專爲一國主上冠先公之業亦云優矣所以在風下次於雅前是鄭君以豳居風雅之間未嘗遂目爲風豈得謂之變風乎以此推之則鄭君詩譜豳爲變風之說亦未定之論耳或以豳詩作於周公遭亂之時故爲變風然常

棣之詩亦爲閔管蔡作胡不以爲變雅也

王降爲風辨

周官大師教六詩一曰風是風乃詩之一體詩序以一國之事繫一人之本謂之風言天下之事形四方之風謂之雅亦謂其體有不同耳非謂風爲諸侯之詩雅爲天子之詩也小雅有賓之初筵大雅有抑則諸侯未嘗無雅十五國之風前有二南後有王則天子未嘗無風王風蓋采風畿內其詩合乎風之體故列於風雅兼天下則不以代名風主一國則必以國名十五國之風皆國名也周平王遷於王城故名其風爲王稱其地非稱其爵陸德明謂猶春秋稱王人非也春秋傳季札觀樂

已爲歌王與邶鄘衛爲一例皆以其國名其風詩譜謂

貶而爲風亦非也

王風爲魯詩辨

晁景迂謂齊魯韓三家皆以王風爲魯詩不知所本嘗

即黍離一詩考之太平御覽引韓詩云黍離伯封作曹

植令禽惡鳥論云尹吉甫信後妻之讒殺孝子伯奇其

弟伯封求而不得作黍離說本韓詩是韓詩以黍離爲

周詩矣太平御覽又引齊詩云衛宣公之子壽閔其弟

伋之見害作憂思之詩黍離之詩是也劉向治韓詩兼

治魯詩其新序所載與齊詩畧同葢魯詩說也是齊魯

詩皆以黍離爲衛詩矣一以黍離爲周詩一以黍離爲

衞詩則三家未嘗以王風爲魯詩葢可知也

邶鄘衞三國考

漢書地理志云周旣滅殷分其畿内爲三國邶以封紂子武庚鄘管叔引之衞蔡叔引之此以管蔡合武庚爲三監也鄭氏詩譜言武王伐紂以其京師封武庚三分其地置三監使管叔蔡叔霍叔引而教之自紂城而北謂之邶南謂之鄘東謂之衞皇甫謐帝王世紀又曰自殷都以東爲衞管叔監之殷都以西爲鄘蔡叔監之殷都以北爲邶霍叔監之是謂三監說與詩譜分國稍異而以管蔡霍三叔爲三監則同此以管蔡霍爲三監而不及武庚也謹案逸周書作雒解云武王克殷乃立王

子祿父俾守商祀建管叔於東建蔡叔霍叔於殷俾監殷臣王尚書據孔晁注建霍叔于殷曰霍叔相祿父也則孔本但有霍叔無蔡叔俗本蔡叔二字乃後人妄增也王尚書又言監殷之人其說有二或以爲管叔蔡叔而無霍叔或以爲管叔霍叔而無蔡叔說詳經義述聞其論甚確則鄭康成皇甫謐以管蔡霍三叔爲三監其說疏矣又詩正義據尚書大傳云武王殺紂繼公子祿父使管叔蔡叔監祿父祿父及三監叛以證祿父之外更有三人爲監王尚書云上文云使管叔蔡叔監祿父則監者僅止二人三監當爲二監之訛今按專指監殷而言則監者僅止二人兼言監殷臣民則武庚亦在三

監之列若如鄭譜及皇甫謐說三叔分監其地則武庚轉無分地矣漢書地志武庚封邶管叔尹鄘蔡叔尹衛皆於經傳無徵據史記周本紀封商紂子祿父殷之餘民武王爲殷初定未集乃使其弟管叔鮮蔡叔度相祿父治殷又曰封弟叔鮮於管弟叔度於蔡是二叔相殷與封國判然兩事管蔡世家封叔鮮於管封叔度於蔡二人相紂子武庚祿父治殷遺民葢謂二叔俱未就國爲相於殷猶周公封魯而身相周也則管蔡固未嘗分據殷地矣逸周書作雒解云俾康叔宇於殷史記衛世家云以武庚殷餘民封康叔爲衛君居河淇間故商墟是知康叔封衛卽武庚舊封則知武庚兼有衛地不僅

封邶矣蓋周封武庚於殷實兼有邶鄘衛之地二監别有封國而身作相於殷並未嘗分據邶鄘衛之地也地理志及鄭康成詩譜皇甫謐帝王世紀謂三分其地置三監者皆臆說耳竊考逸周書世俘觧云甲申百弇以虎賁誓命伐衛是紂時已有衛稱説文邶故商邑河内朝歌以北是也則邶衛皆商之舊國不因置三監始分其地不得附會三國爲三監也詩邶鄘衛所詠皆衛事不及邶鄘漕邑鄘地也而邶詩曰土國城漕泉水衛地也而邶詩曰毖彼泉水又左傳衛北宫文子引邶詩威儀棣棣二句而稱爲衛詩吳季子觀樂爲之歌邶鄘衛季子曰吾聞衛康叔武公之德如是是其衛風乎則古

葢合邶鄘衛爲一篇至毛公以此詩之簡獨多始分邶鄘衛爲三故漢志魯齊韓詩皆二十八卷惟毛詩故訓傳分邶鄘衛爲三卷始爲三十卷耳

詩人義同字變例

阮宫保揅經室文集進退維谷解曰案谷乃穀之假借字本字爲穀進退維穀穀善也以其近在不胥以穀之下嫌其二穀相竝爲韻卽改一假借之谷字當之此詩人義同字變之例也此例前人無言之者言之自宫保始今由宫保之說考之三百篇中引伸觸類如此例者甚夥有上用本字而下改用假借字者如王風君子于役詩羊牛下括之括卽曷其有佸之佸故韓詩於佸訓

至毛詩於括亦訓至（毛詩訓佸爲會會亦至也廣雅會至也）乃上用本字爲括下則假借佸字矣（說文括絜也此括之本義）王風兔爰詩逢此百罹罹卽羅字之別體故說文無罹字乃上言雉離于羅下卽改用罹字矣小雅正月詩褒姒烕之卽滅字故毛傳說文竝曰烕滅也乃上言寗或滅之下卽改用烕字矣大雅皇矣詩此維與宅宅度古通用書五流有宅史記作度詩宅是鎬京禮記引作度可證詩意葢言天始維四國是圖度今乃西顧我周維此是度也乃上言爰究爰度下卽借宅作度矣有下用正字而上改用假借字者如召南草蟲詩喓喓草蟲卽爾雅草蠡負蠜也乃下言趯趯阜螽上卽借蟲爲螽矣小雅蓼莪詩毋兮

鞠我鞠卽育字之假借乃下言長我育我上卽假言鞠我矣小雅信南山詩維禹甸之據鄭註甸祝云甸之言田說文田陳也陳治也是甸卽田也乃下言曾孫田之上卽假言甸之矣大雅行葦詩舍矢旣均謂均齊也乃下言旣均上言四鍭旣鈞卽假用鈞字矣大雅抑詩四方其訓之與四國順之句法一類釋爲訓敎則不詞據書是訓是行史記作是順知訓卽順之假借蓋因下言四國順之上乃假訓爲順耳又有一字則用其本字兩字竝用則改用俗字如大雅抑詩無言不讎鄭箋以售釋之讎卽售之本字漢高飲酒讎數倍是也至邶谷風詩上旣云反以我爲讎則下賈用不售卽改用售字以

别之不得以說文無售字而遂疑爲後人妄改也三百篇中有類此者均可由是說推之矣

鄭箋多本韓詩考

鄭君箋詩自云宗毛爲主其間有與毛不同者多本三家詩以今考之其本於韓詩者尤夥如君子偕老詩邦之媛也箋云邦人所依倚以爲援助也與韓詩媛作援訓爲助合鶉之奔奔詩箋云奔奔彊彊居有常匹行則相隨之貌與韓詩云奔奔彊彊乘匹之貌合相鼠詩人而無止箋云止容止與韓詩止節也無禮節也合揚之水詩彼其之子箋云其或作記或作已與韓詩外傳引詩彼已之子合靑衿詩子甯不嗣音箋云嗣續也女曾

不傳聲問我與韓詩嗣作貽云貽寄也曾不寄問也合𢻺笱詩其魚唯唯箋云唯唯行相隨順之貌韓詩作遺遺言不能制也據玉篇遺遺魚行相隨是知箋行相隨順即韓詩遺遺之義也衡門詩可以樂饑箋云饑者見之可飲以㾃饑據韓詩外傳引詩可以療饑說文㾃治也或作療是知鄭箋㾃饑即本韓詩療饑也車攻詩東有甫草箋云甫草甫田之草也鄭有甫田據韓詩東有圃草是知箋圃田之訓即本韓詩圃草也十月之交抑此皇父箋云抑之言噫據韓詩云抑意也是知箋讀抑爲噫即本韓詩抑意也信南山詩維禹甸之箋云禹治而邱甸之據周官稍人邱乘注乘讀與維禹敶之敶同

疏引韓詩作敶云乘也是知箋訓邱甸卽本韓詩敶乘之義也抑詩用逷蠻方箋云逷當作剔剔治也據泮水詩狄彼東南韓詩作鬄云除也是知箋剔治之訓卽本韓詩鬄除也天作詩彼徂矣岐有夷之行箋云徂往行道也後之往者又以岐邦之君有佼易之道故也據韓詩薛君傳彼有往歸文王者皆曰岐有易道可往歸矣是知箋讀岐有夷之行爲句本韓詩也酌詩遵養時晦箋云養是闇昧之君以老其惡據韓詩外傳引詩遵養時晦言相養以至於惡也是知箋老惡之說亦韓詩也蓋鄭君先從張恭祖受韓詩故其箋時多本韓詩之說使韓詩具存其可考者當不弟此亦有韓詩不存而可

知其說本韓詩者如斯干詩君子攸芋箋云芋當作幠幠覆也與鄭注大司徒職宮室謂約椓攻堅風雨攸除各有攸宇義同宇亦覆也有瞽詩應田縣鼓箋云田當作朄與明堂位注引周頌應朄縣鼓同其說皆本韓詩蓋鄭君注禮多本韓詩是知箋詩與禮注同者亦韓詩也漸漸之石詩山川悠遠維其勞矣箋云其道里長遠邦域又勞勞廣闊言不可卒服正義謂勞勞當從遼遼之遼與劉向九歎山脩遠其遼遼兮同劉向所述多韓詩是知箋說與劉向同者亦韓詩也至匡衡傳云陳夫人好巫而民淫祀說本齊詩而鄭君詩譜亦云大姬無子好巫覡禱祈鬼神歌舞之樂民俗化而爲之谷永傳

引詩豔妻作閻妻又云抑褒閻之亂顔師古註謂刺厲王詩本魯詩而十月之交鄭箋云當爲刺厲王作正本魯詩之說儀禮士昏禮宵衣注宵讀爲詩素衣朱綃之綃魯詩以綃爲綺屬也而揚之水箋亦曰繡當爲綃是知鄭君非不兼采齊魯二家之說要不若韓詩是從其師說爲最多耳又按澤陂詩有蒲與蕑箋云蕑當作蓮此正本韓詩傳蕑蓮也爲訓葢韓詩蕑蓮也以釋詩有蒲與蕑非釋詩方秉蕑兮今釋文於溱洧詩引韓詩蕑蓮之訓誤矣

毛詩古文多假借考

毛詩爲古文其經字類多假借毛傳釋詩有知其爲某

字之假借因以所假借之正字釋之者有不以正字釋之而即以所釋正字之義釋之者說詩者必先通其假借而經義始明齊魯韓用今文其經文多用正字經傳引詩釋詩亦多有用正字者正可藉以考證毛詩之假借如毛詩汝墳惄如調饑傳調朝也據韓詩作惄如朝饑知調即朝之假借也毛詩何彼襛矣傳襛猶戎戎也據韓詩作何彼茙矣知襛即茙之假借也毛詩芄蘭能不我甲傳甲狎也據韓詩作能不我狎知甲即狎之假借也毛詩小緍是用不集傳集就也據韓詩作是用不就知集即就之假借也毛詩文王陳錫哉周傳哉載也據春秋傳及國語皆引作載知哉即載之假借也毛詩

大明俔天之妹傳俔磬也據韓詩作磬天之妹知俔即磬之假借也凡此皆毛傳知其爲某字之假借即以所假借之正字釋之者也如毛詩葛覃害澣害否傳害何也據爾雅釋言曷盍也廣雅曷盍何也是知害即曷之假借傳正以釋曷者釋害也采蘋于以湘之傳湘亨也據韓詩作于以鬺之是知湘即鬺之假借傳正以釋鬺者釋湘也毛詩甘棠勿剪勿拜傳拜之言拔也據廣韻引詩勿剪勿扒云扒拔也是知拜即扒之假借傳正以釋扒者釋拜也毛詩柏舟如有隱憂傳隱痛也據韓詩作如有殷憂說文慇痛也是知隱即慇之假借傳正以釋慇者釋隱也毛詩巧言聖人莫之傳莫謀也據爾雅

釋詁謨謀也說文謨議謀也是知莫即謨之假借傳正以釋謨者釋莫也毛詩四月百卉具腓據爾雅釋詁痱病也邢疏及玉篇俱引詩百卉具痱是知腓即痱之假借傳正以釋痱者釋腓也毛詩大田以我覃耜傳覃利也據爾雅釋言剡利也郭註引詩以我剡耜是知覃即剡之假借傳正以釋剡者釋覃也毛詩皇矣求民之莫傳莫定也據爾雅釋詁嗼定也是知莫即嗼之假借傳正以釋嗼者釋莫也抑詩有覺德行傳覺直也據爾雅釋詁梏直也緇衣引詩有梏德行是知覺即梏之假借傳正以釋梏者釋覺也毛詩維天之命假以溢我傳假嘉也據說文誐嘉善也引詩誐以謐我是知假即誐之

假借傳正以釋譏者釋假也毛詩載芟有略其耜傳略利也據釋文云字書作畧爾雅釋詁畧利也是知畧即䂮之假借傳正以釋䂮者釋畧也毛詩元鳥奄有九有傳九有九州也據韓詩作九域說文或邦也从口从戈以守一一地也古或有二字通用是知有即域之假借傳正以釋域者釋有也凡此皆傳知爲某字之假借而因以所釋正字之義釋之者也

毛詩各家義疏名目考

孔仲達毛詩正義序云近代爲義疏者有全緩何允舒瑗劉軌思劉醜劉焯劉炫等今考隋書經籍志載列毛詩總集二十六卷毛詩隱義十卷注云何允撰亡又載舒援

毛詩義疏二十卷舒援蓋即舒瑗國子助教劉炫毛詩述義四十卷而全緩劉軌思劉醜劉焯所著詩疏皆不存其目隋志別載毛詩義疏二十卷又十卷又十一卷又二十八卷均標曰毛詩義疏而不載撰者姓名或出於全緩諸家作志時已莫可考也唐志藝文志惟載劉炫述義三十卷較隋志已少十卷而諸家詩疏卷數益無考矣北史儒林傳敘云通毛詩者多出於魏朝劉獻之北史獻之傳言有毛詩序義一卷獻之傳李周仁周仁傳董令度程歸則歸則傳劉敬和張思伯劉軌思其後能言詩者多出二劉之門二劉謂劉敬和劉軌思也北史劉軌思傳言軌思說詩甚精少事同郡劉敬和而劉焯傳言焯少與劉炫

同受詩於同郡劉軌思是劉軌思之詩學出於敬和而劉焯劉炫又皆學於軌思者也南史陳書皆有全緩傳南史但言治易陳書則言其專講詩易是全緩劉軌思劉焯所著詩疏卷目雖無可徵而其傳詩源流猶可考見惟劉醜則南北史六朝書均不詳其人徒藉孔序以存其名耳

魏晉宋齊傳詩各家考

陸德明經典序錄言魏太常王肅述毛申鄭又載王肅注二十卷今考隋經籍志於王肅注毛詩二十卷外載有毛詩義駁八卷毛詩奏事一卷唐藝文志於王注毛詩二十卷外亦載有雜義駁八卷即隋志毛詩義駁也

不載毛詩奏事蓋隋志存者唐已亡逸也至王肅毛詩問難二卷隋志所注亡者不識唐志何以仍列其目也序錄言荆州刺史王基駁王肅申鄭義不載其書卷數今考隋志毛詩駁一卷注云魏司空王基撰殘缺梁五卷又有毛詩荅問駁譜合八卷而唐志載王基毛詩駁五卷較隋志多四卷毛詩雜荅問五卷較隋志少三卷又有雜義難十卷則隋志所無也序錄言晉豫州刺史孫毓爲詩評評毛鄭王肅三家同異朋於王徐州刺史從事陳統難孫申鄭又載孫毓詩同異評十卷不載陳統書目今考隋唐志均載孫毓毛詩異同評十卷與序錄同隋志載陳統難孫氏毛詩評四卷唐志所載亦同

至陳統毛詩表隱二卷則隋志注亡而唐志仍列其目者也序錄言宋徵士鴈門周續之豫章雷次宗齊沛國劉瓛並爲詩義序今考隋志載有宋通直郎雷次宗毛詩序義二卷劉瓛等撰毛詩序義疏一卷注云梁有毛詩序雷次宗撰亡梁有毛詩篇序義一卷劉瓛撰毛詩雜義注三卷亡惟周續之所著詩義序不見隋志據鄭氏箋標題下釋文云續之釋題已如此是德明固嘗見道祖書者而顏氏家訓及顏師古匡謬正俗并引續之毛詩音則續之書唐時猶存不知隋志何以失載耳序錄又載謝沈注二十卷江熙注二十卷隋志注所載卷數正同注又載毛詩義疏十卷謝沈撰三書並注曰亡

則其書失傳久矣

毛詩傳箋通釋卷二

周南

桐城馬瑞辰學

關雎

序關雎后妃之德也瑞辰案序以關雎爲后妃之德而下云所以風天下而正夫婦正謂詩所稱淑女爲后妃非謂后妃求賢也首章毛傳云后妃說樂君子之德無不和諧又不淫其色慎固幽深若關雎之有别焉又言后妃有關雎之德是幽閒貞靜之善女宜爲君子之好匹皆以淑女指后妃二章傳云后妃有關雎之德乃能供荇菜備庶物以事宗廟三章傳云德盛者宜有鐘鼓之樂亦謂后妃德盛耳未嘗有后妃求賢之說也后妃

求賢之說始於鄭箋誤會詩序憂在進賢一語爲后妃求賢不知序所謂進賢者亦進后妃之賢耳孔疏不悟序及毛傳與箋異義概以后妃求賢釋之誤矣

關關雎鳩傳關關和聲也雎鳩王雎也鳥摯而有別箋摯之言至也謂王雎之鳥雌雄情意至然而有別瑞辰按玉篇關關和聲也或作喧廣韻喧喧鳥和鳴也關官雙聲故關或作喧然喧字不見說文蓋後人增益字也釋文摯本亦作鷙左氏昭十七年傳雎鳩氏司馬也杜註王雎也鷙而有別故爲司馬主法制是雎鳩實鷙鳥傳本作鷙而有別義取有別非取其鷙故傳下云若關雎之有別焉鷙或假借作摯鄭箋因訓摯爲至非傳恉

也孔疏合而一之誤矣淮南子泰族訓關雎興於鳥而君子美之爲其雎雄之不乖居也據方言飛鳥曰雙鴈曰乘廣雅乘二也列女傳雎鳩之鳥猶未嘗見其乘居而匹游是淮南乖居乃乘居形近之譌與毛傳取其有別同義漢張超誚青衣賦感彼關雎性不雙侶亦取其有別也又按說文白鷢王雎也據爾雅釋鳥雎鳩王雎與鸉白鷢分爲二鳥邵晉涵爾雅正義謂雎鳩即今魚鷹以目驗之其色蒼黑焦循曰魚鷹尾短飛則見尾之上白故說文以王雎訓白鷢耳

在河之洲傳水中可居者曰洲 瑞辰按說文水中可尻者曰州水匊繞其旁从重川引詩在河之州今毛詩爾

雅作洲俗字也後漢書馮衍傳注引薛夫子韓詩章句曰詩人言雎鳩貞絜以聲相求必於河之洲蔽隱無人之處故人君動靜退朝入于私宮后妃御見去留有度是韓詩以在河之洲明其有別爲箋義摯而有別所本

窈窕淑女傳窈窕幽閒也　瑞辰按廣雅窈窕好也窈窕二字疊韻方言窕美也陳楚周南之間曰窕秦晉之間凡美色或謂之好或謂之窕又曰秦晉之間美心爲窈美狀爲窕葢對言則異散言則通爾說文窈深遠也幽深義近幽與窈亦雙聲也窕與姚通姚冶一作窕冶說文姚美好也方言窕好也窕又訓閒爾雅窕閒也方言窕言閒都也閒都亦好也又窕與嬥聲近廣雅釋詁嬥

好也釋訓又曰嬥嬥好也合言之則曰窈窕傳云幽閒者葢謂其儀容之好幽閒窈窕然文選李善註引薛君韓詩章句云窈窕貞專貌楚辭王逸注云窈窕好貌廣雅釋詁窈窕好也義皆與毛傳同爾雅釋言冥幼也幼或謂即窈之假借說文窈深遠也釋言又曰窕肆也據說文窕深肆極也極深爲肆是窈窕皆有深義窈窕通作窈窱又作杳窱說文杳杳窱也廣雅窈窱深也幽深義相近或以狀宫室之深邃班固西都賦又杳窱而不見陽是也至此詩窈窕則不取深義箋云幽閒處深宫貞專之善女亦謂幽閒貞專之善女處於深宫耳未遂訓窈窕爲深宫也孔疏謂窈窕爲淑女所居之宫形狀

窈窕然殊誤

君子好逑傳逑匹也箋怨妃曰仇　瑞辰按箋義本左傳其實仇與妃對言則異散言則通好仇猶言嘉耦也傳箋逑仇異字據說文逑字注又曰怨匹曰逑仇讎也是讎怨之仇當作仇逑匹之逑當作逑爾雅仇匹也注引君子好仇據孫炎云相求之匹則孫本當作逑毛詩古文多假借仇與求雙聲故經文及傳箋皆借仇爲逑釋文逑本亦作仇是也逑通作仇猶虞書旁逑孱功今堯典逑作鳩也至今釋文正義本經傳皆作逑乃後人私改臧氏玉琳經義雜記言之詳矣大元方言有𢪃字又逑字之異文據方言朹仇也集韻引方言作𢪃仇也則

杭卽抗之譌耳

參差荇菜傳荇接余也〔瑞辰〕按參差雙聲說文木部引詩槮差荇菜又竹部篸篸差也系部縒參縒也竝字異義同荇釋艸作莕說文以䓷爲莕之或體荇卽䓷之省

左右流之傳流求也〔瑞辰〕按流求一聲之轉爾雅釋詁流擇也釋言流求也擇與求義正相成流通作摎後漢書張衡傳註摎求也〔文選思元賦作摎舊注亦云摎求也〕求義同取廣雅釋言摎捋也捋謂取之也四章采之五章芼之義與流同廣雅釋詁采取也又曰芼取也爾雅芼搴也搴亦取也傳訓芼爲擇蓋謂擇而取之猶流之訓求又訓擇耳芼者覒之叚借說文覒擇也讀若苗繫傳引詩左右覒

之玉篇引詩亦作覒說文芼字註云艸覆蔓引詩作芼又省作毛羣經音辨毛擇也引禮毛六牲詩變文以協韻故數章不嫌同義先儒或訓芼爲芼羹之芼失其義矣

寤寐求之傳寤覺寐寢也瑞辰按寤寐猶夢寐也說文覺而有言曰寤从㝱省一曰晝見而夜夢也周官占夢四曰寤夢鄭註覺時道之而夢卽說文一曰晝見夜夢之義而凡夢亦通言寤左傳鄭莊公寤生杜註寐寤而莊公已生逸周書寤敬解王曰今朕寤有商驚予孔註言夢爲紂所伐故驚又王召左史戎夫曰今夕朕寤遂事驚予寤亦夢也漢武帝悼李夫人賦云宵寤夢之芒芒以寤夢連言皆寤訓爲夢之證徐幹中論治學篇曰

學者如登山焉動而益高如寤寐焉久而愈足班倢伃賦曰每寤寐而絫息兮申佩離以自思潘岳哀永逝文曰既寓目焉無兆曾寤寐兮弗夢所謂寤寐皆夢寐也是知此詩寤寐求之卽夢寐求之也寤寐思服卽夢寐思服也澤陂寤寐無爲卽夢寐無爲也後漢書臧洪傳隔闊相思發於寤寐亦卽夢寐耳又後漢書劉陶傳曰屏營彷徨不能監寐李賢注監寐猶寤寐也亦寤寐卽夢寐之證又按小弁詩假寐永歎而後漢和帝詔言寤寐永歎寤寐或與假寐相類柏舟詩耿耿不寐如有隱憂而易林屯之乾曰耿耿寤寐心懷大憂則寤寐又卽不寐

寤寐思服傳服思之也箋服事也覺寐則思己職事當誰與共之乎瑞辰按莊子田子方曰吾服女也甚忘郭註服者思存之謂是服有思義故傳以爲思之也服亦訓憂問喪曰哭泣無時服勤三年服勤即憂勤亦思也古者思與理同義說文侖思也又曰侖理也理即治也訓服爲思者葢以服爲艮之叚借說文艮治也思即治字引伸之義也叚服爲艮而訓思猶爾雅叚服爲艮而訓整也至思服之思乃句中語助與旨酒思柔句法相類箋訓爲思念之思失之胡承珙曰康誥曰要囚服念五六日服念連文服即念也念即思也

輾轉反側箋卧而不周曰輾瑞辰按輾字始見字林說

文惟曰展轉也从襄省聲又云夗轉臥也从夕卩臥有卩也與展音近而義同說文又曰驏馬轉臥土中馬之轉臥曰展猶人之轉臥曰展矣楚詞九歎注展轉不寐貌引詩展轉反側展轉爲臥而不周反側爲臥而不正說文仄傾也傾仄也反側當作反仄經傳通借作側小雅側弁之俄說文作仄仄弁之俄側亦仄之借也

琴瑟友之傳宜以琴瑟友樂之箋同志曰友　瑞辰按友之猶樂之也故傳連言友樂之廣雅友親也友爲相親有之稱喜生於好故義又爲樂猶虞爲有又爲樂也箋訓爲朋友之友失之

鐘鼓樂之　瑞辰按說文樂五聲八音總名象鼓鞞木虡

也是樂之本義爲禮樂後引伸爲哀樂古音讀同勞來之勞故詩以與芼韻

葛覃

葛之覃兮傳覃延也瑞辰按爾雅釋言流覃也覃延也說文覃長味也覃本延移之稱引伸爲長之通稱延亦長也方言延長也覃蕁古同聲淮南子火上蕁高誘注蕁讀葛覃之覃蕁或作燖故爾雅及詩釋文竝云覃本又作燖說文覃从𣆪鹹省聲覃之讀燖猶咸有淫音也燖字从尋尋亦長也方言自關而西秦晉梁益之間凡物長謂之尋覃又作蕈蔡邕協和賦云葛蕈恐其先時釋文五經文字竝云覃本亦作蕈陸雲詩思樂葛藟薄采

其覃正用此詩胡承珙曰詩以覃與施相承而言施爲延易則覃之訓延宜取延長之義

施于中谷傳施移也中谷谷中也　瑞辰按爾雅釋詁弛易也郭註相延易施弛古通用移易延易古音義竝同大雅皇矣詩施于孫子箋曰施猶易也延也大雅旱麓詩施于條枚呂氏春秋韓詩外傳新序引詩皆作延于條枚延移易皆一聲之轉是知施弛皆延之假借此傳訓施爲移猶皇矣訓施爲延易也延又通作貤說文貤重次弟物也上林賦貤邱陵郭璞曰貤猶延也貤與施亦聲近義同段玉裁謂詩施于中谷施于孫子皆當作貤又按說文𢻱敷也讀與施同施旗旖施也經典作施

者多𢼸字之假借說文迻遷徙也移禾相倚移也經典作移者皆迻字之假借爾雅水注谿曰谷說文泉出通川曰谷谷爲山閒出水地葛出于山不水生殆移易谷旁多石之地非谷中出水地也而詩言中谷者凡詩言中字在上者皆語詞施于中谷猶言施于谷也施于中逵施于中林猶言施于逵施于林也中心有違中心好之中心藏之凡言中心者猶言心也又詩瞻彼中原于彼中澤中田有廬之類中皆語詞式微詩露與泥皆邑名詩言中露泥中兩中字亦語詞推之禮言中夜無燭易言葬于中野中字亦皆語詞後人失其義久矣詩以葛之生此而延彼與女之自母家而適夫家王肅言猶

女之當外成是也箋謂喻女在父母家形體浸浸日長大失之

黃鳥于飛傳黃鳥摶黍也 瑞辰按詩蓋以黃鳥之有好音興賢女之有德音爾雅云皇黃鳥與倉庚鵹黃也異物焦循段玉裁竝以黃鳥爲今之黃雀其說是也毛傳以摶黍釋黃鳥不曰卽倉庚於倉庚曰離黃也亦不以爲黃鳥則倉庚與黃鳥各異陸機以黃鳥爲倉庚誤矣方言驪黃或謂之黃鳥則方俗之言或亦有名倉庚爲黃鳥者而非卽詩之黃鳥也

集于灌木傳灌木叢木也箋飛集叢木興女有嫁於君子之道釋文叢俗作菆一本作最 瑞辰按女之父母爲

女擇夫而嫁猶鳥之擇木而棲故詩以黃鳥之集灌木爲喻玉篇廣韻竝以藂爲叢之俗聚與冣古字通用公羊傳注冣聚也顏氏家訓謂冣卽古聚字說文儹冣也廣韻作儹聚是也小爾雅冣聚叢也故傳叢木或从俗作藂因消作聚又逼作冣今本作最誤矣說文最犯而取也从月取冣積也从冖取取亦聲最祖外切冣才句切二字音義俱異今經傳冣字多譌最又按說文蕞一曰蕞也蕞一曰蔟也集韻叢或作蕞檀弓蕞塗釋文蕞才官反正義云蕞聚也是叢蕞字古逼用釋文一本作最最或卽蕞字之譌又按爾雅灌木釋文作樌樌卽貫貫習也習重也與灌音同而義亦近

維葉莫莫傳莫莫成就之貌瑞辰按廣雅莫莫茂也莫莫猶言萋萋故訓爲茂

是刈是濩傳濩煑之也瑞辰按傳本釋訓濩即鑊之叚借說文鑴瓽也鑊鑴也少牢饋食禮有羊鑊豕鑊鑊所以煑因訓鑊爲煑猶刈亦田器用刈以取因訓刈爲取也齊語挾其槍刈耨鎛韋注刈鎌也是刈爲田器之證釋文引韓詩云刈取也濩瀹也舍人爾雅注是刈刈取之是濩煑治之皆直訓濩爲煑孔疏謂煑之於濩故曰濩煑非訓濩爲煑失之

服之無斁傳斁厭也箋服整也瑞辰按說文斁字註引詩服之無斁斁厭也爾雅釋詁射厭也郭註引詩服之

無射禮記兩引詩作射射皆斁之叚借箋从釋言訓服爲整盩以服爲艮之借字說文艮治也整亦治也但詩言爲絺爲綌則整治之功已在其內服仍訓服用爲是說文服用也序云服澣濯之衣亦以詩服爲服用表記引詩服之無射以證上文苟或行之必見其成以見爲其衣者必可服用也禮記緇衣引詩服之無射鄭注言已願采葛以爲君子之衣令君子服之無厭亦以服爲服用箋訓服爲整非詩義也魏風葛屨好人服之亦謂服用箋訓爲整亦誤

言告師氏言告言歸傳言我也瑞辰按爾雅孔魄哉延虛無之言間也間謂間廁言詞之中猶今人云語助也

爾雅此節皆語助凡詞之在句中者爲閒詞之在句首在句末者亦爲閒言有在句首者言告師氏言刈其楚之類是也言有在句中者靜言思之之類是也言有疊用者言告言歸之類是也言有與薄並爲助句者薄言采之之類是也傳从釋詁訓言爲我者詩中如我疆我理我任我輦我車我牛之類我皆語詞則以言爲我亦語詞耳箋遂釋爲人我之我失之

薄污我私薄澣我衣傳汙煩也箋煩煩撋之用功深澣謂濯之耳正義薄欲煩撋我之私服薄欲澣濯我之褻衣 瑞辰按左氏昭元年傳處不辟污杜注污勞事勞與煩同義芣苢詩薄言采之傳薄辭也後漢書李固傳薄

言震之註引韓詩亦曰薄辭也今按薄言二字皆語詞單言薄者亦語詞薄魄古聲近通用太元注旁薄猶彭魄文選李注以旁魄爲旁礴爾雅魄間也謂間助之詞魄即薄字之假借時邁箋云薄猶甫也甫始也此詩正義兩言薄欲盍亦訓薄爲甫非詩義也又按說文瀚濯衣垢也今詩作澣者瀚之省

歸甯父母傳父母在則有時歸甯耳　瑞辰按此傳義本左傳但據序云后妃在父母家則志在於女功之事躬儉節用服澣濯之衣尊敬師傅則可以歸安父母化天下以婦道也以躬儉節用服澣濯之衣承上后妃在父母家而言是此詩污私澣衣皆未嫁時之事序云歸安

父母正指經言告言歸言之乃婦人謂嫁曰歸之歸非反曰來歸之歸也后妃出嫁而當於夫家無遺父母之羞斯謂之甯父母無羊詩所謂無父母遺罹者也甯父母三字當連讀召南草蟲詩憂心忡忡箋云在塗而憂憂不當君子無以甯父母故心忡忡然又我心則降箋云始者憂於不當今君子待已以禮庶自此可以甯父母故心下也箋凡兩曰甯父母即本此詩又說文引詩以晏父母毁玉裁謂即此詩歸甯父母之異文亦以甯父母三字爲連讀也至歸甯之說雖見左傳及泉水詩序然據泉水蝃蝀竹竿三詩皆曰女子有行遠父母兄弟春秋杞伯姬來公羊傳曰直來曰來大歸曰來歸何

休注諸侯夫人尊重既嫁非有大故不得反穀梁傳曰婦人既嫁不踰竟則古無父母在得歸甯之禮惠周惕詩說云春秋莊二十七年冬書杞伯姬來左氏曰歸甯也杜預註曰莊公女也莊公在而伯姬來則正與歸甯之禮合春秋何以書而譏之此以知左氏歸甯之說非也毛傳蓋因左傳而誤段玉裁謂毛傳父母在則有時歸甯耳爲後人所加今按段說是也序文歸安父母原指經言告言歸而言傳義不應與序違異以說文引詩以妟父母證之經文原作以甯父母後人因序文有歸安父母之語遂改經爲歸甯父母又妄增傳文不知序云歸安父母特約舉經文言告言歸以甯父母也孔疏

因以經言污私澣衣爲在夫家之事誤矣

卷耳

序至於憂勤也瑞辰按憂勤二字同義勤亦憂也問喪曰服勤三年鄭註勤謂憂呂氏春秋不廣篇勤天子之難高注勤憂也穀梁僖二年傳不雨者勤雨也勤雨卽憂雨也魚麗序始於憂勤終於逸樂勤亦爲憂猶逸亦爲樂也說文勤勞也勤之爲憂猶勞亦爲憂也凡詩言勞心者皆以勞爲憂孔疏云乃至於憂思而成勤失其義矣又按說文憂和行也引詩布政憂憂惪愁也今經傳作憂者皆惪字之假借

采采卷耳傳采采事采之也瑞辰按蒹葭詩蒹葭采采

傳采采猶萋萋也萋萋猶蒼蒼皆謂盛也蜉蝣傳采采衆多也多與盛同義此詩及芣苢詩俱言采采盛極狀卷耳芣苢之盛芣苢下句始云薄言采之不得以上言采采爲采取此詩下言不盈頃筐則采取之義已見亦不得以采采爲采取也芣苢傳采采非一辭也亦狀其盛多之皃

不盈頃筐傳頃筐畚屬易盈之器也箋器之易盈而不盈者志在輔佐君子憂思深也　瑞辰按說文匡飯器筥也筥箾也畚蒲器也𢁉屬所以盛糧頃筐蓋卽今筲箕之類後高而前低故曰頃筐頃則前淺故曰易盈荀子解蔽篇云卷耳易得也頃筐易盈也然而不可以貳周

行故曰心枝則無知傾則不精貳則疑惑此毛傳易盈之義所本胡承珙曰高誘注淮南俶眞篇引詩云云言采易得之菜不滿易盈之器以言君子爲國執心不精不能以成其道也此義當本之毛公葢傳以采卷耳爲憂者之興是謂卷耳易得頃筐易盈而采之者苟有貳心其菜尚不能滿況於求賢之難而可不思所以寘之乎如是乃爲因物託興若如箋云志在君子故采菜易盈而不盈則是賦而非興矣今按胡說申毛是也惟於荀子不可以貳周行一語終爲費解如胡說以采菜爲興則但言不可以貳足矣何以言不可以貳周行恐荀子引詩仍當如箋義耳

嗟我懷人　瑞辰按嗟說文作𧬊云𧬊嗞也一曰痛惜痛惜卽嗟歎聲經傳中又以嗟爲語詞嗟我懷人猶言我懷人也嗟爾君子猶言爾君子也何嗟及兮猶言何及也此詩傳箋不釋嗟字正義訓爲吁嗟而歎失之

寘彼周行傳寘置行列也思君子官賢人置周之列位箋云周之列位謂朝廷臣也　瑞辰按襄十五年左傳引詩曰嗟我懷人寘彼周行能官人也王及公侯伯子男采衛大夫各處其列所謂周行也蓋以列釋詩行字以各處其列釋詩周行字是知周謂周徧非商周之周杜註周徧也詩人嗟歎言我思得賢人置之徧於列位是也毛傳云寘周之列位謂置周徧之列位箋云周之列

位謂朝廷臣者謂統乎朝廷臣也若謂在周朝之位何煩箋識而曰朝廷臣乎正義謂周是后妃之朝故知官人是朝廷臣也誤矣淮南子俶眞篇引詩云采采卷耳不盈頃筐嗟我懷人寘彼周行以言慕遠世也高誘註嗟我懷人寘彼周行言我思古君子官賢人置之列位也誠古之賢人各得其行列故曰慕遠也以寘彼周行爲慕遠世賢人各得其行列則亦不以周爲周朝矣鹿鳴詩人之好我示我周行箋云周行周之列位也人有以德善我者我則置之於周之列位亦謂周徧之列位義與此詩周行同正義以我周穉之亦誤又按周匊同聲而異字說文周密也匊帀徧也周對疏言自其中之

周密言之匊無不徧自其外之普徧言之今經典多假周爲匊周行亦匊之假借

陟彼崔嵬傳崔嵬土山之戴石者孔疏據爾雅釋山云石戴土謂之崔嵬又云土戴石爲砠此及下傳與爾雅正反者或傳寫誤也瑞辰按崔嵬及砠皆以毛傳爲確說文崔大高也嵬高不平也段本从南都賦李注作嵬山石崔巍高而不平也說文又曰兀高而上平也阢石山戴土也阢即兀也知高而上平者爲石山戴土則知崔嵬之高而不平者爲土山戴石矣文選南都賦註鼻嵬山名崔嵬高而不平也嵬通作㟪吳都賦註引埤蒼㟪不平也義並與說文同砠通作岨說文岨石戴土也

以岨爲石戴土則益知崔嵬爲土戴石矣十月之交詩山冢崒崩箋云崒者崔嵬漸漸之石維其卒矣箋云卒者崔巍謂山巔之石也說文崒崒危高也卒卽崒字之渻借崔嵬通作隹隗說文隹隗高也又曰崔高也亦作嵬崔莊子山林之畏佳卽嵬崔也又轉作厜㕒爾雅卒者厜㕒郭註謂峯頭巉巖後漢書註巉巖山石高峻之貌是皆崔嵬爲石在上之證崔嵬二字疊韻釋名土戴石曰崔嵬因形名之也石戴土曰岨岨臚然也義與毛傳合毛傳多本爾雅今爾雅與毛傳互異蓋傳爾雅者傳寫誤也孔疏轉疑毛傳爲誤失矣

我馬虺隤傳虺隤病也釋文虺說文作瘣隤說文作頽

瑞辰按虺隤二字疊韻說文螝蛹也从虫鬼聲讀若潰據顏氏家訓曰莊子螝二首螝即古虺字見古今字詁蓋古螝今虺也釋文當曰虺說文作螝今本云作瘣者誤也爾雅釋文引字林曰瘣病也則瘣字始見字林耳郝懿行據說文瘣病也謂釋文瘣爲瘣字之誤然說文但引詩譬彼瘣木不引詩虺隤也隤者穨之假借說文無頹字有穨云秃貌玉篇頹者頹下也不以爲秃釋文云隤說文作頹當爲作穨之訛穨爲秃貌秃亦病也蔡邕述行賦我馬虺穨以玄黃邕所述爲魯詩則魯詩亦作虺穨王逸九思車軏折兮馬虺穨當亦本魯詩耳又按爾雅痡瘏虺頹玄黃病也皆病之通稱孫炎以瘏及

虺隤元黄皆爲馬病未免緣辭生訓矣

我姑酌彼金罍傳姑且也釋文姑說文作夃 瑞辰按說文秦人市買多爲夃引詩我夃酌彼金罍玉篇曰夃今作沽引論語求善價而夃諸是夃乃沽買之本字沽本水名後遂以爲夃之假借夃與姑亦同音故古文或假夃爲姑也說文櫑龜目酒尊刻木作雲靁象象不窮也或从缶作罍或从皿作𥂕籒文櫑从缶回作𦉪今按畾卽靁之省古亦借雷漢韓勑碑雷洗湯觚雷卽罍也漢書文三王傳孝王有𦉪尊應劭漢書注言酌彼金𦉪𦉪卽櫑之籒文又說文靁从雨畾象回轉形段玉裁云凡古器多以回爲靁是畫雷者卽作回字形耳

維以不永懷傳永長也箋云我是以不復長憂思也瑞辰按爾雅方言皆曰懷思也說文懷念思也懷與傷同義終風傳曰懷傷也楚詞僕夫悲余馬懷兮馬懷謂馬病傷也王逸注訓思失之漢武帝悼李夫人賦隱處幽而懷傷正以懷傷同義故連言之

我馬元黃傳元馬病則黃瑞辰按爾雅釋詁元黃病也二字平列與虺穨同義毛傳以爲元馬病則黃段玉裁因謂說文黮黑黃色也言黑色之敝而黃卽元馬病則黃之義非詩義也

我姑酌彼兕觥傳兕觥角爵也箋觥罰爵也瑞辰按五經異義引韓詩說一升曰爵二升曰觚三升曰觶四升

曰角五升曰散云角觸也觸罪過也與兕觥爲罰爵義合是知傳言角爵箋言罰爵皆謂兕觥卽四升曰角之角耳禮少儀侍射則擁矢下云不角鄭註角謂觥罰爵也孔疏不角者角謂行罰爵用角酌之也詩曰酌彼兕觥是也此正兕觥卽角之證兕觥卽角則當受四升儀禮疏引韓詩傳曰二升曰觥古文四字皆積畫二一升當爲三升傳寫之譌至五經異義引毛詩說觥大七升韓詩說觥亦五升則傳毛韓詩者不知觥之爲角遂妄生異解耳觥正作觵周官閭胥鄭註云觵用酌酒其爵以兕角爲之說文觵兕牛角可以飲者也俗觵从光皆謂觥係兕角所爲惟此詩正義引先師說云刻木爲之形

似兕角竊謂先師說是觥象兕角而名爲兕觥猶爵象爵形而名爲爵也積古齋鐘鼎款識載古犧首爵訂爲兕觥亦謂兕觥爲似角之爵又云考商爵大於周爵容一升有半今以商爵較兕觥觥容二爵大半爵於周實受四升此亦兕觥卽四升曰角之明證也孔疏謂觥不在五爵之中誤矣又按薛氏鐘鼎款識載有兕父癸鼎上有兕形又有兕敦兕卣葢上皆作兕形兕觥形似兕角故謂之兕觥又謂之角其義正同許鄭謂以兕角爲之孔疏云葢無兕者用木皆非也角鹿古同聲韓勑碑爵鹿柤梪鹿卽角之假借又按觥與侊音義同越語觥飯不及壺飧韋注觥大也說文引作侊飯云侊小皃段

玉裁以小爲大字之譌侊訓大與韓詩觥廓也義同觥
受四升亦得爲大不必如毛詩說觥大七升也
維以不永傷傳傷思也　瑞辰按說文慯憂也傷創也凡
經傳憂傷字皆慯之假借
云何吁矣傳吁憂也　瑞辰按爾雅釋詁盱憂也說文盱
張目也忓憂也讀若吁吁驚詞也是盱吁皆忓字之假
借爾雅釋文盱本作忓从正字也何人斯云何其盱都
人士云何盱矣無傳者義同此詩訓憂也云當从王尚
書訓爲發語詞舊訓爲言失之

南有樛木

南有樛木傳木下曲曰樛釋文樛居虯反馬融韓詩本

竝作枓音同又曰說文以枓爲木高　瑞辰按說文二徐本皆分樛枓爲二篆樛下云下句曰樛枓下云高木也詩釋文引字林樛九稠反枓已周反是樛枓義異但考爾雅釋木下句曰枓下句卽下曲說文句曲也从口丩聲也爾雅釋文枓居虯反本又作樛同詩釋文亦曰樛枓音同則二字音義竝同枓當爲樛之重文說文翏字註下句曰樛下當有一曰高木四字樛從翏聲翏爲高飛見說文風部飂高風也故又爲高木廣異義也枓字註當云樛或從丩丩者相糾繚也故爲下曲而說文嘂訓高聲叴訓高气與枓音近正與翏有高義同玉篇樛下枓字註云同上正本說文後人誤以說文高木一訓

移於枓下遂分爲二義韻會云枓高木下曲也又合二義而一之矣

葛藟纍之箋木枝以下垂之故葛也藟也得纍而蔓之

瑞辰按藟與虆同爾雅諸慮山櫐郭註今江東呼櫐爲藤似葛而粗大易困于葛藟釋文藟似葛之草劉向九歎葛藟虆於桂樹兮王逸注藟葛荒也竊疑葛藟爲藟之別名以其似葛故稱葛藟猶拔之似葛因呼蘢葛鄭分葛藟爲二戴震謂葛藟猶言葛藤皆非也此詩疏引陸璣云藟一名巨苽似燕薁易釋文引草木疏作葛藟一名巨荒以葛藟二字連讀毛詩題綱亦云葛藟一名燕薁宋開寶本草註云蘡薁是山葡萄則葛藟蓋亦野

葡萄之類又按纍楚詞九歎注纍緣也引詩葛藟纍之樂只君子箋又能以禮樂樂其君子正義南山有臺箋云只之言是則此只亦爲是此箋云樂其君子猶云樂是君子矣瑞辰按說文只語已辭也从口象气下引之形經傳中通用爲語助辭如仲氏任只母也天只及凡言樂只君子皆是也鄭訓爲是亦語詞只又通借作旨襄十一年左傳引采菽云樂旨君子殿天子之邦昭二十四年左傳引南山有臺云樂旨君子邦家之基杜注竝訓旨爲美失之胡承珙曰襄十一年傳上文云願君安其樂而思其終昭二十四年傳上文云夫有德則樂樂則能久是二傳引詩皆取樂義並無美訓又昭十三

年傳引詩樂旨君子邦家之基其下文云子產君子之求樂者也亦祇以樂旨爲樂不取美義是知作旨者皆只字之叚借其說是也

福履綏之傳履祿也　瑞辰按傳義本爾雅釋言履與祿雙聲故履得訓祿卽以履爲祿之叚借也釋詁祿履同訓大雅天被爾祿傳祿福也是祿與福對文則異散文則通

葛藟荒之傳荒奄也　瑞辰按說文荒蕪也一曰草掩地也奄卽奄覆之義說文奄覆也大有餘也掩地曰荒掩樹亦爲荒矣又說文幠字註一曰幠傿也讀若荒傿謂掩其上而葢之與詩荒之同義玉篇幠幏說文幏葢衣

也凡冡覆亦通言冡喪大記鞹荒鄭註荒蒙也奄與蒙同義又荒與幠一聲之轉說文幠覆也亦與蒙覆同義至經傳訓荒爲大者皆當爲㠩之叚借說文㠩水廣也廣亦大也說文廣殿之大屋也

福履將之傳將大也箋將猶扶助也瑞辰按說文牂扶也从箋義則將爲牂之假借玉篇牂古文將凡詩訓將爲助者同此若將之本義則說文訓爲帥

葛藟縈之傳縈旋也釋文作帶云本又作縈說文作藥瑞辰按帶與縈皆藥之假借說文藥艸旋皃也引詩葛藟藥之爲正至說文䍋字註又云讀若詩葛藟䍋之葢因正文䍋字而誤士喪禮幎目注幎讀若詩云葛藟縈

之之縈古文幎爲涓按古从幽从睘从肙之字以聲近通用幎讀如縈縈與還義同故古文作涓還卽旋也故傳訓爲旋皃說文縈收卷也亦與旋義相近

螽斯

螽斯傳螽斯松蝑也瑞辰按釋蟲蜤螽松蝑蜤一本作斯豳風傳謂斯螽松蝑是也至此傳以螽斯連讀謂卽斯螽則非螽斯蓋柳斯鹿斯之比以斯爲語詞耳斯螽以股鳴者至此詩螽斯三章皆言羽蓋以翼名者也又按舊讀以螽斯羽絕句武氏億讀從螽斯絕句而以羽字屬下詵詵兮連文竊謂武讀是也詵詵薨薨揖揖皆形容羽聲之衆多耳

羽詵詵兮傳詵詵衆多也釋文詵詵說文作辡音同瑞辰按今本說文無辡字據廣雅辡多也玉篇辡多也或作兟五經文字兟色臻反見詩是詩古本作兟兟辡即兟字重文今說文本偶脫去耳說文言部詵字注引詩詵詵兮用毛詩其作辡辡者三家詩也先與辛雙聲故通用玉篇又云辡或作莘騂𤝞甡一切經音義卷四詵又作甡辡辛同詵詵爲衆多皃猶說文駪訓爲馬衆多皃也詵通作莘辡騂等字猶小雅駪駪征夫說文引作莘莘伊尹耕於有莘之野有莘或作有侁也

宜爾子孫箋后妃之德寬容不嫉妒則宜女之子孫使其無不仁厚瑞辰按說文宜所安也从宀之下一之上

多省聲古文宜作㝉竊謂宜从多聲即有多義此詩序美后妃子孫衆多宜爾子孫猶云多爾子孫也

振振兮傳振振仁厚也　瑞辰按振振謂衆盛也振振與下章繩繩蟄蟄皆爲衆盛故序但以子孫衆多統之爾雅釋言賑富也郭註謂隱賑富有隱賑即殷賑也殷賑皆盛皃訓富者富亦盛也賑通作振左傳袀服振振杜注振振盛皃振振或作殷殷又作陳陳呂覽舜爲天子[車身][車身]殷殷莫不載悅高註又作陳陳殷殷今按殷殷陳陳皆極狀人民之衆盛也辰眞音義相近說文嗔盛气也又闐盛皃振又通袗說文袗一曰盛服袗或作裖振之言參參亦盛也重也振振又作軫軫羽獵賦殷殷軫

軫李善注殷軫盛皃也振振之義又引伸爲信厚然義各有當有應从信厚之訓者殷其雷振振君子及麟趾振振公子是也有應从衆盛之訓者此詩振振兮謂子孫衆多是也傳訓爲仁厚失之

羽薨薨兮傳薨薨衆多也瑞辰按薨與翃聲近而義同爾雅薨薨衆也釋文舍人本薨薨作雄雄雄卽翃之假借廣雅翃翃飛也玉篇翃蟲飛也又作翿翿廣雅翿翿飛也當本三家詩

繩繩兮傳繩繩戒愼也瑞辰按傳本爾雅繩繩戒也爲訓但以詩義求之亦爲衆盛抑詩子孫繩繩韓詩外傳引作承承謂相繼之盛也

羽揖揖兮傳揖揖會聚也瑞辰按揖蓋集之假借詩辭之輯矣新序引作集說文𨽿詞之集也又曰雧羣鳥在木上也或省作集是集本爲鳥羣聚引伸爲凡聚之稱重言之則曰集集廣雅釋訓集集衆也當本三家詩

蟄蟄兮傳蟄蟄和集也瑞辰按說文卙卙盛也音義與蟄蟄同爾雅蟄蟄靜也郭注云見詩傳今詩傳無此訓胡承珙疑此傳和集郭所見本自作和靜故云見詩傳耳

桃夭

桃之夭夭灼灼其華傳興也桃有華之盛者夭其少壯灼灼華之盛也箋興者喻時婦人皆得以年盛時行也孔疏謂少壯以興有十五至十九少壯之女年盛謂

年盛二十之時。瑞辰按：嫁娶之年，古蓋因時異制。大戴禮本命篇曰：「男以八月而生齒，八歲而齔，二八十六然後情通，然後其施行；女七月生齒，七歲而齔，二七十四然後其化成。合於三也，小節也。中古男三十而娶，女二十而嫁，合於五也。」此蓋陳歷代嫁娶遲速之不同。中古對太古言，指虞夏時；小節對中古言，蓋指殷周時。其云十四、十六嫁娶者，亦謂嫁娶始此耳。周官媒氏「令男三十而娶，女二十而嫁」，則又舉其終之大期言之。詩摽梅毛傳云「三十之男，二十之女，禮未備則不待禮會而行之者，所以蕃育人民」是也。中古之制以二十、三十爲節，而前乎此者可概也；殷周之制以十四、十六爲節，而後乎此者可概也墨子云昔聖王爲法曰丈夫年二十毋敢不處家女子年十五毋敢不事人則舉其中言之也孔疏以女十五至十九爲少壯二十爲年盛亦酌其中言之耳夭夭者枖枖之假借說文引詩桃之枖枖云夭木少盛皃又引詩桃之媄媄灼爲焯之假借猶說文引周書焯見三有俊心今書亦借作灼也說文焯明也明與盛義近

之子于歸傳之子嫁子也　瑞辰按爾雅釋詁如適之嫁竝訓爲往傳以之與嫁同義故以之子爲嫁子然詩言之子甚多如之子于征之類不得訓爲嫁當从釋訓訓爲是子箋於漢廣始言之子是子也則此章義亦同耳

于與如通，傳以于爲如之假借，故訓爲往。然婦人謂嫁曰歸，詩旣言歸，不必更以于爲往。爾雅：「于，曰也。」曰古讀若聿，聿、于一聲之轉。之子于歸，正與黄鳥于飛、之子于征爲一類。于飛，聿飛也；于征，聿征也；于歸，亦聿歸也。又與東山詩「我東曰歸」、采薇詩「曰歸曰歸」同義。曰亦聿也。于、曰、聿皆詞也。舊皆訓于爲往，或讀曰如子曰之曰，茲失之。

宜其室家。傳：宜以有室家無踰時者。箋云：宜者，謂男女年時俱當。瑞辰按：婚姻時月，毛、鄭異說。毛主於起自季秋至仲春，則禮殺而止，據荀子「霜降逆女，冰泮殺內」爲說也。殺內，周禮疏引韓詩傳作殺止，詩孔疏引荀子亦作殺止，今荀子作內。鄭主於起自仲春至仲夏而止據周官媒氏中春令會男女爲說也今按起自季秋至於孟春者殷制也張皐聞師曰以易義言之歸妹九月之卦泰正月之卦其辭皆曰帝乙歸妹則季秋至於孟春爲殷禮婚期審矣起自仲春者夏制也而周因之夏小正二月綏多士女傳曰冠子娶婦之時也是二月娶妻爲夏制矣周官媒氏仲春大會男女於是時也奔者不禁司男女之無夫家而會之會當讀如維王不會之會謂會計其未嫁娶者令其及時嫁娶也奔當讀如奔則爲妾之奔謂二月婚期已及不禁其六禮不備也是周因夏制二月娶妻之證以詩義考之召南詩曰有女懷春謂仲春婚姻之時也豳風采蘩

祁祁之下繼以殆及公子同歸倉庚于飛之下繼以之子于歸采蘩夏小正繫之二月倉庚鳴月令亦在仲春此皆以二月爲婚姻正時至衞詩秋以爲期周正之孟秋爲夏正之仲夏以仲夏爲期盡此鄭氏所謂三月至五月皆得行之者也此詩首章桃華爲二月正婚之期二章有蕡其實三章其葉蓁蓁爲三月至五月期盡之時序所謂婚姻以時者此也傳以桃夭喻少壯箋以爲喻年盛孔疏云謂年盛二十之時非日月之時誤矣至宜其室家宜與儀通爾雅儀善也凡詩言宜其室家宜其家人者皆謂善處其室家與家人耳傳以爲無踰時箋以爲年時俱當似非詩義

有蕡其實傳蕡實貌非但有華色又有婦德瑞辰按蕡者頒之假借說文頒大首皃引伸爲凡大之稱爾雅釋詁墳大也墳亦頒之借有蕡者狀其實之大也至說文蕡雜香艸也乃蕡之本義耳古以華喻色以實喻德此魏人春華秋實之喻所本

兔罝

肅肅兔罝傳肅肅敬也箋罝兔之人鄙賤之事猶能恭敬則是賢者衆多也瑞辰按肅宿古通用少牢饋食禮鄭註宿讀爲肅是也肅亦訓縮豳詩九月肅霜毛傳肅縮也是也肅肅蓋縮縮之假借通俗文物不申曰縮兔罝本結繩爲之言其結繩之狀則爲縮縮縮縮爲兔罝

結繩之狀猶赳赳爲武夫勇武之貌也爾雅釋器絇謂之救律謂之分王觀察云爾雅繫二者於釋羅罔之後葢羅罔之屬律當作率說文率捕鳥畢也畢田罔也今按王說是也救之言糾結也分之言紛亂也與此詩肅肅爲兔罝狀義相近傳箋俱訓肅肅爲敬似非詩義墨子尚賢篇云文王舉閎夭泰顛于罝網之中或謂此詩即賦閎夭泰顛以罝兔之人爲干城腹心則可不得以肅肅爲恭敬也

赳赳武夫傳赳赳武貌　瑞辰按爾雅釋訓赳赳武也說文赳輕勁有材力也廣雅赳材也後漢書桓榮傳引作糾糾武夫叚借字也

公侯干城傳干扞也箋云干也城也皆以禦難也瑞辰按太平御覽引白虎通天子曰崇城言崇高也諸侯曰干城言不敢自專禦於天子也是干城乃諸侯城名猶云宗子維城耳據何休公羊注天子周城諸侯軒城軒城者缺南面以受過也干城當卽軒城之省左氏傳公侯所以扞城其民也爾雅干扞也爲毛傳所本葢謂設城以爲扞衞因名扞城與白虎通訓干爲禦義同未嘗訓干爲盾也孔疏釋傳言以武夫自固爲扞蔽如盾爲防守如城然是誤以鄭義爲毛義矣

施于中逵傳逵九達之道瑞辰按韓詩作中馗薛君曰中馗馗中九交之道也說文馗九達道也似龜背故謂

之馗从九首或作逵左氏宣十二年至于逵路釋文逵或馗字魏志武帝紀裴松之注馗古逵字見三蒼是韓詩作馗爲正字毛詩作逵乃或字也馗古音如鳩與龜疊韻故說文以似龜爲訓龜背中高而四下逵之四面交通似之逵爲馗之或體古音亦讀如仇故與九爲韻耳

施于中林傳中林林中 瑞辰按爾雅牧外謂之野野外謂之林中林猶云中野與上章中逵爲一類野有死麕詩林有樸樕野有死鹿株林詩說于株野說于株林皆以林與野對言林猶野也

芣苢

采采芣苢傳芣苢馬舄馬舄車前也宜懷妊焉　瑞辰按釋文苢本作苡芣苢有二類逸周書王會云康民以桴苡者其實如李食之宜子此木類也詩釋文引山海經衞氏傳及許愼說竝同爾雅芣苢馬舄馬舄車前此草類也爲毛傳所本說文苢字註云芣苢一名馬舄其實似李食之宜子周書所說此兼採爾雅周書之說上云芣苢一名馬舄義本爾雅下云其實如李乃兼引周書說耳說文繫傳引韓詩傳云芣苢木名實如李陶注本草車前子亦引韓詩言芣苢是木似李食其實宜子孫是韓詩亦以芣苢爲木與釋文引韓詩直曰車前瞿曰芣苢者不同蓋爲韓詩者家各異說故耳詩所言爲草

類故毛傳本爾雅爲說名醫別錄云車前子養肺強陰益精令人有子與毛傳云宜懷妊者正合至陸璣疏云其子治婦人難產與毛傳不同孔疏謂傳言宜懷妊者卽陸璣所云治難產非也列女傳及韓詩薛君章句皆以芣苢爲傷夫有惡疾而作劉孝標辨命論云冉耕歌其芣苢正本韓詩芣苢一名蝦蟆衣舊謂取葉衣之可愈癩疾是則韓詩謂所采爲芣苢之葉與毛傳言宜懷妊爲車前子者不同然據詩言掇之將之皆宜指取子而言則毛傳之說當矣

薄言有之傳有藏之也　瑞辰按廣雅釋詁有取也孔子弟子冉求字有正取名字相因求與有皆取也大雅瞻

卬篇人有土田女反有之有之猶取之也傳訓有爲藏孔疏因謂有之與采之爲對所以總終始由不知有亦訓取與采同義耳

薄言捋之傳捋取也瑞辰按說文捋取易也此捋訓取之本義至朱子集傳捋取其子也則以捋爲寽字之叚借說文寽五指寽也

薄言袺之傳袺執衽也薄言襭之傳扱衽曰襭瑞辰按傳義與爾雅同廣雅袺謂之褹襭謂之褱與爾雅毛傳異義蓋本三家詩列女傳蔡人之妻云采采芣苢之草雖甚臭惡猶始於捋采之終於懷襭之正訓襭爲懷廣雅疏證引管子輕重戊篇丁壯者胡丸操彈胡與褹通

⿰衤胡葢亦懷意也

漢廣

南有喬木傳喬上竦也瑞辰按爾雅句如羽喬又上句曰喬如木楸曰喬槐棘醜喬小枝上繚爲喬義皆相通說文喬高而曲也从夭从高省正與毛傳上竦義合今喬梓之喬枝葉皆上向與梓之垂者異是亦取上句之義故名其木爲喬爾雅以下句曰枓與上句曰喬對舉知樛木之可以逮下則知喬木之不能蔭下矣釋文喬本亦作橋喬橋古通用故山有橋松釋文又云橋本亦作喬

不可休息箋云不可者本有可道也木以高其枝葉之

故故人不得就而止息也瑞辰按說文休止息也从人依木休或作庥爾雅邢疏引舍人云庥依也是休庥本一字爾雅釋詁休息也釋言庥蔭也庥本或作茠郭註今俗呼樹蔭爲庥淮南子精神訓得茠越下高註茠蔭也三輔人謂休華樹下爲茠是休卽庥蔭之庥本義謂木之蔭人得爲人所依止後乃通以休爲息耳又按釋文休息並如字古本皆爾本或作休思此以意改耳據毛傳釋下二句云漢上游女無求思者讀求思爲思想之思不以思爲語詞則詩本以求思與休息對文息與思同在心母以雙聲爲韻惠氏九經古義引樂記云使其文足論而不息荀子息作諰說文云諰思之意疑古

思息通今按古雙聲字多通用思之通息亦以其字之同母耳至毛傳思辭也自解下泳思方思孔廣森謂寫者倒之正義以故致疑遂有意改爲求思者其說是也至韓詩息作思正釋文所謂以意改者耳

不可泳思傳潛行爲泳 瑞辰按傳本爾雅釋水郭注謂行水底今按爾雅釋言泳游也游者汓之叚音說文汓浮行水上也从水子汓或作泅从囚聲又云古或以汓爲没字是泳訓汓實兼浮行潛行二義又據說文泳潛行水中也潛涉水也涉徒行濿水也是知潛行者乃徒行涉水之稱邶風傳自厀以下爲涉則涉水者當指厀下没水言之非必全没入水也又按邶風泳之游之承

就淺而言則潛行爲泳亦當指潛涉水言之不得謂行水底也說文潛一曰藏也是潛藏乃別一義

江之永矣傳永長也　瑞辰按方言延永長也凡施於年者謂之延施於衆長謂之永是永訓爲長之義也文選登樓賦注引韓詩作漾薛君章句曰漾長也漾正作羕說文永字註云水長也象水巠理之長永也引詩江之永矣羕字註云水長也从水羊聲引詩江之羕矣正兼取毛韓詩韓作漾乃羕之借字毛作永永亦羕之假借古讀永如羕故通用耳爾雅永羕長也齊侯鎛鐘云羕保其身羕保用享又陳逆簠銘云子子孫孫羕保用羕猶永也皆永羕通用之證羕又借作養夏小正時有養日

時有養夜養亦羕也

不可方思傳方泭也瑞辰按方有四義通作舫一是併船爾雅大夫方舟說文方併船也通俗文連舟曰舫是也一是併木爾雅舫泭也說文泭編木以渡也孫炎云方木置水中爲泭筏是也詩釋文又引郭璞云木曰簰竹曰筏小筏曰泭與簰筏有異今爾雅舫泭也郭註云水中簰筏蓋簰筏散文則通一是船之通稱爾雅舫舟也說文舫船也今本船下誤衍師字明堂月令曰舫人習水者字通作榜月令命漁師伐蛟鄭注今月令漁師爲榜人司馬相如子虛賦榜人歌張註榜船也是也一是用船以渡說文濽以舟渡也玉篇方舟謂之濽是也蓋方本併船之名因而併竹木亦謂之方凡船及用船以渡通謂

之方詩中言方有宜從舟訓者谷風詩方之舟之方卽爲舟猶泳卽爲游也爾雅舫舟也泳游也爾訓相連正釋谷風詩義有宜訓爲泭者此詩不可方思承江永言之故不可編竹木以渡也

言秣其馬箋謙不敢斥其適已於是子之嫁我願秣其馬致禮餼示有意焉瑞辰按上文言刈其楚以喻欲取貞潔之女則下之子于歸言秣其馬正設言取女之事士昏禮主人爵弁纁裳緇衣乘墨車從車二乘墨車從車二乘執燭前馬婦車亦如之鄭君箴膏肓據此謂士妻始嫁乘夫家之車是親迎必載婦車以往秣馬正載車以往之事箋謂致禮餼非也凡供給賓客或以牲牢

或以禾米生致之皆曰餼小爾雅餼饋也說文氣饋客芻米也或作槩亦作餼聘禮餼之以其禮上賓太牢積惟芻禾註禾以秣馬是秣馬亦禮餼之一箋云致禮餼者義取饋芻禾以秣馬釋文乃云牲腥爲餼正義又分禮爲納帛餼爲用牲則於秣馬無涉是又失鄭恉矣

言刈其蔞傳蔞草木之翹翹然正義引爾雅購蔏蔞郭注以爲蔞蒿　瑞辰按楚詞大招王逸注引詩言采其蔞廣韻十九侯引詩亦作采爾雅蔏蔞郭云江東用羹魚今人尚以爲菜猶名蔞蒿非草中之翹翹者似非詩人所刈胡承珙引王夫之詩稗疏云蔞蒿水草生於洲渚既不翹然于錯薪之中亦與楚爲黄荆莖榦可薪者異

管子曰葦下于雚蘿下于蔞則蔞爲萑葦之屬翹然高出而可薪者蓋蘆類也今按蔞與蘆雙聲同在來母蔞當卽蘆字之叚借王說近之然但以爲蘆類而不知蔞卽蘆也

汝墳

遵彼汝墳傳墳大防也　瑞辰按爾雅釋水汝有濆郭註引詩遵彼汝濆水經汝水注引爾雅亦作汝有濆據後漢書周磐傳注引韓詩濆水名也是作濆者實本韓詩又爾雅釋文云濆字林作涓衆爾雅亦作涓說文涓小流也引爾雅汝爲涓是知爾雅古本正作涓與過爲洵等皆大水溢出别爲小水之名與墳大防義異郭注引

詩汝濆爲證誤矣說文墳墓也坋字註一曰大防也是墳乃坋之假借墳通作濆方言墳地大也青幽之間凡土而高且大者謂之墳李巡爾雅注濆謂崖岸狀如墳墓名大防也是知水厓之濆與大防之墳爲一汝墳猶淮濆也孔疏謂彼濆從水此墳從土殊昧於通借之義

伐其條枚傳枝曰條幹曰枚　瑞辰按條當讀如終南詩有條有梅之條卽爾雅槄山榎也故下章又言條肄

伐其條肄傳肄餘也斬而復生曰肄　瑞辰按說文聿習也篆文作肄訓餘者以肄爲枿之叚借爾雅釋詁方言竝曰枿餘也枿卽櫱之别體說文作巘或作蘖云伐木餘也古文作不亦作櫱肄與枿雙聲故枿可叚借作肄

左氏襄二十九年傳而夏肄是屏肄亦枿之叚也肄與餘亦一聲之轉故肄亦可訓餘

惄如調饑傳惄饑意也調朝也箋云惄思也未見君子之時如朝饑之思食瑞辰按爾雅釋言惄饑也郭註惄然饑意說文惄饑餓也段玉裁曰饑餓當爲饑意之譌古然如字同義傳讀惄如爲惄然故以爲饑意也爾雅釋詁惄思也箋讀如爲譬如之如故以爲思說文惄字註一曰憂也憂卽思也箋義葢本韓詩竊謂爾雅訓惄爲饑特釋此詩惄如調饑當从毛傳訓饑意爲正至小弁詩又言惄焉如擣則當訓憂若云饑意如擣則不辭矣方言咺唏灼怛痛也齊宋之間謂之喑或謂之惄又

曰惄傷也惄悵也又曰惄思也義竝相近釋文惄本又作愵韓詩作愵說文愵憂皃讀與惄同方言愵憂也秦晉之間凡志而不得欲而不獲高而有墜得而中亡謂之溼或謂之惄玉篇愵思也愁也或作愵是愵愵實一字惄與愵亦同聲而通用惄又通作怒文選洞簫賦李善注引蒼頡篇曰怒憂皃玉篇引奴的切一切經音義十六云愵古文惄怒二形是也調釋文云本又作輖今按明趙靈均說文抄本及五音韻譜本引詩並蜀石經本正作輖饑楊凝式韭花帖輖饑正甚亦作輖惟韓詩及今說文二徐本作朝饑輖調俱從周聲說文翰旦也從倝舟聲周舟古同聲通用周官考工記注故書舟作周故朝饑可

借爲調與輖也傳云調朝也正謂調爲朝之假借易林倆如旦饑義本韓詩楚詞天問胡爲嗜不同而快鼂飽鼂一作朝以朝飽爲快則知朝饑爲可憂矣

魴魚頳尾傳頳赤也魚勞則尾赤箋云君子仕於亂世其顏色瘦病如魚勞則尾赤 瑞辰按韓詩薛君章句云魴魚勞則尾赤君子勞苦則顏色變爲箋義所本惟說文字林竝云魴赤尾魚也據爾雅魴魾郭注江東呼魴魚爲鯿案鯿魴魾三字皆一聲之轉本艸綱目云一種火燒鯿頭尾俱似魴而脊骨更隆上有赤鬣連尾黑質赤章今江南有鯿魚其腹下及尾皆赤俗稱火燒鯿殆即古之魴魚詩人以魚尾之赤興王室之如燬後人遂

以火燒鯿名之乃徵說文字林之確至魚勞尾赤服虔以釋左傳如魚赬尾非此詩之義也

王室如燬傳燬火也釋文齊人謂火曰燬郭璞又音賀字書作𤈦音毀說文同一音火尾反或云楚人名曰燥齊人曰燬吳人曰𤈦此方俗訛語也 瑞辰按韓詩外傳引詩雖則如𤈦後漢書周磐傳註引韓詩薛君章句曰𤈦烈火也玉篇𤈦字註火也下別載烈火也一訓義本此是韓詩作𤈦說文𤈦火也引詩王室如𤈦正本韓詩爾雅釋言燬火也說文火𤈦也𤈦火也玉篇同𤈦下列燬燬二字註云同上是燬𤈦實一字之異體故郭璞爾雅註云燬齊人語而方言云齊言𤈦廣韻亦云𤈦齊人云火說文正字作𤈦當

云或从火毁不應别出燬字段玉裁謂說文燬字應刪

亦非釋文既云燬字書作焜音毁又引或說分燬焜爲

齊吳二音誤矣方言煤火也楚轉語也猶齊言焜火也

是燬焜煤皆火音之轉七月以火與葦韻大田詩以火

與穉韻淮南子俶真訓巫山之上順風縱火膏夏紫芝

與蕭艾俱死皆讀火如毁近於齊音列女傳引詩止作

毁正以音近遂涽燬作毁耳莊子利害相摩生火實多

衆人禁和月固不勝火以火與摩多韻則讀近楚音矣

燬或誤作烜周官司烜氏注烜火也讀如衞侯燬之燬

據說文爟下列烜字云爟或从亘則烜乃爟之重文周

官司烜實司燬之誤

父母孔邇箋云避此勤勞之處或時得罪父母甚近當念之以免於害　瑞辰按列女傳以汝墳爲周南大夫妻作言國家多難惟勉强之無有譴怒貽父母憂爲箋義所本韓詩外傳云家貧親老不擇官而仕引詩父母孔邇後漢書注引韓詩章句云以父母甚迫近饑寒之憂爲此祿仕後漢周磐讀汝墳卒章喟然而嘆曰大王家政教如烈火猶觸冒而往則以父母甚迫近饑寒之憂故也說本韓詩竊謂二說皆似未確細繹詩意葢幸君子從役而歸而恐其復往從役之辭首章追溯其未歸之前也二章幸其歸也三章恐其復從役也葢王政酷烈大夫不敢告勞雖暫歸復將從役又有棄我之虞不

言憂其棄我而言父母序所謂勉之以正也言雖畏王室而遠從行役獨不念父母之甚邇乎古者遠之事君邇之事父詩所以言孔邇也

麟趾

麟之定傳定題也正義定題釋言文郭璞曰謂頟也傳或作顛釋畜的顙白顛顛亦頟也故因此而誤釋文定字書作顁音同題郭璞注爾雅顁也本作顛誤 瑞辰按說文題頟也顛題一聲之轉爾雅顁題也又顛頂也說文顛頂也頂顛也定卽頂之叚借故傳一本作顛非誤

振振公姓傳公姓公同姓集傳公姓公孫也 瑞辰按姓者生也古者謂孫曰子姓玉藻縞冠元武子姓之冠也

鄭注父有凶服子爲之不純吉也所謂子姓者孫也儀禮特牲饋食子姓兄弟如主人之服鄭注子姓者子之所生亦謂孫也謂衆子孫又通謂之子姓喪大記卿大夫父兄子姓立於東方鄭注子姓謂衆子孫是也至單言姓則爲子稱小爾雅廣雅並曰姓子也昭四年左傳問其姓對曰余子長矣杜註問其姓問有子否曲禮納女於天子曰備百姓鄭註則百斯男之義百姓猶百子也此詩公姓猶言公子特變文以協韻耳公族與公姓亦同義韋昭國語註高誘呂覽註並曰族姓也周官司市鄭司農註百族百姓也是其證矣毛傳謂公族爲公同祖亦誤公姓公族皆謂公子故序言公子以概之耳

毛詩傳箋通釋卷三

召南

桐城馬瑞辰學

維鵲有巢箋鵲之作巢冬至架之至春乃成猶國君積行累功故以興焉　瑞辰按鵲卽乾鵲今之喜鵲也說文舄鵲也象形篆文從隹昔是鵲古文作舄篆文作䧿淮南子乾鵠知來而不知往鄭注大射儀引作鳱鵠知來說文鸔雗鷽山鵲知來事鳥也是雗乾鳱三字同鵲性喜晴故名乾鵲高誘淮南注乾讀如乾燥之乾是也鳱雗竝與乾同聲故通用或讀乾如乾坤之乾故詩以喻人君失之說文舄者知太歲之所在所貴者故象形是鵲與朋烏燕皆鳥中所貴故取以喻人君耳

維鳩居之傳鳩鳲鳩秸鞠也鳲鳩不自爲巢居鵲之成巢瑞辰按爾雅鳲鳩鴶鵴郭注今之布穀也然布穀四月間始有未聞有居鵲巢者今以目驗鳥雖與鵲爭巢而居然烏非鳩屬惟焦循毛詩補箋云崔豹古今注云鳲鳩一名尸鳩嚴粲詩緝引李氏說云今乃鳲鳩也鳲鳩今之八哥李時珍本艸綱目云八哥居鵲巢毛大可亦據目驗以八哥占鵲巢斷尸鳩爲鳲鳩蓋鵲巢避歲每歲十月後遷移其空巢則鳲鳩居之今按五經異義公羊以爲鸜鵒夷狄之鳥穴居今來至魯之中國巢居此權臣欲自下居上之象今以目驗鸜鵒有穴居者亦有巢居者其巢居則必居鵲之成巢蓋鸜鵒性拙不能

自爲巢也召南化行江漢則固鸜鵒所有之地故詩因以起興鳲鳩雙聲字鴶鵴亦雙聲字鴶鵴卽鳲鳩之轉聲崔豹以鳲鳩爲尸鳩正與爾雅毛傳以尸鳩爲鴶鵴合則郭注爾雅以爲布穀者誤也說文鵴秸鵴尸鳩也不與鳲鳩相次則亦誤以尸鳩爲布穀耳徐璈曰按鵲于冬月作巢至春哺鷇畢飛去空其巢或爲鳲鳩鴉之所居而孕乳焉然鳲鳩不踰濟且不在九種鳥之列于詩似未協璈前在浙見鵲巢于桐樟之上至五六月其巢空而布穀乳鷇于中卽其鳴聲不復似布穀惟于早夕作長嘯如俗之所謂鴞者蓋鳩已化爲鷹矣因惡其聲而墮其巢焉目驗如此郭訓似可从

維鳩方之傳方有之也釋文方有之也一本無之字瑞辰按廣雅方有也疏證云撫方一聲之轉方之言荒撫之言憮也爾雅憮有也郭註引詩遂憮大東今本憮作

荒毛傳荒有也是方有有義今按序言夫人起家而居有之箋云鳲鳩因鵲成巢而居有之皆以居有二字竝言正據詩首章維鳩居之二章維鳩方之爲訓足證古義皆訓方爲有傳方有之也釋文云一本無之字是也段玉裁讀方有之也四字爲句謂猶云甫有之也誤矣

百兩將之傳將送也　瑞辰按上章傳云諸侯之女嫁於諸侯送御皆百乘是據上章百兩御之爲迎此章百兩將之爲送迎與送相對成文但考韓奕詩百兩彭彭承上韓侯迎止而言是第迎以百兩耳至送以百兩經傳無文雖左氏傳言反馬泉水詩言還車謂夫人自乘其家之車亦未必多至百兩也竊疑詩百兩皆指迎者而

言將者奉也衛也首章往迎則曰御之二章在途則曰將之三章既至則曰成之此詩之次也樛木詩三章福履將之三章福履成之與此詩句法正同不必以將爲送

采蘩

于以采蘩傳蘩皤蒿也公侯夫人執蘩菜以助祭箋云于以猶言往以也執蘩菜者以豆薦蘩菹　瑞辰按爾雅爰粤于也又曰爰粤于於也凡詩言于以者猶言爰以粤以皆語詞箋訓爲往以失之蘩爲白蒿爾雅蘩皤蒿說文作蘇云白蒿也是也蘩爲白色讀若老人髮白曰皤白蒿曰蘩猶白鼠謂之鼮馬之白鬣謂之緐鬣也蘩

又爲凡蒿之通稱爾雅蘩之醜秋爲蒿楚詞大招吳酸蒿蔞王逸註蒿蘩草也是也毛傳從爾雅皤蒿之訓則不以爲凡蒿通稱矣夏小正二月榮堇采蘩傳云皆豆實也與鄭箋云以豆薦蘩菹正合或以采蘩爲親蠶詩者誤也蘩一名由胡一名蘩母一名旁勃夏小正傳蘩由胡由胡者繁母也繁母者旁勃也廣雅蘩母蒡葧也疏證云蘩母疊韻也蒡葧雙聲也今按蘩母蒡葧皆極狀蒿生之盛旁勃猶蓬勃也旁勃又作彭勃太平御覽引服食經云十一月採彭勃彭勃白蒿也是也

于沼于沚傳沼池沚渚也　瑞辰按沚又作洔爾雅小洲曰陼小陼曰沚小沚曰坻楚辭九懷淹低佪兮京沶王

逸注小洲曰渚小渚曰洔小洔曰沶洔卽沚沶卽坻也

玉篇沚亦作洔

被之僮僮傳被首飾也僮僮竦敬也箋云禮記主婦髲髢瑞辰按周官追師鄭注云副之言覆所以覆首爲之飾其遺象若今步搖矣編編列髲爲之其遺象若今假紒矣次次第髮長短爲之所謂髲髢也是謂步搖者副之遺象假紒者編之遺象被與次爲一物但考廣雅云假結謂之鬠鬠卽副也後漢書章懷注副婦人首服三輔謂之假紒是又謂副卽假紒惠氏禮說謂副與編爲一物鄭不當以步搖釋副廣雅疏證云副有衡笄六珈以爲飾而編次無之其實副與編次皆取他人之髮合

已之髮以爲結則皆是假紒其說是也今按說文髲鬄二字轉相訓鬄亦作髢釋名髲被也髮少者得以被助其髮也鬄剔也剔刑人之髮爲之也左氏哀七年傳公見己氏之妻髮美使髡之以爲呂姜髢是被亦取他人之髮以爲飾被取被覆之義與副之訓覆義近則亦爲假紒但其制各有不同耳士昏禮女次純衣纁袡女從者纚笄被以被與次對言則被非即次可知鄭君合被次爲一誤矣少牢饋食禮主婦被裼衣侈袂是大夫妻服被以祭之證至后夫人翟衣以祭首服副展衣見君首服編褖衣御序于君首服次而服被則無明文鄭箋謂於祭前祭後服之則后夫人殆以被爲常飾也少牢

饋食禮主婦被特牲饋食禮主婦則纚笄而無被是被雖不在副編次之數亦首服之一非謂被之上又服副編次也戴氏震謂旣用被然後加首服誤矣又按少牢饋食禮主婦被裼衣侈袂鄭注讀被裼爲髲鬄金榜禮箋曰髲鬄一物而二名無並稱髲鬄者裼衣當連下讀裼今文作緆說文緆細布特牲宵衣言其名少牢緆衣言其布鄭君以被裼二字連讀改爲髲鬄失之廣雅釋訓童童盛也大雅祁祁如雲祁祁盛皃僮僮祁祁皆狀首飾之盛傳說非也

夙夜在公傳夙早也 瑞辰按夙說文作㚨早敬也从丮夕持事雖夕不休早敬者也又晨字注丮夕爲㚨臼辰

爲晨皆同意今按夕者夜之通稱凡日入以後日出以前通謂之夕亦通謂之夜夙夜爲朝暮之稱亦爲早敬之稱以其時天尚未旦而執事有恪因謂之夙夜周語曰夙夜恭也生民箋夙之言肅也與說文訓夙爲早敬同義說文云持事雖夕不休夕謂日出以前非謂日莫故又申之曰早敬者也詩中言夙夜不一有兼指朝暮言者陟岵行役夙夜無已之類是也有專指夙興言者此詩夙夜在公及他詩豈不夙夜夙夜敬止庶幾夙夜我其夙夜莫肯夙夜皆是也舊皆兼指朝暮言失之

草蟲

喓喓草蟲趯趯阜螽傳喓喓聲也草蟲常羊也趯趯躍

也阜螽蠜也卿大夫之妻待禮而行隨從君子箋草蟲鳴阜螽躍而從之異物同類猶男女嘉時以禮相求呼戴震詩經補注曰阜大也如四牡孔阜之阜草蟲則凡小蟲草生之通語也瑞辰按蟲與螽古通用月令蟲螟爲害蔡邕章句作螽螟可證此詩草蟲卽爾雅草螽之假借非泛指草中蟲也阮宮保揅經室文集云凡詩中有同字相竝爲韻者卽改一假借之字當之此詩人義同字變之例今按此詩下言阜螽上句若作草螽則嫌其二螽相竝爲韻故以蟲爲螽之假借正合阮說戴震謂泛指草中蟲失之據釋文引草木疏云草螽一名負蠜大小長短如蝗而青也正義引陸機云奇音青色好

在茅艸中今以目驗蓋卽順天及濟南人所稱聒聒者詩以喓喓言之亦取其善鳴也至阜螽據正義引李巡爾雅注阜螽蝗子也螽古通作𧒂螽之言衆多也螽類衆多而易長故其小者謂之阜螽阜之言長也玉篇阜長也如魯語助生阜之阜螽大則飛阜螽乃螽子之方長者故止能跳躍戴氏訓阜爲大非也爾雅蛗螽蠜說文作𨸏云𨸏蠜也阜卽蛗字之叚借爾雅又曰草螽負蠜負古讀如丕其義爲大蓋對阜螽爲小者言之箋云草蟲鳴阜螽躍而從之正言物之以類相從與婦人之從君子與傳義相成也

憂心忡忡傳忡忡猶衝衝也瑞辰按爾雅釋訓忡忡惙

惙憂也說文忡憂也方言惙惏中也郭注中宜爲忡忡惱怖意也方言又曰衝俶動也毛傳訓忡忡爲衝衝葢以忡忡爲動心之皃楚辭九歌極勞心兮𢥞𢥞王逸註𢥞𢥞憂心貌𢥞一作忡是𢥞𢥞亦忡忡之異文廣雅釋訓𢥞𢥞憂也葢本三家詩玉篇⿰忄蠱⿰忄蠱憂也⿰忄蠱卽𢥞字之譌

我心則降傳降下也 瑞辰按降者夅之假借說文夅服也正與二章我心則說傳訓爲服同義爾雅釋詁悅樂也又曰悅服也是知夅服亦說義也今經傳夅服字通借作降

我心則夷傳夷平也 瑞辰按夷悅以雙聲爲義爾雅釋

言夷悅也。風雨詩云胡不夷，邪詩亦不夷懌，毛傳並訓夷爲悅。此詩我心則夷，對上我心傷悲言，猶云我心則說也，正當訓爲悅。楚辭九懷羡余術兮可夷，王逸注引詩我心則夷，云夷喜也，葢本三家詩，其義當矣。至毛傳訓平者，說文侇行平易也，葢以夷爲侇字之叚借，心平則喜，義亦相成，而未若訓悅訓喜義尤直捷。

采蘋

于以采蘋，傳：蘋，大蓱也。瑞辰按：爾雅釋草苹蓱，其大者蘋。蘋通作薲，說文蓱，苹也，又曰苹，蓱也，無根浮水而生。薲，大蓱。本草水萍有三種，大者曰蘋，中者曰荇菜，小者曰浮萍。韓詩沉者曰蘋，浮者曰薸，薸卽浮蓱，是蘋與浮萍同類而異種萍小而蘋大萍無根而蘋有根無根則浮有根則似沉也禮記芼之以蘋藻左傳蘋蘩薀藻之菜呂氏春秋菜之美者崑崙之蘋皆言蘋不言萍益惟蘋可以芼羹先儒或以蘋爲浮萍失之

于以采藻傳藻聚藻也　瑞辰按說文引詩藻作薻據儀禮註今文繅作藻又周官鄭司農註繅讀爲藻率之藻是藻薻古今字陸機疏藻有二種一種葉如雞蘇莖大如箸長四五尺一種莖大如釵股葉如蓬蒿謂之聚藻今按聚藻蓋狀其叢生之貌即左傳之薀藻杜註薀藻聚藻也說文薀積也積亦聚也左傳薀藻與蘋蘩對言蓋以薀與藻爲二猶筐與筥錡與釜皆爲二也但析言

則薀與藻有別統言則皆謂之藻故詩但言藻而傳以聚藻釋之聚藻取叢聚之義蓋卽陸疏所云葉如蓬蒿者也陸機疏又云扶風人謂之藻聚爲發聲失之又按釋艸莙牛藻說文亦曰莙牛藻也段玉裁疑左傳薀藻卽莙字今按春秋繁露曰君者温也是莙與薀古音近通用之證顏氏家訓書證篇亦以牛藻卽陸機疏所云聚藻又引郭注三倉云薀藻之類也是莙藻薀藻聚藻牛藻異名而同實

于彼行潦傳行潦流潦也 瑞辰按行者洐字之渻借說文洐溝行水也廣韻同洐渻作行猶荇菜之荇今亦渻作荇也左傳潢汙行潦之水服虔注畜小水謂之潢水

不流謂之汙今按行潦對潢汙言溝水之流曰洐雨水之大曰潦說文潦雨水大皃行與潦爲二一猶潢與汙爲二一四字竝舉與上文澗谿沼沚之毛蘋蘩薀藻之菜筐筥錡釜之器句法正相類蓋失其義久矣毛傳以流潦釋行潦已誤合行潦爲一然傳以流釋行非以道釋行正義云行者道也行潦道路之上流行之水於流潦上妄增道路字則又失傳恉矣

維筐及筥傳方曰筐圓曰筥瑞辰按筐筥對文則異散文則通故說文又訓筐爲筥筐說文作匡云匡飯器也筥也或作筐筥者簝之假借郭璞方言註簝古筥字說文方曰筐圓曰簝呂氏春秋註圓底曰簝方底曰筐義

與毛傳同月令作籧筐亦篆之假借字

于以湘之傳湘亨也 瑞辰按湘韓詩作鬺漢書郊祀志鬺亨上帝鬼神顏師古註引韓詩于以鬺之云鬺亨也鬺通作觴太元竈首次五鼎大可觴司馬光曰觴當作鬺音商煑也廣雅云鬺飪也說文無鬺有䰞云䰞煑也玉篇云鬺與䰞同又䰞字注云亦作𩰫今按薛氏鐘鼎欵識載師望鬵銘曰師望作𩰫鬵是鬺䰞𩰫皆一字之異文毛公以湘爲鬺之假借故訓爲亨三家詩多以本字易經文故韓詩直作鬺

維錡及釜傳錡釜屬有足曰錡 瑞辰按方言鍑江淮陳楚之間謂之錡鍑卽釜也 方言又曰釜自關而西或謂之釜或謂之鍑 說文

江淮之間謂釜曰錡是釜與錡亦對文異散文通耳廣雅錡釜也疏證引詩傳有足曰錡云錡之言踦也爾雅蠨蛸長踦郭註鼅鼄長脚者正合詩有足之義今按方言錡字郭註云或曰三足釜也音技說文錡从奇聲與鬲部䰙字同魯綺切䰙三足鍑也是錡即䰙䰙之言跂也小雅大東詩跂彼織女傳跂隅貌孔疏織女三星跂然如隅義與錡䰙竝同錡葢兼取三足傾側之義三足正奇數也又按說文鬴鍑屬也釜即鬴之或體

宗室牖下箋云牖下戶牖閒之前祭王肅云牖下即奥

瑞辰按古者宮室之制戶東而牖西至奥則在室中西南隅孔疏云古未有以奥爲牖下者以難王肅是已至

箋以牖下爲戶牖間之前祭則又誤以牖下爲牖間亦似未確今按古者牖一名鄉取鄉明之義其制向上取明與後世之窗稍異牖下對上而言非横視之爲上下也古者祭祀先祖未必設奠於牖下惟蔡邕獨斷言祀中霤之禮在室祀中霤設主於牖下則奠於牖下蓋祀中霤之禮月令正義曰古者窟居開其上取明雨因霤之是以後人名室爲中霤開牖者象中霤之取明也牖象中霤故祀中霤必於牖下禮記言家主中霤故敎成之祭必於牖下祀中霤耳又按潛夫論班禄篇曰背宗族而采蘩怨采蘩當爲采蘋之譌蓋三家詩或因詩有宗室牖下一語遂以爲背宗族而作也

有齊季女傳齊敬也瑞辰按齊者齋之消借說文齋材也廣雅齋好也玉篇引詩有齋季女音阻皆子奚二切廣韻齋又音齊云好貌三家詩蓋作有齋以狀季女之好貌故玉篇引之左傳晉君謂齊女爲少齊蓋亦取齋好之義古文消借作齊毛公遂以敬釋之耳左氏傳穆叔說此詩季蘭尸之季蘭蓋當時女子之美稱猶云季姜季姬非實有所指

甘棠

序甘棠美召伯也箋召伯姬姓釋文燕世家云與周同姓孔安國及鄭皆云爾皇甫謐云文王之庶子按左傳富辰言文之昭十六國無燕也未知士安之言何所憑

據瑞辰按穀梁傳云燕周之分子也此葢士安所本但據樂記封黃帝之後於薊漢書地里志云薊故燕國是召公封薊卽爲燕此正召公爲黃帝後非文王子之證

蔽芾甘棠傳蔽芾小貌甘棠杜也集傳蔽芾盛貌瑞辰按蔽芾二字疊韻說文蔽蔽小草也蔽與㡀聲近廣雅㡀小也爾雅釋言芾小也易豐其沛子夏傳作芾云小也蔽芾皆有小義故毛傳以小貌釋之但甘棠爲召伯所舍則不得爲小風俗通引傳云送逸禽之超大沛草木之蔽茂芾古作巿說文巿艸木盛巿巿然廣雅芾芾茂也蔽芾正宜從集傳訓爲盛貌小雅蔽芾其樗義亦同韓詩外傳引詩蔽茀甘棠張遷碑作蔽沛並聲近而

義同又市與茷音義亦相近說文茷艸葉多亦盛也爾
雅杜甘棠又曰杜赤棠白者棠蓋對文則杜與棠異散
文則甘棠赤棠皆謂之杜說文牡曰棠牝曰杜今按草
木惟牝者有實其牡者則不實今之海棠華而不實即
說文牡曰棠也有一種結實而小味澀且酢俗名海棠
果又名花紅者即古之赤棠也其實大而味甘有似蘋
婆果者則甘棠也又有沙棠廣志云如棠味如李無核
朱彝尊云疑今之蘋婆果即詩甘棠俗呼沙果即沙棠
召伯所茇傳茇草舍也　瑞辰按說文茇艸根也毛詩作
茇者废之借說文废舍也引詩召伯所废蓋本三家詩
釋文引說文废草舍也胡承珙曰有草字爲是草舍謂

之废草行謂之跋其義一也

勿剪勿敗　瑞辰按說文伐一曰敗也亦斫也廣雅伐敗也是勿敗猶勿伐耳說文敗毀也孟子毀傷其薪木敗又通退說文退斁也引周書我興受其退今微子作敗

召伯所憇傳憇息也釋文憇本又作揭　瑞辰按說文無憇字釋元應一切經音義云憇說文作愒愒息也是知憇即愒之俗體詩汔可小愒不尙愒兮傳曰愒息也愒即憇也釋文言本作揭者愒字之誤

勿翦勿拜箋云拜之言拔也　瑞辰按廣韻引詩勿翦勿扒云扒拔也亦作拜拜與八雙聲扒通作拜猶澎湃通作澎汃也廣雅玉篇竝云扒擘也擘義爲分亦爲擘與

首章勿伐亦同義作扒者葢三家詩鄭君知拜卽扒之假借故箋以拔釋之施士匄直訓如人之拜小低屈也失之又按據施士丐云毛註拜猶伐非也則施所見毛傳有拜猶伐也四字今本脫去

行露

厭浥行露傳厭浥濕意也箋厭浥然濕道中始有露謂二月中嫁取時也　瑞辰按厭浥卽湆浥之假借說文湆幽溼也徐鍇傳云今人多言浥湆也（浥湆當作湆浥）說文又曰浥溼也廣雅湆浥溼也湆浥二字雙聲湆與厭亦雙聲湆浥通作厭浥猶愔愔通作厭厭也（小戎詩厭厭良人湛露詩厭厭夜飲韓詩俱作愔愔）鄭風野有蔓草以零露爲幸此詩以行露爲畏

可以見風俗貞淫之異

謂行多露　瑞辰按謂疑畏之假借凡詩上言豈不豈敢者下句多言畏大車詩豈不爾思畏子不敢豈不爾思畏子不奔出車詩豈不懷歸畏此譴怒豈不懷歸畏此反覆緜蠻詩豈敢憚行畏不能趨豈敢憚行畏不能極又左傳引逸詩豈不欲往畏我友朋與此詩句法相類釋名謂猶謂也言得勅不自安謂謂然也謂謂卽畏畏耳說文咄相謂也相謂卽相驚畏之詞謂行多露正言畏行道之多露耳僖二十年左傳引此詩杜注言豈不欲早暮而行懼多露之濡已以懼釋謂似亦訓謂爲畏

何以速我獄傳速召也　瑞辰按爾雅釋詁說文竝云速

疾也說文速籒从敕作遬古文从敕从言作𧩧速本疾

速之義促之使疾來故又引申爲召其字从敕與言皆

所以召也

羔羊

素絲五紽傳紽數也二章五緎傳緎縫也三章五總傳

總數也孔疏此言紽數下言總數謂紽總之數有五非

訓紽總爲數又曰五緎既爲縫則五紽五總亦爲縫也

瑞辰按三章羔羊之縫釋文縫符龍反謂縫之也二章

五緎傳緎縫也則五紽五總亦縫裘所用首章五紽三

章五總傳訓爲數則五緎亦宜爲數乃傳以數釋紽總

以縫釋緎者互文以見義也後漢書注引薛君韓詩章

句曰紽數名也廣雅紽數也玉篇廣韻竝曰紽絲數也紽之爲數無考埤雅云以類反之緎寡於總紽蓋宜寡於緎廣雅疏證據春秋陳公子佗字五父以證佗爲五數今按佗字五父蓋取詩五紽爲義非必紽卽五數也釋文紽作它云本又作佗佗卽古他字他者彼之稱也此之别也由此及彼則其數爲二管子輕重甲篇夫得居裝而賣其薪蕘一束十他他一本作倍墨子經篇云倍爲二也他與倍通則他亦二數矣柏舟之死矢靡他猶云有死無二也小雅人知其一 莫知其他猶云知其一不知其二也紽通他蓋二絲之數又按說文無紽字纚字注粗緒也據廣韻云縒似布俗作絁則纚卽素絲

五紽之紽紽爲緒之粗者故以爲二絲之名耳西京雜記載鄒長倩遺公孫宏書五絲爲䋂倍䋂爲升倍升爲緎倍緎爲紀倍紀爲緵總卽緵字之轉則緎爲二十絲之數總爲八十絲之數也緎說文作黬玉篇云緎或作䡾總通作緵豳風九罭釋文緵字又作總漢書王莽傳孟康注緵八十縷也又作稯玉篇稯數也又作鬷東門之枌詩越以鬷邁箋鬷總也又作稯說文又作宗賈公彥曰今亦云八十縷謂之宗宗卽緵字之借稯布八十縷也其數與絲之名總者正同

退食自公傳公公門也箋退食謂減膳也自從也從於公謂公直順於事也朱子集傳退食退朝而食於家也

瑞辰按寶應劉履恂據春秋襄二十八年左傳公膳日雙雞杜注卿大夫之膳食釋爲公家供卿大夫之常膳以退食自公謂自公食而退較集傳以退食爲退朝而食於家爲善古者卿大夫有二朝魯語所云合官職於外朝合家事於內朝也其在公各有治事之朝勤於治事不遑家食則有公饍可食詩言退食自公正著其盡心奉公緇衣詩還而授餐欲其還食於家所以見君之優賢此詩退食自公有不遑家食之意所以明臣之急公也至箋以退食爲減膳則孫毓已駁之矣

委蛇委蛇傳委蛇行可從跡也箋云委蛇委曲自得之貌瑞辰按委蛇二字疊韻毛公以爲行有常度故云行

可從跡從跡卽蹤跡也徐行者必紆曲君子偕老詩傳委委者行可委曲從跡也義與此傳合故箋申之以委曲自得之貌韓詩以爲公正貌非也曲與衺同義故衺貌亦謂之委蛇委蛇韓詩作逶迤說文迤衺行也又云逶迤衺去皃廣雅委蛇窊衺也是也委蛇本人行衺曲之貌因而蛇行紆曲亦謂之委蛇戰國策蘇秦嫂蛇行蒲伏莊子養鳥者食之以委蛇是也物形盤曲亦謂之委蛇楚詞遠遊元螭蟲象竝出進兮形蟉虯而逶蛇是也路之紆曲亦謂之委蛇淮南子泰族篇河以逶蛇故能遠劉向九歎遵江曲之逶移是也旗之舒卷亦謂之委蛇楚詞離騷經載雲旗之委蛇是也聲之詘曲亦謂

之委蛇張衡西京賦聲清暢而逶蛇是也曲之義轉爲長故委蛇又爲長貌楚詞王逸注委蛇長也又文選南都賦注委蛇長貌也是也委曲者易順從故委蛇又爲順貌莊子釋文委蛇至順之貌是也徐行有度則必美故委蛇又有美義爾雅委委佗佗美也韓詩委蛇德之美貌也說文覣好視也爾雅釋文委諸儒本竝作褘舍人云褘褘者心之美釋詁褘美也是也委音近爲故字或从爲說文逶或作蟡又漢陰逢盛碑作遙迤是也遺从貴聲與委音近故委又通遺莊子田子方注遺蛇其步是也蛇古通作它後漢儒林傳服方領習矩步者委它乎其中是也又通作佗後漢任光等傳贊委佗還旅

是也古从它者多與也通故蛇或作迤見韓詩或作虵見釋文又或借作施莊子天運乃至委蛇釋文蛇本作施是也又或作跑易林大壯之鼎云長尾踒跑是也隋古讀如它故蛇或作隋又作隨說文委委隋也漢唐扶頌在朝逶隨劉熊碑卷舒委隨衡方碑禕隋在公是也蛇歛音讀如夷故委蛇又作倭遲又作威夷四牡詩周道倭遲韓詩作威夷是也遲夷古同聲倭郁亦一聲之轉故倭遲漢書又引詩作郁夷委音近猗迤音同移故委迤又作猗移莊子應帝王篇吾與之虛而委蛇列子黃帝篇作猗移是也委蛇之聲轉爲委維山海經蒼梧之野有委維郭注即委蛇是也又轉爲延維山海經有

神名延維郭注作委蛇是也又轉爲婑媠方言媠美也郭注媠言婑媠也是也列子稚齒婑媠義亦同又轉爲靡迤玉藻疾趨則欲發而手足毋移鄭注移之言靡迤也靡迤又爲夷靡文選射雉賦或乃崇墳夷靡是也又爲迤𡾊文選洞簫賦倚巇迤𡾊是也古書凡重讀者每於各字下疊小二故此詩舊本葢作委委蛇蛇或遂讀爲委委蛇蛇釋文云沈重讀作委委蛇蛇是也爾雅委委佗佗美也釋文云韓詩作委委他他諸儒本並作禕禕顧舍人引詩禕禕它它今按說文有禕無禕禕卽禕也又作襢襢襀襀說文引爾雅襢襢襀襀卽委委佗佗之異文潛夫論救邊有云洄洄潰潰又卽襢襢襀襀傳寫

之異耳

羔羊之革傳革猶皮也瑞辰按革鬲古同音革當爲䙐之同音假借說文䙐裘裏也从裘鬲聲讀如擊䙐讀若擊猶革讀若棘也玉篇稱裘裏也或作䙐古者裘皆表其毛而爲之裏以附於革謂之䙐詩羔羊之皮素絲五紽皮言其表也羔羊之革素絲五緎革言其裏也羔羊之縫素絲五總合言其表與裏也革卽䙐之假借毛傳謂革猶皮失之

殷其靁

殷其靁在南山之陽傳殷靁聲也山南曰陽靁出地奮震驚百里山出雲雨以潤天下箋云召南大夫以王命

施號令於四方猶靁殷殷然發聲於山之陽瑞辰按文選景福殿賦李善註引毛傳殷雷聲也一切經音義引通俗文雷聲曰磤廣雅磤聲也殷卽磤之渻借重言之則曰殷殷長門賦雷殷殷而響起亦作隱隱易林雷車不藏隱隱西行隱隱卽殷殷也埤蒼砏磤大聲也箋以殷殷發聲喻召南大夫之施號令於四方蓋亦以殷爲大聲至雲漢傳隆隆而雷非雨雷也箋云雨雷之聲尙殷殷然以殷殷與隆隆對言則讀殷如隱微之隱與此箋義微異又按傳言靁驚百里蓋以雷聲之近而可聞興君子之遠而難見又云山出雲雨以潤天下蓋以靁有聲則雲雨興以雷雨之相連興夫婦之相依與谷風

傳云陰陽和而谷風至夫婦和則室家成室家成則繼嗣生取興正同故下接言何斯違斯違斯者違此南山之陽南山之側南山之下也又雷發聲收聲有定時故詩取以喻君子之信厚箋謂喻大夫以王命施號令非詩義也

何斯違斯傳何此君子也斯此違去也 瑞辰按爾雅釋詁違遠也邢疏引詩何斯違斯蓋以雷聲之近與君子之遠此耳說文違離也離去遠義竝相近

莫敢或遑傳遑暇也箋無敢或閒暇時閔其勤勞 瑞辰按或有古通用小爾雅廣雅竝曰或有也莫敢或遑即莫敢有遑箋言無敢或閒暇時即無敢有閒暇也三章

莫或遑處莫或亦謂莫有

莫或遑處傳處居也　瑞辰按處與処同江有汜毛傳處止也說文凥処也処止也从夂几夂得几而止也或从虍聲作處廣雅処止也節氣中有處暑卽止暑也遑處猶遑息耳

摽有梅

摽有梅傳摽落也　瑞辰按摽或作蔈見漢書食貨志注又作莩趙岐孟子注引詩莩有梅釋文引丁公著云韓詩今按莩當作𠬪說文𠬪物落上下相付也讀若詩摽有梅漢書食貨志贊引孟子野有餓芆莩及芆皆𠬪之異文韓詩作莩者爲正字毛詩作摽或作蔈者皆𠬪之

假借毛傳訓摽爲落義與韓詩正同王伯厚攈韓詩芆是零落摽昇擊之使落殊昧於古文通借之義

頃筐塈之傳塈取也 瑞辰按塈者摡之假借玉篇引詩頃筐摡之葢本三家詩廣雅摡取也摡亦省作既左氏傳萑澤之蒲可勝既乎既亦取也說文訓摡爲滌引詩摡之釜鬵又訓既爲小食皆不爲取說文乞作气音氣後變作乞訓爲乞取據一切經音義引蒼頡篇乞謂行匄也則乞字蒼頡篇已有之气乞寔一字摡既皆當爲乞之聲近假借故得訓取气之通作摡猶氣之通作既也

迨其謂之傳謂之不待備禮也三十之男二十之女禮

未備則不待禮會而行之者所以蕃育人民也箋謂勤也女年二十而無嫁端則有勤望之憂不待禮會而行之者謂明年仲春不待以禮會之也時禮雖不備相奔不禁　瑞辰按此傳義本周官媒氏仲春令會男女以謂之爲會之之假借上云謂之不待備禮下卽云會而行之者正以會而行之釋經文謂之也謂與彙同从胃聲周易拔茅茹以其彙鄭云勤也以彙爲謂之叚借王云類也以彙爲會之叚借又爾雅釋木樸抱者謂謂釋文引舍人本謂作彙知彙之可叚作謂又可叚作會則知謂之可叚作會正義云謂者以言謂女而取之失傳恉矣至此箋訓謂爲勤謂有勤望之憂不若傳義爲允又

誤讀傳會而行之者連上不待禮爲句

小星

嘒彼小星傳嘒微貌 瑞辰按嘒之言慧也方言慧憭意精明也嘒蓋狀星之明貌雲漢詩有嘒其星同義傳于此曰微貌于彼曰衆星貌不免望文生義

寔命不同傳寔是也釋文寔韓詩作實云有也 瑞辰按說文寔正也實富也實無是訓爾雅寔是也韓奕箋實當作寔趙魏之東寔實同聲是詩中凡作寔者皆正字作實者皆假借字頍弁箋云實猶是也亦以實爲寔之叚借故卽以是釋之是者語詞韓詩作實訓有者有亦語詞

抱衾與裯傳裯禪被也箋云裯牀帳也瑞辰按裯蓋衹裯也方言汗襦自關而西或謂之衹裯說文衹裯短衣又曰裯衣袂衹裯是汗襦一名衹裯又單稱裯宋玉九辨被荷裯之晏晏兮王逸注裯衹裯也是也衹裯又名襜襦又名禪襦方言汗襦陳魏宋楚之間謂之襜襦或謂之禪襦是也衹裯爲褻衣故漢書武安侯恬坐衣襜襦入宮不敬免後漢書羊續傳其資藏惟有布衾敝衹裯鹽麥數斛而已正以衾與衹裯並舉竊謂此詩以裯與衾竝舉卽衹裯耳古者夫人御于君有易褻服之禮則賤妾亦當易服裯爲褻衣故與衾同抱傳既訓衾爲被不宜又以裯爲禪被禪被或爲禪襦之譌卽衹裯之

一名也至爾雅釋訓幬謂之帳說文幬禪帳也裯音通幬裯帳以雙聲爲義與惆悵譸張同義據鄭志答張逸以抱帳爲漢制似不若以裯爲祇裯耳

江有汜

江有汜傳興也決復入爲汜箋云興者喻江水大汜水小然得並流似嫡媵宜俱行　瑞辰按水決復入爲汜者正與媵之始見棄而終見收也二章江有渚傳曰水岐成渚亦喻始分而終合盖江遇渚則分過渚復合也三章江有沱傳沱江之別者按沱自江水溢出終復合流於江其取興亦同箋以汜取興並流而以渚爲喻媵留失之

不我過　瑞辰按：此與前二章異義。前章不我以、不我與，言其始不以我備數也。此章不我過，言嫡既悔之後，終不我棄，正承上其後言之，故但曰其嘯也歌，不更言其後矣。《大元·差》曰「過小善不克」，范望註：「過，去也。」《淮南·主術訓》「乘舟檝者不能游而絶江海」，高註：「絶猶過也。」《廣雅》：「渡，去也。過，渡也。」過本有去、絶之訓，凡訓去、訓絶者，通謂之過。《考槃》詩「永矢弗過」，即永矢弗去也。此章不我過，即不我去、不我絶也。毛、鄭均不觧過字，凡嫡無親過媵家之禮，《集傳》謂「不過我而與俱」，蓋誤以不我過爲與前二章同一意也。

其嘯也歌　籛：「嘯，蹙口而出聲。嫡有所思而爲之，既覺自悔而歌歌者言其悔過以自解說也瑞辰上二章其後也悔其後也處皆指嫡言此章其嘯也歌則當爲媵自指謂其感德而嘯歌也說文嘯吹聲也以歗爲嘯之籀文欠部又有歗字大徐本作吟也引詩其歗也歌嘯歗二字經典通用而其本字則音同而義别嘯者吹聲悲聲也中谷有蓷篇條其歗矣白華篇歗歌傷懷其字皆當作嘯經作歗者叚借也歗者吟也與說文歎字訓吟謂情有所欲吟歎而歌同義樂聲也此詩其嘯也歌當从說文引作歗毛詩作嘯者亦叚借也箋以嘯爲蹙口出聲又以指嫡失其義矣

野有死麕

野有死麕白茅包之傳凶荒則殺禮猶有以將之野有死麕羣田之獲而分其肉箋云亂世之民貧而彊暴之男多行無禮故貞女之情欲令人以白茅裹束野中田者所分麕肉爲禮而來　瑞辰按說文旅字註云禮麗皮納聘皮葢鹿皮又慶字注行賀人从心从夂吉禮以鹿皮爲贄故从鹿省白虎通納徵元纁束帛離皮又曰離皮者兩皮也此詩野有死麕野有死鹿葢取納徵用麗皮之義說文麕麞也李善文選注云今江東人呼鹿爲麕詩兼言麕鹿者麕亦鹿之屬用其皮非用其肉詩但言死麕死鹿者猶詩虎韔魚服皆用其皮但渻言虎魚也顧虞東學詩曰執皮者必攝之故以包束爲言傳箋

竝以麕鹿爲用其肉似失其義

吉士誘之傳誘道也箋吉士使媒人道成之瑞辰按呂記曰毛鄭以誘爲道儀禮射禮亦先有誘射皆謂以禮道之古人固有此訓詁也歐陽氏始誤以爲挑誘之誘胡承珙曰衡門序誘僖公也正義謂在前道之況戴禮立言篇有誘賢之文論語有善誘之語呂記駮歐陽甚正今按說文以誘爲羑字之或體又曰羑古文作羐又曰羑進善也爾雅釋詁誘進也及此詩毛傳誘道也皆以誘爲羑字之假借其義本爲進善誘字又假借作牖大雅版之篇曰天之牖民傳牖道也牖卽誘也此傳訓誘爲道箋以使媒人道成之嫌於吉士自相道誘可謂善

申傳義歐陽以挑誘釋之誤矣

林有樸樕傳樸樕小木也 瑞辰按樸樕二字疊韻爾雅樕樸心卽詩樸樕正義引爾雅正作樸樕釋名心纖也樸樕爲小貌心亦小義故傳以小木釋之或疑小卽心字之譌失之樸樕之轉爲扶蘇故鄭風山有扶蘇傳曰扶蘇扶胥小木也又按林有樸樕與野有死鹿相對成文毛傳樸樕小木也野有死鹿廣物也似本分爲二義歐陽詩本義謂林有樸樕猶可用以爲薪胡承珙曰詩於昏禮每言析薪古者昏禮或本有薪芻之饋耳蓋芻以秣馬薪以供炬士昏禮執燭前馬古燭卽以薪爲之也鄭箋始以樸樕之中爲野有死鹿之所在與傳異義

孔疏合傳箋爲一失之
白茅純束傳純束猶包之也箋純讀如屯釋文引沈重
曰純讀屯徒尊反聚也 瑞辰按純屯古通用竹書紀年
韓趙遷晉桓公于屯留卽左傳襄十六年執孫蒯之純
留也戰國策秦策錦繡千純高誘註純音屯束也穆天
子傳錦組百純郭璞註純疋端名也純束二字同義純
亦束也周官媒氏純帛無過五兩與雜記納幣一束束
五兩義合純帛卽束帛鄭註周官讀純爲緇失之純又
通作芚莊子齊物論釋文芚束也據說文稛絭束也齊
語稛載而歸韋注稛絭也純屯皆稛之假借稛之借作
純與屯猶囷之通作囤也稛又借作麇哀二年左傳羅

無勇麇之杜註麇束縛也麇亦稛也故訓爲束

舒而脫脫兮傳脫脫舒遲也箋貞女欲吉士以禮來脫脫然舒也瑞辰按方言說文廣雅竝曰娧好也玉篇云娧好貌脫脫卽娧娧之叚借而當作女字解謂吉士也脫脫狀吉士之好皃也舒語詞說文余詞之舒也故舒亦爲語詞此詩舒而脫脫兮與陳風月出篇舒窈糾兮舒優受兮舒夭紹兮三舒兮皆語詞脫脫及窈糾優受夭紹皆好皃非舒皃此傳彼箋均訓爲舒遲失其義矣小雅小弁君子不惠不舒究之卽言不究之猶上文如或醻之卽言如醻之也箋及正義訓爲安舒失之大雅常武王舒保作卽言王保作謂安行也舒亦語詞若以

舒爲緩與下句匪紹箋訓爲緩不相貫矣舍古音讀同舒亦通用孟子舍皆取諸其宮中而用之承上許子何不爲陶冶舍亦語詞不爲義言何不自爲冶皆取諸其宮中而取之也趙注訓舍爲止失之又按爾雅虛閒也閒即語詞虛即舒之叚借猶北風其虛其邪叚虛爲舒徐之舒也

無感我帨兮傳帨佩巾也瑞辰按說文帥佩巾也帥或从兑作帨是帥帨爲一字帥通作率故左傳藻率鞞鞛服注率爲刷巾刷巾即佩巾率即帥之借也古以佩巾爲帨內則左佩紛帨是也亦以縭爲帨東山詩親結其縭毛傳縭婦人之褘又引士昏禮施衿結帨爾雅婦人

之禕謂之縭孫炎註禕帨巾也是也內則女子生設帨于門右及此詩無感我帨帨皆爲縭因其爲女子出嫁時所結故重言之非佩巾也縭爲婦人之禕禕卽蔽膝一名大巾故又通名帨說詳東山詩

無使尨也吠傳尨狗也正義尨狗釋畜文瑞辰按說文尨犬之多毛者穆天子傳天子有尨狗郭註尨尨茸謂猛狗或曰尨亦狗名今按周官犬人疏云犬有三種一曰田犬二曰吠犬三曰食犬吠犬卽守犬尨葢田犬吠犬之通名穆天子傳天子有尨狗謂田犬此詩無使尨也吠謂守犬葢凡毛之尨茸者通可謂之尨耳

何彼襛矣

何彼襛矣傳襛猶戎戎也瑞辰按說文襛衣厚皃又醲酒厚也濃露之厚也玉篇農厚也从農者多有厚意厚與盛義近戎戎卽盛貌也韓詩作茙戎卽茙字之消戎又通茸左傳狐裘尨茸卽詩狐裘蒙戎可證說文無茙字惟曰茸草茸茸皃戎戎卽茸茸也籒文茸作𦯬說文又曰芮芮艸生皃段玉裁曰芮芮與茙茙雙聲柔細之肰

平王之孫齊侯之子傳平正也武王女文王孫適齊侯之子瑞辰按詩中凡疊句言爲某之某者皆指一人言未有分指兩人者如碩人詩齊侯之子衞侯之妻東宮之妹邢侯之姨言莊姜也韓奕詩汾王之甥蹶父之子

言韓姞也閟宮詩周公之孫莊公之子言僖公也正與此詩句法相類不應此詩獨以平王之孫指王姬齊侯之子爲齊侯子娶王姬也且首章王姬之車箋訓之爲往則與上文唐棣之華之字異讀又以王姬往車爲不詞故增餙經文謂王姬往乘車非詩義也二章傳云王姬適齊侯之子三章正義又云齊侯之子求平王之孫於經文外增一適字求字亦非詩義惟儀禮疏引鄭君箴膏肓曰齊侯嫁女以其母王姬始嫁之車遠送之謂此詩爲齊侯嫁女之詩則詩所云齊侯之子謂齊侯之女子猶碩人詩齊侯之子韓奕詩蹶父之子皆謂女子也詩所云平王之孫乃平王之外孫言平王之外孫則

於詩句不類故渻而言之曰孫猶閟宫詩周公之孫不言曾孫而但言孫也詩二句皆指齊侯女子言於經文正合惟齊侯嫁女之詩不應附于召南竊謂平王傳既訓爲平正之王則齊侯亦當訓爲齊一之侯猶易康侯之指諸侯言也

維絲伊緡傳伊維緡綸也箋云釣者以此有求於彼何以爲之乎以絲爲之綸則是善釣也 瑞辰按維惟古通用玉篇惟爲也箋釋詩其釣維何云何以爲之乎又云以絲爲之綸正以爲釋伊字葢伊爲語詞之維亦讀同訓爲之惟若云維絲維緡則不辭矣說文緡釣絲繫也又曰罠所以釣也緡與罠葢聲近而義同

騶虞

彼茁者葭傳茁出也葭蘆也箋云記蘆始出者著春田之早晚　瑞辰按王制昆蟲未蟄不以火田孔疏從十月以後至仲春皆得火田邵晉涵曰火田當在十月春秋桓二年二月焚咸丘杜註火田也譏盡物故書是周正二月且不得火田而孔疏謂仲春猶得火田誤矣今按此詩茁葭茁蓬正以見春田草木方盛不以火田之義穆天子傳天子射鳥有獸在葭中七萃之士高賁戎擒之以見天子是葭亦藏獸之區詩言葭蓬皆謂豝豵所藏耳

首章壹發五豝傳豕牝曰豝虞人翼五豝以待公之發

箋君射一發而翼五豝者戰禽獸之命必戰之者仁心之至二章壹發五豵傳一歲曰豵箋云豕生三曰豵瑞辰按爾雅釋獸豕生三豵二師一特牝豝傳之訓豝箋之訓豵均本爾雅傳訓豵爲異說文豝牝豕也一曰二歲能把拏也豵生六月豚一曰一歲豵尚崇聚也二說兼載周官大司馬鄭司農註一歲爲豵二歲爲豝三歲爲特四歲爲肩五歲爲慎廣雅獸一歲爲豵二歲爲豝三歲爲肩四歲爲特是皆以豵豝爲凡獸大小之異名今按爾雅豕生三豵二師一特繼之以所寢檜方言云其檻及蓐曰檜則知爾雅所言皆畜豕故人得以檻蓐畜之又按爾雅釋畜馬八尺爲駥牛七尺爲犉羊六尺

爲羬彘五尺爲豟狗四尺爲獒雞三尺爲鶤總題之曰六畜其前則分釋馬牛羊狗雞而題之曰馬屬牛屬羊屬狗屬雞屬不應獨闕彘屬釋獸豕子豬䝐豶幺幼奏者豱豕生三豵二師一特所寢橧四豴皆白豥其跡刻絕有力豟牝豝共三十五字與釋畜狗屬文法相似周中孚疑爲釋畜之錯簡是也則爾雅所言信畜豕矣鄭司農一歲曰豵等語以釋大司馬大獸公之小禽私之則知所言者必田豕也葢畜豕以生數牝牡異名田豕之生數不可知則以大小年數異名故周官大獸公之小禽私之豳風言私其豵獻豜于公皆以小大爲辨足徵田獵所獲不計生數之多寡矣此詩五豝五豵皆田

獵獲獸正當據鄭司農說文廣雅一歲曰豵二歲曰豝之說釋之又按壹一古通用朱武曹以大學壹是皆以脩身爲本檀弓余一不知夫喪之踊也及詩政事一埤益我等壹一字皆爲詞助發端之語其說最精因悟此詩壹發五豝壹發五豵二壹字皆發語詞故毛傳云虞人翼五豝以待公之發但釋發五豝三字不另釋經文壹字猶小雅壹醉日富毛傳但曰醉而日富矣亦不釋經文壹字皆以壹爲語詞也賈誼新書及鄭箋已誤以壹發爲一發矢後人不善讀毛傳因謂五豝僅止一發又或以壹發爲四矢或以壹發爲十二矢或謂一豝負矢其羣皆奔故壹發而五豝齊見皆於經義不合失之

鑿矣
吁嗟乎騶虞傳騶虞義獸也白虎黑文不食生物有至信之德則應之三家詩皆以騶虞爲天子掌鳥獸官賈子新書又分騶虞爲二以騶爲文王之囿虞爲囿之司獸瑞辰按此詩吁嗟乎騶虞與吁嗟麟兮句法相似麟旣爲獸則騶虞亦獸可知周官鐘師賈疏引五經異義載古毛詩說周南終麟趾召南終騶虞俱稱嗟嘆之皆獸名其說是也歐陽修謂毛詩未出之前未有以騶虞爲獸名者今按古書言騶虞者凡四皆在毛詩未出以前山海經海內北經林氏國有珍獸大若虎五采畢具尾長于身名曰騶吾乘之日行千里吾虞古同音漢書

吾邱壽王說苑作虞邱可證五經異義引古山海經騶書云騶虞獸名劉芳詩義疏亦作騶吾是知騶吾卽騶虞其證一也山海經騶吾郭璞注引六韜云紂囚文王閎夭之徒詣林氏國求得此獸獻之紂其證二也周書王會云央林酋耳酋耳若虎尾參于身食虎豹據漢書武帝時獲異獸騶牙以騶牙爲騶虞則知酋耳卽騶牙之譌酋騶聲近耳牙形近耳卽牙也牙卽吾也吾卽虞也據鄭志答張逸問曰白虎黑文周書王會云今王會無白虎黑文字是知古本周書若虎原作白虎下有黑文二字後脫去黑文又譌白虎爲若虎而酋耳之卽騶虞得此益信其證三也尚書大傳云散宜生之於陵氏

取怪獸大不避虎豹閒尾倍其身名曰虞鄭注虞騶虞也其證四也孰謂毛詩未出以前無以騶虞爲獸名者邪嚴粲又以爾雅不載騶虞爲疑今按騶虞白虎黑文亦通名白虎以爲玉飾字作琥周官以玉作六器云以白琥禮西方晉中興書云白琥尾參倍其身孫氏符瑞圖云白琥西方義獸白色黑文名騶虞尾倍其身故開元禮避諱云禮西方以騶虞是也哀十四年左傳服虔註云思睿信立白虎擾與毛傳言有至信之德合皆白虎即騶虞之證則知爾雅所云甝白虎即騶虞耳虘說文作甝毛傳以騶虞爲義獸而應信說文虞騶虞也白虎黑文尾長於身仁獸也食自死之肉說本毛傳而仁獸與

義獸異然毛傳不食生物正見其仁吳薛琮騶虞頌云婉婉白虎優仁是崇正與說文騶虞爲仁獸合惟山海經旣云孟山有白虎又云林氏國有騶吾郭璞作騶吾白虎二讚似不得合爲一然騶虞要亦白虎屬耳至毛傳說文皆云白虎黑文山海經則云五采畢具葢先儒傳聞各異其言尾長於身則同廣雅又以騶吾爲馬屬此後人以騶吾日行千里因以名其馬非以騶吾本爲馬也

毛詩傳箋通釋卷四

邶

桐城馬瑞辰學

柏舟

汎彼柏舟亦汎其流傳興也汎汎流貌柏木所以宜爲舟也亦汎汎其流不以濟渡也箋舟載渡物者今不用而與衆物汎汎然俱流水中興者喻仁人之不見用而與羣小人並列亦猶是也瑞辰按傳箋以柏舟之汎流水中喻仁人之不見用是也詩中亦字有上無所承只作語詞者如此詩亦汎其流及有客詩亦白其馬之類皆是故此傳不釋經文亦字箋以亦字爲對衆物以與仁人與羣小人竝列失之又按古者臣之事君與婦之

事夫皆以堅貞爲首故邶詩以柏舟喻仁人而鄘詩共姜亦以柏舟自喻又按說文汎浮皃泛浮也段玉裁謂此詩上汎謂汎下汎當作泛汎泛古同音而字有區別

耿耿不寐傳耿耿猶儆儆也瑞辰按廣雅耿耿警警不安也警警與儆儆同耿警雙聲毛傳以儆儆訓耿耿葢狀其戒懼之皃說文儆戒也儆借作耿猶耿黽與蟼蟆聲相轉也耿耿一作炯炯楚辭遠遊夜耿耿而不寐王逸章句引詩耿耿不寐云耿一作炯嚴夫子哀時命夜炯炯而不寐兮懷隱憂而歷茲正本此詩耿炯音義竝同耿耿通作炯炯猶褧衣通作炯也說文耿从耳炯省聲宋本炯作烓火部烓讀若冋古音圭與耿冋皆雙聲

烓猶炯也炯或從冋冋耿廣雅並訓爲明又曰炯炯光也炯與光亦以雙聲爲義襄五年左傳我心扃扃王逸九思神光兮熲熲並字異而義同古人言憂心之甚每比諸火之炎上節南山詩憂心如惔韓詩作如炎說文作憂心𤆍𤆍是也因並以炎火光明之狀擬其心憂之甚采薇詩憂心烈烈頍弁詩憂心奕奕憂心怲怲無將大車詩不出于熲及此詩耿耿不寐義並同耿耿指心憂之貌淮南子說山訓念慮者不得臥高誘註引詩耿耿不寐證之是也王逸楚辭章句以炯炯爲目不眠失之

如有隱憂傳隱痛也 瑞辰按殷隱古同聲通用隱者慇

之叚借說文慇痛也文選注五引韓詩作殷憂李注殷憂也廣雅殷痛也殷亦慇之省借隱憂殷憂皆二字同義猶詩我心憂傷我心傷悲之類毛傳訓痛者痛亦憂也故小雅正月詩憂心慇慇傳云慇慇然痛也而爾雅釋訓則云殷殷憂也楚詞九歎王逸注訓隱憂爲大憂易林亦曰耿耿寤寐心懷大憂蓋本三家詩从殷之本義故訓爲大不若毛傳訓痛爲善如而古通用如有隱憂猶云而有隱憂也正義云如有痛疾之憂失之

不可以茹傳茹度也　瑞辰按傳義本釋言茹訓食爲本義訓度者如之叚借釋詁如謀也謀亦度也自此之彼曰如以此度彼亦曰如矣書如五器卽度五器也

不可選也傳物有其容不可數也瑞辰按惠氏定宇九經古義曰案朱穆集載絶交論云威儀棣棣不可算也鄭注論語云算數也與毛訓同今按說文算數也訓數者爲算之本義毛傳訓數者以選爲算之叚借三家詩蓋有從本字作算者故朱穆傳據以爲言耳易雜物撰德鄭作算論語何足算漢書作選周禮大司馬撰車徒鄭注撰讀曰算皆選算古通用之證葢選與算雙聲其字同在心母故通用

愠于羣小傳愠怒也釋文愠憂運反怒也瑞辰按怒當作怨正義云仁人憂心悄悄然而怨此羣小人在於君側者也又云小人見困病於我旣多又我受小人侵侮

不少故怨之也皆以怨釋慍是正義所據毛傳原作慍怨也之證文選思元賦舊註引詩註慍怨也亦本毛傳趙岐孟子章句云慍于羣小怨小人聚而非議賢者也義與毛傳合倉頡篇慍恨也韓詩慍恚也恨恚皆怨也今釋文及正義本傳皆作怒葢怨字形近之譌論語鄭註慍怨也何晏集解誤作怒緜詩正義及一切經音義卷十九竝引說文慍怨也今二徐本亦誤作怒

靜言思之傳靜安也箋言我也　瑞辰按說文竫亭安也經傳多叚靜爲竫此傳訓安者亦以靜爲竫字之借也今按說文靜寀也寀悉也知寀諦也寀篆文作審是審爲靜字本義詩或叚靜爲竫安之竫或假靜爲靖善之

靖惟此詩靜字宜用本義訓宷言爲語詞靜言思之猶云審思之也傳訓爲安失之

寤辟有摽傳辟拊心也摽拊心貌釋文辟本又作擘瑞辰按爾雅釋訓辟拊心也此傳義所本辟者擘之消借說文擘撝也撝裂也擘本擘裂之稱其義通捭與摶故又爲拊心也字亦作擗玉篇引詩寤擗有摽文選注爾雅釋文引詩亦同喪禮有擗拊心也拊心卽俗所謂椎心故有摽爲拊心貌說文廣雅竝曰摽擊也寤通作晤說文晤字註引詩作晤辟有摽晤明也覺而言爲寤言則覺而辟得爲寤辟矣

胡迭而微箋云微謂虧傷也君道當常明如日而月有

虧盈今君失道而任小人大臣專恣則日如月然釋文迭韓詩作臷音同云臷常也瑞辰按十月之交詩彼月而微此日而微箋云微謂不明也卽謂日月之食微有隱義說文微隱行也隱則不明故爲日月食不明之象此詩胡迭而微迭佚古通用方言佚代也廣雅迭代也謂日月更迭而食爲不明易林升之革曰日居月諸遇暗不明得其義矣古者以日食爲陰侵陽月食爲陰失明故詩以不明喻君臣之失道箋訓微爲虧傷謂日之虧傷如月失之迭從失聲古秩與程雙聲通用韓詩作臷蓋戜字之或體迭通作戜猶堯典平秩史記作便程說文引虞書作平豑巧言詩秩秩大猷說文作戜戜又

鐵字注讀若詩威儀秩秩也迭古音近替故少牢饋食禮勿替引之鄭注替古文爲袂或爲载錢大昕以袂爲秩之譌是也迭音又近鐵故春秋戰於鐵公羊經作秩载至音亦相近爾雅晊大也説文载大也载即晊也故载字又作载耳毛韓字異而音義竝同説韓詩者訓载爲常失之

綠衣

綠衣黄裏傳與也綠間色黄正色箋言綠兮衣兮言禒衣自有禮制也瑞辰按綠衣爲間色以喻妾黄爲正色以喻妻綠衣黄裏綠衣黄裳皆以喻妾上僭夫人失位詩之取與義甚明顯箋改綠爲禒非詩義也焦氏易林

觀之益曰黃裏綠衣君服不宜義本毛傳淮南覽冥訓高注遂讀詩綠衣之綠亦从毛讀如字皆不取鄭箋褖衣之說

絺兮綌兮淒其以風傳淒寒風也箋云絺綌所以當暑今以待寒喻其失所也　瑞辰按第三章綠兮絲兮女所治兮以喻妾之得寵此章絺兮綌兮淒其以風以喻夫人之失時蓋絺綌爲當暑所服今值天寒行將棄而不用箋云喻其失所正合詩義孔疏言絺綌不以當暑猶嫡妾不以其禮失其義矣

燕燕

燕燕于飛傳燕燕鳦也　瑞辰按郭璞爾雅本燕燕鳦讀

與毛傳同據此詩正義引釋鳥云巂周燕燕鳦孫炎曰別三名舍人云巂周名燕燕又名鳦太平御覽引孫炎云巂周燕燕別名皆以巂周燕燕連讀據說文巂周燕也从隹屮象其冠也文選七命鷰髀腥脣李善注引呂氏春秋曰肉之美者巂鷰之髀今本味篇作巂鷰之翠疑傳寫之譌此正燕一名巂周之證則釋爾雅者仍從孫炎及舍人讀爲正毛傳燕燕特依經文連讀抑毛讀爾雅燕燕連文與孫炎舍人異耳說文曰燕者請子之候燕以孚子而來生子則委巢而去戴嬀以子相依失子而歸故取燕飛爲興又按燕以南來孚子雁則以北歸生子尋嘗得之目驗

差池其羽傳燕之于飛必差池其羽箋云差池其羽

謂張舒其尾翼與戴嬀將歸顧視其衣服瑞辰按差池二字疊韻義與參差同皆不齊之皃左氏襄二十二年傳云譬諸草木吾臭味也而何敢差池杜註差池不齊一是也說文無池字古通作沱故左傳釋文云池徐本作沱而差池又轉爲蹉跎廣雅蹉跎失足也失足亦爲不齊因而凡失志者通言蹉跎而與人不相合者亦通言差池矣差池不齊以喻莊姜送戴嬀一去一留下章頡頏上下取與正同箋以喻顧視其衣服失之

頡之頏之傳飛而上曰頡飛而下曰頏瑞辰按頡頏二字雙聲段玉裁曰傳上下互譌當作飛而下曰頡飛而上曰頏頡之言抑抑降也下也故爲下飛頏之言亢亢

高也舉也故爲上飛文選甘泉賦魚頡而鳥肮李善註頡肮猶頡頏也魚潛淵而曰頡鳥戾天而曰肮正頡下頏上之證今按段說是也說文亢人頸也或作頏是頏卽亢之或體爾雅亢鳥嚨釋文引舍人云亢鳥高飛也葢鳥以高飛而見其亢故又以亢爲高飛也三章下上其音又承上章頡頏而言正以頡下而頏上故詩亦先下而後上也三章傳飛而上曰上音飛而下曰下音以經文先下後上證之傳二句亦互譌

其心塞淵傳塞瘞淵深也釋文塞瘞崔集注本作實正義定本塞瘱也俗本塞實也 瑞辰按錢大昕曰瘞卽瘱字之譌說文瘱靜也竫審也蒼頡篇靜審也然正義曰

其心誠實而深遠也是孔本原依俗本作實今作瘞者非其舊也定之方中箋云塞充實也此詩無箋蓋鄭君所見毛傳原作塞實塞者𡫳之叚借說文𡫳實也從心塞省聲引虞書剛而𡫳史記作剛而實實爲塞之本訓或作瘞者誤也玉篇引詩其心𡫳淵蓋从三家詩用本字

以勗寡人傳勗勉也禮記坊記引詩以畜寡人　瑞辰按王應麟以作畜爲魯詩今考列女傳引詩亦作畜蓋韓詩也毛詩作勗者畜之叚借古畜字與孝好皆雙聲同在曉母故同義禮祀祭統曰孝者畜也韓詩亦曰畜孝也孝經援神契曰庶人行孝曰畜孟子曰畜君者好君

也釋名孝好也愛好父母如所悅好也畜與孝古皆讀若朽好讀如丑故音近而義同善父母爲孝凡通言善亦曰孝故孝又爲愛好之通稱以畜寡人猶云以好寡人耳

日月

逝不古處傳逝逮古故也箋其所以接及我者不以故處甚違其初時瑞辰按有杕之杜詩噬肯適我傳噬逮也韓詩作逝爾雅釋言遾逮也是逝噬遾古竝通用逝當从朱子集傳訓爲發語詞爾雅毛傳訓逮者逮與肆通肆古从隶作肆與逮形聲相近廣雅釋言肆遾也卽爾雅遾逮之義也肆亦語辭緜詩肆不殄厥愠抑詩肆皇天弗尚昊天

有成命詩肆其靖之皆語詞也二章逝不相好碩鼠詩逝將去女桑柔詩逝不以濯逝皆語詞毛鄭或訓爲及或訓爲往失之古者故之消借凡以故舊相處謂之故故之言固也故處與二章相好同義羔裘詩維子之故與二章維子之好同義故猶好也

甯不我顧箋云甯猶曾也　瑞辰按甯乃一聲之轉乃古音讀仍甯猶乃也詩中甯字義多爲乃此詩甯不我顧猶云乃不我顧也甯不我報猶云乃不我報也小弁詩甯莫之知沔水詩甯莫之懲桑柔詩甯不我矜甯爲荼毒雲漢詩甯莫我聽甯丁我躬甯俾我遯義並同又雲漢詩胡甯忍予胡甯瘨我以旱胡甯猶胡乃也左氏昭

六年傳無甯以善人爲則昭二十二年傳無甯以爲公羞無甯卽無乃也甯又逼作能正月詩燎之方揚甯或滅之漢書谷永傳引作能或滅之俗本漢書誤从毛詩改作甯能乃亦一聲之轉能亦乃也芄蘭詩能不我知能不我甲說文引詩能不我慉能之義皆爲乃此詩箋訓甯爲曾者曾亦乃也孟子爾何曾比予於管仲趙岐章句何曾猶何乃也是其證矣

胡能有定傳定止也箋君之行如是何能有所定乎曾不顧念我之言是其所以不能定完也瑞辰按說文定安也从一正聲安與止同義說文正是也从一曰止故定訓止又訓爲正谷風湜湜其止鄭以湜湜爲持正皃

周官宰夫鄭注曰正猶定也堯典以閏月定四時史記五帝紀作正齊語正卒伍漢書刑法志正又作定竊謂此詩胡能有定卽胡能有正也下章終風序云見侮慢不能正也正承此詩胡能有定言之正卽定也故箋云正猶止也與傳訓定爲止同義夫婦有定分嫡妾有定位皆正也關雎序先王所以風天下而正夫婦正亦定也州吁以寵而奪適由嬖人以寵而奪嫡皆不正之所致則胡能有定之所該者廣矣

父兮母兮畜我不卒箋畜養卒終也父兮母兮者言己尊之如父又親之如母乃反養遇我不終也瑞辰按此莊姜傷已不見荅於莊公之詩故箋以父兮母兮謂尊

親莊公如父母也孟子畜君者好君也畜我不卒謂好我不終卽前二章所云逝不古處逝不相好也箋訓畜爲養失之

報我不述傳述循也釋文述本亦作術瑞辰按文選李善注引韓詩正作術薛君云術法也據儀禮士喪禮不述鄭注古文述作術葢述術皆從术聲故通用述又通遹爾雅釋詁遹循也釋言遹述也釋訓不遹不蹟也郭注言不循軌跡也據說文述循也孫炎曰遹古述字是知爾雅不遹不蹟也正釋此詩報我不述古本當作報我不遹非釋沔水詩念彼不蹟也爾雅釋詩皆經字在上古本不述遹作不遹故爾雅釋之或謂爾雅以不遹

釋不蹟失之陳氏碩甫及王尙書皆云不遹不蹟不徹皆見詩故爾雅統釋之曰不道也今本爾雅不遹不蹟也衍一也字遂失其指然爾雅釋訓皆依詩各句爲釋未有連三句而統釋之者不蹟之義同於不道固不嫌各爲釋耳

終風

終風且暴傳終日風爲終風暴疾也瑞辰按經義述聞曰終猶既也是也終風且暴猶云既風且暴凡詩云終温且惠衆稺且狂義竝同爾雅日出而風曰暴說文引詩作瀑云瀑疾雨也玉篇云瀑疾風也作暴者瀑之渻據二章終風且霾三章終風且曀爾雅皆承風言則瀑

从玉篇訓疾風爲是顧野王所見說文自作疾風今本乃後人妄改又按終與西不相涉而韓詩云西風謂之終風胡承珙曰說文古文終作𠔃泰作夳形近易溷韓詩終風葢譌作泰風故遂以西風釋之耳

謔浪笑敖傳言戲謔不敬　瑞辰按爾雅釋詁云謔浪笑敖戲謔也此傳義所本謂四者皆爲戲謔正義引舍人云浪意萌也萌字誤當从爾雅邢疏引作意閬閬謂高也浪謂放浪與高閬義近釋文引韓詩云浪起也放浪則意氣高與起義亦相通一切經音義引蒼頡篇云笑喜弄也故笑亦戲謔之一敖舍人云意舒也史記天官書箕爲敖客曰口舌宋均云敖調弄也廣雅誠調也又

曰誠謷也敖與謷通廣雅又曰敖戲也敖當讀同遊敖之敖釋文敖五報反則讀同傲矣釋言敖傲也釋訓敖敖傲也敖傲古亦通用

寤言不寐箋云言我也 瑞辰按據考槃詩獨寐寤言傳云在澗獨寤覺而有言則此言寤言不寐亦當訓爲覺而有言下文願言則嚏願言則懷言竝當爲言語之言皆謂欲有所言則止箋竝訓言爲我失之王尙書訓言爲語詞亦非

願言則嚏傳嚏跲也箋云嚏當爲不敢嚏咳之嚏釋文疐本又作嚔又作疐劫也鄭作嚏崔云毛訓疐爲㰦今俗人云欠欠㰦㰦是也不作劫字 瑞辰按釋文本作疐

者從崔集注本也釋文云本又作嚔者嚔即嚏字之俗廣韻以嚔爲嚏俗字是也釋文云又作疐劫也者乃王肅本孔疏引王肅云疐劫不行也願以母道往加之我則疐跆而不行是也說文疐礙不行也从叀引而止之也疐通作躓爾雅疐跆也郭註引詩載疐其尾說文躓跆也跆躓也互相訓而躓字下引詩載躓其尾是躓即疐也以下章願言則懷證之爾雅懷止也則此章當從王肅本作疐爲是疐訓爲跆中庸言前定則不跆跆蓋躓礙難言之貌與懷訓止義同與劫字音義亦同說文人欲去以力脅止曰劫故傳跆本又作劫崔氏謂當作欠㰦之㰦非毛恉也鄭本毛詩蓋亦作疐故箋云當爲不敢嚏咳之

嚏若經本作嚏則鄭君不煩改字今本作嚏乃後人據箋以改經也說文引詩直作嚏或三家詩有作嚏者為許鄭所本段玉裁以說文引詩為後人妄增亦非說也又按倉頡篇嚏噴鼻也通俗文張口運氣謂之欠故二者不同說文嚏悟解气也聲類云腦鼻中气壅塞噴嚏則通故云悟解气是悟解气即噴鼻廣韻亦曰嚏鼻气也段玉裁謂說文悟解气即張口气悟之欠亦誤

曀曀其陰傳如常陰曀曀然　瑞辰按韓詩作𡏮𡏮薛君章句曰𡏮𡏮天陰塵也據說文曀陰而風也引詩終風且曀又𡏮天陰塵也引詩𡏮𡏮其陰是𡏮與曀異義曀則陰而有風𡏮則不必有風而常陰有塵韓詩作𡏮𡏮

爲正字毛詩作曀叚借字也曀又通靉與曖晏子春秋星之昭昭不若月之曀曀意林引作靉靉文選註引作曖曖皆當讀爾雅薆隱之薆蔽之者翳也翳卽曀也翳曀曖一聲之轉故義同古亦通用

願言則懷傳懷傷也箋云懷安也瑞辰按爾雅懷止也願言則懷訓爲止正與願言則疐訓跲同義

擊鼓

擊鼓其鏜傳鏜然擊鼓聲也瑞辰按說文鏜鐘鼓之聲引詩擊鼓其鏜又鼞鼓聲也引詩擊鼓其鼞蓋兼引毛詩及三家詩鏜鐘鼓之聲當作鼓鐘鏜爲鼓鐘之聲故从金毛詩於鼓言鏜爲叚借三家詩作鼞本字也又借

作闛文選上林賦鏗鎗闛鞈李善注闛鞈鼓音也又逞作閶正義引司馬法曰鼓聲不過閶闛與閶皆假借字漢帝堯碑排啟閶闔孫根碑升降閶闔又假閶爲閶

死生契濶傳契濶勤苦也釋云契濶韓詩云約束也瑞辰按契濶二字雙聲毛讀契如契契寤歎之契故訓爲勤苦韓讀契如絜束之絜讀濶如德音來括之括韓詩括約束也故訓爲約束但據下章于嗟濶兮正承上契濶而言則契當讀如契合之契濶讀如疏濶之濶說文闊疏也後漢書臧洪傳隔闊相思濶亦濶別也契濶與死生相對成文猶云合離聚散耳孫奕示兒編云契合也濶離也謂死生離合與汝成誓言矣與予說正同

與子成說傳說數也箋云我與子成相說愛之恩志在相存救也瑞辰按胡承珙曰數當讀色主反數有二義一爲責數之數左傳數之以其不用僖負羈是也一爲數說之數禮記遽數之不能終其物左傳數典而忘其祖是也此傳說數也當爲數說之數成說卽成言也李黻平引說文閱字註云具數于門中也从門說省聲具數二字卽釋从說省聲之義是說與數同義說文廣雅竝曰數計也傳訓說爲數者蓋謂預有成計猶言有成約也箋訓說爲說愛正義釋傳云成其軍伍之數竝失之

不我活兮傳不與我生活也瑞辰按活當讀爲曷其有

佸之佸毛傳佸會也佸爲會至之會又爲聚會之會承上潤兮爲言故云不我會耳

于嗟洵兮傳洵遠也釋文洵呼縣切本或作詢誤也詢音荀韓詩作敻敻亦遠也　瑞辰按呂氏春秋盡數篇高注引詩于嗟敻兮正本韓詩廣雅敻遠也敻之言迥爾雅迥遠也又曰迥遐也遐亦遠也毛詩作洵卽敻之假借據釋文洵呼縣切玉篇絢遠也釋文原本當作絢絢與敻雙聲同在曉母故通用錢曉徵曰古讀敻如絢胡承珙曰思元賦儵眴眴兮返常閭靈光殿賦目矎矎而喪精矎矎卽眴眴正與毛詩假洵爲敻相類

不我信兮傳信極也箋歎其棄約不與我相親信亦傷

之瑞辰按信從傳讀伸訓極爲是承上洵遠爲言故言不我極猶言曷其有極也

凱風

凱風自南傳南風謂之凱風樂夏之長養瑞辰按說文無凱字古止作豈後乃作凱又作颽見玉篇豈有樂義故傳云樂夏之長養據夏小正時有俊風傳云俊者大也大風南風也淮南子天文訓史記律書皆曰南方曰景風景者大也呂氏春秋有始篇淮南子墬形訓南方曰巨風巨亦大也則凱之義本爲大故廣雅云凱大也秋爲歛而主愁夏爲大而主樂大與樂義正相因

吹彼棘心傳棘心難長養者瑞辰按今本傳無心字葢

傳寫脫誤釋名心纖也易說卦坎其于木也爲堅多心虞翻註堅多心者棗棘之屬蓋棗棘初生皆先見尖尖刺尖刺即心心即纖小之義故難長養正義以爲棘木之心失之

母氏劬勞傳劬勞病苦也 瑞辰按爾雅釋詁劬勞病也此傳義所本小雅鴻雁釋文引韓詩劬數也數則勞苦與毛傳義相成說文正文無劬字據說文趯走顧皃讀若劬是劬乃趯字之同音叚借走顧則勞勞則病說文躣行皃忂行皃義竝與趯近鈕樹玉疑劬爲勮之別體失之又劬與卭一聲之轉釋詁卭勞也勞亦病也

母氏聖善傳聖叡也箋叡作聖母乃有叡知之善德 瑞

辰按善本衆善之名此詩以連聖言則聖善二字平列而同義與母氏劬勞母氏勞苦句法正同爾雅釋言獻聖也莊子大宗師篇釋文引向秀曰獻善也謚法解稱善賦簡曰聖是聖善義近之證箋謂有叡知之善德失之

睍睆黄鳥傳睍睆好貌箋睍睆以喻顏色悅也 瑞辰按太平御覽引韓詩作簡簡黄鳥簡簡二字重文以類推之毛詩古本當作睆睆黄鳥禮記檀弓童子曰華而睆鄭註說者以睆爲刮節目正義說此睆爲刮削木之節使其睆睆然好故詩睍睆黄鳥傳云睆睆好貌是也其引傳正作睆睆引經文亦當作睆睆今作睍睆者後人

據今本毛詩改也莊子天地篇釋文睆睆眠目貌又引李註睆睆窮視貌以睆睆連文與此詩同睆晛形近易譌說文晛出目也一切經音義引作目出貌也與倉頡篇睆目出貌也及玉篇廣韻訓睆爲目出義合是知說文晛字乃睆字之譌後人不知晛當爲睆故别以睆爲睅之重文與此詩誤分晛睆爲二正同古字從完者多譌作見論語夫子莞爾而笑釋文莞作莧李氏易傳引虞翻易註莧讀爲莧爾而笑之莧列子天瑞篇老韭爲莧釋文莧一作莞皆爲完與見形近易譌之證

雄雉

序雄雉刺衛宣公也瑞辰按此詩當從朱子集傳以爲

婦人思其君子久役於外而作今以經文繹之前二章覩物起興以雄雉之在目前羽可得見音可得聞以興君子久役不見其人不聞其聲也第三章以日月之迭往迭來興其君子之久役不來末章則推其君子久役之故皆由有所忮求若知修其德行無所忮求則可以全身遠害復何用而不臧乎此以責君子之仕於亂世也序云刺宣公蓋推其兆亂之由非詩詞所及箋以前二章爲刺宣公之淫亂失之

泄泄其羽傳興也雄雉見雌雉飛而鼓其翼泄泄然瑞辰按夏小正正月雉震呴傳呴也者鳴也震也者鼓其翼也說文雊雄雉鳴也雷始動雉鳴而雊其頸是雄雉

之鳴必雊其頸而鼓其翼故傳以泄泄其羽爲鼓翼貌又按雞鼓翼而後鳴雉則先鳴而後鼓翼

我之懷矣自詒伊阻傳詒遺伊維阻難也箋伊當作緊緊猶是也　瑞辰按宣二年左傳趙宣子曰嗚呼我之懷矣自貽伊慼王肅謂卽此詩異文是也阻從且聲且之言籍也說文且薦也薦籍音義同且慼一聲之轉慼與籍亦聲近通用齊語甯戚亢倉子作甯籍可證阻通作慼猶戚通作籍也杜註以爲逸詩誤矣又按正義引左傳自詒緊慼小明自詒伊慼爲義既同明伊有義爲緊者故此及蒹葭東山白駒各以伊爲緊足徵疏引左傳本作緊今左傳詩疏竝作伊皆傳寫之誤

展矣君子傳展誠也 瑞辰按說文展轉也此展之本義至傳訓展爲誠爾雅方言並云展信也爾雅又曰展誠也皆當爲亶之叚借爾雅亶信也亶誠也古亶展聲近通用亶通作展猶展衣禮作襢衣也

悠悠我思箋使我心悠悠然思之女怨之辭 瑞辰按說苑辨物篇引詩作遥遥我思遥者慆之叚借悠與慆雙聲故通用方言慆憂也說文悠憂也小雅十月之交篇悠悠我里毛傳悠悠憂也聲同則義同矣釋詁悠傷憂思也釋文思司嗣反思卽爲憂與思念之思異義此詩悠悠我思猶言悠悠我里里病也病卽憂也又按爾雅釋訓儵儵嘒嘒罹禍毒也釋文云樊本作攸攸引詩攸攸

我里攸攸卽悠悠之娋又按釋訓懽懽愮愮憂無告也愮愮亦卽此詩悠悠之異文

不忮不求箋云我君子之行不忮害不求備於一人瑞辰按說文忮很也釋文忮狠也淮南泰族訓禮之失忮高註尊不下卑故忮也忮與求相對成文與不剛不柔句法相類不忮謂不很怒於人也不求謂不諂求於人也何晏論語集解言不忮害不貪求貪求與諂求義正相近箋謂不求備於一人失之又按馬融論語註忮害也是夘小爾雅枳害也枳卽忮之通借

匏有苦葉

深則厲傳以衣涉水爲厲謂由帶以上也瑞辰按厲者濿之消借說文砅履石渡水也砅或从厲作濿據釋文

引韓詩至心曰厲知玉篇水深至心曰砅義本韓詩爾雅既云以衣涉水爲厲又曰由帶以上爲厲毛傳合而一之蓋淺處揭衣可免濡濕深至心及由帶以上則褰衣無益故必須以衣涉水左傳正義引李巡曰不解衣而渡水曰厲是也深則厲淺則揭二句皆承上句涉字言之說文㴸徒行厲水也是知揭與厲皆徒涉之名不得如說文言履石渡水也厲有陵厲之義因爲涉水之名蓋散言之則橫渡水通謂之厲司馬相如大人賦橫厲飛泉以正東劉向九歎橫汨羅以下瀰又曰櫂舟航以橫瀰是也徒涉亦謂之厲說文㴸徒行厲水是也對言則厲與揭涉俱異爾雅釋水揭者揭衣也以衣涉水

爲厲又曰繇厀以下爲揭繇厀以上爲涉繇帶以上爲厲是也又按正義引鄭注論語及服虔左傳注皆云由厀以上爲厲廣韻亦云以衣涉水由厀以上爲濿竊疑爾雅古本原作由厀以下爲涉由厀以上爲厲但以厀爲準而分上下無由厀以下爲揭一句毛鄭服所見本皆如是故毛傳及鄭注論語皆不引由厀以下爲揭一句而服鄭所引皆云由厀以上爲厲否則毛傳不應遺由厀以下爲揭一句而鄭注論語亦不應詳厲而畧揭也爾雅由厀以下爲揭乃别本妄增遂别以涉爲由厀以上厲爲由帶以上耳毛傳當本作由厀以下爲涉其釋厲原作由厀以上也今毛傳作由厀以上爲涉又謂

厲爲由帶以上特後人據郭本爾雅妄改之耳惟韓詩至心曰厲當指由帶以上言然據左傳正義引孫炎云以衣涉水濡褌也褌繫腰中葢徒行厲水僅能由帶以上至腰而止若水至由帶以上其水至深非可以衣而涉詩所以云不敢馮河也此以知爾雅毛傳由帶以上爲厲帶宜爲砅字之譌也至戴氏震以厲爲橋厲則邵編修王尚書皆辨之矣

有鷕雉鳴傳鷕雌雉聲也　瑞辰按說文鷕雌雉聲也義本毛傳其實毛傳特望文生義因詩下言求牡遂以鷕爲雌雉聲耳不知鷕本雉聲不必定爲雌雉聲故潘安仁射雉賦雉鷕鷕以朝雊只以鷕爲泛言雉聲是也顏

延年以潘爲誤用蓋據毛傳說文徐爰謂潘賦互舉以見雌雄皆鳴竝失之矣鄭注月令云雊雉鳴也亦不以雊繫雄又按釋文鷕說文以水反字林于水反正與瀰協今讀以小反失之

旭日始出傳旭日始出謂大昕之時釋文旭許玉反說文讀如好　瑞辰按旭與好雙聲說文旭日旦出貌从日九聲讀若好一曰明也據巷伯詩驕人好好爾雅作旭旭是旭好通用之證好古音同丑借作𢻻說文引書無有作𢻻與旭從九聲正相協今說文本作讀若勖據禮記引詩以勖寡人作以畜寡人孟子畜君者好君也則旭勖畜好四字竝通文選李注五十五引韓詩煦日始旦薛君章

句曰煦暖也煦通作昫說文昫日出昷也煦烝也一曰赤貌一曰昷潤也周官註引司馬法云旦明鼓五通爲發昫易盱豫釋文盱姚作旴云日始出引詩旴日始旦旴煦旭聲義竝相近說文無旴字據方言注煦讀如州吁之吁卽煦也釋文引徐音許袁反則讀若暄暄旭煦亦一聲之轉說文無暄字當卽烜字之異體胡承珙曰姚所引詩當作旴說文暭旴也玉篇暭明也旴也是旴有明義旴从干聲讀與軒同徐音許袁反正其音

道冰未泮傳泮散也 瑞辰按泮卽判之叚借說文判分也又與破義同氓詩濕則有泮傳泮坡也釋文坡一作破

人涉卬否傳卬我也 瑞辰按卬者姎之叚借說文姎婦

人自稱我也爾雅郭註卬猶姎也卬姎聲近通用亦爲我之通稱姎借爲卬猶偃仰通作偃佚莊子列禦寇緣循偃佚卽偃仰

谷風

習習谷風傳習習和舒貌　瑞辰按習說文云數飛也無和義據文選補亡詩輯輯和風李善注輯輯風聲和也輯與習同是習習卽輯輯之叚借爾雅釋詁輯和也故習習亦爲和皃說文輯車和輯也又濈和也

黽勉同心傳言黽勉者思與君子同心也釋文黽本亦作僶黽勉猶勉勉也　瑞辰按爾雅釋詁勔勉也釋文勔本作僶又作黽勔說文作愐云愐勉也黽蓋愐之叚借韓詩作密勿文選李註引韓詩密勿同心傳云密勿僶

勉也小雅十月之交黽勉從事漢書劉向傳引作密勿從事亦韓詩也爾雅作蠠沒釋詁蠠沒勉也郭註蠠沒猶黽勉據爾雅釋文蠠或作䆮說文𩏂古䆮字儀禮鄭注鼏古文作密是爾雅蠠沒即韓詩密勿也黽勉密勿蠠沒皆雙聲字故通用至玉篇䖵部𧕛勉也𧕛又蠠字之俗耳黽勉又作閔免漢書五行志引詩閔免從事谷永傳閔免遯樂蓋本齊魯詩黽勉密勿蠠沒閔免並字異而音義同也閔免又轉為文莫說文忞自勉強也慔勉也廣雅文勉也楊升庵丹鉛錄引晉欒肇論語駁云燕齊謂勉強謂文莫是也黽勉皆為勉故釋文曰猶勉勉也勉勉亦作勿勿祭義鄭註勿勿猶勉勉也是也禮

記國中以策彗郵勿郵勿亦蝨没之轉

采葑采菲傳葑須菲芴也 瑞辰按釋草須葑蓯詩疏引孫炎云須一名葑蓯說文則云葑須從也葑須爲雙聲葑從爲疊韻葑通作蘴方言蘴蕘蕪菁也陳楚之間謂之蘴郭注蘴舊音蜂今江東音嵩字作菘也菘卽須從之合聲爲今之白菜據方言云趙魏之郊謂之大芥其小者謂之辛芥或謂之幽芥則又似卽今之芥菜皆同類而異名耳釋草菲芴郭注卽土瓜也焦循曰菲之爲芴猶非之爲勿蟲之名蜚一名盧蜰則菜之名菲卽蘆萉也蘆萉卽蘆菔與蔓青一類故詩人並舉之爾雅葖蘆菔葖從突與忽音近忽芴字通今按焦說是也菲芴

一聲之轉非菔萉聲亦相近蘆菔今作蘿蔔菔又轉作蔔猶匍匐通作扶服耳

中心有違傳違離也箋云徘徊也釋文韓詩云違很也瑞辰按廣雅釋詁怨愇很也韓詩蓋以違爲愇之假借故訓爲很很亦恨也書無逸民否則厥心違怨違與怨同義中心有違猶云中心有怨曹大家東征賦遂去故而就新兮忘愴恨而懷悲明發曙而不寐兮心遲遲而有違其義亦本韓詩毛傳訓違爲離箋以違回通用而訓爲徘徊均非詩義

薄送我畿傳畿門內也瑞辰按畿者機之叚借周禮鄭注畿猶限也王畿之限曰畿門內之限爲機義正相近

呂氏春秋本生篇高註機橜門內之位也廣雅橜機閫柣也柣或作梱又作閫說文梱門橜也蔡邕司徒夫人靈表曰不出其機言不出於梱也薄送我畿卽送不過梱之謂梱設於門中不過機則爲門內矣

誰謂荼苦傳荼苦菜也　瑞辰按荼一名苦菜月令孟夏苦菜秀亦單稱苦唐風采苦采苦是也苦菜一名苦蕒一名苦蕒廣雅蕒蘪也玉篇蘪今之苦蘪江東呼爲苦蕒廣韻蕒吳人呼苦蘪今北方通呼蘪蕒菜

湜湜其沚箋云小渚曰沚湜湜持正貌　瑞辰按說文湜水清見底也引詩湜湜其止說文又曰止下基也湜湜卽狀水止之皃故以爲水清見底毛詩舊本葢本作止

凡水流則易濁止則常清淮南俶眞篇人莫鑑於流沫而鑑於止水者以其靜也說山篇人莫鑑於沫雨而鑑於澄水者以其休止不蕩也又說林篇水靜則平平則清清則見物之形弗能匿也詩意蓋謂水之流雖濁而止則清以喻已之色雖衰而德則盛沚當從說文作止爲是廣雅亦曰湜清也箋讀止爲沚又以湜湜爲持正貌蓋因止與正同義故以正釋沚亦以沚爲止故箋又云已之持正守初如沚然不動搖不動搖卽止義也

不我屑以傳屑絜也箋謂以用也言君子不復絜用我當室家王義潔者飾也謂不潔飾而用已也瑞辰按屑有數義說文屑動作切切也从尸㕻聲㕻振㕻也玉篇

作振肸也說文肸響布也振肸者蓋謂振動布寫也屑又通偞說文偞聲也讀若屑說文訓屑爲動作切切切即動作聲也振動則有潔清之義（爾雅釋言挋清也郭註振訊所以爲潔清挋即振字）又屑潔雙聲故屑訓爲潔振動則勞勞則不安不安則擾故方言曰屑屑不安也又曰屑勞也屑猶也古人以相反爲義潔謂之屑忍辱而受不潔亦謂之屑因而不忍亦謂之不屑說文忍能也因而不能不肎逼謂之不屑矣潔說文止作絜屑爲潔清之潔因又引伸爲絜束之絜矣詩及孟子史記多言不屑義各有取如孟子言伯夷不受也者是亦不屑就也已言柳下惠援而止之而止者是亦不屑去已據孟子又言伯夷横政

之所出橫民之所止不忍居也柳下惠與鄉人處由由然不忍去也居猶就也是知孟子所謂不屑就者即不忍就也不屑去者即不忍去也因知史記廉頗曰吾羞不忍爲之下即不屑爲之下也忍能同義史記蘇秦列傳韓王曰寡人雖不肖必不能事秦即不屑事秦也不屑又通作不肎莊子則陽篇釋文屑本亦作肯呂氏春秋不侵篇曰得意則不慙爲人君不得意則不屑爲人臣而戰國策齊策云得志不慙爲人主不得志不肎爲人臣是知不屑即不肎也忍能受辱因而忍辱而受者亦爲屑孟子蹴爾而與之乞人不屑也不屑即不受猶上云行道之人弗受也孟子欲得不屑不潔之士而與

之卽欲得不受不潔之士而與之也屑从肙聲肙與佾通佾列也斯屑亦得訓列孟子予不屑之教誨也者卽言予不列之教誨也至君子偕老詩不屑髢也傳屑絜也俗本作潔誤絜當訓爲絜束之絜髢結髮而爲之故曰不屑髢也此絜清引伸爲絜束之義也此詩不我屑以猶與也不我屑以謂不我肙與猶云莫我肙穀此不屑通爲不肙之義也毛傳及孟子趙註竝訓屑爲潔蓋失其義久矣今俗語恥受其物曰不屑卽孟子乞人不屑不屑不潔之義也恥交其人曰不屑卽詩不我屑以之義也解者多失其義因竝釋之

毋逝我梁毋發我笱傳逝之也梁魚梁笱所以捕魚也

釋文引韓詩云發亂也瑞辰按衛風傳云石絕水曰梁周官𩺰人掌以時𩺰爲梁鄭司農注梁水堰堰水而爲關空以笱承其空是梁與笱相爲用故詩言逝梁即言發笱說文笱曲竹捕魚笱也从竹句句亦聲是笱从竹句會意笱之言句句曲也謂以曲竹爲之使其口可入而不可出程大昌演繁露引唐書王君郭傳君郭無行善盜嘗負竹笱如魚具內置逆刺見鬻繒者以笱承其頭不可脫乃奪繒去按魚具而內有逆刺此吾鄉名爲倒鬚者也是宋時名笱爲倒鬚今時取魚者亦多爲逆刺有門可開淮南兵畧篇云發笱門是其制也發宜訓開韓詩訓爲亂失之

我躬不閱傳閱容也箋躬身遑暇恤憂也我身尚不能自容何暇憂我後所生子孫也瑞辰按閱與容雙聲故傳以閱爲容孟子以容悅並言亦以容爲悅也我躬不閱坊記引詩作我今不閱今對後言三家詩當有作今者躬與今亦雙聲字故通用襄二十五年左傳引詩我躬不說據杜注曰言今我不能自容說何暇念其後乎知杜預所見左傳經文原作我今不說故以今我釋詩我今今本作我躬者特後人據毛詩改之耳又按遑恤我後後謂婦人既去以後即指上逝梁發笱事也不必如箋以後爲子孫

匍匐救之傳匍匐言盡力也瑞辰按匍匐二字雙聲說

文匍手行也匐伏地也手行亦爲伏故廣雅釋詁云匍伏也釋言又云匍匐也釋名匍匐小兒時也匍猶捕也匐猶伏也人雖長大及其求事用力之勤猶亦稱之與毛傳言盡力義合匍匐禮記檀弓引作扶服漢書谷永傳同又作蒲服昭十三年左傳奉壺飲冰以蒲服焉史記蘇秦傳嫂委蛇蒲服范睢傳膝行蒲服又作蒲伏史記淮陰侯傳俛出袴下蒲伏又作扶伏昭二十一年左傳射之折肱扶伏而擊之是也蒲扶服伏皆音同假借服北音亦相近故匍匐又作匍百秦和鐘銘匍百四方是也匍匐之合聲爲鞠東方朔七諫塊兮鞠當道宿王逸註匍匐爲鞠是也

不我能慉傳慉養也箋慉驕也君子不能以恩驕樂我

瑞辰按釋文慉毛興也王肅養也據此知注疏本作養者从王肅本非毛傳之舊也慉與讎對當讀如畜好之畜畜古讀如嘼故與讎爲韵孟子畜君者好君也吕氏春秋引周書民善之則畜也不善則讎也文子亦云善即吾畜也不善即吾讎也說苑引孔子曰以道導之則吾畜也不以道導之則吾讎也並以畜與讎對舉與詩文同畜者嬌之消借廣雅嬌好也不我慉即不我好也說文嬌媚也媚亦悅好之義毛傳訓興者慉與興一聲之轉興之音歆亦說也喜也說文廣雅並曰嬹說也學記不興其藝不能樂學鄭注興之言喜也歆也是其證

矣爾雅釋言謖興起也說文慉起也又曰興起也起亦
喜也書股肱喜哉元首起哉百工熙哉喜起熙三字義
竝相近又慉與休一聲之轉休亦喜也少牢饋食禮及
士虞禮注竝云古文謖或作休慉謖聲亦相近箋訓爲
驕以驕樂與憎惡對言驕之言嬌嬌好也美好之好與
悅好義相成故驕義同樂反覆互證足見王肅作養之
非又按說文引詩能不我慉董氏讀詩記引王肅孫毓
本竝能字在句首與芄蘭詩能不我知能不我甲句法
相同能之言乃也能不我慉承上章而言猶云乃不我
畜也俗本作不我能畜亦誤
昔育恐育鞫傳育長鞫窮也箋云昔育育稚也昔幼穉

之時恐至長老窮匱。瑞辰按：育通鞫，及毓。爾雅釋言：鞫，稺也。鞫一作毓。尙書教胄子，說文作教育子，史記作教稺子，皆育訓稺之證。鄭箋以昔育爲稺，是也。至以育鞫之育爲長老，則非。爾雅釋詁曰：育，長也。又：育，養也。郭於育長註云：育養亦爲長。是長讀如長養之長，不讀爲長老之長。此傳育長亦謂長養，恐長養之道窮也。故下云既生既育，猶云既生既養也。箋於既育亦訓爲長老，失之。蜀本石經作昔育恐鞫，少一育字，亦誤。又按大戴記本命篇言婦有三不去，前貧賤後富貴不去。此詩昔育恐育鞫，前貧賤也；既生既育，後富貴也。是當在不去之列，今乃相棄，故怨之耳。

我有旨蓄傳旨美箋云蓄聚美菜者以禦冬〻月乏無時也瑞辰按旨蓄與旨苕旨鷊句法相同苕鷊皆草名是知蓄亦菜名也蓄與蓫古通用我行其野詩言采其蓫傳蓫惡菜也箋蓫牛蘈也陸機疏蓫今人謂之羊蹄名醫別錄曰羊蹄一名蓄陶隱居注今人呼爲禿菜卽蓄音之譌引詩言采其蓄是知旨蓄卽蓫菜也箋以蓄聚釋之誤矣蓄爲惡菜而詩言旨者自貧者視之爲旨耳

旣詒我肄傳肄勞也瑞辰按肄者勩之同音叚借爾雅釋詁勩勞也郭注引詩莫知我勩左氏昭十六年傳引作莫知我肄是肄勩古通用之證肄與肆古亦通用爾雅釋言肆力也力亦勤也勞也

伊予來塈傳塈息也箋君子忘舊不念往昔年稚我始來之時安息我瑞辰按愛正字作㤅說文㤅惠也㤅古文是㤅卽古文愛字此詩塈疑卽㤅之叚借伊予來塈猶言維予是愛也仍承昔者言之傳訓塈爲息以塈爲呬字叚借王尚書讀塈爲愾訓怒似不若讀㤅訓愛爲允

式微

式微式微傳式用也箋式微式微微乎微者也式發聲也瑞辰按箋以式爲發聲卽語詞竊謂傳雖訓式爲用詩中言用者亦語詞猶爾雅釋言爲我我亦語詞箋申傳非易傳也服虔左傳注言君用中國之道微正義言

君用在此而益微竝失之

微君之故箋我若無君正義我若無君在此之故瑞辰按古者以患難爲故鄭語王室多故韋注故猶難也漢書張陳王周傳贊事多故矣注故謂中屯難也周禮宫正國有故注故謂禍災此詩微君之故猶云微君之難微君之禍災耳傳不釋故字正義云我若無君在此之故失其義矣

胡爲乎中露傳中露衛邑也瑞辰按路史高辛紀帝庢有子名元堯封之於中路歷夏侯服國盡爲中路氏路氏露路古通用中露疑卽中路也列女傳引詩正作中路

微君之躬瑞辰按古字躬與窮通論語鞠躬聘禮鄭注作鞠窮公羊宣十五年傳潞子之爲善也躬言潞子之爲善其道窮也大戴哀公問五義篇躬爲匹夫而不願對富貴爲諸侯而無財言躬卽窮也皆窮通作躬之證此詩微君之躬躬亦窮之省借言若微君之窮困猶上章微君之故故謂患難也學者蓋習讀之而不知其義也久矣

胡爲乎泥中傳泥中衛邑也瑞辰按水經注瓠河又東逕黎城縣故城南世謂黎侯城昔黎侯寓於衛詩所謂胡爲乎泥中疑此城也泥通作坭廣韻坭地名又通作禰詩出宿於禰韓詩作坭儀禮士虞禮鄭注引詩作

泥詩泥與禰盩同地也又按詩傳當以露與泥爲衛邑名中露泥中猶中林林中之比皆語詞也傳連言中露泥中者特順經文言之耳

旄丘

旄丘之葛兮傳前高後下曰旄丘 瑞辰按爾雅前高旄丘釋名作髦云前高曰旄丘如馬舉頭垂髦也釋文引字林作堥又作嵍丘並音近而義同太平寰宇記旄丘在澶州臨河縣今在大名府開州治西

何誕之節兮傳諸侯以國相連屬憂患相及如葛之蔓延相連及也誕濶也箋云土氣緩則葛生闊節興者喻此詩衛伯不恤其職故其臣於君事亦疏廢也 瑞辰按

誕者延之叚借爾雅延間也延卽誕字之渻偺之猶其也何誕之節猶云何延其節也延長也潤長義相近詩以葛之蔓延不絕興諸侯之相連屬傳說是也葛蔓生必有所依倚而後盛喻諸侯必有與國而後能相救故二章卽言必有與必有以以猶與也箋說失之

何多日也瑞辰按詩以葛起興春秋之交也而後言狐裘蒙戎則爲嚴冬此正詩言多日之證

必有以也傳必以有功德箋我君何以久畱於此乎必以衛有功德故也又責衛今不務功德也瑞辰按春秋桓十二年宋人以齊人衛人蔡人陳人伐鄭公羊傳以者行其意也又僖二十六年冬公以楚師伐齊取穀又

公羊傳云能左右之曰以是古者用他國之師謂之以謂可以隨其所用也此詩蓋言衛臣之久不來必乞師於他國有可爲其所以者卽謂以他國之師也傳箋謂以功德失之以與同義與謂與國卽下章靡所與同之同傳謂與仁義亦非又按以與似古亦通用特牲饋食禮主人西面再拜祝曰薦有以也注以讀如何其久也必有以也之以據注云亦當似之也疏云亦謂亦似其先祖此注引詩必作似抑或毛詩作以三家詩讀爲似故鄭引以證禮經之以義當爲似耳

匪車不東傳不東言不來東也箋云女非有戎車乎何不來東迎我君而復之黎國在衛西今所寓在衛東瑞

辰按漢書地理志壺關有羊腸沾水東至朝歌入淇應劭曰黎侯國也宣十五年左傳潞子奪黎氏地杜註黎氏黎侯國上黨壺關縣有黎亭今按黎侯亭在今山西潞安府長治縣西正古壺關縣地此黎國在衛西之證也水經注黎陽在魏郡世謂黎侯城昔黎侯陽寓於衛因以爲名又云河水又東北過黎陽縣亦曰黎侯國詩曰黎侯寓於衛是也今按河南衛輝府之濬縣即古黎陽與旄邱之在今開州者相近皆在衛東此寓在衛東之證也漢地志東郡有黎縣是黎侯國魏郡有黎陽是黎侯所寓孟康誤合爲一臣瓚已駁之矣漢地志黎陽注晉灼曰黎山在其南河水經其東其山上碑云縣取

山之名取水之陽以爲名與水經注以黎陽爲黎侯名不同以詩序黎侯寓衛證之當以水經注所言爲確又按匪彼古通用廣雅匪彼也匪車不東即彼車不東也箋訓爲非失之

靡所與同傳無救患恤同也箋衛之諸臣行如是不與諸伯之臣同言其非之特甚 瑞辰按說文與字注起也从舁同同同力也此詩靡所與同亦謂無與同力者耳傳以爲救患恤同則讀同如同盟之同失其義矣箋云不與諸伯之臣同亦非

瑣兮尾兮傳瑣尾少好之貌 瑞辰按瑣尾二字同義爾雅釋訓瑣瑣小也尾通作微說文尾微也書鳥獸孳尾史記作字微微亦

小也古小與好義近孟喜易中孚註好小也是也傳以瑣尾狀流離之少好貌故以少好釋之正義分瑣爲小尾爲好失之

流離之子傳流離鳥也少美長醜始而愉樂終以微弱箋云衛之諸臣初有小善終無成功似流離也釋文流本亦作鶹　瑞辰按流離二字雙聲爾雅鳥少美長醜爲鶹鷅郭註鶹鷅猶畱離詩所謂畱離之子說文作鶹離次於鷦鷯之後鷦鷯爲鳥之始小始大者故與鶹離少美長醜者連類而及畱離轉爲栗畱倉庚老而無毛則呼爲黃栗畱是也詩以鳥之少美長醜喻衛臣之始有小善終無成功非遂比之梟鳥不孝陸機以流離爲梟

失之

褎如充耳傳褎盛服也充耳盛飾也大夫褎然有尊盛之服而不能稱也箋充耳塞耳也言衛之諸臣顏色褎然如見塞耳無聞知也人之耳聾恒多笑而已 瑞辰按說文褎袂也从衣𥝢聲俗作袖戚學標漢學諧聲作从衣𥝢聲以今本說文从采聲爲譌今按戚說是也褎从𥝢聲𥝢卽孚字也孚抱一字故說文又曰裒褎也褒褎也褎之爲盛服猶葆爲草盛皃褎从𥝢猶葆从保保亦从𥝢省也說文又曰袂褎也祛衣袂也一曰祛褎也褎者褏也是褎義同祛亦有懷藏之義藏與塞義近充耳當从箋訓爲塞耳褎如卽塞耳之皃箋云顏色褎然釋文

謂箋以褎爲笑皃失之

簡兮

簡兮簡兮傳簡大也箋簡擇　瑞辰按當从傳訓簡爲大下文萬爲大舞碩人俁俁亦爲容貌大故先畧言大以形容之耳

方將萬舞傳方四方也將行也以干羽爲萬舞用之宗廟山川故言於四方箋云萬舞干舞也　瑞辰按方將二字連文方猶云將也將且也傳訓爲四方失之韓詩說云萬大舞也廣雅萬大也萬舞葢對小舞言故爲大舞實文武二舞之總名故傳云以干羽爲萬舞公羊春秋定八年壬午猶繹萬入去籥謂二舞俱入以仲遂喪於

二舞中去籥非以萬與籥對舉也萬兼二舞如夏小正二月丁亥萬用入學傳萬也干戚舞也與文王世子春夏學干戈合又左傳楚令尹子元欲蠱文夫人爲館於其宮側而振萬焉夫人言是舞也先君以是習戎備焉此武舞稱萬之證也左傳考仲子之宮將萬焉繼以公問羽數於衆仲是羽卽萬也此文舞稱萬之證也箋从公羊傳以萬舞爲干舞未若毛傳兼干羽言爲允

碩人俁俁傳俁俁容貌大也釋文韓詩作扈扈云美貌

瑞辰按方言吳大也說文吳大言也俁从吳聲故義亦爲大說文俁大也俁扈音近美與大亦同義故扈扈訓美又訓大檀弓爾毋扈扈爾鄭註扈扈謂大是也俁與

扈音義通用，猶左氏圉人犖，公羊傳作鄧扈樂，扈卽圉之叚俗也。

赫如渥赭，傳：赫，赤貌。渥，厚漬也。箋：碩人容色赫然，如厚傳丹。瑞辰按：說文：赫，火赤皃。段玉裁謂當作大赤皃。赫通作奭，采芑、瞻彼洛矣二傳竝曰：奭，赤貌。爾雅釋訓赫赫，舍人本作奭奭，又通作赩，白虎通引詩𧹞韐有赩，奭者赫之假借，赩卽赫字之重文。

山有榛，傳：榛，木名。釋文：榛，本亦作蓁。瑞辰按：榛、蓁皆亲之假借。說文：亲，果實如小栗。廣雅：亲，㮚也。亲之言辛辛，物小之稱也。

彼美人兮，西方之人兮，傳：乃宜在王室。箋：彼美人謂碩人也正義西方之人謂宜爲西方之人瑞辰按方言凡言相憐哀九疑湘潭之人謂之人兮人兮猶言人也中庸仁者人也注人也讀如相人偶之人以人意相存問之言聘禮大射儀公食大夫禮注匪風詩箋皆言人偶人偶爲人相親之詞即仁也故說文仁字注親也其字从人二會意仁與人亦通用廣雅人仁也論語問管仲曰人也猶言仁也與言如其仁同義公羊成十六年傳仁之也表記注引作人之皆其證此詩西方之人兮猶言西方之仁人也惟仁人能愛人故言人兮以誌想慕之意

泉水

毖彼泉水傳泉水始出毖然流也釋文毖韓詩作祕說文作䀣瑞辰按說文䀣字註讀若詩泌彼泉水不作䀣擬其音非證其字也毖者泌之叚借說文泌俠流也文選魏都賦李注引說文泌水駃流也尸子黃河龍門駃流如竹箭駃流蓋疾流之義據一切經音義卷廿三駛流註駛疾也又華嚴經音義上駛流註倉頡篇駛速疾也字从馬吏聲本有从馬夬音古穴反乃是駃騠馬名是駃流乃駛流之譌按戴侗六書故駛說文曰疾也亦作駛史聲今說文本脫駛字惟部有駛字注云列也讀若迣段玉裁云今俗駛疾字當作此李黼平又謂駛即快字或省作駛今說文本作俠流玉篇作狹流廣韻作浹流俱誤泌从必聲古必畢韠三字同音通用考工記玉人天子圭中必鄭註必讀如鹿車縪之縪

采菽詩觱沸濫泉說文作畢沸泌當與觱滭義近詩毛傳觱沸泉出貌玉篇滭泉水出貌泌亦泉水涌出之貌魏都賦温泉毖涌而自浪毛傳泉水始出毖然流也正涌流之義廣雅釋言毖流也義本毛詩水經注有比水又有潨水義皆與泌同說文泌爲正字毛詩作毖韓詩作祕水經注作比作潨皆假借字又按詩意以泉水之得流于淇興已之欲歸於衛琴操思歸引曰涓涓泉水流及于淇兮有懷于衛靡日不思義與此詩同箋謂以泉水之入淇比婦人之嫁于異國殊與詩意相背

有懷于衛箋云懷至也以言我有所至念於衛我無日不思也　瑞辰按傳不訓懷字以懷之爲思義見卷耳及

野有死麕傳也箋訓懷爲至云有所至念于衛至與思義正相通心之所至卽爲思猶心之所之謂之志也思無不至故論語言未之思也夫何遠之有至卽爲思故詩言有懷于衛靡日不思

聊與之謀傳聊願也箋聊且略之辭 瑞辰按說文僇字注一曰且也字通作憀玉篇引聲類曰憀且也凡聊訓且者皆僇字之叚借十月之交詩不憖遺一老小爾雅曰憖願也且也說文憖肎也一曰說也一曰且也是知毛傳訓聊爲願者願亦且也箋申傳非易傳也正義謂傳箋異義失之

出宿于泲飲餞于禰傳泲地名禰地名箋云泲禰者所

嫁國適衛之道所經故思宿餞瑞辰按思歸之道不得兩言宿餞下章言宿餞而繼以還車言邁是設爲思歸適衛之道也此章言宿餞而繼以女子有行是追憶其自衛出嫁之道也毛傳以下章干言爲所適國郊正以别乎上章泲禰爲衛地箋以泲禰爲所嫁國適衛之道誤矣古者餞于國郊泲禰盍衛近郊地禰釋文引韓詩作坭廣韻坭地名字通作泥鄭注士虞禮引詩飲餞于泥今本亦作禰釋文禰劉本作泥疑禰即式微之泥中耳泥中在漢黎陽今衛輝府濬縣地與須曹之在滑縣者相近泲即濟字之或體列女傳文選注引詩竝作濟定之方中箋釋楚邱云自河以東夾於濟水是衛地近濟之證

女子有行箋云行道也婦人有出嫁之道瑞辰按桓九年左傳凡諸侯之女行杜註行嫁也爾雅如適之嫁竝訓往行亦往也廣雅行往也是已女子有行即謂女子嫁耳儀禮喪服鄭注云凡女行於大夫以上曰嫁行於士庶人曰適人是鄭君亦以行即爲嫁而箋詩訓行爲道失之

問我諸姑遂及伯姊箋云甯則又問姑及姊親其類也瑞辰按箋謂歸問其姑姊與上言女子有行義不相屬若如集傳謂姑姊即諸姬則古無以姑姊爲娣者竊謂此章出宿飲餞是追溯其初嫁時所經則問於姑姊亦追述其嫁時預知義不得歸問于姑姊之詞列女傳晉

孝孟姬傳載孟姬嫁於齊姑姊妹誡之門內曰夙夜無
愆爾之衿鞶無忘父母之言是古者嫁女有姑姊妹誡
送之禮故得問於姑姊所問者即上女子有行遠父母
兄弟也

出宿于干飲餞于言傳干言所適國郊也瑞辰按隋地
理志邢州內邱縣有干言山李公緒記柏人縣有干山
言山柏人邢州堯山縣今按干言山屬順德府唐山縣
而隋志言內邱者二縣相連隨舉一以明之也畿輔通
志唐山縣西北四里有干言山延袤數十里接內邱縣
界是也衛女所適國葢在邢旁故經及干言二山毛西
河據漢地志東郡有發干縣今屬山東東昌府堂邑縣

乃齊地與此無涉

我思肥泉傳所出同所歸異爲肥泉瑞辰按水經注美溝水朝歌西北大嶺下東流逕駱駝谷東逕朝歌城北又東南流注馬溝水又東南注淇水爲肥泉是肥泉爲衛水之證肥泉爾雅古有二讀一作歸異出同肥一作異出同流肥也爾雅郭註引毛傳所出同所歸異爲肥泉釋名亦云所出同所歸異爲肥泉皆不釋流字之義是毛公及劉熙郭璞所見爾雅本皆作歸異出同肥其同下並無流字水經注引爾雅歸異出同曰肥是其證此一讀也水經注引犍爲舍人云水異出流行合同曰肥列子殷敬順釋文云水所出異爲肥也皆不釋歸字

則舍人爾雅本葢作異出同流肥蓋以歸字屬上句作汧出不流歸與異出同流肥相對成文此又一讀也今本爾雅既從郭本以歸字屬下讀又誤從舍人本多流字遂作歸異出同流肥矣肥之爲言腓也易咸其腓荀作肥非分聲之轉周官注匪分也肥之義葢取于分釋名云所歸各枝散而多似肥者也列子釋文云所出異爲肥是知二讀義雖相反其名爲肥者特以歸異及異出爲義不以出同及同流爲義也又按爾雅瀵大出尾下而水經河水注瀵水引呂忱曰爾雅異出同流爲瀵水是呂忱所見爾雅作異出同流瀵釋文亦云瀵水本同而出異與呂忱合則知肥當從毛傳歸異出同爲允爾雅原作同出

異流肥所以别於異出同流瀵也爾雅古本當作汧出不流歸同出異流肥異出同流瀵其大出尾下之下别有一字今脫去不可考矣詩義葢以肥泉之異流與女之各嫁一方然泉雖異歸終入于衛女子有行遂與衛訣又泉水之不若故思之滋歎耳孔廣森謂首章毖彼泉水末章肥泉只是一泉其說是也

兹之永歎箋云兹此也瑞辰按兹即滋也兹之永歎猶常棣詩況也永歎況亦滋也說文滋益也字通作兹箋訓兹為此失之

思須與漕傳須漕衛邑也瑞辰按水經泲水注濮渠又東分為二瀆北濮出焉濮渠又東逕須城北詩所云思

須與漕也漕通作曹西征記滑州白馬縣古衞之曹邑戴公廬于曹卽此今按須與曹皆在今衞輝府滑縣境內漢白馬縣卽今滑縣也錢澄之田間詩學據詩言思須與曹謂此詩當作於衞東渡河以後

以寫我憂傳寫除也　瑞辰按蓼蕭傳輸寫其心也與除義同說文寫置物也除此注彼曰寫除去其憂亦曰寫說文又曰卸舍車解馬也讀若汝南人寫書之寫是寫與卸音義同郭注方言曰今通言發寫卽發卸也卸爲舍車亦與除去義近至爾雅釋詁寫憂也葢與寫除義相反而相成管子白心篇曰卧名利者寫生危寫正訓憂謂寢息於名利者憂生危也郭注謂有憂者思散憂

以寫爲散失其義矣王尚書經義述聞又以寫憂爲鼠憂之叚借

北門

終窶且貧傳窶者無禮也貧者困於財箋君於己祿薄終不足以爲禮又近困於財 瑞辰按釋言窶貧也說文窶無禮居也从宀婁聲婁空也从毋从中女婁空之意也古有婁無屢論語屢空當作婁空婁空皆空乏即貧也窶从婁聲故爲無禮居倉頡篇無財曰貧無財備禮曰窶蓋窶與貧對文則異散文則通

已焉哉 瑞辰按論古音皆以下二句爲何相協此句焉字非韻惟孔廣森云詩之語助不出支之魚歌四部如

支部只斯之部之而哉思止矣忌魚部且女歌部猗兮也我而無陽聲之字其焉字有用爲助句者卽當改讀於何反音北門末三句以焉爲何相協今按孔說是也也與焉雙聲也古音讀如宅如旃邛君子偕老遵大路皆以也與兮同爲助句兮猗古通用讀如阿也亦歌麻部字故可同作韻句之助焉卽也字之同聲叚借故可讀與爲何韻也又焉亦訓爲何蓋有何音卽有何義矣又詩樛木序而無嫉妬之心焉定本焉作也是焉與也通叚之證

謂之何哉箋云謂勤也我勤身以事君何哉瑞辰按謂猶奈也謂之何哉猶云奈之何哉齊策曰雖惡於後王

吾獨謂先王何乎高註謂猶奈也是其證矣箋訓謂爲勤失之

王事適我傳適之也箋云國有王命役使之事則不以之彼必來之我　瑞辰按適當爲擿之消借說文廣雅竝曰投擿也說文擿字註一曰投也古書投擲字多作擿擿我猶投我也正與二章箋訓敦爲投擲同義

政事一埤益我傳埤厚也箋云有賦稅之事則減彼一而以益我　瑞辰按埤亦益也一當从朱氏彬訓爲詞助一埤益我猶云埤益我也箋云減彼一而以益我則不詞當从蜀本石經作減彼而一以益我但據正義釋箋則早譌作減彼一矣

室人交徧讁我傳讁責也瑞辰按讁適古通用孟子人不足與適也趙岐章句引詩此句作適云適過也與方言讁過也義同蓋本三家詩

王事敦我傳敦厚也箋敦猶投擲也瑞辰按廣雅搥擿也箋訓敦爲投擲者以敦爲搥之叚借敦與搥雙聲搥俗作敦猶追琢之俗作敦琢也釋文引韓詩云敦迫胡承珙曰敦與督一聲之轉廣雅督促也督又通篤篤有厚義而通於督促故毛訓厚韓訓迫

室人交徧摧我傳摧沮也箋云摧者刺譏之言瑞辰按催我猶讁我也毛訓爲沮沮毀之也說文摧擠也一曰折也沮即摧折之也字通作催說文引詩室人交徧催

我云催相擣也相擣猶相迫也詩釋文云摧或作催與說文合說文無讙字韓詩作讙云讙就也廣雅同讙就以雙聲爲義就當作蹵蹵與蹙同廣雅蹙罪也廣韻蹙迫也與玉篇讙謫也義正合桂馥疑就爲訧字之誤又疑爲⿰歹京字形近之誤皆未確摧催讙三字雖異而音義並同

北風

北風其涼傳北風寒涼之風箋寒涼之風病害萬物興者喻君政教酷暴使民散亂　瑞辰按涼或作飆又作颵說文北風謂之飆玉篇飆北風也蓋皆漢儒增益之字涼風作飆與颵猶凱風作颽與颸也古以谷風凱風喻

仁愛因以淒風涼風喻暴虐故箋承傳義而申釋之

雨雪其雱傳雱盛貌瑞辰按說方以雱爲旁之籀文云雱溥也或从滂作霶穆天子傳郭注廣韻十遇均引詩雨雪其霶亦旁字也霶又消作雱廣韻雱與雱同重言之則曰雱雱廣雅雱雱雪也又作滂文選雪賦注引正作滂

惠而好我傳惠愛也箋云性仁愛而又好我瑞辰按終風詩惠然肯來傳惠順也此詩惠而猶惠然也惠亦當爲順惠然謂順貌也

其虛其邪傳虛虛也箋云邪讀爲徐瑞辰按虛者舒之同音假借邪者徐之同音假借野有死麕傳舒徐也虛

徐二字疊韻淮南子原道訓注云原泉始出虛徐流不止以漸盈滿正以虛徐爲徐虛徐卽舒徐也毛傳虛虛也當从釋文一本作虛徐也毛傳例不改字知虛爲舒之假借故以徐釋之正義謂傳非訓虛爲徐其說非也然卽此足證孔本毛傳亦作虛徐也爾雅其虛其徐威儀容止也正釋此詩文選曹大家幽通賦注引詩亦作其虛其徐三家詩葢有作徐者故箋讀邪如徐邪與徐雙聲同在邪母故通用邪與斜通說文斜抒也讀若荼亦邪可通徐之證正義釋虛徐爲謙虛閑徐之義失之

北風其喈傳喈疾貌　瑞辰按喈玉篇作颵云疾風也此後人增益字喈當作湝又通淒說文湝字註一曰湝水

寒也引詩風雨湝湝卽鄭風風雨淒淒之異文邶風傳淒寒風也蓋水寒曰湝風寒亦爲湝其喈猶其涼也

雨雪其霏傳霏盛貌瑞辰按列女傳引此詩作雨雪霏霏廣雅霏霏雪也其霏猶霏霏也霏或作𩅦漢書楊雄傳雲𩅦𩅦而來迎顏注𩅦古霏字又與䨺義近說文䨺毛紛紛也非分雙聲霏霏猶紛紛耳

靜女

靜女其姝傳靜貞靜也姝色美也瑞辰按說文竫亭安也凡經傳靜字皆竫之叚借若靜之本義說文自訓宷耳靜竫又與靖通用文十二年公羊傳惟諓諓善竫言王逸楚詞注作靖言廣雅竫善也藝文類聚引韓詩有

靜家室靜善也鄭詩莫不靜好大雅籩豆靜嘉皆以靜爲靖之叚借此詩靜女亦當讀靖謂善女猶云淑女碩女也故其姝其孌皆狀其美好之貌方言齊魏燕代之閒謂好曰姝韓詩外傳居處齊則色姝是姝爲有德之色說文袾好佳也引詩靜女其袾褮字註一曰若靜女其袾之袾又𡜊好也引詩靜女其𡜊蓋本三家詩袾則姝之同音假借也一切經音義卷六云姝古文𡜊同俟我於城隅傳城隅以言高而不可踰箋云自防如城隅瑞辰按說文隅陬也廣雅陬角也是城隅卽城角也考工記宮隅之制七雉城隅之制九雉鄭註宮隅城隅謂角浮思也賈疏謂浮思爲城上小樓則角浮思卽後

世城土之角樓段玉裁謂城隅卽闍爲城臺非也俟我於城隅詩人蓋設爲與女相約之詞傳箋義並失之

愛而不見搔首踟躕傳言志往而行正箋志往謂踟躕行正謂愛之而不往見瑞辰按愛者薆及僾之消借爾雅釋言薆隱也方言掩翳薆也郭註謂蔽薆也引詩薆而不見又通作僾說文僾仿佛也引詩僾而不見禮記祭義僾然必有見乎其位正義亦引詩僾而不見愛而猶薆然也故廣雅云愛僾也離騷經衆薆然而蔽之義與詩同薆字又作𥳐說文𥳐蔽不見也愛又通僾字林僾仿佛見而不審也玉篇僾愛也薆隱僾俱雙聲故同義而通用詩設言有靜女俟於城隅又薆然不可得見

箋讀愛爲愛惡之愛謂愛之而不往見失之踟躕雙聲字韓詩作躊躇章句躊躇躑躅也說文作峙𨇨云峙𨇨不前也又作䈞箸又曰蹢躅逗足也廣雅作跢跦云蹢躅跢跦也又作躊躇云躊躇猶豫也禮記三年問踟躕焉釋文作踶蹰字異而音義竝同傳言志往者謂憂其不見行正者謂其踟躕不前也箋轉以踟躕爲志往失傳恉矣

新臺

新臺瑞辰按水經河水注河水又東逕鄄城縣北故城在河南十八里河之北岸有新臺鴻基層廣高數丈衛宣公所築新臺矣太平寰宇記新臺在濮州鄄城縣東

北十七里北去河四里鄄城今曹州府濮州是也至漢志東郡陽平有莘亭乃左傳宣公使盜待諸莘之莘毛大可以釋新臺失之

新臺有泚傳泚鮮明貌 瑞辰按泚者玼之假借說文玼玉色鮮也引詩新臺有玼詩釋文兩引說文皆作新色鮮也段本因增爲新玉色鮮玼本玉色之鮮因而色之鮮明者通言玼耳

河水瀰瀰傳瀰瀰盛貌水所以絜汚濊反于河上而爲淫昏之行 瑞辰按說文濔滿也釋文引作水滿也張參五經文字云濔見詩風是古本原作濔濔今本作瀰瀰者後人增益字也瀰瀰又作𣲖𣲖玉篇𣲖亦瀰字廣韻瀰或作𣲖漢書地理志引詩河水洋洋正𣲖𣲖形近之譌郎瀰

瀰之異文顏師古不知洋洋爲譌字遂謂邶詩無此句矣

燕婉之求瑞辰按說文𡡉字註宴娩也卽燕婉本字說文又曰嫛婉也婉順也音義竝同故通用

籧篨不鮮傳籧篨不能俯者箋云籧篨口柔常觀人顏色而爲之辭故不能俯者也瑞辰按籧篨與戚施蓋醜惡之通稱籧篨疊韻字物之醜惡者謂之籧篨戚施方言簟之粗者自關而西謂之籧篨韓詩章句戚施蟾蜍喻醜惡是也人之醜惡者謂之籧篨戚施淮南修務篇啳脥哆噅籧篨戚施雖粉白黛黑弗能爲美者嫫母仳倠也高誘注籧篨偃戚施僂皆醜貌晉語籧篨不可使

俛戚施不可使仰韋註籧篨偃人戚施僂人是也人有惡行者亦謂之籧篨戚施鄭語侏儒戚施實御在側近頑童也爾雅籧篨口柔戚施面柔是也此詩籧篨戚施對燕婉言皆以人之醜惡喻宣公與口柔面柔異義鄭箋牽合爲一失之

新臺有洒傳洒高峻也釋文洒韓詩作漼音同云鮮貌段玉裁曰洒與漼不同部當爲首章有泚之異文 瑞辰按洒與洗雙聲古通用白虎通洗者鮮也呂氏春秋高註洗新也又與銑通爾雅絶澤謂之銑晉語韋註銑猶洒也有洒猶言有泚毛傳訓爲高峻以洒爲峻之假借不若韓詩作漼訓鮮貌爲確玉篇濢與漼同詩有漼者

淵本或爲萃洒通作漼猶洗通作淬皆異部假借也儀禮釋文洗悉禮反劉本作淬七對反是其類矣段玉裁謂漼爲泚之異文非也說文繫傳引詩新臺有漼云字本作滜說文滜新也廣韻滜新水狀也亦與韓詩訓漼爲鮮同義

河水浼浼傳浼浼平地也 瑞辰按說文潣字註水流浼浼貌浼字註引詩河水浼浼浼古音讀如門與潣音近浼浼卽潣潣之叚借傳云浼浼平地者卽潣潣之義也釋文引韓詩作浘浘音尾云盛貌玉篇浘浘水流貌浼浼通作浘浘猶勉勉通作亹亹皆一聲之轉也禮器鄭註亹亹猶勉勉文選吳都賦淸流亹亹李註引韓詩亹亹水流進貌也

貌當亦此詩浼浼之異文古音浼亹音皆如門故通用傳韓詩者不一家故娓亹字各異耳段玉裁以韓詩浘浘爲上章瀰瀰之異文但取字之同部不知雙聲字古亦通用也

籧篨不殄傳殄絶也箋殄常作腆腆善也瑞辰按腆殄古通用說詳九經古義今按釋詁珍美也說苑脩文篇使某奉不珍之琮不珍之屨珍卽腆也殄與珍古同音故腆僭作珍卽可僭作殄

得此戚施傳戚施不能仰者箋戚施面柔下人以色故不能仰也瑞辰按說文鼀字註鼀鼀詹諸也引詩得此鼀鼀言其行鼀鼀爾雅釋文鼀音秋鼀又作鼄山海經郭註云鼄鼀似蝦

蘷玉篇䶊蘢同字秋戚聲之轉莊子諸大夫蹵然本或作愀然蹵卽蹙也是秋戚通用䵹猶施施也葢本韓詩韓詩章句曰戚施蟾蜍蝓醜惡疑韓詩本作䶊䵹爲說文所本今太平御覽引韓詩作戚施者從毛詩改卽毛詩得此戚施之異文也蟾蜍醜惡名䶊䵹而人之醜惡亦名戚施猶籧之粗者名籧篨人之惡者亦名籧篨也至說文鼀字註圥鼀詹諸也其鳴詹諸其皮鼀鼀其行圥圥據說文鼀或从酋作䶊是鼀䶊一字不得以鼀䶊竝稱圥鼀亦不得分爲二字王尚書謂說文本爾雅鼀䶊蟾諸爲義鼀或省作去圥卽去字形近之譌其行圥圥卽其行去去之譌讀與莊子其臥祛祛同其說是也去蝌聲之轉說文又云蝌鼀詹諸蝌鼀卽鼀䶊也造戚聲相近孟子其容有蹙韓非子作其容造焉去

鼓聲亦相近去屈又聲之轉淮南子說林訓鼓造避兵夏小正傳蜮也者屈造之屬也鼓造屈造皆卽鼃黽之變也又按爾雅釋訓戚施面柔也釋文云戚施字書作規覞今按說文無規字惟覞字注司人也从見宅聲讀若馳玉篇規覞面柔也通作施規覞亦戚施之同音字耳

二子乘舟

二子乘舟汎汎其景傳國人傷其涉危遂往如乘舟而無所薄汎汎然迅疾而不礙也 瑞辰按左傳言汲壽死於莘未嘗渡河此毛傳所由以乘舟爲比也劉向新序則謂未使齊以前壽母與朔謀欲殺之而立壽使人與

汲乘舟於河中將沉而殺之壽知不能止也因與之同舟舟人不能殺汲方乘舟時汲傅母恐其死也閔而作詩則謂乘舟實有其事其說葢本韓詩今按新序之說是也首章中心養養二章不瑕有害皆二子未死以前恐其被害之詞非既死後追悼之詞且二子如未乘舟不得直言乘舟也景古音讀若廣謂遠行皃與下章汎汎其逝同義

中心養養傳養養然憂不知所定瑞辰按養養通作洋洋爾雅釋訓悠悠洋洋思也邢疏引詩中心養養爲證爾雅釋詁說文竝曰恙憂也養與洋皆當爲恙之假借

不瑕有害傳言二子之不遠害箋云瑕猶過也我思念

此二子之事於行無過差有何不可而不去也瑞辰按瑕遐古通用隰桑詩遐不謂矣禮記表記引詩作瑕不謂矣遐之言胡也胡無一聲之轉故胡甯又轉爲無甯凡詩言遐不眉壽遐不黃耇遐不謂矣遐不作人遐不猶云胡不信之之詞也易其詞則曰不瑕凡詩言不瑕有害不瑕有愆不瑕猶云不無疑之之詞也傳訓瑕爲遠箋訓遐爲過皆不免緣詞生訓矣

清桐城馬氏本毛詩傳箋通釋

第二册

清 馬瑞辰撰

天津圖書館藏清道光十五年桐城馬氏學古堂刻本

山東人民出版社·濟南

毛詩傳箋通釋卷五

鄘

桐城馬瑞辰學

柏舟

髧彼兩髦傳髧兩髦之貌髦者髮至眉子事父母之飾

瑞辰按說文無髧字髳字註引詩作紞紞字註云冕冠塞耳者塞耳下當有脫文據字林紞冠之垂者左傳杜註同玉篇紞冠垂也魯語王后親織元紞韋註紞所以懸瑱當耳者懸瑱卽垂也說文當云紞冕冠塞耳之垂者今本脫之垂二字耳紞爲垂瑱之貌因謂髦垂之貌爲紞玉篇髧髮垂貌是也凡字从冘聲者多有垂義蒼頡篇煩垂頭之貌說文耽耳大垂也皆與紞爲垂髦義

相近釋文髧一本作优优當爲紞之譌髦說文作髳云髳至眉也一切經音義卷二云髦古文𩬆同按𩬆又髳之消毛詩作髦者假借字說文作髳者正字蓋本三家詩

實維我儀傳儀匹也瑞辰按傳本爾雅釋詁說文儀度也訓匹者儀與偶雙聲同在疑母葢以儀爲偶字之叚借猶獻與儀雙聲而獻卽可叚爲儀也

母也天只傳母也天也天謂父也瑞辰按詩變父言天先母後父者錯綜其文以天與人爲韻也毛傳也只同訓段玉裁謂如日居月諸居諸同訓乎是也序明言父母欲奪而嫁之是古說皆以母天爲母父之稱後儒或

謂女惟從母又謂父死稱母皆肊說也

實維我特傳特匹也瑞辰按特猶儀也故傳亦訓匹說文特朴特牛父也段玉裁曰特本訓牡陽數奇引伸之爲凡單獨之稱今按方言物無偶曰特廣雅特獨也皆訓特爲獨特訓獨又訓匹者猶介爲特又爲副乘爲一又爲二爲四匹爲一又爲雙爲偶皆以相反爲義也特義爲匹是知黃鳥詩百夫之特猶言百夫之匹也傳云乃特百夫之德正謂匹百夫之德箋謂百夫中之俊傑失之我行其野詩求爾新特猶言求爾新匹也傳新特外昏也亦訓特爲匹箋云謂特來之女失之特字亦作犆禮記少儀不特弔釋文特本作犆爾雅士特舟釋文特本作犆是也其字又通作直呂覽高註特猶直也賈子

新書大夫直縣大夫當爲士即周官士特縣也釋文引韓詩實維我直云相當値也正與毛詩作特同義相當即相匹也爾雅敵訓爲匹又訓爲當是其證矣

之死矢靡慝傳慝邪也　瑞辰按慝當爲忒之同音假借爾雅釋言爽差也爽忒也說文忒更也又曰㤜失常也二字音義同靡忒猶靡他也文選王仲宣詩龍雖勿用志亦靡忒靡忒二字疑本此詩三家詩蓋有作靡忒者洪範民用僭忒漢書王嘉傳引作民用僭慝而釋之曰民用譖差不壹正釋忒字也周語有過慝之度王觀察曰慝當爲忒差也此皆假慝爲忒之證又按左氏莊二十五年傳唯正月之朔慝未作杜注慝陰氣桂馥謂慝

本作忒說文忒失常也與傳云非常意合忒之借作慝

猶此詩忒借作慝也忒通作貣與貸字形近貳後漢書

贊禪爲君隱之死靡貳貳卽貣之訛亦慝當作忒之證

經傳中又有假貸爲慝者如大戴千乘篇利辭以亂屬

曰讒以財投長曰貸讒貸卽讒慝也此亦慝忒互通之

類

牆有茨

牆有茨傳茨蒺藜也　瑞辰按說文茨以茅蓋屋也薋草

多貌薺者蒺藜也三者不同據傳云蒺藜則當以說文

引詩牆有薺爲正禮記玉藻鄭註引詩亦作楚薺蓋本

韓詩今毛詩作茨楚詞章句引詩楚楚者薋皆假借字

也古齊次同聲通用周官外府鄭註齎資其字以資次爲聲是其證矣左氏傳云人之有牆以蔽惡也詩以牆茨起興蓋取蔽惡之義以牆茨之不可埽所以固其牆興內醜之不可外揚將以隱其惡也

中冓之言傳中冓內冓也箋云內冓之言謂宮中所冓成頑與夫人淫昏之語　瑞辰按釋文冓本又作遘玉篇引作篝冓遘篝皆當爲垢及詬之假借猶易姤卦或作遘邂逅一作邂冓也桑扈詩維彼不順征以中垢傳中垢言闇冥也王尚書曰中得也垢當讀爲詬恥辱也謂行不順以得恥辱今按此詩內冓亦當讀爲內詬謂內室詬恥之言宣十五年左傳國君含垢杜注忍垢恥釋

文垢本或作詬是垢詬通也毛傳訓爲闇冥闇之義又爲夜廣雅篝闇竝訓爲夜是也釋文引韓詩云中冓中夜謂淫僻之言也漢書文三王傳聽中冓之言晉灼注云冓魯詩以爲夜也義雖與毛詩異其取義於闇昧則同箋謂宫中所冓成淫昏之言失之

不可襄也傳襄除也瑞辰按傳本爾雅釋言說文漢令解衣耕謂之襄除與解義相近山井鼎考文云詩足利本古本竝作攘者襄之假借凡經言攘地攘夷狄皆襄之借字

不可詳也傳詳審也瑞辰按據釋文引韓詩作揚云揚猶道也廣雅揚說也詳卽揚之同音假借

不可讀也傳讀抽也箋云抽猶出也瑞辰按抽籀古通用說文籀讀書也从竹擂聲又手部擂或从抽說文讀籀書也各本作誦此从段本籀即抽也小爾雅讀抽也方言抽讀也義同毛傳說文又曰繹抽也抽之言紬謂紬繹其義故箋又訓抽爲出也籀又與繇通閔二年左傳服注繇抽也抽出吉凶也今按廣雅讀說也不可讀正當訓爲不可說猶前章不可道不可揚也據釋文云詳韓詩作揚廣雅揚說也義本韓詩則廣雅訓讀爲說亦當本韓詩

君子偕老

副笄六珈傳副者后夫人之首飾編髮爲之笄衡笄也

珈笄飾之最盛者箋云珈之言加也副卽笄而加飾如今步搖上飾古之制所有未聞　瑞辰按禮記明堂位夫人副褘立於房中鄭注引周官追師掌王后之首服爲副褘王后之下唯魯及王者之後夫人服之今按此詩言衛夫人之服飾亦言副笄則諸侯夫人亦得服副故傳云副者后夫人之首飾周官追師鄭注云凡諸侯夫人於其國衣服與王后同其說是也追師鄭注以步搖爲副之遺象此詩箋又謂珈如步搖上飾考後漢書輿服志步搖上有熊虎赤羆天鹿辟邪南山豐大特六獸正合六珈之數故鄭君取以相比但毛傳云副編髮爲之廣雅假結謂之髻至步搖則輿服志言以黃金爲山

題貫白珠爲桂枝相繆一爵九華非編髮所爲與副不同笄飾之六珈非即步搖六獸故鄭君亦云古制所未聞也今按釋名曰王后首飾曰副副覆也以覆首也亦言副貳也兼用衆物成其飾也衆物即六珈之類古者男子二十而冠女子十五而笄女之笄猶男之冠也男之冠有三加從奇數以象陽女之笄有六加從偶數以象陰笄以玉爲之珈之言加而從玉蓋亦以玉爲之正義云言珈者以玉加於笄爲飾是也對言則笄與珈異笄爲簪以固冠珈則笄上之飾毛傳珈笄飾之最盛者是也散言則笄與珈通大元背上九男子加笄婦人易哿廣雅笄筎并訓爲蠶蠶與簪同是也哿筎皆珈字之假借

珈制所有鄭君未聞戴侗六書故引舅氏曰珈加於副之飾也予家嘗獲古玉其狀如冂考之某氏古器圖云[illegible]也長廣僅寸餘未識所稱古器圖者何指徐璈曰按珈字說文云婦人首飾而未詳其形制如箋云步搖上飾若輿服志所言六獸恐自是漢制也周禮王后之六服副編次追衡笄由笄數至副其數正六六加猶三加義殊簡要矣又按周禮追師衡笄鄭注分衡笄爲二謂衡垂於當耳笄橫於頭上衡以懸瑱笄以卷髮而此傳以笄爲衡笄則似以衡笄爲一以別於尋常固髮之笄象服是宜傳象服尊者所以爲飾箋云象服者謂褕翟闕翟也　瑞辰按詩上言副笄六珈則所云象服者蓋褘

衣也明堂位祭統並言夫人副褘立於房中此首服副則衣褘衣之證詩首言褘衣次言翟衣次言展衣各舉其一以明服飾之盛與周官內司服王后之六服次序正同鄭司農曰褘衣畫衣也說文褘字註引周禮曰王后之服褘衣謂畫袍畫者畫象之義故詩謂之象服耳褘衣不言翟則非翟雉可知不必如康成讀褘爲翬也說文廣雅竝曰襐飾也說文飾字註亦曰襐飾也毛傳蓋讀象爲襐故曰尊者所以爲飾孔疏謂以象骨飾服失其義矣至鄭箋不以象服爲褘衣而以爲揄翟闕翟者鄭君謂諸侯夫人之服自揄翟而下無褘衣故也以此詩言副笄六珈及禮言夫人副褘證之諸侯夫人未

嘗無禕衣且二章始言翟則首章象服宜爲禕衣耳

玼兮玼兮傳玼鮮盛貌釋文沈云毛及吕沈竝同作玼解王肅云顏色衣服鮮明貌本或作瑳此是後文瑳兮王肅注好美衣服潔白之貌若與此同不容重出今檢王肅本後不釋不如沈所言也然舊本皆前作玼後作瑳字 瑞辰按玼與瑳一聲之轉玼通作瑳猶賓之初筵詩屢舞傞傞說文引作屢舞姕姕也說文玼新玉色鮮也瑳玉色鮮白也段玉裁以瑳爲玼之或體遂删說文瑳篆今按玼與差雙聲故玼或作瑳瑳爲玉色鮮白又爲衣服好皃猶說文以鬈爲髮好也據毛詩二章玼兮玼兮毛鄭有注而三章無注蓋毛詩兩章皆作玼故陸

德明檢王肅本二章亦不釋義統於前也據周官內司服鄭注引瑳兮瑳兮其之翟也又引瑳兮瑳兮其之展也鄭君注禮多本韓詩蓋韓詩兩章皆作瑳也後人誤合毛韓爲一而妄區其先後因前作玼後作瑳耳

其之翟也傳褕翟闕翟羽飾衣也瑞辰按說文褕翟羽飾衣義本毛傳據內司服鄭司農注褕狄闕狄畫羽飾則所謂羽飾衣者畫羽以爲飾也正義謂施羽於衣誤矣

鬒髮如雲傳鬒黑髮也如雲言美長也釋文鬒說文云髮稠也服虔注左傳云髮美爲鬒瑞辰按昭廿六年左傳有君子白皙鬒須眉釋文鬒黑也鬒通作鬒昭廿八

年左傳昔有仍氏生女黰黑而甚美名曰元妻黰黑連言皆爲黑猶白晳連言皆爲白也又通作縝廣雅縝黑也說文引詩作㐱云㐱稠髮也㐱或作鬒與稹穜穊也義同稠多也穊卽稠也漢書楊雄畔牢愁云資娵娃之珍髢兮珍卽說文㐱字之假借孟康訓爲珍好失之說文袗元服也月令乘元路鄭注云今月令曰乘軫路與㐱之爲元髮取義正同髮多者必黑故毛傳曰黑髮說文曰稠髮其義相成而不相背段玉裁疑黑字非毛公之舊失之

不屑髢也傳屑絜也箋云不絜者不用髲爲善 瑞辰按洪頤煊曰周官絜壺氏鄭注挈讀如絜髮之絜絜與結

同義字林鬠絜髮也毛傳訓屑爲絜是不屑髢即不絜髢也鄭箋不用髲爲善善當爲鬠字之譌謂不用絜他髮以爲鬠也正義言其髮美長不用髲而自絜美也失之

象之揥也傳揥所以摘髮也釋文摘他狄反本亦作擿音同本又作擿又作謫並非也瑞辰按揥者搔頭之簪說文擿搔也搔搯也搯絜也鬠絜髮也⿰骨會骨⿰骨適之可會髮者傳作擿爲是揥通作䚦廣雅䚦⿰角蠶也又作楴廣韻揥者楴枝整髮釵也又借作邸晉書輿服志皮弁象玉邸註邸冠下抵也象骨爲之音帝邸即揥也蓋揥本以搔髮後兼用以固冠弁也說文無揥字桂馥謂揥即擿

之異文

揚且之晳也傳揚眉上廣晳白晳三章子之清揚揚且之顔也傳清視清明也揚廣揚而顔角豐滿瑞辰按清揚皆美貌之稱野有蔓草詩清揚婉兮婉如清揚此泛言貌之美也猗嗟詩美目揚兮美目清兮此專言目之美也此詩揚且之晳也晳謂色白又曰子之清揚揚且之顔也則顔色之美皆可曰清揚矣揚且之晳也與上玉之瑱也象之揥也句法相類呂覽音初篇高注之其也此詩三之字皆當訓其猶云玉其瑱也象其揥也揚其晳也且句中助詞三章揚且之顔也亦謂揚其顔也傳以揚爲眉上廣正義云其眉上顔廣且其面之色又

白皙傳於三章曰揚廣揚而顔角豐滿俱分揚與皙揚與顔爲二失其義矣

胡然而天也胡然而帝也傳尊之如天審諦如帝瑞辰按山井鼎考文云足利古本經文兩而字皆作如而如古通用故傳以如天如帝釋之正義引春秋元命苞天之言塡春秋運斗樞帝之言諦以釋如天如帝之義今按古人多借音爲義詩上言玉瑱象揥下卽以天帝爲比蓋謂充耳以瑱者宜其塡實如天揥髮以揥者宜其審諦如帝特言胡然以示顧名思義之意令其深思而自得之也

其之展也傳禮有展衣者以丹縠爲衣箋云后服之次

展衣宜白 瑞辰按展衣以說文作襄爲正襄从㠭聲㠭讀若展故毛詩借作展也說文襄丹縠衣也馬融說同其義俱本毛傳周官內司服鄭司農注始以展衣爲白色爲箋說所本今按箋說是也古者天子有五時衣東青南赤中央黃西白北黑月令所云衣青衣等是也王后夫人之服蓋亦如之揄狄青以象東闕狄赤以象南鞠衣黃以象中央展衣白以象西褖衣黑以象北此箋所云后服之次展衣宜白也展衣玉藻襍記作襢衣襢之言亶亶誠也與單旦聲義相近玉藻櫛用樿櫛孔疏樿白理木也說文駰白而有黑也廣雅白馬黑脊驙古字从單旦亶聲者多有白義襢之色白取義正同釋名

襢衣襢坦也坦然正白無文彩也是矣又按展誠也卽亶字之假借詩上言展衣下卽言展如之人兮謂服展衣者宜有展誠之德展如猶展然也之人猶之子也孔疏云誠如是德服相稱之人失之

蒙彼縐絺傳蒙覆也絺之靡者爲縐箋云縐絺絺之蹙蹙者展衣夏則裏衣縐絺 瑞辰按說文冡覆也凡經傳作蒙者皆冡字之叚借說文䊳碎也靡爲極細之貌說文縐絺之細者也義本毛傳說文又云一曰戚也戚卽蹙字此與鄭箋意同蹙蹙卽戚數之貌蓋讀縐爲皺如今縐紗然此又一義孔疏合傳箋爲一失之聘禮記鄭注寒暑之服冬則裘夏則葛賈疏凡服四時不同假令

冬有裘襯身單衫又有襦袴襦袴之上有裘裘上有裼衣裼衣之上又有上服若夏以絺綌絺綌之上則有中衣中衣之上復有上服據此中衣在絺綌上是蒙彼縐絺者乃中衣非上服展衣也若箋云展衣則裏衣絺綌據說文衷裏褻衣引春秋衷其衵服中猶衷也中衣即裏衣是縐絺即中衣蒙彼縐絺即上服其上服之內縐絺之外非別有中衣也說文表上衣也論語當暑袗絺綌必表而出之孔注必表而出加上服也亦謂於絺綌上加上服非謂於絺綌上加中衣則鄭箋之說當矣蓋衣服因時制宜冬宜溫則不嫌過厚故裘之上復有裼衣夏宜涼則不嫌稍減故葛之上不另加中衣也又按

綌麤絺細古人夏服絺綌蓋兼服二者服綌於内以當褻服絺於外以當裼衣故禮記論語竝言袗絺綌袗之言胗也爾雅胗重也説文繫傳云袗重衣也是也㐱本訓稠髮故从㐱得聲者可訓重也孔安國鄭康成竝訓袗爲禪失之絺綌竝服此詩第舉綌外之絺言故云蒙彼縐絺

是紲袢也傳是當暑袢延之服也瑞辰按説文袢字註引詩是紲袢也从毛詩褻字註又引詩是褻袢也蓋本三家詩褻者正字紲者假借字也褻假爲紲猶褻亦假爲媟也當暑袗絺綌以絺綌爲褻服毛正以當暑釋經褻字耳釋文袢符袁反張參五經文字袢又音煩説文

繫傳袢煩溽也近身衣也今按讀袢如煩正與展顏媛
協其義亦爲煩汚說文姅婦人汚也葛覃詩薄汚我私
傳汚煩也義竝相近以其爲煩汚之服而謂之袢猶去
衣之煩汚即謂之汚受汗澤之衣即謂之澤也袢延二
字疊韻與方言襎裷謂之幭玉篇⿰衤延車溫⿰衤涎也皆重疊
字延義近䃀說文䃀以石衦繒也衦摩展衣也以石衦
繒爲䃀以衣指摩汗澤亦爲袢延故段玉裁謂袢延爲
指摩之義綴絺爲衣可以指摩汗澤孔疏謂袢延是蒸
熱之氣失之說文袢無色也引詩是紲袢也讀若普按
袢普二字雙聲說文又曰普日無色也日無色爲普衣
無色爲袢音近而義亦同玉篇亦曰袢衣無色也衣無

色對冬服褐衣有緇素黃異色言絺綌爲當暑近汚之衣則不分異色此與毛傳義相成而不同或本三家詩

邦之媛也傳美女爲媛箋云媛者邦人所依倚以爲援助也瑞辰按釋文媛韓詩作援助也俗本作取誤此箋義所本說文媛美女也人所欲援也蓋兼取毛韓詩說說文引詩邦之媛兮又引詩玉之瑱兮足證許君所見毛詩也多作兮

桑中

爰采唐矣傳唐蒙菜名瑞辰按爾雅釋草唐蒙女蘿女蘿菟絲郭註別四名孫炎曰別三名但菟絲不可爲菜頍弁詩蔦與女蘿傳女蘿菟絲松蘿也亦不引唐蒙是

毛公别以唐蒙爲菜不以爲卽女蘿與爾雅孫郭註異焦循曰爾雅唐蒙女蘿疑衍女蘿二字

沬之鄉矣傳沬衛邑瑞辰按沬書酒誥作妹邦沬妹均从末聲末牧雙聲故馬融尚書註云妹邦卽牧養之地蓋謂妹邦卽牧野也妹牧毋亦雙聲牧說文作坶牧坶古同聲說文母牧也云朝歌南七十里地後漢書郡國志朝歌縣南有牧野正與妹在鄘地居紂都之南者合左傳鄭人侵衛牧杜註牧衛邑牧邑卽沬邑也酒誥鄭註妹邦紂之都所處也於詩國屬鄘故其風有沬之鄉則沬之北沬之東朝歌也據云沬之北沬之東爲朝歌則不謂朝歌卽沬明矣其云妹邦紂都所處者紂都之郊牧亦可以

紂都統之也此詩孔疏云紂都朝歌明朝歌即沬也猶鄭君以妹邦爲紂都亦統言之耳

要我乎上宮傳桑中上宮所期之地箋與期於桑中而要見我於上宮　瑞辰按以箋說推之桑中爲地名則上宮宜爲室名孟子之滕館于上宮趙岐章句曰上宮樓也古者宮室通稱此上宮亦卽樓耳

美孟弋矣傳弋姓也朱子集傳曰春秋定姒公穀作定弋葢杞女夏后氏之後亦貴姓也　瑞辰按胡承珙曰姒本作以白虎通曰夏祖昌意以薏以生賜姓姒氏說文無姒字葢卽作以弋與以一聲之轉今按胡申朱子之說是也弋與以字同在喻母故通用以之通作姒猶詩

必有以也儀禮注引詩讀作似也
美孟庸矣傳庸姓也　瑞辰按漢有膠東庸生又有庸光
皆以庸爲姓錢大昕曰古庸與閻聲近通用春秋定四
年左傳康叔取于有閻之土以共王職閻卽鄘也書毋
若火始燄燄梅福上書引作庸庸此鄘閻通用之證今
按閻本衛地則閻或因地而得姓後遂通偕作庸庸用
古通用路史言用國名見詩詩之庸蓋古又通作用也

鶉之奔奔

鶉之奔奔鵲之彊彊傳鶉則奔奔鵲則彊彊然箋云奔
奔彊彊言其居有常匹飛則相隨之貌　瑞辰按釋文引
韓詩云奔奔彊彊乘匹之貌此箋義所本禮記表記引

詩作賁賁姜姜呂氏春秋引詩亦作賁賁說文奔从夭从賁省聲是奔本以賁得聲故通用宋書百官志虎賁舊作虎奔亦其類也鄭注禮記以賁賁姜姜爲爭鬬惡貌高誘以賁賁爲色不純俱非詩義凡鳥皆雄求雌惟鶉以雌求雄最爲淫鳥然與鵲各有乘匹至宣姜則淫於非偶更鶉鵲之不若耳

定之方中

定之方中傳定營室也方中昏正四方箋云定星昏中而正於是可以營制宮室故謂之營室定昏中而正謂小雪時其體與東壁連正四方瑞辰按爾雅營室謂之定郭註定正也作宮室皆以營室之中爲正營室一名

天廟周語曰月底于天廟韋注天廟營室也又曰清廟史記天官書營室爲清廟詩作楚宫爲宗廟蓋取營室以正四方亦取與天廟之象相應也營室又爲水宿左傳水昏正而栽杜注謂今十月定星昏而中周語營室之中土功其始韋注建亥小雪之中定星昏正于午土功可以始也與箋言定中謂小雪時合但月令孟冬昏危中仲冬昏東壁中不言營室據春秋僖二年正月城楚邱建城在正月則作室亦正月周之正月爲夏正之十一月是此詩作室亦不在十月小雪之中考漢書天文志危十七度營室十六度十月危星昏中日行一度營室繼危之後其中在十月望後至十一月初猶爲昏

中故詩楚宮作於十一月猶得言定中也箋又云其體與東壁連正四方蓋營室東壁各二星其體相成始得正四方則季冬東壁中亦得以定中統之孔疏謂箋言定星中小雪時舉其常期耳非謂作楚宮卽當十月是也

作于楚宮瑞辰按此及下作于楚室經義述聞謂兩于字當讀曰爲其說是也古聲于與爲通聘禮記賄在聘于賄鄭註于讀曰爲張載魏都賦注李善文選注引詩兩于字皆作爲今按經史事類引詩亦作爲又日本山井鼎考異云古本于皆作爲據孔疏釋經亦曰作爲楚邱之宫作爲楚邱之室皆于當讀爲之證

樹之榛栗椅桐梓漆爰伐琴瑟箋云樹此六木於宮者曰其長大可伐以爲琴瑟言預備也瑞辰按古人建國凡廟朝壇壝宮府皆樹名木如九棘三槐之類詩言立國之制故並及所樹之木琴瑟古多用桐亦或以椅爲之說文檹字註引賈侍中說檹即椅木可作琴是也陳用之曰琴瑟唇必以梓漆所以固而飾之是椅桐梓漆皆爲琴瑟之用若榛栗則無與於琴瑟也詩爰伐琴瑟特承上椅桐梓漆言謂六木中有可伐爲琴瑟者耳箋謂六木皆可爲琴瑟失之

升彼虛矣傳虛漕虛也瑞辰按管子大匡云衛君出致於虛小匡又云衛人出旅於曹是虛與曹爲一故傳知

虛卽漕虛釋文虛本或作墟水經注引詩正作墟

望楚與堂景山與京傳楚邱有堂邑者景山大山京高邱也瑞辰按二句相對成文景當从朱子集傳讀如旣景迺岡之景後人乃以景山名之耳楚邱與景山古皆有二說一謂在今曹州府屬曹縣在漢爲成武漢書地理志山陽郡成武注云有楚邱亭齊桓公所城遷衞文公于此水經注濟水注北逕元氏縣故城西元氏卽今曹縣又北逕景山東衞詩所謂景山與京者也又北逕楚邱城西明一統志景山在曹縣東四十里廢楚邱北衞文公徙居楚邱測日影於此又曰楚邱城在曹縣東南五十里按曹縣與成武相連在曹縣東南卽漢書在成武者

也一說在今河南衛輝府滑縣東六十里今直隸大名府之開州其地亦有景山太平寰宇記景山在澶洲衛南縣東南三里九域志開德府有景山是也隋衛南在漢爲濮陽屬東郡首縣鄭志答張逸云楚邱在濟河間疑在今東郡界中朱子集傳亦云楚邱在滑州今按詩云升彼虛矣以望楚矣傳以虛爲漕虛孔疏言文公自曹徙楚邱蓋楚邱與漕不甚相遠故可登漕虛以望之漕在今滑縣南二十里白馬故城水經注河水注云白馬濟津之東南有白馬城衛文公東徙渡河都之是也則楚邱指在滑縣東者無疑蓋古有兩楚邱一爲春秋隱七年戎伐凡伯之楚邱在城武者是也後漢郡國志成武注引左

傳戎執凡伯於楚邱爲證一爲僖二年衛文公所遷之楚邱在滑縣東開州者是也舊謂城武楚邱爲衛文所遷者誤

靈雨既零傳靈善也零落也　瑞辰按爾雅釋詁令善也令卽靈之段借書正義引釋詁作靈善也靈說文訓巫本爲巫善事神之稱因通謂善爲靈此詩作靈爲正字餘作令訓善者皆靈之段借零者霝之假借說文霝雨零也零雨零也零卽落之本字若零則說文訓爲徐雨

命彼倌人傳倌人主駕者　瑞辰按說文倌人小臣也倌通作官呂氏春秋愛士篇廣門之官高誘註官人小臣也周禮小臣爲大僕之佐掌王之小命詔相王之小法儀王之燕出入則前驅注燕出入若今游於諸觀苑燕

禮小臣師納諸公卿大夫注小臣師正之佐也正相君出入君之大命疏云正相公出入君之大命者正小臣中尊如天子大僕故引大僕職解之也據此是諸侯以小臣兼大僕賓主傳君之命說文所云倌人小臣者卽周官之內小臣非泛言小臣也荀子君臣篇足能行待相者然後進口能言待官人然後詔楊倞註官人主喉舌之官亦與小臣主傳君命合此詩倌人亦當爲傳命之官因其爲前驅遂兼主駕之事故傳遂以主駕者釋之耳

星言夙駕箋星雨止星見　瑞辰按星者姓之假借古晴字正作姓說文姓雨而夜除星見也从夕生聲字通作

精與暒三倉解詁暒雨止無雲也史記天精而見景星漢書天文志作天暒是晴精皆夝也其字亦省作星韓非子說林下曰荆伐陳吳救之軍閒三十里雨十日夜星夜星卽夜夝也箋云雨止星見正訓星爲夝釋文引韓詩星精也或疑精爲晴字之誤不知精亦晴也說文又曰啓雨而晝夝也啓字从日爲晝夝正對夝字从夕爲夜夝言之

匪直也人傳非徒庸君　瑞辰按大戴記將軍文子篇曰直已而不直人直當讀如正曲爲直之直謂正人之曲也匪直也人也爲語詞人對下騋牝三千言能及物言非僅能直人也傳謂非徒庸君失之

騋牝三千傳馬七尺以上爲騋騋馬與牝馬也瑞辰按爾雅釋畜騋牝驪牝元駒褭驂古有二讀說文引詩騋牝驪牡郭註爾雅元駒小馬此讀騋牝驪牡四字絕句也檀弓鄭註引爾雅騋牝驪牡元爾雅釋文云孫注改上騋牝爲牡讀與郭異此讀以五字連元絕句也周官庾人鄭註引爾雅騋牡驪牝元駒褭驂釋文牡茂後反牡驪絕句牝頻忍反牝元絕句此讀亦五字絕句而先牡後牝與註疏本引爾雅經文互易與爾雅孫讀正合今按爾雅釋獸釋畜皆先牡後牝此亦當爲先牡後牝以五字絕句與釋獸麋牡麔牝麎鹿牡麚牝麀麕牡麌牝麋狼牡貛牝狼句法正相類詩特言七尺以上之騋

以該龍與馬言牝以該牡故傳言騋馬與牝馬也非謂騋牝卽專指騋馬之牝者若从孫本爾雅先牡後牝而從許郭讀四字絕句則爲騋牡驪牝此詩騋卽爲牡與秦風奉是辰牡辰卽麎字之借襄四年左傳而思其麀牡皆爲牝牡錯舉其句法正相類也是亦可備一解

蝃蝀

蝃蝀在東傳蝃蝀虹也夫婦過禮則虹氣盛君子見戒而懼諱之莫之敢指箋虹天氣之戒尚無敢指況淫奔之女誰敢視之瑞辰按蝃蝀通作螮蝀爾雅螮蝀虹也蔡邕月令章句曰虹率以日西而見於東方故詩曰螮蝀在東螮蝀二字雙聲其合聲則爲虹蝃蝀卽螮蝀也

釋名謂蝃蝀掇飲東方之水氣也失之又按蔡邕月令章句爾雅釋文引郭音義竝曰雄曰虹古者婚禮男先於女此詩蝃蝀在東莫之敢指蓋以雄虹莫敢指喻女有廉恥不肯先求男也故下接言女子有行謂女子自有嫁道耳傳箋俱非詩義

朝隮于西崇朝其雨傳隮升崇終也從旦至食時爲終朝箋朝有升氣于東方終其朝則雨氣應自然以言婦人生而有適人之道亦性自然 瑞辰按周官眡祲十煇九曰隮鄭司農曰隮者升氣也後鄭曰隮虹也引詩朝隮于西賈疏云虹日在東則西邊見日在西則東邊見朝日在東故詩言隮於西也哀時命云虹蜺紛其朝霞

兮夕淫淫而霖雨玉秝通政經云虹霓旦見于西則爲雨暮見于東則雨止是此詩崇朝其雨正謂朝虹升而雨起箋說甚確朱子集傳謂方雨而虹起則其雨終朝而止似非詩本義又按首章傳云夫婦過禮則虹氣盛箋云虹天氣之戒此章箋云朝有升氣於西方終其朝則雨氣應自然以言婦人生而有適人之道亦性自然是古以晚虹爲淫氣所感朝虹爲正氣所應詩二章一邪一正取譬不同惠周惕詩說曰蝃蝀在東陰方之氣交於陽爲女惑男而蠱朝隮于西陽方之氣交於陰爲男先女而感故得雨則虹滅陰陽和也先女則不淫男女正也序曰止奔此之謂也集傳以朝隮于西爲淫慝

之氣有害於陰陽之和說亦與古異矣又按傳訓祟爲終者祟即終之同部叚借尚書君奭篇其終出于不祥釋文終一本作祟是終祟古通用之證公羊僖三十一年傳不祟朝而徧雨乎天下何休注祟重也重朝者非一朝也又以祟爲重之叚借然據傳自旦及食時爲終朝則固不得以祟朝爲重朝也

相鼠

相鼠有皮傳相視也瑞辰按陳第相鼠解義云相鼠似鼠頗大能人立見人則立舉其前兩足若拱揖然故詩以起興又明陳燿文天中記詩相鼠陸璣云河東有大鼠人立交前兩脚於頭上跳舞善鳴孫奕示兒編云相

地名按地志相州與河東相隣則知相州有此鼠詩人蓋取譬焉今按相州以河亶甲遷於相得名則地之名相已久相鼠或以此得名相鼠一名禮鼠韓昌黎城南聯句詩所云禮鼠拱而立也又名雀鼠見爾雅翼又名拱鼠關尹子所云師拱鼠制禮也

人而無止傳止所止息也箋止容止瑞辰按釋文引韓詩止節也無禮節也箋本之以爲容止止卽容也周禮天官掌次注次自修止之處修止卽修容也亦通言容止容止卽禮也小雅國雖靡止箋止禮也大雅淑愼爾止箋止容止也廣雅釋言止禮也荀子不苟篇見由則恭而止大畧篇盈其欲而不愆其止楊倞註竝以止爲

禮

干旄

孑孑干旄傳孑孑干旄之貌注旄於干首大夫之旃也箋時有建此旄來至浚之郊卿大夫好善也瑞辰按左傳引逸詩翹翹車乘招我以弓又曰旃以招大夫弓以招士皮冠以招虞人孟子庶人以旃士以旂大夫以旌是古者聘賢招士多以弓旌車乘此詩干旄干旟干旌皆歷舉召賢者之所建傳箋謂卿大夫建此旌旄失之

素絲紕之傳紕所以織組也組紕於此成文於彼願以素絲紕組之法御四馬也箋素絲者以爲縷以縫紕旌旗之旒縿或以維持之瑞辰按此當从箋說爲是方言

紕理也秦晉之間曰紕紕之所以督理其旌旗也若以紕組爲執轡以御馬則必以下章良馬五之爲驂三於周制大夫駕四爲不可通矣

良馬五之傳驂馬五轡正義王度記曰大夫駕三經傳無所言是自古無駕三之制瑞辰按服馬四轡皆在手兩驂馬內轡納於觼故四馬皆言六轡經未有言五轡者孔廣森曰四之五之六之不當以轡爲解乃謂聘賢者用馬爲禮三章轉益見其多庶覲禮曰匹馬卓上九馬隨之春秋左傳曰王賜虢公晉侯馬三匹楚公子棄疾見鄭子皮以馬六匹是以馬者不必成乘故或五或六矣徐璈曰按聘禮奉束錦摠乘馬鄭註總者總八轡牽之蓋駕則四馬六轡牽則四馬八轡也又曰賓

儐之乘馬束錦上介儐之兩馬束錦儐价位殊馬亦异數卽如孔說則四爲賓之數六則兼乎賓與价之數矣

彼姝者子傳姝順皃瑞辰按靜女其姝傳姝美色也東方之日彼姝之子傳云姝者初昏之貌獨此傳云順者胡承珙曰傳葢以姝爲孎之叚借說文孎謹也淮南氾論篇注孎孎婉順皃也孎可借作姝猶蹢躅轉爲踟跦也今按順與美義本相成姝可訓美又訓順者猶說文訓婉爲順而鄭風清揚婉兮傳云婉然美也又按論衡引詩作彼姝之子何以與之之猶者也與猶予也葢本三家詩

載馳

載馳五章正義此實五章故左傳叔孫豹鄭子家賦載

馳之四章明其五也然彼賦載馳義取控引大國今控于大邦乃在卒章言賦四章者杜預云并賦四章以下

瑞辰按載馳毛詩五章古蓋四章以二三章文法相類合爲一章左傳賦載馳義取控于大邦四章卽卒章也杜預謂并賦四章以下失其義矣正義引服虔云許夫人閔衞滅戴公失國欲馳驅而唁之故作以自痛小國力不能救正釋詩首章之義又云在禮父母旣歿不得甯父母於是許人不嘉故賦二章以喻思不遠也此兼釋今詩二三章之義正古合二三章爲一章之證服虔止分四章而註上云載馳五章者五乃四字之譌正義遂謂服虔置首章別數四章殊誤

庌露於漕邑瑞辰按廣雅於凥也左傳引書居安思危呂覽貴直篇高註引書於安思危於卽居也庌露於卽露居與定之方中庌野處漕邑字異而義同或讀於爲語詞失之

大夫跋涉傳草行曰跋水行曰涉瑞辰按釋文引韓詩云不由蹊遂而涉曰跋涉淮南子脩務篇曰南榮疇跋涉山川冒蒙荆棘高註不從蹊遂曰跋涉故獨犯荆棘脩務篇又曰申包胥跋涉谷行高註不蹊遂曰跋涉義本韓詩跋涉蓋行走急遽之義毛傳分爲草行水行不若韓詩說爲允

不能旋濟傳濟止也瑞辰按爾雅釋天濟謂之霽是濟

本止雨之稱因通以濟爲止

我思不遠傳不能遠衛也　瑞辰按遠猶去也我思不去猶不止與下文我思不閟同義閟閉也閉亦止也

控于大邦傳控引箋今衛侯之欲求援引之力助於大國之諸侯　瑞辰按傳箋訓控爲引未免迂曲一切經音義卷九引韓詩曰控赴也是也赴訃古通用儀禮聘禮赴者未至既夕記赴曰注今文赴作訃　說文有赴無訃既夕注赴走告也控于大邦即謂走告于大邦耳襄八年左傳云無所控告今世與訟者猶稱控告控告即赴告也列女傳許穆夫人傳曰邊疆有戎寇之事赴告大國義本韓詩劉向說多本韓詩或以爲出魯詩者誤也

誰因誰極傳極至也箋亦誰因乎由誰至乎瑞辰按春秋隱十年公羊傳宋人蔡人衛人伐戴鄭伯伐取之其言伐取之易也其易奈何因其力也因誰之力因宋人蔡人衛人之力也是因謂因人之力此詩言知大國誰能力助之故言誰因或訓因爲親失之極當讀爲誅極之極爾雅殛誅也字通作極訓至極至謂致討於敵即左傳所云耆昧也詩言誰爲之致討也

不如我所之傳不如我所思之篤厚也瑞辰按詩大序云詩者志之所之也詩譜正義引春秋說題辭云在事爲詩未發爲謀恬澹爲心思慮爲志詩之爲言志也釋名詩之也志之所之也說文言古文詩省从之作訨志

之所之爲詩之卽思也之之訓思與泉水詩有懷于衛
箋訓懷爲至同義至亦思也此傳不如我所思之篤厚
正訓所之爲所思耳

毛詩傳箋通釋卷六

衛

桐城馬瑞辰學

淇奧

瞻彼淇奧傳奧隈也瑞辰按正義引陸璣疏云淇奧二水名釋文引草木疏曰奧亦水名劉昭郡國志註引博物志云有奧水流入淇水水經注云肥泉博物志謂之澳水今按奧本隈曲之名水之內爲奧與水相入爲汭同義古人或名泉水入淇處爲淇奧因有奧水之稱猶夏汭涇汭亦名汭水也但詩言淇奧與汝墳淮浦淮濆語句相類不得分爲二仍从爾雅澳隈之訓爲是

綠竹猗猗傳綠王芻也竹萹竹也瑞辰按爾雅菉王芻

說文菉王芻也引詩菉竹猗猗毛詩作綠者菉之叚借爾雅竹萹蓄竹本作茿說文茿篇茿也釋文引韓詩漢石經竝作薄說文薄水萹茿也毛詩爾雅作竹者薄之叚借西京賦李注引韓詩綠薵如簀玉篇薵同薄萹茿爾雅作萹蓄茿蓄二字疊韻故通用

有匪君子傳匪文貌瑞辰按說文斐分別文也匪卽斐之叚借故釋文云匪本又作斐同芳尾切大學及一切經音義九引詩正作斐韓詩作邲美貌也廣韻邲好貌古盇讀匪如邲匪通作邲猶斐通作蔚也易萃象傳其文蔚也說文引作斐說文卪部有𠨘云𠨘宰之也韓詩作𠨘廣韻𠨘好皃當爲𠨘字之譌

如切如磋傳治骨曰切象曰磋瑞辰按爾雅骨謂之切釋文切本或作𪘲說文𪘲齒差也从齒屑聲讀如切是切本𪘲之叚俗𪘲爲齒差治骨者參差以治之故亦曰𪘲考工記鄭司農注云珠曰切則司農所見爾雅本或作珠耳磋者瑳之俗字說文有瑳無磋荀子引詩正作瑳字通作齹一切經音義卷十一磋古文齹同

如琢如磨瑞辰按太平御覽引韓詩作如錯如磨束晳補亡詩如磨如錯本韓詩

瑟兮僩兮傳瑟矜莊貌僩寬大也瑞辰按瑟僩二字義相近故大學爾雅竝云瑟兮僩兮者恂栗也鄭注大學云恂字或作峻讀如嚴峻之峻言其容貌嚴栗也說文

引逸論語曰玉粲之瑟兮其瑱猛也是瑟有嚴栗義毛傳訓矜莊貌是也說文僩武貌引詩瑟兮僩兮僩通作撊左傳撊然授兵登陴服注撊然猛貌也方言撊猛也晉魏之間曰撊廣雅亦曰撊猛也義正與瑟近毛傳訓爲寬大貌韓詩云美貌均非詩義又按荀子陋者俄且僩也以僩與陋對蓋以僩爲美與韓詩義合段玉裁訓陋爲陋陿謂與寬大反對爲毛詩所本非也

赫兮咺兮傳赫有明德赫赫然咺威儀容止宣著也瑞辰按說文朝鮮謂兒泣不止曰咺此咺之本義咺韓詩作宣云宣顯也與毛傳訓宣著義合則毛傳亦以咺爲宣之叚借鄭注大學云咺寬綽貌據說文愃寬閒心腹

貌引詩赫兮愃兮玉篇愃寬心也是鄭讀咺如愃與說文義合其說亦當本韓詩釋文引韓詩作宣者卽愃之省而字殊義異者蓋傳韓詩者不一家也然據大學訓威儀則義从毛傳訓威儀宣著爲正作愃者亦叚借耳爾雅作烜釋文烜者光明宣著廣雅釋詁烜明也正與宣著義同段玉裁以咺爲亶之叚借似非

終不可諼兮傳諼忘也 瑞辰按說文藼令人忘憂之草也或从煖作蕿或从宣作萱引詩安得藼草今毛詩作諼草諼卽藼及蕿萱之叚借是知凡詩作諼訓忘者皆當爲藼及蕿萱之叚借若諼之本義自爲詐耳

會弁如星傳弁皮弁所以會髮箋會謂弁之縫中飾之

以玉皪皪而處狀似星也。瑞辰按：周官弁師「王之皮弁會五采玉璂」，注：「故書會作䯤。」說文：「䯤，骨擿之可會髮者。」引詩「䯤弁如星」。說文義本毛詩，疑毛詩叚會爲䯤，傳本云「會所以會髮」，弁，皮弁。後注疏本傳上脫一會字，又誤移「弁，皮弁」三字於會上，正義遂謂弁所以會髮，失傳恉矣。䯤所以會髮，與君子偕老詩「象揥所以擿髮」爲異物。周禮弁師「會五采」，注：「鄭司農曰：讀如馬會之會，謂以五采束髮也。士喪禮曰：檜用組，乃笄。檜讀與䯤同，書之異耳。說曰：以組束髮乃著笄，謂之檜。沛國人謂反紒爲檜。」毛云會以會髮，宜與鄭司農以組束髮義同，惟分會弁爲二物，與如星之義不合，故箋易其義，以會爲弁之縫中其所飾玉狀似星也鄭注周官弁師云會縫中也皮弁之縫中每貫結五采玉十二以爲璂與箋義同凡兩縫相合處爲會弁縫謂之會猶牆隙謂之壁會也說文際壁會也隙壁際也縫或省作絳廣雅絳際會也箋義爲長至呂氏春秋上農篇庶人不冠弁高注引詩冠弁如星蓋本三家詩冠與會亦一聲之轉

猗重較兮傳重較卿士之車瑞辰按釋名較在箱上爲辜較也重較其較重卿所乘也考工記輿人鄭註較兩輢上出式者說文輢車旁也詩釋文較車兩傍上出軾者是較爲車輢上之木凡車皆然至重較則專指金較言張平子西京賦所云倚金較也較說文作較云較車

輢上曲鉤也蓋車輢上之木爲較較上更飾以曲鉤若重起者然是爲重較崔豹古今注云重較重起如牛角是也宋翔鳳曰爾雅較直也較取直義重較則取曲形如式高三尺三寸較重五尺五寸使再加重較直上則輸太高故重較必曲鉤反出形不直而名較者以在較上名之耳小爾雅較謂之幹胡承珙曰凡物在兩旁者皆名幹故兩脅謂之幹築牆兩邊障土謂之幹皆與較謂之幹義相近又曰古者卿大夫車名軒說文軒曲輈藩車曲輈謂梁輈曲藩卽輢上曲鉤反出者古所云車耳也重較一名重耳春秋晉文公名重耳晉大夫有梁益耳皆取此義崔豹古今注云文武重耳古重較也文

官赤耳武官青耳蓋漢承周制較在兩旁如人有耳銅飾更加較上則重耳矣消言之亦單謂之耳丹鉛錄引古諺仕宦不止車生耳三國志吳童謠黃金車斑蘭耳闓闔門見天子是也重較其形曲鉤反出故亦謂之輒說文輒車耳反出也字通作蕃太元經積次四君子積善至于車耳測云君子積善至于蕃也范望注蕃車耳也重較又名輒象垂耳說文輒車兩輢也疑有脫誤宋翔鳳疑說文較是輒字之譌輒是較字之譌又謂之轓說文轓乘輿金耳也今本譌作金馬耳廣韻無馬字是也字通作彌荀子及史記禮書並云彌龍所以養威也徐廣曰乘輿車以金薄繆龍爲輿倚較蓋惟天子金耳龍飾其餘金耳不必龍也重較爲仕宦車

飾故毛傳以爲卿士車戴震謂重較卽左右兩較望之而重凡車皆然失之倚考文古本作猗正義倚此重較之車是以經文猗爲倚之叚借其經文正字仍當作猗

不爲虐兮傳雖則戲謔不爲虐矣瑞辰按虐之言劇謂甚也如終風詩謔浪笑敖卽爲虐矣書西伯戡黎維王淫戲用自絕史記殷本紀作淫虐昭四年左傳亦云紂作淫虐淫虐卽淫戲也淫大也大戲卽爲虐矣又襄四年左傳臧紇如齊唁衛侯衛侯與之言虐虐卽此詩不爲虐兮之虐謂戲謔之甚故紇云其言糞土謂其言汚也林注訓爲暴虐失之

考槃

考槃在澗傳考成槃樂也山夾水曰澗釋文澗古晏反韓詩作干云墝埆之處也瑞辰按槃與般同爾雅釋詁般樂也槃般皆昪之俗說文昪喜樂也顧虞東曰世固有隱而弗成者成其樂乃所以成其隱也澗與干雙聲古即讀澗如干故通用易漸鴻漸于干釋文引荀注王肅注竝曰干山間澗水也詩小雅秩秩斯干傳干澗也聘禮記凡庭實隨入左先皮馬相間可也注古文間作干皆澗干通用之證文選吳都賦劉注引韓詩曰地下而黄曰干胡承珙曰黄當作潢潢爲停水處鄭氏易注干水傍故停水處正與潢同義至韓詩有二義不同者蓋韓故韓訓與薛君章句各異

碩人之薖傳薖寬大貌箋薖饑意瑞辰按釋文引韓詩作⿰亻過云⿰亻過美貌廣韻⿰亻過美也與毛傳寬大義近薖卽過之叚借段玉裁曰毛鄭意謂薖爲款之叚借爾雅款足者謂之鬲漢志作空足曰鬲楊王孫傳窾木爲匵服虔曰窾空也淮南子窾者主浮注窾空也讀如科條之科是薖款古同音薖音又近窠說文窠空也薖讀若窠猶說文婐讀若騧也毛鄭皆取空中之義然合三章觀之仍從傳說爲允

永矢弗過箋弗過者不復入君之朝也瑞辰按弗過猶弗諼也故毛無傳大元差過小善弗克范望注過去也說文過度也廣雅過渡也渡去也弗去猶弗忘箋說非

是
碩人之軸傳軸進也箋軸病也瑞辰按軸通作逐爾雅競逐彊也以上二章推之軸當爲彊壯貌傳訓爲進義與彊近至箋訓軸爲病亦以軸爲爾雅逐病之逐然非詩義以與寬薖不相類也
永矢弗告傳無所告語也箋不復告君以善道瑞辰按告匊雙聲告卽鞫之叚借爾雅鞫窮也說文𥷚窮也文王世子告于甸人鄭注告當爲鞫正月詩日月告凶漢書劉向作鞫凶皆告鞫通用之證弗告訓爲弗窮正與上二章弗諼弗過同義猶詩言服之無斁字或作繹廣雅繹窮也無斁卽無有終窮也

碩人

碩人其頎傳頎長貌瑞辰按玉篇引詩碩人頎頎傳具長貌臧玉琳據箋言莊姜儀表長麗佼好頎頎然又二章箋敖敖猶頎頎也謂古本當作頎頎今按經止一言而傳箋以重言釋之如詩亦汎其流傳云汎汎有洸有潰傳箋皆云洸洸潰潰之類甚夥未可據箋及玉篇以改經也列女傳引詩正作碩人其頎玉篇引傳具長貌據下章傳敖敖長貌則知上章傳本無具字玉篇所引亦誤又按說文頎頭佳貌引申爲長貌齊風頎若長兮亦以頎爲長皃說文嫣長皃段玉裁謂嫣與頎聲相近今按嫣與引永豔俱雙聲說文豔好而長也引永皆爲

長故嫣有長義頎或卽嫣之叚俗
衣錦褧衣傳錦文衣也夫人德盛而尊嫁則錦衣加褧
襜箋國君夫人翟衣而嫁今衣錦者在塗之所服也尙
之以禪衣爲其文之太著瑞辰按丰詩衣錦褧衣裳錦
褧裳傳云嫁者之服箋以爲庶人之妻嫁服與此箋夫
人在塗所服說異今按丰詩駕予與行駕予與歸亦爲
在塗之服士昏禮姆加景乃驅景卽此詩褧衣正在塗
同服褧衣之證說文衣部褧字註檾也引詩衣錦褧衣
林部檾字註枲屬也引詩衣錦檾衣一本毛詩一本三
家詩作檾者正字作褧者假借字也檾字或作顈又作
顈褧又通作絅釋文褧本又作顈尙書大傳引詩作顈

皆檾之異文玉藻中庸作絅儀禮姆加景皆褧之通用字也檾衣蓋績檾以爲衣取其在塗蔽塵則曰褧褧之言明也外蔽塵使衣鮮明也與齋之有明衣取義正同士昏禮注景之制蓋如明衣是也古者明衣以布爲之績檾爲衣卽布也鹽鐵論古者男女之際尙矣嫁娶之服未以之記及虞夏之後蓋表布內絲褧衣用檾正所謂表布也中庸衣錦尙絅說文引詩衣錦褧衣云示反古取義正同丰詩箋謂褧衣以禪縠爲之縠是絹而非布失其義矣

領如蝤蠐傳蝤蠐蝎蟲也瑞辰按爾雅釋蟲蟦蠐螬郭註在糞土中蝤蠐蝎郭註在木中又蝎蛣蝠郭註木中

蠹蟲是蝤蠐與蠐螬有別說文蝎蝤蠐也而蠐螬下不云蝎蓋亦不謂一物按唐本草蠐螬注云此蟲在腐柳樹中者內外潔白糞土者皮黃內黑黯此詩取狀頸之白自指生木中之蝎釋之方言及爾雅孫炎注均以蠐螬蝤蠐及蝎爲一物不知實一類而異種

齒如瓠犀傳瓠犀瓠瓣　瑞辰按爾雅釋草瓠棲瓣此傳所本郭注引詩齒如瓠棲釋文引舍人本瓠作觚釋云瓠也是知觚卽瓠之叚借毛詩作犀者卽棲之叚借三家詩蓋有从本字作瓠棲者瓠棲俗作犀猶棲遲甘泉賦作遲迟也瓠棲狀齒之白亦取其上下整齊棲之爲言齊猶妻亦訓齊說文𪗋等也古齊等字本从妻聲也

說文齻齒相值也引春秋傳曰晳齻齻今左傳叚借作幘杜注幘齒上下相值說文又曰齱齵齒不正也齟齬齒不相值也齹齒差跌皃齒以不相值爲惡則以相值爲美矣齒以齊爲美故古者齒亦訓齊周禮言三年不齒謂不與民齊等昭元年左傳使后子與子干齒傳遂曰齒猶齊列皆是也

螓首蛾眉傳螓首顙廣而方箋螓謂蜻蜻也瑞辰按說文頱好貌詩所謂頱首卽此詩螓首之異文是螓乃頱之叚借蛾眉亦娥之假借方言曰娥好廣雅娥美也楚詞衆女嫉余之娥眉兮王逸註娥眉好貌娥亦作蛾藝文類聚引詩正作娥眉此詩上四句皆言如至螓首蛾

眉但爲好貌故不言如鄭箋以螓爲蜻蜻顔師古注漢書因謂蛾眉形若蠶蛾失之鑿矣

巧笑倩兮傳倩好口輔 瑞辰按說文倩人美字也是倩本人之美稱因而笑之好亦謂之倩釋文倩本又作蒨乃倩之叚借韓詩遂以蒼白色釋之誤矣又按倩與瑳瑳與此皆雙聲竹竿詩云巧笑之瑳而此云巧笑倩兮倩當卽瑳之叚瑳又爲齤之叚借高誘淮南子注曰將笑則好齒見正與說文訓齤爲開口見齒皃義合

美目盼兮傳盼白黑分 瑞辰按說文盼白黑分也盼从分聲兼从分會意白黑分謂之盼猶文質備謂之份也說文⿱須卑須髮半白也字俗作頒又辬駁文也皆與盼爲

白黑分者取義正同韓詩云黑色馬融云動目貌竝非又按古音盼讀如坌與倩爲眞淸合韵釋文云盼敷莧反徐又敷諫反竝失之

碩人敖敖傳敖敖長貌 瑞辰按說文顤高長頭又贅顤高也廣雅贅高也引申爲頭長廣韻云贅頭長是也又引申爲長貌敖敖當卽贅贅之假借又按說文驐駿馬蓋亦謂馬之高且長者與人長爲敖同義

說于農郊傳農郊近郊箋說當作襚禮春秋之襚讀皆宜同衣服曰襚今俗語然此言莊姜始來更正衣服于衛近郊 瑞辰按爾雅釋地邑外謂之郊郊外謂之牧牧外謂之野野外謂之林林外謂之坰據毛傳以坰爲遠

野則郊牧野林皆爲近郊傳知農郊爲近郊者說文農字籀文古文皆从林籀文作𨑯古文作䢉書酒誥薄違農父古尚書作薄韋䢉父見羣經音辨毛傳葢以農郊爲林郊之叚俗故以近郊釋之林郊爲近郊猶坰野爲遠郊也上林賦地可墾辟悉爲農郊以贍氓隸師古注郊野之田故曰農郊後漢章懷注亦以農郊爲田野失其義矣以田野爲近郊豈遠郊無農田乎此以知其失傳恉耳釋文說本作稅爾雅釋詁稅舍也傳義葢讀說如稅說于農郊猶定之方中詩說于桑田故釋文謂毛訓舍也箋讀說爲襚者襚古通作稅段玉裁謂稅卽襚之或體稅與說稅皆从兌聲故讀同亦通用喪服問大

功之葛以有本爲稅鄭注稅變易也古者襚爲贈死之衣以易其生時之服蓋亦取變易之義故鄭讀說如襚箋又云衣服曰襚今俗語然曾釗曰當作易服曰襚以爲莊姜易服之證故下即言莊姜更正衣服于衛近郊今誤作衣服曰襚則與下文更正衣服不相貫今按曾說是也說之言解脫也今俗皆以解衣爲脫衣襚爲易衣義與脫同脫說文作挩云解挩也說又訓舍者亦得通爲操舍之舍舍亦脫也正義不悟箋義訓襚爲易遂謂遺吉之衣亦爲襚失之

朱幩鑣鑣傳幩飾也人君以朱纏鑣扇汗且以爲飾鑣鑣盛皃釋文鑣馬銜外鐵也一名扇汗又曰排沫瑞辰

按說文幩馬纏鑣扇汗也繫傳曰謂以帛纏馬口旁鐵扇汗使不汗也是扇汗卽幩乃鑣上之飾非謂鑣爲扇汗也續漢書輿服志乘輿象鑣赤扇汗王公列侯朱鑣絳扇汗卿以下有騑者緹扇汗皆以鑣與扇汗爲二排沫猶扇汗也釋文蓋云幩一名扇汗又曰排沫今本脫一幩字遂似誤以鑣爲扇汗顏師古急就章注亦引或曰鑣者銜兩傍之鐵今之排沫是也是亦誤以幩爲鑣矣

翟茀以朝傳翟翟車也夫人以翟羽飾車茀蔽也瑞辰按周官巾車王后之五路有重翟厭翟翟車鄭注翟車不重不厭此詩毛傳直以翟爲翟車不以爲厭翟也至

巾車鄭注云詩風碩人曰翟蔽以朝謂諸侯夫人始來乘翟蔽之車以朝見於君盛之也此翟蔽蓋厭翟也云蓋者擬度之詞說與毛異正義乃引巾車鄭注以釋毛失之又爾雅輿革前謂之鞎後謂之茀竹前謂之禦後謂之蔽茀與蔽對文則異散文則通周禮注引詩作翟蔽者蓋本韓詩又按說文篧車笭也段玉裁謂笭即蔽茀者篧之叚借今按篧茀古同聲通用篧通作茀猶儀禮注云屏古文作茀也

河水洋洋傳洋洋盛大也瑞辰按爾雅釋詁洋多也閟宫傳洋洋衆多也衆多與盛大義近劉向九歎江湘油油王逸注引詩河水油油即此詩洋洋之異文油洋一

聲之轉洋洋逼作油油猶蠅蠅逼作油油也（古蠅聲近洋方言蠅東齊謂羊尙書大傳禾黍之蠅蠅文選思舊賦注引作禾黍油油）

北流活活傳活活流也（瑞辰）按傳流也當爲流貌形近之譌說文活流聲也亦當作流貌

施罛濊濊傳濊濊施之水中（瑞辰）按說文濊礙流也引詩施罟濊濊（釋文引說文作疑流卽礙流之譌）濊濊蓋施罛水中有礙水流之貌毛傳施之水中卽有礙流之義說文正善繹毛義耳韓詩云流貌與毛詩義亦相成蓋施罛水中有礙水流而其水仍流實礙而不礙也說文歲字註讀若詩施罛泧泧廣雅泧泧流也濊泧古同聲通用蓋本三家聲濊濊逼作泧泧猶噦噦逼作鉞鉞也（詩鸞聲噦噦說文引作鉞鉞）

鉞釋文引馬融曰濊濊大魚網目大豁豁也據說文薉空大也馬融蓋以濊爲薉之假借

鱣鮪發發傳發發盛貌 瑞辰按發發蓋鱍鱍之省釋文引韓詩作鱍犮發古通用說文鮁字註鱣鮪鮁鮁據集韻鮁或作鱍是鮁鮁卽韓詩鱍鱍之異文

庶姜孽孽傳孽孽盛飾也 瑞辰按釋文引韓詩作⿰車獻⿰車獻云長貌說文⿰木獻載高貌也吕覽過理篇高註引詩庶姜⿰車獻⿰車獻云高長貌廣雅⿰車獻⿰車獻高也俱本韓詩⿰車獻⿰車獻正字孽孽假借字⿰車獻孽雙聲故通用猶⿰木獻一作蘖也說文⿰木獻孽不枿竝同字

庶士有朅傳朅武壯貌 瑞辰按朅者傑之叚借說文傑

埶也釋文引韓詩作桀云健也桀卽傑字說文朅去也廣雅釋詁桀去也又𠬝桀爲朅是朅桀通用之證

氓

氓之蚩蚩傳氓民也蚩蚩者敦厚之貌　瑞辰按氓唐石經作甿方言說文竝云氓民也說文又曰甿田民也周官遂人以下劑致甿鄭注變民言甿異外內也淮南脩務篇高註野民曰氓氓與甿蓋對文則異散文則通廣雅甿癡也氓又通作萌賈子火政篇萌之爲言盲也氓爲盲昧無知之稱詩當與男子不相識之初則稱氓約與婚姻則稱子子者男子美稱也嫁則稱士士者夫也荀子非相篇處女莫不願得以爲士是足見立言之序

至釋文引韓詩云蚩美貌蓋以蚩䫉一聲之轉以蚩爲䫉之叚借爾雅䫉䫉美也說文𢡆美也䫉卽𢡆之叚音也然以蚩爲美與蚩蚩義不相貫蚩蚩蓋極狀其癡昧之貌小爾雅蚩戲也文選西京賦注引蒼頡云蚩侮也一切經音義引蒼頡云蚩笑也文選李注兩引說文蚩笑也見阮籍詠懷及古詩十九首註今本說文無蚩字據說文欠部有欰字云欰欰戲笑貌蚩蚩卽欰欰之俗是蚩蚩又爲戲笑之貌

抱布貿絲傳布幣也箋幣者所以貿買物也瑞辰按布與絲對言宜爲布帛之布鹽鐵論錯幣篇曰古者市朝而無刀幣各以其所有易無抱布貿絲而已正訓布爲

布帛至毛傳布幣也據周官注鄭興曰布者布參印書廣二寸長二尺以爲幣貿易物也抱布貿絲抱此布也或曰布泉也幣謂刀幣則仍以布爲泉布故箋申之曰幣者所以貿買物也孔疏謂經文布宜爲布帛之布可也至以傳箋所云幣爲布帛之名則誤

至于頓丘傳丘一成爲頓丘 瑞辰按水經注淇水又東屈而西轉逕頓丘北故闞駰云頓丘在淇水南又與地廣記說同故詩言送子涉淇至于頓丘也頓丘故城在今直隸大名府清豐縣西南二十五里爾雅丘一成爲敦丘釋文郭音頓是頓丘即敦丘也爾雅又曰如覆敦者敦丘郭注敦盂也

爾卜爾筮體無咎言傳龜曰卜蓍曰筮體兆卦之體瑞辰按體經傳多專指兆體言書金縢公曰體王其罔害體謂卜兆也玉藻君定體註視兆所得也周官占人凡卜簭君占體大夫占色士占墨卜人占坼註體兆象也色兆氣也墨兆廣也坼兆璺也賈疏此君體以下皆據卜而言兼云簭者凡卜皆先簭故連言之是也至此詩體無咎言傳兼兆卦言者兆有體卦亦有體洪範七稽疑曰雨曰霽曰蒙曰圛曰克此兆體也曰貞曰悔此卦體之上下也韓詩及禮記均作履無咎言履者體之假借韓詩訓爲幸鄭注訓爲禮並失之

乘彼垝垣傳垝毀也瑞辰按爾雅釋詁垝毀也郭注引

此詩垝垣爲證說文垝毀垣也亦引此詩字或作陒垝毀以疊韵爲義說文祪附祪祖也毀垣爲垝與毀廟之祖曰祪取義正同

三歲食貧箋我自是往之女家女家乏穀食已三歲貧矣 瑞辰按詩下言三歲爲婦推之三歲食貧應指既嫁之後食貧猶居貧箋訓食爲穀食非也古人婦人先貧賤後富貴者不去詩言食貧正以不當去之義責之

士貳其行箋我心於女故無差貳而復關之行有二意 瑞辰按貳當爲貣字形近之譌貣他得反與忒同音說文貣从人求物也詩作貣者忒之同音假借爾雅釋言爽忒也釋訓晏晏旦旦悔爽忒也正取詩士忒其行爲

義說文忒更也又云忒失常也經典多借作貣或消作貣與貳形相近王尚書經義述聞謂中庸其爲物不貳詩序古者長民衣服不貳禮緇衣其儀不忒釋文忒本作貳貳皆貣字之譌是也竊謂此詩士貳其行貳亦貣之譌但據箋云復關之行有二意則鄭君所見毛詩似已譌作貳矣又按釋詁貳疑也據曹風鳴鳩其儀不忒傳忒疑也疏以爲釋詁文則爾雅貳亦貣之譌皆忒之俗字詩大雅無貳爾心箋訓爲無有疑心貳亦爲貣字之譌以此推之魯頌無貳無虞貳亦貣也

靡室勞矣箋無居室之勞言不以婦事見困苦　瑞辰按靡室勞矣言不可以一勞計猶靡有朝矣言不可以一

朝計也

言旣遂矣箋言我也遂从也瑞辰按淮南氾論訓高註遂成也言旣遂矣猶云與子成說說文豙从意也經傳多叚遂爲豙

總角之宴傳總角結髮也箋我爲童女未笄結髮晏然之時釋文宴如字本或作丱者非正義經有作丱者因甫田總角丱兮而誤也定本作晏瑞辰按作丱者是也丱即卝字之省爲總角貌丱與晏古音正合箋宴然亦當爲丱然之譌作宴者因下晏晏而誤也釋文正義轉以作丱爲非失之

信誓旦旦傳信誓旦旦然箋我其以信相誓旦旦耳言

其懇惻欵誠瑞辰按旦旦卽⿱旦心⿱旦心之消借爾雅釋訓晏晏旦旦悔爽忒也釋文旦本或作⿱旦心說文怛憯也从心旦聲怛或从心在旦下引詩信誓⿱旦心⿱旦心李黼平疑毛傳時經字作⿱旦心⿱旦心故傳以旦旦然釋之今按李說非也經文葢本作旦旦毛傳以⿱旦心⿱旦心釋之⿱旦心卽怛之異文故定本云旦旦猶怛怛據箋義旦旦是懇惻欵誠之皃則鄭君所見經本或作⿱旦心⿱旦心抑或申釋傳義耳胡承珙曰⿱旦心本訓憯痛惟傷痛者有至誠迫切之義故可通爲形容誠懇之皃至爾雅云悔爽忒者是釋詩義非以旦旦爲爽忒玉篇云⿱旦心得漢反爽也忒也失其義矣

竹竿

籊籊竹竿以釣于淇傳興也籊籊長而殺也釣以得魚如婦人待禮以成爲室家　瑞辰按爾雅釋木梢梢擢郭注謂木無枝梢擢長而殺者王觀察云梢之言削也讀如輪人掔爾而纖之掔鄭注掔纖殺小皃也擢與籊籊聲近而義同爾雅又云無枝爲檄郭注檄擢直上亦與籊籊爲長而殺義近卓文君白頭吟竹竿何嫋嫋魚尾何簁簁義取此詩毛傳婦人待禮以成其室家猶持竹竿釣以得魚嫋嫋與籊籊義亦相近

遠父母兄弟　瑞辰按古音右與母爲韻當从唐石經及明監本作遠兄弟父母今注疏本不誤朱子集傳弟字下有叶滿彼反四字正合母字古音讀如每今本乃誤

倒耳

巧笑之瑳瑞辰按瑳與此雙聲瑳當爲齜之叚借說文齜字注一曰開口見齒之皃讀若柴笑而見齒故以齜狀之齜之借作瑳猶玼或作瑳也胡承珙曰說文䶩齒參差也一切經音義云瑳古文䶩同瑳疑䶩之叚借今按䶩乃齹之或體䶩字始見字林不得云瑳卽䶩也

淇水滺滺傳滺滺流貌釋文滺本亦作浟瑞辰按滺古止作攸說文攸水行也从攴从人水消戴侗曰唐本作水行攸攸也說文又曰㳊秦刻石嶧山攸字如此是攸从水者卽消人从人者卽娋水作丨不應於攸字又加水旁滺乃俗字張參五經文字滺書無此字見詩風亦

作攸是詩古本作攸攸之證

芄蘭

芄蘭之支傳芄蘭草也君子之德當柔潤溫良箋芄蘭柔弱恒蔓延於地有所依緣則起興者喻幼穉之君任用大臣乃能成其政 瑞辰按芄蘭葢縱橫蔓衍之皃故草之蔓曰芄蘭淚之出亦曰汍瀾沈括夢溪筆談曰觽解結錐芄蘭莢支出於葉間垂之正如解結錐疑古人爲韘之制亦當與芄蘭之葉相似今按沈說是也近世本草綱目亦言芄蘭實櫼如錐葉後曲如張弓指彄葢祖沈說而引申之芄蘭蔓生爾雅釋草云雚芄蘭說文作莞云芄蘭莞也陸機疏云一名蘿摩幽州人謂之雀

瓢焦循云即今田野間所名麻雀棺者其結莢形與解結錐相似說文繫傳曰芄蘭蘿摩也葉似女青以今驗之其葉長中大而本末皆尖詩正以其葉似韘故借以取興耳

童子佩觿傳觿所以解結成人之佩也　瑞辰按說苑脩文篇曰能治煩決亂者佩觿古人佩以象德今無德而但有其佩故詩以爲刺

能不我知傳不自謂無知以驕慢人也箋其才能實不如我衆臣之所知爲也　瑞辰按能字古讀若耐聲與乃相近而義亦同能即乃也乃猶而也言雖則佩觿而不我知也知非知識之知爾雅釋詁知匹也匹合也不我

知謂不與我相匹合猶下章不我甲謂不與我相狎習耳說文狎犬可習也引申爲狎習之稱甲叉狎之叚借也

容兮遂兮傳容儀可觀佩玉遂遂然箋容容刀也遂瑞也瑞辰按容兮遂兮與悸兮皆形容之詞經文三言兮與詩婉兮孌兮總角丱兮句法相類從傳爲是

垂帶悸兮傳垂其紳帶悸悸然有節度箋及垂紳帶三尺則悸悸然行止有節度瑞辰按悸釋文引韓詩作萃垂貌說文悸心動也萃草聚皃無垂義悸與萃皆當爲繠字之叚借說文繠垂也从繠系聲系與季卒古音並同部故通用左傳佩玉繠兮杜註繠然服飾備也繠然

即毎貌也段玉裁不識悸爲何字之叚借又謂繠當从惢聲失之

童子佩韘傳韘決也能射御則佩韘箋韘之言沓所以彄沓手指　瑞辰按韘字从韋必兼以韋爲之說文韘射決也所以拘弦以象骨韋系著右巨指據云韋系足證韘字从韋之義士喪禮設決麗于掔自飯持之鄭註決以韋爲之藉與說文言韋系合今則射者著班指內必以皮襯之以免其滑即古韘用韋系之遺制說文繫傳曰韘所以助鉤弦若今皮韘是矣說文又曰屧屧履中薦也薦猶藉也履中藉謂之屧決內藉謂之韘其義一也至箋云韘之言沓所以彄沓手指據士喪禮鄭註決以

韋爲之藉有彄彄內端爲紐外端有橫帶設之以紐擐大擘本也因沓其彄以橫帶貫紐結于擘之表也是古者決以韋爲藉又必有彄以彄沓手指箋本申傳訓決爲韘之義手指謂右巨指孔疏乃以大射朱極三釋之以手指爲食指將指無名指誤矣彄之言韝也沓之言韜也說文㨖縫指㨖也一曰韜也玉篇㨖韋韜也韘爲指沓與韝捍爲臂㨖其義正同故說文曰韝射臂沓也玉篇則曰韘指沓也是決也韘也沓也異名而同實以其用以闓弦謂之決以其用韋爲藉謂之韘以其用以韜指謂之彄沓正義第知決用象骨而韋系及指沓之制未詳故誤分毛鄭之說爲二胡承珙曰韘郎今之扳指而制微不同今之扳

指如環無端古之玦則如環而缺其缺處當聯以韋系所以著弦士喪禮注玦以韋爲之籍又云以紐環大擘本是也

河廣

一葦杭之傳杭渡也瑞辰按正義言一葦者謂一束也蓋謂編葦爲泭三國志吳書妃嬪傳宜伐蘆葦以爲泭佐船渡軍是也然一束葦不得言一葦段玉裁以杭爲斻之叚借說文斻方舟也方併船也今按方爲併船之名又通爲子貢方人之方謂比方也一葦杭之蓋謂一葦之長可比方之甚言其河之狹也下章曾不容刀亦謂河之狹不足容刀非謂乘刀而渡則上不爲乘葦而渡明矣焦循謂毛傳渡與度通以葦度河非以葦渡人

又謂箋云一葦加之則可以渡之者明謂加一葦於河即可徑過非言人乘葦渡也然訓杭爲度不若从說文訓斻爲方較爲直捷胡承珙曰杭在說文爲抗之或字抗有舉而加之之意廣雅抗渡也疑詩杭字本有作抗者

跂予望之　瑞辰按說文跂足多指也企舉踵也通俗文舉跟曰企此詩跂即企之叚借楚詞九歎王逸注引作企予望之葢从三家詩用本字

曾不容刀　箋小船曰刀正義說文作𦨴𦨴小船也字異音同釋文刀字作舠說文作𦩍竝音刀　瑞辰按刀者𦨴之叚借从刀周聲聲近則義同𦨴借作刀猶說文錭讀

如刀也今本說文脫䑠舠字初學記引埤倉䑠吳船也劉熙釋名字亦作䑠云船三百斛曰䑠䑠䂏也䂏短也江南所名短而廣安不傾危者也字通作𦨴又作䂏廣韻䑠吳船也廣雅䂏短也俗作刁晉書張天錫傳短尾者爲刁是也今江西猶名船之短尾者爲刁子船說文無䂏𦨴字惟衣部有𧝃字云短衣也段玉裁謂即䂏字又按說文袛裯短衣也初學記引論語摘衰聖曰鳳有九苞六曰冠短周周亦短也韓非子鳥有翢翢者重首而屈尾屈尾即短尾也是从刀从召从周皆爲短義短與小近故又爲小船之稱毛詩本假刀爲䑠字書乃加舟旁作舠太平御覽引詩作舠蓋从字書而改經耳

伯兮

伯兮朅兮傳朅武貌瑞辰按朅與仡雙聲說文仡勇壯也引周書仡仡武夫段玉裁謂朅即仡之叚借然考廣雅釋文竝云偈健也玉篇偈武貌引詩伯兮偈兮則三家詩有作偈者朅即偈之叚借耳朅又通桀碩人詩庶士有朅釋文引韓詩作桀云健也說文傑埶也桀者傑之消借據此是朅當作桀毛詩蓋因下云邦之桀兮故上假用朅字以與桀爲韻若朅之本義自爲去耳說文又曰碣特立之石也與毛傳訓桀爲特立義合是碣亦取傑立之義

伯也執殳傳殳長丈二而無刃瑞辰按殳爲戟柄之稱

方言三刄枝南楚宛郢謂之匽戟其柄自關而西謂之柲或謂之殳是也又爲杖之別名廣雅殳杖也是也周禮司戈盾祭祀授旅賁殳說文殳以杸殊人也禮以殳積竹八觚長丈二建於兵車旅賁以先驅是執殳先驅爲旅賁之職胡氏紹曾謂伯以衛人仕於王朝居旅賁之官是也至說文所云積竹八觚蓋與今之欑竹桿相似而形近方觚後世金瓜即其遺象

誰適爲容傳適主也瑞辰按一切經音義卷六引三倉適悅也此適字正當訓悅女爲悅己者容夫不在故曰誰適爲容即言誰悅爲容也猶書盤庚民不適有居即民不悅有居也小雅巷伯兩言誰適與謀亦言誰悅與

謀也此傳訓𨑒彼箋訓往竝失之矣

杲杲出日瑞辰按杲對杳言說文杳冥也从日在木下東動也从木日官溥說从日在木中杲明也从日在木上說文又曰榑桑神木日所出也日出神木之上故日出謂之杲杲

甘心首疾傳甘厭也箋我念思伯心不能已如人心嗜欲所貪口味不能絶也我憂思以生首疾瑞辰按甘與苦古以相反爲義故甘草爾雅名爲大苦方言苦快也郭注苦而爲快者猶以臭爲香治爲亂徂爲存以此推之則甘心亦得訓爲苦心猶言憂心勞心痛心也成十三年左傳諸侯備聞此言斯是用痛心疾首杜注疾猶

痛也甘心首疾與痛心疾首文正相類皆爲對舉之詞詩不言疾首而言首疾者倒文以爲韵也猒爲猒足之猒引申爲猒倦猒苦據漢書韓信傳集注苦猒也又漢書李廣傳注苦爲猒苦之也竊疑毛傳訓甘爲猒者正讀甘爲苦故卽以訓苦者釋之正義有未達耳箋訓爲甘嗜之甘其義近迂朱子集傳又謂甯甘心於首疾亦非詩義

焉得諼草傳諼草令人忘憂箋憂以生疾恐其危身欲忘之正義諼訓爲忘非草名　瑞辰按說文藼令人忘憂之草也引詩安得藼草或从煖作蕿或从宣作萱古人多以同聲叚借毛詩作諼者藼字之叚借爾雅釋訓諼

諼忘也釋文引詩焉得萲草萲諼皆以釋詩萲又蕿字之省俗傳云諼草令人忘憂據釋文云善忘忘向反又爾雅釋文亦引毛傳萲草令人善忘是毛傳本作諼草令人善忘今正義本作令人忘憂者誤也阮宮保校勘記云傳不言憂故箋言憂以申之今按文選謝惠連西陵遇風詩李注引韓詩焉得諠草薛君曰諠草忘憂也忘憂之說實本韓詩鄭君先通韓詩故以忘憂爲說說文萱令人忘憂之草亦韓詩也傳箋皆作設想之詞不謂實有此草而任昉述異記曰萱草一名紫萱吳中書生謂之療愁張華博物志引神農經上藥養性謂合歡蠲忿萱草忘憂則以萱草爲即今之萱花以萱諼同音

取義猶之栗爲戰栗棗爲蚤起棘爲吉桑爲喪桐杖爲取同於父又因韓詩忘憂之說而引申之也合歡萱草本是二物朱子集傳謂萱草合歡食之令人忘憂者特連類及之耳

言樹之背傳背北堂也瑞辰按說文北乖也从二人相背是北本从背會意漢書高帝紀項羽追北注服虔曰師敗曰北韋昭曰北古背字也背去而走也背北古通用故傳知背卽北堂

有狐

有狐綏綏傳綏綏匹行貌瑞辰按齊風雄狐綏綏吳越春秋塗山歌綏綏白狐皆指一狐言不得謂綏綏爲匹

行貌。廣雅：綏，舒也。綏通作夂。說文：夂，行遲曳夂夂也。王伯厚詩考引齊詩綏綏作夂夂。玉篇：夂，今作綏，行遲皃。引詩雄狐夂夂。是綏綏爲舒行貌。詩蓋以狐之舒徐自得，與無室家者之失所耳。

之子無裳　傳：之子，無室家者。在下曰裳，所以配衣也。箋：之子，是子也。時婦人喪其妃耦，寡而憂是子無裳，無爲作裳者，欲與爲室家。瑞辰按：序言男女失時，喪其妃耦，詩本兼男女言。左氏傳言男有室，女有家，是知傳言之子無室家者，實合下章言之，亦兼男女言。古者上衣而下裳，以喻先陽而後陰。首章無裳，蓋以喻男之無妻。二章傳：帶，所以申束衣。竊考東山詩親結其縭，爾雅釋言

禒帶也婦人繫屬於人無帶示無所繫屬葢以喻婦女無夫也三章無服乃統男女言之正義謂裳帶皆以喻妻失之

在彼淇厲傳厲深可厲之旁箋列石渡水也瑞辰按傳上厲讀如深則厲說文作砅云履石渡水也下厲讀如厲說文𣻍徒行厲水也厲水猶履水也古列與厲雙聲通用故箋以列石訓厲列又通履春秋紀裂繻公穀竝作履繻鄭箋列石猶說文履石也然據二章言河側則厲當从廣雅訓方方猶旁也淇厲謂淇水之旁正與河側同義耳

木瓜

投我以木瓜傳木瓜楙瓜也可食之木瑞辰按傳以木

瓜爲楙瓜而下二章木桃木李無他釋蓋以木桃木李卽木瓜別種耳爾雅楙木瓜字通作㮘說文㮘冬桃卽爾雅旄冬桃也爾雅既曰楙木瓜又曰旄冬桃蓋廣異名楙與旄皆㮘之叚借說文楙木盛也義同茂木瓜一名冬桃猶詩木瓜又名木桃也埤雅云江左故老視其實如小瓜而有鼻食之津潤不木者謂之木瓜圓而小於木瓜食之酸澀而木者謂之木桃木李大如木桃似木瓜而無鼻其品又小亦謂三者異名而同類

報之以瓊琚傳瓊玉之美者琚佩玉名瑞辰按瓊爲玉之美者因而凡玉石之美者通謂之瓊釋文引說文瓊赤玉也段玉裁謂赤玉乃亦玉之譌說文時有言亦者

如李賢所引診亦視也鸞亦神靈之精也之類今按段說是也說文以玖爲石之次玉黑色者若以瓊爲赤玉則詩不得言瓊玖矣段玉裁又云琚乃佩玉之一物不得言佩玉名傳當作佩玉石今譌爲名胡承珙曰佩玉名者雜佩非一其中有名琚者耳段云琚不得爲佩玉名失之

報之以瓊瑤傳瓊瑤美玉瑞辰按傳美玉蓋美石之譌上章正義引傳正作美石是其證也周官享先王太宰贊王玉爵內宰贊后瑤爵禮記尸飲五君洗玉爵獻卿尸飲七以瑤爵獻大夫瑤次於玉當爲美石大雅公劉詩亦言維玉及瑤皆瑤異於玉之證說文瑤玉之美者

據此詩釋文引說文瑤美石知說文玉亦石字之譌然陸引說文云美石以存異義則所見毛傳本已作美玉矣

報之以瓊玖傳瓊玖玉名瑞辰按段氏云王風傳曰玖石次玉者說文玖石之次玉黑色者傳作玉名乃玉石之誤胡承珙云首章正義云此言琚佩玉名下傳云瓊瑤美石瓊玖玉名三者互也此瓊玖玉名名當作石蓋謂傳訓瓊玖爲玉石與琚爲佩玉名瑤爲美石三者不同故爲互文見義若作瓊玖玉名則與琚佩玉名同不得云三者互矣正義又云琚言佩玉名瑤玖亦佩玉名瑤言美石玖言玉名明此三者皆玉石雜也此玖言玉

名亦當作玉石今本正義名字皆石字之誤

毛詩傳箋通釋卷七

桐城馬瑞辰學

王風總論

賢士之進退朝廷之治亂繫焉民情之向背國家之强弱屬焉王風爲周室東遷以後之詩誦君子于役及君子陽陽二詩則知君子始而憂禍繼而招隱相率而遯於野矣而小人之讒譖實啟之此采葛所由作也雖國人咏邱中以思賢而登進之權屬於上不屬於下非國人所能思則得之矣誦揚之水及中谷有蓷兔爰三詩則知小民始困兵役繼遭饑饉求生而不可得矣而風俗之淫亂即因之此大車所爲作也至王族咏葛藟以

刺王則同族之親且相棄不能相恤又不徒不能善撫其民矣衆賢退則羣枉進民心散則國本傷此東周所由顛覆不能追美於二南之化雅頌之正也故宫禾黍之歌周大夫其何能自已哉

黍離

彼黍離離彼稷之苗箋我以黍離離時稷則尚苗瑞辰按諸家說黍稷者不一程瑤田九穀考謂黍今之黄米稷今之高粱其說是也說文黍禾屬而黏者也又曰穈穄也穄穈也倉頡篇穄大黍也九穀攷曰黍有黏不黏二種對文則黏者爲黍不黏者爲穈亦爲穄散文則通謂之黍今北方通呼黄米爲黍子穈子穄子是黍即今

黃米之證黃米最黏與說文黍禾屬而黏者正合唐蘇恭以稷爲穄誤矣說文稷齋也齋稷也秫稷之黏者是稷亦有黏不黏二種對文則黏者秫不黏者稷散文則通謂之稷亦謂之秫今北方呼高粱爲秫秫呼其稭爲秫稭與稷一名秫者正合是稷卽高粱之證月令首種不入鄭註首種謂稷淮南子作首稼高註百穀惟稷先種故曰首稼今北方種高粱最早與稷爲首稼正合郭璞以稷爲小米誤矣稷以春種黍以夏種而詩言黍離離稷尙苗者稷種在黍先秀在黍後故也黍秀舒散離離者狀其有行列也自穗至實皆離離然故稷言苗穗實而黍但言離離耳釋文云離說文作䅻今說文脫䅻

字惟郭忠恕佩觿作䅻䅻離離又作穲穲廣韻穲穲黍稷行列也又作纚纚楚詞離騷索胡繩之纚纚纚纚葢繩羅列之皃王逸訓爲好皃失之又作蠡蠡劉向九歎覽芷圃之蠡蠡王逸註蠡蠡猶歷歷竝與離離聲近而義同

行邁靡靡傳邁行也靡靡猶遲遲也箋行道也道行猶行道也　瑞辰按說文邁遠行也邁亦爲行對行言則爲遠行行邁連言猶古詩云行行重行行也箋訓爲道行以爲行道之倒文失之廣雅靡靡行也義本此詩玉篇㦹迷彼切㦹㦹猶遲遲也㦹㦹卽靡靡之異文

中心搖搖傳搖搖憂無所愬　瑞辰按爾雅懽懽愮愮憂

無告也搖搖卽愮愮之叚借方言愮憂也說文無愮字
而懽字詁引爾雅亦作愮愮玉篇心部引詩憂心愮愮
或本三家詩

悠悠蒼天傳悠悠遠意蒼天以體言之尊而君之則稱
皇天元氣廣大則稱昊天仁覆閔下則稱旻天自上降
鑒則稱上天據遠視之蒼蒼然則稱蒼天。瑞辰按悠悠
卽遙遙之叚借古悠遙同音通用說苑引詩悠悠我思
作遙遙是其證也皇天等訓毛傳以類言之非必定有
成語周官大宗伯賈疏載許慎五經異義引古尚書說
與毛略同武億謂所引尚書說卽緯候之說非也說文
引虞書曰仁閔覆下則稱旻天錢坫謂所稱虞書卽今

尚書歐陽說亦非也大宗伯疏引異義前載今尚書歐陽說春曰昊天云云下乃引古尚書說天有五號云云古尚書說對今尚書說言之則知即古文尚書說也據說文引爲虞書則知此數語爲古文家解釋虞書之言葢欽若昊天下說也說文直言虞書者猶說文引詩毛傳亦作詩曰也後漢書儒林傳言扶風杜林傳古文尚書同郡賈逵爲之作訓是後漢時賈逵始爲古文尚書作訓許君五經異義引古尚書說六宗謂天宗三地宗三一本作古尚書說賈逵等云尚書孔疏直引爲賈逵說許君從賈逵受學則異義所引古尚書說天有五號即賈逵說也賈逵兼通毛詩其五天之說當即本此詩

毛傳耳

中心如噎傳噎憂不能息也瑞辰按噎憂雙聲玉篇引傳作噎謂噎憂不能息也是也憂者嚘之消借玉篇嚘氣逆也噎者歍之叚借說文歍嚘也噎憂卽歍嚘也不能息謂氣息不利也鄭風使我不能息兮傳憂不能息也亦謂噎嚘不能息也正義均謂如㥨愁之㥨失其義矣今本劉氏台拱說而引伸之以正其誤

君子于役

曷其有佸傳佸會也釋文引韓詩佸至也瑞辰按廣雅會至也是會與至同義下文羊牛下括傳括至也小雅閒關傳則曰括會也釋名亦云括會也說文人部佸會

也引詩曷其有佸葢括與會一聲之轉佸與括音義亦同曷其有佸猶上章云曷至哉詩特變文以協韻耳

苟無饑渴瑞辰按說文渴水盡也㵣欲歠歠是㵣爲饑㵣正字今經典作渴皆叚借

君子陽陽

君子陽陽傳陽陽無所用其心也瑞辰按陽與養古同聲廣雅釋詁養樂也陽陽亦樂意故孫陽字伯樂其字通作揚揚荀子儒效篇則揚揚如也注揚揚得意之貌下傳曰陶陶和樂貌而此傳曰無所用其心無所用心即是樂意故箋申之曰陶陶猶陽陽也

左執簧傳簧笙也瑞辰按簧亦樂器之一世本女媧作

笙隨作簧宋均注隨女媧之臣笙簧二器說文隨作笙女媧作簧古史攷亦曰女媧作簧與世本互易亦以笙簧爲二器說文又曰篁簧屬其不以簧爲笙中之簧明矣爾雅大笙謂之巢文選笙賦李注引爾雅作大笙謂之簧疑李善所見爾雅本自作簧又文選長笛賦李注引風俗通簧笙中簧也大笙謂之簧是凡笙管中施簧謂之簧笙之大者亦謂之簧月令調竽笙箎簧以簧與笙竽箎並列鹿鳴詩吹笙鼓簧與鼓瑟吹笙爲一類皆以簧别爲一器此詩左執簧車鄰詩並坐鼓簧亦别器也毛傳簧笙也不曰笙中簧葢知簧爲笙之大者通言則簧亦笙也孔疏以簧爲笙管中之簧失之

右招我由房傳由用也國君有房中之樂箋由從也欲使我從之于房中俱在樂官也瑞辰按箋以房爲房中作樂之地故以下章由敖爲從之於燕舞之地但敖爲舞位經傳無徵敖疑當讀爲驁夏之驁周官鍾師奏九夏其九爲驁夏杜子春曰公出入奏驁夏驁夏亦單稱驁大射儀公入驁是也由敖卽奏驁耳惟房中之樂古未有單稱房者以由房爲用房則不辭謹案下章由敖釋文敖五刀反游也盇讀敖爲敖游之敖與小雅嘉賓式燕以敖傳訓敖爲游正同足利古本作由遨與釋文合由遊古同聲通用文選阮嗣宗詠懷詩素質遊商聲沈約注遊字應作由古人字類無定也又潘岳射雉賦恐吾游之晏起而唐呂溫有由鹿賦由卽遊也皆由遊通用之證由敖猶遊

遨也由房與由敖亦當同義皆謂相招爲遊戲耳說文敖出遊也从出放又贅字註敖者猶放房與放古音亦相近由房當讀爲遊放楚辭遠遊云神要眇以淫放張平子賦卷淫放之遐心廣雅淫遊也淫放卽遊放也漢武悼李武人賦燕淫衍而撫楹兮淫衍卽遊衍也義並與淫放同似亦可備一解

君子陶陶傳陶陶和樂貌瑞辰按陶繇古同音通用書臯陶譔釋文陶本又作繇是也陶可作繇卽可通作傜說文傜喜也陶陶卽傜傜之叚借檀弓人喜則斯陶陶亦傜也爾雅釋詁鬱繇喜也繇亦傜之借字廣雅旣曰養樂也方言廣雅又曰陶養也是陶卽樂也至說文歁

歆气出貌段玉裁謂歆歆卽陶陶之正字則非繇由同字故妯亦借作陶毛詩憂心且妯韓詩通作憂心且陶是也

揚之水

彼其之子箋其或作記或作已讀聲相似　瑞辰按嵩高箋迒（今本誤作近）聲如彼記之子之記叔于田箋忌讀如彼已之子之已表記引候人云彼記之子不稱其服釋文記本亦作已史記韓詩外傳顏師古漢書注李善文選注俱引詩彼已之子是箋或作記或作已之證其又讀姬（書微子若之何其鄭註其語助也齊魯之間聲近姬）姬通作居（禮記檀弓鄭註居讀如姬姓之姬）束皙補亡詩彼居之子卽詩彼其之子也李註解爲

居處之居失之彼者對已之稱其語詞猶論語彼哉彼哉左傳夫已氏也

不與我戍甫傳甫諸姜也正義尙書有呂刑之篇禮記引之皆作甫刑孔安國云呂侯後爲甫侯瑞辰按唐世系表亦云宣王世改呂爲甫與某氏傳同特據此詩言戍甫及嵩高詩言申甫爲宣王以後詩耳呂改爲甫經傳無徵其說非也王鳴盛據國語說文訓呂爲心膂之膂因謂呂非以國爲氏甫乃國名其說亦非國語氏曰有呂與氏曰有夏句法相同夏旣以國爲氏則呂亦以國爲氏且呂苟非國名何以與申齊許竝列爲四以是知王氏之說非也謹案呂甫二字不同位甫重脣音屬邦母呂半舌

音屬來母而古音同部通用呂與旅同說文膂篆文呂漢書律志云呂旅也旅讀若臚周官司儀旅擯鄭康成讀鳩臚之臚臚从盧聲卽籀文膚字說文臚皮也从肉膚聲籀文膚呂通作甫猶膚通作簠易剝牀以膚京房作簠又通作扶也公羊僖三十一年傳膚寸而合何休注側手爲膚廣韻引注作扶夫甫古亦通用又呂甫古亦同義爾雅甫大也淮南天文訓仲呂者中充大也南呂者任包大也則呂亦爲大矣尙書古今文不同多係同聲假借據鄭注古文尙書作呂刑太史公從安國問故史記亦作呂刑是作呂者古文尙書也尙書大傳爲今文家說而作甫刑禮記孝經及趙岐孟子注俱引作甫是作甫者今文尙書也虞夏之際受封惟呂至周乃別封其子孫爲申齊許故齊許皆以呂爲氏也齊大公稱呂尙子稱呂伋說文郘甫侯所封甫

郘呂也呂國有二一爲虞夏時所封之呂說文郘汝南上蔡亭後漢郡國志新蔡大呂亭大呂亭即郘亭在今新蔡說文云上蔡者地與上蔡接界水經汝水注汝水又東南逕新蔡縣故城南昔管蔡閒王室放蔡叔而遷之其子胡能率德改行周公舉之爲鄉士以見于王王命之以蔡中呂地也周初呂地已封蔡仲所云呂國必虞夏時所封矣一爲周時續封之呂書呂刑鄭注呂侯受王命入爲三公引書說云周穆王以呂侯爲相是呂侯以外諸侯入相矣申呂二國相連史記齊世家注徐廣曰呂在南陽宛縣西司馬貞曰地理志申在南陽申伯之國呂亦在宛縣之西括地志故申城在鄧城南陽縣北三十里故呂城在鄧州南

陽縣西四十里此周時申呂竝言者卽詩所云戍甫矣不流束蒲傳蒲草也箋蒲蒲柳釋文蒲如字孫毓云蒲草之聲不與戍許相協箋義爲長今則二蒲之音未詳其異耳　瑞辰按箋以蒲爲蒲柳者葢以前二章束薪束楚皆爲木則束蒲不宜爲草又束艸可流束蒲栁則不可流故易傳非謂聲異也孫毓葢讀蒲柳之蒲爲上聲蒲草之蒲爲平聲故謂蒲草不與戍許相協不知古音蒲草蒲柳皆从浦聲詩中平仄通韻初不分四聲耳

不與我戍許傳許諸姜也　瑞辰按說文鄦炎帝大嶽之允甫侯所封在頴川讀若許史記鄭世家鄦公惡鄭子楚薛尚功鐘鼎欵識載鄦子鐘二是許正作鄦或作鄦

今作許者同音叚借字

中谷有蓷

中谷有蓷傳蓷鵻也瑞辰按鵻爾雅作萑云萑蓷蓷一名益母陸機詩疏引韓詩及三蒼說俱云蓷益母是也一名茺蔚釋文引韓詩蓷茺蔚也廣雅益母茺蔚也是也陸疏又引劉歆云蓷臭蔚即茺蔚也蓷者茺蔚之合聲茺蔚又臭蔚之轉聲也昔曾子見益母而感詩人蓋亦感於蓷名益母因傷今之離棄有似益母之乾枯耳

暵其乾矣傳暵菸貌陸草生於谷中傷於水箋興者喻人居平安之世猶鵻之生於陸自然也遇衰亂凶年猶鵻之生谷中得水則病將死瑞辰按暵說文字作灘又

作灘云水濡而乾也其義蓋本毛傳其實暵義止爲暵燥卽乾皃耳不必如毛傳以爲傷於水也毛傳蓋由誤以中谷爲谷中不知中谷之中只爲語詞猶葛覃詩施於中谷亦謂谷旁非謂葛生水中也三章傳云雖遇水則濕皆由誤解中谷而因以致誤

有女仳離傳仳别也瑞辰按說文小爾雅竝曰仳别也字通作𢻫方言𢻫披散也器破而未離謂之璺南楚之間謂之𢻫𢻫卽仳也𢻫又作𡊅玉篇廣韻竝云𡊅器破也仳離猶云披離屈原九章姤披離而障之其聲又轉爲毗劉爾雅毗劉暴樂也郭注謂樹木葉缺落蔭疏義與毗離相近又轉爲茀離爾雅覭髳茀離也郭注茀離

即彌離邵晉涵云彌離又轉作仳離凡此等皆連舉之詞不當以字別爲義

條其歗矣傳條條然歗也瑞辰按說文聯失意視也从目條聲條與聯音義近聯从目故說文訓爲失意視其義亦通爲失意皃魏都賦吳蜀二客聯焉失所是也

遇人之不淑矣箋淑善也君子於已不善也瑞辰按古以不淑爲凶喪弔問之詞雜記寡君使某問君如何不淑又曰寡君使某如何不淑是也不淑亦通作不弔左傳哀公誄孔子旻天不弔周官大祝先鄭注引作旻天不淑是也又通作不祿曲禮短折曰不祿又記曰君赴於他國之君曰不祿夫人曰寡小君不祿大戴禮四代

篇大夫曰不祿亦作無祿左氏傳無祿寡君卽世又無祿使人逢天之慼詩正月篇念我無祿是也弔淑皆善古者弔災亦曰不弔左傳魯莊公使人弔宋大水曰如之何不弔是也此詩亦凶年遇災故言遇人之不淑猶今言不幸也與前章艱難同義箋謂君子於已不善失之

暵其濕矣傳鵻遇水則濕瑞辰按經義述聞謂濕當讀爲𣊽其說是也廣雅𣊽曝也玉篇𣊽欲乾也一切經音義引通俗文欲燥曰𣊽與前二章暵其乾矣暵其脩矣文義正同作濕者同音叚借字耳傳以濕爲水濕失之

啜其泣矣傳啜泣貌瑞辰按韓詩外傳引作惙其泣矣

毛詩作啜卽惙之叚借釋名啜惙也心有念惙然發此聲也是啜惙音義同一切經音義四引聲類惙短气貌也又十九引字林惙憂也短气貌卽憂皃義正相成淮南子曰聖人之思脩愚人之思叕高注叕短也惙从叕故訓爲短气皃猶方言訓𪘲爲短說文訓竅爲短面也何嗟及矣箋及與也泣者傷其君子棄已嗟乎將復何與爲室家乎 瑞辰按胡承珙曰詳玩箋語經文當作嗟何及矣韓詩外傳二引詩雖作何嗟及矣然引孔子曰嗟乎雖悔何及矣是正以何及二字相連爲義今本毛韓詩皆誤倒今按胡說是也小爾雅嗟發聲也嗟字自當在句首耳

兔爰

有兔爰爰雉離于羅傳興也爰爰緩意鳥網爲羅言爲政有緩有急用心之不均箋有緩者有所聽縱也有急者有所操蹙也瑞辰按狡兔以喻小人雉耿介之鳥以喻君子有兔爰爰以喻小人之放縱雉離于羅以喻君子之獲罪此與新臺詩魚網之設鴻則離之取興正同彼以喻求燕婉而得惡人此以喻縱小人而罪君子也又按華嚴經音義一切經音義並引韓詩爰發蹤之貌當作爰爰發蹤之貌胡承珙曰蹤當作縱發縱謂解放之即鄭箋聽縱之義其説是也今按毛傳爰爰緩意義本爾雅釋訓緩謂寬緩之對操急而言非謂行之緩也

是毛韓義竝相同故箋本韓詩以申毛耳
尚無爲傳尚無成人爲也箋尚庶幾也言我幼稚之時庶幾於無所爲謂軍役之事也瑞辰按爲與僞古通用凡非天性而爲人所造作者皆爲也卽皆僞也爾雅釋言作造爲也此詩傳云造僞也月令注作爲爲詐僞此詩尚無爲亦當讀僞謂生初無詐僞之事與無造同義下云逢此百罹乃憂其詐僞百端耳焦循曰荀子曰可事而成之在人者謂之僞楊倞注僞爲也矯也凡非天性而人作爲之者皆謂之僞毛公學本荀子傳云成人爲者卽本荀子成之在人爲說正義云庶幾無此成人之所爲是以成人爲成人有德之成人失毛恉矣

雉離于罦傳罦覆車也　瑞辰按爾雅繴謂之罿罿罬也罬謂之罦罦覆車也郭璞註謂以捕鳥孫炎謂以掩兔今按詩言雉離于罦說文作䍖云覆車网也或作罦是䍖罦一字皆以捕鳥說文又曰罘兔罟也字又作罘月令鄭注獸罟曰罝罘是罘罘一字皆以掩獸但考莊子釋文罘本又作罦是罦罘亦可通用據齊語田獵畢弋韋註畢弋掩雉兔之網也是古者掩雉兔之網可以同用詩蓋以羅罦罿可兼取兔雉而縱兔取雉以喻王政之不均也

尚無庸傳庸用也箋庸勞也　瑞辰按說文庸用也从用庚庚更事也用力者勞更事者亦勞用與勞義正相成

爾雅釋詁庸勞也勞病也對下百凶言之庸訓勞義亦爲病

葛藟

緜緜葛藟在河之滸傳緜緜長不絕之貌水厓曰滸箋葛也藟也生於河之厓得其潤澤以長大而不絕興者喻王之同姓得王之恩施以生長其子孫 瑞辰按左傳宋昭公欲去羣公子樂豫曰公族公室之枝葉也若去之則本根無所庇廕矣葛藟猶能庇其本根故君子以爲比詩蓋以葛藟之能庇本根興王宜推恩親族非專以河水潤澤取興又按滸說文作汻云汻水厓也厓山邊也崖高邊也汻爲水厓蓋對厓爲山邊言之爾雅釋

水滸水厓釋邱又曰岸上滸據爾雅望厓洒而高岸又曰重厓岸說文屵岸高也岸上者葢謂其厓上高峭如重厓然與湑言夷上謂其上陵夷者正同郭注爾雅以滸爲岸上地失之

亦莫我有箋有識有也　瑞辰按有當讀爲親有之有昭六年左傳宋向戌謂華亥曰女喪而宗室於人何有人亦於女何有杜注言人亦不愛女也又昭二十五年左傳是不有寡君也杜註有相親有也有與友同義釋名友有也相保有也廣雅仁虞云撫竝訓爲有義皆爲親有也箋云識有者亦相親愛之謂王尙書曰識通作職方言憐職愛也凡言相愛憐者吳越之間謂之憐職

在河之漘傳漘水隒也瑞辰按說文隒厓也是傳訓漘爲水隒隒亦爲厓與上章訓涘爲厓義同秦風在水之湄傳亦云湄水隒也湄亦厓也水邊謂之隒與堂邊謂之廉取義正同爾雅夷上洒下不漘不當从郭注以爲發聲至夷上洒下則當从李巡孫炎訓爲平上陗下郭注以洒下爲厓下水深則非

謂他人昆傳昆兄也瑞辰按昆者翚之叚音爾雅釋親翚兄也翚亦翚之別體說文周人謂兄曰翚从弟罘詩惟王風有昆字此正周人謂兄爲翚之證禮經則專以大功以上爲昆弟小功以下爲兄弟以別親疏喪服傳曰小功已下爲兄弟是也先生爲昆而爾雅釋言云昆

後也葢以相反爲義故郭注云謂先後方俗語

亦莫我聞箋不與我聞命也 瑞辰按聞問古通用文王詩令聞不已墨子明鬼篇引作令問聞當讀如恤問之問說文存恤問也亦莫我聞猶云亦莫我顧亦莫我有也雲漢詩則莫我聞猶言則不我遺遺亦問也

采葛

彼采葛兮傳葛所以爲絺綌箋興者以采葛喻臣以小事使出 瑞辰按下二章傳蕭所以共祭祀艾所以療疾箋彼采蕭者喻臣以大事使出采艾者喻臣以急事使出是傳箋竝以采葛采蕭采艾爲懼讒者託所采以自況今按楚辭九歌采三秀於山間石磊磊兮葛蔓蔓五

臣注芝藥仙草采不可得但見葛石耳亦猶賢哲難逢

諂諛者衆也劉向九歎葛藟虆於桂樹兮鴟鴞集於木

蘭王逸注葛藟惡草乃緣於桂樹以言小人進在顯位

是葛爲惡草古人以喻讒佞又楚辭離騷經户服艾以

盈要兮謂幽蘭其不可佩又何昔日之芳草兮今直爲

此蕭艾也東方朔七諫濩艾親日御于牀笫兮馬蘭踸

踔而日加張衡思元賦珍蕭艾於重笥兮謂蕙芷之不

香竝以蕭艾爲讒佞進仕之喻此詩采葛采蕭采艾蓋

皆喻人主之信讒下二句乃懼讒之詞

大車

大車檻檻傳大車大夫之車檻檻車行聲也瑞辰按公

羊昭二十五年傳乘大路何休注禮天子大路諸侯路車大夫大車士飾車所云禮蓋古逸禮是大車爲大夫車之證孔疏謂因序刺大夫故知爲大夫車非也檻檻乃轞轞之叚借服虔通俗文車聲曰轞張參五經文字轞大車聲詩借檻字

毳衣如菼傳毳衣大夫之服天子大夫四命其出封五命如子男之服箋古者大夫服毳冕以巡行邦國而決男女之訟則是子男入爲大夫者毳衣之屬衣繢而裳繡皆有五色焉其青者如鵻 瑞辰按周官司服鄭司農注毳罽衣也說文⿰毛㒼以毳爲⿰糹罽色如虋故謂之⿰毛㒼虋禾之赤苗也引詩毳衣如⿰毛㒼是鄭許竝以毳爲⿰糹罽衣矣說

文又曰毳獸細毛也𦇧西胡毳布也䋊帛騅色也引詩毳衣如䋊毳通作氂𦇧通作罽爾雅釋言氂罽也釋文氂李巡本作毳舍人注罽戎人績羊毛而作衣小爾雅雜毛曰氂通俗文織毛曰罽罽衣蓋褐衣之類取其可以禦雨故爲大夫巡行邦國之服織染異色故有如菼如璊之喻似不得如毛鄭以爲毳冕周官毳冕與衮冕鷩冕俱爲畫衣鄭司農以爲罽衣亦誤

畏子不敢傳畏子大夫之政終不敢箋畏子大夫來聽訟將罪我故不敢也 瑞辰按傳箋不釋敢字廣雅釋詁敢犯也敢謂犯禮不敢猶不犯也吳語不敢左右猶云不犯左右也畏子不犯卽謂不犯禮以奔與下章畏子

不奔同義又按敢與忏雙聲說文忏極也段玉裁曰干者犯也忏者以下犯上之義敢訓犯者蓋以敢爲忏字之叚借

大車啍啍傳啍啍重遲之貌 瑞辰 按說文啍口气也引詩大車啍啍啍亦當爲車行之聲猶檻檻也

穀則異室傳穀生也 瑞辰 按爾雅釋言穀生也穀與㲉竝从㱿聲古通用左氏傳楚人謂乳㲉漢書作穀說文㲉乳也廣雅作㲉乳與穀竝云生也爾雅毛傳訓穀爲生穀當爲㲉字之叚借玉篇㲉奴豆公豆二切而詩小宛自何能穀讀入聲亦訓爲生則㲉字古音可讀同穀

謂予不信有如皦日傳皦白也箋今之大夫不能然反

謂我言不信我言之信如白日也刺其闇於古禮瑞辰此承上穀則異室二句皆古夫婦相誓之詞列女傳以爲息夫人作說本三家詩與毛詩異義然以穀則異室四語同爲誓詞則於詩義正合箋以謂予不信二語謂刺今之大夫不能然失之釋文皦本又作皎今按說文皎月之白也皦玉石之白也曉日之白也詩作皦與皎皆當爲曉字之同音叚借說文又曰皦光景流皃从白放故日光之白亦得曰皦

邱中有麻

彼留子嗟傳留大夫氏瑞辰按留劉古通用薛尚功鐘鼎款識有劉公簠積古齋鐘鼎款識作留公簠留卽春

秋劉子邑漢地志河南郡緱氏縣注班固曰有劉聚周大夫劉子邑水經注洛水云合水北與劉水合水出半石東山西北流於劉聚三面臨澗在緱氏西南周畿內劉子國故謂之劉澗此詩之留蓋其地也至或以留爲宋呂留及陳留竝非公羊桓十一年傳古者鄭國處于留當卽陳留莊王時已爲陳宋間地或遂謂邱中有麻宜在鄭風皆肊說也

將其來施施傳施施難進之皃箋施施舒行伺閒獨來見已之皃瑞辰按顏氏家訓云江南舊本悉單爲施惟韓詩作將其來施施是知毛詩古本止作將其來施傳以施施釋之猶詩憂心有忡傳以冲冲釋之碩人其頎

傳以頎頎釋之也後人據傳及韓詩以改經遂誤作施

施耳今按依古本作將其來施與二章將其來食句法

正相類二章傳言子國復來我乃得食箋言其來食厭

其親己已得厚待之義皆未協爾雅食僞也僞爲古通

用左氏哀元年傳後雖悔之不可食已猶言不可爲已

尚書食哉維時食哉猶言爲哉爲哉猶言勉哉也魏志

華陀傳陀恃能厭食事猶云厭爲事也皆以食爲爲此

詩來食猶云來爲與鳧鷖詩福祿來爲同義爲者助也

來施猶言來食施亦爲也助也傳箋訓爲施施失之又

按詩中將字多語詞讀如楚詞羌內恕己以量人兮之

羌此詩將其來施將其來食及鄭詩將仲子兮之類皆

語辭也舊訓爲請失之

彼留之子箋留氏之子於思者則朋友之子瑞辰按傳以詩子國爲子嗟父則此言彼留之子宜爲子嗟之子故箋言於思者則朋友之子思謂國人思之於子嗟爲朋友也箋上釋上二句云邱中而有李又留氏之子所治又字正承子國子嗟言之正義乃謂朋友之子正謂朋友之身失箋恉矣

毛詩傳箋通釋卷八

鄭

桐城馬瑞辰學

鄭風總論

古者聲音之道與政通春秋時政教襄衰淫風漸起鄭音好濫淫志衛音趨數煩志子夏謂其皆淫於色而害於德顧衛宣淫烝行同禽獸牆茨濟惡桑中刺奔淫風流行較鄭滋甚而夫子獨曰鄭聲淫何哉左傳秦醫和告晉侯曰先王之樂所以節百事也故有五節遲速本末以相及中聲以降五降以後不容彈矣於是有煩手淫聲慆堙心耳乃忘和平君子弗聽也服子慎釋之曰鄭重其手而聲淫過是知淫之言過凡事之過節者爲

淫聲之過中者亦爲淫不必其淫於色也而詩言其志歌咏其聲詩之失愚樂之失奢二者相因而各有別衞之淫在詩鄭之淫在聲也衞詩之淫在色鄭聲之淫不專在色也鄭自叔段好勇兵革相尋公子五爭弑奪屢見逆氣成象而淫樂興焉是故鄭風二十一篇惟緇衣美武公其二十篇皆刺詩卽皆爲淫聲男女之奔爲淫君臣之亂未始非淫也風俗之偷爲淫師旅之危未始非淫也陰陽之過爲淫風雨晦明之疾未始非淫也詞過鬱而發之易激斯聲好濫而出之易淫鄭夾漈於詩序刺莊刺忽刺時閔亂之詩悉改爲淫奔之詩蓋誤以鄭聲之淫惟在於色不知鄭之淫固在聲而不在詩也

蔓草零露之咏秉蕳贈樂之歌鄭未嘗無淫奔之詩然固不可謂鄭聲之淫必皆淫奔詩也

緇衣

緇衣之宜兮傳卿士聽朝之正服箋緇衣者居私朝之服也天子之朝服皮弁服也瑞辰按周官典命凡甸冠弁服後鄭註冠弁委貌其服緇布衣諸侯以爲視朝之服引詩緇衣爲證又論語緇衣羔裘邢疏謂朝服也是緇衣本諸侯視朝之服鄭志答趙商云諸侯入爲卿大夫與在朝仕者異各依本國如其命數以此推之諸侯內臣于王其居私朝仍得服其諸侯之朝服故詩以緇衣美武公傳云卿士聽朝之正服係專指外諸侯入爲

卿士者言非泛指王朝卿士也私朝對公朝言箋云緇衣居私朝之服又云卿士所之館在天子之宫今之諸廬也葢謂館爲九卿治事之公朝並未言館卽私朝也館爲公朝故下文又云還乃還于私朝也孔疏合而一之因謂天子之朝皮弁服退適諸曹服緇衣誤矣古者諸侯之卿大夫有二朝魯語公父文伯之母謂季康子曰自卿以下合官職於外朝合家事於內朝韋昭註外朝君之公朝內朝家朝是也天子之卿大夫制亦當有二朝玉藻揖私朝煇如也注私朝自大夫家之朝是卿大夫有私朝之證至考工記外有九室九卿朝焉正韋氏所云君之公朝不可謂卽治家事之私朝也玉藻朝

辨色始入君入出而視之退適路寢聽政謂君退於路寢以待朝者各就其官府治事有當告者乃入也以此推之知天子之卿大夫在外朝有事向當入告似不得先釋朝服而易以緇衣也且玉藻又云使人視大夫大夫退然後適小寢釋服退謂大夫退於家釋服謂釋朝服也以此推之知天子於卿大夫未退尚不釋朝服則卿大夫當天子未釋服以前不得先服緇衣明矣又案羔裘與緇衣相配召南羔羊詩上言羔羊之皮下言自公退食知諸侯之大夫退朝時尚服朝服之緇衣則知天子之卿士未退時不得釋朝服之皮弁矣緇衣指在私朝言適館指在公朝言還則還於私朝首言緇衣蓋

指未朝君之前先與家臣朝於私朝而言次言適子之館蓋指朝君後退適公朝而言至望其還而飮食之所以明好之深望其退而休息也孔疏誤以館爲私朝因謂適諸曹改服緇衣失之

還予授子之粲兮傳粲餐也諸侯入爲天子卿士受采祿箋自館還在采地之都我則設餐以授之愛之欲飮食之 瑞辰按韓詩外傳云古者諸侯受封必有采地百里諸侯以三十里爲采七十里諸侯以二十里爲采五十里諸侯以十里爲采是諸侯受封本各有采地也公羊定四年傳何休註云諸侯入爲天子大夫更受采地於京師使大夫爲治其國是諸侯入仕王朝更受采地

說與毛傳合公羊襄五年傳何註云所謂采者不得有其土地人民采取其租稅耳故毛傳謂之采祿據鄭箋自館還在采地之都是鄭君以傳采祿乃釋詩還字非謂授粲即授以采祿也孔疏釋傳謂授粲即授以采祿誤矣說文餐吞也授粲猶授食即論語君賜食之類諸侯仕王朝者居當與王宮相近不必定居采邑采邑特取其租稅耳箋以還爲還在采邑之都亦誤又按餐與館爲韻李黼平謂餐當从釋文本作飧訓爲夕食則與館不相協矣其說亦非

緇衣之蓆兮傳蓆大也釋文蓆韓詩云儲也說文云廣多 瑞辰按說文蓆廣多也廣與毛詩訓大義近多與韓

詩訓儲義近蓆通作席漢書賈誼傳註引應邵曰席大也爾雅釋詁蓆大也影宋本作席郭註引詩緇衣之席兮說文席从巾庶省聲庶者衆也故義爲廣多說文又云古文席从石省作[illegible]石者大也故義爲大

將仲子

將仲子兮傳將請也瑞辰按將當讀如楚辭羌內恕己以量人兮之羌王逸注羌楚人發語詞也洪興祖補註楚人發語端也文選注羌乃也又引韓詩章句曰將辭也則韓詩正讀將如羌又文選注引小爾雅羌發聲也

無踰我里無折我樹杞傳里居也二十五家爲里杞木名也瑞辰按古者社必樹木里即社也杞即社所樹木

也周官大司徒設社稷之壝而樹之田主各以其野之所宜木遂以名其社與其野說文社地主也周禮二十五家爲社各樹其土之所宜木正與毛傳二十五家爲里合葢里各立社社各樹木鄭注周禮所宜木謂若松柏栗也莊周書之櫟社漢高祖所禱之枌榆社皆以木名社之遺故知杞亦里社所樹木也古者桑樹于牆檀樹于園孟子樹牆下以桑鶴鳴詩樂彼之園爰有樹檀是也詩二章踰牆則言桑三章踰園則言檀益知杞爲里所樹矣又按胡承珙曰詩言杞者七自四牡以後言杞者六當皆爲枸檵惟將仲子傳云杞木名據陸疏云杞柳屬葢即孟子之杞柳後世謂之櫸柳本艸衍義云

櫸木本最大者高五六十尺合二三抱此杞木所由别於枸檵也又據傳云桑木之衆也蓋以喻段之得衆左傳所謂厚將得衆也檀彊靭之木以喻段之恃彊所謂多行不義也則首章取與於杞者蓋以杞木之本大而難伐喻段之大而難制與

叔干田

叔于狩傳冬獵曰狩瑞辰按狩又爲田獵之通稱于狩猶于田也

巷無服馬傳服馬猶乘馬也瑞辰按服者犕之叚借易繫辭服牛乘馬說文引作犕牛乘馬玉篇犕猶服也以鞍裝馬也

大叔于田

大叔于田傳叔之從公田也瑞辰按唐石經相臺本正義本皆作大叔于田釋文云叔于田本或作大叔于田者誤阮宮保校勘記云此詩三章其十言叔不應一句獨言大叔或名篇自異詩文則同如唐風杕杜有杕之杜二篇之比其首句有大字者援序入經耳當以釋文本爲長今按阮說是也傳但云叔之從公田也此經文無大字之證竊謂篇名大叔于田當讀如大小之大古通以長爲大謂此詩較前叔于田篇爲長故言大以別之猶大雅有大明篇對小雅有小明而言之也嚴緝云短篇者止曰叔于田長篇者加大爲別其說是也釋文

大音泰正義以大字入經如京城大叔之大失名篇之義矣

兩驂如舞傳驂之與服和諧中節瑞辰按舞者必有行列兩驂如舞謂如舞者有行列與二章兩驂鴈行同義說文⿱列馬次第馳也正謂馳有行列

襢裼暴虎傳襢裼肉袒也暴虎空手以搏之釋文襢本又作袒瑞辰按正義引爾雅注李巡曰襢裼脫衣見體曰肉袒孫炎曰袒去裼衣今按袒裼與襢裼有別據說文但裼也裼但也又曰嬴者但也程者但也是去裼衣之袒當作但說文膻肉膻也引詩膻裼暴虎是肉袒之袒當作膻今作襢袒皆假借字說文袒衣縫觧也段玉

裁謂卽縱之本字暴搏一聲之轉孟子馮婦善搏虎而趙岐章指云猶若馮婦暴虎是暴卽搏也廣雅㩧搏擊也暴卽㩧之渻借

將叔無狃傳狃習也箋狃復也瑞辰按爾雅釋言狃復也此箋義所本孫炎注狃忕前事復爲也習與復同義魯語所以云夜而習復也據說文𢓜復也玉篇𢓜習也忕也或與狃同大射儀注古文揉爲紐一切經音義糅古文粈䬙二形小爾雅左傳杜注竝云狃忕也是狃卽𢓜字之叚借異體古𢓜狃音近通用猶左傳公山不狃論語史記作弗擾索隱引鄒氏作弗蹂說文粈雜飯也又䬙雜飯也而廣雅則云糅雜也若狃之本義則說文

云犬性忕也忕說文亦云習也則狃與忕音近而義同四月正義蕩釋文皆引說文忕習也今本說作愧習也大世古音近通用忕葢本作忕唐人避諱凡从世者多改从曳故又改爲愧耳公山不狃字子愧愧亦當爲忕字之譌

兩服上襄箋襄駕也上駕者言爲衆馬之最良也瑞辰按王尚書經義述聞曰上者前也上襄猶言前駕謂並駕於前卽下章之兩服齊首也鴈行謂在旁而差後卽下章之兩驂如手也今按王說是也呂覽高誘注上猶前也與下武箋下猶後也相對成文足證古以上爲前又玉藻疏雁行參差節級雁行爲稍後之稱則上襄宜

爲前駕襄指服馬言當讀爲驤說文驤馬之低仰也玉篇驤駕也箋以上襄爲衆馬之最良者失之

抑磬控忌抑縱送忌傳騁馬曰磬止馬曰控發矢曰縱從禽曰送　瑞辰按磬控雙聲字縱送疊韻字不當如毛傳字各爲義磬控縱送皆言御者馳逐之皃上文兼言射御而下獨承御言者猶下章叔馬慢忌叔發罕忌兼言馬射而下釋冰鬯弓專承叔發罕忌一句言之也

兩服齊首傳馬首齊也　瑞辰按齊者等也等者同也同即如也此與下句兩驂如手皆以人身爲喻言兩服前出如人之首兩驂稍次如人之手與首章兩服如組兩驂如舞文法正同變如言齊者錯文以見義也傳以爲

馬首齊失之

抑釋掤忌傳掤所以覆矢正義引左傳公徒執冰而踞字雖異音義同 瑞辰按作冰者掤之叚借冰朋馮皆雙聲字故通用掤之借作冰猶百朋之借作百馮馮夷之通作冰夷也

清人

序公子素惡高克進之不以禮 瑞辰按左傳鄭人爲之賦清人據此序知所謂鄭人卽公子素也漢書古今人表有公孫素與鄭高克同列第七等班固所見詩序葢作公孫素也士與素一聲之轉焦循謂公子素卽僖二十年師師入滑之公子士

淸人在彭傳淸邑也彭衞之河上鄭之郊也箋淸者高克所帥衆之邑也瑞辰按後漢郡國志河南中牟縣有淸口水水經渹水注云渠又東淸池水注之淸池水出淸陽亭西南平地東北流逕淸陽亭南東流卽故淸人城詩淸人在彭彭爲高克邑據箋云淸者高克所帥衆之邑水經注下文云故杜預春秋釋地云中牟縣西有淸陽亭是也是知上云彭爲高克邑彭爲淸字之譌淸爲鄭邑箋云高克帥淸邑之衆禦狄河上甚確錢澄之乃據春秋隱四年公及宋公遇于淸杜註淸衞地謂淸人係衞之禦狄者今按水經濟水注云濟水又逕微鄉東又北逕淸亭又北過穀城縣西微卽春秋莊公二十

八年所築之郿魯地也穀卽莊三十年所城之小穀齊邑也淸居二者之間蓋齊魯境上哀十一年齊師伐我及淸謂至魯境隱四年公及宋公遇于淸亦遇于魯境耳杜註衛地未確錢澄之據以駁鄭箋誤矣王質據左傳衛侯甯喜盟于彭水之上鄭衛相近彭或是此今按傳言彭爲衛之河上鄭之郊也蓋衛鄭接界之地據下二章傳消軸皆云河上地則彭亦河上地不得更爲彭水也

駟介旁旁傳介甲也釋文旁補彭反王云彊也瑞辰按介古音如甲故甲胄假借作介胄正義謂介是甲之别名非也說文駉系馬尾也玉篇作結馬尾段玉裁曰遶

行必鬐其馬尾疑詩駟介及左傳不介馬而馳介卽古文[馬介]字之媘是亦可備一解又按說文騯馬盛也引詩四牡騯騯段玉裁謂四牡爲駟介轉寫之譌盛也當作盛皃毛傳本有騯騯盛皃之語後逸之今按彭旁古聲義竝同廣雅彭彭旁旁盛也小雅北山篇及大雅烝民韓奕二篇竝作四牡彭彭獨此詩作旁旁者上旣言清人在彭必變言旁旁以與彭爲韻是亦義同字變之類

二矛重英傳重英矛有英飾也箋二矛酋矛夷矛各有畫飾　瑞辰按考工記言車六等之數有酋矛而無夷矛說文矛酋矛也兵車所建長二丈是知兵車所建惟酋矛耳魯頌二矛重弓箋云備折壞直是酋矛有二則此

詩二矛亦謂酋矛有二非兼言夷矛也矛有英飾裘之飾爲英矛之飾亦爲英其義一也魯頌謂之朱英毛傳朱英矛飾也蓋刻矛柄而以朱畫之此疏以朱英爲絲纓彼疏謂以朱染爲英飾皆非也胡承珙曰周禮掌節以英蕩輔之杜子春云英蕩畫函干寶注亦云英刻畫也箋正以畫飾申傳英飾今按胡說引周禮英蕩以證英飾卽畫飾可補孔疏之畧續漢書百官志三注云周禮以英蕩輔之干寶注曰英刻書也蕩竹箭也刻而書其所使之事以助三節之信據周禮司常注皆畫其象焉杜子春注畫當爲書則書與畫義正相通言書猶言畫也草之榮而不實者謂之英書畫特刻畫其形而非

實故亦名英也重者緟之叚借說文緟增益也又曰矛象形段玉裁曰直者象其柲左右葢象其英是重英宜謂矛有重飾二章箋云喬矛矜近上及室題所以懸毛羽謂毛柄近上及矛頭受刃處皆懸毛羽以爲飾亦謂一矛各有重飾范家相曰重鷮者重施雉羽矛之室題是也是知此箋各有畫飾特釋英字非釋重英孔疏乃謂二矛各自有飾並建而重累失之胡承珙云詩言重英重喬明必二矛有長短所建高下不一故見爲重亦誤以重爲二矛之飾相重累矣

二矛重喬傳重喬累荷也箋喬矛矜近上及室題所以縣毛羽釋文喬毛音橋鄭居橋反雉名韓詩作鷮荷舊

音何謂刻矛頭爲荷葉相重累也沇胡可反謂兩矛之飾相負荷也瑞辰按正義訓荷爲揭亦讀荷如負荷之荷與沇重同說文雉十四種其二喬雉又鷮字注云走鳴長尾雉也韓詩作鷮毛詩作喬卽鷮之省借謂重以鷮羽爲飾也爾雅釋木句如羽喬知木之如羽者得名爲喬是知喬本爲羽飾之名矣釋文云喬鄭居橋反雉名是知鄭箋訓懸毛羽者正本韓詩讀喬爲鷮以鷮羽爲飾因名其飾爲喬耳正義訓喬爲高失之釋文引舊說以傳重荷之荷爲荷葉亦非

左旋右抽中軍作好傳左旋講兵右抽抽矢以射居軍中爲容好箋左左人謂御者右車右也中軍爲將也高

克之爲將久不得歸日使其御者習旋車車右抽刄自居中央爲軍之容好而已兵車之法將居鼓下故御者在左正義成二年左傳郤克傷矢言未絕鼓音是郤克爲將在鼓下也張侯傷手而血染左輪是御者在左也此謂將之所乘車耳若士卒兵車則閟宫箋明云兵車之法左人持弓右人持矛中人御御車不在左也瑞辰按王夫之詩稗疏云御必居中所以齊六轡而制馬也使其居左則攬轡偏而縱送礙且視不及右驂之外綢而舒歛無度矣故雖以天子之尊而在車亦無居中之理周禮大馭掌馭玉路犯軷王自左馭馭下祝其曰王自左馭者自左而嚮中也馭犯軷暫攝馭居中王位固

在左矣戎僕掌馭戎車犯軷如玉路之儀則天子卽戎且不居中而况將乎鞌之戰齊侯親將逢丑父爲右公羊傳曰逢丑父者頃公之車右也代頃公當左此將居左之明證然則左旋右抽非以車左車右言之蓋言戎車囘旋演戰之法有左旋以先弓矢者有右旋而先矛者左旋先弓以迎敵於左則車右持矛以刺右旋先矛以要敵則將抽矢以射勢以稍遠而便也胡承珙毛詩後箋曰僖三十三年左傳秦師過周北門左右免胄而下葢惟御者居中故左右下宣十二年左傳楚許伯御樂伯攝叔爲右樂伯曰致師者左射以菆皆足爲御在車中之證故詩疏惟據鞌之戰以爲郤克在鼓下而居

中解張有左輪朱殷之言而居左然將執旗鼓豈必鼓定在中解張之左輪車殷安知非射傷左手而流血於左耶且是戰也韓厥因夢避左右而代御居中杜注因有自非元帥御皆在中之説近於因文牽就非有明證總之此詩左右中本不可以一車言之傳云居中爲容好則以中軍爲軍中猶中谷卽谷中之比並未嘗以中軍爲將故左右亦必非車左車右之謂王氏謂左旋右抽爲戎車回旋演戰之法申明毛義甚確此卽是居車中爲容好也今按王氏胡氏據周禮左傳以駁鄭箋將居中御者在左之説甚確然以左旋爲戎車之左旋則猶誤以箋説爲傳説也竊考牧誓王左杖黄鉞右秉白

旄以麾史記齊世家師尚父左杖黃鉞右把白旄以誓周禮大司馬若師有功則左執律右秉鉞以先愷樂獻于社僖三十三年左傳重耳曰其左執鞭弭右屬櫜鞬以與君周旋所謂左右皆指君及將之左右手是知詩云左旋右抽亦謂將之左右手也旋車曰旋旌旗之指麾亦曰旋說文旋周旋旌旗之指麾也从㫃疋疋足也古者將執旗鼓公羊宣十三年莊王親自手旌麾軍旌即旗也則左旋者謂將左手執旗指麾以相周旋敎其坐作進退之節故傳以左旋爲講兵與說苑尊賢篇云今將軍方吞一國之權提鼓擁旗被堅執鋭同旋十萬之師語正相合非謂御者旋車也抽通作搯說文搯者

拔兵刃以習擊刺也引詩左旋右搯葢本三家詩言拔兵刃則所該者廣不得如傳云抽矢已也左旋右抽皆卽將在軍中作容好之事耳

羔裘

羔裘如濡傳如濡潤澤也瑞辰按古人服其服則必其德能稱之召南羔羊序所以云德如羔羊也此詩羔裘如濡卽言洵直且侯二章羔裘豹飾卽言孔武有力葢以羊有五善豹有力而勇猛亦取德稱其服之義

洵直且侯傳洵均侯君也箋言古朝廷之臣皆忠直且君也君者言正其衣貌尊其瞻視儼然人望而畏之瑞辰按洵當讀如叔于田洵美且仁之洵洵者恂之假借

說文恂信心也釋詁詢信也詢亦恂之假借韓詩外傳作恂乃正字耳釋文引韓詩云侯美也左氏傳曰楚公子美矣君哉古字訓君者多有美義侯爲君又爲美猶皇與烝爲君又爲美爾雅釋詁烝皇君也廣雅釋詁皇烝美也胡承珙曰洵直且侯總括下二章邦之司直邦之彥兮直卽司直侯卽美士爲彥當從韓義爲允

舍命不渝傳渝變也箋舍猶處也是子處命不變謂守死善道見危授命之等瑞辰按周官舍奠舍菜鄭註舍讀爲釋釋又通澤詩載芟其耕澤澤澤澤卽釋釋也夏小正農及雪澤管子乘馬篇作農耕及雪釋考工記水有時以凝有時以澤澤亦釋之假借是舍澤古音近通

用之證管子引語曰澤命不渝信也澤猶釋也釋猶舍也舍卽捨之媘借說文捨釋也廣韻釋捨也釋文引沈重音舍書者反是也箋訓舍爲處王訓受竝失之命當讀如死生有命之命晏子春秋內篇雜上云晏子御將馳晏子撫其手曰徐之疾不必生徐不必死鹿生于野命懸于厨嬰命有繫矣按之成節而後去詩云彼已之子舍命不渝晏子之謂也韓詩外傳載晏子曰麋鹿在山林其命在庖厨命有所懸安在疾驅末引此詩作舍命不偷渝古音如偷偷卽渝之假借猶山有樞篇他人是偷箋讀爲渝皆謂雖至死而捨命亦不變耳說文渝變汚也是渝乃由瀞變濁之稱爾雅釋言渝變也釋文

引舍人本渝作𧹞𧹞又渝之或體又通作輸廣雅輸更也箋引論語見危授命正讀命如死生有命之命戴震言自受命於君以至復命而後釋義近迂晦

邦之司直傳司主也　瑞辰按吕氏春秋自知篇湯有司直之士高注司主也直正也正其過闕也漢書東方朔傳曰以史魚爲司直是古有司直之官上章言洵直且侯是君子之處已以直此章邦之司直是言君子之能直人也

羔裘晏兮傳晏鮮盛貌　瑞辰按晏與殷雙聲殷盛也傳蓋以晏爲殷之叚借故訓爲鮮盛宋玉九辨被荷裯之晏晏兮王逸注晏晏盛貌也義與毛同今按爾雅晏晏

温温柔也晏與温雙聲而義同晏與燠亦雙聲裘取其温晏之義當爲温燠至下句三英粲兮乃言裘之鮮盛耳

三英粲兮傳三英三德也箋三德剛克柔克正直也粲衆意 瑞辰按羔羊詩傳素絲以英裘三英當指裘飾初學記二十六引郭璞毛詩拾遺曰英謂古者以素絲英飾裘卽上素絲五紽也田間詩學引范氏說謂五紽五緎五總卽此詩三英是也古者衣以章身卽以表德傳云三英三德者蓋謂以象三德耳粲當讀如三女爲㛮之㛮說文三女爲㛮美也三英之美爲粲與三女爲㛮義同故箋訓爲衆正以三女爲㛮猶人三成衆也於粲

洒埽毛傳粲鮮明也廣雅釋言粲鮮也粲皆攽之叚借

邦之彦兮傳彦士之美稱 瑞辰按釋訓美士爲彦詩正

義引舍人曰國有美士爲人所言道郭注人所言詠義

本舍人說文彦美士有彣人所言也从彣厂聲其義均

與毛傳美稱義合

遵大路

摻執子之袪兮傳摻擥袪袂也箋思望君子於道中見

之則欲擥持其袂而留之 瑞辰按說文操把持也擥撮

持也二字義同摻疑爲操字之譌故傳訓爲擥據文選

宋玉登徒子好色賦曰遵大路兮攬子袪則三家詩有

作攬者攬卽擥字之俗故傳以摻爲擥魏晉間避武帝

諱凡从喿之字多改从參八分喿字多寫从參形近易
誤北山詩或慘慘畏咎釋文慘本作懆抑詩我心慘慘
張參五經文字作懆餘如勞心慘兮憂心慘慘竝當爲
懆是其類也廣雅釋言摻操也葢以其時操多假作摻
故遂以摻爲操耳此詩正義云以摻字从手又與執共
文故爲擥也又引說文摻參聲斂也操喿聲奉也二者
義皆小異據廣雅釋詁奉持也是正義引說文操奉也
之訓亦以與執共文作操爲近但未能確定摻爲操字
之借耳說文玉篇皆無摻字葢因魏晉閒慘操不分淺
者誤刪其一詩正義引說文操奉也與二徐本訓爲把
持詞亦微異

不寁故也傳寁速也箋子無惡我擥持子之袪我乃以莊公不速於先君之道使我然瑞辰按爾雅釋詁寁速也詩疏引舍人云寁意之速說文寁居之速也从宀疌聲說文疌疾也疾亦速也字通作撍與㨗同周易朋盍簪晁氏說之云簪京本蜀才本作撍陰宏道案張揖古今字詁㨗作撍埤蒼云撍疾也撍與簪同王元叔謂詩不寁字祖感反是㨗與撍卽寁也寁字訓速速當讀同孟子可以速則速之速趙註孟子速速去也速對久言久爲遲留故知速爲速去詩言不寁故不寁好者正序君子去之國人思望之意謂君子不宜速去其故交舊好也寁訓速速猶疾也古字訓疾訓速者卽有去義寁

之訓速又訓去猶趨之訓疾又訓行行又訓去走訓趨又訓去也廣雅趨疾也趨行也行去也走趨也走去也去之速爲疐進之速亦爲疐速肅古通用韋昭國語註肅速也爾雅釋詁肅進也又曰肅疾也肅速也是其證也箋葢訓速爲進莊公不速於先君之道猶云不進於先君之道二章箋不速於善道猶云不進於善道也然義近迂晦不若訓速爲去義較明顯嚴緝釋此詩曰不可倉卒於故舊言棄去之速也范氏補傳曰不敢速忘故舊之情其說與予正同

遵大路分經義述聞謂二章路字當作道與手䛦好爲韻凡詩次章全變首章之韻則第一句先變韻今按王說是也齊詩還次章以道與茂牡好爲韻正與此詩同

詩蓋因首章作路遂相承而誤

無我䰰兮䰰棄也箋䰰亦惡也釋文䰰本亦作𣪘又作𣪘瑞辰按說文𣪘棄也从攴𠷎聲周書以爲討正本毛詩𣪘卽𣪘之隸變是知毛詩原作𣪘𣪘與䰰音近通用猶禮在醜夷不爭醜卽儔之借字也據說文醜可惡也則知箋云䰰亦惡也正以𣪘爲䰰之叚借其經文字仍作𣪘故釋文引或云鄭音爲醜若經文作䰰則亦醜之或體釋文不得言鄭音醜矣說文有醜無䰰今經文作䰰皆誤从箋義以改經字

女曰雞鳴

女曰雞鳴士曰昧旦箋此夫婦相警戒以夙興言不留

色也瑞辰按昧旦猶言昧爽說文昧爽旦明也段玉裁本作旦明非也旦說文云明也从日見一一地也日始出地猶未大明故說文以旦釋昧爽昧昒雙聲古通用漢郊祀志昒爽卽昧爽三倉解詁云曶明也說文昒尚冥也昧字註一曰闇也昧旦爲未大明貌故爲將旦之稱列子湯問曰將旦昧爽之交是其證矣古者雞鳴而起昧爽而朝內則成人皆雞初鳴適父母舅姑之所未冠笄者昧爽而朝皆昧旦後於雞鳴之證女曰雞鳴者警其起也士曰昧旦言已爲將明之時有不止於雞鳴者與齊詩雞旣鳴矣朝旣盈矣同義孔疏謂雞鳴女起之常節昧旦士起之常節失之

明星有爛傳言小星已不見也箋明星尚爛爛然早於別色時 瑞辰按爾雅釋天明星謂之启明此詩明星及詩東門之楊明星煌煌皆謂启明之星启明爲大星故傳言小星已不見耳

弋言加之與子宜之傳宜肴也箋所弋之鳧雁我以爲加豆之實與君子共肴也 瑞辰按爾雅釋言宜肴也此傳所本肴與殽通說文殽相雜錯也殽爲治肉之名爾雅釋詁宜事也秦策注事治也宜爲事即治故治肉亦得名宜下文宜言亦當訓肴猶弋言加之承上弋鳧與雁而言則王尙書經義述聞言之當矣又按與子宜之方言肴則弋言加之專言弋不應以加之爲加豆陸佃

埤雅云加與元鶴加加雙鶴之義同蘇氏詩傳亦引史記弱弓微繳加諸鳧雁之上爲證朱傳從之是也箋以加爲加豆失之

琴瑟在御傳君子無故不撤琴瑟 瑞辰按何休公羊注引魯詩傳曰天子日食舉樂諸侯不釋縣大夫士日琴瑟白虎通引詩傳同此詩琴瑟承上飲酒言正大夫士食用琴瑟之謂

莫不靜好傳賓主和樂莫不安好 瑞辰按靜者靖之叚借釋詁靖善也莫不靜好猶云莫不嘉好大雅籩豆靜嘉靜亦靖也說文靖立竫也竫亭安也凡經傳安靜字皆當作竫靖與竫通故亦叚作靜若靜之本義則說文

自訓爲審

雜佩以贈之傳雜佩者珩璜琚瑀衝牙之類 瑞辰按大戴記保傅篇云下車以佩玉爲度上有葱衡下有雙璜衝牙玭珠以納其間琚瑀以雜之蔡邕月令章句亦云佩上有雙衡下有雙璜琚瑀以雜之衝牙蠙珠以納其間據此是衡璜衝牙爲佩玉之大名其中雜貫以琚瑀乃爲雜佩與毛傳兼指珩璜衝牙言異又按玉藻佩玉有衝牙鄭註衝牙居中央以前後觸也三禮舊圖云衝長五寸博一寸璜徑二寸衝牙長三寸皆以衝牙爲一玉盧辯云衝在中牙在傍皇侃說衝居中央牙是外畔兩邊之璜謂衝牙爲二玉又誤以璜爲牙失之又按詩

以贈與來韻爲古之咍與蒸登通用孔廣森曰能可以讀耐螣可以讀黱則贈亦可以讀載贈从曾聲曾之言則也則之言載也此六書轉注之道其說是也戴氏震謂贈當作貽失之

有女同車

有女同車顏如舜華傳親迎同車也舜木槿也箋鄭人刺忽不娶齊女與之同車故稱同車之禮齊女之美瑞辰按上言有女同車實陳親迎之禮謂忽娶陳女也下言彼美孟姜乃慕齊女德美之詞故言彼美以別之下章仿此錢澄之謂上四句言忽所娶陳女徒有顏色之美服飾之盛下二句盛言齊女之美且賢以刺忽之不

昏于齊其說是也箋謂前四句是稱親迎之禮齊女之美失之說文蕣木槿朝華暮落者引詩顏如蕣華高誘呂覽註引亦作蕣今毛詩作舜省借字

山有扶蘇

山有扶蘇傳扶蘇扶胥小木也 瑞辰按下句隰有荷華二章橋松游龍皆實言草木之名不應扶蘇獨泛言小木釋木輔小木小木即木之名錢大昕曰扶輔聲義皆相近長言為扶蘇急言為輔其說是也孔疏謂扶蘇小木釋木無文由不知扶蘇即輔耳胥疏蘇疊韻字古通用扶說文作枎云枎疏四布也郭忠恕佩觿山有枎蘇與扶持別是知今作扶者同音假借扶疏又通作蒲蘇

公羊何休註暴蒲蘇桑也釋文傳作扶蘇扶胥木也無小字亦誤

不見子都傳子都世之美好者也 瑞辰按都奢古同音通用荀子閭娵子奢莫之媒也子奢即子都也左傳鄭莊公時有子都孟子趙注子都古之姣好者也孟子以子都與易牙師曠並舉則子都實有其人耳

乃見狂且傳狂狂人也且辭也 瑞辰按狂且與下章狡童對文據狡童篇傳昭公有壯狡之志褰裳篇狂童傳狂行童昏所化也是狡童狂童皆二字平列狂且亦二字同義且當爲伹字之消借說文伹拙也廣韻作拙人也廣雅伹鈍也集韻類篇伹音疽狂伹謂狂行拙鈍之

人不得如褰裳篇狂童之狂也且以且爲語詞也又按説文媼怚竝曰驕也義與狂近且或卽怚字之省借

山有橋松釋文橋本亦作喬毛作橋鄭作槁盧氏考證曰箋不言橋當作槁是經本作槁作橋及喬皆王肅本

瑞辰按上章傳高下大小各有其宜兼釋二章之義喬松亦言其大毛本自作橋或依本字作喬盧謂經本作槁非也喬从高聲故鄭以橋爲槁之假借遂以槁字釋之猶傳尚書者爲歐陽高而説文引作歐陽喬也呂氏春秋介立篇引介子推賦詩四蛇從之得其雨露一蛇羞之橋死于中野橋死卽槁死則橋槁古固通用矣

隰有游龍傳龍紅草也箋游龍猶放縱也紅草放縱枝

葉於隰中喻忽聽恣小臣瑞辰按爾雅紅蘢古其大者蘬龍卽龍之省借紅卽今名水葒者游龍葢狀其疎縱之皃其性宜濕故傳前章云高下大小各得其宜箋言喻小人放恣似非詩義

不見子充傳子充良人也瑞辰按孟子充實之謂美廣韻充美也子充猶言子都故爲良人

蘀兮

蘀兮蘀兮風其吹女傳蘀槁也人臣待君倡而後和箋槁謂木葉也木葉槁待風乃落興者風喻號令也喻君有政教臣乃行之言此者刺今不然瑞辰按序言君弱臣强不倡而和詩蘀兮蘀兮喻君弱也風其吹女喻臣

强也叔兮伯兮二句謂羣臣自相倡和不待君倡序所謂不倡而和也傳以上二句爲興下倡和似非詩義豳風十月隕蘀傳蘀落也說文草木凡皮葉落陊地爲蘀又曰㮝木葉陊也讀若薄小徐云此亦蘀字玉篇云㮝與蘀同蘀兮蘀兮蓋將落未落之辭

狡童

彼狡童兮傳昭公有壯狡之志 瑞辰按說文狡少犬也狡本少犬之名引申爲狡好又爲狡健廣雅狡健也狡通作佼月令養壯佼淮南子高註壯佼多力之士是也童古作僮爲未冠之稱又爲僮昏之稱褰裳詩狂童傳狂行童昏所化也廣雅僮癡也狡童猶狂童謂其壯狡

而僮昏也史記箕子麥秀歌彼狡僮兮不與我好兮所謂狡僮者紂也詩刺昭公爲狡童與箕子刺紂爲狡童正同正義謂狡好之幼童失之

維子之故 瑞辰按故當讀如式微詩微君之故故猶難也昭公屢遭放逐之難故言維子之故

使我不能息兮傳憂不能息也 瑞辰按息對餐言謂喘息也人之氣急曰喘舒曰息渾言則喘亦爲息故說文曰息喘也从心自會意自者鼻也心气必从鼻出故从心自說文又曰喘疾息也齂臥息也讀若虺黍離詩中心如噎傳謂噎憂不能息也劉台拱曰噎憂雙聲憂讀爲嚘說文欭嚘也欭嚘即噎憂玉篇引毛傳多謂字不

誤今本譌脫段玉裁言此詩憂不能息憂亦讀爲嚘今按前章傳憂懼不能餐也此章不言懼但曰憂不能息正憂當讀如嚘之證玉篇嚘於求切引老子曰終日號而不嚘嚘氣逆也說文欷咽中息不利也不能息卽言气息不利耳

褰裳

褰裳涉溱傳溱水名也 瑞辰按說文溱水出桂陽臨武入匯潧水出鄭國引詩作潧與洧水經曰潧水出鄭縣西北平地字以作潧爲正詩以溱與人爲韻在古音眞臻類故假溱作潧猶增增作溱溱也爾雅釋訓增增衆也魯頌烝徒增增傳本之小雅無羊詩室家溱溱傳溱溱衆也卽增增

豈無他士傳士事也箋他士猶他人也段玉裁說文注謂經文本作豈無他事傳曰事士也今本依傳改經又依經改傳而傳遂不可通矣 瑞辰按段說非也豳風勿士行枚周頌陟降厥士保有厥士傳竝曰士事也此傳以士爲事之叚借正與彼同然與前章他人不相類故箋易其義而以本字釋之曰他士猶他人也若經本作事傳改爲士則其義已顯箋不須更云他士猶他人矣祈父予王之爪士傳亦云士事也箋於首章已云爪牙之士以易傳義故本章無箋汪龍毛詩異義謂經文本作爪事傳作事士也今本爲後人所改其說亦非經傳中訓士爲事者多矣未有訓事爲士者也

狂童之狂也且傳狂行童昏所化也瑞辰晉語僮昏不可使謀僮童古字通易釋文引廣雅童癡也賈子道術篇反慧爲童晉胥童字之昧皆童爲昏昧之義

丰

俟我乎巷兮傳巷門外也箋出門而待於巷中瑞辰按王觀察曰古謂里道爲巷亦謂所居之宅爲巷故廣雅曰衖凥也衖巷古字通論論在陋巷秦策曰窮巷堀門楚策堀穴窮巷韓詩外傳窮巷白屋莊子窮閭阸巷皆謂巷爲所居之宅非街巷之巷今按王說是也此謂俟我乎巷兮正當謂巷爲居室巷對堂言益合齊詩之俟著俟庭言之在門內不在門外說苑所云拜諸母於大

門也下章俟我於堂卽堂室之堂與齊詩俟我於堂及說苑言女辭父于堂正同箋易堂爲棖孫毓引禮門側之堂謂之塾釋文堂門堂也皆由誤以巷爲里巷之巷因誤以堂爲里巷門側之堂耳

東門之墠

東門之墠傳東門城東門也墠除地町町者釋文墠依字當作墠正義曰徧檢諸本字皆作墠左傳亦作墠其禮記尙書言墠墠者皆封土謂之墠除地者謂之墠墠墠字異而作此墠字讀音曰墠葢古字得通用也今定本作墠瑞辰按祭法鄭注封土爲墠除地爲墠說文墠野土也墠祭墠場也據傳云除地町町者是字作墠爲

正釋文及正義本作壇者假借字也周官大司馬暴內陵外則壇之註壇讀如同墠之墠司儀註故書壇作墠襄二十八年左傳舍不爲壇釋文服虔本作墠是壇墠古聲近通用之證據華嚴經音義引韓詩傳曰墠猶坦是知作墠者本韓詩也定本及唐石經今正義本作墠者皆以韓詩改毛詩耳

茹藘在阪傳茹藘茅蒐也男女之際近而易則如東門之墠遠而難則茹藘在阪箋墠邊有阪茅蒐生焉茅蒐之爲難淺矣易越而出此女欲奔男之辭 瑞辰按茹藘染艸也說文茅蒐茹藘人血所生可以染絳詩刺不待禮而奔葢以帛必待染而後成章與男女必待禮而後

成婚傳以墠阪爲喻難易非詩義也箋以爲女欲奔男之詞則愈失之遠矣

東門之栗有踐家室傳栗行上栗也踐淺也箋栗而在淺家室之内言易竊取栗人所啗食而甘者故女以自喻也 瑞辰按太平御覽引韓詩踐作靖云靖善也言東門之外栗樹之下有善人可與成爲家室也據曲禮曰而行事則必踐之鄭註踐讀曰善是踐本可訓善藝文類聚引韓詩作竫竫亦善也但據上東門之栗毛傳訓爲行上栗則有踐當讀如籩豆有踐之踐从毛傳訓爲行列貌謂表行栗於家室之前皃如有列整齊也踐與翦古通用爾雅翦齊也說文作前曰齊斷也齊斷曰翦

籩豆及樹木行列整齊亦通曰翦踐即翦也翦通作踐猶玉藻之弗身踐也踐當爲翦也踐訓爲齊猶宓不齊字子賤賤亦翦之假借也毛傳訓淺韓詩訓善皆失之栗取戰栗之義詩人蓋以栗之有行列喻人行禮之有法度箋以栗甘爲喻失之

風雨

風雨淒淒 瑞辰按說文湝字註一曰湝湝寒也引詩風雨湝湝當即風雨淒淒之異文湝淒音義相近湝又通喈詩北風其喈喈亦寒意

風雨瀟瀟傳瀟瀟暴疾也 瑞辰按說文有潚無瀟潚字注云清深也水之清者多疾方言潚急也故引申之義

爲疾思元賦迅猋潚其媵我舊注潚疾皃義同毛傳廣韻一屋二蕭皆有潚無瀟胡承珙曰明刻舊本毛詩作潚今本誤作瀟猶水經湘水篇出入潚湘之浦今亦訛作瀟也今按潚字入聲音肅平聲同羞轉音霄其字或借作蕭蕭楚詞九歎秋風瀏以蕭蕭又九懷秋風兮蕭蕭蕭皆即潚潚之叚借後人不知蕭有霄音故妄增瀟字耳

雞鳴膠膠傳膠膠猶喈喈也 瑞辰按玉篇嘐古包切雞鳴也啁下引說文曰啁嘐也廣韻引詩雞鳴嘐嘐膠膠即嘐嘐之叚借

風雨如晦傳晦昬也 瑞辰按爾雅釋言晦冥也釋天天

氣發地不應曰雺地氣發天不應曰霧霧謂之晦釋文雺亦作霚霧亦作霿說文地氣發天不應曰霚天氣下地不應曰霿霿晦也與爾雅互易段玉裁謂當以許書爲正霿或作霧者誤今按此詩如晦當指霿氣言之霿釋名作蒙開元占經作濛引月令仲冬氛濛冥冥今月令作氛霧霧乃霿之誤也洪範曰蒙恒風若蒙爲恒風之象故知風雨如晦當指霿晦言也公羊僖十五年己卯晦震夷伯之廟傳晦者何冥也解詁曰晝日而冥是晦即晝晦正指霿氣所爲非明動晦休之晦

青衿

青青子衿傳青衿青領也學子之所服箋禮父母在

衣純以青瑞辰按衿漢石經作䘳爲正字釋文衿本亦作襟衿襟皆隸變字也爾雅釋器衣眥謂之襟郭註交領李巡曰交眥衣領之襟方言衿謂之交均與毛傳合說文衽衣䘳也䘳交衽也據玉藻衽當旁則許云交衽謂裳際之衽與交領異義葢䘳本衣衽之稱古者斜領下連於䘳如今小兒衣領亦謂之䘳耳至爾雅釋器衿謂之袸佩衿謂之褑衿乃紟字之叚借說文作紟衣系也籒文作䘳據玉篇衿亦作紟結帶也則衿爲紟之或體詩作衿亦叚借字

子寗不嗣音傳嗣習也古者教以詩樂誦之歌之弦之舞之箋嗣續也女曾不傳聲問我以恩責其忘已瑞辰

按墨子公孟篇曰誦詩三百弦詩三百歌詩三百舞詩三百此毛傳所本嗣韓詩作詒詒寄也曾不寄問也此箋義所本詒嗣古通用虞書舜讓于德不嗣史記集解引今文尚書作不台是其證矣傳箋說各有本據序言剌學校廢當以傳義爲允

縱我不往子寧不來傳不來者言不一來也　瑞辰按往來卽禮聞來學不聞往教之謂

挑兮達兮傳挑達往來相見皃　瑞辰按說文叏滑也引詩叏兮達兮辵部達字注又引詩佻兮達兮方言佻疾也又通窕成十六年左傳楚師輕窕又通條挑達猶條達尚書大傳晦而日見西方謂之朓鄭注朓條也條達

行疾貌說文逵行不相遇也太平御覽引詩作撻商頌殷武毛傳撻疾也釋文引韓詩云撻達也達或从大音義近泰說文泰滑也滑利也滑與疾義相成挑達雙聲字葢疾行滑利之貌春秋鄭罕達字子姚姚者佻字之借卽取詩挑達之義又按正義曰明其乍往乍來故知挑達爲往來貌是正義本傳無相見字釋文云挑達往來見貌胡承珙曰古貌字作皃或誤爲見淺人因於見下妄添貌字耳

在城闕兮傳乘城而見闕箋國亂人廢業但好登高見於城闕以候望爲樂正義引釋宮觀謂之闕云闕是人君宮門非城之所有且宮門觀闕不宜乘之候望此言

在城闕兮謂城之上别有高闕非宫闕也　瑞辰按闕者⿰𩫏夬之叚借說文⿰𩫏夬缺也古者城闕其南方謂之⿰𩫏夬从𩫏𩫏象城𩫏之重兩亭相對也今按郭爲重城象兩亭相對兩亭卽內外城臺也葢古諸侯之城三面皆重設城臺惟南方之城無臺其形缺然故謂之⿰𩫏夬借作闕公羊定十二年何休註天子周城諸侯軒城軒城者闕南面以受過也與說文城缺南方義合周官小胥王宫縣諸侯軒縣春秋傳謂之曲縣軒城猶軒縣曲縣也其形缺然而曲惠士奇曰古文曲作㠯象缺之形是也城闕卽南城缺處耳孔疏旣謂闕非城之所有又謂城之上别有高闕非也公羊疏疑爲城墉不完則益謬矣

揚之水

終鮮兄弟箋鮮寡也忽兄弟爭國親戚相疑後竟寡於兄弟之恩瑞辰按終猶旣也已也王風葛藟篇曰終遠兄弟傳兄弟之道已相遠矣正以已釋終字箋於彼亦曰今已遠棄族親矣此詩終鮮兄弟猶云已鮮兄弟箋以後竟釋終失之

人實廷女傳廷誑也瑞辰按說文廷往也誑欺也誑廷古音近故傳以廷爲誑之叚借說文廷字註引春秋傳曰子無我廷又左氏傳曰是我廷吾兄也皆借廷爲誑

出其東門

縞衣綦巾傳縞衣白色男服也綦蒼艾色女服也箋縞

衣綦巾所爲作者之妻服也綦綦文也（瑞辰）按說文綥帛蒼艾色也引詩作綥猶左傳楚人惎之說文引作畁杜林以畁爲騏字也許專以綥巾爲未嫁女服即本毛傳綦巾女服之說申言之也今按毛傳以縞衣爲男服於經義未協縞衣亦未嫁女所服也夏小正八月元校傳元也者黑也校也者若褖色然（一本褖作綠）婦人未嫁者服之今按校之言皎謂白色也婦人未嫁服校衣正縞衣爲未嫁女所服之證若傳以校爲褖色則誤以白爲黑且誤以女嫁時所服爲未嫁女服矣（褖衣通作綠衣周官內司服綠）衣注男子之褖衣黑則是亦黑也釋名褖衣褖然色黑也此褖衣色黑之證士喪禮陳襲事褖衣注黑衣裳赤緣謂之褖褖之言緣也爾雅緣謂之純說文褖衣純也士昏禮女次純衣纁袡純當讀黗說文黗黄濁黷也廣

雅黚黑也廣韻黚黃黑色也是知純衣即緣衣緣衣即緣衣鄭康成以純衣爲緣衣者誤也此女始嫁服緣衣之證玉藻麛裘絞衣以裼之絞亦皎然色白猶夏小正元校之校謂縞衣也與論語素衣麛裘取衣色與裘相稱者正合鄭康成以絞爲蒼黃色亦誤至此箋以綦爲綦文與秦風傳騏綦文合蓋讀綦如騏騏爲青黑色文爲交錯之文與傳說異

聊樂我員釋文員本亦作云正義員云古今字助句詞也　瑞辰按員當讀如婚姻孔云之云彼箋云云猶友也有與友同廣雅釋詁員云竝曰有也詩言不相親者云亦莫我有則言其相親有者宜曰聊樂我員矣正義以員爲助句詞失之釋文引韓詩作魂魂卽云字之叚借

韓詩訓爲神亦非

出其闉闍傳闉曲城也闍城臺也箋闍讀當如彼都人士之都謂國外曲城之中市里也正義曰釋宮云闍謂之臺闍是城上之臺謂當門臺也闍旣是城上之臺則知闉是門外之城卽今之門外曲城是也 瑞辰按說文闉闉闍城曲重門也引詩出其闉闍又曰闍闉闍也闉闍二字當從許君併言之謂出此曲城重門義始明顯闍爲臺門之制上有臺則下必有門有重門則必有曲城二者相因出其闉闍謂出此曲城重門故闉闍二字皆從門也箋讀闍爲都失之

有女如荼傳荼英荼也言皆喪服也箋荼茅秀物之輕

者飛行無常。瑞辰按：如荼與如雲皆取衆多之義。荼或作蒤，廣雅「蒤、蓫，茅穗也」，說文「蓫，茅秀也」。豳風傳「荼，萑苕也」，夏小正「七月灌荼」，「灌，聚也；荼，萑葦之秀」，是茅秀爲荼，葦秀亦爲荼。爾雅「蔈、荂，荼」，「猋、藨，芀」，又曰「葦醜，芀」，蓋對文則茅秀爲荼，葦秀爲芀，散言則茅葦之秀通可稱荼，皆取色白爲義。灌荼則有叢聚之象，故以喻衆多也。傳以如荼爲皆喪服，似非詩義。

匪我思且。箋：「匪我思且，猶匪我思存也。」瑞辰按：爾雅釋詁「徂、在，存也」，且卽徂之消借，故箋謂且猶存。釋文「且音徂，引爾雅徂，存也爲證」。說文「在，存也」。爾雅旣曰「徂、在」，又曰「徂，存」者，郭註謂「義取反覆旁通」。說文「退，往也。或从彳

作徂籀文作䢐是𨑩與䢐皆徂字之異體又通作虘說文虘且往也

縞衣茹藘傳茹藘茅蒐之染女服也箋茅蒐染巾也瑞辰按爾雅釋草茹藘茅蒐李巡注茅蒐一名茜可以染絳釋器三染謂之纁郭註纁絳也廣雅纁謂之絳是茹藘染絳卽纁也士昏禮女次純衣纁袡茹藘所染當卽纁袡方言蔽厀齊魯之郊謂之袡釋名韠蔽也所以蔽厀前也婦人蔽厀亦如之纁袡卽婦人蔽厀鄭注士昏禮謂以纁爲之緣失之方言又云蔽厀魏宋南楚之閒謂之大巾箋但曰茅蒐染巾不言大巾葢泛言拭物之巾說亦未確

野有蔓草

野有蔓艸傳蔓延也 瑞辰按蔓者曼之叚借說文蔓葛屬也曼引也爾雅引延長也是蔓爲艸名滋曼字古祗作曼毛傳訓延猶說文訓引也今經傳通借蔓爲曼

零露漙兮傳漙漙然盛多也箋零落也 瑞辰按零石鼓文及說文俱作霝說文霝雨零也玉篇霝落也據正義云靈作零字故爲落也是正義本經原假靈作霝箋當云靈落也唐以後始作零耳說文⿱雨各雨⿱雨各也此下雨本字今經典通借作落矣釋文漙本又作團文選李善注引毛詩零露團兮與釋文所引一本合說文摶以手圜之也舊作圜也此从段本依韻會補說文又曰團圜也團與摶音近而

義同顏師古匡謬正俗云零露漙兮古本有水旁作專者亦有單作專字今按說文有摶與團而無漙字新附始有之漙葢後作字也周禮叚專爲團則作專者亦媘借字至呂忱字林有䨵字云露貌音上兖反玉篇有䨵云䨵䨵露多皆後人所增益古只作摶團與專耳

清揚婉兮傳清揚眉目之間婉然美也瑞辰按據齊風猗嗟篇首章曰美目揚兮次章曰美目清兮三章卽合之曰清揚婉兮是清揚皆指目之美此詩清揚婉兮義與彼同不必如毛傳以揚爲揚眉而指爲眉目之間也方言好目謂之順燕代朝鮮洌水之間曰盱或謂之揚是好目爲揚之證葢目以清明爲美揚亦明也淮南覽

眞訓高注揚明也是其證矣說文婉順也順與美同義玉篇集韻引詩清揚婉兮皆後人增益之字韓詩外傳引作靑陽宛兮皆叚借字

邂逅相遇傳邂逅不期而會釋文逅本又作遘瑞辰按邂逅二字雙聲說文無邂逅二字新附有之漢碑有邂無逅逅與姤同古文作遘易姤卦釋文姤薛云古文作遘與詩釋文逅本作遘同說文遘遇也遘卽姤與逅也邂逅通作解覯綢繆詩見此邂逅釋文云本作解覯是也又作解構淮南俶眞訓孰能解構人間之事是也古邂逅字正作解遘邂逅爲後作字覯與構皆叚借字也爾雅釋艸薢茩英光郭注引或曰蔆也關西謂之薢茩則薢

菩又菱角之别名

零露瀼瀼傳瀼瀼盛貌瑞辰按廣雅𩆷𩆷露也𩆷即瀼

葢後作字

溱洧

方渙渙兮傳渙渙盛也箋仲春之時氷已釋氷則渙渙然釋文渙韓詩作洹洹音丸說文作汎音父弓反瑞辰按太平御覽引韓詩傳曰洹洹盛貌玉篇以洗為洹之重文說文葢作汎汎从韓詩也段玉裁謂釋文汎為洗字之誤是也漢書地理志引詩作灌灌葢渙洹洗灌古音竝相近故通用洹洗為正字渙灌皆叚借字也初學記引韓詩章句曰溱與洧方洹洹兮謂三月桃花水下

時葢以當水盛時故以洹洹爲盛皃與毛傳義同箋云仲春氷釋水則渙渙然亦謂氷釋則水盛水盛則流必散義正相承說文渙流散也

方秉蕑兮傳蕑蘭也釋文引韓詩云蕑蓮也瑞辰按正義引義疏云蕑卽蘭香艸也其莖葉似藥草澤蘭廣而長節節中赤高四五尺是詩所謂蘭者非今似蕙之蘭說文蘭香草也本草綱目謂蘭卽今省頭草今艸名省頭香是也說文無蕑字據一切經音義卷二引字書云葌與蕑同葌蘭也又引說文葌香艸也卷十二引聲類葌蘭也蕑卽葌之别體又通作菅山海經郭注葌亦菅字一切經音義菅艸注云經文作葌菅葌葢同音叚借

非謂卽菅茅之菅也太平御覽引韓詩章句云蕑蘭也初學記引韓詩章句云鄭國之俗三月上巳於溱洧兩水之上招魂續魄秉蘭拂除不祥是韓亦以蕑爲蘭至釋文又引韓詩作蕑蓮也葢釋澤陂詩有蒲與蕑爲鄭箋所本釋文誤移此章耳又蕑字說文所無據漢熹平石經箋碑論語堯曰篇簡在帝心石刻从艸作蕑知蕑卽簡之隸變蘭字以柬爲聲柬簡古通用故蘭字可通作蕑蕑亦簡也釋文謂蕑古顏反字从草若作竹下是簡策之字昧古人通假之義矣

士曰既且傳既已也士曰已觀矣未從之也 瑞辰按既且二字當爲暨字之譌小爾雅暨息也暨與塈通大雅

嘉樂詩民之攸塈傳塈息也左氏成二年昭二十一年傳竝引詩民之攸暨杜注暨息也暨塈皆愒之叚借說文愒息也暨與觀相對成文女曰觀乎勸其往也士曰暨勸其息也葢士初未去但言欲止息故女又言洧之外洵訏且樂以勸其往觀若如傳云士曰已觀則洧外之樂士已知之女不復以洵訏且樂勸之矣暨从旦與且形相近又與且往觀乎文相連因譌爲旣且二字漢張遷碑旣且亦爲暨字之譌與此相類

洵訏且樂傳訏大也釋文引韓詩作恂盱樂貌也瑞辰按漢書地理志引詩作恂盱正本韓詩說文恂信心也恂爲本字洵假借字訏者盱之叚借豫六三盱豫釋文

向云睢盱小人喜悅之皃是盱有樂義从韓詩訓樂爲是古人用字不嫌詞複恂盱且樂與詩詢美且都句法正相似盱又通作吁大戴禮四代篇子吁焉其色少閒篇公吁焉其色王尚書曰吁皆喜皃是也

伊其相謔箋伊因也 瑞辰按伊者晵之叚借廣雅晵笑也玉篇廣韻竝曰晵笑皃晵者戲謔之皃伊其相謔猶云咥其笑矣咥即笑之皃也伊晵音近晵叚作伊猶伊讀爲緊也雄雉詩自詒伊阻蒹葭詩所謂伊人東山詩伊可懷也正月詩伊誰云憎箋竝曰伊當作緊緊是也

贈之以勺藥傳勺藥香艸箋其別則送女以勺藥結恩情也正義引義疏云今藥草芍藥無香氣未審今何艸

瑞辰按古之勺藥非今之所云芍藥葢蘼蕪之類故傳以爲香艸山海經北山經繡山多芍藥郭註芍藥一名辛夷亦香艸屬廣雅攣夷芍藥也張揖上林賦註留夷辛夷也新辛同音留攣音轉是留夷辛夷攣夷皆芍藥之異名王逸楚詞注辛夷香草也此與木筆名辛夷者同名而異實顏師古因樹名辛夷因謂留夷香艸非辛夷誤矣釋文引韓詩曰勺藥離草也言將離別贈此草也今案崔豹古今注曰芍藥一名可離故將別贈以芍藥猶相招則贈以文無文無一名當歸也正與韓詩以芍藥爲離草合稽古篇引董氏謂勺藥爲江離則將離即江離之轉聲耳箋云其別則送女以勺藥其義即本

韓詩又云結恩情者以勺與約同聲故假借爲結約也勺藥又爲調和之名子虛賦勺藥之和楊雄蜀都賦勺藥之羹七發勺藥之醬七命和兼勺藥文頴云勺藥五味之和也韋昭云勺藥和齊酸鹹美味也張衡南都賦云歸雁鳴鵽香稻鱻魚以爲勺藥皆以勺藥爲調和名不以爲草段玉裁及王尚書竝云勺藥之言適歷也適亦調也說文𤯍調也與歷同均調謂之適歷聲轉則爲勺藥今按伏儼注子虛云勺藥以蘭桂調食也魯靈光殿賦注引禮斗威儀曰君乘金而王其政平則蘭芝生鄭康成註曰主調和也是調和有用蘭者呂氏春秋本生篇高註云鄭國淫辟男女私會於溱洧之上有絢盻

之樂勺藥之和竊疑齊魯詩有以勺藥爲調和者故高誘本之葢以上言秉蕑可爲調和之用因知下言贈之以勺藥爲調和葢取義於和也是亦可備異說太平御覽引義疏以勺藥之和即爲勺藥之草則誤矣

瀏其清矣傳瀏深貌瑞辰按說文瀏流清貌又瀏竹聲也小徐曰猶言瀏然聲清也聲清曰瀏水清曰瀏其義一也文選南都賦李注引韓詩內傳作漻云漻清貌也莊子天地篇漻乎其清也李軌音讀漻爲瀏廣雅漻清也是瀏與漻聲義竝同說文漻清深也則深與清義亦相因

伊其將謔箋將大也瑞辰按將謔猶相謔也尚書大傳

義伯之樂舞將陽將陽卽相羊之假借

毛詩傳箋通釋卷九

桐城馬瑞辰學

齊

齊風總論

治國以禮義者禮義積而民多信讓治國以功利者功利積而國多富强世或謂信讓之衰流爲微弱嘗於曾徵之富强之弊失在荒淫可於齊見之然齊太公之報政也曰因其俗蓋因其强毅之俗非因其荒亂之俗也曰簡其禮蓋簡其繁重之禮非簡其婚姻之禮也通工商之業非使其舍業以嬉也便魚鹽之利非教其民好利無恥也齊風十篇皆刺詩内刺哀公者二刺襄公者五其三刺時刺衰刺無節蓋皆哀公時作其一刺魯莊

仍以刺齊襄也從禽無厭昏禮不行實哀公之荒淫有以致之苦及百姓惡播萬民實襄公之荒淫有以致之豈太公之報政簡易近民有未善哉

鷄鳴

匪雞則鳴蒼蠅之聲傳蒼蠅之聲有似遠雞之鳴箋夫人以蠅聲爲雞鳴則起早於常禮敬也瑞辰按古者雞鳴而起蠅於天將明時始鳴實在雞鳴之後箋以蠅聲爲早於雞鳴非也二章月出之光印古詩話謂月當爲日字之誤詩蓋託爲夫人戒君早朝恐其晏起之詞始曰雞鳴朝盈可以起矣繼則曰匪雞鳴也蠅聲也言不止雞鳴天已將明也二章繼前章言之曰東方明矣朝

旣昌矣可以視朝矣繼又曰匪東方則明乃日出也言不止天明也蠅聲晚於雞鳴日出又晚於東方明末章會且歸矣又不止日出來朝皆極言恐其將晚而賢妃警戒之意始見二章日譌爲月毛鄭所見本已然以月光早於東方因竝以蠅聲爲早於雞鳴失其義矣

無庶予子憎傳無庶予子憎無見惡於夫人箋庶衆也無使衆臣以我故憎惡於子戒之也瑞辰按爾雅庶幸也大雅抑詩庶無大悔傳庶幸也無庶卽庶無之倒文猶遐不亦作不瑕尚不亦作不尙也合言之則無庶卽無也故傳但以無字釋之箋釋庶爲衆失矣予與古今字予子憎正義引定本作與子憎與猶遺也廣雅遺與也遺

猶貽也說文貽贈遺也無庶與子憎卽庶無貽子憎猶詩言無父母貽罹左傳無貽寡君羞也毛傳但曰無見惡於天人不解予字予卽與之通用字箋讀予爲予我之予失之

還

序習於田獵謂之賢瑞辰按賢當爲儇字音近之譌序本經文以立訓賢卽首章儇字猶下句閑於馳逐謂之好卽釋二章好字也

子之還兮傳還便捷之貌釋文便捷本亦作便旋瑞辰按還旋古通用釋文傳作便旋爲是說文還疾也傳訓便捷以還爲還之叚借說文又曰儇急也義與還近釋

文引韓詩作嫙云嫙好貌據下章子之茂兮子之昌兮茂昌皆爲好則還者嫙之叚借從韓詩訓好爲是漢書地理志引齊詩作子之營兮古人讀營如環故通用猶蒼頡篇自環者謂之私說文引作自營爲厶也營亦嫙之借字猶還亦假作旋也顔師古訓爲營邱失之地理志引齊詩者謂齊國風之詩非齊魯韓三家之齊顔師古注遂謂毛詩作旋齊詩作營誤矣

遭我乎峱之閒兮傳峱山名釋名引說文峱山在齊崔集注本作嶩 瑞辰按說文峱山在齊地引詩遭我于峱之閒兮漢地理志引詩作嶩顔師古曰本一作巎音皆乃高反元于欽齊乘曰峱山在臨淄縣南十五里

並驅從兩肩兮傳獸三歲曰肩釋文肩本亦作豣瑞辰按說文豣三歲豕肩相及者引詩並驅從兩豣兮是作豣者正字今詩作肩叚借字石鼓文及字書作豜又或作猏皆後人增益字也豣從豕小爾雅云豕之大者謂之豣豜說文亦云豣三歲豕是豣本三歲大豕之名而爾雅云鹿絕有力麉麕絕有力豜麉豜音義同是凡鹿麕之大者通名豣矣此詩傳云獸三歲曰肩豳風傳亦曰三歲爲豣是凡獸三歲者曰肩通名豣矣後漢書馬融傳注引韓詩傳曰獸三歲曰肩呂氏春秋知化篇高誘注獸三歲曰猏並與毛詩同而伐檀篇毛傳又曰三歲曰特王肅謂三歲者有二名非也廣雅獸一歲爲豵

二歲爲豝三歲爲肩四歲爲特其言豵肩均同毛傳則四歲爲特亦當本毛傳爲說古四字積畫作三易譌爲三疑毛傳本作四歲曰特傳寫者誤爲三歲耳周官大司馬先鄭注三歲爲特四歲爲肩與廣雅互易蓋由傳聞異說抑或上下互譌以毛詩說文證之當从廣雅爲正

揖我謂我儇兮傳儇利也箋子則揖耦我謂我儇譽之也譽之者以報前言還也釋文儇韓詩作嫙云好貌王觀察曰二章言好三章言臧則首章从韓詩作嫙訓好義亦同　瑞辰按王說是也嫙通作嬛玉篇嫙好貌或作嬽又通作卷澤陂詩碩大且卷傳卷好貌釋文卷本又

作嫿廣雅嫿好也毛詩作儇者音近叚借傳以利釋之方言說文竝曰儇慧也慧者多便利與還爲便捷義相近故箋以爲報前言還也

著

序著刺時也時不親迎也正義毛以首章言士親迎二章言卿大夫親迎卒章言人君親迎鄭以爲三章共述人臣親迎之禮瑞辰按隱二年公羊傳譏不親迎也何休註禮所以必親迎者所以示男先女也於廟者告本也夏后氏逆於庭殷人逆於堂周人逆於戶偃師武億據以釋此詩其說是也詩刺時不親迎因錯陳三代親迎之禮首章俟著於門戶爲近即周人逆於戶二章俟

庭三章俟堂正與夏殷禮合較毛鄭說爲允說文脩文篇說親迎之禮言夫人戒女女拜乃親引其手授夫于戶正周人逆於戶之證著與宁通汪氏中云宁有二一是門屏之間爲宁注云門內屏外人君視朝所宁立處是也一是正門內兩塾之間爲宁此詩俟我於著李巡云正門內兩塾間曰宁是也詩宁不爲門屏之間故傳以爲士親迎之禮然三章瓊華瓊瑩瓊英文異而義同傳以瓊華爲士服瓊瑩爲卿大夫之服瓊英爲人君之服非也鄭以三章俱爲人臣親迎之禮亦誤

充耳以素乎而傳素象瑱二章傳青青玉三章傳黄黄玉箋我視君子則以素爲充耳謂所以縣瑱者或名爲

紞織之人君五色臣則三色而已三章青紞之青三章黃紞之黃瑞辰按大戴記子張入官篇曰古者冕而前旒所以蔽明也黈絖塞耳所以弇聰也黈莊子淮南子俱作黈玉篇黈爲斢之重文訓黃色廣雅黈黃也絖即纊字說文纊絮也或从光作絖西京賦薛綜注黈纊言以黃緜大如丸縣冠兩邊當耳不欲妄聞不急之言也又士喪禮瑱用白纊據此則古者充耳之制當耳處用纊此詩充耳以黃即黈纊以素以青即素纊青纊也其纊之下更綴玉爲瑱故詩言瓊華瓊瑩瓊英皆曰尚之尚之即加之正對上已有纊言之孔廣森曰充耳皆有絖絖下乃綴玉象之等其說是也若如傳以詩素青黃

爲象玉則下不得復言瓊華瓊瑩瓊英箋以素青黃爲紞紞乃縣瑱之緐不得謂之充耳段玉裁謂古無以瑱塞耳者大戴紞乃紞字形近之誤說亦未確

東方之日

東方之日兮傳日出東方人君明盛無不照察也二章傳月盛於東方君明於上若日也臣察於下若月也箋日在東方其明未融興者喻君不明二章箋月以興臣月在東方亦言不明 瑞辰按傳箋義正相反與詩取興彼姝者子義不相協不若韓詩以東方之日喻顏色美盛爲善文選李善註引韓詩薛君章句曰詩人所説者顏色盛也言美如東方之日出也二章東方之月韓詩

說不傳義當與首章同古者喻人顏色之美多取譬於日月詩月出皎兮傳喻婦人有美白皙也宋玉神女賦其始出也耀乎若白日初出照屋梁其少進也皎若明月舒其光義本此詩彼姝者子蓋指女子言傳箋以爲男子非也

履我即兮傳履禮也箋即就也　瑞辰按二章履我發兮傳訓發爲行則此章即亦爲行即就也謂所就止之處即行也即爲就亦爲行猶從爲就亦爲行也廣雅從就也從行也廣雅行跡也說文迹步處也履當如朱子集傳讀爲踐履之履履我行者謂女子從我行猶云踐我跡也詩刺男女淫奔相隨而行謂男倡而女隨非謂禮也傳箋竝

訓履爲禮失之

在我闥兮傳闥門內也瑞辰按傳門內當爲內門之譌文選古詞傷歌行李善注引毛傳曰闥內門也是其證矣漢書樊噲傳排闥直入顏師古註闥宮中小門也薛綜西京賦註宮中之門小者曰闥又闥與闈同廣雅闥謂之門後漢書桓帝紀章懷註引廣雅作闈謂之闥爾雅宮中之門謂之闈與闥爲內門義正合說文無闥有闒云闒樓上戶也段玉裁謂闒即闥今按闥之言重沓也闥爲內門對外門言爲重沓闒爲樓上戶對樓下戶言亦爲重沓闥與闒葢聲近而義同

履我發兮傳發行也瑞辰按發當爲跋之叚借詩載馳

傳草行曰跋凡行亦通謂之跋跋借作發猶墢通作坺也周語王耕一坺亦作墢廣雅發舉也舉足卽爲行則發之本義亦得訓行

東方未明

東方未晞傳晞明之始升瑞辰按晞者昕之叚借說文昕旦明段玉裁謂當作且明日將出也讀若希昕與晞一聲之轉故通用廣雅昕明也小爾雅烯晞也昕猶烯也傳知晞卽昕故以爲明之始升正義引晞乾爲證失之

折柳樊圃傳樊藩也瑞辰按樊爲棥之叚借說文棥藩也从爻林引詩營營青蠅止于棥今詩亦借作樊說文樊鷙不行也乃樊之本義

狂夫瞿瞿傳瞿瞿無守之貌　瑞辰按說文瞿鷹隼之視也非詩意畧瞿蓋眀眀之叚借說文眀ナ又視也从二目讀若拘又若良士瞿瞿又䂂舉目驚䂂然也又趯走顧皃音義竝與眀眀相近荀子非十二子瞿瞿然楊倞註瞿瞿瞪視之貌亦當爲眀眀之叚借凡人自驚顧皆曰眀眀借作瞿瞿故唐風言良士之顧禮義曰瞿瞿此詩言狂夫之無守亦曰瞿瞿

不能辰夜傳辰時也　瑞辰按廣雅釋言時伺也伺候同義伺卽司也周禮媒氏注司猶察也辰訓時有二義爾雅不辰不時也當爲時運之時此傳辰時也當爲時伺之時不能辰夜卽不能伺夜也說文候司望也何候望

也何古止作司辰與晨通周語農祥晨正謂以房星爲農事之候也說文辱字注云辰者農之時也故房星爲辰田候也莊子齊物論見卵而求時夜釋文引崔注云時夜司夜淮南子說山訓作見卵而求晨夜此正晨訓時伺之證又論語晨門亦謂候門漢時所謂城門候也義與詩辰夜正同

南山

南山崔崔傳南山齊南山也崔崔高大也國君尊嚴如南山崔崔然箋雄狐行求匹耦於南山之上瑞辰按小雅節彼南山維石巖巖以南山石之巖巖喻三公之尊嚴與此詩以南山喻國君之尊嚴取興正同至以雄狐

爲比則失人君之度矣箋謂雄狐求匹耦於南山之上不若傳義爲允

魯道有蕩傳蕩平易也 瑞辰按水經汶水注汶水又南逕鉅平縣故城東而西南流城東有魯道詩所謂魯道有蕩齊子由歸者也今汶上夾水有文姜臺汶水又西南流詩云汶水滔滔矣今案汶爲齊魯境魯道對南山在齊言葢指初入魯境之道故後人遂名鉅平縣城東爲魯道耳

齊子由歸傳齊子文姜也箋婦人謂嫁曰歸言文姜旣以禮從此道嫁于魯侯也 瑞辰按繇由古通用爾雅繇於也抑詩箋由於也廣雅於于也由歸猶言于歸也

既曰歸止曷又懷止傳懷思也箋懷來也瑞辰按箋訓來是也婦人謂嫁曰歸爾雅嫁往也廣雅歸往也知嫁爲歸往則知反爲懷來矣左傳歸甯曰來公羊傳直來曰來大歸曰歸皆反歸曰來之證

葛屨五兩瑞辰按兩者緉之省借說文緉履兩枚也一曰絞也方言緉䋈絞也關之東西或謂之䋈絞通語也段玉裁曰緉之言兩也䋈之言雙也絞之言交也是緉䋈絞名異而義同說苑修文篇言親迎之禮諸侯以屨二兩加琮大夫庶人以屨二兩加束脩二曰某國寡小君使寡人奉不珍之琮不珍之屨禮夫人貞女又夫人受琮取一兩屨以履女此詩葛屨五兩徐璈謂卽加琮

之屨是也彼言屨二兩而詩言五兩者疑說苑二兩當爲五兩之譌若二兩則諸侯與大夫庶人無異矣禮純帛無過五兩故屨亦以五兩爲多耳詩蓋因古親迎有送屨之禮故取葛屨五兩爲喻

冠緌雙止傳冠緌服之尊者箋葛屨五兩喻文姜與姪娣及傅姆同處冠緌喻襄公也五人爲奇而襄公往從而雙之冠屨不宜同處猶襄公文姜不宜爲夫婦之道

瑞辰按說文纓冠系也緌冠纓系𠂢者內則冠緌纓注曰緌者纓之飾也正義曰結纓頷下以固冠結之餘者散而下垂謂之緌古者冠系皆以二組系於冠卷結頤下謂之纓纓用二組則緌亦雙垂緌以雙垂爲飾猶屨

必兩始成用皆以取譬二姓合好各有所宜傳箋俱以屨冠相配爲喻似非詩義

旣曰庸止曷又從止箋此言文姜旣用此道嫁於魯侯襄公何復送而從之爲淫泆之行瑞辰按詩君子陽陽傳由用也庸訓爲用卽爲由矣謂由之以嫁於魯也說文從隨行也繇隨從也由或繇字桓十八年左傳公與夫人姜氏如齊是夫人姜氏從公如齊之事詩曷又從止正指夫人從公如齊而言箋謂襄公送而從之非是襄公無從文姜至魯之事正義因言以意從送與之爲淫非謂從之至魯其義迂曲難通又按爾雅釋詁由從自也虞氏易注由自從也由與繇通說文闢開閉門利

也段云今俗語自由自便當作此字此詩從訓爲自闟之闟義亦可通說文𢐗弓便利也義与闟由竝相近從之言縱亦有自由自便之意

衡從其畝傳衡獵之從獵之種之然後得麻箋樹麻者必先耕治其田然後樹之以言人君取妻必先議於父母

瑞辰按說文疇耕治之田也劉向說苑蔡邕月令章句韋昭國語注竝以麻田爲疇與說文義正相成賈思勰齊民要術曰凡種麻耕不厭熟縱橫七徧以上則麻無葉也傳言衡獵之從獵之者正謂耕治其田獵之言捷獵也說文捷獵春秋莒公子名捷菑田一歲爲菑捷獵正取耕治之義田獵爲獵耕田亦得爲獵猶之田獵爲田

爲甸耕田亦爲田爲甸說文獵放獵逐禽也放獵小徐本作畋獵畋平田也古獵者蓋必先平治其地故獵亦名田甸耳正義謂獵非耕治失之信南山詩南東其畝言南以該北言東以該西即此詩衡從其畝正義謂古不宜縱橫耕田亦非釋文引韓詩作橫由其畝云東西耕曰橫南北耕曰由橫即衡也古由從二字同義說文繇隨從也由或繇字故通用一切經音義三引韓詩傳南北曰從東西曰橫是韓詩又作從橫其畝蓋傳韓詩者不一家故本亦各異

曷又鞠止傳鞠窮也箋鞠盈也瑞辰按傳从爾雅訓鞠爲窮是也廣雅窮極也訓鞠爲窮正與下章曷又極止同義鞠者𥨍之叚借說文𥨍窮也从𥷞鞠窮以雙聲爲

義箋訓盈公劉傳又訓鞠爲究竝與窮義近

甫田

無田甫田正義無田甫田猶多方云宅爾宅田爾田今人謂佃食古之遺語也釋文無田音佃 瑞辰按說文引周書作畋爾田云畋平田也田卽畋之渻借平田卽治田也信南山詩維禹甸之韓詩作敶音義竝與畋同又通作陳陳亦治也廣韻曰佃營田玉篇曰佃作田又治義之引申

勞心忉忉傳忉忉憂勞也 瑞辰按胡承珙曰忉當通作惆猶䑿之爲舠也莊子釋文引字林惆作怊忉又怊字之省今按說文無忉有忍云忍怒也从心刀聲怒與憂

義正相近忉蓋即忍之異文猶怛或作悬也爾雅忉忉憂也忉勞疊韻勞亦憂也匡謬正俗謂忉當作切失之

維莠桀桀傳桀桀猶驕驕也　瑞辰按上章之驕驕法言作喬喬爾雅喬高也胡承珙言驕驕即喬喬之借字是也今按說文揭高舉也此章桀桀即揭揭之叚借義亦爲高故傳云桀桀猶驕驕也揭借作桀猶庶士有朅韓詩作桀也衛詩葭菼揭揭傳揭揭長也長與高義正相近

婉兮孌兮傳婉孌少好貌　瑞辰按說文婉順也㜻順也引詩婉兮㜻兮孌籀文㜻是毛詩作孌正用籀文順與美義正相成故說文又曰覶好視也至說文又曰孌慕

也蓋籀文以孌爲嫿順字小篆則以戀爲今之戀慕字故不嫌複見猶小篆以㝵爲取古文則以㝵爲得也或於嫿下刪孌字失之毛詩於泉水孌彼諸姬云孌好貌於靜女其孌曰既有美德又有美色皆以孌爲嫿字不取戀慕之義

總角丱兮傳總角聚兩髦也丱丱幼穉也 瑞辰按張參五經文字𦫳工瓦切羊角也象形俗呼古患反作𦫳無中丨又卝古患反見詩風是張參所見毛詩作卝唐石經定本俱作卝與張參說合周官卝人正義亦曰經所云卝是總角之卝字是知今毛詩作丱者俗也卝當卽𦫳之省說文𦫳羊角也象形讀若菲又羊䍿也从𦫳象頭

角足尾之形又萑鴟屬从隹从丫有毛角玉篇丫羊角也丫丫兩角皃是古字从丫者多消作卝又皆象頭角之形此詩總角卝兮卝亦象兩角之皃傳訓爲幼穉者特以卝讀鯤訓爲魚子與人之幼穉同耳不若訓爲總角皃爲善又按張參五經文字卝字註云又古猛反見周禮說文以爲古卵字據內則濡魚卵醬實蓼鄭註卵讀爲鯤鯤魚子或作攔也攔从關關从𢇍聲𢇍从卝聲與說文卝爲古卵字正合又說文綰字註一曰讀若雞卵綰卝聲亦相近是知說文古本卵字下本有卝古文卵之說今本脫去後人因周官注有卝之言礦語遂於礦下妄增卝字耳

未幾見兮突而弁兮 瑞辰按釋文見兮一本作見之據箋云見之無幾是鄭君本原作見之正義此言突若弁兮又云若猶耳也定本云突而弁兮不作若字是正義本原作若今作而者从定本也

盧令

盧令令傳令令纓環聲 瑞辰按令卽鈴之消借故正義卽以鈴鈴釋之廣雅釋訓亦云鈴鈴聲也說文引詩作獜獜云獜健也葢本三家詩玉篇獜獜聲也亦作鏻則獜與鈴聲義竝同鈴借作獜猶秦風有車鄰鄰鄰亦鈴之借字也

其人美且鬈傳鬈好皃箋鬈當讀爲權權勇壯也 瑞辰

按說文鬈髮好皃因通爲凡好之稱字通作婘玉篇婘好皃或作孉廣雅婘孉竝訓好是也說文無婘孉字古字葢止作鬈或省作卷澤陂碩大且卷是也箋讀爲權權乃攉字之譌張參五經文字攉字注云从手作攉古者拳握字按說文捲气執也引國語曰有捲勇乃古拳勇字詩作拳者亦叚借攉者拳之異體古亦叚爲捲勇字故箋云鬈當讀爲攉後人譌寫作權吳都賦覽將帥之攉勇今本亦譌作權又按說文奰大皃从大㗊聲或曰拳勇字一曰讀若傿據說文㗊讀若書卷之卷則奰與鬈亦音近通用

其人美且偲傳偲才也箋才多才也釋文引說文云強

也瑞辰按廣雅釋言偲倰也倰亦才也小爾雅釋言倰才也是已至今本說文偲彊力也據說文勥迫也古本作勥勥勥爲勉强本字强壯之强或亦通作勥當以釋文所引爲正後人誤分勥爲二字遂作彊力矣

敝笱

其魚魴鰥傳鰥大魚箋鰥魚子也正義鰥魚子釋魚文李巡曰凡魚之子總名鯤也鯤鰥字異蓋古字通用或鄭本作鯤也瑞辰按說文鰥鰥魚也从魚眔聲李陽冰曰當从罤省罤卽古昆字故古鯤字作鰥隸省作鰥說文有鰥無鯤正以鰥卽鯤字耳今按內則卵醬鄭註卵讀爲鯤鯤魚子與此箋鰥魚子合正鰥鯤同字之證魚

子謂之鰥魚之大者亦謂之鰥大小不嫌同名猶鰤爲魚子而東海之鰤亦名鰤也說文鰤魚子也一曰魚之美者東海之鰤據詩魴鰥與魴鱮對言魴鱮皆魚名則鰥亦魚名不當如鄭箋訓爲魚子傳云魴鱮大魚則此云鰥大魚者亦魴鱮之類正義引孔叢子衛人得鰥魚其大盈車以證之失其指矣說文鯀鯀魚也與鰥相次禮記釋文鯀亦作鰥未識今爲何魚惟釋魚鱧鯇郭云今鱓魚蓋鯇鱓古今字今人曰鱓子讀如混與鰥之通鯤者聲相近王尚書謂鰥卽爲鱓其說甚確其大與魴鱮正相類耳又按魏志注引魏畧云丁零國出名鼠皮青昆子白昆子皮說文云鼲鼠出丁零胡皮可作裘鼲鼠卽昆子也此亦與

鯤鰥轉作鱓者相類

其魚唯唯傳唯唯出入不制箋唯唯行相隨順之貌釋文韓詩作遺遺言不能制也　瑞辰按箋義本韓詩魚行相隨卽不能制傳箋義正相成玉篇瀢瀢魚行相隨廣韻瀢魚盛貌韓詩遺遺卽瀢瀢之消毛詩作唯唯又瀢遺之叚借

載驅

齊子發夕傳發夕自夕發至旦　瑞辰按商頌釋文引韓詩云發明也此詩釋文引韓詩云發旦也旦亦明也易林襄送季女至于蕩道齊子旦夕留連久處旦夕卽發夕義本韓詩毛傳云自夕發至旦者葢以發夕卽夕發倒文謂夕將發明之時旦爲天將

大明之時自夕發至旦猶云自夕初明至明也言旦以證發夕尙爲天未明時耳說文旦明也从日見一上一地也引禮昏鼓四通爲大鼓衞公兵法鼓三百三十三搥爲一通夜半三通爲戒晨旦明五通爲發明發夕與發明詞異而義同發明亦曰明發小宛詩明發不寐毛傳明發發夕至明猶此傳云自夕發至旦也古者日入以後日出以前通謂之夕以其時天已將明謂之發明亦曰明發以其時天已將明而日尙未出謂之發夕亦曰夕發其義可互證也二章齊子豈弟箋讀豈爲闓讀弟如圛訓圛爲明而云豈弟猶發夕也正以豈弟猶開明即闓圛之叚借廣雅闓明也圛叚作弟與說文引尙書曰圛史記宋世

家作曰涕正同愷悌與發夕語相類爾雅釋言愷悌發也爲鄭箋所本發之訓明訓旦蓋古義楚辭王逸註發旦也長發詩釋文撥韓詩作發發明也廣雅發明也發開也並與古義合又醉而醒謂之發賈誼新書先醒篇辟猶俱醉而獨先發也晏子諫篇上景公飲酒三日而後發是也又寐而覺亦曰發晏子諫篇又曰君夜發不可以朝發猶覺也故說文覺字注一曰發也與發之爲明義亦相近郭註孔疏並以發爲發行失之小宛明發不寐明發皆當謂覺毛傳謂發夕至明亦非

猗嗟

猗嗟昌兮傳猗嗟歎辭昌盛也 瑞辰按猗者美之之詞

嗟者語詞也毛傳以爲歎辭正義云猶是心內不平嗟口之喑咀皆傷歎之聲失之說文昌美言也从日从曰昌之本義爲美言引申爲凡美盛之稱

頎而長兮 瑞辰按正義若猶然也引史記頎然而長爲證又云今定本云頎而長兮而與若義並通是孔疏本原作頎若長兮與下文抑若揚兮句法相類今從定本作而非孔本之舊

抑若揚兮傳抑美色揚廣揚 瑞辰按懿抑古通用抑詩外傳作懿是也釋詁詩烝民傳皆曰懿美也說文懿嫥久而美也抑卽懿之叚借故傳訓美色揚當讀如揚休之揚謂美貌也不必如傳訓爲廣揚

美目揚兮傳好目揚眉 瑞辰按方言好目謂之順燕代朝鮮洌水之間曰盱或謂之揚是揚爲好目貌美目揚兮與下章美目清兮碩人詩美目盼兮句法同皆狀其目之美邱光庭曰揚者目開之貌禮記揚其目而視之是也傳以揚爲揚眉又云目下爲清竝失之

猗嗟名兮傳目上爲名 瑞辰按傳同爾雅疑爾雅此訓漢儒據毛傳增入非古義也猗嗟名兮與猗嗟昌兮猗嗟孌兮句法相同若以名爲目上則昌與孌將何屬也名明古通用檀弓子夏喪明冀州從事郭公碑作喪子失名名當讀明明亦昌盛之義說文昌字註一曰日光也詩曰東方昌矣昌卽明也淮南子說林訓長而愈明高註明猶盛也又名古

有大義魯語取名魚卽大魚也禮器因名山升中於天鄭注名猶大也三章首句皆歎美其容貌之盛大傳訓目上爲名失之薛綜西京賦注眳眉睫之閒葢後人增加字名从夕夕者冥也故韓詩作顯亦音近叚借玉篇顯眉目閒也集韻引詩猗嗟顯兮俱本韓詩然以顯爲眉目閒特說韓詩者誤解非詩本恉

儀旣成兮箋成猶備也正義謂成儀容貌旣備　瑞辰按周禮射人以射法治射儀詩下言終日射侯則儀當卽指射儀胡承珙引淮南子淑眞篇善射者有儀表之度泰族篇射者數發不中人敎之以儀則喜矣證詩儀卽射儀是也正義泛言威儀失之

舞則選兮傳選齊箋選者謂於倫等最上瑞辰按詩三章俱言射事則舞亦射時之舞周官鄉大夫鄉射教五物一曰和二曰容三曰主皮四曰和容五曰興舞馬融論語註射有五善一曰和志體和二曰容有容儀三曰主皮能中質四曰和頌合雅頌五曰興武武與舞同此詩美目揚兮巧趨蹌兮儀既成兮即五物之和容也不出正兮射則貫兮即主皮也皇侃論語疏釋興武曰射容與舞趣與相會進退同也則此詩舞則選兮即興舞耳周官大司樂大射王出入令奏王夏及射令奏騶虞詔諸侯以弓矢舞樂師燕射帥射夫以弓矢舞皆射時有舞之證選從傳訓齊爲是選比義相近大射儀遂比鄭注比選次

三耦之也選訓爲齊猶比訓爲齊也六月詩比物四驪傳比齊同也說文選一曰擇也選擇所以整齊之故選又爲齊又說文珗讀若選書鳥獸毛珗鄭注珗理也毛更生整理與廣雅洒齊也同義聲同則義亦同史記仲尼弟子傳楚任不齊字選不語詞不齊齊也皆選有齊義之證會釗疑選爲埒之叚借失之射舞在歌樂之時射之節與樂舞相應是之謂齊卽記所云其節比於樂也選韓詩作纂薛君曰言其舞應雅樂也義同毛傳選纂雙聲古通用選通爲纂猶算通作選也

射則貫兮傳貫中也箋貫習也 瑞辰按貫从傳訓中爲是古貫通作關儀禮鄉射禮司射命曰不貫不釋註貫

猶中也古文貫作關今按貫有三訓有以貫爲彎弓之叚借者史記伍子胥傳子胥貫弓執矢嚮使貫弓列子黃帝篇引之盈貫後漢祭彤傳能貫三百斤弓皆以貫爲滿張弓卽孟子所謂關弓文選註引作彎弓是也有以貫爲中者此詩射則貫兮及儀禮不貫不釋毛鄭並訓貫爲中是也淮南子說山訓矢之發無能貫待其上而後有穿貫猶穿也古貫字作毌說文毌穿物持之也从一橫貫象寶貨之形穿與中義相成能中卽穿之矣其字亦與關通雜記見輪人以其杖關轂而輠輪者疏云關穿也關葢貫之叚借惠定宇謂儀禮不貫卽彎弓失之箋訓習以貫爲慣之叚借說文慣習也亦非詩義

四矢反兮傳四矢乘矢箋反復也禮射三而止毎射四矢皆得其故處此之謂復瑞辰按列子黃帝篇列禦寇爲伯昏無人射引之盈貫措杯水其肘上發之鏑矢復沓莊子鏑矢復沓注云矢去復往沓沓之言重沓也又仲尼篇孔穿言善射者能令後鏃中前括發發相及矢矢相屬皆謂矢復其故處正此詩四矢反兮之謂周官保氏五射鄭司農以參連居其一賈疏參連者前放一矢後三矢連續而去亦與詩四矢反兮義相近反古音如變故韓詩借作四矢變兮反通作變猶卞通作反也說文汳水郎汴水廣韻飯亦作餅俗又作飰是其證說韓詩者望文生訓遂訓爲變易失之

毛詩傳箋通釋卷十

魏

桐城馬瑞辰學

魏風總論

奢者惡之大也儉者德之共也奢之極者必貪非殘刻不足以濟之故曹風首蜉蝣以刺奢而終以下泉刺侵刻也儉之極者亦必貪非重歛不足以濟之故魏風首葛屨汾沮洳以刺儉而終以伐檀碩鼠刺貪鄙也儉勤與儉嗇異儉而有禮與儉而不中禮者又異葢儉勤者儉以持己而所以奉上惠下者不嫌豐儉嗇者吝於與人而所以持身陟世者無不隘儉而有禮者儉其所當儉如禹之菲飲食惡衣服卑宫室是也而孝鬼神美黻

晁於禮所不當儉者必有以協於中儉而不中禮者如魏之葛屨履霜彼汾采菜是也而異公路異公族異公行於禮所不當儉者無一不邀於簡魏非儉以能勤之失乃儉而過嗇之失也亦非僅儉嗇之失乃儉而不中禮之失也古者取民之制以什一爲中正多乎什一者非所以恤民少乎什一者亦非所以制國且始也取之過少者其繼也國用不足兵役數見則取於民者必奢魏惟有園桃之薄稅乃有碩鼠之重歛治國者可以鑒矣

葛屨

糾糾葛屨傳糾糾猶繚繚也瑞辰按說文丩相糾繚也

糾與繆同糾糾蓋繆結之狀故傳云猶繚繚也說文又曰嬒讀若詩糾糾葛屨今按嬒之言鳩鳩亦聚束之義又禹貢苞匭菁茅鄭註匭纏結也亦讀匭爲糾正義以糾糾爲絺疏之貌失之

摻摻女手傳摻摻猶纖纖也瑞辰按文選古詩十九首注引韓詩作纖纖說文攕好手貌引詩攕攕女手从手韱聲又戈部㦰字註引詩亦作攕攕與纖訓細義異而音同說文蓋本韓詩摻摻纖纖皆攕攕之叚借摻纖古同音攕通作摻猶⿰酉韱通作醦說文⿰酉韱酢也廣韻⿰酉韱酢甚也縿通作纖爾雅釋天纁帛縿釋文縿本或作纖韓詩章句纖纖女手之貌說文傪好皃義與纖音義同

要之襋之好人服之傳要褸也襋領也好人好女手之人箋服整也褸也領也在上好人尚可使整治之謂屬著之瑞辰按好人猶言美人謂君也好人服之服指服用卽謂君子服用之傳以好人謂好手之人箋訓服爲整竝失之要之襋之承上摻摻女手謂女要之襋之以供好人之服用下言要襋兼衣裳言而上止言縫裳者詩以裳與霜韵故言裳以該衣非謂女專縫裳也

好人提提傳提提安諦也瑞辰按提爲媞之叚借說文媞諦也爾雅媞媞安也郭註見詩卽此詩媞媞爲安諦又爲美好東方朔七諫西施媞媞而不得見王逸章句媞媞好皃也引詩好人媞媞蓋本三家詩提提媞媞又

作姼姼漢書叙傳姼姼公主乃女烏孫師古註引詩好人媞媞云媞與姼音義同說文姼美女也與媞媞訓好義正合據說文姼或从氏作𡛖則爾雅釋訓怟怟愛也與媞媞音義亦近孟康漢書注作姼姼是也提提又通作折折檀弓吉事欲其折折耳鄭註折折安舒貌引詩好人提提山井鼎考文云折折古本作提提媞媞又通作徥徥方言自關而西凡細而有容謂之嫢或曰徥說文徥徥行皃也又曰嫢媞也媞媞又與禔禔義近說文禔衣厚禔禔又按下文維是褊心以刺魏君則上好人宜卽指魏君言不得如傳以好人爲好女手之人

宛然左辟傳宛辟貌婦至門夫揖而入不敢當宛然而

左辟釋文辟音避注同瑞辰按說文僻辟也引詩宛如左僻如猶然也僻卽辟也辟當讀如便辟之辟論語足恭孔安國註足恭便辟之貌也詩板無爲夸毗正義夸毗者便辟其足前却爲恭論語師也辟亦謂便辟好習容儀也列子釋文便僻恭敬太過也便與旋疊韻而同義故左傳以便爲旋凡言便辟與槃辟旋辟義亦同漢書儒林傳魯徐生善爲頌注蘇林徐氏後有張氏不知經但能盤辟爲禮容也郊特牲有由辟焉卽盤辟包咸論語註躩盤辟也盤辟亦曰旋辟曲禮若主人拜則客還辟辟拜還卽旋也旋辟亦曰般旋爾雅釋言般旋也說文般辟也象舟之旋投壺主人般旋曰辟賓般旋曰

辟大射儀賓辟注辟逡遁不敢當盛並與此詩左辟同義辟之言邊般辟爲容則易偏於一邊故曰左辟辟音婢亦反其義近避儀禮鄉射經主人少退注曰少退猶少辟也又鄉飲酒禮注曰少退少辟辟卽避也故此詩釋文讀辟爲避古左與邪通王制執左道以亂政殺盧植曰左道謂邪道是也左辟卽邪辟也此亦當指人君盤辟爲容

汾沮洳

序其君儉以能勤釋文作其君子云一本無子字正義案王肅孫毓皆以爲大夫采菜其集注序云君子儉以能勤今定本及諸本序直云其君義亦得通瑞辰按此

詩公路公行公族皆指大夫言則序作君子爲是

彼汾沮洳傳沮洳其漸洳者瑞辰按蒼頡篇沮者漸也沮漸同義故傳謂沮洳卽漸洳說文滓漸溼也滓卽洳字

言采其莫傳莫菜也正義引陸機疏云莫莖大如箸赤節節一葉似柳葉厚而長有毛刺今人繅以取繭緒其味酢而滑始生可以爲羹又可生食五方通謂之酸迷冀州人謂之乾絳河汾之間謂之莫瑞辰按本草羊蹄陶隱居注云又一種極相似而味酸呼爲酸摸又本草拾遺云酸摸葉酸美人亦折食其英葉似羊蹄與陸疏言酸迷者同是酸迷一名酸摸省言之則曰莫莫又轉

無爾雅釋草須葰蕪郭註似羊蹄葉細味酢可食葰蕪卽酸摸之轉音正此詩莫菜也或疑爾雅不載莫菜誤矣二章采桑箋云親桑事也據陸疏云莫可繅以取繭緒則采莫爲親繅事陸佃埤雅引此詩而釋之曰言其君儉以能勤始於侵繅事而采莫終於侵蠶事而采桑是也惟其君當作君子又采藚無所屬耳

殊異乎公路傳路車也箋公路主君之軞車庶子爲之晉趙盾爲軞車之族是也正義公路與公行一也以其主君路車謂之公路主君之行列者謂之公行正是一官也瑞辰按周官巾車掌王之五路車僕掌戎車之倅分路車戎車爲二此詩亦分公路公行爲二公路掌路

車主居守公行掌戎車主從行不必其爲一官左氏閔二年傳晉太子申生伐東山皋落氏羊舌大夫爲尉大戴記衛將軍文子篇言羊舌大夫爲公車尉盧辨註公車尉公行也此公行主從行之證左氏宣二年傳冬趙盾爲旄車之族服虔註旄車戎車之倅杜預註公行之官也是服杜竝以旄車爲公行非公路矣箋以旄車釋公路不若服杜爲確又左傳宦卿之適以爲公族又宦其餘子亦爲餘子其庶子爲公行有餘子而無公路此詩有公路而無餘子公行以庶子爲之公路較公行爲尊當卽以餘子爲之餘子主公路而不以公路名猶公行兼主庶子而不以庶子名凡一官兼數事者隨舉一

以名之耳正義謂餘子自掌餘子之政不掌公車不得謂之公路其說非也

美如英傳千人曰英 瑞辰按詩美無度度當讀如尺度之度與美如玉皆以器物爲喻不得謂英獨指人言英當讀如瓊英之英如英猶云如玉變文以協韻耳英通作瑛說文瑛玉光也或讀英如顔如舜英之英義亦可通

園有桃

園有桃 瑞辰按吕氏春秋重巳篇高註引詩園有樹桃初學記引詩亦同疑三家詩古有作樹桃者二章亦當作樹棘與鶴鳴詩園有樹檀文法相類詩蓋以園之有

桃棘必待人樹之以喻國有民必待君能用之序所云刺不能用其民也

其實之殽釋文殽本作肴 瑞辰按說文肴啖也凡非穀食曰肴亦通稱食爲肴殽者肴之叚借

我歌且謠傳曲合樂曰歌徒歌曰謠 瑞辰按徒歌曰謠義本爾雅韓詩章句有章曲曰歌無章曲曰謠義與毛傳同謠古字作䚻說文䚻徒歌从言肉聲又通作繇廣韻繇字註引詩我歌且繇葢本三家詩繇與謠通謠即由字繇謠一聲之轉故通用漢書李尋傳人民繇俗即謠俗亦其證也又說文嗂喜也音義亦與繇近

不知我者 瑞辰按唐石經作不我知者光堯石經同不

我知猶論語云不患莫已知古人自有倒語耳今本作不知我蓋因箋云不知我所爲歌謠之意者而誤

謂我士也驕箋士事也不知我所爲歌謠之意者反謂我於君事驕逸故瑞辰按我士與彼人對稱彼人謂所刺之人我士卽詩人自謂也謂我士也驕設言旁人以我指斥時事爲過甚有似於驕猶二章謂我士也罔極

廣雅極已也罔極謂求責之無已也箋訓士爲事失之傳於二章訓極爲中亦非

彼人是哉子曰何其傳謂夫人謂我欲何爲乎箋彼人謂君也曰於也不知我所爲憂者既非責我又曰君儉而嗇所行是其道哉子於此憂之何乎瑞辰按彼人猶

夫人也漢書賈誼傳彼且爲我死故吾得與之俱生彼且爲我亡故吾得與之俱存夫將爲我危故吾得與之皆安顔師古注夫猶彼人耳文十四年左傳齊公子元不順懿公之爲政也終不曰公曰夫已氏夫已氏猶詩言彼已之子也檀弓夫夫也爲習於禮者夫夫猶論語言彼哉彼哉故此傳卽以夫人釋彼人正義引定本傳作彼人不曰夫人義亦通也彼人當从箋說謂君曰亦當从箋訓於謂語詞也彼人是哉設爲不我知者之言言其君所行未爲非也子曰何其謂子憂之何乎何其卽何居也檀弓鄭注居讀如姬姓之姬齊魯之間語辭也其亦讀與姬同通用

其誰知之蓋亦勿思箋云無知我憂所爲者則宜無復思念之以自正也瑞辰按蓋者盍之假借亦者語詞爾雅曷盍也廣雅曷何也蓋亦勿思猶云何勿思也孟子蓋亦反其本矣猶云盍反其本也

園有棘傳棘棗也瑞辰按棗从重朿棘从並朿對文則異散文則棘亦訓棗爾雅槐棘醜喬周官外朝三槐九棘孟子樲棘並通以棘爲棗與此詩同據下言其實之食故知棘卽棗耳

陟岵

陟彼岵兮傳山無草木曰岵二章傳山有草木曰屺釋文此傳及解屺與爾雅不同王肅依爾雅段玉裁曰毛

詩所據爲長岵之言瓠落也屺之言荄滋也瑞辰按爾雅多草木岵無草木峐詩疏引作屺說文岵山有草木也屺山無草木也玉篇廣韻竝云岵山多草木也屺山無草木也玉篇廣韻兼取爾雅說文說文多本毛傳爾雅說文旣同則今本毛傳相反爲傳寫之誤無疑釋文云王肅依爾雅疑王肅所見毛詩未誤本同爾雅非必王肅依爾雅改也釋名山有草木曰岵岵者怙也人所怙取以爲事用也山無草木曰屺屺圮也無所出生也釋名之說亦當本之毛傳足證正義本傳寫之譌屺爾雅作峐北堂書鈔初學記太平御覽引釋名亦作峐爾雅釋文引三蒼字林聲類竝云峐卽屺字葢古音讀亥如巳

故逼用峐之言荄基也基荄初具未有草木也此當以爾雅說文釋名爲正段說非也

上愼旃哉傳旃之也箋上者謂在軍事作部列時朱子集傳上猶尚也瑞辰按之旃一聲之轉又爲之焉之合聲故旃訓之又訓焉見采苓箋上者尚之叚借漢石經魯詩作尚是本字

猶來無止傳猶可也父尚義瑞辰按二章傳曰母尚恩卒章傳曰兄尚親蓋皆取章末無棄無死爲義正義但云解孝子所以稱父戒己之意由父之于子尚義非傳恉也李黼平毛詩抽義曰說文讀中止也引司馬法曰師多則讀讀止也然則父戒已毋輕于退是爲父尚義

也次章毋戒已無棄身是毋尙恩卒章兄戒已無死敵是兄尙親故皆於章末言之傳意正當如是今按隱七年左傳公之爲公子也與晉人戰於狐壤止焉桓七年左傳驂絓而止止皆退敗不能前進之稱

猶來無棄 瑞辰按無棄與無死同義說文𡘋棄也俗語謂死曰大𡘋大𡘋猶曰大棄也役人亦逼稱死爲棄世

行役夙夜必偕傳偕俱也 瑞辰按傳訓偕爲俱者謂行役必兼夙夜猶上章無已無寐皆兼夙夜言之也集傳謂必與其儕同作同止似非詩義

十畝之間

十畝之間兮桑者閑閑兮傳閑閑然男女無別往來之

貌箋古者一夫百畝今十畝之間往來者閑閑然削小之甚瑞辰按井田之法一夫百畝魏雖削小未必僅止十畝又古者野田不得樹桑則此詩十畝蓋指公田十畝及廬舍二畝半言也古者民各受公田十畝又廬舍各二畝半環廬舍重桑麻雜菜孟子所謂五畝之宅樹牆下以桑穀梁傳所云公田爲居公羊宣十五年何註所謂還廬舍種桑荻雜菜也凡爲田十二畝半詩但言十畝者舉成數耳閑閑泄泄皆樹桑盛多之貌詩蓋言彼國樹桑之盛民得所居以明魏地陿隘民無所居行與子還行與子逝皆相約往適異國卽碩鼠逝將去女適彼樂國也箋說失之又按桑者閑閑兮白帖八十二

引作桑柘又云十畝桑柘盡趨南陌之功古音石與者同聲故柘或叚借作者猶渥渚韓詩作渥洏也桑柘同類皆可養蠶月令季春命野虞毋伐桑柘是也三家詩葢有作桑柘者故白帖引之二章亦當作桑柘說毛詩者望文生義無知者字當訓柘者葢巳久矣

行與子還兮傳或行來者或來還者 瑞辰按顏師古注漢書楊雄傳曰行且也李善文選注亦曰行猶且也王尚書謂此詩行與子還行與子逝猶言且與子歸且與子往其說是也今按詩人思去其國有昔來而今歸者有去此而適彼者故或言還或言逝皆謂往也傳以還爲來還者似非詩義正義云往來俱行讀行爲行路之

行亦非

伐檀

坎坎伐檀兮傳坎坎伐檀聲 瑞辰按漢石經欿欿伐輪兮漢劉表京房竝以欿爲坎大元雷推欿竄郎坎窞也皆坎古通作欿之證廣雅欿欿聲也鼓聲爲坎坎伐木聲亦爲坎坎

河水清且漣漪傳風行水成文曰漣伐檀以俟世用若俟河水清且漣 瑞辰按詩義葢以河水之清喻君子之廉潔有異在位之貪鄙非如傳言俟河之清也爾雅釋水云河水清且瀾漪大波爲瀾據說文大波爲瀾瀾或从連作漣是瀾漣本一字古連讀若瀾故與檀干爲韻

漣亦作瀾猶蓮通作蕳也漪漢石經作兮釋文本作猗與書秦誓斷斷猗大學引作兮正合是知猗即兮也正義釋詩云猗皆辭也亦謂猗即兮耳

胡取禾三百廛兮傳一夫之居曰廛瑞辰按易訟九二其邑人三百戶鄭注下大夫采地方一成其稅三百家故三百戶雜記大夫之喪其升正柩也執引者三百人鄭注諸侯之大夫邑有三百戶之制疏引鄭君易訟卦注爲證云一成所以三百家者一成九百夫宮室塗巷山澤三分去一餘有六百夫畝又有不易一易再易通率一家而受二夫之地是定稅三百家也又論語奪伯氏駢邑三百孔注伯氏食邑三百家鄭注三百家齊下

大夫之制此詩三百廛正義引遂人夫一廛田百畝即爲三百家亦指下大夫采地之制言之二章三百億三章三百囷皆承上三百廛而言謂三百家所取之億三百家所取之囷變文以協韻耳又按國語吳語曰寡人其達王於甬句東夫婦三百亦是三百家有夫有婦然後爲家此傳只言一夫者言夫以該婦也

不素餐兮傳素空也　瑞辰按廣雅釋詁素空也素索古通用左傳八索釋文本或素釋名八索索素也小爾雅索空也孟子趙注無功而食謂之素餐亦訓素爲空韓詩訓爲質素失之足利本餐作飧劉向說苑引詩不素飧兮據說文餐或从水作湌鄭風使我不能餐兮考文本餐作湌知飧爲湌

字之譌至爾雅釋言粲餐也釋文餐本作飧乃因餐本作湌與飧形近而誤

河水清且直猗傳直直波也瑞辰按釋水直波爲徑郭註言徑涏也釋名作直波曰涇云涇徑也言如道徑也爾雅瀾淪皆釋此詩則徑亦釋詩詩本蓋作徑猗毛傳原作徑直波也徑直聲轉古即讀如直後人以徑於韻不協乃改爲直正義所云直波不言徑而言直者取韻故也然直波不可單稱直猶漣爲大波不可遂稱大淪爲小波不可遂稱小也又按說文涇直流也與直波爲徑音義相近疑徑即涇之叚借徑涇聲皆雙聲涇之通作徑猶詩瓶之罄兮之通作窒也

河水淸且淪漪傳小風水成文轉如輪也瑞辰按釋文引韓詩順流而風曰淪淪文貌據廣雅釋詁倫順也韓詩訓淪爲順流而風正與倫義近順流則波恒小亦與爾雅小波爲淪義合釋名淪倫也水文相次有倫理也理亦順也義正與韓詩同較毛傳文轉如輪爲善

胡取禾三百囷兮傳圓者爲囷瑞辰按說文囷廩之圜者从禾在囗中圜謂之囷方謂之京今時農人以席作圌貯穀曰圌釋名圌屯也屯聚之也說文作𥫱云篅也篅判竹圜以盛穀也廣雅𥫱謂之篅據蒼頡篇篅圜倉也則知今之圌卽古囷之遺制囷也𥫱也篅也異名而同實說文又曰㡒載米䉛也讀若屯卦之屯亦與囷𥫱

聲近而義同圓卽笵之俗字

不素飧兮傳孰食曰飧箋飧讀如魚飧之飧瑞辰按孟子趙註朝食曰饔夕曰飧此對言則異也小雅祈父傳孰食曰饔此傳又曰孰食曰飧此散言則通也至周官司儀注小禮曰飧大禮曰饔上公飧五牢饔餼九牢侯伯飧四牢饔餼七牢子男飧三牢饔餼一牢注公侯伯子男飧皆飪一牢是其飧饔與常食不同且飧亦不皆孰食據鄭志答張逸云禮飧饔大非可素不得與不素餐相配故易之是鄭君誤以毛傳孰食曰飧爲指禮食不知毛公亦泛言孰食耳至鄭君讀如魚飧之飧據字林飧水澆飯也釋名飧散也投水於中解散也禮記玉

藻疏飱謂用飲澆飯於器中也魚飱盚置魚飯中有似水澆飯者遂名魚飱故公羊以爲飡又按說文飱餔也餔申時食也而正義引說文飱水澆飯也證以釋文乃知所引說文係字林之誤

碩鼠

碩鼠碩鼠碩大也瑞辰按碩鼠卽爾雅鼫鼠碩卽鼫之叚借易晉九四晉如鼫鼠子夏易傳九家易竝作碩鼠是碩鼫通用之證碩鼫皆取大義非卽五技鼠詩疏引爾雅孫炎注以鼫鼠爲五技鼠樊光舍人注同其說非也廣雅鼩鼠鼫鼠郭注爾雅鼫鼠云形大如鼠頭似兔尾有毛青黃色好在田中食粟豆關西呼爲鼩鼠見廣

雅音雀正義引陸機疏云今河東有大鼠能人立交前兩脚於頸上號舞善鳴食人禾苗人逐則走入樹空中亦有五技或謂之雀鼠其形大故序云大鼠也魏國今河北縣是也言其方物宜謂此鼠非鼫鼠也則陸疏謂碩鼠别有一種卽古所云禮鼠者非卽五技鼠也

三歲貫女傳貫事也箋我事女三歲矣瑞辰按貫魯詩作宦貫卽宦之叚借釋文貫徐音官說文宦仕也玉篇宦宦也說文官吏事君也仕與事亦同義三歲宦女猶左傳云宦三年矣古者三載考績又于三年大比民數故詩言三歲宦女謂其仕已三年曾無德政及民以明在所當黜也此葢刺其大夫重歛之詩序國人刺其君

重歛當作其君子猶汾沮洳序其君子儉以能勤今本誤作其君也

爰得我直傳得其直道箋直猶正也瑞辰按直與道一聲之轉古通用說苑脩文篇樂之動於內使人易道而好良易道卽樂易所云易直也爾雅釋詁道直也爰得我直猶云爰得我道傳云得其直道者正以道訓直非於直外增道字也箋謂直猶正也失之王尙書讀直爲職訓職爲所與上章爰得我所同義竊謂訓直爲道義與所亦相合古人以失路爲失所則得道亦爲得所矣

誰之永號傳號呼也箋之往也永歌也樂郊之地誰獨當往而歌號者言皆喜說無憂苦瑞辰按永釋文本作

咏云咏本亦作永同音詠足利本作詠據箋永歌也正讀永爲詠古詠歌字多消作永永號猶詠歎也正義云永是長之訓以永號其文故以永爲歌失之之其也呂氏春秋音初篇高注之其也誰之永號猶云誰其永號箋訓之爲往失之

清桐城馬氏本毛詩傳箋通釋

第三册

清 馬瑞辰撰

天津圖書館藏清道光十五年桐城馬氏學古堂刻本

山東人民出版社・濟南

毛詩傳箋通釋卷十一

桐城馬瑞辰學

唐

唐風總論

山海經云縣雍之山晉水出焉水經云晉水出晉陽縣西縣甕山東過其縣南又東入於汾水縣甕山即縣雍也舊謂晉侯燮因晉水始改唐爲晉故史記晉世家云唐叔子燮是爲晉侯但考國語叔向曰昔先君唐叔射兕於徒林殪以爲大甲以封於晉呂氏春秋重言篇亦言成王於是遂封叔虞於晉又史記周本紀云晉唐叔得嘉穀獻之成王唐叔冠以晉猶康叔冠以衛也是晉之名唐叔時已先有之詩不言晉而言唐者從乎其始

封實有取乎其遺風也吳季札觀樂爲之歌唐則唐風之稱實沿其舊至季札云其有陶唐氏之遺風乎蓋第取蟋蟀山樞二詩言之此序說堯之遺風所自來也國家之興莫先於得民心欲得民心莫先於用賢士欲用賢士莫先於去讒言唐風自揚之水及椒聊作則民心失矣有杕之杜作則賢士去矣采苓作則讒言興矣而綢繆失婚姻之時鴇羽棄父母之養羔裘有懷惡之刺葛生悲攻戰之煩此民心所由失也杕杜傷骨肉之離此賢士所由去也惟無衣詩以美武公然得國由於篡取命服出於貨賂飾其詞以美之實隱其言以譏之唐風十二篇蓋無一非刺詩矣

蟋蟀

蟋蟀在堂傳蟋蟀蛬也九月在堂瑞辰按陸機詩疏蟋蟀一名蜻蛚易緯通卦驗曰乃立秋而蜻蛚上堂是蟋蟀之在堂固不待九月也豳詩七月在野八月在宇九月在戶在宇在戶皆可以堂統之蓋易緯立秋上堂者言其始毛傳九月在堂舉其終又周正建子以十月爲歲莫詩下云歲聿其莫故傳以蟋蟀在堂爲指九月耳

職思其居傳職主也箋又當主思於所主之事謂國中政令瑞辰按傳箋從爾雅訓職爲主首章職思其居義猶可通謂君子思不出其位也若職思其外職思其憂亦訓主則於義未協爾雅釋詁職常也常从尙聲故職

又逼作尙秦誓亦職有利哉大學引作尙亦有利哉論衡引作亦尙有利哉王懷祖觀察謂此詩三職字皆當訓常竊謂此當訓尙爾雅尙庶幾也謂尙思其居尙思其外尙思其憂也與上文無已大康語意正相貫又按詩內職字有宜從爾雅訓常者大東詩職勞不來王觀察謂常服勞苦而不見勞來是也有用爲發語詞者十月之交詩職競由人猶言競由人也桑柔詩職凉善背言凉善背也職競用力言競用力也職盜爲寇言盜爲寇也召閔詩職兄斯引言兄斯引也職兄斯宏言兄斯宏也有作適字解者巧言詩職爲亂階猶言適爲亂階也職與識古通用說文職記散也周官職方亦作識方職之訓適猶識亦

訓適也成十六年左傳識見不穀而趨無乃傷乎王觀察曰言適見不穀而趨也晉語作屬見不穀而下韋注曰屬適也　又有用爲句中語助者抑詩亦職維疾言亦維疾也猶亦惟斯戾卽言亦維戾也傳箋於職字皆訓爲主失之又按僖二十八年左傳甯子職納櫜饘焉卽言納櫜饘也襄七年左傳引周詩兆云詢多職競作羅言競作羅也襄十四年左傳蓋言語漏泄則職女之由猶言則女之由也三職字皆語詞舊或訓職業或訓主亦誤至說文職記𢼸也職卽職業之職孟子曰子思臣也微也微正當訓職

役車其休箋庶人乘役車役車休農功畢無事也瑞辰按古者役不踰時月令孟秋乃命將帥則孟冬正當旋

役之時采薇詩曰歸曰歸歲亦陽止杕杜詩日月陽止女心傷止征夫遑止皆古者歲莫還役之證役車當謂行役之車孔疏因箋云農功畢遂謂役車爲收納禾稼所用失之

日月其慆傳慆過也瑞辰按說文慆說也爲本義毛傳訓過者葢以慆爲滔字之叚借說文滔水漫漫大皃大則易失之過故過又大義之引申也古慆聲讀近悠故與休憂爲韻

山有樞

山有樞隰有榆傳興也樞荎也國君有財貨而不能用如山隰不能自用其財瑞辰按傳取興最善山隰有材

木不能自用祇以供人之用正以輿下他人所愉引起全詩又按爾雅釋木藲莖郭注今之刺榆也引詩山有樞詩序釋文云樞本或作蓲據隸釋載石經魯詩殘碑作蓲是作蓲者爲魯詩作樞者爲毛詩皆藲字之消借王尚書曰莖之言挃也廣雅挃刺也故刺榆謂之莖又謂之梗榆梗亦刺也說文梗山枌榆有朿是也

弗曳弗婁傳婁亦曳也瑞辰按婁者摟之消借說文摟曳聚也段玉裁云當作曳也聚也玉篇引詩弗曳弗摟摟亦曳也釋文引馬云婁牽也與劉熙孟子註訓摟爲牽者正合

宛其死矣傳宛死貌釋文宛本亦作苑瑞辰按宛卽苑之叚借淮南子本經訓百節莫苑高注苑病也又俶眞

訓形苑而神壯高注苑枯病也苑又通蔫廣雅蔫菸矮蔫也玉篇萎蔫也竝與傳訓宛爲宛皃義相近宛與矮蔫皆一聲之轉宛與苑當卽蔫字之叚借

山有栲傳栲山樗正義引陸疏云許慎正以栲讀爲糗今人言考失其聲耳 瑞辰按爾雅栲山樗說文無栲字云柷山樗也从木尻聲柷卽栲之異文樗卽樗字之譌以陸疏證之說文柷下別有讀如糗今脫去耳古音栲讀如糗猶考讀如朽淮南子夏后氏之璜不能無考考卽說文之玉訓爲朽玉者俗作㺫音鱢是也陸疏謂今人讀考失其聲不知考與糗古本同音詩疏引爾雅郭註俗語曰櫄樗栲漆相似如一本草圖經云椿木樗木

形榦大抵相類椿本密而葉香可噉樗本疏而氣臭膳夫亦能熬去其氣北人呼樗爲山椿據此知栲爲山樗卽今俗稱臭椿樹故音亦讀糗

隰有杻傳杻檍也瑞辰按檍說文作𣘛云𣘛梓屬大者可爲棺椁小者可爲弓材卽爾雅之杻檍說文大徐本於椋欑二篆之間別出檍篆云杶也乃後人妄增段玉裁从繫傳本刪去是也又按爾雅杻檍釋文檍字又作億說文云檍梓屬也據說文云𣘛梓屬乃知陸氏所據說文本無檍篆知𣘛卽檍也陳壽祺謂釋文字又作億之億及引說文云檍之檍二字竝當爲𣘛字之譌

弗洒弗埽傳洒灑也正義洒謂以水溼地而埽之故轉

爲灑瑞辰按說文灑汎也洒滌也古文以爲灑埽字是洒灑二字本異義古文以聲近故叚洒爲灑

弗鼓弗考傳考擊也釋文鼓如字本或作擊非瑞辰按詩序正義引詩正作弗擊弗考本句正義曰今定本云弗鼓弗考云考擊也無亦字義竝通也據此知注疏本經原作弗擊弗考傳原作考亦擊也文選李善註引毛詩曰子有鐘鼓弗擊弗考毛萇曰考亦擊也李所引與孔本正同亦擊正承上弗擊而言惟定本經作弗鼓弗考傳作考擊也今註疏本誤从定本失其舊矣竊謂經弗鼓當爲弗敱之譌說文敱擊鼓也讀若屬經作敱訓擊敱與擊爲雙聲故傳寫者通作弗擊釋文云鼓如字

鼓亦鼔字之譌以鼔卽爲擊不煩改字故又云本或作擊非也說文缶字註秦人鼔之以節歌韵會鼔作擊此鼔擊通用之證易不鼓缶而歌以說文韵會證之知鼓爲鼔之譌此詩弗鼓合毛傳孔疏釋文證之鼓亦當作鼔考者攷之叚借說文攷敂也敂擊也惟經上作弗鼔訓爲擊故傳云考亦擊也宋岳珂刊九經三傳凡鼓瑟鼓琴鼓鐘于宮字皆作鼔未爲確核獨此詩作弗鼔弗考則甚確也

揚之水

揚之水白石鑿鑿傳興也鑿鑿鮮明貌箋激揚之水激流湍疾洗去垢濁使白石鑿鑿然興者喻桓叔盛彊除

民所惡民得以有禮義也瑞辰按王風揚之水以喻平王不撫其民鄭風揚之水以閔忽之無臣是激揚之水雖迅疾而實無力故兩詩皆言不流束薪不流束楚此詩揚之水益以喻晉昭微弱不能制桓叔而轉封沃以使之强大則有如水之激石不能傷石而益使之鮮潔故以白石鑿鑿喻沃之盛强耳箋謂以喻桓叔除民所惡失之

白石皓皓傳皓皓潔白也瑞辰按說文無皓字惟日部有晧云日出皃白部皢日之白也日色之光白故晧訓日出皃引伸爲凡絜白之稱今俗通改作皓猶的本从日今亦譌从白也

從子于鵠傳鵠曲沃邑也正義曰晉封桓叔於曲沃非獨一邑而已其都在曲沃其旁更有邑故曰鵠曲沃邑也瑞辰按鵠古通作皋易林否之師曰揚水潛鑿使石絜白衣素表朱戲遊皋沃義本此詩皋沃卽此詩從子于沃從子于鵠也皋與鵠古同聲皋通作鵠猶周禮皋舞當爲告左傳定四年經盟于皋鼬公羊經作浩油也皋者澤也鶴鳴詩毛傳皋澤也韓詩九皋九折之澤易林戲遊皋沃豫之大過又作遊戲皋澤是知沃亦澤也澤也皋也沃也蓋析言則異散言則通襄二十五年左傳鳩藪澤收濕皋井衍沃此析言也鶴鳴傳訓皋爲澤易林皋沃一作皋澤此散言也曲沃本取沃澤之義故詩別稱皋鵠以協韻

三家詩从本字作皋毛詩叚借作鵠傳云鵠曲沃邑者正謂鵠卽曲沃非謂曲沃之旁別有邑名鵠也水經注涑水又西南逕左邑縣故城南故曲沃也晉武公自晉陽徙此秦改爲左邑縣詩所謂從子于鵠者也以鵠與曲沃爲一正與毛傳合孔疏謂曲沃旁更有邑名鵠失傳恉矣或疑左傳呂相絕秦所云焚我箕郜謂郜卽鵠亦未確

白石粼粼傳粼粼淸澈也瑞辰按粼粼蓋粼粼形近之譌說文有粼無粼云粼水生厓石閒粼粼也正與詩義合釋文粼本又作磷皆後人增益之字粼又通借作鄰管子水地篇夫玉溫潤以澤仁也鄰以理者知也荀子作

栗而理知也鄭栗一聲之轉皆清澈之貌

椒聊

椒聊之實傳椒聊椒也箋椒之性芬香而少實今一捄之實蕃衍滿升非其常也　瑞辰按爾雅釋木椒櫢醜莍郭註莍萸子聚生成房皃爾雅又曰朻者聊郭註未詳今按朻莍古音同朻即莍也椒聊即椒莍也鄭箋一捄二字正釋聊字竊疑毛傳原作椒聊椒莍也故箋言一捄之實以申釋之後毛傳脫去莍字陸疏遂誤以聊爲語辭矣說文茮茱莍也義本毛傳當作茮聊茱莍也後人不知聊即爲莍或妄删去聊字耳說文又曰莍櫢茱實如裘也箋作捄者叚借字也劉向九歎懷椒聊之蔎

菽兮王逸註椒聊香草也椒聊二字連讀亦不以聊爲語辭

遠條且傳條長也瑞辰按足利古本經文二條字皆作脩方言廣雅竝曰脩長也條脩古同聲通用史記周勃封爲條侯注曰條表皆作蓨漢書地理志信都國脩縣註曰脩音條括地志作蓨脩是其證也疑毛傳以條爲脩之叚借或本作脩故訓爲長但考二章傳言聲之遠聞也段玉裁曰聲當作馨與說文馨香之遠聞也合使兩章經皆作脩則首章傳既以長釋之二章傳不煩另釋竊謂古本首章作脩故傳訓長二章經作條故傳取芬芳條暢之義訓爲馨之遠聞也足利本兩章皆作脩正

義本及唐石經兩章皆作條各有一誤又按攸爲行水攸攸之皃故義又爲長爾雅釋詁悠長也悠當作攸凡經傳作脩訓長者皆攸字之叚借

蕃衍盈匊傳兩手曰匊　瑞辰按宣十二年左傳舟中之指可掬矣杜註兩手曰掬義與毛傳同小雅采綠詩不盈一匊毛傳亦曰兩手曰匊說文在手曰匊段玉裁謂在手當爲兩手之譌今按考工記陶人疏引小爾雅云匊二升二匊爲豆豆四升是兩手謂之匊二升亦謂之匊此詩盈匊對上章盈升而言崔靈恩集註謂匊大于升則當爲二升之匊采綠詩不盈一匊與不盈一襜對言襜爲衣蔽前則匊亦應爲量物之器古篆文升與手

字形相近毛傳兩手或二升之譌小爾雅二升今俗本亦譌爲兩手是其證也又按說文廾部弆兩手盛也从去聲廣韻曰弆說文音匊是兩手所盛以弆爲正字作匊者乃同音叚借字耳說文又曰臼叉手也義與弆近

綢繆

綢繆束薪傳綢繆猶纏綿也男女待禮而成若薪芻待人事而後束也　瑞辰按綢繆二字疊韻廣雅綢繆纏綿也義本毛傳詩人多以薪喻婚姻漢廣翹翹錯薪以興之子于歸南山詩析薪如之何以喻娶妻此詩束薪束芻束楚傳謂以喻男女待禮而成是也箋謂作詩者束薪於野失之

三星在天傳三星參也箋三星心星也瑞辰按傳以秋冬嫁妻爲正故謂三星爲參星而以在天在戸在隅爲得時箋以仲春嫁娶爲正故謂三星爲心星而以在天在戸在隅爲失時竊據經文今夕何夕似謂失時則上言三星在天在戸在隅必爲得時傳說是傳以三星見爲嫁娶正時與今夕何夕爲失時孔疏謂今夕何夕言今此三星在天之夕非傳恉也參之言三也史記天官書參三星直者爲衡石古者自九月霜降逆女至二月冰判爲婚姻之期正値參在天在隅在戸之時故嫁娶以參爲候參辰二星不相比辰伏則參出夏小正八月辰則伏則者始辭謂始伏也小正又言九月內火傳謂

大火辰之伏以九月則參之見亦以九月以爲始嫁娶之候與荀子大略篇霜降逆女正合陳風東門之楊毛傳言男女失時不逮秋冬秋正謂九月季秋王肅以三星在天爲十月似非傳義

子兮子兮傳子兮者嗟兹也經義述聞曰嗟兹卽嗟嗞說文嗞嗟也廣韻嗞嗟憂聲也秦策曰嗟嗞乎司空馬管子小稱篇曰嗟兹乎聖人之言長乎哉說苑貴德篇曰嗟兹乎我窮必矣揚雄青州牧箴曰嗟兹天王附命下土皆歎詞也或作嗟子楚策曰嗟乎子乎楚國亡之日至矣尚書大傳曰嗟子乎此蓋吾先君文武之風也夫是嗟子與嗟嗞同經言子兮子兮猶曰嗟子乎嗟嗞

乎故傳以子兮爲嗟茲鄭箋謂子兮子兮斥娶者殆失其義正義訓茲爲此尤非傳義瑞辰按王說是也說文無嗟有䓈云䓈咨也䓈卽嗟字咨卽嗞之通借嗞咨同音段玉裁謂咨爲嗞字之譌不知咨音同嗞亦爲嗟嘆爾雅嗟咨𧬈也堯典咨四岳蕩詩文王曰咨皆爲嗟歎之辭音義竝與嗞同子茲一聲之轉子兮之讀如嗟茲猶負茲之通作負子也史記魯世家述金縢曰是有負子之責於天孔廣森謂卽公羊屬負茲舍之負茲是也何休註天子有疾稱不豫諸侯稱負茲

見此邂逅傳邂逅解說之貌瑞辰按鄭風邂逅相遇傳云不期而會此傳云解說之貌者釋文邂本亦作解逅本又作覯說音悅廣雅解悅也學記相說以解傳蓋以解有悅義經作解覯故釋爲解說之皃其實此詩邂逅

亦爲遇合說文無邂逅字古邂只作解逅止作遘或作構及覯淮南俶眞訓孰能解構人間之事高注解構猶會合也此詩設爲旁觀見人嫁娶之辭見此良人見其夫也見此粲者見其女也見此邂逅見其夫婦相會合也毛傳以爲解說之貌胡承珙曰卽因會合而心意解說耳韓云邂覯不固之貌則謂倉卒遘遇故爲不固皆與毛傳不期而會義相通

杕杜

有杕之杜傳杕特貌 瑞辰按說文杕樹皃從木大聲大與特雙聲故傳訓爲特貌有杕之杜序武公寡特亦取詩有杕之杜爲喻然此詩其葉湑湑其葉菁菁皆言葉

之盛則杜雖孤特猶有葉以爲蔭芘與有杕之杜取輿微異詩以杜之特喻君以其葉之茂喻宗族與今之獨行無親爲杕杜不若也又按之猶者也有杕之杜猶云有杕者杜與有頍者弁有菀者柳有卷者阿字異而句法正同小雅有棧之車與有芃者狐相對成文之猶者也之諸一聲之轉士昏禮注諸之也僖九年左傳以是藐諸孤卽藐者孤也爾雅釋魚龜前弇諸句果後弇諸句獵猶上云俯者靈仰者謝也諸亦者也諸之古同訓諸訓者則之亦得訓爲者矣

其葉湑湑傳湑湑枝葉不相比也瑞辰按二章菁菁傳云葉盛則首章湑湑亦當爲葉盛皃說文湑字注一曰

露皃也引詩零露湑兮露之濃皃爲湑木之盛皃爲湑湑其義一也胥疏古同聲通用傳蓋讀湑如疏以湑湑爲稀疏之皃故曰枝葉不相比然與下章菁菁不相類非詩義也

獨行踽踽傳踽踽無所親也瑞辰按說文踽疏行皃廣雅踽踽行也踽通作偊列子力命篇偊偊而步釋文引字林偊疏行皃

胡不佽焉傳佽助也箋胡不相推佽而助之正義佽古次字欲使相推以次第助之耳非訓佽爲助瑞辰按次且一聲之轉故佽可訓助比次古音義同比輔也輔助也比爲助則次亦助矣說文佽字注一曰遞也遞次音

義正同凡物之次第相比者皆有相助之義爾雅佴貳也郭注佴次爲副貳說文佴佽也又曰貳副益也佽益皆助也是知說文佽下一曰遞者即助義也又次茲聲相近茲益也廣雅助益也又資从次聲資亦助也傳訓佽爲助可補爾雅詁訓之闕箋云推佽猶推助也焦循曰箋以推佽並言儒行註云推舉也舉猶與也與猶助也以推明佽正是以助明佽其說是也正義謂傳箋非訓佽爲助失之

獨行睘睘傳睘睘無所依也釋文睘本亦作煢又作㷀

瑞辰按說文赹獨行也讀若煢此詩睘睘之正字說文睘目驚視也从目袁聲今省作睘此赹之同音叚借或

通作嬛說文嬛材緊也引春秋傳嬛嬛在疚是也或通作煢小爾雅寡夫曰煢今左傳及漢書匡衡傳並言煢煢在疚是也古營睘同音煢从營省聲故睘煢通用煢又作㷀方言㷀獨也楚曰㷀郭注古煢字廣雅㷀獨也玉篇㷀特也皆是也煢又通惸小雅正月哀此惸獨楚辭注引作哀此煢獨是也釋文云又作煢者煢卽煢之異文說文煢回疾也段注云回轉之疾也引申爲煢獨取褱回無所依之意

不如我同姓傳同姓同祖也瑞辰按說文姓人所生也古之神聖人母感天而生子故偁天子因生以爲姓从女生生亦聲白虎通姓者生也人所稟天氣以生者也

昭四年左傳問其姓釋文曰女生曰姓姓謂子也姓从女生會意上古賜姓皆因其母之所生如神農母居姜水因賜姓姜黄帝母居姬水因賜姓姬舜母居姚墟因賜姓姚堯釐二女於嬀汭而舜後因氏嬀是也又如禹祖昌意以其母吞薏苡生因賜姓姒殷契以其母吞元鳥子生因賜姓子是古賜姓由母之證此詩同姓對前章同父而言又據下文人無兄弟言同姓蓋謂同母生者春秋公羊傳所謂母弟稱弟母兄稱兄春秋繁露所謂商質者主天篤母弟也與周禮司儀天揖同姓及襄十二年左傳同姓於宗廟謂同始祖者異傳以同姓爲同祖失之

羔裘

自我人居居傳自用也居居懷惡不相親比之貌二章傳究究猶居居也瑞辰按爾雅居居究究惡也惡讀如愛惡之惡釋詩義非詁詩辭蓋言惡在位者徒有此盛服而不恤其民非訓居居究究爲惡也古居處之居作凥居爲古踞字釋文居又音據是也踞通作居故說文曰裾讀與居同荀子子道篇子路盛服見孔子子曰由是裾裾何也楊倞注裾裾衣服盛皃說苑裾裾作襜襜此詩居居承上羔裘豹袪正當讀爲裾裾言其徒有此盛服也我詩人我在位者謂自我在位之人皆徒有居居之盛而不恤其民之意自可於言外得之究究猶居

居蓋窮極奢侈之意亦盛服皃劉向九懷涕究究兮王逸注究究不止貌也涕不止爲究究好奢不止亦爲究究其義一也

維子之故箋我不去者乃念子故舊之人瑞辰按故之言固也閔元年左傳因重固服虔曰重不可動因其不可動而堅固之洪頤煊曰此與上親有禮對言因其爲重臣而安固之襄十四年左傳史佚有言曰因重而撫之是固猶撫也故舊謂之故能愛好其故舊之人亦謂之故維子之故猶言維子之好也鄭風遵大路亦以故與好竝言箋訓爲故舊失之

鴇羽

肅肅鴇羽集于苞栩傳興也肅肅鴇羽聲也集止苞稹栩杼也鴇之性不樹止箋興者喻君子當居安平之處今下從征役其爲危苦如鴇之樹止瑞辰按陸疏曰鴇連蹏性不樹止釋文鴇似鴈而大無後趾今按鴇蓋鴈之類鴈亦不樹止也余嘗以目驗之其無後趾信然卽陸疏所云連蹏也詩蓋以鴇之集樹爲失性喻君子之下從征役爲失所耳

王事靡盬傳盬不攻緻也瑞辰按盬者息也爾雅釋詁棲遲憩休苦息也郭註勞苦者宜止息乃望文生義不知苦卽盬之叚借爾雅正釋詩盬爲息王事靡盬猶云王事靡有止息故不能蓺稷黍也靡盬之盬爾雅借作

苦猶周官鹽人共其苦鹽典婦功辨其苦良苦皆當讀爲盬也禮記夫婦之道苦猶云夫婦之道息也盬又通𧇣方言盬且也郭注盬猶𧇣也玉篇廣韻竝曰𧇣息也凡古人言姑且者猶云姑息也𧇣與姑竝與盬音近而義同戴侗六書故曰盬猶緩暇也緩暇亦息也王符潛夫論愛日篇引詩王事靡盬不遑將父而釋之曰言在古閒暇而得行孝今迫促不得養也以迫促釋詩靡盬正訓靡盬爲靡有暇息其說當本三家詩凡小雅言王事靡盬義竝同此毛鄭讀盬爲良盬之盬此傳以盬爲不攻緻四牡傳又以盬爲不堅固孔疏又讀盬如蠱並非

曷其有所箋曷何也何時我得其所哉瑞辰按三蒼所處也廣雅處止也所爲處處卽爲止曷其有所猶言曷其有止與下二章曷其有極曷其有常同義

肅肅鴇行傳行翮也段玉裁曰行翮於雙聲求之上文云鴇羽鴇翼故不得以行列釋之瑞辰按行之訓翮經傳無徵鴇行猶鴈行也鴈之飛有行列而鴇似之說文𠤕相次也从匕十鴇从此蓋鴇之飛比次有行列故字从𠤕會意鴇行訓作行列爲是不得以上文言鴇羽鴇翼遂訓行爲翮也

無衣

不如子之衣傳諸侯不命於天子則不成爲君箋武公

初并晉國心未自安故以得命服爲安正義親就天子使請天子之衣故曰子之衣瑞辰按天子古未有單稱子者古者稱卿大夫士通曰子序云請命乎天子之使則詩所云子者卽指天子之使言諸侯有七命六命之衣天子之使亦有七命六命之衣但已未受命於王非使者受命於王可比故曰不如子之衣安吉安燠也孔廣森曰大車傳曰天子大夫四命其出封五命如子男之服正義曰毛意以周禮出封爲出於封畿非封爲諸侯也尊王命而重其使出於封畿卽得加命則知天子之卿六命來使於晉亦假以七章之服故詩兩言子之服一言其加服一言其本服今按孔說是也周官典命

王之三公八命其卿六命大夫四命及其出封皆加一等出封宜如毛傳謂出於封疆出者加一等則入者宜減一等典命疏云若毛君則出加入減是也覲禮侯氏乘墨車此正入減之證天子之卿六命出使則加爲七命之服侯伯七命入天子之國則減爲六命之服故晉侯亦得如天子之卿有衣七衣六之異詩言不如者正求其能如之也毛傳於首章言侯伯之禮七命冕服七章於二章曰天子之卿六命車旗衣服以六爲節但據常禮言之至天子卿大夫出封加一等義已著於大車傳則其義固可推而知也正義乃以詩言子爲天子失其義矣

有杕之杜

有杕之杜生于道左傳興也道左之陽人所宜休息也箋道左道東也日之熱恒在日中之後道東之杜人所宜休息也今人不休息者以其特生陰寡也瑞辰按下章道周韓詩作道右則左右隨所見言之不以道左之陽取興

曷飲食之箋曷何也言中心誠好之何飲食之當盡禮極歡以待之瑞辰按曷訓爲何亦爲何不爾雅曷盍也郭注盍何不也曷飲食之謂何不飲食之也彼君子兮噬肯適我設爲武公好賢之虛詞中心好之曷飲食之責其無求賢之實也

生於道周傳周曲也釋文周韓詩作右瑞辰按道周與道左相對成文故韓詩訓爲道右右周古音同部周卽右之叚借右通作周猶詩既伯既禱禱通作禂也壽从𠃬聲𠃬古作𠷎从又聲右从又又亦聲皆與周通用說文服字註一曰車右騑所以舟旋舟旋卽周旋也是周與右義亦相通毛傳訓周爲曲者據蒹葭詩道阻且右箋云右者言其迂迴迂迴卽屈曲也則傳訓曲亦與右義相近

葛生

葛生蒙楚蘞蔓于野傳與也葛生延而蒙楚蘞生蔓於野喻婦人外成於他家瑞辰按葛與蘞皆蔓草延於松柏則得其所猶婦人隨夫榮貴今詩言蒙楚蒙棘蔓野

蔓域葢以喻婦人失其所依隨夫卑賤杜詩兎絲附蓬麻引蔓故不長其取興與此詩同義至於予美亡此則求貧賤相依而不可得矣又按正義引陸機疏云蘞似栝樓葉盛而細其子正黑如燕薁不可食幽州人謂之烏服其莖葉煑以哺牛除熱不引爾雅說文爾雅萰兎荄郭注亦云未詳據說文薟白薟也或作蘞本草白蘞一名菟核菟核與兎荄同是蘞卽爾雅之萰

予美亡此箋予我亡無也言我所美之人無於此謂其君子瑞辰按少儀有亡而無疾鄭注亡去也史記晉世家明亦因亡去亡卽去也公羊傳季子使而亡焉孔廣森曰不在曰亡按說苑至公篇正作季子時使行不在

是亡卽不在之證亡此猶云去此又如俗云不在此耳爾雅釋言棄忘也忘猶亡也棄猶去也箋釋序國人多喪云喪棄亡也此箋訓亡爲無蓋亦棄亡之義不以亡爲死亡

誰與獨處箋吾誰與居乎獨處家耳 瑞辰按誰與設爲自問之辭與語辭也與檀弓誰與哭者句法正同

蘞蔓于域傳域營域也 瑞辰按營域或作塋域古爲葬地之稱說文塋墓地也是也又爲界域之通稱周官小宗伯兆五帝於四郊鄭注兆爲壇之塋域典祀掌外祀之兆守皆有域鄭注域兆表之塋域是壇兆得名塋域也小司徒乃分地域鄭注分地域謂建邦國造都鄙制

鄉遂也賈疏謂建邦國之等各有塋域疆界是經畫邦國都鄙鄉遂通名塋域也此詩蘞蔓于域承上章蘞蔓于野言卽爲野之塋域爾雅邑外謂之郊郊外謂之牧牧外謂之野野外謂之林林外謂之坰是野之遠近不同各有塋域之證塋之言營謂經營而區域之卽今所謂地界耳後儒誤以塋域專指墓地遂以此詩爲悼夫死亡之詩失之

歸于其居箋居墳墓也瑞辰按後漢書蔡邕傳百歲之久歸乎其居注云詩晉風也毛萇注曰居墳墓也胡承珙曰據章懷所引知今本誤傳爲箋蓋傳於居訓墳墓故下章傳云室猶居也箋又申之曰室猶冢壙若毛於

居字無訓則下不應忽云室猶居耳

采苓

采苓采苓傳興也苓大苦也采苓細事也首陽幽辟也細事喻小行也幽辟喻無徵也箋采苓采苓者言采苓之人衆多非一也皆云采此苓於首陽山之上首陽山之上信有苓矣然而今之采者未必於此山然而人必信之興者喻事有似而非　瑞辰按秦詩言隰有苓是苓宜隰不宜山之證埤雅言葑生於圃何氏楷又言苦生於田是三者皆非首陽山所宜有而詩言采於首陽者蓋故設爲不可信之言以證讒言之不可聽即下所謂人之僞言也箋謂首陽山信有苓失之又按苓爲甘草

而爾雅名爲大苦則甘者名苦矣苦爲苦荼而詩言堇荼如飴則苦者實甘矣谷風詩采葑采菲無以下體箋云其根有美時有惡時是葑又美惡無定時者詩以三者取興正以見讒言之似是而實非也

首陽之巔傳首陽山名也正義首陽之山在河東蒲阪縣南　瑞辰按史記伯夷列傳正義言首陽山凡五所馬融曰首陽山在河東蒲阪華山之北河曲之中一也曹大家注幽通賦云夷齊餓於首陽在隴西首陽二也戴延之西征記云洛陽東北首陽山有夷齊祠今在偃師縣西北三也孟子夷齊避紂居北海之濱首陽山四也說文云首陽山在遼西五也顏師古漢書王吉傳注據

伯夷歌云登彼西山以在隴西爲是王應麟據曾子制言篇二子居河濟之間以在蒲阪爲是宋明府翔鳳曰元和郡縣志河南偃師縣首陽山在縣西北二十五里盟津在縣西北三十里武王伐紂二子叩馬而諫在渡盟津後隱於首陽當不甚遠斷在洛陽東北水經注濟水南當鞏縣北南入於河鞏與偃師相去數十里當濟水入河處故曾子云二子居河濟之間詩唐風首陽亦指偃師首陽偃師東七十里爲今開封府汜水縣即春秋鄭虎牢地晉欲霸中國必先固結鄭心故詩設言登首陽以望鄭今按夷齊所隱之首陽與唐風所言之首陽名同而地自異後漢書黨錮傳范滂繫黄門北寺獄

曰身死之日願埋滂於首陽山側上不負皇天下不負夷齊注云首陽山在洛陽東北水經注河水東逕洛陽縣北又東逕平縣故城北（平縣即今偃師）注云河水南對首陽山春秋所謂首戴也夷齊之歌所矣曰登彼西山上有夷齊之廟又文選阮籍詠懷詩步出上東門北望首陽岑下有采薇士上有嘉樹林文選注河南郡圖經曰東有三門最北頭曰上東門是漢晉諸儒多以偃師首陽爲夷齊所隱宋翔鳳據之以證夷齊所隱之首陽在洛陽東北可也至唐風首陽爲晉地之山自在蒲阪漢志河東蒲反縣有堯山首山祠雷首在南水經注涑水出河北縣雷首山引穆天子傳曰壬戌天子至於雷首又

云昔趙盾田首山食祁彌明翳桑之下即於此也是晉之首陽一名雷首一名首山山南曰陽故又名首陽也細繹詩詞自從序戒獻公聽讒爲是宋翔鳳以爲晉人事鄭之詩未免肊斷

人之爲言箋爲言謂爲人爲善言以稱薦之欲使見進用也瑞辰按正義曰人之詐僞之言君誠亦勿得信之王肅諸本皆作爲言定本作僞言是正義原从定本作僞言人之僞言猶沔水民之訛言正月人之訛言訛一作譌也王肅諸本作爲者爲亦當讀僞廣雅僞爲也月令母或作爲鄭注今月令作詐僞左氏定九年傳子爲不知釋文爲本作僞是古僞與爲通之證箋謂爲人爲

善言非詩義也詩既戒以無信無與無從又重以舍旃舍旃苟亦無然皆極言僞言之不可聽箋以爲謗訕人欲使見貶退亦非也末言人之爲言亦當從正義作僞言

苟亦無信傳苟誠也箋苟且也段玉裁曰此謂苟卽果之雙聲叚借也瑞辰按說文苟草也訓誠又訓且訓假皆雙聲叚借也苟假雙聲苟與姑亦雙聲訓且者以苟爲姑之叚借此詩苟字當从箋訓且謂姑置之勿信勿與勿從也

胡得焉箋人以此言來不信受之不答然之從後察之或時見罪何所得瑞辰按得之言中也周官師氏掌國

中失之事注故書中爲得三倉曰中得也言必有中謂言則弗中故云胡得焉得卽中也

毛詩傳箋通釋卷十二

秦

桐城馬瑞辰學

總論

周以忠厚啟宇其以德服人者深故其收效也遠其卜年也長而其衰也失於積弱而不能自振秦以力戰開國其以力服人者猛故其成功也速其延祚也短而其敝也失於黷武而不能自安是故秦詩車鄰駟鐵小戎諸篇君民相耀以武事其所美者不過車馬音樂之好兵戎田狩之事耳然用威而不用禮則蒹葭賦矣好戰而不恤民則無衣作矣強國而不用賢則黃鳥哀三良之從死晨風刺舊臣之見棄夏屋傷待賢之衰薄矣是

故其長諸侯也可以霸而不可以王其有天下也可以暫而不可以久始皇之先詐力後仁義焚書坑儒嚴刑竣法以暴虐爲天下先雖其天資刻薄亦秦之先有以啓之讀詩者可以觀世變矣

車鄰

序秦仲始大有車馬禮樂侍御之好焉瑞辰按服虔左傳注曰秦仲始有車馬禮樂之好侍御之臣是好不得兼侍御言今序統言之好者省文也正義謂三者皆是君之容好失之

有車鄰鄰傳鄰鄰衆車聲也釋文鄰本亦作隣又作轔瑞辰按漢書地理志引詩作轔張參五經文字轔注云

詩本亦作鄰說文有鄰無轔新附有之是古本作鄰轔
乃後人增益之字文選潘安仁藉田賦注王元長曲水
詩序注引詩竝作有車轔轔三家詩或有作轔者遂竝
改毛詩作轔耳廣雅轔轔聲也雷聲謂之轔轔崔駰東巡頌天動雷霆隱隱轔轔車聲謂之鄰鄰其義同

有馬白顛傳白顛的顙瑞辰按釋畜的顙白顛說卦傳曰爲的顙虞翻注的白顙頟也詩正義引舍人曰的白也顙頟也與易虞注同今按說文的馬白頟也郭注爾雅曰戴星馬的之言的謂白頟的然著明圓如射之有的也的爲射堋中珠子故郭以戴星釋之非泛以白爲的也的从勺聲音同卓故又通作卓覲禮奉束帛匹馬

卓上鄭注卓讀如卓王孫之卓卓猶的也以素的一馬爲上卓當卽的之叚借覲禮十馬以卓爲上是古人以駒顙爲重故詩人亦以白顚爲言

寺人之令傳寺人內小臣也瑞辰按燕禮小臣戒與者疏云按周禮大僕職王燕飲則相其法此諸侯禮降於天子故宜使小臣相是諸侯小臣當大僕之事又小臣師一人疏云按夏官大僕職云掌正王之服位出入王之大命諸侯兼官無有大僕惟有小臣出入君之教命據此是諸侯以小臣兼大僕寔掌君出入之教令此詩言寺人之令是掌君出入之命故傳知爲內小臣之官也釋文寺又音侍本或作侍字序言侍御之好卽本經

侍人爲說據周禮大僕注云僕侍御於尊者之名則小臣兼大僕之職正可稱侍人傳以侍人爲內小臣於諸侯正合經作寺人者卽侍人之省非謂周禮寺人之官也正義乃據周禮寺人與內小臣異職因以傳言內小臣爲泛言在內細小之臣失傳指矣周禮寺人賈疏又引此詩謂寺人兼小臣亦非

阪有漆隰有栗傳興也陂者曰阪下溼曰隰箋興者喻秦仲之君臣所有各得其宜 瑞辰按鄭風山有扶蘇隰有荷華傳言高下大小各得其宜也其取興與此詩正同但彼以反興鄭忽之所美非美此以正興秦仲之君臣皆賢耳又秦風山有苞櫟隰有六駮鄭箋云山之櫟

隰之駮皆其所宜有也以言賢者亦國家所宜有之其取興與鄭風同

逝者其耋傳耋老也八十曰耋正義易離卦云大耋之嗟注云年踰七十僖九年左傳曰伯舅耋老服虔云七十曰耋此言八十曰耋者耋有七十八十無正文也瑞辰按易釋文引馬云七十曰耋與服虔同說文年八十曰耋從老省從至鹽鐵論孝養云丞相史曰八十曰耋釋名八十曰耋耋鐵也皮黑如鐵又王肅易注郭璞爾雅方言註竝以八十爲耋與毛傳同舍人爾雅注何休公羊注又以六十爲耋今按耋之名義不見曲禮據宣十二年公羊徐彦疏曰七十稱老曲禮文也案今曲禮

曰七十曰耊與此異也是徐彥所見曲禮有作七十曰耊者矣又曲禮八十九十曰耄釋文云本或作八十曰耊九十曰旄是陸氏所見曲禮有作八十曰耊者矣耊有七十八十蓋由諸儒所據曲禮本不同故其說各異至六十曰耊未詳所出古六字从八入形近易譌周官校人注六皆疑爲八字之誤是其證也疑舍人何邵公皆以八十爲耊傳寫者譌爲六十耳

駟鐵

序駟鐵美襄公也　瑞辰按服虔左傳注言秦仲有戎車四牡田狩之事又云其孫襄公列爲秦伯故有蒹葭蒼蒼之歌終南之詩追錄先人車鄰駟鐵小戎之歌是服

子愼以駟鐵小戎皆爲秦仲詩與序說異

駟鐵孔阜傳鐵驪阜大也瑞辰按鐵當从釋文本作驖說文驖馬赤黑色驪馬深黑色魯頌毛傳純黑曰驪是驖與驪有别而此傳以驖爲驪者葢對文異散文通也月令孟冬駕驖驪是驖驪通稱之證此詩狩亦冬田故用駟驖漢書地理志作四臷葢本三家詩臷卽驖之同音消借字也阜通作騲石鼓文我馬旣騲騲卽阜也

從公于狩傳冬獵曰狩瑞辰按說文狩犬田也从犬守聲詩載獫歇驕正田用犬之證故說文以狩从犬訓爲犬田段玉裁據爾雅火田曰狩改說文犬田爲火田失之

奉時辰牡傳時是辰時也冬獻狼夏獻麋春秋獻鹿豕羣獸瑞辰按辰當讀爲麎爾雅麋牡麔牝麎說文麎牝麋也辰牡猶言騋牝彼以騋爲牡與牝對言孫炎爾雅本作騋牡驪牝毛傳騋馬與牝馬也此以麎爲牝與牡對言其句法正相類又襄四年左傳而思其麀牡與此詩句法亦同彼正以麀爲牝鹿與牡對言也辰卽麎之消借耳周官大司馬注鄭司農曰獸五歲爲慎後鄭謂愼當作麎是麎又大獸之通稱吉日詩其祁孔有箋云祁當作麎詩疏引某氏曰瞻彼中原其麎孔有正當從大獸之訓與此言麎牡不同

四馬旣閑傳閑習也箋時則已習其四種之馬瑞辰按

夏小正四月頒馬將閑諸則與此詩四馬既閑同義箋以爲四種之馬失之

輶車鸞鑣傳輶輕也箋輕車驅逆之車也置鸞於鑣異於乘車也瑞辰按輕車古爲戰車田時蓋以爲副車後漢書輿服志曰輕車古之戰車也大駕法駕出射聲校尉司馬吏士載以次屬車是漢以輕車爲副車之證周官田僕掌佐車之政鄭註佐亦副是周時田有副車之證此詩輶車卽田車之副張衡西京賦云屬車之簉載獫猲獢雖言漢制實本此詩簉卽副耳箋以爲驅逆之車非也雖周官田僕疏引王制云大夫殺則止佐車佐車止則百姓田獵云彼佐車則此驅逆之車是驅逆之

車亦通名佐車然田僕掌佐車之政又云設驅逆之車馭夫掌馭貳車從車使車註從車戎路田路之副也使車驅逆之車則副車與驅逆之車固自有別說文鑾字註云人君乘車四馬鑣八鑾鈴象鸞鳥之聲和則敬也後漢書輿服志注引許愼曰詩云八鸞鎗鎗則一馬二鸞也又曰輶車鸞鑣知非衡也毛詩傳曰在軾曰和在鑣曰鸞此蓼蕭詩桓二年左傳杜注亦云鸞在鑣和在衡傳元乘馬賦注曰鸞在馬勒鑣今案庭燎詩鸞聲將將毛傳將將鸞鑣聲商頌列祖鄭箋亦云鸞在鑣四馬則八鸞是鸞設於鑣乘車亦然此箋云置鸞於鑣異於乘車者蓋以韓詩言鸞在衡爲乘車故以鸞在鑣者專指

田車耳左傳孔疏曰衡之所容惟兩服馬詩每言八鸞當謂馬有二鸞鸞若在衡衡惟兩馬安得置八鸞其說甚辨戴震乃謂田車亦無鸞在鑣之制失之

公曰左之箋左之者從禽之左射之也正義此公曰左之是公命御者從禽之左逐之欲從禽之左而射之也

瑞辰按胡承珙引毛詩明辨錄曰逐禽左者逆驅禽獸使左當人君以射之夫周人尚右何以射獸必左乃爲中殺葢射必有傷射其左而右體俱整仍是尚右之義古之逐禽射於車上與今騎射不同騎射奔馬可以逐獸故有順驅而射者車射必有步騎合圍驅獸逆來然後左向射之能以中左若車順驅雖在獸左人不能射

其左也公命御左車者非爲中殺以獸逆車而來必在車左而去車遠者矢不能貫獸故命媚子徼左以迎獸耳胡承珙曰何休公羊傳注解第一殺第二三殺皆自左膘射之達於右雖以死之遲速爲言但考儀禮特牲少牢凡牲升鼎者皆用右胖載俎者亦皆右體鄉飲鄉射用右體與祭同惟既夕士虞以凶禮反吉乃用左胖士虞記云升腊左胖腊爲田獸之肉可見吉禮之腊亦用右胖射必中左自以尚右之故至驅禽待射者卽係驅逆之車田僕掌之虞人乘之吉日傳驅禽而至天子之所又云驅禽之左右以安待天子皆是正義云公命御者從禽之左逐之此誤會箋語箋云從禽之左射之

者謂當禽之左迎射之若逐禽而出其左轉不便於射矣車攻正義云凡射獸皆逐後從左廂而射之亦誤惟獸之來未必定當車左設出於車右而旋車向左則相背故公曰左之盖獸自遠奔突而來公命御者旋當其左以便於射耳今按逐禽左爲五御之一古者驅逐同義故驅獸逆來亦得曰逐非必逐後始曰逐也逐禽使左當如胡云取尙右之義毛詩明辨錄既云射獸必左義取尙右又云公命御左車者非必中殺未免自相矛盾矣

舍拔則獲傳拔矢末也箋拔括也舍拔則獲言公善射

瑞辰按說文發射發也从弓癹聲古者以發矢爲發其

矢所發之處亦謂之發發與拔古同聲通用據荀子楚令尹舍字子發鄭注檀弓曰公叔文子名拔拔或作發當卽發字之叚借猶坺通作發鮁鮁亦作發發也傳言拔爲矢末箋以爲括據釋名矢末曰括括會也與弦會也是傳箋義本相成葢言其弦會處曰括言其爲矢所發處則曰發而字通作拔也傳箋訓拔爲矢末之括正以拔卽發之借字耳又按說文云矢弓弩矢也从入象鏑括羽之形又栝字注云一曰矢栝檃弦處是弦栝之栝正作栝今作括者皆栝字之叚借

載獫歇驕箋載始也始曰犬者謂達其搏噬始成之也

瑞辰按張平子西京賦屬車之箠載獫猲獢張銑注獫

猲皆狗也載之以車也張作賦在鄭前鄭不依用者載古訓始即才之叚借始與善義近始之即調習之猶俶訓始又訓善也魯頌思馬斯作傳作始也箋云作謂牧之使可乘駕也以牧之使可乘駕申明傳訓始之義與此箋以載訓始謂調習田犬其義可互相證明乃知箋義實本古訓未可如張賦以載爲載於車也

小戎

小戎俴收傳小戎兵車也俴淺收軫也箋此羣臣之兵車故曰小戎正義引六月詩元戎十乘以先啟行元大也先啟行之車謂之大戎從後行者謂之小戎瑞辰按司馬法曰夏鉤車先正也殷寅車先疾也周元戎先良

也韓詩章句曰元戎大戎謂兵車也車有大戎十乘謂車縵輪馬被甲衡扼之上皆有劍戟名曰陷陣之車所以冒突先啟敵家之行伍也皆以元戎爲在先則小戎宜在後矣齊語故五十人爲小戎韋昭注小戎兵車也此有司之所乘與箋以小戎爲羣臣之兵車合小戎爲羣臣所乘蓋對元戎爲將帥所乘言之天子不必無小戎諸侯不必無元戎也或謂天子曰元戎諸侯曰小戎誤矣首章言小戎二三章卽言四牡言俴駟是小戎駕四之證王肅以小戎爲駕兩馬誤矣五十人爲小戎自是齊制惠定宇疑周制以七十二人爲大戎五十人爲小戎亦非也軫之爲說不一或以爲車後橫木說文軫

車後橫木也考工記車軫四尺鄭注軫車後橫木是也或以爲車四面木卽輿考工記加軫與轐焉鄭注軫輿也此詩正義曰軫者車之前後兩端之橫木也宋戴仲逵亦曰軫車四面木是也今按軫兼二義始備考工記曰五分其軫間案言軫間則爲左右之稱曰軫方象地此四面通名軫之證也考工記曰弓長四尺謂之庇軫曰車軫四尺謂之一等又曰加軫與轐焉四尺也人長八尺登下以爲節古人登車必自車後此專指車後橫木言之也詩云俴收亦指輿後橫木言輿制軓高而軫下軓之末必屬於軫以爲固故軫謂之收又謂之枕方言軫謂之枕郭註車後橫木釋名枕横也横在前如臥牀之有枕也

前當爲後字之譌釋名齊人謂車枕以前曰縮言局縮也兖冀曰育御者坐中執御育然也按以車枕枕以前爲御者所居則必以枕爲車後橫木矣又謂之轉襄二十四年左傳皆踞轉而鼓琴傳遜曰轉當爲軫據許慎淮南子注軫轉也轉卽軫矣收也轉也軫也其本義皆謂車後橫木耳

五楘梁輈傳五五束也楘歷錄也梁輈輈上句衡也一輈五束束有歷錄瑞辰按說文楘車歷錄束文也又鞪車軸束也軸束謂之鞪輈束謂之楘二字聲義竝同故音義曰楘本又作鞪玉篇亦曰鞪亦作楘曲轅束也楘爲歷錄之合聲方言維車趙魏之間謂之䡬轆車廣雅維車謂之麻鹿義竝與歷錄同考工記輈欲頎典註頎

典堅刃貌鄭司農曰頎讀爲懇典讀爲殄駟車之轅率尺所一縛頎典似謂此也今按考工記國馬之輈深四尺有七寸尺所一縛宜爲五縛正合詩五楘之制說文又曰轐車衡三束也曲轅轐縛直轅暈縛段玉裁曰車衡三束當作車句衡五束故下文言轅不言衡曲轅轐縛正詩所謂五楘梁輈胡承珙曰墨子高臨篇說連弩車之法亦云以磨鹿卷收蓋皆圍繞纏束之名

游環脅驅傳游環靷環也游在背上所以禦出也脅驅愼駕具所以止入也箋游環在背上無常處貫驂之外轡以禁其出脅驅者著服馬之外脅以止驂之入釋文靷環本又作靳沈云舊本皆作靳靳者言無常處游在

驂馬背上以驂馬外轡貫之左傳云如驂之有靳靳居釁反無取於靷也瑞辰按下句陰靷始言靷則傳上言靷環當從沈重作靳環爲正釋名游環在服馬背上驂馬之外轡貫之游移前却無定處也與毛傳云游在背上合至說文云靳當膺也與鄭司農注巾車云纓謂當胸者合既夕注云纓今馬鞅說文鞅頸靼也胡承珙曰靳纓鞅爲一物蓋鞅壅服馬之頸所以負軛而上繫于衡其下則當服馬之胸故謂之頸靼又謂之當膺其上有環可以貫驂馬之外轡以禁其出驂馬之首齊服馬之胸胸上有靳故左傳王猛曰吾從子如驂之靳其環又謂之游環者以其游動於服馬胸背之間而能制驂

馬之外出也轡以御馬靷以引車游環所以貫轡非以貫靷正義云以環貫靷失之至駕具所該至廣說文鞁車駕具也䩪車鞁具也䩹車鞁具也䩝車具也䪘車具也字皆從革蓋以皮爲之傳云愼駕具以止入而箋云著服馬之外脅以止驂之入蓋謂以一條皮著服馬之外脅以止驂之入也據廣雅馬鞅謂之脅則脅驅當即左傳韅靷鞅靽之鞅然說文鞅頸靼也釋名鞅嬰也喉下稱嬰言嬰絡之也說與廣雅異

陰靷鋈續傳陰揜軓也靷所以引也鋈白金也續續靷也箋揜軓在軾前垂輈上鋈續白金飾續靷之環瑞辰按說文靷引軸也靷蓋繫於軸上而見於軓前乃設環

以續靷而以白金飾之故詩云陰靷鋈續孔疏謂靷繫於陰版之上失之爾雅白金謂之銀其美者謂之鐐說文鐐白金也車部軜下引詩茯以觼軜古音芺尞同部聲近茯鋈皆鐐之叚借故傳箋竝以鋈爲白金廣雅白銅謂之鋈蓋古者銅亦通稱金也正義乃以白金名鐐不名鋈因訓沃爲沃灌竝謂傳箋非訓鋈爲白金失之說文又曰鋈白金也段玉裁謂說文本有鐐無鋈今鋈字乃淺人依毛詩補入

文茵暢轂傳文茵虎皮也暢轂長轂也瑞辰按說文虍虎文也春秋楚關於菟字子文又虨虎文彪也虎文也方言虎江淮南楚之間或謂之於虪於菟虎文貌後

漢輿服志文虎伏軾皆文茵爲虎皮之證說文無暢字有暘註云田不生也據廣雅暘長也玉篇暢亦作暘是知暢卽暘字之隸變說文昜字註一曰長也暘从昜得聲故有長義

駕我騏馵傳騏騏文也左足白曰馵 瑞辰按正義本作騏綦文也今作騏文者从釋文本據說文騏馬靑驪文如博綦也葢謂靑與驪黑圓文相雜有如博棋則毛傳古當作綦文故說文本以作訓至尸鳩其弁伊騏傳騏騏文也正義本不誤釋文又作綦文蓋互誤爾雅釋畜馬後右足白驤左足白馵又曰郄上皆白惟馵惟語詞也是後左足白者名馵郄上皆白者亦名馵馵有二名

正義引郭注曰馬鄃上皆白爲惟馵後左脚白者直名馵其說非也又按玉篇馵馬縣足馬後左足白具二義詩以馵與騏對言自取後左足白無取縣足之義

溫其如玉箋念君子之性溫然如玉玉有五德正義引聘義君子比德于玉爲證 瑞辰按聘義言玉之德有十與箋言五德不同又管子水地言玉有九德荀子正行言玉有七德說苑又云玉有六美皆非箋義所本惟說文云玉石之美有五德潤澤以溫仁之方也䚡理自外可以知中義之方也其聲遠揚專以遠聞智之方也不撓而折勇之方也銳廉而不忮絜之方也與箋云五德合鄭君有駮許五經異義此說當卽本許君耳又按說

文𥁰仁也从皿以食囚也官溥說凡經傳言溫和溫柔者皆𥁰字之叚借若溫之本義則說文但以爲水名耳在其板屋傳西戎板屋瑞辰按急就章板柞所產谷口斜顏師古註板木瓦也蓋卽詩所云板屋漢書地理志天水郡隴西山多林木民以板爲室屋故秦詩曰在其板屋水經注渭水云上邽故邽戎國也秦武公十年伐邽戎縣之舊天水郡治其鄉悉以板蓋屋詩所謂西戎板屋也邽戎卽西戎之一史記秦本紀武公十年伐邽冀戎初縣之襄公時猶爲西戎之地故水經以邽戎板屋卽詩西戎板屋作詩時戎地未爲秦有正義引地理志而謂秦之西垂民亦板屋非詩意也史記秦本紀襄

公十二年伐戎而至岐卒匈奴傳又云秦襄公伐戎至岐始列爲諸侯襄公蓋嘗兩伐西戎竹書紀年平王五年秦襄公帥師伐戎卒於師是史記所言襄公十二年伐戎而至岐卒也紀年幽王四年秦人伐西戎幽王四年正爲襄公元年此詩蓋因襄公元年伐西戎而作

亂我心曲箋心曲心之委曲也瑞辰按說文曲象器受物之形心之受事有如曲之受物故稱心曲猶水涯之受水處亦曰水曲也箋謂心之委曲失之據說文⿰王曲骫曲也則古委曲字自作⿰王曲耳

騏騮是中箋赤身黑鬣曰騮瑞辰按秦本紀言襄公用騮駒祀上帝是秦以騮爲上說文騮赤馬黑髦尾也騮

卽驪字之譌

駽驪是驂傳黃馬黑喙曰駽瑞辰按爾雅釋畜白馬黑脣駩黑喙駽以駽承駩言之似駽爲白馬而黑喙者之稱郭注云今之淺黃色者爲駽馬說文駽黃馬黑喙義本毛傳據爾雅此節白馬黑鬣駱白馬黑脣駩皆各言白馬不以上統下則駽亦不承上白馬言以毛傳說文證之爾雅葢本作黃馬黑喙駽今本脫黃馬二字耳焦循曰爾雅白馬黑脣駩釋文引孫炎本作犉言與牛同稱犉本黃牛黑脣之名爾雅白馬疑古作黃馬駽承犉言之故傳亦云黃馬也

龍盾之合傳龍盾畫龍其盾也瑞辰按龍厖蒙三字古

聲近通用周官牧人凡外祭毁事用尨可也注故書尨作龍杜子春曰龍當爲尨考工記玉人上公用龍鄭司農亦云龍當作尨詩尨邱狐裘蒙戎左傳作厖茸是其證也此詩龍盾蓋卽下章所謂蒙伐箋以爲厖伐也作龍者叚借字耳

鋈以觼軜傳軜驂內轡也箋鋈以觼軜軜之觼以白金爲飾也軜繫於軾前瑞辰按說文軜驂馬內轡繫軾前者引詩䩞以觼軜義與毛鄭合又曰觼環之有舌者或作鐍服虔通俗文曰鈌環曰鐍徐鍇曰言環形象玦通作觖觖亦鈌也

方何爲期箋方今以何時爲還期乎瑞辰按方之言將

也方何爲期猶云將何爲期也方將音近而義同簡兮詩方將萬舞呂覽愛士篇見埜人方將食之於岐山之陽方亦將也將且也方將猶連言且將也行葦詩方苞方體正義以方爲未至之辭是亦訓方爲將也方爲方正之稱因借爲正盛之辭北山詩旅力方剛節南山詩燎之方揚方皆爲正是也簡兮毛傳訓方爲四方此箋及節南山天方薦瘥箋竝以方今釋方失之

俴駟孔羣傳俴駟四介馬也箋俴淺也謂以薄金爲介之札介甲也釋文韓詩云駟馬不著甲曰俴駟 瑞辰按韓詩說是也管子參患篇曰甲不堅密與俴者同實將徒人與俴者同實註俴謂無甲單衣者又云俴單也人

雖衆無兵甲則與單人同也今按人無甲謂之俴馬無甲亦謂之俴其義正同成二年左傳不介馬而馳之正詩俴駟之謂竊疑毛傳本作俴駟不介馬也後人譌爲四介馬也箋遂以俴淺申釋之耳近人騎無鞍馬曰躧馬義與無甲曰俴正同躧卽俴音之轉俴又通帴考工記鮑人則是以博爲帴也注鄭司農云帴讀爲翦謂以廣爲狹也元謂翦者如俴淺之俴說文帴讀若末殺之殺末殺通作末絮又作抹摋卽說文瀎泧拭滅貌謂滅滅也馬融尙書𧶘淺納日注淺滅也俴義同戩訓滅故得爲駟馬不被甲之稱

厹矛鋈錞傳厹三隅矛也錞鐏也正義厹矛三隅矛刃

有三角蓋相傳爲然也。瑞辰按：考工記廬人「凡句兵欲無彈，刺兵欲無蜎」，鄭注：「句兵，戈戟屬；刺兵，矛屬。」說文：「刺，直傷也。」是矛爲直刺之形，不爲旁句。釋名：「矛，冒也，刃下冒矜也。」冒矜亦直刺之象。陳用之謂矛上銳而旁句，誤矣。釋名：「矛長丈八尺曰矟。」廣韻：「槍，矟也。」是知古之矛卽今之槍（今湖南苗民制竹槍，呼曰矛子，音譌如苗）。三隅者，矛有三直刃，卽今鉤連槍頭有三叉，皆作銳形者。厹通作仇，釋名：「仇矛，頭有三叉，言可以討仇敵之矛也。」正義謂刃有三角，角猶隅也，叉也。厹、酋聲相近，考工記「酋矛常有四尺」，酋矛蓋卽詩之厹矛，厹借作酋，猶遒借作勼與逑也。鄭注以酋爲發聲，失之。又按曲禮鄭注云「銳底曰鐏，取其鐏地」，平底曰鐓取其鐓地是鐏鐓異物而說文云鐓矛戟柲下銅鐏也鐏柲下銅也蓋鐏與錞對文則異散文則通故毛傳亦云錞鐏也正義謂取類相明非訓爲鐏失之

蒙伐有苑傳蒙討羽也伐中干也苑文貌箋蒙厖也討雜也畫雜羽之文於伐故曰厖伐正義傳以蒙爲討箋轉討爲雜皆以義言之無正訓也瑞辰按蒙之訓討經傳無徵胡承珙曰討蓋翿字之叚借古翿作翳凡字从𠷎聲者可借爲討說文翿周書以爲討是其類也翿爲翳羽故鄭以爲畫雜羽之文蒙覆與翿覆同義故蒙訓翿借爲討也說文討治也段玉裁曰發其紛糾而治之曰討據此詩鄭箋訓討爲雜則討者亂也治討曰討猶

治亂曰亂也今按二說義正可通古討與𣪠醜皆同聲討之言翿猶學記比物醜類醜本一作討也說文翿翳也从壽聲玉篇翿又大到切翳隱蔽也廣韵号韵翿隱也徒到切音義與翿纛同亦翿可叚作討之證胡又云易雜卦傳裳雜而著是裳有雜義儀禮鄉射記旌各以其物無物則以白羽與朱羽糅注云此翿旌也糅者雜也又君國中射則皮樹中以翿旌獲白羽與朱羽糅注云今文糅爲縚據此知翿爲雜羽之名討與翿聲相近故箋申討爲雜釋討羽爲雜羽也伐釋文云本又作瞂據說文瞂盾也玉篇引詩正作瞂是伐乃瞂之叚借瞂又作吺史記蘇秦傳革抉吺芮索隱曰吺與瞂同是也

又通作攙史記孔子世家矛戟劍撥索隱曰撥謂大楯是也

虎韔鏤膺傳虎虎皮也韔弓室也膺馬帶也瑞辰按古者兵器多包以虎皮虎皮一名臯莊十一年左傳蒙臯比而先犯之杜註臯比虎皮正義引樂記倒載干戈包之以虎皮名之曰建櫜其字或作建臯故服虔引以解此今按周之虎牢戰國時名成臯左傳伐東山臯落氏卽晁錯傳中周虎落此臯卽爲虎之證以虎皮爲弓室猶以虎皮包干戈名建臯也虎皮何以名臯比孔疏曰其義未聞胡承珙曰虎一名於菟單言之曰菟郭璞方言注今江南山夷呼虎爲虪是也於菟或作於檡漢書敘傳注楚人謂虎爲於檡是也檡从睪聲說文睪讀若瓠與菟音近故菟通作檡士喪禮注今文檡爲澤是檡又通澤古文澤作臭與臯

形近臯俗作臯故爲臯也瑞辰按橰之通澤又爲臯猶澤門一作臯門臯門卽爲虎門實皆菟字形聲之轉又戰通作塗說文䖘黃牛虎文與菟爲虎文義近胡氏說可補正義之畧故附錄於此皮比古音近臯比卽臯皮之假借

韔爲藏弓之室因名弓之藏亦爲韔故下云交韔二弓韔廣雅作𩋳云弓藏也釋文云本亦作暢鄭風作鬯皆韔之叚借鏤膺當从范處義嚴粲說謂鏤飾弓室之膺弓以後爲臂則以前爲膺故弓室之前亦爲膺耳詩上言虎韔下言交韔二弓不應中及馬帶故宜易傳說

竹閉緄縢傳閉紲緄繩縢約也瑞辰按閉古通作䩛又作柲考工記弓人辟如終紲鄭注紲弓䩛也弓有䩛者爲發弦時備頓傷引詩竹䩛緄縢既夕記有柲鄭注柲

弓檠也弛則縛之於弓裏備損傷也以竹爲之引詩竹柲緄縢又曰古文柲作柴案古从比从必之字音皆與閉相近柲之言輔弼也說文檠榜也榜所以輔弓弩也義正與柲同字當以柲爲正說文柲欑也欑積竹杖鄭注考工記矛戟柄竹欑柲蓋戈矛柄欑竹相比輔爲之而謂之柲弓檠以竹爲之用以輔弓弩亦謂之柲其義一也詩作閉者音同叚借鄭注周禮引詩作𩋑注儀禮引詩作柲皆就文易字其實一也正義謂閉一名𩋑誤矣𩋑音又轉爲棐與排管子輕重甲篇曰彼十鈞之弩不得棐檄不能自正荀子性惡篇曰繁弱鉅黍古之良弓也然而不得排檄則不能自正棐與排皆閉與柲音

之轉猶毛詩有斐君子韓詩作有邲也考工記恒角而短譬如終紲鄭注云紲弓鞑紲逼作枻荀子非相篇曰接人則用枻注云枻者檠枻也正弓弩之器也小雅角弓傳云不善紲檠巧用則翩然而反是檠紲同器故傳以閉為紲不取紲系之義正義謂以繩紲之因名鞑為紲角弓疏以紲為緄縢失之

載寢載興正義我念我之君子則有寢則有興之勞瑞辰按再載古通用呂氏春秋順民篇文王載拜稽首當務篇孔子曰異哉直躬之為信也一父而載取名焉皆段載為再文選曹子建應詔詩騑驂倦路再寢再興李善注引詩再寢再興蓋本三家詩今作毛詩者疑誤或

李注就文易字亦載卽爲再之證

厭厭良人傳厭厭安靜也瑞辰按厭者懕之叚借爾雅懕懕安也說文懕安也又通作愔愔列女傳引詩愔愔良人愔懕聲近而義同三倉愔愔性和也聲類愔和靜貌也廣韻愔靖也載芟厭厭其苗箋厭厭衆齊等也集韻作稽稽苗齊等也正與厭通作愔者相類湛露詩厭厭夜飲傳厭厭安也釋文及魏都賦注引韓詩愔愔和悅之皃則知列女傳愔愔良人亦韓詩說文有懕無愔段玉裁謂愔卽懕之或體

秩秩德音傳秩秩有知也瑞辰按說文秩積也段玉裁謂當作積皃蓋秩本積禾有次序之皃而德音之秩然

有序亦謂之秩秩爾雅條條秩秩智也又曰秩秩清也假樂傳秩秩有常也義竝相近

蒹葭

在水一方傳一方難至矣箋所謂是知周禮之賢人乃在大水之一邊假喻以言遠瑞辰按在水一方詩言伊人在其地有可求也下四句乃言逆求之則遠而難至順求之則近而易見非以在水一方爲喻遠也方旁古通用一方即一旁也䃺崖皆水旁之名廣雅䃺崖方也下章在水之湄在水之涘傳湄水䃺也涘厓也即上在水一方也說文央旁同義下云宛在水中央亦謂水之旁非以中央連讀也

宛在水中央瑞辰按說文央中也又曰央旁同意詩多以中爲語詞水中央猶言水之旁也與下二章水中泜水中沚同義若如正義以中央二字連讀則與下章泜沚句不相類矣

在水之湄傳湄水隒也瑞辰按釋名湄眉也臨水如眉近目也湄古借作麋巧言詩居河之麋傳云水草交謂之麋是也又通作溦爾雅水草交爲湄又谷者溦釋文湄本或作溦說文溦小雨也是知爾雅溦卽湄之叚借胡承珙曰說文釋名湄義皆同爾雅此傳獨以爲水隒者說文隒崖也崖高邊也下文道阻且躋躋爲升義故此以水隒見其高意

宛在水中坻傳坻小渚也瑞辰按爾雅小渚曰沚小沚曰泜而毛傳言坻小渚者沚與坻散文則通故說文亦曰坻小渚也坻通作墀與泜爾雅釋文坻本一作墀又作泜是也又作汷與渚說文坻或从水从夂或从水耆是也又作沶玉篇⿰土示同坻是也坻爲水中小渚微高於水實非陵阪可比故詩云道阻且躋箋以難至如升阪釋之言逆流從之則難至如升阪順流從之則宛在水中坻不煩升躋也

道阻且右傳右出其右也箋右者言其迂迴瑞辰按爾雅水出其右正邱釋名作水出其右曰沚邱小渚之名沚者蓋與沚邱同義亦有水出其右之象故傳知右謂

出其右也水出其右則沚已在左詩下言宛在水中沚上卽云道阻且右蓋言逆流從之則隨水出其右而難至順流從之則可自右而左至其沚也周人尚左故箋以右爲迂廻胡承珙曰右逆而左順故禮皆祖左請罪乃祖右吉禮交相左喪禮交相右此言道阻且右亦謂逆禮則莫能以濟下文宛在水中沚則言順禮而求乃不在右而在左矣正義謂言右取與涘沚爲韻失之

終南

序終南美襄公也瑞辰按史記秦本紀平王封襄公爲諸侯賜之岐以西之地曰戎無道侵奪我岐豐之地秦能攻逐戎卽有其地與誓封爵之襄公于是始國又匈

奴傳曰秦襄公救周於是周平王去酆鄗而東徙雒邑當是之時秦襄公伐戎至岐始列爲諸矦正與序言能取周地始爲諸侯合或據史記文公始取岐地以此詩爲美文公者妄也

有條有梅傳條槄梅柟也瑞辰按爾雅槄山榎郭注今之山楸又曰柚條郭註似橙實酢生江南無條槄之訓毛傳訓條爲槄者柚條爲南方之木非終南所有故不得以條爲柚攸聲舀聲古同部通用淮南子墬形篇東方曰條風呂氏春秋有始覽作滔風論語滔滔者鄭本作悠悠是其證也傳蓋以條爲槄字之叚借故知條卽槄孫炎注爾雅槄山榎引詩有條有梅義正本毛傳也

爾雅梅枏爲毛傳所本說文梅枏也又曰某酸果也分梅與某爲二是知酸果之梅以某爲正字作梅特叚借字耳梅本枏之別名至說文梅字註又云可食或作楳段玉裁疑爲淺人所改竄是也郭註爾雅梅枏云似杏實酢此則誤合枏與某爲一矣

錦衣狐裘傳錦衣采色也狐裘朝廷之服箋諸侯狐裘錦衣以裼之 瑞辰按古者裼衣與裘色相稱此詩狐裘以玉藻證之知爲狐白裘則錦衣亦當從玉藻鄭註訓爲素錦玉藻君衣狐白裘錦衣以裼之鄭注君衣狐白毛之裘則以素錦爲衣覆之使可裼也又曰凡裼衣象裘色也疏云凡裼衣象裘色者狐白裘用錦衣爲裼狐

青裘用元衣爲裼羔裘用緇衣爲裼是皆裼衣與裘色相稱之證又按玉藻君子狐青裘豹褎元綃衣以裼之麑裘青豻褎絞衣以裼之羔裘豹褎緇衣以裼之狐裘黃衣以裼之元既爲綃衣則下言絞衣緇衣黃衣皆承上用綃可知是知諸侯惟狐裘用錦以別於天子用綃說文綃生絲也錦襄邑織文也綃與錦異其質不異其色玉藻云童子之節也緇布衣錦緣錦紳并紐錦束髮皆朱錦也按有朱錦則有素錦矣鄭云以素錦爲衣覆之正與狐白裘色相稱毛傳以錦衣爲采色正義作采衣失之

顏如渥丹箋渥厚漬也顏色如厚漬之丹 瑞辰按邶風

赫如渥赭箋赭丹也此詩釋文引韓詩作沰云沰赭也沰與赭音義同是知此詩毛本作渥赭故韓詩得通作沰箋顏色如厚漬之丹亦以丹釋經赭字非必經原作丹也後人據箋以改經遂誤作渥丹耳釋文云丹如字韓詩作沰則陸氏所見經本已誤

有紀有堂傳紀基也堂畢道平如堂也瑞辰按上章言有條有梅謂山有茂木以類求之紀當讀爲杞梓之杞堂當爲甘棠之棠紀與堂皆叚借字左氏春秋桓二年杞侯來朝公穀竝作紀侯三年公會杞矦於郕公羊作紀矦吳夫槩奔楚爲棠谿氏定五年左傳作堂谿是皆杞與紀堂與棠古得通借之證白帖終南山類引詩正

作有杞有棠蓋本三家詩王尚書經義述聞說與予畧同謂白帖所引蓋韓詩以唐時齊魯詩皆亡唯韓詩尚存也

黻衣繡裳傳黑與青謂之黻五色備謂之繡瑞辰按爾雅釋言黼黻彰也又曰袞黻也是論語而致美乎黻冕黻冕猶言袞冕此詩黻衣繡裳猶九罭詩袞衣繡裳袞衣與黻衣皆通言章服耳至傳黑與青謂之黻五色備謂之繡義本考工記此以黻與繡對言專以顔色相次而異名與書言黼黻同爲作繡者義異非以此黻衣爲九章之黻孫炎爾雅注乃謂刺繡爲已字相背以青黑線繡合二者而一之誤矣正義言鄭於周禮之注差次

章色黻皆在裳言黻衣者衣大名與繡裳異其文耳亦誤合二義爲一如以考工黼黻當章服之二則所云青與赤謂之文赤與白謂之章又將何指且九章黼黻皆統於繡而考工繡與黼黻對言固不得合爲一也

黄鳥

序黄鳥哀三良也國人刺穆公以人從死而作是詩也箋三良三善臣也謂奄息仲行鍼虎也從死自殺以從死　瑞辰按文六年左傳國人哀之爲之賦黄鳥與序言國人刺穆公合或據詩稱良人以爲三良妻作者妄也近武進胡文英作詩考補云經史事類載殲我良人入喪夫門疑此詩爲三良妻作良人卽善人也綢繆詩傳曰良人美稱也古者婦稱夫爲良人而不得以良人專

爲婦稱夫之辭猶婦亦稱夫爲夫子君子而不得以夫子君子專爲婦稱夫之名也漢書匡衡上疏曰秦伯貴信而民多從死應劭註秦穆公與羣臣飲酒酣言曰生共此樂死共此哀於是奄息仲行鍼虎許諾及公薨皆從死黄鳥詩所爲作也漢書敘傳旅人慕殉義過黄鳥劉德註黄鳥之詩刺秦穆公要之從死是漢儒相傳三良自殺以從死與箋說同宋儒或謂秦康公生納之壙中誤矣

交交黄鳥傳交交小貌瑞辰按交交通作咬咬謂鳥聲也文選嵇叔夜贈秀才入軍詩咬咬黄鳥顧疇弄音李善注引詩交交黄鳥又引古歌黄鳥鳴相追咬咬弄好

音玉篇廣韻竝曰咬鳥聲毛詩作交交者省借字耳又按註疏本章十二句是讀交交黃鳥爲句摯虞文章流別論曰詩有七言者交交黃鳥止于桑之類是也則古讀連下三字爲句

止于棘傳黃鳥以時往來得所人以壽命終亦得其所箋黃鳥止于棘以求安止也此棘若不安則移興者喻臣之事君亦然今穆公使臣從死刺其不得黃鳥止于棘之本意　瑞辰按傳箋說皆非詩義詩蓋以黃鳥之止棘止桑止楚爲不得其所興三良之從死爲不得其死也棘楚皆小木桑亦非黃鳥所宜止小雅黃鳥詩無集于桑是其證也又按詩刺三良從死而以止棘止桑止

楚爲喻者棘之言急也素冠詩傳棘急也桑之言喪也文二年公羊傳虞主用桑何休註用桑者取其名與其麤觕所以副孝子之心今案取其名謂桑今之名音近乎喪楚之言痛楚也六書故楚亦名荆攡人卽痛因名楚痛古人用物多取名於音近如松之言容柏之言廹稟言戰栗見公羊文二年何休註桐之言痛竹之言蹙白虎通竹者蹙也桐者痛也蓍之言耆白虎通蓍之爲言耆也久長意也皆此類也

子車奄息傳奄息名瑞辰按方言奄息也楚揚謂之泄奄通作掩文選司馬相如上林賦校乘七發注竝引方言掩息也廣雅亦云奄息也奄息二字同義故古人取以命名

百夫之特傳乃特百夫之德箋百夫之中最雄俊也瑞

辰

按柏舟詩實維我特傳特匹也此傳乃特百夫之德正訓特爲匹匹之言敵也當也猶云乃當百夫之德耳

二章百夫之防傳防比也案此讀防如比方之方箋防猶當也言此一人當百夫正是申明傳義

三章百夫之禦傳禦當也均與首章訓特爲匹義近傳不言特匹者以其義已見柏舟傳也白虎通引禮別名記五人曰茂十人曰選百人曰俊千人曰英倍英曰賢萬人曰傑萬傑曰聖此皆言才德可當五十百千等人與詩百夫之特同義箋云百夫之中最雄俊也似亦取百人曰俊之義但云最雄俊則似訓特爲特立之特與傳義殊如易傳云方特立百夫之德則不辭矣正義合傳箋爲一殊誤又按百夫之特言其才德可當

百人則下云人百其身謂願以百人之身代之言人百其身者倒文也箋云人皆百其身謂一身百死似非經義

殲我良人傳殲盡良善也瑞辰按爾雅殲盡也字通作瀸說文殲微盡也从歺韱聲春秋傳曰齊人殲于遂公羊作瀸又通作𢦏說文𢦏絕也古文讀若咸咸亦滅絕之義周書咸劉厥敵左傳咸黜不端咸猶𢦏也

子車仲行傳仲行字也瑞辰按傳據古人五十以伯仲爲字又晉狐突字伯行與仲行相類故獨以仲行爲字然奄息鍼虎皆名則仲行亦名耳爾雅釋草仲無笐說文笐竹列也段玉裁曰無者發聲也笐之言行也行列

也仲無笐葢謂竹有行列如伯仲仲然今按笐通作桁亦可媨作行仲行或取竹爲名猶鍼虎取獸爲名行即桁字叚借耳

子車鍼虎瑞辰按鍼虎無傳亦當爲名爾雅釋獸熊虎醜其子狗絶有力麙本或作𤡬鍼當即麙字之叚借麙即虎類故以鍼虎爲名猶奄息二字同義也

晨風

鴥彼晨風傳鴥疾飛貌晨風鸇也瑞辰按説文鷐鷐風也鸇鸇風也毛詩作晨媨借字也韓詩外傳引詩鴥彼晨風是韓詩作鴥鴥與鴥聲近通用説文鴥鸇飛皃引詩鴥彼鷐風廣韻鴥鳥飛快也木華海賦鴥如驚鳧之

失侶正以鴥爲疾飛皃鴥之通鴥猶小雅謀猶回遹韓詩作回鴥水經注沇水一作潏水也

鬱彼北林傳鬱積也北林林名也先君招賢人賢人往之駃疾如晨風之飛入北林　瑞辰按考工記鄭司農注惌讀爲宛彼北林之宛蓋本韓詩內則兎爲宛脾鄭注宛或作鬱是二字互通宛古音讀蘊宛蘊鬱皆一聲之轉鬱之作宛猶毛詩蘊隆韓詩作鬱隆檜風我心蘊結小雅我心菀結義皆爲鬱結也說文鬱木叢生者毛詩作鬱爲正字宛柳傳菀茂木也桑柔傳菀茂皃菀菀皆鬱字之叚借也北林背明向陰有幽陰之象詩蓋以北林之來飛鸇喻人主之能招隱逸

忘我實多箋女忘我之事實多瑞辰按棄忘也多猶甚也忘我實多猶云棄我實甚序所云始棄其賢臣此也左傳君子不欲多上人卽君子不爲已甚也

隰有六駮傳駮如馬倨牙食虎豹瑞辰按釋文引草木疏曰駮馬木名梓榆也正義引陸機疏曰駮馬梓榆也其樹皮青白駮犖遥視似駮馬故謂之駮馬下章云山有苞棣隰有樹檖皆山隰之木相配不宜云獸其說是也駮與駁古通用崔豹古今注曰六駁山中有木葉似豫章皮多癬駁名六駁木又爾雅駁赤李是李之赤者亦得名駁錢大昕疑卽此詩之六駁

山有苞棣傳棣唐棣也正義釋木有唐棣常棣傳必以

爲唐棣未詳聞也。瑞辰按：爾雅唐棣栘，常棣棣。據小雅常棣傳一本作常棣栘也，合以此傳棣唐棣也，是知毛傳與今本爾雅互易，蓋作常棣栘，唐棣棣，疑毛公所見爾雅原作唐棣棣，常棣栘。說文栘常棣也，棣白棣也，爾雅疏引陸機疏云常棣許愼曰白棣樹也，如李而小，如櫻桃正白，又有赤棣亦似白棣，子正赤，亦如郁李而小。今按常棣既爲白棣，則唐棣爲赤棣可知。郭注乃以唐棣爲今白栘，似白楊，誤矣。

隰有樹檖，傳：檖，赤羅也。瑞辰按：爾雅釋木曰檖羅，檖說文作樣，羅也。正義引陸機疏云檖一名山梨，今人謂之楊檖，實如梨但小耳，一名鹿梨，一名鼠梨，是檖卽山梨之小者而爾雅說文以爲羅毛傳言赤羅者羅與梨一聲之轉赤羅猶言紅梨耳爾雅釋木又云梨山樆釋文樆本作離離與羅亦一聲之轉又按方言樹植立也樹檖蓋植立者故對苞爲叢生言之

無衣

與子同袍傳袍襺也瑞辰按玉藻纊爲繭縕爲袍鄭注纊新緜也縕今之纊及故絮也說文袍襺也襺袍衣也以絮曰襺以縕曰袍又曰纊絮也縕紼也紼亂枲也許以緜絮爲纊不分新舊縕爲亂麻與鄭注異散言之則袍襺可通稱對文則袍與繭異故爾雅及毛傳竝曰袍襺也今按袍對襺言以纊縕爲別此詩袍對澤言則當

以內外長短爲别釋名袍丈夫著下至跗者也袍包也苞內衣也汗衣近身受汗垢之衣也詩謂之澤受汗澤也或曰鄙袒或曰羞袒作之用六尺裁足覆胷背言羞鄙于袒而衣此耳方言褻明謂之袍玉篇袍長襦也是包於外而長者爲袍衣於內而短者爲澤此詩同袍正當从玉篇長襦之訓

與子同澤傳澤潤澤也箋澤褻衣近汗垢　瑞辰按釋名汗衣近身受汗汗之衣也詩謂之澤受汗澤據釋文澤如字說文作襗足證毛鄭本皆作澤今本箋作襗者誤也傳云潤澤蓋與釋名受汗澤同義正義泛以潤澤釋之亦誤至襗爲短襦袴爲脛衣二者不同而說文云襗

袴者古人襦袴並言內則衣不帛襦袴是也襗袴猶云襦袴連類及之非卽以襗爲袴也毛詩稽古編遂謂說文以襗爲袴與箋不同誤矣至說文袓日日所常衣非卽短襦或謂左傳袓服卽襗亦非

渭陽

瓊瑰玉佩傳瓊瑰石而次玉瑞辰按瓊瑰葢璿瑰之譌說文瓊赤玉也段玉裁謂赤玉當作亦玉璿美玉也二義不同篆文瓊作瓊璿作璿形近易譌說文璿字註引春秋傳璿弁玉纓今左傳譌作瓊弁其證一也古璿字或作琁璿譌爲瓊今本說文因誤以琁篆厠瓊字之下攄文選陶徵士誄璿玉致美李善注引說文云琁亦璿字是知

說文琁字本厠璿下今誤厠瓊下其證二也琁又通璇山海經大荒西經西王母之山有璇瑰瑤碧郭注璇瑰亦玉名而文選江賦洛神賦李善注玉篇廣韻引山海經竝作璿瑰大荒北經亦言璿瑰瑤碧是知璇瑰皆璿瑰之異文非瓊瑰也其證三也穆天子傳重𨎵氏之所守曰枝斯璿瑰郭注璿瑰玉名引左傳贈我以璿瑰即成十七年左傳聲伯夢或與已瓊瑰也是知左傳瓊瑰亦璿瑰之譌其證四也經傳瓊弁瓊瑰字皆當爲璿故知此詩瓊瑰亦璿瑰之譌字林瑰石珠也穆天子傳春山之珤有璿珠璿珠亦璿瑰之屬璿爲美玉不嫌與玉佩竝言猶書璿璣玉衡左傳璿弁玉纓不嫌璿玉對舉

也傳云石而次玉者蓋以對玉佩言宜爲美石耳據莊子外篇積石爲樹名曰瓊枝是瓊爲玉石通稱毛公作傳時或已譌璿爲瓊故以爲石而次玉若璿爲美玉古未有以爲石者也又按衛風木瓜傳瓊玉之美者與說文訓璿爲美玉合且玖爲石次玉黑色者與瓊爲赤玉不相貫瓊瑤瓊琚瓊玖瓊皆當璿字之譌

權輿

於我乎夏屋渠渠傳夏大也箋屋具也渠渠猶勤勤也言君始於我厚設禮食大具以食我其意勤勤然瑞辰按爾雅釋言握具也李巡本作幄釋名幄屋也郭注謂備具箋本爾雅以夏屋爲禮食大具其說是也周官王合諸侯而饗

禮則具十有二牢庶具百物備又王巡守殷國令百官百牲皆具又凡行人牢使皆有殕饔餼注曰牢主具賈疏案聘禮曰史讀書牢執書告備具于君又掌餼具故公食大夫禮牢夫具饌于房是掌具也是古者燕饗及公食大夫禮皆有掌具之官箋訓屋爲具正與禮合大具即史記范雎傳所云范雎大供具也古者陳食或稱具或稱饌說文籑具食也或作饌又曰巽具也具共置也廣雅饌具也論語有事弟子服其勞有酒食先生饌劉台拱曰年幼者爲弟子年長者爲先生皆謂人子也饌具也有事幼者服其勞有酒食長者供具之長者供具即內則所云若未食則佐長者視具也鄭注內則正

訓具爲饌是具即饌也夏屋爲大具猶論語言盛饌國語言侊飯也廣雅渠渠盛也夏屋渠渠正狀其禮食大具之盛箋訓爲勤勤失之王肅以屋爲居室惠周惕戴震竝以夏屋猶言大房皆不若箋訓大具爲確

于嗟乎不承權輿傳承繼也權輿始也瑞辰按爾雅權輿始也乎通作胡猶論語不使大臣怨乎不以三國志杜恕傳引作怨何不以也郭註引詩胡不承權輿乎與胡一聲之轉然此詩以于嗟乎絶句與下句權輿爲韻猶騶虞詩以于嗟乎與騶虞爲韻三家詩或讀吁嗟絶句不若毛詩爲善抑或郭璞所見毛詩本原作于嗟乎胡不承權輿下句多一胡字詞義更婉又按權輿即蘿

蕍之叚借爾雅釋草葭華蒹蒹菼薍其萌虇蕍芛葟華榮郭註讀其萌虇爲句而以蕍芛連讀據說文䕯灌渝讀若萌則以灌渝二字連讀䕯卽萌也灌渝卽虇蕍也亦卽權輿虇蕍本兼葭始生之稱因而凡草之始生通曰權輿大戴禮孟春百草權輿是也因而人之始事亦曰權輿此詩胡不承權輿是也又逸周書周月解云是謂日月權輿則日月之始通名權輿皆以權輿二字連文或謂造衡始權造車始輿未免望文生義矣又按說文芛草之皇榮也讀亦與郭異均當以許讀爲正

每食四簋傳四簋黍稷稻粱瑞辰按古者簋盛黍稷簠盛稻粱傳知四簋爲黍稷稻粱者先大夫曰玉藻朔月

四簋亦謂黍稷稻粱故知詩四簋非專言黍稷耳謹案玉藻云少牢五俎四簋是四簋爲食大夫之禮易言二簋可用享者蓋士禮也簋與簠對文則異散文則通詩云每食四簋又曰陳饋八簋益皆言簋以該簠正義謂是平常燕食器物不具故稻粱在簋失其義矣

毛詩傳箋通釋卷十三

陳

桐城馬瑞辰學

總論

陳以大姬好巫而民俗化之巫覡競于歌舞男女雜于遊觀巫風盛行則淫風必熾是故陳風首以宛邱東門之枌言民俗之好巫也終以澤陂刺民俗之好淫也化于下者實啟於上此月出株林所以先澤陂而作也先儒多言詩亡于陳靈而後春秋作案詩亡非無詩也孟子王者之迹熄而詩亡詩亡而後春秋作予同年友宋翔鳳曰迹當爲䢋字之譌其說是也古者天子巡狩命大師陳詩以觀民風其後天子雖不巡守方國猶有采

詩之官說文辺古之遒人以木鐸記詩言讀與記同此卽孟子所謂王者之迹也葢自遒人之官不設則下情不上通無由觀風俗知得失而詩教遂亡此文中子所謂非民無詩職詩者之罪也如謂陳靈以後世遂無作詩者豈通論哉

宛丘

序宛丘刺幽公也淫荒昏亂遊蕩無度焉瑞辰按樂記言陳風好巫漢書匡衡傳陳夫人好巫而民淫祀張晏注胡公夫人武王之女大姬無子好祭鬼神鼓舞而祀引詩坎其擊鼓爲證又地里志曰周武王封舜後嬀滿於陳是爲胡公妻以元女大姬婦人尊貴好祭祀用史

巫故其俗好巫鬼者也詩稱擊鼓于宛丘之上婆娑于枌栩之下是有大姬歌舞之遺風也匡衡治齊詩班固言三家詩魯爲最近蓋齊魯詩皆以宛丘東門之枌二詩爲民俗事巫之事鄭君詩譜曰大姬無子好巫覡禱祈鬼神歌舞之樂民俗化而爲之其說亦本三家詩而箋詩仍從毛傳今案周官司巫若國大旱則帥巫而舞雩女巫旱暵則舞雩說文巫祝也女能事無形以舞降神者也象人兩褎舞形是古者巫覡用舞之證此詩擊鼓缶舞鷺羽正事巫歌舞之事非泛言遊蕩也當从民俗事巫說爲正

子之湯兮傳湯蕩也　瑞辰按湯蕩古通用楚詞王逸注

蕩猶蕩蕩無思慮貌也引詩曰子之蕩兮皆當爲惕之叚借方言婬惕遊也江沅之間謂戲爲婬或謂之惕說文惕放也廣雅惕戲也是遊惕本字又通作憛說文憛放也華嚴經音義以憛爲惕古文

宛邱之上兮傳四方高中央下曰宛邱正義釋邱云宛中宛邱言其中央宛宛然是爲四方高中央下也郭璞曰宛邱謂中央隆峻狀如一邱矣爲邱之宛中中央高峻與此傳正反案爾雅上文備說邱形有左高右高前高後高若此宛丘中央隆峻言中央高矣何以變言宛中明毛傳是也故李巡孫炎皆云中央下取此傳爲說

瑞辰按元和郡縣志宛邱縣南三里爾雅陳有宛邱又

邱上有邱爲宛邱注四方高中央下曰宛所引注葢李巡孫炎注也釋名中央下曰宛邱（邵晉涵爾雅正義引作中央高誤）有邱宛宛如偃器也案宛之言椀其形如仰盂然故釋名謂如偃器偃卽仰也（廣雅偃仰也晉語籧篨不可使俛韋註籧篨偃人卽仰人也參同契曰男生而伏女偃其軀偃對伏言義亦爲仰是皆偃仰同義之證）旣如仰器則其形爲四方高中央下矣又說文宛屈草自覆也屈曲義近焦循曰凡从宛之字皆有曲義馬屈足爲踠貌委曲爲婉睕爲目深謂目上下高中深正與宛邱同今按說文曲篆作𠙹象器曲受物之形爲外高而中下郭璞謂中央高者葢誤會爾雅釋山宛中隆及釋邱邱上有邱爲宛邱之義今案方言宛蓄也郭璞葬書言宛而中蓄正合

爾雅宛中隆之義葢四方隆起則中央低下如有所宛蓄者然隆爲四方隆非謂中央隆也說文邱字註一曰四方高中央下曰邱是邱之形本爲外高而中下爾雅云邱中有邱者亦謂上下兩邱皆中央宛下耳非謂中央高也郭璞謂宛邱中央高又以爾雅邱背有邱爲負邱即宛邱俱誤

而無望兮箋其威儀無可觀望而則傚　瑞辰按望謂望祀望衍無望猶左傳不郊亦無望也周官司巫掌望祀望衍授號旁招以茅鄭注望祀謂有牲粢盛者衍進也謂但用幣致其神又男巫春招弭以除疾病鄭注弭讀爲敉招敉皆有祀衍之禮是古者巫之降神必有望祭

詩刺陳風好巫隨時爲之以巫爲戲初無望祀望衍之禮故曰洵有情兮而無望兮

值其鷺羽傳值持也鷺鳥之羽可以爲翳箋翳舞者所持以指麾瑞辰按說文雩或从羽雩舞羽也鷺羽葢卽羽舞亦巫呼雩用羽舞之謂

東門之枌

序東門之枌刺亂也瑞辰按王符潛夫論曰詩刺不績其麻市也婆娑今本市作女誤今多不修中饋休其蠶織而起學巫祝鼓舞事神漢書地理志引此詩首章師古註亦言于枌栩之下歌舞以娛神則此詩正言事巫之事其說葢本三家詩

穀旦于差傳穀善也箋旦明于曰差擇也朝日善明曰相擇矣釋文旦本亦作且王七也反苟且也徐子餘反差王音嗟韓詩作嗟瑞辰按旦王本作且差當從韓詩及王本作嗟嗟說文作𧬳云𧬳咨也又云于於也象气之舒于又訏字註一曰訏𧬳嗟又通作𧽋爾雅嗟咨𧽋也玉篇𧽋憂歎也古吁與訏多消作于嗟與𧬳多消作差易大耋之嗟釋文嗟荀本作差是也此詩于差即吁嗟與雲漢詩先祖于摧箋讀爲吁嗟正同周官女巫旱暵則舞雩月令大雩帝鄭注雩吁嗟求雨之祭也又鄭志荅林碩難曰董仲舒曰雩求雨之術呼嗟之歌呼嗟猶吁嗟也古者巫之事神必吁嗟以請詩刺陳風好巫

故曰穀且于耆且爲句中助句穀且吁嗟猶言善吁嗟也鄭本且作旦乃形近之誤下章義同

穀旦于逝傳逝往也 瑞辰按于逝猶吁嗟也逝噬古通用杕杜詩噬肎適我韓詩作逝噬音近舒史記陳筮卽戰國策之田苓釋名嗚舒也說文嗚字注引孔子曰嗚盱呼也于逝猶盱呼亦巫歌呼以事神耳

越以鬷邁傳鬷數邁行也箋越於鬷總也於是以總行欲男女合行 瑞辰按正義引王肅云鬷數績麻之縷也據漢書王莽傳十緵布二匹孟康注緵八十縷也說文作稷云布之八十縷爲稷王肅之意葢以鬷爲緵及稷字之叚借然上章既言不績其麻則下章不得言以麻

鬷而行胡承珙曰毛意訓鬷爲數葢讀爲數罟之數豳風九罭傳緵罟小罟魚麗傳作數罟知緵有數義數者促數爲攢湊總會之意故商頌鬷假傳又云鬷總中庸引作奏假奏猶湊也會聚之義然則傳云鬷數邁行者謂男女促數會聚而行箋云鬷總申毛非易毛也玉篇𢕌數也引詩越以𢕌邁葢本三家詩从彳作𢕌必非麻緵可知今按胡說是也據下文視爾如荍貽我握椒爲男女相說之詞則鬷邁自从箋訓總行爲允

貽我握椒傳椒芬香也　瑞辰按椒亦巫用以事神者離騷巫咸將夕降兮懷椒糈而要之王逸注椒香物所以降神是也詩言貽我者葢事神畢因相贈貽耳

衡門

可以棲遲傳棲遲遊息也 瑞辰按棲遲疊韻字說文犀犀遲也據玉篇犀今作栖說文遲籀文作遲是犀遲即棲遲也說文以棲爲西之或體故嚴發碑作西遲衡門蔡邕焦君贊作栖遲偃息說文遲或从𡰪𡰪即古夷字故婁壽碑作徲徲衡門孔彪碑亦曰餘暇徲徲遲又作迡甘泉賦靈遲𡰪兮文選作迉迡集韻引尙書遲任作迡任李翊碑棲迡不就棲迡亦棲遲也隸釋繁陽令楊君碑徲㣆樂志遲又作㣆

泌之洋洋傳泌泉水也洋洋廣大也 瑞辰按說文泌俠流也文選魏都賦李善注引作水駃流也邶風毖彼泉水傳泉水始出毖然流也毖卽泌之叚借葢泌本泉水

疾流之皃因名其泉水爲泌矣廣雅邱上有木爲柲邱疏證曰蔡邕郭林宗碑棲遲泌邱又周巨勝碑洋洋泌邱于以逍遥東晳元居釋云學既積而身困夫何爲乎祕邱以泌爲邱名與毛傳異葢本三家詩今按蔡邕所書石經爲魯詩則泌邱葢魯詩之說古者邱下多有水釋名水出其前曰阯邱水出其後曰阻邱水出其右曰沚邱水出其左曰營邱是也詩言泌之洋洋爲水流皃蔡邕兩碑字皆作泌从水竊疑廣雅原作邱下有水爲泌邱後譌爲邱上有木因改泌邱爲柲邱耳

可以樂饑傳樂饑可以樂道忘饑箋泌水之流洋洋然饑者見之可飲以療饑 瑞辰按韓詩外傳列女傳文選

李注太平御覽五十八引詩並作可以療饑爍療古同字說文爍治也或作療是知鄭箋爍饑實本韓詩而於經字則仍作樂沈重云舊皆作樂字是也釋文正義皆云鄭本作爍誤

豈其取妻必齊之姜箋何必大國之女然後可妻亦取貞順而已 瑞辰按說文古文妻从肖女肖古文貴字是古者妻必貴女故字取貴女會意此詩正反其義以取興

東門之池

東門之池傳池城池也 瑞辰按古者有城必有池孟子鑿斯池也築斯城也是也池皆設于城外所以護城水

經潁水注言陳城之東門內有池池水東西七十步南北八十許步水至清潔而不耗竭不生魚草水中有故臺處詩所謂東門之池也元和郡縣志陳州東門池在州城東門內道南詩陳風東門之池可以漚麻卽此也太平寰宇記亦曰宛邱縣有東門池在縣城東北角此蓋後人因詩詠東門之池因於陳之東門內鑿池以附合之非毛傳城池之謂矣

可以漚麻傳漚柔也箋於池中柔麻使可緝績作衣服與者喻賢女能柔順君子成其德教　瑞辰按說文漬漚也漚久漬也考工記鄭注漚漸也此傳訓爲柔者柔當讀同生民詩或簸或蹂之蹂箋蹂之言潤也簸之又潤

溼之廣雅潤漸漚並訓爲漬是知柔亦漬也故箋云於池中柔麻以柔麻即漚麻正義乃云漚柔者謂漸漬使之柔韌失傳恉矣

可與晤歌傳晤遇也箋晤猶對也正義釋言云遇偶也然則傳以晤爲遇亦爲對偶之義瑞辰說文寤寐覺而有言曰寤晤與寤通列女傳引詩作可與寤言是其證也寤借作晤猶邶風寤辟有摽說文引詩亦引作晤耳說文晤覺也此詩晤歌晤語晤言即考槃詩寤歌寤言彼係獨處此言與人若如此傳箋訓遇訓對則考槃詩上言獨寐下不得言寤歌寤言矣

東門之楊

其葉牂牂傳牂牂然盛貌瑞辰按牂牂當爲將將之叚借古文將作牂說文牂扶也玉篇以牂爲將之古文牂牂形近又並从爿聲故二字互借內則炮取豚若將注將當爲牂此牂借作將也此詩其葉牂牂據易林萃之大有云南山之楊華葉將將廣雅鏘鏘盛也鏘與將通則知牂牂當爲將將此將借爲牂也爾雅方言並云將大也大盛義近故將將得爲盛皃廣雅藏藏茂也藏藏亦將將之叚借

明星煌煌箋女留他色不肎時行乃至大星煌煌然瑞辰按明星謂啟明之星非泛言大星也小雅東有啟明西有長庚傳日旦出謂明星爲啟明日既入謂明星爲長庚庚續也史記天官書太白出東方庳近日曰明星

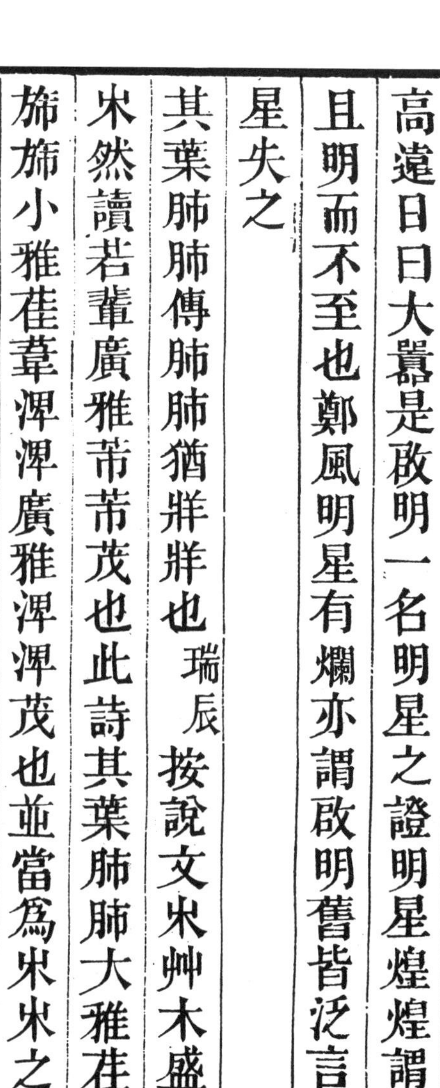
高遠日曰大嚚是啟明一名明星之證明星煌煌謂天且明而不至也鄭風明星有爛亦謂啟明舊皆泛言大星失之

其葉肺肺傳肺肺猶牂牂也 瑞辰按說文𣎵艸木盛𣎵𣎵然讀若輩廣雅芾芾茂也此詩其葉肺肺大雅荏菽旆旆小雅萑葦淠淠廣雅淠淠茂也並當爲𣎵𣎵之叚借

明星晢晢傳晢晢猶煌煌也 瑞辰按晢與晣同字說文晢昭晢明也引禮曰晢明行事今儀禮禮記並作質明廣雅晣晣明也玉篇晣明也晢⿰日制並同上

墓門

墓門有棘傳墓門墓道之門　瑞辰按天問王逸注曰晉大夫解居父聘吳過陳之墓門墓門蓋陳之城門猶左傳言秦師過周北門王尚書曰襄三十年左傳晨自墓門之瀆入杜注墓門鄭城門墓門蓋亦陳之城門若魯有鹿門齊亦有鹿門齊有揚門宋亦有揚門其說是也傳以爲墓道之門失之

誰昔然矣傳昔久也箋誰昔昔也　瑞辰按傳箋義本相承朱子集傳云誰昔猶言疇昔其說是也疇誰一聲之轉爾雅疇誰也疇字本作𠷎又作𡆥說文𡆥誰也又曰𠷎詞也引虞書曰𠷎咨今經典通作疇禮記檀弓曰予疇昔之夜鄭注疇發聲也疇轉爲誰皆語詞故箋以誰

昔卽爲昔也疇昔或作疇曩文選盧諶詩借曰如昨忽爲疇曩昔爲久曩亦久也爾雅曩久也昔對今言故訓爲久至經傳多借昔爲夕如詩樂酒今夕楚詞王注引作樂酒今昔之類然非此詩誰昔之義如以誰昔爲夕則禮記疇昔之夜既言夕又言夜爲不詞矣段玉裁疑傳久字當爲夕字之譌失之

墓門有梅傳梅枏也瑞辰按前章言棘後章言梅二木美惡大小不相類非詩取興之恉考楚詞天問曰何繁鳥萃棘而負子肆情王逸注云晉大夫解居父聘吳過陳之墓門見婦人負其子欲與之淫泆肆其情欲婦人則引詩刺之曰墓門有棘有鴞萃止故曰繁鳥萃棘也其說蓋本三家詩是知二章墓門有梅三家詩原作墓

門有棘與首章同又列女傳引詩雖作墓門有楳有鴞萃止然據下文大夫曰其棘則有其鴞安在則知上文引詩原作墓門有棘故曰其棘則有今本作楳者特後人據毛詩改耳毛詩作梅亦當爲形近之譌古梅杏之梅作某古文作槑見玉篇與棘形相近蓋棘譌作槑因作某又轉寫作楳與梅毛公作傳時已誤因隨其文訓之耳

有鴞萃止傳鴞惡聲之鳥也正義鴞惡聲之鳥一名鵩與梟一名鴟此文有脫誤校勘記曰當作與梟異梟一名鴟是也瞻卬云爲梟爲鴟是也俗說以爲鴞卽土梟非也瑞辰按鴞非卽鴟梟正義已辨之矣至以鴞爲服其說見史記及巴蜀異物

志荊州記史記賈誼傳楚人命鴞曰服巴蜀異物志有鳥小雞體有文色土俗因形名之曰服不能遠飛行不出域又荊州記巫縣有鳥如雌雞其名爲鴞楚人謂之服但考漢書賈誼傳云服似鴞則不以鴞卽爲服周官硩蔟氏掌覆夭鳥之巢注夭鳥惡鳴之鳥若鴞鵩賈疏鴞之與鵩二鳥俱是夜爲惡鳴者也是亦分鴞與服爲二鴞葢似服而非卽服也據楚辭天問何繁鳥萃棘王逸注引詩有鴞萃止爲證廣雅作鵩云鵩鳥鴞也則鴞卽繁而非鵩矣繁通作蕃山海經北山經涿光之山其鳥多蕃郭注或曰卽鴞是也鴞之言呼號也繁之言繁聲也葢皆狀其惡聲因以命名至其形說者不一有謂似鳩者正義引陸機疏鴞大如班鳩綠色西山經白於之山其鳥多鴞郭注鴞

似鳩而青色司馬彪莊子鴞炙註小鳩可炙是也有謂似雞者索隱引鄧展云似鵲而大又引荆州巫縣有鳥如雌雞其名爲鴞是也西山經黄山有鳥其狀如鴞名曰鸚䳇以鸚䳇爲似鴞則與鴞似雌雞說亦相類蓋鴞之類大小不同要其爲惡聲則同詩蓋以鴞之惡聲預知人禍以興諫者之苦言逆耳足規君過耳

歌以訊之傳訊告也釋文訊又作誶徐息悴反告也韓詩訊諫也　瑞辰按廣韻引詩歌以誶止廣雅誶諫也疏證曰訊字古讀若誶故經傳二字通用或以訊爲誶之譌失之今按毛韓詩作訊皆以訊爲誶之叚借王逸楚辭章句引詩誶予不顧則齊魯詩必有用本字作誶者

也列女傳引詩歌以訊止與廣韻引詩作止𠀤同詩以二止字相應爲語辭猶上章以二之字相應也今作訊之者以形近而譌

防有鵲巢

序防有鵲巢憂讒賊也宣公多信讒君子憂懼焉瑞辰按春秋莊二十二年陳人殺其太子禦寇史記陳世家曰宣公有嬖姬生子欵欲立之乃殺其太子禦寇宣公信讒之事惟見於此竊謂此詩正言太子被讒之事召南以鵲巢喻人君之有國家此詩以鵲巢喻太子之應得國其義一也鵲巢宜於林木今言防有鵲巢則非鵲巢之所矣賈誼策言人君之尊如堂詩以有甓喻太子

言人主恃太子以爲衛猶堂階恃令適以爲固也有甓宜於堂階今言中堂有甓則非置甓之區矣旨苕卽陵苕宜生下濕旨鷊蓋亦相類今言卭有皆非其所應有詩蓋喻支庶宜在下位今反上僭又以證讒言之不可信耳范逸齋補傳云防以止水必無鵲巢卭高卭之地必無苕鷊堂塗之間人所埽除必無瓴甓其說與予畧同

防有鵲巢傳防邑也瑞辰按此章防與卭對言猶下章中唐與卭對言卭爲邱名則防宜讀如隄防之防不得以爲邑名鵲巢宜於林木今言防有非其所應有也不應有而以爲有所以爲讒言也詩之取興與采苓同義至說文卭地名在濟陰後漢郡國志注引博物記曰卭

地在陳國陳縣北防亭在焉此葢後人因詩附會不足取以證詩

卭有旨苕傳卭丘也苕草也 瑞辰按爾雅苕陵苕詩苕之華正義引陸機疏云苕一名鼠尾生下濕水中七八月中華紫似今紫艸華可染皂煑以沐髮卽黑是苕生於下濕今詩言卭有者亦以喻讒言之不可信箋云卭之有美苕處勢自然失之又按古葦芀字多叚作苕豳風傳荼葦苕也若以苕爲芀之叚借尤非卭所應有二章卭有旨鷊亦當爲下濕所生之艸但經傳無可考耳

誰侜予美傳侜張誑也 瑞辰按傳本爾雅侜張與譸張通郭注爾雅引書曰無或侜張爲幻今書作譸侜卽譸

之叚借字也說文侜有廱蔽也引詩誰侜予美誰與廱蔽義正相成葢本三家詩侜之訓廱蔽猶說文訓譸爲[illegible]也其字通作侏楊雄三老箴姦宄侏張郎侜張也又作倜見爾雅釋文又作侜劉琨詩自頃侜張皆音同假借字也美韓詩作娓云娓美也案說文美甘也媄女好也是美好之字正作媄今經典通用美周官作𡟫葢古文𡟫从微省微尾古通用故媄又借作娓猶微生一作尾生也說文娓順也此娓之本義

中唐有甓傳中中庭唐堂塗也甓令適也瑞辰按爾雅廟中路謂之唐堂塗謂之陳據逸周書作雒解堤唐山廧孔晁注唐中庭道也文選注引如淳曰唐庭也是唐

爲廟中路又爲中庭道名與堂塗名陳者異傳旣以中爲中庭又以唐爲堂塗是誤合唐陳爲一也考工記匠人堂涂十有二分鄭注謂階前若今令甓裓也分其督旁之脩以一分爲峻也賈疏云名中央爲督假令兩旁上下尺二寸則取一寸於中中央爲峻邵晉涵曰葢甓以甂甋中央稍高起也今按釋文裓音階裓與陔通說文陔階次也鄭注言階前而引令甓裓爲證是知裓卽陔謂陔前之道也古惟內朝有堂有堂斯有階有階斯有甓其外朝治朝皆平地爲廷無堂斯無階無階斯無甓詩言中唐有甓正設爲似有實無之辭以見讒言之不可信也令適卽甓之合聲爾雅瓴甋謂之甓郭注甂

甎也今江東呼瓴甓說文甓令甓也又曰墼令適也甓適墼三字同韻故通用廣雅瓴甋甓甗甎也通俗文狹長者謂之甗甎據吳語韋昭注員曰囷方曰鹿則甗甎益甎之長方者耳甓字又通作壁尚書大傳周傳牧誓篇云不愛人者及其骨餘鄭注骨餘里落之壁骨爲胥字之譌說苑作餘胥趙氏垣曰或引尚書大傳作儲胥長安志圖漢瓦有曰儲胥未央古人謂瓦爲儲胥鄭注以爲壁者壁卽甓也甓爲磚亦得爲瓦稱

卭有旨鷊傳鷊綬艸也　瑞辰按爾雅鷊綬說文虉綬艸也引詩卭有旨虉作鷊及虉者叚借字也

月出

佼人僚兮傳僚好皃釋文佼字又作姣僚本作嫽瑞辰按方言說文竝曰姣好也是佼爲姣之叚借說文僚好皃嫽女字也方言嫽好也史記司馬相如傳索隱一切經音義卷九竝引詩姣人嫽兮是僚本又作嫽之證

舒窈糾兮傳舒遲也窈糾舒之姿也瑞辰按窈糾猶窈窕皆疊韻與下懮受夭紹同爲形容美好之詞非舒遲之義舒者噬之叚音噬通作逝又作舍杕杜詩噬肯適我韓詩作逝此噬逝通用之證也春秋陳乞弒其君荼公羊作舍史記作筮此荼筮舍通用之證也玉藻荼前詘後直注讀如舒遲之舒史記年表荊荼是徵卽詩荊舒則又舒荼同音之證舒者發聲字猶逝爲語詞也又

與虛同音通用爾雅虛閒也虛卽舒也舒窈糾兮言窈糾也舒懮受兮言懮受也舒夭紹兮言夭紹也猶之日月詩逝不古處言不古處也碩鼠詩逝將去女言將去女也杕杜詩噬肯適我言肯適我也桑柔詩逝不以濯言不以濯也逝皆發聲不爲義也以舒舍同音推之因知孟子舍皆取諸其宮中而用之舍亦發聲言許子何不爲陶冶皆取諸其宮中而用之也舊訓舍爲止或謂作陶冶之處竝失其義舍猶舒也說文叉曰余語之舒也余从八舍省聲亦舍舒同類之證傳訓舒爲舒遲因以窈糾懮受夭紹爲舒之态蓋失之矣

勞心悄兮傳悄憂也瑞辰按高誘淮南子精神篇注勞

憂也凡詩言勞心皆憂心勞心悄兮猶言憂心悄悄也

月出皓兮 瑞辰按皓者晧之俗爾雅晧光也說文晧日出皃字通顥三倉晧古文顥說文顥白皃引楚詞天白顥顥聲類顥白首皃也詩以晧形容月色之白又作暤廣雅暤暤白也

佼人瀏兮釋文瀏本又作劉好皃埤蒼作嬼嬼妖也 瑞辰按羣經音辨引詩正作劉瀏與劉皆嬼之叚借玉篇嬼姣嬼也卽取詩義廣韻嬼美好埤蒼訓妖妖亦好也

舒夭紹兮 瑞辰按文選西京賦要紹脩態注要紹謂嬋娟作姿容也又南都賦要紹便娟胡承珙曰諸言要紹者皆與夭紹同

勞心慘兮釋文慘七感反憂也瑞辰按陳第及顧炎武戴震竝謂慘當作懆吴棫謂八分喿多寫作桼因此致誤又或謂魏晉間避曹氏諱故喿多作桼孔廣森曰宵豪爲侵覃之陰聲故慘轉爲懆猶儀禮禫服或爲導說文㐁古文丙讀若三年導服之導今按孔說是也檀弓鄭注縿讀如綃說文訬讀若毚皆宵豪及侵覃音轉之證說文懆愁不安也爾雅廣雅竝曰慘憂也廣雅又曰慘操也是字之从喿从桼者聲近而義亦同釋詩者當曰慘讀若懆轉其音不必易其字也釋文於北山詩或慘慘劬勞云字亦作懆於白華兮念子懆懆云亦作慘慘至此詩及正月詩憂心慘慘抑詩我心慘慘釋文亦

曰本作懆則古本皆作慘字初無異本可知張參五經文字云懆千到反見詩不著何篇葢仍指白華詩念子懆懆耳或謂此詩慘字張參五經文字作懆失之

株林

胡爲乎株林傳株林夏氏邑也瑞辰按株爲邑名林則野之別稱劉昭續郡國志曰陳有株邑葢朱襄之地路史朱襄氏都于朱註朱或作株是株爲邑名故二章朝食于株得單言株也爾雅邑外謂之郊郊外謂之牧牧外謂之野野外謂之林野與林對文則異散文則通株林猶株野也傳云株林夏氏邑者隨文連言之猶言泥中中露邑名兩中字皆連類及之耳非以林爲邑名

從夏南傳夏南夏徵舒也箋從夏氏子南之母爲淫佚之行　瑞辰按王苻曰夏氏陳公族詩稱夏氏正外傳責其瀆姓之意不言夏姬言夏南者上二句詩人故設爲問辭若不知其淫於夏姬者以爲從夏南遊耳下二句當連讀謂其非適株林從夏南也言外見其實淫於夏姬此詩人立言之妙鄭箋以爲觝拒之辭失之又按詩以南與林爲韻唐石經作從夏南姬則不與林韻且夏姬爲夏南之母若稱夏南姬則不辭葢後人因箋云從夏氏子南之母遂妄增姬字耳又正義本南下有兮字今無兮字誤从定本

駕我乘馬說于株野乘我乘駒朝食于株傳大夫乘駒

箋我國人我君也君親乘君乘馬乘君乘駒變易車乘以至株林或說舍焉或朝食焉又責之也馬六尺以下曰駒瑞辰按隱元年公羊何休注曰禮大夫以上至天子皆乘四馬所以通四方也天子馬曰龍高七尺以上諸侯馬高六尺以上大夫士皆曰駒高五尺以上此詩乘馬指陳靈乘駒指孔甯儀行父故傳以大夫乘駒釋之王肅云陳大夫孔甯儀行父與君淫於夏氏是也箋以乘馬乘駒皆指國君不若傳以乘駒指大夫爲確駒釋文本作驕音駒引沈重曰或作駒字是後人改之皇皇者華篇同又皇皇者華釋文維駒本亦作驕說文馬高六尺爲驕引詩我馬維驕漢廣傳五尺以上曰駒此

詩箋馬六尺以下曰駒以説文及釋文引沈重説證之駒皆當作驕驕與駒雙聲古音葢讀驕如駒因叚借作駒耳公羊注駒高五尺以上駒亦驕也周官校人鄭司農注及説文竝云馬二歲曰駒據淮南子脩務篇馬之爲草駒之時高注馬五尺以下曰駒是駒乃小馬未可駕者猶在五尺以下後人譌下爲上遂與五尺以上之驕相混而不知駒實驕之叚借字也

澤陂

有蒲與荷傳荷芙蕖也箋芙蕖之莖曰荷瑞辰按爾雅荷芙蕖其莖茄説文茄夫蕖莖淮南子高誘注荷水菜夫渠也其莖曰茄是茄爲荷莖之定名箋訓荷爲莖而

不曰荷當爲茄者荷茄古同音荷之言茄也茄通作荷猶爾雅陵莫大於加陵卽春秋成十七年之柯陵也據正義引爾雅樊光注引詩有蒲與茄疑三家詩本有作茄者鄭君因以毛詩荷爲茄之叚借故直以茄釋之而不易其字猶與子同澤箋訓爲襗而經仍作澤可以樂饑箋訓藥治而經仍作樂也漢書楊雄傳衿芰茄之綠衣兮師古注茄亦荷字也見張揖古今字詁以茄荷爲古今字葢謂古茄荷字同音通用彼借茄爲荷猶此詩借荷爲茄也爾雅其葉蕸釋文云字又作葭藝文類聚卷八十二引爾雅作其葉葭與釋文所見本同初學記卷二十七引作其葉荷說文荷夫渠葉是荷乃葉非莖

故知箋訓莖者以荷爲茄之借字也王尚書春秋名字解言宋公子何字弗父何讀爲枷亦荷讀爲茄之類

傷如之何傳傷無禮也箋傷思也 瑞辰按爾雅陽予也郭注引魯詩陽如之何今巴濮之人自呼阿陽易說卦兌爲妾爲羊鄭本羊作陽注此陽謂爲養无家女行賃炊爨今時有之賤于妾也是陽讀同廝養之養自稱陽者謙辭也詩考謂卽此詩傷如之何之異文則當爲傷之叚借玉篇陽傷也

涕泗滂沱傳自目曰涕自鼻曰泗 瑞辰按泗洟古音同部涕泗卽涕洟也易鄭注自目曰涕自鼻曰洟說文洟鼻液也泗卽洟之叚借胡承珙曰爾雅呬息也說文東

夷謂息爲呬又曰息喘也从心从自自亦聲又自鼻也據此泗爲鼻液與呬爲鼻息音同義近

有蒲與蕑傳蕑蘭也箋蕑當作蓮瑞辰按蕑蓮古同聲溱洧詩釋文引韓詩傳曰蕑蘭蓮也正釋此詩有蒲與蕑爲鄭箋所本釋文誤移於溱洧章耳據太平御覽引韓詩曰秉執也蕑蘭也是知韓詩於溱洧秉蕑亦訓爲蘭與毛詩同未嘗以蕑爲蓮也古連闌同聲故蕑可借作蘭亦可作蓮耳

碩大且卷傳卷好皃釋文卷本又作婘瑞辰按卷即婘之消借婘說文作嬽云嬽好也說文又曰𡈼讀若書卷之卷故知嬽即婘字廣雅婘好也玉篇婘好皃或作孉

婘通作孉猶拳勇之拳一作㩲也婘又與儇通齊風揖或謂我儇兮釋文儇韓詩作婘好皃又通作娟上林賦柔嬈嬽嬽史記作嬛嬛段玉裁說文嬽字注云今人所用娟字當即此玉篇娟嬋娟也嬽通作卷與婘猶儇可通作婘也

碩大且儼傳儼矜莊皃釋文儼本又作曮瑞辰按碩大且儼猶言碩大且卷卷爲好儼亦好也說文儼字注一曰好皃文選甘泉賦注亦曰儼好也玉篇有孍云女好皃其義一也胡承珙曰釋文曮當作孍又按太平御覽引韓詩作嬐說文嬐字注引詩碩大且嬐正本韓詩廣雅嬐美也玉篇嬐又魚檢切正與儼聲近而義同太平

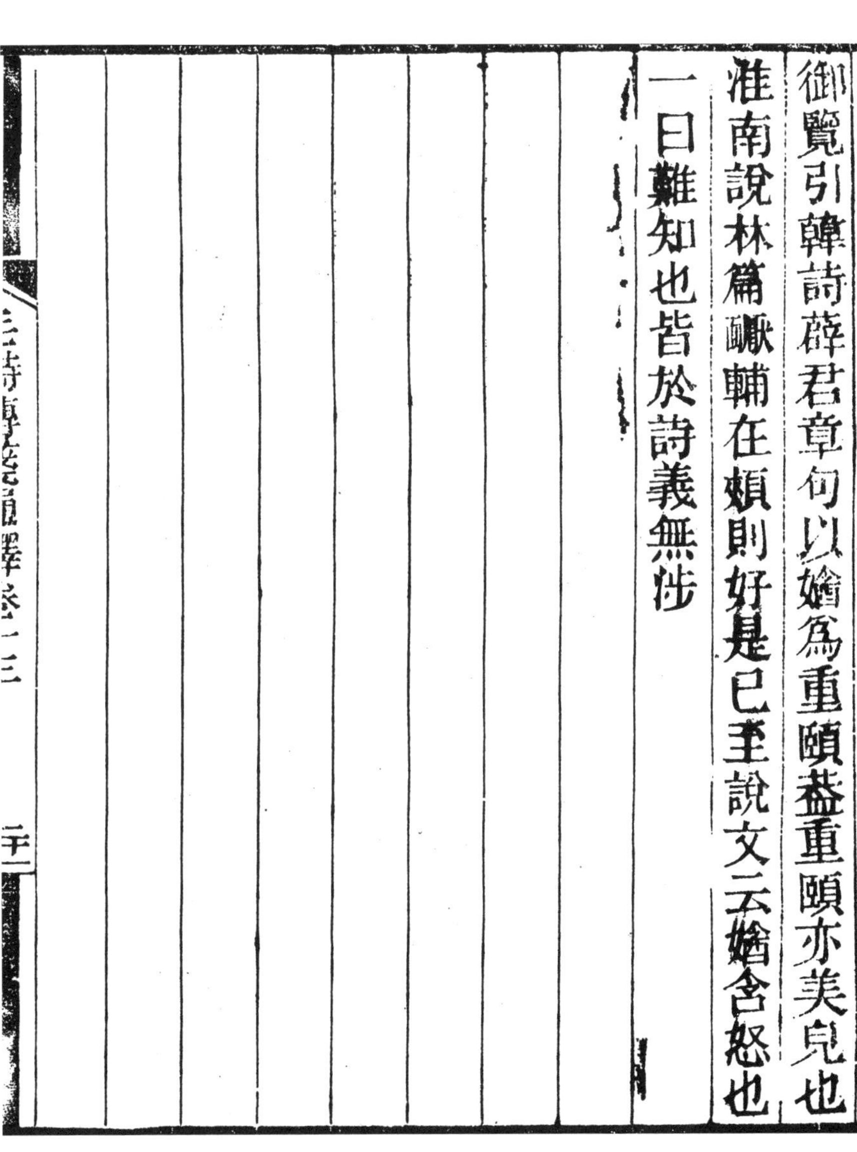

御覽引韓詩薛君章句以嬌爲重頤蓋重頤亦美皃也淮南說林篇靨輔在頰則好是已至說文云嬌含怒也一曰難知也皆於詩義無涉

毛詩傳箋通釋卷十四

檜

桐城馬瑞辰學

詩譜祝融氏名黎其後八姓惟妘姓檜者處其地焉瑞辰按史記楚世家正義引詩譜曰昔高辛氏之土祝融之墟歷唐至周重黎之後妘姓處其地是爲鄶國爲鄭武公所滅也與鄭譜微異今譜作黎無歷唐至周一句史記楚世家曰重黎爲帝嚳高辛居火正甚有功能光融天下帝嚳命曰祝融此以重黎爲一人山海經大荒西經曰顓頊生老童老童生重及黎帝令重獻上天令黎卭下地則以重黎爲二人今按以重黎爲二人者是也楚語言顓項命南正重司火以屬神命火正黎司地以屬民所言

重爲南正與左傳言少昊氏之子曰重爲勾芒木正者無涉重及黎皆顓頊後也大戴禮帝繫篇言老童産重黎及吳回史記集解徐廣引世本曰老童生重黎及吳回皆以重黎連言郭璞注山海經引世本云老童娶于根水氏謂之驕福産重及黎與徐廣引世本不同竊謂世本大戴禮言老童生重黎及吳回者本謂老童有三子重也黎也吳回也若言生重及黎及吳回則不辭故以重黎竝言山海經不言吳回故言生重及黎郭注引世本云生重及黎特順經文言之而世本以重黎爲二人卽此可見史記多本世本以世本重黎連言遂誤以爲一人耳史記卷章生重黎集解引譙周曰老童卽卷章按老童卷章字形相近重黎合

吳回爲三人而傳記多以黎爲吳回者史記楚世家言帝嚳誅重黎而以其弟吳回爲重黎後復居火正爲祝融是黎爲祝融吳回代之故郭璞山海經注曰吳回祝融弟亦爲火正也以其代黎爲祝融故亦名黎亦名祝融潛夫論志氏姓曰黎顓頊氏裔子吳回也高誘注淮南子曰祝融顓頊之孫老童之子吳回也一名黎爲高辛氏火正號爲祝融是也帝嚳所誅之重黎無後詩譜言祝融氏名黎者亦謂吳回耳後世稱火神爲回祿者正指吳回高誘注呂氏春秋乃云吳國回祿之神託于竈失之

羔裘

羔裘逍遥狐裘以朝傳羔裘以遊燕狐裘以適朝箋諸侯之朝服緇衣羔裘大蜡而息民則有黄衣狐裘今以朝服燕祭服朝是其好絜衣服也瑞辰按古者狐裘之用不一玉藻君衣狐白裘錦衣以裼之諸侯朝天子之服也狐裘黄衣以裼之大蜡而息民之服也論語狐貉之厚以居則燕居亦得服狐裘矣詩言羔裘逍遥者謂其以朝服燕是好絜其衣服逍遥遊燕也言狐裘以朝者謂其以燕服朝以見不能自强於政治也二者義同此傳云羔裘以遊燕狐裘以適朝正見二者之相反蓋亦以狐裘爲燕服錢澄之曰逍遥而以羔裘是法服爲嬉遊之具視朝而以狐裘是臨御爲褻媟之塲是也

羔裘如膏日出有曜傳日出照曜然後見其如膏 瑞辰按古者人君日出視朝此詩羔裘承上逍遥翱翔言則日出視朝之時已服羔裘遊燕詩但言羔裘之鮮美而君之不能自强于政治正可於言外得之

素冠

棘人欒欒兮傳棘急也欒欒瘠貌 瑞辰按讀詩記引崔靈恩集註作悈人蓋以棘悈雙聲爾雅棘悈同訓急故轉爲悈人耳方言悈老也郭注老人皮瘁之形亦與瘠義近惠氏九經古義曰攷古瘠字義雲章作瘯義雲切韻又作膌見汗簡字相似因誤爲棘 今按欒欒既爲瘠兒則棘卽爲瘠可知惠氏以棘爲古瘠字是也又以棘爲

𤺊與膌形近之誤則非說文膌瘦也𤺊古文膌玉篇同棘為𤺊之叚借呂覽任地曰棘者欲肥肥者欲棘高誘注棘羸瘠也詩棘人之欒欒言羸瘠也正訓棘為瘠說文臠臞也引詩棘人臠臠為正字毛詩作欒欒叚借字

聊與子同歸兮傳願見有禮之人與之同歸箋聊猶且也且與子同歸欲之其家觀其居處（瑞辰）按同歸猶下章言如一皆謂一致非謂歸其家也傳訓聊為願箋訓為且與載馳章傳箋同義願與且義正相承聊之為願又為且猶憖之訓願又訓且也（小爾雅憖願也　說文憖且也）又按說文聊耳鳴楚詞耳聊啾而懰怳此聊字本義至訓且者乃僇字之叚借說文僇一曰且也聲類憀且也憀與僇同

隰有萇楚

猗儺其枝傳猗儺柔順也瑞辰按經義述聞曰萇楚之枝柔弱蔓生故傳箋竝以猗儺爲柔順但下文華與實不得言柔順而亦云猗儺則猗儺乃美盛之貌矣小雅隰桑篇隰桑有阿其葉有難傳阿然美貌難然盛貌阿難與猗儺同字又作旖旎楚辭九辯紛旖旎乎都房王逸注旖旎盛貌引詩旖旎其華與毛傳異義葢本於三家今按王說是也史記司馬相如傳旖旎從風索隱引張揖云旖旎猶阿那也那與儺古亦同聲草之美盛曰猗儺樂之美盛曰猗那其義正同商頌猗與那與正言樂之美盛傳以猗爲歎詞亦非

夭之沃沃傳夭少也沃沃壯佼也瑞辰按禹貢厥草惟夭夭通作枖說文枖木少盛皃引詩桃之枖枖是艸木之盛通得名夭此詩夭之沃沃从朱子集傳卽指萇楚爲是傳箋以夭爲人之年少失之

樂子之無知箋知匹也瑞辰按爾雅知匹也箋訓知爲匹與下章無室無家同義此古訓之最善者或疑知不得訓匹今按墨子經上篇曰知接也莊子庚桑楚篇亦曰知者接也荀子正名篇曰知有所合謂之智凡相接相合皆訓匹爾雅匹合也廣雅接合也是也知訓接訓合卽得訓匹矣又古者謂相交接爲相知楚辭九歌樂莫樂兮新相知言新相交也交與合義亦相近芄蘭詩

能不我知知正當訓合不我知爲不我合猶不我甲爲不我狎也禮記曲禮男女非有行媒不相知名釋文作不相知云本或作不相知名名衍字耳今按不相知者即不相匹也此皆知可訓匹之證

匪風

匪風發兮匪車偈兮傳發發飄風非有道之風偈偈疾驅非有道之車 瑞辰按彼匪古通用廣雅匪彼也疏證引此詩匪當爲彼匪風發兮匪車偈兮猶言彼風之動發發然彼車之驅偈偈然今按王說是也彼古通作佊論語問子曰彼哉彼哉廣韻引作子西佊哉說文無佊字佊即彼 玉篇佊邪也廣韻引埤蒼同廣雅佊衺也是佊有邪義匪亦邪也古匪字蓋

借爲邪彼之彼又借爲彼我之彼

顧瞻周道傳下國之亂周道滅也箋周道周之政令也瑞辰按周道猶周行朱子集傳云周行大道是也周之言䌹廣雅䌹大也周道又爲通道亦大道也凡詩周道皆謂大路卽孟子云夫道若大路然也謂詩以大路之坦平喻王道之正直則可若遂以爲周之政令則非

中心怛兮傳怛傷也瑞辰按漢書王吉傳引詩怛作⿱⿰旦刂心顔師古注⿱⿰旦刂心古怛字也今按說文無⿱⿰旦刂心字但云怛憯也或从心在旦下作⿱旦心方言怛痛也廣雅同玉篇怛悲也⿱⿰旦刂心驚也並丁割切是⿱⿰旦刂心乃怛之同音叚借字嚴可均曰⿱⿰旦刂心與⿰忄到同魯峻碑中心忉⿰忄到正用此詩今按怛與⿰忄到一

聲之轉㤞亦怛字之叚借李陵荅蘇武書祇令人增忉怛忉㤞卽忉怛也

匪車嘌兮傳嘌嘌無節度也釋文嘌本又作票瑞辰按說文嘌疾也引詩匪車嘌兮又曰慓疾也無節度正是疾義正義曰由疾故無節是也

誰能亨魚箋誰能者言人偶能割亨者誰將西歸箋誰將者亦言人偶能輔周道治民者也正義人偶者謂以人恩尊偶之也論語注人偶同位人偶之辭禮注云人偶相與爲禮儀皆同也瑞辰按漢時以相敬相親皆爲人偶大射儀揖以耦注言以者耦之事成於此意相人偶也聘禮每曲揖注每門輒揖者以相人偶爲敬也公

食大夫禮賓入三揖注相人偶此相敬謂之人偶也中庸仁者人也鄭注人也讀如相人偶之人以人意相存偶之言賈子匈奴篇胡嬰兒得近侍側胡貴人更進得佐酒前上時人偶之此相親謂之人偶也說文仁親也从人二會意人二卽相偶也說文又云偶桐人也桐人卽相人形近之譌此箋以人偶釋誰能誰將蓋讀能如柔遠能邇之能能安也善也讀將如福履將之之將將謂扶助之也安善之扶助之皆與人偶爲相敬相親之義合箋內人偶能三字當連讀謂親敬此割亨者將亦能也能與將皆人偶之也正義乃云人偶此能割亨者以能字屬割亨者失其義矣

漑之釜鬵傳漑滌也鬵釜屬瑞辰按無足曰釜說文鬵大釜也韻會引說文作土釜劉向九歎爨土鬵於中宇兮王逸注鬵釜也說文䰛字注秦名土鬴曰䰛讀若過案䰛即今俗所稱鍋也此皆鬵爲釜屬之證至爾雅䰝謂之鬵據說文鬵大釜也䰝鬵屬是鬵亦釜屬說文一曰鼎大上小下若甑曰鬵此别一義正義據孫炎以甑爲鬵乃謂鬵非釜屬誤矣釋文漑本又作摡按說文引詩正作摡

毛詩傳箋通釋卷十五

曹

桐城馬瑞辰學

總論

蓋嘗讀春秋及史記曹世家而知列國之風終以曹而次于檜者非無故也春秋雖亡國數十卒以弱小不能自存惟曹列于成國先見覆滅春秋哀八年宋滅曹非世濟其無道無以及此是故曹自振鐸至伯陽凡二十四傳其君之死于兵者一春秋莊二十六年曹殺其大夫公羊傳曷爲衆殺之不死于曹君者也何休註曹伯爲戎所殺孔廣森云曹伯僖公也與戎戰死見虜於大國者三共公成公虜于晉悼公因死于宋皆見史記曹世家遇篡殺者四戴伯殺幽伯繆公殺石甫隱公殺聲公靖公又殺隱公皆見史記曹世家莊有不子之惡桓九年曹伯使其世子射姑來朝公羊傳曰春秋有譏父

老子代從政者則未知其在齊與曹與其有無禮之誅郎觀晉文駢脅事其他奢淫之行史或未能悉載而政衰俗薄可以概見故春秋自莊公姑射以後姑射史記作夕姑遂卒月葬時者貶而畧之也春秋大國之例卒日葬月桓十年春王正月庚申曹伯終生卒夏五月葬曹桓公此卒日葬月從大國例也莊二十三年冬十一月曹伯姑射卒二十四年春葬曹莊公遂卒月葬時此後惟宣十四年夏五月壬申曹伯壽卒秋九月葬曹文公爲卒日葬月何休謂以文公爲公子喜時父故特加錄之餘皆卒月葬時孔廣森謂曹無道先亡故貶之僖公死于戎聲公隱公相繼簒殺皆不書其卒葬者黜而削之也曹世家有釐公聲公隱公春秋經皆無之國風以曹終蓋猶春秋黜曹之義焉至次曹於檜後者檜滅于鄭曹滅于宋皆亡國也檜君好絜衣服曹君好奢其惡又相類故竝列之以著亡國之風爲有國者戒大抵國之興

以儉勤而亡以奢泰興以得人亡以棄賢昭好奢而蜉蝣刺其拂諫而候人歌有國者可以鑒矣亂極則思治易曰无平不陂无往不復故鳲鳩以思君子下泉以念周京猶檜之終于匪風以思治也然檜亡而周遂東遷曹亡而春秋降爲戰國世變之愈下也葢誠有孔子之聖不能遏于前子思孟子之賢不能挽于後者矣

蜉蝣

蜉蝣之羽傳蜉蝣渠畧也朝生夕死猶有羽翼以自脩飾瑞辰按蜉蝣古但作浮游夏小正浮游有殷是也今作蜉蝣者後人从俗改耳爾雅蜉蝣渠畧說文蟌蟲蟌一曰浮游朝生莫死者渠畧卽蟲蟌叚借字釋文渠畧

本或作蟝蛒亦俗字故沈云二字竝不施虫是也爾雅郭注言蜉蝣似蛣蜣方言蜉蝣秦晉之閒謂之蟝蛒郭注又云似天牛而小有黑角今按廣雅天社蜣蜋也說文蜣渠蜣一曰天社天牛蓋卽天社之別名方言注似天牛猶爾雅注似蛣蜣也蛣蜣黑色浮游亦黑色蓋形近而色同據郭璞云似天牛而小則浮游蓋小於蛣蜣今以目驗蛣蜣大僅六七分是知正義引陸疏云大如指長三四寸寸當爲分字之譌又按夏小正及毛傳說文竝云浮游朝生夕死淮南子詮言篇則云蜉蝣不過三日是知朝生莫死特甚言其死之速耳

衣裳楚楚傳楚楚鮮明貌 瑞辰按說文䰶會五采鮮皃

引詩衣裳𪓐𪓐蓋本三家詩楚楚卽𪓐𪓐之叚借𪓐从虘聲虘从且聲楚从疋古讀如胥與且同聲故通用𪓐𪓐借作楚楚猶賓之初筵籩豆有楚義同韓奕籩豆有且仲尼弟子傳秦秦祖字子南祖當讀爲楚也又按說文祖事好也方言珇好也珇美也音義竝與𪓐近

於我歸處箋歸依歸君當於何依歸乎言有危亡之難將無所就往　瑞辰按箋本序將無所依爲義且與傳皆以此詩爲興故以歸爲君之依歸竊謂此詩當从朱子集傳以爲比蓋詩人不忍言人之似蜉蝣故轉言浮游之羽翼有似於人之衣裳此正詩人立言之妙然觀浮游之不能久存將於我乎歸處歸處謂死也則人之徒

致餙於衣裳者亦可以爲鑒矣爾雅鬼之爲言歸也郭注引尸子死人謂之歸人吕氏春秋順說求人篇注竝曰歸終也終亦死也說苑反質篇楊王孫曰且夫死者終生之化而物之歸者葛生詩歸于其居歸于其室皆以歸爲死歸處歸止歸說義亦同於之言與也凡相於者猶相與也如孟子麒麟之於走獸之類於卽與也憂浮游之於我歸處以言我將與浮游同歸也

蜉蝣掘閱傳掘閱容閱也箋掘閱掘地解閱謂其始生時也以解閱喻君臣朝夕變易衣服也　瑞辰按廣雅掘穿也說文引詩作堀云堀突也突爲犬从穴中暫出義與穿近段玉裁謂堀閱猶言孔穴失之掘字通闕周官屈狄

即闕狄左傳若闕地及泉即掘地及泉也潘岳秋興賦闕側足以及泉兮即掘側足以及泉也閲讀爲穴宋玉風賦空穴來風即莊子空閲來風也老子道德經塞其兑閉其門兑即閲之消謂塞其穴也管子山權數篇北郭有掘閲而得龜者即穿穴而得龜也掘通作堀曾子疾病篇魚鼈黿鼉以淵爲淺而堀穴其中堀者欮之段借廣雅欮穿也堀穴亦穿穴也說苑説叢篇引曾子正作穿穴則知此詩掘閲亦當訓穿穴矣陸機疏言浮游陰雨從地中出郭璞言蜉蝣叢生糞土中皆與穿穴而出之義合毛傳言容閲正義以容閲爲形容鮮閲誤矣至箋云掘地鮮閲者戴震曰閲與脱通謂浮游初生時掘

地解脫而出是箋與傳異義正義引定本云掘地鮮閱謂開解而容閱是誤合傳箋爲一矣又按毛傳無鮮閱字正義釋經云初掘地而出甚鮮閱釋傳云形容鮮閱者取箋以釋傳也蓋正義本箋作掘地鮮閱與定本作解閱義亦通也今正義本誤从定本古解鮮形近易譌據方言解輸挩也廣韻挩或作脫則箋从定本作解閱爲是而讀閱爲脫究不若讀閱爲穴作穿穴解爲善段玉裁又謂掘閱容閱皆聯綿字如孟子之言容悅亦可以備一解今按谷風詩我躬不閱傳閱容也孟子容悅二字連言則容亦悅之義正義訓容爲形容亦非

候人

何戈與祋傳祋殳也瑞辰按殳卽杖以積竹爲之說文殳以杖殊人也杖今本誤作殳此从段本禮殳以積竹八觚長丈二尺建于兵車旅賁以先驅廣雅殳杖也考工記廬人鄭注凡矜八觚矜亦杖也樂記注引詩荷戈與綴云綴表也所以表示行列也葢本三家詩崔集注本亦作綴說文祋殳也或說城郭市里高懸羊皮有不當入而欲入者暫下以驚牛馬故从示殳引詩何戈與祋今按說文引或說以祋爲懸羊皮於城市是亦立表之意其說或卽本三家詩但表非可與戈同荷仍从毛傳爲是故說文亦首列祋殳之訓

三百赤芾傳芾韠也一命緼芾黝珩再命赤芾黝珩三

命赤芾葱珩大夫以上赤芾乘軒簉佩赤芾者三百人

瑞辰按說文市韠也天子朱諸侯赤周易乾鑿度赤芾天子賜大夫之服蓋惟列國之卿大夫命于天子者始服赤芾故玉藻言再命三命皆赤芾今赤芾多至三百則皆曹伯私命之矣左傳言乘軒者三百人與詩三百赤芾合史記晉世家則云晉師入曹數之以其不用釐負羈言而用美女乘軒者三百人也此讀而用美女爲句乘軒者三百人也爲句非謂乘軒者爲美女也故史記太史公曰余尋曹共公之不用僖負羈乃乘軒者三百人知惟德之不建則不言美女矣司馬貞引晉世家作而美女乘軒三百人也刪去用字直以爲美女乘軒

失之

維鵜在梁不濡其翼傳鵜洿澤鳥也梁水中之梁鵜在梁可謂不濡其翼乎箋鵜在梁當濡其翼而不濡者非其常也以喻小人在位亦非其常 瑞辰按爾雅鵜鴮澤郭注今之鵜鶘也好羣飛沉水食魚故名洿澤俗呼之爲淘河說文鶇胡汚澤也或从弟作鵜是鵜以善居水中得名鳥善水者多能入水不濡表記引詩維鵜在梁不濡其翼彼其之子不稱其服鄭注汚澤善居汚水之中在魚梁以不濡其翼爲才故君子以稱其服爲有德蓋本三家詩其說是也詩蓋以鵜之入水不濡與汚澤之名相稱以興小人之德薄服尊爲不稱其服耳

不遂其媾傳媾厚也箋遂猶久也不久其厚言終將薄於君也　瑞辰按上言不稱其服此言不遂其媾媾與服對亦當爲服佩之稱媾葢韝字之叚借內則右佩玦捍是古者玦與捍竝佩芃蘭詩傳能射御則佩韘韘者玦也佩捍猶佩玦也捍一名韝一名遂說文韝臂衣也各本作射臂決也誤此从段本依文選注正鄉射禮袒決遂鄭注遂射韝也以朱韋爲之箸左臂所以遂弦也佩韝而不能射御是謂不遂其媾正與不稱其服同義韝之借爲媾猶玦之借爲決也若訓媾爲厚則與上章文義不相類矣

南山朝隮傳南山曹南山隮升雲也　瑞辰按郡縣志曹南山在曹州濟陰縣東二十里詩南山朝隮是也十道

志曹南山汜水出焉是曹有南山之證隮卽虹也周官眡祲掌十煇之法九曰隮鄭司農曰隮升氣也後鄭注隮虹也今按蝃蝀詩以虹喻淫奔之女此詩朝隮亦喻淫奔蓋以淫奔之盛如朝隮喻小人之得志而以婉孌之季女斯饑喻君子之不見用也古解虹者或言升氣或但言升爾雅隮升也釋名虹見於西方曰升朝日始升而出見也未有言升雲者春秋元命苞曰陰陽之氣聚爲雲氣立爲虹蜺是虹氣與雲氣不同之證蝃蝀詩傳但曰隮升此傳蓋與之同今正義本作升雲乃因定本及集注而誤也正義曰隮升釋詁文是知正義本止作隮升正義又云定本及集注皆曰隮升雲也是知惟定本及集注作升雲耳釋文本作升雲亦誤定本及集注特因傳曰

薈蔚雲興貌以爲朝隮承薈蔚言遂妄增雲字不知虹之上升必因雲而始見蔡邕月令章句曰虹陰陽交接之氣著于形色陰陽不和婚姻失序卽生此氣常依雲而晝見于日衝蝃蝀詩正義亦曰虹色青赤因雲而見則薈蔚特虹之因雲而見不得遂以隮爲雲也又按采蘋車舝二詩季女皆謂少女此詩季女義與彼同傳謂季人之少子女民之弱者其義亦迂

鳲鳩

鳲鳩在桑傳鳲鳩秸鞠也鳲鳩之養其子朝從上下暮從下上平均如一箋興者喻人君之德當均一於下也以刺今在位之人不如鳲鳩 瑞辰 按爾雅鳲鳩鴶鵴說

文作秸鵴方言布穀自關東西梁楚之間謂之結誥周魏之間謂之擊穀自關而西謂之布穀廣雅擊穀鵠鵴布穀也昭十七年左傳鳲鳩氏司空也杜註鳲鳩平均故爲司空平水土劉向說苑反質篇曰鳲鳩之所以養七子者一心也君子之所以理萬物者一儀也曹植責躬應詔詩序曰七子均養者鳲鳩之仁也釋文鳲本亦尸漢書鮑宣傳言陛下上爲皇天子下爲黎庶父母爲天牧養元元視之當如一合尸鳩之詩字正作尸其說與劉向所引詩傳及曹植詩序同葢本三家詩與毛傳微異毛傳取其朝暮上下平均如一劉向鮑宣曹植所據三家詩則取其養七子平均如一箋云喻人君之德

當均一於下葢亦本三家詩與毛傳異正義合爲一誤矣

其儀一兮箋儀義也善人君子其執義當如一也瑞辰按說文檥榦也今經傳通作儀爾雅儀榦也左氏文六年傳引之表儀儀與表同義人之立木爲表曰儀人之爲民表則亦曰儀荀子君者儀也儀正則景正故此詩其儀不忒卽曰正是四國矣凡言表儀言儀式言儀度皆儀榦引伸之義此詩言君子用心之一有如儀表之正而此箋訓爲義者胡承珙曰緇衣子曰下之事上也身不正言不信則義不壹行無類也其末引詩曰淑人君子其儀一也然則儀一謂執義如一尤有明證今按箋

說葢本三家詩

其子在梅傳飛在梅也　瑞辰按梅當爲梅杏之梅以下在棘在榛類之知皆小樹不得爲梅枏也

其弁伊騏傳騏騏文也箋騏當爲璂以玉爲之　瑞辰按傳騏文釋文本作綦文周官弁師會五采玉璂鄭君引詩其弁伊綦而此箋云騏當爲璂者彼注云璂讀爲薄借綦綦結也皮弁之縫中每貫結五采玉十二以爲飾謂之綦引詩其弁伊綦葢本韓詩以綦爲結此箋云璂以玉爲之卽以璂爲所飾之玉其說與說文同與周官注異也說文騏青驪文如博棊也段玉裁本作如綦謂各本作如博棊不通今按列子說符篇釋文引六博經云博法用棊十二故法六白六黑是古者博亦用棊馬文青驪交錯有似博

（綦則作博綦亦可通）又曰璂弁飾也往往置玉也（各本作冒玉此從釋文引）繫傳云綴玉於武冠若綦子之布列也是則馬文如博綦者謂之騏弁飾如博綦者謂之璂其義正同古人以星羅綦布竝言說文繫傳言弁飾如綦正與會弁如星義合說文多本毛傳或許君所見毛傳作綦文因有博綦之說但鄭君箋詩所見毛傳自作騏文故易爲璂耳

其子在榛釋文榛木名也字林木叢生也　瑞辰按說文榛木也一曰菆也一切經音義引說文榛叢木也據集韻叢或作菆是菆即叢字之或體此詩上言在棘則在榛宜訓叢木不得讀爲蓁栗之蓁

下泉

序下泉思治也曹人疾共公侵刻下民不得其所憂而思明王賢伯也瑞辰按何楷詩世本古義據易林蠱之歸妹云下泉苞稂十年無王荀伯遇時憂念周京此詩當爲曹人美晉荀躒納敬王於成周而作其說以自春秋昭二十二年王子朝作亂至昭三十二年城成周爲十年無王左傳天王使告於周曰天降禍于周俾我兄弟竝有亂心以爲伯父憂我一二甥舅不遑啟處于今十年勤戍五年余一人無日忘之與易林十年無王合又以昭二十三年天王居于狄泉卽此詩下泉郇伯卽荀躒也荀卽郇國之後去邑稱荀也稱荀伯者左傳昭三十一年晉侯使荀躒唁公季孫從知伯如乾侯知伯

卽荀躒也諸荀在晉别爲知與中行二氏故又稱知伯荀伯猶知伯也美荀躒而詩列曹風者昭二十五年晉人爲黄父之會謀王室具戍人二十七年會扈令戍周三十二年城成周曹人盇皆與焉故曹人歌其事也今按易林說詩多本三家何楷以左傳證之似亦可備一說昭二十二年王子猛入于王城公羊傳王城者何西周也二十六年冬十月天王入于成周公羊傳成周者何東周也孔廣森曰稱成周不稱京師者敬王新居東周非故京師矣此詩念彼周京似王新遷成周追念故京師王室之詞自是以後諸侯不復勤王故列國風詩終於此亦可爲何氏增一證也

冽彼下泉傳冽寒也下泉泉下流也 瑞辰按大東詩有冽氿泉傳冽寒意也冽字从仌正義引七月詩二之日栗冽云字从冰是遇寒之意則正義原作冽說文别有洌字云水清也引易井洌寒泉食而不引詩葢以詩皆作冽無作洌者今本作洌誤也爾雅沃泉縣出縣出下出也此詩正義謂詩下泉即彼沃泉今按自上澆下曰沃說文澆沃也故沃泉亦泉自上下滴之義

浸彼苞稂傳苞本也稂童粱非溉草得水而病也箋稂當作涼涼草蕭蓍之屬 瑞辰按物叢生曰苞爲艸木通稱說文引書艸木蔪苞是也傳訓本者苞古通作葆說文葆艸盛貌廣雅葆茂也又曰葆本也本亦叢生之義

玉篇本蕁草叢生張平子西京賦苯蕁蓬茸說文蕁叢艸也苯亦本也商頌苞有三蘖傳訓苞爲本箋訓苞爲豐義正相承正義悉以本根釋之誤矣箋易稂爲涼以童粱非蕭蓍類也涼艸不見釋艸未知鄭箋何據今按中山經大騩之山有草焉其狀如蓍而毛青華而白實其名曰𦵔郭注引𦵔戾正蓍蕭之屬疑卽此詩之稂𦵔玉篇廣韻皆作蒗蓋因形近而誤胡承珙曰釋文稂徐又音良說文莨艸也子虛賦卑溼則生藏莨漢書音義曰莨莨尾艸也莨與狼同卽爾雅之孟狼尾與陸疏云蕭〻一名牛尾蒿者相類鄭云涼艸蕭蓍之屬豈卽爾雅之狼尾與今按涼卽莨之同音叚借後漢時或通假猶

作凉鄭君遂據以釋詩耳

郇伯勞之傳郇伯郇侯也諸侯有事二伯述職箋郇侯文王之子爲州伯有治諸侯之功 瑞辰按僖二十四年左傳畢原豐郇文之昭也杜註今解縣西北有郇城括地志郇伯故城在解縣西南四里服虔則謂在解縣東水經注云今按竹書紀年秦穆公送重耳圍令狐桑泉臼衰至廬柳退次舍於郇桑泉臼衰竝在解東南明不至解今解故城東北二十四里有故城在猗氏故城西北鄉俗名郇城考服說與俗符賢於杜畢文孤證是郇在解縣東矣漢地志解縣屬河東郡而右扶風有栒邑縣應劭索隱皆以栒邑爲古郇國惟臣瓚曰汲郡古文

晉武公滅荀以賜大夫原氏黯是爲荀叔又云文公城荀然則荀當在晉之境內不得在扶風界也今按河東有荀城當以臣瓚説爲是竹書紀年康王二十四年召康公薨昭王六年王錫郇伯命是郇伯實繼召公爲二伯毛公時竹書未出以二伯釋郇伯當别有所據箋以爲州伯非也白虎通三歲一閏天道小備五歲再閏天道大備故五歲一巡狩三年二伯出述職引傳云周公入爲三公出爲二伯中分天下出黜陟詩曰周公東征四國是皇言東征述職周公黜陟而天下皆正也又曰蔽芾甘棠勿翦勿伐言邵公述職親説舍于野樹之下也此以二伯出而黜陟諸侯爲述職與毛傳諸侯有事

二伯述職義合與孟子諸侯朝於天子曰述職異義詩

正義乃引孟子以釋毛傳失之

毛詩傳箋通釋卷十六

豳　　桐城馬瑞辰學

豳譜

豳者后稷之曾孫曰公劉者自邰而出所徙戎狄之地名瑞辰按譜以公劉爲棄之曾孫此誤也戴震毛鄭詩考正據宋天聖本國語及史記載祭公謀父諫穆王皆曰昔我先王世后稷今本國語脫王字謂先王世爲后稷之官非謂棄也今按韋注國語父子相繼曰世正以世后稷連讀不以先世連讀足證天聖本有王字之確史記周本紀曰后稷之興在陶唐虞夏之際皆有令德后稷卒子不窋立按云皆有令德者以不窋以前繼棄爲后稷者不一人故以皆有令德統之也不曰棄卒

而曰后稷卒者謂最後爲后稷之官者卒也又史記劉敬對高帝曰周之先自后稷堯封之邰積德累善十有餘世公劉避桀居豳是亦謂自棄至公劉中歷十餘世矣不窋爲后稷子蓋爲最後官后稷者之子非爲棄之子鄭君誤以不窋爲棄之子故以公劉爲棄之曾孫耳曾孫亦元孫以下之通稱知鄭言后稷之曾孫以后稷爲棄者據鄭云公劉以夏后太康時失其官按后稷棄當夏禹時至太康甫七十餘年中隔不窋及鞠二代故知箋言后稷必謂棄耳國語言不窋失官竄於戎狄之間今慶陽府安化縣有不窋城城東三里有不窋冢毛大可謂公劉遷豳應自不窋城遷不應自邰遷今按毛說非也史記匈奴傳曰夏道衰而公劉失其稷官是知不窋失官以後至子鞠時必嘗復其稷

官復居於邰至公劉時又遭夏桀之亂復失其官乃自邰遷豳耳竹書紀年少康三年復田稷此後人附會惟誤以不窋爲棄子失官在太康時遂妄云少康時復官以公劉詩陟渭爲亂考之水經渭水又東過武功縣北鄺道元注渭水又東逕斄縣故城南舊邰城也是邰在渭旁非自邰遷無由陟渭取材也又公劉詩傳曰公劉居於邰而遭夏人亂迫逐公劉公劉乃避中國之難遂平西戎而遷其民邑於豳焉按邰今武功縣豳今邠州豳在邰北百餘里不窋城又在豳北二百餘里使公劉自不窋城遷是自外而遷於內非所以避中國之難也戴震又謂邰之封自公劉始復與史記言公劉失官毛傳言公劉避難皆不合邰之復蓋在公劉以前耳

公劉以夏后太康時失其官守瑞辰按劉敬言公劉避桀居豳是也自后稷棄至公劉中有十餘世則知失官不在太康時矣史記匈奴傳夏道衰而公劉失其稷官又言其後三百有餘歲戎狄攻大王亶父按亶父當殷武乙時去夏桀正三百餘歲是公劉與桀同時之證韋昭國語注謂不窋失官在太康時亦非太康至桀二百六十餘年公劉爲不窋孫不能相距如此其遠戴震據史記言孔甲淫亂夏后德衰諸侯畔之謂不窋失官當在孔甲時葢近之矣

七月

七月詩人事物候較遲傳言豳土晚寒者一三之日于

耜傳三之日夏正月也豳土晚寒于耜始修耒耜也是也箋言晚寒者二七月鳴鵙箋云伯勞鳴將寒之候也五月則鳴豳地晚寒鳥物之候從其氣焉一也二之日其同箋云不用仲冬亦豳地晚寒二也孔疏言晚寒者六月令仲春倉庚鳴此蠶月一也月令季秋草木黃落此云十月隕蘀二也月令季秋令民入室此以改歲三也月令季秋嘗稻此云十月穫稻四也月令仲秋嘗麻此云九月叔苴五也月令季冬命取氷此云三之日納於凌陰六也

瑞辰按豳詩所紀物候與夏小正月令互有同異參而考之與小正月令竝同者五如有鳴倉庚及采蘩同繫春日與小正二月采蘩有鳴倉庚合與月

令仲春倉庚鳴亦合一也蠶月條桑與小正三月攝桑妾子始蠶合與月令季春親桑勸蠶亦合二也四之日獻羔祭韭與小正二月初俊羔傳言夏有煮祭合與月令仲春天子乃鮮羔開氷亦合三也四月秀葽與小正四月莠幽合與月令孟夏苦菜秀亦合說詳後四月秀葽四也五月鳴蜩與小正五月良蜩鳴合與月令仲夏蟬始鳴亦合五也與小正月令竝異者二如七月鳴鵙與小正五月鵙則鳴異與月令仲夏鵙始鳴亦異一也二之日其同載纘武功與小正十一月王狩異與月令孟冬講武亦異二也與月令異而與小正同者二如三之日于耜與月令季冬修耒耜異與小正正月農緯厥耒同一

也八月載績載元載黃與月令季夏命婦官染采異與
小正八月元校同二也與小正異而與月令同者一如
七月流火與小正五月初昏大火中異與月令季夏昏
心中同是也不見月令而同小正者四如采蘩一也殆
及公子同歸卽小正二月綏多士女二也八月剝棗三
也四之日祭韭而小正正月囿有見韭孔廣森謂先時
而祭之四也不見小正而同月令者二如入此室處與
月令季秋令民入室合一也二之日鑿冰與月令季冬
命取冰合二也至孔疏所言豳土晚寒六條多有未確
如有鳴倉庚序於爰求柔桑之上與蠶月條桑不同且
與采蘩同時采蘩夏小正屬之二月則此有鳴倉庚亦

二月孔疏謂在蠶月誤也月令季秋黃落特木葉微脫之始豳風十月隕籜乃草木陊落之盛月令嘗稻嘗麻特天子先嘗之禮豳風叔苴穫稻乃農夫收穫之秋一舉其初一舉其終非有早晚之不同也曰爲改歲猶曰歲聿云莫特先時戒民入室之辭非謂改歲然後入室不得以爲十月與月令季秋令民入室異也二之日鑿冰與月令季冬取冰正同孔疏以爲異亦誤至傳箋所云晚寒據鄭志答張逸云晚溫亦晚寒是晚寒當如孔疏言寒來晚孫毓言豳土寒多雖晚猶寒陸機言晚節而氣寒皆非也

七月流火傳火大火也流下也瑞辰按夏小正五月初

昏大火中合於堯典日永星火以正仲夏此虞夏時厤也此詩七月流火則火星之中在六月合於左傳火中寒暑乃退及月令季夏昏心中此周秦時厤也恒星東行約七十餘年而差一度二千一百餘年而差一次所謂歲差也七月爲周公追述之詩故即以周時星象言之

九月授衣傳九月霜始降婦功成可以授冬衣矣　瑞辰按周官典婦功掌婦式之灋以授嬪婦及內人女功之事齎典絲頒絲於外內功皆以物授之典枲以待時頒功而授齎凡言授者皆授使爲之也此詩授衣亦授冬衣使爲之葢九月婦功成絲麻之事已畢始可爲衣非

謂九月冬衣已成遂以授人也

一之日觱發傳觱發風寒也瑞辰按說文滭滭冹風寒也各本說文無滭冹二字此从段玉裁本增冹字註云一之日滭冹滭冹蓋本字毛詩作觱發叚借字也檜詩匪風發兮發亦冹之叚借滭通觱猶采菽詩觱沸濫泉說文作畢沸也冹通作發猶碩人詩鱣鮪發發說文作鱍鱍也滭冹二字疊韻說文又曰熚炥火盛皃火之盛曰熚炥泉之盛曰滭沸寒之盛曰滭冹其義一也又按說文引一之日滭冹不言詩曰錢大昕曰蓋非毛詩則不言詩今按說文引王室如娓壇壇其陰之類皆韓詩亦皆稱詩則錢說非也說文引詩而不言詩者三一鱣鮪鮁鮁二一之日滭

汳三惟韋及蒲葢皆毛詩叚借說文以正字易之以其非毛詩及三家詩本文故不言詩耳

二之日栗烈傳栗烈氣寒也瑞辰按釋文栗烈竝如字是今本作栗烈者从釋文也正義本自作溧冽正義云有栗冽之寒氣以下皆作烈而此句仍作冽其證一也下泉大東兩詩正義皆引詩二之日栗冽其證二也文選朔風詩李注引毛傳栗冽寒氣也古詩十九首李注引詩及傳皆作冽其證三也大東正義引說文冽寒皃今說文有瀨無冽據玉篇廣韻皆有冽無瀨則今說文瀨寒也葢冽寒皃之譌臧琳以瀨爲冽之重文若爲重則玉篇廣韻不應有冽無瀨說文以溧冽相連列於畢汳之後正釋詩詞其證四也

五經文字仌部有凓字知其所據詩作凓其證五也爾雅凌慄也凌爲冰而氣寒故訓慄慄亦凓之叚借其證六也文選高唐賦李注引字林冽寒風也嘯賦注又引字林冽寒皃其證七也詩下泉冽彼下泉傳冽寒意也又大東有冽氿泉字皆作冽其證八也玉篇冽寒氣也又曰凓冽寒皃其證九也廣韻冽寒也又曰凓冽寒風其證十也素問氣交變論曰其變凓冽王冰註凓冽甚寒也素問又曰風寒氷冽其證十一也董氏讀詩記引崔集注作栗冽其證十二也葢正義本作凓冽者正字釋文作栗烈者叚借字也凓冽二字疊韻至釋文云說文作飋颲今按說文颲風雨暴疾也从風利聲讀若栗

颲列風也段玉裁本改作颲颲也从風列聲讀若烈是颲颲與詩溧冽義近而音同然說文颲颲二字下竝不引詩未知其果出於詩不也

無衣無褐箋褐毛布也瑞辰按褐有三訓一爲毛布製如馬衣孟子許子衣褐趙註以毳織之若今馬衣者也高誘注淮南子曰褐毛布若今之馬衣定八年左傳或濡馬褐以救之杜註馬褐馬衣玉篇褐馬背袒衣也桂馥曰袒衣者馬背覆衣無袖如人之袒是也一爲枲衣說文褐編枲韤段玉裁曰取未績之麻編爲足衣如今草鞵之類孟子趙註或曰褐枲衣也葢謂編枲爲衣按說文褔編枲衣段玉裁謂與草雨衣相類一爲粗布衣說文褐一曰粗衣廣韻及孟子正義引說文竝作短衣誤孟子

趙注褐一曰粗布衣也荀子大畧篇則豎褐不完楊倞注豎褐童豎之褐亦稱短褐史記秦始皇本紀夫寒者利短褐徐廣曰一作裋小襦也音豎方言襜褕其短者謂之短褕說文裋豎使布長襦玉篇褐袍也袍長襦也顏注貢禹傳曰裋褐謂僮豎所著布長襦也今按說文襦短衣也顏注急就篇曰短衣曰襦自膝以上釋名袍丈夫箸下至跗者也襦蓋若今襖之短者袍若今襖之長者裋褐爲豎使布長襦即袍也故玉篇訓褐爲袍不應或作短褐凡作短褐者皆裋褐形近之譌徐廣因訓爲小襦失之裋褐蓋以粗布爲之其形如褐因稱裋褐也孟子許子衣褐以其不自織布證之當从毛布之訓

此時無衣無褐以史記寒者利裋褐推之當从粗布衣之訓謂以粗布爲裋褐禦寒也古人衣褐竝言不嫌詞複亦猶璿玉不嫌互舉耳

三之日于耜傳于耜始修耒耜也瑞辰按于耜與舉趾相對成文于猶爲也儀禮士冠禮注于猶爲也聘禮記注于讀曰爲爲與修同義于耜即爲耜也爲耜即修也傳以修耒耜釋于耜正訓于如爲正義曰于訓於而以於是始修耒耜增成其義失之

田畯至喜傳田畯田大夫也箋喜讀爲饎饎酒食也耕者之婦子俱以饟來至於南畝之中其見田大夫又爲設酒食焉言勤其事又愛其吏也瑞辰按國語命農大

夫咸戒農用韋昭注農大夫田畯也田畯亦稱農正國語農正再之韋注農正后稷之佐田畯也省文則單稱畯爾雅畯農夫也農夫即農大夫省稱也亦單稱田月令命田舍東郊鄭注田謂田畯主農之官又淮南子四月官田是也亦單稱農郊特牲饗農鄭注農田畯也是也爾雅饎酒食也釋文引舍人本作喜是饎古多省作喜故鄭箋以此詩喜爲饎之叚借

春日載陽有鳴倉庚箋載之言則也陽溫也溫而倉庚又鳴可蠶之候也瑞辰按爾雅春爲青陽故詩言春日載陽博物志蠶陽物也喜燥惡濕詩言日之陽溫正可以生蠶時也養蠶在三月生蠶在二月夏小正二月有

鳴倉庚與此詩有鳴倉庚合二月采蘩亦與此詩采蘩祁祁合又二月綏多士女與此詩殆及公子同歸箋訓歸爲嫁合則詩兩言春日皆指二月無疑正義以春日指蠶月謂倉庚蠶月始鳴誤矣

女執懿筐傳懿筐深筐也 瑞辰按說文懿嫥久而美也深卽嫥壹之意小爾雅及楚辭王逸註竝曰懿深也懿筐蓋對頃筐言之頃筐淺而易盈則懿筐深而難滿矣

采蘩祁祁傳蘩白蒿也所以生蠶 瑞辰按何楷詩世本古義引徐光啟曰蠶之未出者鬻蘩沃之則易出故毛傳曰所以生蠶其說是也集傳謂以蘩啖蠶蓋誤夏小正二月采蘩亦以生蠶傳以爲豆實亦誤

蠶月條桑箋條桑枝落之采其葉也戴震毛鄭詩考正曰條讀如厥木惟條之條爾雅桑柳醜條是也　瑞辰按夏小正三月妾子始蠶故詩以三月爲蠶月條桑玉篇挑撥也引作挑桑云本亦作條是古本有作挑桑者條乃挑之叚借說文挑一曰摷也廣雅摷取也挑通作𡵂說文引詩挑兮挑兮作𡵂兮𡵂兮說文𡵂一曰取也箋云枝落之采其葉者采亦取也正訓條桑爲取桑胡承珙曰釋文條桑枝落也不備取耳此亦謂條爲挑撥而取之故云不備取戴氏乃以爾雅桑柳醜條釋之失其義矣

取彼斧斨以伐遠揚傳遠枝遠也揚條揚也　瑞辰按桑性斬伐而益茂故遠揚旣伐下卽言猗彼女桑戴震讀

猗如有實其猗之猗謂盛皃是也傳云角而束之曰猗乃讀猗爲伐木掎矣之掎不知掎束爲伐大木之法女桑無所用其角而束之也

猗彼女桑傳女桑荑桑也　瑞辰按荑與桋通爾雅女桑桋桑郭註今俗呼桑樹小而條長者爲女桑樹是女桑乃樹名桑之小者爲女桑牆之低者爲女牆其義一也桋桑亦女桑之別名正義本作女桑柔桑者女之言如如柔一聲之轉又候人詩傳女民之弱者弱亦柔也故通作柔桑荑與稚音義近桋桑即稚桑也王照圖詩小紀曰桋當爲荑荑與雉音義同謂芟荑復生者桑樹芟荑彌茂猗言茂美也女言柔弱也今浙中種桑皆小桑

其枝每歲皆經芟夷是亦可備一說

七月鳴鵙傳鵙伯勞也箋伯勞鳴將寒之時五月則鳴豳地晚寒乃物之候以其氣焉正義曰蟬及鵙皆以五月始鳴其云七月其義不通也古五字如七肅之此說理亦可通但不知經文實誤否耳 瑞辰按夏小正五月鴂則鳴與月令仲夏鵙始鳴同此詩七月鳴鵙殆如箋說豳土晚寒之故孟子趙注鴃博勞也詩曰七月鳴鵙應陰而殺陽者也詩以鵙鳴誌將寒之候或據其盛鳴之時言之肅說非是

四月秀葽傳不榮而實曰秀葽葽草也箋夏小正四月王萯秀葽其是乎 瑞辰按後世說秀葽者不一宋曹粹

中據爾雅葽繞棘菀謂葽即遠志馮復京非之以爲遠志開花以三月不以四月秀今按遠志名葽繞不單名葽則以爲遠志者非也戴震據戰國策幽莠之幼也似未謂秀葽即莠之盛程瑤田駁之謂莠至六月始秀今按廣雅葽莠也莠或亦有葽之名而非即詩所云秀葽也竊考說文葽艸也詩曰四月秀葽劉向說此味苦苦葽也苦葽葢即月令所云苦菜秀也孟夏月令王瓜生苦菜秀二者相連幽葽一聲之轉據鄭箋引小夏正王萯秀葽其是乎是鄭君所見夏小正亦王萯莠莠幽二句相連王萯莠即月令王瓜生也莠幽即月令苦菜秀也鄭君以夏小正莠幽證詩秀葽作葽者順經文兼引

王蕢莠者後人脫莠字乃連類及之非以詩秀葽爲王蕢也鄭注月令疑王蕢卽王瓜斷無箋詩又疑王蕢卽葽之理然卽此可爲王蕢莠莠幽相連之證至今本夏小正王蕢莠之下莠幽之上多取荼一句金仁山本作取荼莠此當在莠幽句下乃傳釋莠幽之文謂於時取荼莠也莠幽卽苦葽苦葽卽苦菜苦菜卽荼爾雅荼苦菜是也傳以取荼釋莠幽正莠幽卽苦菜秀之證後人不知誤以傳取荼移於經文莠幽之上遂疑其別爲一事又妄增荼也者以爲君薦蔣也胥失之矣猶賴鄭箋引王蕢秀葽二者相連可以證其誤耳何楷詩世本古義引邱光庭云月令孟夏苦菜秀今驗四月秀者野人呼爲苦葽正與說文引劉向說苦

蔞台此亦秀蔞卽苦菜秀之證而此義實自鄭箋開之後人不善繹鄭箋遂致說者紛紛而不得其實耳

十月隕蘀傳蘀落也 瑞辰按說文草木皮葉落墜地爲蘀是蘀實爲落葉之稱落葉名落猶槁葉卽名爲槁詩云隕蘀猶荀子議兵篇云振槁也鄭風蘀兮傳蘀槁也亦與此傳訓蘀爲落義同

一之日于貉傳于貉謂取此从陳啟源讀舊連下狐狸皮也作一句讀誤箋于貉往搏貉以自爲裘也 瑞辰按貉與禡古通用鄭司農注周禮大司馬職有司表貉曰貉讀爲禡書亦或爲禡是禡卽貉之或體字也鄭康成注甸祝表貉云田者習兵之禮故亦禡祭禱氣勢之十百而多獲是田有貉祭

也此詩于貉當謂往貉卽周禮甸祝表貉之祭傳箋均讀貉爲狐貉之貉失之

二之日其同箋其同者君臣及民因習兵俱出田也　瑞辰按同之言會合也廣雅集合同也謂冬田大合衆也周官惟田與追胥竭作故曰其同爾雅蒐聚也冬田之言同猶春田之言蒐也下章我稼旣同傳亦訓聚

五月斯螽動股傳斯螽蚣蝑也　瑞辰按爾雅蜇螽蚣蝑斯猶析也故本亦作斯螽至周南螽斯羽乃爾雅所云蛗螽蠜者螽斯猶鷽斯柳斯之類斯爲語詞傳亦以蚣蝑釋之正義因誤合螽斯斯螽爲一物

六月莎雞振羽傳莎雞羽成而振訊之　瑞辰按莎雞之

名不一爾雅釋蟲翰天雞郭註一名莎雞又曰樗雞詩正義引李巡曰一名酸雞太平御覽引廣志曰莎雞亦曰犨雞廣雅樗鳩樗雞也陸機疏曰幽州人謂之蒲錯是名之不同也其種類亦不一樊光郭璞竝云小蟲黑身赤頭廣志云莎雞似蠶蛾而五色名醫别錄云樗雞生河内川谷樗樹上陶注云形似寒螿而小蘓頌圖經引爾雅郭註而釋之曰今所謂莎雞者生樗木上六月便出飛而振羽索索作聲人或畜之樊中但頭方腹大翅羽外青内紅而身不黑頭亦不赤此殊不類蓋别一種而同名也今在樗木上者人呼紅娘子頭翅皆赤乃如郭說然不名樗雞疑即是此蓋古今之稱不同耳今

按爾雅釋鳥有翰天雞郭註赤羽莎雞亦赤羽故同有翰天雞之名當以頭翅皆赤俗呼紅娘子者爲是以其生樗樹上名爲樗雞又有生莎草間者故名莎雞也崔豹古今注乃謂莎雞一名絡緯羅願遂以俗名絡絲娘當之非是

七月在野八月在宇九月在戸十月蟋蟀入我牀下箋自七月在野至十月入我牀下皆謂蟋蟀也 瑞辰按箋說是也詩云斯螽莎雞一以股鳴一以羽鳴至蟋蟀乃以鳴之遠近言或以七月在野三句屬上莎雞者妄也藝文類聚文選注太平御覽並引蔡邕月令章句云蟋蟀蟲名斯螽莎雞之類特以三蟲爲一類耳禮記正義

乃謂蔡邕以蟋蟀爲斯螽誤矣

穹窒熏鼠傳穹窮窒塞也 瑞辰按詩以穹窒與熏鼠及下塞向墐戶四者相對成文穹窮也窮治也盡也穹通作焪廣雅焪與糞寫竝訓爲盡又曰糞寫除也是穹謂除治之盡也廣雅窒塞滿也是知穹窒傳訓窮塞者謂除治其室之滿塞也周官翦氏掌除蠹物以莽草熏之正此詩熏鼠之事赤犮氏掌除牆屋凡隙屋除其貍蟲注貍蟲䗪肌蛷之屬卽此詩穹窒之事蓋貍蟲隱於牆隙易於窒塞故必除之務盡正義乃謂穹塞其室之孔穴失傳旨矣穹窒與熏鼠爲二事東山詩灑埽穹窒箋云穹窒鼠穴也亦誤合二者爲一

曰爲改歲入此室處箋曰爲改歲者歲終而一之日觱發二之日栗烈當避寒氣而入所穹窒墐戶之室正義言入室者夏秋以來亦在此室欲言避寒之意故云入此室耳非是別有室也 瑞辰按曰爲改歲漢書作聿爲本韓詩也聿爲改歲猶言歲之將改乃先時教戒之辭非謂改歲然後入室也春秋宣六年初稅畝公羊何休註言井田之法在田曰廬在邑曰里一里八十戶八家共一巷又曰五穀畢入民皆居宅漢書食貨志亦曰在壄曰廬在邑曰里又曰春令民畢出在野冬則畢入於邑引豳詩爲證蓋以詩同我婦子饁彼南畝此春令畢出在野也嗟我婦子曰爲改歲入此室處此冬則畢入

於邑也正義謂夏秋以來亦在此室誤矣汪德鉞尚書偶記曰堯典厥民析者卽詩同我婦子饁彼南畝由屋處而出分於外也厥民因者因田中以爲屋以便農事卽詩中田有廬疆埸有瓜也厥民夷者夷讀如芟夷之夷殺草以鎌穫禾亦如之卽詩八月其穫也厥民隩者卽詩塞向墐戶入此室處也其說可與此詩相發明

六月食鬱及薁傳鬱棣屬薁蘡薁也正義鬱棣屬者是唐棣之類屬也劉稹毛詩義問云其樹高五六尺其食大如李正赤食之甜本草云鬱一名雀李一名車下李一名棣蘡薁者亦是鬱類而小别耳晉宮閣銘云華林園中有車下李三百一十四株薁李一株車下李卽鬱

薁李卽薁二者相類而同時熟故言鬱薁也瑞辰按說文李棣皆在木部薁嬰薁也則在艸部嬰薁一名燕薁廣雅燕薁蘡舌也亦隸釋草蘡薁蓋艸之蔓生者非晉宮閣銘所謂薁李也齊民要術引陸機詩義疏云櫻薁實大如龍眼黑色今車鞅藤實是又引疏云櫐似燕薁連蔓生郭璞上林賦注蘡薁似燕薁可作酒是燕薁實櫐及蘡薁之屬宋開寶本草注燕薁是山蘡薁亦堪作酒今按山蘡薁實小與陸疏言燕薁實如龍眼者不合山蘡薁蓋藟也此陸疏所云藟似燕薁者非卽燕薁也燕薁爲車鞅藤正義以爲薁李誤矣又按說文蒮字引詩食鬱及蒮宋掌禹錫蘇頌皆云韓詩

八月剝棗傳剝擊也瑞辰按夏小正八月剝棗傳剝也者取也廣雅亦曰剝取也夏小正二月剝鱓卽月令取鼉也八月剝瓜亦謂取瓜則剝棗訓取是也齊民要術云棗全赤卽收收法撼而落之爲上是取棗固不專用擊也傳訓擊者以剝爲朴字之同聲叚借朴正作攴說文攴小擊也又曰擊攴也廣雅剝擊也義本毛傳說文剝或从卜作㓟故可叚作攴

爲此春酒傳春酒凍醪也正義引周官酒正三曰清酒鄭注清酒今之中山冬釀接夏而至者春酒卽彼清酒瑞辰按月令孟夏天子飲酎鄭注酎之言醇說文酎三重醇酒也廣韻作醲酒謂重釀之酒也春酒至此始成呂氏春秋高註

亦曰酎春醞也是春酒卽酎酒也漢制以正月旦作酒八月成名酎酒周制葢以冬釀經春始成因名春酒楚辭挫糟凍飲酎淸凉些凍飲葢卽凍醪凍醪卽酎也魏都賦醇酎中山沉湎千日則中山酒亦卽酎酒矣說文八月黍成可爲酎酒是黍亦可爲酎酒而以稻爲上聘禮注凡酒稻爲上黍次之粱亦次之是也此詩春酒承上穫稻自謂以稻爲之耳

九月叔苴傳叔拾也　瑞辰按爾雅釋言筑拾也小爾雅督拾也筑督均與叔音近而義同說文叔拾也从又尗聲汝南名收芋爲叔拾與收皆謂取說文拾掇也廣雅收取也叔通作淑孟子有私淑艾者謂私取以自治也予私淑諸人

也猶言私取諸人舊皆訓淑爲善失之至考文本作掓龍龕手鑑掓拾也乃俗增字說文叔或從寸作村又寸皆手也不須更增手旁作掓矣

采荼薪樗傳樗惡木也箋乾荼之菜惡木之薪 瑞辰按爾雅荼苦菜今南方人呼苦蕒菜北方呼蘧蕒菜有春生秋生二種其春生者以孟夏秀以日至死月令孟夏苦菜秀呂氏春秋任地篇曰至苦菜死是也其秋生者以八九月生經冬不死廣雅游冬苦菜也是也豳詩四月秀葽與月令苦菜秀合是指春生之荼采荼薪樗承上九月叔苴言是指秋生之荼箋云乾荼之菜葢讀經采爲菜菜荼與薪樗相對成文乾荼以爲菜即月令仲

秋務蓄菜也樗卽今臭椿樹故爲惡木說文今本樗榑二字互譌陳啓源遂據之謂詩薪樗當作榑失之

十月納禾稼瑞辰按禾與稼對文則易散文則通毛傳種之曰稼斂之曰穡說文禾之秀實爲稼莖節爲禾一曰稼家事也繫傳無一曰二字只云稼家也一曰在野曰稼此對文則異也甫田曾孫之稼箋云稼禾也此散文則通也此詩禾稼連言稼亦禾耳

黍稷重穋傳後熟曰重先熟曰穋瑞辰按重者種之省借穋者稑之或體說文穜爲穜植種爲種稑云種先穜後孰也稑疾孰也引詩黍稷種稑稑或作穋又於穜前列植字云早種也引詩稙稺尗麥于稑後列稺云幼禾

也繫傳本下有晚穜後孰者五字葢種與稑一則先穜後孰一則後穜先孰稙與稺一則早種先孰一則晚穜後孰故說文以四字相次也周官內宰獻穜稑之種鄭司農註先種後孰謂之穜後種先孰謂之稑後鄭謂詩云黍稷穜稑是也賈疏云先鄭直云先種後種不見穀名後鄭意黍稷皆有穜稑今按後鄭引詩以證穜稑黍稷特連言之非以穜稑專屬黍稷也凡穀宜皆有重穋植穉四種然據管子地員篇五粟之土其種大重細重五槁之土其種大穋秜細穋秜又似穀有專名重穋者管子又云五杰之土其種大稷細稷五剽之土其種大秬細秬秬卽黍也以重穋與黍稷竝列則重穋非卽黍

稷明矣大荒南經云驩頭維宜芑苣穋楊是食郭注管子說地所宜云其種穋稆黑黍皆禾類也種穋今雖未詳爲何穀要亦禾之二名無疑孔疏以黍稷重穋爲四種是也孔疏再言禾者以禾是大名也非徒黍稷重穋四種而已賈疏以屬黍稷誤矣

禾麻菽麥正義再言禾者以禾是大名也瑞辰按禾有爲諸穀通稱者聘禮及周官掌客皆言禾若干車通謂粟之有稾者及此詩十月納禾稼是也有專指一穀言者呂氏春秋云禾黍稻麻菽麥六者之實又曰今茲美禾來茲美麥淮南子雒水宜禾又曰中央宜禾及此詩禾麻菽麥是也據說文禾嘉穀也粟嘉穀實也米粟實

也粱米名也四者相承而言是粱者粟之米也粢者禾之實也此詩以禾與麻菽麥竝言者禾卽粱也戴侗六書故云北方多陸土其穀多粱粟故粱粟專以禾稱正義謂專言禾字以總諸禾誤矣又按粱爲今之小米稷爲今之高粱程瑶田九穀考辨之甚精秦漢以來多以稷爲小米俱誤

上入執宫公傳入爲上出爲下箋可以上入都邑之宅治宫中之事矣於是時男之野功畢瑞辰按古者通謂民室爲宫因謂民室中事爲宫事夏小正三月妾子始蠶執養宫事昏禮戒女詞曰夙夜無違宫事是也爾雅公事也宫公卽宫事也公事卽何休公羊註所云民皆

入宅男女同巷相從夜績者于茅索綯即宮事之一也宋儒以宮公爲公室宮府之役誤矣正義本作執宮公今本作執宮功者从唐定本改也公功古通用六月詩以奏膚公即以奏大功也毛傳公功也瞻卬詩婦無公事即婦無功事也說詳王尚書經義述聞功與公皆爲事穀梁宣十二年傳功事也定本不知公與功同義故易之耳

晝爾于茅箋女當晝日往取茅歸瑞辰按於與爲古通用義同取廣雅取爲也于即於也故于之義亦得訓取此詩于貉謂取貉毛傳于貉謂取是也于茅亦謂取茅箋當晝日往取茅歸趙岐孟子註詩言教民晝取茅艸是也若訓于爲往云往茅則不詞矣因悟孟子引大誓侵于

之疆則取其殘者于亦爲取猶云侵取是疆實取其殘也趙注以于爲紂失之

宵爾索綯傳宵夜綯絞也箋夜作絞索以待時用瑞辰按索綯與于茅相對成文孟子趙注曰夜索以爲綯是也王尚書經義述聞曰索者糾繩之名廣雅釋詁云級紨紉索也是矣綯者繩索之名廣雅釋器云綯繩索也是矣爾雅訓綯爲絞者絞亦繩也箋云夜作絞索則誤以索爲繩索之索今按傳云綯絞也箋即申之曰夜作絞索正申明傳義訓綯爲絞者爲絞索之絞非誤釋經文索字爲繩索之索其云夜作絞索猶趙岐云夜索以爲綯也王尚書言索綯猶言糾繩其說甚確若以鄭箋

爲誤則非又按楚詞離騷索胡繩之纚纚索當讀与詩索綯同索謂糾繩王逸注云糾索胡繩是也洪興祖訓爲繩索失之又按小爾雅綯索也綯與縚聲近而義同

亟其乘屋傳乘升也箋云亟急乘治也十月定星將中急當治野廬之屋　瑞辰按說文乘覆也乘屋謂覆蓋其屋孟子趙註曰及爾閒暇亟乘蓋爾野處之屋是也

四之日其蚤獻羔祭韭箋古者日在北陸而藏冰西陸朝覿而出之祭司寒而藏之獻羔而啟之其出之也朝之祿位賓食喪祭於是乎用之月令仲春天子乃獻羔開冰先薦寢廟周禮凌人之職夏頒冰掌事秋刷上章備寒故此章備暑后稷先公禮教備也正義曰服虔以

西陸朝覿而出之謂二月日在婁四度春分之中奎始晨見東方蟄蟲出矣故以是時出之給賓客喪祭之用服說如此知鄭不同者以鄭荅孫皓曰西陸朝覿謂四月立夏之時周禮曰夏頒氷是也是鄭以西陸朝覿爲四月與服異也瑞辰按合左傳及此詩證之當以服虔說爲是昭四年左傳曰古者日在北陸而藏氷西陸朝覿而出之以藏與出相對文下云其藏氷也深山窮谷固陰冱寒於是乎取之其出之也朝之祿位賓客喪祭於是乎用之又曰其藏之也黑牡秬黍以享司寒其出之也桃弧棘矢以除其災又曰祭寒而藏之獻羔而啟之皆承上藏與出爲言啟亦出也此詩四之日其蚤卽

左傳西陸朝覿也獻羔祭韭即左傳獻羔而啟也獻羔而啟與西陸朝覿而出爲一事一言其時一言其禮故知服虔以西陸朝覿爲二月奎見者是也鄭以西陸朝覿爲四月者特據爾雅西陸昴也四月昴始朝見耳今按四陸猶四道也杜預曰陸道也爾雅特舉昴一星爲識其實奎婁胃昴畢觜觿參西方白虎之宿皆得爲西陸故知服虔以奎婁晨見爲西陸朝覿者是也鄭志雖以西陸朝覿爲四月而箋詩引西陸朝覿以證四之日其蚤又引月令仲春天子乃獻羔開冰則所謂西陸朝覿亦當指二月奎婁見言之正義據鄭志以釋鄭箋似非箋義

朋酒斯饗傳兩樽曰朋瑞辰按儀禮惟士冠禮士昏禮

醴尊皆側尊無元酒注側猶特也無偶曰側側者無元酒其鄉射禮大射禮燕禮鄉飲酒特牲饋食禮少牢饋食禮凡設尊竝兩壺者有元酒也此詩朋酒傳訓兩樽蓋亦兼元酒言之

曰殺羔羊傳饗者鄉人以狗大夫加以羔羊箋十月民事男女俱畢無飢寒之憂國君閒於政事而饗羣臣 瑞辰按鄉飲酒有鄉大夫無加用羔羊之禮此當從箋謂大飲之禮曰聿欥遹四字古通用曰殺羔羊與上曰爲改歲韓詩作聿爲皆語詞正義謂相命曰當殺羔羊失之

稱彼兕觥 瑞辰按稱者偁之段借爾雅偁舉也正義云

舉彼兕觥之爵正訓稱如偁說文偁揚也揚亦舉也稱彼兕觥猶禮言揚觶也

萬壽無疆箋欲大壽無竟 瑞辰按簡兮詩方將萬舞韓詩萬大舞也廣雅萬大也萬古訓大故箋訓萬壽爲大壽正義云使得萬年之壽失箋恉矣又按月令鄭註引此詩作受福無疆葢本韓詩

鴟鴞

鴟鴞鴟鴞傳鴟鴞鸋鴂也 瑞辰按陸機疏言鴟鴞幽州人謂之鸋鴂或曰巧婦爾雅桃蟲鷦其雌鴱郭注鷦鷯桃雀也俗呼爲巧婦疏引方言幽人或謂之鸋鴂是鴟鴞與桃蟲爲一 小毖詩傳桃蟲鷦也鳥之始小終大者

箋云鵂之所爲鳥題肩也或曰鴞皆惡聲之鳥正義引陸機疏云今鵂鶹是也微小於黃雀其雛化而爲雕故俗語鵂鶹生雕又焦氏易林亦云桃蟲生雕或云布穀生子鵂鶹養之則化而爲雕今按鵂鶹又名鴬鳩荀子楊倞注鴬鳩鵂鶹也雕卽鷹屬月令鄭注征鳥題肩也或名曰鷹鵂鶹化雕卽月令鳩化爲鷹之類也鴟鴞或單稱鴟說文鴟雖也玉篇雖子雖雟也雟卽布穀也子雖蓋小鴟也以布穀爲子鴟此殆布穀生子鵂鶹養之之謂桑蟲以螟蛉之子爲己子而名果蠃鵂鶹以布穀之子爲己子而亦名果蠃方言桑飛自關而東謂之工雀或謂之過蠃過蠃卽果蠃也廣雅鷦鵰鶹鳴果蠃桑飛女鴎工雀也其義一也鴟鴞取布穀子以化雕蓋古有此說故詩以子喻管

蔡以鴟鴞喻武庚以鴟鴞取子喻武庚之誘管蔡與小毖詩正相通小毖詩肇允彼桃蟲拚飛維鳥言管蔡之從武庚猶布穀之子爲桃蟲所取則化爲雕鳥也此詩鴟鴞鴟鴞既取我子言武庚之誘管蔡猶桃蟲取布穀之子而使之化雕也小毖肇允彼桃蟲謂管蔡信武庚之誘箋謂桃蟲喻管蔡之屬失之此詩鴟鴞猶呼武庚而告之託爲鳥之失其子者言也箋謂託爲鴟鴞之言亦非孟子言管叔以殷畔而詩以鴟鴞取子喻武庚誘管蔡者所以未滅管蔡倡亂之罪而不忍盡其詞親親之道也既取我子無毀我室言其既誘管蔡無更傷毀周室以鳥室喻周室也傳云甯亡二子不可以毀我周室是也箋以室喻世臣之官屬土地失之後三章皆以防患難於未然明己憂勞王室之

心情危詞迫使成王知其心之無他而已詩序所云成王未知周公之志公乃爲詩以貽王者此也

恩斯勤斯鬻子之閔斯傳恩愛鬻稚閔病也稚子成王也箋鴟鴞之意殷勤於此稚子當哀閔之此取鴟鴞子者言稚子也以喻諸臣之先臣亦殷勤於此成王亦宜哀閔之 瑞辰按恩从傳訓愛則勤當讀昔公勤勞王家之勤勤勞皆憂也愛之欲其室之堅憂之懼其室之傾也恩勤皆指王室言王肅訓勤爲惜正義釋傳以恩勤爲周公愛惜二子失之鬻子當從傳訓稚子謂指成王鬻通作鞠爾雅釋言鞠稚也鞠一作毓毓卽育字說文引書教育子史記五帝紀作教稺子稺卽稚也是知鞠

詩之鬻子卽書之敎育子亦卽書之孺子也二叔流言言公將不利於孺子故公自言恩勤於王室者皆惟稚子是閔恤也旣取我子指二叔言鬻子之閔斯則指成王言箋謂成王非罪其屬黨而以恩勤爲鴟鴞殷勤於此稚子稚子當哀閔之似非詩意

徹彼桑土傳徹剝也桑土桑根也　瑞辰按孟子引此詩趙岐注徹取也徹與撤通廣雅撤取也毛傳訓剝者剝亦取也夏小正傳剝也者取也廣雅剝取也釋文土韓詩作杜義同方言東齊謂根曰杜是毛詩作土卽杜之叚借故傳以桑根釋之正義乃謂桑根在土故知桑土卽桑根未免望文生訓矣又按撤彼桑土葢撤取桑根之皮趙岐注孟子

註謂取桑根之皮是也詩第言桑土者省文耳

予手拮据傳拮据撠挶也釋文引韓詩云口足爲事曰拮据　瑞辰按說文拮手口並有所作也正本韓詩爲說毛傳則以拮据爲撠挶之叚借說文挶戟持也据戟挶也戟聲近拮挶聲近据拮据二字雙聲

予所蓄租傳租爲　瑞辰按蓄租與捋荼義正相承租當讀如蒩說文藉祭藉也蒩茅藉也引禮曰封諸侯土蒩以白茅又通作苴說文苴履中草謂以草藉履賈誼傳冠雖敝不以苴履是也又通作蘆爾雅釋草蓾蘆是也漢郊祀志席用苴稭如淳曰苴讀如租師古曰苴藉也蒩又借作鉏周官司巫祭祀共鉏館杜子春曰鉏讀爲

蒩蒩藉也鳥之爲巢必以萑葦茅秀爲藉與藉履之以苴者正同故曰蓄租正義本作祖卽租之叚借傳租爲也爲乃薦字形近之譌說文且薦也古祖字多渻作且二字同義故傳訓租爲薦薦猶藉也薦與荐通說文荐薦席也薦譌作爲正義遂以爲字釋之誤矣又按釋文租子胡反本又作祖如字爲也是釋文本亦誤薦作爲但據釋文又引韓詩云積也積累與薦藉義正相通租之訓積猶荐之訓聚也韋昭云荐聚也益證毛傳訓爲是薦字之譌

予口卒瘏傳瘏病也瑞辰按卒瘏與拮据相對成文卒當讀爲顇爾雅顇病也也字通作悴劉向九歎躬劬勞而瘏悴卒瘏猶瘏悴也卒瘏皆爲病猶拮据並爲勞也至

傳又云手病口病故能免乎大鳥之難乃通釋予手拮据予口卒瘏二句正義謂傳以手病口病解詩卒瘏爲盡病誤矣

予羽譙譙傳譙譙殺也釋文譙字或作燋同瑞辰按譙譙當讀如顦顇之顦說文無顦字惟顇字註顦顇也顦之本字葢作醮玉篇引楚辭顏色醮顇說文醮面焦枯小也雧火所傷也省作焦焦本火傷之名而醮顦等字从之人面之焦枯曰醮顇鳥羽之焦殺曰譙譙其義一也譙音義又同噍樂記其哀心感者其聲噍以殺註噍踧也羽之譙譙與聲之噍踧義亦相近故傳訓爲殺

予尾翛翛傳翛翛敝也瑞辰按正義曰予尾消消而敝

又曰消消定本作翛翛據釋文翛素彫反音正同消是翛翛與消消音義正同唐石經作脩脩九經三傳沿革例引監本蜀本越本皆作修修脩修古通用說文無翛字當从唐石經作脩脩爲正修與消一聲之轉故脩修可讀如消也

予室翹翹傳翹翹危也 瑞辰按廣雅嶢嶢危也翹與嶢聲近而義同

東山

序東山周公東征也箋成王既得金縢之書親近周公周公歸攝政三監及淮夷叛周公乃東伐三年而復歸耳 瑞辰按箋以周公東征在王迎公後非也鴟鴞傳曰

甯亾二子不可以毀我周室是毛公以鴟鴞爲誅管蔡時作則以周公東征在王迎公前矣金縢周公居東二年則罪人斯得某氏傳周公旣告二公遂東征之是以公之居東卽東征矣王肅注金縢云武王九十三而崩其明年稱元年周公攝政遭流言作大誥而東征二年克殷殺管蔡三年而歸是王肅以詩東征三年卽書居東二年特合歸年數之故三年耳今按史記周本紀云周公攝行政當國管叔羣弟疑周公謂流言也卽繼言與武庚作亂叛周則畔與流言相去不遠又書序云武王崩三監及淮夷畔周公相成王將黜殷作大誥以三監之畔繫之武王崩後亦畔與流言相去不遠之證史

記魯世家流言與畔雖先後分序然云管蔡武庚等果率淮夷而反亦明其去流言無幾時耳則周公東征固不得遲至成王迎公後也獨鄭君謂在迎公後者葢鄭讀書我之弗辟爲避以居東爲避居東都與東征爲兩事耳夫公當流言四起之時明知三監之必畔使徒引嫌避位舍而去之則三監得乘虛而入是直墮其術中而不知豈周公之智而出此哉且周公攝政僅七年耳若居東避位二年成王迎歸後又復東征三年則公之在朝僅止二年有以知其必不然矣說文辥治也引周書曰我之弗辥是書言我之弗辟無以告我先王者謂不平治其亂無以告我先王也居東二年則罪人斯得

罪人非一之辭也破斧詩四國是皇毛傳以爲管蔡商奄是也斯得謂得其人而治之東山破斧諸詩是也至居東鄭君以爲避居東都王肅亦以東爲洛邑東都皆非也史記魯世家言周公興師東伐甯淮夷東土二年而畢定又曰唐叔得禾成王命唐叔以餽周公於東土又周本紀曰周公受禾東土以今考之葢管蔡商奄地也而居奄地尤多何以言之逸周書作雒解云武王克殷乃立王子祿父俾守商祀建管叔於東建霍叔蔡叔於殷俾監殷臣殷亦東土周公征之則必居其地矣知其居奄地者孟子周公相武王誅紂伐奄三年討其君當从武億說以周公相武王誅紂作一讀以伐奄三年

討其君作一讀伐奄三年與此詩三年東征合其證一也逸周書周公相天子殷東徐奄從三叔爲亂其證二也尚書大傳曰武王殺紂繼公子祿父及管蔡流言奄君薄姑謂祿父曰武王已死成王幼周公見疑矣此百世之時也請舉事然後祿父及三監叛是三監之叛奄實倡之其證三也說文鄶周公所誅在魯定四年左傳因商奄之民命以伯禽而封於少皞之虛皇覽奄里在魯括地志兖州曲阜縣奄里卽奄國之地又補後漢書郡國志以魯爲古奄國是魯地卽奄地也魯頌閟宫詩一則曰俾侯於東再則曰保彼東方三則曰遂荒大東知魯之稱東則知奄之在東故趙岐孟子注云奄東方

無道國其證四也孟子言孔子登東山而小魯而詩亦曰我徂東山魯旣得奄則東山屬魯奄未爲魯則東山屬奄閻氏四書釋地云或云費縣西北蒙山正居魯四境之東一名東山是東山卽蒙山其證五也奄通作弇爾雅弇葢也故奄亦或作葢墨子耕注篇曰古者周公旦非關叔辭三公東處於商葢商葢卽商奄其證六也蔡邕琴操云有譖公於王者周公奔魯而死其言公死於魯不足信至言周公奔魯則非無因正以後日之魯卽舊時之奄以公嘗居奄據後而言則曰奔魯其證七也周公東征不一國所居亦非一地特以奄國倡亂又最强大爲三監所倚故孟子伐奄可統諸國因知周公

居奄時爲多東山卽奄之東山也奄爲東方大國周公雖東征而定之討其君未能滅其國故周公歸政之後成王又踐奄而遷之書序成王東伐淮夷遂踐奄作成王政成王旣踐奄將遷其君於蒲姑周公告召公作將蒲姑是其事也書序又言公薨告周公作亳姑是奄遷亳姑尚在周公沒後而魯公就封於魯書疏云在成王親政之元年或奄未遷以前先削奄地以封魯其東征之時乎

慆慆不歸傳慆慆言久也瑞辰按慆與滔同太平御覽引詩正作滔滔不歸滔悠古同聲通用論語滔滔者天下皆是也史記孔子世家及鄭本論語皆作悠悠悠悠

久也楚詞七諫年滔滔而日遠兮義亦爲久魏文帝詩豈如東山詩悠悠多憂傷是慆慆三家詩有作悠悠者故文帝本之

制彼裳衣勿士行枚傳士事枚微也箋勿猶無也女制彼裳衣而來謂兵服也亦初無行陳銜枚之事言前定也瑞辰按制彼裳衣葢制其歸途所服之衣非謂兵服勿士行枚喜今之不事戰陣序所云一章言其完者此也毛但訓枚爲微不釋行字釋文云勿士行毛言銜是讀行如縱横之横謂横銜於口用枚也至鄭箋云亦初無行陳銜枚之事正以行陳銜枚釋經行枚阮宫保校勘記謂猶傳以樂道忘饑釋經之樂饑其說是也行與銜古音不相近釋文云鄭音銜葢陸氏誤以箋銜枚爲

釋經之行枚而以箋行陳爲言銜枚所用不爲釋經也太平御覽引詩勿士銜枚葢必當時有承陸氏之誤徑改經爲銜枚者矣又按傳云枚微者胡承珙曰葢訓枚爲微也周官銜枚氏鄭注銜枚止言語囂讙也爾雅釋詁徽止也枚以止言故亦可訓徽徽微古字通故傳作微其說甚確正義訓微爲微細失之

蜎蜎者蠋傳蜎蜎蠋貌桑蟲也箋蠋蜎蜎然特行　瑞辰按說文蜀葵中蠶也从虫上目象蜀頭形中象其身蜎蜎引詩蜎蜎者蜀韓非子曰蠶似蜀蜀本从虫今加虫作蠋者俗字也庚桑子曰奔蜂不能化藿蠋葵藿同類故說文曰葵中蠶爾雅釋文引作桑中蠶誤羅願曰蠋雖蠶類而不

食桑葵藿之下亦桑野之地毛傳以經言在桑野遂以爲桑蟲非也蜀有獨義爾雅釋山獨者蜀郭注蜀亦孤獨方言蜀一也南楚謂之蜀郭注蜀猶獨耳是也蜎蜎又爲獨行之皃一切經音義卷三引字林蜎虫皃也動也或作蠉說文蠉蟲行也从虫睘人之獨行曰睘睘蟲之獨行曰蜎蜎其義一也故箋云蜎蜎然特行故詩以興人之獨宿

烝在桑野傳烝窴也箋久在桑野有似勞苦者古者聲窴塡塵同也瑞辰按烝與曾同音爲疊韻烝當爲曾之借字少牢饋食注古文甑爲烝此聲近通借之證曾乃也凡書言何曾猶何乃也烝之義亦當爲乃爾雅烝君也郡乃也君當讀爲羣居之羣郡當讀又窘陰雨之窘乃與仍古通用烝訓衆又爲羣與仍之訓重訓數者義亦相近因又轉爲語

詞之乃古書訓詁有爲字書所不載可據經義求而得之者此類是也烝在桑野猶言乃在桑野也下章烝在栗薪猶言乃在栗薪也傳一訓寘一訓衆似皆失之

伊威在室傳伊威委黍也　瑞辰按爾雅蟠鼠負與伊威委黍分爲二條郭璞注舊說伊威鼠婦之別名說文蟠鼠婦也又曰蛜威委黍委黍鼠婦也本草經亦曰鼠婦一名蛜蝛正義引陸疏云伊威一名委黍一名鼠婦在壁根下甕底土中生似白魚者是也是伊威與鼠婦爲一伊威二字疊韻陸疏云似白魚今以目驗之其色與白魚相似長僅一二分形扁似鼈多足凡濕處皆有之圖經本草所謂濕生蟲也至蟅蟲本草謂之地鼈名醫

別錄云一名土鼈蘇恭注云狀似鼠婦而大者寸餘此與鼠婦相似而大小不同類玉篇蟅鼠婦負蠜也合而一之誤矣

蠨蛸在戶傳蠨蛸長踦　瑞辰按傳本爾雅說文云蠨蛸長股者正義引陸疏蠨蛸一名長脚今按蠨蛸二字雙聲今有一種身極細約僅分許而足長四五分蓋古所謂蠨蛸至世所稱喜蛛足長才三分許不得爲蠨蛸陸疏及郭璞爾雅注竝以蠨蛸爲喜子玉篇亦云蠨蛸喜子似非

町畽鹿塲傳町畽鹿跡也　瑞辰按釋文畽本又作疃是也說文田踐處曰町又疃禽獸所踐處也引詩町疃鹿

埸王逸九思鹿蹊兮蹋蹋亦作躖說文蹋踐處也疃與蹋蓋聲近而義同町疃爲鹿踐之跡猶熠燿爲螢火之光二句相對成文或以町疃爲泛言田畝失之

熠燿宵行傳熠燿燐也燐螢火也瑞辰按說文粦鬼火也又曰閔火貌讀若粦粦與燐同崔豹古今注螢火一名熠燿一名燐廣雅景天螢火燐也鬼火有光熒熒然謂之燐螢火有光熒熒然亦可謂之燐二者不嫌同名傳正以鬼火亦名燐恐其相混故又申之曰燐螢火也正義謂螢火不得名燐段玉裁又謂毛傳螢火當謂鬼火之熒熒者與韓詩章句解熠燿爲鬼火或謂之燐同義非通論也今按說文熠盛光也燿照也熠燿爲螢光

與町疃爲鹿跡相對成文螢火之名熠燿葢後人因詩以熠燿狀螢火遂取以爲名耳宵行與鹿場對文此當从朱子集傳以宵行爲螢火名本草綱目言螢火有一種長如蠶尾後有光無翼乃竹根所化亦名宵行其說是也熠燿雙聲字說文熠盛光也引詩作熠熠宵行而文選張華詩熠熠宵流注引毛傳熠熠粦也葢三家詩及毛詩或有作熠熠者古人有急言緩言傳授各異熠燿通作熠熠猶小雅平平左右左傳可引作便番也段玉裁輒疑爲誤矣

有敦瓜苦烝在栗薪傳敦猶專專也烝衆也言我心苦事又苦也箋此又言婦人思其君子之專專如瓜之繫

綴焉瓜之瓣有苦者以喻其心苦也烝塵栗析也言君子又久見使析薪於事尤苦也古者聲栗裂同也瑞辰按有敦瓜苦敦當讀如敦彼獨宿之敦以狀瓜之孤懸也烝在栗薪猶言乃在栗薪也釋文栗韓詩作蓼力菊反聚薪也今按栗蓼葢一聲之轉廣韻蓼蓼同字當讀如予又集于蓼之蓼蓼辛苦之菜也毛傳葢以栗爲蓼之叚借以苦瓜而乃在苦蓼之上猶我之心苦而事又苦故曰言我心苦事又苦也箋以瓜苦爲喻心苦析薪爲喻事苦失傳恉矣韓詩章句訓蓼薪爲聚薪亦非詩義又按傳云敦猶專專也釋文敦特冊反專徒端反葢傳讀敦如敦彼行葦之敦讀專如零露漙兮之漙以專

專爲瓜之團聚貌故又訓烝爲衆箋言婦人思其君子之居處專專則讀如專壹之專與傳異義又按傳云言我心苦事又苦是婦人自喻箋則以爲婦人喻君子正義言鄭以烝爲久餘同失之

皇駁其馬傳黃白曰皇駵白曰駁　瑞辰按爾雅釋畜駵白駁黃白騜爲毛傳所本今按皇之言黃釋鳥皇黃鳥是也而與黃微異故魯頌有驈有皇與有驪有黃竝舉毛傳黃白曰皇黃騂曰黃是也至駵之爲駁據說文駵赤馬黑髦尾也正義引孫炎云駵赤色也是駵爲赤馬釋木曰駁赤李乾爲大赤又爲駁馬廣雅釋畜馬畜有朱駁駁駁古通用則駁亦赤馬未見必兼白色也詩正

義引爾雅舍人云騂赤色名曰駁黃白色名曰皇蓋舍人爾雅本原作騂曰駁黃白皇爲得其實曰白二字形近易譌故爾雅監本並作曰而石經及宋本又均作白毛傳黃白曰皇不誤至騂白曰駁或毛公所見爾雅已作騂白或後人據爾雅誤本而改未可知也正義轉以舍人本爲非蓋未嘗深考矣至說文駁馬色不純釋文引字林亦曰駁馬色不純也與爾雅不合王氏經義述聞辨之甚精

親結其縭傳縭婦人之褘母戒女施衿結帨瑞辰按方言蔽郄江淮之間謂之褘說文褘蔽郄也是褘爲蔽郄之名爾雅衣蔽前謂之襜郭注今之蔽郄下卽繼以婦人之褘

謂之縭二語相承而言蓋謂男子之蔽厀謂之襜婦人之蔽厀則名縭也釋名韠蔽也所以蔽厀前也婦人蔽厀亦如之是婦人有蔽厀之證小爾雅蔽厀謂之袡方言蔽厀齊魯之郊謂之袡袡卽爾雅之襜爾雅釋文襜本或作袡方言作袡此袡卽襜之證蓋襜與縭對文則異散文則通雜記繭衣裳與稅衣纁袡爲一稱鄭注袡婦人蔽厀是知士昏禮女次純衣纁袡卽蔽厀也鄭注舊訓袡爲衣緣誤是昏禮女服蔽厀之證蔽厀一名褘是知毛傳婦人之褘卽婦人之蔽厀也傳又引士昏禮施衿結帨者上古蔽前蔽厀象之示不忘古其制於衣帶前以韋爲一幅巾說文巿从巾象連帶之形也巿或作袚方言蔽厀江淮之間謂之褘或謂之袚又作帗

說文帗一幅巾也又名大巾方言蔽厀魏宋南楚之間謂之大巾釋名亦云婦人蔽厀齊人謂之巨巾是也大巾巨巾葢對佩巾爲巾之小者言也佩巾名帨蔽厀有大巾巨巾之稱故得同名爲帨正義引孫炎曰禕帨巾也其義正本毛傳傳旣以禕釋縭又引結帨以證結縭禕與帨爲一禕旣爲蔽厀則知所謂帨者卽蔽厀非佩巾也內則女子生設帨於門右野有死麕詩無感我帨兮帨皆當指縭言之以其爲嫁時夫所親結也後人止知佩巾之名帨不知縭亦得名帨故皆以爲佩巾耳結縭謂結其蔽厀之帶故韓詩章句云縭帶也帶所以繫故爾雅又曰縭緌也縭緌也緌亦繫也士昏禮施衿結

帨衿紷古通用說文紷衣系也漢書楊雄傳衿芰茄之
綠衣兮注引應劭曰衿音衿系之衿衿帶也衣帶謂之
衿帨帶亦謂之衿是知施衿結帨卽施帶以結其帨也
郭璞爾雅注以縭爲今之香纓士昏禮鄭注以帨爲佩
巾孔疏以施衿爲內則之衿纓胥失之矣

破斧

四國是皇傳皇匡也箋正其民人而已瑞辰按爾雅釋
言皇匡正也據詩考引董氏云皇齊詩作匡毛葢以皇
爲匡之叚借

哀我人斯亦孔之將傳將大也箋此言周公之哀我人
民其德亦甚大也瑞辰按哀字古有數義有作悲哀解

者詩哀哉爲歎亦孔之哀之類是也有作哀憐解者此詩哀我人斯及詩哀此鰥寡哀我塡寡之類是也有當訓愛者呂氏春秋人主何可以不務哀士高注哀愛也釋名哀愛也愛乃思念之也關雎詩序哀窈窕卽愛窈窕也哀憐之意卽與愛近中庸仁者人也鄭注人也讀如相人偶之人以人意相存問之言表記仁者人也注云人也謂施以人恩也古者相親愛謂之相人偶方言凡言相憐哀九疑湘潭之間謂之人兮人斯猶人兮也哀我人斯謂憐我而人偶之也故詩言亦孔之將將與下章嘉休同義廣雅將美也傳訓將爲大古大與美亦同義

又缺我錡傳鑿屬曰錡　瑞辰按釋文引韓詩曰錡木屬與毛傳互異說文錡鉏鋤也鋤或从吾作鋙廣韻鉏鋙不相當也鉏鋙二字疊韻葢器之有齒參差不齊能相錯磨者猶齒不相值曰齟齬也葢卽今之鋸也管子一車必有一斤一鋸一釭一鑽一鑿一銶一軻則鋸與斧鑿銶同爲軍資所需胡承珙曰傳以錡爲鑿屬郭璞注海外南經亦同云獸齒如鑿當亦取其鋒棱齟齬錡爲鉏鋤故曰鑿屬許與毛合也

又缺我銶傳木屬曰銶　瑞辰按釋文引韓詩曰銶鑿屬說文有梂無銶梂字注一曰鑿首鑿首謂鑿柄也廣雅梂柎也柎與弣同弣亦柄也鑿柄以木爲之故傳云木

屬管子山鐵曰一車必有一斤一鋸一釭一鑽一鑿一銶一軻以銶與鑿竝言者猶欘爲鉏柄而鹽鐵論鉏耰棘欘亦以欘與鉏竝言也葢鑿首謂之椓其柄别爲一器亦謂之椓猶矛戈之柄曰矜而杖亦曰矜也釋文引一解云今之獨頭斧未知何所據而云然胡承珙曰器之以木爲者多矣不得遂名木屬方言臿宋魏之閒謂之鏵茉鏵古今字說文茉兩刃臿也疑傳木屬爲茉屬之誤今按說文又曰臿茉臿也从木入象形䀠聲茉从木丫象形宋魏曰茉也或从金亐作釫曾商瞿字子木木亦當爲茉之誤或省借作木耳

四國是遒傳遒固也箋遒聚也　瑞辰按遒者揫之叚借

商頌長發詩百祿是遒說文引作揫云揫束也廣韻揫固也與傳訓遒爲固同義遒又通揂說文揂聚也爾雅揫聚也則揂與揫音義亦同箋訓遒爲斂斂亦聚也固與斂義正相承皆謂收束之也

伐柯

籩豆有踐傳踐行列貌瑞辰按伐木詩傳踐陳列貌玉篇引詩籩豆有踐云踐行也古者行路之行行列之行竝讀如杭聲同而義亦通故踐訓爲跡又爲行列踐通作𧗳說文𧗳跡也其字即從行矣因思鄭風東門之栗有踐家室傳栗行上栗也古者以栗表道謂之行栗栗之言列也襄九年左傳斬行栗是也有踐室家正當訓

踐爲行列謂室外栗樹行列之貌傳訓踐爲淺韓詩作靖訓善茲失之

九罭

九罭之魚鱒魴傳興也九罭緵罟小魚之網也鱒魴大魚箋設九罭之罟乃後得鱒魴之魚言取物各有器也興者喻王欲迎周公之來當有其禮瑞辰按傳說是也爾雅緵罟謂之九罭九罭魚網也緵本或作總緵數一聲之轉卽孟子所謂數罟趙岐注數罟密網也是也太平御覽卷八百三十四引韓詩九罭取鰕茈也亦甚言網之密且小耳郭注爾雅謂九罭今之百囊罟是知九罭非謂九囊葢以九者數之究極廣雅九究也甚言其密且小則謂

之九罭詩疏引孫炎云九罭謂魚之所入有九囊也失之詩以小網不可得大魚喻朝廷之不知周公處之不得其所與下二章以鴻之遵陸遵渚與周公之失所取義正同至箋云設九罭之網乃後得鱒魴之魚則以九罭爲大罟蓋孫炎說所本與傳異義正義謂箋解網之魚大小不異於傳殊誤

袞衣繡裳傳袞衣卷龍也　瑞辰按爾雅袞黻也蓋釋此詩袞衣繡裳猶終南詩黻衣繡裳也訓袞爲黻乃通言言黼黻文章之事故爾雅又曰黼黻彰也黻衣猶云章服非訓袞爲十二章之黻也古者龍畫於衣黻繡於裳郭注爾雅謂袞有黻衣失之又按傳袞衣卷龍也曲禮

記袞衣字皆叚借作卷蓋袞从㕣聲與卷同音故傳借作卷荀子又借作裷今說文作从公聲形近傳寫之誤

鴻飛遵渚傳鴻不宜遵渚箋鴻大鳥也 瑞辰按說文鴻鴻鵠也鴻鵠即黃鵠或單稱鴻箋云鴻大鳥不曰鴈之大者蓋以鴻爲鴻鵠之鴻鴻鵠一舉千里故傳曰鴻不宜遵渚又曰陸非鴻所宜止若爲鴻鴈則遵渚遵陸乃其常耳何以毛云不宜

狼跋

狼跋其胡傳跋躐也 瑞辰按說文蹎跋也跋蹎也蹎跋經傳多叚作顛沛毛傳顛仆也沛拔也拔與跋同狼跋又通作狼䟴說文䟴步行獵跋也

載疐其尾傳疐跲也瑞辰按爾雅疐跲也疐仆也疐與躓通說文躓跲也引詩載躓其尾廣雅躓頓也

公孫碩膚傳公孫成王也豳公之孫也碩大膚美也箋公周公也孫讀如公孫于齊孫之言孫遁也瑞辰按序言美周公不失其聖則公孫當指周公周公亦豳公之孫故稱公孫不得如傳指成王亦不得如箋讀孫爲遜也膚當讀如膚革充盈之膚碩膚者心廣體胖之象詩人美周公之處變不失其常異於狼之跋疐序所云不失其聖也

赤舄几几傳赤舄人君之盛屨也几几絇貌瑞辰按赤舄亦周公所服上公衮冕故赤舄廣雅几几盛也詩蓋

以狀盛服之貌說文掔固也讀若詩赤舄掔掔己部又云讀若詩赤舄己己几古同聲掔几古合音皆擬其音非釋其義也

德音不瑕傳瑕過也箋不瑕言不可疵瑕也瑞辰按瑕假古通用爾雅假已也思齊詩烈假不瑕箋瑕已也正義以爲釋詁文是假通作瑕之證德音不瑕瑕正當讀假訓已猶南山有臺詩云德音不已也傳箋訓爲瑕疵失之

清桐城馬氏本毛詩傳箋通釋

第四册

清 馬瑞辰撰

天津圖書館藏清道光十五年桐城馬氏學古堂刻本

山東人民出版社·濟南

毛詩傳箋通釋卷十七

小雅

桐城馬瑞辰學

鹿鳴

序既飲食之又實幣帛筐篚以將其厚意箋飲之而有幣酬幣也食之而有幣侑幣也正義此惟有饗食之幣不言燕幣燕禮亦當有焉但今燕禮惟有好貨無幣故文不顯言之瑞辰按周官掌客言上公之禮三饗三食三燕若弗酌則以幣致之鄭注不饗則以酬幣致之不食則以侑幣致之賈疏燕禮褻不親酌蓋不致今按賈說非也經文以幣致之承上饗食燕三者而言不得謂燕不以幣致也鄭注獨言饗食者特以明酬幣侑幣之

分耳聘禮云饗禮乃歸鄭注禮謂食燕也王或不親以其禮幣致之畧言饗禮互文也是鄭君亦謂食燕皆以幣致矣饗主於飲用酬幣食主於食用侑幣燕則飲食兼之當並用酬幣侑幣此詩主燕羣臣而經曰承筐是將序曰既飲食之又實幣帛筐篚以將其厚意正可爲燕禮兼有酬幣侑幣之證箋云酬幣侑幣皆指燕禮正義謂指饗食者誤也周語先王之燕體解節折而共飲食之于是乎折俎加豆酬幣宴貨以示容合好此皆燕禮有幣之證正義謂燕禮無幣失之

呦呦鹿鳴傳鹿得蓱呦呦然鳴而相呼瑞辰按淮南子鹿鳴興于獸而君子美之取其見食而相呼也義同毛

傳說文呦鹿鳴聲也呦或从欠作𣢕廣雅呦呦鳴也

食野之苹傳苹蓱箋苹藾蕭也瑞辰按蓱爲水草非鹿所食此當以箋爲正爾雅苹蓱說文苹蓱也無根浮水而生者皆合苹萍爲一據夏小正七月苹秀傳苹也者馬帚也說文作荓馬帚也與萍苹也異物爾雅荓馬帚郭注荓似蓍可以爲掃帚管子地員篇荓下于蕭荓亦蒿之屬蓋與苹藾蕭同物毛傳當作苹荓謂苹即爾雅之荓馬帚以苹爲荓之叚借猶夏小正叚苹爲荓非以苹爲水中之蓱也箋以苹爲藾蕭亦申傳非易傳也後人因爾雅有苹蓱之文因誤改毛傳之荓爲蓱耳

人之好我示我周行傳周至行道也箋示當作寘寘置

也周行周之列位也好猶善也人有以德善我者我則置之於周之列位言已維賢是用瑞辰按鄭注粊誓云至猶善也是知傳訓周行爲至道卽善道也鄭注鄉飲酒禮引詩云嘉賓示我以善道義與毛合至箋詩則義同卷耳不如從毛傳訓爲至道爲善此詩三章文法參差而義實相承首章前六句言我之敬賓後二句言賓之善我二章前六句卽承首章人之好我言後二句乃言我之樂賓三章前六句卽接言賓之樂後二句又申言我之樂賓以明賓之樂實我有以致之也傳於三章云夫不能致其樂則不能得其志不能得其志則嘉賓不能盡其力蓋通釋全詩之義

視民不恌傳恌愉也箋視古示字也飲酒之禮於旅也語嘉賓之語先王德教甚明可以示天下民使之不愉於禮義愉正義云定本作偷 瑞辰按說文視瞻也示天垂象見吉凶所以示人也是視與示二字各別箋以視爲古示字者謂古字多借視爲示也禮記幼子常視無誑士昏禮視諸衿鞶鄭注皆以視爲示義與此同爾雅恌偷也說文佻愉也愉薄也左氏昭十年傳及說文玉篇引詩皆作視民不佻服注左傳云示民不愉薄與箋義合是字當以作佻及愉爲正佻偷二字皆說文所無今毛詩經作恌定本作偷皆俗字

君子是則是傚傳是則是傚言可法傚也箋是乃君子

所法傚言其賢也瑞辰按說文效象也無傚字傚葢卽效之或體古通作效詩民胥傚矣左傳引作民胥效矣昭七年左傳引此詩亦作君子是則是效是也又通作詨儀禮注引詩君子是則是詨詨卽效之音近叚借葢本三家詩又按傳言可法傚者謂君子可爲人則效是謂君子卽嘉賓鄭注鄉飲酒燕禮皆以爲嘉賓有明德可則傚與傳義合至箋詩則謂嘉賓爲君子所則傚以經文求之經言是則是傚不言可則可傚當以箋義是允正義不知傳箋異義合而爲一亦非

嘉賓式燕以敖傳敖遊也瑞辰按孟子般樂怠敖皆言樂也爾雅舍人注云敖意舒也凡人樂則意舒是知敖

有樂意傳訓敖爲遊者說文敖出遊也从出放邶風曰以敖以遊敖遊同義也遊與豫同義孟子趙岐注豫亦遊也爾雅豫樂也則遊亦樂也嘉賓式燕以敖猶南有嘉魚詩嘉賓式燕以樂車舝詩式燕且喜式燕且譽也譽與豫通昭三年左傳宣子譽之服虔注譽遊也孟子趙注引春秋傳宣子豫焉是譽豫通用之證朱子集傳引蘇氏曰凡詩之譽皆言樂是知服虔訓譽爲遊亦謂樂三章以燕樂嘉賓之心燕樂猶上言式燕以敖耳

食野之芩傳芩草也釋文引說文云芩蒿也瑞辰按今本說文亦作芩草也當从釋文所引訓蒿爲是首章食野之苹爲藾蕭即藾蒿三章食野之芩亦蒿屬正與二章食野之蒿相類足證古人因物起興每多以類相從

和樂且湛傳湛樂之久也釋文湛字又作耽瑞辰按爾雅妉樂也湛及耽妉皆媅字之叚借說文有耽云耳大垂也無妉字說文媅樂也常棣詩釋文引韓詩耽樂之甚也此詩韓詩葢亦作耽媅借作耽猶訦忱通作諶也詩天難忱斯韓詩作諶

四牡

四牡騑騑傳騑騑行不止之貌瑞辰按廣雅騑騑疲也行不止則必疲與毛傳義正相承說文婓往來婓婓也廣韻作婓婓往來貌人之往來曰婓婓馬之行曰騑騑其義一也禮車馬之容匪匪翼翼鄭注匪讀如四牡騑騑是騑騑與匪匪義同

周道倭遲傳周道岐周之道也倭遲歷遠之貌釋文韓

詩作倭夷瑞辰按周有大義此當从朱子訓爲大道倭遲倭夷皆疊韻文選琴賦注引韓詩周道倭夷與說文釋文竝同西征賦注又引韓詩周道威夷薛君章句曰威夷險也廣雅隇陕險也義本韓詩威夷猶言鍡鑸說文廣雅竝曰鍡鑸不平也不平故爲險險阻者必邪曲天台山賦既克隮于九折路威夷而修通威夷承九折言正狀其邪曲也說文逶字注云逶迆衺去之皃音義與威夷竝相近邪曲則必紆遠故義又轉爲長文選謝元暉詩威紆距遥甸李善注威紆威夷紆餘流長之貌也顏延年秋胡行行路正威遲李注引毛傳倭遲歷遠貌又引韓詩周道威夷其義同是知毛韓詩字雖異而

音義竝相近此當从毛傳歷遠之訓倭威遲夷四字古音同部故通用倭通作威猶委虒通作威夷也爾雅威夷長脊而泥郿說文委虒虎之有角者也遲通作夷猶陵遲通作陵夷也漢書地理志郁夷注引詩周道郁夷倭郁二字雙聲故通用此當爲齊魯詩顏師古以爲韓詩葢誤又按說文倭順貌引詩曰周道倭遲此又與韓詩訓險以相反而成義

嘽嘽駱馬傳嘽嘽喘息之貌馬勞則喘息　瑞辰按說文嘽喘息也引詩嘽嘽駱馬本毛詩又曰痑馬病也引詩痑痑駱馬葢本三家詩嘽與痑一聲之轉故通用嘽之言癉說文癉勞病也廣雅痑痑疲也玉篇痑吐安切力極也引詩痑痑駱馬亦爲嘽說文撣字注讀若行遲驒

驒據顏師古漢書注引詩驒驙駱馬驒驙亦當爲三家詩之異文嘽通作痑與和桓通音爲一類猶漢書地理志沛郡鄲孟康曰音多周緤傳封緤子爲鄲侯蘇林亦音鄲爲多也

不遑啟處傳遑暇啟跪處居也瑞辰按爾雅偟暇也偟卽遑之別體爾雅啟跪也郭注小跽李巡云小跪也啟當爲跽之叚借說文跽長跪也段玉裁本作長跽今按此詩傳跪字釋文云郭巨几反正讀如跽是毛傳跪亦跽也跽通作䐈史記滑稽傳髡帣韝鞠䐈徐廣曰䐈音其紀反與跽同謂小跪也跽又通起釋名跽忌也見所敬忌不敢自安也又曰起啟也啟一舉體也啟一舉體

蓋卽小跪之謂也古人坐與跪皆厀著於席惟坐下其髀跪聳其體爲異而跽與跪又微有別係於拜曰跪故說文曰跪拜也不係於拜曰跽跪爲兩厀據地有危象跽則半跪有安象故爲小跪又曰小跽說文曰長跽者長通作⿰足長方言東齊海岱北燕之郊跪謂之⿰足長⿱登足郭注今東郡人亦呼長跽爲⿰足長⿱登足是也至蹲踞之踞古只作居謂足底著地而下其髀聳其厀與啟爲小跪不同廣雅訓啟爲踞據說文𡰥長踞也啟當爲𡰥之叚借非此詩之啟處也啟處猶言啟居據傳云處居也居當爲尻之叚借說文尻處也从尸几尸得几而止也凡人閒居之時皆凭几而坐傳訓處爲居與說文訓尻爲處爲互

訓又此詩言不遑啟處采薇出車皆作不遑啟居是知居即處也則知居非蹲踞之踞當爲尻之借字矣

翩翩者鵻傳鵻夫不也箋夫不鳥之愨謹者人皆愛之可以不勞猶則飛而下止於栩木喻人雖無事其可獲安乎感厲之　瑞辰按爾雅佳其鳺鴀郭注今鵓鳩鵓即夫不之合聲今俗呼爲鵓姑鵓勃亦語之轉也左氏昭十七年傳祝鳩氏司徒也孔疏引樊光曰祝鳩夫不孝故爲司徒是知詩以鵻取興者正取其爲孝鳥故以興使臣之不遑將父不遑將母爲鵻之不若耳箋說非詩義也又按正義引舍人云鵻名其夫不李巡曰夫不一名鵻是知爾雅讀各不同毛傳及李巡皆以夫不爲名

即以隹其字連讀傳只言鵻者順經文也舍人則以其夫不三字連讀故詩疏兼引以證其異左傳疏引舍人曰隹一名夫不蓋誤脫一其字又按陸疏鵻其今小鳩也一名鵓鳩梁宋之間謂之鵻又云斑鳩項有繡文斑然鵓鳩灰色無繡項鵓鳩即鵓鳩是鵻即今俗名勃姑之證

將母來諗傳諗念也箋諗告也君勞使臣述敘其情女曰我豈不思歸乎誠思歸也故作此詩之歌以養父母之志來告於君也瑞辰按傳蓋以諗爲念之同音叚借箋則从其本義說文諗深諫也義與箋訓諗爲告者合但以經文求之仍从傳訓念爲是又按王尚書曰來詞

之是也將毋來諗言我惟養毋是念箋訓來爲往來之來失之

皇皇者華

皇皇者華傳皇皇猶煌煌也瑞辰按爾雅釋言華皇也一本作皇華也以說文引爾雅䑞荂也證之作皇華也爲是今本作華皇也非釋草蕍芛蒮華榮據郭註釋言引釋草蒮華榮是讀蕍芛爲句蒮華榮爲句說文曰夢灌渝讀若萌又曰芛草之皇榮也又曰荂榮也是以蕍字屬上其萌藿爲句而以芛蒮及華榮各爲句與郭讀異至說文蒮作䑞云䑞荂榮也从舜㞷聲㞷即㞷之省說文㞷草木妄生也讀若皇爾雅䑞荂也或作蒮當爲釋言華皇也之異文若以䑞華爲釋草之文則釋草榮

字爲贅文矣皇卽葟之省爲蕚榮之貌華皇以雙聲爲義重言之則曰皇皇詩葢以華之有光榮輿使者之有光華序所云遠而有光華也

駪駪征夫傳駪駪衆多之貌征夫行人也 瑞辰按說文駪馬衆多貌說文粲字註讀若詩莘莘征夫據韓詩外傳說苑引詩竝作莘莘是知作莘莘者韓詩駪莘古聲轉通用猶螽斯詩詵詵說文作𡖈𡖈有莘氏吕氏春秋作有侁也說文侁行貌據楚辭招魂豺狼從目往來侁侁王逸注侁侁往來聲也聲當爲皃之譌引詩侁侁征夫玉篇侁往來侁侁行聲引詩侁侁征夫作侁侁者葢齊魯詩以經義求之當从說文訓爲行貌爲是侁侁者謂征夫

往來行貌也駪駪莘莘皆侁侁之同聲叚借

我馬維駒釋文駒音俱本亦作驕 瑞辰按說文馬高六尺爲驕引詩我馬維驕是毛詩古本作驕之證驕與駒雙聲古葢讀驕如駒以與濡驅諏合韻與漢廣詩以駒韻蔞株林詩讀以駒韻株者其本字皆當爲驕正同後人據音以改字遂作駒耳

每懷靡及傳每雖懷和也箋春秋外傳曰懷和爲每懷也和當爲私衆行人既受君命當速行每人懷其私相稽留則於事將無所及矣 瑞辰按懷和以雙聲爲義故外傳以懷和爲每懷而毛傳本之箋易和爲私失其義矣鄭引外傳而破之云和當爲私其所引外傳仍當作

懷和正義本作私亦誤釋言每有雖也此毛傳每雖所本又證以末章傳云雖有中和當自謂無所及則傳有每雖二字明矣正義謂鄭所據本無每雖亦非鄭改和爲私自易毛義非述毛也又按廣雅每雖詞也是每雖皆語詞不爲義常棣詩每有良朋與雖有兄弟詞異而義同

常棣

常棣之華傳常棣棣也釋文本或作常棣栘瑞辰按御覽引詩棠棣之華常爲棠字之叚借釋文云本或作常棣栘是也一證之藝文類聚木部引韓詩序曰夫栘燕兄弟閔管蔡之失道也又引韓詩曰夫栘之華蕚不煒

煒直以夫栘代常棣則常棣卽爲夫栘可知矣一證之秦風山有苞棣毛傳棣唐棣也以唐棣釋棣則必以常棣爲栘栘矣一證之論語唐棣之華何晏集解云唐棣栘也攄春秋繁露竹林篇引論語作棠棣之華文選廣絶交論李善註引亦同則知論語本一作棠棣故何平叔訓爲栘也孔安國論語解云唐棣棣也是知孔作唐棣與何異故以爲棣一證之說文栘棠棣也棣白棣也說文多本毛傳則毛傳原作常棣栘可知矣玉篇亦曰栘棠棣也是又本之說文耳惟爾雅云唐棣栘常棣棣蓋以唐棠常聲同傳寫互譌然文選甘泉賦注引爾雅正作棠棣栘則今本作唐棣栘或以聲同而誤又何彼襛矣詩唐棣之華毛傳唐棣栘也

經傳唐棣皆當爲常棣之譌釋文轉據當時爾雅誤本而以毛傳訓栘爲誤蓋失之矣段玉裁謂常與唐同字亦非邢叔明爾雅疏於栘下引陸疏云奥李也一名雀梅一名車下李藝文類聚引禮記義疏云夫栘一名薁李今按薁李實似櫻桃有赤白二種說文以棣爲白棣則夫栘爲赤棣可知皆卽今郁李之類郭註爾雅直以夫栘爲白栘謂似今之白楊樹失之又按論語唐棣卽棠棣而言偏其反而者謂其華初開反背終乃合并也詩取以喻管蔡失道者亦取其始華反背爲與

鄂不韡韡傳鄂猶鄂鄂然言外發也韡韡光明也箋承華者曰鄂不當作拊拊鄂足也鄂不得華之光明則韡

韡然盛興者喻弟以敬事兄兄以榮覆弟恩義之顯亦韡韡然古聲不拊同瑞辰按此从毛傳讀爲是玉篇曰不詞也王肅述毛曰不韡韡言韡韡也以興兄弟能內睦外禦則强盛而有光耀若常棣之華發也王尙書曰不乃語詞鄂不韡韡猶言夭之沃沃其說是也據藝文類聚引韓詩作蕚不煒煒則鄭箋訓鄂爲花蕚之蕚其說葢本韓詩說文芣華盛从草不聲或謂不卽芣字之省然不若毛傳爲善

死喪之威傳威畏箋死喪可畏怖之事瑞辰按威畏雙聲古通用古者謂兵死曰畏白虎通喪服引檀弓曰不弔三畏厭溺也畏者兵死也又通典八十三引盧植云

畏者兵死所殺也周禮冢人凡死于兵者不入兆域此詩原隰裒矣朱子集傳謂尸裒聚於原隰之間則上言死喪之威正言兵死故知威卽畏也列女傳引詩而釋之曰言死可畏之事兄弟甚相懷也正以畏釋詩之威又呂覽勸學曰曾點使曾參過期而不至人皆見曾點曰無乃畏邪高注畏猶死也是古通謂死爲畏亦取可畏怖之意耳至晉書夏侯湛傳引詩死喪之戚白帖死喪之慼皆以形近而誤詩以威與懷爲韵若作戚則非韵矣

原隰裒矣傳裒聚也瑞辰按說文繫傳本及玉篇並引詩原隰捊矣藝文類聚引詩作裒爾雅裒聚也釋文裒

古字作褎本或作捊易君子以裒多益寡釋文裒鄭荀董蜀才作捊唐石經作褎與此詩裒或作捊或作褎者正同據說文捊引堅也堅土積也詩緜釋文引說文作引取土者乃傳寫者誤分堅字爲二堅與聚同義廣雅捊取也取與聚義亦相近字當以捊爲正褎乃捊之同聲叚借字裒字爲說文所無又褎字之俗也褎孚古同聲說文褎从衣保省聲保古文保孚古文作𤓽从𤓯𤓯亦古文保故二字通用說文又云捊或从包作抱包與保亦同聲今人用爲褎裒字鮮知爲捊之異文矣

况也永歎傳况茲釋文况或作兄非也瑞辰按說文兄長也卽滋長之義又矢部矤下曰兄詞也古兄音讀如

荒轉聲讀如況凡詩傳箋訓茲者其字本皆作兄兄也永歎猶云滋之永歎也說文茲草木多益也滋益也是茲與滋同義古矧兄比兄亦皆作兄後乃通用寒水之況字況又況之俗字釋文轉以或作兄爲非失之

兄弟鬩于牆傳鬩很也　瑞辰按爾雅釋言鬩恨也郭注相怨恨據昭二十四年左傳正義引爾雅鬩很也孫炎曰相很戾也李巡本作恨爾雅釋文鬩恨也孫炎作很是知孫李本不同郭註从李今按曲禮很無求勝鄭注很鬩也是很鬩二字互訓當作鬩很爲是唐書高麗傳今男生兄弟鬩很義本此詩說文鬩恒訟也訟爭也方言宋衛之間凡怒而噎噫謂之脅鬩俱與很義近字以

作很爲正李巡本作恨叚借字也郭璞从李遂以怨恨釋之則非

外禦其務傳務侮也瑞辰按爾雅釋言務侮也左氏僖二十四年傳及周語引詩皆作外禦其侮務卽侮之叚借務侮二字雙聲故通用務从敄聲與霧从豞聲正同以霧讀近蒙證之則務亦得讀若蒙爾雅天氣下地不應曰雺說文漢五行志作霧洪範作蒙鄭王本作雺鄭注雺音近蒙今按雺卽霧字之渻豞从敄聲讀蒙則務从敄聲亦讀近蒙正與戎音協同在東冬部蓋古字亦有數讀務本在尤幽部轉讀得與戎韻也荀子禮論曰薦器則有鍪而無縱注鍪之言蒙也冃也汪中曰鍪蒙冃語之轉亦務可轉蒙之證劉原甫欲改戎爲戍以韻務失矣或疑蒙在

東韻戎在冬韻東冬之界唐人始淆之然旄邱詩狐裘蒙戎與東同相協則東冬亦間有合韻者不得謂狐裘蒙戎一句爲非韻也

烝也無戎傳烝塡戎相也箋烝久也猶無相助已者古聲塡窴塵同瑞辰按傳訓烝爲塡而箋訓烝爲久謂古聲塡窴塵同者據爾雅釋詁塵久也釋言烝塵也爲說謂傳塡卽塵也塡塵同聲猶古田陳同聲孫炎曰烝物久之塵據史記集解引韋昭曰陳久也知塵卽陳之同聲叚借非塵埃之塵郭注爾雅謂人衆所以生塵埃失其義矣

不如友生瑞辰按生語詞也唐人詩太瘦生及凡詩何

似生作麽生可憐生之類皆以生爲語助詞實此詩及伐木詩友生倡之也

飲酒之飫傳飫私也不脫屨升堂謂之飫箋私者圖非常之事若議大疑於堂則有飫禮焉聽朝爲公 瑞辰按飫私之飫與立飫之飫當是二義周語王公立飫則有房烝親戚宴享則有肴烝又曰飫以顯物燕則合好此立飫之禮大於燕者也爾雅飫私也郭注燕飲之私說文作䬸云䬸燕食也引詩飲酒之䬸韓詩作醧文選注六引韓詩飲酒之醧云能飲者飲不能者已謂之醧說文醧宴私飲也又通作醧廣韻醧能者飲不能者止也此飫私之飫與燕異名同實者也立飫以立爲禮飫燕則坐立飫不

脫屨而升堂飫私則跣飫私當以韓詩作醧爲正字毛詩作飫者叚借字也角弓詩如食宜饇傳饇飽也據廣韻飫飽也厭也彼饇即飫之叚借此詩又叚飫爲醧以古音讀之醧與豆具孺韻正協作飫則聲入蕭宵部毛詩蓋讀飫如醧也初學記引韓詩內傳曰夫飲之禮不脫屨而即席者謂之禮跣而升堂者謂之宴能者飲不能飲者已謂之醧其所云不脫屨而即席者謂之禮與毛傳云不脫屨升堂謂之飫合此立飫之禮也又曰跣而升堂者謂之宴能者飲不能飲者已謂之醧此飫私之義以飫飽爲度者也是韓詩亦分立飫及飫私爲二義矣毛傳既曰飫私也又曰不脫屨升堂謂之飫蓋廣

異義不云一曰者省文也鄭箋葢誤合爲一故以私爲圖非常之事耳段玉裁亦知飫私非卽立飫而疑毛傳不脫屨升堂謂之飫句首不字誤衍說亦未確至說文餀飽也从勹𣪊聲民祭祝曰厭餀其字讀已又切與廄从㱿聲正同或讀乙庶切以爲飫之通者誤也

妻子好合如鼓瑟琴箋好合志意合也合者如鼓琴瑟之聲相應和也 瑞辰按姜宸英湛園札記曰詩比妻子曰如鼓瑟琴禮明堂位有大琴大瑟中琴中瑟凡用大琴必用大瑟配之用中琴必用中瑟配之然後大者不陵細者不抑而五聲和葢取其相配以爲和也又云有雅琴頌琴則雅瑟頌瑟實爲之配亦取琴瑟相合之義

可取以補正義之缺

伐木

神之聽之箋此言心誠求之神若聽之使得如志瑞辰按以經文求之並無求通神明之意且神之與聽之相對成文不得言神若聽之也爾雅釋詁神慎也慎誠也神之即慎之也荀子非相篇曰寶之珍之貴之神之楊倞注神之謂不敢慢也又曰辨之明之持之固之句法與此詩同廣雅聽從也聽之謂能聽從是言也小明詩亦無求神之義兩言神之聽之義同此蜀志郤正作釋譏云藎易著行止之戒詩有靖恭之歎乃神之聽之而道使之然也其所云神之聽之亦當訓爲慎之從之不

以神爲神明韓詩外傳引此詩釋作神明箋義蓋本韓
詩然於經旨不合
伐木許許傳許許柹貌 瑞辰按許所古同聲通用凡言
何許猶何所也幾所猶幾許也穀梁傳所俠卽許俠也
說文引詩伐木所所云所所伐木聲也玉篇亦云所伐
木聲也蓋本三家詩前章丁丁爲伐木聲則此章許許
亦伐木聲段玉裁謂丁丁刀斧聲所所爲鋸聲其說近
之至毛傳云許許柹貌柹當作柿說文柿削木札樸也
札樸乃木皮晉書王濬造船木柹蔽江而下是其證也
以許許爲柹貌不若說文以爲伐木聲爲允
釃酒有藇傳以筐曰釃以藪曰湑藇美貌 瑞辰按說文

灑釃酒也一曰浚也釃下酒也一曰醇也此詩有藇有衍傳皆訓爲美貌釃酒正當从說文醇酒之訓醇與酏通廣雅酏美也說文無藇字當讀如楚茨我黍與與之與廣韻穥穥黍稷美也玉篇藇酒之美也字亦作䤄廣韻曰釃酒有䤄䤄酒之美也古無藇䤄等字葢通叚作與字耳

有酒湑我無酒酤我傳湑莤之也酤一宿酒也箋酤買也瑞辰按說文湑莤酒也莤古縮字周官醴齊縮酌即此湑爲莤酒必浚之漉之去其渣猶說文訓揟爲取水沮沮卽今之渣字也酤對湑言湑必以暇時莤之酤則可以猝爲之當從傳訓一宿酒爲是說文酤一宿酒也

徐鍇曰謂造之一夜而孰若今鷄鳴酒也釋文酤毛讀如戶說文同今按酤當讀苦㫗之苦周官典婦功辨其苦㫗苦戶音亦相近苦之言盬謂麤也酤酒之不暇莤猶苦盬之不暇湅治也酤又通作沽沽亦麤略之義檀弓杜橋之母宮中無相以爲沽也鄭注沽畧也酤酒以一宿而成是爲麤略之甚

坎坎鼓我 瑞辰按坎者竷之叚音說文引詩作竷竷鼓我段玉裁說文本竷从夂从章夅聲夅古音讀苦洪洪頋烜曰靈臺詩鼉鼓逢逢呂氏春秋高注一切經音義卷六引詩鼉鼓䜶䜶䜶卽韸字之省今按竷古音讀若逢與坎古音讀若空相類說文又曰鼞鼓聲也亦與竷

从夆聲者音近而義同說文引作蠭者蓋三家詩毛詩借作坎坎無傳者已見陳風傳也或謂當从說文今本引作舞我者非也

天保

俾爾單厚傳俾使單信也或曰單厚也箋單盡也瑞辰按單者亶之叚借爾雅邢疏引某氏注云詩曰俾爾亶厚潛夫論引詩亦作俾爾亶厚蓋本三家詩說文亶多穀也亶之本義爲多穀引伸之爲信厚爾雅釋詁亶信也又亶厚也此當訓厚猶多益戩穀皆二字同義也單與亶同聲而義近故通用說文單大也墨子厚有所大也單厚同義皆爲大也辛紹業曰說文單从吅甲吅亦

聲闕甲卽覃之隸體猶覃隸省作覃是也單厚卽指下福言于福之厚箋云天使女盡厚天下之民失之何福不除傳除開也箋何福而不開言開出以予之瑞辰按襄二十九年左傳然明曰政將焉往裨諶曰其焉辟子產舉不踰等則位班也擇善而舉則世隆也天又除之奪伯有魄王觀察曰除開也言天又開除子產天又除之猶言天又啟之今按王說是也訓除爲開與此詩毛傳義合開猶啟也啟猶起也詩啟居一作起居起猶興說文興起也僖二十三年左傳叔詹諫曰臣聞天之所啟人弗及也下文楚子又曰天將興之誰能廢之天所啟卽天所興則此何福不除訓開開亦爲興猶下章以莫不

與耳又按傳止訓除爲開而箋言開出以予之者除余古通用爾雅四月爲余小明詩箋作四月爲除是其證也余予古今字見曲禮鄭注余通爲予我之予卽可通爲賜予之予說文与賜予也与及與同說文舆讀若余从余聲可叚爲余卽可叚爲予何福不除猶云何福不予予與也授也凡史記言除吏漢書言除官皆謂授以官除與此詩何福不除同義舊皆以除舊生新釋之失其義矣開與閉對文左傳晉饑秦輸之粟秦饑晉閉之糴古以不與爲閉則知以開爲與是言開卽有予義故箋言開出以予之以申傳義開卽予也是知左傳言天方授楚者猶說苑善說篇云天方開楚也開啟與皆發也卽

皆予也今俗語云發福正與古合又按除者殿陛之名訓開者蓋以除爲捈之叚借說文捈卧引也廣雅捈引也法言問神篇捈中心之所欲宋咸注捈引也說文引者開弓也叚除爲捈故訓開開卽引也又按除爲陛陛以次漸進亦與引申之義相近

俾爾戩穀傳戩福穀祿 瑞辰按爾雅戩福也方言福祿謂之祓戩是戩古訓福之證說文戩滅也爾雅滅盡也盡之義兼美惡福者備也盡與備義近故戩亦得訓福

降爾遐福箋遐遠也 瑞辰按遐與嘏聲近而義同爾雅嘏大也說文嘏大遠也遐訓遠者當卽嘏字之叚借遐又與胡通遐胡雙聲逸周書謚法解竝曰胡大也士冠

禮永受胡福卽此詩遐福也

吉蠲爲饎傳吉善蠲絜也釋文蠲舊音圭惠棟曰案呂覽曰臨飲食必蠲絜高注蠲讀爲圭葢三家詩本作吉圭爲饎故高讀从之瑞辰按士虞禮饗辭曰哀子某圭爲而哀薦之饗註圭絜也詩曰吉圭爲饎周官蜡氏令州里除不蠲注蠲讀如吉圭惟饎之圭圭絜也又宮人註蠲猶絜也引詩吉蠲爲饎釋文蠲音圭書蠲烝馬融音圭葢古音蠲讀如圭音同而義亦同故白虎通曰珪之爲言潔也孟子趙注廣雅竝曰圭潔也是知三家詩作吉圭蠲讀同圭亦有絜義周禮宮人除其不蠲鄭注蠲猶潔也爾雅釋言蠲明也郭注蠲清明貌祭義注明

猶潔也楚茨詩祀事孔明箋明猶備也絜也大戴禮諸侯遷廟篇盧辨注引詩絜蠲爲饎吉絜雙聲三家詩吉或作絜絜之言潔絜蠲二字同義猶呂覽蠲絜二字並言也

是用孝享傳享獻也箋謂將祭祀也 瑞辰按爾雅享孝也王尚書曰酒誥曰用孝養厥父母釋名引孝經說孝畜也畜養也廣雅畜養也是孝享二字同義故享祀亦曰孝祀此詩及易萃彖傳竝曰孝享其說是也孔疏曰是用致孝敬之心而獻之失其義矣

君曰卜爾傳君先君也尸所以象神卜予也 瑞辰按釋詁卜予也與傳合白虎通卜赴也古卜音近赴亦與付

近故訓予俾彼甫田詩秉畀炎火韓詩秉作卜云卜報也卜報二字雙聲則此詩卜爾猶云報爾楚茨詩卜爾百福猶云報以景福也又釋詁畀予也畀與卜亦雙聲卜訓予者或卽畀之叚借

神之弔矣傳弔至瑞辰按說文𨑩至也弔卽𨑩之渻借字神之弔矣猶云神之格思格與㣊通方言徦㣊皆訓至

民之質矣日用飲食傳質成也箋成平也民事平以禮飲食相燕樂而已瑞辰按廣雅常質也此詩質卽爲常謂民安其常惟日用飲食猶擊壤歌言耕田而食鑿井而飲也

羣黎百姓傳百姓百官族姓也　瑞辰按堯典平章百姓百官也而毛傳言百官族姓者楚語觀射父曰民之徹官百王公之子弟之質能言能聽徹其官者而物賜之姓以監其官是爲百姓韋昭注百姓百官有世功者又曰百姓百官也官有世功受氏姓也又鄭康成曰百姓羣臣之父兄子弟管子君臣上篇云百姓量其力於父兄之間是百官本百官賜姓之稱故曰百官族姓後遂通以爲百官之稱又以稱衆民如論語修己以安百姓之類是也

徧爲爾德箋羣黎百姓徧爲女之德言則而象之　瑞辰按爲當讀如式訛爾心之訛訛化也徧爲爾德猶云徧

化爾德也爲与化古皆讀若譌故爲訛化古竝通用堯典平秩南訛史記五帝紀作南爲梓材厥亂爲民論衡效力篇引作厥率化民是其證矣箋言則而象之葢亦讀爲如譌其言偏爲女之德猶云偏化女之德也

如月之恒傳恒弦箋月上弦而就盈釋文恒本亦作緪同古鄧反沈古恒反正義集注定本絙字作恒瑞辰按恒及緪絙揯古通用考工記恒角而短鄭司農曰恒讀爲裻緪之緪說文緪大索也一曰急也又曰緪引急也王逸注九歌云絙急張弦也廣韻緪急張亦作絙是緪爲急張弦之貌故以狀月之上弦也據說文恒字注云古文恒从月作死引詩如月之恒則許君言古文恒有

从二中月作亙者其所見詩自作恒與崔集注定本同耳恒又姮作横亘之亘唐華嚴三會普光明殿功德碑如月之亘森菌桂以馨香是也葢亦猶亘之與緪通耳無不爾或承箋或之言有也如松柏之枝葉常茂盛青青相承無衰落也瑞辰按承者引也引者伸也導也昏禮承子以授壻言引女以授壻也漢書賈誼傳人主胡不引殷周秦事以觀之也大戴記禮察篇引作承是承即引也此總上如月之恒五句而言五如字皆以形容福之久長且盛無不惟爾是引猶第三章以莫不興以莫不增亦總如山如阜三句言之不專以以莫不增承如川之方至言也傳以承爲松柏之青青相承失之

采薇

玁狁之故傳玁狁北狄也箋北狄今匈奴也瑞辰按玁狁釋文云本亦作獫允史記匈奴傳匈奴其先祖夏后氏之苗裔也曰淳維唐虞以上有山戎獫狁葷粥居于北蠻索隱引應劭風俗通曰殷時曰獯粥改曰匈奴又晉灼曰堯時曰葷粥周曰獫狁秦曰匈奴今按孟子曰文王事獯粥而詩序言文王命將伐玁狁是殷時兼名獯粥玁狁之證逸周書敘文王西距昆夷北備獫狁謀武以明威德作武稱與詩序合漢書匈奴傳以采薇爲懿王時詩葢本三家詩說

靡使歸聘傳聘問也箋無所使歸問言所以憂釋文靡

使如字本又作靡所瑞辰按作靡所者是也此承上我戍未定言之言其家無所使人來問非謂無所使人歸問歸當讀爲歸方言歸使也玉篇亦云歸使也箋云無所使歸問者知歸爲歸之假借以使釋歸猶云靡所使問與桑柔詩靡所止疑靡所定處句法正同今本因鄭箋有使字又罕聞歸之訓使遂誤易所爲使猶賴釋文以存古本方言有歸使之訓而知箋之使字乃以釋經文歸字耳

我行不來傳來至也箋來猶反也據家曰來瑞辰按爾雅釋訓不俟不來也釋文本作不竢說文引詩曰不竢不來蓋以釋訓語爲釋詩遂以詩稱之猶引毛傳不醉

而怒曰㬥亦作詩曰也凡爾雅釋詩皆經字在上臧庸疑詩本作我行不俟故釋訓以不來釋之陳壽祺謂爾雅釋詩之字多與三家合三家詩或作我行不俟爾雅以不來釋之毛詩自用本字作不來未可專執毛以繩之也今按陳說爲允段玉裁疑爲釋召南不我以然爾雅不俟不來也與不過不蹟也對文若以爲不我以之異文則刪去經文我字矣

彼爾維何傳爾華盛也瑞辰按說文薾華盛引詩彼薾惟何又爾字注麗爾猶靡麗也三蒼解詁云爾華榮也是爾與薾音義同古讀如彌與靡音同又讀近旖旎之旎皆盛貌也自後人借爲爾汝之稱而爾之本義晦矣

彼路斯何君子之車箋斯此也君子謂將率正義卿車得稱路者左傳鄭子蟜卒赴于晉晉請王追賜之大路以行禮也又叔孫豹聘于王王賜之大路是卿車得稱路也故鄭箴膏肓云卿以上所乘車皆曰大路詩云彼路斯何君子之車此大夫之車稱路也瑞辰按斯爲語詞斯何猶維何也箋訓斯爲此失之白虎通路者君車也天子大路諸侯路車大夫軒車士飾車此葢周制至殷時車葢通名路論語乘殷之輅輅卽路也後漢輿服志注引服虔曰大路總名也如今駕駟高車矣尊卑俱乘之其采飾有差葢以釋殷大路之制文王伐玁狁在殷時故戎車亦通稱路胡承珙曰此詩之路只泛言車

之大貌而非即車名猶上彼爾爲華盛之貌而非即華名也至周制大路及路有别後漢輿服志云夷王以下周室衰弱諸侯大路此諸侯僭用大路也至春秋王賜鄭子蟜及叔孫豹皆以大路較之諸侯僭用大路尤爲失禮且孔疏兩引左傳皆天子賜以大路其未賜者不得名路故左傳又云冢卿無路鄭君箴膏肓直謂卿以上所乘車皆曰大路似非

一月三捷傳捷勝也箋往則庶乎一月之中三有勝功謂侵也伐也戰也瑞辰按古者言數之多每曰三與九蓋九者數之究三者數之成不必數之果皆三九也是故百囊腎而曰九罭楚詞九歌九辨皆十一章而並曰

九此以九爲紀也易王三錫命晝日三接終朝三褫之論語令尹子文三仕三已柳下惠三黜季文子三思泰伯三以天下讓此以三爲紀也此詩一月三捷特冀其屢有戰功亦三錫三接之類釋文三息暫反是也箋以侵伐戰三者當之鑿矣釋文三又如字蓋从鄭讀

四牡騤騤傳騤騤彊也 瑞辰按說文騤馬行威儀也廣雅騤騤盛也業業翼翼彭彭廣雅竝訓爲盛是知此詩四牡業業四牡騤騤四牡翼翼義竝相同烝民傳騤騤猶彭彭也其義亦爲盛耳至說文䮶䮶馬行徐而疾也引詩四牡䮶䮶古夜讀與豫同奕讀與夜同故段玉裁謂䮶䮶卽四牡奕奕之異文詩考以爲騤騤之異文誤

矣

小人所腓傳腓辟也箋腓當作芘此言我車者將率之所依乘戍役之所芘倚　瑞辰按正義引王肅曰所以避患也何氏古義曰腓卽厞字爾雅說文皆曰厞隱也謂小人藉是車以爲隱蔽也胡承珙曰芘蔭與隱蔽同義箋讀爲芘亦所以申傳辟字陳啟源謂傳言避不敢乘失之

象弭魚服傳象弭弓反末也所以解紒也箋弭弓反末彆者以象骨爲之以助御者解轡紒宜滑也　瑞辰按古者弓末通名弭弓之無緣者亦名爲弭釋名弓其末曰簫言簫梢也又謂之弭以骨爲之滑弭弭也禮稱獻弓

者執弭此弓末通名弭也爾雅弓有緣者謂之弓無緣

者謂之弭詩象弭及左傳左執鞭弭此以弭爲弓名也

李巡孫炎説各不同左傳疏引李巡曰骨飾兩頭曰弓

不以骨飾兩頭曰弭儀禮疏引孫炎云緣謂繁束而桼

之弭謂不以繁束骨飾兩頭者也當以孫説爲是儀禮

既夕禮云有弭飾焉鄭注弓無緣者謂之弭弭以骨角

爲飾孫炎之説葢本鄭君郭注爾雅云緣者繳纏之即

今宛轉也其義又本孫炎太平御覽引毛詩拾遺云按

左傳曰左執鞭弭弭者弓之别名謂以象牙爲弓今西

方有以犀角及鹿角爲弓者今案象弭猶象輅之類特

以象牙爲飾非全以象牙爲弓也弓之有緣者繁束而

漆之其弭不露故謂之弓無緣者其弭外見故謂之弭説文弭弓無緣可以解轡紛者葢兼取爾雅毛傳之説今毛傳作解紒釋文紒本或作紛以説文證之作紛者是釋文彎説文方血反正義引説文彎弓戾也今本説文脫彎字玉篇作弼云弓戾也弼卽彎之渻又按釋文云弭弓末反彎也李黼平曰如釋文則傳有彎字箋言弓反末彎者卽傳文成句耳

豈不曰戒箋戒警勑軍事也言君子小人豈不曰相警戒乎誠曰相警戒也釋文曰戒音越又人栗反瑞辰按以箋義求之當作日戒爲是釋文後一音是也胡承珙曰若作曰不必言相矣唐石經初刻正作曰後改爲日

古日月字形相似惟於音辨之耳漢書匈奴傳一切經音義六引詩竝作豈不日戒

楊柳依依瑞辰按韓詩薛君章句曰依依盛貌毛詩無傳據車舝詩依彼平林傳依茂木貌則依依亦當訓盛與韓詩同依殷古同聲依依猶殷殷殷亦盛也

出車

于彼牧矣傳出車就馬於牧地瑞辰按二章于彼郊矣箋云牧地在遠郊葢據周官載師以牧田任遠郊之地知郊卽牧也爾雅邑外謂之郊郊外謂之牧傳箋皆不引以爲據者據魯頌毛傳邑外曰郊郊外曰野野外曰林林外曰坰說文邑外謂之郊郊外謂之野野外謂之

林林外謂之冂冂或作坰與毛傳同皆無郊外謂之牧一句鄭風叔于田箋郊外曰野鄭注遂人亦曰郊外曰野不曰郊外曰牧是郊毛公及許鄭所見爾雅皆無郊外謂之牧一句故傳箋不引耳李孫郭本皆有郊外謂之牧蓋漢魏間所增益攗釋文引李巡本牧作田案古田字通作畋牧字或作收二字形近易譌作田者又畋字消其半耳

謂我來矣箋謂以王命召已將使爲將率也 瑞辰按廣雅謂使也謂我來即使我來也下文謂之載即使之載也廣雅又曰謂指也指亦使也箋云謂以王命詔已將使爲將率也又云使裝載物而往正訓謂爲使

僕夫況瘁箋況茲也瑞辰按況者況字之俗說文況寒
水也因通爲寒苦之稱苦亦病也況瘁皆爲病與殄瘁
盡瘁同義皆二字平列箋訓況爲茲益之茲失之
王命南仲傳王殷王也南仲文王之屬瑞辰按竹書紀
年帝乙三年王命南仲西拒昆夷城朔方與此詩合至
常武詩南仲大祖傳王命南仲于大祖漢書古今人表
宣王時有南中與此詩南仲自爲二人漢書匈奴傳引
詩出輿彭彭城彼朔方以爲宣王輿師命將征伐詩人
美其功益本三家詩誤以此詩南仲爲宣王時人遂以
此詩爲宣王詩
往城于方傳方朔方近玁狁之國也瑞辰按逸周書世

俘解吕他命伐越戲方孔晁註越戲方三邑也方疑卽詩往城于方之方

出車彭彭傳彭彭四馬貌 瑞辰按彭彭葢騯騯之叚借說文騯馬盛也引詩四牡騯騯今北山烝民韓奕三詩竝作四牡彭彭旁古同聲廣雅彭彭旁旁盛也傳云四馬貌者亦謂馬盛

旂旐央央傳央央鮮明也釋文央本亦作英同於京反又於良反 瑞辰按六月詩白旆央央出其東門疏引作白旆英英公羊宣十二年疏引作帛旆英英釋文央音英是英央古同聲通用此詩央央亦當从釋文引别本作英英白華詩英英白雲韓詩作泱泱雲之鮮明曰英

英旂之鮮明曰英英其義一也

玁狁于襄傳襄除也釋文襄本或作攘瑞辰按襄除義本爾雅逸周書謚法解辟地有德曰襄辟亦除也王符潛夫論引詩作玁狁于攘攘者襄之叚借史記龜策傳西攘大宛徐廣曰攘一作襄襄除也古揖讓字作攘攘戎翟亦借作攘

畏此簡書傳簡書戒命也鄰國有急以簡書相告則奔命救之瑞辰按簡書卽盟書之叚借古簡字讀若𥳑與明盟同聲通用說文𥳑存也从心簡省聲讀若簡經傳中因借作簡尚書多士廸簡在王庭卽存在王庭也論語簡在帝心卽存在帝心也二簡字皆𥳑字之叚借𥳑

又通萌爾雅萌萌在也釋文萌或作䕼邢疏萌字書作蒽說文作䕼玉篇廣韻引爾雅竝作䕼䕼在也或疑䕼萌音讀不同不得相通今按䕼與囧雙聲篆文朙从月囧說文囧字注引賈侍中說讀與朙同說文盟字篆文正作盟故簡与萌得相通叚盟書之借作簡書猶萌之通䕼䕼之通作簡也周官司盟掌盟載之法凡盟書多言患難相恤故閔元年左傳引此詩而釋之曰簡書同惡相恤之謂也請救邢以從簡書卽請从盟書所言耳凡盟必質諸神釋名盟明也告其事於神明也有不信者神降之禍諸國將其伐之故詩言畏此簡書也盟書卽戒命之詞故傳曰簡書戒命也周官司盟既盟則貳

之凡盟必用牲埋其書又各有貳以爲信俟有急難以其貳奔告求救故傳又曰鄰國有急以簡書相告也毛詩多叚借毛公蓋知簡書即盟書故以戒命釋之耳正義以簡書爲書之于簡失其義矣古書未有不書於簡者若泛言簡書左傳何以言同惡相恤詩又何以言畏乎

執訊獲醜傳訊辭也箋訊言醜衆也執其可言問所獲之衆以歸者當獻之也瑞辰按王制出征執有罪反以訊馘告爾雅馘獲也是訊馘二字對舉訊即執訊馘即獲醜也說文辭訟也从𤔔辛𤔔辛猶理辜也傳訓訊爲辭者蓋以訊爲爭訟之人箋訓訊爲言者義本爾雅訊

言也廣雅言問也古者通以言爲問故箋複舉言問以申釋之恐人以言問之言誤爲言語之言也傳箋義近而詁殊葢辭屬下之訟說訊屬下之可言問正義謂傳言可與之言辭與箋同是誤以辭爲言辭竝誤以箋之訊言爲言語矣執訊對獲醜言醜爲衆賊則可訊言者指元惡據文十七年左傳鄭子家使執訊而與之書杜注執訊通訊問之言則訊爲軍中通訊問之人葢諜者之類執訊獲醜二者相對成文箋以獲醜承執字言亦非隸釋有執訊獲首之語葢本三家詩以醜爲首之叚借又按此詩獲字無傳陳碩甫曰皇矣傳曰馘獲也不服者殺而獻其左耳曰馘彼傳釋馘爲獲則此詩獲卽

馘之叚借生者訊之殺者則馘之也箋訓獲爲得失之

玁狁于夷傳夷平也 瑞辰按于夷猶于襄也夷當讀如癹夷之夷說文癹㠯足蹋夷草引春秋傳曰癹夷薀崇之荑與薙通周官薙氏注故書薙或作夷夷亦除也平與除義正相近

杕杜

有睆其實傳睆實貌釋文睆字從白或從目邊 瑞辰按今本說文有睍無睆云睍目出貌也睍當爲睆字之譌說見凱風篇 此詩正義有睆然其實本亦譌爲睍然其實是睍睆二字易譌之證睆爲目出貌鳥之好貌曰睍睆禮記檀弓疏引傳作睆睆好貌 明星之睆貌曰睆彼大東傳睆明星貌 木之實皃

曰有晥其義一也說文白部無晥字釋文本皖乃晥字之譌古文白字作𣅀見說文與目形相似蓋晥或譌作睆因譌爲睆矣

繼嗣我日箋嗣續也王事無不堅固我行役續嗣其日言常勞苦無休息瑞辰按鹽鐵論古者行役不踰時春行秋反秋行春反此詩戍役蓋以春行至秋杕杜戍實已近秋時過期不反故曰繼嗣我日下云日月陽止則又冀其冬時得歸耳

檀車幝幝傳檀車役車也幝幝敝貌釋文幝尺善反又勑丹反說文云車敝也从巾單韓詩作繟音同瑞辰按何草不黃篇有棧之車傳棧車役車也與此傳訓檀車

爲役車正同曾釗曰毛意檀車即棧車葢聲轉耳周禮序官廛人注杜子春讀壇爲廛方言廛或曰踐是壇廛踐聲近可通之證壇檀皆从亶聲棧踐皆从戔聲則檀棧亦可通借今按曾說是也正義謂以檀木爲車失之又按說文[糸羨]偏緩也義本韓詩又撣字註讀若行遲驒驒又繟帶緩也廣雅[糸羨][糸羨]緩也又曰繟緩也幝繟[糸羨]古音義同物敝則緩義正相通

卜筮偕止箋偕俱瑞辰按廣雅皆嘉也疏證曰皆嘉一聲之轉字通作偕魚麗詩維其嘉矣又曰維其偕矣賓之初筵詩飲酒孔嘉又曰飲酒孔偕偕亦嘉也今按此詩卜筮偕止偕亦當訓嘉嘉即吉也謂卜與筮皆吉也

占遠人者以近爲吉故下卽云會言近止矣

會言近止傳會人占之瑞辰按孔廣森曰會合之字皆从亼説文亼三合也禮旅占必三人會有三義故傳云會人占之今按孔説是也古者卜用三兆筮用三易各以一人掌之卜筮皆三人洪範立時人作卜筮三人占則從二人之言鄭注卜筮各三人大卜掌三兆三易周官九筮筮參其一謂占必三人參之也士冠禮筮人還東面旅占注旅衆也還與其屬共占之國語三人成衆旅占亦卽三人占之義又國語天子舉以太牢祀以會韋昭註會會三大牢三太牢謂之會三人占謂之會其取義於三合一也若但以爲卜與筮會則上已言卜筮

偕止不須復言卜與筮會且傳不得言會人也又按爾雅釋言集會也說文亼讀若集又曰合亼口也會合也三口相同爲合是皆會爲三合之證說文集字正作雧云羣鳥在木上从雥木雥从三隹亦有三合之義又按周禮筮人九筮九曰筮環環之言還也葢筮征夫之還期此詩會言近止征夫邇近卽筮環之語

魚麗

鱨鯊傳鱨揚也鯊鮀也 瑞辰按正義引陸疏云鱨一名黃頰魚據山海經東山經番條之山減水出焉其中多鱤魚郭註一名黃頰音感是鱨名黃頰卽今俗名鱤魚也至鯊鮀爾雅郭註今吹沙小魚體圓而有點文據後

漢書注引廣志云吹沙大如指太平御覽引臨海異物志云吹沙長三寸是吹沙爲小魚惟羅願云今人呼爲重脣脣厚特甚有若鼉黽今遼東有重脣魚長尺許身有點文通志謂卽詩之鯊其說葢本羅願則非郭璞所云吹沙小魚矣釋文鯊亦作魦說文魦魦魚也出樂浪番國此又一種海魚非卽詩之鯊

君子有酒旨且多箋酒美而此魚又多也瑞辰按此二句釋文與正義異讀釋文云有酒旨絕句且多此二字爲句後章放此異此讀則非正義云又君子有酒矣其魚如何酒旣旨美且魚復衆多是讀旨且多三字爲句今按凡詩言且者多連上爲句正義讀是也至箋以且

多且旨且有屬魚則非旨且多多且旨旨且有自專指酒言之下章物其多矣又承上章而推及衆物此序所云美萬物盛多也箋以物屬魚亦非

魴鱧傳鱧鮦也正義曰釋魚云鱧鯇舍人曰鱧名鯇郭璞曰鱧鮦徧檢諸本或作鱧鱺或作鱧鯇若作鮦似與郭璞正同若作鯇又與舍人不異或有本作鱧鰈者定本鱧鮦鮦與鱺音同　瑞辰按下章傳鰋鮎鱧鯉皆從爾雅則此章亦从爾雅作鱧鯇爲是鯇鯶古今字卽今俗稱鯶子魚舍人曰鱧名鯇是也郭註誤分鱧鯇爲二因誤以鱧爲鮦鮦卽今之烏魚說文鮦一曰鱺也後人益誤合鱺與鱧爲一又因郭註以鱧爲鮦遂改毛傳鱧鯇

作鱧鮦矣至正義云或有本作鱧鰈者據說文鱧鱯也鰈鱧也鱯卽今之化魚俗名回魚說文或别有所受後人遂據說文以改毛傳耳

鰋鯉傳鰋鮎也瑞辰按說文鮎鰋也鰋鮎也今本作鰋鮀也段玉裁謂鮀爲鮎字之譌字或作鰋爾雅孫炎註亦曰鰋一名鮎郭璞謂鰋鮎各爲一物非也廣雅鮧鯷鮎也鮎取黏滑之義葢魚之無鱗者耳

旨且有箋酒美而此魚又有瑞辰按朱子集傳曰有猶多也其說是也說文龓兼有也廣雅龓有也龓音近厖爾雅厖有也厖訓雜與多義近又訓爲有則有亦多也公劉詩爰衆爰有有猶衆也戴震曰有猶備也衆與備

皆多也旨且有猶云旨且多變文以協韻耳甫田詩終善且有有亦多也

南陔

序南陔孝子相戒以養也 瑞辰按陔祴古通用周官鍾師祴夏杜子春曰祴當爲陔鼓之陔賈疏引儀禮奏陔爲證是陔即祴也說文祴宗廟奏祴樂从示戒聲陔階次也从𨸏亥聲二字異義序云孝子相戒以養禮經賓出奏陔夏注曰以爲行節正以戒釋陔知陔即祴之叚借束晳補亡詩直以陔爲階次失之又按白虎通五行篇南方者任養之方萬物懷任也樂記注南風長養之風也孝養與長養義正相似是知序言孝子相戒以養

者戒以釋陔養則以釋南也

毛詩傳箋通釋卷十八

桐城馬瑞辰學

小雅

南有嘉魚

序南有嘉魚樂與賢也瑞辰按與當讀爲舉周官師氏王舉則從注故書舉爲與禮運選賢與能王尚書謂即大戴王言篇選賢舉能是也此序與賢當即舉賢下云樂與賢者共之亦謂樂舉賢者共之也箋云樂得賢者與共立於朝相燕樂也似非序之本恉

烝然罩罩傳罩罩籗也箋烝塵也塵然猶言久如也瑞辰按罩罩汕汕皆疊字形容之詞不得訓爲捕魚器說文引詩烝然鯙鯙不言其義據說文汕魚游水皃引詩

烝然汕汕則罩罩亦當同義釋文引王肅云烝衆也罩罩汕汕蓋皆衆魚游水之皃廣雅淖淖滻滻衆也卽此詩罩罩汕汕之異文訓衆者蓋本三家詩

嘉賓式燕又思箋又復也以其壹意欲復與燕加厚之

瑞辰按又卽今之右字古右與侑宥竝通用周官大祝以享右祭祀注右讀爲侑彤弓詩毛傳右勸也右卽侑也說文以侑爲姷之或體大司樂王三宥注宥猶勸也宥亦侑之借也此詩嘉賓式燕又思又當卽侑之叚猶侑可通作右與宥耳

南山有臺

北山有萊傳萊草也正義十月之交曰田卒汙萊又周

禮云萊五十畝萊爲草之總名非有別草名之曰萊陸機疏云萊草名其葉可食今兖州人烝以爲茹謂之萊烝以上下類之皆指草木之名其義或當然也瑞辰按萊釐藜三字古同聲通用爾雅釐蔓華說文萊蔓華萊即爲釐猶來牟一作釐牟也齊民要術引詩義疏曰萊藜也玉篇廣韻竝云萊藜草也是萊即藜也萊草多生荒地後遂言萊以概諸草故周禮言萊田詩亦言汙萊其實萊即爲藜亦草名正義乃云非有別草名萊由不知萊即釐與藜耳又按夏小正七月爽死傳爽也者猶疏也洪震煊曰爽當爲來字形近之誤來即萊也釐萊古同讀爾雅曰釐蔓華又曰藡曼于同物也說文藡水

邊草也莤蔓于一名軒于猶疏亦莤之别名據此是萊與猶爲一草也

南山有枸傳枸枳枸瑞辰按枳枸雙聲字說文作積椒多小意而止也一曰木也又椒積椒也一曰木名枳枸又作枳椇玉篇積曲枝果今作枳椒木曲枝也今作椇明堂位俎殷以椇注椇之言枳椇也謂曲橈之也宋玉風賦枳句來巢廣韻積椒皆訓曲枝果枳枸蓋曲木之皃據說文椒字注一曰木名是木有單名椒者詩之枸宜爲木名非卽積椒也至說文木部枸枸木也可爲醬出蜀此非周地所有故知非卽此詩之枸

保艾爾後傳艾養保安也瑞辰按艾乂古通用保艾猶

康誥用保乂民也爾雅艾長也又乂治也釋名艾治也音義並同據毛傳先艾後保似經文原作艾保爾後

崇邱

序崇邱萬物得極其高大也瑞辰按釋詁崇高也管子侈靡篇鄉邱老不通注邱大也漢書楚元王傳集注引何晏注邱大也崇邱二字平列謂高大也序萬物得極其高大正釋崇邱二字之義束晳詩贍彼崇邱讀如山邱之邱失之

由儀

序由儀萬物之生各得其宜也瑞辰按由儀之由與由庚異由者甹之消借說文甹本生條也从丂由聲商書

曰若顛木之有甹枿古文作由枿蓋甹正字由借字也甹本木生條之名因而萬物之生通謂之由左傳史趙曰陳顓頊之族也歲在鶉火是以卒滅陳將如之今在析木之津猶將復由由對滅言卽生也序以萬物之生釋由字以各得其宜釋儀字正就篇題以釋其義束晳補亡詩乃曰由儀率性以率性類由儀是誤讀由爲率由之由失其義矣

蓼蕭

蓼彼蕭斯傳蓼長大皃釋文蓼音六瑞辰按說文蓼辛菜薔虞也本音盧鳥切音近了而此詩蓼訓長大音六者了與六一聲之轉蓼得音六猶穋稑之稑字或从翏

作穋音亦同六也蓼从翏聲翏爲高飛皃高與長大義相近故蓼得訓爲長大皃

零露湑兮瑞辰按説文霝雨䨓也舊作零此从段本引詩霝雨其濛又曰䨓雨䨓也零徐雨也是詩作零者多霝之叚借䨓即落也雨落謂之霝露落亦謂之霝故定之方中詩靈雨既零傳云零落也鄭風零露漙兮正義本作靈箋亦云靈落也此詩傳箋不釋零字以義已見前不煩解釋正義乃云此蕭所以得長大者由天以善露潤之是讀零露如靈雨之靈訓爲善殊失傳箋之恉

是以有譽處兮箋是以稱揚盛美使聲譽常處天子瑞辰按集傳引蘇氏曰譽豫通爾雅釋詁豫安也禮記檀

弓何以處我鄭注處安也譽處猶言燕譽皆安也常常者華篇義同此箋訓爲聲譽常處天子失之

鞗革沖沖傳鞗轡也革轡首也沖沖垂飾貌瑞辰按鞗者鋚之叚借說文無鞗有鋚云鋚轡首銅也玉篇鞗一作鋚廣韻鋚靷頭即轡首也爾雅轡首謂之革轡以絡馬頭者爲首不以人所靶者爲首正義謂馬轡所靶之外有餘而垂者謂之革殊說說文勒馬頭絡銜也革即勒之消古人多加飾以金鹽鐵論散不足曰今富者黃金琅勒說苑田子方載黃金之勒鋚即勒之金飾垂者采芑詩鉤膺鞗革箋鞗革轡首垂也載見詩鞗革有鶬箋鞗革轡首也鶬金飾貌竝與說文以鋚爲轡首銅者合蓋革爲轡首以皮爲

之鋚爲轡首之飾以金爲之正義謂鞗皮爲之誤矣據正義釋傳故云鞗革轡首垂也是知毛傳原作鞗革轡首垂也爲采芑鄭箋所本傳下云沖沖垂飾貌則上云轡首垂者垂即飾也段玉裁謂傳當作轡首飾也亦非也玉篇及張參五經文字並云鞗轡也則毛傳脫誤蓋已久矣鞗革古或作鋚勒石鼓文及寅簋文並云鋚勒是也或省作攸勒攸革伯姬鼎云攸勒師酉簋云中㬎攸勒焦山鼎頌鼎頌簋並云攸革是也或作絛革康鼎曰幽黄絛革是也革古通作韊廣雅韊勒也玉篇韊勒也亦作革韊也廣韻韊轡首也革之作韊與韊猶棘子成通作革子成也古革又有飾以貝者儀禮士纓轡貝

勒飾以貝曰貝勒猶飾以鋚曰鋚勒也周官巾車革路龍勒條纓五就條當爲鞶之叚借謂轡首有鞶飾也周官玉路金路象路皆言樊纓註分樊與纓爲二故知條纓二物不相屬鄭註云條讀爲絛謂其樊及纓皆以絛絲飾之誤矣

湛露

匪陽不晞傳陽日也晞乾也瑞辰按說文暘日出也陽卽暘之叚借

厭厭夜飲傳厭厭安也夜飲私燕也瑞辰按爾雅懕懕安也說文懕安也引詩懕懕夜歓今毛詩作厭厭者卽懕懕之消借耳釋文引韓詩作愔愔云和悅之貌魏都

賦愔愔醧燕正本韓詩厭厭愔二字雙聲故通用懕懕通作愔愔猶載芟詩厭厭其苗卽稽稽之通借也廣韻稽稽苗美也義本毛傳集韻稽稽苗齊等也本鄭箋段玉裁謂愔卽懕之或體則非也傳私燕據正義引楚茨傳言燕私爲證當爲燕私之譌

彤弓

中心貺之傳貺賜也箋貺者欲加恩惠也瑞辰按說文況寒水也無貺字貺古通作況爾雅釋詁況賜也魯語況使臣以大禮況卽貺也廣韻況善也中心貺之正謂中心善之猶覲禮云予一人嘉之嘉亦善也貺之與下章好之善之同義箋云貺者欲加恩惠蓋亦訓貺爲善耳

受言載之傳載以歸也箋出載之車也瑞辰按載亦藏也廣雅載攱也攱讀如庋藏之庋檀弓注閣庋藏食物廣雅閣載也又曰攱堪載也堪讀如龕方言龕受也受藏同義是知載卽藏周官司盟掌盟載之法掌其盟約之載卽盟約之藏謂埋藏之也呂氏春秋知接篇管仲引齊諺曰居者無載高誘注無有載藏之於心也載之與首章藏之三章櫜之詞異而義同不必載於車始爲載耳

一朝右之傳右勸也箋右之者主人獻之賓受爵奠于薦右既祭俎乃席末坐卒爵之謂也瑞辰按說文姷耦也耦取相助故義又訓助侑爲姷之或體右則侑之叚借此詩傳右勸也與楚茨章侑勸也正同義古者食禮

有侑饗禮有酬而左傳曰王饗禮命之侑是酬禮通曰侑也爾雅醻侑並訓爲報是知二章右之猶三章酬之變文以協韻耳箋以右爲尊於薦右正義謂傳訓右爲勸非爲勸酒胥失之矣

菁菁者莪

菁菁者莪傳菁菁盛貌　瑞辰按文選靈臺詩註引韓詩蓁蓁者莪薛君曰蓁蓁盛貌集韻引詩葏葏者莪云李舟說菁蓁以聲近而轉蓁葏古雙聲字故通用據說文菁非華也蓁草盛皃葏草皃則訓盛皃當以蓁蓁爲正字毛詩作菁菁集韻作葏葏皆假借字也

錫我百朋箋古者貨貝五貝爲朋　瑞辰按藝文類聚引

六韜曰太公謂散宜生求珍物以免君罪之九江得大貝百馮註云詩作百朋按朋馮古同聲故通用百朋作百馮猶韓策之韓朋史記作韓馮說文淜無舟渡河今毛詩作馮河卷阿詩有馮有翼馮爲倗之叚借也

我心則休箋休者休休肰　瑞辰按廣雅休喜也疏證曰周語爲晉休戚韋昭注休喜也又引此詩我心則喜我心則休休亦喜也今按蟋蟀詩良士休休傳休休樂善之貌秦誓其心休休焉某氏傳其心休休焉樂善是休休爲喜樂箋云休者休休肰亦是訓休爲喜釋文正義竝以休爲美失之

六月

六月棲棲傳棲棲簡閱貌瑞辰按棲栖古同字義與論語栖栖同謂行不止也廣雅徲徲往來也徲徲卽棲棲謂往來不止之皃徲徲通作棲棲猶瓠犀通作瓠棲皆音近叚借字耳

載是常服傳日月爲常服戎服也箋戎車之常服韋弁服也瑞辰此當以箋說爲允左氏閔二年傳梁餘子養曰帥師者有常服矣杜註韋弁服軍之常也凡服其所常服者謂之常服兵事以韋弁服爲常服猶殷士以黼哻助祭亦曰常服也若傳以日月爲常則于文王詩常服黼哻不可通矣兵服有失其常者如左傳衣之偏衣是也

我是用急瑞辰按鹽鐵論引詩作我是用戒戒古音訖力切讀與急同謝靈運撰征賦作我是用棘棘亦急也蓋本三家詩爾雅釋言悈急也釋文悈本或作極又作亟同紀力反極當爲悈之誤說文悈急性也淮南覽冥訓安之不悈高註悈急也悈急戒悈棘等字皆同聲故通用棘又通革急通作戒猶說文諽讀若戒也

王于出征箋于曰王曰今女出征玁狁瑞辰按釋詁于曰也釋言律遹述也詩疏引作聿曰述也曰本字作欥釋言又曰坎律銓也坎當爲欥之叚借銓當爲詮之叚借說文欥詮詞也引詩欥求厥寧今詩作遹班固幽通賦欥中和爲庶幾兮文選作聿是知聿遹欥曰古竝通

用皆語詞箋讀曰爲子曰之曰失之據詩云以匡王國以佐天子則知王不親征王于出征猶秦詩王于興師不得謂王自興師也王肅述毛以前四章爲宣王親征失之

以匡王國箋匡正也瑞辰按匡當讀爲匡撫寡君之匡匡者助也以匡王國猶云以佐天子也匡又爲救成十八左傳曰匡乏困救災患杜註匡亦救也救助義亦相通廣雅救助也是其證矣

閑之維則傳則法也瑞辰按夏小正五月頒馬將閑諸則此詩以六月出師正馬既閑則之時

共武之服箋服事也言今師之羣帥有威嚴者有恭敬

者而共典是兵事言文武之人備釋文共鄭如字王徐音恭瑞辰按共恭古通用王徐音恭是也軍事以敬爲主左氏傳所謂不共是懼也共武之服卽言敬武之事正承上有嚴有翼言之嚴翼皆恭也

玁狁匪茹箋茹度也瑞辰按廣雅茹柔也柔弱也匪茹言非柔弱卽上章玁狁孔熾也故下接言整居焦穫侵鎬及方至于涇陽皆甚言其强恣

織文鳥章傳鳥章錯革鳥爲章也箋織徽織也鳥章鳥隼之文章將帥以下衣皆著焉瑞辰按周官司常賈疏兩引詩皆作識文鳥章識爲正字今作織者叚借字或通作幟史記漢高本紀旗幟皆赤幟亦識也徽識字當

作徽說文徽徽識也以絳帛徽箸於背據司常賈疏云
按禮緯天子之旌高九仞諸侯七仞大夫五仞士三仞
按士喪禮竹杠長三尺則死者以尺易仞天子九尺諸
侯七尺大夫五尺士三尺其旌身亦以尺易仞也若然
在朝及在軍綴之於身亦如此是天子諸侯大夫士徽
識長短各異孔疏據鄭注儀禮謂徽識疑同長三尺非
也鄭注周官云今城門僕射所被及亭長箸絳衣皆其
舊象據說文卒下云衣有題識是徽識箸臂惟軍中士
卒則肰耳至天子諸侯以下大夫以上據昭二十一年
左傳揚徽者公徒也曰揚則是旌旗而非箸背矣蓋惟
士卒以下長僅三尺始可箸背天子諸侯大夫之徽識

長自九尺至五尺皆非可箸背故别有揚徽者耳鄭箋謂自將帥以下衣箸焉亦非

白旆央央傳白旆繼旐者也央央鮮明貌瑞辰按據釋文白茷本或作旆孔疏亦曰茷與旆古今字是古本原作白茷茷者旆之叚借爾雅釋器繼旐曰旆郭注帛續旐末爲燕尾義見詩即指此詩言也釋名白旆殷旌也以帛繼旐末也據正義釋經云以帛爲行旆央央然鮮明知白亦帛之渻借公羊疏引孫炎曰帛續旐末亦長尋詩云帛旆英英是也皆用本字其所引蓋三家詩

元戎十乘以先啟行傳元大也夏后氏曰鉤車先正也殷曰寅車先疾也周曰元戎先良也箋鉤鉤鞶行曲直

有正也寅進也二者及元戎皆可以先前啟突敵陣之前行瑞辰按宣十二年左傳孫叔曰進之寧我薄人無人薄我詩曰元戎十乘以先啟行先人也軍志曰先人有奪人之心薄之也是詩以先啟行即是薄人故箋訓爲啟突敵陣之前行不爲自開其行列史記集解引韓詩章句曰元戎大戎謂兵車也車有大戎十乘謂車縵輪馬被甲衡阸之上畫有劍戟名曰陷陣之車所以冒突先啟敵家之行伍也箋義葢本韓詩逸周書武順篇一卒居前曰開一卒居後曰敦左右一卒曰閭孔晁注開猶啟皆陳名是啟行爲行陳之名元戎以先啟行更在啟行之先姚南靑先生據襄二十三年左傳啟牢成

御襄罷師賈逵注左翼曰啟又以啟爲旁陣之名今按服虔注引司馬法謀帥篇曰大前驅啟乘車大晨倅車屬焉所云大前驅卽元戎也啟乘車大晨倅車皆爲所屬則謂元戎居啟行之先又按廣雅胼䏿腨也說文腨胼腸也山海經無䏿之國郭注䏿肥腸也桂馥謂左傳啟胠殿三者皆取名于人身殿卽臀謂脾也胠卽脅謂掖下也啟卽䏿謂腨也則啟僅居大殿之前說各不同要皆以啟行爲行陣之名以先啟行謂爲啟行陣之先與韓詩及箋以爲啟突敵陣者異義

炰鼈膾鯉釋文炰白交反徐又甫交也瑞辰按炰者缹字之叚借韓奕詩炰鼈鮮魚箋炰鼈以火熟之也釋文

炰徐甫九反正爲缹字作音是知此詩釋文甫交反亦甫九之譌韓奕正義曰案字書炰毛燒肉也缹烝也服虔通俗文燥煑曰缹然則炰與缹别而此及六月炰鼈音皆作缹然則炰與與當作爲缹以火熟之謂烝煑之也今按廣雅爊謂之缹鹽鐵論古者燔黍食稗而熚豚以相饗玉篇缹火熟也一切經音義卷十七引字書曰少汁煑曰缹火熟曰煑蓋缹與煑對文則異散文則通箋訓炰以火熟之正謂烝煑之也說文袌炮炙也以微火溫肉段玉裁曰微火溫肉所謂缹說文無缹字缹當卽烰字之變體說文烰烝也與正義引字書缹烝也正合孚與炰古同聲通用故烰又借作炰猶之罦或作䍖捊或

作抱脬或作胞公羊傳包來左傳作浮來也大射篇注炮鼈或作缹或作⿰火缶按炰與缹古亦同聲故通用缹或作炰或作炮皆叚借字段玉裁謂炮卽炰異字又謂說文本有缹字而今佚之皆非也

張仲孝友傳張仲賢臣也箋張仲吉甫之友其性孝友

瑞辰按李巡曰張姓仲字廣韻張姓本自軒轅第五子揮始造弦實張網羅世掌其職後因氏焉此張受姓之始漢書古今人表有張中卽張仲也歐陽集古錄薛氏鐘鼎欵識竝載有張仲簠銘五十一字其文曰用饗大正歆王賓饌具召飤張仲受無疆福諸友飨飤具飽張仲畀壽其言諸友與詩飲御諸友合簠蓋因此詩得與

燕飲作也易林六月采芑征伐無道張仲叔季孝友飲酒蓋以詩言諸友當時叔季皆在詩特言張仲以該叔季也劉原父先秦古器記有張伯匜云按其器曰張伯作旅匜疑爲張仲昆季此則以意言之耳

采芑

薄言采芑傳芑菜也集傳芑苦菜 瑞辰按正義引陸機疏云芑菜似苦菜也莖青白色摘其葉白汁出脆可生食亦可蒸爲茹青州謂之芑西河鴈門蘧尤美據齊民要術引詩義疏云蘧似苦菜青州謂之芑說文蘧菜也是知詩正義引兩芑字皆蘧之譌蘧芑聲之轉故蘧又謂之芑也芑卽苦菜而陸疏云似苦菜者據朱嘉祐本

草謂苦苣野生者名稨苣今人家常食爲白苣是苦菜有二種陸蓋以芑爲家中種者以苦菜爲野苦苣今北人呼藘蕒菜故云藘似苦菜也據詩言于彼新田于此菑畝則芑爲田中所種不爲野苣明矣

于彼新田于此菑畝傳田一歲曰菑二歲曰新田三歲曰畬

瑞辰按傳本爾雅馬融易注孫炎郭璞爾雅竝同此一說也說文畬二歲治田也今本誤作三歲此从段本據易音義改正鄭注坊記二歲曰畬三歲曰新田虞翻易注亦曰二歲曰畬此又一說也許鄭所傳師說或異抑或所見爾雅與郭孫本殊此詩正義乃以鄭注坊記爲傳之誤失之說文菑反耕田也謂初耕反草孫炎曰畬和也據說文睞

和田也畬田謂土始和潤宜爲二歲田曰菑曰畬皆未成田至三歲始成新田於義爲長

方叔涖止傳方叔卿士也受命而爲將也涖臨也瑞辰按卿士不見周官商書微子之命有曰卿士師師非度商頌亦曰降予卿士則其稱蓋始於商而周因之士事也卿士謂卿之有士者蓋不長設命將出師始以卿士稱之春秋襄十一年作三軍公羊傳曰三軍者何三卿也作三軍何以書譏何譏爾古者上卿下卿上士下士大舅姚姬傳先生曰治國則謂之卿在軍旅則謂之士卿而有軍行者稱卿士二軍二卿上卿將上軍曰上士下卿將下軍曰下士是知方叔之合稱卿士爲在軍旅

之稱故傳申之曰受命而爲將也說文竦臨也古無涖
字傳訓涖爲臨正以涖爲竦之叚借公羊僖三年公子
友如齊莅盟字作莅何休注莅臨也
其車三千箋方叔臨視此戎車三千乘司馬法兵車一
乘甲士三人步卒七十二人宣王承亂羡卒盡起正義
天子六軍千乘今三千乘則十八軍矣又曰地官小司
徒職上地家七人可任者家三人中地家六人可任者
二家五人下地家五人可任者家二人以其餘爲羡惟
田與追寇竭作起軍之法家出一人故鄉爲一軍惟田
獵與追寇皆盡行耳今以敵強與追寇無異故羡卒盡
起羡餘也以一人爲正卒其餘爲羡卒也瑞辰按司馬

法賦出車徒其法有二戴震金榜並以小司徒正卒羨卒之法釋之戴震曰司馬法云六尺爲步步百爲畝畝百爲夫夫三爲屋屋三爲井井十爲通通爲匹馬三十家士一人徒二人通十爲成成百井三百家革車一乘士十人徒二十人十成爲終終千井井三千家革車十乘士百人徒二百人十終爲同同方百里萬井三萬家革車百乘士千人徒二千人以成三百家家可任者一人計之可任者三百人而革車一乘士徒三十人是十而取一周官小司徒曰凡起徒役無過家一人者宜謂此司馬法一云九夫爲井四井爲邑四邑爲丘丘十六井有戎馬一匹牛三頭是曰匹馬丘牛四丘爲甸甸六

十四井出長轂一乘馬四匹牛十二頭甲士三人步卒七十二人戈楯具謂之乘馬考之小司徒上地家七人可任也者家三人中地家六人可任也者二家五人下地家五人可任也者家二人通上中下地卒之凡二家五人一成三百家可任也者計七百五十人而長轂一乘甲士步卒合七十五人亦十而取一前法家可任者一人正卒也後法二家五人通正羨之卒也除正卒二人其餘二家三人爲羨卒所謂以其餘爲羨惟田與追胥竭作也金榜曰小司徒職凡起徒役毋過家一人不言可任者嘗上可任也者家三人二家五人家二人省文非謂家作一人爲徒役其云田與追胥竭作亦非竭

作家三人家二人爲羨卒也自均土地至田輿追胥竭作皆小司徒稽民數而辨其可任者之事下云大事致民大故致餘子乃小司徒臨事徵調之事餘與戴說畧同據此則正卒於家出一人中十而取一遍正羨之卒亦於二家五人中十而取一正義謂家出一人爲起軍之數故鄉出一軍又以羨卒竭作爲二家五人盡用之者皆非也今案周官凡萬二千五百人爲軍特平時簡閱制軍之數至出兵則每軍所屬人數車數必量其敵之强弱事之緩急初無定數晉文三軍而城濮之役七百乘魯僖二軍而詩曰公車千乘公徒三萬皆車數無定之證魯頌公車千乘蓋以五百乘爲一軍此詩爲天

子之制不過六軍而曰其車三千蓋亦以五百乘爲一軍正義泥於周官制軍之數謂其車三千則十八軍失之

師干之試傳師衆干扞試用也箋其士卒皆有佐師扞敵之用　瑞辰按春秋莊四年左傳楚武王荆尸授師孑焉杜註引方言孑者戟也此詩干當讀干戈之干謂盾也方言盾自關而東或謂之干師干猶言師孑古人出師蓋隨取兵器以授之如武王伐紂執黄鉞楚武王授師孑之類干舞以象武事授師以干亦取扞敵之義

方叔率止傳率者率此戎車士卒而行也　瑞辰按說文衛將衛也將帥也帥亦當作衛古將帥之帥正作衛毛

詩多作率者衛之消借韓詩多借作帥說文辵部䢦先道也音義正與衛同後叚率爲之又叚作帥若率之本義自爲捕鳥畢帥之本義自爲佩巾耳

鉤膺鞗革傳鉤膺樊纓也　瑞辰按傳意葢以樊纓釋膺字纓之爲言膺也周官巾車註鄭司農曰纓謂當胷士喪禮下篇曰馬纓三就禮家說曰纓當胷以削革爲之三就三重三匝也賈疏引賈馬亦云鞶纓馬飾在膺前十有二帀以毛牛尾金塗十二重說與毛傳以樊纓釋膺合樊者鞶之叚借鞶字从革益以削革爲之所以懸纓形如鞶帶纓則毛牛尾爲之韓奕鄭箋云鉤膺樊纓也義本毛傳至註周官又云樊讀鞶帶之鞶謂今馬大

帶也纓今馬鞅按說文鞅頸靼也釋名鞅嬰也喉下稱嬰言嬰絡之也鞅纓聲近故鄭知纓卽馬鞅鞅懸於頸其毛牛尾下懸則當膺今俗所云馬踢胷者其遺象也周官巾車玉路錫樊纓金路鉤樊纓樊纓爲五路所同而言錫言鉤各異則鉤與樊纓不得爲一蓋錫當面最上周官鄭注錫馬面當盧鉤當頷次之鄭云鉤婁頷之鉤也樊纓當胷又次之據正義釋傳故曰鉤樊纓也是知傳原作鉤膺鉤樊纓也今本脫去下鉤字耳又按巾車鄭注金路有鉤無錫而韓奕詩云鉤膺鏤錫則金路未始無錫周官錫鉤蓋隨舉一以言之因知革路亦宜有鉤此詩兵事宜用革路正義因鉤膺一句遂定爲金路非也

于此中鄉傳鄉所也箋中鄉美地名瑞辰按鄉與黨對文則異散文則通玉藻鄭註黨鄉之細者淮南子道應篇北息乎沈墨之鄉西窮冥冥之黨鄉猶黨也服虔左傳註何休公羊註韋昭國語註劉熙釋名並曰黨所也黨爲所則鄉亦爲所矣孟子出入無時莫知其鄉卽莫知其所也廣雅所御尻也古者公田爲居廬舍在內還廬舍種桑麻雜菜疆畔則種瓜果小雅所云中田有廬疆場有瓜也中鄉當指中田有廬言之傳訓鄉爲所亦以所爲尻也

嘽嘽焞焞傳嘽嘽衆也焞焞盛也瑞辰按說文焞明也引申之義爲盛漢書韋元成傳引詩嘽嘽推推廣韻軘

輴車盛皃焞推一聲之轉故通用作推推者蓋三家詩如霆如雷瑞辰按廣雅霆雷也廣韻霆雷也出韓詩疑毛詩如雷韓詩或作如霆

蠻荊來威箋皆使來服於宣王之威瑞辰按來猶是也威猶畏也蠻荊來威猶云蠻荊是畏箋讀來如往來之來又以威爲宣王之威失之

車攻

我車既攻傳攻堅也瑞辰按爾雅攻善也善讀如繕小爾雅攻治也三倉繕治也並與堅同義攻通功齊語辨其功苦韋注功牢也苦脃也攻又通工石鼓文我車既工

東有甫草傳甫大也箋甫草者甫田之草也鄭有甫田

瑞辰按甫草韓詩作圃草薛君章句云圃博也有博大

茂草也周語藪有圃草韋註圃大也竝與毛傳訓甫義

同鄭君知甫卽圃田者亦因韓詩作圃草知甫卽圃之

消借也胡承珙曰鄭之甫田正以廣大有草得名傳訓

甫爲大而箋引甫田以證之申傳非易傳也水經注曰

渠水歷中牟縣之圃田澤澤多麻黃草故述征記曰踐

縣境便覩斯卉窮則知踰界詩所謂東有圃草也則以

圃草爲圃田之麻黃草非泛言大草也下章博獸于敖

箋敖鄭地今近滎陽括地志滎陽城在今滎澤縣西南

十七里殷之敖地也元和郡縣志圃田一名原圃東西

五十里南北二十六里西限長城東極官渡上承鄭州管城縣曹家陂今案敖在滎澤縣與鄭州接界圃田在中牟縣北上承鄭州則敖與圃相去不遠當从箋說爲允

選徒囂囂傳囂囂聲也唯數車徒者爲有聲也瑞辰按以囂囂爲聲與下文有聞無聲終屬相背且據成十六年左傳在陳而囂合而加囂又甚囂且塵上竝以囂爲讙譁之聲數車徒者正不必然王尙書讀選爲僎具之僎字亦作撰謂大司馬羣吏撰車徒即具車徒此言選徒亦謂具卒徒囂囂爲卒徒衆多之貌其說甚確今按爾雅釋言囂閑也郭注囂然閑暇貌若從雅訓以囂囂

爲閑暇之貌與下章有聞無聲義更相貫左傳所謂好以整好以暇也

搏獸于敖傳敖地名箋獸田獵搏獸也敖鄭地今近滎陽瑞辰按搏獸段玉裁謂當从後漢書安帝紀註水經注濟水篇東京賦引詩作薄狩惠定宇九經古義謂狩卽獸字今案說文獸守備者蔡邕月令章句曰狩獸也文選張平子東京賦薄狩于敖薛注謂周王狩也引詩薄獸于敖皆狩獸同義之證三家詩蓋有作薄狩者毛詩作薄獸卽薄狩之叚借箋云田獵搏獸者亦以經言薄獸非禽獸之獸故以田獵搏獸釋之狩又叚借作首石鼓文搏首卽薄狩也

四牡奕奕　瑞辰按說文驔驔馬行疾而徐也引詩四牡驔驔驔與奕古聲近蓋卽此詩奕奕之異文

赤芾金舄傳舄達屨也箋金黃朱色也　瑞辰按周官屨人鄭注曰複下曰舄疏云下謂底複重底釋名複其下曰舄舄腊也行禮久立地或泥濕故複其下使乾腊也方言扉屨麤履也徐兗之郊謂之扉自關而西謂之屨中有木者謂之複舄是皆以舄為複下而毛傳以為達屨者段玉裁曰達沓古通用達屨卽重沓之義其說是也毛傳只以達屨解舄不言金舄為達屨孔疏乃以金舄為屨之最上達者誤矣小爾雅曰履尊者曰達屨謂之金舄而金絇也亦後人附會之說不足據也屨人註

云舃有三等赤舃爲上金舃即赤舃此詩既言赤芾若再言赤舃則不辭故以金易之周易乾鑿度曰天子之朝朱芾諸侯之朝赤芾斯干詩朱芾斯皇箋芾者天子純朱諸侯黄朱黄朱即赤芾也是知箋以金爲黄朱色者亦謂金舃即赤舃耳又按説文⿰黑金黄黑也⿰黑金从黑爲黄黑則但言金者宜爲黄朱矣孔疏乃以金舃謂加金爲飾失之

決拾既佽傳佽利也箋佽手指相次比也瑞辰按説文佽便利也引詩決拾既佽一曰遞也是佽兼二義漢書宣帝紀及應募佽飛射士臣瓚註引許慎曰佽便利也便利矰繳以弋鳧雁故曰佽飛詩曰決拾既佽者也以

說文漢書證之从傳訓利爲是至箋云手指相次比卽說文遞也之訓乃别一義據周官司弓矢鄭司農註引詩决拾既次後鄭繕人註引亦作次蓋本三家詩故箋詩卽以次比釋之孔疏誤合傳箋爲一且謂傳言佽利謂相次然後射利非訓佽爲利失之

弓矢既調射夫既同 瑞辰按此詩以中二句調同爲韻與楚詞求矩矱之所同與摯咎繇而能調韻及東方朔七諫恐矩矱之不同与恐操行之不調韻合又韓非揚權篇形名參同上下和調亦同與調韻孔廣森曰調字从周古或从用聲爲諧聲之變法錢大昕謂同調以雙聲爲韵今按錢說是也詩古音有正韻有通韻其通韻

多以同聲相轉即雙聲也如造與戚雙聲而小明詩以戚與奥韻即讀戚如造也欲与猶雙聲而文王有聲詩匪棘其欲禮記引作猶而毛詩以欲与孝韻即讀欲如猶也集與就雙聲小緍是用不集韓詩集作就而毛詩以集与猶韻即讀集如就也慘与懆雙聲而月出勞心慘兮及正月憂心慘慘抑詩我心慘慘即讀慘如懆也東與當空與臣皆雙聲而大東詩小東大東杼柚其空陳第以東空與霜韵即讀東如當空如臣也造与次雙聲而思齊詩燆燆王之造與士爲韻即讀造如次也鞏與固雙聲而瞻卬詩無不克鞏與後爲韵即讀鞏如固也以此推之則錢氏雙聲亦韻之說益信是知調同雙

聲卽可讀調如同矣史記衞青傳大當戸銅離徐廣曰一作稠離此亦調同互通之類至周从用口會意不从用聲則調字从周得聲不得如孔說轉从用聲也戴氏震及孔廣森又謂東侯二部聲氣交通胡承珙曰車攻調與同韻卽侯東相協之證

助我舉柴傳柴積也箋雖不中必助中者舉積禽也釋文柴子智反又才寄反說文作㧘士賣反 瑞辰按說文㧘積也引詩助我舉㧘許所據毛詩或作㧘石鼓詩有射夫寫矢具奪舉㧘與此詩義同柴又通胔西京賦收禽舉胔薛注胔死禽獸將腐之名李善曰胔聚肉名不論腐敗也舉胔卽此詩舉柴說文無胔有骴云鳥獸殘

骨曰骴引明堂月令曰掩骼薶骴蔡邕月令章句作埋胔云露骨曰骼有肉曰胔是知胔即骴字之或體呂氏春秋又作䰐髊高注髊讀水漬物之漬知髊亦骴之借字毛詩作柴說文作⿱此手皆骴字之叚借骴積古音同部周官蜡氏掌除骴注故書骴作脊鄭司農曰脊讀爲殨謂死人骨也漢婁敬傳徒見羸胔老弱師古曰胔讀曰瘠史記作羸瘠釋名脊積也公羊傳大災者何大瘠也曲禮四足曰漬鄭註引作大漬是知脊瘠積漬古音竝與骴同人死骨謂之殨獸死骨謂之骴其義一也易說卦乾爲瘠馬釋文京荀作柴是又骴可借作柴之證何楷直訓爲編柴之柴妄矣

不失其馳舍矢如破傳言習於射御法也箋御者之良得舒疾之中射者之工矢發則中如椎破物也瑞辰按前章毛傳云田不出防不逐奔走古之道也昭八年穀梁傳曰車軌塵馬候蹄掩禽旅御者不失其馳然後射者能中過防弗逐不從奔之道也是詩所云不失其馳者卽過防弗逐不從奔之謂又卽孟子範我馳驅也說苑修文篇云不抵禽不詭遇抵與題通不題禽者不迎禽而射也不詭遇者不横射也不失其馳蓋兼數者言之說文⿱秩馬次弟馳也正謂馳有行列又云鶩亂馳也則失其馳矣古者射與御相應惟御之有法而後射之必中孟子引詩不失其馳二句趙註言御者不失其馳驅

之法則射者必中之順毛而入順毛而出一發貫藏應矢而死者如破矣案所謂一發貫藏者卽釋詩舍矢如破也王尙書曰如猶而也如破而破也舍矢而破與舍拔則獲同意鄭箋及孟子趙注皆誤解如字

徒御不警傳徒輦也御御馬也不警警也 瑞辰按爾雅釋訓徒御不警輦者也正以輦者釋徒御二字若單言徒則爲步兵不得爲輦御本使馬之稱而人之輓車亦曰御猶駕本駕馬之名而輦亦可曰駕漢書注駕人以行曰輦是也說文輦人輓車也輓引也廣雅疏證曰輦之言連也連者引也引之以行曰輦以其徒行而引車故亦曰徒御華嚴經音義引玉篇曰馭古御字諸書裝

鞁爲駕牽控爲御牽控皆爲引是御亦引也以馬引車謂之御以人引車則謂之徒御石鼓文徒馭孔庶嵩高詩徒御嘽嘽竝與此詩徒御同義毛傳分徒御爲二失爾雅之恉矣又按傳曰不警警也據正義曰豈不警戒乎言相警戒也是經文原作不警今詩經傳及箋竝爾雅俱誤作驚當以正義本作警爲是

吉日

吉日維戊傳維戊順類乘牡也箋戊剛日也故乘牡爲順類也瑞辰按漢書律志豐楙于茂鄭注月令曰戊之言茂也馬祭用戊蓋取禱馬蕃茂之意故下卽云四牡孔阜風俗通義曰阜者茂也

既伯既禱傳伯馬祖也重物愼微將用馬力必先爲之禱其祖禱禱獲也瑞辰按惠定宇九經古義曰周官大司馬有司表貉先鄭云貉讀爲禡禡謂師祭也甸祝表貉杜子春讀貉爲百爾所思之百書亦或爲禡後鄭肆師注云貉讀爲十百之百蓋貉讀爲禡又讀爲百百卽伯也字異而音義竝同是伯卽禡之叚借當云師祭而爾雅云既伯既禱馬祭者案甸祝禂牲禂馬杜子春云禂禱也爲馬禱無疾爲田禱多獲禽詩曰既伯既禱爾雅曰既伯既禱馬祭也說文禂禱牲馬祭也禂禱古聲近通用是知爾雅馬祭乃釋詩既禱之禱非釋伯字其兼引詩既伯者特連類及之猶杜子春註周官禂牲禂

馬及說文禡字註皆兼引詩既伯爲證也知爾雅馬祭專釋禱字則無疑于伯之卽爲禡矣毛公惟誤以爾雅馬祭爲釋詩既伯故以伯爲馬祖又以禱爲禱獲不爲禱馬不知伯特禡字之叚借耳又按禡之言馮方言廣雅竝云馮益也肆師鄭註曰貉師祭也於所立表之處爲師祭祭造軍瀆者禱氣勢之增倍也正取馮益之義應劭漢書注云禡者馬也馬者兵之首故祭其先神直以禡爲馬祭亦誤爾雅是類是禡師祭也既伯既禱馬祭也文法正同段玉裁據毛傳伯馬祭也謂今本爾雅周禮注馬祭之上皆脫伯字失之

吉日庚午傳外事以剛日 瑞辰按漢書翼奉傳奉上封

事曰知下之術在於六情十二律而已北方之情好也好行貪狠申子主之孟康曰北方水水生于申盛于子水性觸地而行觸物而潤故多所好多好則貪而無厭故爲貪狠也東方之情怒也怒行陰藏亥卯主之孟康曰東方木木生於亥盛於卯木性受水氣而生貫地而出故爲怒以陰氣賊害土故爲陰賊也貪狠必待陰賊而後動陰賊必待貪狠而後用二陰並行是以王者忌子卯也禮經避之春秋諱焉南方之情惡也惡行廉貞寅午主之孟康曰南方火火生於寅盛於午火性炎猛無所容故爲惡其氣精專嚴整故爲廉貞西方之情喜也喜行寬大巳酉主之孟康曰西方金金生於巳盛於酉金之爲物喜以利刃加於萬物故爲喜利刃所加無不寬大故曰寬大也二陽並行是以王者吉午酉也詩曰吉日庚午上方之情樂也樂行姦邪辰未主之孟康曰上方謂北與東也陽氣所萌生故爲上辰窮水也未窮木也

翼氏風角曰木落歸本水流歸末故木利在亥水利在辰盛衰各得其所故樂也水窮則無隙不入木上出窮則旁行故為姦邪下方之情哀也哀行公正戌丑主之孟康曰下方謂南與西也陰氣所萌生故為下戌窮火也丑窮金也翼氏風角曰金剛火彊各歸其鄉故火刑於午金刑於酉酉火金火之盛也盛時而受刑至窮無所歸故曰哀也火性無所私金性方剛故曰公正辰未屬陰戌丑屬陽萬物各以其類應又曰師法用辰不用日今案日謂十干辰謂十二支十干五剛五柔甲丙戊庚壬五奇為剛日乙丁己辛癸五偶為柔日也十二支六陰六陽申子亥卯辰未為六陰寅午巳酉戌丑為六陽也毛傳言外事用剛日則以庚為吉翼奉言王者吉午酉又言用辰不用日則以午為吉奉治齊詩此毛齊詩師說之不同也檀弓杜蕢曰子卯不樂左氏昭九年傳辰

在子卯謂之疾日賈逵鄭元竝謂桀以乙卯亡紂以甲子喪惡以爲戒張晏駁之曰但云夏殷之亡不推湯武以興非是疾日與吉日正相反以子卯陰類爲疾日則以午酉陽類爲吉日據翼奉云二陰二陽竝行是必子卯互刑午酉相合之日方爲疾日吉日非凡遇子卯皆疾遇午酉皆吉也蓋五行有刑德行在東方子刑卯行在北方卯刑子子卯互刑是以爲忌以是推之午酉並行方爲吉日火盛於午金盛於酉庚爲金與酉同氣則卽酉之類也故翼引詩吉日庚午以爲午酉二陽竝行之證則奉雖用辰不用日未始不兼取日與辰相配耳

麀鹿麌麌傳麌麌衆多也箋麕牝曰麌麌復麌言多也

瑞辰按大雅韓奕詩麀鹿噳噳毛傳噳噳肰衆也釋文噳本亦作麌同說文噳麇鹿羣口相聚皃麌麌卽噳噳之叚借故傳以衆多釋之箋說非是

漆沮之從傳漆沮之水麀鹿所生也 瑞辰按漆水有二一在涇西漢時屬右扶風說文漆水出右扶風杜陵岐山東入渭杜陵當作杜陽水經漆水出扶風杜陽縣俞山東北入於渭是也岐山或卽俞山之别稱耳一名漆沮水在涇東渭北漢時属左馮翊又名洛水說文漆水注一曰入洛又曰洛水出左馮翊歸德北夷畍中東南入渭禹貢導渭又東過漆沮某氏傳漆沮二水名亦曰洛水出馮翊北是也縣詩自土沮漆土當从齊詩作杜

謂杜陽也沮當从王尙書說讀爲徂自杜徂漆猶云自西徂東蓋太王自豳遷岐必自杜陽度漆水此涇西之漆水也禹貢漆沮爲雍州川此詩漆沮爲宣王獵於東都皆當指入洛者爲是此涇東之漆沮水也書孔疏以漆沮既從屬右扶風失之

其祁孔有傳祁大也箋祁當作麎麎牝麇也瑞辰按詩疏引爾雅某氏注亦作其麎孔有三家詩或有作麎字者故箋及某氏注本之漢時蓋讀麎如祁字林麎讀上尸反徐音同沈市尸反是也據大司馬鄭司農注獸五歲爲愼後鄭注愼讀爲麎此詩祁讀如麎亦當讀如五歲爲愼之愼謂獸之大者也麎爲牝麇亦爲大獸之通

稱猶豕三爲豵而獸之一歲者亦名豵也有當讀如物其有矣之有孔有猶孔多也箋訓爲甚有失之

儦儦俟俟傳趨則儦儦行則俟俟　瑞辰按文選西京賦羣獸駓騃注引韓詩章句曰趨曰駓行曰騃後漢書馬融傳鄗騃譟讙李賢註引韓詩駓駓騃騃或作俟誤說文儦行皃騃馬行仡也騃與俟音義同說文俟字註又引詩曰伾伾俟俟蓋韓詩作駓駓者叚借字作騃騃者正字毛詩作儦儦者正字作俟俟者叚借字也廣雅儦儦行也駓駓走也蓋兼取毛韓詩儦駓二字雙聲故通用廣雅又曰伾伾衆也此釋魯頌以車伾伾釋文云字林作駓亦通用

悉率左右以燕天子傳驅禽之左右以安待天子騶虞疏引此傳作以安待天子之射箋率循也悉驅禽順其左右之宜以安待王之射也瑞辰按周官田僕設驅逆之車鄭註驅驅禽使前趨獲逆銜還之使不出圍今按驅逆猶送逆也小爾雅驅送也驅禽待射若送者然此詩從其羣醜漆沮之從從逐也謂驅送也悉率左右則爲銜還之使不出圍卽逆也易比九五顯比王用三驅失前禽褚氏諸儒皆以三驅著人驅之缺其前一面故失前禽王制所謂天子不合圍也此詩悉率左右謂從旁翼驅之亦易王用三驅之義安與待義相近故燕爲安又爲待傳箋皆云安待者正訓燕爲待也說文妟安也引詩以妟父母

今詩無此文或疑卽以旻天子之譌

毛詩傳箋通釋卷十九

小雅

桐城馬瑞辰學

鴻雁

爰及矜人傳矜憐也箋王曰當及此可憐之人謂貧窮者欲令賙餼之瑞辰按說文矜矛柄也从矛令聲傳訓憐者以矜爲憐字之叚借字从令聲不从今今聲然據說文憐哀也以可哀之人爲憐似爲費解今按爾雅釋言矜苦也舊疏引詩爰及矜人是矜人卽苦人又爲憐義之引申猶呂覽言苦民呂覽貴因篇湯武遭亂世臨苦民苦民猶言窮人也方言矜遽也遽與勮通說文勞劇也廣雅矜急也矜人與勞人棘人憚人義並近韓詩訓憚人爲苦人與

矜之爲苦義同又詩居以凶矜傳矜危也危苦義亦相近此傳訓矜爲憐箋因增其文爲可憐之人失之

百堵皆作傳一丈爲版五版爲堵箋春秋傳曰五版爲堵五堵爲雉雉長三丈則板六尺瑞辰按左傳隱元年疏引許慎五經異義載古周禮及左氏說一丈爲版版廣二尺五版爲堵一堵之牆長丈高丈三堵爲雉一雉之牆長三丈高一丈以度其長者用其長以度其高者用其高也以其說推之五版爲堵承版廣二尺度其高也三堵爲雉承一丈爲版及堵長丈度其長也毛傳一丈爲版五版爲堵說與古周禮及左氏說同蓋亦以一丈爲版爲度長五版爲堵爲度高不言版廣二尺者傳

文多質略耳鄭箋引公羊傳五版爲堵五堵爲雉而解與何休異何休曰八尺曰版堵凡四十尺雉二百尺是以五版五堵積筭其長説本戴禮及韓詩説見五經異義鄭云雉長三丈則版六尺合以檀弓鄭注云版蓋廣二尺長六尺證之是鄭以五版爲堵爲度其高五堵爲雉爲度其長五堵猶言五版章明府甫曰五版爲堵是專用廣二尺版乘筭其高也五堵爲雉是專用長六尺版所築之堵亘筭其長也葢得之矣鄭君以版爲六尺與古周禮及左氏説毛傳異而言雉長三丈及以版爲堵則同彼以一丈爲版推之則曰三堵爲雉三堵卽三版也此以六尺爲版推之則曰五堵爲雉五堵卽五版

也鄭既以堵爲版版則所謂堵者長亦六尺猶古周禮說以一丈爲版其釋堵亦曰長丈也玉篇十六尺曰堵疑當作六尺曰堵其義卽本鄭箋今本誤衍十字耳以春秋傳五堵爲雉證之當以鄭箋版長六尺爲允

庭燎

夜未央傳央旦也箋夜未央猶言夜未渠央也瑞辰按傳央旦釋文本作且云且七也反又子徐反又音旦竊謂作子徐反爲是讀如籩豆有且之且且渠古音近通用史記孔子世家雍渠孟子作癰疽韓非子作雍鉏說文作雍雎可證未且猶未渠也故箋以夜未渠央申釋之渠通作腒廣雅腒央也又作遽魏都賦其夜未遽庭

燎晣晣又作巨集韻巨央也竝字異而義同說文央字註一曰久也廣雅腒久也皆渠央同義之證正義从王肅本作央旦也釋文亦曰經本作旦蓋且字形近之譌王肅遂以意釋之耳釋文引說文央久也已也王逸注楚辭云央盡也其義竝與渠近今本說文無已也之訓據楚辭離騷時亦猶其未央王逸注央盡也九歌爛昭昭兮未央王逸注央已也則已也之訓蓋在釋文引王逸楚辭注央盡也之下今本誤引入說文下耳廣雅央已也央盡也其義又本楚辭王注至說文央中央也廣雅央中也與詩義無涉或以未央爲未中失之

庭燎之光傳庭燎大燭　瑞辰按燕禮宵則庶子執燭於

阼階上司宮執燭於西階上甸人執大燭於庭閽人爲大燭於門外注庭大燭爲位廣也閽人句內唐石經無大字王尚書及嚴學博可均皆以無大字爲是今按庭位廣故特用大燭足見其餘皆不用大燭毛傳以大燭釋庭燎正庭用大燭之證今燭以葦爲心灌以脂膏古燭只用樵薪或以麻稭爲之說文蒸析麻中榦也弟子職蒸間容蒸毛詩傳氏蒸盡搚屋而繼之皆古燭用麻蒸之證周禮司烜共墳燭庭燎故書墳爲蕡當从鄭司農說以蕡燭爲麻燭鄭康成以墳燭爲大燭因謂樹於門外曰大燭其說非也此詩正義據之以證大燭與庭燎散文則通亦誤

夜未艾傳艾久也箋芟末曰艾瑞辰按未艾猶未央也傳訓艾爲久正與說文訓央爲久同義箋云芟末曰艾亦取艾割將盡之義左氏昭元年傳國未艾也哀二年傳憂未艾也杜註竝訓爲絕小爾雅艾止也艾之訓絕與止猶央之爲盡又爲已耳

沔水

沔彼流水傳沔水流滿也瑞辰按沔衍聲相近說文衍水朝宗于海皃也皃从段本增廣韻引字統曰衍水朝宗于海故从水行沔蓋衍字之叚借二章傳其流湯湯言放縱無所入也正義引定本作放衍無所入正沔衍同義之證

朝宗于海傳水猶有所朝宗箋諸侯春見天子曰朝夏見曰宗瑞辰按禹貢江漢朝宗于海鄭注與箋義同說文淖水朝宗于海也淖卽潮字是古說朝宗于海謂海潮上迎來受尊禮不言海水朝宗而言朝宗于海者倒文也段玉裁說文注曰論衡書虛篇辨子胥驅水爲濤事曰天地之性上古有之經江漢朝宗于海唐虞之前也又曰濤之起也隨月盛衰小大滿損不齊同虞翻注易習坎有孚曰水行往來朝宗于海不失其時如月行天注行險而不失其信曰水性有常消息與月相應與許說合禹貢揚州曰三江既入荊州曰江漢朝宗于海二州之水相爲表裏朝宗于海謂海淖來朝見尊禮也今

按此詩規宣王以信服諸侯故以海漳來朝有信爲喻如古說義亦可通

莫肯念亂箋無肯念此於禮法爲亂者瑞辰按桑柔詩以念穹蒼箋云念天所爲下此災正義釋箋云以念止此穹蒼上天所下之災者又念與尼雙聲尼止也故念亦有止義莫肯念亂猶言莫肯止亂也又按說文懷念思也爾雅釋詁懷至也又懷止也念訓常思而有止義猶懷訓念思義爲至又爲止也

誰無父母傳誰無父母京師者諸侯之父母也瑞辰按昊天子天子天子子天下故傳以父母爲喻京師猶論語云父母之邦孟子云去父母國也詩蓋以海水來朝

喻王之以信服諸侯因以誰無父母喻諸侯之以信接天子若泛言父母則與規宣王無涉正月詩父母生我傳言父母謂文武也皆古義之異於今者其傳之必有自也

寗莫之懲傳懲止也瑞辰按懲古通作徵楚辭不清徵其然否清徵謂審察也左氏襄二十八年傳以徵過也杜註徵審也徵又通證中庸雖善無徵鄭注徵或作證是也此詩前二章皆言憂諸侯之不共職三章乃言諸侯本循其職而以爲不率職者實王誤聽譌言之故故言飛隼猶率其常而民之譌言乃莫之審疾王不能察讒也正月詩民之訛言寗莫之懲義同傳箋竝訓爲止

失之

我友敬矣讒言其興傳疾王不能察讒也箋我我天子也友謂諸侯也言諸侯有敬其職順法度者讒人猶興其言以毀惡之王與侯伯不當察之瑞辰按此章上四句言王之不能察讒下二句勉諸侯以戒慎敬者戒也士昏禮戒女曰必敬必戒敬亦戒也說文警言之戒也又曰儆戒也釋名敬警也燕禮記賓為苟敬說文苟自急敕也苟音已力切讀如勅說文苟从丵省从勹口勹口猶慎言也與苟且字从艸句者有別敬从苟故有戒義讒言其興言苟不知戒則讒言之興無已箋謂能敬其職讒人猶興其言失其義矣

鶴鳴

鶴鳴于九皐傳皐澤也言身隱而名著也箋皐澤中水溢出所爲坎自外數至九言深遠也瑞辰按皐說文作皋云气皋白之進也从夲从白段玉裁曰當作皋气白之進也謂皾澤極望皆白气也說文又曰臭大白澤也古文以爲澤字段云當作大白也盧氏文弨曰詩皋字乃因臭字形近而譌臭古澤字見玉篇今按臭爲古澤字說文已言之不僅見玉篇也皋與臭古同音呼老反臭可借爲澤則皋亦可借爲澤左傳澤門之晳釋文澤本作皋荀子正論代睪而食即伐皋而食列子望其壙睪如也即荀子皐如也續漢志成睪即漢志成皐也虎名於菟菟一作檡轉而爲皐皆皋澤互通之證毛傳皐

澤也蓋以皋爲澤之叚借不必如盧說改皋爲臭也至箋云皋澤中水溢出所爲坎者楚辭王逸注澤曲曰皋韓詩九皋九折之澤論衡鶴鳴九折之澤折卽曲也廣雅皋局也局亦曲也曲與坎同義是知箋說寔本韓詩以皋爲澤曲與毛傳以皋爲澤異義正義合而一之誤矣

其下維蘀傳蘀落也尙有樹檀而下其蘀箋檀下有蘀此猶朝廷之尙賢者而下小人 瑞辰按下章穀爲木名則此章蘀亦木名不得泛指落木王尙書經義述聞曰蘀疑當讀爲檡廣雅梬棗檡也士喪禮決用正王棘若檡棘鄭注王棘與檡棘善理堅刃者皆可以爲決夏官

繕人釋文檡一音徒落反與蘀相近故借蘀爲檡其說甚確說文梬梬棗也似柹而小一曰㮕卽爾雅所云遵羊棗也士喪禮鄭注世俗謂王棘矺鼠釋文云矺劉音託與檡聲近矺鼠當卽檡棘之別名

祈父

祈父傳祈父司馬也職掌封圻之兵甲箋此司馬也時人以其職號之故曰祈父書曰若疇圻父謂司馬也瑞辰按祈者圻之叚借左傳引詩正作圻父故序箋云祈圻畿同周官大司馬九近之籍鄭司農曰近當言畿近亦圻之叚借穆天子傳乃命正公郊父郊圻古通稱郊父卽圻父耳

予王之爪士傳士事也瑞辰按爪士猶言虎士周官虎賁氏屬有虎士八百人卽此說苑雜事篇曰虎豹愛爪故虎士亦云爪士虎賁爲宿衛之臣故以移於戰爭爲怨耳淮南子脩務篇高注在車曰士步曰卒士與卒散文則通傳訓士爲事失之

靡所厎止傳厎至也瑞辰按厎與底異字說文厎柔石也厎或从石作砥底山居也段謂當作止居是厎與底皆从氐聲惟从厂與从广異耳此詩靡所厎止與小雅伊于胡厎皆作厎俗本作胡底者誤也說文無从氏之字或作底尤誤爾雅釋詁底厎二字並訓止也據郭註厎義見詩傳是郭君所見詩傳作厎止也郭又引國語

戾久將底爲底字作注據郭注先底後底是郭本爾雅蓋先底後底今本先底後底者或傳寫之誤

有母之尸饔傳尸陳也箋已從軍而母爲父陳饌飲食之具自傷不得供養也 瑞辰按白虎通義曰尸之爲言失也陳也失氣亡神形體獨陳其所云失氣亡形者正承上失也之訓太平御覽載禮統有失也陳也之語失卽失字形近之譌或據北堂書鈔引白虎通無失也一訓刪之非是是尸古有失義尸饔卽謂失饔謂奉養不能具也古屍字通借作尸屍字从尸从死死亡同義亡卽失也故尸亦得訓失屍或通借作死公羊傳陳侯甲戌之日亡己丑之日死而得猶云屍乃得也漢書陳湯傳求谷吉等死卽求谷吉等屍也先儒罕聞尸失之訓以陳釋之箋以爲爲父陳饌

許氏五經異義引詩尸饔謂陳饔以祭均未免失之迂曲矣

白駒

食我場苗　瑞辰按場與圃散文則通圃中所植惟豆藿之類二章傳藿猶苗也則知場苗卽豆苗耳

以永今朝箋以永今朝愛之欲留之校勘記曰小字本相臺本經文永作久　瑞辰按正義引山有樞且以永日爲證是經文本作永字與二章以永今夕同且山有樞正義引此詩正作以永今朝則經文作永無疑至正義以久今朝者云云特以久釋永耳小字本相臺本遂據以改經文失之

賁然來思傳賁飾也箋願其來而得見之易卦曰山下有火賁赤黃白色也　瑞辰按京房易傳曰五色不成謂之賁文采雜也上言白駒下不得以雜色言之故正義曰蓋謂其衣服之飾非詩義也釋文賁徐音奔賁奔古通用詩鶉之奔奔表記呂氏春秋引詩俱作賁賁是也考工記弓人鄭注奔猶疾也賁然蓋狀馬來疾行之皃

爾公爾侯逸豫無期傳爾公爾侯耶何爲逸豫無期以反也　瑞辰按前二章望賢者之來此章望其來而又懼其遁也蓋以時不可爲言若爾爲公侯則將憂時病國終無逸豫之期而因以其優游隱遁爲深憂也

慎爾優游勉爾遁思傳慎誠也箋誠女優游使待時也

勉女遁思度已終不得見自訣之辭瑞辰按方言愼憂也愼爾優游猶云憂爾優游也勉爾遁思亦望其勿遁之詞

在彼空谷傳空大也瑞辰按空者穹之叚借爾雅穹大也文選注兩引韓詩在彼穹谷薛君曰穹谷深谷也考工記韗人穹者三之一鄭司農曰穹讀爲志無空邪之空是穹與空聲近通用之證節南山詩不宜空我師傳空窮也據說文云穹窮也是空亦穹之叚借

生芻一束其人如玉箋此戒之也女行所舍主人之餼雖薄要就賢人其德如玉然瑞辰按第三章冀其來而懼其隱此章前四句高其隱遁下二句尚望其以聲音

相通也生芻一束言我雖設生芻以待之方欲秣其馬而其人高隱比德如玉不可得見也箋義未免迂曲

黃鳥

不我肯穀傳穀善也箋不肯以善道與我　瑞辰按廣雅穀養也小弁詩民莫不穀甫田詩以穀我士女箋竝云穀養也此詩穀亦當訓養猶我行其野詩爾不我畜畜亦養也

不可與明傳不可與明夫婦之道箋明當爲盟盟信也　瑞辰按明盟古通用襄二十九年左傳以德輔此則明主也史記作盟主說文古盟字从囧賈侍中說讀與明同齊侯鎛鐘曰中敦盟刑盟刑卽明刑也釋名盟明也

告其事於神明也此詩明字从箋讀盟爲是

我行其野

言采其蓫傳蓫惡菜也箋蓫牛蘈也釋文蓫本又作蓄蘈本又作蕢　瑞辰按爾雅郭本作蕢牛蕢蕢蘈一字鄭君所見爾雅本自作蓫牛蘈耳蓫音近禿蘈禿亦一聲之轉說文穨禿皃正以聲轉爲義正義不知爾雅之蕢牛蘈卽鄭箋之蓫牛蘈遂以爲釋草無文誤矣蓫蓄古聲近陸機詩義疏云蓫今人謂之羊蹄名醫别錄云羊蹄一名蓄陶隱居注今人呼爲禿菜卽是蓄音之誤引詩言采其蓄是知谷風詩我有旨蓄蓄亦菜名卽此詩之蓫也爾雅蓧蓨又曰苖蓨郭注皆云未詳案齊民要

術引詩義疏云羊蹄似蘆菔莖赤煑爲茹滑而不美多噉令人下痢揚州謂之羊蹄幽州謂之蓫一名蓨說文無蓫字云堇草也又曰蓨苖也苖蓨也廣雅堇羊蹏也集韻堇或作苖通作蓫玉篇以蓧苖蓨三字互訓是苖卽蓫之異文苖字从由與禾苗字从田者異爾雅之蓧蓨苖蓨皆卽此詩之蓫古聲蓫苖皆讀如冑及蓧蓨並同部故通用蓫通作苖猶笛从竹由聲周禮作篴釋詁逐病考槃箋作軸病其名爲蓧與蓨者猶易其欲逐逐劉表本作跾跾子夏本作攸攸漢書敘傳作浟浟皆以聲近相通耳

言采其葍傳葍惡菜也箋葍䔰也瑞辰按爾雅葍䔰郭注大葉白華根如指正白可啖又葍藑茅郭注葍華有

赤者爲蔓藑葍一種耳亦猶蔆苕華黄白異名齊民要術引詩義疏云河東關内謂之葍幽兖謂之燕葍一名爵弁一名藑根正白著熱灰中温噉之饑荒可蒸以禦饑漢祭甘泉或用之其華有兩種一種莖葉細而香一種莖赤有臭氣據此則爾雅所云葍藑茅者卽義疏所云赤莖有臭氣者爾雅又云䒽雀弁郭注未詳以義疏葍一名爵弁證之則䒽弁亦卽葍之赤莖者藑與雀爵弁皆取赤義說文瓊赤玉也儀禮鄭注爵弁色赤而微黑是其證矣說文葍藑二字互訓又曰藑茅葍也

不思舊姻求爾新特傳新特外昏也箋壻之父曰姻我采葍之時以禮來嫁女女不思女老父之命而棄我而

求女新外昏特來之女責之也不以禮嫁必無肓媵之瑞辰按壻與婦之父相稱爲婚姻爾雅壻之父爲姻婦之父爲婚是也夫與婦相稱亦爲婚姻白虎通婚者昏時行禮故曰婚姻者婦人因夫而成故曰姻詩曰不惟舊因卽此詩不思舊姻謂夫也又曰燕爾新婚謂婦也婚與姻散文則通野客叢書引南史王元規曰姻不失親古人所重豈得輒昏非類徐楚金說文解字通論禮曰姻不失其親故古人內女爲妻內古貴字也是皆以壻因於婦家爲姻矣不思舊姻舊姻卽棄婦自稱其家舊爲夫所因也新特謂新婦特當讀實維我特之特特毛傳訓匹是也新特猶新昏也故傳以外昏釋之外昏者對妻

爲內子言也箋以舊姻爲壻之父新特爲新外昏特來之女竝失之

成不以富箋女不以禮爲室家成事不足以得富也 瑞辰按論語引詩誠不以富成即誠之叚借箋以成事釋之非是

亦祇以異傳祇適也 瑞辰按說文祇敬也祇地祇提出萬物者也又衹衹裯也無从示从氏之字廣雅衹適也義本毛傳祇唐石經作衹張參五經文字曰衹適也作祇者誤段玉裁曰凡衹適字唐人皆从衣从氏宋以後俗本多作祇非古也至各體从氏則尤繆今案漢書竇嬰傳衹加慹師古曰衹音支其字从衣是正唐時作衹

之證

斯干

序箋宣王於是築宮廟羣寢既成而釁之歌斯干之詩以落之釋文落如字始也或作樂非　瑞辰按落正義本作樂釋云以歡樂之誤也六章箋云寢既成乃鋪席與羣臣爲歌以樂之樂亦當作落釋文樂本亦作落是也釁与落不同釁謂以血釁之說文釁血祭也是也落謂始其事爾雅落始也昭七年左傳楚子成章華之臺願與諸侯落之楚語伍舉對靈王曰今君爲此臺願得諸侯與始升焉始升卽落之也檀弓晉獻文子成室諸大夫發焉發卽落亦謂始也雜記成廟則釁之路寢成則

考之而不釁鄭注言路寢生人所居不釁之者不神之也考之者設盛食以落之爾分釁與落爲二與此箋同昭四年左傳叔孫爲孟鐘饗大夫以落之正與考室落之同義服虔注誤謂釁以豭豚爲落孔疏遂謂釁一名落蓋謂以酒澆落之因疑箋既言釁不宜復言落故改箋落之爲樂之失矣

秩秩斯干傳秩秩流行也瑞辰按釋訓秩秩淸也蓋以釋此詩狀澗水之淸也干與間澗雙聲古通用易鴻漸於干荀王注干山間澗水也聘禮記皮馬相間鄭注古文間作干考槃在澗韓詩澗作干皆其證也故傳知干即澗之叚借

無相猶矣傳猶道也箋猶當作瘉瘉病也瑞辰按猶猷古通用方言猷詐也廣雅猶欺也詩蓋謂兄弟相愛以誠無相欺詐卽左傳爾無我虞我無爾詐也

似續妣祖傳似嗣也箋似讀如巳午之巳巳續妣祖者謂已成其宮廟也瑞辰按史記律書云巳者言陽氣之已盡也漢律志已盛於巳說文巳巳也四月陽氣巳出陰气巳藏萬物見成文章釋名巳巳也陽氣畢布己也是古讀巳午之巳卽爲巳然之巳說文又曰㠯用也从反巳巳與以同字漢書以皆作㠯廣雅巳㠯也是古者㠯用之㠯亦通作巳然之巳故巳與似亦通用詩譜云子思論詩於穆不巳孟仲子曰於穆不似是也鄭讀似

如已午之巳者正訓似為巳然之巳故申之曰謂巳成其宮廟孔疏謂立廟於巳地殊失箋恉

西南其戸傳西鄉戸南鄉戸也箋此築室者謂築燕寢也天子之寢有左右房西其戸者異於一房者之室戸也又云南其戸者宗廟及路寢制如明堂每室四戸是室一南戸爾瑞辰按築室當從箋謂築燕寢西南其戸仍當从傳謂西鄉戸南鄉戸古者燕寢之制蓋有正戸以達於堂有側戸以達於左右房南鄉戸為正戸東西鄉戸為側戸西南其戸言西以該東猶南東其畝言東以該西也襄二十五年左傳公從姜氏姜入於室與崔子自側戸出是室有側戸之證言自側戸出則先入於

室必自正戶入矣古者居室南鄉戶東牖西亦皆南鄉故爾雅言戶牖之間謂之扆其戶之居東而南鄉者即正戶也箋謂室一南戶是昧於室有側戶之制不若从傳以西南並言爲允

約之閣閣傳約束也閣閣猶歷歷也箋約謂縮板也瑞辰按閣格古同聲考工記匠人註約縮也引詩約之格格鄭君注禮時用韓詩蓋韓詩作格格爾雅偁偁格格舉也格格亦釋此詩格格即閣閣之異文傳云閣閣猶歷歷者謂束板歷碌之皃據說文輅生革可吕爲縷束也段玉裁曰生革縷束曰輅謂束之歷錄也是閣與格皆當爲輅字之叚借輅以束物因以輅輅狀束物歷錄

之皃耳

椓之槖槖，傳：「槖槖，用力也。」瑞辰按：廣雅「𣞁𣞁，聲也」。槖槖卽𣞁𣞁之消借，椓之槖槖，猶言椓之丁丁，皆謂椓木聲。傳言用力者，亦謂椓木者用力聲爾。

如跂斯翼，傳：「如人之跂竦翼爾。」瑞辰按：跂與企同。玉篇引詩「如企斯翼」。爾雅：「翼，敬也。」玉篇、廣韻竝云：「竦，敬也。」傳云「竦翼」者，正以竦釋翼，以狀跂立之皃有似翼然起敬也。論語「趨進，翼如也」，玉篇：「趩趩，進貌。」說文、廣韻竝引論語作「趩如」。翼如與勃如、躩如語相類，不得訓爲鳥翼之翼。趩進之皃謂之翼，跂立之皃謂之翼，其義正同，故傳以竦翼釋之。翼卽爲跂，猶如翬斯飛，飛卽爲翬也。此蓋

以狀正室之嚴整孔疏謂竦此臂翼直以人臂爲翼失傳恉矣

如矢斯棘傳棘稜廉也箋棘戟也如人挾弓矢戟其肘　瑞辰按棘與勒聲近而義同釋文棘居力反韓詩作朸朸隅也正與毛傳稜廉同義棘之通朸猶馬勒通作⿰革棘水經注棘門謂之力門也據抑詩維德之隅傳隅廉也箋如宮室之制內有繩直則外有廉隅是知如矢斯棘正謂室有廉隅如矢有稜廉也此箋訓棘爲戟則以棘爲戟之叚借謂室之有稜如人操弓矢戟其肘義與左傳公戟其手正同

如鳥斯革傳革翼也箋如鳥夏暑希革張其翼時　瑞辰

按革韓詩作䩰此从王應麟詩考釋文作勒誤云翄也說文䩰狓也廣雅䩰𤝞翼也狓𤝞竝與翄通毛詩作革卽䩰字之消借故傳訓爲翼釋文謂革毛如字失之

如翬斯飛箋伊洛而南素質五色皆備成章曰翬瑞辰按爾雅翬有二義一爲翬雉箋所引是也一爲翬飛鷹隼醜其飛也翬是也說文翬大飛也此詩應取翬爲大飛之義蓋以狀簷阿之勢猶今云飛簷也

噲噲其正噦噦其冥傳正長也冥幼也箋噲噲猶快快也正晝也噦噦猶煟煟也冥夜也言居之晝日則快快然夜則煟煟然皆寬明之貌正義曰冥幼本或作冥窈者爾雅亦或作窈孫炎曰冥深闇之窈也某氏曰詩曰

噦噦其冥爲冥窈於義實安但於正長之義不允瑞辰按大戴禮誥志篇引虞史伯夷曰明孟也幽幼也孔廣森補註曰孟長也明爲陽幽爲陰陽先陰後長幼之義據此是古者長幼有明幽之訓傳訓正爲長冥爲幼者正以長卽爲明幼卽爲幽爾爾雅釋言冥幼也爲毛傳所本郭注幼稺者多冥昧以義推之則長者宜多明顯矣王肅述毛直訓爲長者幼者殊失傳恉據說文冥窈也从日六从冖日數十十六日而月始虧冥也冖亦聲又名字注自命也从夕夕者冥也冥不相見故以自名則冥之本義自爲窈昧然冥旣有幼訓故其義又引伸爲小說文䁌小見也溟小雨也皆取冥聲而訓爲小矣

噲卽快字之同音叚借倉頡篇噲此亦快字說文噲或讀若快又盧抱經鍾山札記引淮南精神訓噲然得卧宋書樂志我皇多噲事皆叚噲爲快箋云噲噲猶快快者是狀其室之明說文曉明也廣雅快曉也噦音近昧左傳曹劌史記作曹沫索隱引作曹昧噦噦猶昧昧是狀其室之深闇箋訓噲噲爲寬明之貌是已又以噦噦爲寬明非詩義也

下莞上簟箋莞小蒲之席也瑞辰按爾雅莞有二種一曰䕲鼠莞郭注亦莞屬也纖細似龍須可以爲席一曰莞苻蘺其上蒚郭注今西方人呼蒲爲莞蒲蒚謂其頭臺者也今江東謂之苻蘺西方亦名蒲中莖爲蒚用之爲席是二者皆可爲席此詩正義惟引莞苻蘺爲證但

考說文分莞與蔇爲二云莞草者蓋鼠莞也說文惟於莞草注云可以爲席則詩之莞當引蘼鼠莞爲證不當如孔疏引莞苻離爲證書疏引爾雅蘼鼠莞樊光引詩云下莞上簟是樊光以詩之莞爲鼠莞矣郭注蘼鼠莞云似龍須其注中山經龍修云龍須也似莞而細則所云似莞者亦鼠莞也又按莞蒲一名蔥蒲穆天子傳珠澤之藪爰有萑葦莞蒲郭注莞蔥蒲或曰莞蒲齊名耳關西曰莞釋元應一切經音義莞草外似蔥內似蒲而圓鄭君特以莞有蔥蒲之稱故以小蒲釋之釋文云莞草叢生水中莖圓江南以爲席形似小蒲而實非也孔疏直以爲蒲之小者失之

載衣之裼傳裼褓也箋褓夜衣也釋文裼他計反韓詩作褅瑞辰按說文褅緥也引詩載衣之褅正本韓詩褅即褅之或體毛詩作裼者褅之叚借褓正字作緥說文緥小兒衣也釋文云齊人名小兒被爲緥漢書宣帝紀孟康注緥小兒被也古者被通名衣說文被寢衣也可證箋云夜衣亦謂被也褅通作褯廣雅褯謂之緥疏證曰緥之言保保亦衣也故衣甲者謂之保介矣列子釋文引博物志云緥織縷爲之廣八寸長尺二以約小兒於背上玉篇繈緥負兒衣也其言尺寸與博物志同褅之制蓋長而方故侯苞韓詩翼要云示之方也古人繈緥連言呂覽明理篇道多繈緥高注緥小兒被也繈縷

格上繩也又直諫篇注繈褸絡繩緣小兒被也是緣爲小兒被繈乃褸絡上繩說文繈觕類也蓋繩之觕者也段玉裁云裼讀如扡以韻地瓦儀議罹爲古合韻今按前章乃生男子章通爲陽唐韻此章亦通章爲一韻地从也古讀若宅與裼讀如扡正相協江永謂地裼爲一韻瓦儀議罹爲一韻失之

載弄之瓦傳瓦紡塼也箋紡塼習其所有事也釋文塼本又作專　瑞辰按說文無磚字專字注云一曰專紡專古之撚線者以專爲錘說苑雜言篇曰子不聞和氏之璧乎價重千金然以之間紡曾不如瓦磚此紡用瓦磚之證廣韻鏄紡錘集韻鏄一曰紡甎是紡錘卽紡甎也

後世磚瓦異物古則瓦爲通稱說文瓦土器已燒之總名又曰䰞瓦器也是也故傳以瓦爲紡專婦人從一而終紡專蓋兼取專壹之義專壹則有常故春秋楚囊瓦字子常正取義瓦專而有常也

無非無儀傳婦人質無威儀也箋儀善也婦人無所專於家事有非非婦人也有善亦非婦人也瑞辰按說文非違也从飛下翄取其相背廣雅釋言亦曰非違也無非即無違此士昏禮記所云父送女命之曰夙夜無違命母曰夙夜無違宮事也箋以非對善言訓爲惡失之說文儀度也儀通作義襄三十年左傳君子謂宋共姬女而不婦女待人婦義事也王尙書曰義讀爲儀儀度

也言婦當度事而行不必待人也儀又通作議昭六年

左傳昔先王議事以制王尙書曰議讀爲儀儀度也制

斷也謂度事之輕重以爲斷制也今按婦人從人者也

不自度事以自專制故曰無儀卽易家人爻詞所云無

攸遂也公羊傳遂者生事也婦人無義事猶公羊言大

夫無遂事也左傳言婦義事者處變之權詩言無儀者

處常之道列女傳孟母引詩此句而釋之曰言婦人無

擅制之義而有三從之道也三從釋詩無非無擅制正

釋詩無儀三家詩當必有訓非爲違儀爲度者爲列女

傳所本婦有婦容毛傳謂無威儀固非婦人以孝敬爲

先卽善也箋以無儀爲無善亦非

無羊

九十其犉傳黃牛黑脣曰犉瑞辰按爾雅又云牛七尺爲犉詩義當取此極言肥大者之多爾下章明言三十爲物若云黃牛黑脣者有九十則與三十維物句不合

其角濈濈傳聚其角而息濈濈然釋文濈本又作䭔亦作戢瑞辰按說文濈和也湒雨下也宋本釋文作其角湒湒卽濈濈之叚借爾雅戢聚也周南傳戢戢會聚也故傳以爲聚角皃聚與和義相成猶輯之訓聚兼訓和也釋文本亦作戢者消借字也說文無䭔字玉篇䭔牛多角又角堅皃或作戢䭔與䑯皆後世增益之字蓋因此詩而增益玉篇多角卽毛傳聚角之義牛當爲羊之

譌

不騫不崩傳騫虧也崩羣疾也瑞辰按說文騫馬腹墊也崩山壞也史記仲尼弟子列傳閔損字子騫蓋騫本馬腹墊陷之稱引伸通爲虧損之稱此詩言羊曰不騫不崩魯頌言魯邦是常亦曰不虧不崩說文虧气損也凡損皆曰虧亦皆可曰騫故漢書鼂錯傳外無騫汚之名顏師古注騫損也崔集注傳虧作曜傳曰崩羣疾皆以別於山之騫崩非詩義也

麾之以肱畢來既升傳升升入牢也瑞辰按列子曰君未見牧羊者乎百羊而羣使五尺童子荷箠而隨之欲東而東欲西而西卽此詩麾之以肱畢來既升之謂升

對上章或降于阿或飲於池言蓋謂升於高處非入牢之謂也

衆維魚矣旐維旟矣箋牧人乃夢見人衆相與捕魚又夢見旐與旟 瑞辰 按說文蝝爲螽之或體公羊桓五年釋文引說文作蚤玉篇螽古文作𧒒春秋有螽公羊皆作蝝文二年雨蝝于宋何休解詁曰蝝猶衆也此詩衆當爲蝝及螽之消借蝝蝗也蝗多爲魚子所化魚子旱荒則爲蝗豐年水大則爲魚蝗亦或化爲魚釋元應一切經音義引毛詩虫魚疏云阜螽蝗也今謂蝗子爲螽子一名蠶云是魚子化埤雅云陂澤中魚子落處逢旱日暴卒變飛蝗若雨水充濡悉化爲魚是其證也此詩

牧人夢蝝蝗化爲魚故爲豐年之兆衆維魚矣與旐維旟矣二句相對成文爾雅維侯也侯乃也此詩二維字皆當訓乃蝝乃魚矣謂蝝化魚旐乃旟矣亦謂旐易以旟蓋旟本以繼旐者也說文旟錯革鳥於上所以進士衆旟衆也旟有衆義故爲室家溱溱之兆傳云陰陽和則魚衆多箋以爲人衆相與捕魚皆由不知衆乃蝝之消借耳頃見盧氏抱經鍾山札記引丁希曾曰衆乃蝝字之省其說與予畧同而王尙書駁之以爲衆維魚矣旐維旟矣上維字訓乃下維字訓與然詩八句法相類者大半同義似不得謂二維字當異訓也王又謂郊野載旐百官載旟旐化爲旟之說不可通然夢境幻化無

常固有不可以理測者況旗有衆義固與室家溱溱義相貫乎此以知王說之未爲確也

毛詩傳箋通釋卷二十

桐城馬瑞辰學

小雅

節南山

節彼南山傳節高峻貌瑞辰按節之言巀嶭也故傳訓爲高峻貌節即巀字之叚借說文巀巀嶭山也巀嶭本山高峻之皃因爲山名而凡山之高峻亦通爲巀嶭釋文節又音截故知節即巀也巀嶭之轉聲爲嵯峩亦爲高皃至說文岊陬隅高山之卪不得爲山皃或以節爲岊之叚借失之韓詩訓節爲視亦非又按毛詩以節南山名篇據昭二年左傳季武子賦節之卒章則古止以節名篇

維石巖巖傳巖巖積石貌箋興者喻三公之位人所尊嚴釋文巖如字本或作嚴音同 瑞辰按巖嚴古通用左傳制巖邑也釋文巖本或作嚴廣雅巖巖高也羣經音辨嚴嚴高也引詩維石嚴嚴今按箋云喻三公之位人所尊嚴大學鄭注巖巖喻師尹之高嚴也皆取嚴義以釋巖其經字仍作巖巖據說文巖崖也礹石山也磛礹石也又碞磛礹也玉篇礹磛礹也則礹爲積石皃巖巖乃礹礹之叚借釋文本作嚴嚴者亦礹礹之消借也經義雜記乃謂經本作嚴失之

憂心如惔傳惔燔也釋文惔韓詩作炎字書作焱說文作𤆍小熱也 瑞辰按今本說文惔字注云憂也引詩憂

心如惔段玉裁謂說文引詩釋惔从炎之義當作憂心如炎是也說文炗字註云小爇也釋文引作小熱或作小熱皆小爇之訛此本从段引詩憂心炗炗以釋文引說文惔作炗證之知炗炗當爲如炗之譌段玉裁以羊讀若飪證之謂炗爲羙之誤方言廣雅竝曰炗明也如炗與如炎字異而義同炗音淊淊與炎爲雙聲故通用蓋說文兼採毛韓詩作如炎者韓詩作如炗者毛詩也小爇之訓與毛傳訓燔正同惔或因字書作㷋形近猶雲漢如惔如焚惔亦炎之誤也惟或作炎或作炗始得言如惔本訓憂若經作惔是猶云憂心如憂爲不詞矣

何用不監傳監視也瑞辰按監者瞷之省說文瞷視也

爾雅監視也釋文監字又作⿰目監

有實其猗傳實滿猗長也箋猗倚也言南山旣能高峻又以草木平滿其旁倚之畎谷使之齊均也瑞辰按猗阿古同音通用王尚書謂猗當讀爲阿阿曲隅也實廣大貌有實其阿者言南山之阿實然廣大也今按王說是也爾雅偏高曰阿邱阿爲偏高不平之地故詩以興師尹之不平耳

天方薦瘥傳瘥病箋天氣方今又重以疫病瑞辰按爾雅瘥病也說文⿰目差殘田也引詩天方薦⿰目差蓋本三家詩繫傳本引詩下有殘也二字據左傳賈逵注小疫曰瘥張參五經文字瘥疾疫也殘當爲疫字之譌又按說文

疵病也瘥與疵雙聲毛詩訓瘥爲病者葢以瘥爲疵之叚借至瘥之本義則說文自訓爲瘉謂病瘳也

憯莫懲嗟傳憯曾也箋曾無以恩德正之者嗟乎何及瑞辰按爾雅釋言憯曾也說文朁曾也毛詩作憯卽朁字之叚借至憯之本義則說文自訓爲痛耳嗟當从王尙書釋詞以爲句末語助憯莫懲嗟卽言曾莫懲也與十月之交詩胡憯莫懲同義箋謂嗟乎何及失之

維周之氐傳氐本箋氐當作桎鎋之桎言尹氏作大師之官爲周之桎鎋持國政之平瑞辰按爾雅釋言柢本也郭註謂根本韓非解老云直根者書之所謂柢也說文柢木根也氐至也本也从氐下箸一一地也士喪禮

進柢士虞記載猶進柢鄭注竝云柢本也氐星一名天根亦取根本之義說文又曰榰柱氐也古用木今㠯石按柱氐卽今之石磉磉在柱下而柱可立木必有根而本始建大臣之爲國根本亦猶是也至箋云氐當作桎鎋之桎正義引說文桎車鎋也則桎是鎋之别名李黼平據釋文桎礙也說文軔礙車也玉篇軔礙車輪木或作杒是軔與杒同說文杒注云桎杒也正義引說文桎車鎋也當爲桎車杒也之譌

秉國之均傳均平箋持國政之平 瑞辰按漢書文選注引詩皆作秉國之鈞漢志曰鈞者均也陽施其氣陰化其物皆得其成就平均也說文鈞三十斤也小爾雅廣

衡云斤十謂之衡衡有半謂之秤秤二謂之鈞鈞四謂之石𥁕鈞本稱物之名後遂通以爲平均之稱說文均平徧也平成同義故詩文言誰秉國成

不弔昊天傳弔至也箋至猶善也不善乎昊天愬之也

瑞辰按說文迅至也弔者迅之消借弔有善義漢書五行志載哀公十六年左傳昊天不弔應劭注曰昊天不善于魯鄭仲師注周禮大祝引左傳作昊天不淑淑亦善也書大誥曰弗弔天降割于我家多士曰弗弔緍天大降喪于殷君奭曰弗弔天降喪于殷逸周書祭公解曰不弔天降疾病王尚書曰弗弔天弗弔緍天皆當連讀猶此詩不弔昊天其說是也不弔昊天謂此不善之

昊天不宜使此人居尊位空窮我之衆民猶左傳言緡天不弔也正義乃言尹氏爲政實不善乎昊天失其義矣下章昊天不傭昊天不惠均與不弔昊天同義皆指天言箋以爲師氏爲政不均又爲不和順之行皆失之

勿罔君子傳勿罔上而行也箋勿當作末不問而察之則下民末罔其上矣 瑞辰按勿末古通用文王世子篇末有原鄭注末猶勿也故箋訓勿爲末本或作未非也然以末罔二字連讀義終未洽王尚書釋詞以勿爲語詞勿罔卽罔猶之不顯卽顯不承卽承其說是也

式夷式已傳式用夷平也用平則已箋爲政當用平正之人用能紀理其事者 瑞辰按兩式字與下章式月斯

生皆語詞傳箋竝訓爲用非也夷與已對言夷謂平其心卽下章君子如夷也已謂知所止卽下章君子如居也居爲至卽爲止耳已當如毛傳讀已止之已但不得如傳云用平則已耳

無小人殆傳無以小人之言至於危殆也箋殆近也無小人近 瑞辰按此从箋說爲允殆與幾同義爾雅幾殆危也又幾近也殆爲危又爲近猶幾爲危又爲近耳

昊天不傭傳傭均也釋文傭韓詩作庸庸易也 瑞辰按說文傭均也直也韓詩作庸卽傭之省訓易者謂平易也其義亦與毛同晉書元帝紀引詩昊天不融蓋本齊魯詩融亦傭之同音叚借

降此鞫訩傳鞫盈訩訟也箋盈猶多也乃下此多訟之俗瑞辰按鞫者窾之叚借說文窾竆也又趜竆也又𥷚窮理罪人也竝以雙聲取義爾雅釋詁鞫盈也盈卽竆字引伸之義說文竆極也訩當讀如日月告凶之凶謂凶咎也說文凶惡也鞫凶猶言極凶與大戾同義故皆爲天所降若如傳訓訩爲訟箋云多訟之俗則不得言天降矣

君子如屆俾民心闋君子如夷惡怒是違傳屆極闋息夷易違去也箋屆至也君子斥在位者如行至誠之道則民鞫訩之心息如行平易之政則民乖爭之情去言民之失由於上可反復也瑞辰按爾雅釋詁艐至也孫

炎曰艐古屆字釋言屆極也極至同義至亦爲止詩言君子如屆屆謂得所止猶上章式已也君子如夷夷謂得其平猶上章式夷也上得所止則民之心亦知所息矣上得其平則民惡怒不平之氣亦去矣此詩上言式夷式已下言君子如屆君子如夷冀其知所止極歸於平易也商頌既戒既平平猶夷也毛傳訓戒爲至戒卽屆之叚借也毛傳止言屆極夷易其義已明箋乃增成其義以屆至爲至誠之道夷平爲平易之政失之

憂心如酲傳病酒曰酲正義曰說文云酲病酒也醉而覺言既醉得覺而以酒爲病故云病酒也瑞辰按說文酲病酒也一曰醉而覺玉篇酲一曰醉未覺也考晏子

春秋內篇諫上云景公飲酒酲三日而後發晏子見曰君病酒乎又曰今一日飲酒而三日寢之三日寢卽上文酲三日也則酲正醉而未覺之稱當从玉篇作醉未覺爲是玉篇多本說文說文或作醉而未覺後脫去未字遂誤作醉而覺耳孔氏所見說文本已誤因以病酒爲覺而以酒爲病失其義矣

誰秉國成傳成平也瑞辰按古成平二字互訓爾雅釋詁平成也春秋隱六年鄭人來輸平公羊傳輸平猶墮成也穀梁傳來輸平者不果成也此訓平爲成也周官調人凡有鬭怒者成之成之卽平之也左氏桓二年會于稷成宋亂也杜註成平也大雅緜詩虞芮質厥成及

此詩傳均訓成爲平此以成爲平也說文成从戊丁聲丁之言訂也說文訂平議也廣雅訂平也成从丁聲故義得爲平戴震謂平斷之曰平定其議曰成分而二之非也三章秉國之均傳曰均平與秉國成同義淮南時則篇高注平正也論語政者正也孟子言君子平其政正與成古亦通用祭法黃帝正命百物魯語作成名百物是則秉國鈞秉國成猶春秋執國政也戴氏引周官官成釋之亦非

不自爲政卒勞百姓箋卒終也昊天不自出政教則終窮苦百姓欲使昊天出圖書有所授命民乃得安　瑞辰按此承上誰秉國成言之秉國成即執國政也而乃不

自爲政是有執政之名無爲政之實故責之耳箋謂欲天出圖書授命之迂矣孔疏述毛言王身不自出政教亦非又按卒者瘁之叚借卒亦勞也猶言賢勞劬勞箋訓卒爲終亦非

駕彼四牡四牡項領傳項大也箋四牡者人君所乘駕今但養大其領不肯爲用喻大臣自恣王不能使也瑞辰按說文䧴鳥肥大䧴䧴然也傳蓋以項爲䧴之叚借故訓爲大項古讀近癰腫之腫腫亦大也劉向新序引詩駕彼四牡四牡項領而釋之曰夫久駕而長不得行項領不亦宜乎易曰臀無膚其行趑趄此之謂也其意蓋謂久駕而不行則馬頸將有腫大之病其說當本韓

詩與箋言養大其領異義

蹙蹙靡所騁傳騁極也箋蹙蹙縮小之貌瑞辰按說文無蹙字新附有之古蓋祗作感爾雅釋言慄慼也王尙書曰慼讀爲蹙儀禮古文縮字皆作蹙栗與蹙皆局縮不申之義故此箋訓蹙蹙爲縮小詩小明及召緡傳竝曰蹙迫也爾雅釋訓速速蹙蹙惟逑鞫也逑者𡰝之叚借說文廣雅竝曰𡰝迫也逑鞫義爲窮迫蹙蹙蓋逼迫之皃故爾雅以逑鞫釋之郭註訓逑爲求失之

家父作誦箋大夫家父作此詩而爲王誦之瑞辰按誦與諷對文則異散文則通周官大司樂注倍文曰諷以聲節之曰誦此對文則異也說文諷誦也誦諷也此散

文則逼也周官瞽矇諷誦詩注鄭司農曰諷誦詩主誦詩以刺王過白虎通諫有五一曰諷諫作誦蓋即作詩以爲諷諫也

以究王訩箋究窮也以窮極王之政所以致多訟之本意瑞辰按訩亦凶之叚借說文凶惡也以究王之凶惡猶云以究王慝也箋義失之迂矣

正月

正月繁霜傳正月夏之四月繁多也箋夏之四月建巳之月純陽用事而霜多急恒寒若之異瑞辰按漢書五行志引五行傳曰聽之不聰是謂不謀厥咎急厥罰恒寒厥極貧文釋之曰聽之不聰是謂不謀言上偏聽

不聽下情隔塞則不能謀慮利害失在嚴急故其咎急也盛冬日短寒以殺物政廹促故其罰常寒也寒則不生百穀上下俱貧故其極貧也今考此詩首章曰民之訛言亦孔之將二章曰好言自口莠言自口五章曰民之訛言寧莫之懲是聽之不聽也三章曰民之無辜并其臣僕十一章曰念國之爲虐末章曰夭夭是椓是失在急虐也三章曰念我無祿又曰于何從祿末章曰民今之無祿是其極貧也而首言正月繁霜鄭箋以爲急恒寒若之異則信乎天人相感之理有不爽矣蓋聽屬水伏生五行傳曰貌屬木言屬金視屬火聽屬水思屬土水主寒寒水氣也故聽不聽則水失其時而有恒寒之異劉向封事曰霜降失

節不以其時其詩曰正月繁霜我心憂傷民之訛言亦孔之將言民以是爲非甚衆大也此皆不知賢不肖易位之所致也以繁霜爲訛言及不用賢所致其說蓋本韓詩惠氏周惕詩說曰訛言興則是非眩是非眩則邪正淆邪正淆則讒譖行讒譖行則骫亂及必至之勢也讀詩者可以鑒矣

癙憂以痒傳癙痒皆病也瑞辰按爾雅癙痒病也釋文引舍人云癙癵瘇痒皆心憂憊之病憂與病義本相成然詩言癙憂以痒痒既爲病則癙憂連言癙亦當訓憂不得言癙痒皆病也說文無癙字古蓋祇借作鼠雨無正曰鼠思泣血箋鼠憂也爾雅釋詁癙憂也王尚書曰

寫當讀爲鼠說詳經義述聞

莠言自口傳莠醜也瑞辰按傳以莠爲醜之叚借醜惡也故箋直以惡言釋之說文莠讀若酉醜从酉聲故通借作莠

憂心愈愈傳愈愈憂懼也瑞辰按爾雅釋訓瘐瘐病也瘐瘐卽詩愈愈之異文漢書宣帝紀瘐死獄中師古注瘐字或作瘉此詩愈愈卽瘉瘉之省借因上文已云胡俾我瘉故下文假作愈字此亦阮宮保所云義同字變之類

民之無辜并其臣僕傳古者有罪不入於刑則役於圜土以爲臣僕箋辜罪也人之尊卑有十等僕第九臺第

十言王既刑殺無罪並及其家之賤者不止於所罪而已書曰越茲麗刑并制　瑞辰按周官圜土聚教罷民屬於司圜與奴隸屬於司厲不同傳謂役之圜土以爲臣僕者以其事相類得通言也司厲其奴男子入於罪隸女子入於舂稾鄭司農曰今之爲奴婢古之罪人也故書曰予則奴戮汝論語曰箕子爲之奴罪隸之奴也故春秋傳曰斐豹隸也著於丹書請焚丹書我殺督戎恥爲奴欲焚其籍也禮記少儀臣則左之鄭注臣謂囚虜也左氏哀二年傳人臣隸圉免人臣猶隸圉也僕猶臣也古以罪人爲臣僕詩言并其臣僕謂使無罪者并爲臣僕在罪人之列非謂已爲臣僕又從而罪及之也箋

謂刑殺無罪并及其家之賤者失之

于何從祿箋于於也當於何從得天祿免於是難瑞辰按廣雅從就也祿善也此承上民之無辜二句言民無辜而獲罪是善不足勸更于何而從善也箋謂於何從得天祿失之

瞻烏爰止于誰之屋傳富人之屋烏所集箋視烏集于富人之屋以言今民亦當求明君而歸之瑞辰按烏集富人屋蓋相傳古說此承上于何從祿言舉世皆將窮困不知烏何所止耳

瞻彼中林侯薪侯蒸傳中林林中也薪蒸言似而非箋侯維也林中大木之處而維有薪蒸爾喻朝廷宜有賢

者而但聚小人瑞辰按韓詩外傳引詩此二句而釋之曰言朝廷皆小人也箋義正本韓詩周禮甸師注大曰薪小曰蒸薪蒸雖有大小之分若以對林木言則皆爲細小故詩以喻小人耳

視天夢夢傳王者爲亂夢夢然瑞辰按爾雅釋訓夢夢亂也此傳義所本說文夢不明也不明即亂義亦相成夢与芒一聲之轉據文選歎逝賦咨余今之方殆何視天之芒芒齊魯詩葢有作芒芒者故賦本之至韓詩亦作夢夢則釋文引韓詩夢夢惡皃也可證

既克有定靡人弗勝傳勝乘也箋王既能有所定尚復事之小者無人而不勝言凡人所定皆勝王也瑞辰按

上言視天夢夢夢夢者昬亂之皃言天意不可知也旣克有定定當讀如亂靡有定之定定猶止也言天如有止亂之心則此訛言之小人無不能勝之者乃天能勝人而不肎止亂不知天意果誰憎乎此詩人念天之降亂反復推測而故作不解之詞

謂山蓋卑爲岡爲陵傳在位非君子乃小人也箋此喻爲君子賢者之道人尙謂之卑況爲凡庸小人之行瑞辰按釋山曰山脊岡釋地曰大陵曰阜說文岡山脊也陵大阜也釋名岡亢也在上之言也陵隆也體高隆也天保詩如岡如陵易升其高陵皆以岡陵喻高詩意蓋謂訛言以山爲卑而其實乃爲高岡爲高陵以證其言

之不實故繼以民之訛言甯莫之懲懲當讀無徵不信之徵謂訛言如此顯然乃莫之徵驗以刺君聽不聰

不敢不局傳局曲也釋文局本或作跼 瑞辰按局之言屈屈卽曲也廣雅詘曲也詘與屈通 離騷僕夫悲余馬懷兮蜷局顧而不行王逸注蜷局詘屈不行皃九思踡跼兮寒局數注蜷局傴僂也文選兩京賦薛綜注跼傴僂也廣雅脊局匐跧也玉篇踡跼不伸也皆曲身之皃說文無跼字口部局促也从口在尺下復局之義與曲義近古蓋祇作局說文又曰跔天寒足跔也跔與跼義相近

不敢不蹐傳蹐累足也 瑞辰按說文足部蹐小步也引詩不敢不蹐義同毛詩歪部趚側行也引詩不敢不趚

葢本三家詩側行亦謹畏皃也玉篇蹐趚竝子亦切云趚小行也引詩不敢不趚今作蹐是趚蹐二字音義同又按屋卑者宜曲身今天雖高而不敢不曲者以言敬也履薄者宜累足今地雖厚而不敢不蹐者以言慎也箋謂天高而有雷霆地厚而有陷淪非詩義也

維號斯言有倫有脊傳倫道脊理也箋維民號呼而發此言皆有道理所以至然者非徒苟妄爲誣辭 瑞辰按春秋繁露云是非之正取之逆順逆順之正取之名號名號之正取之天地天地爲名號之大義也古聖人謞而效天地謂之號鳴而命施謂之名名號異聲而同本皆鳴號而達天意者也號凡而畧名詳而目目者徧辨

其事也凡者獨舉其事也物莫不有凡號號莫不有散名事各順于名名各順于天天人之際合而爲一同而通理動而相益順而相受謂之德道詩曰維號斯言有倫有迹此之謂也其說蓋本韓詩周官司常官府各象其事州里各象其名家各象其號注或謂之事或謂之名或謂之號異外內也是名與號對文則異散文則通維號斯言卽論語名之必可言也之義幽王寵褒姒則嫡妾不分信訛言則是非不辨名號之不正也久矣故詩取正名之義以刺之箋訓號爲呼號非詩義也有倫有脊卽正名之本脊春秋繁露作迹玉篇迹跡也理也是卯傳訓脊爲理者正以脊爲迹之叚借也倫與迹亦

同義說文倫一曰道也小爾雅跡道也倫又通緰荀爽易注緰迹也

胡爲虺蜴傳蜴螈也箋虺蜴之性見人則走哀哉今之人何爲如是傷時政也 瑞辰按虺之類不一爾雅蝮虺博三寸首大如擘郭注身廣三寸頭大如人擘指此自一種蛇名爲蛇虺詩疏引郭氏音義云今蛇細頸大頭色如綬文閒有毛似猪鬣鼻上有針大者長七八寸一名反鼻如虺類足以明此是一種蛇此綬文之虺也郭氏山海經圖讚云蛇之殊狀其名爲虺其尾似頸其頭似尾虎豹可踐此蛇忌履莊子曰螝二首韓非子曰虫有虺者一身兩口皆此類此土虺也楚辭招䰟云雄虺

九首往來儵忽天問雄虺九首儵忽焉在此又一種名雄虺也說文虫一名蝮博三寸首大如擘指卽爾雅之蝮虺也又有虺字註云虺巳注鳴者引詩胡爲虺蜥列於雖蜥二字之間雖下云似蜥易而大蜥下云蜥易也又云蝘在壁曰蝘蜓在草曰蜥易蚖榮蚖它醫巳注鳴者似虺又爲蜥易之屬此詩正義亦引陸機疏云虺蜴一名蠑螈螎謂斯干詩維虺維蛇與蛇並言者蛇之屬此詩胡爲虺蜴與蜴並言者蜴之屬也虺蜴同類而異名正對上維號斯言以喻今人名號之不正耳箋說非也

天之扤我傳扤動也釋文扤五忽切徐又音月 瑞辰按

說文廣雅竝曰扤動也方言說舟云儰謂之扤扤不安也不安卽動之義據說文舠船行不安也讀若兀是知方言扤卽舠之叚借舠从舟刖省聲與兀同音故扤又借作抈晉語故不可抈也卽不可扤也又借作刖易困上九劓刖鄭注讀爲倪伔廣雅刖危也刖卽扤也徐仙民音扤爲月玉篇扤虞厥切亦讀如月正以扤刖同音耳又按說文跀或从兀作踂亦月兀同音之證

彼求我則瑞辰按則字爲句末語助詞故箋但云王之始徵求我不釋則字朱子集傳始以法則釋之非詩意也

亦不我力箋亦不問我在位之功力瑞辰按功力謂之

力用其力亦謂之力不我力卽不我用緇衣引此詩註云亦不力用我蓋本韓詩其說是也緇衣又引君陳曰未見聖若已弗克見既見聖亦不克由聖註由用也亦不克由聖正與引詩亦不我力同義力卽爲用明矣又按力又與勑同義漢書王莽傳力來農事顏師古注力來勸勉之也月令天子爲勞農勸民鄭注曰重力來之力卽勑也說文勑勞勑也亦不我力訓爲不我勸義亦通箋訓功力失之

燎之方揚甯或滅之傳滅之以水也箋火田爲燎燎之方盛之時炎熾熛怒甯有能滅息之者言無有也瑞辰按漢書谷永傳引詩燎之方揚能或滅之甯猶乃也甯

乃聲之轉能乃亦聲之轉故甯通作能能或滅之猶言乃或滅之也故傳曰滅之以水詩意蓋謂燎之方揚似無有滅之者而乃或以水滅之以喻赫赫宗周似無有滅之者而一褒姒竟威之也箋訓甯爲豈失其義矣

終其永懷又窘陰雨傳窘困也箋窘仍也終王之所行其長可憂傷矣又將仍憂於陰雨 瑞辰按爾雅郡乃也乃仍古通用法言孝至篇郡勞王師王尚書謂郡仍勞王師是也郡窘音相近箋訓窘爲仍猶爾雅訓郡爲乃也又按說文涒食已而復吐之亦取涒有復義與窘訓爲仍義近終猶既也懷猶傷也詩言既其永爲憂傷又仍憂於陰雨箋訓終爲終王之所行失之

乃棄爾輔箋棄輔喻遠賢也正義爲車不言作輔此云乃棄爾輔則輔是可解脫之物蓋如今人縛杖於輻以防輔車也瑞辰按古人言車制者皆不言輔正義謂如今人縛杖於輻此肊說也惟曾釗云輔葢伏兎別名輔與兎聲近故伏兎謂之輔伏兎車轐也形如屐所以夾持車軸故輔引申之義亦爲夾持說文面部酺頰車也葢夾牙車則从面爲酺夾車軸則从車爲輔義本相近此詩取喻於輔者輔爲持軸之物與賢者佐理同古擬輔臣於秉軸卽其義矣今按曾說是也說文轐車伏兎也轐之言僕也僕附也轐輔附聲義正相近耳下章屢顧爾僕僕當卽轐字之叚借上言輔下言僕一物二名

者錯綜以見義耳又按僖五年左傳引諺云輔車相依杜註輔頰輔車牙車也此特因下文脣亡齒寒而傳會耳據說文酺頰車也入面部其車部別有輔字引春秋傳輔車相依則酺頰之酺自从面車輔之輔自從車輔下復有人頰車也四字段玉裁謂爲淺人所增宜刪去是也左傳輔車相依與脣亡齒寒並舉實各爲一義呂氏春秋權勳篇曰宮之奇諫虞公曰虞之與虢也若車之有輔也車依輔輔亦依車虞虢之勢是也此即詩無棄爾輔之義其爲車之輔本無疑矣淮南子人間訓言虞之與虢若車之有輪輪依于車車亦依輪合左傳及呂氏春秋證之淮南輪當爲輔之譌然即此可證車非

牙車輔非頰酺矣至易咸其輔輔自爲酺之叚借釋文輔虞作酺是其證也玉篇引傳酺車相依則後人因杜註以改傳文耳

員于爾輻傳員益也瑞辰按曾釗曰輻當作輹易輿說輻釋文作輹是其證复从畐省聲輹从复故譌作輻耳說文輹車下縛也今本作車軸縛者誤葢伏兎在輿底本不相連須輹縛之伏兎爲任力之處非一革所能勝故須益其革輹今按曾說是也易輿說輻說文引亦作輹員于爾輹謂益其輹以固輔非謂以輔助輻也

會是不意箋女曾不以是爲意乎以商事喻治國也瑞辰按意與隱一聲之轉古通用故左傳季孫意如公羊

作隱如意之言隱也少儀隱情以虞鄭注隱意也思也爾雅釋言隱占也郭注隱度隱卽意也禮運非意之也鄭注心所無慮也無慮猶言大略亦揣度之詞公羊僖二年傳其意也何謂令諸大夫意度之如何也說苑奉使篇東郭垂對管仲曰臣聞君子善謀小人善意臣竊意之也管仲曰我不言伐莒子何以意之意之皆謂測度之也此詩曾是不意謂曾是不測度之也意又讀同不億不信億則屢中之億億亦測度之也

洽比其鄰傳洽合也瑞辰按說文合合口也音讀同協又曰洽霑也佮合也傳訓洽爲合葢以洽爲佮之叚借說文又曰敆合會也音義亦同又通作郃爾雅釋詁郃

合也部亦佮之借字

佌佌彼有屋傳佌佌小也釋文佌音此說文作㑒音徙

瑞辰按釋訓佌佌小也說文㑒小皃从人囟聲引詩㑒

㑒彼有屋與細字从囟聲同義爾雅釋文佌郭音徙郎

㑒字之音廣韻㑒之下有傱字註云小皃又㑒字之別

體也

蔌蔌方有穀傳蔌蔌陋也箋穀祿也釋文蔌音速方穀

本或作方有穀非也 瑞辰按說文無蔌有藗蔌蓋藗字

之渻說文又曰藗籀文速故藗蔌亦作速速爾雅速速

蹙蹙惟求鞫也速速郎蔌蔌也後漢書蔡邕傳注引詩

小雅曰速速方穀又曰韓詩亦同是毛韓詩皆無有字

詩蓋以佌佌彼有屋與民今之無祿相對以蔌蔌方穀與夭夭是椓相對自或本誤增有字正義遂云方有爵祿之貴直以有穀與有屋爲對文矣至蔡邕釋誨速速方轂轂蓋穀字轉寫之譌章懷注謂小人乘寵方轂而行非詩義也

夭夭是椓傳君夭之在位椓之箋夭以瘥夭殺之是王者之政又復椓破之言遇害甚也　瑞辰按蔡邕釋誨云夭夭是加章懷注引韓詩夭夭是椓蜀石經亦作夭夭今按作夭夭者是也夭夭美盛貌說文夭从大象形凱風傳夭夭盛皃也正與佌佌爲小蔌蔌卑陋相反椓通作諑方言諑愬也楚辭謠諑謂余以善淫王逸注諑猶

譖也正義云在位又詠譖之是正讀椓爲詠也說文諑加言也加之爲諑與譖詠義亦相近變詠言加者以叶韻也詩蓋以四句相對成文言彼佌佌小人富而有屋者雖蔌蔌卑陋而方以穀祿授之此民之貧而無祿者雖夭夭盛美而不免受譖於人也天夭字形相近易譌毛詩本譌作天遂誤以君釋之耳

十月之交

序十月之交大夫刺幽王也箋當爲刺厲王　瑞辰按漢書谷永傳引詩豔妻作閻妻又云抑褒閻之亂顏師古註謂本魯詩詩疏引尚書中候擿領貳云昌受符厲倡嬖期十之世權在相又曰剡者配姬以放賢山崩水潰

納小人家伯圖主巽戴震是箋以爲刺厲王者實本魯詩及中候但梁虞劇唐傅仁均及一行竝推筭幽王六年乙丑歲建酉之月辛卯朔辰時日食國語幽王二年西州三川皆震又曰是歲三川竭岐山崩與此詩百川沸騰山冢崒崩正合則仍从毛詩刺幽王爲是至豔妻魯詩作閻中候作剡特聲近叚借之字說詩者誤以其本字釋之遂多異說爾

朔月辛卯瑞辰按詩言朔月與玉藻言朔月大牢同正義云朔月辛卯之日以此時而日有食之又曰此朔月辛卯自是所食之日是正義本作朔月之證明監本以下皆作朔月是也毛氏汲古閣本作朔日漢書劉向傳

引詩亦作朔日辛卯俱係傳寫之誤

日有食之　瑞辰按漢書劉向傳引詩日有蝕之釋名日月虧曰蝕稍小侵虧如虫食草木之葉也玉篇蝕日月蝕也是日月食字本作蝕經傳作食者消借字也說文無蝕有𧌒云敗創也从虫人食食亦聲據廣韻蝕字注引說文云敗瘡也是𧌒與蝕爲一字

彼月而微此日而微傳月臣道日君道箋微謂不明也　瑞辰按邶風日居月諸胡迭而微箋微謂虧傷也此箋又以微爲不明蓋因虧傷而不明二義正相成爾雅幽隱匿蔽並訓爲微說文微隱行也左傳白公其徒微之服杜注並云微匿也微有隱匿之義故不明

日月告凶箋告凶告天下以凶亡之徵也　瑞辰按逸周書武順解曰天有四時不時曰凶告凶蓋天時不順之謂劉向傳引作日月鞠凶鞠卽告字之叚借

彼月而食則維其常此日而食于何不臧箋臧善也　瑞辰按常對異言洪範五行傳曰非常曰異是也漢書天文志注引詩傳曰月食非常也比之日猶常也日食則不臧矣所引詩傳蓋三家詩傳非毛傳也考春秋經書日食三十有六而月食則不書此古人重日食而輕月食之證

爗爗震電傳爗爗震電貌震雷也　瑞辰按說文震劈歷振物者引春秋傳震夷伯之廟霆雷餘聲鈴鈴所以挺

出萬物倉頡篇霆霹靂也是震霆爲一皆爲雷與電不同說文電陰陽激燿也似不得以爲霆而春秋隱九年穀梁傳云電霆也玉篇亦曰霆電也並以電爲霆者爾雅疾雷爲霆霓虹霓不得與霆竝言竊疑霆霓當爲霆電之譌穀梁之義實本爾雅公羊何休註雷有聲名曰雷無聲名曰電易中孚傳雷有聲名曰雷有光名曰電有疾雷必有盛電故易噬嗑曰雷電合而章而爾雅遂以疾雷爲霆電後人但知雷電之分不知雷電之合故爾雅霆電誤改爲霆霓又或刪去霓字耳說文霅霅震電皃霅霅疑卽爗爗之異文又按電从雨申聲故詩以與令韻

山冢崒崩傳山頂曰冢箋崒者崔嵬山頂崔嵬者崩君道壞也瑞辰按山頂已爲高不必復言崔巍崒崩二字當連讀與上沸騰相對成文卽碎崩之叚借廣雅碎崩並訓爲壞是也碎音又同𤭢說文𤭢破也破石𤭢也蓋瓦破曰𤭢石破曰碎亦散文則通耳崒又與摧音相近說文摧字註一曰折也義與壞同崒與崩同義猶大戴誥志篇山不崩解解亦崩也釋文崒本亦作卒卒亦碎字之省借徐邈讀卒爲子恤反則訓卒爲盡失其義矣

胡憯莫懲箋憯曾也釋文憯亦作慘瑞辰按說文朁曾也引詩朁不畏明爲本字爾雅憯曾也據說文憯痛也是知爾雅作憯爲叚借字慘憯同音故字又借作慘或

以訓曾者皆當作憯而以憯爲誤字非也節南山憯莫懲嗟釋文作噆噆亦朁之叚借

番維司徒釋文番方袁反徐甫言反本或作潘音同韓詩作繁　瑞辰按漢書古今人表番作皮古音皮讀如婆皮繁同音通用番音波與皮繁音近故番潘皮繁四字竝通用說詳九經古義今按番與蕃藩竝同藩又通樊青蠅詩止于藩漢書戾太子傳引作止于藩爾雅樊藩也是其證也樊與繁亦通用左傳繁纓以朝周官禮記竝作樊纓讀如鞶帶之鞶是其證也廣韻周宣王封仲山甫於樊後因氏焉鄭箋以番爲氏韓詩作繁疑番與緐皆卽樊氏之音轉爾

家伯維宰箋家伯字冡宰掌建邦之六典 瑞辰按漢書古今人表有大宰冡伯冡伯當爲家伯形近之譌箋以冡宰釋宰字與漢表作大宰正合惠氏棟謂家伯一作冡伯故箋以冡宰釋之其說非也周官宰夫註鄭司農引詩家伯維宰謂卽宰夫其說與漢表鄭箋異然卽此可證經文止言宰正義言小宰不得單稱宰故知宰爲冡宰是知唐以前皆作家伯維宰今集傳本作家伯冡宰蓋傳寫之譌抑後人據箋以改經耳

中允膳夫箋中允字 瑞辰按漢書古今人表作中術古術讀若遂春秋秦伯使術來聘公羊漢書並作遂學記術有序註術當爲遂聲之誤也月令審端徑術註術周

禮作遂是其證也說文旞導車所載全羽以爲允允進也是允進音亦相近故允得通術猶遂借作術也又允古音如楯漢太子中楯後世稱中允盾術二字雙聲故允術亦得通用

棸子內史瑞辰按漢書古今人表作掫掫者棸之同音叚借

蹶維趣馬瑞辰按箋以蹶爲氏蹶蓋宣王時蹶父之後以字爲氏者漢書注作蹷亦同音叚借字

楀維師氏瑞辰按潛夫論本政篇引詩作踽漢書古今人表作萬皆同音叚借字集韻引詩擂維師氏據唐石經初刻从手後改从木則擂乃俗字耳顔師古急就章

注謂檽者木名因樹以得姓亦非

豔妻煽方處傳豔妻褒姒美色曰豔煽熾也 瑞辰按漢書谷永傳閻妻驕扇顏注謂本魯詩又正義引中候剡者配姬以放賢以剡爲姓今按閻剡皆豔字之同音段借說詩者遂妄以爲姓耳煽字說文玉篇所無其引詩皆作偏蓋古毛詩原作偏也魯詩作扇即偏字之消

豈曰不時傳時是也箋女豈曰我所爲不是乎言其不自知惡也 瑞辰按時當讀爲使民以時之時下言田卒汙萊是奪其民時之證豈曰不時言其使民役作不自以爲不時也

胡爲我作箋女胡爲役作我 瑞辰按民之力作爲作使

民力作亦爲作箋云役作我正以役釋作廣雅役使也役卽古役字胡爲我役卽胡爲我使也正義云汝何爲使我役作築邑之日於役作上又增使我二字以釋之失箋恉矣

曰予不戕箋戕殘也釋文戕在良反殘也王本作臧臧善也孫毓評以鄭爲改字瑞辰按說文臧从臣戕聲藏臧戕三字古通用易豐自藏也釋文云衆本作戕馬王云殘也鄭云傷也淮南子說林篇高鳥盡而强弩藏高注藏猶殘也戕通作臧猶藏通作戕也曰予不戕與上豈曰不時義相應惟其不自知其役使之不時故亦不自以爲戕民鄭君所見毛詩本作戕故不曰臧當作戕王

肅所見本或作臧亦戕字之叚借王肅遂以臧字本義釋之非也孫毓以鄭爲改字惠氏棟又以王爲改字並非

不憖遺一老箋憖心不欲自彊之辭也釋文憖魚覲反爾雅云願也强也且也韓詩云閒也正義曰說文云憖肎從心也瑞辰按爾雅無憖字古憖與整通左氏昭十二年經公子憖出奔齊公羊經作整釋文整本作憖整或作整張參五經文字敕今皆作勅小爾雅整願也憖彊也整與憖皆當作憖釋文願也强也二訓蓋本小爾雅至且也一訓今小爾雅無之蓋今本有脫逸也願與强以相反爲義箋說正取强也之訓凡言且者多謂姑且如此亦與强義近左氏哀十六年傳曰緡

天不弔不憖遺一老俾屏余一人以在位杜註憖且也應劭注漢書五行志曰憖且辭也言緍天不善於魯不且遺一老使屏蔽我一人也玉篇引說文一曰且也廣韻亦曰憖且也是知今本說文一曰甘也甘卽且字形近之譌又按說文憖問也謹敬也从心猌聲一曰說也一曰且也無肯從心也之訓段玉裁謂正義引當作憖肎也从心憖聲今譌以也字倒於從心之下不成文理耳今按段說是也段又謂說文問者閒之誤閒者肎之誤今按憖有數義有當从强也且也之訓者此詩及左傳竝云不憖遺一老是也昭二十八年左傳祁盈之臣曰鈞將皆死憖使吾君聞勝與臧之死也以爲快王尙

書曰慭亦且也言鈞之將死且使吾君聞勝臧之死而快意也杜以慭爲發語之音於文義未協有當从願也之訓者晉語伯宗妻曰慭庇州犁焉楚語曰吾慭置之于耳韋注竝曰慭願也有當从説也之訓者晉語以慭御人猶云以説御人韋註訓願失之至方言慭傷也楚頴之間謂之慭考説文憖字注楚頴之間謂憂曰憖是知方言慭乃憖字形近之譌傷讀憂傷之傷廣雅慭憂也廣韻慭一曰傷也竝誤以憖爲慭郭璞方言本已誤作慭因引詩不慭遺一老云亦恨傷之言也誤矣左氏文十五年傳兩軍之士皆未慭也杜注慭缺也據説文齾缺齒也左傳釋文慭又魚轄反是知慭乃齾之叚借

而說文憖字注亦引春秋傳兩軍之士皆未憖憖與齾雙聲故得通借非憖之本義也說文猌又讀若銀憖从猌聲故其字與銀通用左氏昭十一年經厥憖公羊經作屈銀是其證也銀誾音近故韓詩訓爲誾說文誾和說而諍也玉篇誾和敬貌與說文訓憖爲謹敬義近然非此詩之義

以居徂向箋以往居于向也瑞辰按居者語詞以居徂向猶云以徂向也猶之爾居徒幾何即言爾徒幾何也我居圉卒荒即言我圉卒荒也箋訓居徂爲往居失之

讒口囂囂箋囂囂衆多貌釋文囂韓詩作嗸瑞辰按劉向上封事引詩讒口嗸嗸正本韓詩說文囂聲也气出

頭上从㗊頁按㗊爲衆口而囂从之是有衆多之義說文嗸衆口愁也與囂囂音義相近毛詩囂囂正字韓詩嗸嗸叚借字也至板詩聽我囂囂傳囂囂猶謷謷也據箋云謷謷然不肎受說文謷不省人言也此从段本舊作不肖人也有脫誤廣韻謷不省語也玉篇聱字注引廣雅云不入人語也埤蒼云不聽也聱卽謷之俗是知板詩囂囂乃謷謷之叚借當以謷謷爲正字楚辭九思令尹兮謷謷王逸曰不聽話言而妄語也兼取二義不知妄語是此詩讒口囂囂不聽話言是板詩聽我謷謷二者不得合爲一也爾雅釋訓敖敖傲也郭注傲慢賢者以釋板詩是也釋文云傲舍人本作毀釋云謷謷衆人毀人之貌李

逑與舍人同則誤以爾雅敖敖爲釋此詩不若郭註爲善

噂沓背憎傳噂猶噂噂沓猶沓沓箋噂噂沓沓相對談語背則相憎釋文噂說文作僔云聚也沓本又作嗒瑞辰按僔噂音義同左氏僖十五年傳引詩亦作僔說文云僔聚也引詩僔沓背憎又噂聚語也引詩噂沓背憎廣雅僔僔衆也蓋作噂者毛詩作僔者三家詩也朱氏彬曰屈原天問天何所沓王逸注沓合也詩言小人之情聚則相合背卽相憎其義較傳箋尤爲直捷噂沓或作譐誻魏書安定王子傳譐誻朋昏正本此詩

悠悠我里傳悠悠憂也里病也箋里居也瑞辰按釋文

里如字毛病也鄭居也今閩本明監本毛本傳皆作里居者誤也使傳作里居則箋不煩更言里居矣釋文又云里本或作𤺺後人改也考爾雅釋詁𤺺病也郭注見詩又悝憂也郭注引詩悠悠我悝玉篇𤺺病也引詩悠悠我𤺺又悝憂也悲也疾也廣韻悝憂也引詩悠悠我悝說文無𤺺有悝云啁也一曰病也是𤺺即悝也古文多省借故毛詩止作里而訓爲病三家詩葢有用本字者故或作𤺺或作悝雲漢詩云如何里箋里憂也亦以里爲悝之叚借此箋訓里爲居非詩義也悝兼憂病兩義此詩亦孔之痗始言病則上句悠悠我里里當訓憂謂因憂而病也說文楚穎之間謂憂曰慭慭與悝里音

義亦相近憂與思義近朱彬曰悠悠我里猶言悠悠我思是也

四方有羨傳羨餘也瑞辰按文選李注引韓詩薛君章句曰羨願也說文羨貪欲也廣雅羨顯欲也顯與願同願羨有欣喜之義皇矣詩無然歆羨羨亦歆也訓羨爲願正與憂相對成文猶我獨不敢休自言其勞與民莫不逸爲對文也傳訓爲餘未若韓詩訓願爲允

雨無正

序雨無正大夫刺幽王也雨自上下者也衆多如雨而非所以爲政也瑞辰按序衆多如雨二句正釋雨無正名篇之義董氏讀詩記引韓詩章句曰雨無政無衆也

政卽正也足證毛韓同義劉安世謂韓詩以雨無極名篇而以詩序正字屬下讀以爲正大夫刺幽王其說不足信詩曰正大夫離居莫知我勩是兼刺正大夫之詞非正大夫刺幽王也集傳引歐陽公說巳駮之矣

浩浩昦天不駿其德傳駿長也箋此言王不能繼長昦天之德 瑞辰按詩每借天以刺王言昦天不駿其德猶節南山云不弔昦天亂靡有定也故下繼言降喪饑饉亦謂天降之耳箋謂王不能繼長昦天之德失之

旻天疾威釋文旻密申反本或作昦天非也正義曰上有昦天明此亦昦天俗本作旻天誤也 瑞辰按岳珂九經三傳沿革例从疏作昊天此詩三章又言如何昦天

當从正義本作昦天爲是至小緡首章緡天疾威此小緡所由名篇韓詩外傳列女傳引作昊天蓋誤說文引春秋傳曰昦天不憖今左傳亦作緡天此二字形近易譌之證廣雅暴疾也疾威二字平列朱子集傳云疾威猶言暴虐是也箋云今昊天又疾其政以刑罰威恐天下正義釋之曰昊天又疾王以刑罰之政威恐天下亦非詩義

淪胥以鋪傳淪率也箋胥相鋪徧也瑞辰按漢書敘傳烏乎史遷薰胥以刑晉灼曰齊韓魯詩作薰薰帥也後漢書蔡邕傳下獲勲胥之辜李賢注引詩小雅曰若此無罪勲胥以痡勲帥也胥相也痡病也言此無罪之人

而使有罪者相帥而病之是其大甚見韓詩今按薰勲
淪音近通用淪率音之轉然以淪胥爲率相究爲不詞
說文淪一曰没也廣雅玉篇竝曰淪没也廣雅又曰淪
漬也淪又通陯說文陯山阜陷也當从朱子集傳訓淪
爲陷惟胥仍訓相以淪胥爲陷相亦爲不詞當以胥爲
湑之消借玉篇湑溢也小爾雅溢没也說文没湛也淪
胥猶言湛休湛淪謂人之全陷休于罪如全没入于水
也鋪者痡之叚借當从韓詩作痡訓爲病皆淪没于罪
以至於病也小緍詩如彼泉流無淪胥以敗抑詩如彼
泉流無淪胥以亡兩無字皆爲發聲淪胥以敗淪胥以
亡猶此詩淪胥以痡也左氏昭二十六年傳且爲後人

之迷敗傾覆而溺入于難則振救之漢時男女從坐入官爲奴及殺傷人所用兵器入官者通謂之没入溺入皆此詩淪胥之類也惠氏棟讀韓詩薰爲閽胥爲胥靡亦非以淪胥爲刑罪之名則詩言淪胥以敗淪胥以亡皆承泉流言爲不可遏矣胥靡之胥當爲縃字之叚借說文縃緈前兩足也廣雅縃緈也靡與縻通說文縻牛轡也呂氏春秋曰傳說殷之胥靡而墨子曰傳說衣褐帶索傭築於傅巖帶索卽胥靡之謂荀子楊倞注胥靡係也是已應劭漢書注引詩淪胥以證胥靡失之

周宗既滅箋周宗鎬京也 瑞辰按周宗與宗周有別書序武王歸自奄在宗周告庶邦作多方正義曰在於宗

周鎬京正月詩赫赫宗周箋宗周鎬京也又洛邑亦名宗周祭統衛孔悝之鼎銘曰卽宮於宗周鄭注周既去鎬京猶名王城爲宗周也至昭九年左傳自文以來世有衰德而暴滅宗周昭二十四年左傳嫠不恤其緯而憂宗周之隕爲將及焉宗周皆指王室言之宗周亦曰宗國晉語宗國既卑諸侯遠己宗國既卑猶云王室既卑宗國猶言宗周也若周宗據襄二十九年左傳云晉國不恤周宗之闕而夏肄是屏杜注周宗諸姬也穆天子傳云赤烏氏先出自周宗郭注與周同始祖是周宗皆謂與周同姓者耳詩不得言周之同姓既滅鎬京邦畿惟民所止宗周滅故言靡所止戾詩周宗當爲宗周

傳寫誤倒昭十六年左傳引詩正作宗周既滅是詩本作宗周之證箋云周宗鎬京也蓋鄭君箋詩時所見毛詩尙作宗周故解與正月詩赫赫宗周同今箋作周宗者後人因經誤作周宗而併改之也正義言宗周周宗文雖異而義同誤矣朱子集傳惟據誤本作周宗遂以宗爲族姓謂將有易姓之變不知周宗實宗周之譌又按節南山諸詩序皆以爲刺幽王而節南山詩曰國既卒斬正月詩曰褒似滅之此詩云宗周既滅皆已然之詞是知刺幽王者皆後人追刺之也節南山正義引韋昭以爲平王時作謂作在平王之世而上刺幽王其說是也或遂以爲刺平王則非

正夫夫離居箋正長也瑞辰按周官大宰建其正鄭注正謂冢宰司徒宗伯司馬司寇司空也宰夫八職一曰正註所爲正辟於治官則冢宰也是正爲天子六官之長左氏襄二十五年傳自六正五吏杜注六正三軍之六卿晉時僭立六卿爲六正則天子六卿本名六正可知古有庶正有大正庶官之長爲庶正雲漢詩鞫哉庶正是也六卿之長爲大正左傳子爲大政政卽正也詩言正大夫蓋天子之大正也

莫知我勩傳勩勞也瑞辰按傳本爾雅釋詁左氏昭十六年傳引詩莫知我肄杜注肄勞也肄者勩之同音叚借字說文勩勞也肄習也肄之本義自爲習耳谷風詩

旣貽我肄傳肄勞也亦叚肄為勩

三事大夫 瑞辰按古以三公司天地人為三事白虎通引別名記曰司徒典名司空主地司馬順天是也此箋以三事為三公之義周書立政曰立政任人準夫牧作三事某氏傳曰常任準人及牧治為天地人之三事蓋官職雖多天地人三事足以統之又白虎通曰諸侯有三卿分三事也是諸侯三卿亦稱三事猶天子六卿稱六事耳

莫肎朝夕箋不肎晨夜朝暮省王也 瑞辰按朝夕與夙夜對言周語夙夜敬也朝夕義亦為敬古者天子大采朝日少采夕月致敬於日月為朝夕致敬於天子亦為

朝夕其義一也又魯語曰夫署所以朝夕虔君命也左傳朝夕獻善敗于寡君又曰子革夕子我夕皆以朝夕見君爲朝夕又成十二年左傳百官承事朝而不夕謂朝朝於君而不夕見也故箋言朝夕謂朝暮省王非乏言朝夕也

戎成不退饑成不遂傳戎兵遂安也箋兵成而不退謂王見流于彘無御止之者飢成而不安謂王在彘乏於飲食之蓄無輸粟歸餼者 瑞辰按玉篇廣韻並云遂進也說文旞導車所載全羽以爲允允進也允者䢅之叚借尒部䢅進也引易䢅升大吉是旞亦取進義詩以遂與退對言朱子集傳引易不能退不能遂訓遂爲進較

傳箋爲確惟以不退爲王之爲惡不退不遂爲王之爲善不遂似非詩義今按戎成不退外患熾而敵勢强也饑成不遂內災起而兵力弱也不退卽指敵言不遂指周民言爲允

聽言則答譖言則退傳以言進退人也箋答猶距也有可聽用之言則共以辭距而違之有譖毀之言則共爲排退之　瑞辰按說文从相聽也廣雅聽從也春秋從祀先公左傳作順祀說文睽目不相聽也段玉裁曰聽猶順也聽有順從之義聽言對譖言而言正謂順從之言廣韻譖毀也毀猶謗也古以諫言爲誹謗故堯有誹謗之木譖言卽諫言也詩承上莫肎用訊訊讀如誶韓詩

誶諫也言凡百君子所以莫肯直諫葢以王好順從而惡諫譖聞順從之言則荅而進之聞譖毀之言則退而不荅聽言言荅則進之可知譖言言退則不荅可知互文以見義傳謂以言進退人者義葢如此桑柔詩聽言則對誦言如醉誦言謂諷諫之言如醉謂不好聽之義與此同箋以荅爲距而違之非詩義也朱子集傳以爲責臣云王有問而欲聽其言則荅之而已不肯盡言譖言及己則退而離居亦非詩義聽言譖言皆謂臣之進言於王者荅與退則在王耳下章哀哉不能言卽承上譖言言之朱子集傳云言之忠者當世之所謂不能言者是也哿矣能言卽承上聽言言之集傳云佞人之言

當世所謂能言者是也不能言者因退之而並加以罪戾故其身困瘁能言者由答之而遂加以爵祿故其身處於安也答新序漢書皆引作對廣雅對畣也畣卽荅字說文荅小尗也今通借爲𨢈荅之荅對與荅雙聲故對字可借作荅古荅字又借作合爾雅合對也合卽荅也左氏宣十二年傳旣合而來奔杜註合猶荅也是也

匪舌是出維躬是瘁傳哀賢人不得言不得出是舌也箋言非可出於舌其身旋見困病　瑞辰按上文旣哀其不能言匪舌是出不得訓爲出言朱彬謂出當讀爲屈與絀方與上下文相貫今按說文𤸎病也出當卽𤸎之消借言匪舌是病維躬是病也說文正文無瘁字惟萃

字注云讀若瘁又曰悴憂也讀與易萃卦同瘁當卽悴之或體

云不可使得罪于天子亦云可使怨及朋友箋不可使者不正不從也可使者雖不正從也瑞辰按爾雅釋詁使從也故箋以從釋使二云字皆臣荅君之詞云不可使謂若事之不正者卽云不可從此左傳所云君所謂可而有否焉臣獻其否以成其可也亦云可使謂事雖不正因君從之亦云可使此左傳所云君之所可據亦曰可也正義不知箋本以從釋使乃曰不從上命則天子云我不可使我若阿諛順旨亦旣天子云此人可使謂可使與不可使皆君論臣之意殊失箋恉

謂爾遷于王都傳賢者不肯遷於王都也瑞辰按廣雅謂使也謂爾遷于王都卽使爾遷于王都也據下言昔爾出居則遷卽使其還居王都耳

鼠思泣血傳無聲曰泣血正義說文哭哀聲也泣無聲出淚也則無聲謂之泣矣連言血者以淚出於目猶血出於體故以淚比血禮記曰子臯執親之喪泣血三年注云無聲如血出是也瑞辰按說苑權謀篇曰下蔡成公閉門而哭三日三夜泣盡而繼以血是泣而淚盡眞有流血者因通言泣之甚者爲泣血又易屯上六爻辭泣血漣如九家及虞注泣云血流出目不得如正義言淚出於目猶血出於體謂以血爲喻也又按說文無淚

字據說文云無聲出涕者曰泣而詩正義引說文云泣無聲出淚也淚葢即涕字之俗叉說文涕泣也段玉裁以泣也二字爲轉寫之誤當作目液也葢據上文洟鼻液也汗身液也故知涕當爲目液與上文爲一例

小緡

謀猷回遹傳回邪遹辟也釋文遹韓詩作鴥僻也瑞辰按說文褱袠也袠𧝝也回即𧝝之叚借故傳訓爲邪大明詩厥德不回傳回違也違亦𧝝之借字韋回同聲故通用書靜言庸違吳陸抗傳引作靜譖庸回是其類也若回之本義自爲轉耳文選注十四引韓詩作謀猷回泬古遹讀如穴故通作鴥與泬猶毛詩鴥彼晨風韓詩

作鷊也古邪僻字正作辟又通作避說文適回辟也回辟卽回僻也僻者偏也說文𠪿仄也仄側傾也辟仄皆謂邪也

潝潝訿訿傳潝潝然患其上訿訿然不思稱其上 瑞辰按爾雅翕翕訿訿莫供職也郭注賢者陵替姦黨熾背公卹私曠職事毛傳義本爾雅方言翕熾也廣雅同又曰翕爇也說文翕起也義並相近楊雄甘泉賦翕赫曶霍李善注翕赫盛貌傳云潝潝然患其上蓋讀潝潝如翕赫之翕郭注爾雅姦黨熾正釋翕翕二字與詩正義云潝潝爲小人之勢是作威福也詞異而義同訿或作呰說文呰不思稱意也義本毛傳據召緡詩皋皋訿訿

傳訿窳不供事也說文呰窳也窳嬾也則毛傳葢讀訿如窳呰之呰荀子修身篇引詩噏噏呰呰毛公受詩於荀卿故其釋訿訿與荀同也漢書劉向上封事曰衆小在位而從邪議歙歙相是而背君子引詩歙歙訿訿六句爲證其說葢本韓詩以歙歙爲小人互相是而以訿訿爲背君子葢讀歙歙如翕合之翕而讀訿如呰毀之呰朱子集傳云潝潝相和也訿訿相詆也義與劉向說略同

不我告猶傳猶道也箋猶圖也瑞辰按猶繇古同聲猶當爲繇字之叚借謂繇詞卽箋所云占繇不中也箋訓猶爲圖者或古繇詞亦取猶圖之義

是用不集，傳：「集，就也。」瑞辰按：《韓詩外傳》引《詩》「是用不就」，就、集一聲之轉。《顧命》「克達殷集大命」，漢石經作「克通殷就大命」，是集、就通用之證。傳訓集爲就者，正以集爲就之叚借，卽讀集音如就也。或以集爲不協者，誤。

如匪行邁謀，箋：「匪，非也。」瑞辰按：匪、彼古通用，《廣雅》：「匪，彼也。」如匪行邁謀，王尚書云：「謂與『如彼築室于道謀』，《雨無正》『如彼行邁』句法同。」是也。箋訓匪爲非，失之。

匪大猷是經，傳：「經，常也。」箋：「不循大道之常。」瑞辰按：經，朱彬謂當訓行，是也。《孟子》「經德不回」，趙注：「經，行也。」匪大猷是經，猶云匪大道是遵循耳，遵循皆行也。若常亦爲行，故庸爲常亦爲行。然云匪大猷是常，則不詞，故箋必增

其文以釋之云不循大道之常其義始明不知經卽行也循也經文原自明顯自傳訓爲常義始迂曲耳

維邇言是爭傳邇近也爭爲近言箋爭言之異者瑞辰按爭當讀如道途不爭險易之利之爭爭謂爭取其言也說文爭引也从爰厂是爭之本義原謂引之使歸於已引有援據之義是爭與是聽義正相近又按說文埩治也廣韵埩魯城北門池也公羊傳作爭治土謂之埩則治言亦得謂之爭矣又廣雅釋詁埩善也埩靜竫古並通用竫靜皆善也爭或卽埩字之省謂維邇言是善也傳謂在下者爭爲邇言與是聽屬上義不貫箋讀爭如爭辨之爭亦非詩義

是用不潰于成傳潰遂也瑞辰按潰卽遂之叚借潰遂古聲近通用遂借作潰猶角弓詩莫肯下遺荀子引作隧說文旞或作⿸㫃遺从遺也

國雖靡止傳靡止言小也箋靡無止禮也瑞辰按傳以靡止爲小則止宜訓大矣抑詩淑愼爾止傳止至也爾雅晊大也釋文晊本又作至易至哉坤元猶言大哉乾元也止與至同義至爲大則止亦爲大矣下言民雖靡膴韓詩作靡腜猶無幾何腜膴一聲之轉爾雅幠大也字通作膴韓詩以靡腜爲無幾何是亦以腜爲大也靡膴猶言靡止王肅述毛訓膴爲大言無大有人得之箋訓止爲禮膴爲法蓋讀膴如模釋文徐云鄭音模是也

義與傳異孔疏釋毛以爲民雖無法是誤以箋義爲傳義矣傳不言憮大者以其義已著於巧言篇耳巧言篇亂如此憮傳憮大也憮卽幠

或聖或否傳人有通聖者有不能者箋猶有通聖者有賢者瑞辰按此詩所言聖否與論語賢者識其大者不賢者識其小者文法相類彼對賢者言之故識小爲不賢者此對聖言之故或否猶爲賢者耳

或肅或艾傳艾治也瑞辰按艾者𢍍之叚借說文𢍍治也引虞書有能俾𢍍今書皆作乂故又叚借作艾

不敢馮河傳馮陵也徒涉曰馮河瑞辰按馮者淜之叚借說文淜無舟渡河也淜通作馮猶百朋作百馮也

小宛

宛彼鳴鳩翰飛戾天傳宛小貌鳴鳩鶻鵰翰高戾至也行小人之道責高明之功終不可得　瑞辰按爾雅鶌鳩鶻鵃郭注似山鵲而小短尾淮南子許慎注屈短也屈與屈通說文屈無尾也玉篇屈短尾也鶌鳩蓋以短屈得名宛屈義同說文宛屈草自覆也宛蓋鶌鳩短尾之貌短小義近故傳以宛爲小貌考工記函人眡其鑽空欲其惌也鄭司農註惌小孔貌惌與宛義亦同陸機草木疏云鳴鳩班鳩也班鳩蓋非今俗所稱斑鳩或鶌鳩一名班鳩耳呂氏春秋季春紀鳴鳩拂其羽高誘注鳴鳩班鳩也是月拂擊其羽直刺上飛數十丈乃復者是

也高注淮南時則訓亦云鳴鳩奮迅其羽直刺飛入雲中者是也是鳴鳩實能高飛詩蓋以鳴鳩短尾似難高舉而翰飛可以戾天以與人主當勉于爲善傳謂以鳩飛不可戾天爲興非詩義也戾者厲之叚借文選卷一李善注引韓詩作翰飛厲天云厲附也厲天猶俗云摩天耳

明發不寐傳明發發夕至明正義明發者夜地而闇至旦而明明地開發故謂之明發也瑞辰按汪中經義知新記曰發醒也賈誼新書先醒篇辟猶俱醉而獨先發也漢書景十三王傳名長沙定王曰發鄒陽傳曰發悟於心晏子諫篇上景公飲酒三日而後發又曰君夜發

不可以朝發皆醒也今按楚詞招魂娛酒不廢沈日夜些王逸注不廢或曰不發發亦醒也王逸訓爲旦非也因考廣雅釋詁發明也又曰明覺發也是明發二字同義醉而醒爲發夜醒不寐亦得爲發因知此詩明發不寐明發皆醒也卽謂醒而不寐也邶柏舟詩耿耿不寐廣雅釋詁耿明也耿耿亦醒而不寐之皃與此詩言明發不寐正同毛傳以明發爲發夕至旦失其義矣如以明發爲天將開發之時則更在古人鷄鳴而起之後不寐固其常事何足見其憂懷之甚乎

人之齊聖傳齊正也箋中正通知之人　瑞辰按王尚書曰齊聖聰明睿知之稱與下文彼昏不知相對齊者知

慮之敏也史記五帝紀幼而徇齊索隱引大戴禮作叡齊一作慧齊史記舊本作濬齊皆明智之稱也尚書又曰爾雅齊速俱訓爲疾引尚書曰多聞而齊給鄭注曰齊疾也荀子修身篇曰齊明而不竭聖人也非十二子篇曰聰明聖知不以窮人齊給速通不以先人然則速通謂之齊大通謂之聖文二年左傳曰子雖齊聖不先父食久矣十八年傳曰齊聖廣淵明允篤誠並與此同毛以齊爲正杜以齊爲肅又以爲中皆未當也漢泰山都尉孔宙碑曰天姿醇嘏齊聖達道則得之矣今按王說是也凡人昏則遲鈍明則敏捷故齊爲疾又爲明智之稱皇侃論語疏引少陽篇曰伯夷名允叔齊名智古

人名字相配叔齊名智而字齊正以齊有明智之義又尚書在璿璣玉衡以齊七政日月五星各異政非可齊而一之齊者明也謂察璣衡以明七政也尚書大傳訓爲中孔疏訓爲整失之禮運以齊上下上下非可齊等齊亦明也以齊上下猶云以明貴賤也蓋自後儒不知齊有明義而經傳之失其訓者夥矣

飲酒溫克箋飲酒雖醉猶能溫藉自持以勝正義蘊藉者定本及箋作溫字舒瑗曰包裹曰蘊謂蘊藉自持含容之義經中作溫者蓋古字通用內則說子事父母云柔色以溫之鄭亦以溫爲藉義釋文溫如字柔也鄭於運反蘊藉也 瑞辰按古蘊藉字皆借作溫內則柔色以

溫之鄭註溫藉也正義曰言子事父母當和柔顏色承藉父母若藻藉承玉然禮器故禮有擯詔樂有相步溫之至也鄭註皆爲溫藉重禮也正義引皇氏云溫謂承藉凡玉以物緼裹承藉君子亦有威儀擯相以自承藉釋文溫紆運反是古藴藉字作溫之證溫尉雙聲故溫藉又作尉薦漢書趙廣漢傳以和顏接士其尉薦待遇吏殷勤甚備尉薦卽溫藉也溫藉本承薦之義人之飲酒必有威儀以自承藉故曰溫克王讀溫如字未若鄭訓溫藉爲允

彼昏不知傳童昏無知之人　瑞辰按昏者惛之叚借說文惛不憭也憭慧也說文㤜字注又曰亂或爲惛或卽

惑也。箋童昏亦僮之叚借。廣雅僮，癡也。

壹醉日富，傳醉而日富矣。箋飲酒一醉，自謂日益富，夸淫自恣以財驕人。瑞辰按壹爲語詞，與大學壹是皆以修身爲本，檀弓余一不知夫喪之踊也，三年問壹使足以成文理爲一類，故傳但云醉而日富矣，不釋經文壹字。富之言畐也。說文畐，滿也，讀若伏。畐通作偪，方言偪，滿也。又作愊，廣雅愊，滿也。醉則日自盈滿，正與溫克相反。箋乃謂以財驕人，讀富如富貴之富，失之。

中原有菽，庶民采之。傳中原，原中也。菽，藿也。力采者則得之。箋藿生原中，非有主也，以喻王位無常家也。瑞辰按菽古作尗，說文尗，豆也。尗象豆生之形。古者大小豆通名菽楊泉物理論菽者衆豆之總名是也而采菽箋及此詩正義竝專以菽爲大豆者說文荅小尗也廣雅亦曰小豆荅也葢自小豆別名荅而大豆遂專菽之名矣戰國策言韓地民之所食大抵豆飯藿羹藿對豆言是爲豆葉公食大夫禮鉶芼牛藿鄭註藿豆葉也是也藿說文作藿尗之少也據文選李善註引說文藿豆之葉也則知今本作尗之少者誤也詩但言菽傳知其不爲豆而爲藿者葢因豆皆有主惟葉任人采其主不禁詩言庶民采之故知所采必藿葉也程瑤田九穀考云聞之山西人言秋間采豆葉以爲禦冬之菜葢任人采之其主不與聞也殆猶沿古風耳據此可釋毛傳訓豆

爲藿之義傳又云力采者則得之皆以采豆葉爲俗所不禁非謂菽生原中皆無主也箋乃謂藿無常主以喻王位無常家失傳恉矣

螟蛉有子蜾蠃負之傳螟蛉桑蟲也蜾蠃蒲盧也負持也箋蒲盧取桑蟲之子負持而去煦嫗養之以成其子

瑞辰按螟蛉說文作螟蠕蜾蠃說文作𧕅蠃螟蛉蜾蠃蒲盧皆疊韻字說文𧕅蠃蒲盧細腰土蜂也天地之性細要純雄無子詩曰螟蠕有子𧕅蠃負之从虫𥁕聲𧕅或从果是蜾卽𧕅字之或體過果古同聲𥁕讀若過故𧕅从之得聲讀與蜾同爾雅果蠃蒲盧郭註卽細腰蠭也俗呼爲蠮螉方言蠭燕趙之間謂之蠓螉其小者謂

之蠮螉列子純雄其名稺蜂蜾蠃葢稺蜂細小之貌是故稺蜂曰蜾蠃小鳥亦謂之果蠃方言桑飛自關而東謂之工爵或謂之過蠃廣雅作果蠃是也瓜之成實曰果蠃爾雅果蠃之實括樓是也禾之成實細若珠璣者曰穖亦曰果蠃呂氏春秋高誘註穖禾穗果蠃也是也蜾蠃蒲盧又取變化之義蒲盧能化桑蟲名爲果蠃桃蟲生鷦亦名果蠃廣雅果蠃工雀也是也果蠃謂之蒲盧雉化爲蜃亦名蒲盧夏小正十月雉入于淮爲蜄蜄者蒲盧也廣雅蜌蛤蒲盧也是也蒲盧之聲轉爲蒲蠃吳語其民必移就蒲蠃於東海之濱是也中庸夫政也者蒲盧也鄭注亦曰蒲盧果蠃土蜂也葢喻爲政變化

之速與詩之取譬正同負之言孚也凡物之卵化者曰孚其化生者亦得曰孚夏小正正月雞桴粥傳桴嫗伏也說文孚卵孚也通俗文卵化曰孚廣雅孚育並曰生也負之即孚育之非謂負持之也白虎通諸侯曰負子子民也言憂民而復子之也負復義近有覆育之義夏小正正月魚上負冰傳曰負冰也者謂解蟄也案負亦孚之叚借廣雅⿰毛孚解也廣韻⿰毛孚毛解也孚有解義故傳謂負冰爲解蟄魚本蟄於冰中至是解冰而出曰負冰或謂魚在冰下若背負然失之傳訓負爲持者持葢恃字形近之譌蓼莪詩無母何恃韓詩恃負也說文廣雅並曰負恃也負恃亦養育之義故傳訓負爲恃負之猶育之也鄭君箋詩時傳已誤恃爲持遂以爲負持而去失其義矣

題彼脊令傳題視也箋題之爲言視睇也瑞辰按說文題頟也傳訓視者葢以題爲䚦字之叚借說文䚦顯也段玉裁曰當作㬎視廣雅䚦視也玉篇䚦視也顯也廣韻十二齊十二霽竝云䚦視也義與睼近東都賦弦不睼禽說文睼迎視也又通作諟大學顧諟天之明命鄭註諟或爲題小爾雅題視也題亦䚦之借字其音義與睇異說文睇小衺視也鄭注周易亦曰旁視曰睇箋謂題同睇非傳義也

交交桑扈率場啄粟傳交交小貌桑扈竊脂也箋竊脂肉食今無肉而循場啄粟失其天性不能以自活瑞辰按爾雅桑扈竊脂郭注俗謂之靑雀觜曲食肉好盜脂

膏因名云淮南說林訓馬不食脂桑扈不啄粟非廉也是以竊脂爲竊脂膏蓋漢人相傳之舊說孔穎達左傳疏以竊脂爲淺白色與夏扈竊元秋扈竊藍冬扈竊黃棘扈竊丹爲一類邵晉涵爾雅正義駁之今按孔說是也夏扈秋扈冬扈棘扈於五色得其四而無白脂即白詩所云膚如凝脂者正言白也竊脂爲淺白無疑詩意以桑扈之率場啄粟爲有以自活與塡寡之身罹岸獄爲失其所箋乃以啄粟爲失其性非詩義也

哀我塡寡傳塡盡也箋可哀哉我窮盡寡財之人瑞辰按爾雅釋詁殄盡也瞻卬詩邦國殄瘁傳亦云殄盡也知此傳訓塡爲盡者正以塡爲殄之叚借釋文引韓詩

瘨作疹云疹苦也疹卽籀文胗字說文胗脣瘍也籀文作疹廣雅胗創也瘍創皆病也說文瘨病也雲漢詩胡寧瘨我以旱箋瘨病也韓詩亦作疹是瘨瘨殄疹古竝通用箋訓瘨爲窮盡與韓詩訓疹爲苦義正相近廣雅苦窮也窮貧也盡之爲窮又爲貧猶空之爲盡又爲貧匱也貧與病義亦相近越語疾疹貧病說文疚貧病也是也毛傳訓瘨與殄爲盡或疑不若訓病爲善今按古盡字亦有病義北山詩或盡瘁事國瘁爲病盡亦爲病昭七年傳引作憔悴憔悴皆病也哀公問荒怠敖慢固民是盡卽固民是病也爾雅卒殄同訓盡而詩言予口卒瘏稼穡卒痒下民卒癉以卒與瘏痒癉平列瘏痒癉

皆病卒亦病也知卒爲盡又爲病則無疑於盡之爲窮又爲病矣單獨爲寡少財亦爲寡易君子以裒多益寡多謂富寡卽貧也箋訓寡爲寡財則塡寡猶云貧病正與扈之啄粟得食相反

宜岸宜獄傳岸訟也箋仍得曰宜可哀哉我窮盡寡財之人仍有獄訟之事無可以自救　瑞辰按爾雅釋丘望厓洒而高岸說文岸水厓洒而高者此傳訓岸爲訟者以岸爲犴字之叚借釋文引韓詩作犴云鄉亭之獄曰犴朝廷曰獄其本字也說文豻或从犬作犴引詩宜犴宜獄又周禮射豻侯註引詩宜豻宜獄竝从韓詩獄从二犬象所以守犴爲野犬亦善守故獄又謂之犴犴本

爲獄又訓爲訟猶獄亦得訓訟也二宜字皆且字形近之譌說文且薦也凡物薦之則有二層故箋以仍字釋之爾雅仍飢爲荐釋言又曰荐再也說文荐薦席也小爾雅仍再也薦重也說文仍因也荐薦同音通用訓且爲仍猶說文訓且爲薦也箋仍得曰宜本葢作仍得曰且箋云仍有獄訟之事猶云且有獄訟之事也宜且二字形近易譌假樂詩宜君宜王釋文本作且君且王爲趙壹詩且公且侯所本而正義本及釋文所引一本皆作宜君宜王與此詩且譌爲宜正同說文鹽鐵論引詩皆誤作宜賴有箋說可證其誤若經本作宜則箋不得訓爲仍唐時經與箋均已譌且爲宜正義因釋之曰在

上謂之宜有此訟宜有此獄誤矣

握粟出卜自何能穀箋自從穀生也無可以自救但持粟行卜卜求其勝負從何能得生　瑞辰按握粟出卜有二義一謂以粟祀神說文稰祭具也繫傳曰楚辭懷椒稰而要之稰祭神之精米也故字从米祭神故从示南山經稰用稌米淮南說山篇巫用稰藉郭璞高誘註竝曰稰祭神之米名是也一謂以粟酬卜說文貞卜問也从卜貝以爲贄繫傳引詩握粟出卜云古者求卜必用貝握粟其至微者也說文又曰齎財卜問爲⿰貝疋从貝疋聲讀若所正與稰之讀所者同山海經郭注稰今江東音所是也今按二義本自相通蓋始用稰米以享神繼卽以之酬卜

故墨子公孟子曰行爲人筮者其精多也莊子人間世亦曰鼓筴播精足以食卜人史記日者列傳曰夫卜而有不審不見奪糈蓋言卜雖不中其祀神之米已付卜者不復奪之也粟與糈通稱管子云守龜不兆握粟而筮者屢中猶左傳云卜之不吉筮之吉非以粟爲粗異於糈爲精也惠氏棟言詩以貧者不得精鑿之卜貞於陽卜而但持卷握之粟求兆於豬肩羊髆非詩義也爾雅穀善也廣雅吉善也自何能穀猶云從何能得吉卜耳箋訓穀爲生失之惠氏云雖得吉卜安得爲善亦非

小弁

弁彼鸒斯傳弁樂也鸒卑居卑居雅烏也　瑞辰按說文

昪喜樂皃傳以弁爲昪之叚借故訓爲樂弁音同盤釋詁詩序竝曰般樂也般亦昪之叚借朱子集傳弁飛拊翼貌則讀弁如拚飛維鳥之拚今按毛傳是也下云歸飛提提始爲飛貌則上弁彼鸒斯宜指樂言且與下我獨于罹正爲憂樂相反小弁漢書杜欽傳引作小卞卞卽弁之變文猶抃舞之忭卽拚字之變也爾雅釋鳥鸒斯鵯居郭注雅烏也小而多羣腹下白又燕烏白脰烏郭注脰頸小爾雅純黑而反哺者謂之烏小而腹下白不反哺者謂之雅烏白項而羣飛者謂之燕烏又曰雅烏鸒也是皆以雅烏爲鸒據爾雅又曰與鵛鶋郭注未詳釋文與孫樊本作鸒玉篇鸒頸鵶鶋爲白義讀與詩

有女如荼同頸鵌卽爲頸白也則鸒當爲燕烏禽經云燕烏反哺白頸不祥是白鵶爲不孝烏詩故以起興蓋以烏之不孝者猶得羣聚而歸飛今宜白獨以無辜而見放此小弁之所以爲怨也

歸飛提提傳提提羣貌正義此烏性好羣聚故云提提羣貌羣下或有飛亦衍字定本集注本並無飛字 瑞辰 按正義引或本作羣飛貌是也魏都賦翍翍精衛李善注翍翍飛貌也說文翄翼也或作翍廣韻翄翄飛貌翍翄同字提提卽翍翍之叚借承歸飛言之其爲飛皃無疑

踧踧周道傳踧踧平易也 瑞辰 按說文踧行平易也引

詩踧踧周道義本毛詩說文又曰㣙行㣙㣙也音義與踧踧同至爾雅釋訓儵儵嘒嘒罹禍毒也儵儵當从樊光本作攸攸攸或以儵儵爲此詩踧踧之異文者非也

惄焉如擣傳擣心疾也釋文擣本或作㿶同韓詩作疛除又反義同　瑞辰按呂氏春秋盡數篇鬱處腹則爲張爲疛高誘注疛跳動也說文疛心腹病也一本作小从腹痛也疒肘省聲讀若紂廣雅疛病也玉篇廣韻竝云疛心腹疾也㿶同是疛㿶同字毛詩作擣乃疛及㿶之叚借正義引說文擣手椎一曰築也釋文以爲似物擣心失之又按爾雅逐病也古逐讀如胄與疛同音逐亦疛字之叚借

疢如疾首箋疢猶病也釋文疢勑覲反又作疹同瑞辰按說文疢熱病也从火从疒詩葢借以爲煩熱之稱如疾首始言病是不以疢爲病也小宛釋文引韓詩疹苦也疢與疹同耳疾首謂頭痛頭痛多煩熱故疢疾似之成十三年左傳斯用是痛心疾首以疾首與痛心對文則疾首猶言首疾耳又按疹爲胗字籒文釋文言疢本作疹者同音叚借字又按孟子曰人之有德慧術智者恒存乎疢疾下言孤臣孽子趙註此卽人之疢疾是疢疾爲孤危之稱與宜臼之遭放逐者正相類故詩以疢疾自喻其憂或疑孟子所云疢疾卽本此詩

維桑與梓必恭敬止傳父之所樹已尚不敢不恭敬瑞

辰按甘棠美召伯思其人因愛其樹也桑梓懷父母覩其樹因思其人也故上言必恭敬止下即繼以靡瞻匪父靡依匪母記所云見似目瞿也至後世以桑梓爲故里之稱崔應榴曰張衡南都賦永世克孝懷桑梓焉眞人南巡覩舊里焉後人相沿遂以桑梓爲故里案范甯穀梁傳古者公田爲居注損其廬舍家作一園以種五菜外種楸桑以備養生送死舊五代史王建立曰桑以養生梓以送死此桑梓必恭之義也今按南都賦永世克孝懷桑梓焉其義仍本毛傳以桑梓爲父母所樹故有永世克孝之文而父母樹桑梓必在鄉里所居之宅此又可以義推故通以爲鄉里之稱後漢書宣秉傳父

母之國所宜盡禮注引詩維桑與梓必恭敬止正以桑梓爲父母之國

我辰安在傳辰時也箋此言我生所值之辰安所在乎謂六物之吉凶正義引昭七年左傳晉侯謂伯瑕曰何謂六物對曰歲時日月星辰是謂也瑞辰按左氏傳曰月之會是謂辰又周禮大宗伯注星謂五緯疏辰卽二十八星也蓋日月所會於二十八宿各有所值之辰故日月所會爲辰二十八宿亦爲辰人生時月宿所值星吉則人亦吉星凶則人亦凶韓退之詩云我生之辰月宿南斗牛奮其角箕張其口義本此詩辰當指月宿所値之星而言非兼言六物也

萑葦淠淠傳淠淠衆也瑞辰按廣雅淠淠茂也說文𣎵草木盛𣎵𣎵然讀若輩淠淠當爲𣎵𣎵之叚借又𣓁草木𣓁孛之皃从𣎵畀聲淠又與𣓁字義亦近又淠茷聲近而義同說文茷草葉多淠淠猶茷茷也茷茷或作旆旆生民詩荏菽旆旆廣雅芾芾茂也義竝與淠淠同

維足伎伎傳伎伎舒貌箋伎伎然舒者留其羣也瑞辰按說文蚑徐行也凡生之類行皆曰蚑傳蓋以伎伎爲蚑蚑之叚借故訓爲舒但據釋文伎本又作跂白帖引詩正作維足跂跂漢書東方朔傳跂跂脈脈善緣壁淮南子高注跂跂行也又通作𧺢說文𧺢一曰行皃玉篇𧺢𧺢鹿走也又曰行貌廣雅𧺢𧺢行也又通作歧字林

歧歧飛行貌是伎伎實速行之貌爾雅鹿其迹速說文速疾也大戴夏小正鹿人從傳云鹿之養也離羣而善之離與麗通趚與之蠱韻善之卽善走也說文麗旅行也鹿之性見食急則必旅行皆鹿羣萃善行之證詩言維足伎伎葢言鹿善從其羣見前有鹿則飛行以奔之與雉求其雌取與與正同徐璈謂伎伎卽奔皃與余說合傳訓爲舒貌失之

雉之朝雊箋雊雉鳴也瑞辰按雊與呴通史記殷本紀正義引詩雉之朝呴說文雊雄雉鳴也雷始動雉鳴而句其頸按說文以雊爲雄雉鳴者特以詩云尚求其雌而系諸雄猶邶風有鷕雉鳴亦以下言求牡而系諸雌

也其實雉鳴通得稱雊鄭注月令及箋詩竝曰雊雉鳴也不別雌雄是也潘安仁賦雉鷕鷕而朝雊亦渾言之顏延年顏之推竝以潘爲誤用失之迂矣

譬彼壞木疾用無枝傳壞瘣也謂傷病也箋太子放逐而不得生子猶內傷病之木內有疾故無枝也瑞辰按爾雅釋木瘣木苻婁郭注謂木病尫傴癭腫無枝條說文瘣病也引詩譬彼瘣木一曰腫旁出也考工記旁不腫注腫瘣也木癭腫即是內病毛傳謂傷病者常即指癭腫言說文及樊光爾雅注引詩作瘣木者蓋从三家詩用本字毛詩則以壞爲瘣字之叚借壞瘣雙聲故通用猶秋官三槐注槐之言懷亦取雙聲爲義也段玉裁

疑今毛傳壞瘣二字互譌昧古文叚借之恉矣

相彼投兔尙或先之箋相視投掩也視彼人將掩兔尙有先毆走之者瑞辰按投度雙聲投之言度也緜詩度之薨薨箋度猶投也韓詩度塡也說文𢾅閉也或作㓷廣雅𡐕塞也字通作杜賈逵左傳注杜塞也凡兔皆自作徑途人張罝以掩覆之必塞其路故箋謂投兔卽掩兔朱子集傳以投兔爲投人之兔非也廣雅先始也義與開近禮記有開必先先卽所以開之也開創謂之先開放亦謂之先先之卽開其所塞也先字从儿之會意說文之出也出之亦開之也箋以爲先驅走之集傳以爲先脫之皆由不知先卽爲開故必增成其義以釋之耳

伐木掎矣傳伐木者掎其巔瑞辰按說文掎偏引也字通作犄左傳辟如捕鹿晉人逐之諸戎犄之杜註謂掎其足也釋文犄從後牽也又通作猗七月詩猗彼女桑傳角而束之曰猗猗者掎之借字今伐木者懼其猝踣其木杪多用繩以牽曳之卽伐木掎巔之遺制

析薪扡矣傳析薪者隨其理瑞辰按扡唐石經作杝張參五經文字杝字今本作柂誤註云又音褫見詩小雅玉篇引詩亦作杝說文有杝無扡今本作扡者誤杝之言迤也謂隨木理之衺迤而析之也說文逶迤衺去皃又曰迤衺行也衺行謂之迤衺斫謂之杝其義一也杝卽迤之借字字通作施孟子趙注施者邪施而行正義亦曰

扡者施也此詩又以爲漸相施及則非其義說文槎衺斫也槎與扡亦音近而義同

君子無易由言箋由用也王無輕用讒人之言 瑞辰按爾雅釋詁繇於也繇由古通用抑詩無易由言箋由於也此詩無易由言正當與之同義戒君子無易於言也梁周與嗣千字文曰易輶攸畏耳屬垣牆義本此詩三家詩當有作無易輶言者亦由之同聲假借猶繇之借作猷也

巧言

亂如此憮傳憮大也 瑞辰按憮者幠之叚借爾雅釋詁憮大也郭註引詩亂如此幠說文幠覆也覆與大義正

相成爾雅釋言憮傲也傲者大義之引伸字亦以作幠爲正唐石經相臺本竝作幠用本字明監本毛本作憮者叚借字若憮之本義則方言說文竝訓爲愛下文昦天太憮亦幠之借字

僭始既涵傳僭數涵容也箋僭不信也既盡涵同也王之初生亂萌羣臣之言不信與信盡同之不別也瑞辰按僭从傳訓數爲允據釋文云僭毛側蔭反傳蓋以僭爲譖之叚借說文譖愬也讒譖也愬數義近數當讀如左傳數之以其不用僖負羈之數謂數其過而愬之也焦循讀數如事君數之數失之涵亦从傳訓容爲允謂言未信而姑容之也涵咸古同聲通用韓詩作減者咸

之叚借章句訓爲減少失之又按一切經音義卷五引詩譖始旣涵是僭即譖之證

君子如祉傳祉福也箋福者福賢者謂爵祿之也瑞辰按祉與怒相對成文从朱子集傳訓喜爲是昭十七年左傳范武子將老召文子曰燮乎吾聞之喜怒以類者鮮易者實多詩曰君子如怒亂庶遄沮君子如祉亂庶遄已言君子之喜怒以已亂也正訓祉爲喜福與喜義本相通爾雅禔福也又曰禔喜也郭註有福即喜祉之爲福又爲喜者猶禔之訓福又訓喜耳爾雅又曰禧福也禧亦通作喜莊子讓王篇時祀謹敬而不祈喜祈喜即祈福也喜可訓福則知祉爲福亦可訓喜矣

亂是用餤傳餤進也瑞辰按說文無餤有啖云啖噍啖也一曰噉玉篇廣韻皆正作噉云啖同是噉啖一字餤葢亦啖字之别體爾雅釋詁餤進也龍龕手鑑引舊註云餤甘之進也荀子王霸篇啖啖常欲人之有註啖啖并吞之貌是啖本甘食貪噉之貌引伸其義爲進詩亂是用餤正承上盜言孔甘言之故以啖食爲喻耳釋文餤沈音談啖談雙聲沈重葢亦讀餤爲啖表記釋文引詩徐本作亂是用鹽葢本三家詩

匪其止共維王之卭箋卭病也小人好爲讒諂旣不共其職事又爲王作病瑞辰按釋文共音恭本又作恭韓詩外傳引詩正作匪其止恭止共二字平列與詩言靖

共敬恭虔共句法正同荀子不苟篇曰見由則恭而止楊倞註止禮也止共謂止而恭猶荀子言恭而止也詩言長亂之時羣臣非其止恭適足爲王病耳禮記鄭注言臣不止于恭敬失之

秩秩大猷傳秩秩進知也　瑞辰按爾雅釋訓條條秩秩智也此傳義所本釋訓又曰秩秩清也義與知近字通作𡘋說文𡘋大也从大戜聲讀若詩𡘋𡘋大猷古秩程同聲通用堯典平秩史記五帝紀作便程廣雅秩程也是其類也說文⿺走𡘋走也从走𡘋聲讀若詩威儀秩秩亦秩程同聲之證秩秩與大猷連文卽狀其猷之大皃猶商有秩斯祜祜爲大福秩亦大皃也

聖人莫之傳莫謀也釋文莫如字又作漠同本又作謨爾雅漠謨同訓謀莫協韻爲勝 瑞辰按說文謨議謀也毛傳謂莫卽謨之渻借漢書注引詩秩秩大繇聖人謨之班固幽通賦謨先聖之大猷兮曹大家注謨謀也正用此詩葢皆本韓詩也據釋詁譌僞也邵晉涵讀僞爲作爲之爲爲與行同義則莫謨皆當訓爲與上言君子作之同義廣雅莫漠也又以莫爲漠之借字爾雅釋言漠察淸也郭注皆淸明漠與謨義亦相成

予忖度之 瑞辰按說文無忖字忖度卽刌劌之叚借說文刌切也劌判也廣雅刌斷也漢書元帝紀分刌節度忖度謂代爲判斷之如切物之度其長短也玉藻瓜祭

上環鄭註上環頭忖也釋文忖本又作刌切也是忖即爲刌之證古亦省作寸此詩釋文忖本又作寸漢書律志寸者忖也是也爾雅木謂之剫郭注引左傳山有木工則剫之今左傳作度是度即爲剫之證

躍躍毚兔傳毚兔狡兔也　瑞辰按蒼頡解詁曰毚兔大兔也說文毚狡兔也兔之駿者从㲋兔駿亦大也廣雅狡健也義與大近傳訓毚兔爲狡兔葢亦以爲大兔毚从㲋兔說文㲋侣兔青色而大故毚亦爲大兔許君旣从毛傳訓狡兔又云兔之駿者恐人誤以狡爲狡猾也戰國策曰東郭逡者海內之狡兔也狡兔亦謂大兔正義謂大兔必狡猾失之躍躍韓詩作趯趯云趯趯往來

之貌易林狡兔趯趯犬良逐咋正本韓詩遇犬獲之箋遇犬犬之馴者謂田犬也正義遇非犬名故王肅云適與犬遇而見獲釋文遇如字世讀作愚非也盧氏文弨曰讀作愚蓋是鄭義不得以爲非焦氏循曰如字者毛義也讀愚者鄭義也以爲非者非鄭而是毛也瑞辰按遇犬蓋田犬之名鄭以爲犬之馴者馴順也善也二義均見廣雅馴犬猶言良犬是鄭未嘗讀遇爲愚故釋文以世讀愚爲非非以鄭爲非也爾雅釋文引廣雅以殷虞爲良犬名蓋謂殷之良犬名虞猶晉獒韓盧之比犬之大者名獒虞亦大也虞遇雙聲遇當卽虞之叚借故鄭知其爲犬之馴者又以爲田犬也虞吾古同音

騶虞山海經墨子竝作騶吾虞之借作遇猶梧丘之訓爲遇丘也爾雅當途梧卬舊疏梧言遇也當道有卬若相遇然又尸子五尺犬爲猶猶與遇亦雙聲正義昧於古字通借故謂遇非犬名耳毛於遇犬無傳讀如字者乃王肅述毛之義未必遂於毛義有當焦循以爲毛義亦非也曾釗曰遇與毚對傳以狡訓毚則遇卽愚之叚借老子將以愚之王注愚謂無知守眞順自然也是愚本有馴順之義素問精微論曰請問有毚愚樸漏之問是毚與愚古恒對舉之證莊子則陽篇匿爲物而愚不識釋文愚本又作遇愚遇二字古通用

荏染柔木傳荏染柔意也柔木椅桐梓漆也箋此言君子樹善善木如人心思數善言而出之　瑞辰按荏染二

字雙聲荏者栠之叚借說文栠弱貌又與恁同廣雅恁栠並云柔也又曰恁弱也染者冄之叚借說文冄毛冄冄也段玉裁曰冄冄者柔弱下垂之貌說文又曰姌弱長貌亦从冄會意傳以柔木爲椅桐梓漆而箋以善木申釋之葢讀柔如柔嘉維則之柔柔卽善也非乏言柔弱之木

君子樹之瑞辰按樹者尌之叚借說文尌立也又讀與侸豎同說文侸立也讀若樹又曰豎立也鄉射禮君國中射則皮樹中註今文皮樹爲繁豎是樹豎通用之證廣雅樹立也亦叚借字樹之謂植立之也

往來行言箋善言者往亦可行來亦可行於彼亦可於

此亦可是之謂行也瑞辰按爾雅釋詁行言也郭注今江東通謂語爲行是行言二字平列而同義猶云語言耳箋以往來皆可行爲行言失之

蛇蛇碩言傳蛇蛇淺意也箋碩大也瑞辰按蛇蛇卽訑訑之叚借孟子則人將曰訑訑趙註訑訑者自足其智不嗜善言之貌音義引張氏曰訑訑葢言辭不正欺罔于人自誇大之貌廣雅詑欺也玉篇訑詑言也燕策寡人甚不喜訑者言也並以訑爲詑言欺人重言之則曰訑訑古也與它通說文沇州謂欺曰詑詑卽訑也字亦作虵呂氏春秋貴公篇高誘注引詩虵虵碩言虵虵葢大言欺世之貌

無拳無勇傳拳力也瑞辰按拳者捲之叚借說文捲气埶也引國語曰有捲勇捲或作攉盧令箋鬈當爲攉毛本作權係譌寫攉勇壯也據張參五經文字權字註云從手者古拳握字是攉亦拳字之異體捲攉聲同則義亦同猶說文訓彉爲弓曲正與拳曲字音義同也又按說文奰大貌从大㗊聲或曰拳勇字是捲勇字古又作奰說文㗊讀若書卷之卷捲从卷聲與㗊讀同故或通用韋昭注國語曰大勇曰拳亦與奰訓大貌義合捲亦爲勇古人不嫌語複猶之無罪無辜辜亦爲罪耳

職爲亂階箋職主也瑞辰按識職古通用荀子若天之嗣其事不可識卽大戴禮若天之司莫之能職職當訓爲適猶識之訓爲適也成十六年

左傳識見不穀而趨王觀察曰言適見不穀而適祇也趨也晉語作屬見不穀而趨韋注曰屬適也言祇爲亂階耳

旣微且尰傳骭瘍爲微腫足爲尰　瑞辰按爾雅骭瘍爲微腫足爲尰傳義所本相臺本毛本傳均作骭瘍爲微是也釋文瘍本或作傷葢形近之譌爾雅釋文云微字書作癥三倉云足創字有脫誤據廣韻引三倉云癥足上創葢謂足以上之創與爾雅骭瘍爲微正合邵氏晉涵謂三倉不辨骭之所在誤矣說文瘇脛气足腫引詩旣微且瘇又曰籀文作尰一切經音義引通俗文曰腫足曰瘇廣雅尰腫也是瘇瘇尰尰竝同字今作尰者籀文也

爲猶將多箋猶謀將大也女作讒沓之謀大多　瑞辰按猷猶古通用方言猷詐也廣雅猶欺也爲猶將多言其爲欺詐且多也將猶且也箋訓將爲大失之

爾居徒幾何箋女所與居之衆幾何人素能然乎　瑞辰按居爲語助辭讀與日居月諸以居徂向上帝居歆竝同王尚書釋詞曰居詞也十月之交曰擇有車馬以居徂向居語助言擇有車馬以徂向也生民曰其香始升上帝居歆居亦語助上帝居歆上帝歆也爾居徒幾何卽言爾徒幾何也箋訓居處之居失之

何人斯

爾之安行亦不遑舍爾之亟行遑脂爾車箋遑暇亟疾也女可安行乎則何不暇舍息乎女當疾行乎則又何

暇脂女車乎瑞辰按安行對疾行言卽緩行猶戰國策安步以當車卽緩步也脂音支卽支字之叚借支與楮通爾雅楮柱也楚詞王逸注軔楮車木也玉篇軔礙車輪木節南山詩維周之氐箋云氐當爲桎鎋之桎釋文桎礙也軔所以支車使止脂爾車卽楮爾車亦以軔支而止也詩蓋言爾之緩行且不遑舍息爾之急行豈暇楮爾車以止之遑正言不遑也舊訓脂車爲膏車失其義矣膏車所以行非所以止也

我心易也傳易說也釋文易韓詩作施施善也瑞辰按易施古音不同部而義近皇矣詩施于孫子箋施猶易也易繫詞上辭有儉易京房注易善也凡相善卽相說

毛韓義正相成而以與知祇韻則毛詩作易爲協書盤庚不惕予一人白虎通引作不施予一人亦易施通用之類

否難知也箋否不通也反又不入見我則我與女情不通女與於譖我與否復難知也瑞辰按箋讀經文否字如否塞之否義甚迂曲今按否猶不也蓋語助詞否難知言難知也詩蓋謂還而不入則其情叵測難知朱子集傳但曰爾之心我不得而知矣不釋經文否字蓋亦以否爲語詞

俾我祇也傳祇病也箋祇安也瑞辰按傳以祇爲疷之叚借箋以祇爲禔之叚借此承壹者之來言之當以箋義爲允易坎六五祇既平京房易作禔說文禔安福也

亦引易作禔既平是祇禔古通用之證

出此三物傳三物犬豕雞也民不相信則盟詛之君以豕臣以犬民以雞 瑞辰按許慎五經異議引韓詩說云盟牲所用天子諸侯以羊豕大夫以犬庶人以雞其所云天子諸侯以羊豕者蓋謂或以羊或以豕否則與詩言三物不合左傳鄭伯使卒出豭行出犬雞以詛射潁考叔者及此詩出此三物似詛皆三物並用而毛韓詩皆爲辨其等級則詛之所用惟一牲耳又按穀梁僖九年集解引鄭君曰盟牲諸侯用牛大夫用豭而此詩正義引鄭君駁異義云詩說及鄭伯使卒及行所出皆謂詛耳小於盟也是詩三物專言詛毛傳通言盟詛者盟

與詛亦散言則通對言則異

爲鬼爲蜮傳蜮短狐也　瑞辰按東京賦況鬾蜮與畢方文選李善註引漢舊儀曰魊鬼也魊與蜮古字通昔顓頊三子一居若水爲魍魎蜮鬼是蜮爲鬼别名故不可得見詩於一物而異名者每多竝舉不嫌其詞之複也至說文蜮短弧也佀鼈三足目氣射害人博物志以爲甲類陸氏佃羅氏願皆曰口中有横物如角弩故一名射工亦呼水弩此固非不可得見者不與鬼相類也

有靦面目傳靦姡也箋使女爲鬼爲蜮也則女誠不可得見也姡然有面目女乃人也人相無有極時終必與女相見正義靦姡釋言文孫炎曰靦人面姡然說文曰

靦面見人姡面靦也然則靦與姡皆面見人之貌瑞辰
按今本說文作靦面見也據爾雅釋文引舍人云靦擅
也一云面貌也吳語余雖靦然而人面哉韋注靦面目
之貌也說文面見當爲面貌形近之譌詩正義引說文
面見人當作人面皃也爲允段玉裁从詩正義改作面
見人也亦誤至今本說文姡面醜也當从詩正義引作
面靦爲正爾雅釋文引孫李曰靦人面姡然也是靦與
姡皆人面之貌作醜者形近之訛又說文昍讀若書卷
之卷古文以爲靦字大徐本靦譌作醜是亦醜靦易譌
之證後人據說文誤本姡訓面醜因以靦爲面慙皃失
之

視人罔極箋人相視無有極時 瑞辰按古示字多借作視極中也視人罔極謂示人以罔中卽下文所謂反側也

巷伯

序巷伯刺幽王也寺人傷于讒故作是詩也箋巷伯奄官寺人內小臣也奄官上士四人 瑞辰按毛氏注疏本如此據正義云此經無巷伯之名而名篇曰巷伯故序解之曰巷伯奄官是巷伯奄官四字本爲序文今誤入鄭箋中正義又云定本無巷伯奄官四字于理是也是正義本序有此四字定本無之但考箋云巷伯內小臣也車鄰正義引巷伯箋云巷伯內小臣也足證今本作寺人內小臣之誤奄官上士四人

正釋序巷伯奄宮四字正義以定本無四字爲是其說非也正義又云官下有兮衍字亦非古兮也二字形近蓋序本作巷伯奄官也傳寫者訛爲兮耳周官內小臣奄上士四人寺人王之正內五人是內小臣與寺人有別故鄭據之分巷伯與寺人爲二序箋巷伯內小臣也寺人孟子箋寺人王之正內五人皆本周官爲說月令仲冬命閹尹申宮令謹門閭蔡邕月令章句作門闈月令問荅曰闈尹者內官也主宮室出入宮中宮中之門曰闈閹尹之職也閭里門非闈尹所主知當作闈也據此知巷伯爲奄士即司宮者襄九年左傳令司宮巷伯儆宮正謂司宮巷伯爲一王肅云伯長也是官內門巷之長其說是也杜註分而二之云

司宮奄官巷伯寺人誤矣集傳亦誤以巷伯爲寺人蓋宋本鄭箋已誤作寺人內小臣也故集傳又以寺人爲內小臣不知此箋乃釋序巷伯奄官也之義不得作寺人且箋釋巷伯又云與寺人之官相近讒人譖寺人寺人又傷其將及巷伯故以名篇則寺人非卽巷伯明矣漢書古今人表以寺人孟子爲厲王時人此與以皇父等七人同爲厲王時人葢皆本魯詩之說

萋兮斐兮傳萋斐文章相錯也 瑞辰按萋斐二字疊韻萋者緀之叚借釋文斐本或作菲又斐之叚借也說文緀帛文貌各本作白文誤此依段本从韻會引詩緀兮斐兮又曰斐分別文也玉篇緀文貌廣韻緀斐文章相錯貌竊疑毛傳

本作萋斐文章相錯皃爲廣韻所本今作也者形近之譌

哆兮侈兮成是南箕傳哆大貌南箕箕星也侈之言是必有因也箋箕星哆然踵狹而舌廣今讒人之因寺人之近嫌而成言其罪猶因箕星之哆而侈大之　瑞辰按傳箋皆先解哆而後釋侈此經文上哆下侈之證王伯厚言崔集注作侈兮哆兮臧玉林據說文本或作侈兮哆兮者皆誤倒也說文哆張口也哆通作誃爾雅誃離也郭注誃見詩卽詩哆兮之異文邢疏謂詩侈兮之異文段玉裁疑詩析薪扡矣或作誃俱誤說文誃離別也讀若論語跢足之足跢今論語作啓與哆爲張口義近張開也啓亦開也故論語滚

離開一作漆開哆王氏詩考又謂說文作誃兮哆兮以誃爲侈之異文則誤說文誃字註一曰詩云哆兮侈兮繫傳作一曰若詩曰侈兮之侈是說文讀誃若侈擬其音未嘗易其字也說文奲富奲奲皃玉篇丁可充者二切云大寬也其充者與哆讀昌者切同是哆義又同奲也哆侈二字疊韵據公羊宣十年傳婦人以衆多爲侈也何休注侈大也又僖二十六年傳侈也何休注侈猶大也釋文侈昌爾反又昌者反大也昌者反卽讀同哆則哆亦通作侈矣史記天官書箕主口舌故詩人以喻讒言哆侈皆狀箕星舌廣之貌猶萋菲爲文章相錯貌廣與大義近廣雅㢋奲竝訓大奲哆音同㢋侈義同說

文郊有大慶也讀若侈又𢉧廣也廣亦大也又袳衣張也張亦大也是哆侈皆大貌耳箋謂因箕星之哆而侈大之說已迂曲正義遂以哆爲踵之貌侈爲舌之貌則愈鑿矣

誰適與謀箋適往也誰往就女謀乎怪其言多且巧瑞辰按一切經音義卷六引三蒼適悅也盤庚民不適有居猶云民不悅有居也此詩蓋極言讒人之可惡誰悅與之謀耳故六章重言彼譖人者誰適與謀下卽接言投畀豺虎云云以極言其人之可惡也

緝緝翩翩傳緝緝口舌聲翩翩往來貌瑞辰按說文咠聶語也引詩咠咠幡幡又曰聶附耳私小語也緝緝卽

咠咠之叚借翩翩宜讀如周書截截善諞言之諞諞便壘韵說文諞便巧言也引論語友諞佞今作便佞玉篇諞巧佞之言也廣韻諞巧言諞諞猶便便也翩翩卽諞諞之叚借釋文翩字又作扁亦消借字詩言緝緝者言之宻也翩翩者言之巧也傳以翩翩爲往來貌失之

捷捷幡幡傳捷捷猶緝緝也幡幡猶翩翩也 瑞辰按捷通作倢方言宋楚之間謂慧曰捷注言便倢也廣雅辯憭捷慧也釋訓又曰倢倢憭也舊訛作倢倢此从王氏疏證本捷捷葢便給之貌又通作誱廣韻誱多言也語便倢則言易多義本相因捷唼同音故漢書楊雄傳註引蘇林音引詩作唼唼幡幡幡便音近幡幡卽便便之叚借亦辯給也

旣其女遷傳遷去也箋遷之言訕也瑞辰按廣雅遷避也舊譌作令此从王氏疏證定爲遷一切經音義引蒼頡篇避去也傳訓遷爲去與避同義旣其女遷謂終避而辭去之也說文謝辭去也廣雅謝去也去有辭義正與受爲對文箋以遷訕同音訓遷爲訕不若傳義爲允

驕人好好傳好好喜也瑞辰按爾雅釋訓旭旭憍也郎詩好好之異文好古通𢻰从丑聲與旭从九聲同二字竝許九切故通用女曰雞鳴詩旭日始旦釋文引說文旭讀若好亦旭好同音之證郭註爾雅旭音呼老反則讀近今音矣

勞人草草傳草草勞心也瑞辰按爾雅釋訓慅慅勞也

邢疏引詩勞人草草是草草卽慅慅之異文釋文慅郭騷草蕭三音則慅又讀同離騷之騷騷亦憂也高誘淮南子註勞憂也勞人卽憂人也論語樂驕樂驕義近樂勞義同憂傳言勞心者卽憂心耳

作爲此詩箋作起也孟子起而爲此詩正義曰當云作賦詩定本云作爲此詩又定本箋有作起也作爲也二訓自與經相乖非也釋文作爲此詩一本云作爲作詩瑞辰按釋文云一本云作爲作詩段玉裁云爲字誤當是作而作詩其說是也正義曰當云作賦詩亦當云作而賦詩今本脫去而字耳定本箋作有二訓作起也釋經文第一作字作爲也釋經文第二作字故箋繼之曰

孟子起而爲此詩是經本爲作而作詩之證正義以定本經旣云作爲此詩是其本經文止一作字而箋乃有二作字之訓故謂其自與經相乖非謂箋不當有二訓也據正義云起發爲小人之更讒而作巷伯之詩是正義本舊爲作而作詩今本作爲此詩乃後人誤从定本改耳

清桐城馬氏本毛詩傳箋通釋

第五册

清　馬瑞辰撰

天津圖書館藏清道光十五年桐城馬氏學古堂刻本

山東人民出版社·濟南

毛詩傳箋通釋卷二十一

小雅　　桐城馬瑞辰學

谷風

維予與女箋當此之時獨我與女爾謂同其憂務瑞辰按與當讀如小明詩正直是與及儒行同弗與也之與與猶愛好之小明箋好猶與也是也說文與黨與也从舁从与與黨當作攩攩朋羣也是與之本義謂相羣與與棄對言恐懼時獨我好女以見昔之厚安樂時女轉棄予以見今之薄又二章寘予于懷見昔友之厚我與上章維予與女見昔我之厚友亦爲相對成文

維風及頹傳頹風之焚輪者也風薄相扶而上喻朋友

相須而成。瑞辰按：頹者穨字之變體。《說文》：「穨，秃皃。」《爾雅》：「焚輪謂之穨。」字正作穨。《玉篇》有颾字，云「風皃」，當亦穨字之或體。《正義》引李巡曰：「焚輪，暴風從上來降，謂之頹。頹，下也。」孫炎曰：「迴風從上下曰頹。」皆以穨風謂從上而下，而此詩毛傳「風薄相扶而上」，似以頹爲自下而上之風，與孫、李異義。李黼平曰：「今世郭注釋穨云：『暴風從上下。』釋猋云：『暴風從下上。』義與李、孫同。而《莊子·逍遥篇》釋文、《文選》曹子建《贈徐幹詩》李善注引郭注釋扶搖皆作『暴風从上下』，與今本不同，則郭注焚輪必爲『暴風從下上』，正可引以釋傳，今本郭注有誤。」今按：李說是也。谷風爲和風，非有大力必焚輪之自下而上者有以助之，始能相扶而上耳又按爾雅焚輪謂之頹釋文本作棼趙氏坦曰焚當讀爲鄭伯之車僨于濟之僨左氏襄二十四年傳象有齒以焚其身釋文引服虔云焚讀曰僨僨僵也風之大者足以翻車故曰焚輪焚与棼皆叚借字

維山崔嵬傳崔嵬山巔也　瑞辰按崔嵬疊韻字當即厜㕒之叚借說文厜㕒山巔也而此傳作崔嵬山巔也爾雅崒者厜㕒十月之交箋作崒者崔嵬漸漸之石箋作卒者崔巍是崔嵬即厜㕒異文之證又與陮隗同說文陮隗高也又與崒危同說文崒危高也詩釋文曰嵬又作峞

無草不死無木不萎傳雖盛夏萬物茂壯草木無有不

死葉萎枝者瑞辰按說文萎食牛也蔌曰穀萎馬置莝中又𣨙病也又菸字注一曰𣨙也此詩萎爲𣨙之叚借廣韻𣨙枯死也萎蔫也蓋因經傳叚萎爲𣨙後遂通以萎代𣨙又按詩以盛夏萬物茂盛草木亦有萎折與人雖有大德於人亦未必無小怨正義本傳原作草木無能不有枝葉萎槁者今本作無有不死葉萎枝者乃誤依定本及集注本改也又按中論修本篇引詩作何木不死何草不萎蓋本三家詩而言盛陽布德之月草木猶有枯落義與毛同

思我小怨瑞辰按詩以怨與嵬萎爲韻段玉裁讀怨如伊以爲合韻今按說文⿱夕目讀若委⿱夕目怨同音古讀怨亦

當如委故與鬼萎韵也又國語人皆集於苑一本作菱亦怨萎音同之證

蓼莪

蓼蓼者莪 瑞辰按漢孔耽神祠碑竭凱風以惆悽惟蓼儀以愴悢平都相蔣君碑感蓼詩人蓼蓼者儀我竝作儀衛尉卿衡方碑悼蓼義之劬勞司隸校尉碑悲蓼義之不報又通作義古莪義字竝从我聲儀从義聲竝讀如俄故三字通用毛詩作莪用本字三家詩或借作儀與義爲碑文所本

匪莪伊蒿箋莪已蓼蓼長大我視之以爲非莪故謂之蒿 瑞辰按爾雅釋草莪蘿郭註今莪蒿也亦曰廩蒿陳

藏器本草拾遺曰廪蒿生高岡宿根先于百草一名莪蒿是莪蒿即茵陳蒿之類常抱宿根而生有子依母之象故詩人借以取興李時珍云莪抱根叢生俗謂之抱孃蒿是也蒿與蔚皆散生故詩以喻不能終養

匪莪伊蔚傳蔚牡菣也　瑞辰按爾雅釋草蔚牡菣郭注無子者陸機疏云牡蒿八月爲角角似小豆一名馬薪蒿本草作馬先蒿唐本注云實八月九月熟均與郭註無子說異據唐注本草牡荆云莖勁作樹不爲蔓生故稱之爲牡則知牡菣亦以其散生特立與莪之抱根叢生者異故有牡稱不必如郭言無子而後稱牡也名醫别錄有牡蒿一條唐人注曰齊頭蒿李時珍謂諸蒿葉

皆尖此蒿葉獨奓而秃故有齊頭之名此亦牡蒿特立之證

缾之罄矣維罍之耻傳缾小而罍大罄盡也瑞辰按爾雅釋器小罍謂之坎郭註罍形似壺大者受一斛一斛者十斗也聘禮記十斗曰斛許慎五經異義引毛詩說罍大一碩一碩卽一石一石卽一斛也說文缾罋也儀禮旣夕禮罋三鄭註罋瓦器其容蓋一觳一觳者斗二升也考工記旊人豆實三而觳四升爲豆三豆則斗二升三禮圖云罍大一斛其所容甚多瀉酒于缾以供斟酌此罍大缾小之證說文罄器中空也引詩缾之罄矣又窒空也引詩缾之窒矣作窒者蓋三家詩磬殸硜古同字說文磬籒文作殸古文作硜磬省作罄故

罄窒字亦通用

鮮民之生傳鮮寡也箋此言供養日寡矣而尙不得終養恨之至也瑞辰按廣韻尠寡也傳以鮮爲尠之叚借故訓爲寡孤寡一聲之轉寡民猶言孤子箋以爲供養日寡非傳恉也阮宮保曰古鮮聲近斯遂相通借鮮民當讀爲斯民如論語斯民也之例今按讀鮮爲斯是也但不得與論語斯民同訓爾雅釋言斯離也方言斯離也齊陳曰斯說文斯析也斯民當謂離析之民猶易言旅人也民人離析不得終養故言生不如死若但訓斯民爲此民無以見其生不如死也

無父何怙無母何恃箋孝子之心怙恃父母依依然以

爲不可斯須無也瑞辰按爾雅釋言怙恃也說文怙恃也恃賴也釋文引韓詩曰怙賴也恃負也是怙與恃散文則通對文則異唐風以陟岵興望父卽取可怙之義釋名岵怙也是矣恃負互訓說文負恃也漢書高帝紀嘗從王媪武負貰酒如淳注曰俗謂老大母爲負師古曰劉向列女傳魏曲沃負者魏大夫如耳之母也此則古語謂老母爲負耳謂母爲負蓋取可恃之義恃音近恀爾雅釋言恀恃也郭註今江東呼母爲恀荀子其容恀然楊註侈然恃尊長之貌是呼母爲恀亦取恃義又說文媞字注一曰江淮之間謂母爲媞媞與恃亦音近而義同

入則靡至箋入門又不見如入無所至瑞辰按說文親至也又曰親至也靡至猶云靡親耳

母兮鞠我傳鞠養也瑞辰按說文育養子使作善也或作毓鞠卽育字之同音叚借育養之育借作鞠猶育稚之育借作鞠邶谷風箋育稚也正義謂本釋言今本爾疋釋言作鞠郭璞曰鞠一作毓又借作鬻也豳風鬻子毛傳稚子也卽育子阮宮保云凡詩一字分二韵者則別二字書之爲義同字變之例今按此詩下言育我用本字故上借鞠爲育以與下育我爲韵正所謂義同字變者也

拊我畜我箋畜起也釋文拊音撫瑞辰按說文拊揗也又撫字註一曰揗也二字音義同故通用拊猶撫也後

漢書梁竦傳引詩正作撫我說文慉起也箋以畜爲慉之叚借故訓爲起邶谷風能不我慉傳慉興也興與起同義古畜與好同聲孟子畜君者好君也廣雅嬉喜也慉嬉畜義竝相近又訓興與起者說文嬹說也廣雅嬹喜也學記不興其義不能樂學鄭註興之言喜也歆也是興有喜悅之義興起同義則起亦爲喜悅也臯陶謨股肱喜哉元首起哉百工熙哉喜起熙三字同義起猶喜也孟子趙註興起志意興卽起也志意興起卽說也是知箋訓畜爲起者正與訓畜爲好義相成正義以起爲起止我蓋謂因其止而起之失箋恉矣

出入腹我傳腹厚也箋腹懷抱也瑞辰按傳義本釋詁

詩歷言拊畜長育顧復而總以出入腹我蓋言出入則則已舉在內在外無所不該故以腹我括之見其無所不愛厚腹與複通說文複重衣皃重衣亦厚之義也箋訓爲懷抱似不及傳義所該之廣

南山烈烈飄風發發傳烈烈然至難也發發疾貌箋民人自苦見役視南山則烈烈然飄風發發然寒且疾也瑞辰按說文颲風雨暴疾也讀若栗颲颲颲也讀若烈烈烈卽颲字之叚借說文滭滭泼風寒也引詩一之日滭泼毛詩作觱發發發卽泼字之叚借玉篇廣韻並曰颰疾風也颰卽泼之異文

南山律律飄風弗弗傳律律猶烈烈也弗弗猶發發也

瑞辰按律栗雙聲律律卽凓凓之叚借凓冽同義故傳云猶烈烈也弗與犮亦聲近而義同發卽犮之叚借故傳云猶發發也集韻引詩作嵂嵂玉篇颰風也嵂與颰說文所無皆後人增益之字

大東

有饛簋飧傳饛滿簋貌飧熟食謂黍稷也箋飧者客始至主人所致之禮也凡飧饔餼以其爵等爲之牢禮之數陳興者喻古者天子施予之恩於天下厚瑞辰按說文饛盛器滿皃義本詩傳方言廣雅並曰朦豐也義與饛近詩蓋以簋飧之滿與古者邦國之富不若今之杼柚其空也不必如箋以爲致飧之禮

有捄棘匕傳捄長貌匕所以載鼎實棘赤心也瑞辰按捄者觓之叚借說文觓角皃引詩有觓其角今詩作捄角之曲皃曰觓匕之曲長皃曰觓其義一也匕所以載牲體亦以取黍稷少牢饋食禮饔人所摡者牲體之匕廩人所摡者黍稷之匕棘匕承上簋飧言王觀察云當謂黍稷之匕其說是也說文匕所以比取飯一名柶又曰禮有柶柶匕也案士冠禮鄭註柶狀如匕以角爲之是以角爲之名柶以木爲之則名匕也又雜記匕用桑長三尺棘匕對桑匕言古者喪用桑匕吉用棘匕皆取聲近爲義桑言喪則棘爲吉非必如傳以棘之赤心爲喻也

周道如砥其直如矢傳如砥貢賦平均也如矢賞罰不偏也瑞辰按說文厎柔石也重文作砥孟子引詩周道如底底爲厎字之譌墨子引周詩曰其直若矢其易若厎君子之所履小人之所視楚詞招魂王逸注引詩其平如砥當卽此詩異文

君子所履小人所視箋此言古者天子之恩厚也君子皆法效而履行之其如砥矢之平小人又皆視之共之無怨瑞辰按此二句承上周道如砥二句言箋以君子所履承有饛簋飧二句爲法天子之恩厚其說非也孟子引詩周道如厎四句趙註厎平矢直視比也周道平直君子履直道小人比而則之其說較鄭箋爲善小爾

雅廣雅竝曰視比也廣雅又曰視效也所履所視皆指周道卽上行下效之義

小東大東箋小也大也謂賦斂之多少也小亦於東大亦於東言其政偏失砥矢之道也瑞辰按惠氏周惕詩說曰小東大東言東國之遠近也魯頌遂荒大東箋大東極東也周官大司徒以土圭之法正日景日東則景夕多風鄭註謂大東近日也皆以大東爲極東遠言大則近言小可知矣譚爲東國因其國而及其鄰封故言小東大東今按惠說是也大戴禮千乘篇言東辟之名至于大遠南西北皆有至于大遠之語孔廣森補註大遠極遠也是亦大有遠義之證論語言小道致遠恐泥

則小有近義矣箋云小亦於東大亦於東以亦於二字增成其義非詩義也集傳以爲東方之小國大國亦似未確

杼柚其空箋譚無他貨唯絲麻爾今盡杼柚不作也釋文杼說文云盛緯器柚本又作軸 瑞辰按說文杼機持緯者釋文引作盛緯器蓋誤玉篇桫織桫也亦作梭太平御覽引通俗文所以行緯謂之桫說文無桫梭字新附有梭杼即梭也說文滕機持經者段玉裁曰滕即軸也謂之軸者如車軸也滕通作勝淮南子曰後世爲之機杼勝複以便其用又曰黼黻之美在于杼柚作柚者叚借字也至方言杼柚作也土作謂之杼木作謂之柚蓋别

一義戴氏震引以釋詩失之

既往既來使我心疚箋言譚人自虛竭餞送而往周人則空盡受之曾無反幣復禮之惠是使我心傷病也瑞辰按承上行彼周行言之往來謂數數往來疲於道路並無厚往空來之義箋說非也洪頤煊謂來當作求謂我以禮往求糴於彼求疚韻合來求字形相近今按古音來讀如釐疚讀如已來疚二字正爲韻若改爲求轉於古韻不合且往來對文不得以爲求字形近之譌洪說失之鑿矣

有洌氿泉傳洌寒意也側出曰氿泉釋文氿音軌字又作晷瑞辰按氿晷古同聲通用爾雅氿泉穴出穴出仄

出也水醮曰厬說文氿水枯土也引爾雅水醮曰氿厬仄出泉也讀若軌與今本爾雅互易葢許君所據爾雅本異據詩釋文氿本作晷則毛詩本亦有作厬泉者後又消作晷耳釋名側出曰氿泉氿軌也流狹而長如車軌也案古者車轍謂之軌車軸兩端自轂中出者亦謂之軌故泉之仄出者似之當作氿泉爲正字九之言究也廣雅九究也與水醮之義亦合竊謂仄出泉及水醮本字皆作氿作厬者同音叚借字後人誤以二字分屬遂致互異耳

無浸穫薪傳穫艾也箋穫落木名也釋文穫毛刈也鄭落木名也字則宜作木旁瑞辰按爾雅釋木檴落爲箋

所本說文梓木也（舊與樗互譌今从叚本正）以其皮裹松脂从木虖聲讀若華或从蒦作檴是檴卽梓之或體今俗所稱樺樹也凱風詩吹彼棘薪東山詩烝在栗薪車舝詩析其柞薪白華詩樵彼桑薪凡言薪者多兼木言故箋知經文穫爲檴之叚借

契契寤歎傳契契憂苦也（瑞辰）按釋文契苦計切讀同契約之契又云徐苦結反則讀如提挈之挈憂苦卽提挈之義所引伸九歎云孰契契而委棟兮一本作挈挈其正字也廣雅絜絜憂也與詩契契皆叚借字又孟子孝子之心爲不若是恝說文引作忿云忿忽也與趙註恝無愁之皃義合恝卽忿之或體無愁曰恝與憂苦曰

契契義亦相反而相成猶亂亦訓治苦亦爲快也

職勞不來傳來勤也箋職主也東人勞苦而不見謂勤瑞辰按勞來之來本作勑爾雅勞來勤也釋文來本又作勑說文勑勞勑也廣雅勑勤也今經典通借作來古以勤勞爲勤慰其勤勞亦爲勤故傳訓來爲勤而箋以不來爲不見謂勤也

舟人之子熊羆是裘傳舟人舟楫之人熊羆是裘言富也箋舟當作周裘當作求聲相近故也周人之子謂周世臣之子孫退在賤官使搏熊羆在冥氏冗氏之職瑞辰按舟與周字異而音同說文周密也𠣜帀偏也玉篇𠣜帀徧也或作周洀考工記注故書舟作周是二字通

用之證故周人可假借作舟人箋讀舟爲周是也然以周人爲周世臣則非今按周人與私人相對成文方言私小也自關而西秦晉之郊梁益之間凡物小者謂之私小私人即小人則周人宜訓爲大人周之言錭廣雅錭大也周人爲大人猶周行或謂大道周狗即大狗也公羊宣六年傳靈公有周狗謂之獒周狗謂大狗何休注謂可以比周之狗失其義矣裘古本作求後人始加衣作裘以別於求乞之求此詩裘亦當从箋作求古未聞以熊羆爲衣裘者且此句對百僚是試言非對粲粲衣服言也

或以其酒不以其漿鞙鞙佩璲不以其長傳或醉於酒或不得漿鞙鞙玉貌璲瑞也箋佩璲者以瑞玉爲佩佩

之鞙鞙然居其官職非其才之所長也徒美其佩而無其德刺其素餐。瑞辰按：不以其漿不以其長二不字皆助句詞。此章承上私人之子百僚是試，以言小人在位有名無實，或以其酒宜其味之醇也，實則以其漿耳；鞙鞙佩璲宜其德之美也，實則徒以其長耳。唐書蕭至忠傳引詩私人之子百僚是試或以其酒不以其漿鞙鞙佩璲不以其長而釋之曰此言王政不平而衆官廢職私家子列試榮班徒長其佩耳。其云徒長其佩，正釋詩不以其長爲以其長也，蓋亦讀不字爲語詞耳。鞙鞙，爾雅作琄琄，釋文亦云鞙本或作琄。琄琄猶言嬽嬽。嬽即今之娟好字。說文：嬽，好也。廣雅：嬽嬽，容也。容之好曰嬽嬛佩之美曰琄琄其義一也爾雅釋器璲瑞也郭註引詩鞙鞙佩璲璲者玉瑞釋器又曰繸綬也郭註即佩之組所以連繫瑞玉者因通謂之繸竊謂此詩佩璲當讀爲繸綬之繸故言不以其長長即綬之長也漢官儀綬長一丈二尺濶三尺是繸宜長之證箋以爲才之長非也說文無繸字古葢止作璲續漢書輿服志曰古者君臣佩玉五伯迭興戰兵不息佩非戰器韍非兵旗於是解去韍佩以爲章表故詩曰鞙鞙佩璲此之謂也韍佩旣廢秦乃以采組連結于璲轉相結綬故謂之綬又曰繸者古佩繸也佩綬相迎受故曰繸今按綬見玉藻爾雅不始於秦大東所言其時猶未去玉所謂綬者猶指

連繫瑞玉者言非秦漢之所謂綬也秦漢以後别以䍁爲綬維說文䍁綬維也乃更以與䍁相接受者爲綬又非古之所謂綬耳又按李黼平據正義曰鄭唯言佩璲云是玉也故鞙鞙爲玉貌璲瑞釋器文是今本傳文鞙鞙玉貌璲瑞也七字皆是箋文後人誤以入傳

跂彼織女傳跂隅皃瑞辰按跂爲俗企字詩作跂者攱字之同音叚借說文攱頃也从匕支聲匕頭頃也引詩攱彼織女葢从三家詩用本字織女三星成三角故言攱以狀之耳

終日七襄傳襄反也箋襄駕也駕謂更其肆也從旦至莫七辰各本無至字此从岳本辰一移因謂之七襄各本一移上少辰字亦从

岳本正義述毛謂終一日歷七辰至夜而迴反又云襄反者謂從日至莫七辰而復反於夜也瑞辰按文選李注引薛君章句曰襄反也是毛韓同義孔疏訓反爲迴反胡承珙曰經言日並不及夜況移七襄而至夜亦不得謂之迴反蓋反即更也呂覽慎人篇返瑟而弦察微篇舉兵反攻之知度篇其患又將反以自多高注並以反爲更此傳言反者亦謂從旦至莫七更其次鄭箋謂更其肆者乃申傳非易傳也今按胡說是也公羊襄三十年傳諸侯相聚而更宋之所喪何休注更復也下文傳曰死者不可復生爾財復矣復即上之更也反與復同義知更之可訓爲復則知反之可訓爲更矣

睆彼牽牛傳睆明星貌何鼓謂之牽牛 瑞辰按何鼓通作河鼓爾雅以何鼓牽牛爲一星而史記天官書牽牛爲犧牲其北河鼓河鼓大星上將左右左右將以河鼓與牽牛異星者郝懿行曰牽牛三星牛六星天官書誤以牛星爲牽牛故以何鼓牽牛爲二星牟廷相曰牛宿其狀如牛何鼓在牛頭上則是牽牛人也何鼓中星最明故詩曰睆彼牽牛今按河鼓與牛星相連古或通名牽牛猶參伐各三星而考工記曰熊旗六斿以象伐則連參亦名伐也營室東壁各二星而考工記曰龜蛇四斿以象營室則連東壁亦名營室也何鼓本三星天文志曰一曰三武天子之三將軍正義引孫炎云何鼓之

旗十二星在牽牛之北或名爲何鼓亦名爲牽牛則又以左右旗十二星通名何鼓牽牛矣

不以服箱傳服牝服也箱大車之箱也箋以用也牽牛不可用於牝服之箱 瑞辰按考工記大車牝服二柯又三分柯之二鄭司農註牝服謂車箱服讀爲負說文箱大車牝服也皆以牝服與箱爲一 後鄭云牝服長八尺謂較也蓋以牝服爲左右較而以箱爲大車之輿其義當與毛傳同故此箋申毛云不可用於牝服之箱然以經文求之服當作虛字解不得以爲牝服服之言負也車箱以負器物謂之服牛以負車箱亦謂之服張衡思元賦羈要褭以服箱章懷注服駕也箱車也蓋取驥服

盬車之義而服箱之字則本於詩又古詩牽牛不負軛亦本此詩爲說自軛牛頸処言之曰負軛自牛負車言之則曰服箱服與負一也淮南子說山訓剝牛皮鞹以爲鼓正三軍之衆爲牛計者不若服於軛也服於軛即負軛也則知服箱猶云負箱耳又按易繫詞服牛乘馬說文引易作犕牛服犕同部故通用凡以車駕牛馬正字作犕作服者叚借字耳

東有啓明西有長庚傳日旦出謂明星爲啓明日既入謂明星爲長庚庚續也瑞辰按史記索隱引韓詩云大白星晨見東方爲啓明昏見西方爲長庚與毛傳義同皆以啓明長庚爲一星孔疏既引孫炎以明星爲大白

又云長庚不知是何星失之毛傳日且出與日既入相對爲文正義本作日旦出亦誤又按說文啟教也启開也爾雅明星謂之启明其本字也詩作啟明叚借字大戴禮四代篇引詩東有開明葢漢避孝景諱改

有捄天畢載施之行傳捄畢貌畢所以掩兎也何嘗見其可用乎箋祭器有畢者所以助載鼎實今天畢則施於行列而已　瑞辰按說文畢田网也从田从𠦒象形或曰田聲爾雅釋天濁謂之畢郭注掩兎之畢或呼爲濁因星形以名廣雅罼率也說文率捕鳥畢也象絲网上下其竿柄也月令鄭注小而柄長謂之畢畢皆謂田獵之网史記天官書畢曰罕車主弋獵後漢書蘇竟傳云

畢爲天網主網羅無道之君皆指田罔而言此詩當从毛傳訓爲掩兎之畢至祭器有畢雖亦取象畢星箋義取之不若从傳爲允又按釋器絇謂之救郭注救絲以爲絇或曰亦罥名王觀察曰絇亦羅網之屬絇之言鉤也拘也救与絇亦一聲之轉今按捄之言逑聚也救即捄之通借字耳

維北有斗正義箕斗並在南方之時箕在南而斗在北故言南箕北斗也集傳兼採南斗北斗二說 瑞辰按正義以斗爲南斗是也爾雅析木之津箕斗之間漢津也郭註箕龍尾斗南斗是凡箕斗連言者皆爲南斗王觀察曰南斗之柄常向西而高於魁故經言西柄之揭若

北斗之柄固不常西卽指西亦不得云揭其說是也說文枓勺也勺所以挹取也詩作斗者皆枓之假字

載翕其舌傳翕合也箋翕猶引也引舌者謂上星相近

瑞辰按翕合或作翕如誤也正義釋傳翕合可證翕吸音同通用故箋訓爲引廣雅翕引也玉篇引詩正作載吸其舌漢書天文志箕主口舌小雅巷伯疏云箕四星二爲踵二爲舌其形踵狹而舌廣故曰載翕其舌以見其主於收斂也淮南子氾論篇頭會箕賦高註箕賦似箕然斂民財多取意也此詩刺重斂故以箕星爲喻

四月

六月徂暑傳徂往也六月火星中暑盛而往矣箋徂猶

始也四月立夏矣至六月乃始盛暑興人爲惡亦有漸非一朝一夕　瑞辰按序下正義引孫毓以爲如適之徂皆訓爲往今言往暑猶言適暑耳雖四月爲夏六月乃之適盛暑非言往而退也詩人之興言治少亂多皆積而後盛盛而後衰衰而後亂周自太王王季王業始起猶維夏也及成康之世而後致太平猶徂暑也暑往則寒來故秋日繼之冬日又繼之善惡之喻各從其義正義駁之云傳云暑盛而往矣是既盛而後往也毓言方往之暑不得與毛同今按孫訓徂暑爲適暑雖與毛傳訓暑盛而往不同而於經義徂暑則合且與毛傳取義於火星中意出左傳火中寒暑乃退者正同但不即以

徂爲退耳據經文秋日淒淒冬日烈烈皆以喻時之衰亂則首章六月徂暑以喻盛極則衰義正相承箋以始衰與人爲惡有漸非傳義也正義合傳箋爲一失之王肅以爲行役思祭則孫毓已駁之矣

先祖匪人胡寧忍予箋匪非也寧猶曾也我先祖非人乎人則當知患難何爲曾使我當此亂世乎瑞辰按人當讀如仁者人也之人中庸鄭注人讀相人偶之人仁从二人相人偶即仁也先祖匪人猶云先祖豈不仁故下接言胡寧忍予正以見其仁也箋訓爲人物之人失之

百卉具腓傳腓病也釋文引韓詩云腓變也瑞辰按文

選李善註引韓詩作腓薛章句曰腓變也俱變而黃也毛萇曰痱病也玉篇及爾雅邢疏竝引詩百卉具痱似韓詩作腓毛詩作痱爾雅釋詁痱病也說文痱風病也毛詩今本作腓或謂誤从韓詩然釋文不言毛韓字異或毛詩亦作腓特以爲痱之叚借遂訓爲病文選李註及玉篇乃以本字易之耳又按爾雅釋詁元黃病也馬之病曰元黃周南詩我馬元黃是也草之病亦曰元黃毛傳訓病義近蓋亦以腓爲痱之借字非風雙聲故說文以痱爲風病

亂離瘼矣傳離憂瘼病　瑞辰按傳以離爲罹之借字爾雅釋詁罹憂也瘼字爾雅釋詁及說文竝訓病方言瘼

病也東齊海俗之間曰瘼毛詩作瘼以亂離瘼三字連讀謂因亂而憂病也文選卷二十卷三十八李註竝引韓詩亂離斯莫薛章句曰莫散也則以亂離二字連讀讀離爲離散之離讀莫如散漠之漠說文漠北方流沙也沙水散石也是沙漠義取漠散也說苑政理篇引詩亂離斯瘼爰其適歸此傷離散以爲亂者也其義正本韓詩瘼當作莫今作瘼者後人據毛詩改之耳

爰其適歸傳爰曰也瑞辰按宣十二年左傳引詩亂離瘼矣爰其適歸杜註爰於也言禍亂憂病於何所歸乎說苑文選注引韓詩亦作爰是毛韓詩竝作爰惟家語爰作奚爲集傳所采註云爰家語作奚其經字仍作爰

今俗本直改經文作奚又失集傳之舊

廢爲殘賊傳廢忕也箋言在位者貪殘爲民之害無自知其行之過者言忕於惡正義定本廢訓爲大與鄭不同釋文廢如字忕也一音發忕時世反下同又一本作廢大也此是王肅義正義定本廢訓爲大瑞辰按爾雅釋詁廢大也郭註引詩廢爲殘賊列子楊朱篇廢虐之主張湛註廢大也說文奃大也奰與奃同字廣雅玉篇竝云奰大也奰與廢一聲之轉毛傳訓廢爲大知廢即奃之叚借也列女傳霍夫人顯傳引詩廢爲殘賊莫知其尤言忕於惡莫知其爲過則訓廢爲忕義同鄭箋蓋本韓詩之說正義言定本廢訓爲大與鄭不同是鄭本

作怢之證今毛本箋作言大於惡者誤也此詩正義及左傳桓十三年正義竝引說文怢習也今說文作㥏習也㥏卽怢之變體春秋公山不狃字子洩洩亦當爲汏之變古大與世通用大室卽世室也大子卽世子也大叔卽世叔也从大之字亦通作世荀子榮辱篇憍泄者人之殃也卽驕汏異文賈子簡泄不可以得士亦以泄爲汏也怢字葢通作怈唐人避諱遂改从曳猶泄紲之改作洩絏也一切經音義卷十二曰習怢又作㥏卷十三又云怢又作洩引字林洩習也是矣惟廢之訓怢他處少見仍从毛傳爾雅訓大爲允

我日構禍傳構成也箋構猶合集也言諸侯日作禍亂

之行瑞辰按爾雅釋詁說文並曰遘遇也構者遘之叚借構禍猶云遇禍也集傳訓爲遭禍得之仍从箋訓構爲合者合猶遇也

盡瘁以仕箋瘁病仕事也今王盡病其封畿之內以兵役之事瑞辰按盡瘁以仕與北山詩或盡瘁事國同義昭七年左傳引詩或憔悴事國周官小司寇議勤之辟鄭注曰謂憔悴以事國賈疏亦引詩或憔悴事國王尙書曰葢毛詩之盡瘁三家詩有作憔悴者故鄭賈皆用之爲說又曰憔亦盡也鄭注昏義曰酌而無酬酢曰醮正義曰直盡爵而已故稱醮也爾雅水醮曰厬鄭注謂水醮盡醮與憔聲義相近悴亦盡也荀子禮論篇利爵

之不醮也史記作啐啐之言卒也卒亦盡也盡爵謂之醮亦謂之啐盡力謂之憔悴義相因也憔悴二字平列盡瘁二字亦平列非謂盡其瘁也毛傳曰盡力勞病以從國事則亦平列字矣又曰盡瘁雙聲也憔悴亦雙聲也今按王說是也說文爋盡酒也潐盡也荀子楊注潐盡也皆憔盡同義之類瘁爲病盡亦爲病成十二年左傳爭尋常以盡其民猶言以病其民也勞病謂之憔悴人之枯瘦亦謂之醮顇說文𩈣面焦枯小也顇顦顇也楚辭漁父云顏色憔悴玉篇引作醮顇是也人之陋賤亦謂之蕉萃左傳引詩雖有姬姜無棄蕉萃是也箋謂盡病其封畿之內以兵役之事失之

甯莫我有箋使羣臣有土地曾無自保有者皆懼於危亡也瑞辰按有當讀如相親有之有甯莫我有猶王風葛藟詩亦莫我有也左氏昭二十年傳是不有寡君也杜註有相親有也詩人蓋傷已之盡力勞病以事國而不見親有於上耳

匪鶉匪鳶傳鶉鵰也鵰鳶貪殘之鳥也釋文鶉徒凡切字或作鷻鳶以專反鴟也瑞辰按說文雕鷻也鷻鵰也正義引說文鶉鵰也從敦而爲聲字異於鶉也今案說文隹字註一曰鶉字隹卽隼也鶉卽鷻也是鷻古或借作鶉之證至雝鶉之雜說文自作雜耳又說文鷻字別引詩匪鷻匪鳶又云鳶鷙鳥也鳶卽鶚字五各反與鳶

異字據正義引蒼頡解詁云鳶鴟也又引說文鳶鷙鳥也則經文原作鳶字王尙書曰鳶字見於小雅大雅周官射鳥氏曲禮中庸爾雅釋鳥倉頡篇不應說文不載葢鳥部有此字而傳寫者脫之也其鷻字注引詩匪鷻匪鳶當作匪鷻匪鳶葢本作鳶字因下鳶字篆文相連寫者遂誤爲鳶耳今按王說是也說文鳶字鳶字葢同訓爲鷙鳥也傳寫者誤刪其一段玉裁乃欲據說文誤本改經文之鳶爲鳶失之

北山

率土之濱傳率循濱涯也　瑞辰按說文無濱字賓與頻古聲近通用說文頻水厓人所賓附也頻蹙不前而止

毛傳訓濱爲涯正以濱卽瀕之叚借也司馬相如難蜀父老文引詩作率土之賓老子云賓與臣同義故詩曰率土之賓莫非王臣則詩古本有消作賓者遂作賓服解矣大戴記誥志篇地賓畢極猶詩云率土之賓也我從事獨賢傳賢勞也箋王不均大夫之使而專以我有賢才之故獨使我從事於役自苦之辭 瑞辰按廣雅釋詁賢勞也王觀察疏證曰詩我從事獨賢孟子引而釋之曰此莫非王事我獨賢勞也賢亦勞也賢勞猶言劬勞故毛傳曰賢勞也鹽鐵地廣篇亦曰詩云莫非王事而我獨勞刺不均也鄭箋趙註竝以賢爲賢才失其義矣今按序曰役使不均已勞於從事卽本詩大夫不

均我從事獨賢爲說正以賢爲勞也賢之本義爲多小爾雅賢多也說文賢多才也才段本作財禮投壺某賢於某若干純鄉射禮取賢獲曰右賢于左左賢于右竝以賢爲多事多者必勞故賢爲多卽爲勞周官司勳事功曰勞戰功曰多多與勞對文則異散文則通戴氏震訓賢爲多而謂孟子非以賢爲勞不知多與勞義正相成

四牡彭彭王事傍傍傳彭彭然不得息傍傍然不得已

瑞辰按彭旁雙聲古通用說文騯馬盛也引詩四牡騯騯卽詩四牡彭彭之異文廣雅彭彭旁旁盛也說文傍字訓近此詩傍傍卽旁旁之叚借

鮮我方將傳將壯也瑞辰按將與壯雙聲爾雅釋詁將

壯二字竝訓大也故壯又通作將射義幼壯孝弟鄭注壯或爲將爾雅釋言奘駔也孫樊本竝作將且也是其證也方言京奘將大也秦晉之閒凡人之大謂之奘或謂之壯說文奘駔大也又曰駔壯馬也壯大也奘與壯音義同小爾雅廣言丕莊也丕丕爲大莊卽壯亦大也將卽奘字之叚借故傳訓將爲壯

旅力方剛傳旅衆也 瑞辰按方言䠇膂力也東齊曰䠇宋魯曰膂戴氏震疏證曰膂通作旅詩旅力方剛是也廣雅膂力也王氏疏證曰大雅桑柔云靡有旅力秦誓云旅力既愆周語云四軍之衆旅力方剛義竝與膂同膂力一聲之轉今人猶呼力爲膂力古之遺語也今按

方言又曰膂儋也甄吳之外鄙謂之膂郭註儋者用膂力因名云是田力謂之膂擔者用力亦謂之膂古者行人奔走多以負擔爲喻左傳弛于負擔是也詩下言經營四方則旅力正當从方言儋也之訓傳訓爲衆失之

或棲遲偃仰　瑞辰按偃仰猶息偃嬉樂之類皆二字同義偃亦仰也論語寢不尸包注不偃臥布展手足似死人也晉語籧篨不可使俛韋注籧篨偃人參同契曰男生而伏女偃其軀及其死也乃復效之偃對伏言亦爲仰說文偃僵也僵偃也僵亦謂仰倒如莊子推而僵之漢書觸寶瑟僵皆是也廣雅釋言偃仰也錢澄之曰或偃或仰蓋誤以偃爲伏論語注偃仆也說文仆頓也仆

爲前覆仰覆之通稱亦不專爲伏也

或王事鞅掌傳鞅掌失容也箋鞅猶何也掌謂捧之也負何捧持以趨走言促遽也　瑞辰按鞅掌二字疊韻即秧穰之類說文秧禾若秧穰也集韻曰禾下葉多也禾之葉多曰秧穰人之事多曰鞅掌其義一也傳言失容者亦狀事多之皃箋分二字釋之失其義矣　胡承珙曰莊子庚桑篇擁腫之與居鞅掌之爲使釋文引崔云鞅掌不仁意案不仁猶言手足不仁不仁則手容不能恭足容不能重即是失容之意

或湛樂飲酒　瑞辰按說文酖樂酒也又媅樂也二字音義並同此詩湛樂及抑詩荒湛于酒皆酖字之叚借呧詩士之耽兮女之耽兮及常棣詩和樂且湛賓之初筵

詩子孫其湛爾雅釋詁妉樂也皆媅字之叚借書無逸惟耽樂之從論衡引作湛之從是耽湛互通之證

或出入風議箋風猶放也瑞辰按左氏僖四年傳唯是風馬牛不相及也賈逵註風放也服注同釋名風放也言放散也廣雅亦曰風放也風議卽放議也放議猶放言也與或靡事不爲爲言與行相反鄭讀風爲放爲如字讀釋文音諷失之

無將大車

無將大車傳大車小人之所將也箋將猶扶進也瑞辰按說文將帥也从寸牆省聲牂扶也从手爿聲玉篇牂古文將是訓扶者字正作牂箋知將卽牂之叚借故云

猶扶進耳

祇自疷兮傳疷病也瑞辰按疷唐石經作疷廣韻以疷爲胝之重文爾雅疷病也說文疷病不翅也从疒氏聲皆有疷無疷从唐石經作疷爲是釋文讀丁禮反失之古音脂與眞互轉支眞亦互轉疷當讀如疹故與塵韻猶說文趁讀若塵也三家詩葢有作疹者張平子思元賦思百憂以自疹正用此詩疷讀爲疹又叚借作祇何人斯毛傳祇病也祇卽疷之叚借猶曲禮眕于鬼神鄭註眕或爲祇般庚爾謂朕曷震動萬民以遷蔡邕石經震作祇祇从氏古氏亦氏聲也又讀與皋陶謨日嚴祇敬六德無逸治民祇懼史記皆作振同振亦袗也禮記振絺

綌即論語袗絺綌劉敞七經小傳及劉彝均謂疷當作痻顧亭林江慎修皆謂即多我覯痻之痻因避唐諱而改俱非不出于熲傳熲光也箋思衆小事以爲憂使人蔽闇不得出於光明之道集傳熲與耿同小明也在憂中耿耿然不能出也瑞辰按爾雅釋詁熲光也說文熲火光也从火頃聲耿字註引杜林說耿光也从光聖省是熲音義與耿正同邶柏舟耿耿不寐傳耿耿猶儆儆也禮少儀註熲警枕也儆警說文并訓戒不出于熲即謂不出于儆戒之中與祇自疷兮同義箋謂不出于光明之道失之集傳謂憂中耿耿然不能出是也以熲謂小明亦似未確

維塵雝兮箋雝猶蔽也瑞辰按說文有雝無壅古壅蔽字只作雝釋文雝字又作壅足利本作壅皆後人从俗習增改

祇自重兮箋重猶累也瑞辰按重之言腫也說文癰腫也又曰痤小腫也成六年左傳於是有沉溺重膇之疾杜注重膇足腫此腫通作重之證腫亦爲病與祇自底兮同義箋云重猶累者說文痤字註一曰族絫病絫亦病也

小明

至于艽野傳艽野遠荒之地瑞辰按說文艽遠荒也玉篇遠荒之野曰艽義本此詩艽从九聲艽之爲言究也

九者變之究也見易緯乾鑿度地之究極故曰遠也又九鬼古同聲明堂位脯鬼侯史記殷本紀作九侯蒼頡篇鬼方遠方也艽與鬼聲近而義同故亦爲遠正義謂野是遠稱艽蓋地名失之說文有艽字宋翔鳳以艽爲鬼之叚借亦非

二月初吉傳初吉朔日也箋乃以二月朔日始行　瑞辰按二月常謂周正之二月爲夏正之十二月卽下二章所云日月方除日月方奥也除卽爾雅十二月爲涂之涂戴震曰廣韻涂直魚切與除同音通用方以智曰謂歲將除也是也日月方奥當讀如尙書厥民隩之隩謂民方聚居於隩之時也毛傳除除陳生新也正取歲除之義箋讀除爲爾雅四月爲余之余失之日月方奥傳

奥煖也與尙書厥民隩馬融註隩煖也義合謂其時日月宜居溫室也毛傳本以除奥承上二月初吉言謂周正建丑之月正義謂傳曰煖卽春溫亦謂二月是誤以二月爲夏正二月亦非傳義又按二月初吉王尙書謂二月上旬之吉日上旬凡十日其善者皆可謂之初吉說詳經義述聞傳箋均以初吉爲朔日失之

念彼共人箋共人靖共爾位以待賢者之君瑞辰按共恭古通用靖共爾位韓詩外傳引詩作靜恭爾位巧言詩匪其止共韓詩外傳作匪其止恭是知共人卽恭人詩人以念居者猶下言君子也箋讀共爲供具之供以共人爲供具爵位之人君失之

畏此罪罟傳罟網也箋畏此刑罪羅網我　瑞辰按說文罪捕魚竹网罟网也秦始以罪易辠惟此詩罪罟二字平列猶云網罟與下章畏此譴怒畏此反覆語同蓋罪字之本義大雅天降罪罟義同此詩傳不釋罪字疑有脫誤本當作罪罟網也箋直以罪爲刑罪失之

興言出宿箋興起也夜卧起宿於外憂不能宿於內也

瑞辰按興言猶云薄言皆語詞也爾雅虛閒也虛爲舒之叚借與與虛雙聲故舒又可叚爲興箋訓爲起失之抑詩興迷亂于政興亦語詞不爲義箋訓爲尊尚亦非

鼓鐘

序鼓鐘刺幽王也正義鄭於中候握河紀注云昭王時

鼓鐘之詩所爲作者鄭時未見毛詩依三家爲說也瑞辰按鄭君先通韓詩以鼓鐘爲昭王詩蓋韓詩之說故王伯厚詩考以正義所引列入韓詩

鼓鐘伐鼛傳鼛大鼓也瑞辰按周官鼓人但云以鼛鼓鼓役事此刺幽王淫樂非以興役荀子正論篇代睪而食代睪當作伐皐卽詩伐鼛也淮南主術訓堯舜禹湯文武鼛鼓而食奏雍而徹高註鼛鼓王者之食樂也引詩鼓鐘伐鼛是此詩鼓鐘伐鼛正周官大司樂所云王大食三宥皆令奏鐘鼓也

憂心且妯傳妯動也箋妯之言悼也瑞辰按方言蹇妯擾也人不靜曰妯秦晉曰蹇齊宋曰妯爾雅說文竝曰

妯動也動之言變動卽慟也動當讀如論語顏淵死子哭之動鄭云變動容皃故正義以變動容貌釋之一切經音義十二引韓詩作憂心且陶陶卽妯之叚借妯通作陶猶古文書臯陶作咎繇也由又與舀同聲通用詩左旋左抽說文作右搯苑柳詩上帝甚蹈韓詩作上帝甚陶傳之訓妯爲動猶菀柳傳之訓蹈爲動也箋之訓妯爲悼猶菀柳箋之讀蹈爲悼也悼之言掉掉亦動也檜詩傳云掉動也是已說文心部怞朖也引詩憂心且怞怞與妯聲義同朖當爲恨之譌恨亦傷悲之意憂心且妯與上章憂心且傷憂心且悲同義

笙磬同音傳笙磬東方之樂也同音四縣皆同也箋同

音者謂堂上堂下八音克諧瑞辰按傳箋解同音二字異義一謂舉一方以統四方一謂舉堂下以統堂上至其解笙磬則一也傳云笙磬東方之樂書臯陶謨笙鏞以間鄭註東方之樂謂之笙笙生也東方生長之方故名爲笙也周官眂瞭擊頌磬笙磬鄭註磬在東方曰笙笙生也鄭注書禮皆與毛同此箋不云笙爲匏笙知其亦同毛訓正義謂箋分笙磬爲二失之又按古者樂與舞相接樂之終乃舞之始商頌依我磬聲下即言庸鼓有斁萬舞有奕此詩笙磬同音下即言以雅以南以籥不僭皆舞與樂相接之證孟子云玉振之也者終條理也玉即磬也磬以止樂而樂中之衆聲皆隨磬而止故

曰同音古者堂上無縣磬必在縣傳言四縣皆同者皆指堂下而言石與玉一也或分玉磬在堂上石磬在堂下者失之

以雅以南以籥不僭傳爲雅爲南也舞四夷之樂大德廣所及也東夷之樂曰昧南夷之樂曰任西夷之樂曰佅離北夷之樂曰禁以爲籥舞若是爲和而不僭矣箋雅萬舞也萬也南也籥也三舞不僭言進退之旅也周樂尚武故謂萬舞爲雅雅正也籥舞文樂也瑞辰按傳以籥舞承上雅南爲二舞箋以籥舞與上雅南並列爲三舞二說不同文選注六引韓詩傳曰王者舞六代之樂舞四夷之樂大德廣之所及蓋以六代之樂釋雅以

四夷之樂釋南又後漢書注五十一引薛君曰南夷之樂曰南四夷之樂惟南可以和於雅者以其人聲音及籥不僭差也是韓詩說以籥承雅南言之與毛傳同正義釋傳謂以籥屬下句故別言之云以爲籥舞是誤合傳箋爲一矣毛傳不言雅爲何樂後漢書陳禪傳陳忠曰古者合樂之樂舞于堂四夷之樂舞于門故詩曰以雅以南韎任朱離考周官大胥以六樂之會正舞位鄭註大同六樂之節奏正其位使相應也言爲大合樂習之賈疏六樂者卽六代之樂是知月令季春大合樂與陳忠所云合樂皆謂六代之樂卽詩所謂雅也雅者正也對四夷樂言之則六代樂爲正故謂之雅陳忠說亦

本毛韓詩毛傳既以南爲夷樂則其釋雅亦當同韓詩耳箋以雅爲萬舞失之明堂位任南蠻之樂也古南與任音義同白虎通南之言任是也故毛傳備舉四夷之樂以任釋南陳忠引詩韎任朱離特約舉毛傳之文李賢云疑見齊魯之詩誤矣

楚茨

序正義三章傳曰繹而賓尸及賓客或以爲三章則別陳繹祭之事知不然者以此篇所陳上下有次首章言酒食二章言牛羊三章言俎豆燔炙四章言神嗜飲食

瑞辰按正義之說非也此詩雖論一祭而一祭實兼祊祭繹祭而始全二章祝祭于祊已兼言祊祭故三章遂

及繹祭不得謂詩六章皆專言正祭也以今考之首章言黍稷爲酒食遂及正祭之妥侑也二章言牛羊爲鼎俎遂及祊祭之索饗也三章言賓尸遂及賓客之獻酬也四章工祝致告徂賚孝孫尸嘏主人也五章諸宰君婦廢徹不遲既祭而徹也六章承上章備言燕私既徹而燕也二章既言或亨三章復言執爨凌廷堪謂卽少牢下篇之儐尸俎益因賓尸而溫之此可證其爲賓尸者一也古者正祭有獻酢而無酬而詩曰獻酬交錯此可證其爲賓尸者二也古者正祭以神禮事尸繹祭乃以賓禮事尸故傳釋詩爲賓爲客曰繹而賓尸及賓客此可證其爲賓尸者三也至少牢儐尸有燔無肝炙而

詩曰或燔或炙則天子賓尸之禮不同於諸侯之大夫猶之少牢禮無牛而詩曰絜爾牛羊少牢禮無祊祭而詩曰祝祭于祊少牢禮無樂而詩曰樂具入奏爲不同也凌廷堪以少牢禮訂此詩多有合者然遂以此詩爲天子之卿大夫之祭禮亦無確證

楚楚者茨言抽其棘傳楚楚茨棘貌抽除也箋茨蒺藜也伐除蒺藜與棘茨言楚楚棘言抽互辭也瑞辰按爾雅茨蒺藜說文作薺疾藜也引詩牆有薺離騷王逸章句引詩楚楚者薋禮記齊讀如楚薋之薋古齊次同聲故通用作薺者正字作茨及薋皆叚借字作茨者毛詩作薋益三家詩也若薋之本義則說文訓爲草多皃矣

棘古作莿爾雅釋草莿刺方言凡草本刺人北燕朝鮮之間謂之莿又曰自關而西謂之刺江淮之間謂之棘說文莿莿也莿莿也棘爲草名又爲凡草刺人之通稱楚楚者茨言抽其棘棘卽茨上之棘猶之翹翹錯薪言刈其楚楚卽薪中之楚也故傳云楚楚茨棘貌正以明茨棘爲一箋分茨棘爲二失之

我庾維億傳露積曰庾萬萬曰億箋十萬曰億瑞辰按周語野有庾積韋注庾露積穀也釋名說同三倉曰庾倉無屋也說文庾漕倉也一曰倉無屋者漢書文帝紀應劭注引胡廣漢官解詁曰在邑曰倉在野曰庾廣雅庾倉也庾䕩卽今俗所謂囤者其形圓以席爲之但露

其上故傳以露積釋之三倉說文竝以爲倉無屋者卽謂其無上覆也正義以露積爲露地積聚之卽九章筭術之平地委粟又云言野有則非倉之類失矣傳曰萬萬曰億而箋云十萬曰億者據一切經義引筭經曰黃帝爲法數有十等謂億兆京垓壤秭溝澗正載及其用也有三謂上中下三等下數十萬曰億中數百萬曰億上數萬萬曰億是傳箋各據上下數言之故說不同但億對盈言不得訓爲億兆之億億說文作意云意滿也一曰十萬曰意是億之本義訓滿與盈同義王尚書經義述聞曰億亦盈也語之轉耳此億字但取盈滿之義非紀其數與萬億及秭之億不同其說是也

或肆或將傳肆陳將齊也或陳于互或齊于內箋有肆其骨體於俎者或奉持而進之者瑞辰按古者牲體既亨之後皆先升牲體於鼎而後載之於俎凌廷堪謂升牲體於鼎即詩所謂肆也載牲體於俎即詩所謂將也然考周官外饔陳其鼎俎詩言或肆肆陳也已兼鼎俎二者言之不得以將專爲載於俎也仍从傳訓齊爲是將齊以雙聲爲義齊徐仙民周禮音蔣細反讀如劑爾雅釋言將齊也郭注謂分齊也或將承上或烹言之謂劑量其水火也周禮亨人以給水火之齊注云齊多少之量是也

祝祭于祊傳祊門內也箋孝子不知神之所在故使祝

博求之平生門內之旁待賓客之處瑞辰按周官大祝
凡大禋祀肆享祭祇則執明水火而號祝鄭註肆享祭
宗廟也故書祇爲祊杜子春曰祊當爲祇今按從故書
作祊爲是祭祊卽此詩祝祭于祊也郊特牲直祭祝于
主索祭祝于祊鄭註直正也謂薦孰時也今按詩上言
或剝或亨爲正祭薦孰之事則下言祝祭于祊爲索祭
之事爾雅邢疏謂禮言索祭卽詩祝祭于祊與祭同日
其說是也郊特牲孔子曰繹之於庫門內祊之於東方
朝市之於西方失之矣三者竝列各爲一事鄭註謂祊
與繹二者同時而大名曰繹其說非也祊之爲繹惟見
家語家語高子羣問于孔子曰周禮繹祭于祊祊在門之西今衛君更之如之何經傳無徵

家語爲王子雍所僞託其說不足據郊特牲索祭祝于祊正義以詩祝祭于祊及禮言索祭爲與正祭同日而以祊之於東方爲繹祭因謂祊祭有二此特牽就鄭君之說不知祊止有一皆謂與正祭同日之索祭也祊說文作鬃云門內祭先祖所徬徨也其云門內祭與毛傳祊爲門內正合至禮器爲祊乎外特對正祭于堂言之故謂之外非在門外也祭統詔祝於室而出於祊出亦對室言之非謂出於廟門外也鄭註郊特牲云祊之禮宜於廟門外之西室殊誤祊爾雅作閍今本作閍謂之門案郊特牲索祭祝于祊鄭註廟門曰祊正義廟門曰祊爾雅釋宮文禮器爲祊乎外正義亦引釋宮廟門謂

之祊郊特牲祊之於東方正義又引釋宮云門謂之祊皆與今本爾雅不同據此詩正義引爾雅李廵註曰閍廟門也孫炎曰詩云祝祭於祊祊謂廟門也竊謂爾雅古本當如郊特牲所引作門謂之祊故李孫以廟門釋之若經原作廟門則不煩以廟門釋之矣禮記正義兩引廟門謂之祊特順註文言之耳今本閍謂之門葢誤倒此詩正義引爾雅亦作閍謂之門則其誤葢已久矣

先祖是皇傳皇大箋皇暀也先祖以孝子祀禮甚明之故精氣歸暀之 瑞辰按說文𥛱門內祭先祖所徬徨此詩承祝祭于祊言之皇之言徨謂先祖所徬徨卽暀也釋訓暀暀皇皇美也說文暀光美也暀本義爲美又借

爲歸往之往小爾雅徨往也信南山先祖是皇箋皇之言往也泮水烝烝皇皇箋皇皇當作暀暀暀暀猶往往也少儀注皇皇讀爲往往之往義竝與此箋同

神保是饗傳保安也箋其鬼神又安而享其祭祀瑞辰按保者守也依也神之所依爲神保與先祖對舉當以神保連讀神保爲神之嘉稱猶楚詞或言靈或言靈保靈保亦靈也詩旣言先祖又言神保者親之爲先祖尊之則爲神保猶禮運以降上神與其先祖正義云上神謂在上精魂之神卽先祖也指其精氣謂之上神指其亡親謂之先祖也五章神具醉止皇尸載起白虎通引之謂尸醉若神之醉下云鼓鐘送尸神保聿歸亦因尸

歸知神之歸神保聿歸與上神具醉止無異是知神保即神非謂尸也又按保與寶同音古通用金縢無墜天之降寶命鄭注寶猶神也則知神保二字同義保亦神耳

執爨踖踖傳爨饔爨廩爨也踖踖言爨竈有容也瑞辰按詩言爲俎言燔炙則執爨宜專指饔爨言之爾雅踖踖敏也說文踖字註一曰踧踖踖踖蓋執爨恭敏之皃尚書大傳洛誥傳曰爨竈者有容與傳義合

君婦莫莫傳莫莫清靜而敬至也箋君婦謂后也凡嫡妻稱君婦事舅姑之稱也瑞辰按廣雅嫡君也嫡與適同故適婦曰君婦廣雅又曰主君也則天子諸侯妻之

稱君婦猶大夫士之妻稱主婦耳爾雅釋詁貊靜也又曰貉嗼定也釋言漠清也廣雅莫漠也莫與貊貉嗼漠竝通故傳訓爲清靜說文嗼啾嗼也亦與清靜義同爾雅釋訓又曰慔慔勉也疑卽此詩莫莫之異文當本三家詩說文慔勉也亦敬謹之意故傳又訓爲敬至

爲豆孔庶傳豆謂肉羞庶羞也箋庶䏧也祭祀之禮后夫人主共籩豆必取肉物肥䏧美者也 瑞辰 按天子庶羞百有二十品豆卽庶羞之豆故曰孔庶說文庶屋下衆也从广炗炗古文光字爾雅釋言庶䏧也䏧字又作侈舍人曰庶衆也䏧多也䏧亦衆多之義侈又通郤與庨說文郤有大慶也讀若侈又庨廣也義竝相近箋訓

爲肥腯失之

獻醻交錯傳東西爲交邪行爲錯　瑞辰按交者迻之渻借說文迻會也錯者逪之叚借說文逪迻逪也特牲饋食禮衆賓及衆兄弟交錯以辯鄭註交錯猶言東西蓋渾言則交錯爲東西析言則東西正相値爲迻東西邪行爲逪旅酬行禮皆一迻一逪也

神保是格傳格來　瑞辰按爾雅格至也又曰格來也格古字作佫方言佫至也又佫來也作格者叚借字說文格木長皃此格之本義　又通作徦方言徦至也邠唐冀兖之間曰徦說文徦至也經傳作假者皆徦字之叚借又通作嘏士冠禮孝友時格註今文格爲嘏嘏亦叚借字

我孔熯矣傳熯敬也瑞辰按傳本爾雅熯之本義爲乾皃訓敬者戁字之叚借說文戁敬也徐鍇曰今詩作熯葢戁从難聲熯从漢省漢从難省故聲同字通爾雅毛傳訓熯爲敬者正以熯爲戁之借字遂以釋戁者釋熯耳

工祝致告傳善其事曰工瑞辰按少牢饋食禮皇尸命工祝鄭注工官也周頌嗟嗟臣工毛傳工官也臯陶謨百工卽百官工祝正對皇尸爲君尸言之猶書言官占也傳謂善其事曰工失之

徂賚孝孫傳賚予也釋文賚如字徐音來瑞辰按爾雅賚賜也又賚予也說文賚賜也从貝來聲古讀賚如來

商頌賚我思成箋賚讀如往來之來其字亦借作來少牢饋食禮來女孝孫來卽賚也又通作釐與理少牢饋食禮註來讀曰釐釐賜也商書云予其大賚女史記殷本紀作理釐理皆賚字之叚借

苾芬孝祀箋苾苾芬芬有馨香矣女之以孝敬享祀也瑞辰按爾雅釋詁享孝也享訓爲孝故享祀亦謂之孝祀苾芬孝祀猶魯頌享祀不忒也論語而致孝乎鬼神猶言致享乎鬼神也箋謂以孝敬享祀失之

既齊既稷傳稷疾箋齊減取也稷之言卽也嘏之禮祝徧取稷牢肉魚擩于醢以授尸孝孫前就尸受之瑞辰按齊稷義相近猶下句匡勑義亦近也傳訓稷爲疾則

齊當讀如徇齊之齊爾雅釋詁齊疾也說文齌炊餔疾也从火齊聲卽兼从齊會意王肅訓爲整齊非傳恉也爾雅釋言悈急也釋文悈本或作極又作亟同說文亟敏疾也悈急性也傳蓋以稷爲亟之叚借故訓爲疾正義引王肅云已極疾當爲亟疾之譌猶爾雅釋文悈本作極極當爲悈之譌也古者以疾爲敬故亟又訓敬廣雅亟敬也是已箋讀齊爲資稷爲卽均非詩義

旣匡旣勑傳勑固也箋天子使宰夫受之以筐祝則釋嘏辭以勑之　瑞辰按匡勑義相近匡當訓爲匡正箋讀爲筐非詩義也說文勅誡也飭致堅也讀若敕敕飭音義相近傳訓敕爲固蓋以敕爲飭之叚借勑本勞來之

勑經傳中多借爲敕誡之敕爾雅敕勞也又借敕爲勑古來有力音故二字互相通借或以爲形近之誤則非

禮儀既備 瑞辰按備者葡之叚借說文葡具也从用苟省苟自急敕也敕誡也若備之本義則說文訓愼朱武曹曰備與戒互言則謂宜从備字本義

廢徹不遲 箋廢去也 瑞辰按廣雅釋詁發去也廢與發聲近義同故訓去又小爾雅及廣雅並云廢置也置去義亦同徹者勶之叚借說文勶發也與徹訓通異義凡禮言有司徹詩徹我牆屋字皆當作勶廢勶二字同義廢亦勶也或作撤乃勶字之俗

爾殽既將 傳將行也 瑞辰按廣雅釋詁將美也爾殽既

將猶頍弁詩爾殽既嘉爾殽旣時嘉時皆美也廣雅釋詁時善也善與美同義傳訓將爲行失之

孔惠孔時箋惠順也甚順於禮甚得其時 瑞辰按時當訓善廣雅時善也詩豈曰不時言豈曰不善也匪上帝不時言匪上帝不善也士冠禮嘉薦亶時言嘉薦亶善也周書小開篇何敬非時言何敬非善也時善一聲之轉曹公子欣時字子臧取時與臧相應時臧皆善也周官告時于王告備于王卽此詩孔惠孔時惠順也據禮記言備者百順之名備亦順也

信彼南山

信彼南山箋信乎彼南山之野 瑞辰按信彼南山與節

彼南山倬彼甫田句法相類節倬皆爲皃則信亦南山皃也古伸字借作信爾雅釋詁引長也漢書律志引者信也師古曰信讀曰伸引爲長則伸亦長矣說文舒伸也小爾雅舒長也周髀算經從東至北日益長故曰信是伸信訓長之證信爲南山之野長遠皃猶畇畇爲原隰墾辟皃也信當讀伸箋讀爲疑信之信失之

維禹甸之傳甸治也箋禹治而邱甸之　瑞辰按周官稍人邱乘註乘讀與維禹敶之之敶同賈疏引韓詩作敶訓乘也敶爲古文陳字古田陳同聲故通用甸又與田通周官小宗伯註甸讀爲田序官甸說註甸之言田也甸之通作陳猶齊陳氏之爲田氏也說文田敶也又敶理也爾雅郊外謂之牧李

巡本牧作田云田敶也謂敶列種穀之處敶亦古陳字甸爲治則陳田亦皆爲治酒誥惟其陳脩爲厥疆畎陳脩皆治也多方曰畋爾田齊風甫田曰無田甫田竝與陳聲近而義同維禹甸之與下文曾孫田之同義經必上甸下田者變文以協韻也陳乘二字雙聲韓詩訓敶爲乘乘亦治也箋訓爲邱甸之甸不若毛傳訓治爲善

畇畇原隰傳畇畇墾辟貌瑞辰按周官均人註旬均也讀如㽦㽦原隰之㽦玉篇㽦均也㽦與畇音近而義同作㽦者蓋韓詩畇釋文云本亦作眴小爾雅廣雅竝曰旬治也畇即旬也眴亦均也夏小正正月農率均田均田即除田除即治也爾雅釋訓畇畇田也正取曾孫田

之爲訓說文有均無畇郝懿行言畇卽均之或體釋文引字林正作均均墾治也均訓爲治田通作畯說文畯平田也平田亦治田也畇畇者田已均治之皃故傳訓爲墾辟貌

我疆我理傳疆畫經界也理分地理也瑞辰按說文理治玉也治玉謂剖析之引申爲分理之稱樂記鄭注曰理者分也古人曰肌理曰腠理曰文理曰天理曰地理曰條理皆指其可分別者言之故此傳以分地理釋經理字理對疆言疆謂定其大界理則細分其地脉也至成二年左傳曰先王疆理天下物土之宜而布其利引詩我疆我理南東其畝物土之宜乃釋詩南東其畝非

釋理也正義謂分地理若孝經註高田宜黍稷下田宜稻麥失之

東南其畝傳或南或東 瑞辰按齊風衡從其畝釋文引韓詩作橫由其畝云東西耕曰橫南北耕曰由說文十數之具也一爲東西丨爲南北又曰六尺爲步步百爲畮晦或从十久又曰田象形口十千百之制也是畝之一縱一橫實兼東西南北之象此詩南東其畝蓋言南以該北言東以該西也

上天同雲 瑞辰 按爾雅釋天冬曰上天釋名冬曰上天其氣上騰與地絕也許愼五經異義引古尚書說自上監下則稱上天是上天與昊天蒼天等同爲天稱正義

謂雲在於天上雨從上下故曰上天失其義矣藝文類聚引韓詩曰雪雲曰同雲同雲益陰雲密布之皃同對異言埤雅引詩上天同雲而釋之曰冬曰上天煥則雲暘而異寒則雲陰而同其說是也

既優既渥箋潤澤則饒洽 瑞辰按優者瀀之叚借說文瀀澤多也引詩既瀀既渥又曰渥霑也

既霑既足 瑞辰按說文霑雨䨨也䨨濡也足者浞之消借說文浞小濡皃也詩言瀀渥霑足四者義皆相近均以言雨澤之霑濡耳正義以足爲豐足失之

中田有廬箋中田田中也農人作廬焉以便其田事 瑞辰按說文廬寄也秋冬去春夏居古者井田之制私田

在外公田在中廬舍又在公田之中故曰中田有廬穀梁傳曰古者公田爲居井竈葱韭盡取焉正與詩合韓詩外傳曰八家爲隣家得百畝家得公田十畝餘二十畝共爲廬舍各得二畝半公羊傳何休註一夫一婦受田百畝公田十畝廬舍二畝半凡爲田一頃十二畝半八家而九頃共爲一井故曰井田廬舍在內貴人也公田次之貴公也私田在外賤私也漢書食貨志穀梁范註孟子趙註說竝同其說肇自穀梁而甫田詩正義以爲食貨志取孟子爲說而失其本恉其說非也孟子曰請野九一而助國中什一使自賦考工記匠人鄭註引之曰野九夫而稅一國中什一案九一蓋舉成數而言

賈疏引甫田詩箋解歲取十千云井税一夫其田百畝特順經從整數而説其説實與諸家不殊是也甫田詩正義乃拘孟子九一而助之説謂鄭以爲助則九而助一貢則什一而責一通率爲什中取一因謂古無公田二十畝爲廬舍之説其説非也公羊宣十五年傳曰古者什一而藉何休註一夫一婦受田百畝公田十畝卽所謂什一而藉也是知孟子所云皆什一者正謂什一分而取其一甫田詩正義以九一爲九而助一則非至以什一使自賦謂什一而貢一則是也九一而助舉其大數實則除去廬舍二十畝爲八百八十畝八家各得田一百一十畝只税其十畝正爲什一而税其一此孟

子所謂其實皆什一也考工記匠人賈疏以爲什外取一亦什一而取一之義先儒或以什一爲什而取一則與經文其實皆什一爲不合矣

祭以清酒箋清謂元酒也酒鬱鬯五齊三酒也瑞辰按周官酒正辨三酒之物三曰清酒鄭司農曰清酒祭祀之酒此詩及大雅旱麓詩竝以清酒與騂牲對言騂牲爲一則清酒卽酒正三曰清酒不得分清與酒爲二詩葢舉清酒以該衆酒箋分清酒爲元酒與五齊三酒失之

毛詩傳箋通釋卷二十二

小雅　　　　桐城馬瑞辰學

甫田

倬彼甫田傳倬明貌甫田謂天下田也箋甫之言丈夫也明乎彼太古之時以丈夫稅田也釋文倬陟角反韓詩作箌音同云箌卓也瑞辰按爾雅釋詁箌大也舊疏引韓詩作箌彼圃田云箌卓也亦大也說文倬大也圃甫古通用甫田爲大田則倬宜爲大皃而傳訓明皃者倬兼明大二義說文倬箸大也合二義言之是也倬从卓聲箌从到聲古音同部故通用說文有菿無箌玉篇引韓詩作菿彼甫田今爾雅釋文作箌者傳寫之譌爾

雅釋文及邢疏竝引說文葑草大也廣韻三十七號云葑大也四覺又引說文葑草大也今說文二徐本葑譌作菿又别出葑字訓爲草木倒也失之此傳訓甫爲天下田亦是大義不若齊風訓甫大也爲確

攸介攸止烝我髦士傳烝進髦俊也治田得穀俊士以進箋介舍也禮使民鋤作耘耔暇則於廬舍及所止息之處以道藝相講肄以進爲俊士之行 瑞辰按說文介畫也从人从八八别也文選魏都賦注引韓詩薛君章句曰介界也正與說文義合蓋於衆農之中分别其秀者而教之謂之攸介農事既息令其入止里宅謂之攸止公羊傳何休註十月事訖父老教于校室八歲者學

小學十五者學大學其有秀者移于鄉學詩所謂攸介
也又曰五穀畢入民皆居宅詩所謂攸止也又曰鄉學
之秀者移於庠庠之秀者移于國學學于小學諸侯歲
貢小學之秀者于天子于大學其有秀者命曰進士詩
所謂烝我髦士也古者妻將生子居側室與夫别處以
示分别故生民詩亦曰攸介攸止此箋訓介爲廬舍彼
箋云介左右也亦以介爲别爲廬舍以處之左右猶言
左个右个皆别室也生民傳訓介爲大失之
以我齊明傳器實曰齊在器曰盛箋以絜齊豐盛釋文
齊本又作齎又作𪗋瑞辰按說文𪗋黍稷器所以祀者
盛黍稷在器所以祀者也義與毛傳同詩作齊者𪗋之

消借明者盛之叚借古明與盛同義爾雅釋詁明成也釋名成盛也明爲成卽爲盛玉篇晟明也晟亦盛之異文淮南子說林訓長而愈明高註明猶盛也明通爲昌盛之盛因借爲齊盛之盛古字不分平去詩若作盛則與羊方臧等字古音不協故必假明字以爲韻明讀若芒故也傳箋皆以齊盛釋齊明正以明爲盛之叚借正義謂傳因齊釋盛又謂箋以絜齊釋齊明而云齊言明謂絜清失之

與我犧羊箋與我純色之羊 瑞辰按說文牲牛完全也牷牛純色犧宗廟之牲也犧與牲牷字皆从牛蓋本專爲牛稱後乃引伸爲凡牲之稱昭二十五年左傳爲六

畜五牲三犧以奉五味王尙書曰三犧牛羊豕也色純則曰犧左傳雞自憚其犧此宗廟牲通稱犧之證也左傳介葛盧聞牛鳴曰是生三犧曲禮凡家造犧賦爲次疏此犧專謂牛是犧專稱牛之證也此詩以犧羊與齊明對齊明卽齋盛則犧亦當指牛言箋以犧羊爲純色之羊失之曲禮天子以犧牛據釋文犧音牷說文牷牛純色是犧訓純色者乃以犧爲牷字之叚借非犧字本義也

以社以方我田旣臧農夫之慶琴瑟擊鼓以御田祖以祈甘雨以介我稷黍以穀我士女傳社后土也方迎四方氣于郊也田祖先嗇也穀善也箋秋祭社與四方爲

五穀成熟報其功也臧善也我田事已善則慶賜農夫謂大蜡之時勞農以休息之也年不順成則八蜡不通御迎介助穀養也設樂以迎祭先嗇謂郊後始耕也以求甘雨佑助我禾稼我當以養士女也周禮曰凡國祈年于田祖吹豳雅擊土鼓以樂田畯瑞辰按此節蓋述蜡祭之事月令孟冬天子乃祈來年于天宗大割祠于公社及門閭臘先祖五祀鄭註此周禮所謂蜡祭也天宗謂日月星辰也大割大殺羣牲割之也臘謂以田獵所得禽祭也五祀門戶中霤竈行也或言祈年或言大割或言臘互文據此是蜡爲大名祈年祠社臘皆同時之祭周官籥章凡國祈年于田祖吹豳雅擊土鼓以樂

田畯國祭蜡則吹豳頌擊土鼓以息老物以祈年與祭蜡對言所吹雅頌亦異是祈年與蜡非卽一祭蓋猶蜡之與臘分之則爲二合之則大可兼小蜡爲大名耳蔡邕獨斷云臘者歲終大祭又云夏曰嘉平殷曰清祀周曰大蜡漢曰臘風俗通義同僖五年左傳虞不臘矣杜註臘歲終祭衆神之名禮運正義云總而言之謂之蜡析而言之祭百神曰蜡祭宗廟曰息民是蜡本爲合祭衆神之祭故方社無不與祭大宗伯以疈辜祭四方百物鄭註以爲蜡祭郊特牲八蜡以記四方大宗伯註引作八蜡以祀四方則蜡祭四方矣大司樂凡六樂者一變而致羽物及川澤之示一節鄭註此謂大蜡索鬼

神而致百物其五變而致介物及土示賈疏引鄭君駁異義云土祇者土之總神謂社月令大割祠于公社鄭註亦以爲蜡則蜡祭社矣春秋昭十八年傳鄭子產大爲社祓禳於四方此古者祭社必兼四方之證此詩以社以方謂因蜡而祭方社也我田既臧農夫之慶謂蜡後臘勞農息民也以御田祖謂蜡祭主先嗇而祭司嗇也以祈甘雨即月令祈來年於天宗籥章祈年于田祖也皆年終之祭箋以方社爲秋祭以御田祖爲郊後始耕竝失之

曾孫來止以其婦子箋曾孫成王也成王來止謂來觀農事也親與后世子行使知稼穡艱難瑞辰按公羊傳

女在其國稱女在途稱婦入國稱夫人諸侯夫人入國卽不稱婦婦子自指農夫之婦子非謂后世子也王親耕后親蠶后無隨王省耕勸農之事王肅孫毓駁之是也大田以其婦子饁彼南畝與此同義正義曲申箋說失之

攘其左右箋攘讀當爲饟饁饟饋也瑞辰按上文既云饁彼南畝不得復讀攘爲饟古讓字作攘說文揖攘也曲禮左右攘辟鄭註或者攘古讓字此詩攘卽揖攘字謂田畯將嘗其酒食而先讓其左右從行之人示有禮也王肅訓攘爲除田又謂嘗其旨否爲嘗其氣旨土地和美與否也失之孔穎軒言農夫各以食讓與左右隣

并亦非

禾易長畝傳易治也長畝竟畝也箋禾治而竟畝瑞辰按易與移一聲之轉說文移禾相倚移也倚移讀若阿那爲禾盛之皃亦單稱移表記衣服以移之注移讀如禾氾移之移移猶廣大也段玉裁曰禾氾移蓋謂禾蕃多此詩禾易當爲禾移之叚借謂禾蕃竟畝也古叚移爲侈考工記飭車欲侈注故書侈爲移少牢饋食禮移袂皆侈也移正字作袳說文袳衣張也袳亦侈也又按郊特牲順成之方其蜡乃通以移民也鄭注移之言羨也王觀察曰羨者寬衍之意亦與禾移爲蕃盛義相近傳箋並訓易爲治失之

如坻如京箋坻水中之高地也瑞辰按爾雅小沚曰坻其高無幾不足以形禾稼之多坻當讀阺說文𨸏部曰秦謂陵阪曰阺玉篇引埤蒼坻坂也則坻阺二字通矣楊雄解嘲曰響若坻隤應劭曰天水有大坂名曰隴坻其山堆傍箸崩落作聲聞數百里故曰坻隤字亦作氐說文氏字注曰巴蜀名山岸脅之𠂤旁箸欲落墮者曰氏氏崩聲聞數百里象形乀聲其字亦假作是禹貢西傾因桓是來鄭注桓是隴阪名其道般桓旋曲而上故曰桓是今其下民謂隴曰是謂曲爲桓也據此則是即氏也左氏昭二十年傳有肉如坻杜註坻山名正義引楚子觀兵于坻箕之山爲證今按有肉如坻與有肉如

陵相類正當訓陵阪之阺此詩如坻對如京言絕高爲之京則坻亦當訓陵阪耳

大田

既備乃事箋是既備矣至孟春土長冒橛陳根可拔而事之瑞辰按備者服之叚借說文𠬝治也字通作服爾雅釋言服整也整亦治也凡从𠬝从葡之字古多通用備卽服之叚借周頌亦服爾耕夏小正初服于公田既備乃事猶云既服乃事也服叚作備猶漢書王莽傳盡備厥辜卽盡服厥辜定四年左傳備物典册卽服物典策文如繫辭傳服牛乘馬說文引作犕牛乘馬左傳伯服史記鄭世家作伯犕也正義訓爲周備失之事通作

傳事之卽傳之也管子春有以傳耕夏有以傳耘說文無傳字古字葢止作事漢書事刄君之腹中李奇注東方人以物插地中爲事師古曰事字本作傳傳音側吏反周禮考工註又作菑音皆同耳下章箋讀似載爲熾菑方言入地曰熾反草曰菑此章箋引農書陳根可拔而事之與方言反草曰菑正合是知事與傳皆菑之叚借菑亦揷耳顏注張安世傳引續漢書輕車菑矛戟幢麾而釋之曰菑插也菑事載古音近通用菑之叚作事猶菑之叚作載載之通作事也（尚書熙帝之載史記五帝紀載作事大雅毛傳載事也）正義曰於是乃耕故云而事之失箋指矣又抜箋孟春土長冒橛陳根可拔據周語上乃脈發韋昭注引

氾勝之書曰春土冒橛陳根可拔是箋所據引氾勝之種植書耳正義云漢書藝文志農書有七不知出誰書殆未檢國語韋注邪

以我覃耜傳覃利也　瑞辰按覃者剡之叚借淮南氾論訓古者剡耜而耕爾雅釋詁剡利也郭註引詩以我剡耜張平子西京賦亦作剡耜蓋皆本三家詩說文剡銳利也廣雅剡銳也覃剡古同音故通用說文棪讀若三年導服之導士虞禮註古文禫或爲導此剡覃同音之證釋文覃以冉反又徐以廉反正讀如剡

俶載南畝箋俶讀爲熾載讀爲菑栗之菑時至民以其利耜熾菑發所受之地趨農急也田一歲曰菑　瑞辰按

熾菑一字雙聲即倣載之轉錢大昕曰方言入地曰熾熾即戠也說文埴黏土也禹貢厥土赤埴墳鄭本作戠徐王皆讀曰埴考工記摶埴之工鄭注亦訓埴爲黏土是埴戠同物也弓人凡昵之類不能方註故書昵或作樴是埴與戠樴文異而義同土之黏者曰戠以耜入地曰熾猶治亂曰亂耳今按左傳不義不暱說文引作不義不黏云黏黏也或作䵒考工記註杜子春云樴讀爲不義不昵之昵或爲䵒䵒黏也昵黏皆暱之或字䵒又黏之或字爾雅䵒膠也皆與錢氏黏土曰戠之義合吕氏春秋辯土篇曰凡耕之道必始於壚高註壚塡壚地也是始耕之地多黏土必以利耜發之遂以入地爲樴

熾又織之叚借也古菑聲如才周官媒氏註古緇以才爲聲也才載哉古通用菑之通作載猶緇之或作紂也爾雅釋地田一歲曰菑郭註今江東呼初耕地反草爲菑易釋文引董遇曰菑反草也反草猶今曰翻田耳

曾孫是若箋若順也成王於是則止力役以順民事不奪其時　瑞辰按說文若擇菜也晉語秦穆公曰吾誰使先若夫二公子而立之謂誰使先擇夫二公子而立之也蒸民詩天子是若謂天子擇其人而用之卽下明命使賦也此詩曾孫是若蓋謂曾孫擇其稼之善者而勸之卽省耕之謂也箋訓若爲順失之

旣方旣皁傳實未堅者曰皁箋方房也謂孚甲始生而

未合時也盡生房矣盡成實矣瑞辰按皁卽草字之俗古借早字爲草周官大司徒其植物宜早物釋文皁音早本亦作早是也說文草艸斗櫟實也一曰象斗子从艸早聲引申之凡植物有孚甲者皆可稱早詩既方箋訓爲房謂孚甲始生而未合者則既皁是狀其孚甲之既合有如草斗戴侗六書故橡櫟之實爲皁象皁有斗承實形詩曰既方既皁言黍稷之稃如皁也其說是矣

不稂不莠傳稂童粱也莠似苗也箋而無稂莠擇種之善民力之專時氣之和所致之正義若擇種去其細粒鋤禾除其非類則無復稂莠亦由時氣之和使然瑞辰按爾雅釋草稂童粱正義引舍人曰稂一名童粱陸機

疏云禾秀爲穗而不成崱嶷然謂之童粱童粱說文作童節節字注云禾粟之采生而不成者謂之童節或作稂采即穗字爲禾成秀之名說文禿無髮也从儿上象禾粟之形取其聲段玉裁曰粟當作秀謂禾秀之穎屈曲下垂莖屈處圓轉光潤如折釵股禿者全無髮首光潤似之故曰象禾秀之形今按童與禿亦一聲之轉童節秀而不實壯其秀則曰童猶今人禿頂亦曰秀也說文僮未冠也犝無角牛均與童之爲禿義相近凡山之無草木者曰童亦其義也稂爲莠類狼尾草如莠可以蓋屋或謂稂即爾雅之孟狼尾失之說文莠禾粟下揚生莠讀若酉焦循曰揚者簸揚之謂粟之不堅好者簸

揚之必在下今俗稱粟之不成者何曰下揚是謂莠爲浮秕下揚所生今按鄭志答韋曜問莠今何草云今之狗尾也狗尾草今有二種一種草中自生者處處皆有一種生於田間似粱而無米蓋禾粟下揚所生段玉裁說文注讀禾粟下爲句揚生莠也爲句以揚生爲不下垂失之農桑輯要云穀種浮秕去則無莠又根莠不去實害嘉禾此箋所以云擇種之善民力之專也

去其螟螣傳食心曰螟食葉曰螣　瑞辰按傳本爾雅說文螟蟲食穀心者吏冥冥犯法卽生螟二徐本心誤作葉惟藝文類聚開元占經引說文作食穀心今段本从之是也釋文螣字或作蚮說文作蟘徐本說文作蟘云

蟲食苗葉者吏乞貣則生螟蟘當从釋文引作蟘蟘者本字螣者叚借字也螟又借作蜮呂覽任地篇又無螟蜮註蜮或作螣兖州謂蜮爲螣音相近也後漢明帝紀亦曰去其螟蜮春秋莊十八年秋有蜮蜮當讀爲螟蜮之蜮劉向服虔並以爲短弧失之

及其蟊賊傳食根曰蟊食節曰賊釋文蟊本作蛑瑞辰按蟊者𧒒之叚借說文𧒒蟲食草根者从蟲彔象形吏抵冒取民財則生𧒒或作蟊古文作蛑是釋文云又作蛑者爲古文古務牟同聲古文作蛑或作蝥者猶務光一作牟光也其字亦渻作牟漢書景帝詔侵牟萬民李奇曰牟食苗根蟲是也賊玉篇作蠈此後人增益之字

古蒸止作賊

秉畀炎火傳炎火盛陽也箋螟螣之屬盛陽氣嬴則生之今明君爲政田祖之神不受此害持之付與炎火使自消亡瑞辰按蟲之害穀者多以天旱感盛陽之氣亦惟盛陽能滅之後世捕蝗用火卽取詩秉畀炎火之義釋文秉韓詩作卜云卜報也案爾雅釋詁卜予也卜畀猶云付與韓詩作卜云卜報也天保詩言卜爾百福又曰報以介福卜報皆予胡承珙曰白虎通蓍龜云卜赴也小爾雅赴疾也禮記少儀喪服小記注並云報讀赴疾之赴是訓卜爲報猶訓卜爲赴卜畀謂疾付也今按秉與卜雙聲故秉可通作卜也至新唐書姚崇傳引詩

曰秉彼蟊賊付畀炎火蓋約舉詩詞其付畀炎火卽本韓詩而變其文

有渰萋萋傳渰雲興貌萋萋雲行貌釋文渰本又作弇漢書作黤正義曰毛傳渰雲興貌定本集注作渰陰雲貌　瑞辰按說文渰雨雲貌（徐本作雲雨皃誤此从段本據初學記太平御覽所引正）毛詩作渰者正字漢書作黤呂氏春秋引作晻皆音近段借字（說文黤青黑色也晻不明也黭果實黭黯黑也義竝與渰爲陰雲相近）蓋本三家詩今漢書食貨志引詩亦作渰特後人依毛詩改耳毛傳渰雲興貌當从定本集注作陰雲貌爲正顏氏家訓書證篇引毛傳正作陰雲顏師古漢書注渰陰雲也義本毛傳呂氏春秋高誘註晻陰雨也陰雨亦當爲陰雲

之譌說文淒雨雲起也各本作雲雨誤此从段本據初學記太平御覽所引正引詩有渰淒淒呂氏春秋漢書後漢書左雄傳玉篇廣韻皆作淒淒初學記顏氏家訓白氏六帖唐石經監本毛本竝作萋萋據韓詩外傳引詩作淒淒則作淒淒者韓詩爲本字毛詩作萋萋叚借字也

興雨祁祁傳祁祁徐也箋古者陰陽和風雨時其來祁祁然而不暴疾釋文興雨如字本或作興雲非也正義經興雨或作興雲誤也定本作興雨瑞辰按顏氏家訓據班固靈臺詩祁祁甘雨謂詩興雲當作興雨臧琳經義雜記段玉裁詩小學竝謂當作興雲今按箋云其來祁祁然不暴疾古但言暴風暴雨未有言暴雲者則不

暴疾指雨無疑是鄭君所見毛詩作興雨之證鹽鐵論水旱篇後漢書左雄傳引詩皆作興雨呂氏春秋務本篇引詩雖作興雲但高註云陰陽和時雨祁祁然不暴疾也似高誘所見呂氏春秋原作興雨唐石經作興雨與釋文正義本同是毛詩作興雨也王伯厚詩攷引韓詩作興雲韓詩外傳引詩亦作興雲則知作興雲者自爲韓詩漢書食貨志無極山碑藝文類聚引詩作興雲皆本韓詩也祈祈各本引詩皆作祁祁惟監本毛作祈祈嚴可均謂避明諱是也韓奕詩祁祁如雲則此詩从韓詩作興雲祁祁爲是采蘩詩被之祁祁謂首飾之盛則此詩及韓奕詩祁祁皆爲雲盛皃傳箋竝訓爲徐失

之

彼有不穫穉　瑞辰按穉有二義閟宮詩傳先種曰稙後種曰穉說文穉幼禾也繫傳本下有晚種後孰者五字是禾之幼者曰穉禾之晚種者亦曰穉此詩無害我田穉謂幼禾也彼有不穫穉謂晚種後孰者也

此有不斂穧　瑞辰按穧有二義爾雅釋詁曰穧穫也說文穧穫刈也一曰撮也撮卽聚把之稱是穫禾謂之穧聚禾成把亦謂之穧此詩不斂穧當从說文撮也之訓釋文以穧穫當之失矣聘禮記四秉曰筥鄭註筥穧名也今淶易之間刈稻聚把有名爲筥者是穧卽筥之别名然二字不相通借董氏讀詩記謂崔集注穧作筥則

非也正義云定本集注穧作積唐時集注本尚存當以正義爲是廣雅釋詁秿積也又曰秿穧也積與穧音近而義同故集注本穧作積耳又按穉與穗皆禾名秉與穧皆禾束名坊記引詩彼有遺秉此有不歛穧以秉與穧相對成文則此有滯穗當與彼有不穫穉二句相屬葢三家詩與毛詩異

彼有遺秉傳秉把也 瑞辰按說文把握也秉禾束也从手持禾又曰兼持二禾秉持一禾急就篇秉把並列顏師古註一束曰秉一把曰把葢秉與把對文則異散文則通小爾雅把謂之秉春秋左氏傳或取一秉秆焉一秉卽一把也

瞻彼洛矣

韎韐有奭傳韎韐者茅蒐染韋也一曰韎韐所以代韠也箋韎韐者茅蒐染也茅蒐韎韐聲也韎韐祭服之韠合韋爲之其服爵弁服紂衣纁裳也瑞辰按說文韎茅蒐染草也毛傳韐字誤衍染草乃染韋之譌一曰韎正義引定本云一入曰韎韐據左傳正義引賈逵云一染曰韎說文亦云一入曰韎則知毛傳本作一入曰韎讀至韎字絕句今本一字下脫入字正義又以韎韐二字連讀誤矣茅蒐之聲合爲韎箋茅蒐韎韐聲也韐字乃誤衍韋昭國語注急疾呼茅蒐成韎左傳正義引箋云茅蒐韎聲也無韐字今本左傳正義引箋脫茅蒐二字是其證矣正義

連韐言聲者亦譌也又按毛以一入之色爲韎不當復以茅蒐爲韎鄭以茅蒐爲韎蓋不取毛公一入爲韎之說耳毛若既云茅蒐染韋則鄭不須更云韎者茅蒐染矣王尚書經義述聞曰毛傳原文作韎染韋也今本韎下有者茅蒐三字此涉鄭箋韎者茅蒐染也而誤衍又以說文韎者茅蒐染韋也茅蒐二字亦後人依誤本加之其說是也今按說文韎从韋末聲正義引鄭駁異義云字當作韎蓋以茅蒐合聲爲韎知其當从末聲非謂从韋之字當改从革也作靺者亦傳寫之譌耳說文一入曰韎義本毛傳其字从末不从未此亦傳箋異義之一證益知毛傳茅蒐二字爲誤衍矣又按釋名以爵韋

爲之謂之爵弁以韎韋爲之謂之韋弁古者爵弁緇衣韋弁則服韎衣周官司服鄭注韋弁以韎韋爲弁又以爲衣裳其代韠者蓋皆以韎韐士冠禮爵弁服纁裳純衣緇帶韎韐此爵弁服用韎韐之證也周官司服凡兵事韋弁服此詩以作六師是兵事宜服韋弁而云韎韐有奭正韋弁服亦用韎韐之證鄭箋以士之祭服爲爵弁韎韐因以詩言韎韐爲諸侯世子未爵命服士服而來誤矣白虎通引詩曰韎韐有絶謂世子始行也其說與箋同蓋本三家詩說

鞞琫有珌傳鞞容刀鞞也琫上飾珌下飾珌下飾者天子玉琫而珧珌諸侯璗琫而璆珌大夫鐐琫而鏐珌士珕琫而珕珌載震毛鄭詩考正曰傳內珌字凡六見皆

當作鞞鞞琫有珌猶上章韎韐有奭奭赤貌珌文貌刀下飾乃鞞也字又作琕說文以鞞爲刀室殆誤會毛傳鞞容刀鞞也之語又曰珌佩刀下飾蓋所見毛詩與今本同遂取之以解字段玉裁以戴說爲非云有讀爲又有鞞有琫又有珌也瑞辰按戴震以珌爲文飾皃其說是也珌當讀如韓詩有邲君子之邲邲美皃猶珌爲文皃也有珌之不得爲刀飾猶上章有奭之不得爲器名也至戴氏以傳内六珌字皆爲鞞字之誤其說近是而猶未確今按說文削鞞也鞞刀室也方言劍削自關而西謂之鞞廣雅釋器鞞刀削也是鞞爲刀室之證公劉詩傳下曰鞞上曰琫鞞字又作琕釋名下末之飾曰琕

琕卑也在下之言也字林亦曰琕佩刀下飾舊作上飾任大椿云當作下飾是也是下飾之珌亦通名鞞之證此詩傳曰珌下飾說文亦曰珌佩刀下飾珌古文作琿是下飾本名珌而得通作鞞與琕者珌从必聲鞞琕皆从卑聲卑必二字雙聲故通用傳於公劉詩鞞琫容刀釋之曰下曰鞞其釋此詩曰鞞容刀鞞也正謂鞞卽鞞琫容刀之鞞爲下飾之珌通借字將以别於鞞之爲刀室者也傳又云琫上飾珌下飾正以明鞞之卽爲珌也傳又云珌下飾者恐人疑珌之不得爲下飾故又引天子玉琫而珧珌四語以證之皆以證鞞之卽爲珌非釋詩有珌之珌也段玉裁謂詩言鞞琫而又加珌失毛傳之恉矣鞞珌爲一

公劉傳下曰鞞上曰琫依經文言之此傳琫上飾珌下飾依上下之序及下引逸禮先琫後珌言之左傳藻率鞞鞛鞛卽琫也杜註鞞刀削上飾鞛下飾以毛傳說文證之杜註上下字蓋互譌耳戴震知鞞之宜爲下飾而不知鞞珌之可通借故以傳內六珌字皆當爲鞞之譌非雋論也又按說文琫佩刀上飾天子以玉諸侯以金又曰珌佩刀下飾天子以玉是天子上下飾皆當以玉且正義本諸侯璗琫而鏐珌正義云定本及集注皆以諸侯璆珌字從王恐非也是正義本作鏐珌之證璗與鏐皆金也諸侯旣純以金則天子不得雜用珧珧蓋瑤字之叚借爾雅釋訓傜傜釋文傜本作佻缶兆古同音通用瑤與玉異名而同物公劉詩維

玉及瑤鞞琫容刀謂以玉瑤爲鞞琫葢玉琫而瑤鞞後遂以爲天子之飾卽此傳所云天子玉琫而珧珌也說文珧字註引禮云佩刀天子玉琫而珧珌則許君所見逸禮已作天子珧珌珧葢瑤借字抑或因士珧珌而誤也又按正義云天子諸侯琫珌異物大夫士則同又云定本及集注大夫鏐珌恐非也是正義本作大夫鐐琫而鐐珌士珕琫而珕珌惟說文引禮士珕琫而珧珌與正義本異然珧與珕皆蜃屬以類推之天子鞞琫皆以玉諸侯皆以金不獨大夫以鐐士以蜃爲同物卽天子諸侯亦未嘗異物也又按天子諸侯大夫佩飾各異不應士之珌飾獨與天子同益知天子珧珌當作瑤珌耳

裳裳者華

裳裳者華傳裳裳猶堂堂也瑞辰按裳與常同字說文常或作裳是也廣雅常常盛也葢本三家詩

芸其黃矣傳芸黃盛也瑞辰按芸者䡝字之叚借說文䡝物數紛䡝亂也今作紛紜䡝謂多多則盛矣老子夫物芸芸各歸其根叚芸爲䡝與此詩及苕之華篇正同

我覯之子箋覯見也之子是子也謂古之明王也瑞辰按據二章維其有章矣三章乘其四駱宜指古之世祿者言則之子當指世祿之人末章君子乃指古之明王耳箋以之子指古之明王而以末章君子爲斥其先人似非詩義

左之左之君子宜之右之右之君子有之傳左陽道朝祀之事右陰道喪戎之事箋君子斥其先人也多才多藝有禮於朝有功於國 瑞辰按左之右之宜从錢澄之說謂左輔右弼君子對序小人在位言之謂古之明王說文宜所安也宜之謂安之也廣雅有取也有之謂取之也古之明王能取用輔弼之賢是以能使世祿者嗣其先祖耳

桑扈

君子樂胥傳胥皆也箋胥有才知之名也 瑞辰按皆嘉一聲之轉廣雅釋言皆嘉也樂胥猶言樂嘉樂豈嘉亦樂也毛傳訓胥爲皆正以皆有嘉誼猶訓胥爲嘉也若

訓爲樂皆則不詞故正義倒其文以皆樂釋之賈誼書訓胥爲相亦非詩義箋以胥爲諝及㥠字之叚借說文諝及㥠皆曰知也亦未確

受天之祜傳祜福也 瑞辰按爾雅釋詁祜福也一切經音義引爾雅舊註曰祜天之福也臧庸曰祜字从古周祝解天爲古鄭注堯典曰古天也元鳥詩箋古帝天也古有天義故祜爲天之福今按賈誼禮書曰祜大福也廣雅釋詁天大也天與大亦同義故祜爲天之福又爲大福祜與嘏胡聲近嘏胡皆大也

不戢不難傳戢聚也不戢戢也不難難也箋王者位至尊天所子也然而不自歛以先王之法不自難以亡國

之戒　瑞辰按戢當讀爲濈說文濈和也又與輯通爾雅釋詁輯和也說文輯車和輯也傳訓戢爲聚聚與和義相成難當讀爲戁說文戁敬也不戢不難言和且敬也爾不字皆語詞戢與難皆省借字箋讀不如不然之不正義訓傳爲難易之難並失之

受福不那傳那多也不多多也箋則其受福祿亦不多也　瑞辰按爾雅釋詁那多也傳義所本說文魌讀若詩受福不儺三家詩蓋有作儺者那儺雙聲通用猶猗那之通作猗儺又作阿難也不爲語詞受福不那猶云降福孔多箋云受福祿亦不多戴震訓那如有那其居之那竝失之廣雅䎃多也那與䎃通據說文䩤富䩤䩤皃

从嗇單聲古从單聲如鼉驒等字皆轉讀與儺那近是知那儺皆⿰嗇單字之叚借

旨酒思柔箋其飲美酒思得柔順中和與共其樂言不憮敖自淫恣也瑞辰按說文脜嘉善肉也字通作柔晉語若克有成無亦晉之柔嘉是从甘食是也柔之義爲嘉善內則柔其肉卽善其肉也柔色以溫之卽善色也抑之詩曰無不柔嘉柔亦嘉也柔擾聲近通用皐陶謨擾而毅史記作犪卽擾之本字說文犪牛柔謹也徐廣曰犪一作柔廣雅犪柔也善也是亦柔善同義之證思爲語詞旨酒思柔猶云飲酒孔嘉絲衣詩旨酒思柔義同此箋謂思得柔順中和失之

彼交匪敖箋彼彼賢者也賢者居處恭執事敬與人交必以禮　瑞辰按彼匪古通用成二十二年左傳引詩彼交匪傲襄二十七年左傳公孫段賦桑扈趙孟曰匪交匪敖福將焉往漢書五行志引詩作匪儌匪傲應劭注曰言在位者不儌訐不倨傲也師古註儌謂儌倖也葢三家詩彼作匪交作傲毛詩作彼即匪之叚借交即儌之叚借箋讀彼如彼我之彼訓交爲交友之交竝失之胡承珙曰此詩義當作匪絲衣兕觥其觩四句與此詩文義相同此匪交匪敖當與彼不吳不敖一例耳

萬福來求箋則萬福之祿就而求之　瑞辰按王尚書曰求讀與逑同逑聚也謂福祿來聚其說是也逑鳩古同

義爾雅釋詁鳩聚也堯典方鳩僝功說文引作旁逑僝功云逑歛聚也逑音又同勼說文勼聚也萬福來求猶鳧鷖詩福祿來崇瞻彼洛矣詩福祿既同長發詩百祿是遒崇同遒皆聚也故趙孟曰福將焉往箋云就而求之失其義矣

鴛鴦

鴛鴦于飛畢之羅之傳興也鴛鴦匹鳥太平之時交於萬物有道取之以時於飛乃畢掩而羅之箋匹鳥言其止則相耦飛則為雙性馴耦也此交萬物之實也而言興者廣其義也獺祭魚而後漁豺祭獸而後田此亦皆其將縱散時　瑞辰按聖人弋不射宿說文宿止也不射

宿謂不射止鳥非夜宿之謂古者射飛鳥不射止鳥說文隿繳射飛鳥也詩言如彼飛蟲時亦弋獲皆其證也古者羅畢之掩鳥蓋亦於其飛不於其止故詩以鴛鴦于飛畢之羅之見古明王之交於萬物有道非謂能飛乃畢羅之也二章鴛鴦在梁戢其左翼毛傳言休息也箋言自若無恐懼惟古者不捕掩止鳥故得休息無恐懼此與論語山梁雌雉子曰時哉時哉同義古人謂時爲所說詳王氏經義說文時哉時哉猶孟子言得其所哉緜蠻言黃鳥止于邱隅子曰於止知其所止皆以古人不掩止鳥故也知二章戢其左翼爲不掩止鳥則益知首章以掩取飛鳥爲交物有道矣正義謂於其能飛乃畢掩之

而羅取之似非詩義

福祿宜之箋則宜壽考受福祿也瑞辰按說文宜所安也福祿宜之猶言福祿綏之宜綏皆安也二章宜其遐福同義箋訓宜爲爲宜受福祿失之

戢其左翼傳言休息也箋戢歛也鴛鴦休息於梁明王之時人不驚駭歛其左翼以右翼掩之自若無恐懼瑞辰按歛左翼非掩右翼毛西河駁之是也釋文引韓詩曰戢捷也捷其噣於左也捷有插訓毛西河引考工記盧人注於所捷也捷卽插也鳥之棲息恒捷其噣於左翼胡承珙曰戢與捷雙聲故捷可假借作戢

摧之秣之傳摧莝也秣粟也箋摧今莝字也古者明王

所乘之馬繫於廄無事則委之以莝有事則予之穀言愛國用也　瑞辰按摧挫一聲之轉說文摧字註一曰折也卽挫折之義又曰挫摧也毛傳莝訓摧爲挫本作摧挫也箋以挫卽爲莝因申釋之曰挫今莝字也以古文多假挫爲莝也若如今本傳云摧莝也箋云摧今莝字也則不可通矣據釋文引韓詩曰莝委也是韓詩用本字作莝之證鄭君先通韓詩故知挫卽莝字之叚借耳李黼平據釋文摧采卧反芻也此釋經摧之又云芻也楚俱反此釋傳也傳當本作摧芻也然芻也之訓安知非承上芻也之訓言之未見其爲釋傳也又按詩莝秣並言猶前章畢羅並舉謂或以莝或以秣耳說文莝斬

芻又曰莝以穀萎馬置莝中是古者養馬穀莝竝用之證故馬不食秣凶年之制季文子馬不食粟世稱其儉未聞君之乘馬無事則委以莝也王馬甚多惟乘馬之在廄者始摧秣兼用而他馬之不然自在言外則其奉養有節已可知矣

福祿艾之傳艾養也瑞辰按爾雅釋詁艾相也相輔也艾之謂輔助之猶鳧鷖詩福祿來爲爲亦助也南山有臺詩保艾爾後晉語公孫固曰樹于有禮必有艾皆當从爾雅艾相也之訓傳从爾雅訓養養與助義相成艾之爲養又爲相猶將之爲養又爲助也

頍弁

蔦與女蘿傳蔦寄生也女蘿菟絲松蘿也瑞辰按爾雅釋草寓木宛童郭註寄生樹一名蔦說文蔦寄生草也或从木作樢廣雅釋草寄肩寄生也釋木又云宛童寄生樢也王尙書曰樢之言擣也方言擣依也依椅樹上而生故謂之樢呂覽精通篇高註引詩蔦與女蘿葢以蔦葛形近而誤廣韻十二曷葛字註引廣雅苑童寄生葛也亦誤引樢爲葛是其類矣廣雅釋草女蘿松蘿也又曰兎邱云絲也陸氏義疏及陸德明竝菟松蘿與菟絲爲二而爾雅云唐蒙女蘿女蘿菟絲毛傳亦以女蘿菟絲松蘿爲一葢對文則異散文則相類者不嫌同名耳

庶幾說懌箋則庶幾其變改意解懌也瑞辰按爾雅釋詁懌悅樂也又悅懌服也說文無悅懌字說字註云說釋也說釋卽悅懌也廣雅兌解說也學記相說以解解釋卽說故釋亦得爲悅靜女詩說懌女美及此詩庶幾說懌皆二字同義懌亦說也釋文懌本又作繹者叚借字

兄弟具來箋具猶來也瑞辰按來當讀如爾雅勞來勤也之來字正作勑說文勑勞勑也廣雅勑勤也凡人勤勞謂之勑相恩勤亦謂之勑大東詩職勞不來是也箋云具猶來者葢以具爲俱之叚借說文俱偕也偕字註一曰俱也又旅字註从㫃从从从俱也俱有偕从之義

謂人之以類相合正與具來之訓恩勤者同義小爾雅交俱也詩以具來二字平列皆謂相恩勤相會合也曹子建詩我豈狎異人朋友與我俱義本此詩呂氏春秋曰苗其弱也欲孤其長也欲相與俱俱對孤言謂相偶也三家詩葢有作俱來者鄭君先通韓詩故知具卽爲俱與來同義具來竝言猶左傳耦俱無猜俱猶耦也

憂心怲怲傳怲怲憂盛滿也瑞辰按古音丙讀如方因與方通用士冠禮加柶面枋注今文枋爲柄士昏禮皆南枋注今文枋作柄少牢饋食禮南柄注古文柄爲方春秋隱八年歸祊九年會防公羊竝作邴皆丙方通用之證此詩怲怲古音讀同旁旁故與上臧爲韵說文怲

憂也廣雅釋訓彭彭旁旁竝云盛也怲怲與彭彭旁旁聲義竝同故傳以爲憂憂盛滿之皃上章憂心奕奕毛傳奕奕然無所薄也據廣雅釋訓奕奕盛也則奕奕亦爲憂盛滿之皃傳云無所薄者亦與盛滿義相成

爾殽既阜箋阜猶多也瑞辰按鄭風毛傳阜盛也盛與美同義既阜與前二章既嘉既時同義謂盛也美也箋訓多義與盛美正相近

先集爲霰傳霰暴雪也箋將大雨雪始必微溫雪自上下遇溫氣而摶謂之霰久而寒勝則大雪矣喻幽王之不親九族亦有漸自微至甚如先霰後大雪釋文霰消雪也字亦作霓瑞辰按爾雅雨霓爲霄雪釋文霓本或

作霰⿱雨鮮霄本亦作消蓋䨘霰古同字⿱雨鮮者䨘之叚借消者霄之叚借也說文雨䨘爲霄从雨肖聲齊語也又曰霰稷雪也或作䨘埤雅云閩俗謂之米雪言其散粒如米即說文所云稷雪釋名霰星也水雪相摶如星而散也今按霄之言消霰之言散皆取易於消散之義至曰稷雪曰米雪曰如星則皆象其形也至毛傳云暴雪者胡承珙曰廣雅釋詁暴猝也說文猝犬從草暴出逐人也猝通作卒漢書杜欽傳注引鄭氏曰卒急也凡猝然者謂之暴引伸之凡初起者亦謂之暴暴雪正謂將有大雪其初猝然而下者必霰也正義謂以比幽王暴虐又云初爲霰者久必暴雪非謂霰即暴雪失傳恉矣段

玉裁謂暴雪當爲黍雪之譌亦無確證又按文選註引韓詩薛君章句曰霰霙也霙猶花今俗以雪之先下而小者爲雪花即韓詩所謂霙也或以雪花六出當之則誤以霰爲大雪矣

車舝

間關車之舝兮傳間關設舝貌 瑞辰按舝轄古通用左傳叔孫賦車轄即此詩說文轄車聲也三家詩必有作轄訓爲車聲者爲說文所本然以轄爲車聲不以間關爲車聲也間關二字疊韻後漢書荀彧傳論曰荀君乃越河冀間關以從曹氏注間關猶展轉也阮氏福曰車之設舝則婉轉如意亦猶人之周流四方動而不息故

論以爲閒關以從曹氏注以爲猶展轉也閒關言貌而不言聲當从毛傳爲是詩無以疊韻省聲之例宋儒以爲設牽聲失之後漢書馬援傳閒關跋涉章懷註以爲崎嶇亦非

德音來括傳括會也箋使我王更修德教會合離散之人瑞辰按韓詩括約束也以德音來相約束即下章令德來教之意說文括絜也又桰隱也均與約束義同至毛傳訓括爲會者括會一聲之轉括訓爲會猶話或作譮也會合與約束義亦相近箋以爲會合離散之人失之

依彼平林傳依茂木貌瑞辰按依殷古同聲殷盛也依

卽殷之叚借故傳以依爲茂木皃

辰彼碩女傳辰時也 瑞辰按頍弁詩毛傳時善也此傳訓辰爲時者亦取善義辰爲碩女美善皃猶依爲茂木皃也箋及正義竝以時爲其時失之又按列女傳引詩作展彼碩女葢本韓詩抑或以展辰形近而譌

析其柞薪箋登高岡者必析其木以爲薪析其木以爲薪者謂其葉茂盛蔽岡之高也此喻賢女得在王后之位則必辟除嫉妒之女亦爲其蔽君之明 瑞辰按爾雅釋木櫬采薪采薪卽薪釋文引舍人云櫬名采薪又名卽薪王尙書曰舍人以櫬字屬下讀較諸家爲長櫬與采薪卽薪皆謂柞木也柞一名櫟一名橡一名采說詳

經義述聞今按王說是也今俗稱柞樹爲柞櫟樹呂記引陳氏曰析薪者以喻昏姻范氏補傳曰詩人謂以斧而析薪故能得薪喻王求賢女亦當有道今按漢廣有刈薪之言南山有析薪之句豳風之伐柯與娶妻同喻詩中以析薪喻昏姻者不一而足東山之詩曰其新孔嘉薪之爲言新說文新取木也詩蓋以取木喻取女因而卽以析薪喻娶妻爲迎新也此詩欲去褒姒而別求賢女尤於迎新義合箋謂以去褒喻辟去惡女非詩義也

高山仰止景行行止傳景大也箋景明也諸大夫以爲賢女既進則王亦庶幾古人有高德者則慕仰之有明

行者則而行之釋文仰止本或作仰之瑞辰按行猶道也景行與高山對言猶云大道也據此詩釋文云仰止本或作仰之似陸君所見毛詩上句作之下句作止若據表記引詩高山仰止景行行止釋文曰仰止本或作仰之行止詩作行之又似陸見毛詩上句作止下句作之今按之字篆文作㞢與止字形近易譌據箋云則慕仰之則而行之皆本經文爲訓正義曰仰之行之則上下句皆當作之爲是晏子景公問晏子曰人性有賢不肖可學乎晏子對曰詩云高山仰止景行行止之者其人也其引詩本作仰之行之故以之者其人釋之字今作止者後人依今本毛詩改也史記孔子世家引詩高

山仰止景行行止宋本行止作行之故釋之曰雖不能至然心嚮往之亦釋詩兩之字又史記補三王世家載武帝制曰高山仰之景行嚮之義本此詩雖嚮與行異上下句亦皆作之是皆經本作之之證又按詩本以高山與景行竝稱而後人誤稱景仰始見後漢書劉愷傳賈逵上書云今愷景仰前修章懷注景猶慕也又陳忠上書有百寮景式語注景慕以爲法式後遂承其誤而言景仰矣

以慰我心傳慰安也箋以慰除我心之憂也釋文慰怨也王申爲怨恨之義韓詩作慍恚也本或作慰安也是馬融義正義孫毓載毛傳云慰怨也王肅云新昏謂褒

姒也大夫下遇賢女而後徒見褒姒讒巧嫉妬故其心怨恨徧檢今本皆爲慰安　瑞辰按訓安者是馬融義已見釋文訓怨者亦非毛傳之舊說文䛩慰也據玉篇䛩慰也亦作婉䛩卽婉之或體䛩者順也䛩可訓慰慰亦可訓䛩毛傳葢本作慰䛩也後人少識䛩因譌而爲怨王肅遂以怨恨釋之耳說文䛩慰也集韻類篇及葉石君本均作尉說文尉从上按下也从𡰥又持火所以申繒也是尉本火斗之稱引伸爲自上按下之通稱按者抑也止也廣雅抑治也與除義訓治同惟毛傳本作慰䛩也取慰按之義故箋以慰除其心釋之以慰我心猶前章我心寫兮寫亦除也此亦傳作䛩之證若毛訓慰

爲怨爲安箋皆不得訓慰爲除以申釋之正義乃以憂除則心安强合爲一失矣至韓詩作以愠我心訓爲恚者愠訦怨古竝同聲韓詩蓋讀慰爲怨因遂以愠代慰耳說文慰安也一曰恚怒也怒疑亦訦字之譌本當作一曰恚也一曰訦也訦者毛詩恚者兼採韓詩也

青蠅

營營青蠅傳營營往來貌瑞辰按廣雅營營往來也義本毛傳說文棥字註引詩營營青蠅从毛詩又云營小聲引詩營營青蠅蓋本三家詩以營營喻蠅聲之小與說文𤬪小瓜也嫈小心態也滎絶小水也皆同義凡蠅飛則有聲止則聲息詩首章以蠅聲之止喻讒言之宜

屏後二章又以蠅聲之有時而息喻讒言之爲害無已也故傳箋於他詩罔極多訓極爲中獨此詩訓極爲已

賓之初筵

賓之初筵首章大侯既抗傳云有燕射之禮是以詩所言爲燕射禮也左右秩秩箋云先王將祭必射以擇士大射之禮賓初入門登堂卽席其趨翔威儀甚審知言不失禮也又大侯既抗箋云將祭而射謂之大射下章言烝衎列祖其非祭與是以詩所言爲大射禮也　瑞辰按箋說大射是也禮記射義云古者諸侯之射也必先行燕禮引詩以燕以射皆謂大射先行燕禮此詩首章先言舉酬飲酒乃言大侯既抗與大射之先燕後射合

此可證其爲大射者一也正義言燕射之禮自天子至
士皆一侯上下共射之惟大射則張三侯大射儀前射
三日司馬命量人量侯道以貍步大侯九十參七十干
五十是也詩言大侯以統參侯干侯此可證其爲大射
者二也將祭而射謂之大射首章箋云下章言烝衎列
祖其非祭與此可證其大射者三也惟箋以二章各奏
爾能至以奏爾時皆謂祭禮則非也古者射禮皆三射
鄉射記始射獲而未釋獲一射也又曰復釋獲謂再射
也又曰復用樂行之謂三射也大射三次與鄉射同初
射禮畧故詩不言首章言射夫既同獻爾發功謂大射
再射不貫不釋也發彼有的以祈爾爵大射再射釋獲

飲不勝者也二章籥舞笙鼓樂旣和奏者大射之三射以樂節射也烝衎列祖以洽百禮謂中多者得與于祭其容比于禮也鄉射禮有司請射賓對曰某不能爲二三子許諾是古以善射者爲能則知詩言各奏爾能者仍謂射也賓載手仇仇猶耦也謂三射之比耦也室人入又謂三射之主人繼賓射也酌彼康爵以奏爾時謂三射之釋獲勝者飲不勝者酒也正義釋籥舞二句亦引或以此爲節射之樂又謂射禮主於射畧於樂其說非也古者射禮尤以比禮節樂爲重周官鄉大夫以五物教射夌廷堪以鄉射禮分釋之云一曰和二曰容卽鄉射禮之三耦射也獲而未釋獲但取其容體比于禮

也是爲弟一次䠶三曰主皮者卽再射司射命曰不貫不釋葢取其中也馬融論語註以主皮爲能中質是也是爲弟二次䠶四曰和容五曰與舞卽鄉射禮之以樂節射也司射命曰不鼓不釋旣取其容比于禮又取其節比于樂也是謂弟三次䠶今按此詩籥舞笙鼓樂旣和奏亦當指大射弟三次射言可與淩說互相證也

籩豆有楚傳楚列貌瑞辰按楚與且古音同部大雅韓奕詩籩豆有且毛傳且多貌且之本義爲薦說文且薦也从几足有二横一其下地也引伸之義爲再又訓爲多有楚當卽有且之叚借猶曹風衣裳楚楚說文引詩作䰉䰉䰉亦因䰉楚音近得相叚借䰉从虘聲虘亦且聲

也又史記仲尼弟子傳秦祖字子南王尙書曰祖讀爲楚聲近叚借亦與此詩叚楚爲且者相類

殽核維旅傳殽豆食也核加籩也旅陳也瑞辰按殽核班固典引作肴覈蔡邕註肴覈食也肉曰肴骨曰覈引詩肴覈維旅蓋本三家詩說文肴啖也段玉裁曰當作啖肉謂肉之可啖者也說文又曰覈實也又曰骨肉之覈也蓋梅李之實曰覈肉之有骨者亦曰覈廣雅亦曰肴肉也覈骨也毛詩作殽核者叚借字覈蜀都賦作槅亦叚借字也周官其植物曰覈物注作核此覈核古通用之證殽核與籩豆對舉一言盛物之器一言所盛之物毛傳誤以殽核承籩豆言因有豆實加籩之訓不若

三家詩以肉骨分釋爲確又按旅者臚字之叚借周禮司儀皆旅擯後鄭注旅讀爲鴻臚之臚臚陳之也儀禮士冠禮旅占注古文旅作臚爾雅釋言臚敘也敘卽陳也此詩毛傳亦讀旅爲臚故訓爲陳爾雅釋詁旅陳也旅亦臚之叚借

發彼有的傳的質也瑞辰按的字正作的說文的明也的質之說不一有謂質的卽正鵠者周官司裘註云以虎熊豹麋之皮飾其側又方制之以爲質謂之鵠此詩正義據射義發而不失正鵠者引詩發彼有的旣言正鵠卽引此的是的卽正鵠也有謂質在正鵠內另爲一物者正義引周禮鄭衆馬融註皆云十尺曰侯四尺曰

鵠二尺曰正四寸曰質王肅亦云二尺曰正四寸曰質又引爾雅謂小爾雅射張皮謂之侯侯中者謂之鵠鵠中者謂之正正方二尺也正中謂之槷槷方六寸也槷則質也今按槷即臬字說文臬射埻的也埻射臬也讀若準臬或作蓺大雅行葦傳已均中蓺箋云蓺質也而此詩傳云的質也廣雅埻的也是臬也埻也的也質也四者異名而同實廣雅質集正也集當為準之譌準質正古竝同聲故義亦同說文廣雅竝曰的明也一切經音義的謂的然明見今射堋中珠子是也唐時所謂珠子猶今射者所謂羊眼其圓如目中珠子又如星然蓋取中正之義則謂之埻又謂之臬門中謂之臬侯中亦謂之

臬其義一也又謂之質質者正也取其的然明見則謂之的馬之戴星者曰的見爾雅郭注女子以丹注面曰的見釋名蓮中子曰的見爾雅釋草射中珠子如星亦曰的其義一也采布爲正賓射以之棲皮爲鵠大射以之正鵠在中的蓋又在正鵠之中正鵠皆鳥也的又象鳥目之的然在中者小爾雅及鄭衆馬融謂正鵠皆在一侯則非謂槷在正鵠之中則是也通俗文射堋曰埻埻中木曰的蓋以埻爲正鵠而謂的在正鵠中也鄉射記凡侯天子熊侯白質諸侯麋侯赤質大夫布侯畫以虎豹士布侯畫以鹿豕凡畫者丹質鄭註舊以質爲采其地孔廣森曰此質謂侯中受矢之處卽詩發彼有的

葢天子熊皮爲侯白塗中以爲質諸侯麋皮爲侯赤塗中以爲質大夫士皆布諸侯但畫爲獸象丹塗中以爲質今按孔說是也至謂獸侯有質猶皮侯有鵠采侯有正則非獸侯之以熊皮麋皮及畫虎豹鹿豕葢猶皮侯采侯之有正鵠其質則猶正鵠中之有的也據周官司裘鄭註云侯以皮飾其側又方制之以爲辜謂之鵠著于侯中辜詩疏引作質是質之制方與的之形圓象目珠者異通言則質的爲一的僅數寸故吕氏春秋別類篇云射招者欲其中小也招即的也若以的爲六尺之鵠則不得爲小矣的通作招吕氏春秋曰萬人操弓共射其一招高注招埻的也又曰射而不中反修于招高

注于招埻蓺也戰國策以其頭爲招文選詠懷詩李善註引作以其頭爲的古音勺聲之字皆屬宵部的从勺聲故得轉爲招又借作昭楚辭大招昭質既設大侯張只昭質卽的質也王逸註訓爲明旦失之的質竝言猶正鵠不嫌竝舉大戴記正鵠張而弓矢至焉荀子淮南子竝作質的張也的又名識書盤庚若射之有志志古文識射義引詩發彼有的鄭註的射者之識也蓋謂其的然如有所表識也識後世作幟與勺雙聲故鄭君取以訓的志又與職通說文職記微也樂記志微噍殺之音作志亦微也志以微小爲識猶呂覽言射招者欲其中小也

以祈爾爵傳祈求也箋發矢之時各心競云我以此求爵女爵射爵也射之禮勝者飲不勝所以養病也故論語曰下而飲其爭也君子　瑞辰按據箋云我以此求爵女則經文以祈爾爵爲倒文蓋但言求爵女則已之求不飲自可於言外得之不言已求不飲而但言求爵女此正詩人立言之妙猶下章酌彼康爵以奏爾時不言罰不中者而但言以進中者也射義引詩而釋之云祈求也求中以辭爵也蓋推詩人立言本意非謂詩以祈爾爵即爲求不飲也

有壬有林傳壬大林君也箋壬任也謂卿大夫也諸侯所獻之禮既陳於庭有卿大夫有人君　瑞辰按壬林承

上百禮言有壬狀其禮之大也有林狀其禮之多也爾雅釋詁林君也王尚書曰君當讀羣爾雅林烝並訓爲君又訓爲衆其義一也君卽羣也今按毛傳訓林爲君葢本从爾雅讀君爲羣若訓爲人君如云有大有君則不辭矣箋訓壬爲卿大夫以與林對始誤讀君爲人君之君耳

賓載手仇室人入又傳手取也室人主人也主人請射於賓賓許諾自取其匹而射主人亦入于次又射以耦賓也箋仇讀曰斢室人有室中之事者謂佐食也又復也賓手挹酒室人復酌爲加爵　瑞辰按傳箋異義據下文以奏爾時時謂中者則自從傳謂賓自取匹以射其

義爲允惟大射儀司射請賓非主人自請又射禮耦者有司所比亦非賓自取匹胡承珙曰大射儀燕畢徹俎說屨安坐之後若命曰復射司射命射唯欲注云欲者則射不欲者則止可否之事從人心也葢前此之射皆司射請射有司比耦此云命射唯欲則可自取其耦不必與正射同又天子諸侯燕禮射禮以膳夫宰夫爲主人前此正射君與賓爲耦此時或君不欲射主人膳宰之屬故可請射於賓亦入於次又射以耦賓也今按胡此說可補正義之疎畧至箋讀仇爲𣂏者𣂏音俱與仇爲雙聲故箋以仇爲𣂏字之叚借然不若傳从本字訓匹爲善

酌彼康爵傳酒所以安體也箋康虛也瑞辰按爾雅釋詁漮虛也方言康空也此箋義所本說文漮水虛也康屋康㝩也歑飢虛也義竝相近康荒古通用爾雅釋文引郭云漮本或作荒易包荒釋文荒鄭讀爲康云虛也是其證詩具贅卒荒我居圉卒荒傳箋竝云荒虛也此叚荒爲康也此詩康當爲荒之叚借說文巟水之廣也廣雅巟大也巟通作荒釋名荒大也康爵義當爲大酌彼康爵猶云酌彼大斗耳爾雅釋器康瓠謂之甈釋文康埤蒼作甈字林作㼜李本作光荒與光皆大也史記索隱引李巡注康謂大瓠也賈誼賦斡棄周鼎兮而寶康瓠史記集解曰康瓠大瓠義與詩康爵同又按聲近

則義同説文穅虛無食也爾雅漮虛也詩正義引某氏本有荒字是荒義亦爲虛也

以奏爾時傳時中者也箋時謂心所尊者也瑞辰按傳訓時爲中是也大戴禮虞戴德篇言教士履物以射時以數技時有慶以地不時有讓以地時皆當訓中時以數技即中以數技時與不時即中與不中也中者慶以地不中者讓以地即射義射中者得與於祭不中者不得與於祭不得與於祭者有讓削以地得與於祭者有慶益以地也以時爲中與毛傳正合酒以飲不中者詩何以云以奏爾時蓋飲不中者以致罰正所以進中者以致慶耳

三章賓之初筵箋此復言初筵者既祭王與族人燕之筵也瑞辰按前二章爲陳古舉初筵以見賓之始終皆敬此章以刺今則舉初筵以刺始敬終怠非必有異禮也

威儀反反傳反反言重慎也釋文韓詩作昄昄善貌瑞辰按爾雅釋詁昄大也大與善義近玉篇昄大也善也兼取二義毛詩反反即昄昄之消借重慎亦善皃也周頌執競詩威儀反反傳反反難也義與此傳重慎相成正義以重難釋之是也曾釗謂難當讀如儺失之

舍其坐遷傳遷徙也箋又不得有恒之人瑞辰按古者飲酒之禮取觶奠觶皆坐又凡禮盛者坐卒爵其餘則

皆立飲又有升降與拜復席復位諸禮皆可以遷統之舍其坐遷葢謂舍其所當坐當遷之禮耳若如正義云舍其本坐遷嚮他處則是讀舍其坐爲句遷字另爲句否則易經文爲舍坐而遷其義始明非詩義也

威儀抑抑傳抑抑愼密也 瑞辰按說文抑从反印作𢑏而以抑爲𢑏字之俗爾雅釋訓及詩抑傳並曰抑抑密也詩疏引舍人曰抑抑靜密也說文靜宷也宷即審也古密字有審諦之義故抑箋云人密審於威儀抑抑然此傳愼密猶愼審也抑通作懿當即懿之同聲叚借說文懿嫥久而美也嫥久則愼密愼密則美故假樂傳又曰抑抑美也

側弁之俄箋側傾也俄傾貌瑞辰按側仄古同音而義微異說文側旁也仄傾也段玉裁曰不中曰側不正曰仄今傾仄之字通作側據說文俄字註引作仄弁之俄疑許君所見毛詩自从本字作仄耳

屢舞傞傞傳傞傞不止也瑞辰按說文㚫字注引詩婁舞㚫㚫段玉裁曰古此聲差聲㝠近鄘風玼兮玼兮或作瑳兮瑳兮正與傞通作㚫者相類

醉而不出是謂伐德箋醉至若此是誅伐其德也瑞辰按說文廣雅竝云伐敗也伐德猶言敗德箋訓爲誅伐失之又按晏子内篇雜上晏子飲景公酒日暮公呼具火晏子辭曰詩云側弁之俄言失德也屢舞傞傞言失

容也既醉以酒既飽以德既醉而出並受其福賓主之禮也醉而不出是謂伐德賓之罪也今詩無既醉以酒二句疑有脫誤抑或晏子誤引二詩爲一

既立之監或佐之史傳立酒之監佐酒之史箋飲酒於有醉者有不醉者則立監使視之又助以史使督酒欲令皆醉也　瑞辰按鄉射禮立司正註解倦失禮者立司正以監之是監卽司正之屬也內則凡養老五帝憲三王有乞言五帝憲養氣體而不乞言有善則記之爲惇史三王亦憲既養老而後乞言亦微其禮皆有惇史鄭註惇史史惇厚是也行葦詩序養老乞言箋從求善言可以爲政者惇史受之又詩授几有緝御箋御侍也兕

弟之老者既爲設重席授几又有相續代而侍者謂惇史也是御卽惇史惇史又名御史戰國策淳于髡說齊威王曰賜酒大王之前執法在旁御史在後是也詩所云或佐之史蓋卽惇史古者飲酒皆立之監以防失禮惟老者有乞言之典更佐以史少者則否故云或佐之史監以察儀史以記言下文式勿從謂無俾大怠察儀之事也匪言勿言匪由勿語乞言於老者而勉以慎言之詞也箋謂監史督酒欲令皆醉失之

彼醉不臧不醉反耻箋彼醉則已不善人所非惡反復取未醉者耻罰之言此者疾之也 瑞辰按不語詞不臧臧也謂彼醉者自以爲臧不自知其可耻也故下卽言

不醉反耻言旁觀者淸反以爲耻也箋謂取未醉者耻罰之失矣

式勿從謂箋式讀曰慝勿猶無也武公見時人多說醉者之狀或以取怨致讎故爲設禁醉者有過惡女無就而謂之也瑞辰按式當讀式微式微之式彼箋云式發聲是也式勿從謂卽勿從謂也爾雅釋詁謂勤也勤爲勤勞之勤亦爲相勸勉之勸勿從謂者勿從而勸勸之使更飲也故卽繼之以無俾大怠耳

匪言勿言匪由勿語箋由從也其所陳說非所當說無爲人說之也亦無從而行之也亦無以語人也皆爲其聞之將恚怒也瑞辰按公劉詩傳自言曰言論難曰語

言與語對文則異散文則通自言謂之言以言問人亦謂之言爾雅釋言訊言也廣雅言問也是也匪言勿言上言字當讀爲訊言之言猶曾子事父母篇弗訊不言也方言廣雅竝曰由式也式猶法也匪由勿語猶孝經非法不道也二句相對成文箋分匪由勿語爲二義失之

俾出童羖傳羖羊不童也箋使女出無角之羖羊脅以無然之物使戒深也羖羊之性牝牡有角　瑞辰按爾雅釋畜夏羊牡羭牝羖當爲牡羖牝羭之譌說文宋本小徐本竝曰夏羊牡曰羖廣韻集韻及類篇韻會引說文同是知今大徐本作牝爲傳寫之譌其證一也說文夏

羊牝曰羭列子天瑞篇老羭之爲猨張湛註亦以羭爲牝羊則知羖必牡羊矣其證二也三蒼羖夏羊羖䍽也亦羯也說文羯羊羖犗也去勢曰羯必牡羊乃可稱犗其證三也戴侗六書故周伯琦六書正譌竝曰羖牡羊也其證四也廣雅吳羊牡一歲曰牯䍮玉篇廣韻竝以𦍩爲羖之俗案今俗稱牛之牡者爲牯與牡羊之稱羖羊取義正同其證五也說文羝牡羊也廣雅吳羊牡三歲曰羝易釋文引張璠注羝羊羖羊也以羖釋羝羝爲牡則羖亦牡可知其證六也以今證古吳羊即今綿羊惟牡者有角牝者多無角夏羊即今山羊牝牡皆有角牝間有角小者牡則未有無角者大雅抑之詩曰彼童

而角是無角者而言其有角此詩俾出童羖又是有角者而欲其無角二者相參足見詩人寓言之妙毛傳羖羊不童蓋以羖爲夏羊之牡者至箋以羖爲牝牡通稱蓋據漢末稱夏羊爲羖即爾雅郭註所云今人便以牂羖名白黑羊也然與爾雅說文訓異矣

三爵不識箋三爵獻也酬也酢也　瑞辰按禮飲獻酢酬之外又有旅酬不止三爵惟臣侍君小燕則以三爵爲度玉藻君子之飲酒也受一爵而色洒如也二爵而言言斯禮已三爵而油油以退孔疏云言侍君小燕之禮引春秋傳曰臣侍君燕過三爵非禮也又易林曰湛露之歡三爵畢恩何休公羊傳註禮飲酒不過三爵皆指

平時侍燕而言卽此詩所謂三爵也

矧敢多又箋矧況又復也瑞辰按周官宮正以樂侑食鄭註侑酒勸也又卽侑之叚借謂勸酒也

毛詩傳箋通釋卷二十三

桐城馬瑞辰學

小雅

魚藻

有頒其首傳頒大首皃釋文頒符云反說文同韓詩云衆皃瑞辰按說文寡字註云頒分也韓詩訓頒爲衆葢讀頒如紛紜之紛以義推之二章有莘其尾韓詩莘當讀𦏁𧒒斯詩詵詵兮說文作𦏁𦏁衆多皃也又說文𧒒盛皃讀若詩莘莘征夫亦衆盛皃文選高唐賦縱縱莘莘注引詩有莘其尾毛萇曰莘衆多也胡承珙曰此殆李善誤引韓爲毛也然以經義求之有頒有莘皆形容魚首尾皃仍从毛傳爲允說文頒大頭也據此詩釋文

云說文同則說文本作大頭皃今作也者誤也樊光爾雅注引詩有賁其首賁亦大也頒通作賁猶春秋公羊經言濆泉穀梁作賁泉左氏則作蚡泉也

有那其居傳那安也瑞辰按那與難雙聲古通用說文儺行有節也引詩佩玉之儺行有節則安矣毛傳訓那爲安者蓋以那爲儺字之叚借儺借作那猶毛詩受福不那說文引作受福不儺也

采薇

何錫予之瑞辰按錫與賜雙聲爾雅釋詁錫賜也錫卽賜之叚借公羊莊元年傳錫者何賜也說文賜予也錫予卽賜予耳儀禮燕禮註云古文賜作錫覲禮註又曰

今文賜皆作錫春秋左氏經成八年天子使召伯來賜公命公穀經俱作錫皆賜通作錫之證

觱沸檻泉傳觱沸泉出貌檻泉正出也　瑞辰按觱沸二字疊韻泉出之貌曰觱沸猶火之盛皃曰熚烎說文熚烎火皃也說文濫氾也一曰濡上及下也引詩觱沸濫泉又沸字注畢沸濫泉也當作濫泉皃玉篇滭泉水出皃說文一作畢者滭之消偺毛詩作觱者又觱字之消猶說文引詩滭冹毛詩偺作觱發也檻泉爾雅說文釋名竝作濫毛詩作檻亦叚偺字釋水濫泉正出正出涌出也涌謂上涌說文涌滕也滕水超涌也觱沸正泉水滕涌之皃說文減疾流也義與觱沸相近又昭五年公羊傳濆

泉者何亶泉也亶泉者何涌泉也亶與正同義故又爲涌泉與釋水以涌出爲正出同

言觀其旂　瑞辰按周官司常交龍爲旂熊虎爲旗二者異制旗又爲旌旗之總名凡說文云旌旗之游旆繼旐之旗也以及旂字註旗有衆鈴旃旗曲柄也游旌旗之流也汎言旌旗者皆作旗不作旂此詩言觀其旂亦是汎言旌旗作旂者葢作旗則與上文言采其芹韻不相諧故必改旗爲旂古音旂从斤聲讀如鄰方與芹協也據覲禮公侯伯子男皆就其旂而立大戴朝事篇亦曰建其旌旂則旌旂亦爲通稱耳周官上公建旂九旒侯伯七旒子男五旒觀其所建旌旂則諸侯之尊卑等級

判焉故詩曰言觀其旂

載驂載駟君子所屆箋屆極也諸侯將朝于王則驂乘乘四馬而往此之服飾君子法之制極也瑞辰按君子謂諸侯驂駟亦指諸侯之車謂諸侯將朝于王乘此驂駟以往也釋文云箋一讀諸侯將朝絕句以王字下屬正義亦謂驂駟明王所乘以往殊失箋恉君子所屆晏子春秋內篇諫上引詩作君子所誡是知屆爲誡之叚借誡之言戒謂此驂駟皆君子之所夙戒以見其車之有度也箋訓爲法制之極亦非

邪幅在下傳邪幅幅偪也所以自偪束也箋邪幅如今行縢也偪束其脛自足至厀故曰在下瑞辰按邪幅亦

單稱幅桓元年左傳帶裳幅舄是也幅亦名偪內則偪屨著綦釋文偪本又作幅是也鄭注內則云偪行縢至箋詩則云邪幅如今行縢文有詳畧其義則一戴氏震謂行縢無尊卑之異止可當庶人之幅邪幅以配赤芾爲諸侯之盛服姑就行縢言之故言如其說非也又謂古者燕飲臣皆解韈就席必露見其邪幅不可使無文餙亦爲肊說竊考古者芾在股亦過於厀故芾一名蔽厀邪幅偪束其脛在厀下邪纏之以至於足詩云在下正義言在股下寔則言在厀下也至韈則在脛之下足之上護脛幅而藉足履故一名絉釋名韈者末也在足之末也一名絉絉足者也其制淺而窄如履然止護足

韈筏也履曰舟韈曰筏其形同也是知古人幅下至足韈上不至厀邪幅自見於外不必解韈而始見戴氏之說非矣又按說文徽衺幅也邪幅謂之徽猶蔽厀謂之韠也爾雅徽止也胡承珙曰行縢所以裹足故有止義亦卽毛傳自偪束之義耳

彼交匪紓傳紓緩也箋彼與人交接自幅束如此則非有解怠紓緩之心 瑞辰按匪彼古同聲通用荀子勸學篇云故未可與言而言謂之傲可與言而不言謂之隱不見顏色而言謂之瞽故君子不傲不隱不瞽謹順其身引詩匪交匪紓爲證交當讀如儌倖之儌猶桑扈詩彼交匪敖漢書引作匪儌匪傲也荀子未可與言而言

謂之傲卽論語言未及之而言謂之躁傲與躁義不相近傲當爲儌儌倖之儌儌倖者必求速效卽躁也舒卽論語言及之而不言故引詩匪交匪紓爲證以交證儌以紓證隱也毛詩傳自荀卿義當與荀子同楊倞謂匪交當作彼交失之鄭箋訓交爲交接與韓詩外傳引詩而繼之曰言必交吾志然後予也合其說蓋本韓詩又承上邪幅爲言尤非詩義

平平左右傳平平辯治也瑞辰按平便辯三字皆一聲之轉古通用故韓詩作便便左傳引作便蕃毛傳訓爲辯治荀子儒效篇曰分不亂於上能不窮於下治辯之極也引詩平平左右此正毛傳辯治之說所本說文辯

治也从言在辡之閒辡皋人相與訟也从二辛辯通作辨凡經傳言平旦平明者平即辨也猶禮言辨色也爾雅抨使也小爾雅辨使也辨即苹也又如堯典平章後漢書劉愷傳引作辨章皆平辨通用之證

紼纚維之傳紼繂也纚緌也明王能維持諸侯也箋舟人以紼繫其緌以制行之猶諸侯之治民御之以禮法

瑞辰按爾雅釋水紼繂也釋文紼本或作綍索本或作繂王觀察曰紼繂聲之變轉也繂謂之紼猶吳謂筆爲不律而燕謂之弗也引棺索謂之紼亦謂之繂維舟索謂之繂亦謂之紼其義一也邵引說文紼亂系也失之今按說文紼亂系也段玉裁本作亂枲亂系亂枲皆可

爲索紼葢以絲麻爲索李巡謂繂爲竹索非也說文⿱大弗大也玉篇作⿱弗大紼从弗亦有大義故孫炎以爲大索又按說文繂素屬段玉裁謂素屬當爲索屬之譌是也釋文引韓詩曰纚筰也說文筰筊也筊竹索也釋名引舟者曰筰筰作也作起也起舟使動行也詩以紼纚二字平列紼葢以麻爲索纚葢以竹爲索皆所以維舟也爾雅毛傳訓纚爲緌纚纍古同聲說文纍一曰大索也小爾雅纍綆縭也說文綆級水繩也縭綆也是綆縭皆繩索也纚當爲纍字之叚借訓緌者亦以緌爲索即今繫舟之纜也古稱維舟之索曰緌猶之冠纓之垂飾曰緌旌旗之旄亦曰緌也郭璞訓緌爲繫則與維之義複失

其義矣箋謂以紼繫其綏亦非

亦是戾矣傳戾至也箋戾止也諸侯有盛德者亦優游自安止於是言思不出其位瑞辰按襄二十九年左傳然明曰天之禍鄭久矣其必使子産息之乃猶可以戾杜註戾定也此詩刺幽王數徵會而無信義故以古諸侯之能有定爲諷戾亦當訓定爲允傳訓爲至箋訓爲安止義與定正相近耳說文戾曲也从犬出戶下犬出戶下爲戾者身曲戾也段玉裁曰曲必有所至故引申爲止爲待又爲定

角弓

騂騂角弓傳騂騂調和也釋文騂息營反沈又許營反

說文作弲火全反　瑞辰按今本說文弲角弓也洛陽名弩曰弲下不引詩據陸氏云騂說文作弲則弲字註本當作角弓皃今作也者誤也其洛陽名弩曰弲自另一義與詩無涉說文觲用角低仰便也讀若詩曰觲觲角弓今按許所引詩作觲則不得言讀若六朝舊本葢作讀若詩曰弲弲角弓爲陸氏釋文所本古辛讀若先故騂得讀同弲亦猶悁通作涓懁讀若絹也士喪禮註古文悁爲涓說文懁讀若絹段玉裁轉以釋文爲誤失矣

民胥然矣　瑞辰按方言欵然也南楚凡言然者或曰欵或曰譽說文嘫語聲也語聲猶云應聲廣雅欵譽然譍也然即嘫之消借若然之本義說文自訓燒

爾之教矣民胥傚矣箋見女之教令無善無惡所尚者天下之人皆學之瑞辰按詩以教與遠對言遠爲不善則教當爲善上二句見民化於不善下二句言民化於善也箋謂教令無善無惡似非詩義又按傚古止作效左氏昭六年傳引詩正作民胥效矣

受爵不讓至于己斯亡傳爵祿不以相讓故怨禍及之比周而黨愈少鄙爭而名愈辱求安而身愈危箋斯此也瑞辰按上民之無良民猶人也說苑建本篇人而無良相怨一方民怨其上不遂亡者未之有也民作人謂指王者義本韓詩荀子儒效篇比周而黨愈少鄙爭而名愈辱煩勞以求安利其身愈危引此詩民之無良四

句此毛傳所本葢讀亡如危亡以證怨禍及之也今按至于己斯亡己正對人之無良言之人泛言人不必如韓詩專指王者亡當讀如忘詩葢言人之無良一方之人皆知怨之至于己受爵不讓亦爲無良則忘之也韓詩外傳曰有君不能事有臣欲其忠有父不能事有子欲其孝有兄不能敬有弟欲其從引詩受爵不讓至于己斯亡言能知於人而不能自知也正合詩意荀子楊倞注亦言引詩以明不責己而怨人毛鄭皆讀亡爲危亡之亡失之

老馬反爲駒不顧其後傳已老矣而孩童慢之箋此喻幽王見老人反侮慢之遇之如幼稚不自顧今後至年

老人之遇己亦將然　瑞辰按學記云始駕馬者反之車在馬前此言教駒則然今老馬反以教駒者教之以喻教之過遲不顧其後卽車在馬前之義傳箋謂喻遇老如幼非詩義也

如食宜饇傳饇飽也釋文宜如字本作儀韓詩云儀我也　瑞辰按宜儀古通用韓詩作儀叚借字猶誼之通作義也說韓詩者遂訓爲我未免望文生訓矣

如酌孔取箋如飲老者則當孔取孔取謂度其所勝多少凡器之孔其量大小不同老者氣力弱故取義焉　瑞辰按爾雅釋言孔甚也如食但知宜飫而已如酌則甚取之所以見不顧其後周官酒正凡饗士庶子饗耆老

孤子皆共其酒無酌數此詩言飲老者甚其所取卽無酌數之義箋謂如器之孔失之

毋教猱升木如塗塗附傳猱猨屬塗泥附著也箋毋禁辭猱之性善登木若教使其爲之必也附木桴也塗之性善著若以塗附其著亦必也以喻人之性皆有仁義教之則進　瑞辰按毋爲發聲與無通大雅無念爾祖正謂念爾祖也管子立政九敗解篇言毋聽者皆謂聽也墨子尚賢篇言毋得賢人毋得明君者皆謂得也此詩毋教猱升木亦謂教猱升木與如塗塗附同義上言毋下言如互文也猱性善升塗性善附皆以興小人之性易於从善箋以毋爲禁辭失之附當从傳訓著箋訓爲

木桴亦非

見晛曰消傳晛日氣也箋雨雪之盛瀌瀌然至日將出其氣始見人則皆稱曰雪今消釋矣喻小人雖多王若欲與善政則天下聞之莫不曰小人今誅滅矣釋文見如字韓詩作曣云曣晛日出也　瑞辰按梁元帝纂文曰日出氣曰晛義本毛傳說文䨜星無雲也星卽殅也定之方中詩星言夙駕韓詩曰星暒也卽說文星無雲之說說文又曰晛日見也義本韓詩漢書劉向傳引詩見晛聿消顏師古註見無雲也亦本韓詩見當作曣今作見者後人據毛詩改也曣音義近晏說文晏天淸也荀子非相篇引詩宴然聿消晏卽曣字之叚借晛曣古同字見玉篇廣韻然卽曣字之

湑借廣雅釋詁曣曣煗也曣曣即韓詩曣晛也毛公學本荀卿見字雖無傳亦當同荀子借讀作宴箋訓爲見失之曰聿古通用皆語詞箋以人皆稱曰釋之亦誤古者以雪喻小人以雪之遇日氣而消喻小人之遇王政之清明而將敗也

莫肎下遺式居婁驕箋莫無也遺讀曰隨式用也婁歛也今王不以善政啟小人之心則無貴謙虛以禮相卑下先人而後已用此自居處歛其驕慢之過者 瑞辰按荀子非相篇引詩莫肎下隧式居屢驕遺與隧古同聲故通用南山經旄山之尾其南有谷曰育遺遺或作隧春秋說題辭禭之爲言遺也皆取聲近爲義屢古字只

作婁荀子作屢者即婁字之俗也以詩義求之下當讀
爲抑然自下之下遺當讀以隤說文隤下隧也廣雅隤下
也易夫坤隤然示人簡矣隤柔順貌古通作退與下意
同謂小人莫肎卑下而隤順也胡承珙曰隧又通隊說
文隊从高隊也文選歎逝賦注引韓詩章句曰隤猶遺
也廣雅遺隤也是隧隊隤貴聲義竝同婁驕與下遺義
正相反婁當从釋文引作樓集韻引埤蒼曰嶁山巔也
孟子趙註岑樓山之鋭嶺皆高也又婁與隆雙聲隆亦
高也高義同驕左傳所謂舉趾高者即驕也式語詞居
猶安也此承上文謂小人將敗猶莫肎隤然下人將自
安于婁驕也荀子上言人有三不祥人有三必窮末引

此詩以證之以見驕謾之禍正合詩義鄭王並以婁爲摟之叚借失之

見晛曰流傳流流而去也　瑞辰按流與消同義廣雅流匕也匕卽化字謂消化也莊子逍遥篇大旱金石流謂金石消化也楚辭招魂十日代出流金鑠石謂消金鑠石也淮南子原道訓金火相守而流高註流釋也釋亦消也

菀柳

有菀者柳傳菀茂木也　瑞辰按白帖引詩作苑菀苑古通用有作茂木解者晉語人皆集于苑我獨集于枯是也有作枯病解者淮南子形苑而神壯又曰百節莫苑

高註苑枯病也是也苑菀聲亦相近玉篇菀於元反敗也又曰萎菀也此詩釋文菀音鬱徐於阮反案讀鬱者爲茂木讀於阮反則訓如萎菀之菀詩葢以枯槨之不可止息興王朝之不可依倚也說文尙曾也不尙息焉猶云不曾息耳

上帝甚蹈傳蹈動也箋蹈讀曰悼上帝乎者愬之也今幽王暴虐不可以朝事甚使我中心悼病瑞辰按一切經音義引韓詩作上帝甚陶陶變也變與動同義蹈从舀聲舀古音如由陶讀如臯繇之繇聲亦與由同故通用蹈通作陶猶鼓鐘詩憂心且妯韓詩妯作陶又如江漢詩江漢滔滔風俗通義山澤篇引作江漢陶陶楚詞

九章滔滔孟夏史記屈原傳作陶陶也禮記人喜則斯陶淮南子本經篇云樂斯動動斯蹈蹈亦陶也廣雅匋匕也淮南本經訓言陰陽之陶化萬物陶化猶變化也蹈又通慆韓詩外傳引詩下章作上帝甚慆而上引孫子賦云以盲爲明以聾爲聰以是爲非以吉爲凶嗚呼上天曷維其同則慆亦變亂是非之意戰國策楚策又引詩上天甚神無自瘵也王觀察云神者慆字之壞葢傳寫之誤不若陶蹈慆古同聲得通用其義均與毛傳訓動同也動者言其喜怒變動無常下云俾予靖之後予極焉言王始用之以爲治後且極放誅責之正以王之喜怒無常證明上帝甚蹈之事檜詩中心是悼毛傳

悼動也是悼亦得訓動與蹈同義又說文掉搖也搖動也悼與掉亦音近而義同若箋訓爲悼病則失之矣

無自暱焉傳暱近也瑞辰按廣雅釋詁暱病也訓暱爲病與下章無自瘵焉傳訓病同義較毛傳訓近爲善王觀察謂其義本三家詩是也

後予極焉傳極至也箋極誅也王信讒不察功考績後反誅放我瑞辰按爾雅釋言殛誅也箋以極爲殛之叚借與次章邁之爲行讀同左傳將行子南同義故箋又云後反誅放我邵晉涵謂爾雅當作殛殊訓爲殊死失之

居以凶矜傳矜危也箋居我以凶危之地謂四裔也瑞

辰按方言厲今也戴震曰今當爲矜厲與矜同義厲爲危故矜亦爲危廣雅矜厲危也

無自瘵焉傳瘵病也箋瘵接也正義鄭以上暱類之讀爲交際之際故言接也　瑞辰按瘵與際古通用此箋讀瘵爲際猶易天際翔也鄭讀際爲瘵也箋訓瘵爲接取與上章暱近相類猶三家詩訓暱爲病取與瘵病相類也蓋言詩者各有所受各皆以類言之耳

都人士

彼都人士箋城郭之域曰都古明王時都人之有士行者　瑞辰按逸周書大匡解云士惟都人孝悌子孫是都人乃美士之稱鄭風洵美且都不見子都都皆訓美美

色謂之都，美德亦謂之都。都人猶言美人也。詩以都人士與君子女相對成文，君子女謂女有君子之行者，猶大雅釐爾女士，箋謂女而有士行者。是知都人士亦謂士有都人之德者。箋訓都爲都邑，失之。

臺笠緇撮。傳：臺所以禦暑，笠所以禦雨。緇撮，緇布冠也。箋：臺，夫須也。都人之士以臺皮爲笠，緇布爲冠，古明王之時儉且節也。瑞辰按：汪氏龍曰：笠本以禦暑，亦可禦雨。故良耜傳笠所以禦暑雨，無羊傳蓑所以禦雨，笠所以備暑，都人士傳臺所以禦雨，笠所以禦暑，三傳相合。今都人士暑雨互譌，以南山有臺疏文遝注爲證。今按汪謂此傳暑雨互譌是也，至引羅願爾雅翼謂臺但可以爲衣不可以爲笠以駁鄭箋則非爾雅臺夫須郭注引鄭箋詩云臺可以爲禦雨笠邵氏正義引陸璣疏云舊説夫須莎草也可以爲蓑笠是臺可爲笠古有其説無羊詩以蓑笠竝言可以二物釋之此詩以臺笠與緇撮對舉宜如箋以爲一物若以臺爲蓑則緇亦將另爲一物乎又按説文簦笠蓋也笠簦無柄也簦與臺雙聲陳壽祺謂簦卽臺笠之臺是也段玉裁謂簦卽雨繖非也

綢直如髮傳密直如髮也箋其情性密緻操行正直如髮之本末無隆殺也 瑞辰按説文⿱髟周髮多也詩作綢爲叚借字以四章卷髮如蠆五章髮則有旟皆極言髮之

美則知綢直如髮亦謂髮美如髮猶云乃髮乃猶其也卽謂綢直其髮耳傳箋竝讀如爲譬如之如失其義矣

充耳琇實傳琇美石也正義此傳俗本云琇實美石者誤也今定本毛無實字說文直云琇石次玉則實非玉名故王肅云以石爲塡塞實其耳義當然也瑞辰按孟子充實之謂美是實有美義充耳琇實猶淇奧詩充耳琇瑩著詩瓊華瓊英瓊瑩皆狀其玉之美草木有榮有英有華有實狀玉之美曰瑩曰英曰華亦可曰實其義一也傳云琇實美石與淇奧傳琇瑩美石詞義正同是知傳本有實字者是也王肅以實爲塞實其耳正義以傳有實字爲誤竝失之

謂之尹吉傳尹正也箋吉讀爲姞尹氏姞氏周室婚姻之舊姓也　瑞辰按箋說是也國語晉胥臣曰黃帝之子得姓者十四人爲十二姓姞其一也王符潛夫論志氏姓曰姞氏之別有闞尹蔡光魯雍斷密須氏是尹卽姞氏之別尹吉竝稱猶申呂齊許並言也說文姞黃帝之後伯鯈姓也后稷妃家吉卽姞之省左傳石癸曰姞吉人也漢書古今人表云姞人棄妃直以姞人爲姓名唐宰相世系表云吉氏出自姞姓皆吉卽爲姞之證姞通郅路史國名紀郅黃帝之宗見詩引風俗通云郅殷時侯國一作吉

垂帶而厲傳厲帶之垂者箋而亦如也而厲如鞶厲也

聲必垂厲以爲飾厲字當作裂瑞辰按小爾雅帶之垂者謂之厲桓二年左傳鞶厲杜註厲大帶之垂者並與毛傳合方言則曰厲謂之帶廣雅亦曰厲帶也葢對文則厲爲垂帶之名散言則厲亦帶也內則鄭註引詩垂帶如厲淮南子汜論篇高註引詩垂帶若厲而如若古聲近通用厲與裂古亦同聲通用故箋云而亦如也又謂厲當作裂說文裂繒餘也廣雅裂餘也玉篇裂帛餘也春秋紀子帛名裂餘繒帛之餘爲裂讀厲爲裂正與下章帶則有餘義相承左氏昭元年傳叔孫召使者裂裳帛而與之曰帶其褊矣正帶與裂帛相似之證當以鄭箋爲允汪氏龍駁箋說謂而如古通用經誠以鞶厲

比帶之垂何必别作而字與下異文不知詩固有錯綜其文者垂帶而厲以對下文卷髮如蠆而亦如也猶之上言有芃者狐而下言有棧之車之亦者也上云言韔其弓而下云言綸之繩之亦其也此正詩人立言之妙不得謂而如不當異文也

卷髮如蠆箋蠆螫蟲也尾末揵然似婦人髮末曲上卷然　瑞辰按一切經音義引通俗文舉尾走曰揵律文作赶說文赶舉尾走也玉篇揵邸言切舉也段玉裁云揵卽攑字之異文說文舉卽攑篆之譌今按蠆之行皆舉其尾詩以狀婦人之卷髮正與下章髮則有旟義相貫

髮則有旟傳旟揚也箋旟枝旟揚起也　瑞辰按旟與譽

義近釋名旗譽也說文譽稱也爾雅稱舉也廣雅與譽也舉揚同義說文揚飛舉也人之稱舉曰譽物之揚舉曰旟其義一也與从舁与會意說文舁共舉也譽旟皆从與聲故有揚舉之義

采綠

終朝采綠箋綠王芻也易得之菜也 瑞辰按綠者菉之叚借說文菉王芻又云藎草也太平御覽引吳普本草云藎草一名黃草以其可染黃也此詩二章采藍藍可以染青者也則首章采綠亦以染草取興蓋以草之染黃染青興人之可善可惡耳

言綸之繩箋綸釣繳也 瑞辰按綸爲繩名亦爲糾繩之

稱說文綸青絲綬也文選西都賦李註急就篇顏註引說文並作綸糾青絲繩也說文又云糾三合繩也釣繒謂之綸糾繩亦謂之綸之猶其也言綸之繩猶云言糾其繩正與言韔其弓句法相類爾雅釋詁貉縮綸也釋器云繩之謂之縮之貉縮皆糾繩之名而訓爲綸是綸卽糾也綸爲釣繳又爲糾繩之名猶繩爲索而治其繩亦曰索詩言索綯是也若如箋訓爲釣繳猶云言繩其繩則不詞矣

五日爲期六日不詹傳詹至也婦人五日一御箋婦人過於時乃怨曠五日六日者五月之日六月之日也期至五月而歸今六月猶不至是以憂思瑞辰按六日祇

爲過期之喻內則妾未滿五十者必與五日之御正義
引王肅云五日一御大夫以下之制其申毛云言常日
以五日爲御之期而望之至六日而不至尚以爲恨況
今日月長遠能無思乎舉近以喻遠也胡承珙曰此數
語解經尤諦後漢書劉瑜上疏言女孌充積因云天地
之性陰陽正紀隔絕其道則水旱爲并詩云五日爲期
六日不詹怨曠作歌仲尼所錄況從幼至長幽藏歿身
云云其引詩之意亦是以暫時況久遠也今按正義引
孔晁曰傳因以行役過時刺怨曠也故先序家人之情
而以行役者六日不至爲過期之喻非止六日其申毛
最得詩人言外之旨箋以爲五月之日六月之日未若

傳義爲允

薄言觀者箋觀多也正義俗本作觀覩誤也定本集注竝作多　瑞辰按爾雅釋詁觀多也郭註引詩薄言觀者物多而後可觀故觀有多義又觀音近灌灌爲叢木亦多也俗人少聞多義故妄改爲覩抑或因韓詩觀字作覩而誤

黍苗

我任我輦傳任者輦者箋有負任者有輓輦者　瑞辰按吕氏春秋舉難篇曰甯戚將任車以至齊淮南子道應篇曰甯越爲商旅將任車高誘註任載也引詩我任我輦是高氏以詩我任卽爲任車據淮南子又曰甯越飯

牛車下則所云任車卽牛車耳今按周官鄉師註輦人輓行所以載任器則輦亦得曰任下始言我車我牛車牛爲一則上言我任我輦卽謂以輦載任器亦爲一事而分言之不得如箋訓爲負任亦不得如高誘以爲任車也爾雅釋訓徒御不警輦者也徒御二字當連讀謂徒步而御車者此詩我徒我御亦一事而分言之詩人語多相類而不嫌其複徒御卽上之輦正不必如傳箋之過爲區别耳周官鄉師註引司馬法曰夏后氏謂輦曰余車殷曰胡奴車周曰輜輦車一斧一斤一鑿一梩一鉏周輦加二板二築此謂輦載一人所需物也又曰夏后氏二十人而輦殷十八人而輦周十五人而輦此

謂一輦載二十人若十八人十五人所需也周每人加二板二築故僅容十五人所需賈疏謂說輓人多少失之說文扶竝行也从二夫輦輓車也从扶在車前引之易林曰二人輦車徙去其家是皆輦用二人引車之證淮南子說山篇曰引車者二六而後之據上云物固有衆而不若少者當讀引車者二爲句所謂少也六而後之另爲句謂六人自後推之所謂衆也卽左氏傳所云或輓之或推之也其云引車者二與說文易林言輦用二人引車正合高誘註曰轅三人兩轅六人故謂二六一說十二人皆非也周官鄉師註故書輦作連孟子趙註連者引也古連讀如輦故通用

蓋云歸哉箋蓋猶皆也 瑞辰按蓋者盇之叚借檀弓子蓋言子之志於公乎鄭注蓋當爲盇爾雅釋言曷盇也廣雅曷胡盇何也此詩兩言蓋皆當讀爲盍鄭訓爲皆失之

隰桑

其葉有沃傳沃柔也 瑞辰按廣雅釋詁沃美也美亦盛也

其葉有幽傳幽黑色也 瑞辰按幽薆一聲之轉豳詩四月秀薆夏小正作莠幽漢郊祀志房中歌曰豐草薆孟康註薆盛貌也此詩有幽與上章有難有沃同義正當讀薆訓爲盛貌何草不黃詩率彼幽草義與此同傳訓

幽爲黑色者葢讀幽爲黝猶周禮牧人幽牲先鄭云幽讀爲黝黑也說文黝微青黑也葉之盛者色青而近黑則黑色亦爲盛皃

德音孔膠傳膠固也 瑞辰按膠當爲僇之渻借方言僇盛也陳宋之間曰僇廣雅僇盛也孔膠猶云甚盛耳

遐不謂矣箋遐遠謂勤也君子雖遠在野豈能不勤思之乎宜思之也 瑞辰按表記引詩作瑕不謂矣鄭註瑕之言胡也凡詩言遐不者猶言胡不箋訓爲遠失之爾雅釋詁謂勤也呂氏春秋開春篇曰周厲之難天子曠絕而諸侯皆來謂矣來謂卽來勤也凡下之勞來其上下之勞來其上皆曰勞亦曰勤春秋鄭伯勞王諸侯勤

王是也此詩遐不謂矣猶云胡不勤勞之故箋又引孔子曰愛之能勿勞乎正讀勞如勞來之勞

中心藏之箋藏善也我心善此君子瑞辰按古文孝經引詩作忠心藏之疏引說文盡心曰忠說苑修文篇故忠心好善而日新之忠心猶言忠告蓋本三家詩也毛詩作中不爲義故但以我心釋之藏者臧之叚借古藏匿字多借作臧故臧善字詩又借藏傳訓藏爲善正以釋臧者釋藏也唐石經初作藏後改作臧釋文亦作臧不若注疏本作藏爲善

白華

序白華周人刺幽后也瑞辰按漢書註引序作周人刺

幽王廢申后也與今本異但考箋云褒姒褒人所入之女姒其字也是謂幽后正釋幽后二字是鄭君所見序本作幽后

白華菅兮白茅束兮傳白華野菅也已漚爲菅箋白華於野已漚名之爲菅菅柔忍中用矣更取白茅收束之茅比於白華爲脆興者喻王取於申申后禮儀備任妃后之事而更納褒姒褒姒爲孽將至滅國 瑞辰按左氏傳引逸詩曰雖有絲麻無棄菅蒯雖有姬姜無棄蕉萃以菅蒯喻憔悴與此詩之取興於菅茅者同義菅茅皆以喻申后白華白茅皆取潔白之義菅兮束兮皆取見用於人之義蓋首章以菅茅之見用興申后之見棄二

章英英白雲露彼菅茅又以天地之覆養菅茅與王之
退黜申后爲菅茅不若也箋以白華喻申后白茅喻褒
姒又以露彼菅茅爲彼可以爲菅之茅使與白華之菅
相亂易㕚失之

英英白雲傳英英白雲貌釋文英如字韓詩作泱泱同

瑞辰按鄭風出其東門詩有女如荼傳荼英荼正義言
荼英荼者六月云白旆英英英英是白貌則知此詩英
英亦雲之白皃英从央聲故韓詩作泱泱猶白旆英英
亦作央央也潘岳射雉賦天泱泱以垂雲正本韓詩說
文泱滃也滃雲气起也

露彼菅茅傳露亦有雲言天地之氣無微不著無不覆

養箋白雲下露養彼可以爲菅之茅使與白華之菅相亂易猶天下妖氣生褒姒使申后見黜瑞辰按露猶覆也連言之則曰覆露晉語是先王覆露子也淮南子時則篇包裹覆露無不囊懷春秋繁露基義篇天爲君而覆露之漢書鼂錯傳今陛下配天象地覆露萬民嚴助傳陛下垂德惠以覆露之皆覆露同義之證此詩露彼菅茅猶言覆彼菅茅與下章浸彼稻田同義毛傳露亦有雲言覆露之亦有雲故下又言天地之氣無不覆養箋云白雲下露養彼可以爲菅之茅猶云白雲下覆養彼可以爲菅之茅非訓露爲雨露之露也歐陽本義黄氏日抄皆以露爲覆露正義乃云有雲則無露無露乃

有雲以露亦有雲爲白雲降露失傳指矣朱子集傳亦云白雲下降爲露又承孔疏之誤

滮池北流傳滮流貌箋豐鎬之間水北流瑞辰按水經注鄗水又北流西北注與滮池合水出鄗池西而北流入于鄗括地志滮池今按其池周十五步九域志京兆府氷池案十道志名滮池是皆以滮池爲池名豐水在西鄗水在東滮池在鄗西正豐鎬之間與箋說合傳滮流貌水經注引毛詩作流泿也當爲流泿貌之譌說文淲水流貌从水彪省聲引詩作淲沱北流

樵彼桑薪卬烘于煁傳卬我烘燎也煁烓竈也桑薪宜以養人者也箋人之樵取彼桑薪宜以炊饔饎之爨以養

食人桑薪蕘之善者也我反以燎於烓竈用炤事物而已喻王始以禮取申后禮儀備今反黜之使爲卑賤之事亦猶是瑞辰按詩人每以薪喻昏姻薪之爲言新也此詩樵彼桑薪卬烘于煁蓋以桑薪之見用于煁竈喻幽王之新得褒姒而寵愛之下文維彼碩人實勞我心乃言申后之不見禮爲可憂耳傳箋謂詩以桑薪喻申后姒非詩義

念彼碩人箋碩大也妖大之人謂褒姒也瑞辰按詩言碩人皆指申后衛莊姜賢而無子而詩賦碩人申后賢而被黜詩亦稱爲碩人其義一也王肅孫毓皆云碩人謂申后傳意當然箋以碩人爲指褒姒失之

鼓鐘于宮瑞辰按韓詩外傳引詩作鐘鼓于宮山井鼎考異云箋如鳴鼓鐘於宮中古本作鐘鼓是毛詩亦有作鐘鼓者卽以今本箋作鳴鼓鐘亦分鼓與鐘爲二正義云鼓擊其鐘失之

念子懆懆釋文引說文云懆愁不申也瑞辰按今本說文作懆愁不安也

視我邁邁傳邁邁不說也釋文邁如字韓詩及說文竝作怖怖韓詩云意不悅好也許云很怒也瑞辰按邁邁卽怖怖之叚借毛韓詩字異而義同說文今本怖字註云恨怒也當从釋文引作很怒廣雅怖怒也

鴛鴦在梁戢其左翼箋戢斂也斂左翼者謂右掩左也

鳥之雌雄不可別者以翼右掩左雄左掩右雌陰陽相下之義也夫婦之道亦以禮義相下以成家道瑞辰按箋以詩爲刺幽王故專據雄者而言以戢其左翼爲以右掩左然鴛鴦匹鳥飛則爲雙止則相耦鴛鴦篇亦曰鴛鴦在梁戢其左翼不得專指雄者言也鴛鴦篇釋文引韓詩曰戢捷也捷其噣于左也禽鳥之宿皆捷其噣於翼毛傳言休息也此詩無傳義與彼同詩葢以鴛鴦匹鳥得其所止能不貳其耦以與幽王二三其德爲匹鳥之不若也不當如箋專指雄者言

有扁斯石傳扁扁乘石貌王乘車履石箋王后出入之禮與王同其行登車亦履石申后始時亦然今也黜而

卑賤瑞辰按周官隸僕王行則洗乘石鄭司農曰乘石所登上車之石也淮南子齊俗篇文選李注引尸子並云周公踐東宮履乘石淮南高註人君升車有乘石說均與毛傳合傳葢以乘石爲王所履與后之爲王所棄耳胡承珙曰履之卑兮卑字當屬石言何氏古義云履之卑兮是倒文言乘石卑下猶得蒙王踐履其說是也至于后亦履石經傳無徵箋特以義推而言之與傳義殊士昏禮婦人以几賈疏云王后則履石特本詩箋以意推之亦非有確證也正義合傳箋爲一失之

俾我疧兮傳疧病也瑞辰按爾雅釋註疧病也釋文引孫炎云滯之病也說文疧病不翅也从疒氏聲今毛刻

詩經作疷者譌又疷音祈當作疧支反爾雅釋文云本作疲字書云疲病也又通作疧何人斯毛傳疧病也詩釋文云徐都禮反非是

綿蠻

緜蠻黃鳥傳緜蠻小鳥貌 瑞辰按緜蠻二字雙聲說文緜聯微也廣雅緜小也緜有小義故傳以緜蠻爲小鳥貌文選注引韓詩薛君章句曰緜蠻文貌爾雅釋詁覭髳茀離也緜蠻卽覭髳之轉猶言彌漫彌靡皆雙聲字葢文采縟密之貌故韓詩以爲文貌當从韓詩說爲允黃鳥本爲小鳥詩以喻微臣其義已顯不必更以緜蠻爲小皃耳

瓠葉

有兔斯首箋斯白也今俗語斯白之字作鮮齊魯之間聲近斯有兔白首者兔之小者也瑞辰按古者鄉飲酒禮鄉射禮燕禮大射禮皆行士一獻之禮其牲用狗據此詩有兔斯首則庶人一獻之禮其牲蓋用兔也斯乃句中語助與螽斯羽鹿斯之奔句法相類箋訓斯爲白首失之

酌言獻之傳獻奏也箋每酌言言者禮不下庶人庶人依士禮立賓主爲酌名瑞辰按古者合獻酢醻爲一獻之禮昭元年左傳趙孟賦瓠葉穆叔曰趙孟欲一獻樂記鄭注曰一獻士飲酒禮此詩以庶人而行士一獻之

禮箋云庶人依士禮是也言爲語助詞箋訓言爲我則非

漸漸之石

漸漸之石傳漸漸山石高峻釋文漸漸亦作嶃嶃瑞辰按嶃與嶄同廣雅釋訓嶄嶄高也漸漸卽嶄嶄之叚借說文無嶄字古葢通作磛說文磛礹石也繫傳引詩磛磛之石玉篇磛礹山石貌

山川悠遠維其勞矣箋山川者荆舒之國所處也其道里長遠邦域又勞勞廣闊言不可卒服正義廣闊遼遼之字當從遼遠之遼而作勞字以古之字少多相叚借詩人口之詠歌不專以竹帛相授音旣相近故遂用之

此字義自當通故不言當作遼也惠棟曰案昭七年左傳隸臣僚服虔解誼曰僚勞也共勞事也寮勞古同音故潦水亦作澇水上林賦師古註潦音牢勞勞之語見孔氏聘辭僚與遼皆從尞聲知古音同也　瑞辰按遼勞二字同來母故通用說文膫或作膋勞聲尞讀若勞而字之或體作療从尞又說文鷯伯勞也夏小正作伯鷯皆遼勞通用之類劉向九歎山脩遠其遼遼兮王逸註遼遼遠貌義本此詩劉向說多本韓詩疑韓詩原作維其遼矣鄭君亦先通韓詩故直以勞爲遼耳

不皇朝矣箋皇王也役人罷病必不能正荆舒使之朝於王朱子集傳遑暇也言無朝旦之暇也　瑞辰按爾雅

釋言偟暇也字本作遑通作皇表記引詩皇恤我後左傳社稷之不皇皇卽遑也此詩箋讀爲皇王之皇於下二章不皇出矣不皇他矣皆爲費解自从朱傳讀遑爲允竊考左傳云詰朝請見又齊侯曰余姑翦滅此而朝食是古者戰多以朝詩言不遑朝者甚言其東征急迫言不暇至朝也二章不皇出矣當如朱傳言但知深入不暇謀出三章不遑他矣則謂有死無貳猶云之死矢靡他不僅如朱傳言不暇及他事也又按朱傳原本蓋云皇讀爲遑今經作遑者乃坊本誤改

維其卒矣傳卒盡也箋卒者崔嵬也 瑞辰按維其卒矣猶言維其高矣卒卽崒之消借說文崒危高也十月之

交詩山冢崒崩釋文崒本亦作卒是崒卒古通用之證

曷其沒矣傳沒盡也箋廣濶之處何時其可盡服瑞辰按沒勿古同聲通用爾雅蠠沒勉也韓詩作密勿是其類也此詩沒當讀𢓜廣雅𢓜遠也曷其沒矣與上章維其勞矣勞讀爲遼同義𢓜亦遼也傳箋均訓爲盡失之

苕之華

牂羊墳首傳牂羊牝羊也墳大也牂羊墳首言無是道也瑞辰按爾雅釋畜羊牡羒牝牂郭註謂吳羊白羝夏羊牝牡皆有角吳羊則牡羒有角而牝牂無角此詩墳首墳當讀羒羊之羒謂牂牝之身而欲其爲牡羒有角之首以見必不可得與人之不可飽羒借作墳猶坋爲

大防字亦借作墳也王氏詩總聞羅氏爾雅翼何氏詩古義竝謂墳卽羒字何氏引易林墳首作羵爲證傳訓墳爲大者蓋以墳爲頒之叚借然非詩義

三星在罶傳罶曲梁也寡婦之笱也三星在罶言不可久也箋不可久者喻周將亡如心星之光耀見於魚笱之中其去須臾也　瑞辰按傳不言三星何星據唐風綢繆篇傳三星參也則此篇亦謂參耳唐風三星在天在隅在戶皆指星象之見天隨時移宿言之實象也此詩三星在罶卽星光之照水者言之虛象也詩蓋以星象之虛而非實以與饑者之食而不飽亦爲虛而不實也傳以爲不可久箋以三星爲心星均非詩義釋文罶本

又作霤蓋同音叚借字

何草不黃

何人不將經營四方傳言萬民無不從役　瑞辰按周頌敬之篇日就月將毛傳將行也此詩何人不將與何日不行同義何日不行言日日行也何人不將言人人行也集傳將亦行也是也正義言何人不爲將率所將之以經營四方乎失其義矣

何草不元箋元赤黑色始春之時草萌蘖者將生必元　瑞辰按元與黃同義爾雅釋詁元黃病也馬病謂之元黃草病亦謂之元黃其義一也四月詩百卉具腓傳訓腓爲病草之枯萎卽其病也箋以元爲草之將生失之

爾雅九月爲元孫炎曰物衰而色元也引詩何草不元爲證是也正義據箋義以孫炎之言爲謬亦誤

何人不矜箋無妻曰矜 瑞辰按矜古通借作鰥蓋鰥从眔聲古讀如昆與今雙聲故通用爾雅釋詁鰥病也鰥卽矜也後漢書和帝紀朕寤寐恫矜李賢注矜病也字別作瘝書鄭注瘝病也何人不矜猶言何人不病耳爾雅釋言又曰矜苦也又廣雅矜危也義並與病近箋訓爲鰥寡失之

匪兕匪虎傳兕虎野獸也箋兕虎比戰士也 瑞辰按匪彼古通用匪兕匪虎猶言彼兕彼虎也兕虎野獸固宜其率彼曠野以興征夫之不宜疲於征役也傳箋不解

匪字正義訓匪爲非失之

有芃者狐傳芃小獸貌 瑞辰按淮南子原道訓禽獸有芃高註芃蕃也說文蕃字註一曰蔟也芃字注草盛皃芃本衆草叢蔟之貌狐毛之叢雜似之故曰有芃者狐又芃蓬音同山海經海内經元狐蓬尾郭註蓬叢也芃猶蓬也蓋狐尾蓬叢之貌傳訓爲小獸貌失之

有棧之車傳棧車役車也箋棧車輦者 瑞辰按古者編木爲棚通謂之棧三倉棚棧閣也通俗文板閣曰棧是也編木爲棚版謂之棧說文簀牀棧也是也編木爲馬圈亦謂之棧莊子編之以皁棧是也棧車據說文棧棚也一曰竹木之車曰棧蓋棧本是棚之通名編竹木爲

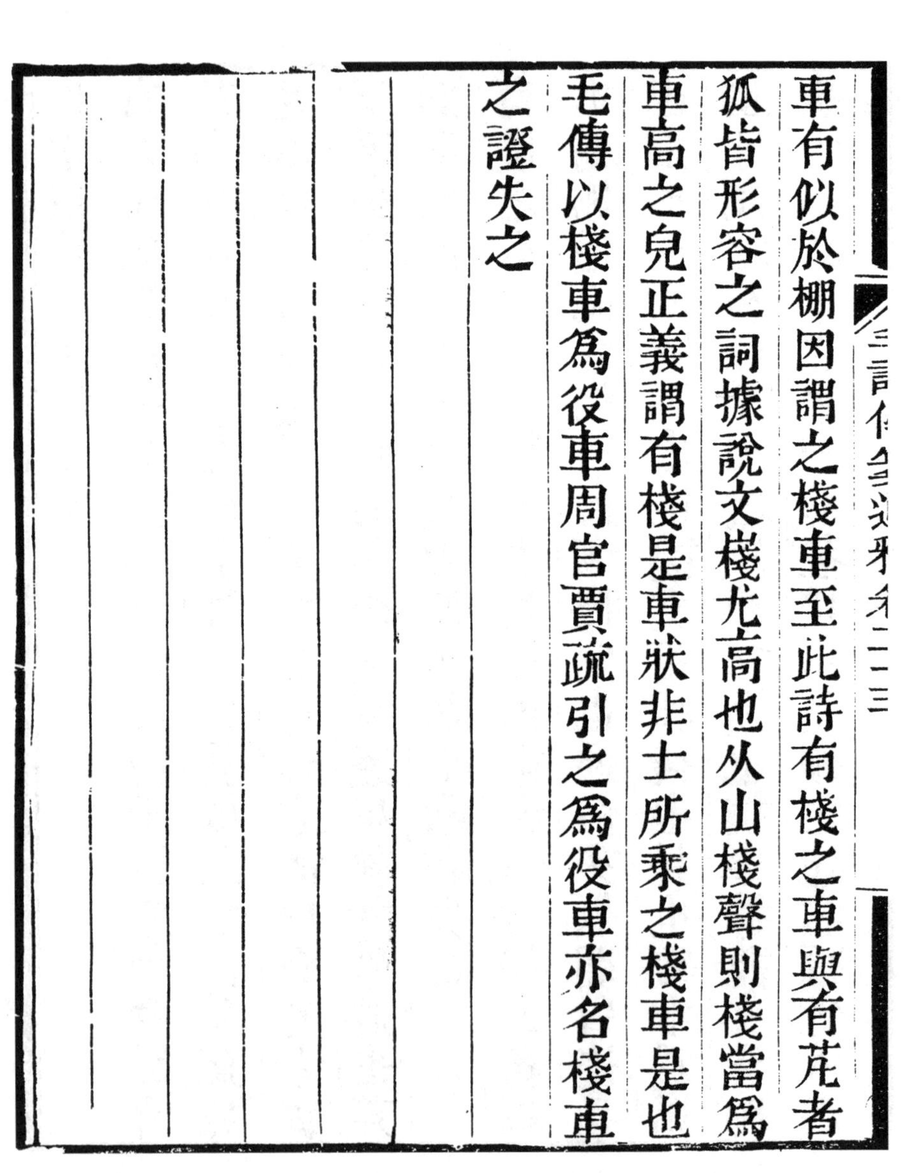

車有似於棚因謂之棧車至此詩有棧之車與有芃者狐皆形容之詞據說文嶘尤高也从山棧聲則棧當爲車高之皃正義謂有棧是車狀非士所乘之棧車是也毛傳以棧車爲役車周官賈疏引之爲役車亦名棧車之證失之

毛詩傳箋通釋卷二十四

大雅　　桐城馬瑞辰學

文王

有周不顯帝命不時傳有周周也不顯顯也顯光也不時時也時是也箋周之德不光明乎光明矣天命之不是乎又是矣瑞辰按不爲語詞玉篇曰不詞也是也故傳曰不顯顯也不時時也箋讀同不然之不因增乎字以足其義失之不丕古通用丕亦語詞不顯猶丕顯也時當讀爲承時承一聲之轉大戴少閒篇時天之氣即承天之氣楚策抑承甘露而用之新序雜事篇承作時皆時承古通用之證詩若作承則與右不得爲韻故必

叚時以韻右是知此詩有周不顯帝命不時猶清廟詩不顯不承尚書言丕顯丕承也王尚書釋周頌不承曰承者美大之詞當讀文王烝哉之烝釋文引韓詩曰烝美也今按此詩帝命不時時讀承亦當訓美帝命曰時猶天子之命曰休命曰大命也若訓爲以下承上之承則不詞矣

文王陟降在帝左右傳言文王升接天下接人也箋在察也文王能觀知天意順其所爲從而行之朱子集傳蓋以文王之神在上一升一降無時不在上帝之左右

瑞辰按集傳之說是也墨子明鬼篇下引詩在帝左右言若鬼神無有則文王既死彼豈能在帝之左右也是

墨子以詩爲文王既沒其神在帝左右矣古者言天及祖宗之默佑皆曰陟降敬之詩曰無曰高高在上陟降厥士日監在兹此言天之陟降也閔予小子詩曰念兹皇祖陟降庭止訪落詩曰紹庭上下陟降厥家此言祖宗之陟降也天陟降文王之神亦隨天神爲陟降故曰文王陟降在帝左右昭七年左傳叔父陟恪在我先王之左右與此詩文法正同汪氏中以恪爲降字之譌是也陟降或曰陟下洪範維天陰隲下民劉台拱曰隲古陟字隲下猶言陟降言天甚愛下民陰陟降之其說是也陟降倒言之則曰降格多士惟帝降格呂刑罔有降格爾雅釋詁格陞也降格猶云降陟也

亹亹文王傳亹亹勉也瑞辰按爾雅釋詁亹亹勉也廣雅釋訓亹亹進也進亦勉也說文無亹字亹者釁之省隸變爲亹或作斖釁从爨省从酉分聲斖从爨省从酉文聲分文古音同部故字同音亦同也古音微與文通故周官鄭司農註曰釁讀爲徽徽从微省聲音近眉故古鐘鼎文眉壽字多作釁又作斖楚史老字子斖斖即眉也易繫辭成天下之亹亹者崔靈恩讀作娓娓說文娓讀若眉則知亹之通作娓猶眉之借作釁與斖也亹又音門詩鳧鷖在亹是也亹勉一聲之轉禮器君子達亹亹焉鄭註亹亹猶勉勉也棫樸詩勉勉我王荀子富國篇引作斖斖我王韓詩外傳引作亹亹我王是也勉

勉又轉爲明明爾雅釋詁孟勉也孟明古同聲通用如孟津通作盟津是其證故勉謂之孟重言之則曰明明江漢明明天子令聞不已猶此詩亹亹天子令聞不已也魯頌有駜詩在公明明猶言在公勉勉也亹亹又轉爲没没易繫辭成天下之亹亹者鄭註亹亹没没也爾雅釋詁没勉也邵晉涵正義曰亹亹蠠没以聲轉爲義是也又轉爲勿勿大戴曾子立事篇君子終身守此勿勿盧辨註勿勿猶勉勉也又通作穆穆墨子明鬼篇下引此詩作穆穆文王令問不已是也又轉爲敃敃大戴記亹亹穆穆司馬相如封禪文敃敃穆穆敃敃卽亹亹也說文忞强也段本作自勉强也又曰慔勉也論語文莫吾猶人也

劉台拱曰文莫卽勉强廣雅釋詁文勉也竝同義是則亹亹娓娓勉勉明明沒沒勿勿穆穆敃敃皆以聲近互轉字當以忞忞爲正忞又通作暋說文引周書在受德忞今立政作暋釋詁暋强也說文敃彊也敃又借作昏盤庚不昏作勞鄭注昏讀爲暋暋勉也爾雅釋訓懋懋慔慔勉也慔慔亦沒沒之轉

陳錫哉周傳哉載箋哉始也乃由能敷恩惠之施以受命造始周國戴震曰春秋傳及國語引此詩皆作載周古字載與哉通哉猶殖也言文王能布大利於天下以豐殖周國國語說之曰故能載周以至於今是也瑞辰按陳說文从𠂤从木申聲古文作𨻰亦从申陳錫卽申

錫之叚借漢書韋元成傳載匡衡上書云子孫本支陳錫亡彊義本齊詩而言陳錫亡彊與商頌烈祖篇申錫無彊正同是知陳錫卽申錫也申重也重錫言錫之多左傳引詩曰陳錫哉周能施也施卽錫字不解陳字箋及杜註訓陳爲敷布失之哉才以同部叚借說文才草木之初也从丨上貫一將生枝葉也一地也爾雅釋詁哉始也哉卽才之叚音哉載以同聲通用皐陶謨乃賡載歌曰正義引鄭註載始也皐陶謨載采采史記夏本紀作始事事載之爲始猶哉之爲始也是知傳訓哉爲載箋訓哉爲始義正相成宣十五年左傳引此詩而釋之曰文王所以造周不是過也此詩序曰文王受命作

周也廣雅釋詁作造始也是知造周作周皆釋詩哉周
之義箋謂造始周國是也國語故能載周以至於今猶
云能造周以至於今載亦始也戴震訓爲裁殖之裁失
之韋昭國語註訓載爲成亦非

本支百世傳本本宗也支支子也 瑞辰按本如木之有
本支卽枝也莊六年左傳引詩正作本枝百世

不顯亦世傳不世顯德乎世者世祿也箋凡周之士謂
其臣有光明之德者亦得世世在位重其功也 瑞辰按
不亦二字皆語詞不顯亦世謂其顯及世與思齊詩不
顯亦臨無射亦保等句法相類魏書禮志引詩作不顯
奕世後漢書袁術傳註引作不顯奕代 按代字蓋避唐諱而改 今

按汪中曰執金吾武榮碑亦世載德楊震碑亦世繼明綏民校尉熊君碑亦世載德李翕西狹頌亦世賴福中常侍樊安碑亦世載德樊毅修華嶽廟亦世克昌先生郭輔碑休矣亦世亦世即奕世也然則大雅之不顯亦世即乃丕顯奕世耳亦與奕古本通用爾雅釋詁奕大也噫嘻詩亦服爾耕豐年詩亦有高廩箋並云大也是亦即爲奕之證奕之言繹也玉篇繹長也奕世即長世也或亦訓爲累世後漢書楊秉傳臣奕世受恩註奕猶重也重即累也三家詩葢有作奕世者爲魏書及漢碑後漢書註所本則不顯奕世與不顯成康句法相類然據下文世之不顯即承上不顯亦世言之仍从毛詩作亦訓爲語詞爲允

穆穆文王傳穆穆美也　瑞辰按傳本釋詁而釋訓又云穆穆敬也據下言敬止則穆穆卽爲敬皃說文睦敬和也郝懿行曰穆穆卽睦睦之假借

假哉天命傳假固也　瑞辰按假嘏古同聲通用故假亦可訓固但劉向引孔子讀此詩而釋之曰大哉天命則假宜从爾雅訓大劉向說多本韓詩韓詩自訓大耳

有商孫子箋使臣有殷之孫子　瑞辰按此上言天命在文王故箋訓爲臣有殷之孫子文義方順焦循謂有爲語詞失之

其麗不億傳麗數也箋其數不徒億多言之也　瑞辰按麗者𩓾之消借方言說文竝曰𩓾數也不爲語詞不億

卽億猶云子孫千億耳箋以爲不徒億失之

矦于周服傳盛德不可爲衆也箋商之孫子其數不徒

億至天已命文王之後乃爲君於周之九服之中言衆

之不如德也瑞辰按正義引王肅云天既命文王則維

服于周此以申毛是也服訓爲臣服之服可言維于周

服亦可言維服于周若如箋說言君于周之九服尙可

下文矦服于周謂爲君九服于周則不辭矣胡承珙曰

趙岐注孟子云天旣命之維服于周是趙亦訓矦爲維

服爲臣服不獨王肅之解爲然也

王之藎臣傳藎進也瑞辰按爾雅釋詁藎進也周書皇

門解朕藎臣大明爾德孔注藎進也藎本草名訓進者

當爲逮字之同音叚借說文逮自進極也逮進以疊韻
爲訓埤倉云逮至也至亦進也又按方言孑藎餘也又
曰孑俊也遵俊也則藎與俊亦音近而義通
無念爾祖傳無念念也 瑞辰按傳以無爲語詞但據爾
雅釋訓勿念勿忘也與不徹不道也一例是讀勿與有
無之無同不以無爲語詞則當訓念爲忘古字以相反
爲義或有訓念爲不念者與亂之訓治相類孝經釋文
引鄭注無念無忘也義本釋訓與毛傳義異
駿命不易箋天之大命不可改易釋文易毛以豉反不
易言甚難也鄭音亦言不可改易下文及後不易維王
同 瑞辰按易字無傳陸知傳讀以豉反者葢本王肅述

毛正義則誤合傳箋爲一矣鄭註大學引詩曰天之大命持之誠不易也亦讀同難易之易至箋詩則訓爲不可改易失矣古音難易之易讀與改易之易同版之詩牖民孔易與益辟等字爲韻是其證也後人異其訓因異其讀古人初無別耳

無遏爾躬釋文遏於葛反或作謁音同瑞辰按說文遏讀若桑蟲之蝎春秋襄二十五年左氏本吳子遏伐楚公穀經俱作謁是遏謁古同音通用之證

宣昭義問傳義善也箋宣徧也徧明以禮義問老成瑞辰按宣昭猶言明昭義問猶言令問嘉問字通作聞說文聞知聲也引申之義爲聲問朱子集傳謂布明其聲

譽於天下是也箋謂以禮義問老成失之有虞殷自天傳虞度也箋有又也又度殷所以順天之事而施行之 瑞辰按爾雅釋言殷中也左傳言民受天地之中以生有虞殷自天言既偏昭善問又度中道於天也下文上天之載二句又承上文而進言天道無聲臭之可聞以見天道難知惟當儀型文王耳箋讀殷爲夏殷之殷謂度殷所以順天之事失之

上天之載傳載事也 瑞辰按載事古音近通用堯典有能奮庸熙帝之載史紀五帝本紀載作事毛傳葢以載爲事之叚借載又通縡廣雅釋詁縡事也漢書楊雄傳上天之縡縡卽載也三家詩葢有作縡者說文無縡有

縡云縡籀文繒从宰省楊雄以爲漢律祠宗廟丹書告也縡卽縡之从宰不省者載宰同聲故通用鄭註中庸引詩曰載讀曰栽謂生物也義與毛傳不同

無聲無臭箋天之道難知也耳不聞聲音鼻不聞香臭

瑞辰按聲當爲馨之叚借聲與馨均从殸得聲故經傳或通借漢衡方碑耀此聲香正借聲爲馨說文馨香之遠聞也椒聊詩遠條且傳言聲之遠聞也段玉裁謂傳聲字爲馨字之譌今按此詩聲字亦當作馨馨與臭相對成文三家詩必有作無馨無臭者文選嵇叔夜幽憤詩庶勗將來無馨無臭正本之三家詩用本字也毛詩及中庸引詩均借作聲鄭君遂以聲音釋之葢失其義

久矣

大明

序大明文王有明德故天復命武王也箋二聖相承其明德日以廣大故曰大明　瑞辰按大明葢對小雅有小明篇而言逸周書世俘解籥人奏武王入進萬獻明明三終孔晁註明明詩篇名當卽此詩是此詩又以明明名篇葢卽取首句爲篇名耳

使不挾四方傳挾達也孔廣森曰按春秋傳曰天子有方望之事無所不通三朝記曰天子之官四通正地事也以不得嗣王位爲不得通於四方眞古師說古者堂有兩夾謂之左達右達是夾有達義此挾音訓當與夾

同舊讀浹日之浹非瑞辰按爾雅釋言浹徹也徹卽達釋名達徹也小爾雅徹達也是矣作挾者說文無浹字古浹字止作挾荀子儒效篇盡善挾洽之謂神注挾讀爲浹是浹古作挾之證釋文挾有子燮子協二音卽挾音也挾之言接也儀禮鄉射禮大射儀註竝云古文挾皆作接挾與接同聲亦同義說文接交也小爾雅接達也挾卽接故義亦爲達達泰音義近泰者通也其象爲上下交堂之兩夾謂之左達右達亦取其與堂相接相通而名之也至周禮之挾日千本作帀日謂十日徧也四達不悖則必徧義亦相成而不相背故廣雅釋詁又曰接徧也然此乃引申之義不若訓通之爲本義矣至

韓詩外傳引詩作使不俠四方俠乃挾之通借字

摯仲氏任自彼殷商來嫁于周曰嬪于京傳摯國任姓之中女也箋摯國中女曰大任從殷商之畿內嫁爲婦於周之京瑞辰按晉語司空季子曰黃帝之子得姓者十四人姬酉祁已滕箴任荀僖佶儇依是也廣韻黃帝二十五子十二人各以德爲姓第一爲任氏是任姓出自黃帝之證不曰摯任仲氏詩稱摯仲氏任者段玉裁曰女子後姓所以別於男子先氏卽春秋紀季姜之比是也周語摯疇之國由大任韋註摯疇二國奚仲仲虺之後大任之家路史今蔡之平輿有摯亭按平輿故城在今河南汝寧府城東是摯實殷畿內國故詩曰自彼

殷商

大任有身傳身重也箋重謂懷孕也瑞辰按身者㑗之省借身字从人厂聲㑗復从人身聲是其字从二人以象懷孕者之重人也毛傳身重也說文㑗神也據爾雅釋詁申神重也神有重義是知說文訓神與毛傳訓重同義㑗之訓神猶說文申亦訓神神卽重也段玉裁謂說文神當作身又謂申訓神不可通竝失之㑗與娠聲近而義同廣雅釋詁孕重妊娠身㛗㑗也一切經音義卷十九引詩大任有娠傳曰娠重也葢釋元應所見毛詩或作娠耳月令注有娠釋文音身是娠與身通之證

以受方國箋方國四方來附者瑞辰按廣雅釋詁方大

也晉語今晉國之方韋昭註方大也爾雅方邱胡邱方與胡皆大也又方與旁古聲義竝同旁亦大也方有大義方國猶言大國也箋訓爲四方失之

文王初載傳載識也瑞辰按載栽古同聲通用中庸栽者培之鄭註栽讀如文王初載之載又引詩上天之載云載讀曰栽謂生物也天之造生萬物人無聞其聲音亦無聞其臭氣者鄭君以上天之載爲天之生物與毛傳異然載之得訓爲生卽此可見載爲始卽爲生猶作爲始又爲生也天作詩毛傳作生也載哉古亦通用載訓生爲人物之始猶哉通才爲草木之始始卽生也文王初載載正訓生卽謂文王初生耳史記云武王同母兄弟十人

其長子曰伯邑考次武王此詩正義引大戴禮稱文王十三生伯邑考十五生武王發是知大姒蓋與文王年相若亦年十三方能生子若如傳訓載爲識正義謂文王有所識大姒始生大姒小於文王一二歲豈大姒十一二歲卽生子乎有以知其必不然矣毛傳訓載爲識殊爲未允戴氏震據中庸鄭註築牆立版曰栽以初載爲初免於懷抱能自立之時亦非至朱子集傳訓載爲年文王卽位年已四十餘斷無尚未娶妻之事或遂疑大姒爲文王繼配皆臆說耳

在洽之陽傳洽水也瑞辰按洽卽郃之叚借說文郃在馮翊郃陽引詩在郃之陽顏師古漢書註引詩亦作郃

三家詩葢有从本字作郃者括地志郃陽故城在同州河西縣南三里古莘國在同州河西縣南二十里元和郡縣志夏陽縣古有莘國漢郃陽縣之地乾元三年改爲夏陽縣縣南有莘城卽古莘國文王妃大姒卽此國之女是皆莘在郃縣之證漢郃陽縣葢因詩在郃之陽而立名郃古省作合魏世家文侯時西攻秦築雒陰合陽字作合段玉裁曰葢合者水名毛詩本作在合之陽故許引以說會意秦漢閒乃製郃字耳今詩作洽者後人意加水旁許引詩作郃後人所改今按段說是也合水之加邑而作郃猶豐水詩書止作豐左傳及說文皆加邑而作酆耳

文王嘉止傳嘉美也箋文王聞太姒之賢則美之瑞辰按周官大宗伯以嘉禮親萬民嘉禮卽昏禮也相鼠詩毛傳止禮也廣雅亦曰止禮也嘉止卽嘉禮謂文王將行嘉禮耳

俔天之妹傳俔磬也箋旣使問名還則卜之又知太姒之賢尊之如天之有女弟釋文俔磬也說文云譬諭也韓詩作磬磬譬也瑞辰按俔磬二字雙聲故通用俔之轉爲磬猶韓非外儲說夫犬馬人所知也旦暮罄於前鬼神無形不罄於前罄於前卽見於前爾雅蜆縊女卽爲磬縊女也爾雅蜆縊女郭註小黑蟲赤頭喜自經死故曰縊女阮宮保挍勘記曰釋文蜆孫音俔按俔之轉聲爲磬文王世子註縣縊殺之曰磬磬者經死之名蜆縊女猶言磬縊女耳據說文俔

譬諭也當以俔爲正字韓詩作磬通借字也漢世通借作磬已久人皆知磬之爲譬故毛公以今釋古韓詩遂从今字作磬耳正義曰葢如今俗語譬喻物云磬作然也是唐時猶通以磬作爲譬至爾雅釋言閒俔也亦釋此詩當俔在閒上今本誤倒耳據釋詁顯閒代也顯俔音相近郝懿行曰顯卽俔之叚音今按代亦比儗之詞猶言譬也說文代叓也古者以此易彼謂之代以此儗彼亦謂之代晉宋人儗古詩皆曰代其遺義也又以此儗彼則猶有彼此之别故代亦曰閒是知爾雅以閒釋俔閒代之義亦與譬通說文俔字註一曰閒見卽本爾雅俔閒之義郝懿行曰凡譬况之詞必取非常所見故

云罕譬而諭方言謂之代語說文謂之閒見其義一也纘女維莘傳纘繼也莘大姒國也箋使繼大任之事於莘國瑞辰按括地志引世本曰莘國姒姓夏禹之後唐世系表唐韻竝曰夏啟封支子於莘是莘爲大姒國之證纘女與長子相對成文纘當爲㜺字之叚借說文㜺白好也廣雅釋詁㜺好也廣韵㜺好容皃纘字又與踐通大雅嵩高詩王纘之事韓詩作王踐之事踐與靖古亦通用鄭風東門之栗有踐家室韓詩作有靖家室云靖善也善亦好也美也女之美色爲好美德亦爲好㜺女謂好女猶言淑女碩女靜女皆美德之稱詩言莘國有好女倒其文則曰纘女維莘以與長子維行相屬對

傳箋不明叚借之義，遂以纘字本義釋之。但云繼女則不詞，故必增成其義，謂使繼大任之事於莘國，然與長子卽長女語不相類，非詩義也。

長子維行傳：維行大任之德焉。箋：莘國之長女大姒則配文王，維德之行。瑞辰按：上章述大任之事云乃及王季維德之行，朱彬曰：行，列也。維德之行，猶言德與之齊等。今按禮記服問上附下附列也，鄭注：列，等也。上言維德之行者，言大任德配王季；此言長子維行，言大姒德等文王也。箋配文王維德之行，雖亦取上章爲說，然上章箋云配王季而與之共行仁義之德，則不以行爲等列，固已失其義矣。

篤生武王傳篤厚也箋天降氣于大姒厚生聖子武王

瑞辰按朱彬作釋大一篇言尚書凡言大者皆語辭丕誕洪宏皆大也亦皆語詞詩生民誕彌厥月誕字八見皆詞也今按墨子經篇厚有所大也是厚与大同義故篤訓厚亦爲語詞微子天毒降災荒殷邦史記作天篤下災亾殷國召旻詩天篤降喪猶多士云天大降喪于殷毒篤與大皆詞也因知此詩篤生武王猶魯頌是生后稷公劉詩篤公劉猶生民篇誕后稷之穡篤亦助句之辭若訓爲厚生武王厚公劉則不辭矣說文毒厚也又管厚也讀若篤又竺厚也是知篤乃管之叚借若篤之本義則說文訓爲馬行頓遲也又按洛誥篤字凡五

見惟篤前人成烈宜作大字解其餘汝受命篤弼卽受命爲弼也篤叙乃正父卽叙乃正父也惠篤叙卽順叙公功棐廸篤罔不若時當讀篤罔不若時爲句謂罔不若時也四篤字皆語詞舊皆訓爲厚失之又按詩內言中字多語詞中與竹雙聲篤从竹與督同聲莊子緣督以爲經李云督中也篤之爲語詞或亦如中之爲語詞耳

燮伐大商傳燮和也箋使協和伐殷之事協和伐殷之事謂合位三五也　瑞辰按燮與襲雙聲燮伐卽襲伐之叚借猶淮南子天文篇而天地襲矣高注襲和也襲卽燮字之借也春秋左氏傳曰有鐘鼓曰伐無曰襲公羊

僖三十三年何休注輕行疾至不戒以入曰襲周書文傳解引開望曰土廣無守可襲伐伐與襲對文則異散文則通風俗通皇覇篇引下章肆伐大商作襲伐竊謂襲伐本此章變伐之異文三家詩葢有用本字作襲伐者應劭偶誤記為下章文耳變伐與肆伐義相成襲伐言其容肆伐言其疾也據公羊注以襲為輕行疾至則襲伐與肆伐義亦相近傳箋並訓變為和失之

其會如林傳如林言衆而不為用也箋殷盛合其兵衆

瑞辰按說文旝字注一曰建大木置石其上發其機以槌敵也嚴可均曰旝卽後世礮歷車說文不言大木建於何所必有脫文唐類苑太平御覽載魏武帝令引說文旝發石車也則古本建大木上有發石車也四字今脫去據左傳正義引賈逵

曰旝發石也一曰飛石范蠡兵法曰飛石重二十斤爲機發行三百步許君引春秋傳及詩其説蓋本賈逵以許君从賈逵受古學也三家詩或亦有作旝者馬融廣成頌旝旝森其如林卽本此詩是馬融詩傳亦作旝然以旃旝連言仍以旝爲旌旗左傳杜註旝旃也説文旝旌旗也引詩其旝如林春秋傳曰旝動而鼓是三家詩有作旝者自以爲旃不以爲發石也發石之制初見范蠡兵法恐非商時所有且以爲如林則可以言旌旗不可以狀發石也

矢于牧野維予侯興傳矢陳興起也言天下之望周也箋陳于商郊之牧野而天乃予諸侯有德者當起爲天

子言天去紂周師勝也瑞辰按爾雅釋言矢誓也虞翻易註曰矢古誓字矢于牧野謂周王誓師于牧野當連下維予侯興三句言三句皆誓詞也傳箋皆承上殷商之旅二句言失之維發語詞爾雅侯乃也維予侯興猶言維予乃興也箋訓侯爲諸侯失之又按正義引鄭書序注云牧野紂南郊地名禮記及詩作坶野古字耳是鄭君所見詩原作坶野今作牧非古也說文坶朝歌南七十里地周書曰武王與紂戰于坶野坶卽坶之隸變母牧聲之轉故通作牧

上帝臨女無貳爾心傳言無敢懷貳心也箋臨視也女女武王也天護視女伐紂必克無有疑心瑞辰按此與

閟宫詩無貳無虞上帝臨女皆詩人取武王誓詞以爲詩女指所誓之衆非指武王也此詩女對上維予侯興言予爲武王自指則知女指所誓之衆矣孔廣森曰大誓逸篇曰朂哉夫子不可再不可三所謂無貳爾心也觀傳言無敢懷貳心也則固自上命下語其說是也臨當讀如上帝不臨之臨又襄九年左傳曰且要盟無質神弗臨也臨謂神明鑒之如有貳心則必爲神明所察故以上帝臨女懼戒之非下頌上之詞也吕氏春秋務本篇引大雅曰上帝臨女無貳爾心以言忠臣之行也正以無貳爾心證臣之忠於其君箋以爲衆勸武王之詞失之又按釋詁貳疑也貳者貣之譌貣者忒之借無

貳爾心卽無忒爾心閟宮詩無貳無虞亦當爲無忒

維師尚父傳師大師也尚父可尚可父箋尚父呂望也尊稱焉 瑞辰按父與甫同甫爲男子美稱尚父其字也猶山甫孔父之屬連師稱之猶大師皇父之屬宣和博古圖載周淮父卣銘曰穆從師淮父又曰對揚師淮父正與師尚父之稱相同傳云可尚可父正義引劉向別錄曰師之尚之父之故曰師尚父箋以師尚父爲尊稱竝失之

時維鷹揚傳鷹揚如鷹之飛揚也箋鷹摯鳥也 瑞辰按楚詞天問曰蒼鳥羣飛孰使萃之王逸註蒼鳥鷹也言武王伐紂將帥勇猛如鷹揚羣飛誰使武王集聚之者

乎詩曰維師尙父時維鷹揚也是鷹揚古以指衆帥葢謂以師尙父爲衆帥之長則羣帥莫不奮發如鷹揚也孫氏星衍曰揚當讀如爾雅鸒白鷢之鸒謂如鷹與鸒作揚者消借字耳今按後漢書高彪作箴曰尙父七十氣冠三軍詩人作歌如鷹如鸇鸇與鸒白鷢同類似亦分鷹揚爲二鳥鷹揚猶云鷹鸇耳天問言蒼鳥羣飛以喻羣帥或亦分鷹揚爲二特言鷹以統之則古說詩者葢已有以揚爲鸒之叚借者異毛傳之以爲飛楊矣

涼彼武王傳涼佐也釋文涼本亦作諒韓詩作亮云相也瑞辰按各本說文無亮字段玉裁依六書故所據唐本補云亮明也从儿高省而申釋之曰高明者可以佐

人故義爲佐爾雅釋詁亮相道也又曰亮右也左右亮也義並相近廣雅釋言又曰亮相也是韓詩作亮爲正字毛詩作涼釋文引本亦作諒者皆叚借字小爾雅涼佐也與毛傳同

肆伐大商傳肆疾也箋肆故今也瑞辰按爾雅釋言肆力也據吕氏春秋尊師篇疾諷誦高注疾力也是知毛傳訓肆爲疾與爾雅訓肆爲力同義焦循曰古疾力二字多竝稱越語今其來也剛彊而力疾荀子仲尼篇疾力以申重之力亦疾也今按皇矣詩是伐是肆傳肆疾也箋肆犯突也春秋傳曰使勇而無剛者肆之小爾雅肆疾也又肆突也廣雅釋詁突猝也猝亦疾也是箋訓

肆爲突亦與傳相成此詩肆伐與皇矣詩是伐是肆同義皆言用兵之疾力此詩箋訓肆爲故今失之

會朝清明傳會甲也不崇朝而天下清明箋會合也以天期已至兵甲之强師率之武故今伐殷合兵以清明

瑞辰按會朝猶言會明會明猶言遲明黎明皆比明之義也史記高祖紀沛公乃夜引兵還黎明圍宛城三匝漢書作遲明史記衛青傳遲明行二百餘里漢書作會明是會明與遲明黎明同義之證說文邌徐也廣雅釋詁邌遲也邌或叚作犂史記吕后紀犂明孝惠還徐廣曰犂猶比也又作犂旦史記尉佗列傳犂旦城中皆降伏犂旦卽黎明也今案比猶及也至也會卽比及之義

廣雅會至也會明黎明遲明皆謂比明至明是知會朝亦謂比及於朝卽始朝也焦循曰甲卽始也故傳又曰不崇朝而天下清明至傳訓會爲甲者會甲二字雙聲甲爲十干第一甲一亦雙聲惠氏古義曰古多以甲爲一如第爲甲第觀爲甲觀令爲甲令夜爲甲夜兼引戰國策云武王將素甲三千領戰一日破紂之國禽其身是知甲朝卽一朝也一爲數之始一朝卽始朝也皆與比及於朝之義相通又按說文會合也會合甲皆一聲之轉故說文嗑讀若甲而甲亦有合義釋名肩堅也甲闔也與肩脅皆相會闔也甲可訓會合則會合之會亦可訓甲會朝爲天比明尚未大明之際故爲合旦荀子

武王伐紂厭旦於牧之野說文厭字注一曰合也玉篇厭合也厭合會三字亦同聲厭旦亦與會朝同義又鳥有名盍旦者正謂其於合旦時鳴而名之也甲有合義亦可與會朝相證明矣正義釋傳以會朝爲會值甲子之朝失之箋以會朝爲會兵衆以朝旦亦非詩義

緜

緜緜瓜瓞傳緜緜不絶貌瓜紹也瓞瓝也箋瓜之本實繼先歲之瓜必小狀似瓝故謂之瓞緜緜然若將無長大時　瑞辰按段玉裁曰傳本作瓜瓞瓜紹也今本傳脫瓜瓞二字云瓜瓞瓜紹也者言瓜之近本繼先歲之實必小如瓝瓜之近本繼先歲之實亦小故亦謂之瓞也

瓜紹不云瓞以瓝紹之名名之故云瓜瓞又引爾雅瓞瓝說其本義也焦循曰毛盇以瓜紹明不絶之義若曰所謂緜緜不絶者此瓜紹也東山詩蜎蜎者蠋傳云蜎蜎蠋貌桑蟲也其文法正同以瓜紹明不絶不以瓜紹釋瓜也所謂紹者當是初生之瓜瓞猶言蒂凡瓜果之生皆始於蒂瓝說文訓瓞今俗以稻之初生者爲趵正與此合今案爾雅既曰瓞瓝又曰其紹瓞明是兩種瓞小瓜名瓞紹爲近本之瓜小如瓞亦名瓞也毛云瓜紹者以嗣續之義宜取其紹瓞之瓞恐人誤以爲瓞瓝之瓞然又引瓞瓝者明其本義也毛傳質略言瓜紹其爲釋瓜瓞可知不必如段玉裁所云增瓜瓞二字亦不得

如焦循以瓜紹爲釋緜緜不絕之義非以釋瓜瓞也韓詩云瓞小瓜也爾雅舍人云瓝小瓜也爾雅瓞瓝說文作瓞㼎也㼎卽爾雅之瓝交勺二字古音同部故通用爾雅瓝九葉樊光本作駮與說文之以㼎爲瓝者正同至蔕說文云瓜當也此與瓞爲小瓜異義焦循以瓞爲蔕不若仍從古說以瓞爲瓜紹爲允

陶復陶穴傳陶其土而復之陶其壤而穴之箋復者復於土上鑿地曰穴皆如陶然本其在豳時也　瑞辰按說文引詩陶𥨎陶穴作𥨎者蓋三家詩云𥨎地室也此詩正義引作覆於地也說文又曰穴土室也段玉裁曰大雅箋云復者復於土上庾蔚之云復謂地上累土爲之

均與詩疏云覆於地合覆於地者謂旁穿之則地覆於上穴則正穿之上爲中霤毛傳云陶其土而復之陶其壤而穴之土謂堅者堅則不患崩壓故旁穿之使上有覆葢陶其土旁穿之也壤謂柔者柔則恐崩故正鑿之直穴之中爲中霤也毛葢讀陶爲掏鄭惟云皆如陶然讀陶如窯爲異今按段說足以發明傳箋惟引庾說以復爲地上累土爲之則非淮南子氾論篇古者民澤處復穴高註復穴重窟也一說穴毀隄防崖岸之中以爲窟室案高所引一說正爲復覆於地之制春秋襄三十年左傳鄭伯有耆酒爲窟室杜註窟室地室也據廣雅寝窟也是窟室即陶復之復左傳又云吾公在壑谷是

復實旁穿崖岸爲之亦掏其崖岸中之土爲之非累土於地上爲之也復之爲言覆也謂覆於上者穴則鑿地爲之窩之窩崖應榴曰陶其土而爲之蓋又陶其土而爲之窩其說是也陶从傳讀爲掏爲是不必如箋以爲似窯戴震以陶爲土壂復穴而居皆賴此陶爲之尤誤至淮南高注以復穴爲重窟者上旣陶其土以爲蓋下又陶其土以爲室有似於重窟者然故或以爲重窟耳

來朝走馬箋來朝走馬言其辟惡早且疾也瑞辰按說文趣疾也走馬卽趣馬之叚借故箋以早釋來朝而以疾釋走孟子趙註釋詩來朝走馬亦曰遠避狄難去惡疾也玉篇引詩正作來朝趣馬言早且疾也是知古本

毛詩葢有作趣馬者或以走馬爲單騎之始失之
周原膴膴傳膴膴美也釋文膴音武韓詩同瑞辰按左
思魏都賦腜腜坰野張載註腜腜美也李善註引韓詩
周原腜腜廣雅釋訓腜腜肥也亦本韓詩肥與美一也
腜與膴古通用小雅民雖靡膴釋文引韓詩亦作腜據
爾雅釋言憮愛也郭註憮韓鄭語方言作韓鄭曰憮是
方音讀憮與煤同膴與腜亦猶是也韓詩葢本方音讀
膴如腜字遂作腜與飴謀龜時茲爲韻毛詩字雖作膴
其音亦當如腜字音梅釋文音武失之腜美以雙聲爲
義腜通作每說文每草盛上出也左氏僖二十八年傳
原田每每每每謂草之肥盛卽腜腜也

堇荼如飴傳堇菜也荼苦菜也箋其所生菜雖有性苦者甘如飴也釋文堇音謹按廣雅云堇藋也今三輔之音猶然瑞辰按堇有三爾雅齧苦堇一也又芨堇草二也廣雅堇藋也三也芨堇之堇郭註以爲烏頭一名奚毒非可食之菜堇藋之堇本草以爲似黎一名拜一名蔏藋非苦荼之類惟爾雅齧苦堇郭註今堇葵也葉如柳子如米汋食之滑與毛傳言堇菜合說文堇草也根如薺葉似細柳蒸食之甘而爾雅言苦堇者古人語反猶甘草一名大苦也詩人葢取苦堇之名與苦荼同類遂並稱之正義以爲烏頭釋文以爲藋竝失之荼有四爾雅釋木檟苦荼一也釋草荼苦菜二也蒤委葉三也

蕢荂荼四也出其東門詩有女如荼此荼之名蕢荂者卽茅秀也良耜詩以薅荼蓼此荼之名委葉者卽田草也谷風詩誰謂荼苦此詩菫荼如飴則爾雅所謂苦菜今北方所謂苣蕒菜一名苦苣者也至釋木檟苦荼乃茗也陶宏景疑苦菜卽茗誤矣

爰始爰謀箋故於是始與豳人之從已者謀 瑞辰按始亦謀也始謀謂之始猶終謀謂之究爰始爰謀猶言是究是圖也爾雅基肇皆訓爲始又皆訓謀則始與謀義正相成耳經以二爰字對舉如箋云始與豳人從已者謀則下爰字無所用王肅又於始字下增居字以釋之亦誤

爰契我龜傳契開也箋謀從又於是契灼其龜而卜之瑞辰按說文契大約也繫傳引韓子宋人得契密數其齒謂契以刀分之有相入之齒縫也又列子說符亦曰宋人有游於道得人遺契者歸而藏之密數其齒注刻處似齒是契本以刀判契之稱因之凡以刀刻物通謂之契說文及廣雅釋言並曰契刻也淮南子齊俗篇越人契臂出血高誘註栔刻臂出血是契與栔一也又通作挈釋文契本又作挈班固幽通賦旦算祀於挈龜師古註挈刻也引詩爰挈我龜言刻開之灼而卜之廣雅刻分也分即開也周官大卜凡國大貞卜立君卜大封則眡高作龜鄭司農曰作龜謂鑿龜令可爇也鑿亦刻

而開之也義與毛傳訓契爲開正合葢古者占龜之法皆先用鑿刻開其龜因於其開處取三兆畫其上然後灼之大卜掌三兆之法一曰玉兆二曰瓦兆三曰原兆鄭註其象似玉瓦原之璺罅廣雅罅璺裂也葢謂龜之開處其象相似也毛傳訓契爲開本謂刻開其龜正義引卜師開龜謂出其占書失之周官菙氏掌共燋契以待卜事杜子春曰契謂契龜之鑿也引此詩爰契我龜爲證葢鑿龜謂之契其用以鑿龜之具亦謂之契鄭箋以契爲灼周官鄭註以契爲楚焞竝失之

曰止曰時箋時是也曰可止居於是正義如箋之言則上曰爲辭下曰爲於也 瑞辰按王尚書曰曰字不當上

下異訓時亦止也古人自有複語耳爾雅爰曰也曰止曰時猶言爰居爰處玉篇曰爾雅室中謂之跱跱止也今本爾雅跱作時爾雅又曰雞棲于弋爲榤鑿垣而棲爲塒王風君子于役釋文塒作時棲止謂之時居止謂之時其義一也莊子逍遙篇曰猶時女也司馬彪注曰時女猶處女也處亦止也又待與時聲近而義同爾雅曰止待也今按王說是也爾雅釋詁時是也說文是直也从日正正从一一曰止是時之本義爲是是从正本有止義故又引伸爲止廣雅時善也鄭注棐誓曰至猶善也是善與至同義至亦止也時爲善卽爲止矣

迺慰迺止傳慰安也箋民心定乃安隱其居　瑞辰按慰

亦止也方言慰居也江淮青徐之閒曰慰廣雅亦曰慰
尻也居卽止也呂氏春秋愼大篇胼胝不居高注居止
也安與居義本相成爾雅安止也迺慰迺止猶言爰居
爰處皆複語耳

迺宣迺畝箋時耕曰宣乃又時耕其田畝正義宣者徧
也發也天時已至令民徧發土地故謂之宣瑞辰按宣
者以耜發田之謂大田箋曰民以其利耜熾菑發所受
之地也周語王耕一墢班三之呂氏春秋孟春紀高註
引周語作一發宣葢徧發之也迺畝與迺宣對言不得
合爲一梓材若稽田既勤敷菑傳曰已勞力布發之卽
此詩迺宣也又曰爲厥彊畝傳曰爲其彊畔畎壟然後

功成卽此詩迺畝也上言疆理者定其大界此又别其畎壟箋以時耕其田畝兼釋詩迺畝失之

縮版以載傳乘謂之縮箋旣正則以索縮其築版上下相承而起乘聲之誤當爲繩也瑞辰按載通作栽說文栽築牆長版也引春秋傳楚圍蔡里而栽又春秋莊二十九年左傳水昏正而栽杜註於是樹版而興作中庸栽者培之鄭註栽讀如文王初載之載今人名草木之殖曰栽築牆立版亦曰栽是知載卽栽也栽謂樹立其築墻長版也箋訓載爲承載之載失之說文牏築牆短版也爾雅釋器大版謂之業郭註築牆版葢古者築牆短版用於兩耑爲横版長版用於兩邊爲直版古以直

爲縮禮記古者冠縮縫孟子自反而縮皆謂直也又爾雅釋詁縱縮亂也說文亦曰縮亂也孔廣森曰縱縮皆直也所謂衡縱衡縮者也亂義如正絶流曰亂彼註以正爲直是亂亦直意故以相詁王尙書曰周官大司徒周知九州之地域廣輪之數馬注東西爲廣南北爲輪鄭注輪從也是輪亦直也輪與亂聲相近是亦縮當訓直之證縮版以載承上其繩則直謂繩直既立卽先樹立其直版縮版卽直版也縮版以載猶云直版以樹也說卦傳曰巽爲繩直廣雅繩直也深衣負繩及踝以應直淮南天文訓子午卯酉爲二繩高注繩直也繩縮義皆爲直是知爾雅釋器繩之謂之縮之皆謂直之也葢

繩直爲縮直立其版亦爲縮鄭箋及孫郭爾雅注舊皆訓縮爲束失之

捄之陾陾傳捄虆也陾陾衆也箋捄捊也築牆者捊聚壤土盛之以虆釋文捄音俱呂沈同徐又音鳩捊爾雅云聚也說文云引取土　瑞辰按說文捄盛土於梩中也虆梩同類孟子釋文虆土籠也梩土轝也與毛傳合傳訓捄爲虆者亦謂盛於虆中耳說文又云一曰捊也與箋義合取之然後盛之傳箋義本相成捄从徐音鳩爲是求鳩古音義同求之言逑逑鳩皆聚也故說文及箋竝訓捊說文捊引堅也正義作引取釋文作引取土皆傳寫之誤陾陾說文玉篇引作陑陑字亦作陾今詩作陾者葢陾字之

譌而乃一聲之轉故陑陑又作仍仍廣雅仍仍衆也卽陑陑之異文

度之薨薨傳度居也箋度猶投也而投諸版中釋文度韓詩云塡也 瑞辰按箋云投諸版中與韓詩訓塡義近旣取土而後塡之旣塡而後築之正見詩言有序度與塿通廣雅塿塞也塞與塡義亦相近傳訓度爲居失之

削屢馮馮傳削牆鍛屢之聲馮馮然 瑞辰按古有婁無屢屢卽婁字之俗當讀同傴僂之僂古以曲爲傴問喪注傴背曲也是也以高出爲僂盐背曲則骨脊必隆起因名傴僂通俗文曲脊謂之傴僂是也傴僂亦名句僂說文痀曲脊也莊子達生篇句僂丈人承蜩是也車盐

之中高而旁下者謂之枸簍方言車枸簍秦晉之間自關而西謂之枸簍南楚之外謂之篷或謂之隆屈是也龜背之中高而兩旁下者亦謂之僂句昭二十五年左傳臧氏竊其寶龜僂句朱彬曰僂句卽以名龜僂句不吾欺猶云龜不吾欺是也木之尫傴瘻腫者謂之苻婁爾雅釋木瘣木苻婁是也頸之腫曰瘻說文瘻頸腫也是也邱壠之堆高者曰培塿方言注培塿亦堆高又集韻引埤蒼嶁山巔也孟子趙注岑樓山之鋭嶺婁與樓皆从婁會意婁與隆雙聲故婁之義爲隆高竊謂削婁卽削去其牆土之隆高者使之平且堅也惟其隆高故宜削耳至傳云削牆鍛屢之聲焦循謂以鍛斂之使入

則以削屨二字平列段玉裁訓屨爲空似並失之

鼛鼓弗勝傳鼛大鼓也長一丈二尺或鼛或鼓言樂事勸功也箋鼛鼓不能止之使休息也凡大鼓之側有小鼓謂之應鼙朔鼙周禮曰以鼛鼓鼓役事瑞辰按傳箋皆分鼛鼓爲二但傳言樂事勸功不以爲止役正義合傳箋爲一失之鼛通作皋皋之言告周官樂師鄭司農註皋當作告是也皋鼓取告衆以勸役之義進之非止之也鼛鼓弗勝特言工役之衆同時赴工鼓不勝其擊耳箋以爲不能止失之

皋門有伉傳伉高貌釋文伉本又作亢韓詩作閌云盛貌瑞辰按周官閽人疏引詩作亢與釋文所言又作亢

同說文阬閬也閬門高也張參五經文字阬門高是知作亢者阬之消借字也閌卽阬之或體說文無閌字文選吳都賦高闈有閌西京賦魏都賦竝言高門有閌閌字既本韓詩則作高門者亦韓詩也釋名釋親屬曰高臯也最在上臯韜諸也爾雅五月爲臯釋文臯本作高是臯與高音義正同

肆不殄厥愠傳肆故今也　瑞辰按爾雅釋詁肆故也又曰肆故今也字各爲義言肆爲語詞之故肆與故又皆爲今說詳王氏經義爾雅述聞及釋詞非以故今二字連讀此詩肆不殄厥愠思齊詩肆戎疾不殄肆成人有德抑詩肆尚天弗尚肆字皆當从爾雅訓故傳箋竝訓爲故今失之

肆不殄厥愠亦不隕厥問傳愠恚隕墜也箋小聘曰問文王見大王立冢土有用大衆之義故不絶去其恚惡惡人之心亦不廢其聘問鄰國之禮 瑞辰按孟子曰文王事昆夷又曰肆不殄厥愠又不隕厥問文王也趙註言文王不殄絶畎夷之愠怒亦不能殞失文王之善聲問也今按趙說是也此二句正言文王事混夷之事言始事混夷雖不能絶其愠怒亦不以以大事小而失其譽聞下四句乃言終伐混夷之事箋訓問爲小聘曰問失之

柞棫拔矣行道兌矣傳兌成蹊也箋今以柞棫生柯葉之時使大夫將師旅出聘問其行道士衆兌然不有征

伐之意。瑞辰按：此二句當與皇矣詩互證。皇矣詩「柞棫斯拔」，承上章「作之屏之」八句而言，謂拔而去矣。此詩「柞棫拔矣」亦當同義，拔而去則義爲盡。胡承珙曰：爾雅釋詁「拔，盡也」，郭注以爲見詩，今毛詩拔字傳箋皆無此訓，疑三家詩或有訓拔爲盡者，是也。柞棫叢生塞路，拔而去之，故行路開通，「行道兌矣」猶言「松柏斯兌」也。傳於「松柏斯兌」訓爲易直，而此傳兌訓成蹊者，松柏錯於柞棫，柞棫去而松柏喬立，是爲易直；柞棫塞道，柞棫拔而道路成蹊，不煩迂折，亦易直也。非易直不能成蹊，是成蹊與易直義正相成。至箋言「士衆兌然」，蓋讀兌爲脫然之脫，與傳異義，正義合而爲一，失之。

混夷駾矣傳駾突也 瑞辰按說文駾馬行疾來貌也引詩昆夷駾矣疾與突義相成皇矣詩是伐是肆傳肆疾也箋肆突也疾突爲奔騰之貌疾而進者爲疾突退而奔者亦爲疾突故箋以驚走奔突釋之魯靈光殿賦張載註引詩昆夷突矣三家詩蓋有作突者故毛詩以突釋駾耳

維其喙矣傳喙困也正義喙之爲困則未詳 瑞辰按喙與⿰歹彖𤸰字通說文無⿰歹彖𤸰二字古蓋多借作喙爾雅釋詁齂呬息也說文齂臥息也从隶聲讀若虺喙當爲齂字之叚借方言⿰歹彖傍傍與倦同又曰𤸰極也郭註今江東呼極爲𤸰倦聲之轉也晉語余病喙矣韋註喙短氣貌廣

雅喙極也極卽困也方言廣雅並曰喙息也玉篇殝困極也或作瘃瘃困極也亦作喙廣韻瘃困極也引詩昆夷瘃矣本亦作喙正義不明叚借之義以說文喙止訓口故不明喙之爲困耳困與息義正相成方言餽喙呬息也自關而西秦晉之間或曰喙或曰餽東齊曰呬說文東夷謂息曰呬引詩犬夷呬矣葢本齊詩及方言東夷當爲東齊之譌呬與喙古音同部故通用呬亦維其喙矣之異文其連犬夷引之者特約舉詩詞猶引詩東方昌矣之類也戴氏震以犬夷呬矣爲混夷駾矣之異文失之

文王蹶厥生傳蹶動也箋虞芮之質平而文王動其緜

緜民初生之道瑞辰按生性古通用董仲舒曰性者生之質也樂記則性命不同矣鄭註性之言生也性可叚爲生生亦可叚爲性文王蹶厥生謂文王有以感動其性也毛詩述爭田讓田之事正感動其性之實不言生爲性者以其時性多叚作生人所共明不煩訓耳頃見焦循說與予略同箋以爲動其緜緜民初生之道民初生之道亦卽爲性其義固相通也又按說文生進也蹷僵也讀亦若橜橜一曰門梱也梱橜爲門中所豎短木所以止門是橜有止義蹶之言橜蹶厥生卽止厥訟者之進正毛傳所云二國之君感而相讓以其所爭田爲閒田而退者也似較讀生爲性義尤直捷

予曰有奔奏傳喻德宣譽曰奔奏箋奔奏使人歸趨之釋文奏本又作走正義曰此臣能曉諭天下之人以王德宣揚王之聲譽使人知令天下皆奔走而歸趨之故曰奔走也瑞辰按王尚書曰傳箋異義正義合而一之非也傳以奏爲告語之義故曰喻德宣譽堯典敷奏以言史記五帝紀作徧告以言是也箋則取趨赴之義今按王說是也周禮鄭司農注讀皋爲奏皋字俱从本會意故奏亦通告說文奏奏進也進言卽告也此詩上二句以疏附後先作對下二句以奔奏御侮作對奏當从傳訓作告語爲允楚詞章句引詩予聿有奔走尚書大傳亦作奔走三家詩蓋有作奔走者箋說本之故與傳

異

棫樸

芃芃棫樸薪之槱之傳興也棫白桵也樸抱木也山木茂盛萬民得而薪之賢人衆多國家得用蕃興箋白桵相樸屬而生者枝條芃芃然豫斫以爲薪至祭皇天上帝及三辰則聚積以燎之瑞辰按古者燔柴以祭天神說文禷以事類祭天神周官小宗伯鄭註類者依其正禮而爲之則類祭上帝依乎郊祀是亦用燔柴也王制天子將出征類乎上帝此詩二章奉璋是發兵之事三章六師是伐崇之事春秋繁露曰周王于邁六師及之此文王之伐崇也則首章薪之槱之蓋將出征類乎上帝之事或以文王未嘗郊

天而周官以槱燎祀司中司命風師雨師雨師畢也星占畢主邊兵故出師必祀焉武王伐紂上祭於畢則此詩薪槱葢文王上祭於畢之禮又按王尚書云樸亦木名說文作樸云棗也爾雅樸抱者彙謂樸是棗之一種棫與樸二木並言毛鄭以樸爲棫之叢生者殊誤

左右奉璋傳半圭曰璋箋璋璋瓚也祭祀之禮王祼以圭瓚諸臣助之亞祼以璋瓚 瑞辰 按九獻之禮夫人執璋瓚以亞祼惟祭統云大宗伯執璋瓚亞祼鄭註容夫人有故攝焉則代后奉璋瓚者非常禮也春秋繁露曰奉璋峩峩髦士攸宜此文王之郊也然周官小宰註云天地大神至尊不祼亦不得言郊祀之禮祼以璋瓚今

按周官典瑞牙璋以起軍旅以治兵守白虎通義曰璋以發兵何璋半珪位在南方南方陽極而陰始起兵亦陰也故以發兵也是璋古用以發兵此詩下章言六師及之則上言奉璋當是發兵之事故傳惟言半圭曰璋不以爲祭祀所用之璋瓚耳

追琢其章傳追彫也金曰彫玉曰琢箋周禮追師掌追衡笄則追亦治玉也　瑞辰按箋說是也追卽彫之叚借說文琱治玉也彫琢文也治玉以琱爲正字今經傳通作彫與雕爾雅玉謂之雕又曰玉謂之琢雕琢以雙聲相轉注字異而義同荀子富國篇說苑修文篇竝引詩彫琢其章趙註孟子彫琢治飾玉亦引詩彫琢其章是

彫琢皆治玉之證追與彫雙聲故叚借通用猶雕弓詩作敦弓士冠禮注追猶堆也說文𠂤小𠂤也今俗通作堆也毛公特以追琢分屬下句金玉故謂金曰彫耳周官追師鄭註及玉篇並引詩章作璋三家詩或有作璋者則追爲治玉益可知矣

金玉其相傳相質也　瑞辰按說苑修文篇引詩彫琢其章金玉其相言文質美也是亦訓相爲質

綱紀四方箋以網罟喻爲政張之爲綱理之爲紀　瑞辰按說文綱网紘也綱爲網之大繩商書所云若網在綱有條而不紊也至於紀則說文曰統紀也紀别絲也淮南泰族篇曰繭之性爲絲然非得女煑以熱湯而抽其

統紀則不能成絲是紀乃細絲之稱凡別絲者一絲必有其首得其紀而衆絲始可理也墨子尚同篇古者聖王爲五刑清以治其民譬若絲縷之有紀罔罟之有綱是紀與綱各別之證箋以綱紀皆爲取網罟爲喻失之樂記中和之紀鄭注紀總要之名也禮器衆之紀也紀散而衆亂鄭注紀者絲縷之數有紀也是紀之本義謂得其統紀而衆絲可治猶之綱舉而目張也此詩正義謂綱紀以喻爲政有舉大綱赦小過者有理微細窮根源者亦非詩義

旱麓

序申以百福干祿焉瑞辰按干祿與百福對言干祿疑

干祿形近之譌此詩干祿豈弟及假樂詩干祿百福干皆當作千百之千傳譌已久遂以干字釋之耳

瞻彼旱麓傳旱山名也麓山足也瑞辰按漢書地理志漢中郡南鄭縣旱山沱水所出東北入漢明一統志旱山在漢中府城西南六十五里是旱爲山名之證尚書納於大麓馬鄭注並曰麓山足也與毛傳合麓通作鹿春秋僖四十年沙鹿崩穀梁傳曰林屬於山曰麓說文麓守山林吏也一曰林屬於山曰麓詩言榛楛濟濟周語引此詩而釋之曰若夫山林匱竭林鹿散亾則麓宜謂林屬於山者矣

瑟彼玉瓚傳玉瓚圭瓚也箋瑟潔鮮貌釋文瑟又作璱

瑞辰按說文璱玉英華相帶如瑟弦引詩璱彼玉瓚又璪字註引逸論語曰玉粲之璱兮其璪猛也又璠字註引孔子曰美哉璠璵遠而望之奐若也近而視之瑟若也是璱本從玉瑟聲兼从瑟會意作璱者正字作瑟者省作字也周官典瑞註引詩卹彼玉瓚又作䘏羣經音辨曰卹玉采也作卹者葢三家詩瑟卹古音同部故通用猶恤之通作謐也

黃流在中傳黃金所以飾流鬯也箋黃流秬鬯也圭瓚之狀以圭爲柄黃金爲勺青金爲外朱中央矣釋文黃金所以流鬯也一本作黃金所以爲飾流鬯也是後人所加正義定本及集註皆曰黃金所以飾流鬯也若有

飾字於義易曉則俗本無飾字者誤也瑞辰按此箋合黃流爲一以秬鬯之酒爲金所照其色黃因名黃流非傳義也傳葢分黃與流爲二以黃即黃金勺也故曰黃金所以飾凡勺皆有鼻爲酒所流之處因名其鬯爲流故曰流鬯也在中者對靑金外言之則黃與流皆在中非朱中之中正義謂傳有飾字是也若傳本作黃金所以流鬯是合黃流爲一皆指秬鬯箋不須復云黃流秬鬯矣正義合傳箋爲一失之

清酒既載箋既載謂已在尊中也瑞辰按文選西征賦李善註引韓詩章句云載設也載與⿰⿱才食丮音同說文⿰⿱才食丮設飪也从丮食才聲讀若載此詩載即⿰⿱才食丮字之同音叚借

故韓詩訓設商頌烈祖詩既載淸酤義同廣雅亦云𢧢設也石鼓詩載皆作𢧢士昏禮匕俎從設北面載執亦設也此箋以既載爲已在尊中失之

瑟彼柞棫民所燎矣傳瑟衆貌箋柞棫之所以茂盛者乃人熂燎除其旁草養治之使無害也瑞辰按棫樸箋云豫斫以爲薪至祭皇天上帝及三辰則聚積以燎之此詩釋文云燎說文作尞一云柴祭天也是知民所燎矣當謂取爲燔柴之用箋謂除其旁草非也又按爾雅棫白桵郭注桵小木叢生有刺與柞爲櫟樹無刺者別通志引陸機疏云三蒼說棫卽柞非也

施于條枚箋延蔓於木之條枚而茂盛喻子孫依緣先

人之功而起瑞辰按詩以葛藟之延易於條枚興福祿之歸君施延一聲之轉呂氏春秋知分篇韓詩外傳卷二引詩並作延後漢書黃琬傳注引詩亦作延从韓詩也箋訓延蔓亦本韓詩爲訓

求福不回箋不回者是不違先祖之道瑞辰按說文𩎟衺也从交韋聲經傳𩎟通作違因韋與回同聲又借作回小文謀猷回遹傳回邪也大明厥德不回傳回違也違即𩎟衺之𩎟明回爲𩎟之叚借也說文湋回也取聲近爲義尚書靜言庸違吳志陸抗傳引作靜言庸回史記又作共工善言其用辟回辟皆邪也此詩求福不回毛雖無傳葢以義同小旻大明章耳晏子春秋曰回吾

以利而倍其君非義也引詩求福不回又云今嬰且可以回而求福乎呂氏春秋知分篇載晏子引此詩求福不回高誘註求福不以邪道正訓回爲褱袤之褱箋以爲不違先祖之道讀同韋背之韋說文韋相背也失其義矣

思齊

思齊大任文王之母思媚周姜京室之婦傳齊莊媚愛也周姜大姜也京室王室也箋京周地名也常思莊敬者大任也乃爲王室之母又常思愛大姜之配大王之禮故能爲京室之婦言其德行純備故生聖子也大姜言周大任言京言其謙恭自卑小也瑞辰按思齊四句平列首二句言大任次二句言大姜末二句大似嗣徽

音乃言大似兼嗣大姜大任之德音耳先大任而次大姜古人行文自有錯綜不必以思媚周姜爲大任思愛大姜配大王之禮也傳訓齊爲莊正義以爲釋言文今釋言作疾齊壯也齊壯皆與疾同義齊當讀如紉而狥齊之齊齊疾亦美德也莊壯古通用或毛公所據爾雅自作莊耳說文媚說也說即悅字與傳訓愛義近說文又曰嫿媚也娓順也讀若媚嫿娓之義通於美好廣雅媚好也媚古訓爲好皆言其德之美不必如傳訓愛兩思字皆語詞鄭訓爲常思失之周京本皆地名後以周爲有天下之稱以京爲王室之稱非有尊卑大小之别且京室之婦本承大姜言之不指大任箋以爲大任言

京以見其謙恭自卑小也亦非詩人或言周或言京特變文以見義若以爲周大京小則大明詩來嫁于周曰嬪于京皆指大任言豈亦有大小乎

則百斯男傳大似十子衆妾則宜百子也瑞辰按百男特頌禱之詞猶假樂詩子孫千億耳傳謂衆妾則宜百子失之

惠于宗公傳宗公宗神也箋宗公大臣也瑞辰按宗尊雙聲宗公即先公也言其久則曰古公言其尊則曰宗公又宗崇古通用崇高也則宗公猶云高祖與尊義亦正相近傳云宗公宗神者葢據下文連言神耳亦當指先公言箋訓爲大臣失之胡承珙據周官甸師用牲於

社宗杜子春以宗爲宗廟謂宗公卽宗廟之先公說亦未確

神罔時恫傳恫痛也瑞辰按恫痛以雙聲爲義爾雅釋言恫痛也說文恫痛也一曰呻吟也不引詩恫字註大皃引詩神罔時侗葢許君所見毛詩自作侗假借字也爾雅釋文亦曰恫字或作侗與說文合桑柔詩釋文恫本又作痌痌字說文所無見玉篇葢後作字卽恫之或體時與所古同義通用詳見王氏經義述聞神罔時怨猶言神罔所怨也神罔時侗猶言神罔所恫也箋訓時爲是失之

刑于寡妻傳刑法也寡妻適妻也箋寡妻寡有之妻言賢也瑞辰按釋文引韓詩刑正也趙注孟子訓刑爲正

義本韓詩說文㑹古文法字正亦法也史記賈生傳法制度猶言正制度也論語齊桓公正而不譎漢書鄒陽傳作法而不譎是知毛韓詩法與正同義廣雅刑治也法與正皆所以爲治也說文寡少也从宀頒頒分也宀分故爲少也此但釋从頒訓少之義頒少特爲叚借若頒之本義則說文訓大頭也寡从頒會意宜有大義書康王之誥無壞我高祖寡命寡命卽大命也康誥乃寡兄朂寡兄卽長兄也此詩寡妻亦謂大妻故得以適妻釋之適與嫡通廣雅嫡君也據爾雅曰天帝皇王后辟公侯君也而尸子曰天帝皇后辟公皆大也是訓君者皆有大義廣雅又曰嫡正也爾雅曰正長也長亦大也是

適妻卽正妻亦有大義毛傳以釋寡妻益可證寡妻之爲大妻矣箋以寡有增成其義失之又按物大者必少寡少亦大義之引申胡承珙曰適與庶對庶爲衆則適爲寡矣諸侯一娶九女八皆爲妾惟一爲適則訓適爲寡少義亦得通不得如箋以寡有爲賢耳

以御于家邦傳御迎也箋御治也瑞辰按爾雅釋詁訝迎也說文訝迎也傳以御爲訝之叚借故以迎釋之御迎以雙聲爲義又迎字亦有御音楚辭離騷九疑繽其並迎與故爲韻則迎可讀若御故傳以御爲迎又迎之義爲進謂由刑寡妻至兄弟以進及於家邦傳訓御爲迓猶訓御爲進也此詩至于兄弟二句承上刑于寡妻

言刑法也法卽所以治也不須更言治以御于家邦由兄弟而推及之迎卽接也謂以接於家邦廣雅接徧也猶言以徧於家邦王肅於迎下增治字鄭訓爲治趙注孟子訓享言享天子國家之福並失之

不顯亦臨無射亦保傳以顯臨之保安無厭箋臨視之保猶居也文王之在辟廱也有賢才之質而不明者亦得觀於禮於六藝無射才者亦得居於位 瑞辰按傳云以顯臨之則不爲語詞不顯卽顯也至以保安無厭釋無射亦保則與上句文法不類今按無爲語詞無射卽射猶之無念卽念也古射字與夜夕字疊韻亦通用故春秋孤射姑穀梁傳作夜姑曹莊公名射姑史記作夕

姑夜夕皆有闇冥之義廣雅昔夜闇也昔卽夕也祭義夏后氏祭其闇鄭註闇昏時也古字義生於音射與夜夕同音亦卽有闇晦之義故詩以射對顯言顯爲明則射爲闇矣詩兩亦字皆語詞不顯亦臨猶云顯則臨也無射亦保猶云闇則保也臨者臨視之義保者保守之義言文王無時不警惕也傳箋竝失其義矣又按爾雅釋詁射厭也厭晻闇竝雙聲射可訓爲厭斁之厭卽可訓爲厭闇之厭此亦射有闇義之證

肆戎疾不殄烈假不瑕傳戎大也故今大疾害人不絕之而自絕烈業假大也箋厲假皆病也瑕已也文王於辟廱德如此故大疾害人者不絕之而自絕爲厲假之

行者不已之而自已言化之深也瑞辰按通鑑注引風俗通戎者兇也白虎通禮樂篇戎者強惡也戎疾與烈假對文戎疾皆惡也傳訓戎爲大失之厲烈古同聲厲說文作癘云惡疾也公羊傳作痢何休註痢者民疾疫也烈卽癘之叚借假卽瘕之叚借說文瘕女病也叚玉裁以女爲衍字蠱假亦一聲之轉隸釋載漢唐公房碑作厲蠱不遐葢本三家詩是知箋訓厲假爲病亦本三家詩正讀烈假如瘕也詩兩不字皆句中助詞肆戎疾不殄卽言戎疾殄也烈假不瑕卽言厲蠱之疾已也傳云不絕之而自絕箋云不已之而自已失之迂矣孔廣森以疾殄與下假瑕爲句中韻疑殄轉音近飻飻疾古

音皆在去聲霽韻今按疾从矢聲方言軫戾也如淳漢書音軫如拂戾之戾正與矢音同部

不聞亦式不諫亦入傳言性與天合也箋式用也文王之祀於宗廟有仁義之行而不聞達者亦用之助祭有孝弟之行而不能諫爭者亦得入言其使人器之不求備也 瑞辰按王氏釋詞曰兩不字兩亦字皆語詞式用也入納也言聞善言則用之進諫則納之宣二年左傳曰諫而不入則莫之繼也是納諫爲入也今案王說是也說文入內也內入也內卽納也故納諫得爲入矣傳箋竝失之

小子有造傳造爲也箋小子其弟子也子弟皆有所造

成瑞辰按說文造就也造就二字以疊韻爲義爾雅釋言造爲也廣雅釋詁爲造二字竝云成也淮南子天文訓介蟲不爲高註不成爲介蟲也是爲卽成也是知傳訓造爲爲箋以成釋之正是申明傳義閔予小子詩遭家不造傳造爲箋云造猶成也義與此章正同正義以爲異義失之

古人之無斁傳古之人無厭於有名譽之後士箋曰無擇言身無擇行以身化其臣下瑞辰按古斁擇殬三字同音通用雲漢詩耗斁下土箋斁敗也斁卽殬字叚借說文殬敗也引書彝倫攸殬今書作斁鄭注亦訓爲敗是斁殬一也王氏經義述聞曰呂刑敬忌罔有擇言在

躬擇當爲斁斁卽殬也言罔或有敗言在身也孝經曰無擇言身無擇行言口無敗言身無敗行也今按此箋讀斁爲擇引孝經口無擇言身無擇行而曰以身化其臣下葢亦訓擇爲敗謂古人無敗德故能化其臣下也正義及說孝經者均以身爲無可擇失之迂矣

譽髦斯士箋故今此士皆有名譽於天下成其俊乂之美也瑞辰按譽豫古通用爾雅釋詁豫樂也髦之言芼謂選擇也關雎詩左右芼之傳芼擇也爾雅釋言髦選也正釋此詩譽髦斯士猶云樂選斯士耳傳以譽髦斯士連上讀箋以譽爲名譽髦爲成爲俊乂之美均失之

皇矣

求民之莫傳莫定也瑞辰按爾雅釋詁貉嗼安定也莫卽嗼之消借說文嗼啾嗼也呂覽高註嗼然無聲也啾嗼無聲則定矣廣雅釋詁嗼安也安亦定也下文貉其德音貉亦嗼之叚借故左傳韓詩皆引作莫釋文引韓詩曰莫定也與此傳訓莫爲定正同至漢書潛夫論及文選注竝引作求民之瘼瘼謂病也葢本三家詩顏師古匡謬正俗不知民瘼義本三家詩直謂屬詞者改莫爲瘼誤矣

維此二國傳二國夏殷也箋二國謂今殷紂及崇侯也瑞辰按傳說是也書言我不可不監於有夏亦不可不監於有殷論語周監於二代皆以夏殷並言與詩言二

國同耳或謂夏已遠不得與殷並言因謂古文上作二與一二之二相似二國當爲上國之譌非通論也

維彼四國傳彼彼有道也四國四方也箋四國謂密也阮也徂也共也　瑞辰按詩中言四國者多係乏言傳以四國爲四方是也至以彼爲彼有道則非文四年左傳引詩爲彼二國其政不獲爲此四國爰究爰度彼此二字與毛詩互異潛夫論引詩上下二字皆作此字足徵彼此葢隨言之非有異義

爰究爰度傳究謀度居也箋度亦謀也殷崇之君其行暴亂不得於天心密阮徂共之君於是又助之謀言同於惡也　瑞辰按宅度古同聲通用故書宅西繼人注作

度酉詩宅是鎬京坊記作度此維與宅論衡亦作度是知爾雅釋言宅居也卽毛傳度居也所本正義不明通借遂不知其訓本爾雅矣方言度凥也凥與居同書何度非及史記周本紀作何居非其宜是皆度訓居之證說文凥處也王尚書曰處爲居爲止又爲審度大戴禮官人篇以其聲處其氣謂審其氣也呂氏春秋有始覽處其形謂審其形也淮南兵畧訓處次舍謂審度次舍也周語目以處義謂相度事宜也今按王說甚確居與處同義處爲審度則居亦有審度之義易象詞君子以居賢德善俗居賢德卽審度賢德也君子以辨物居方居亦辨也居方卽審辨方向也毛傳訓度爲居其意當

亦以居爲審度鄭君不知居有審度之義故改訓度爲謀而正義因以度地居民爲說失其義矣又按爰究究度當謂天之謀度四國箋以爲四國助殷崇謀亦非詩義

上帝耆之傳耆惡也（毛本作老也誤）箋耆老也天須假此二國養之至老（瑞辰）按廣雅諸怒也玉篇耆怒訶也廣韵諸訶怒也怒惡義同傳蓋以耆爲諸之借字故訓爲惡說文無諸字古蓋止借作耆耳又按耆从旨聲旨責二字雙聲廣雅怒責也讀怒也責與怒皆惡也以聲爲義則耆字亦得訓惡耳箋訓爲老失之正義謂人皆惡已之老故耆爲惡尤失之鑿矣至潛夫論班祿篇引詩作上

帝指之此亦諸之同聲叚借字或遂以爲上帝指示之未免望文生義矣廣雅釋言指斥也斥字說文作㡿指斥亦怒責之義正與耆之訓惡怒者同足證聲同者義亦同耳胡承珙曰耆疑卽指之借字美服患人指高明逼神惡是指有惡義

此維與宅傳宅居也箋見文王之德而與之居言天意常在文王所　瑞辰按淮南子氾論篇引詩曰乃眷西顧此維與宅言去殷而遷於周也漢書匡衡傳谷永傳竝引詩作此維予宅言天以文王之都爲居也俱與箋義合足證箋說有本然天固非有形可居也宅度古同音通用此維與宅論衡初稟篇引作此維與度宅卽度猶

言帝度其心耳詩因上言爰究爰度故下叚宅爲度以與度爲韻此亦義同字變之類文王有聲篇宅是鎬京據防記引作度是鎬京宅亦度之叚借也

作之屏之釋文屏必領反除也經義述聞曰作讀爲柞周頌載芟傳除木曰柞周官柞氏掌攻草木及林麓是也內則魚曰作之爾雅作蔛郭註謂削鱗也是作有斬削之義 瑞辰按柞槎聲近通用說文槎衺斫也引春秋傳山木不槎當作木不槎魯國語韋昭注槎斫也西京賦註引賈逵解詁曰槎邪斫也集韻柞與槎同是知柞爲槎之叚借柞作同音槎可叚爲柞卽可假爲作柞作皆槎字之借直云作讀爲槎可也不必更轉讀爲柞耳

說文屏蔽也姘除也屏訓除當爲姘之叚借

其葘其翳傳木立死曰葘自斃爲翳瑞辰按爾雅木自斃柛立死葘蔽者翳郭註引詩其葘其翳邵氏正義引李巡本蔽作斃云斃死也此詩正義引爾雅斃者翳正从李巡本弊斃蔽三字古同聲假借通用爾雅釋言弊踣也釋文弊字又作斃是也釋木木自斃柛蔽者翳蔽作斃者借字故李巡本作斃者翳毛傳亦作自斃爲翳胡承珙曰爾雅先以木自斃柛總釋自死之木下乃以葘與翳相對成文謂一立一踣其說是也周官鄭註泰山平原所樹立物爲葘是葘有立義故爾雅以木之立死者爲葘葘側二字亦雙聲昭二十五年公羊傳以人

爲菑何休註菑周埒垣也今大學辟雍作側字說文槷
傳曰旣枯之木側立不仆根著於地曰菑是也韓詩以
菑爲反草李巡以當死害生曰菑竝失之爾雅木自弊
柛說文柛作槇云仆木也仆與弊亦雙聲毛詩不取爾
雅自斃柛而以自斃爲翳斃當讀蔽胡承珙曰謂其死
而覆蔽於地者正與菑立相對李巡以蔽爲斃訓死失
之韓詩翳作殪殪亦仆也後漢光武紀注曰殪仆也仆
与踣通翳殪雙聲翳卽殪之借字故釋名曰殪翳也就
隱翳也與爾雅蔽者翳同義說韓詩者乃曰殪因也因
高墳下也郭注爾雅蔽者翳謂樹蔭翳覆地者失其義
矣

其濯其栵傳栵栭也瑞辰按栵與菑翳灌相類不應獨爲木名經義述聞曰栵當讀烈烈枿也斬而復生者也方言烈枿餘也陳鄭之間曰枿晉衛之間曰烈秦晉之間曰肄或曰烈是烈枿肄一也今按王說是也爾雅釋詁烈枿餘也郭註晉衛之間曰蘖陳鄭之間曰烈與今方言互異枿說文作巘云巘伐木餘也巘或作櫱从木辥聲又不古文巘从木無頭又㮌亦古文巘商書若顛木之有由櫱說文引作若顛木之有甹巘書釋文引馬云顛木而肄生曰枿枿卽㮌之隸變肄與櫱以雙聲叚借烈與櫱以疊韻叚借櫱可叚爲烈卽可叚作栵矣灌爲叢生栵爲枿生二者相對成文猶菑與翳一立一仆

也說文裂繒餘也木之餘爲烈衣之餘爲裂其義一也又餘子曰孼子米牙曰糵亦與蘖爲木餘同義栵義又近列廣雅列餘也詩序宣王承厲王之烈猶云承先王之餘也段玉裁謂栵當作槸爾雅木相磨槸乃另釋枝柯皮甲之類不與上節木自弊柛等句爲一例未若讀栵爲烈烈爲確

串夷載路傳串習夷常路大也箋串夷卽混夷西戎國名也路應也天意去殷之惡就周之德文王則侵伐混夷以應之正義路之爲應更無正訓鄭以義言之耳本或誤作瘠孫毓載箋爲應是本作應也釋文串古患反一本作患或云鄭音患　瑞辰按爾雅釋詁串貫竝訓習

也釋文貫作慣云本又作貫又作遺玉篇串或爲慣傳以串卽貫字之叚借故以習釋之未若箋謂串夷卽混夷爲允串卽毌字之隸變貫毌古今字昆貫雙聲昳與昆貫亦雙聲故知串夷混夷爲一皆昳夷之叚借或又省作犬夷皆一音之轉患字从串得音故串夷或作患夷亦同音叚借字耳正義乃以患夷爲患中國之夷失之鑿矣至箋釋路字正義从孫毓本作應而以本或作瘠爲誤今按或本作瘠者是也古路與露同露之言臚也瘠者其筋骨外見臚列於外故訓爲露又訓爲羸露通作路孟子是率天下而路趙注是率天下之人以羸路也又通作潞吕氏春秋不屈篇曰士卒罷潞高註潞

羸也箋以路爲露之叚借故訓爲瘠古以國之盛爲肥則以衰爲瘠矣方言廣雅竝云露敗也左氏昭元年傳勿使有所壅閉湫底以露其體逸周書皇門解曰自露厥家管子四時篇曰國家乃路路當訓敗敗與瘠義相近瘠之卽敗之也露義又近疲管子五輔篇曰振罷露秦策諸侯見齊之罷露罷与疲同罷亦露也詩謂帝遷明德串夷則瘠敗罷憊而去故曰載路若訓爲應如云串夷則應則不詞矣正義轉从孫毓作應失之

天立厥配傳配媲也箋天既顧文王又爲之生賢妃謂大姒也釋文配本亦作妃音同 瑞辰按妃配古通用作配者妃之叚借配之本義說文訓爲酒色耳下章帝作

邦作對傳對配也箋作配謂爲生明君也天立厥配正與作對同義謂立君以配天也古以受天命爲天子爲配天莊子天地篇堯問於許由曰齧缺可以配天乎郭象註謂爲天子荀子大畧篇配天而有天下者君奭故殷禮陟配天洛誥其自時配皇天皆以人主受天命爲配天文王篇殷之未喪師克配上帝配上帝亦配天也天立厥配宜指文王配天而言胡承珙曰妃之爲媲不必定謂男女配偶毛訓配爲媲正當爲配天之義不得如箋以爲賢妃

奄有四方傳奄大也　瑞辰按周頌執競奄有四方傳奄同也爾雅釋言荒奄也又弇蓋也弇同也弇奄古通用

說文奄覆也大有餘也从大申申展也又俺大也俺與奄聲近而義同葢奄之義本爲大大則無所不覆故同謂之奄覆與葢均謂之奄大則無所不有故荒爲奄卽爲有魯頌毛傳荒有也 又按奄有義本相成而詁各有當如繆木詩葛藟荒之毛傳荒奄也當爲奄覆若云奄有奄大奄同則不詞矣書惟荒度土功鄭註荒奄也當爲奄大若云奄有奄同則不詞矣至此詩及執競竝云奄有四方閟宮詩奄有下國奄有下土奄有龜蒙元鳥詩奄有九有葢以奄有二字連文奄卽有也奄卽爲有而複稱之曰奄有猶撫本爲有廣雅撫有也而經傳亦連稱撫有也奄訓有者亦語詞猶有虞有周之比毛傳或訓大或訓

同失其義矣

帝省其山箋省善也天既顧文乃和其國之風雨瑞辰按省善義本釋詁然下文作棫斯拔松栢斯兌乃人之拔去叢木以待松栢大本之易直實人事非天時也說文省視也又曰相省視也帝省其山當謂帝省視其山不得以爲善也

四章維此王季瑞辰按昭二十八年左傳引詩作維此文王此詩正義云今王肅注及韓詩亦作文王又樂記引詩莫其德音十句鄭註言文王之德皆能如此又徐幹中論務本篇云詩陳文王之德曰維此文王其說蓋皆本韓詩陳碩甫曰公劉傳曰民無長歎猶文王之無

悔此毛詩作文王之證今按左傳及韓毛詩作文王是也詩貊其德音四句皆言文王之德王此大邦克順克比乃言文王之德能使民順比也祭統身比焉順也荀子議兵篇曰立法施令莫不順比是順與比義正相近易比彖曰比輔也下順從也左傳擇善而從之曰比正以從釋比字詩比于文王承上克比言之言民之親比於文王也惟詩上作維此文王下乃言比於文王耳鄭本誤作維此王季因讀比爲比方之比又因以父同子言之不順正義遂以文王爲乏之言文德之王矣

貊其德音傳貊靜也箋德正應和曰貊釋文貊左傳作莫音同韓詩同云莫定也正義曰左傳樂記韓詩貊皆

作莫釋詁曰貊莫定也郭璞曰皆静定也義俱爲定聲又相近讀非一師故字異也 瑞辰按爾雅今本作貉嗼定也據釋文貉本又作貊嗼本亦作莫是正義所引即釋文所云又作本也據說文嗼啾嗼也玉篇云嗼静也是訓静者以嗼爲正字毛詩作貊爾雅作貉皆同音叚借字韓詩作莫省借字也文選西征賦注引韓詩章句曰貘静也則韓詩又有作貘者矣又按爾雅釋言漠清也說文亦曰漠清也漢書賈誼傳注漠静也則漠亦與嗼音義同

克長克君 瑞辰按君本文韻之類此詩以君与類比相協則轉讀若威爲微韵之類葢微爲文之陰聲故君轉

讀若威猶殷讀若衣也說文著讀若威又引漢律婦告威姑卽君姑皆君可讀威之證孔廣森曰集韻入未部有窘字巨畏切此音君當同之易順以從君也与其文蔚也爲韻讀法正同

其德靡悔箋王季之德比於文王靡有所悔也瑞辰按悔當爲晦之叚借尚書洪範曰貞曰悔鄭註悔之言晦也段玉裁桂馥竝曰晦猶終也釋名晦灰也火死爲灰月光盡似之也是晦之義爲終爲盡此詩靡悔正當訓晦其德靡悔猶云其德不已故下卽繼以旣受帝祉施于孫子矣舊竝訓爲悔恨如云其德無恨則不同若如左傳云九德不愆作事無悔是又於經文其德之下增

成其義而後明非詩義也葢由不明詩人叚借之義故不免辭費耳

無然畔援傳無是畔道無是援取箋畔援猶跋扈也瑞辰按釋文引韓詩畔援武强也箋義正本韓詩畔援通作畔換漢書叙傳曰項氏畔換師古註畔換强恣之貌猶云跋扈也引詩無然畔換又作泮奐叛換卷阿詩泮奐爾游矣箋泮奐自放恣之貌魏都賦雲徹叛換張載註叛換猶怒恣也又作絆換玉篇保字下曰詩無然絆換絆換猶跋扈也爰有緩音故通作換畔換二字疊韻傳分畔援爲二失之跋扈爲彊武皃急就章有潘扈隸釋成陽令唐扶碑夷粤佈扈皆一語之轉

誕先登于岸傳岸高位也箋誕大登成岸訟也欲廣大德美者當先平獄訟正曲直也　瑞辰按箋訓岸爲訟是也誕者語詞訓大亦語詞也朱彬有釋大一篇詳言之矣先登於岸謂先平獄訟卽書傳所稱文王一年斷虞芮之訟也爭田者非畔援卽歆羨帝謂文王無信縱其畔援歆羨正所以平其獄訟耳

密人不恭敢距大邦侵阮徂共傳國有密須氏侵阮遂往侵共箋阮也徂也共也三國犯周而文王伐之密須之人乃敢距其義兵是不直也　瑞辰按侵阮徂共承上敢距大邦言之毛傳言密須侵阮遂往侵共是也竹書紀年帝辛三十三年密人侵阮西伯帥師伐密正與毛

傳合箋从魯詩以阮徂共爲三國不若毛傳爲允

王赫斯怒箋斯盡也說文鄭讀斯爲賜　瑞辰按正義曰斯盡釋言文今爾雅釋言無之惟方言澌盡也文選西征賦若循環之無賜李善註引方言賜盡也斯賜雙聲故通用正義所引釋言當爲方言傳寫之譌然以經文觀之斯乃語詞斯猶其也王赫斯怒猶云王赫其怒與詩言有扁斯石則百斯男有秩斯祜句法正同不得如鄭訓爲盡也正義釋傳訓斯爲此亦非

以按徂旅傳按止也旅地名也箋以却止徂國之兵衆　瑞辰按按字孟子引作遏按遏二字雙聲爾雅竝訓爲止故通用旅呂古同聲通用孟子引作以遏徂莒趙注

以遏止往伐莒者蓋以莒爲國名毛傳以旅爲地名正以旅爲莒字之叚借地名猶言國名也上文言侵阮徂共而下文又言以遏徂旅者王肅云密人之來侵也侵阮遂往侵共遂往侵旅故王赫斯怒於是整其師以止徂旅之寇侵阮徂共文次不便不得復說旅故於此而見爲其說是也至韓非子難二云文王伐孟克莒舉酆三舉事而紂惡之彼言文王伐莒與詩文王遏往莒者異義或謂卽此詩遏莒之證非也至鄭箋以徂爲國名經傳無徵不若從傳義爲允

以對於天下傳對遂也箋對答也以答於天下嚮周之望

瑞辰按廣雅釋詁對揚也古或連稱對揚或稱遂揚

對卽遂遂卽揚也以對于天下猶言以揚於天下以揚於天下猶言以顯於天下以稱於天下也孟子趙注以揚名於天下正本毛傳訓遂之義詩正義釋毛謂遂天下心失之箋訓答亦殊毛義

依其在京箋文王但發其依居京地之衆瑞辰按王氏經義述聞曰依盛貌依其者形容之詞依之言殷殷盛也言文王之兵盛依然其在京地也今按王說是也依殷二字雙聲古通用此詩依其正與鄭風言殷其句法相同

侵自阮疆箋以往侵阮國之疆瑞辰按戴震毛鄭詩考正曰疑侵當作寖兵之寖息兵也字形相似又因上文

侵阮而遂致譌今按戴氏疑侵當爲寖是也古文多消借寖卽可叚借作侵不必其爲譌字耳依其在京是已還兵於周京則寖自阮疆是追述其息兵於阮疆之始毛傳以侵阮者爲密須則周人伐密所以救阮不得言侵阮也

度其鮮原傳小山别大山曰鮮箋鮮善也 瑞辰按詩譜正義引皇甫謐曰豐在京兆鄠縣東豐水之西文王自程徙此案皇矣篇文王旣伐密須徙於鮮原從鮮原徙豐而謐云自程非也此詩正義引周書稱文王在程作程寤程典皇甫謐曰文王徙宅於程葢謂此也是又以詩度其鮮原卽爲宅程與詩譜正義互異惠棟詩古義

又據周書和寤解王乃出圖商至于鮮原竹書紀年帝辛五十二年秋周師次於鮮原以爲鮮原在商周之境正義及蘓氏皆誤以爲程邑今按竹書紀年帝辛三十三年密人降於周師遂遷於程此詩承上章伐密言之正義以度其鮮原卽爲宅程是也但不得以鮮原爲地名耳王出圖商之鮮原自爲地名在商周境上此詩下言居岐之陽在渭之將不得遠在商周之境鮮原葢乏言小山下原非地名也度其鮮原卽公劉詩陟降在巘復降在原特彼分言之此合言之耳公劉詩傳巘小山别於大山也與此傳小山别大山曰鮮正合鮮獻古通用月令鮮羔卽豳風之獻羔是其證也古者建國必先

相度其山川原隰定之方中詩景山與京降觀于桑緜詩周原膴膴公劉詩陟降在巘復降在原于胥斯原瞻彼溥原迺陟南岡乃覯于京皆與此詩度其鮮原同義而公劉詩度其隰原度其夕陽與度其鮮原句法正同則鮮原之不爲地名明矣鄭箋訓鮮爲善正義言文王徙鮮原惠棟引周書及竹書紀年以釋此詩之鮮原竝失之矣又按爾雅小山別大山鮮文選吳都賦註長笛賦註竝引作嶰胡承珙曰爾雅本作解字故郭註曰不相連作嶰者後人妄加山旁耳今按毛傳一引作鮮一引作巘則爾雅本古亦有作鮮者鮮斯古音近斯之言析也則鮮與解義亦相通又鮮解二字雙聲古音同在

支部故字得通用耳

萬邦之方傳方則也箋方猶嚮也爲萬國之所嚮 瑞辰按爾雅矩則法也廣雅榘方也榘所以爲方榘爲法則知方亦爲則萬邦之方猶云萬邦爲憲憲亦法也則也廣雅又云方正也正亦所以爲濾則也箋訓爲嚮未若毛傳之確

在渭之將傳將側也 瑞辰按將則二字雙聲側从則聲故將得訓側將旁二字疊韻旁亦側也又將與牆古通用公羊成三年經晉郤克衞孫良夫伐將咎如穀梁經作伐牆咎如釋名輿棺之車其旁曰牆似屋牆是牆爲在旁之名將與牆音近義同故將亦爲側

不大聲以色不長夏以革傳不聲見於色革更也不以長大有所更箋夏諸夏也不虛廣言語以外作容貌不長諸夏以變更王法者 瑞辰按以與古通用聲以色猶云聲與色也夏以革猶云夏與革也中庸引此詩而釋之曰聲色之於以化民末也以聲色對舉是其證矣汪氏德鉞曰不大聲以色者不道之以政也聲謂發號施令色謂象魏懸書之類不長夏以革者不齊之以刑也夏謂夏楚朴作教刑也革謂鞭革鞭作官刑也其說得之可正傳箋之誤

不識不知箋其爲人不識古不知今 瑞辰按呂氏春秋本生篇若此人者不言而信不謀而當不慮而得高誘

註引詩不識不知爲證淮南子原道篇故聖人不以人滑天不以欲亂情不謀而當不言而信不慮而得不爲而成又脩務篇性命可悅不待學問而合於道者堯舜文王也高註竝引詩不識不知順帝之則是知詩言不識不知正謂生而知之無待於識古知今故箋又云此言天之道尚誠實貴性自然

詢爾仇方同爾兄弟傳仇匹也箋怨耦曰仇瑞辰按傳訓仇爲匹是也仇方卽與國也弟兄則謂同姓後漢書伏諶言文王受命征伐五國必先詢之同姓然後謀於羣臣加占蓍蔡以定行事故謀則成卜則吉引詩詢爾仇方同爾弟兄爲證所謂詢之同姓卽指詩同爾弟兄

言也古音兄讀如荒正與仇方爲韻當以後漢書引作同爾弟兄爲正今作兄弟者乃後人誤倒耳

以爾鉤援傳鉤鉤梯也所以鉤引上城者正義鉤援一物正謂梯也以梯倚城相鉤引而上援卽引也墨子稱公輸般作雲梯以攻宋蓋此之謂 瑞辰按墨子備城篇禽滑釐曰今之世常所以攻者臨 一鉤 二衝 三梯 四堙 五水 六穴 七突 八空洞 九蟻附 十轒轀 十一軒車 十二敢問守此十二者奈何分鉤與梯爲二則鉤非卽雲梯明矣六韜軍用篇有飛鉤長八寸鉤芒長四寸柄長六尺以上千百二枚蓋卽此詩之鉤傳云鉤鉤梯者謂以鉤鉤梯而上故又申言之曰所以鉤引上城者非謂鉤

即梯也正義謂鉤援即雲梯失之與爾臨衝傳臨臨車也衝衝車也正義臨者在上臨下之名衝者從旁衝突之稱兵書有作臨車衝車之法墨子有備衝之名知臨衝俱是車也瑞辰按墨子備城篇言攻城十二法首列臨鉤衝梯四者是臨衝二者不同之證墨子有備高臨篇云敢問適人積土爲高以臨吾城不言臨爲車其言備具則曰臨以達努之車竊謂臨車可用以守城即可用以攻城又詩與衝竝言衝爲車則知臨亦車耳至臨韓詩作隆者臨隆二字雙聲古通用故隆衝又作衝隆淮南子兵畧篇故攻不待衝隆雲梯而城拔是也惠氏棟武氏億段氏玉裁竝以隆衝爲

衝車之高大者未若傳疏訓爲二車爲確說文䡴陷敶車也衝卽䡴之叚借六韜軍用篇陷堅陣敗步騎大扶胥衝車三十六乘蓋衝本以陷陣亦兼用以攻城又按六韜軍略篇凡三軍有大器攻城圍邑則有轒輼臨衝視城中則有雲梯飛樓飛樓蓋卽墨子之軒車左傳之巢車則臨衝與巢車有別惠氏棟謂臨衝爲巢車之類亦非

是類是禡傳於內曰類於外曰禡箋類也禡也師祭也

瑞辰按爾雅是類是禡師祭也王制天子將出類乎上帝禡於所征之地說文禷以事類祭天神毛傳蓋以類祭天神是將出征時事故曰於內曰類然此詩是類是禡

承上執訊連連攸馘安安言之葢與禡並祭於所征之地淮南子本經篇有不行王道者乃舉兵而伐之戮其君易其黨封其墓類其社高誘註祭社曰類以事類祭之也引詩是類是禡則高誘以詩是類爲類祭社矣祭天曰類祭社亦曰類此詩類禡竝言當从淮南子高註以類爲祭社爲是不必如毛傳云於內曰類也禡周官肆師甸祝皆作貉杜鄭讀貉爲十百之百禡百雙聲故通用

是致是附傳致致其社稷羣神附附其先祖爲之立後

瑞辰按傳以致附與類禡對舉遂並以祭神釋之然祭祀未有專名致者祔祭先祖卒哭之祭其子孫自爲之

亦非師祭也竊謂致者致人民土地說文致送詣也送而付之曰致已克而不取之謂也襄二十五年左傳鄭入陳祝祓社卽此詩之是類也又曰司徒致民司馬致節司空致地卽此詩之是致也附當讀如拊循之拊亦通作撫隱十年左傳曰吾子其奉許叔以撫柔此民也卽此詩是附也說苑文王伐崇令毋殺人毋壞室毋塡井毋伐樹木毋動六畜何楷謂卽此詩是致是附其說是也僖十九年左傳宋司馬子魚曰文王聞崇德亂而伐之軍三旬而不降退脩教而復伐之因壘而降詩臨衝閑閑以下言其始伐也臨衝茀茀以下言其再舉也惟初伐未遂絶滅之故類禡之後惟致其土地人民而

已惟拊循其國而已至於致之拊之而不知悔乃復伐而絶滅之耳

是絶是忽傳忽滅也 瑞辰按爾雅釋詁忽滅二字竝云盡也是忽滅二字同義凡二字同義即可互訓毛傳訓忽爲滅猶之爾雅揫歛竝訓爲聚而角弓鄭箋即訓裒爲歛裒即揫也正義謂忽滅者忽然而滅非訓忽爲滅是先儒互訓之妙唐人已莫能知失傳恉矣

靈臺

序文王受命而民樂其有靈德 瑞辰按毛傳神之精明者稱靈趙岐孟子註云謂其臺沼若神靈之所爲皆與序言文王有靈德不合惟説苑修文篇云積恩爲愛積

愛爲仁積仁爲靈靈臺之所以爲臺者積仁也劉向說多本韓詩與序言靈德正合爾雅釋詁令善也廣雅釋詁靈善也積仁爲靈蓋亦訓靈爲善因有善德而名其臺爲靈臺囿與沼又因在臺下而同名之爲靈不必以爲神靈也

經始靈臺傳神之精明者稱靈四方而高曰臺箋文王應天命度始靈臺之基趾觀臺而曰靈者文王化行似神之精明故以名焉　瑞辰按服虔左傳註天子曰靈臺諸侯曰觀臺自是周制當文王時未必有天子諸侯之別許慎五經異義又引公羊說天子三諸侯二天子有靈臺以觀天文有時臺以觀四時施化有囿臺以觀鳥

獸魚鼈諸侯當有時臺囿臺諸侯卑不得觀天文無靈臺案公羊說所謂時臺卽觀臺也亦據周制言之文王時未必有三臺之别詩言靈臺而繼以靈沼靈囿鄭箋又以靈臺卽觀臺是文王時望氛祲及苑囿之樂統於靈臺乎備之又按經與基雙聲爾雅釋詁基始也釋言基經也經亦始也鬼谷子抵巇篇經起秋毫之末注經始也是經始同義之證經始猶言經起起亦始也賈子禮容篇亦云基者經也經始又如書言周公初基周語言自后稷之始基靖民韋注基訓爲始皆二字同義毛傳於訓詁靈臺之下始云經度之也是以度之釋下經之營之之經非釋上經始靈臺之經也箋及正義皆以

度始釋經始失其義矣

不日成之傳不日有成也箋不設期日而成之言說文王之德勸其事忘己勞也瑞辰按傳意葢言不一日而已有成似神靈爲之文選東京賦經始勿亟成之不日薛注不用一日即成之義本毛傳至賈誼引此詩而釋之曰弗期而成趙岐孟子註曰不與之相期日限自來成之也韋昭注國語云不課程以時日說均與鄭箋合葢皆以不日爲不立期限而以成之爲有成功以見其成之速也然考宣十一年左傳蔿艾獵城沂量功命日昭二十三年左傳士彌牟營成周量事期是古者工事之興皆上預立期日詩不日成之四字當連讀謂不限

期日以成之卽下章經始勿亟也此詩傳箋異義正義合爲一失之

王在靈囿傳囿所以域養禽獸也天子百里諸侯四十里瑞辰按說文囿苑有垣也一曰養禽獸曰囿養字从太平御覽引增古者囿蓋有二一是田獵之處一是宴游之所雖同是養禽獸而地之大小不同田獵之囿卽藪澤周官職方氏豫州其澤藪曰圃田白虎通苑圃在東方引詩東有圃草是也春秋成十八年築鹿囿公羊何休註天子囿方百里公侯十里伯七里子男五里皆取一也又天官閽人疏引白虎通云天子百里大國四十里次國三十里小國二十里孟子文王囿方七十里齊囿方四

十里所謂囿皆藪澤以供田獵也周官囿人掌囿游之獸禁鄭註囿游囿之離宮小苑觀處也趙岐孟子註雪宮離宮之名宮有苑囿臺沼之飾禽獸之樂所謂囿皆養禽獸以供玩游也此詩靈囿與臺沼竝言其爲玩游之囿無疑毛傳乃以百里四十里之囿當之失其義矣

麀鹿濯濯傳濯濯娛遊也　瑞辰按爾雅釋詁濯大也韓詩濯美也孟子趙註獸肥飽則濯濯廣雅濯濯肥也蓋本三家詩肥與美大義竝相近據說文嬥直好皃廣雅釋詁嬥好也釋訓嬥嬥好也濯濯當卽嬥嬥之叚借

白鳥翯翯傳翯翯肥澤也　瑞辰按說文翯鳥白肥澤皃音義與皠近說文皠鳥之白也何晏景福殿賦皠皠白

鳥皠皠卽翯翯也說文又曰[牛隺]白牛也與皠聲義正同
又作皬皬廣雅釋器皬白也釋訓又曰皬皬白也皬皬
蓋卽皠皠之或體孟子引作鶴鶴趙注鳥肥飽則鶴鶴
而澤好賈誼新書引詩作皜皜竝同聲叚借字當以毛
詩作翯翯爲正字釋文引字林云鳥白肥澤曰翯義本
說文

虡業維樅傳植者曰虡橫者曰栒業大版也樅崇牙也
箋虡也栒也所以懸鐘鼓也設大版於上刻畫以爲飾
瑞辰按說文虡鐘鼓之柎也飾爲猛獸从虍異象形柎
其下足考工記梓人以嬴屬爲鐘虡戴震補註曰虡所
以負簨引西京賦洪鐘萬鈞猛虡趪趪負筍業而餘怒

乃奮翅而騰驤薛註當筍下爲兩飛獸以背負是虡以負筍之證而毛云植者曰虡蓋虡以猛獸之形爲柎足夾於兩旁卽就其身爲植柱上設横筍許自其在下者言之曰柎毛連其植柱言之曰植者也虡通作鉅司馬相如上林賦萬石之鉅卽虡也箋云刻畫以爲飾據墨子貴義曰鉅者白也說文業字注云捷業如鋸齒以白畫之則鉅業當卽以白畫之之謂說文引詩巨業維樅皆同聲叚借字作巨者蓋三家詩寶應劉玉麐曰玉篇巨大也書傳賁大也賁與巨竝訓爲大賁鼓正對巨業而言巨業卽所謂大版謂之業也亦可以備一解至說文虡或作鐻廣韻引埤蒼鐻樂器以夾鐘削木爲之是

虡古用木秦始皇本紀收天下兵聚之咸陽銷以爲鍾鐻則虡之用金葢自秦始故其字从金作鐻又按業爲大版周禮樂正司業謂樂官之長司主此業版也書版亦謂之業故管子宙合篇曰脩業不息版曲禮請業則起謂持版以問也後乃通以篇卷爲業耳

於論鼓鐘傳論思也箋論之言倫也於得其倫理乎 瑞辰按說文侖思也侖字注又曰侖理也傳葢以論爲侖之叚借思猶䚡也與理同義論亦从侖會意公食大夫禮雍人倫膚七注今文倫或作論是論倫古通用之證正義謂傳箋異義失之

於樂辟廱傳水旋邱如璧曰辟廱以節觀者 瑞辰按戴

震毛鄭詩考正曰辟廱於經無明文如誠學校重典不應周禮不一及之周鼎銘曰王在辟宮獻工錫章左傳曰鄭伯享王於闕西辟史記曰豐鎬有天子辟池譙周曰成王作辟上宮此單言辟者也周頌曰於彼西雝古銘識有曰王在雝上宮此單言雝者也其曰辟上雝上則以名池名澤而作宮其上宮因水爲名也趙註孟子雪宮曰離宮之名也宮有苑囿臺池之飾此詩臺沼囿與辟廱連稱抑亦文王之離宮乎今按戴說是也辟雝特象其池之形制而名之耳薛尚功鐘鼎欵識載牽敦爻敦銘亦曰王在辟宮又尨敦銘曰王在雝位皆古人分言辟與雝之說文王於豐造辟雝武王遷鎬因仿而

爲之有聲詩鎬京辟廱是也據尙書大傳載大唐之歌曰舟張辟廱爲班固辟廱詩聖皇莅止造舟爲梁所本則辟廱之制肇自唐虞固不自文王始也至以大學明堂辟廱三廱同處此自漢儒據漢制言之耳

鼉鼓逢逢傳逢逢和也釋文逢埤蒼云鼓聲也字作韸

瑞辰按逢逢韸韸皆彭彭之叚借說文彭鼓聲也逢彭聲近故通用廣雅韸韸聲也呂覽季夏紀高註一切經音義卷八引詩竝作韸韸淮南子時則訓高注引作鼉鼓洋洋洋洋蓋韸韸形近之譌說文又曰鼘鼓聲也鼘鼘與逢逢義亦相近逢與豐聲近同義古皆訓大逢逢當謂鼓聲之大

矇瞍奏公傳公事也 瑞辰按史記屈原傳集解呂覽達鬱篇高註引詩並作奏功楚詞懷沙篇王逸章句引詩作奏工公功工古同聲通用小雅六月詩以奏膚公毛傳公功也此詩奏公亦謂奏厥成功此王者所謂功成作樂也穀梁宣十二年傳功事也是知傳訓公爲事者正謂公爲功耳

下武

序下武繼文也箋繼文者繼文王之王業而成之 瑞辰按此詩序言繼文與文王有聲序言繼伐相對成文繼伐爲繼武功則繼文爲繼文德詩中世德作求應侯順德皆尚文德之事箋以繼文爲繼文王失之詩言三后

在天王配于京是言武王上配三后不言獨繼文王正義謂太王王季非開基之主不足使武王繼之尤妄

下武維周傳武繼也箋下猶後也後人能繼先祖者維有周家　瑞辰按序言繼文爲尚文德則詩言下武宜爲後武功下對上言上之言尚則下武卽後武矣編詩者先下武後有聲亦先文德後武功之意

世德作求箋作爲求終也　瑞辰按求當讀爲逑逑匹也配也作求卽作配耳康誥我時其維殷先哲王德用康乂民作求某氏傳釋作求曰爲求等正讀求如逑其言作求與此詩文義相似彼言作配於殷先哲王此言作配於周三王也言王所以配于京者由其可與世德作

配耳

應侯順德傳應當侯維也箋能當此順德謂能成其祖考之功也易曰君子以順德積小以高大　瑞辰按爾雅釋詁侯乃也郭注未詳竊謂此詩侯字正當訓乃應侯順德猶左氏傳應乃懿德也水經注滍水東逕應城南故應鄉也引詩應侯順德直以應侯爲應國之侯太平御覽引陳留風俗傳引詩作唐侯愼德竝失之順德淮南繆稱篇漢書敘傳顏注竝引作愼德箋引易君子以順德正義曰定本作愼德順愼古聲近互通然此詩自以作順爲正

昭哉嗣服箋服事也明哉武王之嗣行祖考之事　瑞辰

按廣雅釋詁服進行也釋名兩腳進曰行是行與進同義儀禮特牲饋食禮注嗣主人將爲後者是嗣卽後也是知嗣服卽後進也不必如箋云嗣行祖考之事

昭茲來許傳許進箋茲此來勤也瑞辰按茲哉古同聲通用昭茲猶言昭哉謝沈書引作昭哉來御是也續漢書祭祀志引作昭哉來御許御聲義同故通用猶文九年公羊傳許夷狄者不一而足隱二年左氏傳注引許作禦也廣雅許御竝訓進又曰服進行也是知昭茲來許猶上章昭哉嗣服也詩五章皆首尾相承此特易字以協下韻哉與茲聲同來猶後也後猶嗣也來許猶云後進箋訓茲爲此來爲勤失之

繩其祖武傳繩戒箋戒慎其祖考所履踐之迹美其終成之瑞辰按繩之言承也繩承聲近古通用抑詩子孫繩繩韓詩外傳引作承承是也繩其祖武卽謂承其祖武謝沈書引作慎其祖武承慎雙聲繩順亦雙聲慎當讀順順亦承也傳箋竝訓繩爲戒雖本古義而義似近迂

不遐有佐傳遠夷來佐也箋不遠有佐言其輔佐之臣亦宜蒙其餘福也瑞辰按不遐卽遐不之倒文凡詩言遐不者遐胡一聲之轉猶云胡不也傳箋竝訓遐爲遠失之

文王有聲

遹駿有聲箋遹述瑞辰按遹聿欥曰古通用說文欥詮詞也从欠从曰曰亦聲引詩欥求厥甯漢書幽通賦欥中和爲庶幾兮文選本作聿蓋作欥爲正字曰卽欥之省聿遹皆同聲叚借載氏震曰凡詩中言遹言聿言曰皆欥之通借爲承明上文之詞說文曰詮詞者承上文所發端詮而釋之也今按爾雅釋言坎律銓也坎當卽欥字形近之誤律卽聿也銓卽詮也則皆叚借字耳

築城伊淢傳淢成溝也箋方十里曰成淢其溝也廣深各八尺瑞辰按淢蓋洫之叚借說文云古文閾作閪又淢从或聲讀若溝洫之洫皆淢洫古通用之證傳成溝當爲城溝之譌古者有城必有池孟子城非不高也池

非不深也說文城有水曰池城無水曰隍是也淢韓詩作洫薛君章句曰洫深池也文選西京賦經城洫薛綜註洫城池也池亦稱溝虞翻易註城下溝無水稱隍有水稱池是也毛傳葢本作城溝猶云城池傳寫者譌作成溝箋遂以方十里爲成申釋之耳說文洫字註云十里爲成成間廣八尺深八尺謂之洫與箋說合箋葢以城之有洫猶成間之有洫遂舉成洫以明之非以詩所言卽成間之洫也箋又云築豐邑之城大小適與成偶成今本作城誤大於諸侯小於天子之制葢謂文王城十里與方十里爲成同正義言鄭君於城制凡兩解一爲天子城方九里據匠人營國方九里爲天子制也一爲天子

城方十二里據典命國家宮室以命數爲節公之城方九里侯伯方七里子男五里也陳啟源曰周書作雒解言周公作大邑成周於土中城方千六百二十丈計方里爲方三百步每步六尺方里爲方百八十丈雒城方千六百二十步正合天子城方九里之數則當以匠人營國方九里爲得其實此箋謂文王城與成偶爲方十里亦誤

匪棘其欲箋棘急也此非以急成從己之欲　瑞辰按禮器引作匪革其猶棘革台同音通用論語棘子成漢書古今人表作革子成是其證也猶古讀若柚正與孝讀若驤相協毛詩作欲者欲猶雙聲古通用方言東齊曰

裕或曰猷欲轉爲猶猶裕轉爲猷也書無教逸欲有邦後漢陳蕃傳作逸游亦此類禮器猶卽欲字之叚借鄭註禮訓猶爲道失之

王公伊濯傳濯大也箋公事也瑞辰按公功古同聲通用王公卽王功也爾雅釋詁濯大也方言濯大也荆吳揚甌之間曰濯韓詩濯美也美亦大也

維禹之績傳績業箋績功瑞辰按績當爲蹟之叚借九州皆經禹治因稱禹跡襄四年左傳引虞人之箴曰芒芒禹迹畫爲九州是也哀元年左傳復禹之績釋文績本一作迹此績迹通用之證此詩維禹之績及商頌設都于禹之績績皆當讀爲迹說文迹步處也或作蹟績

蹟同音故詩每叚績爲迹迹爲跡迹又訓爲繼釋詁績繼也昭元年左傳子曷亦遠績禹功而大庇民乎績亦蹟也蹟爲步武又爲繼猶武爲迹又爲繼也傳訓績爲業箋訓功失之

考卜維王箋考猶稽也 瑞辰按爾雅釋詁考成也考卜維王猶云成卜維王故下即言武王成之箋訓爲稽則以考爲攷之叚借說文攷敂也凡言考校考問字皆叚考爲攷也稽卟之同音叚借說文卟卜以問疑也从口卜讀與稽同

維龜正之箋龜則正之謂得吉兆 瑞辰按周官大卜凡國大貞卜鄭司農曰貞問也元謂貞之爲問問於正者

必先正之乃從問焉賈疏貞問也者謂正意問龜大卜又云大遷大師則貞龜注云正龜於卜位也是古者問龜必以正故龜從其所問亦謂之正正猶貞也洛誥我二人共貞馬融註貞當也謂共以爲當也吳語請貞於陽卜韋注亦曰貞正也人從謂之貞龜從謂之貞其義一也

武王成之箋武王遂居之脩三后之德以伐紂定天下成龜兆之占功當大於此　瑞辰按周官小司徒鄭註成猶定也成之謂定其龜兆之吉

豐水有芑傳芑草也　瑞辰按芑草當爲芑菜之譌正義正作芑菜齊民要術引詩義疏藘苦葵青州謂之芑按

蒙卽今北方苦蕒菜然不水生惟說文䒗菜之美者雲夢之䒗呂氏春秋䒗作芹高註芹生水涯芹䒗雙聲故通用廣韻䒗似蕨生水中驅喜切正讀如芑芑葢卽䒗之叚借䒗卽芹也爾雅芹楚葵郭注今水中芹菜芹又通菫周禮醢人有芹菹釋文芹音勤徐又音謹夏小正二月榮菫初學記引經祭鮪下有采芑卽榮菫之異文是知䒗芹菫皆以音近通用至表記引此詩鄭注芑枸繼也則讀芑爲杞不如毛傳芑菜爲確

貽厥孫謀以燕翼子傳燕安翼敬也箋詒猶傳也孫順也故傳其所以順天下之謀以安其敬事之子孫謂使行也　瑞辰按表記引詩詒厥孫謀以燕翼子鄭注詒遺

也燕安也乃遺其後世之子孫以善謀以安翼其子也

正義曰翼助也謂以王業保安翼助其子孫說與箋異

蓋本韓詩其讀孫如字不若箋讀孫爲遜訓順爲允蓋

下方以燕翼子上不應專言孫也至訓以燕翼子爲安

翼其子以翼爲助則比傳箋訓翼爲敬其義較爲允當

朱彬曰燕翼讀如左氏傳余翼而長之翼翼覆也義與

翼助相近

清桐城馬氏本毛詩傳箋通釋

清　馬瑞辰撰

天津圖書館藏清道光十五年桐城馬氏學古堂刻本

第六册

山東人民出版社·濟南

毛詩傳箋通釋卷二十五

大雅

桐城馬瑞辰學

生民

序生民尊祖也瑞辰按此詩毛鄭異說嘗合經文及周禮觀之而知姜嫄實相傳爲無夫而生子以姜嫄爲帝嚳妃者誤也周官大司樂享先妣鄭註周立廟自后稷爲始祖姜嫄無所妃是以特立廟而祭之使姜嫄爲帝嚳妃不得言無所妃一證也守祧奄八人賈疏謂守七廟及姜嫄廟使姜嫄爲帝嚳妃不得有嫄廟而無嚳廟二證也詩言履帝武敏而下言上帝不甯閟宮詩曰上帝是依是知帝爲上帝非高辛氏之帝三證也武跡也

敏拇也見於爾雅釋訓則履跡之説相傳已久四證也詩曰克禋克祀以弗無子許氏益之曰弗無之爲言有也故莫匪爾極者皆是爾極也求福不回者求之正也方社不莫者祭之早也其則不遠者則之近也戴氏震曰如許氏説無庸破弗爲祓然不直言有子而曰以弗無子反言以見其非理之常又二章居然生子亦出於意外之詞若有夫而生子人道之常何以言以弗無子又何以言居然生子五證也楚詞天問稷惟元子帝何竺之投之於冰上鳥何燠之王逸註元大也帝天帝也竺厚也言后稷之母姜嫄出見大人之跡怪而履之遂有娠而生后稷后稷生而仁賢天帝獨何以厚之乎投

弃也燠溫也言姜嫄以后稷無父而生弃之於冰上有鳥以翼覆薦溫之以爲神乃取而養之六證也古言履跡生者三一爲宓羲孝經鉤命决華胥履跡而怪生皇羲一爲帝嚳路史帝嚳父僑極取陳豐氏曰裒履大人跡而生嚳合后稷而爲三又言吞卵生者二一爲契殷本紀簡狄吞卵生契一爲大業秦本紀女脩吞卵生大業世代荒遠秦漢間已莫可考殷周之視唐虞猶秦漢之視周初蓋周祖后稷以上更無可推惟知后稷母爲姜嫄相傳爲無夫履大人跡而生又因后稷名棄遂作詩以神其事耳

履帝武敏歆箋帝上帝也敏拇也祀郊禖之時時則有大神之跡姜嫄履之足不能滿履其拇指之處心體歆

歆然瑞辰按爾雅釋訓履帝武敏武跡也敏拇也爲鄭箋所本孫炎郭璞並云拇迹大指處釋文敏舍人本作畝釋云古者姜嫄履天帝之跡于畎畝之中而生后稷徐氏璈曰舍人引詩敏作畝當本三家詩今按敏與拇雙聲同在明母拇與畝疊韻字古音皆讀如弭故皆可叚借通用正義引河圖曰姜嫄履大人跡生后稷中候稷起云蒼耀稷生感跡昌史記周本紀云姜嫄出野見巨人跡心忻然悅欲跡之皆止言姜嫄履大人跡不言踐跡之拇指而史記云姜嫄出野則舍人言履跡于畎畝者義或有當作敏作拇皆叚借字鄭及孫郭皆以武拇相連義近故遂以拇指釋之耳又按歆之言忻即史

記所云心忻然欲踐之也詩先言履帝武敏後言歆者倒文耳

攸介攸止傳介大攸止福祿所止也箋介左右也其左右所止住如有人道感已者也瑞辰按介之言界謂别居也止卽處也大戴禮保傅篇青史氏之記曰古者胎教王后腹之七月而就宴室盧辨注自王后以下有子月震女史皆以金環止御王后比七月就宴室夫人婦嬪卽以三月就其側室皆閉房而處也正此詩攸介攸止之謂介與个通吕氏春秋孟春紀高注左右房謂之个个猶隔也昭四年左傳注个東西廂鄉射禮記注居兩旁謂之个个卽介也王后婦嬪之别居側室亦爲東

西廂故箋以介爲左右所止居傳以介爲大失之

載震載夙傳震動夙早也箋夙之言肅也於是遂有身而肅戒不復御住　瑞辰按爾雅娠震動也郭注娠猶震也說文娠女妊身動也春秋傳曰后緡方娠今左傳作震震卽娠之聲近叚借載震卽周本紀所云身動如孕者是也夙謂早敬亦引申爲肅敬之通稱保傅篇周后妃任成王於身立而不跂坐而不差獨處而不倨雖怒而不詈胎教之謂也盧注太任孕文王目不視惡色耳不聽淫聲口不起惡言故君子謂太任爲能胎教也古者婦人孕子之禮寢不側坐不邊立不蹕不食邪味割不正不食席不正不坐目不視邪色耳不聽淫聲誦詩

道正事如此則形容端心平正才過人矣所言正此詩載夙之謂夙指坐立等事言之非僅如箋云不復御也不復御已於攸介句見之矣說文以夙爲早敬毛傳訓夙爲早亦指敬言正義謂獲福之早失傳恉矣

誕彌厥月傳誕大彌終箋大矣后稷之在其母終人道十月而生瑞辰按詩中凡言誕者皆語詞說文誕詈誕也當作誕詈其字从延聲故亦通借作延胡承珙曰爾雅釋詁延間也凡言間者爲間句之詞卽助語詞延疑卽誕字之消其說是也今按誕爲語詞誕訓大亦語詞凡書言大淫泆有詞大不友於弟大不克恭於兄大皆語詞也閟宮詩云彌月不遲則此詩誕彌厥月宜从傳

箋謂終十月而生，但不得訓誕爲大小之大。大戴禮及春秋元命苞皆云人十月而生，則十月爲人生之期，過期者始曰大期。史記呂不韋傳「姬自匿有身，至大期時生子政」，譙周曰「人十月而生，此過二月，故曰大期」，則以如其期者爲終期、爲及期矣。史記周本紀云「姜嫄踐大人跡，身動如孕者，及期而生子」，此从詩正義引作及期，今本史記作居期，誤。正謂及十月之期而生子也。詩正義以及期爲終一年，讀期爲期年之期，誤矣。然史記原作及期，猶賴詩正義所引以正今本史記之誤。

先生如達。傳：「達，生也。」箋：「達，羊子也。生如達之生，言易也。」

瑞辰按：說文：「羍，小羊也。讀若達。」初學記引說文云「達，七月生羔也箋葢以達爲羍之叚借故曰羊子至如達之何以易生則不言惟虞東學詩云人之初生皆裂胎而出驟失所依故墮地卽啼惟羊連胞而下其產獨易故詩以如達爲比又常熟陶太常元淳曰凡嬰兒在母腹中皆有皮以裹之俗所謂胞衣也生時其衣先破兒體手足少舒故生之難惟羊子之生胞仍完具墮地而後母爲破之故其生易后稷生時葢藏於胞中形體未露有如羊子之生者故言如達今按前二說是也下言不坼不副葢謂其胞衣之不坼裂也無菑無害亦當指后稷言與閟宮詩無菑無害指姜嫄言者不同葢連胞而生異於常兒疑其或有菑害故詩又言無菑無害也

牛羊腓字之傳腓辟字愛也瑞辰按腓當讀如采薇詩小人所腓之腓彼傳亦云腓辟也王肅云所以避患也何氏古義讀同厞隱之厞謂隱蔽之也芘亦芘蔭之意說文字乳也字乳育三字同義廣雅茲訓爲生是也牛羊腓字之蓋猶虎乳子文之類與鳥覆翼之相對成文史記言馬牛過者皆辟不踐非詩義也

會伐平林傳置之平林又爲人所收取之瑞辰按周本紀云徙置之林中適會山林多人遷之而棄渠中冰上是會伐平林特言適值林中多人不便棄置非謂已爲人收取復奪於人而棄之也傳言爲人所收取失之

鳥乃去矣后稷呱矣傳於是知有天異往取之矣后稷

呱呱而泣瑞辰按傳言知有天異所以著收養之由至前何以見棄則不詳據詩於鳥乃去矣之下始言后稷呱矣蓋至此始離於胞故有啼泣之聲則其初生時如達羊之藏在胞中其無啼聲可知其前之疑而棄之或以此耳非如周本紀以爲不祥而棄之亦不得如詩正義謂欲顯其異而棄之也

實覃實訏傳覃長訏大箋實之言適也覃謂始能坐也訏謂張口鳴呼也瑞辰按實覃實訏承上后稷呱矣下即接言厥聲載路是知覃訏宜从傳訓長大狀其聲之長且大也說文覃長味也廣雅釋詁覃長也爾雅釋言覃延也延亦長也長讀長短之長或讀如長養之長失

之賁者寔之叚借當从定本作實之言是今正義从集註作實之言適非是

克岐克嶷傳岐知意也嶷識也瑞辰按岐知以疊韻爲義說文嶷小兒有知也引詩克岐克嶷傳以嶷爲嶷之叚借故訓爲識後漢書桓彬傳夙智早成岐嶷魏志明帝紀注帝生四歲而有岐嶷之姿劉放傳注太原孫資幼而岐嶷其義多本毛傳但細繹經文不當如傳所說岐嶷承上匍匐言匍匐謂初能伏行岐嶷謂漸能起立也後漢桓彬傳章懷注以岐爲行貌岐當讀如跂立之跂方言跂登也說文企舉踵也古文作⿱人足廣雅釋詁⿱人足立也企⿱人足跂竝同字岐當卽跂之叚借嶷當讀如仡立

之仡鄉飲酒禮賓西階上疑立鄭註疑讀爲疑然從於趙盾之疑今公羊傳作仡然疑仡二字雙聲故通用疑者𠤕字之叚借說文𠤕未定也段玉裁曰未爲衍字大雅靡所止疑傳疑定也士昏禮鄉飲酒竝云疑正立自定之貌鄉射禮註疑止也有矜莊之色疑皆卽說文之𠤕字𠤕之言仡謂仡然正立貌也克岐謂能跂立克嶷則能正立矣仡通作𧺝說文𧺝直行也正立謂之𠤕直行謂之𧺝其義一也仡又作屹周本紀棄爲兒時屹如巨人之志屹卽此詩之克嶷也岐嶷通作歧頤春秋元命苞曰后稷歧頤自求是謂好農王符潛夫論曰姜嫄履大人跡生姬棄厥相披頤爲堯司徒皆卽詩岐嶷之

轉借或本三家詩

以就口食箋以此至於能就衆人口自食謂六七歲時

瑞辰按就之言求也爾雅釋詁求就並訓爲終是就求同義之證論語就有道而正焉即求有道而正之也以就口食猶易頤自求口食即春秋元命苞所云歧頤自求也正義釋箋謂能就人之口取食失之

蓺之荏菽傳荏菽戎叔箋戎菽大豆也瑞辰按爾雅釋草戎叔謂之荏菽據爾雅釋詁戎壬皆訓大荏即壬也是戎荏皆大義也又戎與荏雙聲其字皆在來母故戎叔荏菽可通稱耳郭注爾雅云即胡豆胡亦大也義與戎荏正同猶釋草之葿戎葵郭注云今蜀葵或名吳葵

胡葵戎蜀皆大之名吳胡亦皆大義非謂其自戎蜀來亦非吳胡所出也或謂戎菽爲大豆不得名胡豆失矣戎叔爲大豆今惟黃豆最大葢卽今之黃豆崔應鎦謂石勒時始改稱黃豆葢避戎胡之名耳或說胡豆卽豌豆者亦非至戎菽后稷所蓺非齊桓伐山戎始布其豆種則正義已辨之矣

禾役穟穟傳役列也穟穟苗美好也　瑞辰按說文穎禾末也引詩作禾穎穟穟又曰穟禾采之貌采禾成秀也或作穗役穎二字雙聲故通用三家詩葢有作穎者書傳穎穗也詩毛傳穎垂穎也小爾雅禾穗謂之穎穎之言頃以狀其垂穗之貌穎必有皮故又名役役之義與

服近禹貢三百里納秸服傳服稾役言服爲稾之役也是禾稾稱役之證呂氏春秋得時之麥服薄糕而赤色糕爲禾皮而謂之服是又服爲稾役之一證程氏瑤田曰凡附於外者謂之服如王城在中五服皆附於外戍邊謂之役亦衞外之義苗長生稾則衞稾外而附於稾者遂謂之服亦謂之役蓋稾之衣也今按程說是也說文稃稽也稽卽穀皮服與稃雙聲而義同役卽服皆皮也稾役謂之役苗役亦謂之役凡苗實之外皆役也故傳以列釋之列者𥝩之渻借說文𥝩黍穰也又曰穰黍𥝩已治者𥝩之言茢說文茢芀也謂黍之去實者有似於芀茢也玉藻注茢菼帚也段玉裁曰芀帚花退用穎

爲之禾梨與黍梨蔕莂同義皆指其實之外皮言之梨謂周列於外卽穎也程氏瑶田曰穰从襄亦有相輔相包之義今按役之言衞說文衞从韋帀行行列也則列正與役義通役之訓列正與穰之訓梨同義又按方言䓘芡雞頭也北燕謂之䓘凡雞頭外必有衣以包裹之其義與禾役亦相近

瓜瓞唪唪傳唪唪然多實也 瑞辰按唪唪卽菶菶之段借說文玤讀若詩曰瓜瓞菶菶又唪讀若詩瓜瓞菶菶皆用本字葢本三家詩菶菶猶旆旆幪幪皆盛貌也說文菶草盛通俗文草盛曰菶瓜盛與草盛同義故亦曰菶菶廣雅芾芾菶菶幪幪竝訓爲茂其義當亦本三家

詩

有相之道傳相助也箋有見助之道謂若神助之力也瑞辰按爾雅釋詁相視也周本紀云稷及爲成人遂好耕農相地之宜宜五穀者稼穡焉吳越春秋亦云稷相五土之宜青赤黃黑陵水高下粢稷黍禾蕖麥豆稻各得其理此詩有相之道當謂有相視之道耳

茀厥豐草傳茀治也瑞辰按說文茀道多草不可行字無治義爾雅釋詁弗治也治謂除治之爲毛傳所本茀即弗也韓詩作拂云拂弗也方言茀拔也廣雅釋詁拂除也又拂拔也拂去也據弗與拔雙聲弗當爲拔之叚借茀與拂又弗之聲近通借拔借作弗猶祓之借作弗

福之借作祓也

種之黃茂傳黃嘉穀也茂美也瑞辰按墨子明鬼篇擇五穀之芳黃以爲酒醴粢盛是五穀通可謂之黃毛傳但言嘉穀本乏指五穀言正義專指黍稷失之

實方實苞實種實褎實發實秀實堅實好實穎實栗傳方極畝也苞本也種雜種也褎長也發盡發也不榮而實曰秀穎垂穎也栗其實栗栗然箋豐苞亦茂也方齊等也種生不雜也褎枝葉長也發發管時也栗成就也瑞辰按廣雅釋詁方始也方爲苗生之始猶才爲草木之初方之言分也放也穀種得氣始分放也苞之言包程氏瑤田謂穀始生苗包而未舒是也傳言苞本者苞

本以雙聲爲義本尊爲苞玉篇本尊草盛貌本根亦爲苞木下爲本說文本从木从丅苗之下未吐包時亦爲本也方爲穀始吐芽苞則漸含包矣種當讀如左傳余髮如此種種之種程氏曰種出地短是也釋文本傳作雜種正義本傳作雜種竝非褎讀如漢書褎然舉首之褎程氏曰褎苗漸長是也傳褎長也箋褎枝葉長也皆當讀長短之長正義訓爲生長失之呂氏春秋辨土曰厚土則孽不通薄土則轓而不發葢謂莖不能高發也則知詩發爲發莖箋以發爲發管時是也秀謂成穗說文采禾成秀也采即穗字發爲莖之高發秀則已成穗矣堅謂莖堅呂氏春秋審時篇得時之稼與失時之稼約莖相若稼之

得時者重重卽莖堅之故也好謂均好大田詩旣堅旣好箋云盡齊好矣是也呂氏春秋辨土篇其施土也均均則其生也必堅高註堅好也堅與好義近對文則異呂氏春秋任地篇子能使稾數節而莖堅乎子能使穗大而堅均乎高註詩曰實發實秀實堅實好此之謂也正以稾數節爲發穗大爲秀莖堅爲堅堅均爲好故引詩以證之耳至於穎則穗之垂者傳曰穎垂穎也說文穎禾末也西都賦五穀垂穎是也栗則穀之成者傳曰栗其實栗栗然栗栗猶離離垂實之貌左傳嘉栗旨酒服虔注穀之初熟爲栗是也穎栗皆垂實之形呂氏春秋辨土篇虛稼先死衆盜乃竊望之似有餘就之則虛

高註虛不穎不栗彼以不穎不栗爲虛則知詩以實穎實栗爲成實矣爾雅釋訓栗栗衆也郭注以爲積聚緻良耜篇積之栗栗傳栗栗衆多也義本爾雅此傳其實栗栗然又本良耜爲說也

恒之秬秠傳恒偏釋文恒古鄧反本又作亘正義定本作恒集註皆作亘字瑞辰按說文桓竟也从木恆聲亘古文桓亘即亙字顏氏家訓書證篇所云彌亘字从二間舟引詩作亙之秬秠是也胡承珙曰六朝本葢皆作亙今詩作恒者桓之消借猶天保詩如月之恒亦叚恒爲緪也今按考工記弓人恒角而短鄭註恒讀爲桓桓竟也又通作緪方言緪竟也竟與偏義正相成至今亘

字隸消作亙亘字亦消作亙或據爾雅宣徧也宣从亘聲疑亙爲亘字形近之誤其説非也

以歸肇祀傳肇始也始歸郊祀也箋肇郊之神位也后稷以天爲己下此四穀之故則徧種之成熟則穫而畝計之抱負而歸於郊祀天得祀天者二王之後也瑞辰按陳氏稽古編曰后稷郊祀毛以爲堯所特命鄭以爲二王之後宋儒皆非之然論詩之文義六章以歸肇祀末章后稷肇祀兩肇祀相應而中間皆指祭祀則定指一祭而言不得分七章所言爲后稷主祭末章首五句所言爲人祭后稷也胡氏後箋曰傳於上文言堯國后稷於邰命使祀天故此章傳云始歸郊祀毛雖不用讖

緯之說然於此詩一則云天生后稷異之於人一則云於是知有天異往取之而於誕降嘉種云天降嘉種始終歸之於天蓋稷降播種必實有得於天瑞之事周頌思文云貽我來牟帝命率育臣工云於皇來牟將受厥明皆足與此篇誕降嘉種互證故說文以秬秠爲天賜后稷之嘉穀以來牟爲周所受瑞麥此在當時必實有其事所以堯使后稷郊事天神禮以義起非如周禮諸侯不得事天也鄭以爲二王之後則本得事天不得言始祀故不得不破肇爲兆耳今按陳胡二說皆是也末章后稷肇祀對下以迄於今言之則肇祀自當从傳訓爲始祀表記引詩后稷兆祀鄭注云兆四郊之祭處也

言祀后稷於郊以配天其說蓋出三家詩此詩箋云后稷肇祀上帝於郊與禮注異而其破肇爲兆則仍取三家詩不若毛傳訓始爲是

或舂或揄傳揄抒臼也箋舂而抒出之瑞辰按說文舂擣粟也倉頡篇抒取出也舂擣米於臼而揄自臼取出故箋曰舂而抒出之揄者舀之叚借說文舀抒臼也引詩或簸或舀簸當爲舂之譌周官舂人註儀禮有司徹註引詩或舂或抌據說文舀或作抌抌𦥷是舀抌本一字鄭註禮多本韓詩作抌者蓋韓詩也揄舀一聲之轉故通用揄古音如由故與蹂叟浮等字爲韻

或簸或蹂傳或簸糠者或蹂黍者箋蹂之言潤也簸之

又潤溼之將復舂之趣於鑿也瑞辰按傳蹂黍當从定本作蹂米米與糠相對成文謂既簸除其糠復取其米蹂治之也倉頡篇蹂踐也通俗文踐穀曰蹂古者蹂米之法與蹂禾異蹂禾以足踐之蹂米葢以手重擦之下文釋之溲溲乃言洮米之事耳蹂之言𢓜說文𢓜復也重復治之謂挼抄之也阮孝緒文字集畧煩撋猶挼抄也說文挼一曰兩手相切磨也葛覃詩薄污我私毛傳污煩也箋煩煩撋之用功深舂米者用手煩撋與澣衣者用手煩撋其義正同說文橪字註一曰染也染小徐本作柔又撚字注一曰蹂也通俗文手捏曰撚捏卽染也蹂也與蹂米用手挼抄義亦相通箋云又潤溼之陳

碩甫曰潤當作撋潤溼則煩撋之譌其說是也正義遂謂以水潤米失其義矣

釋之叜叜傳釋淅米也叟叟聲也瑞辰按說文釋漬米也釋即釋之叚借釋文叟本又作溲說文溲浸沃也叟即溲之省爾雅釋訓溞溞淅也釋文引詩釋之溞溞溞與叟一聲之轉說文淅汰米也孟子趙注淅漬也則漬米與汰米亦散文則通

取蕭祭脂取羝以軷傳取蕭合黍稷臭達牆屋先奠而後爇蕭合馨香也羝羊牡羊也軷道祭也箋取蕭草與祭牲之脂爇之於行神之位馨香既聞取羝羊之體以祭神又燔烈其肉而尸羞焉自此而往郊瑞辰按祭行

神不聞有蕭脂之燒亦未聞因郊而祭行神毛傳引郊特牲蕭合黍稷云云蓋以取蕭祭脂爲祭宗廟之禮正義合傳箋爲一失之古者軷祭有二一爲出行之軷周官大馭掌犯軷鄭註行山曰軷犯之者封土爲山象以菩芻棘柏爲神主既祭之以車轢之而去喻無險難也犯軷說文作範軷軷字註云出將有事於道必先告其神立壇四通樹茅以依神爲軷既祭軷轢於牲而行爲犯軷軷一名祖聘禮記出祖釋軷是也一名道曾子問道而出是也一是冬祭行神月令五祀冬祭行鄭註引中霤禮曰行在廟門外之西爲軷壤厚二寸廣五尺輪四尺北面設主於軷上淮南子時則訓冬其祀井高註

井或作行行門內地冬守在內故祀也是也曾子問正義引崔靈恩集註云宮內之軷祭古之行神城外之軷祭山川與道路之神亦分祭行與道祭爲二也又按祖道用犬周官犬人伏瘞亦如之鄭註謂伏犬於軷上是也冬祭行則用羊周官羊人五祀共其羊牲是也取羝以軷正冬祭行神之禮祭行則祀無不舉而今歲之祀畢矣故曰以興嗣歲正義謂道祭天子用犬諸侯用羊出於肊見由不知軷祭有二耳

以興嗣歲傳興來歲繼往歲也箋嗣歲今新歲也以先歲之物齊敬祀軷而祀天者將求新歲之豐年也孟春之月令曰乃擇元日祈穀于上帝 瑞辰按傳以經文與

嗣二字平列與箋異義箋據月令祈穀之郊在正月故以嗣歲爲今歲正義又據箋以申傳故云來歲者據今祭時以未至爲來已過爲往今按此章傳云嘗之日涖卜來歲之日獮之日涖卜來歲之戒社之日涖卜來歲之稼所云來歲皆指明年而言月令孟冬祈來年於天宗皆於本年預祈來年之熟則詩嗣歲亦當指明年胡承珙曰上章以歸肇祀卽承四穀俱獲之後古人穀熟而祭遂更祈來年之豐理亦宜之其說是也傳以與嗣二字平列箋以嗣歲爲今新歲竝失之

于豆于登傳木曰豆瓦曰登豆薦葅醢也登大羹也瑞辰按釋器及說文竝曰木豆謂之梪豆者梪之渻借說

文𢍏禮器也从廾持肉在豆上讀若鐙同玉篇有𢍏字登卽𢍏之叚借俗作登字

胡臭亶時箋胡之言何也亶誠也何芳臭之誠得其時乎　瑞辰按廣雅釋詁胡大也時善也胡臭謂芳臭之大猶士冠禮永受胡福謂大福也載芟詩胡考猶云大老也爾雅釋邱方邱胡邱方與胡皆大也胡臭亶時與士冠禮嘉薦亶時句法相似亶時猶云誠善也箋說失之

行葦

序行葦忠厚也周家忠厚仁及草木惠氏棟曰漢儒皆以行葦爲公劉之詩班叔皮北征賦曰慕公劉之遺德及行葦之不傷寇榮曰公劉敦行葦世稱其仁王符曰

詩云敦彼行葦牛羊勿箋履方苞方體維葉渥渥公劉厚德恩及草木羊牛六畜且猶感德趙長君曰公劉慈仁行不履生草運車以避葭葦長君從杜撫授學義當見韓詩孔廣森曰潛夫論議兵篇又云公劉仁德廣被行葦又蜀志彭羕傳體公劉之德行勿翦之惠翦與踐通　瑞辰按列女傳晉弓工妻謁於平公曰君聞昔者公劉之行乎羊牛踐葭葦惻然爲痛之恩及草木仁著於天下劉向列女傳所引多出韓詩此亦以行葦爲公劉詩義出韓詩之一證

敦彼行葦傳敦聚貌箋敦敦然道傍之葦　瑞辰按葦爲叢生之物故傳以敦爲聚貌讀如團聚之團敦團聲本

相近敦彼爲形容之詞猶依彼鬱彼之比故箋以敦敦然釋之敦敦猶團團也寇榮曰公劉敦行葦則似讀敦如惇㫗之惇失其義矣

方苞方體箋苞茂也體成形也瑞辰按爾雅如竹箭曰苞葦之初生似竹筍之含苞故曰方苞體當讀如無以下體之體謂成莖也葦之有莖正如人之有體體形通訓故箋以爲成形耳

維葉泥泥傳葉初生泥泥瑞辰按廣雅苨苨盛也泥即苨之叚借潛夫論引作柅柅今本作楃楃者形近之譌李善注文選蜀都賦引毛詩作柅是其證

嘉殽脾臄傳臄函也箋以脾函爲加故謂之嘉瑞辰按

說文谷口上阿也从口上象其理或作㘖𦝫此詩釋文正義並引通俗文口上曰𦝫口下曰函而漢書羽獵賦曰口之上下名爲噱噱與𦝫通葢𦝫與函對文則異散文則通故毛傳訓𦝫爲𦝫函猶其訓饙爲餴餾也說文函舌也段玉裁曰當作函谷也然釋文引說文作函舌也廣雅噱函並訓爲舌則其來久矣胡承珙曰函葢有二義說文訓舌者是第一義又云口次肉也則函卽是谷口次卽口邊也今本脫口次肉也四字陸所據當是古本又按箋云以脾函爲加故謂之嘉是以加釋嘉正義云定本集注經皆作嘉是也宋董氏言舊本皆作加胥其說未確

敦弓既堅傳敦弓畫弓也天子敦弓瑞辰按說文弴畫弓也敦卽弴之叚借又通作雕與彫敦雕雙聲故通用荀子曰天子彫弓諸侯彤弓大夫黑弓大毛公受詩於荀卿此傳正本荀子至定四年公羊何休註云禮天子雕弓諸侯彤弓大夫嬰弓士盧弓說與荀卿小異正義不引荀子而引公羊註又云事不經見未必然也失矣敦又通作弤敦弤二字亦雙聲孟子趙註弤雕弓也釋文弤丁音彫義與弴同古者刻畫謂之彫如爾雅玉謂之彫說文彫琢文也是也繪畫亦謂之彫天子彫弓是也東京賦彫弓斯彀薛注彫弓謂有刻畫失之彫弓葢以五采畫之故彫弓又曰繡弓考工記五采備謂之繡

春秋定八年公羊傳弓繡質是也石鼓文有秀弓秀卽繡之叚借

敦弓旣句傳天子之弓合九而成規正義傳言此者明旣句是引滿之時也以合九成規此弓體直今言旣句明是挽之說文云彀張弓也二京賦曰彤弓旣彀彀與句字雖異音義同也 瑞辰按句彀雙聲故通用句卽彀之叚借不得讀如句倨之句亦不得訓如張弓之彀爾雅釋詁彀善也邵氏晉涵曰行葦詩上文云敦弓旣堅堅好也則彀當爲善也今按邵說是也說文彀从弓㱿聲廣雅㱿善也彀从㱿聲故得訓善猶穀从㱿聲亦訓善也敦弓旣句與敦弓旣堅同義爾雅訓彀爲善正釋

詩既句耳

四鍭如樹傳皆中也正義其四鍭皆中於質如手就樹之然瑞辰按方言樹植立也樹之言豎廣雅釋詁豎立也射之中質有如豎立於其上者故曰如樹

酌以大斗傳大斗長三尺也釋文斗又作枓都口反徐又音主瑞辰按斗與枓異物說文斗十升也枓勺也勺所以挹取也此詩大斗及小雅維北有斗皆枓之省借古音斗枓同當口切徐音主者音之轉釋文斗又作枓其本字也漢石經作𣍘卽鋀之省說文鋀酒器也从金𣍘象器形或从金作𣍘亦與斗音近故通用考工記梓人爲飮器勺一升正義引漢禮器制度勺五升徑六寸

長三尺葢專指大斗言之長三尺與毛傳合葢指斗柄言之釋文三尺謂大斗之柄是也

黃耇台背傳台背大老也箋台之言鮐也大老則背有鮐文　瑞辰按釋文台湯來反徐又音臺廣韻⿰黑來⿰黑臺大黑之貌台與⿰黑來⿰黑臺音近而義同則台亦有黑義詩以台背與黃耇對舉台背卽謂背有黑文耳爾雅元貝貽貝釋文貽本又作胎他來反字林作⿰虫台云黑貝也黑貝名⿰虫台貝正與黑背爲台背同義鮐魚之名鮐亦取背有黑文與台背義同不必老人背似鮐魚也釋詁鮐背壽也方言眉梨耇鮐老也作鮐者通借字耳箋直以鮐釋台失之

旣醉

爾殽既將傳將行也箋殽謂牲體也成王之爲羣臣俎實以尊卑差次行之　瑞辰按周頌曰就月將傳亦曰將行也爾雅釋言將送也孫炎曰將行之送也將爲送故又轉爲行廣雅釋詁將行也義本毛傳然古但云行酒不聞行殽將臧聲相近臧爲美將亦美也廣雅釋詁將美也破斧詩亦孔之將經義述聞言猶亦孔之臧是也竊謂爾殽既將將亦爲美猶言爾殽既嘉耳

昭明有融傳融長也箋有又　瑞辰按說文融炊气上出也从鬲蟲省聲炊气上出則必長且高爾雅方言並曰融長也高其引伸之義昭五年左傳明而未融其當旦

乎服虔註融高也杜預註融朗也皆言其明之盛與長義近融又通作彤商謂之彤絲衣釋文云箋作融思元賦展洩洩以彤彤注引左傳其樂也融融爲證是也白虎通曰融者續也昭明有融與左傳明而未融語相反有當从箋訓又謂既已昭明而又融融不絕極言其明之長且盛也彤說文作肜云肜船行也从舟彡聲融通作彤猶哀元年左傳器不彤鏤賈子禮容語篇作蟲鏤蟲卽融之借字也

高朗令終傳朗明也始於饗燕終於享祀箋令善也天既與女以光明之道又使之長有高明之譽而以善名終是其長也瑞辰按爾雅釋言明朗也朗說文作朖云

明也竊謂朗亦有高義故說文又曰根高木也閬門高也朗亦爲高猶昭亦爲明也高明之家鬼瞰其室則以令終爲難故詩以高朗令終爲太平之福令終當兼福祿名譽言之不必如傳以爲享祀胡承珙曰此傳當作始於享祀終於饗燕言成王因祭祀而行旅酬無筭爵及施惠歸俎之事皆屬饗燕之禮今傳始終二字傳寫譌倒

令終有俶傳俶始也箋俶猶厚也瑞辰按俶从傳訓始爲是令終有俶猶易言終則有始管子弟子職篇言周則有始大戴記盛德篇終而後始也說文俶及埱注竝云一曰始也

公尸嘉告傳公尸天子以卿言諸侯也箋諸侯有功德入爲天子卿大夫故曰公尸公君也瑞辰按祭統尸在廟中則全於君爾雅皇公皆訓爲君詩或言皇尸或言公尸皆取尸在廟則全於君之義不取諸侯稱公之義

籩豆靜嘉箋乃用籩豆之物潔清而美瑞辰按說文靜宷也竫亭安也靖立竫也一曰細皃字義各别而經典中靜竫靖三字多通用廣雅釋詁竫善也藝文類聚引韓詩有靜家室云靜善也堯典靜言庸違史記五帝紀作善言盤庚自作弗靖靖亦善也又公羊傳諓諓善竫言王逸注楚辭引作諓諓靖言靖嘉猶言彔嘉彔爲善靜卽靖之叚借亦善也

威儀孔時箋孔甚也言成王之臣威儀甚得其宜瑞辰按廣雅釋詁時善也時善以雙聲爲義威儀孔時猶言飲酒孔嘉也箋訓爲宜宜亦善也宜儀古通用爾雅釋詁儀善也上章攝以威儀謂羣臣此章威儀孔時宜謂成王蓋臣下既佐以威儀則上之威儀得羣臣之佐亦甚善也首二章及五六章君子皆指成王則此章君子有孝子亦指成王有者又也言君子又爲孝子也鄭箋以指羣臣失之

永錫爾類傳類善也箋長以與女之族類瑞辰按類者頪之叚借說文頪難曉也段玉裁曰謂相似難分別从頁米一曰鮮白皃从粉省爾雅鮮善也頪爲鮮白故義又爲善子以

肖父爲善國語叔向引此詩而釋之曰類也者不忝前哲之謂也成二年左傳引詩孝子不匱永錫爾類若以不孝令於諸侯其母乃非德類也乎以德類連言正與傳訓善義合善可爲法法亦取其相肖故類又訓法楚詞九章吾將以爲類兮王逸註類法也引詩永錫爾類三家詩葢有訓類爲法者方言類法也齊曰類廣雅類灋也疏證曰類之言律律亦法也樂記律小大之稱史記樂書作類是類與律聲義同今按訓類爲法正與下章其類維何室家之壼文義相貫鄭箋訓爲族類失之後漢書劉平傳仲不可以絕類是後漢時通以類爲族類

室家之壼傳壼廣也箋壼之言梱也室家先已相梱緻

已乃及於天下瑞辰按壼捆以同聲爲義大射儀既拾取矢捆之鄭註捆齊等之也捆通作稛廣雅釋詁稛齊也玉篇稛齊玉也廣雅又曰捆束也束亦所以齊之也室家之壼猶言室家之齊耳箋訓壼爲捆捆與悃同聲說文悃愊至誠也廣雅悃至也說文親至也捆緻有相親之義但訓爲捆緻言其相親廣雅撽摶也摶著也言相附著不若訓爲捆齊言其齊治爲善箋云室家先以相捆緻已乃及於天下此卽大學所云家齊而后國治國治而后天下平也至周語引此詩而說之曰壼也者廣裕民人之謂也案方言裕猷道也道民亦謂之裕康誥乃由裕民乃裕民曰皆道民也廣裕人民猶云廣道民人也爾雅宮

中衖謂之壼孫炎曰衖舍間道也說文壼宮中道从口象宮垣道上之形蓋言象宮中道之周帀而整齊也壼爲宮中道名因借以喻道民之道又因壼從口有周帀之象周帀則廣故言廣裕人民道與齊義相成道治也齊亦治也曾釗曰廣與桄通爾雅桄充也桄亦作光光與廣亦通此傳廣當讀爲桄謂其善由室家桄充於天下今按孟子言充類此詩上言其類維何而下言室家之廣正合充類之義國語廣裕即充裕也箋云及於天下亦本廣裕民人義而申言之然以壼爲梱則經文但有梱義而無充廣及天下意矣曾釗又謂壼从口有桄限之形亦非胡承珙曰壼之爲廣猶宮之爲穹室之爲

實。

景命有僕傳僕附也箋天之大命又附著於女謂使爲政教也瑞辰按說文僕从業業从丵丵叢生草也象丵嶽相並出也故僕有附義爾雅釋木樸抱者郭註樸屬叢生者爲抱釋文樸又作僕是樸僕與樸古竝通用考工記凡察車之道欲其樸屬而微至鄭註樸屬猶附著堅固貌也正與僕訓爲附同義方言樸聚也郭註樸屬藂相著貌附聚義亦相成下文釐爾女士從以孫子皆歷敘其附著之象正義訓僕爲僕御之僕昧古人叚借之義矣

釐爾女士傳釐予也箋予女以女而有士行者瑞辰按

釐與賚雙聲釐即賚之叚借故訓爲予列女傳啟母塗山傳引詩釐爾士女士女謂女而士行猶都人士言彼君子女謂女而君子者也箋女而有士行者正釋經文士女今毛詩作女士者後人順箋文而誤

從以孫子箋從隨也瑞辰按爾雅釋詁從重也

鳧鷖

序鳧鷖守成也太平之君子能持盈守成神祇祖考安樂之也瑞辰按正義述毛以五章皆爲宗廟箋於首章云祭祀既畢明日又設禮而與尸燕是以爲繹而賓尸之詩而分二章爲祭四方百物三章祭天地四章祭社稷山川卒章祭七祀未若從毛傳皆爲祭宗廟爲確以

今考之朱子集傳以五章皆爲宗廟繹而賓尸之詩是也禮器周旅酬六尸鄭註后稷之尸發爵不受旅正義言文武二尸及親廟尸凡六案六尸連后稷尸凡七葢兼文武二祧而言若成王時文武尚在四親廟中連后稷尸凡五春秋成六年公羊何註禮天子諸侯立五廟是也此詩五言公尸正合五尸之數一證也爾雅繹又祭也周曰繹商曰肜夏曰復胙易林鳧鷖遊涇君子以甯福德不愆福祿來成義本此詩復德者葢取繹曰復祭之義二證也宣八年公羊何註天子諸侯曰繹大夫曰賓尸士曰宴尸名與禮雖各異要其爲燕尸則同詩五章皆云公尸燕飲正宴尸之事三證也禮器周坐尸

詔侑武方鄭註武讀曰無聲之誤也方猶常也告尸行節勸尸飲食無常若孝子之爲也有司徹上大夫賓尸坐尸侑於堂酌而獻尸易林公尸侑食福祿來處義本此詩與禮器有司徹合四證也古者祭天地社稷雖皆有尸如尙書大傳曰舜入唐郊丹朱爲尸國語晉祀夏郊董伯爲尸蓋皆配者之尸然不聞有賓尸之禮繹而賓尸惟於宗廟見之此詩言旣燕於宗五證也得此五證可決其爲宗廟繹祭之詩矣

鳧鷖在涇箋涇水名也水鳥而居水中猶人爲公尸之在宗廟也故以喻焉　瑞辰按詩沙渚潨亹皆乏指水旁之地不應涇獨爲水名段玉裁曰箋本作涇水中也故

下云水鳥而居水中今本譌作水名其說是也今按爾雅水直波爲俓釋名作涇云涇俓也言如道俓也莊子涇流之大司馬彪曰涇通也在涇正乏指水中有直波處言非涇渭之涇

福祿來成箋故祖考以福祿來成女 瑞辰按四章福祿來崇傳崇重也來成猶言來崇成亦重也周官司儀爲壇三成鄭司農註三成三重也爾雅山三襲陟再成英一成坯再成一成猶云再重一重也廣韻成重也是皆成訓爲重之證士喪禮俎二以成鄭註成猶併也併與重義亦相通

福祿來爲傳厚爲孝子也箋爲猶助也 瑞辰按少儀謂

之社稷之役鄭註役爲也正義爲謂助爲也論語夫子爲衞君乎夫子不爲也竝以爲爲助釋文爲于僞反註同協句如字案古音無平去之分爲字竝讀若譌

鳧鷖在潨傳潨水會也箋潨水外之高者也瑞辰按說文小水入大水曰潨義與傳合廣雅潨厓也厓方也厓與涯同方與旁同以潨爲厓葢本三家詩箋所云水外之高者卽厓也

福祿來崇傳崇重也瑞辰按爾雅釋詁崇重也又崇充也釋地八達謂之崇期孫炎註崇多也廣雅釋詁崇積也又崇積也竝與重疊之義相成

鳧鷖在亹傳亹山絕水也箋亹之言門也瑞辰按傳箋

義相承山絶絶水曰亹猶石絶水曰梁胡承珙曰絶如正絶流曰亂之絶謂山横跨水中水流其鋍其說是也周官𩺰人掌以時𩺰爲梁鄭司農註梁水偃偃水爲關空以笱承其空案云爲關空則形與門近矣漢地志金城郡浩亹師古註浩水名也亹者水流峽山岸深若門也正取此箋爲義亹者斖之變體从釁省从酉分聲與門音近故訓爲門凡物之有間可入有隙可乘者皆得謂之亹方言器破而未離謂之璺廣雅璺裂也璺亦亹也皆與亹訓爲門之義相通亹有門音門眉雙聲又轉爲眉故古鐘鼎文眉壽多借作釁亦作亹竊疑亹即湄之叚借秦風在河之湄傳湄水隒也廣雅隒厓也又隒方

也讀亹爲湄正與上章在沙在渚在潨同爲水旁之地猶衞風淇厲淇側秦風水湄水涘字異而義同也詩人咏歎長言不嫌詞複箋惟過求分别以涇沙渚潨亹各爲一義以取與轉不免失之附會耳

假樂

假樂君子傳假嘉也瑞辰按傳本爾雅釋詁假嘉雙聲故通用中庸引詩正作嘉樂襄二十年左傳晉侯賦嘉樂孟子趙注亦云詩大雅嘉樂之篇蓋皆從三家詩用正字

顯顯令德箋顯顯光也瑞辰按爾雅釋詁顯光也說文㬎从日下視絲古文以爲顯字廣雅釋訓顯顯著也中

庸引詩作憲憲顯与憲雙聲故叚憲爲顯小司寇注憲表也說文憲敏也敏疾則明憲有表明之義亦與顯義同

不愆不忘箋愆過也成王之令德不過誤不遺失瑞辰按說文愆或从寒省作𡨦春秋繁露郊語篇引詩不騫不忘說苑建本篇又引詩不僽不忘騫及僽皆𡨦之叚借哀十六年左傳禮失則昏名失則愆失志爲昏失所爲愆愆卽詩之愆說文忘不識也與昏義相近又按愆爲過遺失亦過故孟子引詩不愆不忘而統以過字釋之

率由舊章箋率循也循用舊典之文章謂周公之禮法

瑞辰按廣雅章程也周語將以講事成章韋注章章程也又素問王注章程也式也舊章猶言舊程舊式謂古法也杜鄭曰舊章先王法度是也箋以舊典釋之可矣又以爲舊典之文章則非孟子引詩而釋之曰遵先王之法而過者未之有也正以舊章爲先王之法趙注以爲舊故文章失之

率由羣匹箋循用羣臣之賢者其行能匹耦已之心瑞辰按羣匹二字平列而同義國語獸三爲羣廣雅釋詁匹二也小雅吉日詩從其羣醜箋醜衆也又或羣或友傳獸三曰羣二曰友今按說文羣輩也人曰羣匹正與獸之曰羣醜曰羣友者同義對言則羣爲三匹爲二通

言則羣匹一也三年問今是大鳥獸則失喪其羣匹正以羣匹並言此詩上章率由舊章爲法祖此章率由羣匹爲從衆春秋繁露董仲舒曰百物皆有合偶偶之合之仇之匹之善矣引詩率由羣匹爲證皆以羣匹爲合偶仇匹之稱朱子集傳訓匹爲類是也箋義未免迂曲

民之攸塈傳塈息也箋不解於其職位民之所以休息由此也瑞辰按方言息歸也民之攸塈謂民之所息即謂民之所歸坰酌二章民之攸塈三章民之攸歸其義正同非謂民得息逸也春秋成二年昭二十二年左傳引詩並作民之攸暨杜註暨息也小爾雅同案說文塈仰涂也暨日頗見也皆非休息本字惠氏棟曰玉篇⿸尸既息也

今爲𢡆說文無𢡆字爾雅𢡆息詩假樂塈息並當依玉篇作㕟今按釋元應一切經音義云𢡆說文作愒倉頡篇作㕟則㕟字已見倉頡篇不僅見玉篇矣一切經音義又云倉頡篇愒作𢡆則𢡆字亦見倉頡篇㕟愒𢡆三字實一字之異體塈與暨皆㕟字之叚借說文愒息也不言或作㕟與𢡆者偶遺之耳說文又曰眉臥息也與𢡆之从自同義又曰𩥒臥息也音義並同集韻暨爲古文屆字屆卽眉字形近之譌廣雅氣息也並與㕟聲近而義同玉篇又曰𢡆息也案說文以𢡆爲惡之古文而玉篇以爲息者蓋唐人以𢡆與㕟同音遂叚借通用耳據顏真卿書郭令公廟碑民之攸𢡆則詩塈字有作𢡆

者矣凡字从自从旣者多以音近通用眉通作暨與⿱旣心及塈猶今堯典暨臯繇說文引虞書作臮咎繇也又按釋詁忥靜也郭注忥未聞其義據廣雅忥息也息與靜安同義氣旣古通用忥亦塈之叚借詩民之攸塈三家詩或有叚作忥者訓靜猶訓息也至正義引釋詁呬息也某氏曰民之攸塈當作某氏曰民之攸呬葢某氏以詩塈爲呬之叚借呬息以雙聲爲義據方言呬息也東齊曰呬說文東夷謂息爲呬引詩昆夷呬矣以呬當緜詩之喙則爾雅之呬息乃釋緜篇之喙字非釋此詩塈字也

公劉

廼積廼倉傳言民事時和國有積倉也箋郃國乃有積委及倉也　瑞辰按積倉與疆埸對文故箋分積倉爲二露積曰庾與有屋曰倉異史記言公劉倉庾皆足庾即積也孟子趙註云乃積穀於倉失之

于橐于囊傳小曰橐大曰囊　瑞辰按文選干寶晉紀總論引詩于橐于囊吕向註大曰橐小曰囊與毛傳互易正義引左傳趙盾食靈輒爲之簞食與肉置諸橐以證橐小引公羊傳陳乞出公子陽生於巨囊以證囊大然陳啟源據史記東方朔傳一囊粟漢書揚雄傳士或自盛以橐又范睢扶服入橐則囊非不可盛食橐非不可盛人劉履恂引秦策伍子胥橐載而出以證橐大引史

記平原君傳譬如錐之處囊中以證囊小則大小葢無定矣釋文引說文無底曰囊有底曰橐高誘戰國策註同今說文本無之據史記陸賈傳索隱引埤倉有底曰囊無底曰橐說文繫傳引字書同字書葢即埤倉釋文葢誤引埤倉爲說文又順經文引無底曰橐於上移有底曰囊於下今本囊橐二字上下互譌非二說互異也元應書引倉頡篇橐囊之無底者廣韻橐無底囊說文繫傳曰無底曰橐合諸說證之當以埤倉爲是說文橐囊也囊橐也廣雅橐囊也葢囊與橐對文則異散文則通

爰方起行傳以方開道路去之幽箋曰爲女方開道而

行瑞辰按爾雅釋詁爰曰也又爰于也曰于皆語詞方當从朱子集傳訓始廣雅方始也趙注孟子云又以武備之四方啟道路失之或訓方爲竝亦非

于胥斯原傳胥相箋廣平曰原瑞辰按逸周書度邑解史記周本紀竝言武王徵九牧之君登豳之阜以望商邑豳阜卽豳原也括地志豳州三水縣西十里有豳原豳城在北原上

既順乃宣傳宣徧也箋既順其事矣又乃使之時耕瑞辰按宣之言通也暢也言民心既順其情乃宣暢也故下卽言而無永嘆矣詩五章乃言授田之事不得訓宣爲時耕也

而無永嘆傳民無長嘆猶文王之無悔也瑞辰按永嘆即咏嘆也樂記咏嘆之正義謂長聲而嘆義同毛傳釋文歎字或作嘆據說文歎吟也嘆吞嘆也二字異義詩作嘆者段借字

陟降在巘傳巘小山別於大山也瑞辰按巘正義本作甗故引爾雅重甗隒以釋之謂與皇矣小山曰鮮義別然據毛傳巘小山別於大山也與皇矣傳小山別大山曰鮮義正同獻鮮古通用獻可通作鮮故亦可作巘釋文甗本又作巘是也說文無巘字巘即鮮之段借鮮古音近斯爾雅斯離也說文斯析也鮮从離析得名別亦離析故小山以鮮為名正義引重甗隒釋之誤矣

何以舟之傳舟帶也瑞辰按舟者𠣝之叚借說文𠣝帀徧也字通作周帶周於身故舟得訓帶又服从舟會意說文服用也一曰車右騑所以舟旋舟旋卽周旋也呂覽順民篇高註服帶也服从舟而訓帶則知舟得訓帶矣或疑舟卽服字脫其半故傳訓爲帶

維玉及瑶鞞琫容刀傳瑶言有美德也下曰鞞上曰琫言德有度數也容刀言有武事也瑞辰按周官大宰享先王贊玉爵內宰后祼獻贊瑶爵祭統君洗玉爵獻卿以瑶爵獻大夫是玉與瑶有別木瓜詩釋文引說文瑶美石太平御覽引說文瑶石之美者今本說文作玉之美者誤也漢書禮樂志郊祀歌眺瑶堂應邵註瑶石而

似玉者也皆瑤爲美石之證正義謂瑤是玉之別名失之瞻彼洛矣詩鞞琫有珌傳天子玉琫而珧珌珧珌之珌當作鞞珧卽瑤之叚借此詩維玉及瑤連下鞞琫容刀言之謂以玉飾琫以瑤飾鞞卽彼傳所謂天子玉琫而珧珌也葢公劉始以玉瑤爲鞞琫後遂尊爲天子之服猶皋門應門之制本自大王也正義分玉瑤與鞞琫爲二亦誤

京師之野傳是京乃大衆所宜居之野 瑞辰按京爲幽國之地名白虎通京大也師衆也天子所居故以大衆言之此釋天子居名京師之義是知毛傳訓師爲衆亦釋公劉名居爲京師之義非遂以師爲衆異斗南曰京

者地名師者都邑之稱如洛邑亦稱洛師之類其說是也今案尚書大傳曰八家爲隣三隣爲朋三朋爲里五里爲邑十邑爲都十都爲師州十有二師焉則邑之稱師不自周始特京師連稱始此後遂以名天子居耳

于時廬旅傳廬寄也箋廬舍其賓旅 瑞辰按廬旅古同聲通用齊語衞人出廬於漕管子小甲作衞人出旅於漕又盧弓通作旅弓旅擯讀鴻臚之臚皆其證也周官遺人鄭註廬羇旅過行寄止後漢光武紀章懷註亦曰旅寄也與毛傳訓廬爲寄同義是知旅廬一也詩上下文處處言言語語皆用疊字不應廬旅獨異詞竊疑古本原作廬廬謂寄其所當寄者故毛傳但釋廬字猶言

言語語傳但曰直言曰言論難曰語也盧旅古通用本或作旅旅後又譌爲上盧下旅猶廼乃通用而此詩作廼者九作乃者四參差互出皆由傳寫譌亂也箋已分盧旅爲二則鄭君所見本已作盧旅矣

于京斯依蹌蹌濟濟俾筵俾几箋厚乎公劉之居於此京依而築宮室其既成也與羣臣士大夫飲酒以落之羣臣則相使爲公劉設几筵使之升坐　瑞辰按此節于京斯依至既登乃依四句何楷詩世本古義錢澄之田間詩學並以爲宗廟始成之禮是也禮君子將營宮室宗廟爲先公劉依京築室宜莫先於宗廟大戴禮諸侯遷廟禮曰至於新廟筵於戶牖間又曰祝奠幣於几東

正與詩俾筵俾几合祭統曰鋪筵設同几爲依神也與詩既登乃依合箋讀依爲扆失之

乃造其曹傳曹羣也箋羣臣適其牧羣　瑞辰按周官大祝掌六祈二曰造杜子春謂造祭於祖也鄭司農謂大師造於祖引司馬法曰乃造於先生今按造者祰之叚借說文祰告祭也蓋凡告祭通曰造也造亦通作告阮氏積古齋鐘鼎欵識載有衛公孫吕之告戈告即造也一切經音義卷九引詩乃告其曹告即造祭三家詩或省作告耳曹者䄧之省借藝文類聚引說文祭豕先曰䄧今本說文脫去廣雅䄧祭也玉篇䄧豕祭也廣韻䄧祭豕先據下云執豕于牢知詩乃造其曹謂將用豕而先告祭

於家先猶將差馬而先祭馬祖也

君之宗之傳爲之君爲之大宗也箋宗尊也公劉雖去邰國來遷羣臣從而君之宗之猶在邰也瑞辰按傳以上文俾筵俾几爲公劉之饗燕羣臣故以詩下四之字爲公劉之於羣臣箋謂羣臣爲公劉設几筵故以四之字爲羣臣之於公劉今按傳說是也小雅緜蠻詩飲之食之教之誨之命彼後車謂之載之五之字亦謂尊之於卑者耳傳云爲之大宗正義引板傳云王者天下之大宗此與天子諸侯以母弟爲別子繼別者爲大宗異義蓋天子諸侯皆得爲大宗自爲天地宗廟社稷臣氏之宗主而非五宗之所得擬傳意蓋以宗爲主爲長與

箋訓尊異也

其軍三單傳三單相襲也箋邰后稷上公之封大國之制三軍以其餘卒爲羨今公劉遷於豳民始從之丁夫適滿三軍之數單者無羨卒也瑞辰按三單非三重之謂今以爲相襲非也箋以無羨卒爲單亦似未確今案逸周書大明武篇隳城湮溪老弱單處孔晁註單處謂無保障是單卽單處之謂此詩徹田爲糧承上度其隰原言豳居允荒承上度其夕陽言則知其軍三單亦承上相其陰陽觀其流泉言之謂分其軍或居山之陰或居山之陽或居流泉之旁故爲三公劉遷豳之始無城郭保障之固故謂其軍爲三單耳

度其隰原箋度其隰與原田之多寡瑞辰按禹貢雍州原隰底績鄭註原隰豳地卽詩隰原詩譜豳地在禹貢岐山之北原隰之野竝以隰原爲豳地名與箋說異

于豳斯館傳館舍也瑞辰按白虎通京師篇引詩于豳斯觀據春秋築王姬之館於外白虎通嫁娶篇引作觀史記司馬相如傳上林賦靈囿燕於閑觀漢書文選皆作館是館觀古同聲通用作觀者葢三家詩

取厲取鍛傳鍛石也箋鍛石所以爲鍛質也取鍛厲斧斤之石可以利器用釋文厲本又作礪鍛本又作碫瑞辰按礪者厲字之俗說文厲旱石也繫傳旱石麤石也案厲爲旱石對底爲柔石言柔爲細石則旱爲麤石矣

麤石謂之厲猶粗米謂之糲也鍛當以作碫爲正毛傳鍛石也段玉裁曰當作碫碫石也今本奪一字說文鍛厲石也段玉裁曰當作碫石段與厲絶然二事粊誓鍛乃戈矛礪乃鋒刃鍛之欲其質之堅也厲之欲其鋒之利也今按段說辨碫非厲是也惟鍛金鐵今皆以鐵爲質未有以石者古之段物或以石故春秋鄭公孫段字子石與後世異說文以碫爲碫石義本毛傳鄭箋以石爲鍛質者疏云質椹也言鍛金之時以山石爲椹質爾雅椹謂之榩釋文椹本或作砧鍛金之以石爲質蓋猶擣衣之有砧也鍛碫段三字同聲通用而說文曰鍛小冶也碫碫石也段椎物也則三字各有本義段爲椎物

所該者廣不必皆以石惟以石段物則名碫詩作鍛者
段借字耳正義以鍛爲冶鐵之名失之說文碫本或作
碬徐音平加反亦誤
止基廼理箋止基作宮室之功也而後疆理其田野瑞
辰按止猶既也釋詁卒已也釋言卒既也已與止同義
卒爲已又爲既則止亦既也止基廼理猶言既基廼理
也止旅廼密猶言既旅廼密也與上章既登乃依既景
廼岡句法正同箋訓止爲止息之止失之
爰衆爰有箋校其夫家人數曰益多矣器物有足矣瑞
辰按有與衆同義猶言爰居爰處處亦居也爾雅釋詁
憮厖大也又曰憮厖有也有大義近易雜卦曰大有衆

也知有亦與衆多義同魚麗詩旨且有猶言旨且多有亦多也下夾其皇澗四句皆言來居之衆多卽承上爰衆爰有言之

止旅乃密傳密安也箋公劉居豳卽安軍旅之役止士卒亦安　瑞辰按旅盧古通用旅當讀如十里有盧之盧盧寄也謂民既寄盧於此乃見其繁密也箋以止旅爲止軍旅之役失之

芮鞫之卽箋芮水厓也鞫究也箋芮之言內也水之內曰隩水之外曰鞫　瑞辰按芮卽汭之叚借鞫通作沆阬又作坑周官職方雍州其川涇汭鄭註汭在豳地引詩汭沆之卽漢書地理志芮水出汧縣西北東入涇詩芮

阬雍州川也據顏師古言韓詩作芮阬則知鄭註周禮以汭阬爲雍州川者亦韓詩說至箋毛詩始從爾雅毛傳今按箋說是也汭入以雙聲爲義故說文以汭爲水相入貌王肅亦云汭入也出爲外則入爲內故水厓之在內亦名汭鞫窮鞫曲皆雙聲故傴僂之狀曰躹窮水之外曲亦名鞫耳至傳云鞫究也者李黼平曰傳蓋讀鞫爲究古阬泦二字俱从尻尻與究並从九得聲聲同者義亦同是鞫阬泦究同物故傳轉爲究水經溫水篇注說九德縣云九德浦內逕越裳究九德究南陵究又云竺枝扶南記山谿瀨中謂之究究卽鞫也可補孔疏之缺今按爾雅釋言鞫究窮也鞫究同義故傳以究釋

鞫鞫究爲水涯即水窮處也爾雅又言厓内爲隩外爲鞫孫炎曰内曲裏也外曲表也今按内曲爲芮外曲爲鞫則詩之芮鞫又即爾雅之澳鞫

泂酌

可以餴饎傳餴餾也饎酒食也釋文餴又作饙字書云一蒸米也瑞辰按說文餴滫飯也饙餴皆或體字爾雅釋言饙餾稔也郭註今呼餐音脩餐飯爲饙饙均孰爲餾詩疏引孫炎云蒸之曰饙均之曰餾說文餾飯氣流也盖謂撥饋之時飯氣流布是餴餾本一事胡承珙曰說文以饙爲滫即今人蒸飯熱時以水淋之謂之撥饋今按饙與餾對文則異散文則通故爾雅竝訓爲稔毛

傳卽以餾釋饙猶其以函釋臄也饙爲蒸米則饎宜讀如饎人之饎周官大鄭註饎人主炊官也儀禮鄭註炊黍稷爲饎是也不得从爾雅訓爲酒食

卷阿

序卷阿召康公戒成王也　瑞辰按汲冢紀年成王三十三年遊於卷阿召康公從其所言出遊之年雖未足信然以詩義求之其爲成王出遊召康公因以陳詩則無疑也首章豈弟君子來遊來歌正謂成王遊歌於卷阿之上君子謂成王也箋以君子爲賢臣失之以矢其音及末章矢詩不多維以遂歌乃召康公欲人之陳詩荅王爾雅對遂也廣雅對荅也對爲遂則遂亦可訓對遂

歌猶云荅歌也傳云遂爲工師之歌箋云欲令遂爲樂歌並失之

有卷者阿傳卷曲也瑞辰按說文卷𠜲曲也是卷之本義引申爲凡曲之稱猶鬈本髮好引申爲好皃之稱也

伴奐爾游矣傳伴奐廣大有文章也箋伴奐自縱弛之意也瑞辰按伴奐二字疊韵說文伴大皃奐字注一曰大也是二字同義皆大也古讀奐同援故伴奐又通作畔援廣大者易放縱故箋訓爲自縱弛之意傳訓爲廣大有文章者葢以廣大釋伴字以文章釋奐字非詩義也

俾爾彌爾性傳彌終也瑞辰按彌者镾之叚借段玉裁

曰葢用弓部之彊而又省玉也說文镾久長也惟久長是以能終胡承珙曰終者盡也彌其性即盡其性也

似先公酋矣傳似嗣也酋終也箋嗣先君之功而終成之　瑞辰按爾雅釋詁酋終也郭註引詩嗣先公爾酋矣葢本三家詩據三章百神爾主矣四章純嘏爾常矣皆有爾字則从郭引有爾字爲是箋云而終成之而猶汝也正義釋傳云汝王能終之矣似鄭箋及正義本皆有爾字故以而及汝王釋之今本乃後人妄刪耳酋之言久也就也久則有終就亦終也故爾雅訓爲終正義本作遒今作酋者从釋文本說文酋繹酒也繹酒即昔酒周禮注昔酒今之酋久白酒所謂醳酒者也是酋有久

義又說文傮終也傮之古音與酋同釋名曹酋也猶爾雅傮慮也釋文云傮音囚也音同則義同故傮亦訓終

茀祿爾康矣傳茀小也箋茀福　瑞辰按爾雅釋言芾小也傳以茀爲芾之叚借故訓爲小對下純嘏爲大福言也爾雅釋詁祓福也郭註引詩祓祿康矣葢本三家詩茀與祓雙聲方言福祿謂之祓戩箋以茀爲祓之叚借故訓爲福猶生民箋讀茀爲祓也傳箋各有所本正義言茀之爲小爲福皆無正訓由不明叚借之義耳

純嘏爾常矣傳嘏大也箋純大也予福曰嘏使女大受神之福以爲常　瑞辰按胡承珙曰案賓之初筵及此傳皆訓嘏爲大惟鄭箋嘏訓受福其實義相成也葢嘏本

訓爲大郊特牲曰嘏長也大也方言嘏大也宋衛陳魯之間謂之嘏秦晉之間凡物壯大謂之嘏說文嘏大遠也因祭祀受福曰嘏而大義遂專屬於福以漢人爾雅注例之當曰嘏福之大也傳但曰大而福義自見鄭君生於後漢釋經之法稍變故必以孚福申明之少牢饋食禮以嘏于主人云嘏大也孚主人以大福此可見嘏祇有大訓引申之爲大福耳今按胡說是也逸周書寶典篇樂獲純嘏孔晁注純大也嘏大也謂之大大之福正與傳箋義合又賈子禮篇曰祜大福也嘏與祜音義竝同嘏亦爲大福

有馮有翼傳有馮有翼道可馮依以爲輔翼也箋馮馮

几也翼助也王之祭祀擇賢者以爲尸尊之豫撰几擇佐食 瑞辰按說文馮馬行疾也此馮之本義至訓馮依者乃倗字之叚借說文倗輔也从人朋聲讀若陪位又朋下曰鳳飛羣鳥從以萬數故以爲朋黨字謂倗借作朋也此詩倗借作馮猶淜爲無舟渡河經傳通借作馮二貝爲朋亦借作馮也俗作憑失之有馮有翼猶云有輔有翼傳云道可馮依非詩義也說文凭依几也引周書凭玉几讀若馮箋以馮爲馮几葢以馮爲凭之叚借亦非

有孝有德箋有孝斥成王也有德謂羣臣也廟中有孝子有羣臣 瑞辰按王尙書曰爾雅善父母爲孝推而言

之則爲善德之通稱逸周書謚法篇曰五宗安之曰孝慈惠愛親曰孝秉德不回曰孝則所包者廣矣文侯之命曰追孝于前文人大雅遹追來孝追孝謂追善德也周語樊穆仲曰魯侯孝亦謂魯侯有善德也今按王說是也此詩有孝有德亦乏之言有善有德不必專指孝親言此與上有馮有翼皆指求賢用吉士箋以有孝爲指成王失之

以引以翼傳引長翼敬也箋使祝贊道之扶翼之瑞辰按行葦箋在前曰引在旁曰翼彼謂引翼老者此謂引翼人主義得兩通箋指祭祀言失之

鳳凰于飛翽翽其羽亦集爰止傳翽翽衆多也箋翽翽

羽聲也亦與衆鳥也爰于也鳳皇往飛翽翽然亦與衆鳥集於所止衆鳥慕鳳皇而來喻賢者所在羣士皆慕而往仕也　瑞辰按傳以翽翽爲衆多則其羽卽指衆鳥言亦當對鳳皇言非謂鳳皇與衆鳥胡承珙釋之曰若云鳳皇于飛則有此衆多之羽亦集於所止耳其說是也說文曰鳳飛則羣鳥從以萬數故鳳古作朋字此詩所以言衆鳥之翽翽箋以翽翽爲鳳鳥之羽聲又以亦爲與衆鳥與傳異義正義引王肅述毛以亦爲鳳事自相亦尤非毛恉

矢詩不多維以遂歌傳不多多也明王使公卿獻詩以陳其志遂爲工師之歌焉箋矢陳也我陳作此詩不復

多也欲合遂爲樂歌王日聽之則不損今之成功也瑞辰按首章言矢音者望賢者之陳歌也末言賢人衆多則陳詩者亦多正與首章相應非謂矢詩爲召公自言陳作此詩也故以不多爲多箋誤解爲召公自言陳作此詩因易傳以不多爲順詞正義據箋申傳又以不多爲王能用賢不復須戒故以作詩爲煩多殊失傳恉

民勞

汔可小康傳汔危也箋汔幾也王幾可以小安之乎瑞辰按爾雅釋詁幾危也又𢨋汔也𢨋古幾字見汗簡玉篇引埤倉乣𢨋也說文𢨋乣也是知傳訓汔爲危者正以危與幾同義猶殆訓危又爲庶幾也故箋以幾申釋傳義胡

承珙曰古人言幾每曰危漢書宣元六王傳我危得之又外戚傳今兒安在危殺之矣皆以危爲幾是也正義讀傳危如安危之危失之汔幾以雙聲爲義故釋詁又曰幾近也詩疏引孫炎曰汔近也昭十年左傳引詩汔可小康杜註汔期也幾期以聲近爲義詩疏引史記周昌傳臣期知其不可以釋杜義誤矣漢書元帝紀魏志辛毗傳竝引詩迄可小康蓋本三家詩迄郎汔字之俗顏師古訓迄爲至亦非又按此詩以康休息愒安對上民亦勞止言之而歷言小康小休小息小愒小安者非謂民勞之甚宜小小安息之也古人以小爲語詞猶以大與中爲語詞也文王詩小心翼翼小心猶言中心也

公羊桓十六傳見使守衛朔而不能使衛小衆猶言不能使衛衆也此詩上言勞止以止爲語詞若但言汔可康汔可休則不辭故以小字助之成句非謂民不必大安息且小安息之也小爲語助益失其義久矣

無縱詭隨傳詭隨詭人之善隨人之惡者以謹無良愼小以懲大也 瑞辰按經義述聞曰詭隨疊韻字不得分訓詭隨卽無良之人亦無大惡小惡之分詭隨謂譎詐謾欺之人詭古讀若戈 淮南說林訓水雖平必有波衡雖正必有差尺寸雖齊必有詭 隨讀若䜋䜋音上禾反字或作詑又作訑隨其叚借字也方言虔儇慧也秦謂之謾晉謂之懇宋楚之間謂之倢楚或謂之䜋自關而東趙魏之間謂之黠或謂之鬼

說文沇州謂欺曰詑楚辭九章或訑謾而不疑燕策寡人甚不喜訑者言也竝字異而義同今按王說以詭隨爲譎詐謾欺之人是也元應書引三倉詭譎也廣雅釋詁詭欺也詭通作恑廣雅釋言詭恑也又省作危莊子漁父曰苦心勞形以危其眞釋文危本作譌詭僞亦聲近僞卽譎也譎卽詑也譎通作詑又通作恑廣雅詑恑竝曰欺也又借作他淮南說山篇媒但者非學謾他他今本誤作也此从廣雅疏證引又通作訑元應書引纂文曰兗州人以相欺人爲訑人皆詭隨爲譎詐謾欺之證至謂詩詭隨卽無良之人無大惡小惡之分則非胡承珙曰案後漢書陳忠上疏曰臣聞輕者重之端小者大之源故隄潰

蟻孔氣洩鍼芒是以明者愼微智者識機書曰小不可不殺詩云無縱詭隨以謹無良所以祟本絶末鈎深之意也廣雅亦曰詭隨小惡也此詩每章皆言詭隨而但曰無縱可知其爲小惡下文云以謹曰式遏明其惡漸大矣此仍從毛義爲允又按昭二十年左傳引詩作毋從詭隨據箋云無聽於詭人之善不肯行而隨人之惡者則鄭亦讀縱爲聽從之從

柔遠能邇傳柔安也箋能猶御也安遠方之國順御其近者　瑞辰按能與柔義相近柔之義爲安爲善能亦安也善也易宜建侯而不甯鄭本而作能云能猶安也漢書百官公卿表柔遠能邇顏師古註能善也是其證矣

能字从㠯得聲古與而字聲近通用易恥能視跛能履虞本能作而呂氏春秋晉平公問於祁黃羊曰南陽無令其誰可而爲之高誘註而讀曰能皆而能通用之證漢督郵碑渘遠而邇卽柔遠能邇也而如古同聲故箋訓能爲伽伽卽如也如猶若也廣雅如若也若有順意爾雅若順也故箋云順伽其近者正與安善義通徐邈云能鄭奴代反此卽鄭註禮運樂記所謂能字古皆作耐者也耐去寸則爲而故能又讀而訓如也王尙書經義述聞曰古者謂相善爲相能康誥曰亦惟君惟長不能厥家人僖九年左傳曰入而能民土於何有文十六年傳曰不能其大夫至於君祖母以及國人襄二十一年傳曰范鞅與欒盈爲公族大夫而不相能昭十一年傳曰蔡侯獲罪於其

君而不能其民三十一年傳曰公在乾侯言不能外內也宣十一年穀梁傳曰輔人之不能民而討竝與柔遠能邇之能同義今按王說是也公羊僖二十四年傳王者無外此其言出何不能乎母也不能乎母猶言不順乎親能亦順也舊解多失之

以謹惛怓傳惛怓大亂也箋惛怓猶讙譁也　瑞辰按惛者怋之叚借說文怋怓也怓亂也引詩以謹惛怓惛怓當爲怋怓之譌釋文惛說文作怋是其證也吕刑泯泯棼棼傳泯泯爲亂逸周書祭公解泯泯芬芬孔晁註泯芬亂也怋與泯同義賓之初筵詩載號載呶傳號呶呼號讙呶也說文呶讙聲也箋讀怓爲呶故以讙譁比之

讙譁當从釋文本作讙譊周官大司馬註鐃讀如讙嘵之嘵賈疏引詩以讙讙嘵嘵蓋本三家詩鄭箋亦本三家爲說嘵卽譊也

以謹醜厲傳醜衆厲危也箋厲惡也瑞辰按醜厲二字同義醜亦惡也古者美醜好醜多對言傳訓醜爲衆失之

戎雖小子傳戎大也箋戎猶女也瑞辰按戎女一聲之轉故箋以戎爲女之叚借

以謹繾綣傳繾綣反覆也釋文綣本或作卷瑞辰按說文無繾綣字新附有之錢大昭曰繾綣當作緊絭楚詞九思曰心緊絭兮傷懷王逸章句緊絭糾繚也一作繾

綣說文緊纏絲急也絭纕臂繩也今按緊字糾忍切从臤絲省別作紾玉篇引春秋成公四年鄭伯紾卒有古千一切則从臤得聲與繾音近故繾綣即緊絭之別體左氏昭二十五年傳繾綣從公杜注繾綣不離散也與反覆義正相成廣雅釋詁繾綣摶也摶義與不離散義相近胡承珙曰荀子成相篇精神相反楊倞注相反謂反覆不離散然則傳訓反覆正與不離散義通也

王欲玉女箋玉者君子比德焉王乎我欲令女如玉然

瑞辰按說文金玉之玉無一點其加一點者解云朽玉也从王有點讀若畜牧之畜阮宮保謂詩王欲玉女玉字專是加點之玉玉畜好古音皆同部相叚借玉女者

畜女也畜女者好女也召穆公言王乎我正惟欲畜女好女不得不用大諫詩之玉女與孟子引詩曰畜君何尤畜君者好君也無異玉即畜字之叚借其說是也因思禮記請君之玉女玉女亦當讀畜即好女猶云淑女也洪範維辟玉食玉食猶言珍食玉亦好也此箋解爲金玉之玉失之

板

上帝板板傳板板反也上帝以稱王者也箋王爲政反先王與天之道 瑞辰按說文有版無板後漢書董卓傳李賢註文選辨命論李善註引詩皆作版版荀子楊倞註亦云大雅版之詩爾雅版版僻也廣雅版版反也是

知古本皆作版版版反以聲爲義韓詩外傳以上帝版版下民瘁癉爲君反道而民愁則知箋云反先王與天之道正本韓詩申傳反字之義非分釋版版爲二事正義釋傳云反又反釋箋云反有二事則凡詩中疊字如管管憲憲皆將舉二事以釋之其謬甚矣

下民卒癉傳癉病也釋文癉本又作僤沈本作𤺺瑞辰按卒者悴之省借說文悴憂也讀與瘁同瘁癉皆病也韓詩外傳引詩正作下民瘁癉說文癉勞病也疸黃病也二字音同而義別𤺺蓋疸字之或體禮緇衣引詩作亶本亦作𤺺爾雅𤺺病也作癉者正字亶𤺺僤皆叚借字

出話不然傳話善言也瑞辰按話有二義有但作言字告字解者爾雅話言也盤庚乃話民之弗率釋文引馬融註話告也言也是也有作善言解者書疏引爾雅舍人註曰話政之善言也孫炎曰善人之言也說文作𧦅云會合善言也籒文作譮玉篇云䛡古文話是也今按盤庚乃話民之弗率當訓誥抑詩愼爾出話當訓言惟此詩出話不然話當訓爲善言耳然者嘫之假借方言欸然也說文嘫語聲也廣雅然譍也

爲猶不遠傳猶道也箋猶謀也瑞辰按猶通作繇爾雅繇道也又作猷方言裕猷道也故傳訓猷爲道然下文猶之未遠卽承上爲猶不遠言之傳於下訓猶爲圖則

上不得異義故箋以謀釋之謀圖一也

靡聖管管傳管管無所依繫箋王無聖人之法度管管然以心自恣瑞辰按管管爲悹悹之叚說文悹憂也廣雅作悺亦云憂也字通作懽釋訓懽懽悺悺憂無告也玉篇廣韵悹字下云悹悹憂無告也是悹悹卽懽懽也又通作痯爾雅痯痯病也並與毛傳無所依繫義近傳意蓋謂王詐爲求賢之詞言世無聖人其憂悹悹然若無所依也不實於亶則並無求賢之實矣此二句正承上出話不然言之猶下句猶之不遠承上爲猶不遠言也至箋以靡聖爲無聖人之法度而以管管爲心自恣此蓋與傳異義廣雅釋訓管管浴也浴與欲古通用浴

即欲之叚借其義當本三家欲即慾也與箋訓以心自慾正合箋義亦本三家也正義合傳箋爲一誤矣

無然憲憲傳憲憲猶欣欣也瑞辰按憲欣二字雙聲憲憲即欣欣之叚借猶掀訓軒起昕天即軒天皆以雙聲爲義也欣通作訢說文訢喜也字从言疑有喜言之義與下文泄泄義相近

無然泄泄傳泄泄猶沓沓也瑞辰按說文呭多言也又詍多言也竝引此詩荀子解蔽篇曰辨利非以言是則謂之詍是泄泄實多言之貌說文沓語多沓沓也沓通作誻說文誻譅誻也玉篇譅誻妄語也荀子正名篇曰誻誻然楊倞注誻誻多言也詩噂沓背憎鄭箋謂噂噂

沓沓相對談語是沓沓亦爲多言故傳曰泄泄猶沓沓其義本之孟子孟子曰事君無義進退無禮言則非先王之道者猶沓沓也正以言非先王之道爲猶沓沓與荀子訓泄義合泄泄謂多言妄發故下文辭輯辭懌專以言詞言爾雅釋訓憲憲泄泄制法則也郭註佐興虐政設教令也此詩箋云臣乎女無憲憲然無沓沓然爲之制法度達其意以成其惡其義正本爾雅均與說文多言義近正義以泄泄猶沓沓爲競進之意朱子孟子集註又以泄泄沓沓爲弛緩之意均與古義違矣

辭之輯矣民之洽矣辭之懌矣民之莫矣傳輯和洽合懌悅莫定也箋辭辭氣謂政教也王者政教和說順於

民則民心合定此戒語時之大臣 瑞辰按說文洽霑也佮合也傳訓洽爲合者謂洽爲佮之叚借釋詁郃合也郃即洽猶毛詩在洽之陽稱引者亦多作郃也懌朱彬讀爲殬說文殬敗也殬借作懌猶殬借作斁與擇也莫朱彬讀爲瘼訓病謂四語兼善惡言詞和則民合詞敗則民病義較傳箋爲允說苑善說篇子貢曰出言陳辭身之得失國之安危也引詩辭之繹矣民之莫矣正兼詞之美惡言之

聽我囂囂傳囂囂猶謷謷也箋謷謷然不肯受 瑞辰按囂謷二字疊韻十月之交詩讒口囂囂釋文引韓詩作嗸嗸是囂謷通用之類據說文囂聲也讒口囂囂當以

作囂爲正字韓詩作嗸嗸叚借字也說文嗸衆口愁也引詩哀鳴嗸嗸爲嗸之正字此詩當以謷謷爲正字潛夫論引詩作聽我敖敖卽謷之媘毛詩作囂囂亦叚借字爾雅釋訓仇仇敖敖傲也郭註皆傲慢賢者葢以敖敖爲釋此詩聽我囂囂潛夫論引詩作聽我敖敖與爾雅正合至爾雅釋文引舍人本傲作毀云敖敖衆口毀人之貌則以敖敖爲釋詩讒口囂囂矣桂氏馥云箋不肯受當爲不省受之譌廣韻謷不省語也是其證說文謷不肖人也韻會引說文作不肖人言也不肖亦當爲不省今按桂氏說是也王逸九思令尹兮謷謷註謷謷不聽話言而妄語也按此誤合二義爲一然可證謷謷爲不省人語玉篇聱字註引廣雅云聱不入人

語也埤雅云不聽也並與不省受之義同聲即聱之俗也

老夫灌灌傳灌灌猶欵欵也 瑞辰按灌欵以疊韻爲訓說文懽喜欵也欵意有所欲也胡承珙謂灌爲懽之借故說文引爾雅正作懽懽

我言維服箋服事也我所言乃今之急事 瑞辰按服者艮之叚借說文艮治也我言維服猶云我言維治治言對亂言而言猶左傳以治命對亂命言也箋訓服爲事若直云我言維事則不辭故必以乃今之急事增成其義非詩意也

天之方懠懠怒也 瑞辰按釋言懠怒也引詩天之方懠

此傳所本說文無懠字⿰忄壴注云小怒也从心壴聲陳壽祺謂卽天之方懠之懠今按廣韵⿰忄壴在十三祭尺制切音義正與懠同

無爲夸毗傳夸毗體柔人也箋女無夸毗以形體順從之正義釋訓云夸毗體柔也李巡曰屈已卑身求得於人曰體柔然則夸毗者便僻其足前却爲恭以形體順從於人故曰以體柔人 瑞辰按夸毗爾雅釋文引字書作舿䠷玉篇廣韻皆作舿躷爾雅與籧篨戚施同釋三者皆連緜字非可分析言之毛傳體柔人也相臺本作以體柔人合箋及正義考之當从相臺本爲是孫炎云夸毗屈已卑身以柔順人也義正與毛傳同爾雅以口

柔面柔體柔同釋葢猶論語巧言令色足恭三者並舉足恭卽體柔也臧庸拜經堂日記曰表記孔子曰君子不失足於人不失色於人不失口於人不失足者不足恭也不失色者不令色也不失口者不巧言也大戴記曾子終身篇足恭而口聖足與口對文是知足恭古皆如字讀今按臧說是也論語孔安國註足恭便僻之貌此詩正義便僻其足前郤爲恭正本論語孔註墨子云再拜便僻便槃二字同聲便僻卽槃辟也漢書何武傳坐舉方正召見所舉者槃僻雅拜注服虔曰行禮容拜也今案辟當讀如宛然左辟之辟便辟槃辟皆便旋退避足恭之貌卽詩所云夸毗後漢書崔駰傳恥夸毗以

求擧注夸毗謂佞人足恭善爲進退是也說文侉𢟍詞也𢟍𢡈也段玉裁疑侉即夸毗字胡承珙曰毗即𢟍之借𢟍今字作憊謂疲極也孟子曰脅肩諂笑病于夏畦其夸毗之謂乎

民之方殿屎傳殿屎呻吟也釋文殿說文作唸屎說文作吚　瑞辰按說文引詩作唸吚者正字詩及爾雅作殿屎者叚借字也釋元應衆經音義卷七引埤蒼噢咿內悲也亦痛念之聲也據說文吚从口伊省聲是吚與咿實一字屎字說文所無惟徙字下云屎古文徙屎蓋屎字之消

喪亂蔑資傳資財也　瑞辰按資齊古同聲通用易喪其

資斧子夏傳及衆家竝作齊斧應劭曰齊利也資又通齎周官掌皮歲終則會其財齎注予人以物曰齎鄭司農曰齎或爲資外府注齎行道之財用也遺人疏引書傳行而無資謂之乏聘禮問幾月之資鄭注資行用也古文資爲齎廣雅齎裝也齊卽齎之消借據說文鉥利也讀若齊資齊皆當爲鉥之叚借傳訓爲財猶說文訓利也桑柔詩國步蔑資義同此鉥借作資猶說文趀讀若資也又按說文資貨也貨財也貨財同義則資之本義亦與鉥近逸周書酆講解三施資注旅資以惠也蓋以資爲行用之財至齎據說文曰齎持遺也掌皮注齎所給予人以物曰齎則與資音同而義別矣

天之牖民傳牖道也正義牖與誘古字通用 瑞辰按召南詩吉士誘之傳誘道也樂記引詩誘民孔易鄭注誘進也韓詩外傳引詩亦作誘此誘牖通用之證據說文𧦝相訹呼也从厶羑或作誘古文作羑羊部又曰羑進善也文王拘羑里在蕩陰是訓道訓進皆當以羑爲正字顧命天受羑若馬注羑道也其正字也作誘者𧦝字之或體羑或借牖猶羑里尚書大傳史記皆作牖里也𧦝或作誘因𧦝或作誘古文亦通作羑也

如壎如篪傳如壎如篪言相和也 瑞辰按胡承珙曰案樂器相和者多何以獨言壎篪張萱疑耀云閱古今樂律諸書知七音各自爲五聲如宮聲鳴而徵聲和獨壎

篪則二器共爲一音壎爲宮而篪之徵和壎爲角而篪之羽和此所以言相和可補孔疏之缺

攜無曰益箋無曰是何益 瑞辰按攜猶取也取民之道以治民非於民有所增益卽中庸以人治人也故下卽接以牖民孔易矣箋以益爲何益失之

民之多辟無自立辟傳辟法也箋民之行多爲邪僻者乃女君臣之過無自謂所建爲法也 瑞辰按盧氏釋文考證云後漢書張衡傳家語子路初見篇玉篇人部一切經音義九文選注三皆引作多僻段玉裁曰傳辟法也之上不言辟僻也葢漢時毛詩本上作僻下作辟故箋云多爲邪僻各書徵引皆上僻下辟釋文亦然自唐

石經二字皆作辟而朱子并下辟字釋爲邪矣胡承珙曰宣九年左傳陳殺洩冶孔子曰詩云民之多辟無自立辟其洩冶之謂乎昭二十八年左傳晉祁勝與鄔臧通室祁盈將執之訪於司馬叔游叔游曰無道立矣子懼不免詩曰民之多辟無自立辟姑已若何此皆謂邪僻之世不可執法以繩人雖與詩義稍異然立辟皆爲立法後儒訓下辟字亦爲邪非經義矣今按釋文本作多僻與後漢書家語玉篇文選注引同正義本自作多辟與左傳引同蕩釋文云辟匹亦反邪也本又作僻是亦以辟爲正字矣至傳云辟法也不更指其何辟阮宮保校勘記謂猶昔育恐育鞫傳之育長不指言何育其

說是矣段氏遂據以爲多辟當作僻之證失之又按文選思元賦覽蒸民之多僻兮畏立辟以危身義與左傳引詩同又與說苑至公篇引詩其命多僻同其說葢本三家詩其字自从本字作多僻耳

价人維藩傳价善也箋价甲也被甲之人謂卿士掌軍事者　瑞辰按說文价善也引詩价人維藩本毛詩爾雅介善也郭註引詩作介荀子君道篇漢書諸侯王表及王莽傳引詩竝作介葢本三家詩介卽价之渻借箋訓介爲甲失之介夵古通用爾雅介大也又曰介善也方言說文竝曰夵大也价人爲善人卽爲大人與下大師大邦大宗爲一類若訓爲甲則不相類矣

大師維垣傳垣墻也箋大師三公也釋文大大師音泰注大師同瑞辰按此詩三句連言大皆當讀如大小之大首句价人維藩价亦大也不應大師大字獨音泰且介人爲賢臣則三公皆在其內不應重言太師大師宜謂大衆大師維垣猶云衆志成城也荀子君道篇曰君人者愛民而安好士而榮兩者無一焉則亡詩云介人維藩大師維垣此之謂也蓋引詩介人維藩以證好士而榮大師維垣證上愛民而安徐氏璈謂其以大師爲大衆其說是也毛詩出於荀卿其訓大師當與之同特以師之訓衆爲常義故傳不待言耳正義以箋釋傳誤矣

大宗維翰傳王者天下之大宗翰幹也箋大宗王之同

姓之適子也瑞辰按相臺本箋作大宗王之同姓世適子也據鄭註禮記繼別爲宗云別子之世適也又此詩正義云故知大宗王之同姓世適子也則从相臺本爲是古以別子之世適爲大宗族人不敢以其戚戚君傳以大宗爲王者失之且翰與藩垣屏竝言皆是扞衛國家之義不得以維翰獨指王者言也

無敢戲豫傳戲豫逸豫也瑞辰按豫與戲竝言豫亦戲也孟子趙注豫亦遊也逸通作佚又作劮倉頡篇豫佚也廣雅劮遊二字竝訓爲戲是豫亦訓戲之證豫亦爲戲猶之節南山不敢戲談玉篇廣韻竝云談戲調也談亦戲也毛傳以逸豫釋戲豫正以逸亦戲也後漢書蔡

邕傳引詩畏天之怒不敢戲豫而釋之曰天戒誠不可戲也亦以戲豫同義故但以戲釋之耳正義謂戲而逸豫失之

敬天之渝箋渝變也瑞辰按爾雅釋言渝變也葢釋詩舍命不渝非釋詩敬天之渝渝與怒對文當讀爲愉唐風他人是愉毛傳愉樂也喜樂義近敬天之愉猶云敬天之喜作渝者叚借字也迅雷風烈爲天之怒則和風甘雨爲天之喜天之怒喜皆敬則無時而不敬矣

昊天曰旦傳旦明瑞辰按詩以旦衍爲韻釋文本衍作羨旦羨亦韻也或據郊特牲旦明旦爲禮字脫其半因疑此詩旦亦神字之脫誤則於韻不合矣

及爾游衍傳游行衍溢也箋游溢相從釋文本作羡云本或作羡瑞辰按廣雅釋言淫游也小爾雅淫溢没也游衍之言與淫溢義近說文衍水朝宗于海皃也引申爲盈溢之稱訓溢者當以衍爲正字作羡者同音叚借字小爾雅延衍散也游衍卽放散之義溢與散義正相成

毛詩傳箋通釋卷二十六

大雅

桐城馬瑞辰學

蕩

蕩蕩上帝傳上帝以託君王也箋蕩蕩法度廢壞之皃

瑞辰按說文無蕩字水部潒字注云水潒瀁也从水象聲讀若蕩據玉篇蕩字注云或作潒是蕩卽潒字之或體廣雅釋訓潒潒流也潒潒卽蕩蕩也蕩蕩本流水放散之皃堯典蕩蕩懷山襄陵是也又引伸爲法度廢壞之皃故此詩序云天下蕩蕩無綱紀文章潒之通作蕩猶說文愓潒竝訓放而華嚴經音義以潒爲愓字古文也

天生烝民其命匪諶傳諶誠也箋天之生此衆民其教道之非當以誠信使之忠厚乎 瑞辰按命當讀如天命之謂性之命謂天命之初本善而其後有初鮮終故言其命匪諶韓詩外傳曰夫人性善非得明王聖主扶攜內之以道則不成君子詩曰天生烝民其命匪訦靡不有初鮮克有終言惟聖帝明王後使之然也以本善者歸之天以終善者責之君正合詩義朱子集傳云降命之初無有不善而人少能以善道自終義本韓詩箋以命爲人君之教命失之

文王曰咨傳咨嗟也正義曰咨是歎辭故言嗟以類之非訓咨爲嗟也 瑞辰按說文咨云謀事曰咨又嗞嗟也

嗟者𧪂之或體說文言部𧪂咨也段本改作嗞也與嗞爲互訓是訓嗟者字當作嗞毛傳以咨爲嗞之叚借故以嗟釋之爾雅釋詁嗟咨𨑢也釋文云𨑢本或作䟙引字林曰皆古嗟字案爾雅嗟咨同訓者亦以咨爲嗞之借字嗞借作咨猶爾雅訓咨爲此卽以咨爲茲之借字也秦策曰嗟嗞乎詩綢繆毛傳曰子兮者嗟茲也古人每以嗟嗞連言爾雅嗟咨卽嗟嗞也作茲者亦省借耳正義不知咨爲嗞之叚借遂謂傳非訓嗟爲咨矣

曾是掊克傳掊克自伐而好勝人也 瑞辰按阮宮保校勘記曰自伐解倍好勝解克定本倍作掊掊卽倍也釋文作掊與定本同今按正義又云倍者不自量度謂已

兼倍於人而自矜伐是正義本作倍之證今本作掊者誤也釋文云掊克蒲侯反聚斂也掊與裒通易謙象君子以裒多益寡玉篇引作掊是其證也說文有捊無裒裒即捊字之俗爾雅釋詁裒聚也說文捊引堅也堅爲土積其義同聚說文掊把也六書故所引唐本說文作掊捊也陸氏所見說文掊字註必亦作捊故訓掊爲聚斂漢書敘傳曾是彊圉掊克爲雄蜀志廖立傳王連流俗苟作掊克使百姓疲弊以至今日南齊書竟甯王子傳守宰相聚務在裒剋皆以掊克爲聚斂其義與正義異顏注漢書敘傳以掊克爲好聚斂克害之人似分掊克爲二義胡承珙曰此等皆見成稱目雖非雙聲叠字

亦必二字爲一意如上文疆禦合之則禦亦是彊分之則其疆足以禦善仍一義也今按胡説是也掊克連言知克亦爲掊猶福履戩穀竝言知履卽爲祿戩卽爲福也然釋文訓掊克爲聚斂而云蒲侯反只爲掊字作音是知聚斂二字專解掊字非兼釋克字也李黼平曰兼倍于人亦是好勝仍是克字之義釋文所載不分別衆家者多是毛義此經釋文有聚斂也三字竊疑毛傳原本云掊聚斂也克自伐而好勝人也今按李説是也釋文所見本尙無脱誤正義本掊下已脱聚斂字因改从定本作倍耳

曾是在服傳服服政事也瑞辰按爾雅服事也説文事

職也廣雅服任也又職事也樂記鄭注官猶事也在服猶云在職在任在官與上在位同義人臣服官政因謂其官政爲服猶諸侯賓服於天子因謂其國亦爲服也

天降慆德傳慆慢也箋厲王施倨慢之化瑞辰按唐石經作天降滔德說文滔水漫漫大皃廣雅滔漫也書洪水滔天滔天即漫天也水漫曰滔人慢亦曰滔滔通作慆玉篇慆喜也又慢也釋名慢漫也漫漫心無所限忌也故傳訓滔爲慢箋即以倨慢釋之釋文傳作漫又云本亦作慢又作嫚竝字異而義同

女興是力箋女羣臣又相與而力爲之言競於惡瑞辰按正義曰定本作相與而力爲之其釋經云女等何爲

起是氣力而佐助之是正義从定本作與爲訓然箋作相與而力爲之與與興俱从舁字會意說文與起也从舁从同同力也葢經本作與而箋以與釋之也竊謂訓與爲是說文與黨與也从舁与謂其舉而與之與猶助也見戰國策呂氏春秋注女與是力猶云女助是力廣雅仂勤也力卽仂之媘是力猶云是勤極言其助之甚也僖二十八年公羊傳自者何有力焉者也力卽助也是力亦有助義正義从定本作與以爲起是氣力失其義矣

而秉義類彊禦多懟流言以對寇攘式內傳對遂也箋義之言宜也類善式用也女執事之臣宜用善人反用彊禦衆懟爲惡者皆流言謗毀賢者王若問之則又以

對寇盜攘竊爲姦宄者而王信之使用事於內瑞辰按類爲善義亦善也詩四句皆謂王用善人則爲羣小所譖毀也爾雅釋言懟怨也對遂也彊禦多懟謂王用善人則彊禦多懟怨因懟怨遂爲流言於外以遂其讒毀之心復爲寇盜攘竊於內至下言侯作侯祝則終之以詛祝靡有究極矣箋說失之

流言以對傳對遂也箋皆流言謗毀賢者王若問之則又以對瑞辰按荀子曰流丸止於甌臾流言止於智者又致仕篇云凡流言流說楊倞註流者無根源之言呂覽知度篇云不好淫學流說高誘註邪說謂之流說今按二說皆非是廣雅釋詁流蕩匕也匕與化通說文匕

變也大誓流爲烏大傳作化爲烏蔿與譌訛竝通流言卽譌言也說文譌譌言也引詩民之譌言今小雅作訛言箋訛僞也爾雅釋言訛化也譌言以訛傳訛流變無窮故亦稱流言流與訛亦一聲之轉方言蔿譌化也正與流之訓匕同義譌言之轉爲流言猶說文囮讀若譌字或从繇作圝其字又通作游與由也又按說文讂流言也从言夐聲據說文⿱夐鬲之重文作鎘趨从夐聲而讀若絹廣韻趨同讂則讂與譎訓權詐者義近是知說文以讂爲流言者亦義與譌言同耳說文訏詭譌也譌言以無爲有變化無常故曰流言與巧言如流爲如水轉流異義箋云皆流言謗毁賢者謗毁之言起於誣詐蓋

亦訓流言爲譌言耳

侯作侯祝傳作祝詛也釋文作本或作詛正義作即古詛字詛與祝别故各自言侯傳辨作爲詛故言作祝詛也瑞辰按作詛古同聲說文古文姐作妰釋名助乍也呂覽貴生篇土苴以治天下高誘註苴音同酢皆作詛通借之證正義曰作即古詛字謂古叚作爲詛也祝者詶之叚借說文詶詛也詛詶也亦通作呪詶借爲祝猶說文喌讀若祝也詛與祝字異而義同故傳曰作祝詛也與傳虘虘邪也爲一類作即爲祝猶之虘即爲邪故以祝詛竝言正義謂詛與祝别失之段玉裁謂作祝詛之事亦非

女炰烋于中國傳炰烋猶彭亨也箋炰烋自矜氣健之貌瑞辰按炰烋二字疊韻烋字說文所無炰烋或作咆哮文選魏都賦吞滅咆烋劉淵林註引詩作咆哮於中國云咆烋猶咆哮也說文咆嗥也哮豕驚聲也廣雅咆鳴也玉篇咆咆哮也炰烋當即咆哮之叚借又通作咆虓廣韻咆虓熊虎聲咆哮本爲怒聲又引伸爲驕貌故傳以彭亨釋之彭亨即炰烋之轉干寶易註彭亨驕滿貌玉篇廣韻彭亨作憉悙注云自强也是知箋云自矜氣滿之貌又申傳彭亨之義也

不明爾德時無背無側爾德不明以無陪無卿傳背無臣側無人也無陪貳也無卿士也箋無臣無人謂賢者

不用。瑞辰按：漢書五行志引詩「爾德不明，㠯亡陪亡卿。不明爾德，㠯亡背亡仄」，葢本齊魯詩，與今本毛詩上下互易。葢以中二句明、卿自爲韻，末二句德、側與三四句國、德爲隔句用韻也。晉書五行志引詩與漢志同，葢即本漢志也。韓詩外傳卷五、卷十兩引此詩，次序與毛詩同，則知毛韓詩上下之次無異矣。漢志引此詩而釋之曰：「言上不明，暗昧蔽惑，則不能知善惡。」顏師古註：「言不別善惡，有逆背傾仄者，有堪爲卿大夫者，皆不知之也。」是以以無背無側爲不知惡人，以以無陪無卿爲不知善人，與經言不明義相貫，較毛鄭說爲善。

天不湎爾以酒。箋：天不同女顏色以酒。瑞辰按：說文：「湎湛於酒也湛與沈同沈之言淫也湎猶酗也沈湎沈酗同義故微子我用沈酗于酒史記宋世家作紂沈湎淫于酒漢書敘傳曰沈湎于酒微子所以告去也天不湎爾以酒猶云天不湎女以酒淮南要略訓高注沈湎淫酒也是也箋訓湎爲同色未免迂曲釋文引韓詩云飲酒閉門不出客曰湎亦沈酗之義耳

式號式呼箋醉則號呼相傚釋文呼崔本作謼一本作或號或呼　瑞辰按說文嘑號也呼卽嘑之媘借崔本作謼亦叚借字式本作或者形近之譌

如蜩如螗如沸如羹箋飲酒號呼之聲如蜩螗之鳴其笑語沓沓然如湯之沸羹之方熟　瑞辰按詩意蓋謂時

人悲歎之聲如蜩螗之鳴憂亂之心如沸羹之熟淮南王招隱曰歲暮兮不自聊蟪蛄鳴兮啾啾五臣註蟪蛄夏蟬劉向七諫曰身被疾而不閒兮心沸熱其如湯正取此詩之義箋說失之又按沸者灊之省借說文灊涫也涫灊也涫今俗作滾

人尙乎由行傳言居人上欲用行是道也箋時人化之甚尙欲從而行之不知其非 瑞辰按爾雅釋詁尙右也右猶助也泰九二得尙于中行謂得助於中行也坎象辭行有尙謂行有助也豐初九節九五皆言往有尙謂往有助也此詩人尙乎由行乎猶之也由亦行也謂人尙助之行也傳訓尙爲上箋謂時人化之甚尙竝非詩

義

內奰于中國傳奰怒也不醉而怒曰奰瑞辰按說文奰壯大也从三大三目二目爲𥄎三目爲奰益大也讀若易虙羲氏詩曰不醉而怒謂之奰所引詩即詩傳今詩作奰者奰之省凡壯健義與怒近廣雅怒健也故奰爲壯大義又爲怒魏都賦奰回內贔劉淵林註引詩作內贔贔又奰之俗也正義引張衡西京賦巨靈贔屭以流河曲方言⿰月鼻盛也郭註濞泗充壯也濞泗與奰屭同淮南子墬形篇食木者多力而奰高註奰讀內奰于中國之奰聲近鼻是其證也又怒則氣滿故⿰氵奰字从奰聲說文云滿也

覃及鬼方傳鬼方遠方也正義未知何方瑞辰按蒼頡篇鬼遠也與毛傳合小明詩至于艽野毛傳艽野遠荒也艽與鬼聲義正同經傳中言鬼方有泛指遠方者此詩鬼方對中國言及漢書趙充國傳鬼方賓服高朕修周公禮殿記與復傳館鬼方來觀之類是也有實指其國者易高宗伐鬼方之類是也說鬼方之國者不一有謂在西方者世本黃帝娶于鬼方氏宋均註鬼方於漢則先零羌後漢書肅宗紀克伐鬼方開道西域西羌傳殷室中衰諸侯皆叛至于武丁征西戎鬼方三年乃克竹書紀年武乙三十五年周王季伐西落鬼戎又薛尚功鐘鼎欵識載有虎方彝引博古圖云虎方猶鬼方也

其南宫中鼎第二第三皆曰伐及虎方之年釋云伐虎方者虎方猶鬼方也虎西方之獸葢以鬼方爲西方故通名虎方耳有謂在北方者易高宗伐鬼方干寶註鬼北方國也山海經海内北經鬼國在貳負之尸北又史記五帝本紀北逐葷粥索隱曰匈奴别名也唐虞以上曰山戎亦曰熏粥夏曰淳維殷曰鬼方周曰玁狁孟子大王事獯鬻趙註北狄彊者今匈奴也釋文夏曰獯鬻商曰鬼方周曰玁狁秦漢曰匈奴魏曰突厥唐高祖紀所載略同又論衡北方有鬼國是也至王伯厚以大戴記言楚爲陸終子季連之後其母爲鬼方氏又竹書紀年武丁三十二年伐鬼方次于荆證鬼方爲荆楚惠氏

棣曰商之鬼方周荆楚之地商頌殷武即伐鬼方之詩是又以鬼方爲在南矣今按鬼方本遠方之通稱故凡西方北方之遠國可通稱爲鬼方若武丁所伐鬼方後漢書以爲西戎與殷武伐荆楚自是兩事竹書紀年誤合爲一　陸終子六人皆鬼方氏所出不得謂楚爲鬼方所出遂可稱鬼方也禮記言紂脯鬼侯以饗諸侯淮南子俶眞訓言紂醢鬼侯之女高誘註鬼侯紂時諸侯鬼通作九史記殷本紀紂以西伯昌九侯鄂侯爲三公徐廣曰九侯一作鬼侯蓋鬼九古同聲通用鬼爲遠方猶艽野爲遠荒之野也

匪上帝不時箋非其生不得其時瑞辰按時當讀爾殽

既時之時毛傳時善也廣雅亦云時善也匪上帝不時猶云非上帝不善耳箋云非其生不得其時失之朱子集傳言非上帝爲此不善之時亦非詩義

尙有典刑箋猶有常事故法可按用也　瑞辰按爾雅釋詁刑常也詩言典刑猶易言既有典常也箋訓爲典法者法亦常也

顚沛之揭傳顚仆沛拔也揭見根貌箋揭蹶貌　瑞辰按說文槇字註一曰仆木傳葢以顚爲槇之叚借故訓爲仆說文又曰蹎跋也跋蹎也又𧼯走頓也讀若顚竝與槇音義同沛卽跋之同聲叚借說文跋蹎也顚沛卽蹎跋也馬融論語註顚沛僵仆也後漢書伏湛傳章懷注

顛沛猶僵仆也樹之僵仆曰顛沛人之僵仆亦曰顛沛其義一也說文揭高舉也蹷僵也廣雅揭舉也木之蹷者根必高舉高舉則根見傳箋義正相承

本實先撥箋撥猶絕也瑞辰按撥敗同聲撥卽敗之叚借列女傳齊東郭姜傳引詩正作本實先敗葢本韓詩說文退數也退與敗字音義同

在夏后之世箋近在夏后之世謂湯誅桀也瑞辰按周語引詩作近在夏后之世與箋合似古本原有近字大戴記武王踐阼篇盧辨註曰周鑒不遠近在有殷之世正依此詩爲句

抑

序抑衛武公刺厲王亦以自警也瑞辰按楚語云昔衛武公作懿戒之詩使人日誦于其側以自儆懿抑古同聲懿卽抑之詩也楚語惟言以自警無刺厲王之說朱子集傳據以駁序其說是也今考詩十二章惟以愼德聽言爲主愼威儀愼言皆以愼德明哲所以知言首章抑抑威儀維德之隅言威儀爲德之外著也靡哲不愚言大智若愚也無競維人以下七章承抑抑威儀二句言荏染柔木以下承靡哲不愚言其三章曰荒湛于酒與賓之初筵詩爲武公飲酒悔過正合耳詩曰謹爾侯度非刺王之詞曰旣耄實耄年自戒之語葢武公作詩自戒託爲臣下諷誦之詞故詩中兩言小子也箋據序

以詩中所言皆爲刺厲王失之或據詩其在于今爲刺當時語刺厲王當爲刺夷王之譌亦非

維德之隅傳隅廉也瑞辰按漢劉熊碑維德之偶偶卽隅之叚借葢本三家詩

靡哲不愚傳靡哲不愚國有道則知國無道則愚箋今王政暴虐賢者皆佯愚不爲容貌瑞辰按傳箋皆以愚爲佯愚惟以爲因國無道而佯愚似非詩義淮南人間篇曰人能由昭昭于冥冥則幾于道矣引詩人亦有言無哲不愚卽言知者無不能貌爲愚耳

哲人之愚亦維斯戾傳戾罪也箋賢者而爲愚畏懼於罪也瑞辰按上言靡哲不愚言未有哲人而不佯愚者

卽所謂大智若愚也下四句又申言靡哲不愚之義廣雅戾善也戾對疾言正當訓善詩蓋言庶人之愚是眞愚故以愚爲疾哲人以愚成哲斯以愚爲善耳傳箋竝訓戾爲罪失之

無競維人傳無競競也箋競彊也人君爲政無彊於得賢人 瑞辰按競張參五經文字作倞競與倞聲近而義同故通用爾雅釋言競彊也說文競彊語也从誩从二人倞彊也从人京聲廣雅倞强也無發聲語助故傳曰無競競也

四方其訓之傳訓教箋得賢人則天下教化於其俗 瑞辰按訓順古同聲通用廣雅釋詁訓順也洪範于帝其

訓史記宋世家作順哀二十六年左傳引詩正作四方其順之是訓卽爲順之證毛詩作訓特與下四國順之變文以爲韻耳傳訓爲教失之

有覺德行傳覺直也箋有大德行　瑞辰按爾雅梏直也緇衣引詩有梏德行鄭注梏直也大也廣雅覺大也覺與梏雙聲又爾雅釋文梏郭音角卽讀同覺釋名上敕下曰告告覺也使覺悟知己意也以覺告同音爲義故通用作梏者蓋三家詩梏卽覺之叚借也說文覺悟也从見學省聲直正見也从十目乚乚讀若隱蓋以十目燭隱則見之審必能正曲也是覺悟與正直義本相通又覺與梗雙聲爾雅梗直也方言梗覺也皆覺有直義

之證又覺與較聲義同左氏襄二十一年傳引詩有覺德行二句而云夫子覺者也杜注覺較然正直較亦直也昭五年左傳仲尼曰叔孫昭子之不勞不可勞也周任有言曰爲政者不賞私勞不罰私怨又引詩有覺德行二句亦取覺直之義至春秋繁露郊祭篇引此詩而釋之曰覺者著也王者有明著之德行則四方莫不響應風化善於彼矣義本三家詩則取著明之義與直大義亦相通

訏謨定命遠猷辰告敬慎威儀維民之則 瑞辰按顧氏詩本音以告則爲非韻段玉裁以告則爲之幽合韻孔廣森言幽與之通者詩凡八見抑之告則其一與楚茨

之告祀爲韻備戒告爲韻一例告讀近陔去聲則音載今按段孔說是也載與則雙聲同在精母古音讀則如載正雙聲亦韵之證

典迷亂于政箋典猶尊尙也瑞辰按爾雅虘間也間即語詞典與虘雙聲典即虘之叚借亦語詞典迷亂于政猶言迷亂于政與下顛覆厥德荒湛于酒語相類典不爲義箋訓爲尊尙失之

荒湛于酒箋荒廢其政事又湛樂於酒瑞辰按管子從樂而不反者謂之荒荒亦樂酒無厭之意不必如箋云荒廢其政事也韓詩外傳引作荒愖湛愖皆酖之叚借說文酖樂酒也

女雖湛樂從箋女君臣雖好樂嗜酒而相從 瑞辰按說文雖从虫唯聲故雖與唯二字古通用禮記少儀雖有君賜雜記雖三年之喪可也鄭註竝云雖或爲唯表記唯天子受命於天鄭註唯當爲雖是其證也女雖湛樂從雖字正當讀唯猶無逸云惟耽樂之從也箋讀雖如本字失之唐石經樂下增克字亦由不知雖爲唯之借字遂誤增克字耳

肆皇天弗尙箋故今皇天弗高尙之 瑞辰按爾雅尙右也右通作祐祐者助也弗尙卽弗右耳箋訓爲高尙失之

用遏蠻方傳遏遠也箋遏當作剔剔治也 瑞辰按說文

逷古文逖是逷逖同字故又借作狄魯頌狄彼東南釋文狄韓詩作鬄除也是知箋云狄當作剔與此箋逷當作剔其義竝本韓詩訓剔爲治治猶除也說文鬄鬀髮也鬄剔皆鬄字之渻借

質爾人民傳質成也　瑞辰按說苑修文篇韓詩外傳竝引詩告爾民人鹽鐵論世務篇引詩作誥爾民人質與誥不相通誥當爲詰字之譌蓋質與折雙聲質與詰疊韻古竝通用士冠禮質明行事說文引作哲明行事哲从折聲是質通折之證也古文哲从三吉作嚞或省作喆又通作詰小爾雅詰朝明旦也詰卽哲之叚借亦與質同故爲明旦此質通喆之證也三家詩蓋作詰爾民

人後以形近而譌爲誥又省作告耳爾雅釋言誥誓謹也據周官大司寇誥四方鄭註誥謹也是知爾雅誥亦詰字形近之僞與此詩詰譌爲誥者正同至漢書刑法志以刑邦國詰四方顏師古曰詰字或作誥誥謹也葢後人據誤本爾雅而改三家詩詰爾民人與下句謹爾侯度同義詰亦謹也人民正義兩見皆作民人與說苑鹽鐵論韓詩外傳所引合今毛詩作人民葢沿唐石經傳寫之譌

謹爾侯度 瑞辰 按孝經援神契曰諸侯行孝曰度故詩以侯度二字竝稱

無不柔嘉箋柔安嘉善也 瑞辰 按說文腝嘉善肉也此

連篆文讀之云腬嘉者善肉也肉則柔其肉國語無亦擇其柔嘉無亦晉之柔嘉竝同義肉之善曰腬嘉出話威儀之善亦得謂之柔嘉柔嘉皆善也說文犪牛柔謹也廣雅犪善也柔與犪亦聲近義同故史記夏本紀擾而毅集解引徐廣音義曰犪一作柔皆柔當訓善之證箋訓爲安據晉語君父之所安也韋注安猶善也則安與善亦同義

白圭之玷傳玷缺也　瑞辰按玷說文引作㓠云㓠缺也義本毛傳玷又通作點文選束晳補亡詩鮮侔晨葩莫之點辱李善註引孝經鉤命決曰名毀行廢玷辱先人是點卽玷也袁宏三國名臣贊如彼白珪質無塵玷玷

卽爲點汚之點三家詩蓋有作點訓汚者爲袁彥伯所本故曰質無塵玷李善不見三家詩全文故但引毛詩釋之耳說文點小黑也廣雅點汚也爾雅釋器滅謂之點郭注以筆滅字爲點按點則有汚故後世又有汚滅之稱三家詩以玷爲點之叚借與毛傳訓缺字同而義異

尚可磨也箋玉之缺尚可磨鑢而平 瑞辰按廣雅鑢磨也鑢亦爲磨故箋以磨鑢連言說文摩䃺也爲正字今通借作磨磨乃䃺字之省說文訓爲石磑

不可爲也箋人君政教一失誰能反覆之 瑞辰按爲亦摩也靡摩古通用 左傳師次于靡笄之山靡笄卽摩笄也 廣雅靡爲也靡

从礳省卽摩字叚借是知不可爲猶言不可磨變文以與磨爲韻耳廣雅蔿匕也蔿與爲通匕與化通爲爲消化亦與消磨義同

無曰茍矣箋無曰苟且如是 瑞辰按說文茍自急敕也从羊省从包省从卪卪猶愼言也段玉裁曰當作从芊省从勹口勹口猶愼言也與苟且之苟从艸句聲者異字此詩無曰茍矣蓋謂無曰已能愼言也支佳爲耕清之陰聲古音互相通轉茍爲敬字所从得聲在耕清部轉入支部讀如几爾雅肅亟速也釋文亟字又作茍居力反亟几一聲之轉故詩以茍與逝舌爲韻說文亟敏疾也从人从口从又从二二天地也漢瓦當文極字作

[illegible][illegible]卽亟字古文其字从笱笱卽茍字故茍與亟通燕禮記聘禮記竝曰賓爲茍敬與此詩無曰茍矣皆是从𦍌省之茍鄭君於詩訓爲茍且於禮訓爲小敬皆誤以爲从艸之苟矣

無言不讎傳讎用也箋教令之出如賣物物善則其售賈貴物惡則其售賈賤瑞辰按三蒼讎對也僖五年左傳憂必讎焉杜註讎猶對也表記引詩無言不讎鄭註讎猶荅也說文讎猶譍也義竝相近然無言不讎連下無德不報宜專指言之善者言之漢書王莽傳引詩無言不讎云有善言則用之是也箋訓如物價之讎兼善惡言失之至毛傳訓爲用者桂馥據集韻讎古文作周

毛蓋以古文周字釋今文雝字猶魯頌罙入其阻罙篆文作罙古深淺字如此傳以深釋罙乃以今字釋古字也後人少識周字遂譌脫而為用字然呂覽義賞篇民之雝其性高注雝用也正與毛傳合則雝之訓用其義古矣張平子思元賦無言而不酬兮李注引毛詩作無言不酬據後漢書明帝紀韓詩外傳引詩竝作無言不酬藝文類聚引詩作訓皆同音叚借字蓋本韓詩李善以為毛詩非也

子孫繩繩箋繩繩戒也瑞辰按繩與承聲近韓詩外傳引作子孫承承蓋取子孫似續相承之義繩又與愼字音近義通下武詩繩其祖武毛傳繩戒也後漢書祭祀

志注引作愼其祖武故爾雅毛傳竝以繩繩爲戒

萬民靡不承箋天下之民不承順之乎言承順之也瑞辰按據箋訓則鄭君所見經文原作萬民不承無靡字據釋文云一本靡作是則作萬民是不承不爲語詞猶云萬民是承也惟韓詩外傳引作萬民靡不承則今本毛詩葢沿韓詩之誤

輯柔爾顏傳輯和也箋柔安瑞辰按說文輯車和輯也列子釋文引作車輿也輯訓和者當爲濈字之叚借說文濈和也柔爲脜字之叚借說文脜面和也讀若柔玉篇脜字註曰野王案柔色以蘊之是以今爲柔字皆柔爲脜字叚借之證輯爲和柔亦和也箋訓柔爲安失之

尚不愧于屋漏傳西北隅謂之屋漏箋屋小帳也漏隱也禮祭於奧既畢改設饌於西北隅而厞隱之處此祭之末也 瑞辰按屋漏之義說者不一有以爲日漏者孫炎曰當室之白日光所漏入中庸孔疏以戶明漏照其處故稱屋漏是也有以爲雨漏者釋名禮每有親死者輒撤屋之西北隅薪以爨竈煮沐供諸喪用時者値雨則漏遂以名之是也惟箋以屋爲小帳訓漏爲隱今按下云無曰不顯承上屋漏言之是屋漏皆隱蔽之義爾雅釋言厞陋隱也陋漏古同音通用屋漏即厞陋耳特牲饋食禮曰佐食徹尸薦俎敦設於西北隅凡在南厞用筵鄭註厞隱也少牢饋食有司徹曰有司宮徹饋饌

於室中西北隅南面如饋之設右几厞用席註古文厞作茀案厞與茀雙聲茀與屋疊韻茀又通作薇詩翟茀以朝周官註引作翟薇葢因設餕西北隅以席薇之如幄爲厞隱之地因名其地爲厞陋又名屋漏屋本覆帳之名因凡覆於上者通謂之屋屋與隱雙聲屋與衣翳皆同聲衣翳皆隱是知屋亦隱也鄭箋上釋屋漏下卽云厞隱之處則是以厞陋卽屋陋矣楚詞九歌隱思君兮陫側陫讀如厞側讀如側陋之側高誘註淮南子云側伏也伏謂隱伏側音義同塒說文塒遮隔也亦隱之義側陋說文作側㔷云㔷側㔷也从匚丙聲段云當从丙讀若陸陸與漏音相近又作側微微卽隱也說文微隱行也側陋側

微皆謂隱藏不出者是知詩言屋漏書言側陋爾雅言厞陋楚詞言陫側其義一也至喪大記云甸人取所徹廟之西北厞薪用爨之厞在屋內不在屋上雖撤席爲薪不至而漏釋名以爲當雨則漏妄矣屋漏義取隱蔽孫叔然以屋漏爲日光所漏亦非曾子問以當室之白爲陽厭葢謂室中當戶明處並未以當室之白爲室之西北隅也又按曾子問殤不祔祭何謂陰厭陽厭是厭爲殤祭之名大戴記曾子大圓篇無祿者稷饋稷饋者無尸無尸者厭也孔廣森曰殤者無尸有陰厭陽厭庶人薦不立尸其禮亦準焉是惟殤及庶人薦祭名厭耳襍記有父母之喪尙功衰而附兄弟之殤則練冠附於

殤祔陽童某甫注云陽童謂庶殤也宗子則曰陰童是知陰厭陽厭以陰童陽童得名不繫於所祭之地鄭君以祭於奧爲陰厭祭於西北隅爲陽厭非禮意也此詩孔疏引鄭君說以證當室之白爲屋漏誤矣

辟爾爲德傳女爲善則民爲善矣箋辟法也當審法度汝之施德　瑞辰按鄭注王制祭統及鴻範五行傳注竝曰辟明也禮運辟於其義王肅注謂卽明於其義今按此詩辟亦明也爲當爲語助詞辟爾爲德猶云明爾德也箋訓辟爲法爲爲施失之

淑慎爾止傳止至也箋止容止也　瑞辰按據下言不愆于儀則止箋訓容止爲是

不僭不賊傳僭差也箋女所行不僭不殘賊者阮宫保校勘記曰案釋文云不譖本亦作僭差也注及下我譖同正義云譖毁人者是差貳之事箋言不信義亦同也是釋文正義本竝作譖字譖僭古通用此借譖爲僭耳不必如正義所說 瑞辰按阮以經本作譖爲僭之借字是也箋云不譖據正義云箋言不信則从宋本箋作不信爲是然以經文求之箋當作不不信與不殘賊對舉文義方順宋本作不信下蓋脱一不字說文僭假也玉篇引作儗也說文又曰儗僭也一曰相疑是僭儗同義儗之言疑故義又爲差爲不信此詩不譖及下覆謂我譖桑柔詩朋友已譖瞻卬詩譖始竟背箋皆訓爲不信

是皆以譖爲僭字之叚借說文譖愬也又讒譖也與數責義近巧言詩譖始旣涵傳言僭數又以僭爲譖字之叚借蓋譖僭二字古可互通故抑詩桑柔及瞻卬釋文竝云譖本又作僭用本字也

實虹小子傳虹潰也 瑞辰按爾雅釋言虹潰也亦作訌說文訌讃也讃中止也虹者訌之叚借潰與讃同虹爾雅李巡本又作降降又洚之叚借說文洚不遵道也玉篇洚潰也音義亦與訌同故可通用

言緡之絲傳緡被也箋人則被之弦以爲弓 瑞辰按方言緡緜施也秦曰緡趙曰緜吳越之間脫衣相被謂之緡緜說文吳人解衣相被謂之緡義本方言被猶施也

廣雅亦曰緡施也言被之絲猶云施之絲耳正義謂緡不得訓被失之胡承珙曰巧言荏染傳柔木椅桐梓漆也鄘風倚桐梓漆爰伐琴瑟毛旣以此四者當柔木則言緡之絲當謂是琴瑟之弦箋說似非

告之話言順德之行傳話言古之善言也箋語賢智之人以善言則順行之瑞辰按前章愼爾出話傳話善言也此傳不云善言而云古之善言段玉裁曰經當作告之詁話故傳以古之善言釋之其說是也釋文云話說文作詁葢說文引毛詩告之詁話陸氏所據說文詁字未誤而話字已誤爲言矣今按下二句僭心爲韻若經本作詁話不得與行爲韻爾雅釋言惠順也經當本作

行德之惠以話與惠爲韻說文話會合善言也籀文作譮其字以會爲聲與惠字古音正相協箋以則順行之釋經文行德之惠猶終風傳言旹有順心也以順心釋經文惠然肎來也後人遂誤改經文惠字作順又誤倒行字於下順字於上以致行與話失韻葢其誤久矣又按經文本作行德之惠箋恐人誤以惠爲惪愛故以則順行之釋經若經原作順德之行則其義已明箋不煩言則順行之矣段氏但以傳訂話言當爲詁話之譌而不詳話與行失韻之由予故據箋文以正其誤

亦既抱子　瑞辰按說文勹部勽覆也又衣部袌褱也此褱袌之正字與勽義同今經典通借作抱說文抱乃捊

字之或體竊疑此詩抱子與禮言抱子異當即孚子之叚借孚子猶言生子也廣雅孚生也通俗文卵生曰孚而人生子亦曰孚者猶說文言人及鳥生子曰乳也孚借作抱猶說文捊或作抱耳廣韻菢鳥伏卵菢即孚也方言北燕朝鮮洌水之間謂伏雞曰抱抱即夏小正之雞桴粥也又一切音義引詔定古文官書枹桴二字同體皆抱孚通借之類

民之靡盈箋萬民之意皆持不滿於王　瑞辰按盈當為𦄐字之省借說文廣雅竝曰𦄐緩也詩蓋言民早知則早成靡有𦄐緩故下即言誰夙知而莫成莫成即緩義也箋訓靡盈為不滿於王與下句義不相貫蓋失之矣

視爾夢夢傳夢夢亂也箋視王之意夢夢然瑞辰按爾雅釋訓夢夢亂也又曰懜懜惛也說文夢不明也从夕瞢省聲又曰懜不明也从心夢聲又有儚字云儚惛也从人薨聲不明與亂義相通惛謂不憭其義微異正月詩視天夢夢宜从爾雅訓亂毛傳王者爲亂夢夢然是也此詩視爾夢夢對上昊天孔昭言宜从爾雅訓惛傳亦訓亂者孫炎曰夢夢昏昏之亂也則昏與亂義正相近耳又按說文㝱寐而覺也从宀爿夢聲今經典通借作夢惟正月視天夢夢爲夢之本字此詩視爾夢夢夢又儚字之叚借又莊子胠篋篇曰故天下每每大亂李頤曰每每猶昏昏也王觀察曰每每卽夢夢之爲每

猶甍之爲甒也

誨爾諄諄箋我教告王口語諄諄然釋文諄字又作訰說文埤蒼竝云告曉之熟　瑞辰按說文諄讀若庉諄訰同音故通用爾雅釋訓訰訰亂也釋文訰或作諄訰即諄之叚借又別作忳忳中庸肫肫其仁鄭註肫讀如誨爾忳忳之忳又通作純鴻範五行傳鄭註引詩誨爾純純忳純皆同音叚借字葢本三家詩

聽我藐藐傳藐藐然不入也　瑞辰按藐與邈同方言邈離也郭註離謂乖離也廣雅釋詁邈遠也釋訓又曰邈邈遠也高遠謂之藐藐瞻卬詩藐藐昊天是也疎遠亦謂之藐藐此詩聽我藐藐是也聽言者與我疏遠不相

親則其言不能入矣至爾雅釋訓邈邈悶也非釋此詩藐藐詩正義引舍人曰憂悶也謂王不受之言者憂悶其義未免迂曲矣鴻範五行傳鄭註引詩作聽我眊眊葢本三家詩說文眊目少精也虞書耄字从此賈子道術篇纖微皆審謂之察反察爲眊眊即耄也老者昏耄謂之眊聽言不察亦爲眊三家詩作眊眊眊昧雙聲眊眊猶昧昧也廣雅釋訓眊眊思也思爲眊眊昏昧弗思亦爲眊眊以相反爲義也藐眊二字雙聲故通用

匪用爲教覆用爲虐箋忽略不用我所言爲政令反謂之有妨害於事不受忠言　瑞辰按虐之言謔也淇奧詩善戲謔兮不爲虐兮虐即戲謔之過甚也商書今王淫

戲史記作滛虐虞書傲虐是作虐字亦當訓謔皆虐可通謔之證詩蓋言不用其言爲教令反用其言爲戲謔耳若如箋云反謂之有妨害於事則經不得言覆用且與上文匪用爲教義不相貫矣

桑柔

捋采其劉傳劉爆爍而希也箋及已捋采之則葉爆爍而疏人息其下則病於爆爍正義釋詁云毗劉爆爍也舍人曰毗劉爆爍之意也木枝葉稀疏不均爲爆爍郭璞曰謂樹木葉缺落蔭疎爆爍也劉者葉之稀疏爆爍之意故曰爆爍而稀也瑞辰按劉與離雙聲詩有女仳離仳離即毗劉之轉聲木之稀疏曰毗劉人之離散曰

仳離其義一也爆爍者稀疎之貌故爾雅以釋毗劉今爾雅本作暴樂者消借字也又單言之曰暴宣六年公羊傳是活我於暴桑下者也是也考工記輪人則轂雖敝不藃鄭司農曰藃當作秏元謂藃藃暴陰柔後必橈減幬革暴起今按藃暴當作槁暴晏子春秋雜上篇雖有槁暴不復贏矣荀子勸學篇雖有槁暴不復挺者揉使之然也槁暴與秏義通木之脫葉曰槁曰暴爍車之秏曰槁暴其義亦正相近

倉兄塡兮傳倉喪也兄滋也塡久也箋喪亡之道滋久長瑞辰按倉兄疊韻即滄況之消借說文滄寒也況寒水也繫傳愴況寒凉貌愴亦滄也周書周祝解天地之

間有滄熱滄卽寒也列子滄滄涼涼滄涼猶滄況古況字多作兄故釋文云兄本亦作況滄況通作愴怳劉向九辨愴怳懭悢兮王逸註中情悵悢意不得也又通作倉皇書無逸則皇自敬德王肅本皇作況蔡邕石經作兄甫刑大傳皇於聽訟鄭註皇猶況也秦誓我皇多有之公羊傳作而況乎我多有之倉兄葢愴涼之意又爲倉皇忽遽之貌塡當讀如雲漢詩胡寗瘨我以旱之瘨鄭箋瘨病也韓詩作疹亦病也倉兄卽爲病貌倉兄塡兮正與亂離瘼矣句法相似傳訓倉爲喪者葢讀倉爲愴說文愴傷也胡承珙曰喪亡者忽遽之皃故倉又爲喪後漢光武紀李賢注亦云倉卒謂喪亂也

靡國不泯傳泯滅也箋軍旅久出征伐無國而不見殘滅也言王之用兵不得其所適長寇虐瑞辰按王尚書曰厲王時征伐甚少不得云無國不見泯滅泯泯亂也承上亂生不夷故曰靡國不亂耳康誥天惟與我民彝大泯亂泯亦亂也呂刑民興胥漸泯泯芬芬傳曰泯泯爲亂逸周書祭公篇女無泯泯芬芬孔注泯芬亂也今案王說是也泯者怋字之叚借說文怋怓也怓亂也引詩曰讙怋怓今詩作昏怓昏亦怋之叚借毛傳昏怓大亂也怋又通作愍廣雅愍亂也

民靡有黎傳黎齊也箋黎不齊也言時民無有不齊被兵寇之害者瑞辰按黎當讀如播棄黎老之黎方言梨

老也燕代之北鄙曰梨廣雅亦曰梨老也黎與梨通吳語今王播棄梨老而孩童焉比謀韋昭注鮐背之耇稱黎老王尚書曰黎老者耆老也古字黎与耆通尚書西伯戡黎大傳黎作耆是其證也今按民靡有黎謂老者轉死溝壑雲漢詩周餘黎民靡有孑遺黎民亦老民也陳思王詩不見舊耆老正取詩民靡有黎之意傳訓黎爲齊箋訓爲不齊竝失之朱子集傳以黎爲黑首亦非詩義王尚書訓黎爲衆可與予說竝存以待後人論定

國步斯頻傳步行頻急也箋頻猶比也哀哉國家之政行此禍害比比然瑞辰按說文頻水厓也人所賓附頻蹙不歬而止頻賓古同音通用說文矉張目也引詩國

步斯矉蓋本三家詩頻義近瀕說文瀕涉水顰蹙也詩言國步之難猶頻爲水涯盡處頻蹙不前故傳訓頻爲急急猶蹙也至箋訓頻爲比者胡承珙曰逸周書文酌解三頻孔注頻數也法言學行篇頻頻之黨甚於鸒斯頻頻猶數數也莊子逍遙遊釋文引司馬注云數數猶汲汲也廣雅釋訓頻頻比也是頻頻數數汲汲比比義皆爲急數箋訓比比正申釋毛傳急義耳

國步蔑資箋蔑猶輕也國家爲政行此輕蔑民之資用

瑞辰按板詩喪亂蔑資傳資財也此傳同訓故不更解資字說文資貨也齎持遺也二義有別而聲同故古通用聘禮記問幾月之資注資財用也古文資作齎周官

典婦功內人女功之事齎注又云故書齎作資鄭君謂其字以齊次爲聲是也齎亦省作齊易喪其資斧子夏傳及衆家竝作齊是也說文鉘利也讀若齊則鉘與資聲義亦同周禮遺人疏引書傳行而無資謂之乏詩蓋以國步之艱難譬諸行道之無資蔑資卽無資也箋訓蔑爲輕據說文懱輕易也箋蓋讀蔑爲懱然非詩義

天不我將箋將猶養也瑞辰按說文𤖯扶也廣雅將扶也將卽𤖯之叚借天不我將猶言天不我扶助耳養又扶義之引伸

靡所止疑傳疑定也瑞辰按疑者兇字之叚借說文兇未定也段玉裁曰未爲衍字是也蓋卽本毛傳疑定也

爲訓鄭君於士昏禮云疑正立自定之貌於鄉射禮云疑止也於鄉飲酒禮云疑正立自定之貌於公食大夫禮云疑正立也自定之貌爾雅釋言疑戾也戾止也皆即說文之䇃字詩言靡所止疑與下章靡所定處同義段玉裁曰䇃从矢聲桑柔與資維階韻則讀如尼與說文訓惑之疑異字異音其說是也釋文疑魚涉反讀如屹立之屹與尼音正相近正義不識䇃字求其義而不得因謂疑音凝失其義矣

至今爲梗傳梗病也　瑞辰按廣雅梗病也義本此傳方言梗猛也韓趙之間曰猛玉篇猛惡也害也方言又曰凡草木刺人自關而東或謂之梗刺人即傷人也均與

病義相引伸後漢書段熲傳引詩至今爲鯁李賢注鯁與梗同蓋同音叚借字

逢天僤怒傳僤厚也瑞辰按爾雅亶厚也左傳疏引樊光注引詩逢天亶怒毛傳蓋亦讀僤如亶故訓爲厚今按方言憚怒也楚曰憚廣雅亦曰憚怒也僤當讀爲憚怒之憚憚怒二字同義猶云震怒馮怒震馮皆怒也

爲謀爲毖亂況斯削傳毖愼也箋女爲軍旅之謀爲重愼兵事也而亂滋甚於此日見侵削瑞辰按毖或省借作必廣雅必敕也必卽毖也況當讀如莊子每況愈下之況況者情之似也故古人每曰譬況亂況猶亂狀也儀禮鄭注削猶殺也詩蓋言在上者如善其謀愼其事

亂狀斯能滅削耳箋訓況爲滋削爲侵削失之

誰能執熱逝不以濯傳濯所以救熱也禮亦所以救亂也箋逝猶去也其爲之當如手持熱物之用濯謂治國之道當用賢者瑞辰按襄三十一年左傳引此詩而釋之云禮之於政如熱之有濯濯以救熱何患之有毛傳義本左氏然左氏引詩以明鄭有禮之獲福故以濯救熱喻以禮救亂此詩承上誨爾序爵言之自以濯之救熱喻賢之救時箋以用濯喻用賢是也箋以濯喻賢與傳以濯喻禮異義正義乃云以禮任賢則可以止亂合傳箋爲一誤矣段玉裁曰尋詩意執熱言觸熱苦熱濯謂浴也濯訓滌沐以濯髮浴以濯身洗以濯足皆得云

濯此詩謂誰能苦熱而不澡浴以潔其體以求涼快者乎鄭箋孟子趙注朱注左傳杜註皆云濯其手由泥於執字耳凡爲熱水所湯者不可以冷水浸激今按廣雅釋詁澡沐浴湔濯沫洒也濯與澡沐浴同訓段氏以濯爲濯浴非濯其手是也然以執熱爲苦熱觸熱則非公羊隱七年傳不與夷狄之執中國也何注執者治之也救亦治也呂覽勸學是救病而飲之以堇也高注救治也執熱即治熱亦即救熱左傳及毛傳濯以救熱正以救字釋經文執字言誰能救熱而不以濯也箋訓執持段訓苦熱均誤逝爲語詞箋訓爲去亦非

載胥及溺 瑞辰按溺者休之段借說文休沒也从水人

讀與溺同葢因與溺同音經典遂通借作溺溺之本義則水名也玉篇引孔子曰君子休於水小人休於口是顧希臨所見禮記尙有用本字作休者

如彼遡風傳遡鄉也瑞辰按說文𣵠字注云逆流而上曰𣵠洄𣵠向也水欲下違之而上也从水㡿聲或作遡是遡卽𣵠之或體向流謂之𣵠向風亦謂之遡其義一也遡唐石經本作愬磨改作遡文選月賦李善註引詩作愬袁宏北征賦感不絕於予心愬流風而獨寫正用此詩葢三家詩或作愬也說文以愬爲訴字之或體是遡爲本字愬爲同音叚借字遡音素又與傃通中庸素隱行怪鄭註素讀爲攻其所傃之傃傃鄉也

亦孔之僾傳僾唈箋今王之爲政見之使人唈然如鄉疾風不能息也瑞辰按說文旡飲食气屰不得息曰旡从反欠古文作𣄞今隸从古文作旡段玉裁曰僾即旡之叚借是也蓋僾从愛聲愛从㤅聲㤅从旡聲故經可叚僾爲旡也荀子禮論僤詭唈僾不能無時至焉楊倞註唈僾氣不舒憤鬱之貌爾雅釋言僾唈也僾唈以雙聲取義唈即悒之或體一切經音義四引蒼頡篇悒悒不舒之貌也說文悒不安也段玉裁謂唈即旡字非也

民有肅心荓云不逮傳荓使也箋肅進逮及也王爲政民有進於善道之心當任用之反郤退之使不及門瑞辰按釋文荓字又作迸本或作併同爾雅釋詁拼使也

拼通作絣班固典引註絣使也竝與荓音義同傳箋不解云字廣雅釋詁云有也王氏疏證曰荓云不逮卽使有不逮是也古以仕進爲行論語用之則行又曰行義以達其道廣雅釋詁進行也民有進心卽有欲行其道之心使有不逮卽使有不行耳不必如箋所云使不及門也

好是稼穡力民代食傳力民代食代無功者食天祿也箋但好任用是居家吝嗇於聚斂作力之人令代賢者處位食祿 瑞辰按以經文求之當从箋作家嗇爲是正義上云民有肅心荓云不逮是退賢則好是家嗇爲進惡是也作稼穡者自是王肅本韓詩外傳引詩稼穡維

寶或韓詩作稼穡耳至力民代食傳本作無功者食天祿也故箋申之曰令代賢者處位食祿王肅本誤增代字云代無功者食天祿也便於文義不順矣曲禮問大夫之富曰有宰食力鄭注食力謂民之賦稅葢賦稅民力所共故此詩以斂民之賦稅爲力民箋謂於賦斂作力之人失之

滅我立王箋以窮盡我王所恃而立者　瑞辰按立粒古通用思文詩立我烝民箋立當作粒此詩立當亦粒之消借粒猶穀也王制有不粒食者矣不粒食卽不穀食也王猶長也說文稷齋也五穀之長粒王猶云穀長謂天先殘滅其五穀之長下云稼穡卒痒乃言五穀盡病

耳箋以立王爲所恃立以爲王者之物失其義矣

具贅卒荒傳贅屬荒虚也箋皆見繫屬於兵役家室空虚瑞辰按廣雅釋詁贅聚也釋言贅屬也屬與聚義通孟子曰大王屬其耆老趙注屬會也書傳云贅其耆老具贅卒荒廢而不能富也箋以爲繫屬於兵役失之

靡有旅力箋朝廷曾無有同力諫諍瑞辰按旅力當有二訓方言廣雅竝曰旅力也膂與旅通爾雅釋詁旅陳也詩旅力有當从力字訓者詩小雅旅力方剛是也有當訓爲陳力者此詩靡有旅力是也舊皆訓爲衆失之

以念穹蒼箋念天所爲下此災正義以念止此穹蒼上天所下之災者瑞辰按方言說文竝曰念常思也說文

又曰懷念思也是念與懷同義爾雅釋詁懷念思也又懷止也懷爲止則念亦有止義說文諗深諫也斂塞也諗斂皆从念聲諫塞義皆近止故正義釋箋訓念爲止今按止與至義相近爾雅釋詁㭘懷竝訓爲至此詩念亦至也凡此接於彼曰至以念穹蒼猶書云格於皇天格於上帝耳

民人所瞻箋爲百姓所瞻仰者　瑞辰按詩以瞻与相臧陽狂爲韵吳棫韻補讀瞻爲諸良切引漢深陽長潘乾校官碑永世支百民人所彰爲證今按瞻与彰一聲之轉毛詩瞻卽彰字之叚借猶之集就雙聲毛叚集爲就務侮雙聲毛借務爲侮也三家詩葢有从本字作彰者

故漢碑引之彰見也明也謂爲民人所其見也鄭箋訓爲瞻仰失之孔廣森以毛詩作瞻爲誤字亦非

秉心宣猶箋宣徧猶謀也乃執正心舉事循謀於衆瑞辰按秉心宣猶與秉心塞淵句法相同韓詩釋淇奧詩曰宣顯也顯卽明也猶猷繇古通用爾雅釋詁繇道也方言裕猷道也道之言導導通也達也通達則順管子君臣篇順理而不失之謂道又晉語使張者延君譽於四方且觀逆者楚語違而道從而逆王尙書謂道逆猶言順逆是也廣雅釋詁又曰猷順也秉心宣猶言其持心明且順耳周頌宣哲維人與文武維后對文宣哲卽明哲與此詩宣猶皆二字平列箋訓宣爲徧猶爲謀失

之

考慎其相傳相質也箋相助也又考慎其輔相之行然

後用之言擇善之審 瑞辰按相从箋訓助爲是此對下

自獨俾臧言無助者也

甡甡其鹿傳甡甡衆多也 瑞辰按說文甡衆生竝立之

皃盖鹿性旅行見食相呼有朋友羣聚之象故詩以興

朋友之不相善正義曰甡即詵字玉篇𨐌多也或作莘

騂[犭辛]兟甡今按先辛雙聲疊韻故通用據螽斯釋文詵

說文作𨐌音同是知詵本𨐌之叚借字莘騂[犭辛]兟皆當

爲螽斯詵詵之異文不當爲此詩甡甡之異文甡與詵

義雖同然非同聲又非同部無由相通玉篇及正義竝

合說牲爲一失之

進退維谷傳谷窮也箋前無明君却迫罪役故窮也瑞辰按阮宫保曰谷乃穀之叚借爾雅東風謂之谷風郭註谷之言穀書堯典昧谷周禮縫人註引作栁穀皆谷穀同聲通用之證進退維穀穀善也此乃古語詩人用之近在不胥以穀之下嫌其二穀相竝爲韻因叚谷字當之此詩人義同字變之例也又引晏子春秋晏子對叔向引詩進退維谷以證君子進不失忠退不失行韓詩外傳引詩進退維谷以證石他之進盟以免父母退伏劍以死其君皆處兩難善全之事以見進退皆谷爲善其說甚確足正毛鄭之誤今按以韓詩外傳引詩證

之則訓谷爲善蓋本韓詩之說

大風有隧有空大谷傳隧道也箋西風謂之大風大風之行有所從而來必從大空谷之中　瑞辰按王尚書經義述聞曰楚詞九歌衝風起兮橫波王逸註衝隧也則古謂衝風爲隧風隧風卽遺風也呂氏春秋本味篇遺風之乘高註行迅謂之遺風漢書王襃傳逐遺風遺與隧古同聲而通用云有隧者形容之詞有空亦形容大谷之詞小雅白駒篇在彼空谷傳空大也言大風之狀則有隧矣大谷之狀則有空矣先言有空後言大谷變文與下爲韻也今按王說是也玉篇𩗗風貌𩗗卽遺字之或體是正有隧爲風狀之證南山經旄山之尾其南

有谷曰育遺凱風自是出育遺一作育隧攄下云凱風所出則育隧者葢以其風生此隧而名之與廣雅釋詁凱大也淮南子南風曰巨風說文南方曰景風巨景皆大也夏小正正月時有俊風俊者大也大風南風也此詩大風與大谷對文應讀如大小之大箋以爾雅泰風釋之郭註爾雅遂引詩泰風有隧非詩義也潛夫論引下章大風有遂遂卽隧之消借又按漢書司馬相如傳嚴嚴深山之谾谾兮晉灼曰谾古豅蕭該曰谾或作豅長大貌也說文豅大長谷也白駒傳空谷大谷也說文豂空谷也㢏廖亦大皃此詩有空爲大谷之貌空當卽豅之叚借因豅別作谾又消而爲空耳

征以中垢傳中垢言闇冥也箋征行也瑞辰按韓詩外傳引詩曰往以中垢冥行也往與征字異而義同或以形近而誤王尚書謂征以中垢猶言行以得詬說詳經義述聞胡承珙曰垢塵垢也小雅曰維塵冥冥故傳云言闇冥也今按中垢猶言内垢與鄘風中冓爲内冓同義冓即垢之叚借

貪人敗類傳類善也箋類等夷也瑞辰按周書芮良夫篇曰后作類后弗類民不知后惟其怨作類謂作善也胡承珙曰傳訓類爲善善即謂善類敗類者謂貪人能敗善人耳箋語正申傳義

聽言則對誦言如醉箋對答也見道聽之言則應答之

誦詩書之言則冥卧如醉瑞辰按說文聽聆也从相聽也廣雅聽聆從也聽言謂順從之言卽譽言也說文誦諷也楚語倚几有誦訓之諫又曰使工誦諫於朝誦言卽諷諫之言也詩言貪人好譽而惡諫聞譽言則答聞諫言則如醉與雨無正聽言則答譖言則退義同爾雅釋言對遂也遂者家之叚借說文家从意也遂與答義亦相近箋說失之

嗟爾朋友箋嗟爾朋友者親而切磋之也瑞辰按周書芮良夫篇云惟爾執政小子又曰惟爾執政朋友小子書序則謂芮伯納王於善暨執政小臣咸省厥躬是以執政爲大臣小子爲小臣則朋友指同列諸臣言也此

詩貪人指執政則朋友亦謂衆臣之同列者耳

予豈不知而作箋而猶女也我豈不知女所行者惡與

瑞辰按作當讀如蓋有不知而作之者之作卽指末章旣作而歌謂豈不知而作詩以刺也箋訓而爲女作爲行失之

如彼飛蟲時亦弋獲箋直知之女所行如是猶鳥飛行自恣東西南北時亦爲弋射者所得言放縱久無所拘制則將遇伺女之間者得誅女也瑞辰按弋者隿之渻借說文隿繳射飛鳥也从隹弋聲經傳多叚作弋弋爲繳射飛鳥之稱射飛不射止論語弋不射宿文登李允升以爲不射止鳥其說是也說文廣雅竝曰宿止也凡

止曰宿非專謂夜止也詩以飛鳥之難射時亦以弋射獲之喻貪人之難知時亦以窺測得之耳箋以飛蟲爲喻放縱似非詩義

旣之陰女箋之往也我恐女見弋獲旣往覆陰女謂啟告之以患難也 瑞辰按此承予豈不知而作及如彼飛蟲時亦弋獲而言時亦弋獲卽喻時亦得知也故下接言旣之陰女猶云旣其知女之猶其也陰之言諳也說文諳悉也陰與諳同聲通用陰之爲諳猶陰之訓闇亦通闇也說文陰闇也書亮陰史記作亮闇陰與意隱亦雙聲爾雅釋言隱占也郭註隱度少儀隱情以虞鄭註隱意也思也意猶億也說文意从心音察言而知意也廣雅隱度也說

苑權謀篇曰臣聞君子善謀小人善意陰之逼意猶蔭之借作音也左傳鹿死不擇音音卽蔭字之借鄭訓爲芘陰失之王肅謂陰知之於陰之下增知字亦未識陰之卽爲知也

反予來赫傳赫炙也箋口距人謂之赫釋文赫毛許白反光也與王赫斯怒同義本亦作嚇鄭許嫁反口距人也莊子云以梁國嚇我是也正義傳赫赫定本集註毛傳云赫炙也王肅云我陰知女行矣乃反來嚇炙我欲有以退止我言者也傳意或然俗本誤也瑞辰按據正義云定本集注从王肅本作赫炙則知正義本作赫赫也今本作赫炙者誤从王肅本也方言廣雅並云赫怒也楚詞離騷涉陞皇之赫戲王逸赫戲光明貌盛光謂

之赫盛怒亦謂之赫義正相通故釋文本作赫訓光耳一切經音義卷一卷八卷十九引詩竝作反予來嚇箋曰口距人曰嚇葢箋原作嚇後人因據箋以改經今正義本箋作赫又後人據經以改箋二者皆失其舊矣桂氏馥曰漢舊律有劫略恐猲科其字作猲猲赫聲近赫借字嚇俗字晉書音義曰猲相恐也猲通作曷僖十四年公羊傳是見恐曷而亡又通作喝戰國策橫人日夜務以秦權恐喝諸侯今按猲喝二字皆見說文然非恐猲之義古訓怒者止作赫後乃增口作嚇又以同聲叚借作猲喝與曷耳廣韻嚇呼格切怒也唬嚇爲雙聲字故嚇又通唬通俗文虎聲謂之哮唬一作哮嚇埤蒼哮

嚇大怒聲也

職涼善背傳涼薄也箋涼信也瑞辰按職涼善背與職競用力職盜爲寇文法相類謂涼薄者善相欺背从傳訓涼爲薄是也說文涼薄也又𤷬字註事有不善言𤷬也引爾雅𤷬薄也今爾雅無𤷬字惟小爾雅云涼薄也許所引當卽漢藝文志孝經家之小爾雅蓋古本自借作𤷬耳廣雅亦曰𤷬䙏也䙏卽薄也又通作亮魏志高柔傳昔仲尼亮司馬牛之憂亮亦𤷬之借也箋以涼爲諒之叚借故訓爲信然非詩義

民之未戾傳戾定也瑞辰按廣雅釋詁戾善也未戾卽未善與上章罔極同義

雲漢

序宣王承厲王之烈箋烈餘也瑞辰按爾雅釋詁烈餘也烈者裂之叚借說文裂繒餘也玉篇𢂁帛餘也廣雅𥝥餘也𢂁𥝥竝與裂同方言烈餘也晉衛之間曰烈裂亦通作厲厲裂一聲之轉猶厲山氏一作列山氏也

序側身修行瑞辰按反側二字同義故春秋楚公子側字子反側身修行猶易言反身修德也正義以側爲不正之言憂不自安故處身反側失其義矣

倬彼雲漢文選註引韓詩作對彼雲漢瑞辰按對者菿字形近之譌小雅倬彼甫田韓詩作菿正與此同爾雅釋詁菿大也漢司隸校尉魯峻碑遐邇忉㥀㥀卽倬之

通借猶倬通作菿也

饑饉薦臻傳薦重臻至也瑞辰按薦與荐同爾雅釋言荐再也故傳訓薦爲重臻亦重也薦臻猶今言頻仍也爾雅釋詁臻仍乃也仍乃古通用訓臻爲乃卽訓臻爲仍也釋天又曰仍饑爲荐釋文荐本作薦是薦荐通易習坎水洊至釋文引京房易作水臻至臻猶洊洊卽薦也說文洊作瀳从水薦聲讀若尊是又薦臻聲轉之證墨子尙同篇飄風苦雨荐臻而至皆薦臻二字同義之證說文增益也臻增二字雙聲臻卽增字之叚借故義同薦訓仍猶溱洧之溱字亦通作潧也薦臻亦雙聲字故爾雅釋詁又曰薦臻也傳从臻字本義訓爲至失之

圭璧既卒籩禮神之圭璧又已盡矣瑞辰按古者有禮神之玉周禮大宗伯以玉作六器以禮天地四方是也有燔玉大宗伯祀天神禋祀實柴槱燎鄭注三祀皆積柴實牲體焉或有玉帛燔燎而升煙所以報陽也又韓詩内傳曰天子奉玉升柴加於牲上是也有埋沉之玉爾雅釋天祭山曰庪縣郭註引山海經縣以吉玉孫炎曰埋於山足曰庪埋於山上曰縣此埋玉也釋天祭川曰浮沉邵氏正義引左氏襄十八年傳沉玉以濟昭二十四年傳王子朝以成周之寶玉湛於河又定三年傳執玉而沉此沉玉也又爾雅祭地曰瘞埋春官司巫凡祭祀守瘞鄭注謂若祭地祇有埋牲玉者也則祭地亦

埋玉矣禮玉祭畢而藏至燔玉及埋沉之玉則不復取出此詩二章言自郊徂宮上下奠瘞靡神不宗是必兼用燔玉及埋沉各玉因其不復取出故詩言圭璧既卒禮記郊特牲正義引皇氏云祭日王立邱之東南西嚮燔柴及牲玉於邱上故韓詩內傳曰天子奉玉升柴加於牲上詩又云圭璧既卒是燔牲玉也其說是也箋疏但引禮神之玉似非詩義又按說文瓏禱旱玉也爲龍文左傳昭公使公衍獻龍輔於齊侯正義引說文爲證是禱旱別有瓏玉

藴隆蟲蟲傳藴藴而暑隆隆而雷蟲蟲而熱箋隆隆而雷非雨雷也雷聲尚殷殷然釋文藴紆粉反本又作熅

紆文反韓詩作鬱同正義溫定本作蘊瑞辰按說文有薀無蘊云薀積也蘊卽薀之俗字薀煴溫古同聲薀鬱雙聲故通用爾雅釋言鬱氣也李巡曰鬱盛氣也荀子富國篇使夏不宛暍楊倞注宛讀爲蘊暑氣也是蘊又通作宛宛鬱亦雙聲蘊隆謂暑氣鬱積而隆盛蟲蟲則熱气熏蒸之狀也傳分蘊隆爲暑雷似非詩義爾雅釋訓爞爞熏也蟲蟲卽爞爞之消說文無爞有赨云赤色也从赤蟲省聲讀與爞同疑爞卽赨之變體赨爲赤色而以狀暑之熏蒸猶赫爲大赤此詩亦以狀暑氣也釋文引韓詩作烔烔華嚴經音義引韓詩傳曰烔謂燒草火焰盛也一切經音義卷四引埤蒼烔烔熱貌也廣韻

烔熱氣烔烔烔烔出字林古同與蟲同音蟲烔皆徒冬反故通用爞通作烔猶說文蝕从蟲省聲讀若同也又通作疼疼釋名疼旱氣疼疼然煩也劉向引詩正作疼疼說文無疼有痋云動病也从疒蟲省聲段玉裁曰痋卽疼字葢以痋冬疊韻又變而爲疼字耳

自郊徂宮箋宮宗廟也瑞辰按劉氏台拱謂宮卽王宮祭日之類周禮所謂壇壝宮其說是也鄭註祭法日宮壇營域也祭郊祭廟不同日下云后稷不克者謂郊天以后稷配非祭宗廟也箋以宮爲宗廟失之

靡神不宗傳宗尊也瑞辰按此承上自郊徂宮上下奠瘞言之故總之以靡神不宗或據後漢順帝詔靡神不

禜謂三家詩蓋有从作禜者然毛詩作宗以與蟲宫等字爲韻若改作禜則非韵矣

后稷不克上帝不臨箋克當作刻刻識也是我先祖后稷不識知我之所困與天不視我之精誠與瑞辰按克能也金縢不能事鬼神卽不克事鬼神也漢書顔師古註能善也善事鬼神曰能鬼神善視之亦爲能春秋繁露曰宣王自以爲不能乎上帝不中乎鬼神故有此災卽據詩后稷不克上帝不臨而言后稷不克謂后稷不善視之也上帝不臨臨讀如左傳神弗臨也之臨謂上帝不臨護之也臨字於韻不協古臨通作隆如臨衝韓詩作隆衝後漢避殤帝諱改隆慮曰林慮荀子書亦作

臨慮是也古音讀臨蓋亦如隆故與蟲宮宗躬等字諧韻耳

靡有孑遺傳孑然遺失也瑞辰按方言孑盡餘也郭註謂遺餘是孑亦遺也孑遺二字同義故孟子引此詩而但以靡有遺民釋之

則不我遺箋天將遂旱餓殺我與瑞辰按遺當讀如問遺之遺廣雅釋詁問遺也遺與也與人以物謂之問亦謂之遺鄭風雜佩以問之問即遺也與人相恤問亦謂之遺此詩則不我遺猶五章則不我聞聞當讀問問猶恤問也六章則不我虞廣雅釋詁虞助也正與四章則不我助同義遺也聞也助也虞也義皆相近若如正義

訓爲留遺則與上文靡有孑遺語相複矣箋訓聞爲聽聞虞爲度茲失之

先祖于摧傳摧至也箋摧當作嗺嗺嗟也先祖之神於嗟乎告困之辭　瑞辰按曾釗曰說文摧擠也春秋昭十三年左傳云知擠于溝壑矣杜注擠隊也隊今之墜字則摧亦墜也召誥墜厥命與詩同義言先祖之業將墜也傳訓爲至者至義亦與墜近說文至鳥飛从高下至地也今按曾說申毛甚析然必申言先祖之業將墜其義始明若言先祖于墜則不詞矣竊謂摧與誰通邶風室人交徧摧我箋摧者刺譏之言韓詩作誰云誰就也就當爲訧字形近之譌以下章謫我類之摧亦謫耳廣

雅釋詁摧折也義亦相近先祖于摧亦當讀誰謂先祖方見謫罰也傳訓摧爲至箋讀于爲吁讀摧爲嗺嗟竝失之

云我無所箋人皆不堪言我無所庇陰處瑞辰按云爲雲字古文象回轉之形正月詩昏姻孔云傳云旋也云又通員員之言圓也運也回旋運轉有庇蔭之象又陰陽字說文作霒云雲覆日也云我無所猶云蔭我無處耳箋疏竝訓云爲言失之

大命近止傳大命近止民近死亡也箋衆民之命近將死亡矣瑞辰按大命對小命言逸周書命訓篇曰天生民而成大命又曰大命有常小命日成又曰大命世罰

小命罰身是也白虎通壽命篇曰命者何謂也人之壽也天命使已生者也命有三科以記驗有壽命以保度有遭命以遇暴有隨命以應行又曰遭命者逢世殘賊若上逢亂君下必災變暴至天絶人命其說葢本孝經援神契此詩憂旱而曰大命近止卽彼所云遭命也古以延期長久爲大命左氏傳曰大命不敢請呂刑自作元命鄭注謂卽大命是也亦以死亡爲大命蕩之詩大命以傾西伯戡黎祖伊曰今民罔弗欲喪曰天曷不降威大命不摯史記殷本紀作大命胡不至此言民以死亡爲幸而云大命胡不至是大命卽死亡之命也說苑敬愼篇成回對子路曰回是以恭敬待大命亦謂待死

亡之命也又哀十五年左傳曰大命隕隊則大命即生命耳正義云大者衆多之詞故箋以爲衆民之命失其義矣

滌滌山川傳滌滌旱氣也山無木川無水瑞辰按說文蔋艸旱盡也引詩蔋蔋山川葢本三家詩蔋从俶聲俶从叔聲叔與少長之少多少之少皆雙聲而義同故蔋有艸旱盡之象說文宋無人聲鶖禿鶖凡从叔聲者皆有無義與蔋之訓艸旱盡者義正相近毛詩作滌滌者同部叚借字也段玉裁以說文作蔋蔋爲誤字其說非也

旱魃爲虐傳魃旱神也瑞辰按說文魃旱鬼也藝文類

聚引韋昭毛詩荅問引毛傳亦作旱鬼爲說文所本字通作妭玉篇引文字指歸曰女妭禿無髮所居之處天不雨是也山海經大荒北經係昆之山有人衣青衣名曰黃帝女妭黃帝攻蚩尤冀州蚩尤請風伯雨師縱大風雨黃帝乃下天女曰妭雨止遂殺蚩尤妭不得上所居不雨妭卽魃字之叚借張衡客難曰女魃北而應龍翔義本山海經其說最古正義不引山海經而引神異經疎矣太平御覽引韋昭詩荅問曰旱魃眼在頭上與神異經言魃目在頂上合蓋亦本神異經魏志載咸平五年晉陽得死魃長二尺面頂各二目通考言永隆元年長安獲女魃長尺有二寸其說與神異經小有同異

如惔如焚傳惔燎之也箋草木燋枯如見焚燎然釋文惔音談說文云炎燎也徐音炎焚本又作燓正義引定本經中作如惔如焚　瑞辰按據正義言定本作如惔如焚則正義本原作如炎如焚其釋經云如炎之惔燒是其證也後漢書肅宗詔曰今時復旱如炎如焚章懷註引韓詩爲證洪頤煊曰說文作惔憂也釋文引說文炎燎也與今本說文炎火光上也異說文二字當爲韓詩傳寫之譌今按作炎者爲韓詩則作惔者自是毛詩節南山憂心如惔毛傳惔燔也與此傳惔燎之也合又前章炎炎釋文云炎本或作惔同是惔與炎聲近義同惔卽炎之叚借若如說文訓惔爲憂則訓詩如惔作如憂

爲不詞矣說文訓憂是惔之本義與詩言如惔爲炎之叚借義自不同至說文惔字註引詩憂心如炎以明惔字从炎之義葢本韓詩今本作憂心如惔亦誤說文㷊燒田也从火棥棥亦聲此焚之本字後隸省作焚釋文焚本又作㷊从本字也今本或作樊誤矣

甯俾我遯箋天曾將使我心遯遯慙媿於天下以無德也　瑞辰按遯屯古同聲當讀如屯難之屯又遯困亦同聲廣雅釋詁困逃也遯義爲逃亦爲困周官遺人疏引書傳云居而無食謂之困甯乃一聲之轉甯俾我遯猶云乃使我困也箋說失之

黽勉畏去箋黽勉急禱請也欲使所尤畏者去所尤畏

者魃也瑞辰按廣雅釋詁畏惡也畏去謂苦此旱而惡去之也箋說失之

敬恭明神釋文明祀本或作明神盧氏考證曰注疏本作明神然詩李善註引毛詩作敬恭明祀隸釋西岳華山碑敬恭明祀以奉皇靈亦本此詩明祀猶書洛誥曰明禋也據箋云肅事明神如是明神宜無悔怒則鄭君所見毛詩自作明神仍當以注疏本爲正

散無友紀箋人君以羣臣爲友散無其紀卤年祿餼不足又無賞賜也瑞辰按白虎通友者有也釋名友有也相保有也論語有朋自遠方來有或作友此詩友卽有之叚借散無友紀謂羣臣散無有紀也箋說失之

鞫哉庶正箋鞫窮也瑞辰按鞫者趜之叚借說文趜窮也廣韻趜困人也趜窮以雙聲爲義廣雅釋詁窮貧也此詩訓鞫爲窮者正謂貧耳至說文𥨊窮也𥷚窮治辠人也同取雙聲而義自別

疚哉冢宰傳疚病也釋文疚本作穴又作究同瑞辰按作穴者正字疚與究皆叚借字說文穴貧病也引周頌煢煢在穴今本作疚廣雅釋詁穴貧也大雅維今之疚對維昔之富言疚謂貧病此詩因旱致病疚亦貧病也

靡人不周無不能止傳周救也無不能止言無止不能也箋周當作賙王以諸臣困於食人人賙救之權救其急後日乏之無不能豫止瑞辰按說文無賙字周官鄉師

賙萬民之囏阨鄭司農曰賙當爲周急之周玉篇賙周也是古賙字止作周周官大司徒五黨爲州使之相賙後鄭謂賙者禮物不備相給足也此箋又曰周當作賙是鄭君以賙爲正字古者家施不及國春秋如宋公子鮑竭粟以貸國人宋罕氏餼國人粟皆後世政在私家故耳宣王時不應使羣臣賙給其民當从箋謂王賙給羣臣正義申毛謂無有一人而不賙救其百姓者非也且上文鞫哉庶正等語正言羣臣之困乏則爲賙給羣臣可知墨子七患篇曰一穀不升謂之饉二穀不升謂之旱三穀不升謂之凶四穀不升謂之餽五穀不升謂之饑歲饉則大夫以上皆損祿五分之一旱則損五分

之二凶則損五分之三饑則損五分之四是故古者凶年有損祿之制與上章箋言凶年祿餼不足合此羣臣所由困乏之有待賙救也無當讀如何有何亡之亡有謂富亡謂貧也無不能止言雖賙之而其乏之無不能救止也止即救也箋訓無爲乏之無是也乏之無即指當時言不必如箋云後日乏之無耳

有嘒其星傳嘒衆星貌 瑞辰按說文䜋聲也引詩有䜋其聲段玉裁曰如史所云赤氣亘天砰隱有聲之類蓋即此詩之異文胡承珙曰三家詩必有借䜋字者故許引之當云詩曰有䜋其星段說非也今按嘒與䜋星與聲音俱相近三家詩傳授音同而字異遂各據其字以

釋之說文作有譿其聲者或因上文言譿聲也遂誤星作聲耳詩言有嘒其星正天旱無雨之象故下接言大命近止昭假無贏勉羣臣助之求雨也

昭假無贏傳假至也箋假升也王仰天見衆星順天而行嘒嘒然意感故謂其卿大夫曰天之光曜升行不休無自贏緩之時　瑞辰按說文廣雅竝曰縕緩也箋訓贏爲緩義與縕同但以文義求之詩葢勉羣臣敬恭祀典之意言誠能昭假於天其感應之理必未有贏差者廣雅爽贏竝訓爲過過謂過差無贏猶言無爽無爽猶言無差忒耳

毛詩傳箋通釋卷二十七

大雅　　　　桐城馬瑞辰學

崧高

崧高維嶽傳崧高貌山大而高曰崧嶽四嶽也東嶽岱南嶽衡西嶽華北嶽恒瑞辰按孔子閒居鄭註言周道將興五嶽爲之生賢輔佐仲山甫及申伯爲周之幹臣與毛傳以嶽爲四嶽不同蓋鄭註禮从韓詩以甫申爲仲山甫申伯爲五嶽降神所生箋詩則从毛以甫申爲甫侯申伯爲唐虞四嶽之後故以嶽爲四嶽也唐虞有四嶽無五嶽周官大司樂始有五嶽之名何休公羊傳註引尚書巡狩四嶽之文又云還至崧如初禮蓋漢儒

所附益邵晉涵據禹貢至於大岳因以霍大山合四嶽爲唐虞之五嶽特肊說耳唐虞四嶽據周語云此一王四伯堯典帝咨四岳下云師錫帝曰又舜咨四岳僉曰伯禹作司空僉曰伯夷師與僉皆衆也此正四嶽爲四人之證先儒或以四嶽爲一人者誤也舜咨四岳有能典朕三禮僉曰伯夷則伯夷非即四岳史記以伯夷爲四岳亦誤也周時五嶽以爾雅河南華河西嶽河東岱河北恒江南衡爲正華山今在華陰縣南十里吳嶽在今鳳翔府隴州南八十里岱山在今泰安府泰安縣北恒山在今眞定府曲陽縣西北一百四十里衡山在今衡州府衡山縣西三十里邵晉涵曰昔周營成周宅於土中四方所和會華山在成周境內故首舉之吳嶽在岐周境內故次及之東岱北

恒南衡所謂三面環拱也鄭註大司樂五嶽云岱在兖州衡在荆州華在豫州岳在雍州恒在并州正與爾雅合又雜問志云周都豐鎬故以吳岳爲西岳此爲定論正義轉據孝經鉤命决及王肅尚書註服虔左傳註鄭康成大宗伯註謂周時五嶽有嵩高無吳岳誤也爾雅又云泰山爲東嶽華山爲西嶽霍山爲南嶽恒山爲北嶽嵩高爲中嶽邵晉涵謂漢武以後諸儒所附益孫炎郭璞等皆以爾雅爲周書故孫炎以霍山爲衡山之譌郭璞謂南岳以兩山爲名應劭風俗通又言衡山一名霍而以詩嵩高維嶽專指中嶽不知爾雅此條特漢儒增入漢制也金誠齋謂殷都西亳在豫州之域故以嵩

爲中嶽因以爾雅後一條所言爲殷制胡承珙又謂周公營建洛邑亦在豫州故仍殷制亦當以嵩高爲中嶽皆無確證嵩爾雅作崧韋昭國語註嵩古通用崇字是知嵩崧皆崇字之異體漢地理志作崈亦卽崇字之小異後漢書靈帝紀熹平五年改崇高山爲嵩高始誤分崇嵩爲二字耳

維周之翰傳翰幹也箋入爲周之楨幹之臣　瑞辰按爾雅翰榦也翰卽榦之叚借幹又榦之俗字書費誓峙乃楨榦馬融注楨榦皆築具楨在前榦在兩旁舍人注云楨正也築牆所立兩木也榦所以當牆兩邊障土者是對言則楨榦異物而爾雅毛傳又皆以楨爲榦者渾言

則楨榦可互訓也成二年左傳棺有翰檜杜注翰旁飾又脅爲兩膀脅骨名肋而廣雅云榦謂之肋皆與榦爲旁木義合惟說文云榦築牆耑木也似以榦爲在前蓋許渾言楨榦遂以楨釋榦耳

四國于蕃四方于宣箋四國有難則往扞禦之爲之蕃屏四方恩澤不至則往宣暢之　瑞辰按宣與蕃對言宣當爲垣之叚借說文垣牆也亘古讀同宣故垣或叚作宣猶詩赫兮咺兮韓詩咺作宣也四國于蕃四方于宣猶板之詩价人維藩大師維垣也二于字皆當讀爲猶言爲蕃爲垣也古于爲同音通用聘禮記鄭註于讀曰爲定之方中詩作于楚宮作于楚室文選李善註引作

作爲楚宫作爲楚室是其證矣

王纘之事箋纘繼王又欲使繼其故諸侯之事釋文纘韓詩作踐踐任也瑞辰按踐與續雙聲通用中庸踐其位鄭註踐或爲纘是也潛夫論引詩作王薦之事薦與纘亦雙聲葢本齊魯詩其義承上生申言之則从箋訓繼爲允

于邑于謝傳謝周之南國也箋于往于於往作邑於謝瑞辰按漢書地理志南陽宛縣申伯國卽今南陽府南陽縣也水經注比水又西南流謝水注之水出謝城北周廻水側申伯之都邑又云其城之西舊棘陽治故亦曰棘陽城荆州記棘陽東北百里有謝城續漢書地理

志謝城在南陽棘陽縣東北百里竝與水經注合今在汝寍府信陽州境明一統志今汝寍府信陽州在南陽府城北二百七十里州境內有古謝城是也申與謝相去不遠申爲舊封之國謝爲新作之都邑箋謂改大其邑使爲侯伯是也惟上于字當讀作爲之爲爲邑于謝猶云作邑于謝不得如箋訓爲往耳謝與序雙聲通用潛夫論炎帝苗胄或封于申城在南陽宛北序山之下引詩于邑于序序卽謝也謝與徐亦雙聲通用故東方朔七諫王逸註引詩申伯番番既入于徐葢本三家詩叚借作徐王逸引以證徐偃王之徐則誤

王命召伯傳召伯召公也瑞辰按據正義釋傳曰以常

武之序知召伯是召穆公也是正義本傳原作召伯召穆公也今本傳脫去穆字

徹申伯土田傳徹治也箋治者正其井牧定其賦稅瑞辰按方言班徹列也北燕曰班東齊曰徹徹土田卽班列其土田徹土疆亦謂班列其土疆也

有俶其城傳俶作也瑞辰按說文俶善也有俶爲城繕修之貌善之言繕修也从說文訓善爲允

路車乘馬傳乘馬四馬也箋王以正禮遣申伯之國故復有車馬之錫瑞辰按說文騆一乘也古者惟士駕二餘皆駕四必四馬始成一乘故因以乘馬爲四馬之稱引申凡物四皆爲乘如乘矢乘壺乘韋乘皮文選李善

注引方言四雁曰乘皆是此傳乘馬爲四馬之說也韓奕詩其贈維何乘馬路車毛無傳箋云人君之車曰路車所駕之馬曰乘馬則不以乘馬爲四馬通稱據采菽詩路車乘馬亦以賜諸侯成十八年左傳程鄭爲乘馬御杜注乘馬御乘車之僕也則乘馬爲人君所駕之馬宜从鄭箋之說爲允

錫爾介圭以作爾寶傳寶瑞也箋圭長尺二寸謂之介非諸侯之圭故以爲寶諸侯之瑞圭自九寸而下瑞辰按說文玠大圭也介卽玠之渻借天子之圭大尺二寸爲介諸侯之命圭亦得通稱爲介圭此詩錫爾介圭及韓奕詩以其介圭入覲于王所云皆卽諸侯之命圭也

書康王之誥賓稱奉圭兼幣說文玠字註引周書作稱奉介圭後漢書張衡應間曰服兖而朝介圭作瑞文選魯靈光殿賦錫介圭以作瑞是皆諸侯命圭通稱介圭之證至天子尺有二寸之玠圭不得以錫諸侯諸侯亦不得奉以入覲也箋說誤矣春官典瑞註人執以見曰瑞聘禮記凡四器者唯其所寶以聘可也是寶卽爲瑞之證箋分寶與瑞爲二亦非

往近王舅傳近已也箋近辭也聲如彼記之子之記毛居正六經正誤曰近說文作釘今作近近音記字譌作近惠氏棟九經古義曰說文近者古之遒人㠯木鐸記詩言从辵从丌丌亦聲讀與記同玉篇近今作記今釋文

唐石經作近此傳寫之譌瑞辰按辺从丌聲說文丌讀若箕其卽箕字之籀文也古其已記忌辺五字同部通用王風彼其之子箋其或作記或作已讀聲相似鄭風箋忌讀如彼已之子之已是其證也故毛訓辺爲已鄭讀若記正義釋傳云以命往之國不得復與之相近故轉爲已是正義本誤作近矣釋文音記字當作辺不誤今作近者後人誤从正義本改耳若釋文亦作近則不得音記矣辺者已之叚借已爲語詞詩言往辺猶虞書言往哉周書亏往已也辺近形近易譌說文娸字下有讀若近三字近亦辺字傳寫之誤

以峙其粻箋粻糧也釋文以時如字本又作峙正義俗

本峙作時者誤也瑞辰按說文庤儲置屋下也偫待也儲偫也二字音義同古通用毛詩庤乃錢鎛考工記總目注引作偫乃錢鎛是其證也說文繫傳木無庤字疑庤卽偫之或體周語韋昭注偫具也爾雅釋詁峙具也說文以峙爲峙躇字此詩釋文本作時及峙正義引俗本作時皆當爲偫字之叚借說文無峙字今正義及釋文本作峙者皆峙字之流變玉篇廣韻又曰庤或作時一切經音義卷一又云古文峙今作跱同釋言粻糧也郭註今江東通言粻說文有糧無粻云糧穀也惟餱字注引周書曰峙乃餱粻今書作糗糧據論語在陳絕糧釋文糧鄭本作粻粻疑卽糧字之或體

揉此萬邦箋揉順也釋文揉本亦作柔瑞辰按大雅民勞篇柔遠能邇傳柔安也安與順義近故揉亦省作柔說文柔木曲直也煣屈申木也凡經傳中作揉者皆即說文煣字之異體說文又曰𤱶和田也義亦相近

其風肆好傳肆長也箋風切申伯又使之長行善道瑞辰按說文肆極陳也經傳有專取陳義者詩或肆之筵是也有專取極意者其風肆好與其詩孔碩相對成文其風猶言其詩肆好即極好猶言孔碩古人自有複語耳肆从長故傳訓爲長與極義近廣雅釋詁肆申也申亦長也箋讀風爲諷以肆好爲使之長行善道非詩義亦非傳恉也正義合傳箋爲一失之

以贈申伯傳贈增也箋以此贈申伯者送之令以爲樂釋文贈送之本皆爾鄭王申毛並同崔集注本作贈增也增益申伯之美瑞辰按序以詩爲尹吉甫美宣王不以爲送申伯集注本作贈增也爲是傳蓋以贈爲增字之叚借箋始以贈送釋之正義本从集注作增前釋經云增長申伯之美後仍以贈遺釋之謂贈遺所以增長前人昧叚借之義矣

烝民

有物有則傳物事則法箋其性有物象謂五行仁義禮智信也其情有所法謂喜怒哀樂好惡也瑞辰按古以射者畫地立處爲物儀禮鄉射記物長如笴其間容弓

距隨長武鄭註物謂射時所立處也長如笴者謂從畫之長短笴矢幹也長三尺與跬相應射者進退之節也距隨者物橫畫也始前足至東頭爲距後足來合而南面爲隨武跡也尺二寸大射禮若丹若墨度尺而午鄭註一從一橫曰午謂畫物也說文則等畫物也凡定物之差等而介畫之爲則畫射物有從橫長短亦爲則大學致知在格物孔廣森曰物如射之有物竊謂詩言有物亦可以射物爲喻有則卽謂如畫物之有則也引伸之凡以類相從者皆謂之物繫辭爻有等故曰物韓注曰等類也桓六年左傳是其生也與吾同物昭元年傳言以知物九年傳事有其物杜注竝曰物類也王尚書

曰桓二年左傳五色比象昭其物也謂昭其比類也宣十二年傳百官象物而動謂象類而動也周語象物天地比類百則象物猶比類也又按周禮司常掌九旗之物名物名正謂以類相從而異名也而凡有所識別者亦名物春秋定十年左傳駟赤曰叔孫氏之甲有物杜注物識也是也物各以類相從方言類法也故又有法則之義人有君臣父子朋友有物也止仁止敬止慈止孝止信有則也人有視聽言貌思有物也思明思聰思溫思恭思睿有則也則從物生卽畫物之有定則故孔子釋此詩曰有物必有則毛訓物爲事則爲法當亦謂有事必有法也至鄭箋以五性六情分釋物則者洪範

以五事配五行疏謂六情法六氣而六氣亦不外五行其理皆相通貫昭二十五年左傳子太叔曰天地之性而民實則之則天之明因地之性生其六氣而用其五行是其義也胡承珙曰傳言事即洪範五事貌言視聽思所謂事也恭從明聰睿所謂法也洪範以五事配五行所包甚廣唐志所云行於四時爲五氣德秉於人爲五常故鄭以有物爲五常之性而必曰五行者以經言有物五行乃物象也由五行而有六氣而人之六情法之洪範八庶徵正義謂雨暘燠寒風與昭元年左傳陰陽風雨晦明六氣相較雨陽風文與彼同晦即寒明即燠鄭注尚書以雨屬木陽屬金燠屬火寒屬水風屬土

惟六氣之陰屬天不在五行之內是則六氣亦本五行六情之法六氣亦即是法五行非是物有象情有法各不相涉也箋廣申傳義疏又博證箋文故不云箋與傳異孟子趙注言天生蒸民有物則有所法則人法天也考韓詩外傳曰民之秉物以則天也趙注蓋本於此是以有物指天有則指人之法天亦如箋物象之說謂性爲天所命性之有仁義禮智信即象天之木金水火土故以性屬天以六情法五性是以人之情法天之性故知毛鄭韓趙諸說皆與孔子釋詩之指趣不相背也今

按胡氏此說解釋傳箋甚爲通貫故備錄之

民之秉彝傳彝常箋秉執也釋文彝音夷 瑞辰按說文

彝宗廟常器也故引申爲彝常爾雅及釋文作彝正字也孟子及潛夫論引詩俱作秉夷同音叚借字也阮尙書校勘記據宋本正義云夷常知正義本作夷今毛本作彝从釋文改也又按廣雅常性質也秉彝爲常猶云秉性秉質耳逸周書謚法解秉順也民之秉彝卽謂民之順其常耳箋訓秉爲執失之

生仲山甫傳仲山甫樊侯也 瑞辰按仲山甫之稱不一周語稱樊仲山甫又稱樊穆仲晉語稱樊仲樊其邑也穆其謚也仲山甫其字也穆仲樊仲皆省稱其子孫遂以樊爲氏廣韻言周宣王封仲山甫於樊後因氏焉是也至以樊稱穆仲自爲畿內國名潛夫論言仲山甫亦

姓樊非也何楷詩世本古義引唐權德輿集云魯獻公仲子曰仲山甫入輔於周食采於樊案史記魯世家獻公卒於厲王時武公與長子括少子戲西朝周宣王欲立戲爲魯太子周之樊仲山父諫據云周之樊仲山父則仲山甫非魯獻公子明矣通志氏族略謂周大王子虞仲支孫仲山甫爲周宣王卿士羅泌路史言虞仲支孫卿于周封樊爲樊氏樊仲氏未知何據此以樊爲周同姓也漢書杜欽傳言仲山甫異姓之臣無親於宣就封於齊鄧展註韓詩以爲封於齊元於欽齊乘曰仲山甫大公之後則以仲山甫爲姜姓潛夫論志氏姓以仲山爲慶姓慶姓卽姜姓蓋皆本韓詩封齊之説然以祖

齊爲封齊其說固不足據也洪氏隸釋載漢永康元年所立孟郁修堯廟碑云仲氏祖統所本繼於姬周之遺苗天生仲山甫翼佐中興宣平功遂受封於齊此以仲山甫封齊雖本韓詩而以爲周之苗裔又與韓異據僖二十五年左傳陽樊不服倉葛呼曰此誰非王之親姻據服虔曰樊仲山之所居故名陽樊是陽樊即樊而曰王之親姻其爲異姓益可知耳左傳以成王言商民七族賚康叔一爲樊氏是樊本商之舊族周以前早有樊邑宣王始以封仲山甫讀漢書曰仲山甫封於樊因氏國焉爰自宅陽徙居湖陽是也至正義引杜預云經傳不見畿內之國稱侯男者天子不以此爵賜畿內也傳

言樊侯不知何所案據今按史記周本紀正義引毛萇曰仲山甫樊穆仲也是張守節所見毛傳自作樊穆仲不作樊侯

威儀是力箋力猶勤也勤威儀者恪居官次不解於位也瑞辰按力者仂之省借廣雅釋詁仂勤也一切經音義卷七引字書仂勤也古通作力故箋訓爲勤勤猶習也威儀是力卽左傳所云習儀也又按防記鄭注力猶務也昭十二年左傳引祈招之詩形民之力王尚書曰形當讀爲刑刑猶成也之猶是也言成民是務與詩威儀是力文義正同

天子是若傳若順瑞辰按若順釋言文也說文婼不順

也引春秋傳有叔孫婼竊疑說文不爲衍字凡經傳訓若爲順者皆婼字之叚借至若之本字則說文云若擇菜也从艸右右手也引申通訓若爲擇晉語秦穆公曰夫晉國之亂吾誰使先若夫二公子而立之猶言使誰先擇二公子而立之也此詩天子是若亦謂天子是擇擇能而使之故下卽言明命使賦矣明命使賦卽謂使仲山甫布其明命非如箋言如顯明王之政教使羣臣施布之也

明命使賦傳賦布也箋顯明王之政教使羣臣施布之

瑞辰按爾雅釋詁明成也明命猶言成命謂成其教命使布之也箋謂顯明王之政教失之

式是百辟箋王曰女施行法度於是百君瑞辰按下文賦政于外箋云以布政於畿外外對內言則上言式是百辟指畿內諸侯無疑王制天子縣內凡九十三國言百辟者舉成數也月令乃命百縣雩祀百辟卿士有益於民者以祈穀食呂氏春秋高誘註百縣畿內之百縣大夫也周頌烈文辟公箋云光文百辟卿士及天下諸侯又詩百辟其刑之箋云卿大夫法其所爲也是凡言百辟皆指畿內諸侯孔疏謂百辟遍言畿外諸侯失其義矣

出納王命王之喉舌傳喉舌冢宰也瑞辰按冢宰於王眡治朝贊王聽治歲終詔王廢治而已未嘗出納王命

也惠士奇據周官大僕出入王之大命掌諸侯之復逆因謂王之喉舌指大僕然大僕主正王服位非專主出納王命且云出入王之大命則非大命卽非所主矣惟內史受納訪以詔王聽治是納命也凡命諸侯及孤卿大夫則策命之是出命也與詩出納王命正合內史在唐虞爲納言在秦漢爲尚書應劭漢官儀曰尚書唐虞官也書曰龍作納言朕命惟允詩曰惟仲山甫王之喉舌宣王以中興秦改稱尚書漢亦尊此官典機密也又王隆漢官解詁云尚書出納詔令齊衆喉舌又曰唐虞爲納言周官爲內史機事所總號令攸發又藝文類聚引百官表曰尚書令總攝諸曹出納王命敷奏萬機引

詩惟仲山甫王之喉舌蓋謂此也是應劭王隆等竝以詩王之喉舌爲周內史之職仲山甫蓋兼內史之官正古之納言也正義謂龍作納言與出納王命者異失之

賦政于外箋以布政於畿外　瑞辰按說文尃布也字通作敷說文敷㪿也㪿亦布也賦與敷音近通用皋陶謨賦納以言漢書敘傳述中宗紀引作傳納傳卽敷之假也敷又與布通商頌敷政優優左傳引作布政優優鄭箋知賦卽敷之叚借故直以布政釋之

四方爰發箋天下諸侯於是莫不發應　瑞辰按商頌遂視既發箋發行也徧省視之教令則盡行也此詩發亦當訓行承上賦政于外言之四方爰發猶云四方之政

行焉

邦國若否箋若順也順否猶臧否謂善惡也　瑞辰按順與善義相承爾雅釋詁若善也郭註引左傳禁禦不若即禁禦不善也若本有善義不必如箋以猶臧否釋之

既明且哲　瑞辰按中庸引詩既明且哲釋文哲徐本作知爾雅釋言哲智也方言說文竝曰哲知也哲與知雙聲故通用哲之通作知猶荀子朽木不折大戴禮作朽木不知知即折之借字也

我儀圖之傳儀宜也箋儀匹也我與倫匹圖之而未能爲也朱子集傳儀度也　瑞辰按釋文我義毛如字宜也鄭作儀匹也正義釋箋云鄭讀爲儀是釋文正義本經

傳竝作義鄭始讀義爲儀今注疏本經傳竝作儀非其舊也說文義己之威儀也周官大司徒典命註竝云故書儀爲義是義與儀古通用故箋讀義爲儀然訓儀爲匹不若集傳訓度爲善說文儀度也周語儀之於民而度之於羣生又曰不度民神之義不儀生物之則儀猶度也字亦作義襄三十年左傳女侍人婦義事也義事卽度事也又通作議昭六年左傳昔先王議事以制議事亦度事也儀圖二字同義皆度也古人自有複語耳疏釋傳云我以人之此言實得其宜乃圖謀之失之迂矣說文有羛字云墨翟書義从弗因思孔子之先弗父何弗當卽羛字之消弗父卽義父也義父又卽儀父耳

愛莫助之傳愛隱也箋愛惜也瑞辰按爾雅釋言薆隱也方言掩翳薆也郭註引詩薆而不見掩翳隱薆一聲之轉說文䈇蔽不見也愛與薆皆䈇字之叚借離騷衆薆然而蔽之薆然卽隱然也又義近僾說文僾仿佛也引詩僾而不見僾而卽薆然也仿佛見之不眞亦隱也凡舉物者皆有形而德之舉也無形凡有形者可助而無形者不可助故曰愛莫助之箋訓爲愛惜之愛說文作㤅云惠也不若从傳訓隱爲允

袞職有闕傳有兗冕者君之上服也箋兗職者不敢斥王之言也王之職有闕輒能補之者仲山甫也瑞辰按漢司隸校尉魯峻碑作緄職曲禮記袞衣字皆作卷荀

子又作綣袞緄卷皆雙聲字故通用說文袞天子享先王卷龍繡於下常句幅一龍蟠阿上鄉从衣㕣聲㕣爲古文沇州字與卷同部或作从公聲者誤也釋名袞卷也畫卷龍於衣也郝懿行曰袞龍有蟠屈之形示不得伸以受弼正故詩以袞職爲喻今按爾雅釋言袞黻也郭注袞衣有黻文書益稷傳及左氏桓二年注爾郭注皆以黻爲兩已相背惟阮宮保云自古畫紱作亞形明兩弓相背非兩已相背也漢書韋賢傳集注紱畫爲亞文亞古弗字也按弗字古與弼通兩弓相背正所以弼正之此詩所由以袞職之闕喻補過也職與識古通用職卽識字之叚借識謂章識袞識卽袞章也袞爲章服

之一故言袞職爾雅釋言黼黻彰也彰亦章也箋乃以職事釋之失其義矣

四牡彭彭傳彭彭行貌 瑞辰 按說文騯馬盛也引詩四牡騯騯卽詩四牡彭彭之異文彭與旁雙聲故通用猶易匪其彭子夏傳作旁也廣雅彭彭旁旁並訓盛也

仲山甫徂齊 瑞辰 按上言城彼東方傳東方齊也則徂齊卽往齊矣漢書杜欽傳註引韓詩以爲封於齊潛夫論三式篇亦引此詩王命仲山甫城彼東方謂王封以樂土其說不足據然猶以齊爲齊國爾雅釋言齊疾也郭註引詩仲山甫徂齊或本齊魯詩說直以齊爲齊疾尤誤

韓奕

奕奕梁山 瑞辰按序箋云梁山今在馮翊夏陽西北誤也江氏永詩補義曰武王子封於韓括地志同州韓城縣南十八里爲古韓國然詩言韓城燕師所完奄受追貊北國則韓當不在關中王肅云涿郡方城縣有韓侯城潛夫論曰周宣王時有韓侯其國近燕故詩曰溥彼韓城燕師所完按潛夫論此下有云其後韓西亦姓韓爲衞滿所代遷居海中考水經注聖水逕方城縣故城北又東逕韓侯城東方城今爲順天府固安縣在府西南百二十里與詩言奄受北國者相符方城亦有梁山水經注鮑邱水過潞縣西高梁水注之水東逕梁山南潞縣今之通州其西有梁山正

當固安縣之東北然則韓始封在同州韓城至宣王時徙封於燕之方城與戴氏震毛鄭詩考正說與江畧同今按路史後紀云韓武庶子幽世失國案幽當爲厲之譌宣王中興韓討不庭錫之梁山奄受北國是爲韓西又載武穆之分有韓西引王肅云涿郡方城縣有韓城是羅泌亦以詩言韓國爲在方城但以爲卽韓西與王符說異又按始封之韓滅於晉正義謂當在晉文侯輔平王爲方伯之時滅之特以詩之韓侯卽始封之韓宣王時其國猶存故謂國滅當在平王時耳不知宣之錫命已爲徙封之韓則晉之滅韓在宣王前當从路史謂在厲王時爲允

有倬其道傳有倬其道有倬然之道者也箋今有倬然著明復禹之功者釋文倬明貌韓詩作晫音義竝同　瑞辰按說文倬箸大也引詩倬彼雲漢焯明也引書焯見三有俊心無晫字晫當卽倬之異體廣雅倬晫竝訓爲明是音義竝同之證卓音又近的覲禮匹馬卓上注卓猶的也是也

韓侯受命傳受命受命爲侯伯也箋韓侯受王命爲諸侯　瑞辰按白虎通引韓詩內傳曰諸侯世子三年喪畢上受爵命於天子是知箋謂韓侯受王命爲諸侯朱子集傳謂韓侯初立受命爲諸侯其說正本韓詩與下文纘戎祖考相應其宣王徙封韓侯更在作此詩以前下

又云因以其伯者蓋命爲諸侯兼命爲牧伯耳

朕命不易箋我之所命者勿改易不行 瑞辰 按易當讀爲難易之易周頌命不易哉書大誥爾亦不知天命不易君奭不知天命不易讀與此同天子受命於天以天命爲不易諸侯受命於君以君命爲不易其義一也古難易之易同讀如亦此詩以易與辟韻猶板之篇以屬民孔易與益辟爲韻也箋訓爲改易失之

四牡奕奕孔修且張韓侯入覲以其介圭入覲于王傳修長張大覲見也箋諸侯秋見天子曰覲諸侯乘長大之四牡奕奕然以時覲於宣王覲於宣王而奉享禮貢國所出之寶善其尊宣王以常職來也 瑞辰 按詩下言

王錫韓侯謂王錫車服之事則箋以上數句爲覲於宣王而奉享禮甚確至以四牡爲韓侯所乘則非也四牡奕奕孔修且張當指享禮獻馬言之書康王之誥皆布乘黄朱賓稱奉圭兼幣說文引書作稱奉介圭正與詩言介圭同是知詩言四牡即書布乘之謂也詩言介圭即書稱奉介圭之謂也諸侯享禮用璧而書及詩言用圭者周官小行人合六幣圭以馬葢古者獻馬皆以圭爲贄至享之用璧惟用之於束帛小行人所云璧以帛覲禮云四享皆束帛加璧是其證也周官鄭注以享用圭璋專指二王之後其說未確覲禮諸侯享天子匹馬卓上九馬隨之而書言布乘詩言四牡者一因喪禮而行朝一以始嗣侯而入

皃故皆從其畧耳

淑旂綏章傳淑善也交龍爲旂綏大綏也箋綏所引以登車有采章也 瑞辰 按淑旂與綏章對文王尚書謂綏者文貌引荀子需效篇綏綏兮其有文章也謂綏綏卽文章之貌其說是也綏本車中把之稱字通作綏又讀如蕤賓之蕤說文蕤艸木葉垂皃蕤艸木實蕤蕤也讀若綏艸木葉實皆有文故又通以爲文皃耳

鉤膺鏤錫傳鏤錫有金鏤其錫也箋眉上曰錫刻金飾之今當盧也正義按巾車玉路錫樊纓金路鉤樊纓註云金路無錫有鉤討玉路非錫臣之物此言鉤膺必金路矣而得有鏤錫者葢特賜之使得施於金路也 瑞辰

按陳用之禮書曰采芑詩鉤膺鞗革韓奕詩鉤膺鏤錫夫方叔在征則革路矣而有鉤膺韓侯就封則象路矣而有鏤錫以此觀之則周官所謂錫也鉤也朱也龍勒也條也五路各舉其一互相備也今按金路以封同姓韓侯爲同姓之國宜用金路陳用之以爲象路非也至以鉤錫爲互相備則較孔疏特賜之説爲善錫説文作鍚云馬頭飾也今作錫者鍚之省人眉上謂之揚馬眉上之飾亦曰鍚其義一也

鞹鞃淺幭傳鞹革也鞃軾中也淺虎皮淺毛也幭覆式也瑞辰按説文鞃車軾中把也韻會把作靶茲從段本蓋以革鞔軾中人所凭處曰鞹鞃昔戴驅詩簟茀朱鞹毛傳諸侯之

路車有朱革之質而羽飾朱革之質即此詩鞹鞃也羽
與毛散文則通羽飾謂以有毛之皮覆式即此詩淺幭
也說文幭蓋幭也幭周官巾車作複曲禮大夫士去國
素蔑作蔑玉藻作幦儀禮既夕禮注云古文幦爲幂蓋
幦爲正字幭複幂蔑皆叚借字廣雅覆笭謂之幦釋名
笭橫在車前織竹作之孔笭笭也笭即軾下縱橫交結
之竹故覆笭亦曰覆式周官巾車云木車素車皆犬複
駹車然複漆車豻複惟藻車爲鹿淺複玉藻大夫齊車
鹿幦豹犆士齊車鹿幦豹犆毛之淺者莫過於鹿詩言
淺幭亦當指鹿淺幭毛傳蓋據漢制文虎伏軾爾雅虎
竊毛謂之虦貓遂以虎皮釋之月令其蟲倮鄭注亦云

虎豹之屬恒淺毛然以目驗虎豹毛皆較鹿爲深不得名淺也

鞗革金厄傳厄烏噣也箋以金爲小環往往纏搤之瑞辰按厄即軛字之省說文軛轅前也小爾雅衡轅也軛上者謂之烏啄胡承珙曰軛上疑爲軛下之譌釋名槅枙也所以枙牛頸也馬曰烏啄叉馬頸似烏開口向下啄物時也啄與噣古通用傳云烏噣即小爾雅釋名所云烏啄噣釋文引沈音晝是也正義本譌作烏蠋遂引爾雅蚅烏蠋以釋之誤矣又按衡爲橫木所以橫於輈前軛則以厄牛馬之頸烏啄又爲軛下兩邊叉馬頸者一名軥說文軥軛下曲者服注左傳云軥車軛兩邊叉

馬頸者是也是衡與軛異物軛與烏啄又異物而小爾雅以衡爲軶毛傳以厄爲烏噣者皆以相近遂移其名耳金厄謂於厄末爲金飾荀子禮論絲末彌龍所以養威也楊倞注彌如字又讀爲弭弭末也謂金飾衡軛之末爲龍首也後漢書續輿服志龍首銜軛即詩所云金厄耳箋謂以金爲小環亦誤

出宿於屠傳屠地名也 瑞辰按說文𨞚左馮翊郃陽亭段玉裁曰謂左馮翊郃陽有𨞚亭也各本作𨞚陽亭誤屠𨞚古今字宋濬水李氏謂詩之屠地在同州𨞚谷是也顧氏祖禹讀史方輿紀要作荼谷渡云在今陜西同州府郃陽縣東河西故城南荼即𨞚之同音叚借字胡

承珙曰周都鎬京在今陝西長安縣西南同州在今長安縣東北二三百里郃陽又在同州東北百餘里鄭箋曰祖於國外畢乃出宿則屠必非郃陽之屠亭古字屠杜通當卽鄠縣之杜陵耳

顯父餞之傳顯父有顯德者也瑞辰按顯父猶尙父尼父之比皆古所云且字者也傳以爲有顯德失之下章蹶父亦爲且字正義以爲蹶氏父字亦非

炰鼈鮮魚箋炰鼈以火熟之也鮮魚中膾者也正義案字書炰毛燒肉也缹烝也服虔通俗文曰燥煑曰缹然則炰與缹别而此及六月云炰鼈者音皆作缹然則炰與缹以火熟之謂烝煮之也釋文炰鄭薄交反徐甫九

反瑞辰按廣雅焷謂之缹禮運燔黍捭豚捭卽焷字之叚借故鹽鐵論散不足卽云焷豚以相饗今火熟而少炙者俗猶稱焷卽古之缹也玉篇缹火熟也一切經音義卷十七引字書曰少汁煮曰缹火熟曰煑缹與煑散文則通箋訓炰爲以火熟之正義謂烝煮之義與缹同非訓炰如毛炙肉也說文無缹字缹當卽烰字之變體說文烰烝也與正義引字書缹烝也義同缹與烰古音同部故通用烰與炰亦同部故又叚借作炰與炮大射儀注炮鼈釋文云或作炰缹是也正義不明叚借之義故云炰與缹別耳李輔平曰鮮當讀如斯爾雅釋言斯離也斯析其魚卽是作膾今按鮮析語之轉列子湯問

篇越東有輒木之國其長子生則鮮而食之謂析而食之也鮮魚猶言鱠鯉與炰鼈對文爲一熟一生李說是也箋謂鮮魚中膾讀如鱻槀之鱻失之

其蔌維何維筍及蒲傳蔌菜殽也筍竹也蒲蒲蒻也箋筍竹萌也蒲深蒲也 瑞辰按蔌卽餗字之異體說文作𩱧云𩱧鼎實惟葦及蒲从𩰲速聲陳留謂鍵爲𩱧或作餗易鼎九四鼎折足覆公餗釋文引馬融曰餗鍵也說文鍵鬻也又以𩱧爲鍵說與馬融合是蔌卽鬻之别名尸子珍羞百種而堯糲飯菜粥是菜可爲鬻之證昭七年左傳載正考父鼎銘曰饘於是鬻於是是鬻可爲鼎實之證易鼎有覆餗之象博古圖有宋公緣餗鼎是知

詩言其蔌維何爾雅菜謂之蔌皆謂以菜作鬻爲鼎實耳餗亦通作鬻鬻易繫辭傳易曰鼎折足覆公餗馬融本餗作鬻穀梁傳僖二十二年疏引馬云謂糜也是其證也毛傳訓蔌爲菜殽蓋對肉殽言之鼎有肉有菜肉謂之羨菜謂之蔌散言則菜亦可名羨皆謂孰物與菹爲生菜以醯成味說文菹酢菜也酢卽醋字實於豆者不同正義以蔌爲菹失之爾雅明言菜謂之蔌與肉食不同鄭虞注易以餗爲八珍之具陳壽祺謂餗兼有肉殽失之又按說文惟葦及蒲卽此詩惟筍及蒲繫傳云此䈀初生其筍可食是知三家詩以筍爲䈀筍故字或作䈀爲說文所本與毛鄭以筍爲竹筍不同又按釋文筍字或作笋爾

雅蕍笋樊光本笋作簞正與筍通作葦者相類

籩豆有且箋且多貌　瑞辰按說文且薦也凡物薦之則有重義說文薦荐席也小爾雅荐重也重亦爲多說文多重也故且訓爲薦又訓爲多有容詩有萋有且正義曰威儀萋萋且且威儀多之狀正與此箋訓且爲多貌義同楚茨詩籩豆有楚楚當即且之同音叚借猶𪓐之通借作楚也

侯氏燕胥箋胥皆也諸侯在京師未去者於顯父餞之時皆來相與燕　瑞辰按燕胥與燕喜燕譽燕樂相類胥之言序序豫古通用鄉射禮注今文豫爲序則燕胥猶燕豫矣胥須雙聲古通用易歸妹以須鄭讀爲譳廣雅須意所欲也意所欲

爲喜樂則燕胥猶燕燕樂矣爾雅釋詁胥皆也廣雅釋言皆嘉也皆嘉以雙聲爲義則訓胥爲皆亦可轉訓爲嘉桑扈詩君子樂胥義與燕胥同樂胥猶樂嘉也箋訓燕胥爲皆來相與燕失之

汾王之甥傳汾大也箋汾王厲王也厲王流於彘彘在汾水之上故將人因以號之猶言莒郊公黎比公也姊妹之子爲甥正義箋以汾作汾水之汾不得訓之爲大且作者當舉其實不得乏言大王又曰箋傳之義皆以爲厲王　瑞辰按汾者墳之叚借故傳訓爲大傳乏之言大王但以爲美稱耳未嘗專指厲王正義謂傳箋皆以爲厲王非也厲爲惡謚若因流彘而稱汾王亦非美稱詩

人頌美宣王不應舉厲王之惡稱當从傳之言大王爲是又按箋云姊妹之子爲甥正義以爲釋親文齊風猗嗟箋同正義亦以爲釋親文其引孫疏亦以爲爾雅之明義胡承珙疑爾雅舊有此文後以傳寫脫之今按爾雅釋親謂吾舅者吾謂之甥也據釋親母之晜母爲舅則謂吾舅者吾謂之甥卽是姊妹之子曰甥此蓋以義推言之耳非實爾雅有姊妹之子曰甥一句而今本脫之也又按釋親女子子之子爲外孫而猗嗟傳云外孫曰甥則此汾王之甥毛意亦當指汾王之外孫與箋異義正義合而一之亦誤

韓侯迎止于蹶之里 瑞辰按五經異義引春秋公羊說

云自天子至於庶人娶皆當親迎左氏說王者至尊無敵體之義故不親迎使上卿迎之諸侯有故若疾病則使上大夫迎之上親臨之今按左氏說是也詩言文王親迎于渭韓侯迎止于蹶之里此諸侯至婦家親迎之證左氏言諸侯若有故及疾病不親迎則無故無疾病必親迎矣左傳莊元年正義引舊解齊侯親迎不至京師文王親迎不至於洽則天子諸侯親迎皆不至婦家殊失左氏之恉文王於商爲諸侯鄭君駁五經異義以文王親迎爲天子親迎之明文亦誤

諸娣從之傳諸侯一娶九女二國媵之諸娣衆妾也箋媵者必姪娣從之獨言娣者舉其貴者　瑞辰按何休公

羊註婦人八歲備數十五從嫡二十承事君子范甯穀梁傳註引許愼曰姪娣年十五以上能共事君子可以往二十而御古者姪娣葢皆少於嫡對言則姪與娣異通言則娣姪皆少於嫡故言諸娣以槪之非以娣爲貴也白虎通義云二國來媵誰爲尊者大國爲尊國等以德德同以色質家法天尊左文家法地尊右是姪娣無常尊若如何休引禮云質家親親先立娣文家尊尊先立姪則周尙文轉以姪爲尊矣白虎通義引詩作姪娣從之葢本三家詩又按白虎通義言姪娣年雖少猶從適人者明人君無再娶之義也還待年於父母之國未任答君子也是姪娣有還國待年之禮詩特言其始從

嫡之時耳

韓侯顧之傳顧之曲顧道義也瑞辰按列女傳齊孝公迎華氏之長女孟姬於其父母三顧而出親授之綏自御輪三曲顧姬輿遂納於宮淮南子氾論篇高誘註言蒼梧繞讓妻於兄違親迎曲顧之義又白虎通義曰夫親迎御輪三周下車曲顧者防淫佚也是知古者親迎有曲顧之禮正義謂既受女揖以出門及升車授綏之時當曲顧以道引其妻之禮義說與列女傳白虎通所言曲顧合正義又云本或曲爲回者誤也定本集注皆爲曲字是知正義釋經云韓侯於是廻顧而視之廻顧亦曲顧之譌道與導義與儀古通用傳言道義即導儀

也

川澤訏訏傳訏訏大也瑞辰按訏音義近芋說文芋大也通作詡廣雅詡詡大也太平御覽引詩川澤滸滸蓋本三家詩詡滸雙聲故通用

有貓有虎傳貓似虎淺毛者也瑞辰按爾雅虎竊毛謂之虦貓郭註引詩有貓有虎逸周書記武王之狩禽虎二十有二貓二貓蓋即今俗稱山貓者貓說文作苗云虎竊毛謂之虦苗竊淺也蓋具言之曰虦苗急言之則但曰苗記言迎貓迎虎貓亦謂虎之竊毛者也

燕師所完箋燕安也大矣彼韓國之城乃古平安時衆民之所築完瑞辰按釋文燕王肅孫毓並烏賢反云北

燕國潛夫論周宣王時有韓侯其國近燕則燕指燕國爲是路史云北燕伯欵亦姞姓則燕與蹶父爲同姓蹶父疑卽北燕之君入爲王卿士者以女妻韓侯因爲韓侯完其城與

其追其貊傳追貊戎狄國也瑞辰按下云奄受北國則追與貊皆當爲北狄惟追於經傳無徵釋文追又都回反讀如堆李善注七發曰追古堆字追卽𠂤之叚借追琢通作敦琢又轉爲雕周官追師註追之言雕也逸周書王會篇截伊尹朝獻商書云正西曰彫題孔晁註西戎之别名也此詩追疑卽雕之叚借雕題可單稱雕猶交趾可單稱交也尚書宅南交交卽交趾傳云追貊戎狄國者殆

以追爲西戎貊爲北狄歟其實夷蠻戎狄對言則異散言則北國可稱百蠻亦可通稱雖耳貊通作貉職方氏鄭司農註北方曰貉狄說文貉北方豸種孔子曰貉之爲言惡也周官職方有九貉鄭註以九貉爲九夷則東夷亦通稱貉

獻其貔皮傳貔猛獸也追貊之國來貢而侯伯總領之

瑞辰按說文貔豹屬出貉國爾雅釋文引字林同足證傳言來貢者爲追貊之確

江漢

序命召公平淮夷箋召公召穆公也名虎瑞辰按竹書紀年宣王六年召穆公帥師伐淮夷又曰王歸自徐錫

召穆公命此詩前三章是召穆公伐淮夷之事後三章是錫命之事竹書紀年又言厲王三年淮夷侵洛王命虢公長父伐之不克後漢書東夷傳云厲王無道淮夷入寇王命虢仲征之不克宣王復命召公伐而平之與竹書紀年合此詩正召公平淮夷之事

江漢浮浮武夫滔滔傳浮浮衆彊貌滔滔廣大貌箋江漢之水合而東流浮浮然宣王於是水上命將率遣士衆使循流而下滔滔然　瑞辰按古者江漢對言則異散言則通吕氏春秋言周昭王涉漢梁敗王及祭公隕於漢中左傳僖四年杜註亦云昭王涉漢而溺而穀梁傳則曰我將問諸江史記周本紀曰昭王卒於江上此漢

亦名江也江之入海在漢水入江以後宣王命師不至漢上而禹貢江漢朝宗於海及此詩云江漢浮浮此江亦通名江漢也浮浮滔滔皆水流彊盛之貌常武之喻王旅曰如江如漢故此詩亦以江漢與武夫傳云浮浮衆彊貌滔滔廣大貌葢欲以江漢衆彊比武夫因以武夫廣大似江漢互釋之耳說文滔水漫漫大皃字通作蹈蹈楚詞王逸註滔滔行貌廣雅釋訓浮浮蹈蹈行也葢本三家詩據風俗通義山澤篇引此詩曰江漢陶陶陶與滔古字通古本葢有作江漢滔滔者故通作陶陶王尚書曰經當作江漢滔滔武夫浮浮傳當作滔滔廣大皃浮浮衆彊皃箋當作江漢之水合而東流滔滔然

宣王於是水上命將率遣士衆循流而下浮浮然今本爲寫經者互譌說詳經義述聞

淮夷來求箋王爲來求淮夷所處據至其境故言來瑞辰按箋讀來讀如行來之來不若王尙書訓來爲詞之是來求猶是求也來鋪猶是鋪也王國來極猶是極也箋云王爲來求淮夷所處所處猶言所坐漢書嘗言坐某罪是也故正義釋之云本爲淮夷來求討伐之故然必於求字外增成其義而後明非詩義也求與鳩糾古同聲通用論語桓公九合諸侯卽僖二十六年左傳所云桓公是以糾合諸侯而謀其不協也成二年左傳今吾子求合諸侯以逞無疆之欲求合亦卽糾合之異文

是知求之言糾糾者繩治之名與討同義說文廣雅並曰討治也淮夷來求猶云淮夷是糾是討耳討爲治撥與平亦爲治訓求爲討正與序言撥亂及平淮夷義合求之義又轉爲誅求說文誅討也凡討責通可曰誅亦可通言求矣孟子有求全之毀求全猶云責備也文十二年左傳趙穿曰裹糧坐甲固敵是求宣十二年左傳趙同曰率師以來惟敵是求均與詩來求義相同

淮夷來鋪傳鋪病也瑞辰傳以鋪爲痡之叚借故訓爲病但三章匪疚言非以兵病害之則首章來鋪不得訓爲病之矣方言廣雅並云鋪止也來鋪猶言是止上言來求謂討治之下言來鋪謂止其地義正相承常武詩

鋪敦淮濆鋪亦止也

武夫洸洸傳洸洸武貌 瑞辰按說文洸水涌光也洸洸當爲僙僙之同音叚借爾雅釋訓洸洸武也釋文云洸舍人本作僙鹽鐵論繇役篇引詩作武夫潢潢玉篇作趪云趪趪武貌法言孝至篇武義璜璜並當爲僙僙之通借僙借作洸猶兕觥之觥借作觵周禮廣車鄭訓爲橫陣之車也郝懿行曰洸之言橫橫有武義故樂記曰橫以立武黃从芺聲芺古光字也故从黃之字或變从光

來旬來宣傳旬偏也箋來勤也旬當作營宣偏也 瑞辰按說文旬偏也十日爲旬字通作徇爾雅釋言徇宣偏

也義與姰近說文姰均適也男女併也讀若旬又通作巡廣雅徇巡也又作徇爾雅釋文引古今字詁曰徇今巡字三蒼徇徧也說文徇行示也一作延行延行即徧行也白虎通巡者循也又云三年二伯出述職古者以二伯出述職代天子巡視邦國來旬來宣正其事也胡承珙曰鴻雁傳宣示也此來宣毛意亦當爲示是來旬爲巡視之徧來宣爲宣布之徧故爾雅同訓爲徧來亦語詞之是猶云是旬是宣箋訓爲勤失之說文趙讀若煢史記天官書旬始旬一作營正月詩憂心惸惸惸又作煢周官均人註旬讀營營原隰之營營皆旬營通用之類古耕清部與眞臻部合用也故箋謂旬當作營然古

人自有複語句宜正不嫌同訓爲偏耳仍从傳訓偏爲是

肇敏戎公傳肇謀敏疾戎大公事也箋今謀女之事乃有敏德 瑞辰按爾雅釋言肇敏也說文敏疾也肇敏連言卽訓肇爲敏猶肇基連言卽訓肇爲基也傳从釋詁訓肇爲謀者謀敏古同聲中庸人道敏政鄭注敏或爲謀是謀敏通也然肇敏連言自爲複語郝懿行曰肇之言猶趙也穆天子傳云天子此征趙行郭注趙猶超騰也超騰與敏疾義近是肇亦有疾意公功古通用後漢書宋宏傳引詩作肇敏戎功論語所云敏則有功也烈文詩念茲戎功六月詩以奏膚公傳公功也義竝與此

詩戎公同箋云今謀女之事乃有敏德失之迂矣

秬鬯一卣傳秬黑黍也鬯香草也築煮合而鬱之曰鬯九命賜圭瓚秬鬯箋秬鬯黑黍酒也謂之鬯者芬香條暢也瑞辰按說文鬯以秬釀鬱艸芬芳攸服段云攸服當作條暢以降神也又曰鬱芳艸也十葉爲貫百廿貫築以煮之爲鬱義與周官鬱人鄭司農注及毛傳畧同惟鄭注周官鬯人云秬鬯不和鬱者及此箋云秬鬯黑黍酒謂之鬯者芬香條暢義與毛傳異今按鄭說是也周官鬱人凡祭祀賓客之祼事和鬱鬯以實彝而陳之鄭注序官云鬱鬱金香草也宜以和鬯按鄭意蓋謂宜以和之爲鬯非謂鬯爲酒也肆師祭之日及果築鬻大賓客涖几

筵築鬻又大喪大渳以鬯則築鬻凡言築鬻者皆築鬱鬱艸爲鬯祼地用以降神大喪用以浴尸皆非如酒可飲盎築煮鬱艸用水和汁因其芬香條暢而謂之鬯也鬯人掌共秬鬯鄭注序官云鬯釀秬爲酒芬香條暢於上下也是築煮鬱艸其氣芬香條暢謂之鬯釀黍爲酒其氣芬香條暢亦謂之鬯故說文鬱字从鬯𩰪字亦从鬯周官鬯人別於鬱人不必秬合鬱始名鬯也周官鬯人又云凡王弔臨共介鬯鄭司農訓介爲祓後鄭訓介爲副均無確證古草芥同稱丰芥介三字並通用說文丰艸蔡也象艸生之散亂也又鬱字注一曰鬱鬯百艸之華遠方鬱人所貢芳艸合釀之以降神說苑鬯百草

之本介鬯蓋合百艸爲之有如介艸之叢生散亂以別於鬱鬯秬鬯與

告于文人傳文人文德之人也箋王賜召虎以鬯酒一罇使以祭其宗廟告其先祖諸有德美見記者瑞辰按哀二年左傳衛大子禱曰文祖襄公積古齋鐘鼎款識載有旅鼎其銘曰旗用作文父曰乙寶尊彝古器銘又多稱文考者文人猶云文祖文父文考耳文侯之命追孝於前文人承上汝克紹乃顯祖言正以文人爲文侯祖之有文德者鐘鼎款識載追敦銘曰天子多錫追休追敢對天子顯揚用作朕皇祖考尊敦用追孝於前文人文人亦追自稱其先祖此詩文人傳箋俱指名穆公

之先人甚確朱子集傳謂指文王似誤

對揚王休傳對遂也箋對答也瑞辰按廣雅釋言對畣也對揚猶書顧命用答揚文武之光命也古答通作合宣二年左傳既合而來奔杜註合猶答也是知爾雅釋詁合對也合即答也至傳訓對爲遂者爾雅釋言對遂也遂者㒸之通借說文㒸从意也廣韻㒸從志也又遂隨雙聲隨亦從也與爾雅釋言畣然也義亦相近是傳箋義正相承耳對揚亦爲對越周頌對越在天爾雅釋言越揚也對越即對揚猶清揚一作清越發揚一作發越也

作召公考傳考成箋作爲也王命召虎用召祖命故虎

對王亦爲召康公受王命之時對成王命之辭謂如其所言也如其所言者天子萬壽以下是也　瑞辰按胡承珙曰據正義言定本集注皆作對成王命之辭則正義本箋當作對王命之成辭故其述毛云乃作其先祖召康公對王命成事之辭又述鄭云謂對王命舊事成辭是也但以成爲辭未免迂曲今按胡據正義以證今本箋對成王命之辭正義本元作對王命之成辭其說是也至謂箋以成爲成辭未免迂曲則非古者日月歲會計之文曰成周官司會以參互攷日成以月要攷月成以歲會攷歲成賈疏以成爲成事文書是也獄訟之辭曰成王制成獄辭史以獄成告於正正以獄成告於大

司寇大司寇以獄之成告於王是也斯干爲宣王考室之詩無羊爲宣王考牧之詩則古者頌禱之詞可謂之成卽可謂之考傳訓考爲成箋以成爲召公對王命之成辭固不得以爲迂曲也若嚴緝以成爲不毀墜康公之功范傳云作召公已成之事業皆於經何增成其義而後明未若傳箋說之善而胡氏取之誤矣

矢其文德傳矢施也釋文施如字爾雅作弛正義矢施也謂施陳也定本爲弛字非也　瑞辰按說文𢻫敷也經典通借作施矢施弛三字皆同聲故互相叚借爾雅釋詁矢陳也矢當爲肆之叚借說文肆極陳也大雅或肆之筵毛傳肆陳也孔疏以爲釋詁文是肆卽矢也釋詁

又云矢弛也弛卽施陳之義是也郭注訓爲弛放失之孔子閒居引詩弛其文德鄭注弛施也定本作矢弛葢从爾雅正義不明叚借之義故以定本作弛爲非耳

洽此四國　瑞辰按禮記孔子閒居引詩作協此四國此与板之篇民之洽矣列女傳及左傳引作協者正同葢皆本三家詩也毛詩作洽卽協字之雙聲叚借說文劦同力也从三力又曰協同心之龢也勰同思之龢也協同衆之龢也古文協从口十作叶義竝相近而不同協又通作汁大戴誥志此謂虞汁月汁亦協也

常武

序有常德以立武事因以爲戒然正義又因以爲戒戒

之使常然定本集注皆有然字瑞辰按然猶焉也因以爲戒然猶云因以爲戒焉焉然古同聲檀弓穆公召縣子而問然鄭注然之言焉也祭義國人稱願然大戴記曾子大孝篇然作焉是其證矣正義謂戒然爲戒之使然失之

南仲大祖大師皇父傳王命南仲於大祖皇甫爲大師箋南仲文王時武臣也宣王之命卿士爲大將也乃用其以南仲爲大祖者今大師皇父是也瑞辰按毛公以出車詩南仲爲文王時人此詩南仲別爲宣王時人漢書古今人表作南中係於厲王時蓋至宣王時猶存鄭此詩之南仲也白虎通爵篇曰王制爵人于朝與衆共

之引詩王命卿士南仲大祖又引禮祭統古者人君爵有德必於大祖是亦以詩南仲大祖爲命於大祖其義或本三家與毛義同史記夏本紀夏之後有男氏世本作南路史禹之後有南氏後有南仲翊宣王以中興是南仲實爲南氏至大師皇父據竹書紀年幽王元年王錫大師尹氏皇父命則皇父實爲尹氏卽二章所云王謂尹氏也安得以南仲爲大祖箋說之誤可知矣正義云南仲爲卿士未知於六官何卿案積古齋鐘鼎款識載無專鼎銘曰王格于周廟燔于圖室司徒南仲右其銘詞不類商器所謂南仲當卽宣王時臣則南仲實爲司徒周官大司徒職大軍旅大田役以旗致萬民而治

其徒庶之政令南仲蓋命以治徒庶之事

既敬既戒箋敬之言警也　瑞辰按警與儆音義竝同故說文儆警二字均訓爲戒周官大司馬註引詩既儆既戒蓋三家詩有作儆者鄭君先通韓詩故以警釋敬也敬與儆古通用管子立政篇脩火憲敬山澤敬卽儆也古多以儆戒連言士昏禮父命女曰戒之敬之敬亦儆也周頌敬之敬之爲戒成王其義亦同

命程伯休父傳程伯休父始命爲大司馬　瑞辰按楚語觀射父云重黎氏世掌天地而别其分土者也其在周程伯休父其後也當宣王時失其官守而爲司馬氏韋昭註程國伯爵休父名也失官守謂失天地之官而以

諸侯爲大司馬史記曰重黎之後伯休甫之國也又司馬遷自述爲休父之後蓋自休父始爲大司馬其後遂以官爲氏耳路史國名紀程商封吳回後今咸陽故安陵周程邑一雒陽上程聚程伯休父卿士之采案後漢續郡國志雒陽有上程聚注古程國是程伯休父之國至在咸陽故安陵者乃王季居程之程蓋商時程國周滅之文王卒於畢郢郢卽程字之叚借也正義謂父宜是字韋昭以爲名未能審之按趙氏春秋集傳云魯季孫行父晉荀林父皆以父爲名穀梁疏云齊侯祿父以父爲名則古之以父爲名者多矣春秋釋例云名重於字故君父之前自名朋友之前自字此詩王謂尹氏命

程伯休父正與王命召虎同爲君前臣名耳

省此徐土箋省視徐國之土地叛逆者端辰按括地志大徐城在泗州徐城縣北三十里古徐國也又云泗州徐城縣今徐城鎮在泗之臨淮鎮北三十里有故徐城號大徐城周十一里中有偃王廟是在泗州徐城縣北周穆王時徐偃王國也元和郡縣志徐城縣本徐子國也周穆王時徐王偃好行仁義東夷歸之者四十餘國穆王發楚師襲其不備大破之殺偃王其子遂北徙彭城原東山之下百姓歸之號曰徐山山在下邳之縣界是徐自偃王以後國已移至下邳春秋僖三年徐人取舒杜註徐國在下邳僮縣東南僮即臨淮後漢郡國志下邳

國云徐本國是春秋之徐亦在下邳宣王伐徐在穆王克徐以後卽爲徐之在下邳縣界者詩下言濯征徐國正義言此徐當在徐州之地未必卽春秋徐子之國失之漢地理志徐盈姓盈嬴古通用玉海徐嬴姓伯益佐禹有功封其子若木於徐未聞徐有他姓孔疏謂不知於時之君何姓亦肊說也至周官雍氏注云伯禽以王師征徐戎史記魯世家頃公十九年楚伐我取徐州徐廣曰徐州在魯東據說文𨛜字註𨛜邾下邑地从邑余聲魯東有𨛜城讀若塗是魯東之徐字正作𨛜宣王時早已屬魯固與此詩之徐無涉耳

匪紹匪遊傳匪紹匪遊不敢繼以遨遊也箋紹緩也王

舒安謂軍行三十里亦非解緩也亦非敖遊也瑞辰按紹遊對舉承上王舒保作當从箋訓紹爲緩匪紹匪遊猶言匪安匪遊也說文紹一曰緊糾也古字以相反爲義故紹爲緊糾又爲緩又紹与弨音義近小雅彤弓弨兮傳弨弛貌說文弛弓解弦也凡弓張則急弛則緩弨之言弛猶紹之言緩也釋文紹徐云鄭人遥反緩也正讀紹爲弨耳

徐方繹騷傳繹陳騷動也箋繹當作驛瑞辰按說文繹搯絲也搯卽抽字抽絲則有動義引伸爲擾動之稱與騷之訓擾同義繹騷連言猶震驚竝舉也傳箋竝失之騷者慅之叚借說文慅動也

如震如怒箋而震雷其聲而勃怒其色釋文一本此兩如字皆作而　瑞辰按而如古通用箋讀如爲而蓋以震怒非譬況之詞不須言如也一本遂从箋改經爲而矣从箋訓如爲而則震不必如箋訓雷周語君之武震無乃玩而頓乎晉語君有震武也韋注竝曰震威也成二年左傳畏君之震猶云畏君之威訓震爲威義與怒同

闞如虓虎傳虎之自怒虓然　瑞辰按廣雅釋詁虓怒也玉篇虓虎怒貌虓讀呼濫切與闞聲近而義同虓虎當爲虓唬之叚借虓唬雙聲字虎卽唬之省耳說文虓虎鳴也一曰師子大怒聲也今本說文脫大怒聲也四字此从一切經音義引增又唬字註一曰虎聲一切經音義引服虔通俗文虎聲謂

之哮虓哮卽虓之叚借風俗通引詩正作闞如哮虎虓虓又作哮虖說文虖哮虖也又作哮呼水經注引博物志言魏武於馬上逢獅子獅子哮呼奮越左右咸驚又作哮嚇埤蒼哮嚇大怒聲也玉篇哮嚇大怒也虖嚇虓並雙聲故通用

鋪敦淮濆傳濆涯箋敦當作屯陳屯其兵於淮水大防之上釋文鋪普吳反徐音孚陳也韓侯作敷云大也敦王申毛如字厚也韓詩云迫鄭作屯　瑞辰按方言廣雅並云鋪止也鋪敦二字同義鄭讀敦爲屯屯者聚也亦止也說文濆字注引詩敦彼淮濆是知鋪與敦一耳鄭箋訓鋪爲陳義本韓詩正以鋪爲敷之叚借說韓詩者

乃訓敦爲大失之以敦爲迫亦非敦屯古聲近通用呂覽去私篇高誘註讀曰車笸之笸是其類也胡承珙曰成二十三年左傳敦陳整旅謂整頓也周書武順解一卒居後曰敦敦亦頓也越絕書西陵名敦兵城卽頓兵城也今按頓與屯亦聲近義通猶鄭義也

仍執醜虜傳仍就虜服也箋就執其衆之降服者釋文仍如字本或作扔音同瑞辰按爾雅釋詁仍厚也釋文云仍本或作扔釋詁又云仍因也說文仍因也扔捆也捆就也字林扔就也廣雅因就也是仍與扔音義竝同

如飛如翰傳疾如飛摯如翰箋其行疾自發舉如鳥之飛也翰其中豪俊也瑞辰按說文翰字注引逸周書曰

文翰若翬雉一名晨風周成王時蜀人獻之段玉裁曰一名晨風四字當在蜀人獻之之下一名當作一曰釋鳥晨風鸇也正毛傳鷙如翰及箋所云鳥中之豪俊者今按段說是也飛與翰散言則通小雅翰飛厲天是也對言則異此詩如飛如翰是也據說文乾獸豪也箋訓翰爲豪俊正與乾爲獸豪義近說文又曰䮘馬毛長也義亦與翰近

緜緜翼翼傳緜緜靚也翼翼敬也 瑞辰按廣雅緜緜長也翼翼盛也長與盛義相近皆狀其兵之壯盛耳緜緡雙聲通用故詩緜蠻黄鳥一作緡蠻韓詩緜緜作民民亦以雙聲叚借至毛傳訓緜緜爲靚者靚卽靜也靜卽

宻也釋詁宻靜也　爾雅釋言𥈅密也矏説文作矏云日旁薄
緻宀宀也又臱宀宀不見也宀宀交覆深屋也矏臱竝武
延切與緜同音傳以緜緜爲宀宀之叚借故訓爲靜猶
言密也緜密雙聲字文選洛神賦注緜緜密意也正與
毛傳同義
不測不克箋其勢不可測度不可勝克瑞辰按測當爲
側之假借淮南子原道篇側谿谷之間高註側伏也不
側者謂其師不隱伏也克通作剋説文剋急也不克者
謂其師不急廹也箋以不可增成其義失之
王猶允塞傳猶謀也箋猶尚允信也王重兵兵雖臨之
尚守信自實滿瑞辰按猶猷古通用荀子韓詩外傳引

詩竝作王猷允塞傳訓爲謀是也箋訓爲尚失之

徐方既來箋兵未陳而徐國已來告服　瑞辰按左氏文五年傳若吾子之德莫可歌也其誰來之杜註來猶歸也爾雅釋言懷來也是知徐方既來猶言徐方既歸懷耳來與勑通廣雅釋詁勑順也順與歸懷義相通順猶服也既來即是既服箋以來告服增成其義失之

徐方既同　瑞辰按同當讀如殷見曰同之同同集也謂同集於朝也說文同會合也會同朝覲對文則異散言則通既同猶云既朝耳正義謂徐方來與他國同服於王者失之

徐方來庭傳來王庭也　瑞辰按爾雅釋詁庭直也庭者

廷之叚借倉頡篇廷直也說文直正見也古以諸侯不直者爲不庭周語以待不庭不虞之患左氏隱十年傳以王命討不庭成十二年傳謀其不協而討不庭韓奕詩榦不庭方傳庭直也正直爲庭則知正其不直亦爲庭此詩來庭猶云是直也左傳曰正直爲正正曲爲直孟子曰不直則道不見是直猶云是正與王國來極句法相似極亦正也正則不邪故下卽接言徐方不回矣傳訓爲來王庭失之

徐方不回箋回猶違也　瑞辰按說文𡇈衺也又曰湋回也經傳中多借違作回葢以疊韻相叚借大明詩厥德不回傳回違也堯典靜言庸違文十八年左傳作靖譖

庸回昭二十六年左傳君無違德論衡作君無回德皆以回爲違之叚借違皆褭衺字之通借故周語動匱百姓以逞其違晉語若有違質教將不入韋昭註竝曰違邪也此箋訓回爲違亦以不回爲不褭衺耳正義訓爲違命之違失之

瞻卬

女反有之 瑞辰按廣雅釋詁有取也有之猶取之也

女覆奪之 瑞辰按奪者敓之叚借說文敓彊取也引周書敓攘矯虔今吕刑作奪說文奪手持隹失之也是奪爲脫正字今經典通叚奪爲敓

懿厥哲婦箋懿有所痛傷之聲也正義懿與噫字雖異

音義同金縢噫公命我勿敢言與此同也　瑞辰按金縢釋文噫馬本作懿是懿噫通用之證楚語衞武公作懿戒以自儆卽大雅抑之詩是懿又通抑十月之交詩抑此皇父箋抑之言噫噫是皇父疾而呼之義與懿厥哲婦同懿噫抑三字竝同聲故詩以懿抑爲噫之叚借又按文選神女賦曰澹清靜其愔瘱李善注引韓詩曰瘱悅也又引蒼頡篇曰瘱密也引曹大家列女傳注曰瘱深邃也瘱或作嫕今誤作嫕盧氏文弨曰字當作瘱此懿厥哲婦之懿今按說文瘱靜也靜審也廣雅瘱審也瘱古讀如邑與懿字雙聲疊韻故懿可通作瘱而韓詩訓悅与毛異義

鞫人忮忒譖始竟背傳忮害忒變也箋鞫窮也譖不信也婦人之長舌者多謀慮好窮屈人之語忮害轉化其言無常始於不信終於背違　瑞辰按說文伎字註引詩鞫人伎忒伎者忮之叚借鞫人忮忒當謂長舌之婦窮詰人以忮害轉變之術譖毀也數也謂始譖毀人而終自背之也始譖毀人乃竟終背之是責人則明責己則暗也譖始所以爲忮竟背所以爲忒也箋以譖爲不信失之

豈曰不極伊胡爲慝箋胡何慝惡也豈謂其是不得中乎反云維我言何用爲惡不信也　瑞辰按豈曰不極承上譖始言之謂其譖毀人之忮忒豈曰不中正乎伊胡

爲慝則承竟背言之言伊何爲差忒也說文忒更也忒失常也慝卽忒之叚借猶鄘柏舟詩之矢死靡慝叚慝爲忒也上既言忒用本字故下借慝字以與上忒字爲韻此亦阮宮保所云義同字變之類箋訓爲慝爲爲惡失之

婦無公事休其蠶織傳婦人無與外政雖王后猶以蠶織爲事箋今婦人休其蠶桑織紝之職而與朝廷之事

瑞辰按公功古通用經義述聞謂公事卽周官女御以歲時獻功事休其蠶織卽是無功事今按公与宮同聲夏小正妾子始蠶執養宮事昏禮戒女詞曰夙夜無違宮事宮事皆謂蠶宮之事此詩公事當卽宮事之叚借

宮事卽蠶事也若如毛鄭所解則是婦有公事休其蠶織矣上言如賈三倍君子是識是不當知而知下言婦無公事休其蠶織是又當爲而不爲皆承上伊胡爲慝極言其失常之事

何神不富傳富福　瑞辰按富福古同部通用傳葢以富爲福之叚借易福謙釋文福京作富劉修碑鬼神富謙皆福通作富之證釋名福富也其中多品如富者也是富与福亦同義

舍爾介狄維予胥忌傳狄遠忌怨也箋介甲也乃舍女被甲之夷狄來侵犯中國者反與我相忌　瑞辰按說文狄之言滛辟也廣雅釋言狄辟也古或通以爲滛辟之

稱介狄謂大狄猶云元惡也舍爾介狄即上章彼宜有罪女覆說之維予胥忌即上章此宜無罪女反收之也傳箋並失之

邦國殄瘁傳殄盡瘁病也箋則天下邦國將盡困窮瑞辰按王觀察曰殄瘁皆病也周官稻人夏以水殄草而芟夷之鄭注曰殄病也魯語曰鑄名器藏寶財國民之殄病是待是殄亦病也今按王說是也殄瘁二字平列与盡瘁憔悴之同爲勞病正同殄盡以疊韻爲義盡亦病也成十二年左傳爭尋常以盡其民盡其民即病其民也

無不克鞏傳鞏固也瑞辰按釋詁鞏固也鞏固以雙聲

爲義古音轉讀鞏如固故與袓後爲韵戴震孔廣森均以此爲東侯交通之證

召旻

我居圉卒荒傳圉垂也箋荒虛也國中至邊境以此故盡空虛瑞辰按傳不釋居字蓋以居爲語詞讀同日居月諸之居箋上云病國中以饑饉則此箋所云國中亦承上言之不以居爲國中也正義乃云令我所居國中失之

昏椓靡共傳椓夭椓也箋昏椓皆奄人也昏其官名也椓椓毁陰者也王遠賢者而近任刑奄之人無肎共其職事者瑞辰按上言蟊賊內訌箋謂訌爭訟相陷人之

言則下昏椓正言其昏亂椓譖耳昏通作怋大雅民勞篇以謹惽怓毛傳惽怓大亂也鄭箋猶讙譁也說文作怋怓云怋怓也怓亂也此詩昏亦惽亂耳椓通作諑哀十七年左傳大子又使椓之釋文椓古與諑通楚詞謠諑謂予以善淫王逸注諑猶譖也方言諑愬也楚以南謂之諑廣雅釋詁諑訴也又諑責也諑譖也諑諻也義竝相近正月詩天夭是椓傳君夭之在位椓之正義王夭害之在位又椓譖之此傳以椓爲夭椓正訓椓爲諑譖之諑至箋以昏椓皆奄人是讀昏爲閽讀椓爲刖劓斀黥之斀與傳異義正義乃云傳意亦以椓爲去陰失矣

潰潰回遹傳潰潰亂也瑞辰按說文憒亂也潰潰卽憒憒之叚借

實靖夷我邦傳靖謀夷平也箋皆謀夷滅我之邦瑞辰按夷爲語助詞實靖夷我邦卽言實謀我邦猶之曲禮在醜夷不爭卽孝經在醜不爭夷字不爲義也傳訓夷爲平箋訓夷爲滅竝失之至瞻卬詩靡有夷屆靡有夷瘳及孟子夷考其行夷皆語詞則王尙書釋詞已言之矣

皐皐訿訿曾不知其玷傳皐皐頑不知道也訿訿窳不供事也箋玷缺也瑞辰按皐當讀爲諿玉篇諿相欺也重言之則曰諿諿訿與呰通管子形勢篇毀呰賢者謂

之訾列子天瑞篇訾訾然張湛注毀訾也訛又通呰說文呰苛也鄭注喪服四制云口毀曰呰皐皐訛訛皆極言小人讒毀人之狀玷當讀如點汚之點楚詞七諫唐虞點灼而毀議王逸注點汚也廣雅釋詁點汚也詩言小人止知毀議人而不自知其點汚也至爾雅釋訓皐皐琄琄刺素食也翕翕訛訛莫供職也蓋釋詩之大義非釋詩詞毛傳義本爾雅似於經義未協

兢兢業業孔塡不甯我位孔貶傳貶墜也箋兢兢戒也業業危也天下之人戒懼危怖甚久矣其不安也我王之位又甚墜矣言見侵侮政教不行後犬戎伐之而周與諸侯無異　瑞辰　按兢兢業業二句言在位之戒懼時

以危爲病不敢自安與上臯臯訿訿對文言彼讒毁人者曾不知其汚點而小心戒懼不敢自安反貶黜其位也箋以我位爲我王之位失之

草不潰茂傳潰遂也箋潰茂之潰當作彙彙茂貌瑞辰按胡承珙曰潰者敗也遂者成也以潰爲遂猶以治爲亂李黼平曰說文僓一曰長貌長義與遂義近傳蓋讀潰爲僓今按小緍傳亦曰潰遂也潰遂疊韻字潰卽遂之音近叚借猶旞或作𣄴遺風通作隧風也廣韻遂達也遂者艸之暢達與茂義相成箋以潰爲彙不若傳訓遂爲善又按韓詩外傳云如歲之旱草不潰茂然天勃然興雲沛然下雨則萬物莫不興起者相其文義莫當

爲草字之譌葢因下文有莫不字而誤又案孔氏詩聲類曰詩中幽韻與之逼者八見此詩茂止爲韻其一也天問雄虺九首儵忽焉在何所不死長人何首亦黝止韻之逼戚學標毛詩證讀又引漢書敘傳侯王之祉祚及孫子公侯蕃滋枝葉碩茂魏武觀滄海詩樹木叢生百艸豐茂秋風蕭瑟洪波湧起皆之幽韻逼之證顧氏古音考以此章爲無韻失之至末章舊與里協古音讀舊如忌與久古讀已者正同此詩舊里猶蕩詩時與舊韻後人誤以舊入黝類胡承珙據爲之幽逼之例則非

如彼棲苴傳苴水中浮艸也箋如樹上之棲苴瑞辰按楚詞九章草苴比而不芳王逸注生曰草枯曰苴苴逼

作菹管子輕重篇請君伐菹薪房註草枯曰菹又通作柤一切經音義引詩如彼棲柤又引通俗文刈餘曰柤柤卽查字音樝亦與槎字通用張參五經文字苴七余反又音查見詩大雅卽指此詩是唐人讀苴亦如槎故字得通作柤柤卽樝字之省說文樝果似梨而酢內則作柤梨今本通作楂梨苴讀如樝猶說文抯讀若樝梨之樝揟取水沮也沮卽今之渣字也查又爲浮木之稱古聲同者其義亦同水中浮木謂之查水中浮艸謂之苴其義一也傳云水中浮草亦謂枯草之浮於水中者耳棲蓋艸枯之狀艸之生曰興曰作則其枯可謂之棲釋文棲謂棲息蓋謂枯草偃臥有似棲息也又棲摧聲

近棲之言摧折也毛傳不解棲字正義謂棲爲浮義失之箋以爲樹上棲苴亦非

無不潰止箋潰亂也無不亂者言皆亂也春秋傳曰國亂曰潰邑亂曰叛 瑞辰按潰者讀之叚借釋言訌潰也說文訌讀也此潰卽讀之證說文讀中止也从言貴聲司馬法曰師多則民潰讀止也是讀止二字同義胡承珙曰止者陷也中止猶言內陷也今按陷猶敗也是止亦潰敗之義傳箋皆不釋止字蓋以止爲語詞不知止亦潰也

胡不自替傳替廢箋女小人耳何不自廢退使賢者得進 瑞辰按離騷長大息以掩涕兮哀民生之多艱余雖

好脩姱以鞿羈兮謇朝誶而夕替以替與𧶜韻與此詩以替與引韻正相類替說文作𣋝云𣋝廢也一偏下也从竝白自音自聲或从曰或从兟从曰錢氏大昕曰字當爲朁从曰兟聲今按錢說是也古先辛同韵是以朁與引聲近兟从先聲色巾反朁从兟聲他因反讀如親而近汀正與引同爲眞臻部字亦與𧶜讀如根相協管子問第二十四云各主異位毋使讒人亂朁而德營九軍之親宋翔鳳謂朁與親韵正与詩同胡承珙又曰雉夷古聲近本草辛夷作辛𥹎御覽亦作辛引則引正可讀如夷以與替韻今按夷與引雙聲夷讀如引者亦古雙聲爲韻之類

昔先王受命有如召公箋先王受命謂文王武王時也召公召康公也言有如昔時賢臣多非獨召公也瑞辰按關雎正義詩一句六字者昔者先王受命有如召公之臣之類也今本無者字無之臣二字臧氏玉琳曰序閔天下無如召公之臣也正取詩有如召公之臣爲說又箋言有如昔時賢臣多非獨召公也是鄭本原作有如召公之臣當从關雎正義所引補正今按臧說是也詩有之臣二字以命與臣爲韻於古音正合撰義疏者非出一手故本篇正義引作有如召公與關雎正義所引互異耳

清桐城馬氏本毛詩傳箋通釋

第七册

清 馬瑞辰撰

天津圖書館藏清道光十五年桐城馬氏學古堂刻本

山東人民出版社·濟南

毛詩傳箋通釋卷二十八

周頌

桐城馬瑞辰學

清廟

於穆清廟傳：於，歎辭也。穆，美也。瑞辰按：漢書韋元成傳云：議者又以爲清廟之詩言交神之事無不清靜。賈逵左傳注：肅然清靜謂之清廟。蔡邕明堂月令論：取其宗祀之清皃則曰清廟。釋文引杜預曰：肅然清淨之稱也。古釋清廟皆謂以清靜得名，猶明堂義取嚮明，閟宮義取閟神。此詩序箋謂清廟爲祭有清明德者之宫，正義因謂清是功德之名，非清靜之義，其說非也。廣韻：穆，清也。於穆卽狀清廟之皃。說文：㣎，細文也。穆，禾也。凡詩言

於穆穆穆者皆㣎字之叚借

秉文之德傳執文德之人也箋皆執行文王之德瑞辰按昭二十三年左傳昔成王合諸侯城成周以爲東都崇文德焉周語昭顯文德又詩文定厥祥傳言大姒之有文德也告于文人傳文人文德之人也皆乏之言文德此傳謂多士皆執持文德亦乏之言有文德與箋言皆執行文王之德異義正義謂毛鄭同失之又按顧氏詩本音云清廟一章無韻孔廣森曰上半章前二句不入韻而濟濟多士秉文之德相爲韻下半章中二句不用韻而對越在天無射于人首尾相爲韻蓋德古音如置故可與士協今按孔說是也古德字作悳从直从心蓋亦

兼从直聲故可讀如置易有功而不德鄭本作置大戴禮其心不德荀子作置又有施而不德逸周書作置玉藻立容德徐仙民音置皆德有置音古字通用之證

駿奔走在廟傳駿長也箋駿大也瑞辰按爾雅釋詁駿速也速與疾義同正義引禮記大傳駿奔走注駿疾也疾奔走言勸事駿疾以聲近爲義廟中奔走以疾爲敬其說較傳箋爲善正義牽合箋說云大者多而疾來之意則失之矣周頌噫嘻篇駿發爾私傳謂大發其私田箋易之曰駿疾也此疾與大異訓之證駿與浚通鹽鐵論取下篇浚發爾私上讓下也遂及我私先公職也正訓浚爲疾彼詩亦當从箋訓疾駿又通作逡禮大傳逡

奔走鄭注逡疾也

維天之命

維天之命於穆不已傳孟仲子曰大哉天命之無極而美周之禮也箋命猶道也天之道於乎美哉動而不止行而不已正義引孟子趙岐注云孟仲子孟子從昆弟學於孟子者也譜云孟仲子者子思弟子蓋謂與孟軻共事子思後學於孟軻著書論詩毛氏取以爲說 瑞辰按孟子趙岐注云孟子親受業於子思史記孟子列傳則云孟子受業於子思之門人如孟子且未及親事子思豈孟仲子學於孟子轉曾爲子思弟子乎詩譜之言蓋不足據正義合詩譜及趙岐說而一之誤矣繹典虞

錄云詩自子夏傳曾申申傳魏人李克克傳魯人孟仲子孟仲子傳趙人孫卿子孫卿子傳魯人大毛公孫卿生孟子後得受詩於孟仲子則孟仲子幼於孟子未及受業於子思可知矣孟仲子爲毛詩傳授所本故此詩及閟宫詩傳竝引其說又按說文以字从反巳檀弓注云以已字是以與已本同字也似从人已聲故以已與似古亦通用正義引詩譜曰子思論詩於穆不已孟仲子曰於穆不似字雖異而義則同傳引孟仲子曰大哉天命之無極廣雅極已也無極正釋詩不已是知孟仲子雖借作不似其義仍作不已也正義不明通借之義謂傳雖引仲子之言而無不似之義失矣又按廣雅廣

韻竝曰命道也易臨彖傳曰大亨以正天之道也无妄彖傳曰大亨以正天之命也昭二十六年左傳曰天道不謟二十七年左傳曰天命不慆皆命卽道之證故箋曰命猶道正義謂天之教命卽是道失之又按說文㣎細文也穆卽㣎之叚借訓穆爲文與下純訓爲文同義

文王之德之純傳純大也箋純亦不已也瑞辰按說文焞明也引春秋傳曰焞燿天地純與焞通用漢書揚雄傳光純天地純亦明也此承上於乎不顯言之不顯顯也顯明也純亦明也文與明義相引伸方言廣雅竝曰純文也中庸引此詩而釋之曰蓋曰文王之所以爲文也純亦不已正訓純爲文說文純絲也崔覲說易曰不

褋曰純純本美絲之稱叚以狀德之明而不褋故義爲明爲文爻爲大耳

假以溢我傳假嘉溢愼也箋溢盈溢之言也瑞辰按說文誐嘉善也引詩誐以謐我誐與假雙聲謐與溢字異而音義同左氏襄二十七年傳君子曰何以恤我何者誐之聲借恤與謐亦同部字也此詩溢謐恤三字通用猶堯典惟刑之卹哉史記作靜今文尚書作謐也爾雅釋詁溢愼謐靜也又曰溢愼也說文謐靜語也靜與竫通說文竫安竫也廣雅靜安也愼與靜古亦同義詩言溢我卽愼我也愼我卽靜我也靜我卽安我猶詩言綏我眉壽綏亦安也假以溢我正謂善以綏我左傳言恤

我者恤當爲侐之叚借說文侐靜也正與溢謐竝訓靜者同義惟箋訓爲盈溢與傳異義

駿惠我文王箋以大順我文王之意謂爲周禮六官之職也瑞辰按惠順也駿當爲馴之叚借馴亦順也駿惠二字平列皆爲順猶劬勞同爲勞盡瘁同爲勞也馴借作駿猶尚書克明俊德史記作馴德徐廣曰馴順也馴德即順德也雨無正不駿其德朱彬謂駿與馴同馴順也皆駿亦爲馴之證箋訓駿惠爲大順失之

曾孫篤之傳成王能厚行之也箋曾猶重也自孫之子而下事先祖皆稱曾孫是言曾孫欲使後王皆厚行之非惟今也瑞辰按曾孫當从箋通指後王爲允篤者管

之叚借說文𩫖厚也从亯竹聲讀若篤孔廣森曰竹聲古蓋讀如呪故篤與收爲韻

維清

序維清奏象舞也箋象舞象用兵時刺伐之舞武王制焉瑞辰按襄二十九年左傳見舞象箾南籥者賈逵注象文王之樂武象也杜注箾舞者所執據說文箾以竿擊人也是箾卽干公羊傳萬舞者干舞也古者文舞執籥武舞執干左傳南籥爲文舞則象箾爲武舞卽此詩象舞也舞武古通用象舞蔡邕獨斷作象武蓋以象文王之武功也作舞者通借字耳是以知仲尼燕居篇下管象武卽象舞也象舞亦單稱象文王世子明堂位皆

云下管象以象與大武對言則象非大武可知文王世子鄭注乃謂象周武王伐紂之樂也以管播其聲又爲之舞合象與大武爲一誤矣孔子曰升歌清廟示德也下而管象示事也白虎通曰歌在堂上舞在堂下歌者象德舞者象功君子上德而下功也清廟象舞雖俱是文王之樂清廟以人歌之故宜升象舞以管奏而舞之故宜下正義乃云下管象若是此篇則與清廟俱是文王之事不容一升一下失其義矣墨子七患云武王勝殷殺紂環天下自立以爲王事成功立無大後患因先王之樂又自作樂命曰象春秋繁露質文篇武王受命作象樂繼文以奉天是武王之樂亦名象然云因先王

之樂云繼文是正因文之象舞而作非卽此詩象舞亦
非下管象之象也
肇禋傳肇始禋祀也箋文王受命始祭天而枝伐也周
禮以禋祀祀昊天上帝 瑞辰按李黼平曰生民以歸肇
祀傳云始歸郊祀也周之祭天自后稷然矣文王祭天
不應言肇尚書禋于六宗固爲天神而禋于文王武王
宗廟亦得稱禋說文禋潔祀也一曰精意以享爲禋是
禋乃祭祀通稱傳訓禋爲祀蓋言始禋祀而征伐義不
繫於祭天正義以箋述毛非也今按李說是也肇禋猶
云肇祀生民詩后稷肇祀庶無罪悔以迄于今言后稷
之肇祀也此詩肇禋迄用有成言文王之肇祀也二詩

文義相似生民詩承上帝居歆言之故傳以肇祀爲郊祀此詩上無所承故傳以肇禋爲之言禋祀耳

維周之禎傳禎祥也釋文祺音其爾雅同徐云本又作禎音貞與崔本同　瑞辰按爾雅釋言祺祥也某氏注引詩維周之祺正義釋文本原皆作祺惟正義引定本集注釋文引徐邈本作禎按作禎者以與禋成爲韻作祺者以與首句熙字爲韻爲首尾用韻二本皆於韻合胡承珙曰作禎者毛詩作祺者蓋三家詩或謂由崔注改易取韻者非也李黼平曰行葦壽考維祺傳云祺吉也此經如作祺傳不應別訓惟作禎乃訓爲祥說文禎祥也祺吉也从毛傳不从爾雅則經文作禎爲是

烈文

烈文辟公傳烈光也箋光文百辟卿士及天下諸侯者瑞辰按周書謚法解有功安民曰烈烈文二字平列烈言其功文言其德也爾雅釋詁辟君也天子諸侯皆有君號故通稱爲辟天子曰辟王詩載見辟王是也諸侯則曰辟公此詩烈文辟公雝詩相維辟公是也箋謂百辟卿士及諸侯包咸論語注謂諸侯及二王之後並失之

錫茲祉福傳文王錫之箋天錫之以此祉福也瑞辰按成王即位徧祭列祖則祉福宜謂列祖錫之詩末章前王亦兼言列祖傳專言文王非也

無封靡于爾邦傳封大靡累也箋無大累於汝國謂侯治國無罪惡也　瑞辰按廣雅釋詁廢壞也廢與靡通越語靡王躬身章注靡損也無封靡于爾邦猶云無大損壞於爾邦也靡累以疊韻爲訓傳訓爲累與損壞義近累於國卽損壞於國也白虎通三軍篇曰詩云無封靡于爾邦維王其崇之此言追誚大罪也以封靡爲大罪與箋義合皆本三家詩正義謂靡是侈靡奢侈淫靡是罪累之事失傳恉矣

繼序其皇之傳皇美也箋皇君也謂卿大夫能守其職得繼世在位以其次序其君之者謂有大功王則出而封之　瑞辰按說文緒絲耑也序敘古通用爾雅釋詁敘

緒也閔予小子篇繼序思不忘傳序緒也此詩傳不釋序字義亦爲緒繼序猶云纘緒謂諸侯世繼其先祖之緒以爲君也箋訓爲次序失之

天作

大王荒之傳荒大也天生萬物於高山大王行道能安天之所作也　瑞辰按晉語鄭叔詹曰在周頌曰天作高山大王荒之荒大之也大天所作可謂親有天矣此傳義所本傳云能安天之所作段玉裁李黼平皆謂安爲大字之誤是也荀子王制篇曰天之所覆地之所載莫不盡其美致其用上以飾賢良下以養百姓而安樂之夫是之謂大神引詩天作高山四句爲證此又毛傳天

生萬物於高山所本葢合天覆地載之語而括以萬物也

彼徂矣岐有夷之行傳夷易也箋彼彼萬民也徂往行道也後之往者又以岐邦之君有佼易之道故也 瑞辰按毛詩以彼徂矣三字爲句與上彼作矣相對成文韓詩則作彼徂者後漢書西南夷傳朱輔上疏曰臣聞詩云彼徂者岐有夷之行傳曰岐道雖僻而人不遠李賢注引韓詩薛君傳曰徂往也夷易也行道也彼百姓歸文王者皆曰岐有易道可往歸矣易道謂仁義之道故岐道阻險而人不難鄭君先通韓詩故此箋全本韓義其云後之往者正釋經彼徂者句正義徂謂新往者是

知箋疏本皆作徂者而以岐字屬下句讀則毛韓詩同也說苑韓詩外傳竝引詩岐有夷之行惟沈存中筆談引後漢書朱輔疏誤作朱浮傳又誤讀岐字爲句誤徂作岨葢由誤以韓詩傳岐道阻險爲釋詩彼徂者之徂也朱子集傳王伯厚詩考竝沿其誤又按說文傷佼傷莊述祖引易緯注佼傷無爲是佼傷爲寂然無爲之稱正義以佼爲佼健失之

昊天有成命

昊天有成命箋昊天天大號也有成命者言周自后稷之生而已有王命也 瑞辰按穆天子傳壬辰鄧公飲天子酒乃歌𠟥天之詩郭注引此詩是𠟥卽昊字古文明

成二字同義爾雅釋詁明成也臣工篇將受厥明明亦成也成命猶言明命箋謂后稷之生已有王命失之

成王不敢康箋文王武王受其業施行道德成此王功不敢自安逸　瑞辰按晉語引此詩韋昭注謂文武脩己自勤成其王功非謂周成王身也說與箋同但考叔向說是詩曰是道成王之德也成王能明文昭能定武烈者也二后指文武則成王自指周成王無疑頌作於成王之時成王猶召南詩稱平王象其德而稱頌之非諡也叔向曰夫道成命而稱昊天翼其上也二后受之讓於德也蓋謂成王不自謂能受天命而曰文武受之故以爲讓於德若不指周成王則二后受之何謂讓於德

乎賈子禮容篇釋此詩曰二后文王武王成王者文王之孫武王之子也文王有大德而功未就武王有大功而治未成及成王承嗣仁以臨民故稱昊天焉蚤興夜寐以繼文王之業懿然葆德各遵其道故曰有成是賈子亦以詩成王指周成王身矣呂氏愼大覽曰文王造之而未遂武王遂之而未成周公旦抱少主而成之故曰成王史記周公謂伯禽曰我文王之子武王之弟成王之叔父成王蓋時臣美其德生有此號酒誥釋文載馬融注引或曰以成王爲少成二聖之功生號曰成王沒因爲謚其說是也尚書大傳奄君蒲姑謂祿父曰武王已死矣成王尚幼矣成王惟生有此號故周頌作於

成王在位時得稱成王耳此箋及韋注國語竝以成王指文武失之

夙夜基命宥密傳基始命信宥寬密甯也瑞辰按傳義俱本晉語戴氏震毛鄭詩考正取晉語釋之是也然尚有未盡合者叔向曰夙夜恭也基始也命信也宥寬也密甯也後總釋之曰其中也恭儉信寬帥歸于甯恭信寬甯承上夙夜命宥密五字言不應獨去基字另增儉字是知儉卽承上基始言也葢云恭始信寬則不詞故易始爲儉儉者禮之本本卽基也故基爲始又爲儉耳命令古通用令从亼卪說文卪瑞信也賈子曰命者制令也與叔向訓命爲信同義叔向以恭儉信寬帥歸于

甯釋詩夙夜基命宥密則基命與宥密各爲一德基命二字平列不連讀孔疏釋傳云始於信順天命戴震云早夜敬恭其命有始未竟之謂基命竝失之

單厥心傳單厚瑞辰按爾雅釋詁亶信也亶誠也又亶厚也說文亶多穀也亶之本義爲多穀引伸爲信厚毛詩作單者雙聲假借字說文單大也大与厚義亦相通墨子經篇云厚有所大也

肆其靖之傳肆固靖和也箋固當爲故字之誤也爲之不解倦故於其功終能和安之瑞辰按叔向釋詩曰肆固也靖和也又曰其終也廣厚其心固和之又曰終於固和以固與和平列傳義正本叔向不當如箋訓故故

固古通用爾雅肆故也肆可訓爲語詞之故即可訓爲堅固之固非誤字也

我將

我將我享傳將大享獻也箋將猶奉也我奉養我享祭之瑞辰按莊述祖曰將古文作鬺見古彝器其文或爲鬺彝尊鼎或爲鬺彝或爲鬺牛鼎或爲某作鬺某寶尊彝說文作鬺煑也从鬲羊聲字亦作鬺封禪書曰皆嘗鬺享上帝鬼神徐廣曰鬺享煑也音殤享當讀饗韓詩于以鬺之毛借作湘傳湘烹也此傳將亦訓烹篆文亯獻之亯與亯飪之亯本一字或疑亯亯覆衍遂改亯爲大今按將享對文以將爲鬺之叚借訓烹正與封禪書

鬺享上帝鬼神及易傳聖人亨以饗上帝文法相類較傳箋爲善若莊以爲毛本訓亨後人改亨爲大則肊說也

維羊維牛 瑞辰按臧氏經義雜記謂正義本原作維牛維羊周官羊人疏及隋書宇文愷傳引詩並作維牛維羊又正義釋序兩云維牛維羊釋經及箋牛羊字凡六見阮尚書校勘記以臧氏說爲是然箋云我奉養我享祭之羊牛正義釋經云維是肥羊維是肥牛均先羊而後牛又詩以將享與下方王饗爲韻而中以牛與右韻與詩中隔句用韻其隔句自爲韻者正合仍从唐石經及毛本作維羊維牛爲是

儀式刑文王之典傳儀善刑法箋我儀則式象法行文王之常道瑞辰按說文儀度也度法制也字通作檥爾雅釋詁儀榦也說文檥榦也立木作表爲榦是檥卽表也文六年左傳引之表儀荀子君者儀也儀正則景正皆以儀爲表因而測天之表謂之儀人之儀表亦爲儀矣式者栻之渻褚少孫日者傳言卜者旋式正棊索隱曰式卽栻也栻之形上圓象天下方法地用之則轉天綱加地之辰故曰旋式漢書王莽傳天文郎按栻於前廣雅釋器栻梮也式本占象之器用與儀表等因而可爲式象者通稱式矣刑者型之渻說文型鑄器之灋也古者以水曰模以金曰鎔以竹曰範以土曰型經傳中

通叚作刑法之亦謂之刑周頌百辟其刑之箋曰卿大夫法其所爲是也是儀式刑皆可訓法詩中有三字同義竝稱者如亂離瘼矣及維清緝熙皆與此句法相類朱子集傳儀式刑皆法也義本鄭箋其說是也不必如毛傳訓儀爲善

伊嘏文王箋受福曰嘏釋文嘏古雅反毛大也瑞辰按說文嘏大遠也爾雅嘏假大也假卽嘏之叚借此詩伊嘏大王猶言大哉文王从毛訓大爲允但不得如王肅時邁云維天乃大文王之道耳

時邁

時邁其邦傳邁行箋武王既定天下時出行其邦國謂

巡守也瑞辰按爾雅時是也徥則也是猶徥亦則也時是皆語詞正義云以時行其邦國失之

實右序有周箋右助次序其事謂多生賢知使爲之臣也瑞辰按序与敘同爾雅釋詁順敘也大戴保傳篇言語不序周語時序其德周旋序順序皆順也次序爲序順從亦爲序順之卽助之也周禮司書注敘猶比次也凡相比相次皆有助義實右序有周猶言實佑助有周也右序二字同義箋謂次序其事失之

莫不震疊傳疊懼正義疊懼釋詁文彼疊作慴音義同瑞辰按傳以疊爲慴之叚借爾雅釋詁慴懼也郭注慴卽懾也說文慴懼也讀若疊是慴疊音同之證

懷柔百神傳懷來柔安正義釋詁柔安也某氏引詩曰
懷柔百神定本作柔集注作濡柔是也釋文柔如字本
亦作濡兩通 瑞辰按爾雅釋言格懷來也此傳義所本
方言儀佫來也陳潁之間曰儀自關而東周鄭之郊齊
魯之間或謂之佫或曰懷周語民神怨痛無所依懷韋
注懷歸也來與歸義相因柔濡雙聲故通用宋書樂志
明堂歌懷濡上靈正本此詩柔通作濡猶說文訓儒爲
柔也

及河喬嶽傳喬高也高岳岱宗也 瑞辰按爾雅釋山山
銳而高嶠淮南泰族篇引詩及河嶠嶽又通作橋史記
五帝紀張守節正義引爾雅山銳而高曰橋釋名山銳

而高曰喬形如橋也喬嶽宜逼指四岳言之般之詩兼祭四嶽亦曰隋山喬嶽是其證也

肆于時夏傳夏大也箋肆陳也我武王求有美德之士而任用之故陳其功於是夏而歌之樂歌大者稱夏瑞辰按先儒同訓夏爲大而言大之義不一宣十二年左傳引此詩載戢干戈五句杜注肆遂也夏大也言武王既息兵又能求美德故遂大而信王保天下正義曰遂大謂功業遂大此以大爲功業大也周禮鍾師注引吕叔玉解此詩肆于時夏曰肆遂也夏大也言遂於大位謂王位也此以大爲位大也鄭箋樂歌大者稱夏此以夏爲樂歌之大也朱子集傳云夏中國也言求懿美之

德以布陳于中國此以夏爲諸夏之大也今按左傳引詩肆于時夏允王保之以證武德之保大詩肆于時夏承我求懿德言之夏之爲大當指德大肆遂也時猶是也言其德遂於是大也毛傳但訓夏爲大不言大爲何指與左傳引詩義合呂叔玉言指大位孔疏言功業大者皆非也說文夏中國之人也周官大司樂鄭注大夏禹樂也禹治水傅土言其德能大中國也襄二十九年左傳爲之歌秦曰此之謂夏聲又曰能夏則大服虔注與諸夏同風故曰夏聲是樂之名夏本取中夏之義詩言肆于時夏承上我求懿德言宜从朱子集傳謂布德于中國而後人因有肆于時夏一語遂名其樂爲肆夏

耳傳止訓夏爲大箋始以夏爲樂歌之大正義合傳箋爲一失之又按周官鍾師注引杜子春曰肆夏與文王鹿鳴俱稱三謂其三章也以此知肆夏時邁也國語曰金奏肆夏繁遏渠天子所以享元侯肆夏繁遏渠所謂三夏矣又引呂叔玉云肆夏繁遏渠皆周頌也肆夏時邁也繁遏執競也渠思文也元謂以文王鹿鳴言之則九夏皆詩篇頌之族類也此歌之大者載在樂章樂亡亦從而亡是以頌不能具案所云頌不能具謂頌不能備有九夏耳其以肆夏爲周頌時邁等詩三章正同呂說故此詩箋云樂歌大者稱夏思文箋又云夏之屬有九賈疏乃以頌不能具謂頌內無此詩正義亦云鄭以

九夏別有樂歌之篇非頌也失鄭指矣韋昭國語注分繁遏渠爲三謂肆夏一名繁韶夏一名遏納夏一名渠與呂叔玉說異而杜預左傳注畧同案國語肆夏繁遏渠與文王大明緜句法相同不得謂肆夏一名繁繁遏二字自當从呂說連讀謂指執競篇耳且左傳明言肆夏之三是三篇皆肆夏之屬爲時邁執競思文以三篇相連與鹿鳴之三文王之三皆三篇相連可知不得兼言韶夏納夏也說文肆極陳也思文詩陳常于時夏陳卽肆也此正思文詩與肆夏同類之證韋杜之説並失之

執競

執競武王箋競彊也能持彊道者維有武王也瑞辰按序釋文引韓詩云執服也說文執捕罪人也義與服近又執慴慹古通用史記項羽本紀諸將皆慴服漢書作讋服陳咸傳作執服朱博傳作慹服是其證韓詩訓執為服者葢以執競為能執服彊禦猶朱博傳云慹服豪強也說文倞彊也廣雅倞強也凡詩言執競無競又呂叔玉引詩作執傹皆倞字之叚借若競之本義則說文自訓彊語耳

斤斤其明傳斤斤明察也瑞辰按爾雅釋訓明明斤斤察也斤斤即昕昕之消借一切經音義引爾雅昕察也當作昕昕察也即爾雅斤斤察也之異文說文昕旦明

也廣雅昕明也重言之則曰昕昕矣

鍠鼓喤喤傳喤喤和也 瑞辰按喤者鍠之叚借說文喤小兒聲也鍠鐘聲引詩鐘鼓鍠鍠漢書禮樂志風俗通引詩竝同葢本三家詩爾雅韹韹樂也方言韹音也竝與鍠字音義同

磬筦將將傳將將集也 瑞辰按將者鏘之叚借三倉鏘鏘金聲也說文鎗鐘聲也通言之則磬管之聲亦曰鎗鎗字又通作瑲與蹡荀子富國篇引詩管磬瑲瑲說文引詩管磬蹡蹡皆音同叚借字也磬管古本當作管磬

降福穰穰傳穰穰眾也 瑞辰按爾雅穰穰福也郎注言饒多說文秧禾若秧穰也集韻秧穰禾下葉多也福之

多曰穰穰豐年禾黍之多亦曰穰穰其義一也說文孃煩擾也一曰肥大又䑋益州鄙言人盛諱其肥謂之䑋方言梁益之閒凡人言盛及其所愛諱其肥謂之䑋李善曰諱方言作瑋義並與穰穰近

威儀反反傳反反難也箋反反順習之貌　瑞辰按賓之初筵詩威儀反反傳反反言重愼也此傳訓難即重愼之義正義訓爲重難是也曾釗讀難爲行有節度之難失之釋文引韓詩作昄昄云善貌此箋云順習之貌卽韓所云善皃也箋義多本韓詩正義合傳箋爲一失之潛夫論引作威儀板板葢叚借字當以韓詩作昄昄爲正字

福祿來反傳反復也箋君臣醉飽禮無違者以重得福祿也瑞辰按爾雅釋言復返也返與反同廣雅返歸也歸从止有止義福祿來反猶言福祿來止也周官鐘師注引呂叔玉曰繁遏執競也又曰繁多也遏止也言福祿止於周之多也故執傹曰降福穰穰降福簡簡福祿來反蓋亦以來反為來止故引以證執傹之卽為繁遏莊述祖訓遏為逮謂能逮及祖考又引或曰言福祿相逮及竝非詩義

思文

立我烝民箋立當作粒正義傳不解立宜為存立衆民也瑞辰按立當訓為成立之立廣雅立成也成義同定

臯陶謨烝民乃粒史記夏本紀作衆民乃定作粒者叚借字耳訓立爲定正與莫匪爾極訓極爲中義相貫箋从書讀立爲粒失之

貽我來牟傳牟麥箋武王渡孟津白魚躍入于舟出涘以燎後五日火流爲烏五至以穀俱來此謂遺我來牟瑞辰按說文來周所受瑞麥來麰一麥二夆舊作一來二縫或作一朿二夆此从詩正義引作一麥二夆象芒刺之形天所來也故爲行來之來其釋來爲天所來與箋義同葢皆本古文泰誓赤烏以穀俱來之說以今考之殆不然也來與貍雙聲亦同部通用方言貔陳楚江淮之間謂之猍北燕朝鮮之間謂之貊關西謂之貍說文麥芒穀秋穜厚薶故謂之麥是麥本取義於薶薶卽來也來

又通作釐漢書劉向上封事引詩貽我釐麰釋曰釐麰麥也方言陳楚之間凡人嘼乳而雙產謂之釐孳說文孿一乳兩子也廣雅釐孳孿也雙孿二也釐亦作孷孳亦作孖玉篇孷孖雙生也來麰一麥二夆正與釐之爲雙產者聲近而義同又來與丕二字同部一麥二夆謂之來猶一稃二米謂之秠也說文秠一稃二米一來之制字蓋以介象麥之一本以从象二夆之形夆之言鋒芒也芒郎穗也二夆郎後世所謂雙岐也故說文麥字注云从來有穗者也又來与連麗兩皆一聲之轉來之言連也麗也謂一麥而二夆兩兩連出也牟大也麰从牟聲故爲大麥之稱其有一麥二夆者則名來麰其後又以爲麥

之通稱故說文別出䅘字云齊謂麥䅘也牟麥爲雙聲來麥爲疊韻合牟來則爲麰焦氏循曰麰爲牟來之合聲猶終葵之爲椎牟來倒爲來牟方音相轉往往倒稱其說是也來麰韓詩作嘉麰牟麰同音嘉與來聲不相近王觀察曰嘉當爲喜字之誤來釐喜古聲相近故毛詩作來而劉向傳作釐牟韓詩作喜牟猶僖公之爲釐公祝禧之爲祝釐其說是也來爲一麥二夆之稱以爲自天來者失之廣雅以麳爲小麥亦非

陳常于時夏箋用是故陳其久常之功於是夏而歌之夏之屬有九瑞辰按小雅四國無政不用其常常卽政也昭二十年左傳布常無藝杜注言布政無法度此詩

陳常猶布常也陳常于時夏謂陳農政於中夏也時邁詩肆于時夏承上我求懿德言之謂布德於是中夏也此詩陳常于時夏承上貽我來牟帝命率育無此疆爾界言之謂徧布其農政所以布利於是中夏也國語芮良夫曰王人者將導利而布之上下者也末引詩立我蒸民爲證其導利之言實據詩陳常于時夏爲訓箋謂陳其久常之功於是夏失之又按呂叔玉以渠爲思文云渠大也言以后稷配天王道之大也莊逵祖曰風俗通云渠水所居也說文同爾雅河所渠并千七百一川言水所居者衆渠者大也喻王者爲天下所歸往如大水之渠并衆小川卽無此疆爾界之義也今按陳常于

時夏夏卽大也正與渠之爲大義同莊又云渠或云是王夏與韋昭云納夏一名渠皆肊說也

毛詩傳箋通釋卷二十九

周頌　　　　桐城馬瑞辰學

臣工

嗟嗟臣工傳嗟嗟勑之也工官也箋臣謂諸侯也諸侯來朝天子有不純臣之意於其將歸故於廟正君臣之禮勑其諸官卿大夫云正義將戒先嗟而又嗟重歎以呼之曰我臣之下諸官謂諸侯之卿大夫也瑞辰按爾雅釋詁嗟咨𧪘也釋文𧪘本或作䛒引字林曰皆古嗟字大元曹曰時嗟嗟范望注𧪘𧪘長歎也說文作𧪘云𧪘咨也嗟嗟本咨歎之聲據烈祖箋重言嗟嗟美歎之深則又爲美歎之詞小爾雅嗟發聲也文選吳都賦注

引爾雅舊注嗟楚人發語端也今按此詩及烈祖詩並言嗟嗟皆當爲發端之語故臣工保介烈祖並可言嗟嗟耳臣工二字平列猶官府之比工與官雙聲故官通借作工小爾雅工官也堯典允釐百工史記五帝紀作信飭百官皆工即官之證臣工葢通指諸侯卿大夫言之箋以臣爲諸侯工爲卿大夫非詩義也

王釐爾成來咨來茹箋釐理咨謀茹度也王乃平理女之成功女之事當來謀之來度之於王之朝無自專瑞辰按王與往古同聲通用釐當爲禧之叚借爾雅釋詁禧告也說文禧禮告也王釐猶言往告也禧借作釐猶爾雅禧福漢書多借作釐春秋僖公通作釐公也成執

一聲之轉故古以穀孰爲成書言百穀用成孟子苟爲不孰趙注孰成也呂氏春秋明理篇五穀萎敗不成高注成孰也王釐爾成謂往告爾以豐成也此爲遣諸侯於廟之詩故言往作王者叚借字耳來者詞之是也來咨來茹猶言是咨是茹下文嗟嗟保介卽告以所當咨度之事箋以釐爲理之叚借又以來爲來咨度於王朝竝失之

嗟嗟保介箋保介車右也月令孟春天子親載耒耜措之於參保介之御間介甲也車右勇力之士被甲執兵也瑞辰按天子諸侯孟春勸農保介爲同車之人故自車中戒之箋據月令釋爲車右是也月令措之於參保

介之御間文有譌誤當从呂氏春秋作措之參於保介之御間之猶與也謂參於保介與御者之間也月令鄭注保猶衣也按保與褓義近被甲者爲保介猶小兒衣謂之褓也介與甲雙聲故甲可借作介至呂氏春秋高注保介副也蓋讀介如賓介之介朱子集傳云蓋農官之副又因高注而申言之然云蓋者擬議之詞非於經傳有確證也

於皇來牟將受厥明箋將大也於美乎赤烏以牟麥俱來故我周家大受其光明謂爲珍瑞天下所休慶也瑞辰按爾雅釋詁明成也古以年豐穀孰爲成周書糴匡解成年年穀足賓祭是也上言王釐爾成謂往告以豐

成也上告之則下受之故言將受厥明明亦成也國以豐年爲瑞成與瑞亦雙聲受厥成猶言受厥瑞也箋訓明爲光明失之古者嘉穀豐年多歸功於天降如云誕降嘉種自天降康語皆相類非眞種自天來也箋據周書亦烏以牟麥俱來釋之殊非詩義又按將受厥明對下迄用康年而言謂將且受厥成也箋訓大亦非

迄用康年傳康樂也箋至今用之有樂歲　瑞辰按說文穅穀之皮也或省作康是康本穅之或體周書謚法解糠虛也爾雅釋詁漮虛也釋文引郭云漮本或作荒說文䅮虛無食也是康荒音義正同廣雅荒大也則康亦可訓大與豐年訓大同義年大則樂故康又訓樂謚法

解豐年好樂曰康是也則康年猶云樂歲矣迄至也至猶致也迄用康年猶云用致康年箋云至今用之失其義矣

庤乃錢鎛傳庤具錢銚鎛鎒　瑞辰按爾雅釋詁庤具也峙者偫之叚借考工記注引詩偫乃錢鎛本三家詩說文兩引詩庤乃錢鎛本毛詩也說文偫待也儲偫也庤儲置屋下也義皆相近繫傳本無庤字疑庤亦偫之或體說文錢銚也古者田器又銚字注一曰田器銚古叚作斛爾雅斛謂之疀郭注皆古鍬鍤字說文斛字一曰利也引爾雅斛謂之疀文選注引爾雅作鍬謂之鍤是斛卽鍬疀卽鍤也方言臿燕之東北朝鮮洌水之間謂

之斛郭注此亦鍫聲轉也方言又曰趙魏之間謂之喿郭注字亦作鍫是斛銚喿三字同皆卽鍫之聲轉說文鍤刺內也釋名鍤插也插地起土也或曰銷銷削也能有所穿也銷亦鍬之聲轉今俗通以插地起土者爲鐵鍬猶古語也說文鎛字注一曰田器正義引釋名鎛鋤類也釋器斪斸謂之定李巡曰鋤也郭璞曰鋤屬廣雅定謂之耨此曰鎛鎒當是一器但諸文或以爲耨卽鋤或曰鋤類古器變易未能審之今按古耨以薅艸然有傴薅立薅之分釋名耨似鋤傴薅木也鎛亦鋤田器也鎛迫也迫地去艸也是則鎛鎒一物皆傴薅所用其柄短呂覽任地篇耨柄尺此其度也其耨六寸所以間稼

也是也鋤正作鉏說文鉏立薅所也爾雅斫謂之鐯郭注钁也說文钁大鉏也其柄長六韜軍用篇棨钁刃廣六寸柄長五尺以上是也鎛爲鉏類而非卽鉏正義未能審定故詳言之

奄觀銍艾傳銍穫也箋奄久觀多也終久必多銍乂勸之也 瑞辰按方言奄遽也陳穎之閒曰奄遽者疾速之意奄爲久又爲遽義以相反而相成奄觀銍艾甚言其收穫之速乃所以爲勸耳觀與灌音近而義同灌爲叢聚卽多也故觀爾雅及毛傳竝訓爲多良耜穫之挃挃傳挃挃穫聲也說文銍穫禾短鎌也挃穫禾聲是挃與銍有別而爾雅釋訓銍銍穫也及此詩皆作銍者叚借

字也芆亦乂之叚借說文乂芟艸也或作刈又穫乂穀也是芟艸穫穀通謂之乂

噫嘻

噫嘻成王傳噫歎也嘻和也成王成是王事也箋噫嘻有所多大之聲也噫嘻乎能成周公之功 瑞辰按釋文本作意嘻云意本又作噫同蓋古字叚意爲噫也戴氏震曰噫嘻猶噫歆祝神之聲儀禮既夕篇祝聲三注三有聲存神也舊說以爲聲噫興也士虞禮祝聲三注聲者噫歆也禮記曾子問注聲噫歆警神也詩爲祈穀所歌故噫歆於神以爲民祈禱今按戴說是也噫嘻疊韵嘻歆雙聲噫嘻卽噫歆之叚借爾雅釋詁祈告也釋言

祈叫也郭注祈祭者叫呼而請事噫嘻祝神正即叫呼之義噫嘻成王蓋倒文謂成王噫歆爲聲以祈呼上帝也故下即云既昭假爾謂既昭假於上帝也至傳訓噫爲和胡承珙曰說文無噫字言部譆痛也又誒可惡之詈一曰誒然春秋傳曰誒誒出出今左傳作譆譆出出是誒譆字通又口部唉譍也與言部誒然同義方言欸醫然也廣雅欸醫然譍也是誒唉欸三字皆譍聲之詞此傳云噫和者說文和相譍也蓋以噫爲歎而嘻和之嘻即譆之叚借又傳嘻和正義本作噫敕也會劉謂傳蓋以嘻爲釐之叚借書允釐百工史記作信飭百工釋名敕飭也釐可訓飭即可訓勅二說申傳頗爲詳辨然

非詩義箋以噫嘻爲有所多大之聲亦非又按成王傳言成是王事當指天子言正義謂周公爲成王失之箋謂能成周公之功亦非

率是農夫箋又能率是主田之吏農夫瑞辰按爾雅釋言畯農夫也孫叔然曰農夫田官也古者田官稱田畯七月詩傳畯田大夫也或省稱田月令命田舍東郊鄭注田謂田畯主農之官是也或單稱農郊特牲大蜡饗農鄭注農田畯是也爾雅言畯農夫者畯之言俊謂長也夫當讀如大夫之夫王尚書曰率人曰夫凡經傳言率夫牧夫嗇夫馭夫膳夫宰夫皆率人之義故郊特牲曰夫也者夫也夫也者以知帥人者也此詩言爲天子

所率正義云若田農之夫非王所親率故知農夫是典田之吏蓋申鄭說則然至毛傳不釋農夫據甫田傳農夫食陳則傳意農夫即農人於下文駿發爾私文氣尤順李黼平曰國語王耕一撥班三之庶人終于千畝庶人即農人何言田農之夫非王所率正義以箋義爲傳義失之

駿發爾私傳私民田也言上欲富其民而讓於下欲民之大發其私田耳箋駿疾也發伐也 瑞辰按釋文云浚本又作駿是釋文本作浚正義作駿與又作本同據周語土乃脉發韋注引農書曰春土冒橛陳根可拔耕者急發駿發即急發箋訓駿爲疾是也爾雅釋詁駿速也

說文趨行速趨趨也又夋行夋夋也廣雅趨犇也並與
駿訓疾義同呂氏春秋音律篇曰大簇之月陽氣始生
草木萌動令農發土毋或失時亦駿發之義伐逼作坺
說文坺坺土也一臿土謂之坺段玉裁曰一臿所起之
土謂之坺耒部云耕廣五寸爲伐二伐爲耦與考工記
耜廣五寸二耜爲耦一耦之伐廣尺深尺謂之甽正同
發謂發此一伐之土周語王耕一墢韋注一墢一耜之
墢墢亦伐也又說文芍茇也茇字注云春艸根枯引之
發土爲墢故謂之茇是茇與伐墢坺並字異而音義同
釋文本箋重一發字云發發伐也正謂發爲發此伐土
釋文又云一本無一發字與今正義本同則後人妄刪

之耳考工記一耦之伐謂所起發之土量得二耜合於一耦之數則謂之伐正義言以耜擊伐此土失之

終三十里傳終三十里言各極其望也箋周禮曰凡治野田夫間有遂遂上有徑十夫有溝溝上有畛百夫有洫洫上有塗千夫有澮澮上有道萬夫有川川上有路計此萬夫之地方三十三里少半里也耕言三十里者舉其成數　瑞辰按此當以箋說爲允傳言各極其望正義謂人目之望所見極於三十今按古有極言所望之遠者詩云維此聖人瞻言百里是也有實指其所望者論衡書虛篇云人目之所見不過十里是也目所極望未聞其三十里爲極至疏引王肅云三十里天地合所

之而三十則天下徧惠定宇曰五六三十易之數也五六十一三統厤曰十一而天地之數畢叉五六天地之中合易大傳曰五位相得而各有合故云三十里天地合終三十里終竟復始詩通於易矣此叉與正義釋傳各極其望異義皆未若箋說之確

振鷺

序振鷺二王之後來助祭也箋二王夏殷也其後杞也宋也正義如樂記之文武王始封夏后於杞而漢書酈食其說漢王曰昔湯伐桀封其後於杞武王伐紂封其後於宋者主言夏殷之滅其後得封耳以伐夏者湯克殷者武故繫而言之不言湯卽封杞武卽封宋也 瑞辰

按大戴禮少間篇曰成湯乃遷姒姓於杞列子殷敬順釋文引世本曰湯封夏於杞周又封之均與鄫食其言湯伐桀封杞合是夏之封杞實始於湯紂時或已中絶武王復以杞封之故漢書梅福傳云武王克殷未下車存五帝之後封殷於宋紹夏於杞正以宋是肇封故言封杞是繼絶故言紹正義謂武王始封於杞且謂鄫食其不言湯卽封杞失之

振鷺于飛于彼西雝傳興也振振羣飛貌鷺白鳥也雝澤也箋白鳥集于西雝之澤言所集得其處也　瑞辰按魯頌有駜篇振振鷺鷺于飛朱子集傳以鷺爲鷺羽舞者所持蓋據下文醉言舞知振鷺爲羽舞也今按此詩

振鷺于飛亦當指羽舞言陳風宛邱篇值其鷺羽是鷺羽可爲舞也莊二十八年左傳楚令尹子元欲蠱文夫人爲館於其宮側而振萬焉是舞可稱振也振鷺于飛葢狀振羽之容與飛無異于如古通用爾雅釋詁如往也詩箋于往也于卽如之叚借于飛卽如飛也振鷺一名振羽仲尼燕居篇徹以振羽鄭注振羽當爲振鷺是也葢因其爲羽舞故一名振羽耳舞以習容故下云亦有斯容言如舞者之動容中節也序言助祭當於宗廟而詩云于彼西雝葢祭畢而宴於辟雝也

以永終譽箋永長也譽聲美也正義以此而能長終美譽言其善於終始爲可愛之極也瑞辰按終與衆雙聲

古通用後漢書崔駰傳豈可不庶幾夙夜以永衆譽義本三家詩毛詩作終卽衆字之叚借猶詩衆穉且狂卽言終穉且狂也中庸釋此詩曰君子未有不如此而蚤有譽於天下者也有譽於天下卽衆譽也詩承上在彼在此言之亦爲衆譽正義讀如終始之終失之

豐年

亦有高廩傳廩所以藏齍盛之穗也箋亦大也瑞辰按莊述祖毛詩口義曰穗當爲委穗委聲近而訛其說是也春秋公羊傳曰御廩者粢盛委之所藏也穀梁傳曰甸粟而內之三宮三宮米而藏之御廩廩人注藏米曰廩皆廩以藏米之證粢盛卽米不得言穗孔疏但就誤

文曲爲之釋失之亦爲語詞箋讀爲奕訓大亦非

萬億及秭傳數萬至萬曰億數億至億曰秭箋萬億及秭以言穀數多正義數萬至萬曰億數億至億曰秭於今數爲然定本集注皆曰數億至萬曰秭釋文數億至萬曰秭一本作數億至億曰秭瑞辰按正義本及釋文引一本作數億至億曰秭是也一切經音義卷六引筭經黃帝爲法數有十等謂億兆京垓壤秭溝澗正載及其用也有三謂上中下下數十萬曰億中數百萬曰億上數萬萬曰億也毛傳於伐檀楚茨篇竝曰萬萬曰億此傳數萬至萬曰億皆是據上數言是知秭亦上數當作數億至億曰秭至說文秭字注一曰數億至萬曰秭

太平御覽卷七百五十引風俗通十十謂之百十百謂之千十千謂之萬十萬謂之億十億謂之兆十兆謂之經十經謂之垓十垓謂之捕十捕謂之選十選謂之載十載謂之極其所云捕卽秭字之譌秭从𠂔聲或作市與甫形近因譌爲補又轉寫作捕今刻彷宋本又作補數爲萬億皆中數也毛傳於億旣主上數則秭不應从中數定本集注及釋文本傳皆作數億至萬曰秭誤矣又按廣韻秭千億也引風俗通千生萬萬生億億生兆兆生京京生秭秭生垓垓生壤壤生溝溝生澗澗生正正生載載地不能載矣此與筭經垓壤在秭先異與御覽引風俗通先垓後秭亦異以秭接京言之故但爲千億此蓋據下數言也又按莊述祖毛

詩尸義引甄鸞五經算術云黄帝爲法數有十等及其用也乃有三焉十等者謂億兆京垓秭壤溝澗正載也三等者謂上中下也其下數者十十變之若言十萬曰億十億曰兆十兆曰京也中數者萬萬變之若言萬萬曰億萬萬億曰兆萬萬兆曰京也上數者數窮則變若言萬萬曰億萬億曰兆萬兆曰京也毛云數萬至萬曰億卽是中數也按此甄鸞所言算法以中數爲至多與一切經音義引算經以上數爲至多者異又以垓秭相接在壤之前與算經以垓壤相接壤後始言秭者亦異而與御覽引風俗通以垓秭相接者同又與廣韻引風俗通亦京秭相接者異則算術流傳其說紛岐故數之

多寡亦異要之萬億及秭與子孫千億語相類特極言其米數之多箋云以言穀數多是也莊述祖謂萬億及秭非高廩所能藏當謂王者九畡之田之極數卽楚語所云王者居九畡之田收經入以食兆民者則與上文亦有高廩下文爲酒爲醴文義不相連貫有以知其說之非矣

降福孔皆傳皆徧也　瑞辰按皆偕古通用襄二年左傳引詩作降福孔偕皆偕嘉一聲之轉廣雅釋言皆嘉也王氏疏證曰小雅魚麗曰維其嘉矣又曰維其偕矣賓之初筵曰飲酒孔嘉又曰飲酒孔偕偕亦嘉也今按此詩孔皆亦當从廣雅訓嘉嘉與佳同廣雅釋詁佳大也

孔旨猶云孔嘉嘉福猶云胡福胡與嘉皆大也文選注上衛詩行矣保嘉福是福亦稱嘉之證據郊特牲鄭注大猶徧也則傳訓皆爲徧亦與嘉義通

有瞽

序有瞽始作樂而合乎祖也瑞辰按正義本作合乎大祖故云言合乎大祖則特告大祖又云此大祖謂文王也今正義本作合乎祖非其舊也正義云定本集注直云合乎祖無大字釋文合乎祖也本或作合乎大祖則定本集注及釋文本自作合乎祖據祭法言祖文王則文王可單稱祖且經止言先祖是聽不言大祖當以無大字爲長

設業設虡傳業大版也所以飾栒爲懸也捷業如鋸齒或曰畫之植者爲虡橫者爲栒　瑞辰按說文業大版也所以飾懸鐘鼓捷業如鋸齒以白畫之象其鉏鋙相承也說文多本毛傳是知傳或曰畫之卽以白畫之之譌爾雅釋器大版謂之業業爲懸樂之版郭注以爲築牆版失之釋名筍上之版曰業刻爲牙捷業如鋸齒也義與毛傳合周禮樂正司業謂樂官之長主司此業也記言大功廢業卽曲禮所云撤懸謂廢此懸樂之業也至弟子之言習業請業皆謂書所問於版以備遺忘蓋弟子之有業版猶人臣之有笏學者習而不察久矣

崇牙樹羽傳崇牙上飾卷然可以縣也樹羽置羽也瑞

辰
按說文釋業字云捷業如鋸齒以白畫之鉏鋙相承徐鉉曰鋸齒刻之凡一層齒縱掛八鐘兩層故云相承孔疏亦云牙卽業之上齒靈臺詩虡業維樅傳樅卽崇牙爾雅釋詁崇重也崇牙葢取兩層相承之義故明堂位殷之崇牙注殷又於龍上刻畫之爲重牙正義引皇氏云崇重也謂刻畫大版重疊爲牙是也靈臺詩正義謂以采色爲大牙其狀隆然謂之崇牙失之置植古通用植立也置羽卽植羽謂尌立也明堂位周之璧翣注周又畫繒爲翣以璧垂五采羽於其下樹於簨之角上是也樹者侸之叚借說文侸立也从人豆聲讀若樹玉篇侸作𠈿云今作樹廣韻𠈿同尌尌亦立也侸又與豎

音義同今經典通借作樹矣古者豆柄直立故豎侸豈等字皆从豆會意而樹之古音亦讀如䱏

應田縣鼓傳應小鞞也田大鼓也縣鼓周鼓也箋田當作朄朄小鼓在大鼓旁應鞞之屬也聲轉字變誤而為田 瑞辰按田从箋作朄是也周禮爾雅注宋書樂志並引詩應朄縣鼓三家詩當有作朄者故箋據以為說耳朄說文作𣝯云擊小鼓引樂聲也从申柬聲今按周禮大師鄭衆注朄小鼓也小鼓為大鼓先引故曰朄朄讀為道引之引說文㽙引也申引字同部則朄應从申聲說文作柬聲誤也朄从申聲與田字亦同部通用朄借作田猶陳轉作田也故箋云聲轉字誤變而為田正義

謂朄字以柬爲聲聲旣轉去柬惟有申在申又誤去其上下故變从田失箋恉矣又按大射儀建鼓在阼階西應鼙在其東鄭注應鼙應朔鼙也先擊朔鼙應之鼙小鼓也又西階之西一建鼓在其南朔鼙在其北鄭注朔始也陳用之禮書曰儀禮朔鼙卽朄鼓也以其引鼓故曰朄以其始鼓故曰朔是以儀禮有朔無朄周禮有朄無朔今按陳說是也釋名鼙裨助鼓節也聲在前曰朔朔始也在後曰應應大鼓也朄以引鼓在前可知朄之卽朔亦可知矣詩言應朄前後皆備鄭君於小師擊應鼓注云應與朄及朔皆小鼓也其所用別未聞此箋又以朄爲應鼙之屬皆由不知朔與朄爲一耳

潛

潛有多魚傳潛糝也正義糝字諸家本作米邊爾雅作木邊積柴之義也然則糝用木不用米當以木爲正釋文糝舊詩傳及爾雅本並作米旁參小爾雅魚之所息謂之橬橬糝也謂積柴水中令魚依之止息因而取之也郭景純因改爾雅从小爾雅作木旁參字林作罧音山沁反義同　瑞辰按潛與涔古音同通用書沱潛既道史記作沱涔春秋隱二年公會戎于潛公羊作岑山海經西山經大時之山涔水出焉郭音潛是其證也故毛詩作潛韓詩則作涔文選長笛賦李注引韓詩薛君章句曰涔魚池與爾雅糝謂之涔合涔卽潛也說文涔漬

也漬與積義近廣雅涔栫也說文栫以柴木雝水也正與涔為積柴水中合故郭璞江賦曰洊澱為涔當以韓詩作涔為正字潛與橬皆同音叚借字也廣雅釋詁又曰岑取也岑當為涔之媘借涔本取魚之器因又訓岑為取耳糝槮二字各有本義（說文糝古文椹字槮木長皃）皆當為罧字之叚借說文罧積柴水中以聚魚也淮南說林訓釣者靜之罧者扣舟高注罧者以柴積水中以取魚扣擊也魚聞擊舟聲藏柴下壅而取之罧讀沙糝今沇州人積柴水中捕魚幽州人名之為涔也據云罧讀沙糝玉篇槮與罧同知糝槮皆罧之叚借正義謂當从木作槮或據爾雅舍人注云以米投水養魚為涔詩疏引李巡

注同謂當从米作糝皆肊說也毛詩爾雅釋文皆云槮字林作罧今本說文有罧字或後人據字林羼入然其字見鴻烈抑或字林實本說文段玉裁疑爲俗字則非也又文選琴賦注引韓詩曰潛涔魚池是韓詩亦有作潛者徐璈按集韵涔水中絕也蓋以薪木之類於水中絕斷之以聚魚也今按取魚者以繩綱斷絕中流四面抑舟使魚入積柴中正涔之遺制毛韓詩說正可通潛與糝槮字亦同部爾雅槮謂之涔涔卽潛正以音近取義猶說文言糂字籀文作糣古文作糝也糝又謂之筌莊子外物篇筌者所以在魚釋文云積柴水中使魚依而食焉是筌卽潛也筌與潛亦音近而義同

雝

序雝禘大祖也箋禘大祭也大於四時而小於祫大祖謂文王　瑞辰按說文禘諦祭也諦審也爾雅釋天惟以禘爲大祭則祀天祖之大祭皆可名禘正義引鄭志曰禘大祭天人共之魏書禮志游明根郭祚封琳崔光等對曰鄭氏之義禘者大祭之名大祭圜丘謂之禘者審諦五精星辰大祭宗廟謂之禘者審諦其昭穆其說是也禘有時禘王制夏曰禘祭義春禘秋嘗鄭注竝以爲夏殷禮是也有吉禘春秋吉禘于莊公是也有殷禘公羊文二年傳五年而再殷祭何休注以爲五年禘是也有大禘祭法有虞氏禘黃帝而郊嚳鄭注此禘謂祭昊

天於圜丘是也詩序以長發爲大禘謂郊祭之禘以雍爲禘大祖則謂殷祭之禘韓詩内傳云禘取毁廟之主皆升合食於大祖似所言大祖爲后稷而此箋以大祖爲文王者禮言祖文王詩言皇考烈考皆指文王而不及后稷公羊傳毁廟之主陳於大祖未毁廟之主皆升合食於大祖何休注以大祖爲周公撥諸侯以始受封之君爲大祖正與周以文王始受命之君爲大祖同義此正義所云大祖謂祖之大者文王雖不得爲始祖可以爲大祖也又按周禮樂師歌徹鄭注徹者歌雍是雍爲徹祭所歌因一名徹又小師徹歌大饗亦如之是雍又歌於大饗此亦猶關雎通用之鄉人邦國耳

相予肆祀箋百辟與諸侯又助我陳祭祀之饌瑞辰按肆祀當卽周禮之肆享大宗伯以肆獻祼享先王以饋食享先王鄭注肆獻祼在四時之上則是祫也禘也又曰祫言肆獻祼禘言饋食者箸有黍稷互相備也是禘祭有肆矣大祝凡大禋祀肆享祭示則執明水火而號祝鄭注肆享祭宗廟也此詩禘大祖正當用肆享之禮故言肆祀牧誓今商王受昏棄厥肆祀鄭注肆祭名大司徒祀五帝奉牛牲羞其肆鄭司農注肆陳骨體也小子羞羊肆鄭司農注羊肆體薦全烝也蓋牛之體薦曰牛肆羊之體薦曰羊肆舉全體而薦之與體解爲折俎異故鄭司農謂體薦爲全烝其所云肆陳骨體者卽體

薦也賈疏以爲體解節折誤矣周語禘郊之事則有全烝鄭司農以肆爲全烝正與序言禘大祖合韋昭曰全烝全其牲體而升之也其釋體薦云全體委與之也亦以體薦與全烝爲一左傳杜注以體薦爲半解其體失之詩之肆祀承上廣牡言正謂舉全體而陳之與牧誓肆祀周禮肆享同爲祭名正義謂此不爲祭名誤矣周禮羞其肆據鄭衆說當訓爲陳不必如後鄭讀爲鬄也又按說文肆極陳也又㣇脩豪獸从彑下象毛足讀若弟𢑥㣇屬从二㣇𢑥古文作𦂨引虞書𦂨類于上帝古文尚書作肆劉玉麐曰𢑥爲兩牲同陳之象其義當得爲全肆與𢑥同音故肆爲全體是亦可爲肆爲全烝之

證

宣哲維人箋宣徧也又徧使天下之人有才知 瑞辰按宣哲與文武對舉二字平列朱子集傳訓宣爲通哲爲知是也宣之言顯顯明也宣哲猶言明哲也商頌濬哲卽宣哲之轉箋訓宣爲徧失之人對后言當訓爲臣史記燕世家索隱曰人猶臣也文王以一身兼盡君臣之道故言維人維后猶大學言爲人君止於仁爲人臣止於敬也箋謂徧使天下之人有才知失其義矣

克昌厥後箋又能昌大其子孫釋文克昌如字或曰昌文王名此祭文王之詩也周人以諱事神不應犯諱當音處亮反正義若此祭文王則於禮當諱而經云克昌

厥後者詩書不諱故無嫌耳烝民云四方爰發亦此類也 瑞辰按釋文引或曰昌讀處亮反是也周禮樂師遂倡之注故書倡爲昌是昌倡古通用讀昌爲倡導之倡克倡厥後正與大武詩克開厥後同義

既右烈考亦右文母傳烈考武王也文母大姒也箋烈光也子孫所以得考壽與多福者乃以見右助於光明之考與文德之母歸美焉 瑞辰按周禮大祝以享右祭祀鄭注右讀爲侑侑勸尸食而拜此詩右亦當讀爲侑勸之侑箋讀右爲佑非也朱子集傳既引周禮享右祭祀又以右爲尊亦似未確此詩禘大祖爲文王不得以烈考爲武王且詩以烈考與文母對舉文母爲大姒則

烈考爲文王無疑朱子集傳謂烈考猶皇考是也毛傳以烈考爲武王失之烈考文母皆美大之稱不因文王謚文而始稱文母則王尚書經義述聞已辨之失

載見

載見辟王曰求厥章傳載始也箋諸侯始見君王謂見成王也曰求其章求車服禮儀之文章制度也瑞辰按墨子尚同中引周頌載來見彼王聿求厥章釋曰此語古者國君諸侯之以春秋來朝聘天子之庭受天子之嚴敎所云受天子之嚴敎卽詩聿求厥章也曰聿古通用辟與彼雙聲故辟王借作彼王至載見作載來見或墨子所見古本多來字抑或因下文有來朝聘之語遂

誤衍一來字耳

和鈴央央傳和在軾前鈴在旂上　瑞辰按說文鈴令丁也廣韻鈴似鐘而小桓二年左傳錫鸞和鈴昭其聲也杜注亦曰鈴在旂然錫鸞和三者皆車馬之飾不得獨以鈴爲旂上物也周禮巾車大祭祀鳴鈴以應雞人鄭注雞人主呼旦鳴鈴以和之聲且警衆必使鳴鈴者車有和鸞相應和之象今按巾車掌車而鳴鈴則鈴爲車上之飾可知據說文鸞字注云鈴象鸞鳥之聲則知鈴與和鸞對文則異散文則和鸞可通稱和鈴此詩和鈴卽和鸞耳央央或作鉠鉠文選東京賦和鈴鉠鉠薛綜注鉠鉠小聲蓋本三家詩

鞗革有鶬傳鞗革有鶬言有法度也箋鞗革轡首也鶬金飾貌釋文鶬本又作鎗同　瑞辰按將鏘鎗瑲古並与鶬同音通用故說文引詩作鞗革有瑲廣雅釋訓鏘鏘盛也凡聲之盛爲鏘鏘皃之盛亦爲鏘鏘說文鋚轡首銅也鋚與鞗同鋚爲轡首銅飾故箋以有鶬爲金飾皃至韓奕詩鞗革金厄厄爲烏噣別是一物而金飾正義謂此箋所言金飾卽金厄誤矣

率見昭考傳昭考武王也　瑞辰按書酒誥稱文王爲穆考則武王次居昭矣又僖二十四年左傳管蔡郕霍魯衛毛聃郜雍曹滕畢原豐郇文之昭也邘晉應韓武之穆也以文所生爲昭武所生爲穆則益知文爲穆武爲

昭矣又按說文佋廟佋穆父爲佋南面子爲穆北面今經傳通作昭皆佋字之叚借

以孝以享傳享獻也箋以致孝子之事以獻祭祀之禮瑞辰按爾雅釋詁享孝也釋名引孝經說曰孝畜也畜養也廣雅亯養也謚法解云協時肇享曰孝是孝與享同義故享祀亦曰孝祀楚茨詩苾芬孝祀是也致享亦曰致孝論語而致孝乎鬼神是也此詩以孝以享猶潛詩以享以祀皆二字同義合言之則曰孝享天保詩是用孝享猶閟宮詩享祀不忒也箋分孝享爲二義失之

有客

有客有客箋有客有客重言之者異之也瑞辰按左傳

言宋於周爲客猶書言虞賓在位也至說文窸敬也引
春秋傳以陳備三窸據一切經音義卷三云恪古文作
窸是窸卽古恪字又作愘魏封孔子廟碑追存二代三
愘之禮是也未有通作客字者徐楚金繫傳謂三恪卽
詩有客誤矣許慎五經異義引古春秋左氏說周家封
夏殷二王之後以爲上公封黃帝堯舜之後謂之三恪
許慎謹案云治魯詩丞相韋元成治易施讎等說引外
傳三王之樂可得觀乎知王者所封三代而已不與左
氏說同鄭駁之曰所存二王之後者命使郊天以天子
之禮祭其始祖受命之王自行其正朔服色恪者敬也
敬其先聖與諸侯無殊異何得比夏殷之後據此知三

恪與二王後不同故魏封孔子廟碑以二代與三恪並稱說文客寄也與愙之爲敬義亦異樂記武王克殷未及下車而封黃帝之後於薊封帝堯之後於祝封帝舜之後於陳此三恪並封之證又云下車而封夏后氏之後於杞投殷之後於宋正義以二王之後以其禮大故故待下車而封之此二代異於三恪之證禮記正義又云不云封神農者舉三恪二代也其義蓋本鄭君駁五經異義

亦白其馬傳亦亦周也箋亦亦武庚也瑞辰按亦字當从朱子集傳訓爲語詞王尚書釋詞曰亦有不承上文而但爲語詞者若易井彖辭亦未繘井書亦行有九德

詩草蟲亦既見止是也今按此詩亦白其馬及豐年詩亦有高廩亦皆爲語助爲上無所承之詞傳謂亦周箋謂亦武庚竝失之

有萋有且傳萋且敬愼貌箋其來威儀萋萋且且盡心力於其事 瑞辰按萋且雙聲字皆以狀從者之盛說文萋艸盛也韓詩章句萋萋盛也且與居同部義近且且猶言裾裾荀子楊倞注裾裾盛服貌草之盛曰萋萋服之盛曰裾裾人之盛曰萋且其義一也

敦琢其旅箋又選擇衆臣卿大夫之賢者與之朝王言敦琢者以賢美之故玉言之正義釋器云玉謂之彫又云玉謂之琢是彫琢皆治玉之名敦彫古今字 瑞辰按

敦與彫雙聲敦卽彫字之叚借字亦作雕據說文琱治玉也彫及雕又皆琱字之叚借旅呂亦雙聲漢志呂旅也又通作侶廣雅釋獸麐不旅行玉篇引草木疏作麟不侶行敦琢其旅猶云雕琢其侶也

有客宿宿有客信信傳一宿曰宿再宿曰信瑞辰按爾雅釋訓有客宿宿言再宿也有客信信言四宿也毛傳據單文而言故言一宿再宿爾雅據詩重文而言故云再宿四宿信者申之叚借廣韻申重也重之故爲再宿說文申神也神亦重也爾雅釋詁申神皆訓重是其證說文訓申爲神猶其訓㑴爲神㑴亦重也有客宿宿有客信信特心欲留客致殷勤之詞猶豳風于女信處于

女信宿耳正義乃云不知於信信之後幾日乃可去也失之拘矣

旣有淫威傳淫大威則箋旣有大則謂用殷正朔行其禮樂如天子也　瑞辰按廣雅釋言威德也風俗通義十反篇云書曰天威棐諶言天德輔誠也是知古者威有德訓旣有淫威猶云旣有大德耳

降福孔夷傳夷易也　瑞辰按說文夷从大从弓古夷字必有大訓降福孔夷猶云降福孔大耳至爾雅釋詁夷易也郭注謂易直說文作𢓊云行平易也皆訓爲平易不爲難易若云降福孔平則不辭矣

武

序武奏大武也箋大武周公作樂所爲舞也　瑞辰按宣十二年左傳言武王克商作武呂氏春秋古樂篇言武王伐殷克之於坶野歸乃薦馘於京大室乃命周公爲作大武是武實周公作之於武王之世故逸周書世俘解籥人奏武王入進萬正指武王時言詩言於皇武王者象功頌德之詞非諡也正義以爲周公攝政之六年所作誤矣又按樂記言武樂六成左傳言武王作武其六曰綏萬邦屢豐年以桓爲武之六章卽卒章也則武之詩當爲首章而左傳引詩耆定爾功以爲卒章者卒章蓋首章之譌朱子集傳云春秋傳以此爲武之首章蓋宋時所見左傳原作首章耳

勝殷遏劉傳劉殺箋遏止也舉兵伐殷而勝之以止天下之暴虐而殺人者　瑞辰按爾雅釋詁滅絕也虞翻易注遏絕也是遏滅二字同義勝殷遏劉謂勝殷而滅殺之猶周語云蔑殺其民人也遏劉二字平列與成十三年左傳虔劉我邊垂書君奭咸劉厥敵同義杜注左傳云虔劉皆殺也王尚書云咸與滅古字通咸劉皆滅也是知遏劉亦皆滅耳箋謂遏止天下之殺人者失之

耆定爾功傳耆致也箋耆老也年老乃定女之此功釋文引韓詩云耆惡也　瑞辰按說文厎柔石也其引伸之義爲致耆者厎之叚借故傳訓爲致爾雅釋言厎致也郭注見詩傳者即指此詩毛傳也耆定爾功猶書乃言

厎可績史記夏本紀作汝言致可績禹貢覃懷厎績夏本紀作覃懷致功是其證也又按書馬融注厎定也則厎亦爲定耆定並言猶詩靡所厎止厎亦止也左傳引詩此句杜注亦云耆致也言武王伐紂致定其功箋訓耆老謂年老乃定女功失之至韓詩耆惡也當爲皇矣詩上帝耆之章句葢毛韓詩同義釋文誤引入此章亦猶蕑蓮也本韓詩澤陂章之章句而釋文誤引入溱洧章也若云惡定其功則不詞矣又按宣十二年左傳耆昧也以釋酌詩遵養時晦非釋此詩耆定爾功此詩正義云左傳引此耆定爾功耆昧也又申之曰其意言移以致討于昧故以耆爲致是誤以釋汋篇者釋武篇矣

毛詩傳箋通釋卷三十

周頌

桐城馬瑞辰學

閔予小子

遭家不造傳造爲也箋造猶成也瑞辰按周禮大司寇以兩造禁民訟儀禮士喪禮造于西階下注竝云造至也書粊誓鄭注至猶善也不造猶不善不善猶不淑也雜記寡君使某問君如何不淑不淑猶云不祥謂遭凶喪也傳訓爲箋訓成者成亦善也禮記王制凶器不成不粥于市鄭注成猶善也淮南子本經篇五穀不爲高注不爲不成也成與爲同義故箋以成申毛義正義釋傳云家事無人爲之失傳恉矣又按詩多以不爲語辭

造與戚一聲之轉古通用則詩云遭家不造猶云遭家戚卽後世所謂丁家艱也古字丕通作不若以造爲戚詩言閔予小子遭家不造與書文侯之命云閔予小子嗣遭天丕愆語正相類似亦可備一解

嬛嬛在疚傳疚病也箋嬛嬛然孤特在憂病之中釋文嬛崔本作煢疚本又作宊瑞辰按說文宊字注引詩煢煢在宊漢書匡衡傳引詩亦作煢煢煢與春秋傳煢煢余在宊同說文嬛字注又引作嬛嬛在疚則作煢煢者三家詩作嬛嬛者毛詩也據說文煢回疾也从卂營省聲段玉裁曰煢引申爲煢獨取裹回無所依之意集韻曰煢或作惸方言惸特也楚曰惸小爾雅寡夫曰煢楚詞

王逸注煢孤也是訓孤特者字以作煢爲正古从營从睘之字以音近通用毛詩叚嬛爲煢猶詩子之還兮漢書引作營杕杜詩獨行睘睘釋文睘本又作煢說文自營爲厶韓非子作自環也旬勻與營亦音近通用故詩正月篇哀此惸獨釋文惸本又作煢說文赹獨行也亦云讀若煢至疚訓病字以作疚爲正作宊者叚借字也

陟降庭止傳庭直也箋陟降上下也念此君祖文王上以直道事天下以直道治民信無私枉 瑞辰按陟古通作隲爾雅釋詁隲升也釋言降下也箋訓陟降爲上下是也至謂上事天下治民則非詩書於天人之際多言陟降陟降卽黜陟之義訪落詩陟降厥家言君之陟降

羣臣也敬之詩陟降厥士言天之陟降庶士也文王詩文王陟降在帝左右言文王之助天陟降也陟降或言陟下洪範維天陰騭下民騭下二字平列馬融注騭升也劉台拱曰騭下猶言陟降言天冥冥之中常陟降之其說是也陟降倒其文則曰黜陟亦曰降格書多士維帝降格呂刑絕地天通罔以降格格亦升也釋詁格陟升也降庭止與夙夜敬止相對成文庭直也葢謂文王陟降羣臣皆以直道訪落詩紹庭上下陟降厥家箋謂繼文王陟降庭止之道上下猶陟降也漢書匡衡傳引詩陟降廷止葢本齊詩倉頡篇廷直也廷與庭同義顏師古訓爲臨其明廷失之

訪落

訪予落止傳訪謀落始箋成王始卽政自以承聖父之業懼不能遵其道德故於廟中與羣臣謀我始卽政之事 瑞辰按爾雅釋詁落始也昭七年左傳楚子成章華之臺願與諸侯落之王尙書曰與諸侯落之者謂與諸侯始其事也楚語伍舉對靈王曰願得諸侯與始升焉是其明證今按檀弓晉獻文子成室晉大夫發焉發開也開亦始也孔廣森曰物終乃落而以爲始嘗考落之爲始大抵施於終始相嬗之際如宮室考成謂之落成言營治之終而居處之始也成王詩言訪予落止此先君之終而今君之始也離騷夕餐秋菊之落英宋人有

引落始也訓之者蓋秋者百卉之終草木黃落而菊始有華故惟菊乃言落英今按終則有始義本以相反而相成以落爲始猶之以徂爲存以亂爲治以來爲往以故爲今以廢爲置義有反覆互訓耳

朕未有艾箋艾數也我於是未有數言遠不可及也瑞辰按爾雅釋詁艾歷也歷數也又曰艾歷相也郊特牲曰簡其車徒而歷其卒伍歷當讀爲閱歷之歷說文閱具數於門中也是知艾歷與數皆同義箋釋未有艾爲未有數猶云未有歷也未有歷則難及故箋又言遠不可及正義謂未有等數失之又按艾字無傳義蓋與庭燎傳艾久也同據小爾雅歷久也則訓艾爲久亦與訓

艾爲歷爲數同義傳箋義正相通

將予就之箋扶將我就其典法而行之瑞辰按就當訓因說文因就也小爾雅就因也二字互訓箋云扶將我就其典法而行之卽因其典法而行之也成王志在述祖故以能因爲先耳

繼猶判渙傳猶道判分渙散也箋猶圖也繼續其業圖我所失分散者收歛之瑞辰按爾雅釋詁圖猷謀也猷猶古通用猶訓爲圖卽謀也判渙疊韻字當讀與卷阿詩伴奐爾游矣同伴奐皆大也說文伴大皃奐字注一曰大也小毖詩以小毖名篇言當愼其小也此詩繼猶判渙言當謀其大也作判渙者叚借字耳箋訓爲分散

失之

未堪家多難箋多衆也我小子耳未任統理國家衆難成之事必有任賢待年長大之志難成之事謂諸政有業未平者釋文難如字協韻乃旦反瑞辰按小毖詩亦云未堪家多難正義引王肅云言患難宜慎其小又引王肅解經云非徒多難而已又多辛苦是王肅述毛正讀難如患難之難此章解多難宜與彼同以讀乃旦反爲正禮記檀弓國家多難釋文難乃旦反是也爾雅釋詁阻艱難也郭注皆險難多難猶云多艱耳小毖未堪家多難予又集于蓼箋以集蓼爲遇三監及淮夷之難此章無集蓼之文則多難宜指遭喪兼遇三監及淮夷

之難言之箋但以爲國家衆難成之事似非詩義

以保明其身箋能以此道尊安其身謂定天下居天子之位瑞辰按爾雅釋詁孟勉也孟古音讀如芒與明音近故孟津通作盟津孟爲勉明亦勉也凡詩言明明皆勉勉也書洛誥公明保予冲子多士大不克明保享于民明保猶言勉保也此詩保明宜訓保勉正與書言明保義同承上休矣皇考謂以皇考之休美保勉其身也箋訓明爲尊似非詩義

敬之

敬之敬之箋故因戒之曰敬之哉敬之哉瑞辰按敬字从攴苟苟音亟加攴以明擊敕之義敬之本義卽警也

說文警言之戒也又儆戒也憼敬也竝與警同義釋名敬警也恒自肅警也常武篇旣敬旣戒箋敬之言警也此箋不以敬爲警者因義已具常武耳敬之敬之猶云戒之戒之序進戒字本取經文敬之爲訓

天維顯思傳顯見瑞辰按說文顯頭明飾也㬎衆微杪也从日中視絲古文以爲顯字是經傳顯皆㬎字之叚借古文尚書丕顯正作丕㬎小爾雅赫顯也生民篇以赫厥靈毛傳赫顯也天維顯思當謂天道之顯赫

命不易哉箋去惡與善其命吉凶不變易也釋文鄭音亦王以豉反瑞辰按胡承珙曰僖二十二年左傳公卑邾不設備而禦之臧文仲曰國無小不可易也引詩命

不易哉此以詩不易爲難易之易漢書孔光傳亦曰命

不易哉謂不懼者凶懼之則吉知此宜用王音申毛箋

說似非經旨今按大雅文王篇駿命不易釋文述毛云

不易言甚難也此詩命不易哉義當與彼同胡氏謂當

讀同難易之易是也至謂讀用王音以豉反則非古音

難易之易與改易之易其音同讀如亦非如後世讀難

易爲以豉反也

陟降厥士傳士事也箋天上下其事謂轉運日月施其

所行瑞辰按陟降猶云升降士當讀如士民之士爲羣

臣之通稱猶訪落詩陟降厥家箋云厥家謂羣臣也葢

慶賞刑威君之陟降厥家也福善禍淫天之陟降厥士

也傳箋竝訓士爲事失之

不聰敬止箋不聰達於敬之之意 瑞辰按廣雅聰聽也不爲語詞不聰敬止謂聽而警戒也正承上敬之敬之而言箋謂不聰達於敬之之意失之

日就月將傳將行也箋日就月將言當習之以積漸也正義令日有所成就月有所可行 瑞辰按下句學有緝熙于光明乃言學之有漸則上文日就月長止謂日久月長猶言日積月累耳廣雅釋詁就久也楚詞恐余壽之弗將王逸注將長也正可引以釋此詩

學有緝熙于光明傳光廣也箋緝熙光明也且欲學於有光明之光明者謂賢中之賢也 瑞辰按爾雅釋詁緝

熙光也光廣古通用周語叔向釋昊天有成命詩曰緝明熙廣也廣卽光也此傳又以光爲廣廣猶大也學有緝熙于光明若釋之曰學有光明于光明則不詞說文緝績也績之言積緝熙當謂積漸廣大以至於光明卽大戴禮所云積厚者其流光也說文𦣞廣𦣞也引申爲凡廣之稱熙卽𦣞之叚借故訓廣又訓光緝熙與光明散文則通對文則緝熙者積漸之明而光明者廣大之明也箋言欲學於有光明之光明者失之

佛時仔肩傳佛大也仔肩克也箋佛輔也仔肩任也瑞辰按說文𡚸大也从大弗聲玉篇作𡘋廣雅𡘋大也傳以佛爲𡚸字之叚借故訓爲大爾雅釋詁廢大也廢亦

⿱大弗之同音叚借正義云佛之爲大其義未聞由不明通借之義耳至箋訓佛爲輔者葢以佛爲弼字之叚借說文弼作弻注云輔也字或作𢐀玉篇𢐀古弼字其音均與佛近故弼可借作佛也古弼字又通作拂管子四稱篇近君爲拂遠君爲輔賈子保傅篇拂者拂天子之過者也輔相篇大拂之任也廣雅拂輔也竝借拂爲弼猶此箋叚佛爲弼也以經文求之从箋讀弼爲長韓詩作弗亦娋借字至仔肩傳訓克箋訓任其義相承爾雅釋詁肩克也說文仔克也二字同義克勝也勝亦任也

小毖

予其懲而毖後患傳毖愼也箋懲艾也曰我其懲艾於

往時矣畏愼後復有患難瑞辰按段玉裁曰疏於而字絶句各本皆云小毖一章八句胡承珙曰釋文亦以懲而作音是陸孔章句正同唐石經於經文毖下旁添彼字或當時别有本作毖彼後患鄭箋等因據以旁注未必祇緣正義有愼彼在後之文遂肊增經字也今按段胡言陸孔皆讀予其懲而爲句其論甚確唐石經於毖旁增彼字以助句亦於文義爲順孔疏愼彼在後恐更有患或卽順經文毖彼後患言之耳

莫予荓蜂傳荓蜂摩曳也箋羣臣小人無敢我摩曳謂爲譎詐誑欺不可信也瑞辰按說文𢔩使也𢓜使也合言之則曰𢔩𢓜雙聲字也爾雅釋訓甹夆掣曳也及詩

作荓蜂皆當爲甹夆之叚借爾雅訓掣曳而說文言使者掣曳卽使之也爾雅釋詁拼使也又拼從也大雅荓云不逮傳荓使也胡承珙曰頌之荓蜂與大雅之荓同義荓蜂者謂牽引而使之也瘛掣音義同毛傳摩卽[illegible]字之媘說文引而縱曰瘛又通作摯摯亦掣字玉篇摯掣竝與瘛同是也掣通作瘛猶易睽九三其牛掣釋文引鄭本作㸷說文作觢也箋云小人無敢我摩曳釋文引孫炎曰謂相掣曳入於惡也是謂荓蜂爲牽引之爲不善正義引孫毓云羣臣無肯牽引扶助我則謂荓蜂爲引而之善今按荓蜂之義止爲摩曳故善惡皆通然从孫毓說謂羣臣莫予牽引扶助正與序言嗣王求助

義合則較勝箋義矣荓蜂通作屏蓬又作并封山海經海外西經并封歬後有首大荒西經有獸左右有首名曰屏蓬皆取其歬後左右有首則互相牽掣義與詩言荓蜂相近又中山經有平逢之山郝懿行謂卽郊山之異名郊之言夾夾持之義則曰平逢平逢猶荓蜂也釋文蜂本又作夆說文夆讀若蠭潛夫論愼微篇引詩莫與併螽夆蠭皆叚借字宋儒或訓蜂爲蜂蠆之蜂失其義矣予與古通用據王符引詩莫與併螽知予卽與之叚借箋訓爲我亦非又按爾雅釋詁抨使也字又作伻洛誥伻來禹注尙書苹秩云苹使也均與傳之爲使音義同平辨古通用故小爾雅又曰辨使也

自求辛螫箋女如是徒自求辛苦毒螫之害耳謂將有刑誅 瑞辰按此承上莫予荓蜂蓋謂任人者逸自任者勞莫與牽引扶助徒自求辛勤耳釋文引韓詩作辛赦云赦事也按赦說文訓置不得訓事赦即螫字媘其半耳訓事者蓋以螫爲敕之同音叚借爾雅釋詁敕勞也事勤也勤勞同義故敕可訓勞即可訓事說文敕誡也一曰臿地曰敕按臿地即春有以傳耕之傳亦通作事則辛螫猶言辛勤辛苦耳毛詩作螫者同音叚借字也箋遂訓爲毒螫失之螫唐石經磨改作螫張參五經文字螫式亦反據說文赦或作赦是螫即螫之或體肇允彼桃蟲拚飛維鳥傳桃蟲鷦也鳥之始小終大者

箋肇始允信也始者信以彼管蔡之屬雖有流言之罪如鷦鳥之小不登誅之後反叛而作亂猶鷦之翻飛爲大鳥也鷦之所爲鳥題肩也或曰鴞皆惡聲之鳥瑞辰按爾雅釋鳥桃蟲鷦其雌鴱郭注鷦䳢桃雀也俗呼爲巧婦小鳥而生鵰鶚者也陸機草木疏云今鷦鷯是也微小於黃雀其雛化而爲鵰故俗語鷦鷯生鵰易林亦曰桃蟲生鵰廣雅疏證又引或曰布穀生子鷦鷯養之今按古云鷦鷯生鵰蓋即謂鷦鷯取布穀之子養之化爲鵰鶚故方言說巧婦之名或謂之過蠃猶桑蟲之化螟蛉亦名果蠃也鷦鷯一名鴟鴞豳詩鴟鴞鴟鴞既取我子喻武庚之誘管蔡猶鴟鴞取布穀之子使化鵰鶚也此

詩肇允彼桃蟲翻飛維鳥喻管蔡之從武庚猶布穀之子爲桃蟲所養而化雕鶚也桃蟲喻武庚肇允彼桃蟲喻管蔡之信武庚箋以爲成王信之非詩義也列子天瑞篇鷂之爲鸇鸇之爲布穀布穀又復爲鷂呂氏春秋仲春紀鳩化爲鷹高注鳩蓋布穀則布穀與鷹鸇互相變化由來久矣箋或曰鴞皆惡聲之鳥據正義云定本集注皆云或曰鴟皆惡鳥也以桃蟲一名鴟鴞證之當作或曰鴟鴞皆惡鳥也定本集注遺鴞字正義本又遺鴟字遂誤作惡聲之鳥矣

載芟

載芟載柞傳除草曰芟除木曰柞箋將耕先始芟柞其

草木瑞辰按周禮肆師嘗之日涖卜來歲之芟鄭注芟芟草除田也古之始耕者除田種穀引詩載芟載柞爲證夏小正正月農率均田傳均田者始除田也孔廣森曰均讀爲耘故傳言除田今按載芟載柞正耘田之事故下接言千耦其耘此謂耘除田間草木與耘除禾間草者名同而事異下文緜緜其麃始爲耘除禾間艸耳說文芟刈草也从艸殳又癹以足蹋夷艸也从癶从殳引春秋癹夷蘊崇之今左傳譌作芟夷此詩正義引左傳芟夷爲證亦誤以癹爲芟矣說文槎衺斫也槎與乍雙聲此詩載柞及周禮柞氏皆當爲槎之叚借柞又與斮聲近而義同說文斮斬也斬截也內則魚曰作之爾

雅樊光本作蔪亦柞蔪相通之類又皇矣詩作之屏之作謂除木亦當讀與載柞之柞同

其耕澤澤箋土氣烝達而和耕之則澤澤然解散瑞辰按夏小正正月農及雪澤言雪澤之無高下也管子正月令農始作服于公田農耕及雪釋澤釋古通用雪釋卽此詩澤澤也釋文澤澤音釋釋注同爾雅作郝郝音同云耕也郭云言土解也正義引爾雅釋釋耕也舍人云釋釋猶霍霍解散之義是郭本爾雅作郝郝舍人本作釋釋古音澤釋皆讀如度故郝霍皆通用卽皆釋釋之叚借小爾雅釋解也箋云澤澤然解散正讀澤澤爲釋釋耳

侯彊侯以傳彊强力也以用也箋强有餘力者周禮曰以强予任民以謂閒民今時傭賃也春秋之義能東西之曰以　瑞辰按周禮遂師巡其稼穡而移用其民侯彊侯以皆在移用其民之列彊指彊有力者既自治其田復有餘力治人之田以則傭賃專爲人用此其異也周禮遂人以彊予任甿彊爲詩之侯彊予即詩之侯以予以古通用予即與也與猶以也强予二字平列鄭注遂人云謂民有餘力復予之田不知予即侯以之以故箋但引强予以證侯彊耳

有嗿其饁傳嗿衆貌　瑞辰按說文嗿聲也朱子集傳嗿衆飮食聲蓋兼取毛傳說文之義

思媚其婦有依其士傳士子弟也箋依之言愛也婦人來饋饟其農人於田野乃逆而媚愛之言勸其事勞不自若 瑞辰按依愛以雙聲爲義依與殷亦雙聲古通用王尚書曰依之言殷也馬融易注殷盛也有依爲壯盛之皃有嗿其饁四語皆形容之詞其說是也今按小爾雅媚美也說文娓順也讀若媚廣雅媚好也盛與美義近思媚其婦亦形容美盛之詞思語詞猶言有也

有略其士傳略利也 瑞辰按略利以雙聲爲義略者䂮之叚借爾雅釋詁䂮利也說文㓷刀劒刄也籒文作䂮張揖古今字詁略古作䂮是其證也正義略利釋詁文釋文略如字字書本作䂮同皆不言爾雅作䂮顔師古

匡謬正俗引爾雅略利也是唐時爾雅原作略今本作畧者後人據字書改耳

驛驛其達傳達射也箋達出地也 瑞辰按生民傳達生也爾雅釋訓繹繹生也正釋詩驛驛其達方言達芒也郭注謂杪芒射出與毛傳合射卽初生射出之皃故箋以出地申釋之

有厭其傑傳有厭其傑言傑苗厭然特美也箋傑先長者 瑞辰按說文廣雅竝云𠪚好也厭當卽𠪚之媘故厭然爲特美皃以別於下之厭厭也厭从厂猒聲說文猒飽也从甘从肰甘美也故厭亦有美義

厭厭其苗箋厭厭其苗衆齊等也 瑞辰按廣雅苗衆也

苗與傑對言傑爲特出則苗爲衆矣厭與稖雙聲集韻稖稖苗齊等也厭厭卽稖稖之叚借作稖稖者葢韓詩箋及集韻苗齊等義亦當本韓詩此詩厭厭韓詩作稖稖猶湛露詩厭厭夜飲韓詩作愔愔也

緜緜其麃傳麃耘也釋文緜緜如字爾雅云麃也韓詩作民民云衆皃麃說文作穮音同云穮耨鉏田也字林云穮耘不間也瑞辰按緜與民雙聲故二字毛韓通用小雅緜蠻黃鳥禮記引作緡蠻是其類也釋文引說文穮耨鉏田也今本說文作耘不間也是以字林語羼入詩及爾雅作麃皆穮字之媘借

有飶其香傳飶芬香也瑞辰按說文飶食之香也苾馨

香也二字音義同故白帖引作有苾其香苾又通作馥楚茨詩苾芬孝祀韓詩作馥薛君章句曰馥香貌苾馥雙聲故通用說文有苾無馥疑馥卽苾之或體

有椒其馨傳椒猶飶也釋文椒沈作俶尺叔反云作椒者誤也此論釀酒芬香無取椒氣之芳也案唐風椒聊箋云椒之性芬芳王注云椒芬芳之物此傳云椒猶飶飶芬香椒是芬芳之物此正相協無故改字爲俶俶始也非芬香 瑞辰按椒與俶古音竝从尗聲故通用俶又通作淑上林賦芬香漚鬱酷烈淑郁淑郁正芬香皃據聘禮俶獻注古文俶作淑是俶可通作淑也椒或作茮古又通借作菽淮南子人間篇申菽杜茝高注皆香艸

也申菽卽楚詞之申椒也俶又與埱義近說文埱气出土也土氣謂之埱穀氣謂之俶義正相近說文埱字注一曰始也則埱與俶古亦通用竊謂毛詩作椒卽俶字之叚借古音自讀尺叔反與飶爲韻不必改椒爲俶亦不得訓爲椒聊之椒沈重謂當作俶陸德明直訓爲椒皆由不明古人通借之義耳

胡考之甯傳胡壽也考成也瑞辰按謚法解保民耆艾曰胡彌年壽考曰胡又胡大也廣雅亦曰胡大也大年卽壽故傳訓胡爲壽胡考猶壽考也說文老考也考老也是訓老爲考之本義引申之又訓成書詩言老成人老成人亦老也故毛傳訓考爲成正與說文訓考爲老

同義

匪且有且傳且此也箋心非云且而有且謂將有嘉慶禎祥先來見也瑞辰按且與此雙聲故傳訓且爲此卽以且爲此字之叚借讀从此音與茲爲韻正義謂且實語助失之又按老子河上公注云此今也傳訓且爲此與下句匪今斯今特疊句以見義詞雖異而義則同皆對下振古如茲言箋謂將有禎祥先見非詩義也

振古如茲傳振自也箋振亦古也乃古古而如此所由來者久非適今時瑞辰按爾雅釋言振古也郭注引詩振古如茲而釋之曰久若此王尚書曰爾雅本作振自也古文自字作𦣹與古相似因譌爲古毛傳之振自也

卽本於爾雅鄭所見爾雅本已譌作古故據之以易傳今按王說是也說文自始也廣雅古始也韋昭國語注振起也起亦始也振訓自亦爲古始而爾雅必訓自者以言古古則不詞以自古釋振古則古有其語耳又按振與終雙聲孟子金聲也者始條理也玉振之也者終條理也是振有終義振爲始亦爲終古義以相反而相成則振古爲自古亦爲終古考工記注齊人之言終古猶言常也莊子崔注終古久也正與爾雅郭注久若此義合又按振音近塵爾雅釋詁塵久也塵卽陳之叚音也

良耜

畟畟良耜傳畟畟猶測測也箋農人測測以利善之耜

瑞辰按爾雅釋訓畟畟耜也釋文云本或作稷稷大元經𥝩𥝩良耜𥝩字始見廣韻當即稷稷之變體古畟稷昃三字通用其音竝讀如側尚書中侯至于日稷鄭注稷讀曰側春秋定十四年丁巳葬定公戊午日下昃乃克葬穀梁作日下稷白虎通諡篇引春秋作日下側說文昃日在西方側時也引易日昃之離今易昃又作昊孟氏易作稷此詩畟畟訓測測以聲近爲義猶稷讀爲側昃訓爲側也說文畟治稼畟畟進也从田从人夂引詩畟畟良耜胡承珙曰爾雅深測也說文測深所至也畟畟測測皆狀農人深耕之皃今按淮南子原道篇注

度深曰測則以耜入地之深亦得曰測爾雅舍人注叟叟耜入地之貌亦狀其入地之深郭注言嚴利失之或來瞻女箋瞻視也瑞辰按據下載筐及筥其饟伊黍謂來饁者瞻當讀贍給之贍來饁正所以贍之也贍字說文所無新附始有之古通作澹又作瞻作詹與儋史記司馬相如傳澹沈贍菑漢書作灑沈澹災漢書食貨志猶未足以澹其欲也注澹古贍字荀子王制篇物不能澹則必爭注澹讀爲贍此贍古作澹之證也禮記大傳民無不足無不贍者釋文本作瞻云本又作儋小爾雅贍足也呂氏春秋適音篇不充則不詹高注詹足也此贍古通作瞻儋及詹之證也此詩正假瞻爲贍箋訓

爲硯失之

其笠伊糾箋鑑者見載糾糾然之笠瑞辰按倉頡解詁繩三合曰糾說文糾三合繩也丩相糾繚也魏風糾糾葛屨傳糾糾猶繚繚也葛以爲屨草以爲笠皆有糾繚之形故竝曰糾

其鎛斯趙傳趙刺也瑞辰按考工記鄭注引詩其鎛斯捎集韵引同葢本三家詩集韵又曰捎或作趙是捎趙實一字古文通借作趙捎趙雙聲通用猶朝借作輈也捎之言掇說文廣雅竝曰掇刺也故捎亦爲刺耳趙字古又通銚漢書禮樂志銚四會員韋注銚國名銚卽趙也吳斗南因謂此詩之趙卽銚則非

以薅荼蓼箋薅去荼蓼之事瑞辰按說文槈薅器也薅拔田艸也或作茠引詩既茠荼蓼此詩釋文引詩則作以茠荼蓼古以字作㠯从反巳與巳然之已通用是知以即巳也巳即既也又按箋薅去荼蓼之事以正義云薅去荼蓼之草事當作草今作事者誤从定本集注

積之栗栗傳栗栗衆多也瑞辰按爾雅釋訓栗栗衆也此傳義所本說文穦積禾也引詩穦之秩秩葢本三家詩穦積以雙聲爲義廣雅亦曰穦積也栗與秩古音同部通用公羊哀二年經戰于栗釋文栗一本作秩是其證矣說文秩積也據說文瑮玉英華羅列秩秩瑮猶秩也則秩秩與栗栗義亦同葢衆多則穦積之必秩然有

序其義正相成也

殺時犉牡傳黃牛黑脣曰犉瑞辰按周禮牧人凡陰祀用黝牲毛之社稷在陰祀之列宜用黝牲不宜用黃牛爾雅釋畜黑脣犉又牛七尺爲犉邢疏引尸子曰大牛爲犉七尺此詩犉牡及無羊詩九十其犉皆當以牛七尺曰犉釋之犉謂牛之大者犉牡猶言廣牡廣亦大也毛傳以爲黃牛黑脣曰犉正義又謂正禮用黝報功用黃並失之

有捄其角傳社稷之牛角尺箋捄角貌瑞辰按說文斛角皃捄卽斛之叚借詩兕觥其觩角弓其觩作觩者又捄之俗王制祭天地之牛角繭栗宗廟之牛角握賓客

之牛角尺無社稷之文此詩正義引禮緯稽命徵曰宗廟社稷角握則社稷與宗廟同又按大戴記曾子天圓篇諸侯之祭牲牛曰太牢盧辨注太牢天子之牲角握諸侯角尺則是天子之牲皆角握惟賓客卽諸侯故其牲角尺又禮五嶽視三公四瀆視諸侯故其牲亦角尺大戴記山川曰犧牲盧注山川謂岳瀆以方色角尺是也以此推之社稷卑於天地而重於山川宜與宗廟之牛同爲角握禮緯較毛傳爲確正義既引禮緯又謂社稷卑於宗廟宜與賓客同爲角尺未免曲狥傳說矣

以似以續續古之人傳以似以續嗣前歲續往事也箋嗣前歲者後來有豐年也續往事者復以養人也續古

之人求有良司穡也瑞辰按廣雅似續也似卽嗣之叚借故似續二字同義以似以續猶云以享以祀以孝以享不嫌語之複也似續皆爲祀事說文祀祭無已也祭無已故爲似續斯干之詩曰似續妣祖謂享祀妣祖也此詩以似以續亦謂祀社稷也續古之人乃言繼古人之配社稷者古之人卽先嗇司嗇也傳箋分似續爲二義失之又或以續古之人爲續其先祖如農服先疇之比亦非

絲衣

序絲衣繹賓尸也高子曰靈星之尸也疏引漢書郊祀志張晏注以靈星爲蒼龍左角星卽天田周語所謂農

祥晨正者此也高子以靈星尙有尸則繹之有尸必矣

瑞辰按杜佑通典引劉向五經通義曰靈星爲立尸故云絲衣其紑會弁俅俅言王者祭靈星公尸所服之衣也是子政以詩序言賓尸卽爲靈星之尸正義以高子之言爲別論他事非也惟漢書郊祀志言高祖令天下立靈星祠則周時靈星以祀天田其祭未顯且與序言繹賓尸不合惟趙徵君坦寶甓齋札記云靈古櫺字櫺星者門有疏櫺上飾以金綴序若星故曰櫺星禮郊特牲繹之於庫門內祊之於東方失之矣鄭注祊之禮宜於廟門外之西室繹又於其堂神位於西也此二者同時而大名曰繹爾雅閍謂之門孫炎注謂廟門外則是

繹祭祊祭之尸位次皆在廟門外故曰靈星之尸也今按趙以靈星爲廟門是也名門曰靈星猶左傳名車曰葱靈謂車有窗櫺亦叚靈爲櫺也至從鄭注禮記以祊祭爲在廟門外又以祊與繹二者同時則非楚茨詩祝祭于祊毛傳祊門內也此詩自堂徂基基爲門內之位則祊祭宜在廟門內因名其門爲櫺星耳至後世學宮前立櫺星門據桂馥引龍魚河圖云天鎭星主得士之慶其精下爲靈星之神則門名櫺星自祭天鎭星耳趙氏以爲古廟門之遺制亦非又按鄭志荅張逸云高子之言非毛公後人著之據經典序錄引徐整云子夏授高行子高行子授薛倉子薛倉子授帛妙子帛妙子授

魯人大毛公是高行子爲毛詩傳授所本高子當卽高行子其人爲子夏弟子不得與孟子同時與小弁傳所引之高子不得謂卽一人也

絲衣其紑傳紑絜鮮貌　瑞辰按說文紑白鮮衣皃引詩素衣其紑蓋本三家詩絲與素雙聲故通用段玉裁疑素爲誤字非也汪中以載與爵爲雙聲謂下載弁宜爲爵弁與絲衣相配然據說文作素衣則以衣爲皮弁服其弁亦皮弁非爵弁也又按劉向以衣爲公尸之衣與毛詩以爲祭服異其說當本三家詩

載弁俅俅傳俅俅恭順貌箋載猶戴也　瑞辰按爾雅釋言俅戴也郭注引詩戴弁俅俅蓋以俅俅爲戴弁皃釋

訓俅俅服也胡承珙曰服當是屈服柔服之服正毛傳所謂恭順貌今按說文俅冠飾皃引詩弁服俅俅上文紑爲衣皃則俅俅宜从爾雅說文訓爲冠服皃矣釋文云俅說文作絿今本說文亦作俅或陸氏所見說文本異又爾雅釋文云俅本亦作絿則詩釋文言說文作絿者或爲爾雅之譌玉篇引詩戴弁俅俅云或作頯頯則後人增益之字又引毛傳俅俅恭順貌作恭慎而以爲鄭箋誤矣

自堂徂基傳基門塾之基箋繹禮輕使士升門堂視壺濯及籩豆之屬降往於基告濯具瑞辰按基者畿之叚借谷風篇薄送我畿傳畿門內也呂覽本生篇高注壓

機門內之位也畿之言期限也期朞基古同音故畿可借作基楚茨篇祝祭于祊傳祊門內也祊說文作鬃云門內祭先祖所徬徨也祊祭在門內與畿在門內正合祊與繹異名而同實故言繹卽言祊耳祊通作閍爾雅釋宮閍謂之門據郊特牲索祭祝于祊注廟門曰祊正義以爲繹宮文禮器正義亦引釋宮廟門謂之祊今本爾雅疑有脫誤又按爾雅門側之堂謂之塾古者門內外皆有塾以祊祭在門內知傳言門塾之基宜爲內塾正義以爲廟門外西夾之堂基失之

鼐鼎及鼒釋文鼒音兹徐音災郭音才 瑞辰按史記音義引詩鼐鼎及哉云哉音資哉才一聲之轉鼒从才聲

故通作哉猶今文泰誓齊栗允哉書大傳引作允才也說文鼒俗作鎡茲才資古竝同聲故或音資惠定宇以音才爲是而以音資爲非昧於古音通轉之義矣

旨酒思柔箋柔安也飲美酒者皆思自安　瑞辰按柔與嘉古同義說文𦟀嘉善肉也左傳奉酒醴以告曰嘉栗旨酒謂其上下皆有嘉德而無違心也詩葢言奉旨酒則思嘉德故曰思柔箋訓爲安失之

不吳不敖傳吳譁也釋文吳舊如字說文作吳吳大言也何承天曰吳字誤當作吴从口下大故魚之大口者名吴胡化反此音恐驚俗也音話正義人自娛樂必讙譁爲聲故以娛爲譁也定本娛作吳　瑞辰按據此是定

本及釋文本作吳正義本作娛然按經者每以釋文本若作吳則下不應又云說文作吳故盧文弨據史記引詩改釋文大書不吳爲不虞而俗本又改說文作吳吳大言也兩吳字爲吴皆肊說也惟臧庸曰釋文言說文作吳對下何承天欲改作吴而云然也今按釋文引何承天曰吳字誤當作吴正承上說文吳大言也言之當以臧說爲近或釋文但引說文吳大言也其作吳二字爲傳寫者誤衍耳至史記武帝紀引詩不虞不驁蓋本三家詩虞娛吳古皆通用吳借作虞與娛猶虞仲一作吳仲鄭風聊可與娛釋文云娛本亦作虞也吳古音又讀同鈲故碩人娛娛韓詩作扈扈何承天謂吴胡化反

正讀近瓠說文鱯魚也讀若瓠蓋魚之大口者本名鱯與吳音近而義同方言吳大也說文吳一曰大言也从夨口下又重出㕦云古文如此段玉裁从口大是知吴下大者卽㕦字之變體漢書郊祀志後漢書戴就傳漢引詩作不吳不敖而陸機徐鍇以作吴爲謬由不知吴卽㕦之變㕦卽吳之古文也何承天未檢查說文故又以作吳爲誤耳傳訓吳爲譁讙譁卽大言正與說文義合正義本作娛而曰人自娛樂必讙譁爲聲其義迂曲不若釋文及定本作吳爲善

酌

遵養時晦傳遵率養取晦昧也箋養是闇昧之君以老

其惡瑞辰按遵養時晦承上於鑠王師而言言用王師以取是晦昧也晦昧既除則天下清明故下即接言時純熙矣以經文求之養從傳訓取爲是序云能酌先祖之道以養天下猶云以取天下也宣十二年左傳晉隨武子曰兼弱攻昧武之善經也下引仲虺有言曰取亂侮亡兼弱也汋曰於鑠王師遵養時晦耆昧也正引詩遵養時晦爲武經攻昧之證是養晦即耆昧也耆昧即攻昧也攻昧謂攻取是昧正與毛傳訓養爲取義合逸周書允文解曰遵養時晦晦明遂語于時允武孔晁注養時闇昧而誅之使昧者脩明而遂告以言武也以遵養時晦爲誅晦亦與毛傳義合王肅釋傳曰率以取是

紂定天下以除晦其說是也說文古文養作羧从羊攴攴从又卜聲又手也手所以取故養字古有取義月令仲秋之月羣鳥養羞羞謂羣鳥所藏之食夏小正所云丹鳥羞白鳥羞也者進不盡食也養羞則謂取其所藏之食也呂覽長見篇申侯伯善持養吾意吾所欲則先我為之今按持養皆取也善持養吾意猶云善探取吾意即左傳所云予取予求也高注引先意承志為證承當讀如痀僂承蜩之承承與拯同皆取也承志謂探取其志也又養與將古同義桑柔箋將猶養也廣雅將養也爾雅釋言將資也小爾雅廣言廣雅釋詁並曰資取也莊子宋人有資章甫以入越者謂取章甫以入越也孟子匍匐往將

食之謂往取食之也文選注引孟子作將而食之猶云取而食之其義愈顯將爲取則養亦取矣又養與援引弋皆雙聲援引弋皆取也古養字本有取義爾雅廣雅偶遺其訓詁正賴毛傳存其義耳箋謂養是闇昧之君以老其惡義本韓詩外傳引詩言相養者之至於惡非詩義也杜預左傳注云須暗昧者惡積而後取之又承箋說之誤

時純熙矣是用大介箋純大熙興介助也瑞辰按純熙謂大光明也武王既攻取晦昧於時遂大光明猶緜之詩云會朝清明也爾雅釋詁介善也大介卽大善大善猶大祥也故下卽繼以我龍受之正謂受此大善耳

我龍受之傳龍和也箋龍寵也瑞辰按龍當即龕字媘其半耳方言鋡龕受也齊楚曰鋡揚越曰龕龕字本从含媘聲或作龕亦从含媘說文龍部有龕字注云龍皃舊作从龍合聲段玉裁本作从龍今聲竝非也龕受猶言應受廣雅應受也周語韋注應猶受也龕爲受即爲應我龍受之正與賚詩我應受之句法相同逸周書祭公解用應受天命襄十三年左傳應受多福應受猶此詩龍受也龕可媘合作龍猶爾雅釋言洵龕也釋文龕本或作含可媘龍作含也含和以雙聲爲義龍和亦同位相近毛傳訓龍爲和者正以知龍爲龕之媘借其字从含得聲遂以同聲之和訓釋之和當讀同倡和之和

古倡和字戶戈切不讀去聲和卽應也和應以雙聲爲義說文和相應也漢書集注和應也後漢書方術傳趙炳嘗臨水求船人不和之卽人不應之也商頌長發篇受天之龍傳龍和也亦以和爲應謂受天之瑞應也廣雅龍和也義本毛傳王肅及孔疏訓和爲中和之和段玉裁又以龍爲雝之叚借竝失之胡承珙據說苑辨物篇言神龍虛無則精以和廣雅釋魚言龍敷和其光古人言龍者實有和義然和但爲龍之一德未可遂以龍爲和也

實維爾公允師傳公事也箋允信也王之事所以舉兵克勝者實維女之事信得用師之道瑞辰按公對上王

之造言當謂先公允猶用也語詞之用也師當訓爲師法之師允師猶言用師也詩上言蹻蹻王之造造爲也爲猶成也蓋言王業之成所由足用爲嗣者實維爾先公用師正序所云酌先祖之道也傳訓公爲事箋以允師爲信得用師之道失之

桓

序桓講武類禡也桓武志也釋文桓武志也本或以此句爲注瑞辰按詩以桓名篇桓當爲和之叚借桓與和古同聲通用禹貢和夷底績鄭注和讀爲桓漢書酷吏傳如淳注曰大版貫注四出名曰桓表陳宋之間言桓聲如和今猶謂之和表皆和桓通用之證逸周書祭公

解允乃詔畢桓於黎民桓亦和也孔廣森曰歌戈爲寒元之陰聲故二部每互相轉戚學標曰桓之轉和猶番之轉播難之轉儺單之轉鼉是也宣十二年左傳引詩綏萬邦屢豐年以證武德之和衆豐財以和名篇蓋取經綏萬邦之義綏本訓安安卽和也周書謚法解好和不爭曰安是也作桓者和之叚借字師克在和故序以桓爲武志非取經桓桓武王名篇也又按桓武志也據正義云序又說名篇之義桓者成武之志是孔本以此句爲序文蓋此詩桓武志也及下二章賚予也般樂也文義一例皆爲序文釋文引或本以爲注文非也般詩疏引定本以般樂也爲鄭注亦誤當从崔集注以般樂

也三字爲序文

保有厥士傳士事也瑞辰按士與土形近古多互譌呂刑有邦有土史記作士周禮大司徒其附於刑者歸於士注或謂歸於圜土是其證也此詩當作保有厥土與克定厥家爲韵保土猶言保邦也作士者葢以形近而譌毛傳遂以事釋之誤矣

皇以閒之傳閒代也箋皇君也紂爲天下之君但由爲惡天以武王代之瑞辰按爾雅釋詁閒代也書益稷正義引孫炎曰閒厠之代也此承於昭于天言天德昭明武之德亦昭明故天命武王爲君以代之猶書言天工人其代之代天非代殷也王肅謂代殷定天下箋謂代

紂竝失之又按顧氏詩本音言此詩首二句無韵下文土方爲韻天間爲韵江氏永言天與間不相協胡承珙曰天與間固不同部然音亦相近戚氏證讀曰此當如釋名豫司兖以舌腹言之天顯也正與間協

賚

敷時繹思傳繹陳也箋敷猶徧也敷是文王之勞心能陳繹而行之瑞辰按宣十二年左傳引詩鋪時繹思鋪卽敷之同音叚借說文敷㪐也㪐敷也敷有施陳之義則繹不得訓陳當讀爲抽繹之繹說文繹抽絲也廣雅釋言繹擂也擂與抽同說文擂引也敷時繹思謂布是文王之德澤而尋繹引申之以及於無窮卽序所云錫

于善人也思爲語詞末句於繹思同義傳訓繹爲陳箋謂陳繹而思行之竝非詩義

時周之命箋勞心者是周之所以受天命而王之所由也瑞辰按時與承一聲之轉古亦通用楚策抑承甘露而用之新序承作時是其證也周受天命而諸侯受封於廟者又將受命於周時周之命卽承周之命也般詩時周之命同義此謂諸侯受命於廟彼謂巡守而諸侯受命於方嶽也箋訓時爲是但曰是周之命則不詞故必增飾其詞曰謂是周之所以受天命而義始顯非詩義也又按顧亭林云此篇或以止之思爲韵然詩無全用語助爲韵者胡承珙曰首三句以止之思爲韵中間

定命雖不同部然易象傳晉如摧如獨行正也裕无咎未受命也以命與正韻大招曼澤怡面血氣盛只永宜厥身保壽命只以命與盛韻則定與命亦可相通爲韻未復以思字應前爲韻耳今按古音命與名近通用說文名自命也左傳異哉君之名子史記作命孟子命世卽名世詩蓋讀命如名故與定爲韻名定皆耕清部字也左傳引逸詩講事不令集人來定士冠禮以歲之正以月之令爲韻正與詩定命爲韻相類耳楚詞以名與均韻是又讀名如命正與此詩讀命如名者爲互相通借或遂據以爲眞耕通韵則非也

般

序般樂也瑞辰按說文昪喜樂也此詩名般與孟子般樂皆昪字之同音叚借小弁傳訓弁爲樂又以弁爲昪之媘借

於皇時周箋皇君也於乎美哉君是周邦瑞辰按白虎通義引詩作於皇明周蓋本三家詩王伯厚詩考引之明周猶時邁言明昭有周也鄭君所見毛詩已作時周故以君是周邦釋之耳

陟其高山傳高山四嶽也箋則登其高山而祭之瑞辰按覲禮祭山丘陵升禮器因名山升中於天是升爲祭山之名爾雅釋詁陟陞也升爲祭名陟即爲升亦祭名矣周時祭山曰升或曰陟猶秦漢時曰登封或曰登禮

或曰登假白虎通義曰於皇明周陟其高山言周太平封泰山也蓋本三家詩卽以涉爲封禪之封據時邁序箋巡守告祭者天子巡行邦國至于方岳之下而封禪也則封禪本古巡守之禮秦漢以後乃侈言其事耳墮山喬嶽皆承上陟祭言之喬嶽始指四嶽則高山宜之言高山而傳以爲四嶽者據時邁傳高嶽岱宗也則毛公釋此詩喬嶽亦爲岱宗故以上言高山爲四嶽耳

嶞山喬嶽傳嶞山山之嶞嶞小者也　瑞辰按爾雅釋山巒者嶞郭注山形長狹者狹則近小故傳以小釋之說文嶞山之嶞嶞者从山憜省聲讀若相推落之墮義本毛傳嶞嶞本疊字形容之詞據正義云故知山之小者

嶞嶞然則正義本毛傳原作嶞嶞據釋文云嶞字又作墮則傳本或有作墮墮者今傳上作嶞下作墮誤也嶞之言撱廣雅釋詁楕長也字通作隋詩破斧傳隋銎曰斧月令鄭注隋曰竇禮器注棜禁如今方案隋長士冠禮注隋方曰篋是也嶞與喬對舉猶長與高對言耳說文別出隓字云山皃段玉裁謂即嶞字之別體

允猶翕河傳翕合也箋猶圖也小山及高嶽皆信按山川之圖而次序祭之　瑞辰按爾雅釋言猷若也猷猶古通用猶爲若如之若又爲若順之若爾雅釋言若順也廣雅釋詁猷順也是知允猶即允若允若即允順也河以順軌而合流禹貢同爲逆河同即翕合之謂也箋訓

允猶爲信按山川之圖則與翕河語不相貫矣至詩以山與河爲韻孔廣森曰此寒山之轉協歌麻者今按山之協河正與詩以原協差麻娑以嫄協何並轉音魚何反及古獻尊之爲犧尊若干之爲若柯槃娑之爲娑娑嘽嘽駱馬之爲痑痑皆相類也

裒時之對傳裒聚也箋裒衆對配也徧天之下衆山川之神皆如是配而祭之 瑞辰按裒卽捊字之别體說文捊引堅也堅義同聚對當讀如對揚王休之對對猶荅也謂諸侯皆聚於是以荅揚天子之休命也故下卽接言時周之命箋以對爲配祭失之朱子集傳訓對爲荅是也然以爲上荅下意則與下言承周之命不相貫矣

李黼平曰常棣原隰裒矣殷武裒荆之旅傳訓聚者皆
指人說此亦當指人說言天下之人於巡狩所至皆聚
是方而對荅王命其說正與予同至詩以對與命韻孔
廣森曰此震𣶏之轉協至隊者今按命之協對正與訊
之讀誶爲一類訊亦震韻字誶亦廣韻六至部内字也
又按正義云此篇之末俗本有於繹思三字誤也釋文
云於繹思毛詩無此句齊魯韓有之今毛詩有者衍文
也崔集句本有是採三家之本因有故解之今按三家
詩有於繹思三字葢因賚詩於繹思與時周之命相接
故此篇時周之命下亦誤衍三字然賚篇以於繹思與
首三句爲韻若此篇增於繹思則與上山河不相協故

知三家有此句亦誤衍也且賁詩於繹思承上敷時繹思而申言之般詩則上無所承不得言於繹思也

毛詩傳箋通釋卷三十一

魯頌

桐城馬瑞辰學

駉

駉駉牡馬傳駉駉良馬腹幹肥張也正義駉駉然腹幹肥張者所牧養之良馬也定本牧馬作牡馬釋文牡本亦作牧　瑞辰按正義云所牧養之良馬正釋經之牧馬又云定本作牡馬則注疏本作牧馬無疑今作牡馬非其舊也顏氏家訓言河北本悉爲放牧之牧又文選李陵荅蘇武書李注及藝文類聚九十三引詩皆作牧馬唐石經初刻作牡改刻作牧足利本亦作牧惟顏氏家訓言江南書皆作牝牡之牡初學記二十九白氏六帖

九十六太平御覽八百九十三引詩皆作牡釋文本相臺本亦皆作牡今按牧與牡本一聲之轉其字同出明母故本或作牧或作牡據說文兩引詩皆作牡馬揚雄大僕箴僖好牡馬牧于坰野釋文引艸木疏云牡騭馬也以釋經文牡馬則當从釋文本作牡馬爲是古馬政惟牡馬在牧若牝馬惟季春合牧見月令則非季春卽不在牧可知故詩但言牡馬耳胡承珙曰凡禽獸之類皆牡大於牝詩意形容肥張自當舉其牡者言之至釋文云駉說文作驍又作駫同按驍與駉音不相逼駉與駫實一聲之轉其字同出見母說文駫馬肥盛也舊葢引詩駫駫牡馬今本引詩四牡駫駫因下騯字注引詩

四牡駫駫而誤玉篇駫馬肥壯盛皃駉同上以駫與駉爲一字之異體不言駉與驍同作駫駫者蓋三家詩說文又引詩驍驍牡馬段玉裁謂當作四牡驍驍爲崧高詩四牡蹻蹻之異文

在坰之野傳坰遠野也邑外曰郊郊外曰野野外曰林林外曰坰箋必牧於坰野者避民居與良田也周禮曰以官田牛田賞田牧田任遠郊之地　瑞辰按爾雅多郊外謂之牧一句李巡本牧作田毛傳無之坰說文作冂注云邑外謂之郊郊外謂之野野外謂之林林外謂之冂象遠介古文冂从口作同或从土作坰亦無郊外謂之牧一句又據叔于田箋及遂人注皆曰郊外曰野是

毛及許鄭所見爾雅皆無郊外謂之牧一句與李孫郭本異確有明證正義據今本爾雅遂謂若言郊外牧嫌與牧馬相涉故畧之其說非也傳引林外曰坰本以證坰之爲遠野正義又云雖字與爾雅相涉其意不同亦非傳恉

有驪有黃傳黃騂曰黃 瑞辰按上句有皇傳黃白曰皇見爾雅據三章有雒釋文雒本或作駱阮宮保謂爾雅舊有兩駱蓋同名而異物爲毛傳所本竊謂此詩傳黃騂曰黃亦當作黃騂曰皇與三章作兩駱者正同亦同名而異物皆本爾雅爲說爾雅爲淺人誤爲重出删去其一毛詩又爲後人疑其二皇不應竝用因準詩人義

同字異之例叚黃爲皇以與皇韻猶三章改駱爲雒又或改作駁也黃白曰皇黃騂亦曰皇皆黃馬兼有別色之稱若單稱黃則止一色毛傳宜云純黃曰黃與純黑曰驪同訓何由知其必爲黃騂乎此固有以知黃爲皇之叚借也爾雅皇黃鳥葢以皇黃同音叚皇爲黃與此詩叚黃爲皇可以互證

以車彭彭傳諸侯六閑馬四種有良馬有戎馬有田馬有駑馬彭彭有力有容也正義作者因馬有四種故每章各言其一首章言良馬朝祀所乘故云彭彭見其有力有容也二章言戎馬齊力尚強故云伾伾見其有力也三章言田馬田獵齊足尚疾故云繹繹見其善走也

卒章言駕馬主給雜使貴其肥壯故云祛祛見其強健也瑞辰按此詩四章文義相彷並無分言四馬之義彭騯古同聲通用說文騯馬盛也引詩四牡騯騯據玉篇騯騯馬行皃今作彭是彭彭即騯騯謂馬盛也繹與驛通廣雅彭彭驛驛並云盛也伾與駓通廣雅駓駓行也又曰伾伾衆也衆亦盛也玉篇駓駓走皃說文無祛字祛祛當从唐石經及相臺本作袪袪袪與渠渠聲義近廣雅渠渠盛也是則彭彭繹繹伾伾祛祛同為盛耳傳分為四義非也又按始與善古義相近說文俶善也一曰始也則作為始亦得訓善又始與治古通用爾雅釋詁治故也邵云治當為始按始亦有治義秦風載獫歇驕

箋載始也始田犬者謂達其博噬始成之也是始即治也又爾雅釋言作爲也小爾雅爲治也說苑指武篇造父王良不能以敝車不作之馬趨疾而致遠不作猶不治不治猶不善不善猶不才也是知二章思馬斯才三章思馬斯作猶首章思馬斯臧也傳訓作爲始箋云作謂牧之使可乘駕也正與秦風訓載爲始同義始亦治也四章思馬斯徂徂當爲駔之叚借爾雅釋言奘駔也說文駔壯馬也各本作牡馬誤此从段本奘駔大也玉篇駔猶麤也音義又與珇近方言珇好也珇美也又音近祖說文祖事好也則思馬斯徂亦與思馬斯臧同義不得如箋訓徂爲行古人詠歎長言不嫌詞複說詩者强爲分別轉

失其本義耳

有騅有駓傳蒼白雜毛曰騅黃白雜毛曰駓釋文駓字林作駓瑞辰按毛傳釋騅駓俱本爾雅惟說文云騅馬蒼黑穕毛段玉裁以爾雅釋言菼騅也郭注菼艸色如騅證之知蒼黑爲蒼白之譌段又云古作丕字中直貫下作丕是以論曹魏者曰丕之字曰不十也此詩經文原作駓字故釋文曰字林作駓今經傳皆作駓失其舊矣今按說文丕大也从一不聲春秋僖十一年春晉殺其大夫丕鄭唐石經公羊作丕丕蓋丕之隸變漢碑丕字又作丕下亦从十

有駵有雒傳赤身黑鬣曰駵黑身白鬣曰雒瑞辰按說

文騂赤馬黑髦尾也髦卽鬣義同毛傳釋文引作字林葢字林實本說文也正義曰黑身白鬣曰雒未知所出檢定本集注及徐音皆作駱字而俗本多作駁字釋文雒或本作駱字同阮宮保校勘記曰白馬黑鬣曰駱見爾雅經文當是兩言駱故傳於下駱訓爲黑身白鬣曰駱白黑互易而不妨同名此毛意若雒字則係後人所改俗本作駁尤非今按阮說是也爾雅釋畜馬屬旣曰翑上皆白惟馵又曰後右足白驤左足白馵牛屬旣曰黑脣犉而六畜又曰牛七尺爲犉是爾雅固有異物而同名者駱之有二亦猶是也此詩首章當有二皇亦與末章二駱相類淺人疑爾雅駱馬不應有二妄刪其一

說詩者又以二騂不得爲韻遂作雒以别之雒卽騂之異體此亦猶谷風詩上作讎下卽改用讎之俗字作售以别之此詩首章上句作皇下卽叚用黄也

有驔有魚傳豪骭曰驔二目白曰魚　瑞辰按正義云傳傳言豪骭白者葢謂豪毛在骹而白長名爲驔也是正義本作豪骭白驔今作豪骭曰驔非其舊也然釋文本自作豪骭曰驔說文驔讀若簟字林言驔又音驔字从覃聲覃延也延長也葢取豪長之義無取於豪白也曰白形近或譌作白正義遂以白釋之耳爾雅驪馬黄脊騽說文作驔驪馬黄脊毛傳豪骭曰驔說文作騽馬豪骭也二字錯出竊疑騽卽驔之重文覃古音讀如尋尋

習一聲之轉故驒或作騽說文本兼載二篆玉篇廣韵竝云騽驪馬黃脊又馬豪骭正本說文是其證也後人誤分爲二字因以二義分屬二字耳孔疏言驒不見爾雅由未知騽卽驒也而釋文云騽今爾雅本亦有作驒者則知二字古固通用孔疏偶未檢耳爾雅一目白瞯二目白魚此承上文驪白雜毛鴇言之葢謂一目二目之毛色白也郭注謂似魚目失之毛傳說文皆作二目白魚與爾雅合惟釋文言毛曰一目白曰魚此自傳寫之譌段玉裁遂欲據釋文以改爾雅說文謂二目白則傳不言二不知一目二目相對成文此自屬辭之體耳

有駜

有駜有駜傳駜馬肥彊貌馬肥彊則能升高進遠臣彊力則能安國箋此喻僖公之用臣必先致其祿食祿食足而臣莫不盡其忠　瑞辰按說文駜馬飽也駜飽以雙聲爲義葢本三家詩馬飽食則能盡力臣得祿則能盡忠箋義當亦本三家詩耳玉篇駜肥壯皃義本毛傳又云⿰馬复同駜此亦猶毛詩苾芬字韓詩作馝也

在公明明箋在於公之所但明義明德也禮記曰大學之道在明明德　瑞辰按明勉一聲之轉明明卽勉勉之叚借謂其在公盡力也箋訓爲明明德失之

鼓咽咽傳咽咽鼓節也釋文咽本又作鼘　瑞辰按說文鼘鼘鼘鼓聲也引詩鼗鼓鼘鼘今商頌作淵淵及此詩

作咽咽皆卽鷬鷬之叚借鷬借作咽猶媦之重文作媦也釋文作𪅫叉鷬字之變體說文淵或省水是淵𣶒本一字

歲其有傳歲其有豐年也釋文歲其有本或作歲其有矣又作歲其有年者矣皆衍字也瑞辰按唐石經有下旁增年字正義引定本集注皆云歲其有年豐年疏引詩亦有年字但經以有與子爲韻自从釋文本作歲其有爲是耳豐大也大則無所不有歲卽年也故傳以豐釋有以豐年釋歲其有傳當以歲其有爲一讀豐年也爲一讀正義合六字作一句讀失之

泮水

薄采其芹傳言水則采取其芹宮則采取其化箋芹水菜也正義言水菜者解其就泮水之意藻茆亦水菜從此可知也瑞辰按惠氏周惕曰此詩始終言魯侯在泮宮事是克淮夷之後釋菜而儐賓也釋奠釋菜祭之畧者也釋奠釋菜不舞詩言不及樂故知爲釋菜也禮釋菜退儐於東序一獻無介語詩言永錫難老故知爲儐賓也芹藻之類釋菜之用也今按惠說是也王制出征執有罪反釋奠于學以訊馘告鄭注釋菜奠幣禮先師也此詩在泮獻馘在泮獻囚與王制釋奠于學以訊馘告正合則詩言采芹采藻采茆宜如惠說以爲釋菜之所用矣

其旂茷茷傳茷茷言有法度也釋文茷茷蒲害反又普具反本又作伐瑞辰按羣經音辨卷三曰其旂伐伐伐伐旂貌也伐伐卽茷茷之消茷茷又旆旆之叚借六月篇白旆央央釋文本作茷是茷旆古同聲通用之證其旂茷茷猶出車篇胡不旆旆也說文旆繼旐之旗旆然而垂也旆旆正旂之垂皃旆借作茷與伐猶發可借作旆也荀子韓詩外傳竝引商頌武王載發毛詩作武王載旆

鸞聲噦噦傳噦噦言其聲也瑞辰按說文鉞車鑾聲也引詩鑾聲鉞鉞葢本三家詩用本字戉音越歲从戉聲故鉞鉞可叚作噦噦說文奯讀若詩施罟泧泧戝讀若詩施罛濊濊是其類也說文歲木星也越歷二十八宿

宣徧陰陽十二月一次釋名歲越也越故限也皆取聲近爲義詩何以卒歲協烈褐以興嗣歲協載烈皆从本音董彥遠正字謝啟云隸體散亡共守鑾聲之鉞鉞直以鉞鉞爲誤字失之廣雅鐬鐬盛也義與鉞鉞近鉞鉞亦言鑾聲之盛耳

薄采其茆傳茆鳧葵也釋文茆音卯徐音栁韋昭萌藻反　瑞辰按說文䕯鳧葵也又茆鳧葵也引詩言采其茆陸德明引鄭小同云江南名之蓴菜是茆即今之蒓菜或據說文引詩作茆从古酉字遂以毛詩作茆从卯爲誤然三國志虞翻傳注引翻奏云古大篆丣字當讀爲桺古桺丣同字而以爲昧裴松之云古大篆丣字讀當

言栁古柳丣同音竊謂翻言爲然故劉留聊柳同用此字以从丣聲故也與日辰卯字字同音異今按栁字从丣爲古文酉裴松之謂栁从丣與辰卯同字非也而小星詩以昴與裯韻十月之交詩以丣與醜韻此詩以茆與酒老醜韻周禮茆菹釋文茆音丣北人音栁是从丣之字亦讀同栁不煩改茆爲茆而後協也周禮縫人注故書翣栁爲接檟此亦丣栁同音之證

順彼長道箋順從長遠是時淮夷叛逆既謀之於泮宮則從彼遠道往伐之瑞辰按長道猶言大道爾雅釋詁順陳也凡儀禮言南順即南陳也順彼長道即陳彼長道謂陳大道於泮宮之中箋謂從彼長道伐淮夷似非

詩義

屈此羣醜傳屈收醜衆也箋屈治醜惡也治此羣爲惡之人瑞辰按釋文引韓詩屈收也收斂得此衆聚與毛詩義略同爾雅釋詁屈收同訓聚是屈卽收之證然謂收斂得此衆聚不若箋訓爲治此羣惡爲善爾雅釋詁淈治也某氏注引詩淈此羣醜鄭讀屈爲淈故訓治其義當本齊魯詩淈者汩之叚音說文汩治水也周語汩越九原汩越皆治也楚詞天問不任汩鴻王注汩治也若淈之本義說文訓濁治濁爲治猶亂亦訓治也又按屈與黜聲近通用周語易沈伏而黜散越王尚書曰黜讀爲屈竊謂此詩屈當讀黜說文黜貶下也屈此羣醜

對上順彼長道以明善道則順陳之羣惡則黜退之耳黜退即所以治之與箋言治此羣惡義正相通

靡有不孝箋國人無不法傚之者皆庶幾力行瑞辰按孝者𡥈之隸變與孝弟之孝異字說文𡥈效也从子爻聲箋訓為法傚正與說文訓𡥈為效合是知鄭君箋詩時字原作𡥈𡥈字隸變為孝猶𡥈之隸變為教也正義云魯國之民無有不為孝者皆庶幾力行孝似誤釋為孝弟之孝矣此承上昭假烈祖言當謂僖公之法傚烈祖言既感格烈祖無有不效法烈祖者箋謂國人法傚魯侯似非詩義

淑問如皐陶箋淑善也瑞辰按說文淑清湛也廣雅釋

詁淑清也淑問猶呂刑言清問也說文清朖也朖卽明也則清問又如言明問耳

狄彼東南箋狄當作剔剔治也東南謂淮夷正義瞻卬傳以狄爲遠則此傳亦爲遠也 瑞辰按說文逖遠也古文作逷傳以狄爲逖之渻借故訓遠然云遠彼東南則不辭不若箋讀剔訓治爲允釋文引韓詩作鬄云鬄除也除亦治也鄭箋讀剔字雖異其義當卽本韓詩耳逖易古同音剔借作狄猶春秋易牙史記作狄牙契母簡狄漢書人表作簡逷也說文狄从犬亦省聲故與易之讀亦者同音而惕或作悐逖亦或作逷也

烝烝皇皇傳烝烝厚也皇皇美也箋烝烝猶進進也皇

皇當作暀暀暀暀猶往往也言多士之於淮夷皆勸之有進進往往之心　瑞辰按說文烝火氣上行也引申之爲厚又爲美大雅文王烝哉釋文引韓詩曰烝美也以傳訓皇皇爲美推之烝烝亦當爲美美與盛同義烝烝皇皇皆極狀多士之美盛耳爾雅釋訓烝烝作也釋詁烝進也此箋義所本然釋詁暀暀皇皇竝訓美則箋訓進進往往亦與美盛義相通耳

不吳不揚傳揚傷也箋吳譁也不讙譁不大聲　瑞辰按毛傳於絲衣篇不吳訓譁此詩無傳義與彼同正義曰揚與誤爲類故爲傷謂不過誤不損傷也據釋文不吳王音誤則讀誤者乃王肅義非毛傳義也王肅蓋據史

記引絲衣詩不吳作不虞又閟宮詩無貳無虞毛訓虞爲誤遂以誤釋吳耳正義又云鄭讀不吳爲不娛故以吳爲譁按絲衣篇不吳正義本作不娛故以此箋訓吳爲譁亦當讀娛然據釋文不吳鄭如字則鄭箋本自作吳不作娛說文吳一曰大言也大言卽譁不煩改作娛也揚傷古音近傳蓋以揚爲瘍之叚借釋文爲瘍字作音或陸氏所見毛傳本作瘍傷瘍音同故本又作傷澤陂詩傷如之何魯詩作陽玉篇陽傷也揚之訓傷猶傷之通陽也揚或叚作陽漢衡方碑不虞不陽卽此詩不吳不揚之異文也據箋以不大聲釋不揚則鄭讀揚如將上堂聲必揚之揚與不吳爲不讙譁語相類義勝毛

傳揚與傲義亦相近此詩不吳不揚猶絲衣詩不吳不敖特變文以協韵耳

束矢其搜傳五十矢爲束搜衆意也箋束矢搜然言勁疾也正義荀卿論兵云魏氏武卒衣三屬之甲操十二石之弩負矢五十箇是一弩用五十矢矣荀則毛氏之師故從其言以五十矢爲束　瑞辰按束矢之說多寡不一鄉射禮大夫之矢則兼束之以茅大射儀賓諸公卿大夫之矢皆異束此以四矢爲束也周禮大司寇入束矢于朝鄭注古者一弓百矢束矢其百箇與此以百矢爲束也淮南子氾論云訟而不勝者出一束箭高注箭十二爲束此以十二矢爲束也束矢無定數皆取斂聚

之義。釋文搜依字作𢯱，說文𢯱衆意也，玉篇𢯱聚也，字通作蒐，爾雅釋詁蒐聚也，束矢非可齊發，箋訓爲勁疾失之

戎車孔博　箋博當作傅，甚傅緻者，言安利也　瑞辰按博傳古同音，石鼓文徒馭孔庶，廓騎宣博，正讀博如傅，故箋以博爲傅之叚借，王肅訓爲博大失之

憬彼淮夷　傳憬遠行貌　釋文憬說文作懬，音獷，曰闊也，一曰廣大也　瑞辰按今本說文懬字注不引詩，蓋脫去，陸氏所見本當有之，又矍字注讀若詩穬彼淮夷之穬，據文選齊故安陸昭王碑文彊彼獷俗，李注引韓詩獷彼淮夷云獷覺悟之貌，說文蓋本韓詩，懬與穬皆獷字

之同音叚借段玉裁謂作懬者爲毛詩失之淮夷於曾爲近不得爲遠行皃亦不得如韓詩訓覺悟當从孟康漢書注訓獷爲彊獷俗卽彊俗也毛詩作憬亦叚借字獷與憬雙聲邶風二子乘舟篇以景與養韵古音讀景若纊亦與獷音近故通用囧與獷亦雙聲獷借爲憬猶說文囧讀若獷也說文又曰憬覺悟也引詩憬彼淮夷此則字同毛詩而義同韓詩也段玉裁疑憬當三家詩亦非

大賂南金傳賂遺也南謂荆揚也箋大猶廣也廣賂者賂君及卿大夫也荆揚之州貢金三品　瑞辰按此承上文來獻其琛而言大賂南金與元龜象齒對言南金爲

獻琛之一　大賂當爲大輅之叚借禮運山出器車正義引禮緯斗威儀云其政大平山車垂鉤注山車自然之車垂鉤不揉治而自圓曲司馬相如子虛賦象輿婉僤於西清裴駰史記引漢書音義曰山出象輿瑞應車後漢書輿服志夷王以下周室衰弱諸侯大路或曰殷瑞山車金根之色注殷人以爲大路是大輅本象山車而作山車或亦名大輅故得在獻琛之列輅借作賂猶輅亦借作路也毛鄭訓爲賂遺失之殿本後漢書劉陶傳注引詩大路南金或古本有作大路者今汲古閣本仍作大賂

閟宫

閟宮有侐傳閟閉也先妣姜嫄之廟在周常閉而無事孟仲子曰是禖宮也侐清靜也箋閟神也姜源神所依故曰神宮瑞辰按路史以女媧爲神媒注引風俗通云女媧禱祀神示而爲女禖因置昏姻爲行媒所始藝文類聚卷八十八引春秋元命苞云姜嫄遊閟宮其地扶桑履大人跡生稷是以閟宮爲神禖之宮姜嫄出祀郊禖因遊禖宮與孟仲子以閟宮爲禖宮正合毛傳以閟宮爲姜嫄廟又引孟仲子曰是禖宮者廣異說耳孔疏合而一之誤矣說文祕神也閟與祕音義同又爾雅釋詁毖神並訓慎是毖與神同義毖亦閟也古有神禖之稱故神其廟曰閟宮傳箋並以爲姜嫄廟失之

實始翦商傳翦齊也箋翦斷也大王自豳徙居岐陽四方之民咸歸往之於時而有王跡故曰是始斷商瑞辰按翦與踐古同音通用玉藻凡有血氣之類弗身踐也鄭注踐讀曰翦是翦可借作踐矣竊謂踐亦可借作翦此詩翦商當讀爲踐履之踐周自不窋竄居戎狄之間及公劉遷豳皆近戎狄至大王遷岐始內踐商家之地故曰實始翦商翦商卽踐商也與書序周公踐奄文法相類踐奄卽書所云周公居東史記作殘奄音近叚借鄭訓翦滅亦爲未確惟呂氏春秋古樂篇云成王立殷民反王命周公踐伐之高注踐往也正與踐履同訓豳詩譜云至商之末世大王又避戎狄之難而入處於岐

陽言入者正對舊處戎狄在外言之實始翦商正承上居岐之陽故知其爲踐商也毛鄭訓爲齊斷旣與大王所處之時事不合惠氏棟訓翦爲勤又與下文纘大王之緒致天之屆於牧之野文義不貫段玉裁訓翦齊爲齊等之齊謂齊商之勢盛楊愼及嚴可均據爾雅戩福也說文引詩作戩商因謂實始翦商謂大王始受福於商均非詩義

致天之屆于牧之野箋屆殛也文王武王纘天王之事至受命致大平天所以罰殛紂於商郊牧野 瑞辰按箋內大平二字衍文當讀致天所以罰殛紂爲句此釋詩致天之屆也於商郊牧野另爲句此釋詩于牧之野也

屆殛釋文本作極正義相臺本考文古本亦作極據正義云定本集注本極皆作殛殛是殺非也是正義本作極之證殛極古通用書鯀則殛死我乃其大罰殛之釋文竝云殛本作極正義引爾雅屆殛也今本釋言作屆極也釋詁艐至也孫炎曰艐古屆字屆之訓極古兼二義一爲極至之極詩靡有夷屆不知所屆是也一爲誅極之極此詩致天之屆是也說文屆行不便也一曰極也極至與誅極皆謂窮極之誅極所以罰也逸周書商誓解曰予惟甲子尅致天之大罰正與詩致天之屆同義文選潘勗冊文李善注引詩致天之罰屆于牧野其所引屆于牧野或有譌誤至以罰伐屆則與屆訓誅極

義正合

無貳無虞傳虞誤也箋虞度也其時之民皆樂武王之如是故戒之曰無有二心也無復計度也瑞辰按虞與誤古同音通用逸周書官人解營之以物而不誤大戴禮作虞是也廣雅釋詁虞欺也誤亦欺故吕氏春秋高注云欺誤也無貳無虞皆無欺誤之義貳當爲貣之譌讀如忒忒猶大明詩無貳爾心貳亦忒也箋訓虞爲度失之此詩無貳無虞上帝臨女與大明詩上帝臨女無貳爾心皆武王誓衆戒其欺忒之詞箋以爲民戒武王之詞誤矣

敦商之旅箋敦治也武王克商而治商之臣民釋文敦

鄭都回反注同王徐都門反厚也瑞辰按常武箋敦當作屯文選甘泉賦注敦與屯同此詩敦亦當讀屯屯聚也敦商之旅猶商頌裒荆之旅裒亦聚也葢自聚其師旅爲聚俘虜敵之士衆亦爲屯聚之也說文崞字注云磊崞重聚也正與敦之讀屯義近箋訓治王徐訓厚竝失之

克咸厥功箋咸同也能同其功於先祖也瑞辰按樂記咸池備矣史記樂書作咸池備也謂咸卽備也方言備該咸也廣雅備晐咸也是咸與備可互訓說文咸皆也悉也从口从戌戌悉也訓皆訓悉正與備義相同尚書大傳備者成也廣雅備成也克咸厥功猶云克備厥功

亦卽克成厥功也箋謂同其功於先王失之

龍旂承祀箋交龍爲旂承祀謂視祭事也正義此龍旂承祀謂視宗廟之祭何則明堂位云魯君孟春乘大輅載弧韣旂十有二旒日月之章祀帝于郊彼祀天之旂建日月之章明此龍旂是宗廟之祭異義古詩毛說以此龍旂爲郊祀者自是舊說之謬 瑞辰按周禮司常云王建大常諸侯建旂又曰交龍爲旂覲禮侯氏載龍旂弧韣是龍旂本諸侯所建朝覲且用之則祭天祭祖皆得建之箋以承祀爲視祭事實兼天祖之祭而言合下文春秋匪解四句言之古毛詩以龍旂承祀專指郊祀固非正義專謂視宗廟之祭亦非箋恉郊特牲曰旂十

有二旒龍章而設日月以象天也天垂象聖人則之郊所以明天道也是祭天之旂實兼有龍與日月李黼平曰明堂位言日月而不言龍此詩言龍而不言日月皆各舉其一其說是也正義據明堂位以駁龍旂祭天之說誤矣

六轡耳耳傳耳耳然至盛也瑞辰按耳耳卽爾爾之叚借說文爾麗爾猶靡麗也單言爾亦爲盛采薇詩彼爾維何傳爾華盛貌是也重言之則曰爾爾

皇皇后帝皇祖后稷箋皇皇后帝謂天也成王以周公功大命魯郊祭天亦配之以君祖后稷瑞辰按江永羣經補義曰嘗疑魯僭郊禘自僖公始僭郊爲大惡不可

書故春秋於僖三十一年卜郊不從始書之今按江說是也春秋僖公以前無書卜郊之事僖三十一年始書夏四月四卜郊不從正僖始僭郊之證周以夏正正月上辛祈穀于上帝配以后稷謂之郊祭有常日故不卜而魯郊卜以三正與周禮殊公羊傳三卜禮也穀梁傳郊自正月至于三月郊之時也謂以十二月上辛卜正月上辛如不從則以正月下辛卜二月上辛如不從則以二月下辛卜三月上辛如不從則不郊矣是魯郊之始惟三卜耳其後僖三十一年四卜郊成七年五卜郊又非三卜之舊成十七年九月辛丑用郊則郊不以春而以秋矣箋惟據明堂位祀帝于郊爲成王特賜周公

故以魯郊爲成王所命耳又按魯郊祭天卽是昊上上帝箋以皇皇后帝爲天是也正義據明堂位鄭注謂魯郊惟祭蒼帝靈威仰亦非

享以騂犧傳騂赤犧純也箋成王以周公功大命魯郊祭天亦配之以君祖后稷其牲用赤牛純色與天子同也　瑞辰按春秋繁露郊事對云臣湯問仲舒魯祭周公用白牡其郊何用臣仲舒對曰魯郊用純騂周色尚赤魯以天子命郊故以騂此詩享以騂犧正魯郊用純騂之證曲禮天子以犧牛鄭注犧純毛也周禮牧人鄭注犧牲毛羽完具也皆與詩傳同義說文犧宗廟之牲也牷牛純色與毛鄭說異據周禮牧人凡時祀之牲必用

牷物凡外祭毀事用尨可也鄭司農曰牷純也按以牷對尨尨爲雜色則牷爲純色可知牧人又云凡祭祀共其犧牲左氏僖二十九年傳介葛盧聞牛鳴曰是生三犧皆用之矣昭二十二年賓孟適郊見雄雞自斷其尾問之侍者曰自憚其犧也又淮南說山篇生子而犧皆以祭祀所用牲爲犧說文言宗廟以該凡祭祀耳今按犧之言希也牲之純色者恒希少也又犧與好雙聲凡宗廟祭祀之牲必取其完好者故名犧也牷之言全也後鄭以牷爲體完具書微子某氏傳色純曰犧體完曰牷蓋對言則犧與牷異如微子以犧牷牲並言是也通言則純色可曰牷亦可曰犧牧人用牷物牷對尨言及

此詩享以騂犧是也毛鄭以犧爲純與說文以犧爲宗廟之牲牷爲純色其義自相通耳

是享是宜箋天亦饗之宜之瑞辰按宜本祭社之名爾雅釋天起大事動大衆必先有事乎社而後出謂之宜孫炎注宜求見福祐也是也凡神歆其祀通謂之宜鳧鷖詩公尸來燕來宜及此詩是饗是宜是也爾雅宜事也鳧鷖傳宜宜其事此詩無傳義與彼同

夏而楅衡傳楅牛角以楅之也箋秋將嘗祭於夏則養牲楅衡其牛角爲其觸觝人也瑞辰按說文告字注牛觸人角箸橫木以告人也與毛鄭言楅衡設於牛角者相類至木部云楅以木有所逼束也不言設於牛角角

部云衡牛觸橫大木其角韻會所據徐鍇本無其角二字段玉裁云說文以設於角者謂之告此云牛觸橫大木是闌閑之謂衡大木斷不可施於角此易明者今按段說是也周官封人凡祭祀飾其牛牲設其楅衡鄭司農曰楅衡所以楅持牛也杜子春云楅衡所以持牛令不得抵觸人皆不云設於角又牛人凡祭祀共其牛牲之互鄭司農云互謂楅衡之屬以說文訓梐枑爲行馬證之行馬卽今鹿角木取其可以闌人也則鄭司農亦以楅衡爲闌閑之類矣易大畜六五豶豕之牙吉牙鄭讀爲互互以禁豕放逸與六五童牛之牿牿以防牛牴觸正相類至封人鄭注楅設於角衡設于鼻分爲二物

與毛鄭言楅衡設牛角異與先鄭杜子春許叔重說亦異未知其所本矣

白牡騂剛傳白牡周公牲也騂剛魯公牲也　瑞辰按公羊傳周公白牡魯公騂犅此毛傳所本春秋繁露郊事對曰詩曰無德不報故成王使祭周公以白牡上不得與天子同色下有異於諸侯其說亦本公羊明堂位夏后氏牲尚黑殷白牡周騂剛剛者犅之叚借說文犅特也特牛父也是犅與牡名異而實同騂犅猶云騂牡特變文以與牡相對耳何休公羊注以騂犅爲赤脊雖與說文訓岡爲山脊同義然與白牡語不相類不若說文訓特爲允

犧尊將將傳犧尊有沙飾也瑞辰按沙與疏雙聲其字同出審母故古通用周禮典瑞疏璧琮以斂尸鄭司農注疏讀爲沙巾車疏飾杜子春亦讀疏爲沙是其證也說文疏通也引申爲凡疏刻之稱西京賦薛琮注疏刻穿之也犧與沙古音同部又轉爲疏故犧尊即疏鏤之尊猶疏屏疏勺之類明堂位疏屏正義疏刻也又疏勺鄭注疏通刻其頭毛傳有沙飾者正疏飾之叚借蓋毛傳間用叚借字如狼跋傳舄達屨也達即沓之叚借韓奕傳曲顧道義義即儀之叚借是其類也犧尊周禮作獻尊鄭君鬱齊獻酌注云獻讀爲摩莎之莎齊語聲之誤也大射儀兩壺獻酒注獻讀爲沙古音寒元與歌戈兩部多通轉故獻亦讀沙

猶獻亦通儀也明堂位周獻豆鄭注獻疏刻之是獻亦疏之叚借莊子天地篇百年之木破而爲犧尊青黃而文之淮南子俶眞云百圍之木斬而爲犧尊鏤之以剞劂雜之以青黃華藻鎛鮮（鎛鮮當从說文作鎛鱗謂鐘上橫木金華也亦通以飾尊義見陳編修左海經辨）龍蛇虎豹曲成文章高注犧讀曰希犧尊猶疏鏤之尊說正與毛傳有沙飾即疏飾合正義謂沙飾爲沙羽飾尊失傳恉矣淮南子言犧尊兼有華藻鎛鱗龍蛇虎豹之飾皆謂疏刻之鄭司農云飾以翡翠鄭康成云刻畫鳳皇之象其形婆娑然皆由未識毛傳沙飾即疏飾犧亦疏之叚借至王肅云犧尊形如牛而背上負尊則愈失之鑿矣

不震不騰傳震動騰乘也箋震騰皆謂僭踰相侵犯也瑞辰按震當讀如三川震之震騰當讀如百川沸騰之騰騰者滕之叚借說文滕水超涌也正與傳訓騰爲乘同義正義云震騰以川喻是也

三壽作朋傳壽考也箋三壽三卿也瑞辰按據下言如岡如陵是祝其壽考則壽从傳訓考爲是考猶老也三壽猶三老也晉姜鼎銘保其子孫三壽是利昭三年左傳三老凍餒杜注三老謂上壽中壽下壽皆八十以上文選李善注引養生經黃帝曰上壽百二十中壽百年下壽八十皆三壽卽三老之證箋訓爲三卿失之

公車千乘傳大國之賦千乘瑞辰按司馬法言車乘有

二法一爲革車一乘甲士三人步卒七十二人戴震金榜竝曰此通正羡之卒小司徒所謂唯田與追胥竭作者也一爲革車一乘士十人徒二十人戴震金榜竝曰此謂正卒小司徒所謂凡起徒役毋過家一人者也詩上言公車千乘下言公徒三萬正與司馬一乘三十人之數適合箋以爲三軍之成數及荅臨碩又以爲二軍之大數今按二軍之說是也古制葢以五百乘爲一軍采芑篇其車三千謂天子六軍也此詩公車千乘謂次國二軍也魯襄公十一年始作三軍則襄以前葢止二軍公羊傳古者古者上卿下卿上士下士古者謂魯初封時也軍將皆命卿自其平時言則曰卿自其有事出

軍言則稱士上士下士謂二軍也惟公徒三萬以爲二軍與周禮萬二千五百人爲軍之數不合若謂舉其大數則又與司馬法一乘三十人之數不合竊謂萬二千五百人爲軍者周禮制軍簡閱之數五百乘爲一軍萬五千人者出征制軍之數二者各不同也又春秋時諸侯制軍其車乘及人皆無定數晉文三軍而城濮之役僅七百乘是以二百三十三乘爲一軍以一乘三十人計之一軍合七千九百九十人而齊桓三軍則管子以萬人爲一軍是人無定數也齊語五十人爲小戎是以五十人爲一乘左傳楚之乘廣廣有一卒卒偏之兩據服虔注百人爲卒五十人爲偏二十五人爲兩則以百

七十五人爲一乘是每乘之人多寡亦無定數則曾國二軍之車千乘徒三萬又何疑焉

貝冑朱綅傳貝冑貝飾也朱綅以朱綅綴之 瑞辰按朱綅承貝冑言段玉裁言毛意謂以朱綫綴貝於冑是也正義謂朱綅綴甲失之

烝徒增增傳增增衆也箋烝進也徒進行增增然 瑞辰按爾雅釋詁烝衆也烝徒即衆徒也傳以增增爲衆皃則其訓烝爲衆可知箋於棫樸詩烝徒楫之亦訓烝爲衆獨此箋以烝爲進訓烝徒爲徒進之倒文未若訓烝爲衆於義爲順

戎狄是膺荆舒是懲傳膺當也箋懲艾也僖公與齊桓

舉義兵北當戎與狄南艾荆及羣舒瑞辰按史記建元
以求侯者年表引詩戎狄是膺荆荼是徵爾雅說文竝
曰膺當也作應者三家詩毛詩及孟子引詩作膺卽應
字之叚借據孟子釋文於膺擊下云丁本作應則孟子
本亦有作應者矣趙注孟子曰膺擊也據孟子曰周公
方且膺之又曰無父無君是周公所膺也若訓爲當則
不詞以从趙訓擊爲善呂氏春秋察微篇宋華元師師
應之大棘處方篇荆令唐蔑將而應之高注竝曰應擊
也淮南主術不使應敵高注應猶擊也是應有擊義趙
注亦讀膺爲應矣荼舒懲徵古竝同音通用考工記弓
人注荼古文舒字易損象君子以懲忿窒欲鄭本懲作

徵是其證也又按箋以此章以下皆美僖公而孟子兩引此詩戎狄是膺皆確指爲周公聖門傳授師說必有所本翟氏灝曰詩序云閟宮頌僖公能復周公之宇也首二章陳姜嫄后稷大王文武之勳三章言成王封魯四章公車千乘至則莫我敢承皆言周公下言俾爾昌而熾等語亦謂周公俾之也五章六章繼周公而頌伯禽所謂淮夷來同遂荒徐宅顯係伯禽事見於費誓者也七章八章方頌僖公復宇以此推之則詩與孟子正合較箋說爲善

則莫我敢承傳承止也箋天下莫敢禦也瑞辰按哀四年左傳諸大夫恐其又遷也承杜注承音懲蓋楚言此

詩承當卽懲之叚借故傳訓止卽以訓懲者釋之箋訓承爲禦禦亦止也詩上言荆舒是懲故下叚借承字以與懲爲韵此亦詩人義同字變之例耳則莫我敢承猶商頌則莫我敢曷曷與遏同荀子引詩作遏曷遏爾雅皆訓止也

壽胥與試箋胥相也壽而相與試謂講氣力不衰倦　瑞辰按試猶式也字通作視呂氏春秋式夷漢書古今人表作視夷廣雅視比也比之言比儗也壽胥與試承黃髮台背言猶云壽相與比耳箋訓爲講試失之

魯邦所詹傳詹至也　瑞辰按詹者瞻之渻借言泰山爲魯邦所瞻仰說苑雜言篇引作魯邦是瞻蓋本韓詩故

韓詩外傳引詩亦作瞻

奄有龜蒙傳龜山蒙山也箋奄覆 瑞辰按說文奄覆也
大有餘也義與箋同水經注龜山在博縣北十五里昔
夫子有龜山操卽此漢地志泰山郡蒙陰縣注禹貢蒙
山在西南元于欽齊乘龜山近魯在今費縣西北七十
里蒙山者在龜山東二山連屬長八十里今按蒙山居
魯四境之東故一名東山孟子曰孔子登東山而小魯
是也一名東蒙論語昔者先王以爲東蒙主是也元和
郡縣志析蒙山與東蒙爲二失之

遂荒大東傳荒有也箋荒奄也釋文荒如字韓詩作荒
云至也 瑞辰按說文荒字注一曰艸掩地奄猶掩也故

鄭訓荒爲奄爾雅釋詁幠有也郭注引詩遂幠大東邢疏曰今詩本作遂荒大東此作遂幠者所見本異或當在齊魯韓詩今按荒幠一聲之轉荒通作幠猶大戴投壺篇無荒無慠小戴作毋幠也據釋文言韓詩作荒則毛詩經傳原當作幠故訓爲有郭璞所見毛詩自作幠今經傳作荒者後人誤以韓改毛也釋文荒如字亦當爲幠如字之譌凡毛韓詩同字者釋文但引其義以別異同若毛詩作荒釋文不更言韓詩作荒矣鄭君先通韓詩其箋詩或據韓詩作荒遂以荒奄釋之耳古有與至大義皆相成葢大則無所不有大則無所不至故大謂之荒亦謂之幠幠訓爲有亦訓爲大亦訓爲至爾雅

釋詁晊大也釋文晊本亦作至是至有大義之證毛訓憮爲有韓訓荒爲至音義原自相通說文荒蕪也以雙聲取義正與憮之通荒者同說文又曰巟水廣也凡毛詩作荒訓大訓有者皆巟字之叚借惟鄭訓荒爲奄則取荒字之本義

淮夷來同箋來同爲同盟也瑞辰按說文同會合也朝與會同對文則異散文則通諸侯殷見天子曰同小國會朝大國亦曰同猶諸侯朝天子曰朝諸侯自相朝亦曰朝也來語詞淮夷來同猶大雅徐方既同也同亦會朝之通名詩特變朝言同以爲韵耳箋以來同爲同盟必增成其義而始明非詩義也

保有鳧繹傳鳧山繹山也　瑞辰按元于欽齊乘鳧山在鄒縣西南五十里繹山在鄒縣東南二十里繹通作嶧漢地志云魯國鄒縣故邾國嶧山在北水經泗水篇注引詩保有鳧嶧爾雅釋山屬者嶧郭注言絡繹相連屬也初學記引爾雅舊注云魯國有繹山純石相積構連屬成山嶧山一名鄒山水經注鄒山卽繹山邾文公所遷是也魏書地形志分鄒嶧爲二山失之至漢地志東海郡下邳注葛嶧山在西古文以爲嶧陽其地在今徐州府邳州與繹山在今兖州府鄒縣者異地正義引書嶧陽以證詩之繹山誤矣

淮夷蠻貊傳淮夷蠻貊而夷行也　瑞辰按俗本傳

脫蠻貊二字此从段玉裁本補據正義釋傳云言淮夷蠻貊如夷行者知傳內而字即如字之假借正義乃以正文釋之或遂以傳爲譌字皆非也惟古者戎夷蠻貊散文則通詩以蠻貊與上徐宅爲韻故淮夷可通稱蠻貊猶韓奕詩奄受北國而上言因時百蠻百即貊字之消借也不必如傳云蠻貊而夷行始兼稱淮夷蠻貊耳

居常與許傳常許魯南鄙西鄙箋許許田也魯朝宿之邑也常或作嘗在薛之旁春秋魯莊公三十一年築臺于薛是與周公有常邑許田未聞也六國時齊有孟嘗食邑於薛　瑞辰按齊語管子曰以魯爲主反其侵地棠潛管子作常潛則常邑曾見侵於齊莊公時復歸於魯

去僖公時未遠故詩人尙舉以爲頌美之詞春秋桓二年鄭伯以璧假許田僖公時蓋亦復之春秋或未及載猶齊桓反魯常潛春秋亦未載也

徂來之松傳徂徠山也　瑞辰按傳亦當依經作徂來唐石經及相臺本不誤後漢補郡國志徂來山亦曰尤來山水經注汶水又西南流逕徂徠西山多松栢詩所謂徂徠之松則詩一作徂徠矣

新甫之柏傳新甫山也　瑞辰按後魏志魯郡汶陽縣有新甫山新甫蓋卽梁甫白虎通曰梁甫者泰山旁山名又曰梁信也甫輔也信古讀如伸伸與辛雙聲顏氏家訓音詞篇引字林伸音辛則知梁訓爲伸伸讀同辛故

梁甫一作新甫漢地志泰山郡有梁父縣父與甫古通用

是斷是度正義於是斬斷之於是量度之瑞辰按度者剫之消借說文剫判也廣雅剫分也爾雅木謂之剫郭注引左傳山有木工則剫之左傳今作度是剫古借作度之證玉篇引爾雅作木謂之[illegible]今江東斫木爲[illegible]是剫與斷義近故詩以斷度並舉正義訓爲量度與下文尋尺爲複失之

松桷有舄傳桷榱也舄大貌釋文舄音昔徐又音託瑞辰按舄本舃字毛傳訓大貌葢以舄爲斥之叚借倉頡篇斥大也小爾雅斥開也開之使大故舄亦訓大禹貢

海濱廣斥文選海賦襄陵廣舃李注斥與舃古今字是斥舃古同音通用之證舃徐音託音義又與袥同廣雅袥大也玉篇袥廣大也說文繫傳引字書袥令衣張大也袥音義又近廓廓亦大也方言張小使大謂之廓

路寢孔碩傳路寢正寢也　瑞辰按王延壽靈光殿賦云故奚斯頌歌其露寢蓋本三家詩借作露寢

新廟奕奕傳新廟閟公廟也箋脩舊曰新新者姜嫄廟也　瑞辰按毛傳釋閟宮云先妣姜嫄之廟在周則魯不得有姜嫄廟箋以新廟爲姜嫄廟不若毛傳指閔公廟爲確據左傳逆祀言新鬼大故鬼小則僖公時閔公廟得稱新廟矣毛詩經作新廟文選注引韓詩薛君章句

曰言其新廟奕奕然盛是韓詩亦作新廟而蔡邕獨斷引頌云寢廟奕奕言相連也呂氏春秋高注及續漢志引亦同又周禮隸僕注引詩寢廟奕奕相連貌葢連上路寢孔碩約舉其詞猶正義曰作寢廟所以爲美者又曰寢廟廢壞皆以寢廟連言非齊魯詩經文或作寢廟也

奚斯所作傳有大夫公子奚斯者作是廟也箋奚斯作者教護屬功課章程也瑞辰按班固兩都賦序奚斯頌魯李善注引薛君章句曰是詩公子奚斯所作也揚子法言正考甫常睎尹吉甫矣公子奚斯常睎正考甫矣王延壽靈光殿賦奚斯頌魯後漢書曹褒傳昔奚斯頌

魯其說均本韓詩以奚斯所作爲作頌與節南山家父作頌巷伯寺人孟子作而作詩崧高蒸民並言吉甫作頌皆於篇終見意文法相類此詩不言作頌者以言作頌則於韵不相協也奚斯所作當屬下孔曼且碩讀之不當屬上新廟奕奕讀孔曼且碩猶崧高詩其詩孔碩其風肆好也顏師古匡繆正俗洪邁容齋隨筆並以奚斯頌魯爲誤不知其說本韓詩較毛鄭說爲善孔廣森段玉裁均取韓詩之說而段欲牽合毛韓爲一謂毛傳作是廟也廟爲詩字之譌則似未確據鄭箋云奚斯作者教護屬功課章程也正申傳奚斯作廟之說若毛傳原作作是詩而鄭君易之則箋必云作謂作新廟矣

萬民是若箋國人謂之順也瑞辰按爾雅釋言若惠順也此箋義所本爾雅釋詁若善也善與順義相成此承上奚斯作詩言之則宜訓善謂善其作是詩也

毛詩傳箋通釋卷三十二

商頌

桐城馬瑞辰學

那

序有正考甫者得商頌十二篇於周之大師　瑞辰按魯語閔馬父曰正考父校商之名頌十二篇於周之大師此詩序所本然國語言校則宋必猶有存者但殘缺失次須考校於周大師耳又言名頌者當讀名山名魚之名名者大也韋昭注名頌頌之美者美亦大也則名頌猶言大雅耳抑或商頌殘失徒存其名目而亡其辭遂以名頌稱之故詩序遂謂得於周大師歟至韓詩章句以商頌爲美襄公史記宋世家大史公曰襄公之時修

仁行義欲爲盟主其大夫正考父美之故追道契湯高宗殷所以興作商頌揚雄法言亦云正考甫常晞尹吉甫矣蓋皆本韓詩之說然正考甫佐戴武宣見於左傳其子孔父嘉在殤公時爲大司馬亦見左傳中隔莊公湣公新君桓公始至襄公去戴武宣時甚遠正考父安得作頌以美襄公固宜史記索隱以爲謬說耳

猗與那與傳猗歎辭那多也瑞辰按猗那二字疊韵皆美盛之皃通作猗儺見檜風阿難見小雅草木之美盛曰猗儺樂之美盛曰猗那其義一也上林賦旖旎從風說文移禾相倚移也又於旗曰旖施於木曰檹施義竝與猗那同傳訓猗爲歎辭失之

置我鞉鼓傳鞉鼓樂之所成也夏后氏足鼓殷人置鼓周人縣鼓箋置讀曰植植鞉鼓者爲楹貫而樹之瑞辰按說文植戶植也或从置作⿰木置是⿰木置本植之或體詩作置者即⿰木置之消借漢石經論語置其杖而耘正與詩假置爲植者同

衎我烈祖傳衎樂也烈祖湯有功烈之祖也瑞辰按哀二年左傳烈祖康叔杜注烈顯也晉語韋注同爾雅釋詁烈光也晉語君有烈名韋注烈明也均與顯義近烈祖猶言顯祖箋訓爲功烈失之

湯孫奏假傳假大也箋假升也湯孫大甲又奏升堂之樂弦歌之釋文假毛古雅反鄭作格升也瑞辰按假與

格一聲之轉故通用假者徦之叚借格者佫之叚借爾雅釋詁格至也釋言格來也方言假佫至也邠唐冀兖之間曰假或曰佫郭注假音駕佫古格字據說文假至也从彳叚聲知方言假當作徦廣雅釋詁假至也假亦假之消借假又爲嘏之叚借音古故與祖爲韵格字轉上聲亦音古故通用至與致義相成凡神人來至曰假祭者上致乎神亦曰假尚書祖考來格商頌來假來饗此神人之來至也易萃彖傳王假有廟致孝享也尚書舜格于文祖史記五帝紀作舜乃至於文祖祭統王假于大廟商頌以假以享假格無言及此詩湯孫奏假皆祭者致神之謂也春秋繁露祭義篇祭者察也以善逮

鬼神之謂也察至也逮及也及亦至也葢言祭以善致鬼神爲王小爾雅說文竝曰奏進也上致乎神曰奏假亦曰登假揚雄劇奏美新曰登假皇穹是也詩湯孫奏假謂湯之子孫進假其祖則不得如毛傳以湯孫爲湯矣假與格皆當訓至爾雅釋言格來也方言佫來也義亦相通傳訓假爲大正義以爲大樂失之箋訓假爲升與方言訓佫爲登義合然以爲奏升堂之樂則非

綏我思成箋乃安我心所思而成之謂神明來格也 瑞辰按尚書備者成也祭義福者備也成爲備卽爲福綏我思成爲報福之詞與祝告利成同義綏與遺疊韵綏之言遺遺卽詒也烈祖詩綏我眉壽義同箋訓綏爲安失之思爲

句中語助綏我思成猶云貽我福與烈祖詩賚我思成句法正同亦謂賚我福也箋以思爲心所思亦非

旣和且平傳平正平也瑞辰按周語單穆公曰聲應相保曰和細大不踰曰平說文龢調也和爲龢之叚借

依我磬聲傳依倚也磬聲之清者也以象萬物之成周尙臭殷尙聲箋磬玉磬也堂下諸縣與諸管聲皆和平不相奪倫又與玉磬之聲相依亦謂和平也玉磬尊故異言之瑞辰按尙書夔曰戛擊鳴球說文球玉磬也是樂之始必以玉磬先之孟子金聲而玉振之也近時通解謂金鑄鐘也聲以宣之於先玉特磬也振以收之於後許兵部宗彥曰樂之終乃舞之始擊磬以振動之而

樂中之衆聲悉隨磬而止故曰終條理也今按書於百獸率舞之先又言夔曰予擊石拊石石卽磬也是亦樂終有磬之證樂之先後皆有磬故詩曰依我磬聲而毛以爲象萬物之成也至箋云玉磬尊者郊特牲云擊玉磬諸侯之僭禮也以諸侯擊玉磬爲僭則玉磬惟天子始得用之其尊可知矣

於赫湯孫傳於赫湯孫盛矣湯爲人子孫也箋湯孫呼大甲也 瑞辰按傳以湯孫指湯與元鳥詩在武丁孫子王肅釋傳言在武丁之爲人孫子正同然言湯爲人子孫節其文爲湯孫則不詞在武丁孫子王尙書言武丁當作武王亦不得言武丁爲人孫子也那祀成湯曰湯

孫烈祖祀中宗爲大戊亦曰湯孫則不得如箋以湯孫爲大甲湯孫蓋乏言湯之孫子耳

萬舞有奕傳奕奕然閑也箋其干舞又閑習　瑞辰按廣雅釋訓閑閑奕奕盛也盛大義相近韓奕詩傳奕奕大也說文奕大也萬爲大舞故奕爲大皃閑亦大也殷武詩旅楹有閑韓詩章句曰閑大也謂閑然大也是知此傳奕奕然閑也猶云奕奕然大也箋訓閑習與傳異義正義合而一之誤矣又按古者樂與舞相接上文依我磬聲爲樂之終故下即言萬舞有奕爲舞之始

亦不夷懌傳夷說也箋亦不說懌乎言說懌也　瑞辰按爾雅釋言夷悅也夷悅以雙聲爲義又爾雅釋詁繇喜

也郭注引禮記人喜則斯陶陶斯詠詠斯猶猶卽繇也夷與猶亦雙聲故夷有說義大戴五帝德篇莫不說夷夷卽說也

溫恭朝夕箋其禮儀溫溫然恭敬 瑞辰按周禮道僕以朝夕燕出入鄭注朝夕朝朝莫夕成十二年左傳百官承事朝而不夕疏曰旦見君謂之朝莫見君謂之夕又襄二十六年傳平公入夕謂夕朝見共姬也昭十二年傳子革夕杜注夕莫見哀十四年傳子我夕晉語叔向夕皆謂夕見君也小雅莫肎朝夕謂不肎朝夕朝王此詩溫恭朝夕正謂朝朝莫夕非泛言朝夕也傳箋雖不釋朝夕然箋釋下句執事有恪云執事薦饌則又敬也

以執事爲祭事薦饌則上云禮儀宜指朝儀謂朝夕朝王溫恭合度正義訓爲早朝嚮夕失之

烈祖

有秩斯祜傳秩常也箋祜福也瑞辰按賈子禮篇曰祜大福也有秩即形容福之大皃秩呈雙聲說文𢧢大也秩即𢧢之叚借說文引詩秩秩大猷作𢧢𢧢大猷是秩𢧢通借之證

賚我思成傳賚賜也箋賚讀如行來之來神靈來至我致齊之所思則用成瑞辰按賚從傳訓賜爲是思爲語詞成猶備也福也賚我思成猶云賜我福也箋訓賚爲行來之來又謂思則用成竝失之

亦有和羹箋和羹者五味調腥熟得節食之於人安和喻諸侯有和順之德也我旣祼獻神靈來至亦復由有和順之諸侯來助祭也 瑞辰按說文和相應也盉調味也經傳通叚和爲盉說文鬻五味盉鬻也用本字而引詩亦有和鬻則許君所見毛詩已叚作和矣昭二十年左傳引詩亦有和羹杜注言中宗能與賢者和齊可否其政如羹不若箋云喻諸侯有和順之德爲善此詩祀中宗上旣言賚我思成謂賜祭者以福此下亦有和羹等語宜指祀者言不宜言中宗也

旣戒旣平傳戒至也箋其在廟中旣恭肅敬戒矣旣齊立平列矣 瑞辰按爾雅釋詁屆至也傳以戒爲屆之叚

借故訓至然以詩承和羹言戒當訓備方言戒備也鄭注曾子問曰戒猶備也備與葡通說文葡具也和羹必備五味昭二十年左傳宰夫和之齊之以味此詩所云戒也濟其不及以洩其過此詩所云平也故下引此詩以證之晏子春秋及申鑒竝引詩作既戒且平與那詩既和且平句法同左傳杜注釋詩云敬戒且平似左傳引詩亦作既戒且平今本左傳特後人據毛詩改耳戒平宜承和羹言箋訓爲敬戒平列失之

鬷假無言傳鬷總假大也總大無言無爭也箋至於設薦進俎又總升堂而齊一皆服其職勸其事寂然無言語者釋文鬷子東反假毛古雅反鄭音格至也瑞辰按

傳以鬷爲總之叚借然以經文求之當從中庸引作奏假訓爲進至與湯孫奏假同義小爾雅說文竝曰奏進也奏鬷一聲之轉故通用鬷又通作艐爾雅釋詁艐格至也卽此鬷假異文至之言致謂精誠上致乎神朱子中庸集注所云進而感格於神明之際也進與至義相成方言假艐至也邠唐冀兖之間曰假或曰谻艐宋語也義與釋詁及詩鬷假同義故晏子春秋又引詩作奏鬷正以奏鬷及假皆同義毛傳訓爲總大禮記鄭注言奏大樂杜注左傳言總大政竝失之昭二十年左傳引作奏蝦蝦與假格皆雙聲故通用又按說文艐船箸沙不行也从舟㚇聲讀若辛而孫炎爾雅注郭璞方言注竝

以艐爲古屆字司馬相如大人賦蹋以艐路徐廣亦音介艐與屆雙聲故古或叚艐爲屆耳

我受命溥將箋將猶助也於我受政教至祭祀又溥助我言得萬國之懽心也　瑞辰按楚詞王注將長也此詩將字王尙書訓長是也葢言我受天之命溥且長猶公劉篇旣溥旣長以溥長對舉也箋謂諸侯於我受政教又訓將爲助竝失之

來假來享箋享謂獻酒使神享之也諸侯助祭者來升堂來獻酒　瑞辰按來假來饗當從朱子集傳謂祖宗來假享箋以指助祭者非也唐石經相臺本朱子集傳本考文古本竝作饗惟閩本明監本汲古閣本作享段玉

裁謂毛詩之例獻於神曰享神食所享曰饗作饗者是阮宮保曰按有字同義別而相因者如獻神爲享神食所獻亦爲享是也後儒曲爲分別乃以獻神作享神食所獻作饗唐石經定本作饗似是而非俗本槩作享似非而是今按說文亯用也从亯从自自知臭香所食也（段玉裁曰香當作亯轉寫之誤）讀若庸同神食所獻卽用也其本字當作亯經典亯通消作享史記自序武丁得說乃稱高宗帝辛湛湎諸侯不享正讀享如亯也經典旣叚借享字卽同享音說文亯獻也从高省曰象孰物形又引孝經曰孝則鬼亯之此獻神及神食所獻通作享之證至楚茨神保是饗我將旣右饗之閟宮是饗是宜似皆爲後人

改竄釋文諸篇不爲饗字作音是其舊本原皆作享此篇箋以二享字相承爲說其皆作享亦可知耳說文饗鄉人飲酒也是饗本饗燕字禮經或叚作祭享之享

元鳥

宅殷土芒芒傳芒芒大貌箋國日以廣大芒芒然瑞辰按史記三代世表褚少孫論引詩作殷社芒芒葢本三家詩無宅字社土古同音通用故大社稱冢土公羊傳諸侯祭土何休注土謂社也至無宅字葢引詩偶未及檢又引詩殷社芒芒於天命元鳥二句之上亦是誤倒說文芒艸耑也無大義據荀子富國注芒或讀爲荒史記三代世表帝芒索隱云芒一作荒芒芒當即荒荒之

叚借說文巟水流廣也廣雅釋詁巟大也巟通作荒荒
借作芒故傳箋訓爲大耳昭四年左傳引虞人之箴曰
芒芒禹跡杜注芒芒遠貌遠猶大也
古帝命武湯箋古帝天也正義引尚書緯云曰若稽古
帝堯稽同也古天也是謂天爲古瑞辰按周書周祝解
曰天爲古允天稱古之證古始也萬物莫始於天故天
可稱古古帝猶言昊天上帝古帝命武湯猶帝謂文王
皆託天以命之也
正域彼四方傳正長域有也箋使之長有邦國爲政於
天下瑞辰按廣雅釋詁或方也方正也或與域通正域
二字平列皆正其封疆之謂周禮形方氏掌制邦國之

地而正其封疆無有華離之地此詩所謂正域也正域與兆域義相近傳訓域爲有者域與有一聲之轉有之言囿亦分别區域之義常道將引洛書曰人皇始出分理九州爲九囿段玉裁曰九囿卽毛詩之九有韓詩之九域也域本或之異體或訓有故域亦訓有史記禮書人域是士君子也荀子域作有是域通有之證箋訓爲長有邦國失之

方命厥后箋方命其君謂徧告諸侯也瑞辰按方旁古通用易繫詞旁行而不流淮南主術作方行而不流方猶旁也旁之言溥也徧也旁溥徧一聲之轉說文旁溥也微子小民方與史記作小民乃並興並亦溥也立政方行天下呂刑

方告無辜於上方皆讀旁竝溥徧之義齊語以方行於天下韋注方當作橫橫與廣通廣亦徧也此詩方命厥后猶晉語曰乃使旁告於諸侯箋云徧告諸侯正讀方爲旁正義謂方方命其諸侯之君失之

奄有九有傳九有九州也箋湯有是德故覆有九州爲之王也瑞辰按九有即九域之叚借韓詩作九域文選注引薛君章句曰九域九州也徐幹中論法象篇成湯不敢怠遑而奄有九域正本韓詩域有一聲之轉故通用說文或邦也从口羽非切戈以守其一一地也或或从土作域是或域本一字惠棟曰域當作或段玉裁曰或旣从口从一矣又从土是爲後起之俗字然域字已見

韓詩說文亦載之或巳从一爲地而復加土爲域猶或巳从口爲圍外又加口而爲國不得遂以國爲俗字也古或字讀同域者與有字古讀若以者通用因而或字讀胡國切者亦與有通洪範無有作好呂氏春秋引作無或作好高注或有也廣雅釋詁亦曰或有也是矣

受命不殆箋商之先君受天命而行之不解殆者 瑞辰按論語學而不思則殆釋文殆本作怠此詩殆卽怠借字故箋以不解殆釋之正義釋傳從王訓危殆失之

在武丁孫子傳武丁高宗也箋商之先君受天命而行之不解殆者在高宗之孫子 瑞辰按正義引王肅云在此高宗武丁善爲人之孫子與毛傳釋湯孫同義然節

去善爲人之四字而謂之武丁孫子則不詞若如箋以爲在高宗之孫子則此詩祀高宗何得不美高宗而美高宗之孫子乎惟王尚書曰經文兩言武丁疑皆武王之譌而武王靡不勝則武丁之譌蓋商之先君受命不怠者在湯之孫子故曰在武王孫子武王孫子猶那與烈祖之言湯孫也湯之孫子有武丁者繩其祖武無所不勝故曰武王孫子武丁靡不勝傳寫者上下互譌耳今按王說校正譌誤極爲精核大戴用兵篇引詩校德不塞嗣武于孫子與此詩形聲相近于卽王字脫下一畫耳在武王孫子下卽接言武王孫子武丁靡不勝與文王篇侯文王孫子下卽接言文王孫子本支百世文

法正相似

大糦是承箋糦黍稷也瑞辰按糦與饎同爲饎之或體見說文周禮饎人掌凡祭祀共盛謂共齍盛也舂人鄭注齍盛謂黍稷稻粱之屬可盛以爲簠簋實則糦宜兼有黍稷稻粱周書糴匡解云年儉穀不足賓祭以中盛孔晁注有黍稷無稻粱大糦對中盛言兼有稻粱可知而特牲饋食禮士虞禮鄭注竝曰炊黍稷曰饎此箋亦單言黍稷者葢言黍稷以該稻粱猶齍兼稻粱而說文齍字注但曰黍稷器所以祀者簋盛黍稷簠盛稻粱而說文皆以爲黍稷器也正義遂謂祭之粢盛惟黍稷誤矣爾雅釋訓洞酌毛傳及說文竝曰饎酒食也周禮饎

人鄭衆注曰主炊官也方言饎熟也自河以北趙魏之間氣熟曰饎字林饎熟食也廣雅亦曰饎歖也蓋饎本酒食之通稱酒食者可喜之物故字从食喜會意黍稷則所以爲酒食者故酒食曰饎黍稷亦曰饎因而炊黍稷曰饎凡炊及熟食亦通曰饎其義正相因耳

邦畿千里傳畿疆也　瑞辰按邦畿二字同義邦者封之叚借小爾雅封界也周禮大司徒注封起土畍也大司馬注封謂立封於疆爲界是封亦疆也界也文選西京賦注引詩作封畿千里蓋本三家詩毛詩作邦者叚借字也說文封从之土从寸寸守其制度也籀文从丰土作𡉚邦字亦从丰聲故通用論語邦域之中漢書王莽

傳作封域釋文亦曰邦或作封又謀動干戈於邦內釋文云鄭本作封內釋名邦封也皆邦與封同音通用之證封畿同爲疆界之稱猶肇域讀爲兆域兆亦域也

肇域彼四海箋肇當作兆瑞辰按字訓始者作肁說文肁戶始開也訓擊者作肈李舟切韻肈擊也經傳中通借肇爲肁又譌作肇故玉篇曰肇俗肈字張參五經文字曰肈作肇譌是知毛詩今作肇者俗譌字也肈兆古同音通用爾雅釋言兆域也尚書大傳兆十有二州鄭注兆域也爲塋域以祭十二州之分星也古文堯典則作肇十有二州矣箋於大雅以歸肇祀及此詩肇域並讀爲兆兆本卜兆之古文兆畔之字正作垗說文垗畔

也爲四畔畍祭其中引周禮兆五帝於四郊是也經典通作兆祭壇之塋域曰兆界四海之疆域亦曰兆大雅以歸肇祀箋云肇郊之神位也此讀肇爲塋域之兆也此詩肇域箋云乃後兆域正天下之經界此讀肇爲疆域之兆也

景員維河傳景大員均箋員古文作云河之言何也其所貢於殷大至所云維言何乎瑞辰按景與廣一聲之轉景古音从京聲讀亦近廣景卽廣之叚借猶曾頌憬彼淮夷韓詩作獷說文引作懬憬實獷之同音叚借也員云古通用皆與運同聲說文䚩外博衆多視也讀若運春秋城諸及鄆公羊作運杜注左傳云姑幕縣有員

亭莊子天運釋文天運司馬作天員是員卽運也呂氏春秋圜道篇雲氣西行云云然高注云運也管子侈靡篇八宛則易云戒篇四時云下云皆運之叚借是云亦運也此詩景員景當讀爲東西爲廣之廣員當讀爲南北爲運之運越語廣運百里韋注東西爲廣南北爲運詩以雙聲疊韵叚借爲景員商家四面皆河故合東西南北言之而曰景員維河王肅以河爲河水是也廣運或作廣員山海經西山經廣員百里是也廣運又作廣輪周禮大司徒周知九州之地域廣輪之數鄭注輪從也賈疏引馬融曰東西曰廣南北曰輪輪與亂聲近從與亂皆直也廣輪之義又通爲横從一切經音義三及

六帖二十四皆引韓詩曰南北曰從東西曰横一切經音義廿四又作東西曰廣是横卽廣也廣運又作袤廣説文袤字注一曰南北曰袤東西曰廣是也此詩景員與長發幅員同義毛傳幅廣也隕均也據説文幅布帛廣也均與運古亦同聲毛傳訓爲廣均正卽讀爲廣運此詩傳訓景爲大大與廣雖義亦相近不若讀景爲廣較爲明確至傳訓員爲均均亦讀運猶古無音韵字通作音均也正義釋傳謂殷王之政甚大均如河之潤物然失傳恉矣箋讀員爲云河爲何亦非

長發

濬哲維商傳濬深也箋深知乎維商家之德也瑞辰按

說文容深通川也或作濬古文作濬又曰叡深明也通也古文作睿此詩濬哲竝言濬當卽睿之叚借廣雅叡哲竝訓智是也濬哲猶言宣哲明哲傳箋竝訓濬爲深失之大戴禮幼而慧齊史記五帝紀作徇齊索隱引大戴作叡齊史記舊本作濬齊是濬叡古通用之證徇與濬音亦近徇齊皆疾速之稱凡人鈍則遲疑明則疾速故徇齊皆爲智也

禹敷下土方箋禹敷下土正四方　瑞辰按禹貢禹敷土馬注敷分也鄭注敷布也敷與尃通說文尃布也敷土史記作傅土廣雅釋言傅敷也書序帝釐下土方設居方釋文一讀至方字絕句與此詩句法正同楚詞天問

云禹之力獻功降省下土方義本此詩此詩首章八句皆韵或以方字屬下句讀者誤也

有娀方將傳有娀契母也將大也箋有娀氏之國亦始廣大瑞辰按淮南墜形云有娀在不周之北高注有娀國名也說文娀帝高辛之妃偰母號也引詩義同毛傳古者婦人繫姓有娀姓不可考或遂以國稱偰母後人因以爲偰母號耳此詩下言立子始爲契母則上言有娀當从箋以爲國名

帝立子生商傳契生商也箋帝黑帝也禹敷下土之時有娀氏之國亦始廣大有女簡狄呑鳦卵而生契堯封之於商後湯王因以爲天下號故云帝立子生商瑞辰

按元鳥詩天命元鳥降而生商傳春分元鳥降湯之先祖有娀氏女簡狄配高辛氏帝帝率與之祈於郊禖而生契箋天使鳦下而生商者謂鳦遺卵娀氏之女簡狄吞之而生契爲堯司徒有功封商傳箋說雖不同皆以生商爲生契此詩帝立子生商亦謂立有娀之女子爲妃而生契因契受封於商遂以生契爲生商耳傳云契生商也當作生契生商也傳文簡質以生商卽契遂云契生商耳詩言商家世有濬哲之君而但曰濬哲維商崧高詩言嶽之降神生甫侯及申侯而但曰生甫及申正與商頌不言生契而言生商者文法相類正義乃以立子爲生契謂契能生有商國失傳恉矣

元王桓撥傳桓大撥治也箋元王廣大其政治瑞辰按桓者𡘋之叚借說文𡘋奢𡘋也奢卽侈大之義又引申爲武勇皃泮水詩桓桓于征毛傳桓桓威武貌牧誓尙桓桓鄭注同是也撥韓詩作發發當讀如發强剛毅之發周書謚法解剛克爲發樂記發揚蹈厲大公之志也桓發二字平列皆剛勇之皃毛詩作撥叚借字韓詩作發爲正字但不得如說韓詩者訓發爲明耳毛鄭訓撥爲治亦非詩義詩下有遂視既發之文故上文毛叚撥爲發以與發爲韵此亦阮宮保所云義同字變之類

帝命不違至于湯齊傳至湯與天心齊箋帝命不違者天之所以命契之事世世行之其德浸大至於湯而當

天心瑞辰按帝命不違卽不違帝命之倒文詩總括相土以下諸君謂商先君之不違天命至湯皆齊一猶左傳云自幕至于瞽叟無違命也韓詩外傳引詩帝命不違至于湯齊言古今一也又引以爲先聖後聖其揆一也之證正訓齊爲先後齊一毛傳謂湯與天心齊鄭注禮記讀爲湯躋竝失之

湯降不遲聖敬日躋傳不遲言疾也躋升也箋降下也湯之下士尊賢甚疾其聖敬之德日進瑞辰按湯降二字倒文承上至于湯齊言之謂由先王以降及湯也遲當讀如禮義陵遲之遲陵遲疊韵或作陵夷遲猶夷也謂降至于湯能不下夷也夷猶替也後漢書湯衍傳章

懷注陵遲言頹普也說文普一偏下也段玉裁曰相竝而一邊庳下則其勢必至同下所謂陵夷也湯不下夷而德又加進故下卽接言聖敬日躋矣

昭假遲遲箋假暇也寬暇天下之人遲遲然言急於已而緩於人朱子集傳遲遲久也昭假於天久而不息瑞辰按集傳說是也毛傳於雲漢篇昭假無贏訓假爲至以假爲徦之叚借此詩無傳義與彼同釋文引徐云毛音格是也朱子集傳昭假于天卽本毛義昭假與奏假義近而殊蓋言其精誠之上達曰奏假言其精誠之顯達曰昭假戴氏震曰精誠表見曰昭貫通所至曰假是也說文徲久也讀若遲廣雅釋詁迡久也徲迡竝與遲

音義同遲遲正狀其昭假之久箋訓假爲暇失之正義以箋義爲傳義尤誤

帝命式于九圍傳九圍九州也瑞辰按圍域有皆一聲之轉聲同則義同故韓詩釋九域曰九州毛釋九有九圍竝曰九州特變文以爲韵耳說文或从口从戈以守一一地也又曰圍守也是域與圍義同之證

受小球大球傳球玉也瑞辰按下章傳共法也共者拱之叚借三家詩蓋有作拱者故淮南高誘注蛩讀詩受小拱之拱球者捄之叚借廣雅釋詁拱捄灋也蓋本三家詩王尙書曰小球大球小共大共皆言法制有小大之差是也說詳經義述聞今按求與共雙聲故拱捄皆

訓法說文拱斂手也段玉裁曰斂當作撿故下撿字注曰拱也捄字注一曰捋也捋引堅也拱與捄皆有取義取之義引申爲法言爲人所取法也傳訓球爲玉箋訓共爲執竝失之

爲下國綴旒傳綴表旒章也箋綴猶結也旒旌旗之垂者也　瑞辰按綴旒二字平列毛傳釋爲表章章亦所以表也古者樹臬以表位曰表周禮大司馬職虞人萊所田之野爲表鄭注表所以識正行列也呂氏春秋愼小篇注表柱也舞列之表則曰綴樂記綴兆舒疾鄭注綴謂酇舞者之位也又其舞行綴遠鄭注酇相去遠其舞行綴短鄭注酇相去近孔疏云酇謂酇聚舞人行位之

處立表酇以識之又行其綴兆鄭注綴表也所以表行列也引詩荷戈與綴通言則曰表綴亦曰儀綴大戴曾子制言篇行爲表綴於天下孔子三朝記曰所以爲儀綴於國是也析言則綴與表亦自有别阮宫保曾子注釋曰凡樹臬以著望曰表繫物於表曰綴是也綴與埻雙聲埻爲臬即表也故綴亦訓表晉語昔成王盟諸侯于岐陽楚爲荆蠻置茅蕝設望表史記叔孫通傳索隱引賈逵注東茅以表位爲蕝說文朝會束茅表位曰蕝引春秋國語曰致茅蕝何承天纂文曰蕝今之纂字鄭注樂記曰綴謂酇說文酇聚也又儹最也束茅表位有儹聚之象蕝纂酇三字古同聲曾釗謂鄭訓綴爲酇即

以綴爲蕝之通借是也今按綴謂鄭讀若纂正與說文贊讀若纂一曰叢相類又漢書叔孫通傳說朝儀曰爲緜蕞野外習之如淳注曰謂以茅翦樹地爲纂位尊卑之次也顏師古曰蕞與蕝同是緜蕞卽古茅蕝之遺象亦卽表綴之謂正義謂綴之爲表其訓未聞疏矣旒正字作游从㫃汓聲說文游旌旗之流也凡大常十有二游旂九游旟七游旗六游旐四游皆以表章貴賤說文旇字注㫃所以標旃字注云所以旃表士衆又曰勿州里所建旗象其柄有三游雜帛幅半異所以趣民故遽稱勿勿周禮大司徒以旗致萬民遂師亦以遂之大旗致之古者以旗致民卽是以旗旒爲表故詩綴旒並言

以喻湯爲下國表則也至郊特牲饗農及郵表畷鄭注郵表畷謂田畯所以督約百姓於井間之處也引詩爲下國畷郵正義曰此齊魯韓詩說說文畷兩陌間道也段曰畷之言綴衆涂所綴也於此爲田畯督約百姓之處若街彈室者然曰郵表畷玉篇畷字注引詩爲下國畷流按郵表畷爲督約百姓之處亦立表以示人說文桓亭郵表也是郵亭有表之證舞列之表曰綴郵亭之表亦可曰畷其義相近然旒作郵者自是同音叚借字宋翔鳳曰於井間設旗以趣民耕耨故云郵表畷是仍讀郵爲旒不以郵爲郵舍也又按說文幖幖識也通俗文徽號曰幖私記曰幟據周禮肆師注故書表爲剽凡

言表者皆當爲幖之叚借作剽亦借字也

不競不絿傳絿急也箋競逐也不逐不與人爭前後瑞辰按競卽爭競之義爾雅釋言競逐彊也競倞通說文廣雅竝曰倞彊也彊則易爭競矣說文絿急也義本毛詩廣雅絿求也蓋本三家詩竊謂絿對競言从廣雅訓求爲是爭競者多驕求人者多諂競求二義相對成文與下句不剛不柔雄雉詩不忮不求昭二十三年左傳不懦不耆杜注耆彊也句法正同至下章不震不動震動謂驚憚與下句不戁不悚相對成文與此章每句自相對者異此正足見詩人行文之善變耳

百祿是遒傳遒聚也瑞辰按遒本迺之或體說文迺迫

也或从酉作遒又曰揂聚也傳以遒爲揂之叚借故訓爲聚說文揫束也引詩百祿是揫葢本三家詩爾雅釋詁揫聚也方言凡歛物而細謂之揫據釋名秋緧也周禮目錄云秋者酋也是揂揫音義同故通用說文韋部韢收束也从韋樵聲讀若酋或作揫與手部揫字似爲重出然益見揫遒同音可通用矣北史蘇綽傳引詩作百祿是求亦當本三家詩求者逑之消借說文逑歛聚也又音近勼說文勼聚也讀若鳩古逑字亦通作鳩尚書方鳩僝功說文引作旁逑僝功是也求與遒亦聲近義通百祿是遒猶下章百祿是總傳訓聚是也通作揫與求皆聚也收所以聚說文[illegible]雉射收繳亦取收聚之

義至破斧詩四國是遒傳遒固也葢以遒爲膠之叚借爾雅釋詁膠固也膠聲轉爲糾又爲絿王制鄭注膠之言糾也又曰膠或爲絿是也膠可轉爲絿卽可轉爲遒故廣雅廣韻竝曰揫固也然此自別一義桂馥謂此詩遒字當訓爲固則非

爲下國駿厖傳駿大厖厚箋駿之言俊也瑞辰按如傳箋訓爲大厚言爲下國大厚似爲不詞且與歬章綴旒語不相類竊考荀子榮辱篇引作駿蒙大戴將軍文子篇引作恂蒙駿與恂厖與蒙古竝聲近通用大學恂栗鄭注恂讀爲駿詩狐裘蒙戎左傳作厖戎是其證也此詩當以恂蒙爲正恂讀爲徇呂氏春秋忠廉篇高注徇

猶衞也是徇有庇衞之義又大雅桑柔其下侯旬傳旬言陰均也正義引爾雅釋言洵均也李巡曰洵徧之均也恂洵義亦近幪通作幏說文幏蓋衣也廣雅釋詁幪覆也幪卽幏字之俗爲下國恂幪猶云爲下國庇覆耳荀子榮辱篇是夫羣居和一之道也下引詩此句爲證則恂幪有羣相庇廕之象法言震風凌雨然後知夏屋之爲帡幪也注帡幪蓋覆也恂幪猶言帡幪耳上章言敷政故言爲下國之表章此章言奏勇故言爲下國之覆庇義固各有當也至毛詩作駿厖董氏讀詩記引齊詩作駿駹皆叚借字說齊詩者遂以馬釋之誤矣

何天之龍傳龍和也箋龍當作寵寵榮名之謂 瑞辰按

大戴禮引詩作何天之寵此蓋箋義所本

不震不動箋不可驚憚也瑞辰按震動同義皆謂震驚猶戁竦皆爲恐懼宣十一年左傳謂陳人無動史記作謂陳曰無驚文十五年公羊傳其實我動焉耳皆動卽震驚之證說文唇驚也𨀖動也音義竝與震相近

不戁不竦傳戁恐竦懼也瑞辰按爾雅釋詁戁動也又戁懼也說文戁敬也敬則必恐懼故義又爲恐小爾雅面慙曰戁而說文曰赧面慙赤色則戁又與赧通故楚詞章注曰赧懼也說文竦敬也愯懼也傳訓竦爲懼蓋以竦爲愯之叚借愯又通作聳與慫昭六年左傳聳之以行漢書刑法志引作雙雙卽愯也昭十九年左傳駟

氏聳說文亦引作愯方言聳悚也說文慫驚也讀若悚晉灼曰愯古竦字是愯竦聳慫悚五字音義竝同故通用

百祿是總釋文總子孔反本又作𨢸音宗瑞辰按𨢸字說文玉篇所無古總字通作鬷又通作稯𨢸蓋鬷及稯字之譌

武王載旆傳旆旗也瑞辰按荀子議兵篇韓詩外傳引詩竝作武王載發說文引作武王載坺王尚書言發正字旆坺皆借字發謂起師伐桀是也惟旣引漢書律志述武王伐紂曰癸巳武王始發與此發字同義又以載爲則非也載與哉通哉始也載發卽始發謂始興師

有虔秉鉞傳虔固也箋有之言又也又固持其鉞志在誅有罪也　瑞辰按說文虔虎行皃讀若矜徐鍇曰虎之行兢兢然有威則虔之本義原取勇猛勇猛者必强固故爾雅訓虔爲固廣雅固堅也堅强也固與强義亦相成有虔正形容强武之皃箋訓有爲又以虔爲持之固失之古者兵器惟鉞最重說文作戉引司馬法夏執元戉殷執白戚周左杖黃戉又把白髦也字林鉞王斧也故王者親征多秉鉞史記湯自把鉞以伐昆吾遂伐桀正此詩秉鉞之謂

則莫我敢曷傳曷害也　瑞辰按曷與害雙聲故傳以曷爲害之叚借然荀子議兵篇漢書刑法志引詩俱作遏

爾雅釋詁曷遏竝訓止說文遏微止也曷當卽遏之渻借則莫敢我曷猶魯頌則莫我敢承承亦止也傳訓爲害似非詩義

苞有三蘖莫遂莫達傳苞本蘖餘也箋苞豐也天豐大先三正之後世謂君以大國行天子之禮樂而無有能以德自遂達於天者瑞辰按苞者木叢生之名與葆音義同故廣雅曰葆本也本與苯同玉篇苯䔿草叢生是也叢生之木多蘖餘猶庶子爲蘖子說文以蘖爲牙米也廣韵引詩枹有三枿漢書叙傳注引詩包有三枿枹包皆假借字枿則蘖之或體古文栓字之隸變也苞當從朱子集傳指夏桀而以三蘖爲韋顧昆吾三國箋以

爲三正之後世非也方言蓬芒也蓫與蓬皆艸木生長之稱莫蓫莫蓬以喻三國不能復興箋謂莫能自遂達於天失之

韋顧既伐傳有韋國者有顧國者箋韋豕韋彭姓也顧昆吾皆已姓也 瑞辰按豕韋彭姓劉姓遞有其國事見左傳及鄭語考鄭語初豕韋爲商伯其後商滅之韋注武丁時劉氏自御龍氏代豕韋則彭姓豕韋至武丁時始滅是知湯所伐之韋非卽彭姓豕韋正義謂成湯伐之不滅其國特臆說耳漢書古今人表韋有三其一韋居下上在夏帝癸時其一大彭豕韋居上下在殷南庚陽甲時又其一劉姓豕韋居中上在殷武丁時按班固

表於南庚陽甲時之豕韋始言彭姓則不以湯所伐之韋在帝癸時者爲彭姓矣蓋湯滅韋始以改封彭姓豕韋故鄭語但曰豕韋爲商伯不言其在夏時爲侯伯也蓋夏帝癸時之韋其姓已不可考故人表不箸其姓箋謂湯所伐卽彭姓豕韋誤矣至世本曰豕韋防姓防彭古聲近以旁彭互通類之防姓卽彭姓亦未可以當此詩之韋也顧漢書古今人表作鼓顧鼓雙聲故通用微子我不顧行遯釋文顧徐仙民音鼓是顧鼓古亦同音

昔在中葉傳葉世也箋中世謂相土也瑞辰按傳以葉爲世之叚借葉从枼聲枼从世聲故世可叚作葉淮南脩務云稱譽葉語高注葉世也廣雅釋言亦曰葉世也

下文允也天子指湯承上言之則中葉宜指湯時蓋自殷有天下言則湯爲開創之君自元王立國言則湯爲中葉矣箋以中葉指相土言失之

有震且業傳業危也箋震猶威也相土始有征伐之威以爲子孫討惡之業 瑞辰按以中葉指湯言震亦可從箋訓威至箋以業爲子孫討惡之業則非爾雅釋詁業大也有震且業卽言其有威且大耳

降予卿士箋下予之卿士謂生賢佐也 瑞辰按予猶與也箋以下予釋降予是經本作降予之證朱子集傳本亦當作降予今作于者傳寫之譌

實維阿衡傳阿衡伊尹也箋阿倚衡平也湯所依倚而

取平故以爲官名。瑞辰按：説文「伊，殷聖人阿衡，尹治天下者，从人尹」。段玉裁曰：「伊與阿、尹與衡皆雙聲，卽一語之轉。」今按段説是也。伊、阿、倚三字竝雙聲，故箋訓阿爲倚，倚猶伊也。文王世子云：「虞夏商周有師保，有疑丞，設四輔及三公，不必備，惟其人。」阿衡葢師保之官，特設是官名以寵異之，後以聲轉而爲伊尹，及大甲時改曰保衡。大臣之稱阿保，猶女師之稱阿保也。伊尹卽阿衡之轉，故毛傳以阿衡爲伊尹，箋亦以阿衡爲官名。呂氏春秋言伊尹生伊水之上，史記殷本紀言伊尹名阿衡，竝失之。伊尹名摯，見於孫子用間篇，不得以阿衡爲其名也。

殷武

撻彼殷武傳撻疾也瑞辰按撻蓋勇武之皃爾雅釋言疾壯也廣雅釋詁壯健也疾與壯健義近傳訓疾者亦壯武之義說文遽古文撻段玉裁曰从虍者言有威也則撻字亦爲武皃正義以疾爲伐楚之疾失傳恉矣釋文引韓詩曰撻達也據鄭風挑達爲行疾之皃達亦疾也則毛韓字異而義同

奮伐荆楚傳荆楚荆州之楚國也瑞辰按說文楚叢木也一名荆又曰荆楚木也是荆與楚異名同實故楚國亦可稱荆或亦累呼荆楚猶殷連稱殷商也

冞入其阻傳冞深也箋冞冒也釋文冞面規反說文作

罙从冈米云冒也瑞辰按毛詩作罙者即説文罙字之渻傳箋義雖異而字則同罙與彌通廣雅釋詁彌深也此正與毛傳訓罙爲深同義段玉裁乃謂毛本作𥥍隸變作罙訓深者毛以今字釋古字此妄説也至箋訓罙爲冒其義當本三家以釋文引説文作罙訓冒證之足見許鄭同原又可以證今本説文罙字注云周行也周即冒字形近之譌行乃後人妄增耳段玉裁乃欲改説文周行也作冈也又徑删説文引詩曰罙入其阻妄矣若説文本未引詩則釋文何所據而言説文作罙乎

裒荆之旅傳裒聚也箋俘虜其士衆瑞辰按裒即捊之別體説文捊引堅也引詩原隰捊矣今詩作裒易謙象

傳君子以裒多益寡釋文裒鄭荀董蜀才作捊云取也是裒卽捊之證裒爲聚又爲取廣雅捊取也與爾雅訓俘爲取同義故傳訓裒爲聚而箋以俘虜易之說文俘軍所獲也獲卽取也一切經音義卷十二俘取注引賈逵曰伐國取人曰俘取與聚義本相成而讀捊爲俘則以箋說爲允捊之或體作抱隱五年穀梁傳苞人民毆牛馬曰侵苞亦卽俘之叚借也

昔有成湯　瑞辰按周書史記解孔晁注湯號曰成故曰成湯書仲虺之誥某氏傳湯伐桀武功成故以爲號此皆以成爲號也書釋文一曰成謚也白虎通義謚或一言或兩言何文者以一言爲謚質者以兩言爲謚故湯

死後稱成湯以兩言爲謚此皆以成湯爲謚也今按謚法解周公始作則成湯仍當爲生時之號史記湯曰吾甚武號爲武王或始以武爲號及武功旣成之後又號爲成耳至謚法解安民立政曰成除殘去虐曰湯殆因成湯旣有其號後遂取以爲謚猶堯舜亦爲謚法所取也

自彼氐羌箋氐羌夷狄國在西方者也　瑞辰按竹書云成湯十九年氐羌來貢此詩所咏自彼氐羌者也竹書又云武丁三十四年氐羌來賓則高宗時亦有氐羌賓服之事故因祀高宗而追溯成湯時事耳山海經海內經云伯夷父生西岳西岳生先龍先龍是始生氐羌氐

羌乞姓郭注佁夷父顓頊師今氐羌其苗裔也周書王會篇氐羌以鸞鳥孔注氐地之羌不同故謂之氐羌是氐羌實西羌之一種大戴五帝德篇言舜南撫交趾大敎鮮支渠廋氐羌據書大傳西方者鮮方也則鮮卽西當作鮮及渠廋氐羌鮮支乃譌字也漢隴西有氐道羌道則正義所云氐羌之種漢世仍存者矣

莫敢不來享箋享獻也 瑞辰按觀卦虞氏易注引詩莫敢不來賓據周語賓服者享則來賓卽來享之異文又按大戴五帝德篇莫不賓服孔廣森補注賓來朝也則來賓與下文來王義同

莫敢不來王箋世見曰王 瑞辰按正義云以經言來故

解之曰世見曰來王今毛本箋脫來字又按王本世見之名亦通以爲朝覲之稱蓋王之言往王者爲天下所歸往曰王諸侯往朝於王亦曰王故下章歲事來辟箋云來辟猶來王也猶之時見曰會殷見曰同而春秋諸侯相會亦曰會魯頌淮夷來朝亦曰同也又隱九年左傳宋公不王不王亦謂不朝杜注乃以爲不共王職失其義矣

曰商是常箋曰商王是吾常君也 瑞辰按曰商是常猶言魯邦是常常長聲相近廣雅釋詁長常也此詩是常猶云是長耳曰猶聿助詞也箋釋常爲常君讀曰如子曰之曰失之唐石經商旁增一王字蓋據箋增入

設都于禹之績箋天命乃令天下衆君諸侯立都於禹所治之功　瑞辰按說文迹步處也或作蹟古經傳因多叚蹟爲績漢書凡功績字通借作迹是也此詩又叚績爲迹九州皆經禹治因稱禹迹周書立政以陟禹之迹襄四年左傳引虞人之箴曰芒芒禹迹畫爲九州是也詩云設都于禹之績正謂設都于禹所治之地箋訓爲功績失之文王有聲篇維禹之績績亦當讀爲迹哀元年左傳復禹之績釋文績一本作迹此古叚績爲迹之證

勿予禍適傳適過也箋勿罪過與之禍適　瑞辰按王尚曰予猶施也禍讀爲過廣雅謫過責也勿予過謫言不

施過責也說詳經義述聞今按傳訓適爲過者正讀適爲謫釋文引韓詩云適數也據廣雅數謫並訓責是韓詩亦讀適爲謫也箋云勿罪過與之禍適正以罪過二字釋禍適而下仍云禍適者順經文也王尚書讀禍爲過適爲謫正與毛鄭相發明正義云勿予之患禍不責其罪過殊失傳箋之恉

不僭不濫傳不僭不濫賞不僭刑不濫也 瑞辰按說文僭儗也僭之本義爲以下儗上引伸之爲過差濫者㜮之叚借說文㜮過差也引論語小人窮斯㜮矣經典通作汜濫之濫禮器君子以爲濫鄭注濫亦盜竊也正義曰是爲僭濫也是僭濫二字同義此承上文下民有嚴

言謂民知畏法故不敢僭濫非謂上之賞刑也襄二十六年左傳引詩以證賞不僭刑不濫特斷章取義耳毛傳遂引以釋詩誤矣

命于下國箋則命之於小國以爲天子 瑞辰按命謂教令也謂施其教令於下國也上文天命降監下民有嚴謂天命湯降臨畿內之民則下言命于下國謂湯施教令於諸侯與元鳥詩方命厥后同義箋謂命湯於小國以爲天子失之襄二十六年左傳引此詩杜注謂能爲下國所命爲天子尤非詩義

商邑翼翼四方之極傳商邑京師也箋極中也商邑之禮俗翼翼然可則傚乃四方之中正也 瑞辰按後漢書

樊儵傳引詩京邑翼翼四方是則李賢注韓詩之文漢書匡衡傳云京邑翼翼四方是則衡所治是齊詩則齊韓詩同鄭君先通韓詩故箋詩兼用韓說然仍分極與則爲二義今按極與則音近而義同故通用則法也極亦法也說文極棟也釋名棟中也極爲棟居室之正中因通訓極爲中惟中正可爲法則故極亦爲法文六年左傳陳之藝極藝與臬通臬法也則極亦法矣周禮云以爲民極猶云以爲民法也之與是古亦通用四方之極猶韓齊詩四方是則也張平子東京賦京邑翼翼四方是視蓋用韓齊詩李善注引毛詩以釋之誤矣

以保我後生箋以此全守我子孫瑞辰按南山有臺篇

保艾爾後雝之篇克昌厥後武之篇克開厥後皆止言後獨此篇言後生蕃變文以爲韵後生與伐木篇友生同皆以生爲語助詞非如論語後生可畏對先生言也箋於雝武兩篇皆以子孫釋後字此詩後生亦但以子孫釋之不另釋生字之義正義乃云以保守我後嗣所生子失其義矣

松柏丸丸傳丸丸易直也箋取松柏易直者 瑞辰按詩大雅皇矣篇松柏斯兌傳兌易直也古音兌讀如脫脫丸一聲之轉故丸丸亦爲易直說文丸圜也傾側而轉者从反仄段玉裁曰易直謂滑易而條直又丸義之引申至文選長笛賦丸挺彫琢丸挺特節坂詩詞注引韓

詩章句曰取松與柏乃總括下文是斷是遷等句而釋之與箋云取松柏易直者同義非訓丸丸爲取也李善引韓詩以丸爲取誤矣楊升菴讀丸如卵尤非

方斲是虔傳虔敬也箋椹謂之虔正斲於椹上 瑞辰按方斲是虔與是斷是遷對舉正與魯頌是斷是度是尋是尺文法相類斲與虔二字平列方猶是也或言方或言是互文以見參錯猶桑扈篇彼交匪敖左傳引作匪交匪敖知彼亦爲匪而毛詩上彼下匪者亦互文也虔當讀如虔劉之虔方言虔殺也廣雅虔伐刈並訓殺是虔猶伐也刈也淮南說林譬猶削足而適履殺頭而便冠高注殺猶削也是知殺人謂之虔削伐木亦謂之虔

方斲是虔猶云是斲是虔也是斷是遷是斬伐木於在山之時方斲是虔是削伐木於作室之際傳訓虔爲敬固非詩義若如箋訓爲椹質必改經文爲方斲于虔而後明又與是斷是遷句法不相類胥失之矣

松桷有梴傳梴長貌　瑞辰按說文梴木長皃引詩松桷有梴又曰挻長也馬融長笛賦丸挻彫琢義本是詩三家詩葢有作挻者段玉裁謂釋文本作挻說文梴字爲後人增入今按說文延長行也引申爲長方言延長也凡施於年者謂之延挻梴皆从延聲故義皆爲長然挻字乃言長梴字專言木長二字固不嫌複也張參五經文字云梴木長皃見詩頌則唐時毛詩固作梴耳白帖

卷一百引詩松桷有埏埏與挻皆梴字之叚借釋文梴字下舊有俗作二字下無字盧抱經本補埏字葢卽以白帖爲據

旅楹有閑傳旅陳也箋以爲桷與衆楹瑞辰按旅當爲鑢字之叚借說文鑢厝銅鐵也厝銅鐵爲鑢錯摩木亦得爲鑢故廣雅釋詁曰鑢磨也鑢通作盧又作鐧又作鋁考工記秦無廬注廬讀爲纑謂矛戟柄竹欑柲或曰摩鐧之器賈疏云或有解摩鐧之器者但柄須摩鐧使滑故爲此釋方言云燕齊摩鋁謂之希今按鑢从慮聲與盧音近鑢之叚借作旅猶黸矢作旅矢旅大山爲臚岱也鑢又作鐧及鋁猶膂通作呂也明堂位刮楹鄭注

刮刮摩也正與鑢摩同義春秋莊二十四年丹桓公楹公羊何休注楹柱也禮天子斲而礱之加密石焉諸侯斲而礱之不加密石大夫斲之士首本尚書大傳曰桷天子斲其材而礱之加密石焉鄭注礱礪之也密石砥之也說文礱䃺也天子之桷椓而礱之䃺即磨字尚書大傳及說文說桷與公羊注引禮說楹畧同葢古者楹桷皆用刮摩與明堂位刮楹制合是知旅楹即鑢楹鑢楹即刮楹也刮楹爲天子之廟飾而明堂路寢同之故逸周書作雒解言明堂之制曰旅楹此詩新路寢亦曰旅楹皆謂磨鑢其楹也傳訓旅爲陳箋訓旅爲衆竝失之至郊特牲旅樹旅當讀爲刻鏤之鏤以古音鏤音同

盧故亦可借作旅旅樹卽明堂位所謂疏屏屏卽樹也疏卽刻鏤之也鄭注訓旅爲道亦非又按正義云箋不解閑義梴爲桷之長貌則閑爲楹之大貌據魏都賦注引薛君韓詩章句曰閑大也謂閑然大也則韓詩本訓閑爲大貌而正義未及檢但引王肅云有閑大貌不知其義本韓詩也